福田俊昭著

李嶠と雑詠詩の研究

汲古書院

口絵一　李嶠墓（河北省）

口繪二　平安時代寫本（嵯峨天皇宸翰本）
（『和漢名法帖選集二　嵯峨天皇宸翰唐李嶠詩殘卷』平凡社、昭和七年發行）

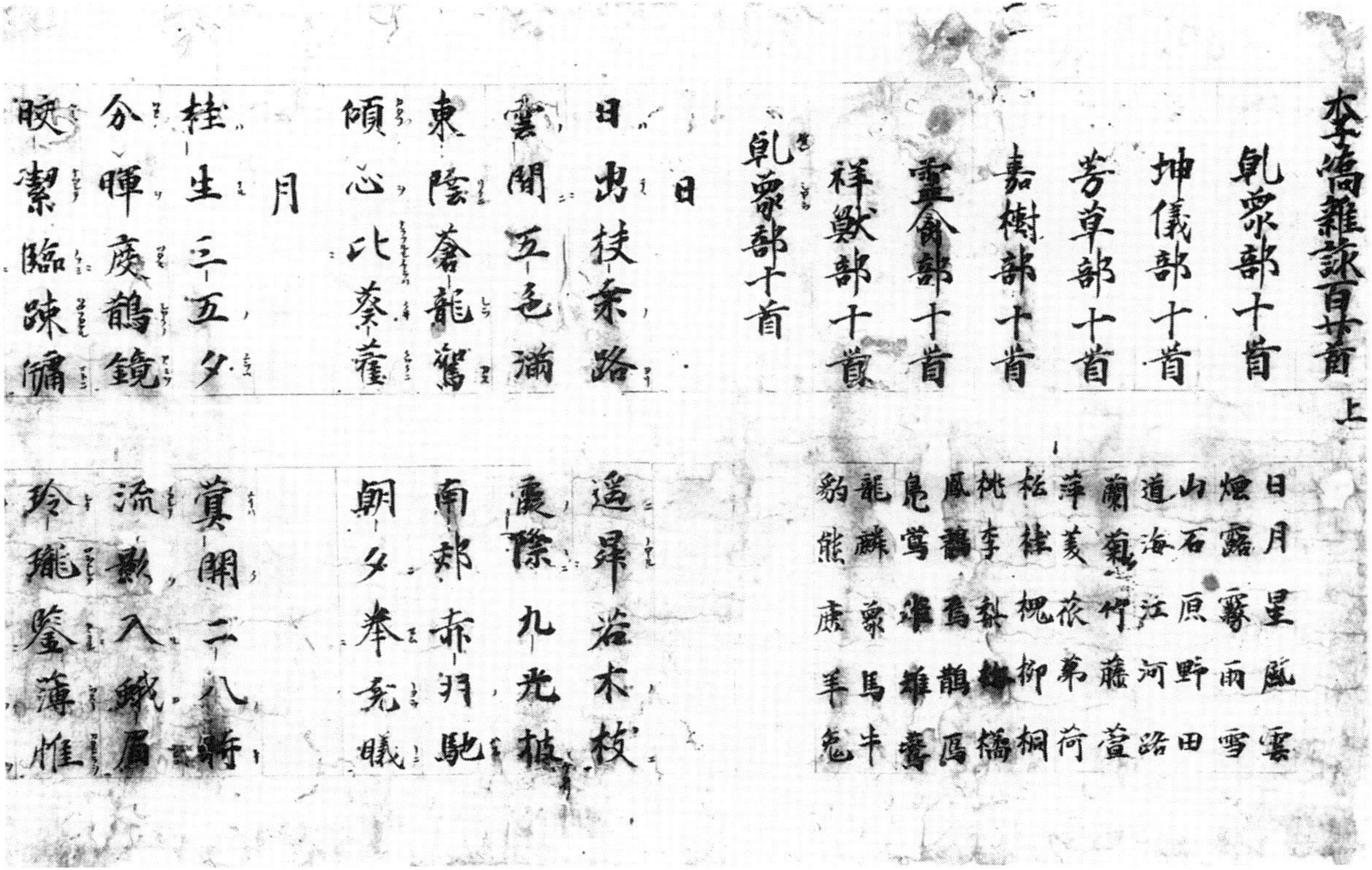
李嶠雜詠百廿首　上

乾象部十首
坤儀部十首
芳草部十首
嘉樹部十首
靈禽部十首
祥獸部十首
乾象部十首

日月星風雲
煙露霧雨雪
山石原野田
道海江河洛
蘭菊竹藤萱
萍菱瓜茅荷
松桂槐柳桐
桃李梨梅橘
鳳鶴烏鵲鴈
鳧鶯雉燕雀
龍麟象馬牛
豹熊鹿羊兎

日

日出扶桑路　遙昇若木枝
雲間五色滿　霞際九光披
東陸蒼龍駕　南郊赤羽馳
傾心比葵藿　朝夕奉光曦

月

桂生三五夕　蓂開二八時
分暉度鵲鏡　流影入蛾眉
皎潔臨疎牖　玲瓏鑒薄帷

口繪三　鎌倉時代建治本（國立歴史民俗博物館所藏）

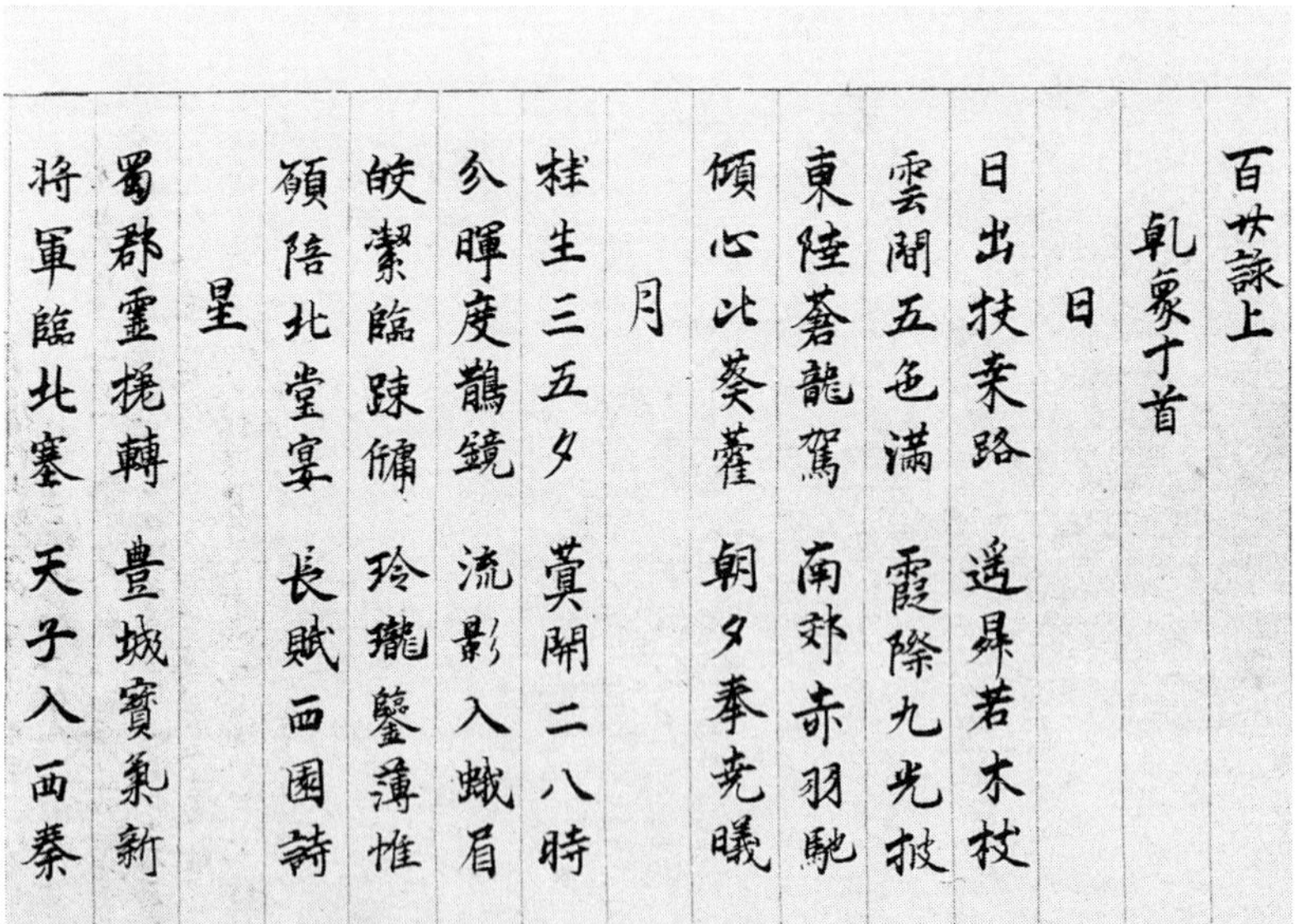
百廿詠上
乾象十首
日
日出扶桑路　遥昇若木枝
雲開五色滿　霞際九光披
東陸蒼龍駕　南郊赤羽馳
傾心比葵藿　朝夕奉堯曦
月
桂生三五夕　蓂開二八時
分暉度鵲鏡　流影入蛾眉
皎潔臨疏牖　玲瓏鑒薄帷
願陪北堂宴　長賦西園詩
星
蜀郡靈槎轉　豐城寶氣新
将軍臨北塞　天子入西秦

口繪四　鎌倉時代寫本（お茶の水圖書館成簣堂文庫所藏）

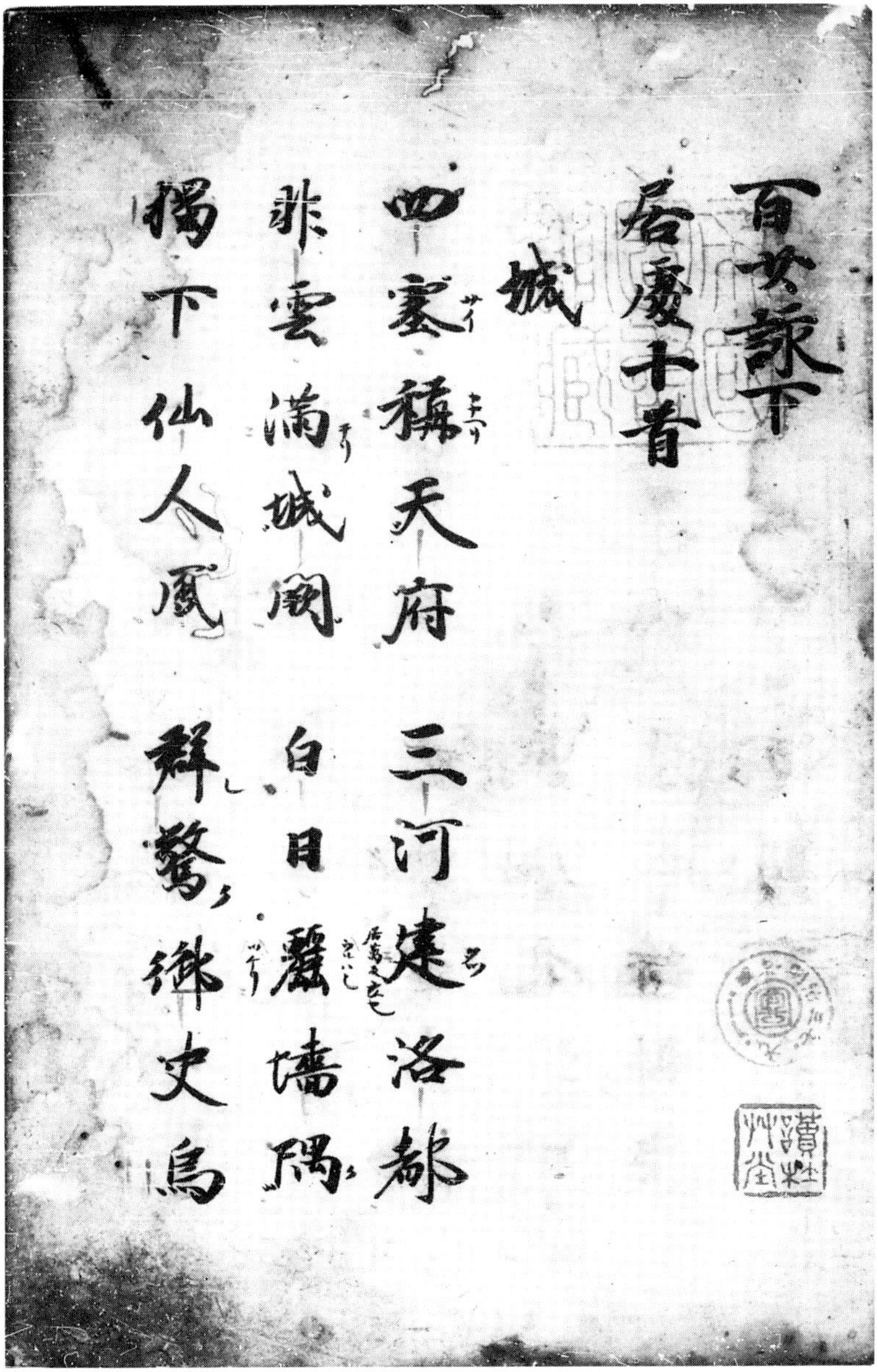

口繪五　南北朝時代寫本（國立國會圖書館所藏）

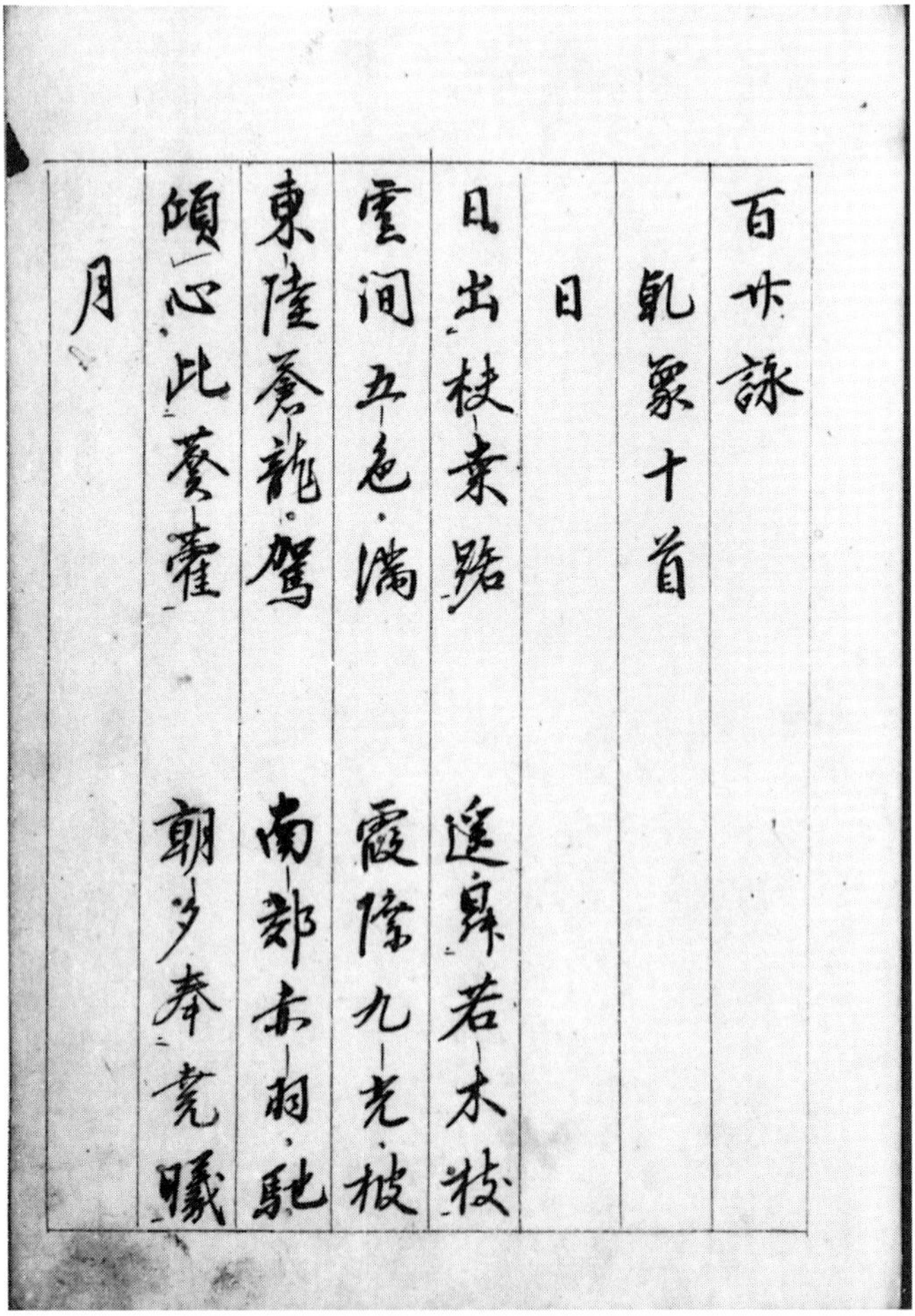

百廿詠

乾象十首

日

日出扶桑路　遥昇若木枝

雲間五色満　霞際九光披

東陸蒼龍駕　南郊赤羽馳

傾心比葵藿　朝夕奉堯曦

月

口繪六　江戸慶長寫本（國立公文書館所藏）

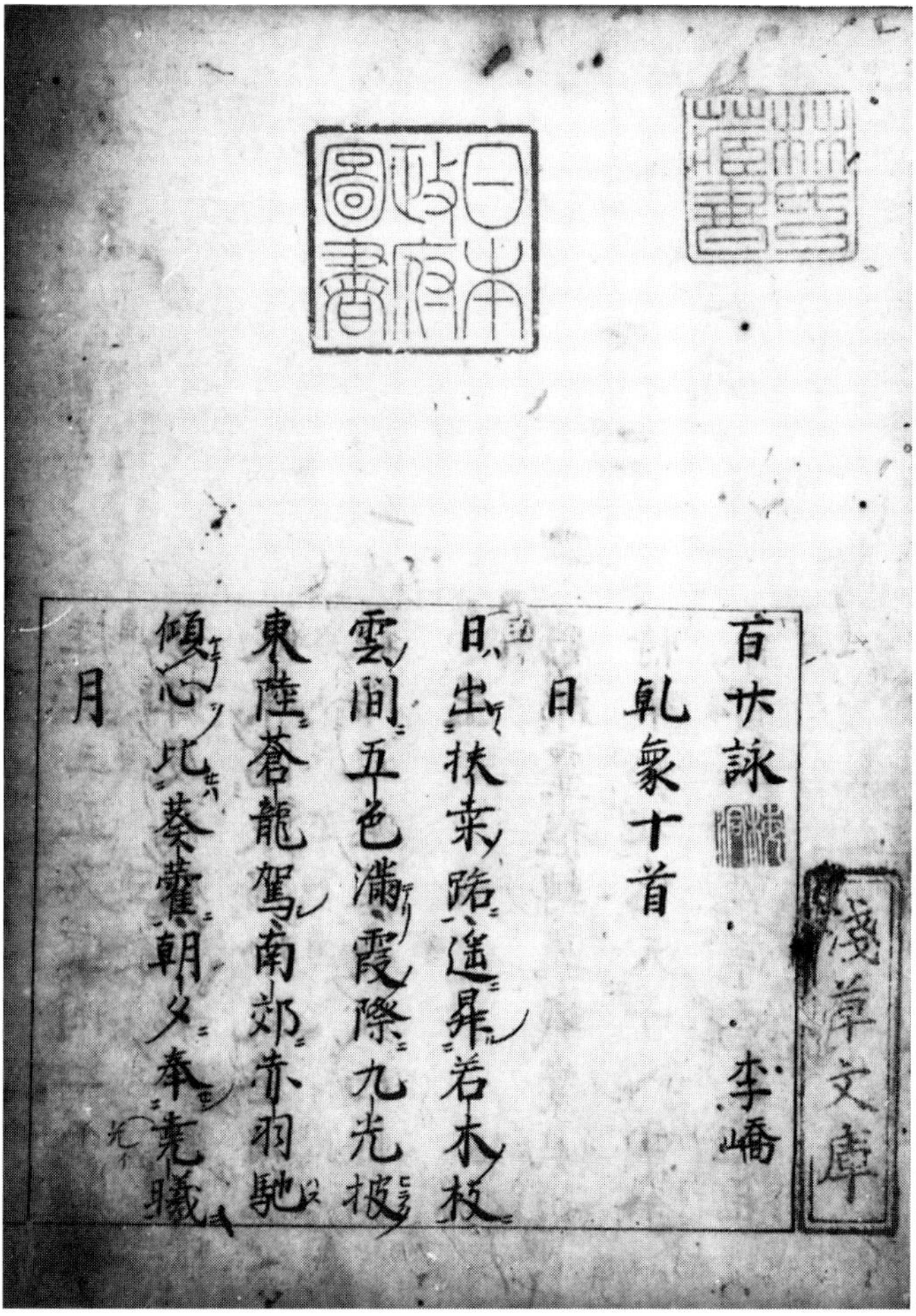

百廿詠　李嶠

乾象十首

日

日出扶桑路　遥昇若木枝
雲間五色満　霞際九光披
東陸蒼龍駕　南郊赤羽馳
傾心比葵藿　朝夕奉堯曦

月

口繪七　江戸寫本（國立公文書館所藏）

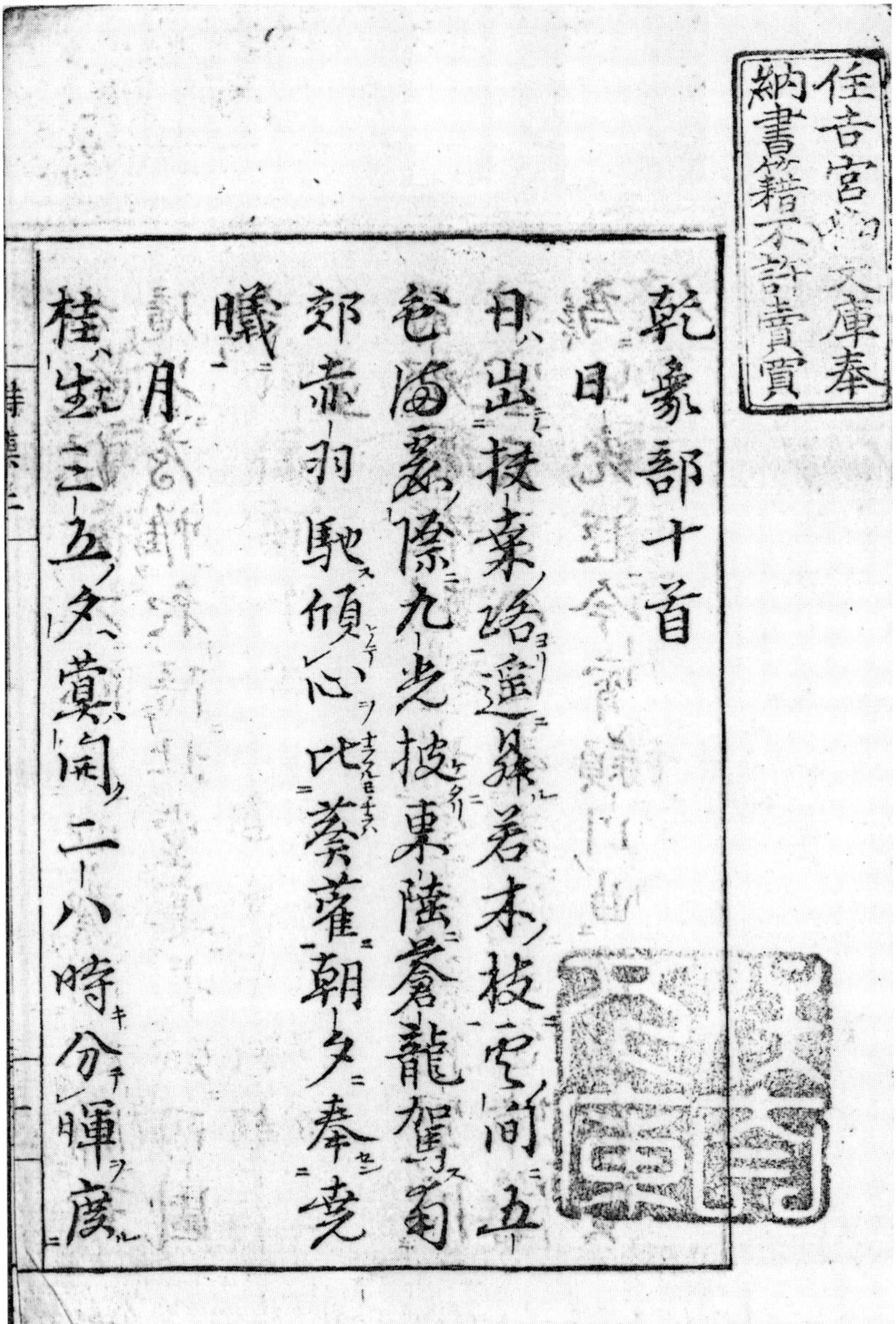
住吉宮御文庫奉納書籍不許賣買

乾象部十首

日

日出扶桑路遥昇若木枝雲間五
色滿霞際九光披東陸蒼龍駕南
郊赤羽馳傾心比葵藿朝夕奉堯
曦

月

桂生三五夕蓂開二八時分暉度

口繪八　延寶三年刊本（住吉大社御文庫所藏）

はじめに

李嶠雜詠（李嶠百二十詠・李嶠百詠とも呼ぶ）は唐の李嶠の詩集である。現在、李嶠の雜詠詩は詩本文のみの無注本と注を有する有注本とがある。詩注本は平安時代には傳來していたこともあって、當時、漢文で表記・表現していた搢紳の愛讀書となっていた。以後、雜詠詩は詩人や歌人や國文學者の研究對象とされてきたのである。就中、詩注の研究は徐々に進展してきたが、詩の本文の研究は停滯したままである。

そこで、この論文では雜詠詩集及び百詠詩注の諸本の收集から始める。國文學者で諸本を收集していた學者もいたが、その多くは詩注本の收集であった。ここでは詩注本は勿論のこと雜詠詩を收録する李嶠集も全て收集して考察することにした。

まず、李嶠の年譜を作成して、如何なる人生を送ったかを通覽し、その上で李嶠の雜詠詩以外の詩が何時頃詠出されたのかをでき得る限り明確にする。次に雜詠詩・李嶠集の諸本の所在を明確にする。更に雜詠詩の押韻・平仄・對句などの內容を調査し、當時の風潮で文學的思潮の最先端であった近體詩成立との關連性を檢討する。そして雜詠詩が童蒙書としての要因である詩の故事を檢討する。日本における雜詠詩の讀者がこの詩集を讀み書きした動機は、實にこの詩を讀むことによって中國の古典を學習することができたからではないかと考える。次に當時の人々が雜詠詩から得た知識に基づいて記された書物が、如何なる種類の雜詠詩の傳本に據って記されたものであるかを調査する。

最後に雑詠詩には詩注本があるが、現在、唐代の張庭芳の注が存在しており、近年、張方の注もあったと發表された。しかし、この張方は張庭芳と同一人物であるというのが主流である。この論文では詩注本の作者が三人～四人いることを公表して閉じる。概して言えば、この書は李嶠と雑詠詩の基礎的研究である。

李嶠と雑詠詩の研究　目　次

第二部　書　誌　篇

第三部　雑詠詩篇

第一部　李嶠篇

第一章　李　嶠

第一節　李嶠の生涯

第一項　家　系

李嶠の家系については『舊唐書』巻九十四の「李嶠傳」に

　李嶠、趙州贊皇人。隋內史侍郎元操從曾孫也。代爲㆓著姓㆒、父鎭惡、襄城令。

とある。(1) これによると、李嶠の本籍地は贊皇（今河北省贊皇縣の西南）で、父を鎭惡といい、曾祖父を孝貞（字、元操）という。そこで、まず先祖について調査してみる。

　父の鎭惡については資料に乏しく、『舊唐書』の「李嶠傳」も『新唐書』巻七十二の「宰相世系表二上」も、父の官職名である「襄城令」(2)以外の記述は見えない。「襄城」は現在の河南省許昌市の西南に位置する。史書以外では『大唐傳載』(3)（宋、撰人不詳）に

　李鎭惡、卽趙公嶠之父、選授㆓梓州郪縣令㆒。與㆓友人㆒書云、州帶㆑子號、縣帶㆑妻名。由來不㆑屬㆓老夫㆒、竝是婦兒官職。

とある。これに據ると、梓州の郪縣（今四川省三臺縣の南）令に選授されていたことがわかる。また、鎭惡が友人に送っ

た書簡に、「州名の梓は子供を連れているという號で、縣名の鄒は妻を持っているという名であり、もともと老夫とは縁がなく、竝《とも》に婦女子の官職である。」という。これは單なる文字上の遊戯なのか、それとも、官職への不滿を述べたものなのか判斷に窮する。ただ、「老夫」という語から、年老いてからの赴任先だったのではないかと推察する。以上のことから、鎭惡は地方の長官を歴任して終えたようである。

祖父の野王については、『新唐書』卷七十二上の「宰相世系表二上」にみえる「魯郡功曹」以外に記述がない。以上のことを推察すると、下級官吏として終えたようである。

曾祖父の孝基についても、『新唐書』卷七十二上の「宰相世系表二上」に「隋晉王文學」とみえるだけである。隋の晉王とは文帝（楊堅）の第二子、卽ち隋の二代目の皇帝煬帝（楊廣）のことである。その煬帝が皇太子の時に太子文學（官職名）の職に就いていたのである。

以上、父や祖父の代から察するところ、李家は斜陽の傾向にあったと考えられるが、曾祖父の孝基より以前の李一族は榮華を誇っていたらしく、孝基の兄の孝貞は『隋書』卷五十七の「本傳」に

孝貞少好レ學、能屬レ文。

とあり、年少の頃の有能さの一端を示し、その後、北齊に仕え、始め司徒府參軍となり、射策甲科に及第して給事中となる。時に天子に重用されていた黃門侍郎の高乾和からの結婚話を拒絕したため、太尉府外參軍として朝廷を去るが、その後、中書舍人、博陵太守、司州別駕を經て、散騎常侍、聘周使副を兼ね、北周より歸國後、給事黃門侍郎となる。北周の武帝が北齊を平定すると、北周に入り、儀同三司、少典祀下大夫となり、宣帝が卽位してから吏部下大夫となる。隋の高祖が丞相であった時、相州における尉迥の亂の平定に參戰し、その功績によって上儀同三司となる。そして、隋の開皇の初、馮翊太守となる。その數年後、蒙州刺史に左遷され、次いで金州刺史として終える。『新唐書』

巻七十二上の「宰相世系表二上」から「武安縣公」であったこともわかる。また、「李孝貞傳」の末尾に孝貞の弟の孝威について

有㆓雅望㆒、大業中、官至㆓大理少卿㆒。

と記している。

孝基の父、即ち李嶠の高祖父に當る北齊の希禮については、「李孝貞傳」に

父希禮、齊信州刺史、世爲㆓著姓㆒。

とだけしか記述されていないが、『新唐書』巻七十二上の「宰相世系表二上」には

字、景節。北齊信州刺史、文公。

とあり、『魏書』巻三十六の「李順傳」には

字、景節。武定末、通直散騎常侍。

とある。少ない記録ではあるが、希禮が朝廷の内外で高位に就いていたことがわかる。ここで、李嶠の家系を溯り、「宰相世系表」に據って家系圖を示すことにする。

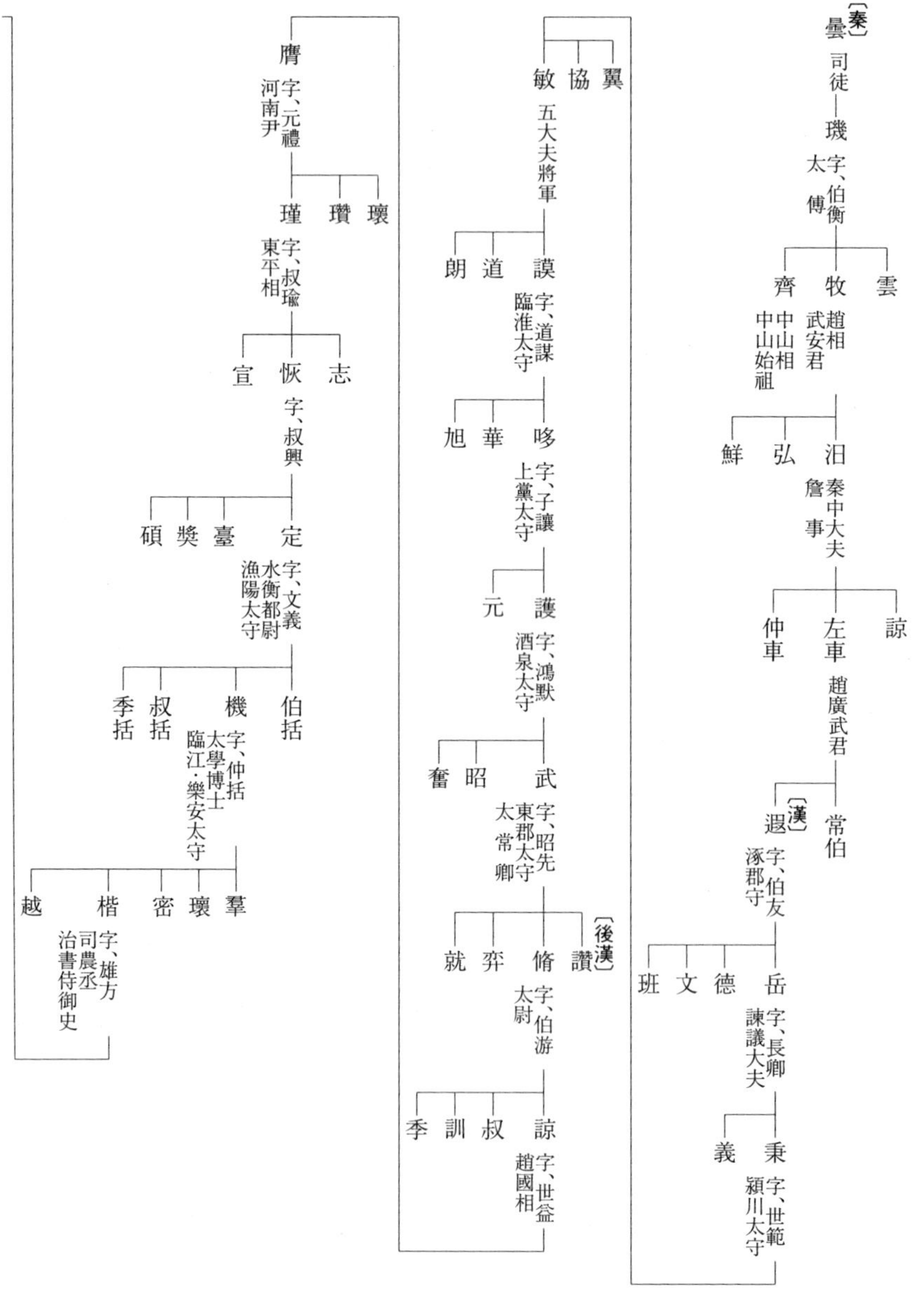
〔秦〕
曇
司徒
璣
字、伯衡
太傅
雲
牧
趙相
武安君
齊
中山相
中山始祖
泪
秦中大夫
詹事
弘
鮮
諒
左車
趙廣武君
仲車
常伯
〔漢〕
遐
字、伯友
涿郡守
岳
字、長卿
諫議大夫
德
文
班
秉
字、世範
潁川太守
義
翼
協
敏
五大夫將軍
謨
字、道謀
臨淮太守
道
朗
哆
字、子讓
上黨太守
華
旭
護
字、鴻默
酒泉太守
元
武
字、昭先
東郡太守
太常卿
昭
奮
〔後漢〕
讚
脩
字、伯游
太尉
弈
就
諒
字、世益
趙國相
叔
訓
季
膺
字、元禮
河南尹
瓌
瓚
瑾
字、叔瑜
東平相
志
恢
字、叔興
宣
定
字、文義
水衡都尉
漁陽太守
臺
奬
碩
伯括
機
字、仲括
太學博士
臨江・樂安太守
叔括
季括
羣
瓌
密
楷
字、雄方
司農丞
治書侍御史
越

- （南祖）輯　字、護宗　高密太守
- （南祖）晃　字、仲黃　鎮南府長史
- （西祖）芬
- （西祖）勁
- （東祖）叡　字、幼黃　高平太守　江陵寧公
  - 勗　字、景賢　頓丘太守　大中正
    - 顗　字、彥祖　高陽太守　武安公
      - 〔後魏〕勰　字、少同　蘭陵太守
      - 系　字、和叔　平棘令　追封平棘縣男
        - 順　字、德正　四部尚書　高平宣王
          - 式　字、景則　西兗州刺史　濮陽公
            - 慶業　館陶令
              - 〔北齊〕祖稱　字、叔衡　征虜將軍
              - 希仁　字、景山　太子詹事　靈武文昭公
              - 希騫　字、希義　後魏黃門侍郎　文惠公
              - 希禮　字、景節　信州刺史　文公
                - 〔隋〕孝貞　字、元操　馮翊太守　武安縣公
                - 孝基　晉王文學
                  - 野王　魯郡功曹
                    - 〔唐〕鎮惡　襄城令
                      - 偘　臺州司法參軍
                      - 嶠　字、巨山　相武后
                        - 暢　相州刺史
                          - 惟和　大理司直
                        - 裕　海州刺史
                          - 惟寧
                          - 惟成
                        - 粲　濮州刺史
                        - 懿　華陰郡太守
                          - 惟乂　新安主簿
                  - 東王　衡水令
                - 孝儁　淸池令
                - 孝威　文理少卿
          - 弈　字、景世　都官尚書　安平侯
        - 脩基
      - 奉
      - 曾

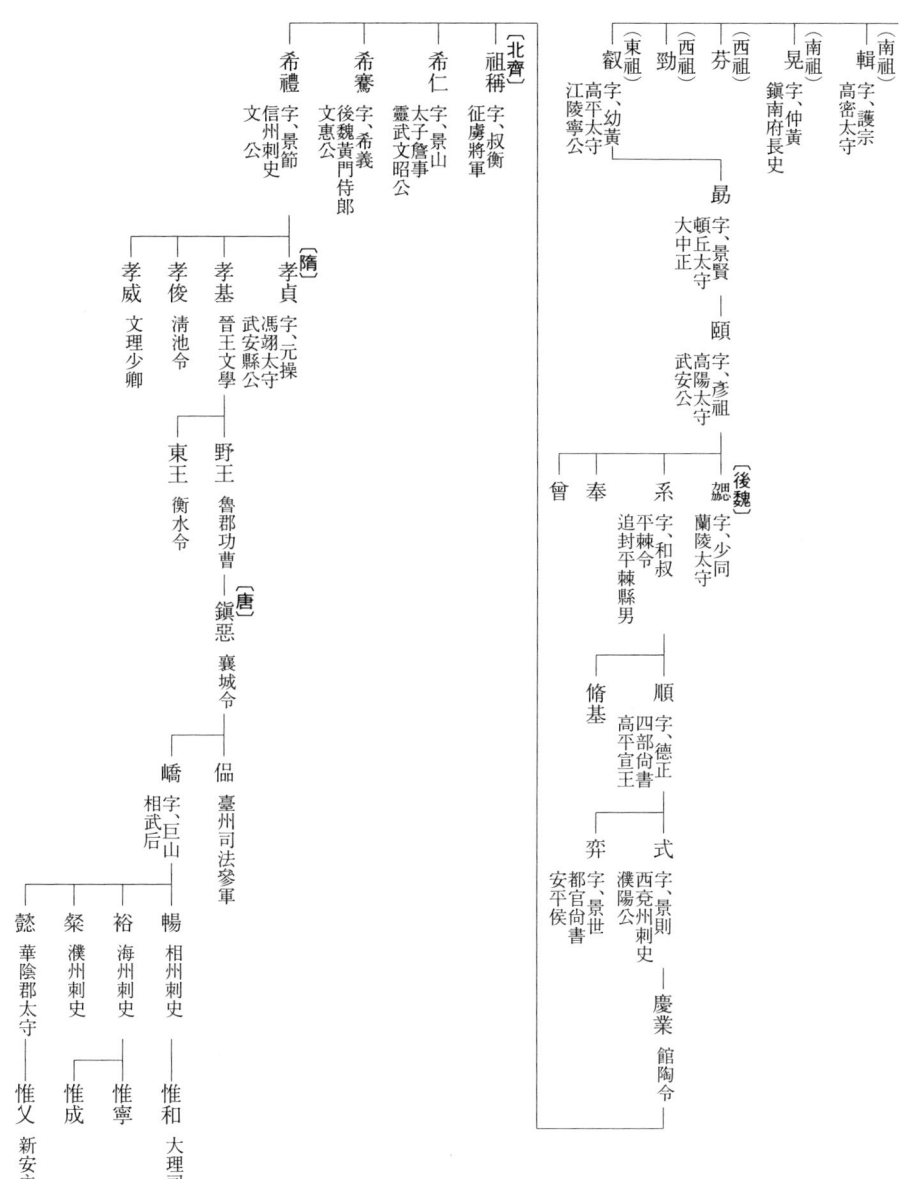

右の家系圖は李嶠の直系を中心に構成したものである。家系圖が示すように、楷の五子（輯・晃・芬・勁・叡）から南祖、西祖、東祖の分家が始まる。しかし、「宰相世系表」の記述によると、李氏には南祖、西祖、東祖のほかに遼東、江夏、漢中の三家が存在していた(4)ようである。李嶠は東祖に屬する(5)。李嶠は東祖の叡から數えて十二代目、先祖の曇からは三十代目に當る。李氏は宰相を十七人も輩出した名門で、東祖からは李嶠のほかに憲宗時の李絳（字、深之。七六四〜八三〇）と文宗時の李珏（字、待價。七八五〜八五三）がいる。兩名とも李嶠の後裔である。『唐會要』卷一、「帝號上」に據ると、中宗時の宰相が三十八人記載され、その二十三番目に李嶠の名がみえ、また、同書の「皇帝、年號三」に睿宗時の宰相が三十五人記載され、その二番目に名がみえる。更に同書卷三の「皇后」の「天寶八載六月十五日、追尊則天順聖皇后」に、宰相七十八人が記載され、その六十六番目に名がみえる。『新唐書』卷七十五下の「宰相世系表五下」に據ると、「唐の宰相は三百六十九人、凡九十八族」に及びその中で宰相を三度經驗した者が十二人いる。卽ち、武承嗣・武攸寧・豆盧欽望・武三思・李懷遠・崔湜・劉幽求・張說・張延賞・王鐸・鄭畋と李嶠である。

以上の如く、中宗・武則天・睿宗の三代に亙って重責を果した李嶠は、當時、斜陽にあった東祖の李氏を復興させただけではなく、皇帝を補佐する宰相にまで上り詰めたのである。

第二項　李嶠の母

李嶠の母について記述している單獨資料はない。しかし、『舊唐書』卷八十五の「張錫傳」に

……姉子李嶠知政事、……

とあり、『新唐書』卷十三の「張錫傳」に

……代㆓其甥李嶠㆒爲㆓宰相㆒。

とあるので、李嶠の母は張錫の姉であることがわかる。李嶠の母方の張氏は清河の東武城（今河北省清河縣の東北）の張氏で、『新唐書』巻七十二下の「宰相世系表二下」に據ると、その始祖は漢の留侯良の裔孫の司徒歆であると傳える。歆の弟の協（字、季期）は衛尉。その子の太山太守の岱の時に河内から清河に移る。その曾孫の幸は後魏の青州刺史・平陸侯。その子の準は東青州刺史・襄侯。その孫の彝の時（隋末）、魏州（今河北省大名縣の東北）の昌樂に移る。一方、李嶠の母の兄の戩は江州刺史。挹は比部郎中。弟の錫は武后の時の宰相で溫王。母の父の文琮は吏部侍郎。文琮の兄の文瓘（字、稚圭。六〇五〜六七七）は高宗時の宰相。此の如く文瓘父子と兄弟の五人が三品官となったので、當時、人々から〝萬石張家〟と呼ばれ、繁榮を極めていた。母の祖父の虔雄は隋の人で陽城令。曾祖父の晏之（字、熙德）は北齊の人で兗州刺史・恭公。高祖の始均（字、孝衡）は後魏の人で光祿卿・平陸孝侯。その先の彝（字、慶賓）も後魏の人で侍中を務めた平陸孝侯である。李嶠の母は此の如き名門張氏の出身であるが、それ故に斜陽であった李嶠の父鎭惡には多少の焦りがあって、『大唐傳載』にみえる言辭となったのかもしれない。

第三項　生沒年

歷史上特筆されるような活躍をしたり、血筋正しい名門出身の人物でさえも、その人の生沒年が記載されることは罕れで、殊に古代人の場合はなおさらである。李嶠は宰相を三度も務め、『唐書』に「本傳」を有する人物であるが、生沒年は明記されていない。しかし、李嶠の場合、生沒年を算出する方法がない事もない。それは『舊唐書』巻九十四の「本傳」には

弱冠擧㆓進士㆒。……

とあり、また、『新唐書』巻一百二十三の「本傳」にも

二十擢㆓進士第㆒。……

とあるから、二十歳で進士に及第していることがわかる。従って、進士に及第した年月がわかれば、自ら生誕の年も判明する。だが、進士に及第した年月を記録した資料がないので、この方法で解明することはできない。別の方法として、生存期間から割り出す方法があるが、『新唐書』の「本傳」には

改㆓盧州別駕㆒、卒。年七十。

とあるだけで、兩唐書は共に沒年を記していないので、この方法でも解明することが困難である。但し、盧州別駕となった年などの解釋から、現在五通りの見解が示されている。

(1) 六四四年（貞觀十八年）——七一三年（開元元年）
(2) 六四五年（貞觀十九年）——七一四年（開元二年）
(3) 六四六年（貞觀二十年）——七一五年（開元三年）
(4) 約六四五年（貞觀十九年）——約七一四年（開元二年）
(5) 六四五年（貞觀十九年）或六四六年（貞觀二十年）——七一四年（開元二年）或七一五年（開元三年）

(1)を採用するものに、姜亮夫編『歴代名人年里碑傳綜表』やその改訂版である『碑傳綜表』がある。姜氏の『碑傳綜表』は利用者が多く、その影響力は大きいと考えられる。直接的な受容關係については不明であるが、『碑傳綜表』が刊行された後、中國で出版された文學辭典(6)や年表(7)や文學史等(8)はこの姜説と同じである。最近刊行された李燕捷の『唐人年壽研究』（台灣、文津出版社、一九九四年發行）では生沒年を『新唐書』の「李嶠傳」を根據として、「開元初卒」とだけ記して明言していないが、享年七十歳としているので、實質、貞觀十八年生誕説である。次に日本における代表的なものを擧げると、近藤杢著・近藤春雄校訂『中國學藝大辭典』(9)（大修館書店、昭和五十三年發行）、布目潮渢編『唐才

子傳之研究』（大阪大學文學部內・アジア史研究會、一九七二年發行）、小川環樹編『唐代詩人—その傳記』（大修館書店、昭和五十年發行）、目加田誠著『唐代詩史』[10]（龍溪書舍、昭和五十六年發行）などがあり、近年、この姜氏の見解が定說の如き觀がある。しかし、李嶠の生沒年の算出の根據に問題がある。それは「備考」欄に記載されている資料を典據にした場合のことである。その「備考」欄には「新唐書卷八十附泰傳」とある。しかし、『新唐書』卷八十は「太宗諸子」の列傳が記載されており、「備考」の「泰傳」は太宗の第四子の濮王泰（字、惠褒）の本傳を指している。この「泰傳」の末尾に泰の子の欣の傳記があり、その記述の中に「嶠」の名前がみえる。しかし、この「嶠」は欣の子としての名前で、その欣の傳記には

　欣嗣王、武后時爲二酷吏所一レ陷、貶二昭州別駕一薨。子嶠、神龍初得二嗣王一。

とある。『舊唐書』卷七十六の「濮王泰傳」の「嶠」の傳記によると、

　子嶠、本名餘慶、中興初封二嗣濮王一。景雲元年、加二銀青光祿大夫一。開元十二年、爲二國子祭酒同正員一。以三王守一妹壻貶二邵州別駕一、移二鄧州別駕一、後復二其爵一。

とあるので、「泰傳」にみえる「嶠」は趙郡の李嶠（字、巨山）ではない。從って、姜氏は李嶠の「嶠」と濮王嶠の「嶠」とを錯覺して、李嶠の「備考」欄に濮王嶠の典據を記載したのである。

(2)を採用するものに、聞一多（一八九九〜一九四六）の『唐詩大系』[11]がある。但し、沒年の所に、〝?〟が付けられている。これは李嶠の沒年を斷定し得ないことを意味している。ほかに、劉德重編『中國文學編年錄』がある。劉氏によると、李嶠の進士の及第を「麟德元年（六六四）」と明記しているが、何に依據したかは記していない。

(3)を採用するものに、周勛初主編『唐詩大辭典』（江蘇古籍出版社、一九九〇年發行）がある。我が國においては、神田喜一郎氏の「『李嶠百詠』雜考」[12]の論文がある。神田氏はその中で「その生卒年月は明かでない。ただ『資治通鑑』を

見ると、玄宗の開元二年（七一四）三月の條に、李嶠が監察御史郭震の彈劾によって、廬州の別駕に貶せられたことを載せているから、かりにその翌年に沒したとして、大體、唐の太宗の貞觀二十年（六四六）から玄宗の開元三年（七一五）に亙って生存していたことになる。」とその算出根據を示している。

(4)を採用するものに、廖盖隆・羅竹風・范源主編『中國人名大詞典・歷史人物卷』（上海辭書出版社、一九九〇年二月發行）、周祖譔主編『中國文學家大辭典・唐五代卷』（中華書局出版、一九九二年九月發行）、隋唐五代史編纂委員會編『中國歷史大辭典・隋唐五代史』（上海辭書出版社、一九九五年五月發行）がある。これらの特徵は生沒年に「約」とか「?」が付いていることである。年數は三書とも「六四五—七一四」である。

(5)を採用するものに、馬良春・李福田總主編『中國文學大辭典第4卷』（天津人民出版社、一九九一年十月發行）がある。この辭典の記述は、(1)と(2)を併記した形になっている。

以上の五說をみると、五說とも生存期間が七十歲で共通している。これは『新唐書』の「李嶠傳」にみえる「卒、年七十」を基準にしたことを裏付けている。ということは、五說の相違は沒年を何年にするかの判斷の違いによって生じた異說ということになる。そこで沒年の檢討から始めることにしよう。

まず、沒する以前の記述を『新唐書』の「本傳」によって紹介すると、

初、中宗崩、嶠嘗密請二相王諸子不レ宜レ留二京師一。及三玄宗嗣レ位、獲二其表宮中一、或請レ誅レ之。張說曰、嶠誠懵二逆順一、然爲二當時一謀、吠レ非二其主一、不レ可レ追レ罪。天子亦顧二數更レ赦、遂免、貶二滁州別駕一、聽レ隨二子虔州刺史暢之レ官。改二廬州別駕一、卒、年七十。

玄宗の卽位から李嶠の沒年まで、文面上は一見、一文にみえるが、そこには時間的經過のあることを認識する必要があろう。玄宗の卽位が開元元年（七一三）十二月である史實と「李嶠傳」の玄宗卽位以後の出來事とを勘案すると、

李嶠の逝去が開元元年中のこととは考え難い。李嶠の左遷の事が早く運んだとしても、開元二年（七一四）とみるのが妥當ではないだろうか。『舊唐書』卷八の「玄宗紀」に

　開元二年三月甲辰、……特進致仕李嶠先隨レ子在二袁州一、又貶二滁州別駕一。

とあり、開元二年に滁州別駕へ左遷されている。『新唐書』の「李嶠傳」では、この後、廬州別駕へ配置轉換されているので、廬州別駕への赴任は開元二年三月か、それを大きく下らない月ということになる。兩唐書によると、その際、長男で虔州刺史の暢と赴任地まで同行することが聽き入れられて赴いている。『舊唐書』卷九十四の「李嶠傳」は上記に續けて

　尋起爲二廬州別駕一而卒。

とある。この記述表現から察するところ、廬州別駕に赴任し、時間を置かずして逝去したのではないかと考えられる。從って、李嶠の沒年は開元二年とするのが妥當であろう。そこで逆算すると、李嶠の生年が太宗の貞觀十九年（六四五）となる。これは(2)の聞一多の見解と同じである。

第四項　幼少時代

李嶠の幼少時代については、『舊唐書』卷九十四の「本傳」に

　嶠早孤、事レ母以レ孝聞。爲二兒童一時、夢有三神人遺二之雙筆一。自レ是漸有二學業一。

とある。『新唐書』卷一百二十三の「本傳」も「神人」を「人」に、「漸有學業」を「有文辭」に作る以外は多くを加えない。幼年の時に父を亡くし、その後、母に孝行を盡したという説話は事實として頷くことができるが、夢の部分の説話については、現實にあったことか否かについては疑わしい。夢の説話は李嶠の學業を後世に傳えるため、學習

に必攜である筆を以て學業が成ったことに喩えた説話であると考えられる。

李嶠のように、夢の中で筆を用いることについて、明の陳士元（一五一六～一五九七）は『夢占逸旨』巻五の「筆墨篇第九」の中で

舍人李嶠夢㆓一枝㆒。與㆓馬裔孫之夢㆒相同。

といい、宋の孫逢吉の『職官分紀』にみえる後唐の馬裔孫の説話を引用して類似性を指摘している。陳氏は李嶠と馬裔孫の夢以外にも次のものを擧げている。

范質・和凝、夢筆五色、與㆓江文通之夢㆒弗㆑異。黃天叟夢得㆓墨漬之筆於孔子㆒。紀少瑜夢受㆓青鏤之管於陸倕㆒。楊奐初誕、夢神授㆑筆而光射㆓身旁㆒。李白少時、夢筆生㆑花而名聞㆓天下㆒。王珣夢大筆如㆑椽。王勃夢丸墨盈㆑袖。此皆吉兆也。

陳氏は後唐の范質（字、文素）や梁の和凝（字、成績）や梁の江淹（字、文通）が五色の筆を夢みた説話をそれぞれ『宋史』、『續編韻府』、『齊書』から引用し、宋の黃淵（字、天叟）が孔子から墨漬の筆を戴いた夢をみた説話を『四如集』から、梁の紀少瑜（字、幼瑒）が陸倕から青鏤の管を授けられた夢をみた説話を『梁書』から、元の楊奐（字、煥然）が生まれる時、奐の母が神から筆を授かった夢をみた説話を『解見日月篇』から、晉の王珣（字、元琳）がたる木のような大筆を授けられた夢をみた説話を『晉書』から、唐の李白（字、太白）が少年の時、使用していた筆の先に花が咲いた夢をみた説話を『唐書』から、唐の王勃（字、子安）が圓筒形の墨を夢みた説話を『酉陽雜俎』から紹介して、夢占いではこれらは皆吉兆であると斷定し、更に、説話に筆などの器物を用いる理由を

筆墨亦器物之類也。然文人才士、賴㆑此以展㆓其情㆒。往蹟奇聞、得㆑是以傳㆓於遠㆒。其爲㆓器物㆒雖㆑微、而功用甚大。

と述べている。確かに陳士元が實例として掲載し、筆を小道具として使用している説話の主人公をみると、彼らは文

筆で名を馳せた者、または高位に就いた人達で、筆は單なる登場人物の付帶道具ではなく、登場人物の心情を語る道具として、また、筆による奇異な說話の場合は、傳誦するための道具として使用されていることがわかる。李嶠の場合も同樣で、文筆において活躍し、宰相の高位にまで上った事實がある。

顯慶四年（六五九）**十五歲。**

『新唐書』の「本傳」は

十五通二五經一、薛元超稱レ之。

と傳える。十五歲で五經に通曉していた秀才李嶠を稱贊した薛元超とは何時、何如なる立場にいた人物なのであろうか。薛元超の生沒年は明確でないが、『舊唐書』卷七十三「薛收傳付元超」（以後、「薛元超傳」と簡稱）は

弘道元年、以レ疾乞骸、加二金紫光祿大夫一、聽二致仕一。其年冬卒、年六十二、贈二光祿大夫・秦州都督一、陪二葬乾陵一。

と傳え、薛元超の沒年を弘道元年（六八三）とする。弘道元年[13]に六十二歲で沒しているので、元超の生年は武德五年（六二二）となる。從って、李嶠が十五歲の時は顯慶四年（六五九）で、元超が三十七歲の時に當る、と「李嶠傳」から讀みとれる。しかし、『舊唐書』の「薛元超傳」に

三年、拜二東臺侍郎一。右相李義府以レ罪配二流嶲州一、舊制流人禁レ乘レ馬。元超奏請レ給レ之、坐貶爲二簡州刺史一。歲餘、西臺侍郎上官儀伏レ誅、又坐二與文章款密一、配二流嶲州一。上元初、遇レ赦還、拜二正諫大夫一。三年、遷二中書侍郎一、尋二同中書門下三品一。

とある。冒頭の「三年」の年號については、この「三年」の後に「上元」の年號がみえるので、「上元」前の「三年」ということになると、「咸亨三年」が考えられる。しかし、「上元」の前にみえる上官儀の伏誅事件は、『舊唐書』卷八

十の「上官儀傳」によると

　麟徳元年、宦者王伏勝與二梁王忠一抵レ罪、許敬宗乃構二儀與レ忠通謀一、遂下レ獄而死、家口籍沒。

とあり、麟徳元年であるから、咸亨三年ではない。次に、「薛元超傳」では、「三年」より以前の記述が「永徽五年（六五四）」の記事であるから、その後の「三年」は「顯慶三年（六五八）」とも考えられる。顯慶三年だとすると、元超はその年に簡州へ、李嶠の十五歳の時に當る顯慶四年には巂州（今四川省西昌縣）へ左遷されていて、京師に居なかったので李嶠の情報を得ることが困難ではなかったかと思われる。また、冒頭の「三年、東臺侍郎に拜せらる。」の「東臺侍郎」は『新唐書』巻四十七の「百官志二」の「門下省」の注に

　龍朔二年、改二黃門侍郎一曰二東臺侍郎一。……

とあり、東臺侍郎の名稱は龍朔二年（六六二）以後のことになっているので、顯慶三年ではあり得ない。從って、顯慶年間から咸亨年間の間で、「三年」を記録する年號は龍朔三年（六六三）ということになり、顯慶四年は、元超の三十七歳に當り、その年に李嶠を稱贊したということになる。

　それでは元超がどのような立場にあったのであろうか。『舊唐書』の「薛元超傳」に

　永徽五年、丁二母憂一解。明年、起授二黃門侍郎兼檢校太子左庶子一。元超既擅二文辭一、兼好引二寒俊一。嘗表二薦任希古・高智周・郭正一・王義方・孟利貞等十餘人一、由レ是時論稱レ義。後以レ疾出爲二饒州刺史一。

とあり、永徽六年（六五五）に黃門侍郎と檢校太子左庶子を兼職する以外に、文學關係の事を獨占し、地方の優秀な人物を發掘し、稱美していたようである。また、『舊唐書』巻一百九十一の「方伎傳」に

　顯慶元年、高宗又令二左僕射于志寧・侍中許敬宗・中書令來濟・李義府・杜正倫、黃門侍郎薛元超等、共潤二色玄奘所レ定之經一。國子博士范義碩・太子洗馬郭瑜・弘文館學士高若思等、助加二翻譯一。

とあるので、顯慶元年（六五六）も黄門侍郎の職にいたことがわかる。しかし、その後の顯慶二年（六五七）から龍朔二年（六六二）までの經歴が不明である。但し、『新唐書』巻三と『舊唐書』巻四の「高宗紀」に

（顯慶四年四月）乙丑、黄門侍郎許師同中書門下三品。

とあり、顯慶四年に許圉師が黄門侍郎となっているので、それ以前までは薛元超が黄門侍郎であった可能性が高い。從って、顯慶四年に李嶠を稱揚した時、薛元超は黄門侍郎兼檢校太子左庶子の地位にいて、文辭を擅にしていたと考えられる。

李嶠を始め多くの優秀な人材を發掘し稱贊してきた薛元超は、奈良時代に日本人が好んで購求したといわれる『遊仙窟』の作者張鷟（字、文成。六五五～七二八）とも出會って、登用している。『桂林風土記』の「張鷟」に

中書侍郎薛元超特授二襄樂尉一。

とあるのがそれで、時に元超は中書侍郎であった。『舊唐書』の「薛元超傳」に

三年、遷二中書侍郎一、尋同中書門下三品。

とあるが、この「三年」は、『新唐書』巻三と『舊唐書』巻五の「高宗紀」に

（上元三年）三月癸卯、黄門侍郎來恆・中書侍郎薛元超竝同中書門下三品。

とあるので、上元三年（六七六）である。この年の十一月に「儀鳳」と改元しているので、『新唐書』は「儀鳳元年」と記載している。「高宗紀」には引き續いて

（上元三年）四月甲寅、中書侍郎李義琰同中書門下三品。

とあるので、張鷟が登用されたのは上元三年の三月から四月までの一ヶ月間の出來事であったのかもしれない。

このように文辭を擅にしたといわれる薛元超であるが、多くの文人や詩人を發掘した確かな目の持ち主に、李嶠が

稱贊されたことは光榮なことであり、「李嶠傳」の「薛元超　之を稱す」の一文は李嶠の學問への確かさを證するものである。

この秀才李嶠が後に榮達することを予想させる逸話がある。それは『太平廣記』卷二百二十一所收の『定命錄』の「袁天綱」の中にみえるもので

贊皇公李嶠、幼有二清才一。昆弟五人、皆年不レ過二三十一而卒。唯嶠已長成矣。母憂レ之益切、詣二天綱一。天綱曰、郎君神氣清秀而壽苦レ不レ永。恐不レ出二三十一。其母大以爲レ慼。嶠時名振、咸望二貴達一、聞二此言一不レ信。其母又請二袁生致レ饌診視一。云定矣。又請下同二於書齋連榻一而坐寢上。袁登レ牀穩睡、李獨不レ寢。至二五更一忽睡。袁適覺視二李嶠一、無二喘息一。以レ手候レ之、鼻下氣絕。初大驚恠。良久偵候、其出入息乃在二耳中一。撫而告レ之曰、得矣。遂起賀二其母一曰、數候レ之、皆不レ得。今方見レ之矣。郎君必大貴壽。是龜息也。貴壽而不レ富耳。後果如二其言一。

と傳える。[14] この說話では榮達を意味する事柄は龜息である。卽ち、龜息は長壽と高位を得ることができる前兆として記述されているが、本來は長壽の意味だけに用いられたものである。我が國では龜息に馴染がないので荒唐無稽な話として片付けられそうであるが、中國では道家の長生術の一つとして存在していたようである。そこで龜息について言及しておこう。

龜息について記述したものに、晉の葛洪（字、稚川。二八三〜三六四）の『抱朴子』がある。『抱朴子』內篇卷三の「對俗」に、太丘の長潁川の陳仲弓が『異聞記』を撰して

其郡人張廣定者遭レ亂常避レ地。有二一女一。年四歲不レ能二步涉一。又、不レ可二擔負一。計レ棄レ之。固當二餓死一、不レ欲レ令二其骸骨之露一。村口有二古大塚一。上二巓先一有二穿穴一、乃以レ器盛縋レ之、下二此女於塚中一、以二數月許乾飯及水漿一與レ之而捨去。候二此平定一。其間三年、廣定乃得レ還二鄉里一、欲下收二塚中所レ棄女骨一、更殯埋上レ之。廣定往

視レ女、故坐二塚中一、見二其父母一、猶識レ之、甚喜、而父母猶初恐二其鬼一也。入就レ之、乃知二其不レ死。問レ之、從レ何得レ食。女言、糧初盡時甚飢、見三塚角有二一物一。伸レ頸呑レ氣。試效レ之、轉不二復飢一。日月爲レ之、以至二於今一。父母去時、所レ留衣被、自在二塚中一。不レ行二往來一、衣服不レ敗。故不二寒凍一。廣定乃索二女所レ言物一、乃是一大龜耳。女出食レ穀、初小腹痛、嘔逆久許乃習。

とある。この說話の少女は自然に龜の呼吸法を眞似て、龜息を習得したのである。その龜息とは「頸《くび》を伸べて氣を呑む」という方法である。神仙導養の法を好み、修練に努めた葛洪は龜の長生の祕訣はこの呼吸法にあると考え、人間にも應用したに違いないと考えた。龜息が長生の法であることは古くから言われていることで、前漢の司馬遷（字、子長。前一四五〜前八六?）が著わした『史記』卷一百二十八の「龜策傳」に次のような說話を載せている。

南方老人用レ龜支二牀足一。行二十餘歲、老人死、移レ牀。龜尚生不レ死。龜能行氣導引。

老人が龜をベッドの足がわりに約二十年間使用していたが、老人の死後も龜は生存していたと傳えている。そして、龜の長生の要因を「行氣導引」にあるとしているのである。「行氣」は道家の深呼吸の法、「導引」は道家の養生法の一つで、大氣を導いて體內に引き入れるところからついた名稱で、やはり、深呼吸の法である。この二說話に據って、道家の養生長生の深呼吸法は龜の呼吸法から得ていることがわかる。この龜の呼吸法を道家では「行氣」とか「導引」と呼ぶのである。

以上の二說話と李嶠の寢ている狀態の龜息とは一見趣を異にしているように思われるが、『抱朴子』內篇卷八の「釋滯」に初心者向けの行氣の方法が記載されていて

初學行レ炁（氣）、鼻中引レ炁而閉レ之、陰以レ心數、至二一百二十一、乃以レ口吐レ之。及レ引レ之、皆不レ欲レ令三自耳聞二其炁出入之聲一。常令二入多出少一、以二鴻毛一著二鼻口之上一、吐レ炁而鴻毛不レ動爲レ候也。

という。卽ち、呼吸をする際に、鼻から出す息が出ているかどうかわからない程度に出すというものである。この呼吸法について、葛洪は前述した陳仲弓の說話に續けて

　此又足下以知中龜有二不死之法一、及二爲レ道者效一レ之、可二與レ龜同一レ年之驗上也。史遷與二仲弓一皆非二妄說者一也。

と記述し、『史記』の「龜策傳」の說話と『抱朴子』の仲弓の說話とを肯定的にみて、實行可能であることを示唆している。

　李嶠の說話において、袁天綱が李嶠の鼻の下に手を翳して「氣絕つ」と言った現象（龜息）が、この呼吸の仕方と類似していることを知るのである。とはいえ、李嶠が行氣の法を心得ていたという記述をみたことがないので、これは李嶠の寢ている時の呼吸が偶然に道家のいう行氣、卽ち、龜の呼吸（龜息）に類似していたにほかならない。

　ところで、李嶠の睡眠中の呼吸を龜息であるといった袁天綱とは何如なる人物なのであろうか。『舊唐書』巻一百九十一の「袁天綱傳」に

　益州成都人也。尤工二相術一。隋大業中、爲二資官令一。武德初、蜀道使詹俊赤牒授二火井令一。

とあり、また

　貞觀八年、太宗聞二其名一、召至二九成宮一。

などの記述から、李嶠の相をみたのは天綱の晩年であろう。天綱は特に骨法による相術が得意で、多くの人の未來を予言した。中でも男子の服を着せられた幼兒の武則天が牀前を步くのをみて

　此郎君子龍睛鳳頸、貴人之極也。更轉側視レ之、又驚曰、必若是女、實不レ可二窺測一、後當レ爲二天下之主一矣。

と予言[15]して的中させた話は有名である。その天綱が李嶠の龜息について、長生のほかに高位を得ると予言した根據はどこにあるのであろうか。推測するに、龜に有位有官者が佩びる印綬に意があることは、南朝宋の謝靈運（三八五～四

三二）の「初去レ郡」詩の「解レ龜在二景平一」の詩句に注した張銑が

解レ龜、謂レ去二所レ佩龜印一也。[16]

ということに據っても知ることができる。そこで、天綱は龜息をする李嶠を龜にみたてて、龜印に關連付けて有位有官者の意味を導き出して予言したものと考える。

第五項　進士及び登科

麟德元年（六六四）**二十歳。**

『舊唐書』の「本傳」は

弱冠擧二進士一[17]。……

と記し、『新唐書』の「本傳」は

二十擢二進士第一。……

と記し、表現は異なっているが、兩唐書は二十歳で進士に合格したことを傳えている。その年は高宗の麟德元年である。

合格後の行方について、『新唐書』の「本傳」は

始調二安定尉一。

と傳えている。李嶠の最初の赴任先は西方の安定（今甘肅省涇川縣北涇河北岸）の縣尉である。『全唐文』巻二百四十七所載の「上二巡察覆囚使歴城張明府一書」に

月日。涇州安定縣尉趙國李嶠謹再拜上書明公足下。

とあるので、「本傳」にいう「安定尉」は涇州の安定縣尉である。この時期の逸話と思われるが、『太平廣記』巻二百二十三所載の『定命錄』の「馬祿師」に、長安主簿の蕭璿と縣尉の李嶠と李全昌の三人が風鑑や人相を得意とする武功の馬祿師のもとに行き、將來を占ってもらった。その馬祿師は、

三人倶貴達。大李少府、位極二人臣一、聲名振耀。南省官無レ不二虛任一、三入二中書一。小李少府、亦有二清貧一。得二五品已上要官一、位終二卿監一。蕭主簿中年湮沈、晩達亦大富貴。從レ今後十年、家有二大難一。兄弟竝流、唯公與二一弟一獲レ全。又十年之後、方却得レ官。遇下大李少府在二朝堂一日上、當レ得二引用一。小李少府入二省官一時、爲二其斷割一。

と予言する。ここにいう大李少府は李嶠のことで、小李少府は李全昌のことである。李嶠に關していえば、予言通り、位は宰相に上り、三度宰相を勤めることになる。李嶠の逸話には前述の袁天綱といい、今回の馬祿師といい、風鑑や人相にまつわるものが多い。

まもなくして、李嶠は制擧に應じて合格する。『新唐書』の「本傳」には

擧二制策甲科(18)一、遷二長安一。

とある。「制擧」について、『新唐書』巻四十四の「選擧志上」に

所謂制擧者、其來遠矣。自レ漢以來、天子常稱二制詔一、道二其所レ欲レ問而親策レ之。

とあり、制擧は遠く漢代に始まり、天子親《みずか》ら出題して行う試驗であることを記している。制擧が漢代の制度を繼承するものであれば、「甲科」は唐代の明經・進士の甲乙科の甲科(19)ではなく、漢代の射策のように、問題の多少によって甲・乙の科に分けた時の甲科で、『漢書』巻七十八の「蕭望之傳」にみえる

望之以二射策甲科一爲レ郎。

と同じ意である。顔師古（五八一～六四五）はこれに注釋を施して

射策者、謂下爲二難問疑義一書中之於策上。量二其大小一、署爲二甲乙之科一、列而置レ之、不レ使二彰顯一。有レ欲レ射者、隨三其所二取得一而釋レ之、以知二優劣一。

という。

制擧に合格した李嶠は長安へ還ることになる。

咸亨元年（六七〇）二十五歳。

長安に還って、何如なる官職に就いていたのか不明であるが、咸亨元年まで長安に居た可能性が高い。清の陳熙晉（一七九一～一八五一）は『續補唐書駱侍御傳』[20]の中で

咸亨元年、吐蕃入寇。罷二安西四鎭一。以二薛仁貴一爲二邏娑大總管一。適賓王以レ事見レ謫、從二軍西域一。會仁貴兵敗二大非川一。

といい、咸亨元年に駱賓王が西域に從軍したとある。『新唐書』卷三の「高宗紀」に

（咸亨元年）四月癸卯、吐蕃陷二龜茲撥換城一。廢二安西四鎭一。己酉、李敬玄罷。辛亥、右威衞大將軍薛仁貴爲二邏娑道行軍大總管一、以伐二吐蕃一。

とあり、『舊唐書』や他書も駱賓王について觸れていない。従って、陳氏が何に基づいて駱賓王が西域に從軍したと記述したか不明であるが、陳氏の説を是認すれば、李嶠に「送二駱奉禮從軍一」詩があるので、李嶠が西域に從軍する駱賓王を咸亨元年に長安で見送ったことになる。

また、この年の天候が不順で、『全唐詩』卷六十一所載の李嶠の「晩秋喜レ雨」詩の序に

咸亨元年、自二四月一不レ雨至二于九月一。王畿之內、嘉穀不レ滋。君子小人、惶惶如也。

とあり、李嶠は畿內に雨が降らず旱乾であったという。『資治通鑑』卷二百一の「唐紀十七」に

咸亨元年、秋八月丁巳、車駕還㆓京師㆒。（中略）關中旱、饑。九月丁丑、詔以㆓明年正月㆒幸㆓東都㆒。

とあり、「晩秋喜㆑雨」の詩序にいう氣候状況と一致するので、この時期、李嶠は長安に居たことになる。

儀鳳中（六七六～六七九）三十一歳～三十四歳。

『全唐文』巻二百四十七所載の「上㆓雍州高長史㆒書」に

八月十五日、三原縣尉趙國李嶠謹再拜奉㆓書明長史執事㆒。

とあるので、この時期、李嶠は京兆府の三原（今陝西省高陵縣の西北）の縣尉であったことがわかる。また、『大清一統志』巻二百三十の「西安府」によると、「名官」として名が記されている。三原縣尉の時期については記録したものはない。しかし、『全唐文』所載の「上㆓雍州高長史㆒書」にみえる雍州（今陝西省長安縣の北西）高長史が『唐代墓誌彙編』の「開元二九五」の「高府君墓誌銘并序」に

君諱嶸、字若山、渤海人也。……父審行皇尚書右丞・雍州長史・戸部侍郎・渝州刺史。

とあり、高嶸の父である審行が雍州長史に任ぜられたことが記録にあるので、高長史は高審行である可能性が高い。郁賢皓はその著書『唐刺史考』巻一の「京兆府」で、高審行を儀鳳中の刺史としており、「時李嶠官㆓三原縣尉㆒」という。

また、『全唐文』巻二百四十七の「與㆓夏縣崔少府㆒書」に

安成足下、伏聞高義之日久矣。……

とある。安成は崔融（六五三～七〇六）の字である。崔融が夏縣（今山西省夏縣）尉の時に李嶠から送られたものである。また、『全唐文』巻二百二十所載の「報㆓三原李少府㆒書」は、崔融が李嶠から送られた書状に對する返書であるから、當時、李嶠が三原に居て縣尉であったことを知るのである。

また、李嶠の代表的な作品である「楚望賦」の序に

縣北有レ山者、卽禹貢所謂岐東之荊也。岧嶤高敞、可二以遠望一。余簿領之暇、蓋嘗遊レ斯、府二鏡八川一、周二睇萬里一、悠悠失二鄉縣一、處處盡二雲煙一、不レ知二悲之所一レ集。

という。ここにいう「荊」は「序文」にもあるように『尙書』巻三の「禹貢」にみえる

荊、岐既旅。

や

導二岍及岐一、至二於荊山一、逾二于河一、壺口雷首、至二于太岳一。

にある「荊山」である。孔安國は「荊」に注して

此荊在二岐東一。非二荊州之荊一。

という。『隋書』巻二十九の「地理志上」に

富平、……有二荊山一。

とある。荊山を有する富平縣は『大淸一統志』巻二百二十七の「西安府」に

三原縣、……北至二富平縣界五十五里一。……東北至二富平縣界六十里一。
富平縣、……西至二三原縣界三十里一。……西南至二三原縣界三十里一。

とあり、富平縣と三原縣は隣接しているのである。

次に「八川」は司馬相如（前一七九～前一一七）の「上林賦」にみえる

蕩蕩乎八川分流、相背而異レ態。

の「八川」で、李善（約六三〇～六九〇）は潘岳の「關中記」を引用して

涇・渭・灞・滻・酆・鄗・潦・潏、凡八川。

と注している。これらの川は現在の陜西省の關中地區にある。

以上を勘案すると、李嶠は「楚望賦」制作當時、八川や荆山を眺めることができる場所、卽ち、富平縣に居た記錄がないので、隣接する三原縣に居たことになる。この時期のことと思われる記述が『新唐書』の「本傳」に次の如くみえる。

時畿尉名二文章一者、駱賓王・劉光業、嶠最少、與等夷。

これは若輩の李嶠が初唐四傑の一人である駱賓王（?～六八四）と肩を竝べ、文學方面で活躍するであろうことを予期させるもので、後世にいう〝文章四友（杜審言・崔融・蘇味道・李嶠）〟とか〝文章宿老〟と稱せられる萌芽を暗示させるのに十分である。ここにいう「畿尉」は都附近の縣の尉の意であるから、三原縣尉がそれに相當する。

第六項　入朝（中央官界入り）

調露元年（六七九）三十四歳。

『元和郡縣圖志』巻四の「關內道四、新宥州」に

初、調露元年、於二靈州南界一置二魯・麗・含・塞・依・契等六州一、以處二突厥降戶一、時人謂二之六胡州一。

とあり、この年、朔方の靈州（今寧夏省靈武縣）の南境に六州を置いたとある。この地に赴いた李嶠に「奉使筑朔方六州城率爾而作」という詩があり、その詩題及び冒頭の句の「奉レ詔受二邊服一　總レ徒築二朔方一　驅二彼犬羊族一　正二此戎夏疆一」によって、李嶠が敕命を受けて、初めて朔方の六州に城を築いたことがわかる。これだけの大任を一縣尉にまかすはずがない。そこで、『新唐書』の「本傳」に

授二監察御史一。……

とあるのは、この任に當って、監察御史に昇格したものと考えられる。『新唐書』巻四十八の「百官志三、監察御史」に

　掌下分二察百僚一、巡二按州縣一、獄訟・軍戎・祭祀・營作・太府出納皆莅上焉。

とあり、職域の面からも首肯できる。斯くして、李嶠の中央官界入りが實現したのである。

永隆元年（六八〇）～永淳元年（六八二）三十五歳～三十七歳。

晴れて中央官界入りを果した李嶠であったが、當時の國外の情勢は穩やかでなく、西の吐蕃や北の突厥が頻繁に唐を擾亂し、南蠻の獠（僚）もしばしば國境を侵略した。『新唐書』巻三の「高宗紀」には

　龍朔三年、五月壬午、柳州蠻叛。冀州都督長史劉伯英以二嶺南兵一伐レ之。
　乾封二年、嶺南洞獠陷二瓊州一。
　咸亨三年、正月辛丑、姚州蠻寇邊、太子右衞副率梁積爲二姚州道行軍總管一以伐レ之。
　儀鳳元年、正月丁卯、納州獠寇レ邊。

とある。ここにみえる蠻族の侵攻は氷山の一角で、國境における小競合いは日常茶飯事であったことは想像に難くない。『舊唐書』の「本傳」は「累轉二監察御史一」[21]に續けて

　時嶺南邕・嚴二州首領反叛、發レ兵討擊。高宗令三嶠往監二軍事一。嶠乃宣二朝旨一、特赦二其罪一、親入二獠洞一以招二諭之一。叛者盡降、因罷レ兵而還。高宗甚嘉レ之。

とある。これによると、嶺南の邕（今廣西省邕寧縣）と嚴（今廣西省來賓縣）の獠が瓊州（今廣東省瓊山縣）を陷れたので、高宗李治（六二八～六八三）は軍隊を派遣した。その時、高宗は李嶠に命じて、その軍事を監督させた。李嶠は指揮するだけではなく、直接自ら蠻族の住む洞に行き、その罪を特赦する旨の朝廷の御旨意を傳達し、蠻族を呼集して諭し

た。これによって謀反者達が降服したので、戦争を終結させて都に歸還した。當時の李嶠の官職である監察御史には、『新唐書』の「百官志」の記述以外に、『通典』巻二十四の「職官六、監察侍御史」に

監察御史……大唐監察御史十員、裏行五員、掌下內外糺察幷監二祭祀一及監中諸軍出使等上。

とあり、「內外の糺察」及び「諸軍の出使の監督」が職務であることを考慮すると、その時期は、調露元年から高宗が崩御するまでの期間ということになる。

李嶠を大變喜んで迎えてくれた高宗も弘道元年（六八三）十二月に貞觀殿で崩御された。その後を太子李顯（六五六～七一〇）が嗣いだ。卽ち、中宗である。翌月の正月に改元して嗣聖元年（六八四）となったが、翌二月、高宗の皇后武則天（六二三～七〇五）が中宗を廢し、廬陵王として幽閉し、豫王李旦を第五代の皇帝に卽位させた。卽ち、睿宗（在位六八四年、七一〇～七一二）である。しかし、武則天は皇帝を別殿に移して政治に參與させず、また、高宗と韓國夫人との間に生まれた章懷太子賢に自害を迫ったり、幽閉した廬陵王李顯を房州（今湖北省竹山縣）や均州（今湖北省均縣の北）に移したりして、皇位に繫がる者で自分に靡かない者は次々と排斥していった。そして、遂に文明元年（六八四）九月、武則天が帝位に就いたのである。

垂拱四年（六八八）四十四歳。

この年の四月、雍州の唐同泰が洛水で瑞石を得て則天に獻上した。『舊唐書』巻六の「則天皇后紀」に

垂拱四年、夏四月[22]、魏王武承嗣僞二造瑞石一、文云、聖母臨レ人、永昌二帝業一。令四雍州人唐同泰表三稱獲二之洛水一。
皇太后大悅。號二其石一爲二寶圖一、擢授二同泰游擊將軍一。

とある。この時、李嶠が百官を代表して書いたと思われる「爲三百寮賀二瑞石一表」[23]には

伏見雍州永安縣人唐同泰、於二洛水中一得二瑞石一枚一。上有下紫脉成レ文曰三聖母臨レ人、永昌二帝業一八字上。臣等抃二

窺靈跡一、駭二矚珍圖一、俯仰殊レ觀、相趨動レ色。竊惟聖德奉レ天、遞爲二先後一、神道助レ敎、相因發レ明。

とあり、より詳細である。更に『册府元龜』巻四百八十二に

李嶠則天朝爲二侍御史一。雍州人唐同泰獻二洛水瑞石一、嶠上二皇符一篇一以美二其事一。有識者多譏レ之。

とあり、當時、李嶠が侍御史であったことと「皇符」が有識者から不評を買ったことを知るのである。

按ずるに、李嶠が獻上した「皇符」が有識者から譏りの對象となったのは、『舊唐書』の「則天皇后紀」にみえるように、魏王で武則天の甥にあたる武承嗣（?～六九八）が武則天を喜ばすために僞造した瑞石を結果的に稱贊したからであろう。

また、この年の秋、武則天の所業として、『舊唐書』巻六の「則天皇后紀」に

秋七月、大二赦天下一。改二寶圖一曰二天授聖圖一、封二洛水神一爲二顯聖一、加二位特進一、并立レ廟。就水側置二永昌縣一。天下大酺五日。

とあり、「寶圖」を「天授寶圖」と改名し、寶圖を出だした洛水の神に官位を與えている武則天のこの所爲は、『史記』巻六の「秦始皇紀」に

（始皇）遂上二泰山一、立レ石、封、祠祀。下、風雨暴至、休二於樹下一、因封二其樹一爲二五大夫一。[24]

とあるように、始皇帝が松樹に五大夫の爵名を與えた獨裁者を彷彿とさせる。

更に、『舊唐書』の「則天皇后紀」に

十二月己酉、神皇拜二洛水一、受二天授聖圖一、是日還レ宮。明堂成。

とあり、この時、李嶠も隨行し、蘇味道・牛鳳らと共に「奉和拜洛應制」詩を詠出している。

天授元年（六九〇）四十五歲。

この年の秋、武則天が即位する。『新唐書』巻四の「則天皇后紀」は

天授元年、九月壬午、改レ國號レ周。大赦、改元、賜レ酺七日。

と記し、『舊唐書』巻六の「則天皇后紀」は

載初元年、九月九日壬午、革二唐命一、改レ國號爲レ周。改元爲二天授一、大二赦天下一、賜レ酺七日。

とやや詳細に記している。この時、李嶠は陳子昂らと共に「皇帝上禮撫事述懷」の應制詩を詠出している。

長壽元年（六九二）四十八歳。

『舊唐書』巻九十四の「本傳」に

累遷二給事中一。時酷吏來俊臣構二陷狄仁傑・李嗣眞・裴宣禮等三家一、奏請レ誅レ之、則天使三嶠與大理少卿張德裕・侍御史劉憲覆二其獄一。德裕等雖レ知二其枉一、懼レ罪、竝從二俊臣所一レ奏。嶠曰、豈有下知二其濫一而不上レ爲二申明一哉。孔子曰、見レ義不レ爲、無レ勇也。乃與二德裕等一列二其枉狀一、由レ是忤レ旨、出爲二潤州司馬一。

とある。「本傳」によると、給事中への昇格時期は、折しも酷吏來俊臣（?～六九七）が同平章事の狄仁傑（六〇七～七〇〇）・司禮卿の裴宣禮（生没年不詳）・潞州刺史の李嗣眞（?～六九六）等の三氏に謀事を仕組んで罪に陥れて投獄し、殺そうとしていた時である。この事件を宋の司馬光（一〇一九～一〇八六）の『資治通鑑』巻二百五の「唐紀二十一、則天皇后之上」及び『資治通鑑考異』巻十一の「唐紀二」は長壽元年正月のこととする。ここでは司馬光の見解に従う。また、來俊臣によって構陥された人物について、『資治通鑑』巻二百五の「則天皇后中之上」には兩唐書の「本傳」に記載する三家のほかに「同平章事任知古・裴行本、前文昌左丞盧獻、御史中丞魏元忠」の四名を加えている。以上七名のうち、三名の貶流先が明らかになっており、『新唐書』巻四の「則天皇后紀」に

長壽元年一月庚午、貶二任知古一爲二江夏令一、狄仁傑彭澤令。流二裴行本于嶺南一。

とある。このような状況の中で李嶠は武則天の命により、大理少卿の張徳裕、侍御史の劉憲とその罪狀を檢討したが、張徳裕らは狄仁傑らが冤罪であることを知りながら、來俊臣の報復を懼れて敢えて異論を唱えず、俊臣の奏上に從おうとした。しかし、李嶠は孔子の言を引用して、「豈に其の枉濫を知りて申明を爲さざること有らんや。」といい、張徳裕・劉憲の二人と一緒に來俊臣の枉狀を列擧した。[25] もし、このことが事實であれば、李嶠は正義感に溢れた良吏といえよう。しかし、司馬光はこのことに懷疑的で、『資治通鑑考異』巻十一の「唐紀二」で

按二嶠平生行事一、恐不レ能レ如レ此。今不レ取。

という。但し、平生の行事については言及していない。「本傳」によると、李嶠らの行爲が武則天の旨意に逆らったとして、潤州（今江蘇省鎭江縣）の司馬として朝廷から出されることになる。[26]

長壽二年（六九三）〜長壽三年（六九四）四十八歳〜四十九歳。

潤州司馬へ流竄された李嶠は、この時期、杭州へ足を運んでいる。『全唐文』巻二百四十五所載の「爲三杭州刺史崔元將獻二綠毛龜一表」に

臣某言、臣聞五氣殊レ方、元龜列二於元武一、……惟金輪聖神皇帝陛下蘊二靈沙劫一、……

とあり、表文に武則天を「金輪聖神皇帝」と尊號している。『舊唐書』巻六の「則天皇后紀」に

長壽二年、秋九月、上加二金輪聖神皇帝一號、

とあるので、右の表文は長壽二年九月以降、杭州で記述したものである。また、『全唐文』巻二百四十三所載の「爲二杭州崔使君賀レ加二尊號一表」に

臣某言、伏奉二五月十一日制書一。陛下俯順二羣情一、懋膺二大典一。垂二光休於百代一、被二鴻私於萬族一。凡在二含生一、孰不二慶幸一。……伏惟越古金輪聖神皇帝陛下承二大雲之法記一。……

とあり、表文に武則天を「越古金輪聖神皇帝」と尊號している。『舊唐書』巻六の「則天皇后紀」に

　長壽三年、五月、上加二尊號一爲二越古金輪聖神皇帝一、……

とあるので、この表文は長壽三年五月十一日に杭州で記述したものである。

この二表文は杭州刺史の崔氏に代って作成したものである。

以上のことから、李嶠は長壽二年九月から長壽三年五月までは杭州に滯在していた可能性がある。

第七項　再入朝

證聖元年（六九五）**五十歳。**

この年、鳳閣舍人となる。『舊唐書』の「本傳」に

　詔入、轉二鳳閣舍人一。則天深加二接待一、朝廷毎レ有二大手筆一、皆特令二嶠爲一レ之。[27]

とあり、潤州司馬に出されてから、まもなくして召辟せられ、歸朝して鳳閣舍人となった。

歸朝の時期について明記した資料はないが、『全唐文』巻二百四十八の「宣州大雲寺碑」の碑文に武則天のことを「慈氏越古金輪聖神皇帝」と尊號している。この碑文は潤州から歸る途中、宣州（今安徽省宣城縣地方）の大雲寺に立寄り作成したものである。それは碑文にいう「慈氏越古金輪聖神皇帝」の尊號が『舊唐書』巻六の「則天皇后紀」によると、

　證聖元年春一月、上加二尊號一曰二慈氏越古金輪聖神皇帝一、大二赦天下一、改元、大酺七日。

とあり、また、

　春二月、上去二慈氏越古尊號一。

とあるからである。従って、大雲寺の碑文は一月から二月までの間に製作されたものであるから、その期間内に潤州

を離れて帰朝したと考えられる。

帰朝したその年の四月、武則天の甥である武三思（?〜七〇七）が音頭をとって、武后の功徳を刻した銅柱を建て、それに武則天自身が「大周萬國頌德天樞」と題した。『新唐書』巻四の「則天皇后紀」に

天冊萬歳元年正月辛巳、……改二元證聖一。……四月戊寅、建二大周萬國頌德天樞一。

とあるのがそれである。その天樞の規模やそれに要した費用や材料について、唐の劉肅（生沒年不詳）の『大唐新語』巻八は

長壽三年、則天徵二天下銅五十萬餘斤、鐵三百三十餘萬、錢兩萬七千貫一、於二定鼎門內一鑄二八稜銅柱一。高九十尺、徑一丈二尺、題曰二大周萬國述德天樞一。紀二革命之功一、貶二皇家之德一。天樞下置二鐵山一、銅龍負載、獅子・麒麟圍遶。上有二雲蓋一、蓋上施二盤龍一以托二火珠一。珠高一丈、圍三丈、金彩熒煌、光侔二日月一。武三思爲二其文一、朝士獻レ詩者不レ可二勝紀一。唯嶠詩冠二絕當時一。[28]

と傳える。一方、『舊唐書』巻六の「則天皇后紀」は

延載元年秋八月、梁王武三思勸二率諸蕃酋長一、奏請大徵二斂東都銅鐵一、造二天樞於端門之外一、立レ頌以紀二上之功業一。

と記しているが、『大唐新語』とは微妙に記述が異なっている。例えば、『大唐新語』にいう「長壽三年」は、その年の五月に改元があったので、長壽三年は四月までである。従って、嚴密にいえば、『舊唐書』の方が正しい。また、『舊唐書』は武三思が諸蕃の酋長を率いて、銅鐵を徵斂したというのに對して、『大唐新語』は武則天が天下の銅鐵を徵集したという。また、銅柱の建立場所を『舊唐書』は「端門の外」というのに對して、『大唐新語』は「定鼎門の內」という。「端門」は宮殿の正門で、『漢書』巻四十の「周勃傳」に「皇帝入二未央宮一。有二謁者十人持レ戟衛二端門一。」とあ

る「端門」と同じで、顏師古は「端門、殿之正門」と注している。端門は唐の東都（洛陽）の皇城の正門であるが、『大唐新語』にいう「定鼎門」は東都の南にある城郭門である。二門とも實在した門であるが、武后の功業を誇示するためのものであることを考慮すると、「定鼎門の內」より「端門の外」の方が適っている。

　ところで、『資治通鑑』卷二百五の「則天皇后」では

　延載元年八月、武三思帥二四夷酋長一、請下鑄二銅鐵一爲二天樞一、立二於端門之外一、銘二紀功德一、黜レ唐頌レ周、以二姚璹一爲中督作使上。諸胡聚二錢百萬億一以二銅鐵不レ能レ足、賦二民閒農器一、以足レ之。

と記し、延載元年を武三思が天樞製作の趣旨を宣言した年とし、これと分けて

　證聖元年夏四月、天樞成。高一百五尺、徑十二尺、八面各徑五尺。下爲二鐵山一、周百七十尺。以レ銅爲二蟠龍・麒麟一、縈二繞之一。上爲二騰雲・承銅盤一、徑三丈、四龍人立捧二火珠一。高一丈、工人毛婆羅造レ模、武三思爲レ文。刻二百官及四夷酋長名一。太后自書二其榜一曰二大周萬國頌德天樞一。

と記し、證聖元年を天樞の完成年としている。この記述は前出『新唐書』と一致する。この時、天樞の完成を祝して多くの臣下が獻詩しているが、『大唐新語』は「李嶠の詩が[29]最もすぐれていた」と傳えている。

また、この證聖元年に上奏したと思われるものに「請レ令三御史檢二校戶口一表」[30]の上表文がある。それは次のような書き出しで始まる。

　臣聞黎庶之數・戶口之衆、而條貫不レ失。按此可レ知者、在下於各有二管統一、明中其簿籍上而已。今天下之人、流散非レ一。或違二背軍鎭一、或因レ緣逐レ糧、苟二免歲時一、偸二避徭役一。此等浮衣寓食、積歲淹年、王役不レ供、簿籍不レ挂。或出二入關防一、或往二來山澤一、非三直課調虛蠲、闕二於恆賦一。亦自誘二動愚俗一、堪爲二禍患一、不レ可レ不二深慮一也。或逃亡之戶、或有二簡察一。卽轉二入他境一、還行自容。所司雖レ具二條科一、頒二其法禁一、而相看爲レ例、莫

レ適二遵承一、縱欲三糾二設其僭違一。加二之刑罰一、則百州千郡、庸可レ盡レ科。……

これは賦役を免れたり、他の土地へ流亡したりする戸籍の無い者を調査するように要請したものである。この上表文には制作年月日を明記していないが、『唐會要』巻八十五の「逃戸」に引用するこの上表文には

證聖元年、鳳閣舍人李嶠上表曰、臣聞黎庶之數、戸口之衆、而條貫不レ失。……

とあり、前記「請レ令三御史檢二校戸口一表」と一致するので、李嶠は證聖元年に鳳閣舍人であったことが確認できる。即ち、李嶠が都を出てから大約二年餘の後の入朝ということになる。

萬歳通天元年（六九六）**五十二歳。**

『舊唐書』の「本傳」にみえる

時初置二右御史臺一、巡二按天下一、嶠上疏陳二其得失一曰、陛下創置二右臺一、分二巡天下一、察二吏人善惡一、觀二風俗得失一。斯政途之綱紀、禮法之準繩、無二以加一也。然猶有下未二折衷一者上。臣請試論レ之。夫禁網尚レ疏、法令宜レ簡。簡則法易レ行而不二煩雜一。疏則所レ羅廣而無二苛碎一。（以下略）

の「嶠上疏陳二其得失一曰」以下は、「論三巡二察風俗一疏」(31)と題する上疏文の全文である。この上疏文には制作年月を明記していないが、『唐會要』巻七十七の「諸使上・巡察按察巡撫等使」に

萬歳通天元年、鳳閣舍人李嶠上疏曰、陛下創置二左右臺一、分二巡天下一、察二吏人善否一、觀二風俗得失一、斯政途之綱紀、禮法之準繩、無二以加一也。（以下略）

とあるので、萬歳通天元年も鳳閣舍人であったことがわかる。

李嶠が奏上した上疏文は『舊唐書』の「本傳」に

則天善レ之、乃下レ制分二天下一爲二二十道一、簡二擇堪一爲二使者一。會有二沮レ議者一、竟不レ行。

とあり、結果的には實施されることがなかった。その後、開元九年に、宇文融（?～約七三〇）は李嶠が奏上した内容とほぼ同じことを建議し、實施された。『舊唐書』巻一百五の「宇文融傳」に

天下戸口逃亡、免役多二僞濫一、朝廷深以爲レ患。融乃陳二便宜一、奏下請檢二察僞濫一、搜中括逃戸上。玄宗納二其言一、因令二融充使推勾一。無レ幾、獲二僞濫及諸免役一甚衆、特加二朝散大夫一、再遷二兵部員外郎、兼侍御史一。融於レ是奏置二勸農判官十人、竝攝御史一、分往二天下一、所在檢二括田疇一、招二攜戸口一。其新附二客戸一、則免二其六年賦調一、但輕レ税入レ官。

とある。しかし、この政策は失敗で、唐朝の土台を搖がす結果を招くことになった。清の學者邵廷采（一六四八～一七一一）は「田賦畧」[32]の中で

唐之分崩離析也、由二宇文融括羨田逃戸一始也。至下以二正田一爲レ羨、編戸爲中客民上、安所レ措二手足一乎。

といい、宇文融の「括田」「括逃戸」を批判している。曩に、李嶠が同様の案を建議した時、阻止されたのには、それなりの根據があったのである。

この年、『史通』の著者で史學家特に史學の理論家として著名な劉知幾（字、子玄。六六一～七二一）との出會いがある。時に劉知幾三十六歳である。出會いは直接對面ではなく、知幾の時政の得失を陳述した文書との對面である。その時のことを『舊唐書』巻一百二の「劉子玄傳」は

證聖年、有レ制文武九品已上各言二時政得失一。知幾上表陳二四事一、詞甚切直。是時、官爵僭濫而法網嚴密、士類競爲二趨進一而多陷二刑戮一。知幾乃著二思愼賦一以刺レ時、且以見レ意。鳳閣侍郎蘇味道・李嶠見而歎曰、陸機豪士所レ不レ及也。

と傳える。[33]李嶠と同郷の蘇味道が乾封二年（六六七）に二十歳で進士に及第して以來、李嶠と文翰を以て顯われ、當時

〝蘇李〟と呼ばれた両人が、劉知幾の「思愼賦」を晉の太康文學の代表作家である陸機（字、士衡。二六一～三〇三）の「豪士賦」も及ばないと激賞している。「劉子玄傳」の「文武九品已上各言時政得失」は、『舊唐書』巻六の「則天皇后紀」に

　證聖元年、春一月、……令内外文武九品已上各上封事、極言正諫。

とあるので、年號からだとこの時のことと考えられるが、この日より十二日前に、蘇味道は集州（今四川省南江縣）刺史として左遷されているので、李嶠と一緒に劉知幾の「思愼賦」をみることができなかったはずである。蘇味道の左遷については、『新唐書』巻四の「則天皇后紀」に

　改元證聖。大赦、賜酺三日。戊子、貶豆盧欽望爲趙州刺史、韋巨源鄜州刺史、杜景佺溱州刺史、蘇味道集州刺史、……

とあり、『舊唐書』巻九十二の「蘇味道傳」に

　證聖元年、坐事出爲集州刺史、俄召拜天官侍郎。

とある。一方、『舊唐書』の「則天皇后紀」は

　萬歳登封元年、夏四月、親享明堂、大赦天下、改元爲萬歳通、大酺七日、以天下大旱、命文武官九品以上極言時政得失。

とあり、この内容が「劉子玄傳」の記述と近似している點、また、蘇味道が左遷されたもののすぐ歸還していることを勘案すると、「劉子玄傳」の「證聖年」は「萬歳通天年」の錯誤であろう。

神功元年（六九七）**五十三歳。**

『舊唐書』の「本傳」に

尋知天官侍郎、遷二麟臺少監一。

とあるが、年月日を記していない。この年の春二月、王孝傑・蘇宏暉らが兵十八萬を率いて、契丹の孫萬斬と硤石谷で戦い、唐軍が敗績した。契丹は勝に乗じて幽州を攻陷した。そこで契丹の主默啜は咸亨年閒突厥に降った豐・勝・靈・夏・朔・代の六州及び單于都護府の地と穀種・繒帛・農器鐵を要求してきた。武則天は拒否したが、納言の姚璹と鸞臺侍郎の楊再思は默啜の要求をのむように進言した。『資治通鑑』巻二百六の「唐紀二十二・則天皇后紀中之下」によると、

神功元年、春三月、……麟臺少監知鳳閣侍郎贊皇李嶠曰、戎狄貪而無レ信。此所レ謂借二寇兵一資二盜糧一也。不レ如二治レ兵以補レ之。

と李嶠は反論している。しかし、結果は默啜の要求を唐がのむことになる。この時、李嶠の官職は麟臺少監（祕書省少監・從四品）兼知鳳閣侍郎である。ところが、『資治通鑑』巻二百六の「則天皇后紀中之下」によると、その年の冬閏十月に

鳳閣舍人李嶠知二天官選事一。始置二員外官數千人一。

とあり、前記の「春三月」にみえる麟臺少監より一階級低い鳳閣舍人となっている。三月から十月までの閒に李嶠の地位に關する記述がないので、明言することはできないが、格下げされたとも考えられる。しかし、『新唐書』巻四の「則天皇后紀」に

聖曆元年、十月癸卯、狄仁傑爲二河北道安撫大使一。夏官侍郎姚元崇・麟臺少監李嶠同鳳閣鸞臺平章事。

とあり、神功元年の翌年の聖曆元年（六九八）の十月には麟臺少監で同鳳閣鸞臺平章事となっていることを勘案すると、鳳閣舍人から一氣に同鳳閣鸞臺平章事になったというよりは、麟臺少監から同鳳閣鸞臺平章事になったと考える方が

自然であるから、『資治通鑑』巻二百六にみえる冬閏十月の官職である鳳閣舎人は錯誤である。従って、この年に鳳閣舎人から一階級上の麟臺少監に昇格した。

この年から鸞臺侍郎に轉じた聖暦三年春三月までか、宰相になった聖暦元年冬十月までか、限定し難いが、武則天の敕命により司馬承禎のために餞送の宴を催している。『舊唐書』巻一百九十二の「隠逸・司馬承禎傳」に

承禎嘗遍遊二名山一、乃止二於天台山一。則天聞二其名一、召至レ都、降二手敕一以讃二美之一。及レ将レ還、敕麟臺監李嶠餞二之於洛橋之東一。

とある。ここでは李嶠は麟臺少監の上の麟臺監（正三品）となっている。しかし、李嶠が麟臺監になった記録を他にみない。因みに、兩唐書の「司馬承禎傳」や他の列傳にも、武則天の命を受けて李嶠が餞送を開催した記事はない。ただ、王勃（生没年不詳）の「王屋山貞一司馬先生傳」[34]に

先生是後因浪遊。遠詣二於天台山一。武太后聞二其名一、召至レ都、降二手詔一賛美。及レ将レ還、敕李嶠餞二於洛橋之東一。

とあり、天津橋の東で餞送が行なわれたのは事實のようである。ここでも、官職名が記載されていない。この時、李嶠が「送二司馬先生一」（全唐詩巻六十一所載）、宋之問が「送三司馬道士游二天台一」（全唐詩巻五十三所載）、薛曜が「送三道士入二天台一」（全唐詩巻八十所載）の送別詩を詠出している。

第八項　宰相となる

聖暦元年（六九八）五十四歳。

『舊唐書』巻六の「則天皇后紀」[35]に

聖暦元年、冬十月癸卯、夏官侍郎姚元崇・麟臺少監李嶠竝同鳳閣鸞臺平章事。

とあり、夏官（兵部）侍郎の姚元崇[36]（字、元之。六五一～七二一）と當時、麟臺少監であった李嶠とが同時に同鳳閣鸞臺平章事となった。卽ち宰相となったのである。『舊唐書』の「本傳」にある

　聖曆初、與二姚崇一偕遷二同鳳閣鸞臺平章事一、……

がそれに當る。兩唐書の「則天皇后紀」によると、李嶠が同鳳閣鸞臺平章事になる一ヶ月前の九月に、同鄕の蘇味道が天官（吏部）侍郎から鳳閣侍郎・同鳳閣鸞臺平章事となって入相している。

聖曆二年（六九九）五十五歲。

『全唐文』卷二百四十九所載の「攀龍臺碑」に

　聖曆二年、乃下レ制改二昊陵署一爲二攀龍臺一、加二置官屬佐史一。……

とあり、この年、武則天は父親である無上孝明高皇帝の昊陵、卽ち武士彠（字、信。五七七～六三五）の墓の官署を改築して攀龍臺を造った。その時、李嶠は武則天の命により「攀龍臺碑」を作った。

聖曆三年（七〇〇）五十六歲。

『舊唐書』卷六の「則天皇后紀」に

　聖曆三年、春三月、李嶠爲二鸞臺侍郎一、知政事如レ故。

とあり、鸞臺侍郎となったことだけを記すが、『舊唐書』の「本傳」には

　俄轉二鸞臺侍郎一、依二舊平章事一、兼二修國史一。

とあり、鸞臺侍郎に遷ると同時に、歷史を編修する修國史も兼任することを傳える。

久視元年（七〇〇）五十六歲。

聖曆三年五月に久視と改元される。『資治通鑑』卷二百六の「則天皇后紀中之下」に

久視元年、六月、改二控鶴一爲二奉宸府一、以二張易之一爲二奉宸令一。太后毎二內殿曲宴一、輒引二諸武易之及弟祕書監昌宗一、飲博嘲謔。太后欲レ掩二其迹一、乃命三易之・昌宗與二文學之士李嶠等一、修二三教珠英於內殿一。武三思奏。昌宗乃王子晉後身。太后命二昌宗一、衣二羽衣一、吹レ笙、乘二木鶴於庭中一。文士皆賦レ詩以美レ之。

とあり、李嶠は武則天の命により、張易之・昌宗兄弟と一緒に『三教珠英』の編纂に參畫している。『舊唐書』卷七十八の「張行成傳」には

以三昌宗醜聲聞二于外一、欲下以二美事一掩中其迹上、乃詔二昌宗一撰二三教珠英於內一。乃引二文學之士李嶠・閻朝隱・徐彥伯・張說・宋之問・崔湜・富嘉謨等二十六人一、分レ門撰集、成二一千三百卷一、上レ之。

とあり、李嶠以外の編纂者[37]二十五名のうち、六名の實名が擧っている。更に、『三教珠英』の編纂動機についても、文學的な發想に基づくものではなく、張昌宗の醜聞を隱匿するための不純な動機であることが明記されている。

また、『新唐書』卷二百二の「李適傳」に

武后脩二三教珠英書一、以二李嶠・張昌宗一爲レ使取二文學士一綴集、於レ是適與二王無競・尹元凱・富嘉謨・宋之問・沈佺期・閻朝隱・劉允濟一在レ選。

とあり、『三教珠英』を編纂するに當り、李嶠は張昌宗と竝んで「使」となっている。「使」とは『舊唐書』卷一百九十中の「閻朝隱傳」にみえる

朝隱修二三教珠英一時、成均祭酒李嶠與二張昌宗一爲二修書使一、盡收二天下文詞之士一爲二學士一、預二其列一者、有二王無競・李適・尹元凱一、竝知二名於時一。

の「修書使」で、李嶠と張昌宗が總領となり編纂したのである。『唐會要』卷三十六の「修撰」によれば

大足元年、十一月十二日、麟臺監張昌宗撰二三教珠英一千三百卷一成、上レ之。

とあり、久視元年の翌年の大足元年（七〇一）、正確にいえば、長安元年に完成したと傳える。

ここで、たびたびみえる「文學之士」について言及しておく。これは兩唐書や『資治通鑑』も同じであるが、李嶠以下二十六人に冠せられた「文學之士」の用語である。『舊唐書』の「張行成傳」や『資治通鑑』の「則天皇后」で李嶠に冠している「文學之士」は、『舊唐書』の「閻朝隱傳」では「文詞之士」となっているので、「文學之士」が官職名でないことは明らかである。なのに、敢えて「文學之士」を冠しているのには何らかの意味があるのではないだろうか。杜曉勤氏は汪籛氏の「唐玄宗時期吏治與文學之爭」(38)を踏まえて、「吏治與文學之爭」の「對開元前期詩歌發展之影響」(39)の中で

在汪文的啓發下、我發現〝吏治與文學之爭〟不僅對玄朝政治史產生了重大影響、而且直接波及此時的宮廷文壇乃至影響到詩風的變化。因爲重〝吏治〟一派與重〝文學〟一派政見之異主要體現在、一主張用〝吏干〟之才、一提倡用〝文學〟之士。他們對文學乃至詩歌創作之態度也不侔、大致說來、〝吏治〟派不重視官吏的文學創作才能、頂多只注意到文學的實用性、而〝文學派〟則將文學創作才能之高低視爲選拔官吏的必備條件、他們更加重視文學的審美性・藝術性。所以隨着兩派政治勢力的交替上昇・輪流執政、玄宗朝前期的文學創作傾向及詩風也呈現出相應的變化。

といっている。卽ち、官吏を登用する際に文學を重視して選拔する官吏を「文學の士」と呼んだようである。當時、この文學派の官吏と文學を重視しない吏治派の官吏とは、政治勢力を競っただけでなく、文學の創作や詩風においても異なっていたようである。

久視元年、閏七月己丑、成均祭酒（從三品）となる。『新唐書』巻四の「則天皇后紀」は

閏七月戊寅、復二于神都一。己丑、天官侍郎張錫爲二鳳閣侍郎・同鳳閣鸞臺平章事一。李嶠罷。

といい、李嶠が官職を免ぜられたことしか記されていないが、『舊唐書』巻六の「則天皇后紀」には

秋七月、至レ自二三陽宮一。天官侍郎張錫爲二鳳閣侍郎・同鳳閣鸞臺平章事一、其甥鳳閣鸞臺平章事李嶠爲二成均祭酒一。

とあり、『資治通鑑』巻二百七の「唐紀二十三・則天皇后紀下」にも

閏月己丑、以二天官侍郎張錫一爲二鳳閣侍郎同平章事一。鸞臺侍郎同平章事李嶠罷、爲二成均祭酒一。錫、嶠之舅也。故罷二嶠政事一。

とあり、李嶠が鳳閣鸞臺平章事を罷めた後、成均祭酒になったことがわかる。そして、李嶠が去った後、舅の張錫が鳳閣侍郎・同鳳閣鸞臺平章事の職に任ぜられ、宰相となる。そのことを『新唐書』巻一百一十三の「張錫傳」に

……代二其甥李嶠一爲二宰相一。

と傳えている。この錫との關係について、『舊唐書』巻八十五の「徐有功傳」に

先レ是、姊子李嶠知政事、錫拜レ官而嶠罷レ相出爲二國子祭酒一。舅甥相代爲レ相、時人榮レ之。

といい、嶠と錫の人間關係を明確にし、當時の人々が舅甥が繼續して宰相に就任したことで、一族を贊譽したことを傳えている。これを『舊唐書』の「本傳」は更に詳しく

嶠舅天官侍郎張錫入二知政事一、嶠轉二成均祭酒一、罷二知事及修史一、舅甥相繼在二相位一。時人榮レ之。

といい、知事だけでなく、修國史も罷めたことを傳えている。

大足元年（七〇二）五十七歲。

この年の三月、李嶠に續いて宰相となった舅の張錫が循州（今廣東省惠陽縣の東北）へ配流された。その理由を『資治通鑑』巻二百七の「唐紀二十三・則天皇后下」は

鳳閣侍郎同平章事張錫、坐下知レ選漏二世禁中語一、贓中滿數萬上、當レ斬、臨レ刑釋レ之、流二循州一。

という。卽ち、張錫が選擧に關することで、宮中外に祕密を漏らし、數萬の賄賂を得たというものである。この事件より二ヶ月前の正月、李嶠は則天皇后に諫疏を奏上している。それは武則天が白司馬坂に大像を建てようとしたことに對するものである。『全唐文』巻二百四十七に「諫レ建二白馬坂大像一疏」と題して全文を収めるが、『新唐書』の「本傳」に要約文が記載されているので紹介すると

武后將レ建二大像於白司馬坂一、嶠諫、造レ像雖レ俾二浮屠輸一レ錢、然非二州縣承辦一不レ能レ濟。是名雖レ不レ稅而實稅レ之。臣計二天下編戶一、貧弱者衆、有下賣レ舍・帖レ田供二王役一者上。今造レ像錢積十七萬緡、若頒二之窮人一、家給二千錢一、則紓二十七萬戶飢寒之苦一、德無レ窮矣。(40)不レ納。

というものである。李嶠は「大像に費やす大金があれば、多くの貧窮者を救濟することができる」と、政治家として當然のことを諫言したのであるが、容れられなかった。それどころか、『新唐書』の「本傳」に

張易之敗、坐二附會一貶二豫州刺史一、未レ行、改二通州一。

とあるように地方へ貶竄させられた。諫書の奏上の時期について、『舊唐書』の「本傳」は「長安末」とするが、『唐會要』巻四十九の「像」に

大足元年、正月、成均祭酒李嶠諫曰、臣以二法王慈敏、菩薩護持一……

とあり、大足元年の正月であることがわかる。

また、この年の十一月に李嶠も參畫した『三教珠英』が完成した。『唐會要』巻三十六の「修選」に

大足元年、十一月十二日、麟臺監張昌宗、撰二三教珠英一千三百巻一成、上レ之。

とあり、詳細な年月日を傳えている。

長安二年（七〇二）五十八歲。

この年、檢校文昌左丞・東都留守となる。『舊唐書』の「本傳」に

嶠尋㆓檢校文昌左丞・東都留守㆒。

とあるが、年月を記していない。『資治通鑑』巻二百七の「唐紀二十三・則天皇后下」に

六月壬戌、召㆓神都留守韋巨源㆒詣㆓京師㆒、以㆓副留守李嶠㆒代㆑之。

とあり、月日も記載している。また、『資治通鑑』によって、前年まで副留守であったことを知る。こうして李嶠は遂に天子の代理として洛陽の都を任されるに至ったのである。

第九項　再び宰相となる

長安三年（七〇三）五十九歳。

この年、鳳閣鸞臺平章事・知納言となる。『舊唐書』の「本傳」に

長安三年、嶠復以㆓本官平章事㆒、尋㆓知納言事㆒。

とあり、二年前の大足元年に罷めた鳳閣鸞臺平章事及び知納言となり、再び宰相となる。詳細な月日については、『新唐書』巻四の「則天皇后紀」に

閏月庚午、成均祭酒李嶠同鳳閣鸞臺平章事。己卯、李嶠知納言事。

と記し、『舊唐書』巻六の「則天皇后紀」は

夏四月庚子、相王旦表讓㆓司徒㆒、許㆑之。改㆓文昌臺㆒爲㆓中臺㆒。李嶠知納言事。

と記す。これによって、夏四月であることを知る。更に、當時の李嶠の官職について、『資治通鑑』巻二百七の「唐紀二十三・則天皇后下」は

夏閏四月己卯、改㆓文昌臺㆒爲㆓中臺㆒、以㆓中臺左丞李嶠㆒知納言事。

と記す。これによると、「中臺左丞」であったことがわかる。「中臺」は尚書省の異名で、『新唐書』巻四十六の「百官志一」の「尚書省」の注に

龍朔二年、改㆓尚書省㆒曰㆓中臺㆒、廢㆓尚書令㆒。……光宅元年、改㆓尚書省㆒曰㆓文昌臺㆒、俄曰㆓文昌都省㆒。垂拱元年曰㆓都臺㆒、長安三年曰㆓中臺㆒。

とある。「左丞」については、『通典』巻二十二の「職官四、錄尚書」に

左丞掌㆘管㆓轄諸司㆒、糾㆓正省內㆒、勾㆓吏部・戶部・禮部等十二司㆒、通㆗判都省事㆖。

とあり、「左丞」は尚書の下にあるものの、諸司を管轄し、省内を糾正し、吏部・戸部・禮部等十二司を勾すということは、強い權力を有していたと推量できる。また、この年に再び修國史になったらしく、『唐會要』巻六十三の「史館上・修國史」に

長安三年、正月一日敕、宜㆑令㆘特進梁王三思、與㆓納言李嶠・正諫大夫朱敬則・司農少卿徐彥伯・鳳閣舍人魏知古・崔融・司封郎徐堅・左史劉知幾・直史館吳競等㆒、修㆗唐史㆖。

とある。ただ、兩唐書の「則天皇后紀」で、李嶠が納言となったのは四月であるから、『唐會要』の正月に納言と記されているのは、錯誤か、それとも、四月以降の納言の官職を、この年を代表する官職として記載したものとも考えられる。

長安四年（七〇四）**六十歳**。

この年、內史に遷り、再び成均（國子）祭酒を拜し、地官（戶部）尚書となる。

この年の三月、則天皇后が宰相達を召集して意見交換をしている。李嶠も上奏しており、『唐會要』巻六十八の「刺

史上」に

長安四年、三月、則天與二宰相一議、及二州縣官一。納言李嶠等奏曰、安レ人之方、須レ擇二刺史一。竊見二朝廷物議一、莫レ不下重二內官一、輕中外職上。每レ除二牧伯一、皆再三披レ訴。比來所レ遣外任、多是貶累之人。風俗不レ澄、實由二於此一。今望二於臺閣寺監一、妙二簡賢良一、分典二大州一、共康二庶績一。臣等請下輟二近侍一、率先具上レ寮。則天曰、誰爲二此行一。……

とあり、刺史を內官から選ぶべきではないことを主張する。

當時、武則天の寵幸を集めていた張易之兄弟は、武則天の威を借りて専横し、則天と共に行動していた。李嶠を始め多くの官吏は張兄弟に媚び諂った。『舊唐書』巻九十四の「崔融傳」に

（長安）四年、時張易之兄弟頗招二集文學之士一、融與二納言李嶠・鳳閣侍郎蘇味道・麟臺少監王紹宗等一倶以二文才一降節事レ之。及二易之伏誅一、融左二授袁州刺史一。

とあり、[41] 降節して事えた崔融（字、安成。六五三〜七〇六）は張易之が誅罰せられると、袁州刺史として左遷されるが、翌年、中宗が即位すると、この事件で李嶠も左遷されることになる。しかし、李嶠はただ張易之兄弟の機嫌ばかりとっていたのではない。折しも、張易之の弟の昌宗が妖人李弘泰の占言を信用して、無軌道な事を行なっていたので、御史中丞宋璟が昌宗の姦計を徹底的に取り調べるように上奏したことがあった。しかし、武則天は許可しなかった。司刑少卿桓彥範も上疏したが容れられなかった。四月に內史へ遷った李嶠も上疏した。內史への超遷については、『舊唐書』巻六・『新唐書』巻四の「則天皇后紀」及び『資治通鑑』巻二百七の「唐紀二十三・則天皇后下」に

四月壬戌、韋安石知納言事、李嶠知內史事。

とあり、上疏については、『舊唐書』巻九十一の「桓彥範傳」にその奏稱の內容を記載している。

往屬二革命之時一、人多二逆節一。鞫訊決斷、刑獄至嚴、刻薄之吏、恣行二酷法一。其周興・丘勣・來俊臣所レ劾破レ家者、竝請二雪免一。

と。その結果について、『新唐書』巻一百二十の「桓彦範傳」に

依違未レ從。

とあり、武后は李嶠の意見に耳を貸していない。

この年の六月、鳳閣鸞臺三品になる。『新唐書』巻四の「則天皇后紀」に

六月丁丑、李嶠同鳳閣鸞臺三品。

とあるが、『資治通鑑』巻二百七の「唐紀二十三・則天皇后下」には

六月丁丑、以二李嶠同鳳閣鸞臺三品一、嶠自請レ解二內史一。

とあり、李嶠が同鳳閣鸞臺三品になると同時に內史の解任を願い出ている。一方、『舊唐書』巻六の「則天皇后紀」に

六月、天官侍郎崔玄暐同鳳閣鸞臺平章事。李嶠爲二國子祭酒一、知政事如レ故。

とあり、李嶠は鳳閣鸞臺平章事のまま、再び國子祭酒になったと傳えている。

十一月になると、前職を辭して地官尙書に就任する。『新唐書』巻四の「則天皇后紀」には

十一月丁亥、天官侍郎韋承慶行鳳閣侍郎、同鳳閣鸞臺平章事李嶠罷。

とあり、鳳閣鸞臺平章事を罷めたことのみを記すが、『資治通鑑』巻二百七の「唐紀二十三・則天皇后下」に

十一月癸卯、成均祭酒・同鳳閣鸞臺三品李嶠罷爲二地官尙書一。

とあり、鳳閣鸞臺平章事を罷めた後、地官尙書に就任したことを傳えている。また、『舊唐書』巻六の「則天皇后紀」には

十一月、李嶠爲二地官尚書一、張柬之爲二鳳閣鸞臺平章事一。

とあり、李嶠の後任には襄陽の張柬之（字、孟將。六二五～七〇六）が就任したとある。

地官尚書（戸部尚書、正三品）の地官は武則天が即位してからの名稱で、『通典』巻二十三の「職官五・戸部尚書」に

大唐永徽初、復改二民部一爲二戸部一、廟諱故也。顯慶元年、改二戸部一爲二度支一。龍朔二年、改二度支尚書一爲二司元太常伯一。咸亨元年、復爲二戸部尚書一。初、戸部居二禮部之後一、武太后改二置天地四時之官一、以二戸部一爲二地官一、由レ是遂居二禮部前一。神龍元年、復改二地官一爲二戸部一。

とある。李嶠はこの地位の職權を濫用した疑いがある。それは、李嶠が地官尚書になって員外郎（従六品）を二千人余りも置き、そこに親戚や勢力のある家から官吏を採用しているのである。『新唐書』巻四十五の「選擧志下」に

長安四年、時李嶠爲二尚書一、又、置二員外郎二千餘員一、悉用二勢家親戚一、給二俸祿一、使レ釐レ務、至下與二正官一爭レ事相毆者上。

とある。また、『唐會要』巻七十四の「選部上」にも

神龍元年、李嶠・韋嗣立同居二選部一、多引二用權勢一、求二取聲望一、因請レ置二員外官一千餘員一。由レ是僥倖者趨進、其員外官悉依二形勢一、與二正官一爭レ事、百司紛競、至レ有二相毆擊者一。

とあり、當時、李嶠が陽武の韋嗣立（字、延構。六五四～七一九）と共に選部に居て、權勢を用いたとあるからほぼ間違いない。但し、『唐會要』は李嶠の職權濫用を神龍元年とするが、『新唐書』に從って、長安四年とすべきである。なぜなら、韋嗣立は選部（吏部）を長安四年十二月に罷めているからである。『新唐書』巻四の「則天皇后紀」に

長安四年、正月壬子、天官侍郎韋嗣立爲二鳳閣侍郎・同鳳閣鸞臺三品一。（中略）十二月丙辰、韋嗣立罷。

とある。李嶠の職權濫用につながる説話として、『太平廣記』巻二百二十二所錄の『定命錄』に

武功馬祿師善レ相。長安主簿蕭璿與二縣尉李嶠・李全昌一、同詣求レ決。（中略）至二神龍初一、方蒙二洗滌一。其時李嶠作レ相。於二街中一忽逢レ璿。使三人問二是蕭祕書耶一。因謂レ之曰、公豈忘二武功馬生之言一乎。於レ是擢用。時小李少府作二刑部員外一。判還二其家一。蕭公竟歷二中外清要一、位至二崇班一、三品官十餘政。

とある。この説話は馬祿師の風鑑師としての能力を表白するためのものであるが、ある程度事實に基づいて作られた感がある。それは最終的に肅璿は文憲王[42]となり、李全昌は光祿少卿[43]（從四品）となっているからである。説話の內容は、李嶠が蕭璿と李全昌を拔擢して引き立てたもので、當時の李嶠の權勢を描出している。李嶠も武則天の專橫によって亂れた流れに乘じた一人でもあった。

神龍元年（七〇五）六十一歲。

この年に入って、武則天の病氣がますます重くなった。この時とばかりに、宰相の崔玄暐（本名、曅。六三八～七〇六）と張柬之が中心となって、張易之・昌宗兄弟を討ち、中宗を復位させた。それと同時に張兄弟に係わった者達が處罰された。李嶠もその一人であった。これまでの經緯を『舊唐書』卷七十八の「張行成傳」は

神龍元年、正月、則天病甚。是月二十日、宰臣崔玄暐・張柬之等起二羽林兵一迎二太子一、至二玄武門一、斬レ關而入、誅二易之・昌宗於迎仙院一、竝梟二首於天津橋南一。則天遜居二上陽宮一。易之兄昌期、歷二岐・汝二州刺史一、所レ在苛猛暴橫、是日亦同梟レ首。朝官房融・崔神慶・崔融・李嶠・宋之問・杜審言・沈佺期・閻朝隱等皆坐二二張竄逐一、凡數十人。

と詳細に記載している。李嶠に對する處分については『舊唐書』の「本傳」に

中宗卽位、嶠以三附二會張易之兄弟一、出爲二豫州刺史一、未レ行、又貶爲二通州刺史一。

とある。始め豫州（今安徽省壽縣）刺史として左遷されることになっていたが、實行される前に變更され、通州（今四川

省達縣）刺史に貶流された。しかし、『新唐書』の「本傳」によると、

　數月、以㆓吏部侍郎㆒召、俄遷㆓尙書㆒。

とあり、數ヶ月で再び中央に返り咲いている。更に、『舊唐書』の「本傳」によると

　數月、徵拜㆓吏部侍郎㆒、封㆓贊皇縣男㆒。無㆑幾、遷㆓吏部尙書㆒、進封㆓縣公㆒。

とあり、中央に復歸しただけでなく、開國縣男（從五品）に封ぜられ、尋いで開國縣公（從三品）に封ぜられている。

　その後、武三思が王同皎を誣殺する事件が起った。それに先立って、敕命により、李嶠がその調査の任に當ったが、王同皎の冤罪をはらすことができなかった。その時のことを『舊唐書』卷九十の「楊再思傳」[44]に

　時武三思將㆔誣㆓殺王同皎㆒、再思與㆓吏部尙書李嶠・刑部尙書韋巨源㆒竝受㆑制考㆓按其獄㆒、竟不㆑能㆔發㆓明其枉㆒。致㆓同皎至㆒㆑死、衆冤㆑之。

と傳える。[45]その時のことを更に具體的に『舊唐書』卷一百八十六下の「姚紹之傳」[46]は

　詔㆓宰相李嶠等㆒對問。諸相懼㆓三思威權㆒、但僶俛、佯不㆑問。仲之・延慶言曰、宰相中有㆘附㆓會三思㆒者㆖。嶠與㆓承嘉㆒耳言、復說誘㆓紹之㆒、其事乃變。遂密置㆓人力十餘㆒、命引㆓仲之㆒對問、至、卽爲㆓紹之所㆒㆑擒、塞㆑口反接、送㆓獄中㆒。紹之還、謂㆓仲之㆒曰、張三、事不㆑諧矣。仲之固言㆓三思反狀㆒、紹之命棒㆑之而臂折。大呼㆑天者六七、謂㆓紹之㆒曰、反賊、臂且㆑折矣。命已輸㆑汝、當㆑訴㆓爾於天帝㆒。因裂㆑衫以束㆑之、乃自誣㆑反而遇㆑誅。紹之自㆑此神氣自若、朝廷側㆑目。

ここでは、諸相が武三思の權威を懼れて不問に伏したり、態度を變えたと解釋できるが、『新唐書』卷二百九の「姚紹之傳」によると

　詔㆔紹之與㆓左臺大夫李承嘉㆒按治。初欲㆔原㆓盡其情㆒、會敕㆓宰相李嶠等㆒同訊、執政畏㆑禍、粗滅無㆑所㆑問。

とあり、姚紹之と李承嘉が態度を翻したのは武三思の權威を懼れただけではなく、李嶠が調査に加わったからであるという。ここに、李嶠の威嚴を垣間みることができる。

この時期、中宗は李嶠に對して寛容な態度をとっている。『舊唐書』の「本傳」に

> 初、嶠在二吏部一時、志欲二曲行私惠一、冀レ得三復居二相位一、奏レ置二員外官數千人一。至レ是官僚倍多、府庫減耗、乃抗レ表引レ咎辭レ職、幷陳二利害十餘事一。中宗以下嶠昌言二時政之失一、輒請中罷免上、手制慰諭而不レ允(47)、尋令三復居二舊職一。

とあり、李嶠が中宗に失政の責任を取るために、罷免を願い出たが許されなかった。それどころか、舊職に引きとどめられている。この時のことは『資治通鑑』巻二百八の「唐紀二十四・中宗皇帝中」にもみえ、

> 初、李嶠爲二吏部侍郎一、欲レ樹二私惠一、再求二入相一、……

とあり、李嶠が吏部侍郎の時であったとする。

この年の十二月、武則天皇后が崩御し、遺制により帝號が取られ、〝則天大聖皇后〟と呼稱されることになる。また、同郷出身で若き頃〝蘇李〟と竝稱された蘇味道が卒した。享年五十八歳であった。

第十項　三度宰相となる

神龍二年（七〇六）六十二歳。

この歳の始め、吏部尙書のまま、同中書門下三品となり、三度目の宰相となる。『新唐書』巻四・『舊唐書』巻七の「中宗紀」及び『資治通鑑』巻二百八の「唐紀二十四・中宗皇帝中」に

> 神龍二年、正月戊戌、以二吏部尙書李嶠一同中書門下三品。

とある。その七ヶ月後に中書令（正三品）となる。『舊唐書』の「本傳」に

神龍二年、代㆓韋安石㆒爲㆓中書令㆒。

とあり、月日を明記していないが、韋安石の後任であることがわかる。月日については、『舊唐書』巻七の「中宗紀」及び『資治通鑑』巻二百八の「唐紀二十四・中宗皇帝中」に

神龍二年、秋七月丙寅……

とある。『新唐書』巻四の「中宗紀」は

秋七月丙寅、魏元忠爲㆓尙書右僕射兼中書令㆒、李嶠守中書令。

と記し、李嶠を「守中書令」としている。これは魏元忠が事實上の中書令であるが、李嶠も中書令を代行することがあるという表現であろう。

李嶠が中書令になった時、後悔したようである。そのことを『新唐書』巻四十五の「選擧志下」に

神龍二年、嶠復爲㆓中書令㆒。始悔㆑之、乃停㆓員外官㆒釐㆑務。

とあり、中書令になって、一時的に員外官の配置を停止し、仕事に勵んだ。員外官の配置を停止したのは、前年、李嶠が吏部侍郎であった時、宰相になることを願い、數千人の員外官の配置を上奏したことがあった。それが結果的に失敗したことがあったからである。

中書令の重席に就いた李嶠は日和見的な態度をとり、威勢者に靡くことが多かったが、人を見る目は持っていたらしく、時には正論を吐いて、他人の罪の輕減に一役買っていることもある。例えば、李嶠が中書令になった直後のことであるが、『舊唐書』巻一百の「李朝隱傳」は

神龍年、功臣敬暉・桓彥範爲㆓武三思所㆑構、諷㆓侍御史鄭愔㆒奏請㆑誅㆑之、敕㆓大理㆒結㆓其罪㆒。朝隱以㆓暉等所㆑犯、

不レ經二推窮一、未レ可三卽正二刑名一。時裴談爲二大理卿一、異筆斷斬、仍籍二沒其家一、朝隱由レ是忤レ旨。中宗令レ貶二嶺南惡處一。侍中韋巨源・中書令李嶠奏曰、朝隱素稱二淸正一、斷レ獄亦甚當レ事。一朝遠徙二嶺表一、恐天下疑二其罪一。中宗意解、出爲二聞喜令一。

と傳えている。中宗が李嶠の上奏に素直に耳を傾けているのが印象的である。

この年、『則天實錄』二十巻の編修に從事し、李嶠と共に〝文章四友〟と竝稱された崔融が亡くなっている。

神龍三年（七〇七）六十三歲。

この年の七月、皇太子重俊が兵を起して武三思を殺したが、その皇太子も殺されるという事件が起った。『新唐書』巻四の「中宗紀」に

七月辛丑、皇太子以二羽林千騎兵一誅二武三思一、不レ克、死レ之。癸卯、大赦。壬戌、李嶠爲二中書令一。

とある。この時の樣子を詳細に記述したものに『新唐書』巻八十一・『舊唐書』巻八十六の「節愍太子重俊傳」及び『舊唐書』巻九十二の「魏元忠傳」がある。『新唐書』によると、

三年七月、重俊恚忿、遂率二李多祚洎左羽林將軍李思沖・李承況・獨孤禕之・沙吒忠義一、矯發二左羽林及千騎兵一殺二三思・崇訓幷其黨十餘人一、使三左金吾大將軍成王千里守二宮城一、自率レ兵趨二肅章門一、斬レ關入、索二韋后・安樂公主・昭容上官所一レ在。后挾レ帝升二玄武門一、宰相楊再思・蘇瓌・李嶠及宗楚客・紀處訥統二兵二千餘人一守二太極殿一、帝召二右羽林將軍劉仁景等一率二留軍飛騎百人一拒レ之、多祚兵不レ得レ進。帝據レ檻語二千騎一曰、爾乃我爪牙、何忽爲レ亂。能斬レ賊者有レ賞。於レ是士倒レ戈斬二多祚一、餘黨潰。重俊亡入二終南山一、欲レ奔二突厥一、楚客遣二果毅趙思愼追一レ之。重俊憩二于野一、爲二左右所一レ殺。詔殊二首朝堂一、獻二太廟一、幷以告二三思・崇訓柩一。

とある。この事件が起った時、李嶠は他の宰相達と太極殿を守備し、皇帝を擁護した。また、武三思が斬殺された後

の處分について、『舊唐書』巻九十二の「魏元忠傳」は

三思之黨兵部尙書宗楚客與二侍中紀處訥等一又執二證元忠及昇一、云下素與二節愍太子一同謀構上レ逆、請レ夷二其三族一、中宗不レ許。元忠懼不二自安一、上表固請二致仕一、手制聽レ解二左僕射一、以二特進・齊國公一致二仕于家一、仍朝二朔望一。楚客等又引二右衛郎將姚庭筠一爲二御史中丞一、令三劾二奏元忠一。由レ是貶二渠州員外司馬一。侍中楊再思・中書令李嶠皆依二楚客之旨一、以致二元忠之罪一。唯中書侍郎蕭至忠正議云レ當レ從二寬宥一。

と傳える。(48) 宗楚客と紀處訥が魏元忠一族を絶滅させようとしたが、中宗の反對に遇い、姚庭筠を任用して劾奏させた。その時、李嶠は宗楚客などの權力者側に添った發言をしたようである。

景龍二年（七〇八）六十四歳。

この年、修文館大學士を加官され、國史を監修し、趙國公に封ぜらる。

修文館は『通典』巻二十一の「職官三・門下省・弘文館校書」に

弘文館、大唐武德初、置二修文館一、後改二名弘文館一。神龍初改爲二昭文一、二年、又却爲二修文一、尋又爲二昭文一。開元七年、又詔二弘文一焉。

とあり、何度か改名をくり返している。この時期の修文館は神龍二年に改名された時のものである。その構成員と人數算出の根據について、『新唐書』巻四十七の「百官志二」にみえる弘文館の注に

景龍二年、置二大學士四人一、以象二四時一。學士八人、以象二八節一。直學士十二人、以象二十二時一。

とある。(49) 卽ち、大學士四人の四は〝春夏秋冬〟の四季に象り、學士八人の八は〝立春・春分・立夏・夏至・立秋・秋分・立冬・冬至〟の八つの氣候の變り目に象り、直學士十二人の十二は、一月から十二月の一年の十二ヶ月に象ったものである。構成員については、『唐會要』巻六十四の「史館下・宏文館」に任命月日と共に官職名を冠して實名を擧

げているが、大學士が二名、學士が十一名、直學士が五名しか記載されていない。ほぼ完全な構成員の實名を記録したものに、『新唐書』巻二百二の「李適傳」がある。

　中宗景龍二年、始於二脩文館一置二大學士四員・學士八員・直學士十二員一、象二四時・八節・十二月一。於レ是李嶠・宗楚客・趙彦昭・韋嗣立爲二大學士一、適・劉憲・崔湜・鄭愔・盧藏用・李乂・岑羲・劉子玄爲二學士一、薛稷・馬懷素・宋之問・武平一・杜審言・沈佺期・閻朝隱爲二直學士一。又召二徐堅・韋元旦・徐彦伯・劉允濟等一滿レ員。

これによって、大學士や學士や直學士の實名を知るほか、李嶠が景龍二年に大學士であったことがわかった。しかし、「李適傳」においても直學士一名が欠けている。明の胡震亨（字、孝轅。生没年不詳）は『唐詩談叢』巻四で、「李適傳」に欠けている直學士一名に韋安石を加えて十二名とし、體裁を整えている。更に、前出の『唐會要』巻六十四の「史館下・宏文館」に、李嶠の就任月日が明記され、

　景龍二年、四月二十二日、修文館增二置大學士四員・學士八員・直學士十二員一、徵二攻《ママ》（巧）文之士一以充レ之。二十三日、敕中書令李嶠・兵部尙書宗楚客竝爲二大學士一。

とある。これによると、四月二十三日、李嶠は中書令のまま、修文館大學士を加官されたことがわかる。また、大學士や學士や直學士に「巧文之士」の名稱を充てていることが判明した。

　修文館の構成員の行動について、『資治通鑑』巻二百九の「唐紀二十五・中宗紀下」に

　中宗景龍二年、夏四月癸未、置二修文館大學士四員・直學士八員・學士十二員一、選二公卿以下善爲レ之者李嶠等一。爲レ之、毎下遊二幸禁苑一、或戚宴集上、學士無レ不二畢從一。賦レ詩屬和、使三上官昭容第二其甲乙一、優者賜二金帛一、同預レ宴者、惟中書門下及長參王公親貴數人而已。至二大宴一、方召二八座九列諸司五品以上一預焉。於レ是天下靡然、爭以二文華一相尙、儒學忠讜之士、莫レ得レ進矣。

と傳える。ここでは直學士と學士の人數が入れ替っている。この『資治通鑑』にいう「善く文を爲《つく》る者」とは、『唐會要』にいう「巧文之士」で、前出の「文學之士」である。その代表として李嶠の名が擧っているということは、當時、李嶠が「文學之士」の最高峯に位置していたといっても過言ではあるまい。「文學之士」は文學を重視する人達であるから、作詩作文に長けており、文學に造詣深い中宗はその文學の士達を率いて禁苑を遊幸し、賦詩屬和した。中宗の遊予は禁苑にとどまらず、『新唐書』卷二百二の「文藝中」に

凡天子饗會游豫、唯宰相及學士得レ從。春幸二梨園一、並渭水祓除、則賜二細柳圈一辟レ癘。夏宴二蒲萄園一、賜二朱櫻一。秋登二慈恩浮圖一、獻二菊花酒一稱レ壽。冬幸二新豐一、歴二白鹿觀一、上二驪山一、賜二浴湯池一、給二香粉蘭澤一、從行給二翔麟馬一、品官黄衣各一。帝有レ所レ感即賦レ詩、學士皆屬和。當時人所二歆慕一、然皆狎猥佻佞、忘二君臣禮法一、惟以二文華一取レ幸。

とあるように、中宗は四季折々に出遊して詩を賦し、同行の學士達がその詩に唱和している。賦詠や唱和それ自體には問題ないが、回數が增すにつれて馴合が生じ、段々と上下關係の禮法が亂れていった。このような狀態は正常であるはずがなく、淸の尹會一（字、元孚。一六九一～一七四八）は『君鑑錄』（一名、四鑑錄）卷四の中で

中宗之世多二稗政一。得二百學士一、何如得二一藎臣一。是可三以知二文華相尙之有レ損無レ益也。

といい、「文學の士」の政治家は多勢いるが有益な忠臣はいないと批判する。

中宗の寵遇をうけていた李嶠は常に中宗の側に侍っていた。それはこの時期の奉和應制詩の數をみても容易に想像することができる。（詩人李嶠の條參照）そのような狀況の中で、李嶠の横柄な面がでてくる。『舊唐書』卷一百八十九下の「郭山惲傳」に

中宗數引二近臣及修文學士一、與レ之宴集。嘗令三各效二伎藝一、以爲二笑樂一。工部尙書張錫爲二談容娘舞一、將作大匠

宗晉卿舞二渾脫一、右衛將軍張洽舞二黃䴊一、左金吾衛將軍杜元琰誦二婆羅門呪一、給事中李行言唱二駕車西河一、中書舍人盧藏用效二道士上章一。山惲獨奏曰、臣無レ所レ解、請誦二古詩兩篇一。帝從レ之。於レ是誦二鹿鳴・蟋蟀之詩一。奏未レ畢、中書令李嶠以三其詞有二好樂無荒之語一、頗涉二規諷一、怒レ爲レ忤レ旨、遽止レ之。翌日、帝嘉二山惲之意一、詔曰、……

とある。[50] この說話は郭山惲が中宗の求めに應じて、『詩經』の二詩を誦詠している途中に、李嶠が割って入り、誦詠を中止させたものである。中止させた理由は、『詩經』の「蟋蟀」（唐風）の全三章の末句にみえる「好レ樂無レ荒」の詩句が、天子を諷諫することに通ずるのでよくない、ということに據っている。李嶠の解釋が正しければ、天子への思遣りの深い忠臣として評價されるであろうが、この場合は行き過ぎた解釋のようである。何故なら、宴席の余興で天子を諷諫する詩歌を誦詠するような無粋なことをするはずがなく、また、翌日、帝は山惲が『詩經』を朗詠した意を解して嘉稱している點からも推測される。『詩經』の「蟋蟀」について、清の方玉潤（字、友石。一八一一～一八八三）は『詩經原始』[51] 卷六の「蟋蟀」の中で

蟋蟀三章、章八句、此眞唐風也。（中略）冠二於唐風之首一、以爲二唐堯舊俗一、固如レ是耳。而序以爲レ刺二晉僖公、儉不レ中レ禮。今觀二詩意一、無二所レ謂刺一、亦無二所レ謂儉不レ中レ禮。……

と解說し、この詩には刺るとか、儉にして禮にあたらないとかの意味はないとしている。[52] たとえ、李嶠が詩序にいう諷刺の解釋に從ったとしても、天子への奏歌の途中で誦詠を中止させるのは行き過ぎで、『新唐書』卷二百二の「文藝中」の「狎猥佻佞、忘二君臣禮法一（狎猥佻佞して、君臣の禮法を忘る）」行爲の表われである。

文學界の頂點を極め、絶大な權力を誇っていた李嶠であったが、その李嶠を感嘆させた人物が出現した。それは蘇瓌の子の頲（字、廷碩。六七〇～七二七）である。頲は若年の頃から激任に耐え、手際よく詔書をさばいていった。頲が

中書舍人の時、李嶠が頲をみて、「頲の思考は湧き出る泉のようだ」と感嘆した。それを『太平廣記』巻二百一所載の『譚賓錄』は

景龍二年、六月二日、初定二內難一。唯頲爲二中書舍人一、在二太極後閤一。時頲尙年少、初當二劇任一、文詔塡委、動以レ萬計。時或憂二其不一レ濟、而頲手操口對、無二毫釐差失一。主書韓禮・譚子陽、轉書二詔草一、屢謂レ頲曰、乞公稍遲、禮等書不レ及、恐二手腕將一レ廢。中書令李嶠見レ之、歎曰、舍人思若二湧泉一、嶠等所レ不レ測也。

と傳える。李嶠が發した「思若二湧泉一」は『文選』巻五十六所收の曹植の「王仲宣誄」にみえる「文若二春華一、思若二湧泉一」（傍點は筆者）に基づいたものである。

『譚賓錄』の蘇頲の說話は『新唐書』巻一百二十五の「蘇頲傳」、『大唐新語』巻一、『唐語林』巻二の「政事下」、『唐會要』巻五十五の「省號下・中書舍人」などにみえる。尙、『唐會要』は年月日を「景龍四年六月二日」とするが、本文にみえる李嶠の官職が「中書令」となっており、李嶠が「中書令」を罷めたのが、景龍三年であるから、『唐會要』の「景龍四年」は誤りである。

最後に、『舊唐書』の「本傳」に

神龍二年、（中略）三年、又加二修文館大學士一、監二修國史一、封二趙國公一。景龍三年、

とある。これによると、修文館大學士を加官されたのが「神龍三年」となるが、以上の考證を勘案すると、「景龍二年」の誤りであることは明白である。

この年、〝文章四友〟の一人である杜審言（字、必簡。約六四六～七〇八）が逝去する。杜氏の著作郎の官職は、『新唐書』巻二百一の「杜審言傳」に

大學士李嶠等奏請二加贈一、詔贈二著作郎一。

とあるように、李嶠らの働きかけによって加贈されたものである。

景龍三年（七〇九）六十五歳。

この年、行兵部尚書・同中書門下三品を兼務する。

本年二月、林光殿に齋が設けられ、散齋の後、恆景や道俊・玄奘らが山や故郷に歸還することが許されたので、送別の宴が開催された。李嶠も參加し、詩を唱和した。（詩人李嶠參照）宋の贊寧（俗姓、高。九一九〜一〇〇一）等撰の『宋高僧傳』巻五の「恆景傳」竝びに巻二十四の「釋玄奘傳」に

以二景龍三年一奏乞レ歸レ山。敕允二其請一。詔二中書門下及學士一、於二林光宮觀內道場一設レ齋。先時、追下召天下高僧兼二義行一者二十餘人上、常於二內殿一修レ福。至レ是散齋。仍送景幷道俊・玄奘各還二故鄉一。帝親賦レ詩、學士應和。卽中書令李嶠・中書舍人李乂等數人。時景等捧レ詩振レ錫而行。天下榮レ之。

とある。

本年八月乙酉に同中書門下三品を兼務することになるが、『新唐書』巻四の「中宗紀」及び『資治通鑑』巻二百九の「唐紀二十五・中宗紀下」は

八月乙酉、李嶠同中書門下三品、特進韋安石爲二侍中一。

と傳え、また、『舊唐書』巻七の「中宗紀」は官職名を更に詳しく

八月乙酉、特進・行中書令・趙國公李嶠爲二特進・同中書門下三品一、侍中・酇國公蕭至忠爲二中書令一、特進・鄖國公韋安石爲二侍中一。

と傳える。從って、『舊唐書』の「本傳」に

景龍三年、罷二中書令一、以特進・守兵部尚書・同中書門下三品。

とあるのは八月乙酉のことである。なお、「本傳」にみえる「守兵部尚書」は、李嶠の他の資料にみえない官職名である。

本年十一月、中宗が親ら南郊に祀り、初めて儀注（禮式）を定めようとした。これに反對する者もいたが、中宗は皇后を亞獻（初獻に繼いで爵を獻ずること）とし、李嶠の娘を齋娘（祭時の執事の女）として祭禮を行なった。『舊唐書』卷二十一の「禮儀志一」に

景龍三年、十一月、親祀二南郊一、初將レ定二儀注一、（中略）蔣欽緒建議云、皇后南郊助レ祭、於レ禮不レ合。（中略）又高祖神堯皇帝・太宗文武聖皇帝・高宗天皇大帝南郊祀レ天、竝無二皇后助レ祭之禮一。尚書右僕《ママ》射韋巨源又協二同欽明之議一、上遂以二皇后一爲二亞獻一。仍補二大臣李嶠等女一爲二齋娘一、執二籩豆一焉。

とある。この時のことは、『新唐書』卷十三の「禮樂志三」・同卷一百九の「祝欽明傳」、『舊唐書』卷一百八十九下の「祝欽明傳」・同卷五十一の「中宗韋庶人」や『唐會要』卷九上の「雜郊議上」などにもみえる。

景龍四年（七一〇）**六十六歲**。

本年三月二十七日、李嶠が都祔廟に入る。『唐詩紀事』卷九の「李適」に

（景龍四年三月）二十七日、李嶠入二都祔廟一、除彥伯等餞レ之、賦レ詩。

とあり、李嶠が都祔廟に入るにあたって、徐彥伯らが餞別の宴を催けて、詩を詠出している。[53]また、『太平御覽』卷九百七十二の「果木部・九」所引の『景龍文館記』に

大學士李嶠入二東都祔廟《ママ》一、學士等祖二送城東上一、令三中官賜二御饌及蒲萄《ママ》酒一。

とあり、前出『唐詩紀事』と合せて整理すると、景龍二年に修文館大學士として就任した李嶠は、景龍四年まで大學士の任におり、徐彥伯も學士として務め、その學士達によって送別の宴が洛陽の東で催された。この時、中宗から食

物や葡萄酒を賜ったことがわかる。

本年六月壬午、中宗が毒殺される。『舊唐書』卷七の「中宗紀」に

六月壬午、帝遇レ毒、崩二于神龍殿一。年五十五。祕不レ發レ喪、皇后親總二庶政一。

とあり、崩御は伏せられた。この毒殺は安樂公主と韋后が共謀して行なったもので、『舊唐書』卷七の「中宗紀」は

時安樂公主志欲四皇后臨レ朝稱レ制、而求三立爲二皇太女一。自レ是與レ后合レ謀進レ鴆。

と傳える。

中宗が崩御した後、韋后は李嶠を含む諸宰相を召集した。『舊唐書』卷八十八の「蘇瓌傳」に

中宗崩、祕不レ發レ喪。韋庶人召二諸宰相韋安石・韋巨源・蕭至忠・宗楚客・紀處訥・韋溫・李嶠・韋嗣立・唐休景・趙彥昭及瓌等十九人一[54]、入二禁中一會議。

とある。この召集は今後の方針を決するためのものであったと考えられるが、實際は韋后が實權を掌握せんがためのものであった。手始に、溫王重茂を皇太子にして、中宗の喪を發表させ、親ら臨朝して唐隆と改元した。

唐隆元年（七一〇）六十六歲。

この年、李嶠は韋嗣立や張說らと佛典の經文を編次し、經文を潤色する作業を行なっている。『宋高僧傳』卷一の「義淨傳」に

（唐隆元年）於二大薦福寺一出二浴像功德經・毘奈耶雜事二衆戒經・唯識寶生所緣釋等二十部一。（中略）修文館大學士李嶠・兵部尚書韋嗣立・中書侍郎趙彥昭・吏部侍郎盧藏用・兵部侍郎張說・中書舍人李乂二十餘人、次レ之潤色。

……

とある。[55]

韋后が臨朝稱制の十六日後、相王旦・臨淄王李隆基が擧兵して韋・武一族を誅殺し、韋太后は亂兵によって殺害された。そして、李旦が皇帝に卽位した。これが睿宗である。睿宗は李隆基を皇太子に立て、先の皇太子重茂を再び溫王とした。同年七月、景雲と改元する。

第十一項　晩　年

景雲元年（七一〇）七月、懷州刺史に貶せられる。

睿宗が卽位すると、李嶠は內閣を罷免せられて懷州（今河南省沁陽縣）刺史に貶斥せられた。『新唐書』卷五の「睿宗紀」、『資治通鑑』卷二百九の「唐紀二十五・中宗紀下」に

（景雲元年）秋七月、丙寅[56]、貶二李嶠一爲二懷州刺史一。

とある。『舊唐書』の「本傳」には

睿宗卽位、出爲二懷州刺史一、尋以二年老一致仕。

とあり、懷州刺史に貶黜された後、老年を理由に政界を引退している。これで李嶠は政界から解放されて靜かな余生を送ることができるかのようにみえたが、一大事が發生した。

先天二年（七一三）六十九歲。玄宗の世。

中宗が崩御された際、李嶠は韋后に「相王（睿宗）の諸子を京師から追放すべきである」と進言していた上表文が發見され、玄宗の侍臣の中に「李嶠を誅殺すべきである」と進言するものが出てきた。その時、中書令の張說（字、道濟。六六七～七三〇）が「李嶠は逆順の分別がわからないまま、當時の計畫に從ったのである」と辯護し、玄宗もその進言を受け入れて、「本來、賞罰は嚴格に行なうべきであるが、年老いた病身であるから、子息の暢が虔州（今江西省贛州市）

刺史として赴任する際に同行することを許す」[57]という寛大な處分を下した。その時の經緯は『舊唐書』の「本傳」に

> 中宗崩、嶠密表請下處二置相王諸子一、勿上レ令レ在レ京。及二玄宗踐祚一、宮內獲二其表一、以示二侍臣一。或請レ誅レ之。中書令張說曰、嶠雖レ不レ辯二逆順一、然亦爲二當時之謀一、吠非二其主一、不レ可三追二討其罪一。上從二其言一、乃下レ制曰、事レ君之節、危而不レ變、爲レ臣則忠、貳乃無レ赦。特進・趙國公李嶠、往緣二宗・韋一弑逆、朕恭行二戡定一、揖讓之際、天命有レ歸、嶠有二窺覦一、不レ知二逆順一、狀陳二詭計一、朕親覽焉。以三其早負二辭學一、累居二臺輔一、忍而莫レ言、特掩二其惡一。今忠邪既辨、具物惟新、賞罰倘乖、下人安勸。雖レ經二赦令一、猶宜二放斥一。矜二其老疾一、俾レ遂二餘生一、宜レ聽レ隨二子虔州刺史暢赴任一。

とある。この敕命が下った月日について、『資治通鑑』巻二百十の「唐紀二十六・玄宗上」は「（開元元年）八月丁巳」とする。但し、『資治通鑑』には「宜聽隨子虔州刺史暢赴任」の一文がない。この一文には二通りの解釋が考えられる。その⑴は、「宜しく子の虔州刺史暢に隨って赴任するを聽《ゆる》すべし」。その⑵は、「宜しく子の虔州刺史暢の赴任するに隨ふを聽すべし」である。⑴の場合、暢が既に虔州刺史であって、嶠の赴任先が決定していることになる。これに沿う記述が『新唐書』の「本傳」の

> 貶二滁州別駕一、聽下隨二子虔州刺史暢一之上レ官。

である。これによると、嶠が滁州別駕に貶流され、虔州刺史の暢に隨って任務先に赴いたことになる。⑵の場合、暢が虔州刺史に任命され、その赴任先へ嶠が同行することになったと解釋できる。これに沿う記述が、『舊唐書』巻八の「玄宗紀」の

> （開元二年）三月甲辰、（中略）特進致仕李嶠先隨レ子在二袁州一、又貶二滁州別駕一。

である。これによると、李嶠が暢に同行して袁州（今江西省宜春市）にいた。その後、滁州（今安徽省滁州市）別駕（正五

品）に貶流されたことになる。

以上を勘案すると、『舊唐書』の「本傳」には滁州別駕に貶せられた記録がないので、(1)の解釋は無理である。(2)の場合、『資治通鑑』巻二百十の「玄宗紀上」に

九月壬戌、以二嶠子率更令暢一爲二虔州刺史一、令三嶠隨二暢之一レ官。

とあり、嶠に敕命が下った翌月、暢を率更令（正五品）から虔州刺史に位階を上げて地方に轉出させている。朝廷も老臣李嶠の處分には苦勞したとみえる。その結果、父嶠の罪はその子暢にも及び、暢も中央に置くわけにはいかないので、暢に地方轉出を命じ、それに便乘するかたちで、嶠を地方に放出させる策をとったと考えられる。暢の位階を上げて刺史として轉出させたのは、これまでに勳功のあった李嶠を同行させるのであるから、それなりの地位を與えなければという配慮があったのであろう。

開元二年（七一四）七十歳。

この年、滁州別駕となる。『舊唐書』巻八の「玄宗紀上」に

三月甲辰、特進致仕李嶠先隨レ子在二袁州一。又貶二滁州別駕一。

とある。これによると、李嶠は暢に同行して袁州にいたことがわかる。その袁州にいる時に、滁州別駕に貶斥されたようである。この時の貶斥は李嶠だけではなく、青州刺史・郇國公韋安石が沔州別駕へ、太子賓客・逍遙公韋嗣立が岳州別駕へ貶斥されている。『資治通鑑』巻二百一十一の「唐紀二十七・玄宗中」に

三月甲辰、貶二安石一爲二沔州別駕一、嗣立爲二岳州別駕一、彥昭爲二袁州別駕一、嶠爲二滁州別駕一。

とある。また、これによると、李嶠がいた袁州に、趙彥昭が別駕として貶斥されている。

兩唐書によると、その後、李嶠は廬州（今安徽省合肥市）別駕となって卒去している。『舊唐書』の「本傳」に

尋起爲㆓廬州別駕㆒而卒。

とある。しかし、卒年月日が記載されていない。これに關して、『唐會要』卷五十四の「中書侍郎」に

至㆓（開元）三年二月㆒、上謂曰、前朝有㆓李嶠・蘇味道㆒。時人謂㆓之蘇李㆒。[58]

とあるところから、李嶠が開元三年二月までには他界していることを知る。從って、兩唐書竝びに『唐會要』を勘案すると、李嶠の卒年を開元二年とし、廬州で卒去したとする。享年七十。[59]

宿老李嶠の死は多くの人に悲しまれたことは想像に難くない。『太平廣記』卷二百五十七所錄の『朝野僉載』（唐・張鷟撰）に

唐黄門侍郎崔泰之哭㆓特進李嶠㆒詩曰、[60]臺閣神仙地　衣冠君子鄉　昨朝猶對坐　今日忽云㆑亡　魂隨㆓司命鬼㆒　魄逐㆓見閻王㆒　此時罷㆓歡笑㆒　無㆔復向㆓朝堂㆒。

とあり、黄門侍郎の崔泰之が慟哭して詩を詠出している。また、『全唐詩』卷八十六に張說が「五君子」の三首目に「李趙公嶠」と題して

李公實神敏　才華乃天授　睦親何用㆑心　處㆑貴不㆑忘㆑舊　故事遵㆓臺閣㆒　新詩冠㆓宇宙㆒　在㆑人忠所㆑奉　惡㆑我誠將㆑宥　南浦去莫㆑歸　嗟嗟蔑㆓孫秀㆒

と詠ず。そこには李嶠が幼少から非常に悟く、そのすぐれた才智は天から授かったものであるとし、身うちの者だけに心配りをするのではなく、出世後も舊知を忘れず、人民には忠誠を盡して奉仕し、自分を憎む者は罰せずに許そうとしていた。そして最後に、趙王倫に媚を賣って賈后を廢せんとし、惠帝に禪位を逼り、倫が僭立した後、多くの忠良な臣を殺害した孫秀のような人間を輕蔑していたことを詠じ、李嶠はそのような人間でないことを暗に說いている。ここには李嶠の人間性を詠出しているが、この詩の中で特に注目すべきは「新詩冠㆓宇宙㆒」の一句である。張說はこ

の「新詩」について言及していないが、察するところ、當時確立しつつあった近體詩の詩形と同じ手法による詩を指していると考えられる。政治だけではなく、文學に秀でている張説に斯くの如く言わしめた李嶠の偉大さに改めて感じる次第である。

第二章　文壇における李嶠

第一節　文學者としての李嶠

一

唐代の詩學研究の區分による初唐(1)（武德～開元初）に出現した李嶠は、『新唐書』巻一百二十三の「本傳」で次のように評されている。

嶠富二才思一、有レ所二屬綴一、人多傳諷。武后時、汜水獲二瑞石一。嶠爲二御史一。上二皇符一篇一、爲二世譏一レ薄。然其任前與二王勃・楊盈川一接、中與二崔融・蘇味道一齊レ名、晩諸人沒、而爲二文章宿老一。一時學者取レ法焉。

李嶠が皇符一篇(2)を上奏して世間から輕薄さを非難されたが、持前の才思により、仕官した前半は初唐の四傑の王勃や楊炯と交わり、中盤は文章の大家崔融や蘇味道と名聲を齊しくし、晩年はこれらの人達も亡くなり、文章の宿老(3)として位置付けられている。明の高棅（字、彦恢。一三五〇～一四二三）も『唐詩品彙』の「總敍」の中で

神龍以還、泊二開元初一、陳子昂古風雅正、李巨山文章宿老、沈宋之新聲、蘇張之大手筆、此初唐之漸盛也。

といい、初唐漸盛の一翼を擔う一人として李嶠を擧げ、文章の宿老と位置付けている。また、『新唐書』巻二百一の「文藝上・杜審言傳」には

杜審言少與二李嶠・崔融・蘇味道一爲二文章四友一、世號二崔・李・蘇・杜一。

とあり、杜審言・崔融・蘇味道と共に〝文章の四友〟とも稱されていた。明の胡震亨（字、孝轅。生沒年不詳）も『唐詩談叢』卷四の中で、「唐人一時齊名」の門目を設け、『唐書』から引用した「文章四友」を項目にし、更に「蘇（蘇味道）李（李嶠）」の項目も擧げている。これは『新唐書』卷一百一十四の「蘇味道傳」にみえる

蘇味道與二里人李嶠一倶以二文翰一顯、時號二蘇李一。

などを踏襲したものであろう。「蘇李」の語は、唐の劉肅（生沒年不詳）の『大唐新語』卷六の

前朝有二李嶠・蘇味道一、時謂二之蘇李一。

に始まり、宋の王讜（字、正甫。生沒年不詳）の『唐語林』卷五の

蘇味道詞亞二于李嶠一、時稱二蘇李一。

や宋の尤袤（字、延之。一一二四或一一二七～一一九四）の『全唐詩話』卷一の「蘇味道」の

趙州蘇味道、與二里人李嶠一號二蘇李一。[4]

へと繼承され、宋代には定着していたようである。一般に「蘇李」といった場合は、蘇味道と李嶠を指して用いられるのが普通であるが、後世に出現した蘇瓌の子の蘇頲（字、廷碩。六七〇～七二七）と李乂（字、尚。六四九～七一六）を指していう場合もある。それは『舊唐書』卷八十八の「蘇瓌傳」にみえる

上謂レ頲曰、前朝有二李嶠・蘇味道一、謂二之蘇李一。今有二卿及李乂一。亦不レ讓レ之。[5]

や同文を有する『大唐新語』卷六などに據るものである。

蘇味道と李嶠は同郷の出身で、文學に優れ、倶に宰相まで務めたことのある人物であるが、蘇味道は『全唐詩話』卷一で、「模棱手（優柔不斷ではっきりしない）」と言われ、決してすぐれた宰相とは言えなかったようである。李嶠も同

様で、ほぼ同時期の狄仁傑（字、懷英。六四〇～七〇〇）が、武則天から好漢の任使の吏を求められた時のことが、『舊唐書』巻八十九の「狄仁傑傳」に

　陛下若求二文章資歴一、則今之宰臣李嶠・蘇味道亦足レ爲二文吏一矣。豈非乙文士齷齪、思下得二奇才一用上レ之、以成二天下之務一者甲乎。[6]

とあり、その中で「文士齷齪（文士は心が狭く、あくせくする）」と言っていることからも察せられよう。また、同旨の記事が『舊唐書』巻九十四の「徐彦伯傳」にもみえ、その「贊」で次のように論評している。

　蘇・李文學、一代之雄。有レ慚二輔弼一、稱二之豈同一。凡人有レ言、未二必有レ德。

以上のように、執政の面ではあまり腕を振ったという評價を得ていない李嶠であるが、文學の方面では面目躍如たるものがある。その一例として、玄宗の開元年間、集賢大學士を十數年も務める張説と學士の徐堅（字、元固。六五九～七二九）が近代の文士について論談した時、徐堅の質問に對しての張説の應答が、『舊唐書』巻一百九十上の「文苑上・楊炯傳」に

　李嶠・崔融・薛稷・宋之問之文、如二良金美玉一、無二施不レ可。[7]

とある。これによって、李嶠の文章がすぐれていることを知ることができる。

この文章の大家李嶠を驚嘆させた人物がいる。その一人が『史通』を著わし、中國歴史學の基礎を築いた劉知幾である。彼は兄の知柔と倶に名の知れた文章家でもある。『舊唐書』巻一百二の「劉子玄傳」に、制誥によりて時政の得失を上表した時のことが次のように記載されている。

　是時、官爵僭濫而法網嚴密、士類競爲二趨進一而多陷二刑戮一。知幾乃著二思愼賦一以刺レ時、且以見レ意。鳳閣侍郎蘇味道・李嶠見而歎曰、陵機豪士所レ不レ及也。[8]

劉知幾は「思愼賦」を作り、官爵の亂れ、法規の嚴しさを刺った。この賦をみた蘇味道と李嶠は陸機が齊王冏の矜伐を刺った「豪士賦」も及ばないと感嘆したというものである。

もう一人が李邕（字、泰和。六七八～七四七）である。彼は『文選』に注を施した李善の子で、少年の頃から名を知られていた。『新唐書』卷二百二の「文藝中」に次のような逸話がある。

旣冠、見二特進李嶠一、自言讀書未レ徧、願一二見祕書一。嶠曰、祕閣萬卷、豈時日能習邪。邕固請、乃假レ直二祕書一。未レ幾辭去。嶠驚、試二問奧篇隱帙一、了辯如レ響。嶠歎曰、子且レ名レ家。(9)

二十歳の李邕が李嶠に會った折、一目、祕書閣の圖書を見たいと願い出た。李嶠は許可したが、しばらくして、李邕が祕書閣から出てきた。李嶠は數日間で萬卷の書に目を通すことは不可能だと疑い、奧まった所から書物を取り出し、李邕に質問すると、答えが卽座に返ってきたので、驚嘆したというものである。

これらの說話は劉知幾の文才や李邕の強記を稱贊したものであるが、彼らの才能を評價した李嶠の見識もまたすばらしいものがある。

二

ところで、一口に文章といってもいろいろな文體があり、時代が推移すれば、形體や表現に變化が生じるのは當然であろう。『新唐書』卷二百一の「文藝傳上」に次のような記事がある。

唐有二天下一三百年。文章無慮三變。高祖・太宗、大難始夷、沿二江左餘風一、絺句繪章、揣合低卬。故王・楊爲二之伯一。玄宗好二經術一、羣臣稍厭二雕瑑一、索二理致一、崇レ雅黜レ浮、氣益雄渾、則燕・許擅二其宗一。是時、唐興已百年、諸儒爭自名レ家。大曆・貞元間、美才輩出、擩二嚌道眞一、涵二泳聖涯一。於レ是韓愈倡レ之、柳宗元・李翺・皇甫湜等和レ之、排二逐百家一、法度森嚴、抵二轢晉・魏一、上軋二漢・周一、唐之文完然爲二一王法一、此其極也。

これによると、唐は三百年間に三度變化しているという。その一は、高祖・太宗の時代。王勃や楊烱が中心で、作品にはまだ章句を飾りつくろい、江淹や左思の影響がある。その二は、玄宗の時代。張說や蘇頲が擅專する。作風は文句を必要以上に工夫して作り、風雅を崇んで浮華を黜《しりぞ》け、氣魄が雄渾である。その三は、大暦・貞元年間の時代。韓愈・柳宗元・李翺・皇甫湜らがおり、周漢の文章に返れというスローガンを揚げ、古文復興を起こした時代で、唐の文章の完成期である。李嶠の作風には六朝時代の面影を留めているので、ここにいう第一期に屬する。彼が特に才能を發揮したのは侍從酬奉の文章である。『新唐書』巻二百一の「文藝傳上」は右揭の文章に續けて

若二侍從酬奉一、則李嶠・宋之問・沈佺期・王維。（中略）皆卓然以レ所レ長爲二一世冠一、其可レ尚已。

と記載する。これによって、李嶠が侍從酬奉の分野では第一人者の一人である評價を得ていることがわかる。

三

人間の性として、何かの頂點を極めると、傲慢になるのが多くの人間の常である。侍從酬奉の文章の第一人者としての李嶠もその例外ではなかった。『新唐書』巻二百六の「武三思傳」に

宰相李嶠・蘇味道等及沈佺期・宋之問諸有名士、造二作文辭一、慢泄相矜、无二復禮法一。

とあり、李嶠が傲慢になることによって禮法を亂したということは、一個人としての問題ではすまされない。まして、輔弼・執政の立場にある者の態度ではない。この記事は中宗が東宮にあった時のことであるが、中宗が帝位に復してから、李嶠の傲慢な態度が益々甚しくなったようである。その契機となったのが、修文館大學士の就任である。その頃の様子を『新唐書』巻二百二の「李適傳」は次のように記載する。

中宗景龍二年、始二於脩文館一置二大學士四員・學士八員・直學士十二員一、象二四時・八節・十二月一。於レ是李嶠・宗楚客・趙彦昭・韋嗣立爲二大學士一、適・劉憲・崔湜・鄭愔・盧藏用・李乂・岑羲・劉子玄爲二學士一、薛稷・馬懷素・宋之問・武平一・杜審言・沈佺期・閻朝隱爲二直學士一。[10] 又召二徐堅・韋元旦・徐彦伯・劉允濟等一滿レ員。其後被レ選者不レ一。凡天子饗會游豫、唯宰相及學士得レ從。春幸二梨園一、竝二渭水一祓除、則賜二細柳圈一辟レ癘、夏宴二蒲萄園一、賜二朱櫻一、秋登二慈恩浮圖一、獻二菊花酒一稱レ壽、冬幸二新豐一、歷二白鹿觀一、上二驪山一、賜二浴湯池一、給二香粉蘭澤一、從行給二翔麟馬一、品官黃衣各一一。帝有レ所レ感卽賦レ詩、學士皆屬和。當時人所二歆慕一、然皆狎猥佻佞、忘二君臣禮法一、惟以二文華一取レ幸。

以上のように、天子は春夏秋冬に應じて饗遊に耽り、執政官たる宰相も侍宴し、天子の賦詩に唱和するという習慣ができ上がったので、人々はこぞって文華の方に進んで恩寵を得ようとしたため、君臣の禮法が薄らいでいった。李嶠もその中の一人であったことは言を俟たない。このような状況が好ましくないことを清の尹會一は『君鑑錄』巻四の中で

中宗之世多二稗政一。得二百學士一、何如得二一藎臣一。是可三以知二文華相尙之有レ損無一レ益。

と批判している。

李嶠らの行爲は中宗の後を繼いだ睿宗の世にも續くのである。例えば、睿宗が卽位した年、卽ち景雲元年に經文の潤色を行なっている。そのことを『釋氏稽古略』（明・覺岸撰）巻三に

師留二大薦福寺一。譯二浴像等經論二十部凡八十八巻一。〔大〕[11] 學士李嶠・張說等潤色。僕射韋巨源・蘇瓌監護。

とあり、また、『宋高僧傳』巻一にも

修文館大學士李嶠・兵部尙書韋嗣立・中書侍郎趙彦昭・吏部侍郎盧藏用・兵部侍郎張說・中書舍人李乂二十餘人

次レ之潤色。

とある。このような作業は決して褒められたものではない。先秦より唐宋に至るまでの詩人五十數名の罪過を指摘した明の王世貞（字、元美。一五二六～一五九〇）はその著『藝苑巵言』巻八の中で

嚢與二同人一戲爲二文章九命一[12]。一曰貧困、二曰嫌忌、三曰玷缺、四曰偃蹇、五曰流竄、六曰刑辱、七曰夭折、八曰無終、九曰無後。

といい、禍罪を九ヶ條に分類して攻撃している。李嶠は三番目の「玷缺」に相當し、「浮沈致責」と批判されている。

四

このようにみてくると、「文章の宿老」としての李嶠は害あって益なく、文學の方面では仕事をしていないようにみえるが、實は大事業に參畫して功業をあげているのである。それは『三教珠英』の編纂である。その時期と規模については『唐會要』巻三十六の「修撰」に

大足元年十一月十二日、麟臺監張昌宗撰二三教珠英一千三百巻一成、上レ之。初、聖歷中、以上二御覽及文思博要等書一、聚レ事多レ未二周備一。

とあり、既に編纂された『修文殿御覽』や『文思博要』では滿足できないということで、聖歷中（六九八～七〇〇）から計畫が立てられ、大足元年[13]（七〇一）十一月に完成した。そして、その書の規模は一千三百巻と傳えている。但し、『舊唐書』巻四十七の「經籍下・類書」には

三教珠英幷目一千三百一十三巻。

とあり、十三巻多い。これは「目」を加えた巻數で、ここでは「目」の巻數を明記していない。「目」の巻數について

は、『新唐書』卷五十九の「藝文三・類書」に

三教珠英一千三百卷。

目十三卷。

とあり、これによって、『舊唐書』の「目」が「十三卷」であることがわかる。また、この書の構成について、『舊唐書』卷二十八の「張行成傳」には

分レ門撰集、成二一千三百卷一。

とあり、門目を立てて編集していることがわかる。この門目の立て方について、『舊唐書』卷一百二の「徐堅傳」に

堅獨與レ說構レ意撰錄、以二文思博要一爲レ本、更加二姓氏・親族二部一、漸有二條流一。

とあり、また、『唐會要』卷三十六の「修撰」に

于二舊書外一、更加二佛道二教及親屬・姓名・方城等部一。

とあるのを總合すると、『文思博要』を基底にして、徐堅と張說らが中心となって組み立てを考えて撰錄し、更に、『文思博要』に佛教と道教の二教を加え、ほかに姓氏・親族・方城などの部立を設け、だんだんと項目を擴げていったことがわかる。編集者については、『舊唐書』卷一百九十の「文苑中・閻朝隱傳」に

盡收二天下文詞之士一爲二學士一。

とあり、『新唐書』卷二百一の「文藝中・李適傳」に

取二文學士一綴レ集。

とあるのを考慮すると、當時、名の知れた文人を集めて學士とし、編修したことがわかる。學士の人數について、清の錢大昕（字、曉徵。一七二八〜一八〇四）は『廿二史考異』卷五十二の「張易之傳」の中で、「張易之傳」「藝文志」「李

適傳」「徐堅傳」を引用した後

　此四處重出、而人數多寡同異各殊。所レ當二刪併一以歸二於一一也。

といい、各傳の記載人物には有無增減があることを指摘した上で、「張易之傳」や「張行成傳」に記載する二十六名が全員であることを確認している。『唐會要』巻三十六にはその全員の名を記載している。人員構成について、『新唐書』巻二百一の「文藝中・李適傳」は

　武后脩二三教珠英書一、以二李嶠・張昌宗一爲レ使、取二文學士一綴レ集。於レ是適與二王無競・尹元凱・富嘉謨・宋之問・沈佺期・閻朝隱・劉允濟一在レ選

と傳える。ここにいう「使」は、『舊唐書』巻一百九十中の「文苑中・閻朝隱傳」に

　朝隱修二三教珠英一時、成均祭酒李嶠與二張昌宗一爲二修書使一、盡收二天下文詞之士一爲二學士一。

とあるように、「李適傳」の「使」に相當する語句が「修書使」を指していることを知る。そして、この修書使が編集の最高責任者であることを、『新唐書』巻一百十四の「徐彥伯傳」に

　彥伯・李嶠居レ首。

とあることからもわかる。ただ、徐彥伯は編集の中心人物の一人であることは間違いないが、最高責任者として、李嶠と竝記するのは、この記事が彼個人の傳記を記す「徐彥伯傳」であるがための粉飾であろう。李嶠が張昌宗と竝んで最高責任者の一人である證左として、『新唐書』巻一百九十九の「儒學中」に

　與二徐彥伯・劉知幾・張說一與脩二三教珠英一、時張昌宗・李嶠總領(14)、彌年不レ下レ筆。

とあることによってもわかる。李嶠が全體を統べ治める立場にあったことは歴然たる事實である。

五

天下の文人を總動員して編纂された『三教珠英』はこれまでの中で最大の類書であったが、現在は亡佚してみることができない。この大事業を創めることになった動機について、『新唐書』巻一百四の「張行成傳」に

詞臣爭爲二賦レ詩以媚一。后知二醜聲甚一、思レ有三以掩二覆之一。乃詔二昌宗一卽二禁中一論著、引二李嶠・張說・宋之問・富嘉謨・徐彥伯等二十六人一譔二三教珠英一。

と傳える。これによると、文學侍從の臣下が賦詩唱和して則天武后に媚びているという醜聞を則天武后が隱蔽しようとして、張昌宗に命じて作らせたとあるが、一方、『舊唐書』巻七十八の「張行成傳」には

以三昌宗醜聲聞二于外一、欲下以二美事一掩中其迹上、乃詔二昌宗一撰二三教珠英於內一。

とあり、男妾張昌宗との醜聞が外部に漏れることを恐れた則天武后が、その醜聞を隱蔽するために『三教珠英』を制作して、昌宗の勳功とせんがために企畫したものであると傳える。孰れにしても、動機は不純であるが、文學界にとっては一大成果である。そして、その編纂の中心人物が張昌宗となっているが、それは形式的なもので、實際には李嶠であったことは言を俟たない。

また、書名の改變について、『新唐書』巻五十九の「藝文志三」に記載する『三教珠英』の『目』の注に

開成初改爲二海內珠英一、武后所レ改字竝復レ舊。

とあり、文宗の開成元年（八三六）に則天文字を改正すると同時に、『三教珠英』も『海內珠英』と改稱されていることを知る。

その後の李嶠は『唐會要』巻六十三の「史館上・修國史」に

長安三年、正月一日敕、宜レ令下特進梁王三思與二納言李嶠・正諫大夫朱敬則・司農少卿徐彥伯・鳳閣舍人魏知古・崔融・司封郎中徐堅・左史劉知幾・直史館吳兢等一修二唐史一、採二四方之志一、成二一家之言一、長懸二楷則一、以貽中勸誡上。

とあるように、朱敬則・徐彥伯・魏知古・崔融・徐堅・劉知幾・吳兢らと共に『唐史』の編纂にかかわっている。

六

これ以降、李嶠は編纂事業に従事することなく、中宗が復位してからは、遊宴行幸に従駕し、多くの侍宴應酬詩を詠出することになる。但し、『舊唐書』卷四十七の「經籍志下」にみえる『李嶠集三十卷』や『新唐書』卷六十の「藝文志四」にみえる『李嶠集五十卷』『李嶠雜詠詩十二卷』の記載を考慮すると、詩篇だけではなく、文章も多く制作していたことがわかる。現存するものだけでも、賦（幷序一）制四十四、文一、表九十五、疏四、書六、狀一、啓一、序一、碑文四、哀冊文一の計一百五十九篇ある。

李嶠は立場上、敕命の傳達文である「制」が多いと予想されるが、「表」や「書」や「疏」などに代表される上奏文がはるかに多い。これは單に上から下へ傳達するだけのものより、上に向って發する意見を積極的に上申したことを物語っているが、それは諫言を含むばかりのものではない。寧ろ、諫言を含むものは少數である。とかく、御用役人と酷評され、木偶の坊ととられがちの李嶠であるが、御史臺にいた時は役目柄、全國を巡察して、その得失を上疏し(15)たり、則天武后が白馬坂の大像を造ることに抗議(16)したりして諫言している面は、眞に國を憂える良吏であった。

案ずるに、その作品から「文章四友」の名に恥じない文章家である。

第二節　詩人としての李嶠

一

李嶠の詩が高い評價を得たのは、記錄上では證聖元年（六九五）に詠出した「奉㆔和天樞成宴㆓夷夏群寮㆒應制」詩である。この詩は武氏一族の武三思が則天武后の功德をたたえて端門の外に銅柱を建てたのを記念して詠出したものである。その時のことを『大唐新語』卷八の「文章第一十八」に

長壽三年、則天徵㆓天下銅五十萬餘斤、鐵三百三十餘萬、錢兩萬七千貫㆒、於㆓定鼎門內㆒鑄㆓八稜銅柱㆒。高九十尺、徑一丈二尺、題曰㆓大周萬國述德天樞㆒。紀㆓革命之功㆒、貶㆓皇家之德㆒。天樞下置㆓鐵山㆒、銅龍負載、獅子・麒麟圍遶。上有㆓雲蓋㆒。蓋上施㆑盤龍以託㆓火珠㆒。珠高一丈、圍三丈、金彩熒煌、光侔㆓日月㆒。武三思爲㆓其文㆒、朝士獻㆑詩者不㆑可㆓勝紀㆒。唯嶠詩冠㆓絕當時㆒。

とある。これによると、詩を獻上した者が數えきれないくらいいたが、その中で李嶠の詩が特にすぐれていたとある。『大唐新語』は更に續けて、その時の詩を掲載する。

奉和天樞成宴夷夏群寮　應制[17]（天樞成り　夷夏の群寮を宴するに奉和す　應制）

轍[18]跡[19]光西崦[20]　　轍跡《てつせき》は西崦《せいえん》に光《かがや》き、
勳[21]名紀北燕　　勳名は北燕に紀《しる》さる。
何如萬國[22]會　　何如《いかん》せん萬國の會、

諷(23)徳九門前
灼灼(24)臨黄道
迢迢入紫煙
仙盤(25)正下露
高柱欲承天
山類叢雲起
珠疑大火懸
聲流塵作劫(26)
業固海成田
聖(27)澤傾堯酒
熏(28)風(29)入(30)舜絃
欣(31)逢下生日
還偶(32)上皇年

徳を諷《ふう》す九門の前。
灼灼《しゃくしゃく》として黄道に臨み、
迢迢《ちょうちょう》として紫煙に入る。
仙盤は正に露を下さんとし、
高柱は天を承《う》けんと欲す。
山は叢雲《そううん》の起くるに類《に》て、
珠は大火の懸《か》くるかと疑ふ。
聲は流れて塵　劫《ごう》と作《な》り、
業は固まりて海　田と成る。
聖澤《せいたく》に堯酒を傾け、
熏風《くんぷう》に舜絃を入る。
欣《よろこ》びて逢はん下生の日、
還《ま》た偶《そろ》はん上皇の年。（下平聲先韻）

詩の詳細は別項に譲る。

また、李嶠の死後のことであるが、天寶の末、玄宗が勤政樓に登って、梨園の弟子に數曲を歌わせた。その中に李嶠の「汾陰行」を唱った者がいた。この歌を聽いた玄宗は涙を流し、「誰れの詩か」と尋ねられ、臣下が「李嶠の詩です」と答えると、玄宗は「李嶠は眞の才子だ」と褒めた。

また、翌年、玄宗が蜀に行幸して、白衞嶺に登った時、臣下がこの詩を唱うと、玄宗はまた「李嶠は眞の才子だ」

といい、感嘆したと傳えられている。これは『本事詩』（唐・孟棨撰）の「事感二」にみえる説話で

天寶末、元宗《ママ》嘗乘レ月登二勤政楼一、命二梨園弟子一歌二數闋一。有下唱二李嶠詩一者上云、富貴榮華能幾時、山川滿レ目涙沾レ衣。[33]不レ見祇今汾水上、惟有年年秋雁飛。時上春秋已高、問是誰詩、或對曰李嶠。因凄然泣下、不レ終レ曲而起曰、李嶠眞才子也。[34]又、明年、幸レ蜀登二白衛嶺一、覽眺久之。又歌二是詞一、復言二李嶠眞才子一。不レ勝二感歎一。時高力士在レ側、亦揮レ涕久之。

この説話にみえる詩は七言古詩の「汾陰行」の最終部である。この「汾陰行」にまつわる説話がほかにもある。それは大暦中、白居易の長恨歌を諷誦できるということで、高價な値がついた女奴に「長恨歌に比すべきものがあるか」と尋ねると、李嶠の汾水の作（汾陰行）を擧げて歌ったというものである。このことは、明の王世貞（字、元美。一五二六〜一五九〇）の『藝苑卮言』巻八に

大暦中、賣二一女子一、姿首如レ常、而索レ價至二數十萬一、云三此女子誦二得白學士長恨歌一、安可二他比一。李嶠汾水之作、歌レ之。明皇至爲泫然曰、李嶠眞才子。

とある。

これらの説話には多少粉飾された感がないではないが、詩を批評している明の謝榛（字、茂秦。一四九五〜一五七五）はその著『四溟詩話』巻四の中で

長篇當下以二李嶠汾陰行一爲中第一上。

といい、長篇の歌行では「汾陰行」が第一のできであるという。また、明の胡應麟（字、元瑞。一五五一〜一六〇二）はその著『詩藪』内篇巻三の「古體下・七言」の中で

唐人歌行烜赫者、郭元振寶劍篇、宋之問龍門行・明河篇、李嶠汾陰行、元稹連昌辭、白居易長恨歌・琵琶行、盧

仝月蝕、李賀高軒、竝驚㆓絶一時㆒。

といい、李嶠の「汾陰行」が唐の七言の歌行を代表する一つであるという。また、『藝苑巵言』巻四の中で

許之應制七言、宏麗有㆑色、而他篇不㆑及㆓李嶠㆒。

といい、蘇頲の七言應制詩にはみるべきものがあるが、そのほかの詩篇は李嶠に及ばないと評している。この批評は蘇頲との二人だけの對比にみえるが、蘇頲は李嶠の後、當時「李蘇」と稱され、李乂と共に一世を風靡した詩人である。その詩人が李嶠に及ばないということは、他の詩人も及ばないということもいえる。

以上を勘案すると、「汾陰行」が秀逸であったことは事實のようで、李嶠は唐を代表する詩人であるといえる。

二

これまで詩に關する幾つかの說話をみてきたが、彼の若年の頃の詩話は少ない。このことは李嶠に詩才がなかったことを意味するのではなく、詩の才能を活かす場や機會がなかったというべきであろう。その李嶠が詩才を充分に發揮し活動し始めたのは、中宗の文華嗜好と相俟って、景龍二年（七〇八）に修文館の大學士となった六十四歳頃からである。中宗は事あるごとに大學士・學士・直學士等の詩人を伴って行幸したり、宮廷で宴會を催し、そのたびごとに詩を賦詠し、それに臣下が唱和した。李嶠が參列して詩を詠出した行幸竝びに侍宴を年月順に整理すると次の如くである。

開催年月	行幸先及び詩題	陪席者
景龍二年　七月七日	御㆓兩儀殿㆒賦㆑詩。	杜審言・李乂・劉憲・趙彦昭・蘇頲

	（奉二和七夕兩儀殿會宴一應制）	
九月九日	幸二慈恩寺塔一。（奉三和九月九日登二慈恩寺浮圖一應制）	上官昭容・崔日用・宋之問・李適・劉憲・盧藏用・岑羲・李乂・馬懷素・趙彦昭・蕭至忠・李迥秀・楊廉・辛替否・王景・樊忱・畢乾泰・麴瞻・孫佺・李從遠・周利用・張景源・李恆・張錫・解琬・鄭愔・薛稷・崔湜
閏九月九日	幸二總持寺一登二浮圖一。（奉下和閏九月九日幸二總持寺一登中浮圖上應制）	劉憲・李乂・宋之問
十月三日	幸二三會寺一。（奉二和三會寺一應制）	上官昭容・宋之問・劉憲・李乂・鄭愔
十一月十五日	中宗誕辰。（誕辰內殿宴二群臣一效二柏梁體一聯句）	趙彦昭・李適・蘇頲・李乂・盧藏用・馬懷素・宋之問・婕妤上官
十二月六日	幸二薦福寺一。（奉三和幸二大薦福寺一應制）	李乂・劉憲・宋之問・趙彦昭・鄭愔
二十一日	幸二臨渭亭一。（遊二禁苑一陪二幸臨渭亭一遇レ雪應制）	李適・蘇頲・徐彦伯・李乂
三十日	幸二長安故城一。（奉三和幸二長安故城未央宮一應制）	宋之問・劉憲・李乂
景龍三年　正月七日	清暉閣登高。（奉三和人日清暉閣宴二群臣一遇レ雪應制）	宗楚客・劉憲・蘇頲・李乂・趙彦昭

二月八日	送三沙門玄奘等歸二荊州一。 (送三沙門弘景・道俊玄奘還二荊州一應制)	李乂
十一日	幸二太平公主南莊一。 (奉三和初春幸二太平公主南莊一應制)	宋之問・邵昇・蘇頲・韋嗣立・沈佺期・李乂・趙彥昭・李邕
七月	幸二望春宮一送二節度張仁亶一。 (奉下和幸二望春宮一送中朔方總管張仁亶上)	李適・劉憲・蘇頲・李乂・鄭愔
八月三日	幸二安樂公主西莊一。 (安樂公主山亭侍宴應制)	宗楚客・韋元旦・李適・劉憲・蘇頲・李乂・岑羲・盧藏用・薛稷・馬懷素・趙彥昭・蕭至忠・李迥秀
九月九日	幸二臨渭亭一。 (奉下和九日幸二臨渭亭一登高上應制　得二歡字一)	蘇瓌・閻朝隱・韋元旦・李適・蘇頲・韋嗣立・薛稷・李乂・盧藏用・岑羲・楊廉・韋安石・李迥秀・蕭至忠・馬懷素・沈佺期・竇希玠・陸景初・鄭南金・李咸・趙彥伯・于經野・盧懷愼
十一月十五日	中宗誕辰、長寧公主滿月。 (中宗降誕日、長寧公主滿月侍宴應制)	鄭愔
十二月十二日	幸二溫泉宮一。 (奉二和驪山高頂寓目一應制)	崔湜・閻朝隱・劉憲・蘇頲・張說・李乂・武平一・趙彥昭
十四日	幸二韋嗣立莊一。 (奉三和幸二韋嗣立山莊一侍宴應制)	崔湜・劉憲・蘇頲・徐彥伯・張說・李乂・沈佺期・武平一・趙彥昭
十五日	幸二白鹿觀一。 (幸二白鹿觀一應制)	崔湜・劉憲・徐彥伯・蘇頲・張說・李乂・沈佺期・武平一・趙彥昭
景龍四年		

正月七日	重宴二大明宮一。（人日侍二宴大明宮一恩二賜綵縷人勝一應制）	崔日用・韋元旦・李適・蘇頲・李乂・馬懷素・沈佺期・鄭愔・趙彦昭・閻朝隱・劉憲
八日	立春內殿賜二綵花一。（立春日侍二宴內殿一出剪綵花應制）	上官昭容・宋之問・劉憲・蘇頲・沈佺期・趙彦昭
二月一日	送二金城公主一。（奉四和送三金城公主適二西蕃一應制）	崔日用・崔湜・閻朝隱・韋元旦・唐遠悊・李適・劉憲・蘇頲・徐彦伯・張說・薛稷・馬懷素・沈佺期・鄭愔・武平一・徐堅
二十二日	宴二桃花園一。（侍二宴桃花園一詠二桃花一應制）	蘇頲・徐彦伯・李乂・趙彦昭
四月一日	幸二長寧公主莊一。（侍二宴長寧公主東莊一應制）	崔湜・李適・劉憲・李乂・鄭愔

以上のように侍宴應制詩で活躍した李嶠には自負心と政治的地位によって驕傲になり、前章の「景龍二年、六十四歳」に引用した『舊唐書』巻一百八十九下の「郭山惲傳」にみえる事件を引き起している。このような李嶠であるが、詩人としては第三部第一章第二節の「雜詠詩の音韻」をみてもわかるように、李嶠の五言律詩は平仄も諧っており、近體詩の體裁を整えている。近體詩の確立といえば、沈佺期（字、雲卿。?～七一三）と宋之問（字、延清。?～七一三）の二人だけが律詩の祖として名を縦ままにしているが、李嶠が彼らの先輩に當り、その詩律をみても、近體詩に適っていることを勘案すると、彼らと竝んで律詩確立の祖の一人として取り上げられるべきである。

第三節　作詩の時期とその背景

李嶠の眞價は作文より作詩にある。李嶠が晩年、執政官として中樞にいた時、即ち中宗の景龍年間、中宗が頻繁に側近や修文學士を招集して宴會を開き、それが半ば慣習化されていた。その際、李嶠は多くの奉和應制詩を詠出したこと、そして、その場の中心人物であったことから、宮廷詩人といわれている。宮廷詩人と呼ばれるのも止むを得ないことであるが、御用詩人と呼ぶ人[35]もいる。しかし、御用詩人とは區別すべきであろう。御用詩人は權力者（天子）におもねる內容の詩を作ることを目的とするが、宮廷詩人が天子に陪席して賦する奉和應制詩は、天子の詩に唱和するという形式の傳統的な詩體である。これはおもねることとは異なる。だが、詩の本來の意義からいうと、自己の心情を詠出する詩ではないので、無味乾燥な詩であることは否定できない。

さて、現存する李嶠の詩は、百二十首の一連の詠物詩と奉和詩を含む八十六首の計二百六首である。これらの詩には製作年月が記載されていない。そこで、資料や史實などに基づいて、できうる限り多くの詩の賦詠年月を考察する[36]ことによって、作詩活動の時期を明白にする。合せて作詩の背景についても言及する。

咸亨元年（六七〇）九月の作

晩秋喜雨（晩秋　雨を喜ぶ）

積陽躔首夏　　積陽　首夏に躔《お》り、
隆旱屆徂秋　　隆旱　徂秋《しょしゅう》に屆く。

炎威振皇服
歊景暴神州
氣滌朝川朗
光澄夕照浮
草木委林甸
禾黍悴原疇
國懼流金眚
人深懸磬憂
紫宸兢履薄
丹扆念推溝
望肅壇場祀
冤申囹圄囚
御車遷玉殿
薦菲撤瓊羞
濟窘邦儲發
蠲窮井賦優
服閑雲驥屛
穴術土龍修

炎威　皇服に振ひ、
歊景《きょうけい》　神川に暴《あらわ》る。
氣滌《きでき》　朝川に朗らかに、
光澄　夕照に浮ぶ。
草木　林甸《りんでん》に委《な》ゑ、
禾黍《かしょ》　原疇《げんちゅう》に悴《しぼ》む。
國は流金の眚《わざわい》を懼れ、
人は懸磬《けんけい》の憂《うれい》を深くす。
紫宸は履薄《りはく》を兢《おそ》れ、
丹扆《たんい》は推溝《すいこう》を念《おも》ふ。
望は壇場の祀《まつり》を肅《つつし》み、
冤《わざわい》は囹圄《れいご》の囚に申《かさ》ぬ。
車を御して玉殿を遷り、
菲《ひ》を薦《すす》めて瓊羞《けいしゅう》を撤《す》つ。
窘《くるしみ》を濟《すく》ふに邦《くに》の儲《たくわえ》　發し、
窮を蠲《のぞ》くに井《むら》の賦　優《ゆるやか》にす。
服閑なるも雲驥《うんき》屛《しりぞ》け、
穴術《じょうじゅつ》なれども土龍修む。

睿感通三極
天誠貫六幽
夏祈良未擬
商禱詎爲儔
穴蟻禎符應
山蛇毒影收
騰雲八際滿
飛雨四溟周
聚靄籠仙闕
連霏繞畫樓
旱陂仍積水
涸沼更通流
晩穂萎還結
寒苗瘁復抽
九農歡歳皁
萬宇慶時休
野洽如坻詠
途喧擊壤謳

睿感《えいかん》　三極に通じ、
天誠　六幽を貫く。
夏祈《かき》良《まこと》に未だ擬《なら》ばず、
商禱《しょうとう》詎《なん》ぞ儔《たぐい》すと爲さん。
穴蟻　禎符《ていふ》に應じ、
山蛇　毒影に收まる。
騰雲《とううん》　八際に滿ち、
飛雨　四溟《しめい》に周《あまね》し。
聚靄《しゅうあい》　仙闕《せんけつ》を籠《つつ》み、
連霏《れんぴ》　畫樓《がろう》を繞《めぐ》る。
旱陂《かんぱ》　仍《なほ》　水を積み、
涸沼《こしょう》　更に流を通す。
晩穂は萎《な》ゆるも還《また》結び、
寒苗は瘁《しぼ》むも復《また》抽《ぬき》んず。
九農は歳皁《さいふ》を歡《よろこ》び、
萬宇は時休を慶《よろこ》ぶ。
野に洽《あまね》し如坻《じょち》の詠《うた》、
途《みち》に喧《かまびす》し擊壤の謳《うた》。

幸聞東李道　幸に東李（里）の道を聞き、
欣奉北場遊　欣《よろこ》びて北場の遊に奉ず。（下平聲尤韻）

この詩には史實に合致する詩句が多い。例えば、

(1)「御レ車遷二玉殿一　薦レ菲撤二瓊羞一」は『新唐書』巻三の「高宗紀」の

咸亨元年、八月庚戌、以二穀貴一禁レ酒。丁巳、至レ自二九成宮一。甲子、趙王福薨。丙寅、以レ旱避二正殿一。減レ膳。

と合致している。

(2)「濟レ窘邦儲發」は『舊唐書』巻五の「高宗紀下」の

（咸亨元年）是歲、天下四十餘州旱及霜蟲、百姓飢乏、關中尤甚。詔令下任往二諸州一逐上食、仍轉二江南租米一以賑二給之一。

と合致している。

(3)「蠲レ窮井賦優」は『新唐書』巻三の「高宗紀」の

咸亨元年、九月丁丑、給二復雍・華・同・岐・邠・隴六州一一年。

と合致している。

以上のように史實に基づく詩句が多いことが、全句の信憑性を高めている。

この詩も當時の詩と同じく典故を多く用いているが、特に『詩經』に基づくものが多い。

(1)「積陽躔首夏　隆旱屆徂秋」は『詩經』巻十三の「小雅・谷風之什・四月」の

四月維夏　六月徂暑。

を踏まえたものである。「四月」は陰暦の四月で、この月から夏である。所謂、初夏である。『禮記』巻五の「月令」

では四月を「孟夏」といい、『初學記』巻三の「歳時部・夏二」所引の『梁元帝纂要』には

孟夏亦曰㆓維夏・首夏㆒。季夏亦曰㆓徂暑㆒。

とあるので、「維夏」を「首夏」ともいう。また、本文の「徂秋」は『毛傳』に「徂、往也」とあるように、去り行く暑さの意で、前出の『梁元帝纂要』に「季夏亦曰㆓徂暑㆒」とあり、「徂暑」を「六月」という。これに擬して、「九月」は秋の終りの「季秋」で、去り行く秋であるから「徂秋」を用いたのであろう。

この冒頭の兩句は、この詩の序文にみえる「自㆓四月㆒不㆑雨至㆓于九月㆒」と合致する。

(2)「氣滌朝川朗」は『詩經』巻十八の「大雅・蕩之什・雲漢」の

旱既大甚　滌滌山川。

を踏まえている。『毛傳』に「滌滌、旱氣也。山無㆑木、川無㆑水」とあるように、本文の「氣滌」の「滌」は「旱」で、「氣」は「旱氣」の「氣」である。

(3)「紫宸兢履薄」の「兢履薄」は『詩經』巻十二の「小雅・節南山之什・小旻」の

戰戰兢兢　如㆑臨㆓深淵㆒　如㆑履㆓薄氷㆒。

に基づく。この小旻の詩は『論語』巻四の「泰伯第八」にもみえるが、『論語』には「詩云、戰戰兢兢　如㆑臨㆓深淵㆒　如㆑履㆓薄氷㆒」と記載されているので、先行する『詩經』を典據としておく。句意は「天子が旱の禍が及ばんことを懼れる」というものである。

(4)「野洽如坻詠」は『詩經』巻十四の「小雅・甫田之什・甫田」の

曾孫之稼　如㆑茨如㆑梁　曾孫之庾　如㆑坻如㆑京　乃求㆓千斯倉㆒　乃求㆓萬斯箱㆒　黍稷稻梁　農夫之慶　報以㆓介福㆒　萬壽無㆑疆。

を踏まえている。本文の「如坻」は「甫田」の「如坻」を指すが、「如坻の詠」となると、ここに引用した「甫田」の詩を指すものと思われる。

『詩經』のほかに、典故として用いているものに、

(5)「國懼流金眚」の「流金」は『楚辭』巻九の「招魂」の

十日代出、流金鑠石些二。

や『莊子』巻一の「逍遙遊第一」の

大旱金石流、土山焦而不レ熱。

に基づく。

(6)「人深懸磬憂」の「懸磬」は『國語』巻四の「魯語上」の

室如二懸磬一、野無二青草一、何恃而不レ恐。

に基づく。

(7)「丹宸念二推溝一」の「念二推溝一」は梁簡文帝の「大法頌」(37)の

推溝之念、有レ如レ不レ足。

に基づく。

(8)「服閑雲驤屏」は『孔子家語』巻十の「曲禮子貢問第四十二」の

孔子在レ齊、齊大旱。春饑。景公問二於孔子一曰、如二之何一。孔子曰、凶年則乘二駑馬一、力役不レ興、馳道不レ修、祈以二幣玉一、祭事不レ懸、祀以二下牲一。此則賢君自貶以救レ民之禮也。

を踏まえている。しかし、李嶠の詩では『孔子家語』のこの章句をそのまま採取しないで、『孔子家語』の「駑馬」と

反對の「雲驥（駿馬）」を用いて表現している。卽ち、『孔子家語』の「凶年なれば駑馬に乘る（旱魃になって穀物がなくなるような凶年であれば、君主は歩みの遲い駑馬に乘ってゆっくりと巡回する）」を換言すれば、豐作の年の巡回は駿馬で驅けてもよいということになる。これを借りて「服閑なるも雲驥屛く（人民の勞役がゆるやかで忙しくなくても、駿馬に騎ることがなく、歩みの遲い馬に騎ってゆっくりと巡回している）」と表現したのである。

(9)「宂術土龍修」の「土龍修」は『淮南子』巻十七の「說林訓第十七」の

　滂則具㆓擢對㆒、旱則修㆓土龍㆒。

に基づく。

以上の如く、この詩は多くの典籍に基づいて賦詠されているが、就中、『詩經』の「雅」からの引用が多いのが目立つ。このことは、二十歳で進士に及第し、制策甲科に擧げられるまでに至る學習成果が、このような形で表出したものと考えられる。また、この詩は五言四十句から成っているが、二十聯の對偶による全句對から構成されているのも特徵である。

この年、重大な事件が發生する。それは、唐がこれまで懷柔策で押えてきた吐蕃との間に、龍朔・麟德年間から不協和音が鳴り始め、この年になって吐蕃が反背した。『新唐書』巻三の「高宗本紀」には

　咸亨元年、四月癸卯、吐蕃陷㆓龜茲撥換城㆒。廢㆓安西四鎭㆒。己酉、李敬玄罷。辛亥、右大衞大將軍薛仁貴爲㆓羅娑道行軍大總管㆒、以伐㆓吐蕃㆒。（中略）

　閏月（九月）甲寅、姜恪爲㆓涼州道行軍大總管㆒、以伐㆓吐蕃㆒。

とある。このような狀況下で、この年の春、初唐の四傑の一人である駱賓王（?～六八四）が西域に從軍している。この時、駱奉禮（駱賓王）を見送った詩がある。

送駱奉禮從軍（駱奉禮の從軍を送る）

玉塞邊烽擧　　玉塞《ぎょくさい》に邊烽《へんぽう》擧《あ》がり、
金壇廟略申　　金壇《きんだん》に廟略《びょうりやく》申《もう》す。
羽書資銳筆　　羽書《うしょ》は銳筆《えいひつ》に資《よ》り、
戎幕引英賓　　戎幕《じゅうばく》は英賓《えいひん》を引く。
劍動三軍氣　　劍は三軍の氣に動き、
衣飄萬里塵　　衣は萬里の塵《つちけむり》に飄《ひるがえ》る。
琴尊留別賞　　琴尊《きんそん》は留別《りゅうべつ》の賞、
風景惜離晨　　風景は惜離《せきり》の晨。
笛梅含晚吹　　笛梅《てきばい》は晚吹《ばんすい》を含み、
鶯柳帶餘春　　鶯柳《えいりゅう》は餘春《よしゅん》を帶《お》ぶ。
希君勒石返　　希《ねが》はくは君《きみ》石に勒《きざ》みて返り、
歌舞入城闉　　歌舞して城闉《じょういん》に入らんことを。（上平聲眞韻）

この詩は、玉門關にあがった火の手を鎭壓するために、出征する駱賓王に送別の宴を開いて活躍を期した詩である。末句の「希君勒石返　歌舞入城闉」は『後漢書』巻二十三の「竇憲傳」の

憲懼レ誅、自求下擊二匈奴一以贖上レ死。會二南單于請レ兵北伐一、乃拜二憲車騎將軍、（中略）憲・秉遂登二燕然山一、去レ塞三千餘里、刻レ石勒レ功、紀二漢威德一、令二班固作レ銘曰……。

に基づき、駱賓王が功名をあげて凱旋せんことを願ったものである。

駱賓王が奉禮郎になった記録は史書にみえないが、清の陳熙晉（一七九一～一八五一）はその著『續補唐書駱侍御傳』(38)の中で「麟德初、高宗有㆓事於泰山㆒、應㆓岳牧㆒、擧㆓對策㆒、車駕至㆓齊州㆒、賓王爲㆓齊州父老㆒請㆑陪封禪表曰、……。詔兗州給復二年、齊州一年半。拜㆓奉禮郎㆒、爲㆓東臺詳正學士㆒。咸亨元年、吐蕃入寇、罷㆓安西四鎭㆒、以㆓薛仁貴㆒爲㆓邏娑大總管㆒。適賓王以㆑事見㆑謫、從㆓軍西域㆒」と考證している。陳氏の説に據るならば、この詩は咸亨元年の作といえる。

調露元年（六七九）の作

奉㆑使㆑築㆓朔方六州城㆒率爾而作（朔方の六州に城を築かしめんことを奉じ　率爾にして作る）

奉詔受邊服　　詔を奉じて邊服《へんぷく》を受け、
總徒築朔方　　徒を總《す》べて朔方《さくほう》に築かん。
驅彼犬羊族　　彼の犬羊の族を驅《か》りて、
正此戎夏疆　　此の戎夏《じゅうか》の疆《さかい》を正す。
子來多悅豫　　子來　悅豫《えつよ》多く、
王事寧怠遑　　王事　怠遑《たいこう》を寧《やす》んず。
三旬無愆期　　三旬《さんじゅん》なるも期を愆《たが》ふこと無く、
百雉鬱相望　　百雉《ひゃくち》　鬱《なが》くして相《あい》望む。
雄視沙漠垂　　沙漠の垂《さかい》を雄視《ゆうし》し、
有截北海陽　　北海の陽を截《た》つ有り。

二庭已頓顙
五嶺盡來王
驅車登崇墉
顧眄凌大荒
千里何蕭條
草木自悲涼
憑軾訊古今
慨焉感興亡
漢障緣河遠
秦城入海長
顧無廟堂策
貽此中夏殃
道隱前業衰
運開今化昌
制爲百王式
舉合千載防
馬牛被路隅
鋒鏑銷戰場

二庭已に頓顙《とんそう》し、
五嶺 盡《ことごと》く來王す。
車を驅けて崇墉《すうよう》を登り、
顧眄《こべん》して大荒を凌《かけ》る。
千里何ぞ蕭 條《しょうじょう》たる、
草木自ら悲 涼《ひりょう》す。
軾《しょく》に憑《よ》りて古今を訊《たず》ね、
慨焉《がいえん》として興亡を感ず。
漢障《かんしょう》は河に縁《よ》りて遠く、
秦城は海に入りて長し。
顧《かえり》みるに廟堂に策《さく》無く、
此に中夏に 殃《わざわい》を貽《のこ》さん。
道は前業の 衰《おとろえ》を隱し、
運は今化《こんか》の 昌《さかん》なるを開く。
制は百王の式《のり》と爲《な》り、
擧は千載《せんざい》の防に合《がう》す。
馬牛は路隅《ろぐう》を被《おお》ひ、
鋒鏑《ほうてき》は戰場に銷《き》ゆ。

豈不懷賢勞　豈《あ》に賢勞を懷《おも》はざらんや、
所圖在永康　圖《はか》るところは永康《えいこう》に在り。
王事何爲者　王事は何爲《なん》する者ぞ、
稱代陳頌章　代《よ》を稱《たた》へて頌章《しょうしょう》を陳《の》べん。（下平聲陽韻）

徐定祥は『李嶠詩注』（以下『徐氏詩注』と簡稱する）で咸亨年間（六七〇～六七三）の作とする。『元和郡縣圖志』巻四の「關內道四、新宥州」に

初、調露元年、於二靈州南界一置二魯・麗・含・塞・依・契等六州一、以處二突厥降戶一、時人謂二之六胡州一。

とあり、この年、朔方の靈州（今寧夏省靈武縣）の南境に六州を置いたとある。詩題及び冒頭の句の「奉レ詔受二邊服一　總レ徒築二朔方一　驅二彼犬羊族一　正此戎夏疆」によって、李嶠が敕命を受けて、初めて朔方の六州に城を築いたことがわかる。これだけの大任を一縣尉に任《まか》すはずがないので、『新唐書』の「本傳」の

授二監察御史一。

は、この任にあたって、監察御史に昇格したものと考えられる。『新唐書』巻四十八の「百官志三、監察御史」に

掌下分二察百僚一、巡二按州縣一、獄訟・軍戎・祭祀・營作・太府出納皆莅上焉。

とあり、職域の面からも首肯できる。

調露二年（六八〇）～永淳元年（六八二）の作

『舊唐書』巻九十四の「本傳」に次のような記事がある。

時嶺南邕・嚴二州首領反叛、發レ兵討擊、高宗令三嶠往監二軍事一。嶠乃宣二朝旨一、特赦二其罪一、親入二獠洞一以招二諭

之一、叛者盡降、因罷レ兵而還、高宗甚嘉レ之。

これによると、李嶠は、邕・巖二州の謀反を鎭壓する爲に指揮官として出陣したが、叛逆者を武力ではなく、對話によって降服させて歸還する。この時期に詠出したと思われる詩が三首ある。

早發苦竹館（早《つと》に苦竹館《くちくかん》を發す）

合沓巖嶂深　　合沓《ごうとう》たる巖嶂《がんしょう》は深く、
朦朧煙霧曉　　朦朧《もうろう》たる煙霧は曉《あきらか》なり。
荒阡下樵客　　荒阡《こうせん》は樵客《しょうかく》に下り、
野猿驚山鳥　　野猿《やえん》は山鳥に驚く。
開門聽潺湲　　門を開きて潺湲《しかん》を聽き、
入徑尋窈窕　　徑《こみち》に入りて窈窕《ようちょう》を尋ぬ。
棲鼯抱寒木　　棲鼯《せいご》は寒木を抱《いだ》き、
流螢飛暗篠　　流螢《りゅうけい》は暗篠《あんじょう》を飛ぶ。
早霞稍霏霏　　早霞《そうか》は稍《ようや》く霏霏《ひひ》たり、
殘月猶皎皎　　殘月は猶《な》ほ皎皎《きょうきょう》たり。
行看遠星稀　　行〻看《ゆくゆくみ》る遠星の稀《まれ》なるを、
漸覺遊氛少　　漸《ようや》く覺ゆ遊氛《ゆうふん》の少きを。
我行撫軺傳　　我は行きて軺傳《とうでん》を撫《めぐら》し、
兼得傍林沼　　兼ねて林沼に傍《そ》ふを得《う》。

貪玩水石奇　　水石の奇《き》なるを貪玩《たんがん》し、
不知川路渺　　川路の渺《はるか》なるを知らず。
徒憐野心曠　　徒《ただ》 野心の曠《ひろ》きを憐《あわれ》み、
詎惻浮年小　　詎《なん》ぞ浮年《ふねん》の小なるを惻《いた》まん。
方解寵辱情　　方《まさ》に寵 辱《ちようじよく》の情を解《と》き、
永託累塵表　　永く累塵《るいじん》の表《そと》に託《たく》さん。（上聲篠韻）

徐氏は高宗の儀鳳年間（六七六～六七八）の作とする。

「苦竹館」は苦竹山の麓に構えた假屋舍のことで、李嶠が假寓していたところと考えられる。『嘉慶一統志』の「南寧府」の「苦竹山」に「在宣化縣北三十里、產苦竹」とあり、同書の「宣化縣」には「唐爲邕州治」とある。また、同書は「南寧府」の沿革について「貞觀六年、改曰邕州。乾封元年、置都督府」という。以上を勘案すると、苦竹山のある南寧府は、唐代に邕州と呼ばれ、その治は宣化縣であったことがわかる。従って、苦竹館は邕州の中にあって、地形的には嚴州と邕州の中間に位置している。

この詩は苦竹山地方ののどかな景觀を描寫しており、どこにも兵馬特有の軍旅の辛苦や緊迫感や悲愴觀がない。寧ろ「開門聽潺湲　入徑尋窈窕」の詩句からは物見遊山の氣分さえ感じさせる。しかし、「我行撫軺傳」からは巡察に精を出す一面も窺うことができる。この詩の賦詠年月日を特定することは困難であるが、早朝、巡察をするため、苦竹館を出發したある一日の一場面である。[39]

軍師凱旋自邕州順流舟中　（軍師 凱旋《がいせん》し、邕州《ようしゆう》より流《ながれ》に順《したが》ふ舟中にて）

鳴鞞入嶂口　　鳴鞞《めいへい》は嶂口《しようこう》に入り、

汎舸歴川湄　汎舸《はんか》は川湄《せんび》を歴《ふ》。
倘想江陵陣　倘《こいねが》はくは江陵《こうりょう》の陣《じん》を想ひ、
猶疑下瀬師　猶《な》ほ下瀬《からい》の師かと疑ふ。
岸回帆影疾　岸は回《めぐ》るも帆影《はんえい》疾《はや》く、
風逆鼓聲遲　風は逆《さから》ふも鼓聲《こせい》遲《おそ》し。
萍葉沾蘭槳　萍葉《ひょうよう》は蘭槳《らんしょう》を沾《うるほ》し、
林花拂桂旗　林花は桂旗《けいき》を拂《はら》ふ。
弓鳴蒼隼落　弓は蒼隼《そうじゅん》の落《お》つるに鳴き、
劍動白猿悲　劍は白猿《はくさん》の悲しきに動く。
芳樹吟羌管　芳樹は羌管《きょうかん》に吟《ぎん》じ、
幽篁入楚詞　幽篁《ゆうこう》は楚詞《そし》に入る。
全軍多勝策　全軍に勝策《しょうさく》多く、
無戰在明時　戰《たたかい》無きは明時に在り。
寄謝山東妙　山東の妙を寄謝《きしゃ》し、
長纓徒自欺　長纓《ちょうえい》もて徒《ただ》自ら欺《あざむ》かん。（上平聲支韻）

徐氏は儀鳳年間の作とする。

この詩には戰地の雰圍氣を傳える「鳴鞞」「鼓聲」「桂旗」「弓鳴」「劍動」「羌管」などの詩語や、劉琮が荊州（江陵）で曹操に投降した故事(40)に基づく「倘想江陵陣」、越人で漢に歸化した者を下瀬將軍とし、蒼梧より下った故事(41)に基づく

「猶疑下瀬師」、袁公が樹に上って白猿となって別去した故事(42)に基づく「劍動白猿悲」、終軍が「長纓をいただければ南越王をつれて參りましょう」と言った故事(43)に基づく「長纓徒自欺」などの詩句を用いて、政府軍の軍師が邕州から凱旋して、一緒に陣地に歸還する有様を詠出したものである。

安輯嶺表事平罷歸（嶺表《れいひょう》を安輯《あんしゅう》し事平《たいら》げて罷《や》め歸る）

雲端想京縣　　雲端《うんたん》に京縣《けいけん》を想《おも》ひ、
帝鄉如可見　　帝鄉《ていきょう》　見る可《べ》きが如《ごと》し。
天涯望越臺　　天涯《てんがい》に越臺《えつだい》を望み、
海路幾悠哉　　海路幾《いく》ばくか悠《はるか》なるかな。
六月飛鵬去　　六月に飛鵬《ひほう》去り、
三年瑞雉來　　三年にして瑞雉《ずいち》來る。
境遙銅柱出　　境は遙《はるか》にして銅柱《どうちゅう》出《い》で、
山險石門開　　山は險《けわ》しくして石門開く。
自我違瀍洛　　我　瀍《てん》・洛《らく》を違《さ》りてより、
瞻途屢揮霍　　途《みち》を瞻《み》ては屢〻《しばしば》揮霍《きかく》す。
朝朝寒露多　　朝朝　寒露多く、
夜夜征衣薄　　夜夜　征衣《せいい》薄《うす》し。
白簡承朝憲　　白簡《はっかん》　朝憲を承《う》け、
朱方撫夷落　　朱方　夷落《いらく》を撫《な》づ。

既弘天覆廣
且諭皇恩博
皇恩溢外區
憬俗詠來蘇
聲朔臣天下
壇場拜老夫
絳宮韜將略
黃石寢兵符
返旆收龍虎
空營集鳥烏
日落澄氛靄
憑高視襟帶
東甌抗於越
南斗臨吳會
春色遶邊陲
飛花出荒外
卉服紛如積
長川思遊客

既に天覆《てんぷく》の廣きを弘《ひろ》め、
且つ皇恩《こうおん》の博《ひろ》きを諭《さと》す。
皇恩《こうおん》は外區《がいく》に溢《あふ》れ、
憬俗《けいぞく》は來蘇《らいそ》を詠《うた》ふ。
聲朔《せいさく》に天下を臣《しん》とし、
壇場《だんじょう》に老夫を拜《はい》す。
絳宮《こうきゅう》に將略《しょうりゃく》を韜《かく》し、
黃石《こうせき》は兵符《へいふ》を寢《とめ》る。
返旆《へんぱい》して龍虎《りゅうこ》を收《おさ》め、
空營《くうえい》に鳥烏《ちょうう》集まる。
日落ちて氛靄《ふんあい》澄み、
高《たかき》に憑《よ》りて襟帶《きんたい》を視《み》る。
東甌《とうおう》は越《えつ》に抗《あた》り、
南斗《なんと》は吳會《ごかい》に臨む。
春色は邊陲《へんすい》を遶《めぐ》り、
飛花は荒外《こうがい》に出づ。
卉服《きふく》は紛《ふん》として積むが如く、
長川《ちょうせん》に遊客を思ふ。

風生丹桂晩　　風は生ず丹桂《たんけい》の晩、
雲起蒼梧夕　　雲は起く蒼梧《そうご》の夕に。
去舳艤清江　　去舳《きょしゅう》は清江に艤《ふなよそおい》し、
歸軒趨紫陌　　歸軒《きけん》は紫陌《しはく》を趨《はし》る。
衣裳會百蠻　　衣裳《いしょう》は百蠻《ひゃくばん》に會し、
琛賮委重關　　琛賮《ちんじん》は重關《じゅうかん》に委《つ》む。
不學金刀使　　金刀《きんとう》の使《つかい》に學ばずして、
空持寶劍還　　空《むな》しく寶劍《ほうけん》を持ちて還《かえ》る。

徐氏は儀鳳年間の作とする。

この詩は遠い南方の地に赴いてみると、天子の恩澤がこの地まで行き屆き、平和な會合によって講和がもたらされたことを述べ、最後に自己の清廉潔白な態度と、朝廷のために一心をなげうって公務に從事したことを述べる。

この詩には李嶠が何時南方へ出發し、どのくらい居たかを知る詩句が含まれている。それは「六月飛鵬去　三年瑞雉來」の詩句である。この上句の「六月飛鵬去」は『莊子』巻一の「逍遙遊第一」の

北冥有レ魚。其名爲レ鯤。鯤之不レ知二其幾千里一也。化而爲レ鳥。其名爲レ鵬。鵬之背不レ知二其幾千里一也。怒而飛、其翼若二垂天之雲一。是鳥也、海運則將レ徙二於南冥一。南冥者天池也。齊諧者志レ怪者也。諧之言曰、鵬之徙二於南冥一也、水擊三千里、搏二扶搖一而上者九萬里、去以二六月一息者也。

に基づく。この句は鵬が南海を目指して飛立ち、六ヶ月後に着いて休息する、という『莊子』の説話を借りて、自分を鵬に置き換えて、南蠻征伐のために都長安を出發して六ヶ月後に南方の現地に着いたと解釋できなくもないが、詩

句の「六月」を六ヶ月ではなく、李嶠が南征の爲に出發した六月の時期と解釋することもできる。下句の「三年瑞雉來」は『後漢書』巻八十六の「南蠻傳第七十六」の

交阯之南有二越裳國一。周公居攝六年、制レ禮作レ樂、天下和平、越裳以二三象一重レ譯而獻二白雉一。

を踏まえたものである。「白雉」が瑞雉であることは『藝文類聚』巻九十（鳥部上・雉）所引の『抱朴子』に

白雉有レ種。南越尤多。按二地域圖一、今之九德、則古之越裳也。蓋白雉之所レ出、周成王所二以爲一レ瑞者、貴下其所二自來一之遠上、明二其德化所一レ被之廣一。非レ謂二此爲一レ奇也。

とあるのに據っても明白である。この詩の「瑞雉來」は天子の明德がこの地まで及んだことを意味するが、換言すれば、この度の南征が終結し、平和が再び到來したことを意味する。そうであれば、この詩の「三年」は南征に要した年月ということになる。

このほかに南方に關する典故を用いている詩句が多くある。

「境遙銅柱出」は『後漢書』巻二十四の「馬援傳第十四」にみえる「嶠南悉平」の李賢注所引の『廣州記』に

援到二交阯一、立二銅柱一、爲二漢之極界一也。

とある説話に基づく。

「黄石寢兵符」は『史記』巻五十五の「留侯世家第二十五」に

（留侯張良）撃二秦皇帝博浪沙中一、誤中二副車一。（中略）良乃更二名姓一、亡匿二下邳一。良嘗閒從容步二游下邳圯上一、有二一老父一、（中略）有レ頃、父亦來、喜曰、當レ如レ是。出二一編書一、曰、讀レ此則爲二王者師一矣。後十年興。十三年孺子見二我濟北一、穀城山下黄石卽我矣。遂去、無他言、不二復見一。旦日視二其書一、乃太公兵法也。[44]

とあるのに基づく。

「空營集鳥烏」は『左氏傳』巻十六「襄公十八年」の「丙寅晦、齊師夜遁、師曠告二晉侯一曰、鳥烏之聲樂、齊師其遁」の杜預注にみえる

　鳥烏得二空營一、故樂也。

に基づく。

「卉服紛如積」の「卉服」は『尚書』巻三「禹貢第一」の「島夷卉服」の孔安國傳に

　南海島夷、草服葛越。

とあり、卉服が南蠻の服であることがわかる。孔穎達の疏(45)に

　釋草云、卉草、舍人曰、凡百草、一名レ卉、知二卉服是草服葛越一也。葛越、南方布名、用レ葛爲レ之。

とある。この詩句は南方の人の多いことをいう。

「風生丹桂晩」の「丹桂」は晉の嵇含（字、君道。二六三〜三〇六）の『南方草木狀』(46)巻中に

　交趾置二桂園一。桂有二三種一、葉如二柏葉一。皮赤者爲二丹桂一。

とあり、「序文」に

　南越交趾、植物有二四裔一最爲レ奇。

とあるのによって、南方の植物であることがわかる。そして、ここでは南方の地であることを表現している。

「雲起蒼梧夕」の「蒼梧」は廣西省にある地名で、これも南方の地である。

「衣裳會百蠻」は『穀梁傳』(47)巻三の「莊公二十有七年」に

　衣裳之會十有一、未三嘗有二歃レ血之盟一也。信厚也。兵車之會四、未三嘗有二大戰一也。愛レ民也。

とあるのに基づく。

「不學金刀使　空持寶劍還」の「金刀使」とは〝漢の使者〟という意味である。それは漢の姓は〝劉〟で、〝劉〟字を分解すると、卯金刀となる。〝金刀〟は〝劉〟字を構成する文字で、〝使〟は使者の使であるからである。漢の使者として南方と關係のある人物といえば陸賈（生沒年不詳）である。彼が南越に使者として赴いた時のことを『漢書』巻四十三の「陸賈傳第十三」は

留與飲數月、曰、越中無レ足二與語一。至二生來一、令二我日聞レ所レ不レ聞。賜二賈橐中裝直千金一、它送亦千金。賈卒拜レ佗爲二南越王一。令三稱レ臣奉二漢約一。歸報、高帝大說、拜レ賈爲二太中大夫一。

と傳える。卽ち、南越武帝と稱していた趙佗を南越王に格下げして漢の藩臣とさせ、更に大金を得て歸還し、太中大夫に昇格した陸賈と比較して、この二句では、自分は陸賈のように要領がよくないことを述べることによって、逆說的に自分が清廉潔白で、公務に忠實であることを主張する。

さて、以上の三首がいつ頃詠出されたものかを斷定する決定的な資料はない。ただ、『舊唐書』巻九十四の「本傳」に

叛者盡降、因罷レ兵而還、高宗甚嘉レ之。

とあるので、高宗の在位期間中の弘道元（六八三）年までの作であることには間違いない。

次に李嶠が軍事の監督者として南方に派遣された時期であるが、『舊唐書』の「本傳」には

時嶺南邕・巖二州首領反叛、發レ兵討擊、高宗令三嶠往監二軍事一。

と記す。この記事からは南方に赴いたのが事件勃發直後なのか、事件が勃發してしばらくたってからのことなのか、判斷し難いが、弘道元年までの南蠻による寇邊をみると、『新唐書』に

咸亨三年、正月辛丑、姚州蠻寇レ邊、太子右衞副率梁積壽爲二姚州道行軍總管一以伐レ之。

と

　儀鳳元年、正月丁卯、納州獠寇レ邊。

の二回ある。このうち、咸亨三年の記事をみると、事件發生と同時に討伐の軍隊を派遣している。派兵と軍隊の監督との違いはあるものの、咸亨三年の記事の表記の仕方から「本傳」の表記をみると、「本傳」の「嶺南邕・嚴二州首領反叛、發レ兵討擊、高宗令三嶠往監二軍事一」は連續した行動であるといえる。更に、『舊唐書』の「本傳」には

　弱冠擧二進士一、累轉二監察御史一。時嶺南邕嚴二州首領反叛……

とあるので、時に、李嶠は監察御史であった。問題は次の章句との關連である。「本傳」の「時」を〝當時〟と解するか、時間を隔てた〝ある時〟と解するかによって事情が異なってくる。〝當時〟と解すると、李嶠が監察御史になった時に、嶺南で事件が發生したとなり、〝ある時〟と解すると、監察御史になって、または、監察御史から次の官職に就任してから、時間を置いて嶺南で事件が發生したことになる。『通典』巻二十四の「職官六・監察侍御史」に

　監察御史、（中略）大唐監察御史十員、裏行五員、掌下内外糺察并監二祭祀一及監中諸軍出使等上。

とあり、これに據ると、「諸軍の出使を監する」のは監察御史の職務であるから、「本傳」の嶺南における「軍事を監する」のは監察御史の職務で、李嶠が監察御史の時の事件ということになる。

　次に、李嶠が何時監察御史になったかである。その時期は調露元年（六七九）と考えられる。（第一節　李嶠の生涯、第六項・入朝　參照）従って、一連の詩は調露元年（六七九）以降の詠出といえる。しかし、調露元年に「奉使築朔方六州城率爾而作」詩にみえるように、北方に従事していたので、この一連の詩は調露二年（六八〇）以降の詠出といえる。そして、南征の成果を大變喜んでくれた高宗の在位が弘道元年（六八三）までであることを考慮すると、南征の期間は三年となり、「安輯嶺表事平罷歸」詩の「三年瑞雉來」の「三年」と合致する。この解釋が首肯されるならば、「六月

飛鵬去」の「六月」は、李嶠が嶺南に出陣した調露二年六月と解釋できる。

以上を勘案すると、この一連の詩は、調露二年六月から永淳元年（六八二）までに詠出されたものである。

さて、この詩は他詩と異なる點がある。それは作詩上の基本に關わる押韻についてである。この詩の韻字を示すと見（去聲霰韻）、哉・來・開（上平聲灰韻）、霍・薄・落・博（入聲藥韻）、蘇・夫・符・烏（上平聲虞韻）、帶・會・外（去聲泰韻）、客・夕・陌（入聲陌韻）、關・還（上平聲刪韻）となる。この詩の形式は二十韻の古體詩であるから、仄韻の韻字を用いることは可能であるが、この詩には平聲の上平聲（灰・虞・刪）や仄聲の入聲（藥・陌）、去聲（霰）が入り混る。所謂、換韻轉韻が用いられている。李嶠の他の詩の脚韻が整っているだけに理解に苦しむ。

垂拱四年（六八八）十二月の作

奉和拜洛　應制拜洛一作受圖溫洛（洛を拜するに奉和す　應制。拜洛一に受圖溫洛に作る）

七萃鑾輿動　　七萃《ひちすい》の鑾輿《らんよ》動き、
千金瑞檢開　　千金の瑞檢《ずいけん》開く。
文如龜負出　　文《ぶん》は龜負《お》ひて出づるが如く、
圖似鳳銜來　　圖《ず》は鳳《おおとり》銜《ふく》みて來たるに似《に》たり。
殷薦三神享　　三神の享《まつり》を殷薦《いんせん》し、
明禋萬國陪　　萬國の陪《ばい》を明禋《めいいん》す。
周旗黃鳥集　　周旗《しゅうき》に黃鳥《こうちょう》集《つど》ひ、

漢　幄　紫　雲　回　　漢幄《かんあく》に紫雲回《しうんめぐ》る。
日　暮　鉤　陳　轉　　日暮れて鉤陳轉《こうちんてん》じ、
清　歌　上　帝　臺　　上帝の臺に清歌す。（上平聲灰韻）

徐氏は垂拱四年の作とする。

この詩は則天武后の時、瑞石が洛水から出たので、則天武后が皇帝以下の者を率いて洛水を拜した時に詠出したものである。

その詠出時期に關連して、『舊唐書』巻六の「則天皇后紀」には

垂拱四年、夏四月、魏王武承嗣僞造二瑞石一、文云、聖母臨レ人、永昌二帝業一。令三雍州人唐同泰表稱獲二之洛水一。皇太后大悅、號二其石一爲二寶圖一、擢授二同泰游擊將軍一。五月、皇太后加二尊號一曰二聖母神皇一。秋七月、大二赦天下一。改二寶圖一曰二天授聖圖一、封二洛水神一爲二顯聖一、加二位特進一、幷立レ廟。就水側置二永昌縣一。天下大酺五日。……

十二月己酉、神皇拜二洛水一、受二天授聖圖一、是日還レ宮。明堂成。

とあるが、『新唐書』巻四の「則天皇后紀」には『舊唐書』にみえる「夏四月」の記事がなく、その代りに

五月庚申、得二寶圖于洛水一。

とある。『資治通鑑』巻二百四の「唐紀・則天順聖皇后上之下」は更に具體的に次の如く記述する。

夏四月戊戌、（中略）武承嗣使レ鑿二白石一爲レ文曰、聖母臨レ人、永昌二帝業一。末二紫石一、雜二藥物一塡レ之、庚午、使二雍州人唐同泰奉表獻レ之、稱獲二之於洛水一。太后喜、命二其石一曰二寶圖一、擢二同泰一爲二遊擊將軍一。五月戊辰、詔當下親拜レ洛受二寶圖一、有レ事二南郊一、告二謝昊天一、禮畢御二明堂一、朝中羣臣上、命二諸州都督刺史及宗室外戚一、以二拜レ洛前十日一集二神都一。乙亥、太后加二尊號一爲二聖母神皇一。……

十二月己酉、太后拜レ洛受レ圖。皇帝皇太子皆從。內外文武百官・蠻夷各依レ方敍立。珍禽・奇獸・雜寶列二於壇前一、文物・鹵簿之盛、唐興以來未二之有一也。

『資治通鑑』に據ると、この詩は垂拱四年十二月の詠出とも考えられる。

拜洛の行事が大規模なものであったことは『資治通鑑』の「文物・鹵簿之盛、唐興以來未二之有一也」をみてもわかる。從って、李嶠が參加した詩宴にも多數の文人・詩人が出席したことは容易に想像できるが、この時に詠出された詩で現存するものは李嶠のほかに蘇味道と牛鳳及の詩がある。

奉三和受二圖溫洛一應制　　蘇味道

綠綺膺二河檢一、淸壇俯二洛濱一。天旋俄制レ蹕、孝享屬二嚴禋一。陟配光二三祖一、懷柔洎二百神一。霧開二中道日一、雪斂二屬車塵一。預奉咸英奏、長歌億二萬春一。

（上平聲眞韻）（全唐詩卷六十五）

奉三和受二圖溫洛一應制　　牛鳳及

八神扶二玉輦一、六羽警二瑤谿一。戒レ道伊川北、通レ津澗水西。御圖開レ洛匱、刻石與レ天齊。瑞日波中上、仙禽霧裏低。微臣矯二羽翮一、抃舞接二鸞鷖一。

（上平聲齊韻）（全唐詩卷九十九）

天授二年（六九一）春の作

皇帝上禮撫事述懷（皇帝上禮《じょうれい》もて事を撫《ぶ》し述懷《じゅつかい》す）

配　極　輝　光　遠　　極《きょく》に配し輝光《きこう》遠く、
承　天　顧　託　隆　　天を承《う》けて顧託《こたく》隆《たつと》ぶ。
負　圖　濟　多　難　　負圖《ふと》は多難を濟《すく》ひ、

脱履歸成功
聖道昭永錫
邕言讓在躬
還推萬方重
咸仰四門聰
恭己忘自逸
因人體至公
垂旒滄海晏
解網法星空
雲散天五色
春還日再中
稱觴合纓弁
率舞應絲桐
凱樂深居鎬
傳歌盛飲豐
小臣濫簪筆
無以頌唐風

脱履《だつり》は成功に歸す。
聖道は昭《あきらか》にして錫《あた》ふること永《なが》く、
邕言《ゆうげん》は讓《ゆず》りて躬《み》に在り。
還《また》萬方の重きを推《お》し、
咸《みな》四門の聰《さと》きを仰《あお》ぐ。
己《おのれ》を恭《うやうや》しくして自逸《じいつ》を忘れ、
人に因《よ》りて至公《しこう》を體《たい》す。
旒《りゅう》を垂《た》れて滄海《そうかい》晏《やすらか》に、
網《あみ》を解《と》きて法星《ほうせい》空《むな》し。
雲散じて天《そら》五色に、
春還《かえ》りて日再《ふたた》び中《ちゅう》す。
觴《さかづき》を稱《あ》げて纓弁《えいべん》を合《むす》び、
舞《まい》を率《ひき》ひて絲桐《しとう》に應《おう》ず、
凱樂《がいらく》して深《おおい》に鎬《こう》に居り、
傳歌《でんか》して盛んに豐《ほう》に飲す。
小臣は濫《みだり》に筆を簪《さ》し、
以て唐風《とうふう》を頌《しょう》する無し。（上平聲東韻）

徐氏は天授二年の作とする。

この詩は則天武后が皇帝と稱して天地の百神を祭った時のものである。

詩中の「承天顧托隆」の「顧托」は「顧命」とほぼ同意で、『尚書』巻十一の「顧命」に

成王將レ崩、命二召公・畢公一、率二諸侯一相二康王一、作二顧命一。

とあり、孔安國の傳は

臨終之命曰二顧命一。

といい、孔穎達の疏は

言下臨レ將二死去一、回顧而爲上レ語。

という。この「顧托」の語にみえるように、此度の則天武后の皇帝宣言は高宗の遺言を守ったまでのことという。しかし、『新唐書』巻四の「則天皇后紀」には

弘道元年十二月、高宗崩、遺二詔皇太子卽二皇帝位一。軍國大務不レ決者、兼取二天后進止一。甲子、皇太子卽二皇帝位一、尊レ后爲二皇太后一、臨レ朝稱レ制。

とあり、高宗の遺言は皇太子の皇帝卽位であった。

また、「脱履歸成功」の「脱履」は「脱蹝」と同じで、『淮南子』巻九の「主術訓」に

（堯）擧二天下一而傳二之舜一、猶二却行而脱レ蹝(48)也。

とあるように、睿宗がいともたやすく皇位を則天武后に讓ったのが今日の成功をもたらしたのだという。この時のことを『舊唐書』巻六の「則天皇后紀」(49)に

載初元年、九月九日壬午、革二唐命一、改二國號一爲レ周。改元爲二天授一、大二赦天下一、賜レ酺七日。乙酉、加二尊號一日二聖神皇帝一、降二皇帝一爲二皇嗣一。

と記し、平穏のうちに革命が成し遂げられたようにみえるが、この時期、則天武后の横暴に對する不平不満が朝廷の内外から起った。則天武后は反對分子に對する彈壓を行なったので、恐怖政治へと變貌していったのである。その時の様子を陳子昂（字、伯玉。六六一～七〇二）は「諫刑書」(50)の中で次のように述べている。

臣聞昔者聖人務理二天下一者。美在二太平一。太平之美者在二於刑措一。臣伏見陛下務二太平之理一而未レ美二太平之功一。（中略）周有二天下八百餘歳一而惟頌二成・康一。漢有二天下四百餘歳一而獨稱二文・景一。皆由下幾致二刑措一者上也。何則刑者政之末節、非二太平之資一。（中略）今陛下之政、雖レ盡レ善矣。然太平之理、猶レ屈二於獄官一。何以言レ之。太平之朝務二上下樂化一、不レ宜亂臣賊子、日犯二天誅一、比者大獄增多、逆徒滋廣。愚臣頑昧、初謂二皆實一。乃去月十五日、陛下特察二詔囚李珍等無罪一、明二魏眞宰有レ功。召二見高正臣一。又重推元萬頃、百寮慶悅、皆賀二聖明一。臣乃知亦有下無罪之人掛二於疎網一者上。陛下務在二寛典一、獄官務在二急刑一。以傷二陛下之仁一、以誣二太平之政一。臣竊私恨レ之。（中略）又其月二十一日、恩敕免二楚金等死一。初有二風雨一、變爲二景雲一。司刑官屬皆所二共見一。臣聞陰慘者刑也。陽舒者德也。慶雲者喜氣也。臣伏考二之洪範一、驗二之六經一、聖人法レ天、天亦助レ聖。休咎之應、必不レ虛レ來。（中略）天意如レ此。陛下豈可レ不三承二順之一。夫刑者怒也。不レ可三以承二喜氣一。今又陰雨、臣恐過在二獄官一。

……

『資治通鑑』巻二百四の「唐紀・則天武后紀」に據ると、陳子昂のこの上疏は永昌元年十月であるとする。則天武后はその翌年の載初元年（六九〇）九月九日に唐を改めて周を建國し、天授と改元している。このように、周國樹立は表面上「脫履」の如くであるが、人民や朝廷の信任を得たものではなかった。従って、これらの詩句は則天武后の即位を肯定するための方便であることは言を俟たない。

さて、この詩の詠出時期であるが、詩句の「春還日再中」の「春還」の語に注目すると、この詩は春に詠出されたものであることがわかる。周の建國が天授元年の九月であるから、〝春〟というと、翌年の天授二年の春ということになる。『資治通鑑』巻二百四の「則天皇后上之下」に

天授二年、正月乙酉、日南至、大享㆓明堂㆒、祀㆓昊天上帝㆒、百神從㆑祀、武氏祖宗配㆑饗、唐三帝同配。

とあり、天授二年の春に大禮が行なわれている。この大禮が詩題の「上禮」とも合致する。

李嶠の詩と同時同詠の詩が一首現存する。

奉㆓和皇帝上禮撫㆑事述懷㆒應制　　陳子昂

大君忘㆓自我㆒、應㆑運居㆓紫宸㆒。揖讓期㆓明辟㆒、謳㆑歌且順㆑人。軒宮帝圖盛、皇極禮容申。南面朝㆓萬國㆒、東堂會㆓百神㆒。雲陛旂常滿、天庭玉帛陳。鐘石和㆓睿思㆒、雷雨被㆓深仁㆒。承平信娯樂、王業本艱辛。願罷㆓瑤池宴㆒、來觀㆓農扈春㆒。卑宮昭㆓夏德㆒、尊老睦㆓堯親㆒。微臣敢拜手、歌舞頌㆓維新㆒。

（上平聲眞韻）（全唐詩巻八十四）

證聖元年（六九五）四月の作

奉和天樞成宴夷夏羣僚　應制（天樞《てんすう》成《な》り夷夏《いか》の群僚《ぐんりよう》を宴《えん》するに奉和《ほうわ》す　應制）

轍迹光西崦　　轍迹《てつせき》は西崦《せいえん》に光《かがや》き、
動庸紀北燕　　動庸《くんよう》は北燕《ほくえん》に紀《しる》す。
何如萬方會　　何如《いかん》せん萬方《ばんぽう》の會、
頌德九門前　　德を頌《しよう》す九門の前に。
灼灼臨黄道　　灼灼《しやくしやく》として黄道《こうどう》に臨み、
迢迢入㆓紫煙㆒　　迢迢《ちようちよう》として紫煙《しえん》に入る。

仙盤正下露
高柱欲承天
山類叢雲起
珠疑大火懸
聲流塵作劫
業固海成田
帝澤傾堯酒
宸歌掩舜弦
欣逢下生日
還覩上皇年

仙盤《せんばん》は正《まさ》に露を下《くだ》さんとし、
高柱《こうちゅう》は天を承《う》けんと欲す。
山は叢雲《そううん》の起《お》くるに類《に》て、
珠は大火の懸《か》くるかと疑ふ。
聲は流れて塵《ちり》劫《ごう》と作《な》り、
業は固《すた》れて海《うみ》田《でん》と成《な》る。
帝澤《ていたく》に堯酒《ぎょうしゅ》を傾《かたむ》け、
宸歌《しんか》は舜弦《しゅんげん》を掩《おお》ふ。
下生の日に欣逢《きんほう》し、
還《また》上皇《じょうこう》の年を覩《み》ん。（上平聲眞韻）

徐氏は天冊萬歳元年（六九五）の作とする。

この詩は則天武后の革命の功德を刻んだ銅柱が完成したのを記念して、周邊の異民族も招いて宴會を催した時のものである。『全唐詩』巻六十一にはこの詩の詩題の下に『唐新語』[51]を引いて背景の説明に供している。

長壽中、則天徵二天下銅鐵一、于定縣門內鑄二八稜銅柱一。高九十尺、徑一丈二尺、題曰二大周萬國述德天樞一。紀二革命之功一、貶二唐家之德一。天樞下置二鐵山一、鐵龍負載、獅子麒麟圍繞。上有二雲蓋一。蓋上施二盤龍一以托二火珠一。高一丈、圍三尺、金彩熒煌、光侔二日月一。武三思爲レ文、朝士獻レ詩者不レ可二勝紀一。惟嶠詩冠二絕當時一。

ここには天樞の樣子が詳細に記述され、また、獻詩のうち李嶠のこの詩が最も秀でていたと評され、大詩人としての片鱗を覗かせている。

『大唐新語』はこの行事を「長壽中（六九二～六九三）」とするが、『新唐書』巻七十六の「則天武皇后紀」は

延載二年、武三思率二蕃夷諸酋及耆老一請作二天樞一、紀二太后功德一、以黜レ唐興レ周。制可。使二納言姚璹護作一。乃大裒二銅鐵一合二治之一、署曰二大周萬國頌德天樞一、置二端門外一。其制若レ柱、度高一百五尺、八面、面別五尺、治レ鐵象レ山爲二之趾一、負以二銅龍一、石鑱二怪獸一環レ之。柱顚爲二雲蓋一、出二大珠一、高丈、圍三レ之。作二四蛟一、度丈二尺、以承レ珠。其跡山周百七十尺、度二丈。無レ慮用二銅鐵二百萬斤一。乃悉鏤二羣臣蕃酋名氏其上一。

と傳える。この『新唐書』の「則天武后紀」では「延載二年」とするが、〝延載年間〟は六九四年五月から六九五年正月までの八ケ月であるから「延載元年」は存在しても「延載二年」は存在しない。『新唐書』巻四の「則天皇后紀」は

證聖元年、四月戊寅、建二大周萬國頌天樞一。

とする。「證聖元年」は六九五年正月から同年九月までの九ケ月であるから、天樞建立の行事は「證聖元年」ということになる。『資治通鑑』巻二百五の「則天順聖皇后中之上」は

證聖元年、夏四月、天樞成。高一百五尺、徑十二尺、八面各徑五尺。下爲二鐵山一、周百七十尺、以レ銅爲二蟠龍一、麒麟縈二繞之一。上爲二騰雲・承露盤一、徑三丈、四龍人立捧火珠、高一丈、工人毛婆羅造レ模。武三思爲レ文、刻二百官及四夷酋長名一。太后自書二其榜一曰二大周萬國頌德天樞一。

と傳えている。この『資治通鑑』の年月は『新唐書』巻四の「則天皇后紀」と一致する。從って、この詩の詠出時期は證聖元年四月である。

神功元年（六九七）～聖曆三年（七〇〇）五月の作

送司馬先生（司馬先生を送る）

蓬閣桃源兩處分
人間海上不相聞
一朝琴裏悲黄鶴
何日山頭望白雲

蓬閣《ほうかく》・桃源《とうげん》 兩處に分れ、
人間《じんかん》・海上・相《あい》聞かず。
一朝琴裏《きんり》黄鶴を悲しみ、
何《いず》れの日か山頭に白雲を望まん。（上平聲文韻）

徐氏は六九二年~六九八年の間の作とする。

司馬先生とは道士司馬承禎（字、子微。六四七~七三五）のことである。この詩は當時、天台山に居た司馬承禎の名聲を聞いた則天武后が、司馬承禎を都に召致し、その承禎が天台山へ歸るのに際し、敕命により李嶠が送別の接待の任に當った。その時に詠出したものである。『舊唐書』巻百九十二の「隱逸・司馬承禎傳」に

道士司馬承禎嘗遍二遊名山一、乃止二於天台山一。則天聞二其名一、召至レ都、降二手敕一以讃二美之一。及レ將レ還、敕麟臺監李嶠餞二之於洛橋之東一。

と傳える。ここでは、李嶠が麟臺監となっているが、李嶠には麟臺少監の記録はあるが麟臺監の記録がないので、麟臺監は麟臺少監の誤りである可能性が高い。李嶠が麟臺少監となったのは神功元年（六九七）以前と考えられる。それは神功元年三月に王孝傑らが大軍を率いて契丹に大敗し、姚璹・楊再思が契丹の要求を受け入れようとした際のことを『資治通鑑』巻二百六、則天順聖皇后中之下で

麟臺少監知鳳閣侍郎贊皇李嶠曰、戎狄貪而無レ信。此所レ謂借二寇兵一資二盜糧一也。

と言って反論した。この時の官名が麟臺少監であったからである。

李嶠が麟臺少監であった期間を考えると、神功元年に麟臺少監となり、聖暦元年（六九八）十月に麟臺少監で同鳳閣鸞臺平章事となり、聖暦三年（七〇〇）五月鸞臺侍郎となっている。（第一節　李嶠の生涯、第七項　再入朝參看）従って、

この詩は神功元年から聖暦三年三月の間に詠出したものである。

李嶠の詩と同時同詠の詩に次の二首がある。

送㆓司馬道士遊㆒天台㆒　宋之問

羽客笙歌此地違、離筵數處白雲飛。

蓬萊闕下長相憶、桐柏山頭去不㆑歸。　（上平聲微韻）（全唐詩巻五十三）

送㆓道士入㆒天台㆒　薛曜

洛陽陌上多㆓離別㆒[52]、蓬萊山下足㆓波潮㆒。

碧海桑田何處在、笙歌一聽一遙遙。　（下平聲蕭韻）（全唐詩巻八十）

聖暦三年（七〇〇）正月

流杯亭宴集詩の序文を作る。

『舊唐書』巻六の「則天皇后紀」に

聖暦三年、臘月戊寅、幸㆓汝州之溫湯㆒。甲戌、至㆑自㆓溫湯㆒。造㆓三陽宮于嵩山㆒。

とあり、則天武后が汝州の溫湯へ行幸した記録がある。この時の詳細な様子が『集古録目』の「唐則天幸㆓流杯亭㆒宴集詩」に

唐麟臺丞殷仲容書、武后聖暦三年幸㆓汝州㆒、宴㆓飲于城南流杯亭㆒、與㆓群臣㆒分㆑韵賦㆑詩。武后御制及梁王三思等凡七首、平章事李嶠爲㆑序以㆓久視元年九月㆒刻㆑石。

とあり、行幸の際、流杯亭で宴飲し、則天武后が群臣と韻を分けて賦詠し、群臣も奉和詩を詠出した。その時、李嶠

が序文を作ったことがわかる。更に、『太平寰宇記』巻八の「河南道八・汝州」に

流盃池在二城南三十里一。唐則天嘗與二侍郎姚元崇・蘇頲・武三思・薛耀等一遊宴賦レ詩、李嶠爲レ敍。

とあり、これによって賦詠した群臣は武三思のほかに姚元崇・蘇頲・薛耀（曜）などがいたことが判明したが、御製詩を含めて、この時に詠出された詩は現存しない。

久視元年（七〇〇）六月前後の作

寶劍篇

吳山開　越溪涸　　吳山《ござん》開かれて越溪《えつけい》涸《か》れ、
三金合冶成寶鍔　　三金《さんきん》合冶《ごうや》して寶鍔《ほうがく》を成《な》す。
淬綠水　鑒紅雲　　綠水に淬《にら》ぎ紅雲を鑑《み》る、
五采焰起光氛氳　　五采《ごさい》の焰《ほのお》起ち光《ひかり》氛氳《ふんうん》たり。
背上銘爲萬年字　　背上《せじょう》の銘《めい》は萬年《まんねん》の字と爲《な》り、
胸前點作七星文　　胸前《きょうぜん》の點は七星《しちせい》の文《あや》と作《な》る。
龜甲參差白虹色　　龜甲參差《きっこうしんし》たり白虹《はっこう》の色、
轆轤宛轉黃金飾　　轆轤宛轉《ろくろえんてん》たり黃金《おうごん》の飾《かざり》。
駭犀中斷寧方利　　駭犀《がいさい》中斷するも寧《むし》ろ方《まさ》に利《するど》く、
駿馬羣騑未擬直　　駿馬群騑《しゅんめぐんひ》なるも未《いま》だ擬直《ぎちょく》せず。
風霜凜凜匣上清　　風霜《ふうそう》は凜凜《りんりん》として匣上《こうじょう》に淸く、

精氣遙遙斗閒明　精氣《せいき》は遙遙《ようよう》として斗閒《とうかん》に明《あか》し。
避災朝穿晉帝屋　災《わざわい》を避《さ》けて朝《あした》に穿《うが》つ晉帝《しんてい》の屋《おく》、
逃亂夜入楚王城　亂を逃《のが》れて夜入る楚王《そおう》の城。
一朝運偶逢大仙　一朝運《めぐ》りて偶ゝ大仙《たまたまたいせん》に逢《あ》い、
虎吼龍鳴騰上天　虎吼《とらほ》ゑ龍《りゅう》鳴きて上天《じょうてん》に騰《のぼ》る。
東皇提昇紫微座　東皇《とうこう》は提《たずさ》へて昇《のぼ》る紫微《しび》の座、
西星佩下赤城田　西星《せいせい》は佩《お》びて下る赤城《せきじょう》の田を。
承平久息干戈事　承平《しょうへい》久しく息《や》む干戈《かんか》の事、
僥倖得充文武備　僥倖《ぎょうこう》得て充《み》つ文武《ぶんぶ》の備《そなえ》。
除災辟患宜君王　災《わざわい》を除《のぞ》き患《うれい》を辟《さ》く宜君《ぎくん》の王、
益壽延齡後天地　壽《とし》を益《ま》し齡《よわい》を延《の》ばす後天《こうてん》の地。

徐氏は萬歳通天元年（六九六）以前の作とする。

この詩は「吳山」「七星文」「龜甲參差」「逃亂夜入楚王城」など、『吳越春秋』にみえる古劍の說話を引用し、寶劍の靈妙さやその效力を述べたものである。

この「寶劍篇」を作るに至った動機について、『新唐書』巻一百二十二の「郭元振傳」は

十八擧二進士一、爲二通泉尉一。（中略）武后知レ所レ爲、召欲レ詰、既與レ語、奇レ之。索二所レ爲文章一、上二寶劍篇一、后覽嘉歎、詔示二學士李嶠等一、卽授二右武衞鎧曹參軍一、進二奉宸監丞一。

と傳えている。これは則天武后が郭元振の「寶劍篇」がすばらしいので、李嶠などにみせたというものである。想像

するに、この時、李嶠は則天武后が郭元振の「寶劍篇」を褒めたことに觸發されて、自分の方がもっとうまく作れるとばかりに挑戰して作ったのがこの「寶劍篇」であると考える。

　詠出時期については明記された資料はないが、郭元振に觸發され挑戰して賦詠したとなると、郭氏の「寶劍篇」を示されてさほど遠くない時期に詠出したものと考えられる。『新唐書』の「郭元振傳」に

　上二寶劍篇一、后覽嘉歎、詔示二學士李嶠等一、卽授二右武衛鎧曹參軍一、進二奉宸監丞一。

とあり、則天武后が李嶠に「寶劍篇」を示した時期は、郭元振が奉宸監丞になってからか、またはその直前かと思う。そこで問題になるのが、郭元振が奉宸監丞になった時期である。「奉宸監丞」は奉宸府の長官補佐と考えられるが、奉宸府は控鶴が改められた官職で、改名の時期について、『資治通鑑』巻二百六の「則天皇后中之下」に

　久視元年、六月、改二控鶴一爲二奉宸府一、以二張易之一爲二奉宸令一。（中略）乃命二易之・昌宗一與二文學之士李嶠等一、修二三教珠英於內殿一。

とある。控鶴が久視元年六月に奉宸府と改名され、更に『新唐書』の「郭元振」にみえる「詔示學士李嶠等」の「學士」（第一節・李嶠の生涯、第八項・宰相參照）の稱號と合致する。

　以上を勘案すると、李嶠がこの詩を詠出したのは久視元年六月前後である。

久視元年（七〇〇）五月十九日の作

石　淙　　石《せき》淙《そう》

羽 蓋 龍 旗 下 絕 冥　　羽蓋《うがい》・龍旗《りょうき》　絕冥《ぜつめい》に下《くだ》り、
蘭 除 薜 幄 坐 雲 扃　　蘭除《らんじょ》・薜幄《へきあく》　雲扃《うんけい》に坐《ざ》す。

鳥和百籟疑調管
花發千巖似畫屛
金竈浮煙朝漠漠
石牀寒水夜冷冷
自然碧洞窺仙境
何必丹丘是福庭

鳥は百籟《ひやくらい》に和《わ》して調管《ちようかん》かと疑ひ、
花は千巖《せんがん》に發《ひら》きて畫屛《がへい》に似《に》たり。
金竈《きんそう》の浮煙《ふえん》　朝《あさ》　漠漠《ばくばく》。
石牀《せきしよう》の寒水《かんすい》　夜　冷冷《れいれい》。
自然《しぜん》の碧洞《へきどう》　仙境《せんきよう》を窺《うかが》ひ、
何《なん》ぞ必《かなら》ずしも丹丘《たんきゆう》は是《こ》れ福庭《ふくてい》ならんや。（下平聲青韻）

この詩は則天武后が群臣を率いて石淙に遊んだ時に、宴に侍して詠出したものである。李嶠は道教にまつわる「金竈」「仙境」「丹丘」「福庭」などの語句を用いて石派の景觀を描寫し、石淙は天子が至る所に相應しい神仙の場所であることを詠う。

石淙にて侍宴し、詩を賦詠した者について、『金石文字記』[53]（顧炎武撰）巻三所錄の「御製夏日遊二石淙一詩幷序」の序文に

今在二嵩山石淙北崖上一。其詩天后自製七言一首、侍遊應制皇太子臣顯、太子左奉裕率兼檢校安北大都護相王臣旦、太子賓客上柱國梁王臣三思、內史臣狄仁傑、奉宸令臣張易之、麟臺監中山縣開國男臣張昌宗、鸞臺侍郎臣李嶠、鳳閣侍郎臣蘇味道、夏官侍郎臣姚元崇、給事中臣閻朝隱、鳳閣舍人臣崔融、奉宸大夫汾陰縣開國男臣薛曜、守給事中臣徐彥伯、右玉鈐衞郎將左奉宸內供奉臣楊敬述、司封員外臣于季子、通事舍人臣沈佺期各七言一首。[54]

とある。これによると、則天武后を始め、皇太子顯（後の中宗）、相王旦（後の睿宗）以下多くの重臣達も詠出していたことがわかる。しかし、現存する詩の詩題をみると、則天武后・皇太子顯・相王旦・徐彥伯・李嶠は「石淙」に作り、蘇味道・崔融・沈佺期は「嵩山石淙侍宴應制」に作り、狄仁傑・武三思・張易之・張昌宗・薛曜・楊敬述・于季子・

姚元崇・閻朝隱は「奉和聖製夏日遊石淙山」に作って統一性がない。特に、徐彦伯と李嶠の詩題は異例である。なぜなら、臣下が天子の御前で詩を製作した場合は應制詩または奉和詩となるべきであるからである。

詠出時期については碑文に

　薛曜正書　久視元年五月。

とある。しかし、『全唐詩』所載の狄仁傑の詩題の注には

　久視元年五月十九日。

とある。そこで、李嶠の詩がこの時に詠出されたものか否かを確認するために、久視元年五月における官職をみると、『舊唐書』巻六の「則天皇后紀」に

　聖暦三年、春三月、李嶠爲㆓鸞臺侍郎㆒、知政事如㆑故。……

　秋七月、天官侍郎張錫爲㆓鳳閣侍郎・同鳳閣鸞臺平章事㆒、其甥鳳閣鸞臺平章事李嶠爲㆓成均祭酒㆒、罷㆓知政事㆒。

とある。李嶠は聖暦三年、春三月に鸞臺侍郎となり、五月癸丑に〝久視元年〟と改元され、七月には鸞臺侍郎ではなく、成均祭酒となっているので、六月までは鸞臺侍郎であった可能性が高い。そうであれば、正に序文の官名と一致する。從って、この詩は久視元年五月十九日に詠出したものである。

最後に李嶠の詩と同時同詠の詩を擧げておく。

　石　淙　　則天武后

三山十洞光㆓玄籙㆒、　玉嶠金巒鎮㆓紫微㆒。
均露均霜標㆓勝壤㆒、　交風交雨列㆓皇畿㆒。
萬仞高巖藏㆓日色㆒、　千尋幽澗浴㆓雲衣㆒。

且駐二歡筵一賞二仁智一、琱鞍薄晩雜塵飛。　（上平聲微韻）（全唐詩卷五）

石　淙　　皇太子顯（中宗皇帝）

三陽本是標二靈紀一、　二室由來獨擅レ名。
霞衣霞錦千般狀、　雲峯雲岫百重生。
水炫珠光遇二泉客一、　巖縣石鏡厭二山精一。
永願乾坤符睿算、　長居二膝下一屬二歡情一。　（下平聲庚韻）（全唐詩卷二）

石　淙　　相王旦（睿宗皇帝）

奇峯嶾嶙箕山北、　秀崿岧嶢嵩鎭南。
地首地肺何曾擬、　天目天台倍覺慚。
樹影蒙蘢鄣二疊岫一、　波深洶湧落二懸潭一。
□願紫宸居得レ一、　永欣丹扆御通レ三。　（下平聲覃韻）（全唐詩卷二）

奉三和聖製夏日遊二石淙山一　　武三思

此地巖壑數千重、　吾君駕鶴□乘龍。
掩映葉光含二翡翠一、　參差石影帶二芙蓉一。
白日將レ移衝二疊巘一、　玄雲欲レ度礙二高峯一。
對酒鳴琴追二野趣一、　時聞清吹入二長松一。　（上平聲冬韻）（全唐詩卷八十）

奉三和聖製夏日遊二石淙山一　　狄仁傑

宸暉降望金輿轉、　仙路崢嶸碧澗幽。

羽仗遙臨鸞鶴駕、　帷宮直坐鳳麟洲。

飛泉灑レ液恆疑レ雨、　密樹含レ涼鎮似レ秋。

老臣預陪二懸圃宴一、　餘年方共赤松遊。　（下平聲尤韻）（全唐詩卷四十六）

奉三和聖製夏日遊二石淙山一　張易之

六龍驤首曉駸駸、　七聖陪軒集二潁陰一。

千丈松蘿交二翠幕一、　一丘山水當二鳴琴一。

青鳥白雲王母使、　垂レ藤斷レ葛野人心。

山中日暮幽巖下、　冷然香吹落花深。　（下平聲侵韻）（全唐詩卷八十）

奉三和聖製夏日遊二石淙山一　張昌宗

雲車遙裔三珠樹、　帳殿交陰八桂叢。

磵險泉聲疑二度雨一、　川平橋勢若二晴虹一。

叔夜彈琴歌二白雲一、　孫登長嘯韻二清風一。

卽此陪歡遊二閬苑一、　無レ勞辛苦向二崆峒一。　（上平聲東韻）（全唐詩卷八十）

奉三和聖製夏日遊二石淙山一　姚崇

二室三塗光二地險一、　均霜揆日處二天中一。

石泉石鏡恆留レ月、　山鳥山花競逐レ風。

周王久謝瑤池賞、　漢主懸慚玉樹宮。

別有二祥煙一伴二佳氣一、　能隨二輕輦一共葱葱。　（上平聲東韻）（全唐詩卷六十四）

嵩山石淙侍宴應制　蘇味道

琱輿藻衞擁二千官一、仙洞靈谿訪二九丹一。
隱暧源花迷二近路一、參差嶺竹掃二危壇一。
重崖對聳霞文駁、瀑水交飛雨氣寒。
天洛宸襟有二餘興一、裴回周曬駐二歸鑾一。
（上平聲寒韻）（全唐詩卷六十五）

嵩山石淙侍宴應制　崔融

洞口仙巖類二削成一、泉香石冷晝含レ清。
龍旗畫レ月中天下、鳳管披レ雲此地迎。
樹作二帷屏一陽景翳、芝如二宮闕一夏涼生。
今朝出豫臨二懸圃一、明日陪遊向二赤城一。
（上平聲齊韻）（全唐詩卷六十八）

奉三和聖製夏日遊二石淙山一　閻朝隱

金臺隱隱陵二黄道一、玉輦亭亭下二絳雰一。
千種岡巒千種樹、一重巖壑一重雲。
花落風吹紅的歷、藤垂日晃綠葐蒕。
五百里內賢人聚、願陪二閶闔一侍二天文一。
（上平聲文韻）（全唐詩卷六十九）

石淙　徐彥伯

碧淀紅涔嶁嶂間、淙嵌洑岨洊成レ灣。
琪樹琁娟花未レ落、銀芝窋窕露初還。

八風行殿開㆓仙榜㆒、　七景飛輿下㆓石關㆒。
張蔦席雲平㆓圃讌㆒、　焜煌金記蘊㆓名山㆒。　（上平聲刪韻）（全唐詩卷七十六）

奉㆔和聖製夏日遊㆓石淙山㆒　薛曜

玉洞幽尋更是天、　朱霞綠景鎭㆓韶年㆒。
飛花藉藉迷㆓行路㆒、　囀鳥遙遙作㆓管弦㆒。
霧隱㆓長林㆒成㆓翠幄㆒、　風吹㆓細雨㆒卽㆓虹泉㆒。
此中碧酒恆參㆑聖、　浪道崑山別有㆑仙。　（下平聲先韻）（全唐詩卷八十）

奉㆔和聖製夏日遊㆓石淙山㆒　楊敬述

山中別有㆓神仙地㆒、　屈曲幽深碧澗垂。
巖前暫駐黃金輦、　席上還飛白玉卮。
遠近風泉俱合雜、　高低雲石友參差。
林壑偏能留㆓睿賞㆒、　長天莫㆔遽下㆓丹曦㆒。　（上平聲支韻）（全唐詩卷八十）

奉和聖製夏日遊㆓石淙山㆒　于季子

九旗雲布臨㆓嵩室㆒、　萬騎星陳集㆓潁川㆒。
瑞液含㆑滋登㆓禹膳㆒、　飛流薦㆑響入㆓虞弦㆒。
山扉野徑朝花積、　帳殿帷宮夏葉連。
微臣獻㆑壽迎㆓千壽㆒、　願奉㆔堯年倚㆓萬年㆒。　（下平聲先韻）（全唐詩卷八十）

嵩山石淙侍宴應制　沈佺期

金輿旦下綠雲衢、　綵殿晴臨碧澗隅。
溪水冷冷雜二行漏一、　山煙片片繞二香爐一。
仙人六膳調二神鼎一、　玉女三漿捧二帝壺一。
自惜汾陽紆道駕、　無レ如三太室覽二眞圖一。　（上平聲虞韻）（全唐詩巻九十六）

長安元年（七〇一）十二月の作

天宮崔侍郎夫人盧氏挽歌(55)（天宮崔侍郎《さいじろう》の夫人盧氏《りょし》の挽歌《ばんか》）

寵服當年盛　　寵服《ちょうふく》　當年　盛《さか》り、
芳魂此地窮　　芳魂《ほうこん》　此の地に窮《きわ》まる。
劍飛龍匣在　　劍《けん》飛ぶも　龍匣《りょうこう》在り、
人去鵲巢空　　人《ひと》去りて　鵲巢《じゃくそう》空《むな》し。
簟愴孤生竹　　簟《たかむしろ》　は愴《いた》む孤生《こせい》の竹、
琴哀半死桐　　琴は哀《かな》しむ半死《はんし》の桐を。
唯當青史上　　唯當《ただまさ》に青史《せいし》の上に、
千載仰嬪風　　千載《せんざい》　嬪風《ひんぷう》を仰《あお》ぐべし。（上平聲東韻）

徐氏は長安元年（七〇一）～長安三年（七〇三）の間の作とする。

天宮崔侍郎は崔玄暐を指す。この詩は崔玄暐が榮譽に輝いている時に、崔夫人虞氏が亡くなり、その哀悼を述べる。崔玄暐（本名、曄。六三八～七〇一）の天官侍郎の在任期間は、『新唐書』巻一百二十や『舊唐書』巻九十一の「崔玄暐

傳」に

長安元年、爲二天官侍郎一、（中略）三年、授二鸞臺侍郎・同鳳閣鸞臺平章事・兼太子左庶子一。

とあるので、長安元年から長安三年までということになる。しかし、詩の内容からもう少し限定してみようと思う。

この詩の第一句「寵服當年盛」に注目すると、「寵服」は『國語』巻十七の「楚語上」の

臣聞、國君服レ寵以爲レ美。

の韋昭注に

服寵謂三以レ賢受二寵服一、是爲レ美也。

とあるように、賢徳によって榮譽を受けたことを述べている。この賢徳によって表彰に値する行爲があったか否かを檢討すると、崔玄暐が長安元年に天官侍郎となったが、持ち前の清廉潔白を以て文昌左丞に移った。しかし、一ヶ月もしないうちにまた天官侍郎となっている。その經緯を『新唐書』[56]巻一百二十の「崔玄暐傳」は

武后曰、卿向改レ職、乃聞三令史設レ齋相慶一。此欲レ肆二其貪一耳。卿爲レ朕還二舊官一。乃復拜二天宮侍郎一、厚賜二綵物一。

と傳える。これは崔玄暐が轉官すると、財貨を貪る執政官が横行しはじめたので、清白な崔玄暐が呼び戻され、恩賞を賜り表彰されたことを記述したものである。復官の時期について『資治通鑑』巻二百七の「則天武后下」は

（長安元年）十一月戊寅、月餘、太后謂二玄暐一曰、自二卿改レ官以來、聞三令史設レ齋自慶一。此欲三盛爲二姦貪一耳。今還二卿舊任一。乃復拜二天官侍郎一、仍賜二綵七十段一。

と記し、その時期を長安元年十一月とする。復官から表彰までの期間を一ヶ月として、表彰の時期は十二月頃と思われる。從って、この詩を長安元年十二月の作とする。

同時同詠の詩に次のものがある。

天官崔侍郎夫人盧氏挽歌　沈佺期

偕老言何謬、香魂事永違。潘魚從レ此隔、陳鳳宛然飛。埋レ鏡泉中暗、藏レ鐙地下微。猶憑二少君術一、彷彿覩二容輝一。

（上平聲微韻）（全唐詩卷九十六）

長安三年（七〇三）十月の作

扈從還洛呈侍從羣官（扈從《こじゅう》して洛《らく》に還《かえ》り侍從《じじゅう》・群官に呈《てい》す）

四海帝王家　四海は帝王の家、
兩都周漢室　兩都は周漢の室。
觀風昔來幸　風を觀るに昔來りて幸《みゆき》し、
御氣今旋蹕　氣《き》を御《ぎょ》して今旋《めぐ》りて蹕《さきばらい》す。
雷奮六合開　雷奮《らいふん》は六合《りくごう》に開け、
天行萬乘出　天行《てんこう》は萬乘《ばんじょう》に出づ。
玄冥奉時駕　玄冥《げんめい》は奉時《ほうじ》に駕《が》し、
白拒參戎律　白拒《はくきょ》は參戎《さんじゅう》に律《のっと》る。
後隊咽笳簫　後隊《こうたい》は笳簫《かしょう》に咽《むせ》び、
前驅嚴罕畢　前驅《ぜんく》は罕畢《かんひつ》を嚴《おごそ》かにす。
輝光射東井　輝光《きこう》は東井《とうせい》を射《さ》し、
禁令横西秩　禁令《きんれい》は西秩《せいちつ》を横にす。

帳殿別陽秋
旌門臨甲乙
將交洛城雨
稍遠長安日
邙鞏雲外來
咸秦霧中失
孟冬霜霰下
是月農功畢
天道向歸餘
皇情美陰隲
行存名嶽禮
遞問高年疾
祝鳥既開羅
調人更張瑟
登原采謳誦
俯谷求才術
邑罕懸磬貧
山無挂瓢逸

帳殿《ちょうでん》は陽秋《ようしゅう》に別れ、
旌門《せいもん》は甲乙《こうおつ》に臨む。
將《まさ》に洛城の雨に交《まじ》はらんとするも、
稍《やや》長安の日より遠し。
邙鞏《ぼうきょう》は雲外に來《いた》り、
咸秦《かんしん》は霧中《むちゅう》に失ふ。
孟冬《もうとう》　霜霰《そうさん》の下、
是《こ》の月農功《のうこう》畢《お》はる。
天道《てんどう》は歸餘《きよ》に向《むか》ひ、
皇情《こうじょう》は陰隲《いんしつ》より美なり。
行きゆきて名嶽《めいがく》に禮を存《と》ひ、
遞《たがい》に高年に疾《しつ》を問ふ。
祝鳥《しゅくちょう》は既《すで》に羅《ら》を開き、
調人《ちょうじん》は更に瑟《ひつ》を張《は》る。
原に登りて謳誦《おうしょう》を采《と》り、
谷に俯《ふ》して才術《さいじゅつ》を求む。
邑《むら》に懸磬《けんけい》の貧罕《ひんまれ》にして、
山に挂瓢《けいひょう》の逸《いつ》無し。

施恩浹寰宇
展義該文質
徳澤盛軒遊
哀矜深禹恤
中歌地爐駭
獻壽衢尊溢
瑞色抱氤氳
寒光變蕭颸
宗枝旦奭輔
侍從王劉匹
竝輯蛟龍書
同簪鳳皇筆
陶甄荷吹萬
頌歎歸明一
歡與道路長
顧隨談笑密
叨承廊廟選
謬齒夔龍弼

恩を施《ほどこ》して寰宇《かんう》を浹《うるお》し、
義を展《の》べて文質《ぶんしつ》を該《そな》ふ。
徳澤《とくたく》は軒遊《けんゆう》を盛《さかん》にし、
哀矜《あいきよう》は禹恤《うじゆつ》を深くす。
中歌《しんか》は地爐《ちろ》に駭《おどろ》き、
獻壽《けんじゆ》は衢尊《くそん》に溢《あふ》る。
瑞色《ずいしよく》は氤氳《いんう》を抱《いだ》き、
寒光は蕭颸《しようしつ》を變《か》ふ。
宗枝《そうし》は旦《たん》・奭《せき》の輔、
侍從は王・劉の匹《ひつ》。
竝《みな》蛟龍《こうりよう》の書を輯《あつ》め、
同《とも》に鳳皇《ほうおう》の筆を簪《かんざし》にす。
陶甄《とうけん》は吹萬《すいまん》を荷《にな》ひ、
頌歎《しようたん》は明一に歸《き》す。
歡《よろこび》は道路と與《とも》に長く、
顧《おもい》は談笑《だんしよう》に隨《したが》ひて密《みつ》なり。
叨《まこと》に廊廟《ろうびよう》の選《せん》を承《たまわ》り、
謬《あやま》りて夔龍《きりよう》の弼《たすけ》に齒《なら》ぶ。

喜構大厦成　　大厦《たいか》を構《かま》へて成るを喜び、
慚非棟隆吉　　棟隆《とうりゅう》の吉《きつ》に非《あら》ざるを慚《は》づ。（入聲質韻）

この詩は長期に亙って長安に滞在していた則天武后が洛陽に還ることになった折、李嶠も随行して洛陽に還ることになった。その道中、天子の恩澤に滿ち溢れている景觀や有様を描寫したものである。

『舊唐書』巻六の「則天皇后紀」に

冬十月、幸二京師一、大二赦天下一、改元爲二長安一。（中略）長安三年、冬十月丙寅、駕還二神都一。乙酉、至レ自二京師一。

とあり、則天武后が長安元年（七〇一）から長安三年（七〇三）までの二年間長安に滞在していた。その間の李嶠の動靜については、『資治通鑑』巻二百七の「則天皇后下」に

長安二年、六月壬戌　召二神都留守韋巨源一詣二京師一、以二副留守李嶠一代レ之。（中略）長安三年、四月、閏月丁丑、命二韋安石一留二守神都一。己卯、改二文昌臺一爲二中臺一、以二中臺左丞李嶠一知納言事。

とある。これによると、先ず、韋巨源を長安に呼び、當時、副留守であった李嶠に洛陽を任せた。その後、韋安石を洛陽留守として派遣し、李嶠を長安に呼び寄せた。そして、長安三年十月、則天武后が長安から洛陽に還ることになるのである。その際、李嶠も随行して洛陽に還ることになる。

詩句の「孟冬霜霰下　是月農功畢」が十月の季節であることを物語っており、この詩は長安三年（七〇三）十月の作であることに間違いない。

同時同詠の作に次のものがある。

扈従出二長安一應制　　杜審言

分野都畿列、時乘二六御一均。京師舊西幸、洛道此東巡。文物驅二三統一、聲名走二百神一。龍旗縈二漏夕一、鳳輦拂二鈎

陳一。撫二迹地靈古一、游二情皇鑒新一。山追二散馬日一、水憶二釣魚人一。禹食傳二中使一、堯樽遍二下臣一。省レ方稱二國阜一、問レ道識二風淳一。歲晚天行吉、年豐景從親。歡娛包二歷代一、宇宙忽疑レ春。（上平聲眞韻）（全唐詩卷六十二）

扈從出二長安一應制　沈佺期

漢宅規模壯、周都景命隆。西賓讓二東主一、法駕幸二天中一。太史占レ星應、春官奏レ日同。旌門起二長樂一、帳殿出二新豐一。翕二習黃山下一、紆二徐淸渭東一。金麾張二晝月一、珠幰戴二松風一。是節嚴陰始、寒郊散二野蓬一。薄霜沾二上路一、殘雪繞二離宮一。賜レ帛矜二耆老一、褰レ旒問二小童一。復除恩戴洽、望秩禮レ新崇。臣忝二承明召一、多慚二獻賦雄一。
（上平聲東韻）（全唐詩卷九十七）

長安三年（七〇三）十一月の作

「花燭行」を詠出す。

『舊唐書』卷一百八十三の「武崇訓傳」に

長安中、尚二安樂郡主一。時三思用二事於朝一、欲レ寵二其禮一。中宗爲二太子一在二東宮一。三思宅在二天津橋南一。自二重光門內一行親迎レ禮、歸二於其宅一。三思又令宰臣李嶠・蘇味道、詞人沈佺期・宋之問・徐彥伯・張說・閻朝隱・崔融・崔湜・鄭愔等賦二花燭行一以美レ之。

とあり、李嶠は蘇味道・沈佺期・宋之問・徐彥伯・張說・閻朝隱・崔融・崔湜・鄭愔らと共に「花燭行」を詠出したことを傳えているが、現存しない。しかし、この時に詠出されたものに次のものがある。

安樂郡主花燭行　張說

青宮朱邸翊二皇闈一、玉葉瓊蕤發二紫微一。

姫姜本來舅甥國、　卜筮倶道鳳皇飛。
星昴殷冬獻二吉日一、　夭桃穠李遙相匹。
鸞車鳳傳王子來、　龍樓月殿天孫出。
平臺火樹連二上陽一、　紫炬紅輪十二行。
丹爐飛レ鐵馳二炎焔一、　炎霞爍レ電吐二明光一。
綠軿紺幰紛如レ霧、　節鼓淸笳前啓レ路。
城隅靡靡稍東還、　橋上鱗鱗轉南渡。
五方觀者聚二中京一、　四合塵煙漲二洛城一。
商女香車珠結レ網、　天人寶馬玉繁レ纓。
百壺淥酒千斤肉、　大道連延障錦軸。
先祝二聖人一壽二萬年一、　復禱二宜家一承二百祿一。
珊瑚刻盤靑玉尊、　因レ之假道入二梁園一。
梁園山竹凝二雲漢一、　仰望高樓在二天半一。
翠幕蘭堂蘇合薰、　珠簾掛戶水波紋。
別起芙蓉織成レ帳、　金縷鴛鴦兩相向。
罽茵飾レ地承二琱履一、　花燭分レ階移二錦帳一。
織女西垂隱二燭臺一、　雙童連縷合歡杯。
藹藹綺庭嬪從列、　娥娥紅紅扇中開。

黄金兩印雙花綬、　富貴婚烟古無レ有。
清歌棠棣美二王姫一、　流化邦人正二夫婦一。
（全唐詩巻八十六）

花燭行　宋之問

帝城九門乘レ夜開、　仙車百兩自レ天來。
列火東歸暗二行月一、　浮橋西渡響二奔雷一。
龍樓錦障連連出、　遙望梁臺如レ晝日。
梁臺花燭見二天人一、　平陽賓從綺羅春。
共迎二織女一歸二雲幄一、　倶送二常娥一下二月輪一。
常娥月中君未レ見、　紅粉盈々隔二團扇一。
玉樽交引合歡盃、　珠履共蹋鴛鴦薦。
漏盡更深斗欲レ斜、　可レ怜金翠滿庭花。
庭花灼灼歆《ママ》二穠李一、　此夕天孫嫁二王子一。
結レ褵初出望園中、　和レ鳴已入秦筲裏。
同レ心合レ帶雨相依、　明日雙朝入二此徵一。
共待洛城分二曙色一、　更看天下鳳凰飛。
（詩淵・器用門・花木類・燭）

聖暦二年（六九九）～神龍元年（七〇五）間の作

奉和杜員外扈從教閲（杜《と》員外《いんがい》扈從《こじゅう》して教閲《きょうえつ》するに奉和す）

杪冬嚴殺氣
窮紀送頽光
薄狩三農隙
大閲五戎場
菜田初起焼
蘭野正開防
夾岸虹旗轉
分朋獸罟張
燕弧帶曉月
吳劍動秋霜
原啓前禽路
山縈後騎行
雲區墜日羽
星苑斃天狼
禮振軍容肅
威宣武節揚
神心體殷祝
靈兆叶姬祥

杪冬《びょうとう》は殺氣《さっき》を嚴《つつし》み、
窮紀《きゅうき》は頽光《たいこう》を送る。
薄狩《はくしゅ》は三農の隙、
大閲《たいえつ》は五戎の場。
菜田《さいでん》は初めて焼を起こし、
蘭野《らんや》は正に防を開く。
岸を夾《はさ》みて虹旗《こうき》轉じ、
朋《ほう》を分ちて獸罟《じゅうこ》張《は》る。
燕弧《えんこ》は曉月《ぎょうげつ》を帶《お》び、
吳劍は秋霜《しゅうそう》を動かす。
原《はら》は啓《ひら》く前禽《ぜんきん》の路《みち》、
山は縈《めぐ》る後騎《こうき》の行《みち》を。
雲區《うんく》に日羽《にちう》を墜《おと》し、
星苑《せいえん》に天狼《てんろう》を斃《たお》す。
禮振《ふる》へば軍容《ぐんよう》肅《つつし》み、
威宣《の》ぶれば武節《ぶせつ》揚《あが》る。
神心は殷祝《いんしゅく》に體《たい》し、
靈兆《れいちょう》は姬祥《きしょう》に叶《かな》ふ。

　　幸 陪 仙 駕 末　　幸に仙駕《せんが》の末《まつ》に陪《ばい》し、
　　欣 採 翰 林 芳　　欣《よろこ》びて翰林《かんりん》の芳《かおり》を採《と》らん。（下平聲陽韻）

徐氏は景龍二年（七〇八）以前の作とする。

この詩は杜審言（字、必簡。約六四六～七〇八）が軍事教練を検閲するために出かけた則天武后に随行して詠出したものに唱和した詩である。

詩題の「杜員外」は杜審言を指す。そこで、杜審言の經歴についてみておこう。『新唐書』巻二百一の「杜審言傳」(57)に

　累遷二洛陽丞一、坐レ事貶二吉州司戸參軍一。司馬周季重・司戸郭若訥構二其罪一、繋レ獄、將レ殺レ之。季重等酒酣、審言子幷年十三、袖刀刺二季重於坐一、左右殺レ幷。季重將レ死、曰、審言有二孝子一、吾不レ知、若レ訥故誤レ我。審言免レ官、還二東都一。蘇頲傷二幷孝烈一、誌二其墓一、劉允濟祭以レ文。後武后召二審言一、將レ用レ之、問曰、卿喜否。審言蹈舞謝、后令レ賦二歡喜詩一、歎二重其文一、授二著作佐郎一、遷二膳部員外一。神龍初、坐交二通張易之一、流二峯州一。入爲二國子監主簿・脩文館直學士一、卒。大學士李嶠等奏請二加贈一、詔贈二著作郎一。

とある。これによると、神龍元年に張易之兄弟と交際があったことで嶺外の峯州（今ベトナムの北境）に追放されたが、その時、詠出された沈佺期の「遙同杜員外審言過嶺」(58)によって杜審言が員外郎であったことがわかる。それでは何時員外郎になったのであろうか。兩唐書の「杜審言傳」に「吉州司戸參軍に貶せられた」とあるが、「大周故京兆男子杜幷墓誌銘幷序」(59)によると、

　聖暦中、杜君公事左遷爲二吉州司戸一。子亦隨赴レ官。

とあるので、聖暦中（六九八～七〇〇）に左遷されたことになる。その後、吉州（今、江西省吉安縣地方）の在任中に子供

の幷が殺されるという事件が起こる。「大周故京兆男子杜幷墓誌銘幷序」には

以㆓聖暦二年七月十二日㆒終㆓於吉州之廳館㆒。

春秋一十有六

と記載されている。その後、審言は東都に還り、則天武后に召されて膳部員外郎となっているので、員外郎の就任は聖暦二年以降ということになる。従って、この詩は聖暦二年～神龍元年の間の作である。

神龍二年（七〇六）の作

送李邕（李邕《りゆう》を送る）

落日荒郊外　　落日　荒郊《こうこう》の外、
風景正凄凄　　風景　正に凄凄《せいせい》たり。
離人席上起　　離人《りじん》　席上に起《た》ち、
征馬路傍嘶　　征馬《せいば》　路傍《ろぼう》に嘶《いなな》く。
別酒傾壺贈　　別酒　壺《つぼ》を傾《かたむ》けて贈り、
行書掩涙題　　行書　涙を掩《おお》ひて題す。
殷勤御溝水　　殷勤《いんぎん》に溝水《こうすい》を御《ぎょ》し、
従此各東西　　此れより各〻《おのおの》東西す。（上平聲齊韻）

この詩は則天武后の嬖臣であった張易之・昌宗兄弟を誅して功績のあった張柬之（字、孟將。六二五～七〇六）が武三思によって誣告され、新州司馬へ流された。その時、張柬之と親しかったという理由で、李善の子である李邕（字、泰

和。六七八〜七四七）も同時に南和令として左遷された。その李邕との送別を詠ったものである。

その時のことを『資治通鑑』巻二百八の「中宗皇帝中」は

神龍二年、五月、武三思使下鄭愔告中朗州刺史敬暉・亳州刺史韋彦範・襄州刺史張柬之・郢州刺史袁恕己・均州刺史崔玄暐與二王同皎一通上レ謀。六月、戊寅、貶二暉崖州司馬、彦範瀧州司馬、柬之新州司馬、恕己竇州司馬、玄暐白州司馬一、竝員外置、仍長任、削二其勳封一、復二彦範姓桓氏一。

と傳える。これによると、張柬之が新州司馬に貶《お》としめられたことがわかる。そして、『舊唐書』巻一百九十中の「文苑中・李邕傳」に

以下與二張柬之一善上、出爲二南和令一、又貶二富州司戸一[60]。

とあるのによって、李邕が張柬之に坐せられて左遷されたのが、神龍二年（七〇六）であることがわかる。

また、この時、少し時間をおいて詠出したものと思われるものに「又送別」の詩がある。

又送別

岐路方爲客
芳尊暫解顔
人隨轉蓬去
春伴落梅還
白雲度汾水
黄河遶晉關
離心不可問

岐路《きろ》にて方《まさ》に客《かく》と爲《な》り、
芳尊《ほうそん》に暫《しばら》く顔を解《と》く。
人は轉蓬《てんほう》に隨《したが》ひて去り、
春は落梅《らくばい》を伴《ともな》ひて還《かえ》る。
白雲は汾水《ふんすい》を度《わた》り、
黄河は晉關《しんかん》を遶《めぐ》る。
離心《りしん》は問ふべからず、

宿昔鬢成斑　宿昔《しゅくせき》にして鬢《びん》　斑《まだら》と成《な》る。（上平聲刪韻）

徐氏は製作年不詳とする。

詩句の「白雲度汾水　黄河遶晉關」の「汾水」「晉關」は南和（今河北省邢臺縣の東）に赴く途中の地名で、李邕を見送った時のものである。従って、神龍二年（七〇六）の作とする。

神龍三年（七〇七）四月十四日の作

奉四和送三金城公主適二西蕃一　應制（金城公主《きんじょうこうしゅ》の西蕃《せいばん》に適《とつ》ぐを送るに奉和す　應制）

漢帝撫二戎臣一　漢帝は戎臣《じゅうしん》を撫《やすん》じ、
絲言命二錦輪一　絲言《しげん》は錦輪《きんりん》に命ず。
還將弄レ機女　還將《またまさ》に機《はた》を弄《ろう》する女、
遠嫁二織レ皮人一　遠く皮を織《お》る人に嫁《とつ》がんとす。
曲怨關山月　曲は怨《うら》む關山の月、
妝消道路塵　妝《しょう》は消す道路の塵を。
所レ嗟穠李樹　嗟《なげ》くところは穠李《じょうり》の樹、
空對二小楡春一　空《むな》しく小楡《しょうゆ》の春に對《たい》するを。（上平聲眞韻）

徐氏は景龍四年（七一〇）二月の作とする。

金城公主（?~七三九）についての記録は少ない。『唐會要』巻六の「和蕃公主」に

金城、雍王守禮女。神龍三年四月十四日、降二于吐蕃贊普一。

とあることによって、金城公主が雍王守禮の娘で、中宗の實子でなく、神龍三年四月十四日に吐蕃に降嫁したことがわかる。また、『唐會要』[61]巻六の「公主」の「雜錄」に

宣城・新都・定安・金城等公主、非二皇后生一。

とあることからも、中宗の實子でないことは明白である。

次に公主が降嫁した時期についてであるが、『舊唐書』巻七の「中宗紀」に

神龍三年、夏四月辛巳、以二嗣雍王守禮女一爲二金城公主一、出二降吐蕃贊普一。

とあるので、吐蕃への降嫁は神龍三年（七〇七）四月ということになる。また、徐氏は景龍四年二月の記事とするが、神龍三年四月の記事と思われる『唐詩紀事』巻十二の「周利用」に

金城公主和蕃、中宗送至二馬嵬一、群臣賦レ詩。帝令二御史大夫鄭惟忠及利用護送入一レ蕃、學士賦レ詩以レ餞。徐彥伯爲二之序一云云。

とあり、中宗親ら馬嵬（今陝西省興平縣の西）まで來て、宴を催して見送っている。この時の詩宴では、徐彥伯が序文を書いたことも傳える。右文が神龍三年のことを記録したものである根據は、文中の「金城公主和蕃」の「和蕃」にある。和蕃とは外國と和睦するの意であるから、金城公主が和睦のために西蕃へ降嫁したことを意味する。故に、『唐詩紀事』巻十二の章句は神龍三年四月のことを記述したものである。何よりも、詩題の「奉四和送三金城公主適二西蕃一應制」の「適」が〝とつぐ〟の意であることからも明白である。

徐氏が『唐詩紀事』巻十二の章句を景龍四年二月の時の記述であると錯誤した原因は、『唐詩紀事』巻九の「李適」に

（景龍四年）二月一日、送二金城公主一。

とあり、同書の巻九・十・十一に「送二金城公主一」と題する詩が多數收録されていることによって、この「送二金城公主一」の詩が景龍四年二月一日に賦詠された詩であると錯覺したことにある。だが、巻十にみえる李嶠の「送金城公主」の詩の內容をみると、本詩の「奉和送金城公主適西蕃應制」詩と同一である。因に他の詩人の奉和應制詩も『唐詩紀事』の「送二金城公主一」詩と一致する。これは取りも直さず、『唐詩紀事』にみえる「送二金城公主一」は、金城公主が吐蕃へ降嫁した時の詩であることを意味する。卽ち、『唐詩紀事』の「送二金城公主一」は各詩の詩題に共通する「送二金城公主適二西蕃一」（○印は筆者）を短縮して題したものである。

では、「景龍四年二月一日、送二金城公主一」の金城公主を送るとはどういうことなのか、公主は嫁いだはずではなかったのか、という疑問が生ずる。考えられることは、嫁いだ公主が一度都へ歸って來て、再び吐蕃へ送るということである。そうであるならば、何時歸國したのか。『舊唐書』巻一百九十六上の「吐蕃傳上」に

景龍三年十一月、又遣二其大臣尙贊吐等來二迎女一。中宗宴二之於苑內毬場一、命二駙馬都尉楊愼交一與二吐蕃使一打毬一、中宗率二侍臣一觀レ之。

とあり、景龍三年（七〇九）十一月に、中宗に呼び返されている。降嫁したのが神龍三年四月であるから、二年七ヶ月後に里歸りをしたことになる。

里歸りをした金城公主が吐蕃に歸る時の有樣を『舊唐書』巻七の「中宗紀」に

（景龍四年）四月、正月丁丑、命二左驍衛大將軍・河源軍使楊矩一爲下送二金城公主一入二吐蕃一使上。己卯、幸二始平一、送二金城公主歸二吐蕃一。

と傳え、降嫁した時と同樣、左驍衛大將軍楊矩を入吐蕃使として護衛させ、中宗親ら始平（今陝西省興平縣の東北）まで見送っている。『資治通鑑』巻二百九の「睿宗紀」は『舊唐書』の後半を記録して

景雲元年、春正月己卯、上自送㆓公主㆒、至㆓始平㆒。

とある。景雲元年は景龍四年と同じで、厳密にいえば、景龍四年の方が正しい。

金城公主は約三ヶ月開都に滞在して帰途に就いたことになるが、帰途に就いた日時について、『唐詩紀事』は景龍四年二月一日とし、『舊唐書』は景龍四年正月己卯（十六日）とし、両書にはくい違いをみせている。これを想像するに、正月己卯に中宗が始平に到着し、二月一日に吐蕃への帰途に就いたと考えられる。

この詩は、金城公主が吐蕃へ降嫁する時、中宗が馬嵬まで來て、送別の宴を催し、その際、中宗が賦詠した詩に奉和した時のものである。この時、賦詠した群臣の作で現存するものは次の十六首である。

奉㆕和聖製送㆔金城公主適㆓西蕃㆒應制　張説

青海和親日、潢星出降時。戎王子壻寵、漢國舅家慈。春野開㆓離讌㆒、雲天起㆓別詞㆒。空彈馬上曲、詎減鳳樓思。

（上平聲支韻）（全唐詩卷八十七）

奉㆕和送㆔金城公主適㆓西蕃㆒應制　崔湜

懷㆑戎前策備、降女舊因修。簫鼓辭㆑家怨、旌旆出㆑塞愁。尙孩中念切、方遠御慈留。顧乏㆓謀臣用㆒、仍勞㆓聖主憂㆒。

（下平聲尤韻）（全唐詩卷五十四）

前同　閻朝隱

甥舅重㆑親地、君臣厚㆑義鄉。還將㆓貴公主㆒、嫁與㆓耨檀王㆒。鹵簿山河暗、琵琶道路長。迴瞻㆓父母國㆒、日出在㆓東方㆒。

（上平聲陽韻）（全唐詩卷六十九）

前同　韋元旦

柔㆑遠安㆓夷俗㆒、和㆑親重㆓漢年㆒。軍容㆓旌節㆒送、國命㆓錦車㆒傳。琴曲悲㆓千里㆒、簫聲戀㆓九天㆒。唯應㆓西海月㆒、

來就二掌珠圓一。　（下平聲先韻）（全唐詩卷六十九）

前　同　　唐遠悊

皇恩睠二下人一、割愛遠二和親一。少女風遊レ兌、姮娥月去レ秦。龍笛迎二金榜一、驪歌送二錦輪一。那堪桃李色、移何二虜庭春一。　（上平聲眞韻）（全唐詩卷六十九）

前　同　　李適

絳河從レ遠聘、青海赴二和親一。月作二臨レ邊曉一、花爲二度レ隴春一。主歌悲レ顧レ鶴、帝策重レ安レ人。獨有二瓊簫去一、悠悠思二錦輪一。　（上平聲眞韻）（全唐詩卷七十）

前　同　　蘇頲

帝女出二天津一、和レ戎轉二罽輪一。川經二斷腸一望、地與二析支一鄰。奏レ曲風嘶レ馬、銜レ悲月伴レ人。旋知レ偃二兵革一、長是漢家親。　（上平聲眞韻）（全唐詩卷七十三）

前　同　　徐彥伯

鳳扆憐二簫曲一、鸞闈念二掌珍一。羌庭遙二築館一、廟策重二和親一。星轉銀河夕、花移玉樹春。聖心悽レ送レ遠、留レ蹕望二征塵一。　（上平聲眞韻）（全唐詩卷七十六）

前　同　　薛稷

天道寧二殊俗一、慈仁乃戢レ兵。懷レ荒寄二赤子一、忍レ愛鞠二蒼生一。月下瓊娥去、星分寶婺行。關山馬上曲、相送不レ勝レ情。　（下平聲庚韻）（全唐詩卷九十三）

前　同　　馬懷素

帝子今何去、重レ姻適二異方一。離情愴二宸掖一、別路遶二關梁一。望絕園中柳、悲纏陌上桑。空餘願二黃鶴一、東顧憶二

廻翔一。　（上平聲陽韻）（全唐詩巻九十三）

前　同　　徐堅

星漢下二天孫一、車服降二殊蕃一。匣中詞易レ切、馬上曲虛レ繁。關塞移二朱帳一、風塵暗二錦軒一。簫聲去日遠、萬里望二河源一。　（上平聲元韻）（全唐詩巻一百七）

奉四和送三金城公主適二西蕃一　崔日用(62)

聖后經綸遠、謀臣計畫多。受降追二漢策一、築館計二戎和一。俗化二烏孫壘一、春生二積石河一。六龍今出餞、雙鶴願爲レ歌。　（下平聲歌韻）（全唐詩巻四十六）

奉四和送三金城公主入二西蕃一應制　劉憲

外館踰二河右一、行營指二路岐一。和親悲二遠嫁一、忍愛泣レ將レ離。旌旆羌風引、軒車漢月隨。那堪馬上曲、時向二管中一吹。　（上平聲支韻）（全唐詩巻七十一）

送三金城公主適二西蕃一應制　沈佺期

金榜扶二丹掖一、銀河屬二紫闈一。那堪將二鳳女一、還以嫁二烏孫一。玉就二歌中怨一、珠辭二掌上恩一。西戎非二我匹一、明主至公存。　（上平聲元韻）（全唐詩巻九十六）

前　同　　鄭愔

下嫁戎庭遠、和親漢禮優。笳聲出二虜塞一、簫曲背二秦樓一。貴主悲二黄鶴一、征人怨二紫騮一。皇情眷二億兆一、割レ念俯二懷柔一。　（下平聲尤韻）（全唐詩巻一百六）

送三金城公主適二西蕃一　武平一

廣化三邊靜、通煙四海安。還將二膝下愛一、特副二域中歡一。聖念飛二玄藻一、仙儀下二白蘭一。日斜征蓋沒、歸騎動二鳴

鸞一。　（上平聲寒韻）（全唐詩巻一百二）

神龍三年（七〇七）七月の作

武三思挽歌

玉匣金爲縷　　玉匣《ぎよくこう》に金もて縷《いと》を爲《つく》り、
銀鉤石作銘　　銀鉤《ぎんこう》もて石に銘《めい》を作る。
短歌傷薤曲　　短歌は薤曲《かいきよく》を傷《いた》み、
長暮泣松扃　　長暮《ちようぼ》は松扃《しようけい》に泣く。
事往昏朝霧　　事往《ゆ》きて朝霧を昏《くら》くし、
人亡折夜星　　人亡《なくな》りて夜星《やせい》に折《し》す。
忠賢良可惜　　忠賢は良《まこと》に惜《おし》む可く、
圖畫入丹青　　圖畫《とが》は丹青《たんせい》に入る。（下平聲青韻）

この詩は當時の實力者武三思の死を哀惜して作ったものである。

兩唐書の[63]「武三思傳」によると、武三思（？～七〇七）は則天武后の甥で、武后に寵幸せられた。官は夏官尚書・春官尚書などを歴任し、梁王に封ぜられ、國史を監修した。しかし、重俊太子を廢せんとして殺された。『新唐書』巻四の「則天皇后紀」に

神龍三年、七月辛丑、皇太子以二羽林千騎兵一誅二武三思一、不レ克、死レ之。

とあるので、神龍三年（七〇七）七月の作とする。

景龍二年（七〇八）五月～同年十月の作

和二杜學士江南初霽羇懷一（杜學士《とがくし》の江南初めて霽《は》れたる羇《たび》の懷《おもい》に和す）

大江開宿雨　大江は宿雨《しゅくう》を開き、
征櫂下春流　征櫂《せいとう》は春流を下る。
霧卷晴山出　霧は晴山《せいざん》を卷《ま》きて出で、
風恬晩浪收　風は晩浪《ばんろう》を恬《やす》らかにして收《おさ》む。
岸花明水樹　岸花《がんか》は水樹《すいじゅ》を明らかにし、
川鳥亂沙洲　川鳥は沙洲《さしゅう》を亂す。
羇眺傷千里　羇眺《きちょう》は千里を傷《いた》み、
勞歌動四愁　勞歌《ろうか》は四愁《ししゅう》を動かす。（下平聲尤韻）

徐氏は景龍二年（七〇八）夏秋の閒の作とする。

杜學士は杜審言を指す。この詩は直學士となった杜審言が江南地方を旅行した時に詠出した詩に唱和したものである。

兩唐書の「杜審言傳」によると、嶺外に左遷された後、則天武后に召されて國子監主簿となり、併せて修文館直學士となっている。その時期について、『唐會要』卷六十四の「宏文館」は

至二景龍二年四月二十二日一、修文館增二置大學士四員・學士八員・直學士十二員一。徵二攻文之士一以充レ之。（中略）五月五日、敕二吏部侍郎薛稷・考功員外郎馬懷素・戸部外郎宋之問・起居舍人武平一・國子主簿杜審言一、竝爲二直

學士㆒。

と傳えており、直學士になったのは景龍二年五月五日であることがわかる。そして、宋之問の「祭㆓杜學士審言㆒文」(64)の

維大唐景龍二年歳次戊申月日。考功員外郎宋之問、謹以㆓清酌之奠㆒、敬祭㆓於故修文館學士杜君之靈㆒。（中略）孟冬十日兮共歸㆑君。

によると、杜審言は景龍二年十月に亡なっている。従って、杜審言が江南を旅行した時期は景龍二年五月から同年十月までとなり、この詩も景龍二年（七〇八）五月から十月までに詠出されたものである。時に李嶠は大學士。

景龍二年（七〇八）五月～同年十月の作

和㆓杜學士旅次淮口阻㆑風（杜學士の旅次淮口《りょじわいこう》にて風に阻《はば》まるに和す）

夕吹生寒浦
清淮上瞑潮
迎風欲擧櫂
觸浪反停橈
淼漫煙波闊
參差林岸遙
日沈丹氣斂
天敞白雲銷

夕吹《せきすい》は寒浦《かんぽ》に生じ、
清淮《せいわい》は瞑潮《めいちょう》を上る。
風を迎へて櫂《かい》を擧げんと欲し、
浪に觸《ふ》れて反《かえ》って橈《かじ》を停《とど》む。
淼漫《びょうまん》たり煙波闊《ひら》く、
參差《しんし》たり林岸遙《はる》かなり。
日沈みて丹氣《たんき》斂《おさ》まり、
天敞《あらわ》れて白雲銷《き》ゆ。

水雁銜蘆葉　　水雁《すいがん》は蘆葉《ろよう》を銜《ふく》み、
沙鷗隱荻苗　　沙鴎《さおう》は荻苗《てきびょう》を隠す。
客行殊未已　　客行殊《こと》に未だ已《や》めず、
川路幾迢迢　　川路幾《いく》ばくか迢迢《ちょうちょう》たる。（下平聲蕭韻）

徐氏は景龍二年（七〇八）の作とする。

詩題の「淮口」は淮水の渡し場の意であり、「旅次」は旅の途中の意であるから、この詩は江南地方を旅行した時の詩である。また、杜氏には他日江南地方を旅行した記録がないので、詠出時期は前詩と同じく、景龍二年五月から同年十月の間である。

景龍二年（七〇八）七月の作

奉㆓和七夕兩儀殿會宴㆒　應制　（七夕　兩儀殿《りょうぎでん》にて會宴《かいえん》すに奉和す　應制）

靈匹三秋會　　靈匹《れいひつ》　三秋の會、
仙期七夕過　　仙期《せんき》　七夕過《よぎ》る。
査來人泛海　　査《いかだ》來りて人海《うみ》に泛《う》かび、
橋渡鵲塡河　　橋渡りて鵲《かささぎ》河を塡《うづ》む。
帝縷升銀閣　　帝縷《ている》は銀閣に升《のぼ》り、
天機罷玉梭　　天機《てんき》は玉梭《ぎょくしゅん》を罷《や》む。
誰言七襄詠　　誰か言ふ　七襄《しちじょう》の詠《うた》、

重　入　五　絃　歌　　重《かさ》ねて五絃《ごげん》の歌に入る。（下平聲歌韻）

兩儀殿については、『長安志』(65)（宋、宋敏求撰）卷六の「宮室四・唐上・西內」に

　太極殿北曰二朱明門一、（中略）其內曰、兩儀殿在二太極殿後一。常日聽レ政視レ事則臨二此殿一。

とある。

　この詩は太極宮の中にある兩儀殿で、七夕の宴が開催された時に詠出されたものである。

　李嶠が兩儀殿で詩を詠出したことについて、『唐詩紀事』卷九の「李適」に

　景龍二年、七夕御二兩儀殿一賦レ詩、李嶠獻レ詩。

とある。この時に宴を開催した中宗の詩は殘存していないが、陪席した群臣の詩で現存しているものは次の如くである。

　奉三和七夕侍二宴兩儀殿一應制　　杜審言

一年銜二別怨一、七夕始言歸。斂淚開二星靨一、微步動二雲衣一。天迴兔欲レ落、河曠鵲停レ飛。那堪盡二此夜一、復往弄二殘機一。（上平聲微韻）（全唐詩卷六十二）

　奉三和七夕宴二兩儀殿一應制　　劉憲

秋吹過二雙闕一、星仙動二二靈一。更深移二月鏡一、河淺度二雲軿一。殿上呼二方朔一、人間失二武丁一。天文茲夜裏、光映二紫微庭一。（下平聲青韻）（全唐詩卷七十一）

　奉三和七夕宴二兩儀殿一應制　　蘇頲

靈媛乘レ秋發、仙裝警レ夜催。月光窺欲レ渡、河色辨應レ來。機石天文寫、針樓御賞開。竊觀二棲烏至一、疑向二鵲橋一迴。（上平聲灰韻）（全唐詩卷七十三）

奉㆓和七夕兩儀殿會宴㆒應制　　李乂

桂宮明月夜、蘭殿起㆓秋風㆒。雲漢彌年阻、星筵此夕同。倏來疑有㆑處、旋去已成㆑空。睿作㆓鈞天響㆒、魂飛在㆓夢中㆒。

（上平聲東韻）（全唐詩卷九十二）

奉㆓和七夕兩儀殿會宴㆒應制　　趙彦昭

青女三秋節、黄姑七日期。星橋度㆓玉珮㆒、雲閣掩㆓羅帷㆒。河氣通㆓仙掖㆒、天文入㆓睿詞㆒。今宵望㆓靈漢㆒、應㆑得㆑見㆓蛾眉㆒。

（上平聲支韻）（全唐詩卷一百三）

景龍二年（七〇八）九月九日の作

奉㆔和九月九日登㆓慈恩寺浮圖㆒　應制（九月九日慈恩寺《じおんじ》の浮圖《ふと》に登るに奉和す　應制）

瑞塔千尋起　　瑞塔《ずいとう》　千尋《せんじん》に起ち、
仙輿九日來　　仙輿《せんよ》　九日に來る。
萸房陳寶席　　萸房《ゆぼう》は寶席《ほうせき》に陳《つら》なり、
菊蕊散花臺　　菊蕊《きくずい》は花臺に散ず。
御氣鵬霄近　　氣を御《ぎょ》せば鵬霄《ほうしょう》近く、
升高鳳野開　　高《たかき》に升《のぼ》れば鳳野《ほうや》開く。
天歌將梵樂　　天歌　梵樂《ぼんがく》と、
空裏共裴回　　空裏共に裴回《はいかい》す。（上平聲灰韻）

徐氏は景龍二年（七〇八）九月の作とする。

慈恩寺については、『長安志』巻八の「唐京城二・次南進昌坊」に

　隋無㆓漏寺之地㆒、武德初廢。貞觀二十二年、高宗在㆓春宮㆒、爲㆓文德皇后㆒立、爲㆑寺。故以㆓慈恩㆒爲㆑名。

とあり、寺の沿革並びに命名の理由が記されている。

この詩は中宗が慈恩寺へ行幸した折に詠出されたものである。

詠出の時期については、『唐詩紀事』巻九の「李適」に

　九月幸㆓慈寺塔㆒。上官氏獻㆑詩、群臣並賦。

とあり、群臣の詩題にみえる「九月九日……」とを勘案すると、詠出時期は景龍二年（七〇八）九月九日である。

この時、賦詠した上官昭容（名、婉兒。六六四～七一〇）の詩題によると、群臣が詩と共に菊花壽酒を獻上したとある。

群臣の詩で現存するものに次の二十五首がある。

　九月九日上幸㆓慈恩寺㆒登㆓浮圖㆒群臣上㆓菊花壽酒㆒　上官昭容

帝里重陽節、香園萬乘來。却㆑邪萸入㆑佩、獻㆑壽菊傳㆑杯。塔類㆓承㆑天湧㆒、門疑㆓待㆑佛開㆒。睿詞懸㆓日月㆒、長得㆑仰㆓昭回㆒。（上平聲灰韻）（全唐詩巻五）

　奉㆔和九月九日登㆓慈恩寺浮圖㆒　崔日用

紫宸歡每洽、紺殿法初隆。菊泛㆓延齡酒㆒、蘭吹㆓解慍風㆒。咸英調㆓正樂㆒、香梵徧㆓秋空㆒。臨㆑幸浮㆓天瑞㆒、重陽日再中。（上平聲東韻）（全唐詩巻四十六）

　奉㆔和九月九日登㆓慈恩寺浮屠㆒應制　宋之問

鳳刹侵㆓雲半㆒、虹旌倚㆓日邊㆒。散花多㆓寶塔㆒、張樂布㆓金田㆒。時菊芳㆓仙醞㆒、秋蘭動㆓睿篇㆒。香街稍欲㆑晩、清蹕扈歸㆑天。（下平聲先韻）（全唐詩巻五十二）

奉三和九日登二慈恩寺浮圖一應制　李適

鳳輦乘二朝霽一、鶡林對二晩秋一。天文具葉寫、聖澤菊花浮。塔似二神功造一、龕疑二佛影留一。幸陪二清漢蹕一、欣奉二淨居遊一。（下平聲尤韻）（全唐詩卷七十）

奉三和九月九日聖製登二慈恩寺浮圖一應制　劉憲

飛塔雲霄半、清晨羽旆遊。登臨憑二季月一、寥廓見二中州一。御酒新寒退、天文瑞景留。辟レ邪將レ獻レ壽、茲日奉二千秋一。（下平聲尤韻）（全唐詩卷七十一）

奉三和九月九日登二慈恩寺浮圖一應制　李乂

湧塔臨二玄地一、高層瞰二紫微一。鳴鑾陪レ帝出、攀橑翊レ天飛。慶洽二重陽壽一、文含二列象輝一。小臣叨載レ筆、欣レ此頌二巍巍一。（上平聲微韻）（全唐詩卷九十二）

奉三和九月九日登二慈恩寺浮圖一應制　盧藏用

化塔龍山起、中天鳳輦迂。綵旒牽二畫刹一、雜珮冒二香萸一。寶葉擎二千座一、金英漬二百盂一。秋雲飄二聖藻一、霄極捧二連珠一。（上平聲虞韻）（全唐詩卷九十三）

奉三和九月九日登二慈恩寺浮屠一應制　岑羲

寶臺聳二天外一、玉輦步二雲瑞一。日麗二重陽景一、風搖二季月寒一。梵堂遙集レ雁、帝樂近翔レ鸞。願獻二延齡酒一、長承二湛露歡一。（上平聲寒韻）（全唐詩卷九十三）

奉三和九月九日登二慈恩寺浮圖一應制　馬懷素

季月啓二重陽一、金輿陟二寶坊一。御旗橫二日道一、仙塔儼二雲莊一。帝蹕千官從、乾詞七曜光。顧慚二文墨職一、無三以頌二時康一。（下平聲陽韻）（全唐詩卷九十三）

奉三和九月九日登二慈恩寺浮屠一應制　趙彦昭

出レ豫乘二秋節一、登レ高陟二梵宮一。皇心滿二塵界一、佛跡現二虛空一。日月宜二長壽一、人天得二大通一。喜聞題二寶偈一、受記莫レ由レ同。（上平聲東韻）（全唐詩卷一百三）

奉三和九月九日登二慈恩寺浮圖一應制　蕭至忠

天蹕三乘啓、星輿六轡行。登レ高凌二寶塔一、極レ目徧二王城一。神衞空中遶、仙歌雲外清。重陽千萬壽、率舞頌二昇平一。（下平聲庚韻）（全唐詩卷一百四）

奉三和九月九日登二慈恩寺浮圖一應制　李迥秀

沙界人王塔、金繩梵帝遊。言從二〔祇〕（祗）樹賞一、行玩二菊叢秋一。御酒調二甘露一、天花拂二綵旒一。堯年將二佛日一、同レ此慶二時休一。（下平聲尤韻）（全唐詩卷一百四）

奉三和九月九日登二慈恩寺浮圖一應制　楊廉

萬乘臨二眞境一、重陽眺二遠空一。慈雲浮二雁塔一、定水映二龍宮一。寶鐸含二飆響一、仙輪帶二日紅一。天文將二瑞色一、輝煥滿二寰中一。（上平聲東韻）（全唐詩卷一百四）

前　同　辛替否

洪慈均二動植一、至德俯二深玄一。出レ豫從二初地一、登レ高適二梵天一。白雲飛二御藻一、慧日暖二皇編一。別有二秋原藿一、長傾二雨露緣一。（下平聲先韻）（全唐詩卷一百五）

前　同　王景

玉輦移二中禁一、珠梯覽二四禪一。重階清漢接、飛竇紫霄懸。綴レ葉披二天藻一、吹レ花散二御筵一。無下因二鑾蹕一暇上、倶舞二鶴林前一。（下平聲先韻）（全唐詩卷一百五）

前　同　　畢乾泰

鸎林花塔啓、鳳輦順レ時遊。重九昭二皇慶一、大千揚二帝休一。耆闍妙法闡、王舍睿文流。至德覃無レ極、小臣歌詎酬。

（下平聲尤韻）（全唐詩巻一百五）

前　同　　麴瞻

扈蹕遊二玄地一、陪レ仙瞰二紫微一。似下邁二銖衣一劫上、將下同二羽化一飛上。雕戈秋日麗、寶劍曉霜霏。獻レ觴乘二菊序一、長願二奉天暉一。

（上平聲微韻）（全唐詩巻一百五）

前　同　　樊忱

淨境重陽節、仙遊萬乘來。插レ萸登二鷲嶺一、把レ菊坐二蜂臺一。十地祥雲合、三天瑞景開。秋風詞更遠、竊抃樂康哉。

（上平聲灰韻）（全唐詩巻一百五）

前　同　　孫佺

應レ節萸房滿、初寒菊圃新。龍旗煥二辰極一、鳳駕儼二香闉一。蓮井偏宜レ夏、梅梁更若レ春。一忻陪二雁塔一、還似レ得二天身一。

（上平聲眞韻）（全唐詩巻一百五）

前　同　　李從遠

九月從二時豫一、三乘爲レ法開。中霄日二天子一、半座寶二如來一。摘レ果珠盤獻、攀レ萸玉輦廻。願將二塵露一點、遙奉二光明臺一。

（上平聲灰韻）（全唐詩巻一百五）

前　同　　周利用

山豫乘二金節一、飛文煥二日宮一。萸房開二聖酒一、杏苑被二玄功一。塔向二三天一迥、禪收二八解一空。叨レ恩奉二蘭藉一、終愧洽二薰風一。

（上平聲東韻）（全唐詩巻一百五）

前　同　　張景源

飛塔凌レ霄起、宸遊一届レ焉。金壺新泛レ菊、寶座卽披レ蓮。就レ日搖二香輦一、憑レ雲出二梵天一。祥氛與二佳色一、相伴雜二爐煙一。　（下平聲先韻）（全唐詩卷一百五）

前　同　　李恆

寶地鄰二丹掖一、香臺瞰二碧雲一。河山天外出、城闕樹中分。睿藻蘭英秀、仙杯菊蕊薫。願將二今日樂一、長奉二聖明君一。　（上平聲文韻）（全唐詩卷一百五）

前　同　　張錫

九秋霜景淨、千門曉望通。仙遊光二御路一、瑞塔迥二凌空一。菊彩揚二堯日一、萸香遶二舜風一。天文麗二辰象一、竊抃仰二層穹一。　（上平聲東韻）（全唐詩卷一百五）

前　同　　解琬

瑞塔臨二初地一、金輿幸二上方一。空邊有二清淨一、覺處無二馨香一。雨霽微塵斂、風秋定水涼。茲辰采二仙菊一、薦レ壽慶二重陽一。　（上平聲陽韻）（全唐詩卷一百五）

前　同　　鄭愔

湧霄開二寶塔一、倒影駐二仙輿一。雁子乘レ堂處、龍王起レ藏初。秋風聖主曲、佳氣史官書。願獻二重陽壽一、承歡二萬歲餘一。　（上平聲魚韻）（全唐詩卷一百六）

慈恩寺九日應制　　薛稷

寶宮星宿劫、香塔鬼神功。王遊盛二塵外一、睿覽出二區中一。日宇開二初景一、天詞掩二大風一。微臣謝二時菊一、薄采入二芳叢一。　（上平聲東韻）（全唐詩卷九十二）

前　同　　崔湜[66]

帝里重陽節、香園萬乘來。卻レ邪萸結レ佩、獻レ壽菊傳レ杯。塔類二承レ天湧一、門疑二待レ佛開一。睿詞懸二日月一、長得レ仰二昭回一。　（上平聲灰韻）（全唐詩巻五十四）

景龍二年（七〇八）閏九月の作

閏九月九日幸二總持寺一登二浮圖一應制（閏九月九日　總持寺に幸して浮圖に登る　應制）

閏節開重九　　閏節《じゆんせつ》　重九を開き、
眞遊下大千　　眞遊　大千に下る。
花寒仍薦菊　　花寒きも仍《な》ほ菊を薦《すす》め、
座晩更披蓮　　座晩《く》るるも更に蓮を披《ひら》く。
刹鳳回雕輦　　刹鳳《さつおう》は雕輦《ちようれん》を回《めぐ》り、
帆虹閒綵旃　　帆虹《はんこう》は綵旃《さいせん》を閒《へだ》つ。
還將西梵曲　　還《また》西梵《せいぼん》の曲を將《も》って、
助入南薰弦　　助けられて南薰《なんくん》の弦に入る。（下平聲先韻）

總持寺について、韋述（生沒年不詳）の『兩京新記』[67]巻三の「大總持寺」に

隋大業元年、煬帝爲二父文帝一立、初名二禪定寺一。制度與二莊嚴一同。亦有二木浮圖一。高下與二西浮圖一不レ異。武德元年、改爲二總持寺一。

とあり、その建立理由と沿革を述べている。

この詩は中宗が閏九月の重陽の日に總持寺に行幸して、寺の塔に登った時に詠出したものである。詩の詠出時期については、『唐詩紀事』巻九の「李適」に

景龍二年閏九月、幸二總持一登二浮圖一。李嶠等獻レ詩。

とあるので明白である。同時同詠の詩に次のものがある。

閏九月九日幸二總持寺一登二浮圖一應制　劉憲

重陽登二閏序一、上界叶二時巡一。駐レ輦天花落、開レ筵妓樂陳。城端刹柱見、雲表露盤新。臨レ睨光輝滿、飛レ文動二睿神一。（上平聲眞韻）（全唐詩巻七十一）

前同　李乂

清蹕幸二禪樓一、前驅歷二御溝一。還疑九日豫、更想六年遊。聖藻輝二纓絡一、仙花綴二冕旒一。所レ欣延二億載一、寧祇慶二重秋一。（下平聲尤韻）（全唐詩巻九十二）

奉三和聖製閏九月九日登二莊嚴總持二寺閣一　宋之問

閏月再重陽、仙輿歷二寶坊一。帝歌雲稍白、御酒菊猶黄。風鐸喧レ行漏、天花拂レ舞行。豫游多二景福一、梵宇日生レ光。（下平聲陽韻）（全唐詩巻五十二）

景龍二年（七〇八）十月三日の作

奉和幸三會寺　應制（三會寺に幸するに奉和す　應制）

故臺蒼頡里　故臺《こだい》は蒼頡《そうけつ》の里、
新邑紫泉居　新邑《しんゆう》は紫泉の居。

歳在開金寺
時來降玉輿
龍形雖近刹
鳥跡尚留書
竹是蒸青外
池仍點墨餘
天文光聖草
寶思合眞如
謬奉千齡日
欣陪十地初

歳在りて　金寺を開き、
時來りて　玉輿《ぎょくよ》を降る。
龍形は刹《さつ》に近きと雖も、
鳥跡《ちょうせき》は尚《なお》書を留む。
竹は是れ蒸青《じょうせい》の外、
池は仍《なお》點墨《てんぼく》の餘。
天文は聖草に光《かがや》き、
寶思は眞如《しんにょ》に合《がっ》す。
謬《あやま》りて奉ず千齡《せんれい》の日、
欣《よろ》びて陪《ばい》す十地の初に。（上平聲魚韻）

三會寺については、『長安志』巻十二の「長安縣二」に

三會寺在㆓縣西南二十里宮張邨㆒。唐景龍中、中宗幸㆑寺。其地本倉頡造書宮。

とあり、その寺の場所と淵源を述べている。
この詩は中宗が三會寺に行幸した折に詠出したものである。
その詠出時期については、『唐詩紀事』巻九の「李適」に

十月三日、幸㆓三會寺㆒。

とあるので明白である。この時、詠出された群臣の詩で現存するものは次の如くである。

駕㆓幸三會寺㆒應制 景龍二年十月三日　上官昭容

釋子談レ經處、軒臣刻レ字留。故臺遺老識、殘簡聖皇求。駐レ蹕懷二千古一、開レ襟望二九州一。四山緣レ塞合、二水夾レ城流。宸翰陪二瞻仰一、天杯接二獻酬一。太平詞藻盛、長願紀二鴻休一。（下平聲尤韻）（全唐詩卷五）

奉三和幸二三會寺一應制　傳是倉頡造書臺　宋之問

六飛回二玉輦一、雙樹謁二金仙一。瑞鳥呈二書字一、神龍吐二浴泉一。淨心遙證レ果、睿想獨超レ禪。塔湧二香花地一、山圍二日月天一。梵音迎レ漏徹、空樂倚レ雲懸。今日登二仁壽一、長看法二鏡圓一。（下平聲先韻）（全唐詩卷五十三）

前同　劉憲

岧嶤倉史臺、敞朗紺園開。戒レ旦壺人集、翻レ霜羽騎來。下レ輦登二三襲一、褰レ旒望二九垓一。林披二舘陶榜一、水浸二昆明灰一。網戶飛レ花綴、幡竿度レ鳥迴。豫遊仙唱動、瀟灑出二塵埃一。（上平聲灰韻）（全唐詩卷七十一）

前同　李乂

睿德總二無邊一、神皐擇二勝緣一。二儀齊二法駕一、三會禮二香筵一。漢闕中黃近、秦山太白連。臺疑二觀レ鳥日一、池似二刻レ鯨年一。滿月臨二眞境一、秋風入二御弦一。小臣叨下レ列、持レ管謬窺レ天。（下平聲先韻）（全唐詩卷九十二）

前同　鄭愔

鳥籀遺二新閣一、龍旂訪二古臺一。造レ書臣頡往、觀レ跡帝羲來。睿覽山川匝、宸心宇宙該。梵音隨駐レ輦、天步接乘レ杯。舊苑經二寒露一、殘池問二劫灰一。散花將レ捧日、俱喜二聖慈開一。（上平聲灰韻）（全唐詩卷一百六）

景龍二年（七〇八）十一月十五日の作

十一月誕辰內殿宴二群臣一效二柏梁體一聯句

中宗の誕生日に內殿において群臣を招集し、柏梁體の連句を作る。その時期について、『唐詩紀事』卷九の「李適」

に

景龍二年、十一月十五日、中宗誕辰、內殿連句爲二柏梁體一。

とあり、その時の連句は、同書巻一の「中宗」に

十月帝誕辰內殿宴二群臣一聯句云、潤二色鴻業一寄二賢才一帝、叨居二右弼一貴二鹽梅一李嶠、運籌帷幄荷時來宗楚客、職二掌圖籍一濫二蓬萊一劉憲、兩司謬忝謝二鍾裴一崔湜、禮樂銓管效二塵埃一鄭愔、陳レ師振レ旅靑二九垓一趙彦昭、忻承二顧問一侍二天杯一李適、銜レ恩獻レ壽柏梁臺蘇頲、黃縑靑簡奉康哉盧藏用、鯫生侍從忝二王枚一李乂、右掖司言實不才馬懷素、宗伯秩禮天地開薛稷、帝歌難レ續仰二昭回一宋之問、微臣捧レ日變二寒灰一陸景初、遠慙二班左一愧二遊陪一婕妤上官。帝謂二侍臣一曰、今天下無レ事、朝野多レ歡、欲下與二卿等詞人一、時賦詩宴樂上。可レ識二朕意一、不レ須レ惜レ醉。

とある。この記事は、『全唐詩』巻二の「中宗皇帝」にも記載されているものである。ここには、連句の會を開催した理由を、「天下太平を記念して、詩人を招待し、酒宴を催した」といっている。この連句の詠出時期を『唐詩紀事』巻一及び『全唐詩』巻二は共に「十月」としているが、『舊唐書』巻四の「高宗紀上」に

顯慶元年、冬十一月乙丑、皇子顯生、詔二京官・朝集使一、各加二勳級一。

とあり、『新唐書』巻三の「高宗紀」にも

顯慶元年、十一月乙丑、以二子顯生一、賜二京官・朝集使勳一轉一。

とあるので、顯（中宗）の誕生月を十一月とする。従って、『唐詩紀事』巻九の「十一月」を採用する。

また、『唐詩紀事』巻一と『全唐詩』巻二にみえる詩人の連句をみると、李嶠の詩句が中宗の次に配置されていることは、當時の文壇における李嶠の地位を表わしていると考えられる。

景龍二年（七〇八）十二月六日の作

奉和幸大薦神寺　應制（大薦福寺《たいせんふくじ》に幸すに奉和す　應制）

雁沼開香域　雁沼《がんしよう》に香域《こういき》開け、
鸎林降綵斾　鸎林《おうりん》に綵斾《さいせん》降る。
還窺圖鳳宇　還《また》圖鳳《ずほう》の宇《いえ》を窺《うかが》ひ、
更坐躍龍川　更に躍龍《やくりよう》の川に坐す。
桂輿朝羣辟　桂輿《けいよ》に羣辟《ぐんへき》朝《あつま》り、
蘭宮列四禪　蘭宮《らんきゆう》に四禪《しぜん》列《つら》ぬ。
半空銀閣斷　空を半《なか》ばする銀閣は斷《た》ゑ、
分砌寶繩連　砌《みぎり》を分《わか》つ寶繩《ほうじよう》は連《つら》なる。
甘雨蘇燋澤　甘雨《かんう》は燋澤《しようたく》を蘇《よみがえ》らせ、
慈雲動沛篇　慈雲《じうん》は沛篇《はいへん》を動かす。
獨慚賢作礪　獨《ひと》り賢を礪《あらと》と作《な》すを慚《は》ぢ、
空喜福成田　空しく福を田と成すを喜ぶ。（下平聲先韻）

大薦福寺については、『長安志』巻七の「唐京城一」に

隋煬帝在二藩舊宅一。武德中、賜二尙書左僕射蕭瑀一爲二西園一。後瑀子鋭尙二襄城公主一。詔別二營主第一。（中略）襄城薨後、官市爲二英王宅一。文明元年、高宗崩後、百日立爲二大獻福寺一、度僧二百人以實レ之。天授元年、改爲二薦福寺一。中宗卽レ位大加二營飾一。自二神龍一以後、翻二譯佛經一竝於二此寺一。

とあり、その沿革を述べている。

この詩は中宗が薦福寺へ行幸した時に詠出したものである。その詠出時期について、『唐詩紀事』巻九の「李適」に

十二月六日、上幸二薦福寺一。鄭愔詩先成。舊邸三乘闢是也。

とあるので、明白である。

この時、賦詠した群臣の作で現存するものは次の五首である。

奉三和幸二大薦福寺一 寺卽中宗舊宅

香刹中天起、宸遊滿路輝。乘レ龍太子去、駕レ象法王歸。殿飾二金人形一、窗搖二玉女扉一。稍迷二新草木一、徧識二舊庭闈一。水入二禪心一定、雲從二寶思一飛。欲レ知二皇劫遠一、初拂二六銖衣一。（上平聲微韻）（全唐詩巻五十三）

奉三和幸二大薦福寺一應制　劉憲

地靈傳二景福一、天駕儼二鉤陳一。佳哉藩邸舊、赫矣梵宮新。香塔魚山下、禪堂雁水濱、珠幡映二白日一、鏡殿寫二青春一。甚歡延二故吏一、大覺拯二生人一。幸承二歌頌末一、長奉二屬車塵一。（上平聲眞韻）（全唐詩巻七十一）

奉三和幸二大薦福寺一 寺卽中宗舊宅　李乂

象設隆二新宇一、龍潛想二舊居一。碧樓披二玉額一、丹仗導二金輿一。代日興レ光近、周星掩レ曜初。空歌清レ沛筑、梵樂奏レ胡書。帝造環二三界一、天文賁二六虛一。康哉孝理日、崇德在二眞如一。（上平聲魚韻）（全唐詩巻九十二）

前　同 寺卽中宗舊宅　趙彥昭

寶地龍飛後、金身佛現時。千花開二國界一、萬善累二皇基一。北闕承二行宰一、西園屬二住持一。天衣拂二舊石一、王倉起二新祠一。刹鳳迎二琱輦一、幡虹駐二綵旗一。同沾二小雨潤一、竊仰二大風詩一。（上平聲支韻）（全唐詩巻一百三）

薦福寺應制(68)　蕭至忠

地靈傳二景福一、天駕儼二鉤陳一。佳哉藩邸舊、赫矣梵宮新。香塔魚山下、禪堂雁水濱。珠幡映二日月一、鏡殿寫二青春一。

甚懽延二故吏一、大覺拯二生人一。幸承二歌頌末一、長奉二屬車〔塵〕（厭）一。（上平聲眞韻）（全唐詩巻一百四）

奉三和幸二大薦福寺一 寺卽中宗舊宅　鄭愔

舊邸三乘闢、佳辰萬騎留。蘭圖奉二葉偈一、芝蓋拂二花樓一。國會人王法、宮選天帝遊。紫雲成二寶界一、白水作二禪流一。

雁塔昌基遠、鶡林睿藻抽。欣承二大風曲一、竊預二小童謳一。（下平聲尤韻）（全唐詩巻一百六）

景龍二年（七〇八）十二月二十一日の作

遊禁苑陪幸臨渭亭遇雪　應制（禁苑に遊び臨渭亭《りんいてい》に陪幸《ばいこう》して雪に遇《あ》ふ　應制）

同雲接野煙　同雲《どううん》は野煙《やえん》に接し、
飛雪暗長天　飛雪《ひせつ》は長天《ちょうてん》に暗《くら》し。
拂樹添梅色　樹を拂《おお》ひて梅色《ばいしょく》を添《そ》へ、
過樓助粉妍　樓《ろう》に過《よぎ》りて粉妍《ふんけん》を助く。
光含班女扇　光は含む班女《はんじょ》の扇《おおぎ》、
韻入楚王弦　韻は入る楚王の弦《げん》に。
六出迎仙藻　六出《りくしゅつ》は仙藻《せんそう》を迎へ、
千箱答瑞年　千箱《せんそう》は瑞年《ずいねん》に答ふ。（下平聲先韻）

徐氏は景龍二年十二月の作とする。

禁苑は『長安志』巻六の「宮室四・唐上」に

禁苑在㆓宮城之北㆒。隋曰㆓大興苑㆒開皇元年置東西二十七里、南北三十三里。（中略）苑中官亭凡二十四所。（中略）苑内有㆓（中略）

桃園亭去㆓宮城㆒四里臨渭亭㆒。……

とあり、禁苑は即ち隋の大興苑で、臨渭亭は苑中にある二十四官亭の一つであることがわかる。臨渭亭の位置について、清の徐松（字、星伯。一七八一～一八四八）は『唐両京城坊考』(69)の中で

臨㆓渭水㆒、當㆑在㆓苑之北㆒。

という。

この詩は中宗が禁苑の臨渭亭に行幸した折に詠出したもので、その時期について、『唐詩紀事』巻九の「李適」に

（十二月）二十一日幸㆓臨渭亭㆒。李嶠等應制。

とあるので明白である。

この時に賦詠した群臣の作で現存するものは次の如くである。

遊㆓禁苑㆒幸㆓臨渭亭㆒遇㆑雪應制　李適

長樂喜㆓春歸㆒、披㆑香瑞雪霏。花從㆓銀閤㆒度、絮繞㆓玉窗㆒飛。寫㆑曜銜㆓天藻㆒、呈㆑祥拂㆓御衣㆒。上林紛可㆑望、無㆔處不㆓光輝㆒。（上平聲微韻）（全唐詩巻七十）

前　同　蘇頲

平明敞㆓帝居㆒、霰雪下㆓凌虛㆒。寫㆑月含㆓珠綴㆒、從㆑風薄㆓綺疏㆒。年驚花絮早、春夜管絃初。已屬㆓雲天外㆒、欣承㆓霈澤餘㆒。（上平聲魚韻）（全唐詩巻七十三）

前　同　徐彦伯

玉律藏冰候、彤階飛雪時。日寒消不㆑盡、風定舞還遲。瓊樹留㆓宸矚㆒、璇花入㆓睿詞㆒。懸知穆天子、黄竹謾言㆑詩。

陪㆓幸臨渭亭㆒遇㆑雪應制　李乂　（上平聲支韻）（全唐詩卷七十六）

青陽御㆓紫微㆒、白雪下㆓彤闈㆒。浹壤流㆓天霈㆒、綿區灑㆓帝輝㆒。水如㆓銀度燭㆒、雲似㆓玉披衣㆒。爲㆑得㆘因㆓風起㆒、
還來就㆑日飛㆖。（上平聲微韻）（全唐詩卷九十二）

景龍二年（七〇八）十二月三十日の作。

奉和幸長安故城未央宮　應制（長安故城《こじょう》の未央宮《みおうきゅう》に幸すに奉和す　應制）

舊宮賢相築　舊宮は賢相《けんしょう》築き、
新苑聖君來　新苑に聖君《せいくん》來る。
運改城隍變　運《うん》改まりて城隍《じょうこう》變わり、
年深棟宇摧　年深くして棟宇《とうう》摧《くだ》く。
後池無復水　後池《こうち》に復《また》水無く、
前殿久成灰　前殿《ぜんでん》久しくして灰《はい》と成《な》る。
莫辨祈風觀　祈風觀《きふうかん》を辨《わか》つ莫《なか》れ、
空傳承露杯　空《むな》しく承露《しょうろ》の杯を傳ふ。
宸心千載合　宸心《しんしん》は千載《せんざい》合し、
睿律九韻開　睿律《えいりつ》は九韻《きゅういん》開く。
今日聯章處　今日　聯章《れんしょう》の處《ところ》、

猶 疑 上 柏 臺　　猶《な》ほ疑ふ柏臺《はくだい》に上《あが》るを。（上平聲灰韻）

徐氏は景龍二年十二月の作とする。

長安故城については、『太平寰宇記』巻二十五の「關西道一・長安縣」に

長安蓋古郷聚名、在渭水南。隔渭水、北對秦咸陽宮。漢於其地築未央宮、謂大城曰長安城。五年置縣、以長安爲名。

とあり、故城の位置と簡單な沿革が記されている。

この詩は中宗が漢の惠帝が築いた長安城の未央宮へ行幸した折に詠出したもので、その時期について、『唐詩紀事』巻九の「李適」に

（景龍二年十二月）三十日幸長安故城。

とあるので明白である。

この時、賦詠した群臣の作で現存するものは次の如くである。

奉和幸長安故城未央宮　應制　　宋之問

漢王未息戰、蕭相乃營宮。壯麗一朝盡、威靈千載空。皇明悵前跡、置酒宴群公。寒輕綵仗外、春發幔城中。樂思回斜日、歌詞繼大風。今朝天子貴、不假叔孫通。（上平聲東韻）（全唐詩巻五十二）

前　同　　劉憲

漢宮千祀外、軒駕一來遊。夷蕩長如此、威靈不復留。憑高睿賞發、懷古聖情周。寒向南山斂、春過北渭浮。土功昔云盛、人英今所求。幸聽熏風曲、方知霸道羞。（下平聲尤韻）（全唐詩巻七十一）

前　同　　李乂

鳳輦乘二春陌一、龍山訪二故臺一。北宮纔盡處、南斗獨昭回。肆レ覽飛二宸札一、稱レ觴引二御杯一。已觀二蓬海變一、誰厭二柏梁災一。代挹二孫通體一、朝稱二賈誼才一。忝二儕文雅地一、先後各時來。（上平聲灰韻）（全唐詩卷九十二）

前　同　趙彥昭

夙駕移二天蹕一、憑レ軒覽二漢都一。寒煙收二紫禁一、春色繞二黃圖一。舊史遺二陳迹一、前王失二霸符一。山河寸土盡、宮觀尺椽無。崇高惟在レ德、壯麗豈爲レ謨。茨室留二皇鑒一、熏歌盛二有虞一。（上平聲虞韻）（全唐詩卷一百三）

景龍三年（七〇九）正月人日（七日）の作。

奉和人日清暉閣宴群臣遇雪　應制（人日　清《せい》暉《き》閣《かく》にて群臣を宴し雪に遇《あ》ふに奉和す　應制）

三陽偏勝節　三陽は偏《ひとえ》に勝節《しょうせつ》、
七日最靈辰　七日は最も靈辰《れいしん》。
行慶傳芳巘　慶を行ひて芳巘《ほうぎ》を傳へ、
升高綴綵人　高に升りて綵人《さいじん》を綴《つづ》る。
階前蓂候月　階前　蓂《めい》は月を候《うかが》ひ、
樓上雪驚春　樓上　雪は春を驚かす。
今日銜天造　今日　天に銜《つらな》りて造《いた》り、
還疑上漢津　還《また》疑ふ漢津《かんしん》に上るかと。（上平聲眞韻）

徐氏は景龍三年正月の作とする。

人日は正月七日をいう。その由來について、『事物紀原』（宋・高承撰）卷一の「正朔曆數部・人日」に東方朔占書曰、歳正月一日占レ鶏、二日占レ狗、三日占レ羊、四日占レ猪、五日占レ牛、六日占レ馬、七日占レ人、八日占レ穀。皆清明溫和爲二蕃息安泰之候一。

とあり、「七日に人を占う」からであるとする。これと類似するものに、『北齊書』巻三十七の「魏收傳」所載の晉の董勛の『問禮俗』に

正月一日爲レ鶏、二日爲レ狗、三日爲レ猪、四日爲レ羊、五日爲レ牛、六日爲レ馬、七日爲レ人。

とあり、晉代まではこの習俗が續いたようである。時代が降ると、人日の行事も變化していたらしく、『荊楚歳時記』[70]（梁・宗懍撰）には

正月七日爲二人日一。以二七種菜一爲レ羹。翦レ綵爲人、或鏤二金箔一爲レ人、以貼二屛風一。亦戴二之頭鬢一。又、造二華勝一以相遺。登レ高賦レ詩。

とあり、七草粥を作ったり、あや絹を翦って人形や婦人の首飾りを作ったり、金箔を貼って人形を作り、それを屛風に貼ったり、また、頭の髪に付けたりして、占いの要素が消えている。そして、新規に登高して詩を賦詠することが加わっている。清暉閣は『唐兩京城坊考』巻一の「大明宮」によると、

含元殿後曰二宣政殿一。天子常朝所也。（中略）宣政殿後爲二紫宸殿一。（中略）紫宸之後曰二蓬萊殿一、西清暉閣、其北太液池、池有レ亭。

とあり、紫宸殿の後にあったようである。

この詩は中宗が大明宮の清暉閣で群臣に宴を賜った際に詠出したものである。その詠出時期については、『唐詩紀事』巻九の「李適」に

（景龍）三年七日、清暉閣登高遇レ雪。宗楚客詩云、蓬萊雪作レ山、是也。因賜二金綵人勝一。李嶠等七言詩千鍾聖酒御筵

披、是也。是日甚懽、上令二學士遞起屢舞一、至三沈佺期賦二廻波一、有二齒綠牙緋之語一。

とあり、また、『景龍文館記』(71)（唐・武平一撰）にも

中宗景龍三年正月七日、上御清暉閣登高遇レ雪。因賜二金綵人勝一。令二學士賦一レ詩。是日甚歡。宗楚客詩云、窈窕神仙閣、參差雲漢間。九重中禁啓、七夕早春還。太液天爲レ水、蓬萊雪作レ山。今朝上林樹、無二處不一レ堪レ攀。正謂レ此也。

とあるので明白である。

奉下和人日清暉閣宴二群臣一遇上レ雪應制景龍三年　宗楚客

窈窕神仙閣、參差雲漢間。九重中葉啓、七日早春還。太液天爲レ水、蓬萊雪作レ山。今朝上林樹、無二處不一レ堪レ攀。

（上平聲刪韻）（全唐詩卷四十六）

前同　劉憲

輿輦乘二人日一、登臨上二鳳京一。風尋二歌曲一颺、雪向二舞行一縈。千官隨レ興合、萬福與レ時幷。承レ恩長若レ此、微賤幸昇平。

（下平聲庚韻）（全唐詩卷七十一）

前同　蘇頲

樓觀空二煙裏一、初年瑞雪過。苑花齊二玉樹一、池水作二銀河一。七日祥圖啓、千春御賞多。輕飛傳二綵勝一、天上奉二薰歌一。

（下平聲歌韻）（全唐詩卷七十三）

前同　李乂

上日登レ樓賞、中天御レ輦飛。後庭聯二舞唱一、前席仰二恩輝一。睿作風雲起、農祥雨雪霏。幸陪二人勝節一、長願奉二垂衣一。

（上平聲微韻）（全唐詩卷九十二）

前　同　　趙彦昭

出レ震乘二車陸一、憑レ高御二北辰一。祥雲應二早歲一、瑞雪候二初旬一。庭樹千花發、階冥七葉新。幸承二今日宴一、長奉二萬年春一。　（上平聲眞韻）（全唐詩卷一百三）

景龍三年（七〇九）正月七日の作

上清暉閣遇雪（清暉閣に上《のぼ》りて雪に遇ふ）

千鍾聖酒御筵披　　千鍾《せんしょう》の聖酒《せいしゅ》　御筵《ぎょえん》に披《ひら》かれ、
六出祥英亂繞枝　　六出《りくしゅつ》の祥英《しょうえい》　亂れて枝を繞《めぐ》る。
卽此神仙對瓊圃　　卽《ただ》此れ神仙　瓊圃《けいほ》に對す、
何須轍跡向瑤池　　何ぞ轍跡《てつせき》を須《もち》ひて瑤池《ようち》に向はん。（上平聲支韻）

徐氏は景龍三年正月の作とする。

この詩は前詩と同時に詠出されたもので、前詩に引用した『唐詩紀事』巻九の「李適」にみえる

李嶠等七言詩千鍾聖酒御筵披是也。

と合致する。従って、この詩と同じ詩が『全唐詩』巻七十六に徐彦伯の作として收錄されているが、この詩は徐彦伯の詩ではなく、李嶠の詩であることは明白である。

これ以後、七言詩が詠出され始める。

景龍三年（七〇九）二月八日の作

送沙門弘景道俊玄奘還荊州　應制（沙門弘景・道俊・玄奘の荊州に還《かえ》るを送る　應制）

三乘歸淨域　三乘　淨域《じょういき》に歸り、
萬騎餞通莊　萬騎《ばんき》　通莊《つうそう》に餞《せん》す。
就日離亭近　日に就《つ》きて離亭《りてい》近く、
彌天別路長　天を彌《わた》りて別路長し。
荊南旋杖鉢　荊南《けいなん》に杖鉢《じょうはつ》を旋《もと》し、
渭北限津梁　渭北《いほく》に津梁《しんりょう》を限《かぎ》る。
何日紆眞果　何《いつ》れの日か眞果《しんか》を紆《まと》ひ、
還來入帝鄕　還《また》來りて帝鄕《ていきょう》に入らん。（下平聲陽韻）

徐氏は景龍三年二月の作とする。

弘景については『宋高僧傳』(72)（宋・贊寧撰）巻五の「唐荊州玉泉寺恆景傳」に

釋恆景、姓文氏、當陽人也。（中略）自二天后中宗朝一三被詔入レ內供養、爲二受戒師一。以二景龍三年一奏乞レ歸レ山。敕允二其請一。詔二中書門下及學士一、於二林光宮觀內道場一設レ齋。先時追召二天下高僧兼義行者二十餘人一、常於二內殿一修レ福。至レ是散齋。仍送三景幷道俊玄奘各還二故鄕一。帝親賦レ詩、學士應和。卽中書令李嶠中書舍人李乂等數人。時景等捧レ詩振レ錫而行。天下榮レ之。

と傳え、道俊については、同書の「唐荊州碧澗寺道俊傳」に

釋直俊、江陵人也。（中略）天后中宗二朝崇二重高行之僧一。俊同二恆景一應レ詔入レ內供養。至二景龍中一、求レ還二故鄕一。帝賜二御製詩一、幷奘景同歸二枝江一、卒二于本寺一焉。

と傳え、玄奘について、同書巻二十四の「唐荊州白馬寺玄奘傳」に

釋玄奘、江陵人也。（中略）景龍三年二月八日、孝和帝於林光殿解齋。時諸學士同観盛集、奘等告乞還鄉。詔賜御詩。諸學士大僚奉和。中書令李嶠詩云（中略）中書舍人李乂云（中略）。更有諸公詩送。此不殫錄。奘歸終本寺焉。

と傳える。『唐詩紀事』巻九の「李適」にも

二月八日、送沙門元奘等歸荊州、李嶠等賦詩。

とあるので、詠出時期は明白である。

ただ、この詩に出てくる玄奘について、明の胡震亨（字、孝轅。一五六九～一六四二）は『唐音癸籤』巻二十一の「詁箋六」の中で

嶠與李乂皆有送沙門玄奘三僧還荊門應制詩。此是江陵白馬寺玄奘、中宗時與景俊二師同召至京、歸鄉終本寺、非貞觀中求法奘師也。

といい、玄奘は『西遊記』のモデルとなった世にいう三藏法師とは異なることを指摘する。

この詩は弘景・道俊・玄奘の三僧が荊州に還るのを見送った際、中宗自ら詩を賦し、それに應じて詠出したものである。李嶠のこの詩と同じ詩が『全唐詩』巻五十二に宋之問の作として收錄されているが、この詩が『宋高僧傳』巻二十四の「玄奘傳」に「中書令李嶠詩云云」として、この詩が記載されているので、宋之問の作ではなく、李嶠の作であることは明白である。

この時に賦詠されたもので現存する詩が一首ある。(73)

送沙門弘景道俊玄奘還荊州　應制　　李乂

初日承㆓歸旨㆒、秋風起㆓贈言㆒。漢珠留㆓道味㆒、江璧返㆓眞源㆒。地出㆓南關㆒遠、天迴㆓北斗㆒尊。寧知一柱觀、卻啓㆓四禪門㆒。（上平聲元韻）（全唐詩卷九十二）

景龍三年（七〇九）二月十一日の作

奉和初春幸太平公主南莊　應制景龍三年二月十一日（初春　太平公主の南莊に幸すに奉和す　應制）

主家山第接雲開
天子春遊動地來
羽騎參差花外轉
霓旌搖曳日邊回
還將石溜調琴曲
更取峯霞入酒杯
鸞輅已辭烏鵲渚
簫聲猶繞鳳皇臺

主家の山第《さんだい》は雲に接して開け、
天子の春遊は地を動かして來る。
羽騎參差《うきしんし》たり花外に轉じ、
霓旌搖曳《げいせいようえい》して日邊《じつぺん》に回《めぐ》る。
還石溜《またせきりゅう》を將《も》って琴曲を調《しら》べ、
更に峯霞《ほうか》を取りて酒杯に入れる。
鸞輅《らんらく》は已に烏鵲《うじゃく》の渚を辭《じ》し、
簫聲《しょうせい》は猶《なお》鳳皇臺を繞《めぐ》る。（上平聲灰韻）

徐氏は景龍三年二月の作とする。

太平公主については、『新唐書』卷八十三の「太平公主傳」に詳しく記載されている。簡約すると

太平公主、則天皇后所㆑生。擇㆓薛紹㆒尙㆑之。紹死、更嫁㆓武承嗣㆒、會㆓承嗣小疾㆒、罷㆑昏。后殺㆓武攸曁妻㆒、以配㆑主。主方額廣頤、多㆓陰謀㆒、后常謂㆑類㆑我。及㆓聖曆時㆒、進及㆓三千戶㆒。預㆘誅㆓二張㆒功㆖、增號㆓鎭國㆒。開㆑府置㆓官屬㆒、視㆓親王㆒。玄宗將㆑誅㆓韋氏㆒、主與㆓祕計㆒、遣㆓子崇簡從㆒。事定、將㆑立㆓相王㆒、未㆑有㆘以發㆓其

端一者上。睿宗卽レ位、主權由レ此震二天下一。加實封二至萬戶一、三子封レ王、餘皆祭酒九卿。先天二年、謀レ廢二太子一、使下元楷慈擧二羽林兵一入二武德殿一殺中太子上。梟二元楷慈於北闕下一、縛二膺福內客省一、執二義至忠一至二朝堂一、斬レ之、因大二赦天下一。主聞レ變、亡入二南山一、三日乃出、賜二死于第一。

となる。卽ち、太平公主の人柄は母則天武后に似ているといわれ、男勝りであるが故に、相王（睿宗）を押立てて、卽位させ、その後權力を振う。しかし、皇太子を廢せんことを企てるが、發覺し、玄宗から死を賜る。

この詩は、中宗が太平公主の南莊に行幸した時に、隨行し詠出したものである。詠出時期については、『唐詩紀事』卷九の「李適」に

（景龍三年二月）十一日、幸二太平公主南莊一。

とあるので明白である。

この時、賦詠した群臣の作で現存するものは次の如くである。

奉三和春初幸二太平公主南莊一應制　宋之問

青門路接二鳳凰臺一、素滻宸遊龍騎來。澗草自迎二香輦一合、巖花應待二御筵一開。文移二北斗一成二天象一、酒遞二南山一作二壽杯一。此日侍臣將レ石去、共歡明主賜レ金回。（上平聲灰韻）（全唐詩卷五十二）

前同　李乂

平陽館外有二仙家一、沁水園中好二物華一。地出二東郊一迴二日御一、城臨二南斗一度二雲車一。風泉韻繞二幽林竹一、雨霰光搖二雜樹花一。已慶時來千億壽、還言日暮九重賒。（下平聲麻韻）（全唐詩卷九十二）

前同　沈佺期(74)

主家山第早春歸、御輦春遊繞二翠微一。買レ地鋪レ金曾作レ埒、尋レ河取レ石舊支レ機。雲間樹色千花滿、竹裏泉聲百道

飛。自有㆓神仙鳴鳳曲㆒、併將㆓歌舞報恩暉㆒。　（上平聲微韻）（全唐詩巻九十六）

前　同　趙彦昭(75)

主第巖扃駕㆓鵲橋㆒、天門閶闔降㆓鸞鑣㆒。歴亂旌旗轉㆓雲樹㆒、參差臺榭入㆓煙霄㆒。林閒花雜㆓平陽舞㆒、谷裏鶯和㆓弄玉蕭㆒。已陪㆓沁水㆒追㆑歡日、行奉㆓茅山㆒訪㆑道朝。　（下平聲簫韻）（全唐詩巻一百三）

前　同　李邕(76)

傳聞銀漢支機石、復見金輿出㆓紫微㆒。織女橋邊烏鵲起、仙人樓上鳳皇飛。流風入㆑座飄㆓歌扇㆒、瀑水侵㆑階濺㆓舞衣㆒。今日還同犯㆓牛斗㆒、乘㆑槎共逐海潮歸。　（上平聲微韻）（全唐詩巻一百十五）

奉㆔和初春幸㆓太平公主南莊㆒應制　邵昇

沁園佳麗奪㆓蓬瀛㆒、翠壁紅泉繞㆓上京㆒。二聖忽從㆓鸞殿㆒幸、雙仙正下㆓鳳樓㆒迎。花含㆓步輦㆒空間出、樹雜㆓帷宮㆒晝裏行。無㆑路乘㆑槎窺㆓漢渚㆒、徒知訪㆑卜就㆓君平㆒。　（下平聲庚韻）（全唐詩巻六十九）

前　同　蘇頲(77)

主第山門起㆓灞川㆒、宸遊風景入㆓初年㆒。鳳皇樓下交㆓天仗㆒、烏鵲橋頭敞㆓御筵㆒。往往花間逢㆓綵石㆒、時時竹裏見㆓紅泉㆒。今朝扈蹕平陽館、不㆑羨乘㆑槎雲漢邊。　（下平聲先韻）（全唐詩巻七十三）

前　同　韋嗣立(78)

主第巖扃架㆓鵲橋㆒、天門閶闔降㆓鸞鑣㆒。歴亂旌旗轉㆓雲樹㆒、參差臺榭入㆓煙霄㆒。林門花雜㆓平陽舞㆒、谷裏鶯和㆓弄玉簫㆒。已陪㆓沁水㆒追㆑歡日、行奉㆓芳山㆒訪㆑道朝。　（下平聲蕭韻）（全唐詩巻九十一）

景龍三年（七〇九）七月の作

奉和幸望春宮送朔方總管張仁亶（望春宮に幸し朔方《さくほう》の總管張仁亶を送るに奉和す）

玉塞征驕子　玉塞《ぎょくさい》は驕子《きょうし》に征《せい》せられ、
金符命老臣　金符《きんぷ》は老臣に命ず。
三軍張武旆　三軍は張武《ちょうぶ》の旆《はた》、
萬乘餞行輪　萬乘《ばんじょう》は餞行《せんこう》の輪。
猛氣凌玄朔　猛氣《もうき》は玄朔《げんさく》を凌《しの》ぎ、
崇恩降紫宸　崇恩《すうおん》は紫宸《ししん》に降《くだ》る。
投醪還結士　醪《ろう》を投じて還《また》士を結び、
辭第本忘身　第《だい》を辭《じ》して本〻《もともと》身を忘る。
露下鷹初擊　露下りて鷹《たか》初めて擊《う》ち、
風高雁欲賓　風高くして雁賓《かりひん》ならんと欲す。
方銷塞北祲　方《まさ》に塞北《さいほく》の祲《わざわい》を銷《け》し、
還靖漠南塵　還《また》漠南《ばくなん》の塵《じん》を靖《やすん》ず。（上平聲眞韻）

徐氏も景龍三年七月の作とする。

張仁亶（仁愿、?～七一四）については、『新唐書』巻一百十一の「張仁愿傳」は

華州下邽人。本名仁亶、以㆓睿宗諱音近㆒避㆑之。有㆓文武材㆒。武后時、累遷㆓殿中侍御史㆒。萬歲通天中、擢爲㆓右肅政臺中丞㆒、詔㆓仁愿㆒即敍㆓其麾下功㆒。承景貶爲㆓崇仁令㆒、以㆓仁愿㆒代爲㆓中丞・檢校幽州都督㆒。神龍三年、朔方軍總管沙吒忠義爲㆓突厥所㆑敗、詔㆓仁愿㆒攝㆓御史大夫㆒代㆑之。既至賊已去、引㆑兵躡㆑擊、夜掩㆓其營㆒、破㆑之。

景龍二年、拜二左衛大將軍同中書門下三品一、封二韓國公一。春、還レ朝。秋、復督軍備レ邊、帝爲賦二詩祖道一、賞賚不レ貲。遷二鎭軍大將軍一。睿宗立、乃致仕。加二兵部尙書一、稟レ祿全結。開元二年卒、贈二太子少保一。

とその略歴を傳える。望春宮については、『新唐書』卷三十七の「地理志一」に

有二南望春宮一、臨二滻水一、西岸有二北望春宮一、宮東有二廣運潭一。

とある。

この詩は中宗が望春宮に行幸し、一時歸京していた朔方軍の大總管張仁亶が北邊へ還るのを見送った時、中宗に隨行して詠出したものである。その詠出時期について、『舊唐書』卷七の「中宗紀」に

景龍三年、八月乙未、親送二朔方軍總管韓國公張仁亶於通化門外一、上製レ序賦レ詩。

とあり、詠出時期を景龍三年八月乙未とするが、『唐詩紀事』卷九の「李適」に

（景龍三年）七月、幸二望春宮一送二朔方節度使張仁亶赴一レ軍。

とあり、これまでの詠出時期を正確に傳えていると思われるので、『唐詩紀事』の景龍三年七月に從う。

この時、賦詠を共にした群臣の作で現存するものは次の如くである。

奉下和幸二望春宮一送中朔方軍大總管張仁亶上　　李適

地限驕二南牧一、天臨餞二北征一。解レ衣延二寵命一、橫レ劍總二威名一。豹略恭二宸旨一、雄文動二睿情一。坐觀二膜拜入一、朝夕受降城。（下平聲庚韻）（全唐詩卷七十）

前　同　　李乂

邊郊草具腓、河塞有二兵機一。上宰調梅寄、元戎細柳威。武貔東道出、鷹隼北庭飛。玉匣謀二中野一、全輿下二太微一。投レ醪銜二餞酌一、緝レ衮事二征衣一。勿レ謂公孫老、行聞二奏凱一歸。（上平聲微韻）（全唐詩卷九十二）

前　同　　鄭愔

御蹕下二都門一、軍麾出二塞垣一。長楊跨二武騎一、細柳接二戎軒一。睿曲風雲動、邊威鼓吹喧。坐帷將閫外、俱是報二明恩一。　（上平聲元韻）（全唐詩卷一百六）

奉下和聖製幸二望春宮一送中朔方大總管張仁亶上　劉憲

命レ將擇二耆年一、圖レ功勝必全。光輝萬乘餞、威武二庭宣。中衢橫二鼓角一、曠野蔽二旌旃一。推レ食天廚至、投レ醪御酒傳。涼風過二雁苑一、殺氣下二雞田一。分レ閫恩何極、臨レ岐動二睿篇一。（下平聲先韻）（全唐詩卷七十一）

前　同　　蘇頲

北風吹二早雁一、日夕渡レ河飛。氣冷膠應折、霜明草正腓。老臣帷幄算、元宰廟堂機。餞レ飲迴二仙蹕一、臨レ戎解二御衣一。軍裝乘レ曉發、師律候レ春歸。方佇三動庸盛、天詞降二紫微一。（上平聲微韻）（全唐詩卷七十四）

景龍三年（七〇九）八月三日の作

安樂公主(79)山亭侍宴　應制(80)（安樂公主の山亭にて侍宴す　應制）

黄金瑞榜絳河隈　黄金《おうごん》の瑞榜《ずいぼう》は絳河《こうが》の隈《くま》、
白玉仙輿紫禁來　白玉の仙輿《せんよ》は紫禁《しきん》より來る。
碧樹青岑雲外聳　碧樹《へきじゅ》・青岑《せいしん》は雲外に聳《そび》え、
朱樓畫閣水中開　朱樓《しゅろう》の畫閣《がかく》は水中に開く。
龍舟下瞰鮫人室　龍舟《りょうしゅう》の下に瞰《み》る鮫人《こうじん》の室、
羽節高臨鳳女臺　羽節《うせつ》の高に臨む鳳女《ほうじょ》の臺。

遽惜歡娯歌吹晩　　遽《にわ》かに惜《お》しむ歡娯《かんご》歌吹《かすい》の晩、
揮戈更卻曜靈回　　戈《か》を揮《ふる》へば更に卻《しりぞ》き曜靈《ようれい》回《かえ》る。（上平聲灰韻）

徐氏は景龍三年八月の作とする。

安樂公主は、『新唐書』巻八十三の「諸帝公主・安樂公主傳」や『舊唐書』巻五十一の「后妃上・中宗韋庶人傳」によると、

安樂公主、最幼女。帝遷二房陵一而主生、解レ衣以褓レ之、名曰二裹兒一。姝秀辯敏、后尤愛レ之、下二嫁武崇訓一。（中略）與二太平等七公主一皆開レ府、而主府、官屬尤濫、皆出二屠販一、納レ訾售レ官、降二墨敕斜封一授レ之、故號二斜封官一。（中略）崇訓死、主素與二武延秀一亂、卽嫁レ之。[81] 時京城恐懼、相傳將レ有二革命之事一、往往偶語、人情不レ安。臨淄王率二薛崇簡・鍾紹京・劉幽求領萬騎及總監丁夫一入レ自二玄武門一、至二左羽林軍一、斬二將軍韋璿・韋播及中郎將高崇於寢帳一。遂斬レ關而入、至二太極殿一。后惶駭遁入二殿前飛騎營一、及二武延秀・安樂公主一皆爲二亂兵所一レ殺。（中略）追貶爲二悖逆庶人一。[82] 梟二后及安樂公主首於東市一。翌日、敕收二后屍一、葬以二一品之禮一、追貶爲二庶人一、安樂公主葬以二三品之禮一、

と傳える。

安樂公主が山亭に池を造ったことについて、『新唐書』巻八十三の「安樂公主傳」に

嘗請三昆明池爲二私沼一。帝曰、先帝未レ有二以與レ人者一。主不レ悅。自鑿二定昆池一。延袤數里。

とあり、昆明池を自分のものにできなかったので、定昆池を造ったという。安樂公主の氣の強さを物語る一端である。

また、公主の權勢について、『資治通鑑』巻二百九の「唐紀二十五」に

景龍三年、八月己巳、上幸二定昆池一、命二從官一賦レ詩。黄門侍郎李日知詩曰、所レ願暫思二居者逸一、勿レ使三時稱二作

者勞一。及二睿宗卽レ位、謂二日知一曰、當二是時一、朕亦不二敢言レ之。

とある。これについて、元の胡三省（字、身之。一二三〇〜一三〇二）は『資治通鑑音注』で

睿宗之言、蓋謂三當時畏二安樂公主之勢一也。

というように、天子も安樂公主には遠慮していたようである。

この詩は中宗が三女の安樂公主の山亭に行幸し、侍臣や學士に宴を賜った時に詠出したものである。時に、李嶠は特進・同中書門下三品であった。この詩の詠出時期について、『舊唐書』巻七の「中宗紀」に

（景龍三年八月）乙巳、幸二安樂公主山亭一、宴二侍臣・學士一、賜二繒帛一有レ差。

とあり、『唐詩紀事』巻九の「李適」にも

（景龍三年）八月三日、幸二安樂公主西荘一。

とあるので明白である。また、この兩書から『全唐詩』にみえる「太平公主」は「安樂公主」の誤りであり、『資治通鑑』の「八月己巳」は「八月乙巳」の誤りである。尚、八月には「己巳」の日はない。

この時、賦詠した群臣の作で現存するものは次の如くである。

奉三和幸二安樂公主山莊一應制　　宗楚客

玉樓銀榜枕二嚴城一、翠蓋紅旂列二禁營一。日映二層巖一圖畫色、風搖二雜樹一管弦聲。水邊重閣含二飛動一、雲裏孤峯類二削成一。幸覩三八龍遊二閬苑一、無レ勞萬里訪二蓬瀛一。（下平聲庚韻）（全唐詩巻四十六）

前　同　　韋元旦

銀河南渚帝城隅、帝輦平明出二九衢一。刻レ鳳蟠螭凌二桂邸一、穿レ池疊石寫二蓬壺一。瓊簫暫下二鈞天樂一、綺綴長懸二明月珠一。仙榜承レ恩爭既醉、方知二朝野更歡娯一。（上平聲虞韻）（全唐詩巻六十九）

前　同　劉憲

主家別墅帝城隈、無レ勞海上覓二蓬萊一。沓石懸流平地起、危樓曲閣半天開。庭莎作レ薦舞行出、浦樹相將歌棹回。此日風光與二形勝一、祇言作レ伴聖詞來。　（上平聲灰韻）（全唐詩卷七十一）

前　同　盧藏用

皇女瓊臺天漢潯、星橋月宇構二山林一。飛蘿半拂銀題影、瀑布環流玉砌陰。菊浦香隨二鸚鵡一泛、簫樓韻逐二鳳凰一吟。瑤池駐レ蹕恩方久、璧月無レ文興轉深。　（下平聲侵韻）（全唐詩卷九十三）

前　同　岑羲

銀榜重樓出レ霧開、金輿步輦向レ天來。泉聲迥入二吹簫曲一、山勢遙臨二獻壽杯一。帝女含レ笑流二飛電一、乾文動レ色象二昭回一。誠願北極拱レ堯日、微臣抃舞詠レ康哉。　（上平聲灰韻）（全唐詩卷九十三）

前　同　薛稷

主家園囿極二新規一、帝郊遊豫奉二天儀一。歡二宴瑤臺一鎬京集、賞二賜銅山一蜀道移。曲閣交映二金精板一、飛花亂下二珊瑚枝一。借問今朝八龍駕、何如昔日望二仙池一。　（上平聲支韻）（全唐詩卷九十三）

前　同　馬懷素

主家臺沼勝二平陽一、帝幸歡娛樂未レ央。掩映琱窗交二極浦一、參差繡戶繞二迴塘一。泉聲百處傳二歌曲一、樹影千重對二舞行一。聖酒一霑何以報、唯欣二頌德一奉二時康一。　（上平聲陽韻）（全唐詩卷九十三）

前　同　趙彥昭

六龍齊軫御二朝曦一、雙鷁維舟下二綠池一。飛觀仰看雲外聳、浮橋直見海中移。靈泉巧鑿二天孫渚一、孝筍能抽二帝女枝一。幸願一生同二草樹一、年年歲歲樂二於斯一。　（上平聲支韻）（全唐詩卷一百三）

前　同　　蕭至忠

西郊窈窕鳳皇臺、北渚平明法駕來。匝レ地金聲初度レ曲、周レ堂玉溜好傳レ杯。灣路分遊畫舟轉、岸門相向碧亭開。微臣此時承二宴樂一、髣髴疑從二星漢一迴。（上平聲灰韻）（全唐詩巻一百四）

前　同　　李迥秀

詰旦重門聞二警蹕一、傳言太主奏二山林一。是日迴輿羅二萬騎一、此時歡喜賜二千金一。鷺羽鳳簫參二樂曲一、荻園竹徑接二帷陰一。手舞足蹈方無レ已、萬年千歲奉二薫琴一。（下平聲侵韻）（全唐詩巻一百四）

侍宴安樂公主莊應制　　李適

平陽金榜鳳皇樓、沁水銀河鸚鵡洲。綵仗遙臨丹壑裏、仙輿暫幸綠亭幽。前池錦石蓮花豔、後嶺香鑪桂蕊秋。貴主稱レ觴萬年壽、還輕二漢武一濟レ汾遊。（下平聲尤韻）（全唐詩巻七十）

前　同　　蘇頲

騤騤羽騎歷二城池一、帝女樓臺向レ晚披。霧灑二旌旗一雲外出、風回二巖岫一雨中移。當レ軒半落天河水、繞レ徑全低月樹枝。簫鼓宸遊陪宴日、和鳴雙鳳喜來儀。（上平聲支韻）（全唐詩巻七十三）

前　同　　李乂

金輿玉輦背二三條一、水閣山樓望二九霄一。野外初迷七聖道、河邊忽覩一一靈橋。懸冰滴滴依二虬箭一、清吹泠泠雜二鳳簫一。回晚平陽歌舞合、前溪更轉木蘭橈。（下平聲蕭韻）（全唐詩巻九十二）

景龍三年（七〇九）九月九日の作

奉和九日幸臨渭亭登高　應制　得歡字（九日臨渭亭に幸して登高す　應制　歡字を得）

令節三秋晩　　令節《れいせつ》　三秋の晩《くれ》、
重陽九日歡　　重陽《ちようよう》　九日の歡《よろこび》。
仙杯還泛菊　　仙杯《せんぱい》に還《また》菊を泛《うか》べ、
寶饌且調蘭　　寶饌《ほうせん》に且《か》つ蘭を調《ととの》ふ。
御氣雲霄近　　氣《き》を御《ぎよ》して雲霄《うんしよう》近く、
乘高宇宙寛　　高に乘じて宇宙寛《ひろ》し。
今朝萬壽引　　今朝　萬壽引き、
宜向曲中彈　　宜《よろ》しく曲中に向《むか》ひて彈《ひ》かん。（上平聲寒韻）

徐氏は景龍三年九月の作とする。

臨渭亭については、景龍二年十二月二十一日の作の「遊二禁苑一陪二幸臨渭亭一遇レ雪應制」を參看。

この詩は九月九日の重陽の佳節に中宗が臨渭亭に行幸して登高した際、隨行した李嶠が「歡」字を韻字として詠出したものである。詠出時期については、『唐詩紀事』巻九の「李適」に

（景龍三年）九月九日、幸二臨渭亭一。分レ韻賦レ詩。韋安石先成。

とあるので明白である。また、これに據ると、當日、群臣が互いに韻字を分け合い、その韻字を用いて詩を賦している。詩題によると、李嶠は「歡」字を用いて賦詠している。『全唐詩』によると、この詩は巻五十二の「宋之問二」に收錄されている。しかし、この詩が宋之問の作でないことは、『唐詩紀事』巻一の「中宗」に

九月九日、幸二臨渭亭一登高作云、九日正乘レ秋、三杯興已周。泛レ桂迎レ鐏滿、吹レ花向レ酒浮。長房萸早熟、彭澤菊初收。何藉龍沙上、方得レ恣二淹留一。得二秋字一。時景龍三年也。御製序云、陶潛盈レ把、既浮二九醞之觀一。畢卓持レ螯、

須レ盡二一生之興一。人題四韻、同賦二五言一。其最後成、罰レ之引レ滿。韋安石得二枝字一云、金風飄二菊蘂一、玉露泫二萸枝一。蘇瓌得二暉字一云、恩深荅レ効淺、留レ醉奉二宸暉一。李嶠得二歡字一云、令節三秋晩、重陽九日歡。云云。

とあることに據って明らかである。

この時の一聯の詩にも詩序があったことは容易に想像できる。『全唐文』巻十七の「中宗皇帝」の「九日登高詩序」に

粤以景龍三年、賓鴻九月、乘二紫機之餘暇一、歴二翠簾一以寅遊。（中略）於レ時詔二懿戚一、命二朝賢一、屬二重陽之吉辰一、呈二九皐之嘉瑞一。萸房薦レ馥、辟邪之術爰彰。菊蘂含レ芬、延年之驩攸著。人以レ酒屬、喜見覆二於金杯一。文在レ茲乎。盍各飛二於玉藻一。淵明抱レ菊、且浮二九醞之觀一。畢卓持レ螯、須レ盡二一生之興一。人題四韻、同賦二五言一。其最後成、罰レ之引レ滿。

とあり、中宗親《みずか》ら序文を書いたことになる。このことは、前出『唐詩紀事』巻一にみえる「御製序云云」と一致するので、兩書にみえる詩序はこの時の詩序である。奉和詩は貴人が詠出した詩に唱和する形で詩を詠出し、まとめ役が詩を取纏めて序文を作ることが多い。その際、詩序は詩人の中で文壇の重鎭が作ることが普通である。しかし、この詩會においては、天子（中宗）が親ら序文を作っている稀有なものといえる。

この時、賦詠した群臣の作で現存するものは次の如くである。

奉下和九日幸二臨渭亭一登上高應制　得二暉字一。　蘇瓌

重陽早露晞、睿賞瞰二秋磯一。菊氣先熏レ酒、萸香更襲レ衣。清切絲桐會、縱横文雅飛。恩深答レ効淺、留レ醉奉二宸暉一。

（上平聲微韻）（全唐詩巻四十六）

前　同　得二筵字一。　閻朝隱

九九侍二神仙一、高高坐二半天一。文章二曜動、氣色五星連。簪紱趨二皇極一、笙歌接二御筵一。願因二朱菊酒一、相守百千年。（下平聲先韻）（全唐詩卷六十九）

前　同　得二月字一。　韋元旦

雲物開二千里一、天行乘二九月一。絲言丹鳳池、旆轉蒼龍闕。灞水歡娛地、秦京游俠窟。欣承二解愠詞一、聖酒黄花發。（入聲月韻）（全唐詩卷六十九）

前　同　得二時字一。　蘇頲

嘉會宜長日、高筵順動時。曉光雲外洗、晴色雨餘滋。降鶴因二韻德一、吹花入二御詞一。願陪二陽數節一、億萬九秋期。（上平聲支韻）（全唐詩卷七十三）

前　同　得二深字一。　韋嗣立

層觀遠沈沈、鸞旗九日臨。帷宮壓二水岸一、步輦入二煙岑一。枝上萸新採、樽中菊始斟。願陪二歡樂事一、長與二歲時一深。（下平聲侵韻）（全唐詩卷九十一）

前　同　得二餘字一。　蕭至忠

望レ幸三秋暮、登レ高九日初。朱旗巡二漢苑一、翠帟俯二秦墟一。寵極二萸房一遍、恩深二菊酎一餘。承レ歡何以答、萬億奉二宸居一。（上平聲魚韻）（全唐詩卷一百四）

前　同　得二風字一。　李迥秀

重レ九臨二商節一、登レ高出二漢宮一。正逢二萸實滿一、還對二菊花叢一。霽雲開二就日一、仙藻麗二秋風一。微臣預在レ鎬、竊抃遂無レ窮。（上平聲東韻）（全唐詩卷一百四）

前　同　得二亭字一。　楊廉

遠レ日瞰二秦坰一、重レ陽坐二灞亭一。既開二黄菊酒一、還降二紫微星一。簫鼓諳二仙曲一、山河入二畫屏一。幸茲陪レ宴喜、無三以效二丹青一。（下平聲青韻）（全唐詩巻一百四）

前　同　得二枝字一。　　韋安石

重レ九開二秋節一、得レ一動二宸儀一。金風飄二菊蘂一、玉露泫二萸枝一。睿覽八紘外、天文七曜披。臨レ深應レ在レ卽、居レ高豈忘レ危。（上平聲支韻）（全唐詩巻一百四）

前　同　得二明字一。　　竇希玠

鑾輿巡二上苑一、鳳駕瞰二層城一。御座丹烏麗、宸居白鶴驚。玉旗縈二桂葉一、金杯汎二菊英一。九晨陪二聖膳一、萬歳奉二承明一。（下平聲庚韻）（全唐詩巻一百四）

前　同　得二臣字一。　　陸景初

九秋光二順豫一、重節霽二良辰一。登レ高識二漢苑一、閒レ道侍二軒臣一。菊花浮二秬鬯一、萸房插二縉紳一。聖化邊陲謐、長洲鴻雁賓。（上平聲眞韻）（全唐詩巻一百四）

前　同　得二日字一。　　鄭南金

重陽玉律應、萬乘金輿出。風起韻二虞弦一、雲開吐二堯日一。菊花浮二聖酒一、茱香挂二衰質一。欲レ知二恩煦多一、順動觀二秋實一。（入聲質韻）（全唐詩巻一百四）

前　同　得二直字一。　　李咸

重陽乘二令序一、四野開二晴色一。日月數初并、乾坤聖登極。菊黄迎レ酒泛、松翠凌レ霜直。遊レ海難レ爲レ深、負レ山徒倦レ力。（入聲職韻）（全唐詩巻一百四）

前　同　得二花字一。　　趙彦伯

九日報二仙家一、三秋轉二歳華一。呼鷹下二鳥路一、戲馬出二龍沙一。簪挂二丹萸蕊一、杯浮二紫菊花一。所レ願同微物、年年共辟レ邪。
（下平聲麻韻）（全唐詩卷一百四）

前　同　得二樽字一。　于經野

御レ氣三秋節、登レ高九曲門。桂筵羅二玉俎一、菊醴溢二芳樽一。遵レ渚歸鴻度、承レ雲舞鶴騫。微臣濫二陪賞一、空荷二聖明恩一。
（上平聲元韻）（全唐詩卷一百四）

前　同　得二還字一。　盧懷愼

時和素秋節、宸豫紫機關。鶴似レ聞二琴至一、人疑二宴レ鎬還一。曠望臨二平野一、潺湲俯二暝灣一。無レ因レ酬二大德一、空此愧二崇班一。
（上平聲元韻）（全唐詩卷一百四）

奉二和聖制九日侍宴一應制　得二高字一。　李適

禁苑秋光入、宸遊霽色高。萸房頒二綵笥一、菊蕊薦二香醪一。後騎縈二堤柳一、前旌拂二御桃一。王枚俱得レ從、淺淺愧二飛毫一。
（下平聲豪韻）（全唐詩卷七十）

奉二和九日侍宴一應制　得二濃字一。　李乂

望レ幸紆二千乘一、登レ高自二九重一。臺疑レ臨二戲馬一、殿似レ接二疏龍一。捧レ篋萸香遍、稱レ觴菊氣濃。更看仙鶴舞、來レ此慶時雍。
（上平聲冬韻）（全唐詩卷九十二）

九月九日幸二臨渭亭一登高應制　得二涘字一。　岑羲

重九開二科曆一、千齡逢二聖紀一。爰豫矚二秦坰一、昇高臨二灞涘一。玉醴浮二仙菊一、瓊筵薦二芳芷一。一聞帝舜歌、歡娛良未レ已。
（上聲紙韻）（全唐詩卷九十三）

九日幸二臨渭亭一登高應制　得二開字一。　盧藏用

上月重陽滿、中天萬乘來。萸依㆓佩裏㆒發、菊向㆓酒邊㆒開。聖澤煙雲動、宸文象緯迴。小臣無㆓以答㆒、願奉㆓億千杯㆒。

（上平聲灰韻）（全唐詩卷九十三）

前　同　得㆓曆字㆒。　薛稷

暮節乘㆓原野㆒、宣遊俯㆓崖壁㆒。秋登華實滿、氣嚴鷹隼擊。仙菊含㆑霜泛、聖藻臨㆑雲錫。願陪㆓九九辰㆒、長奉㆓千千曆㆒。

（入聲錫韻）（全唐詩卷九十三）

前　同　得㆓酒字㆒。　馬懷素

睿賞叶㆓通三㆒、宸遊契㆓重九㆒。蘭將㆑葉布㆑席、菊用㆑香浮㆑酒。落日下㆓桑楡㆒、秋風歇㆓楊柳㆒。幸齊㆓東戶慶㆒、希薦㆓南山壽㆒。

（上聲有韻）（全唐詩卷九十三）

九日臨渭亭侍宴應制　得㆓長字㆒。　沈佺期

御㆑氣幸㆓金方㆒、憑㆑高薦㆓羽觴㆒。魏文頒㆓菊蕊㆒、漢武賜㆓萸房㆒。秋變㆓銅池色㆒、晴添㆓銀樹光㆒。年年重九慶、日月奉㆓天長㆒。

（上平聲陽韻）（全唐詩卷九十六）

景龍三年（七〇九）十一月十五日の作

中宗降誕日、長寧公主滿月侍宴　應制（中宗の降誕の日、長寧公主月に滿つ、侍宴　應制）

神龍見像日　神龍《しんりよう》　像《かたち》を見《あらわ》す日、
仙鳳養雛年　仙鳳《せんほう》　雛《ひな》を養ふ年。
大火乘天正　大火は天正に乘じ、
明珠對月圓　明珠は月圓に對す。

作新金篋裏　作新（祚《とし》は遙《なが》し）(83)金篋《きんきよう》の裏《うち》、
歌奏玉筐前　歌は奏す玉筐《ぎよくきよう》の前。
今日宜孫慶　今日宜《よろ》しく孫慶《そんけい》に、
還參祝壽篇　還《また》祝壽《しゆくじゆ》の篇《へん》を參《かね》るべし。（下平聲先韻）

徐氏は景龍三年十月の作とする。

長寧公主は中宗の娘で、『新唐書』巻八十三の「長寧公主傳」に

韋庶人所レ生、下二嫁楊愼交一。造二第東都一、使二楊務廉營總一。第成、府財幾竭、乃擢二務廉將作大匠一。（中略）作二三重樓一以馮レ觀、築レ山浚レ池。帝及后數臨幸、置酒賦レ詩。（中略）東都第成、不レ及レ居、韋氏敗、斥二愼交絳州別駕一、主偕往、乃請以二東都第一爲二景雲祠一、（中略）開元十六年、愼交死、主更嫁二蘇彥伯一。務廉卒坐レ贓二數十萬一、廢終レ身。(84)

と傳える。

この詩は、中宗の誕生日の宴に陪席した時の作であるが、同時に、中宗の娘の長寧公主が子供を出産して一ヶ月になることの慶祝も兼ねての宴席で賦詠したものである。

產後一ヶ月の慶祝について、清の翟灝（字、大川。?〜一七八八）は『通俗編』(85)巻三の中で

北史節義傳、李式坐レ事被レ收。子憲生、始滿レ月、汲固抱歸藏レ之。按滿月二字見レ此。其以爲二慶宴一、則始二于唐一。唐書、高宗紀、龍朔三年、子旭輪生、滿レ月大赦。外戚傳、安樂公主產レ男滿レ月。中宗韋后幸二其第一、李嶠有二長甯公主滿レ月侍宴詩一。

といい、出產後滿一ヶ月を慶賀して酒宴を設ける滿月の風習は唐代からであるという。

この詩の詠出時期について、『唐詩紀事』巻九の「李適」に

(景龍三年)十一月十五日、中宗誕辰、長寧公主滿レ月。

とあるので明白である。また、中宗の生誕月日については、『舊唐書』巻四の「高宗紀上」に

永徽七年(顯慶元年)、冬十一月乙丑、皇子顯生、詔二京官・朝集使一各勳級。

とあるのに據っても十一月の事とするのに間違いない。

この時、賦詠した群臣の作で現存するものは次の一首である。

中宗降誕日、長寧公主滿レ月侍宴應制　　鄭愔

春殿猗蘭美、仙階柏樹榮。地逢二芳節應一、時覩二聖人生一。月滿增二祥莢一、天長發二瑞靈一。南山遙可レ獻、常願奉二皇明一。　(下平聲庚韻)(全唐詩巻一百六)

景龍三年(七〇九)十二月十二日の作

奉和驪山高頂寓目　應制(86)(驪山《りざん》の高頂《こうちょう》にて寓目《ぐうもく》すに奉和す　應制)

歩輦陟山巓　歩輦《ほれん》は山巓《さんてん》に陟《のぼ》り、
山高入紫煙　山高くして紫煙《しえん》に入る。
忠臣還捧日　忠臣は還《また》日を捧《ささ》げ、
聖后欲捫天　聖后は天を捫《つか》まんと欲す。
迥識平陵樹　迥《はる》かに識《し》る平陵《へいりょう》の樹、
低看華嶽蓮　低《ふ》して看《み》る華嶽《かがく》の蓮を。

帝郷應不遠　帝郷《ていきょう》は應《まさ》に遠からざるべし、
空見白雲懸　空《むな》しく白雲の懸《か》くるを見る。（下平聲先韻）

徐氏は景龍三年十二月の作とする。
驪山は麗山ともいい、『後漢書』の「志十九・郡國一」に

新豐有㆓驪山㆒

とあるように、新豐縣（今の陝西省臨潼縣の東南）にある。
この詩は、中宗が驪山へ行幸し、その頂上からの眺望を詠出した詩に奉和したものである。その時の様子と中宗の詩が、『唐詩紀事』巻一の「中宗」に

登㆓驪山高頂㆒(87)詩云、四郊秦漢國、八水帝王都。閶闔雄㆓里閈㆒、城闕壯㆓規模㆒。貫㆑渭稱㆓天邑㆒、含㆑岐實㆓奧區㆒。金門披㆓王館㆒、因㆑此識㆓黃圖㆒。帝自題序末云、人題四韻、後罰三盃。日暮成者五六人、餘皆罰酒。

とみえ、更に、その時奉和した劉憲・蘇頲・武平一の三人の詩も掲載されている。
行幸して詠出した時期については、『舊唐書』巻七の「中宗紀」に

（景龍三年）十二月甲辰、曲賜㆓新豐縣㆒、百姓給復一年、行從官賜㆓勳一轉㆒。是日幸㆓驪山㆒。

とあるが、『資治通鑑』巻二百九の「唐紀二十五」には

甲午、上幸㆓驪山溫湯㆒。

とある。「甲辰」は二十二日で、「甲午」は十二日である。『新唐書』巻四の「中宗紀」に

（景龍三年）十二月甲午、如㆓新豐溫湯㆒。甲辰、赦㆓新豐㆒。給復一年、賜㆓從官勳一轉㆒。乙巳、至㆑自㆓新豐㆒。

とあるので、甲辰は甲午の誤りである。従って、景龍三年十二月十二日とする。

當日、賦詠した群臣の作で現存するものは次の如くである。

奉下和登二驪山高頂一寓目上應制　　崔湜

名山何壯哉、玄覽一徘徊。御路穿レ林轉、旌門倚レ石開。煙霞肘後發、河塞掌中來。不レ學二蓬壺遠一、經レ年猶未レ迴。

（上平聲灰韻）（全唐詩卷五十四）

前　同　　李乂

崖巘萬尋懸、居レ高敞二御筵一。行戈疑レ駐レ日、步輦若レ登レ天。城闕霧中近、關河雲外連。謬陪二登岱駕一、欣奉二濟汾篇一。

（下平聲先韻）（全唐詩卷九十二）

前　同　　武平一

鑾輿上二碧天一、翠帟拖二晴煙一。絕巘紆二仙徑一、層巖敞二御筵一。雲披二丹鳳闕一、日下二黑龍川一。更覩南熏奏、流聲入二管弦一。

（下平聲先韻）（全唐詩卷一百二）

前　同　　趙彥昭

皇情遍二九垓一、御輦駐二昭回一。路若二隨レ天轉一、人疑二近レ日來一。河看二大禹一鑿、山見二巨靈一開。願扈二登封駕一、常持二薦壽杯一。

（上平聲灰韻）（全唐詩卷一百三）

奉下和聖製登二驪山高頂一寓目上應制　　劉憲

驪阜鎮二皇都一、鑾遊眺二八區一。原隰旌門裏、風雲扆座隅。直城如二斗柄一、官樹似二星楡一。從臣詞賦末、濫得二上天衢一。

（上平聲虞韻）（全唐詩卷七十一）

前　同　　蘇頲

仙蹕御二層氛一、高高積翠分。巖聲中谷應、天語半空聞。豐樹連二黃葉一、函關入二紫雲一。聖圖恢二宇縣一、歌賦小橫

汾。　（上平聲文韻）（全唐詩巻七十三）

前　同　　張說

寒山上㆓半空㆒、臨眺盡㆓寰中㆒。是日巡遊處、晴光遠近同。川明分㆓渭水㆒、樹暗辨㆓新豐㆒。巖壑淸音暮、天歌起㆓大風㆒。　（上平聲東韻）（全唐詩巻八十七）

奉㆔和登㆓驪山㆒應制　　閻朝隱

龍行踏㆓絳氣㆒、天半語相聞。混沌疑㆓初判㆒、洪荒若㆓始分㆒。　（上平聲文韻）（全唐詩巻六十九）

以上八首のうち、閻朝隱の詩だけが五言四句になっている。閻朝隱が群臣と一緒に詠出したとすれば、群臣の詩が五言律詩の詩形を採用しているので、當然、閻朝隱の詩も五言律詩であったはずである。從って、閻朝隱の詩は後半の四句が脱落したものである。

景龍三年（七〇九）十二月十四日の作

奉和幸韋嗣立山莊侍宴　應制（韋嗣立《いしりつ》の山莊《さんそう》に幸し侍宴《じえん》すに奉和す　應制）

南洛師臣契　　南洛《なんらく》は師臣《ししん》の契《ちぎり》、
東巖王佐居　　東岩は王佐《おうさ》の居。
幽情遺紱冕　　幽情《ゆうじょう》は紱冕《ふつべん》を遺《わす》れ、
宸眷屬樵漁　　宸眷《しんけん》は樵漁《しょうぎょ》に屬す。
制下峒山蹕　　制《せい》は下《くだ》る峒山《どうざん》の蹕《ひつ》、
恩回灞水輿　　恩は回《めぐ》る灞水《はすい》の輿《よ》を。

松門駐旌蓋
薜幄引簪裾
石磴平黄陸
煙樓半紫虚
雲霞仙路近
琴酒俗塵疏
喬木千齡外
懸泉百丈餘
崖深經錬藥
穴古舊藏書
樹宿搏風鳥
池潛縱壑魚
寧知天子貴
尙憶武侯廬

松門は旌蓋《せいがい》を駐《とど》め、
薜幄《へいあく》は簪裾《しんきよ》を引く。
石磴《せきとう》は黄陸《こうりく》に平かに、
煙樓《えんろう》は紫虚《しきよ》に半《なか》ばす。
雲霞《うんか》は仙路《せんろ》に近く、
琴酒は俗塵《ぞくじん》に疏《そ》なり。
喬木《きようぼく》　千齡《せんれい》の外、
懸泉《けんせん》　百丈《ひやくじよう》の餘。
崖《がけ》深くして經《かつ》て藥を錬《ね》り、
穴《あな》古くして舊《もと》書を藏《ぞう》す。
樹は搏風《たんぷう》の鳥を宿《やど》し、
池は縱壑《しようがく》の魚を潛《ひそ》む。
寧《なん》ぞ知らん天子の貴にして、
尙《なお》武侯の廬《いほり》を憶《おも》ふを。（上平聲魚韻）

徐氏は景龍三年十二月の作とする。

韋嗣立（字、延搆。六五四〜七一九）については、『舊唐書』巻八十八、『新唐書』巻一百十六に傳記を記載するが、『全唐詩』巻九十一所載の詩人紹介にみえる韋嗣立の傳記が要領よく纏められているのでこれに従う。

韋嗣立、字延搆、鄭州人。第二進士一。則天時、拜二鳳閣侍郎・同鳳閣鸞臺平章事一。神龍中、爲二修文館大學士一、與二兄承慶一代レ相。嘗於二驪山一搆二別業一、中宗臨レ幸、令二従レ官賦一レ時、自爲製レ序、因封爲二逍遙公一。睿宗時、拜二中書令一。開元中、謫二岳州別駕一、遷二辰州刺史一卒。

この詩は、中宗が韋嗣立の山荘へ行幸した折、宴を開き、群臣に詩を賦詠させた。その時、陪席して詠出したものである。この時の様子を『唐詩紀事』巻十一の「韋嗣立」は

嗣立庄在二驪山鸚鵡谷一。中宗幸レ之。嗣立獻二食百轝及木器藤盤等物一。上封爲二逍遙公一、谷爲二逍遙谷一、原爲二逍遙原一。中宗留レ詩、從臣屬和。嗣立竝鐫二于石一、請二張説一爲二之序一、薛稷書レ之。

と傳える。この詩の詠出時期については、『唐詩紀事』巻九の「李適」に

（景龍三年）十二月十四日、幸二韋嗣立庄一。拜二嗣立逍遙公一、名二其居一曰二清虚原幽栖谷一。

とあるので明白である。從って『唐會要』巻二十七の「行幸」にみえる

景龍二年十二月、幸二新豐溫湯一廻、幸二兵部尚書韋嗣立山莊一、封爲二逍遙公一。改二鳳凰原一爲二清虚原一、鸚鵡谷爲二幽棲谷一。

の「景龍二年」は「景龍三年」の誤りである。「景龍二年」が誤りであることは、『舊唐書』巻七の「中宗紀」にみえる

景龍三年、十二月甲子、上幸二新豐之溫湯一。庚子、幸二兵部尚書韋嗣立莊一、封二嗣立一爲二逍遙公一、上親製レ序賦レ詩。便遊二白鹿觀一。

によっても明らかである。

この時、賦詠した群臣の作で現存するものは次の如くである。

奉下和幸二韋嗣立山莊一侍宴上應制　　崔湜

丞相登二前府一、尙書啓二舊林一。式レ閭明主睿、榮レ族聖嬪心。川狹旌門抵、巖高蔽帳臨。閒窗憑レ柳暗、小徑入レ松深。雲卷千峯色、泉和萬籟吟。蘭迎二天女佩一、竹礙二侍臣簪一。宸翰三光燭、朝榮四海欽。還嗟絕レ機叟、白首漢川陰。　（下平聲侵韻）（全唐詩卷五十四）

前　同　劉憲

東山有二謝安一、枉レ道降二鳴鑾一。緹騎分二初日一、霓旌度二曉寒一。雲蹕巖間下、虹橋澗底盤。幽棲俄以屆、聖矚宛餘歡。崖懸二飛溜一直、岸轉二綠潭一寬。桂華堯酒泛、松響舜琴彈。明主恩斯極、賢臣節更殫。不才叨二侍從一、詠レ德以濡レ翰。　（上平聲寒韻）（全唐詩卷七十一）

前　同　武平一

三光回二斗極一、萬騎肅二鉤陳一。地若レ遊二汾水一、畋疑レ歷二渭濱一。圓塘冰寫レ鏡、遙樹露成レ春。弦奏二魚聽一レ曲、機忘二鳥狎一レ人。築巖思レ感レ夢、磻石想レ垂レ綸。落景搖二紅壁一、層陰結二翠筠一。素風紛可レ尙、玄澤藹無レ垠。薄暮清笳動、天文煥二紫宸一。　（上平聲眞韻）（全唐詩卷一百二）

前　同　趙彥昭

賢族唯題レ里、儒門但署レ鄉。何如表二巖洞一、宸翰發二輝光一。地在二茲山曲一、家臨二部水陽一。六龍駐二旌罕一、四牡耀二旂常一。北斗臨二台座一、東山入二廟堂一。天高羽翼近、主聖股肱良。野竹池亭氣、村花澗谷香。縱然懷二豹隱一、空愧躡二鵷行一。　（下平聲庚韻）（全唐詩卷一百三）

奉三和幸二韋嗣立山莊一應制　蘇頲

摐レ金寒野霽、步レ玉曉山幽。帝幄期二松子一、臣廬訪二葛侯一。百工徵往夢、亡聖扈來遊。斗柄乘レ時轉、台階捧レ日留。樹重巖籟合、泉迸水光浮。石徑喧二朝履一、璜溪擁二釣舟一。恩如二犯レ星夜一、歡擬二濟レ河秋一。不レ學二堯年隱一、

空令レ傲二許由一。　（下平聲尤韻）（全唐詩卷七十四）

侍二宴韋嗣立山莊一應制　徐彦伯

鼎臣休二澣隙一、方外結二遙心一。別業青霞境、孤潭碧樹林。每馳二東墅策一、遙弄二北溪琴一。帝眷紓二時豫一、台園賞二歳陰一。移二鑾明月沼一、張二組白雲岑一。御酒瑤觴落、仙壇竹徑深。三光懸二聖藻一、五等冠二朝簪一。自レ昔皇恩感、咸言獨自レ今。　（下平聲侵韻）（全唐詩卷七十六）

扈二從幸二韋嗣立山莊一應制幷序　張說

寒灰飛二玉琯一、湯井駐二金輿一。既得二方明相一、還尋二大隗居一。懸泉珠貫下、列帳錦屏舒。騎遠林逾密、笳繁谷自虛。門旗塹二複磴一、殿幕裹二通渠一。舞鳳迎二公主一、雕龍賦二婕妤一。地幽天賞洽、酒樂御筵初。菲才叨二侍從一、連藻愧レ應レ徐。　（上平聲魚韻）（全唐詩卷八十八）

陪二幸韋嗣立山莊一應制　李乂

樞掖調レ梅暇、林園種レ樺初。入レ朝榮二劍履一、退レ食偶二琴書一。地隱二東巖室一、天迴二北斗車一。旌門臨二窈窱一、輦道屬二扶疏一。雲罕明二丹谷一、霜笳徹二紫虛一。水疑二投石處一、谿似二釣璜餘一。帝澤頒二卮酒一、人歡頌二里閭一。一承二黃竹詠一、長奉二白茆居一。　（上平聲魚韻）（全唐詩卷九十二）

陪二幸韋嗣立山莊一　沈佺期

臺階好二赤松一、別業對二青峯一。茆室承二三顧一、花源接二九重一。虹旗縈二秀木一、鳳輦拂二疏筇一。逕直千官擁、溪長萬騎谷。水堂開二禹膳一、山閣獻二堯鍾一。皇鑑清居遠、天文睿獎濃。巖泉他夕夢、漁釣往年逢。共榮丞相府、偏降逸人封。　（上平聲冬韻）（全唐詩卷九十七）

景龍三年（七〇九）十二月十四日の作

奉㆔和聖製幸㆓韋嗣立山莊㆒　應制（聖製《せいせい》の韋嗣立の山莊に幸すに奉和す　應制）

萬騎千官擁帝車　萬騎千官　帝車を擁《よう》し、
八龍三馬訪仙家　八龍三馬　仙家を訪ふ。
鳳皇原上開青壁　鳳皇《ほうおう》原上　青壁を開き、
鸚鵡杯中弄紫霞　鸚鵡《おおむ》杯《はい》中　紫霞《しか》を弄《ろう》す。（下平聲麻韻）

徐氏は景龍三年十二月十四日の作とする。

この詩は、前の「奉和幸韋嗣立山莊侍宴應制」詩と同時（景龍三年十二月十四日）に詠出されたものである。前詩が五言排律であるのに對して、この詩は七言絶句である。兩詩には詩形の違いだけではなく、賦詩の對象に相違がある。卽ち、この詩の題には「聖製」の二字が冠せられていることである。このことは中宗に七言絶句の「幸韋嗣立山莊」の詩があって、群臣がその詩に奉和したことを意味する。但し、中宗の詩は現存しない。

この時、賦詠した群臣の作で現存するものは次の如くである。

奉㆔和聖製幸㆓韋嗣立山莊㆒應制　張説

西京上相出㆓扶陽㆒、東郊別業好㆓池塘㆒。自㆑非㆔仁智符㆓天賞㆒、安能日月共回㆑光。
（上平聲陽韻）（全唐詩卷八十九）

前同　武平一

鳴鑾赫奕下㆓重樓㆒、羽蓋逍遙向㆓一丘㆒。漢日唯聞白衣寵、唐年更覩赤松遊。
（下平聲尤韻）（全唐詩卷一百二）

前同　趙彥昭

廊廟心存巖壑中、鑾輿矚レ在二灞城東一。逍遙自在蒙二莊子一、漢主徒言河上公。（上平聲東韻）（全唐詩卷一百三）

奉三和聖製幸二韋嗣立山莊一　劉憲

非レ吏非レ隱晉二尙書一、一丘一壑降二乘輿一。天藻緣レ情兩曜合。山卮獻レ壽萬年餘。（上平聲魚韻）（全唐詩卷七十一）

前　同　蘇頲

樹色參差隱二翠微一、泉流百尺向レ空飛。傳聞此處投レ竿住、遂使三茲辰扈レ蹕歸一。（上平聲微韻）（全唐詩卷七十四）

奉下和幸二韋嗣立山莊一侍上宴應制　李乂

曲榭迴廊繞二澗幽一、飛泉噴下溢二池流一。祇應三感二發明王夢一。遂得三邀二迎聖帝遊一。（下平聲尤韻）（全唐詩卷九十二）

奉三和幸二韋嗣立山莊一應制　崔湜

竹徑桃源本出レ塵、松軒茅棟別驚レ新。御レ蹕何須二林下一駐。山公不三是俗中人一。（上平聲眞韻）（全唐詩卷五十四）

前　同　沈佺期

東山朝日翠屏開、北闕晴空綵仗來。喜遇二天文七曜動一。少微今夜近二三臺一。（上平聲灰韻）（全唐詩卷九十七）

景龍三年（七〇九）十二月十五日の作

幸白鹿觀　應制（白鹿観《はくろくかん》に幸す　應制）

駐　蹕　三　天　路　　蹕《ひつ》を駐《とど》む三天の路、
回　旃　萬　仞　谿　　旃《はた》を回《めぐ》らす萬仞《ばんじん》の谿《たに》。
眞　庭　羣　帝　饗　　眞庭《しんてい》　羣帝　饗《もてな》し、

洞府百靈棲　　洞府《どうふ》　百靈棲《す》む。
玉酒仙壚釀　　玉酒は仙壚《せんろ》釀《かも》し、
金方暗壁題　　金方は暗壁《あんぺき》題す。
佇看青鳥入　　佇《たたず》みて青鳥《せいちょう》の入るを看《み》、
還陟紫雲梯　　還《また》紫雲の梯《はしご》を陟《のぼ》る。（上平聲齊韻）

徐氏は景龍三年十二月の作とする。

　白鹿觀について解說したものをまだ目にしたことはないが、詩中の「三大路」「眞庭」「洞府」「玉酒」「仙壚」「金方」「青鳥」などの語によって道觀であることがわかる。「白鹿觀」の所在について、『新唐書』巻二百二の「李適傳」に

　（景龍三年）冬、幸二新豐一、歷二白鹿觀一、上二驪山一、賜二浴場池一、給二香粉蘭澤一、云云

とあるので、都から驪山へ行く途中にあると思われる。そして、「白鹿觀」という名稱からこの道觀が白鹿に關係あることが予測できる。そこで、驪山の近くで「白鹿」の付く地名を擧げると、『水經注』巻十九の「渭水」に引く『三秦記』に

　麗山西有二白鹿原一。云云

とあり、その白鹿原は驪山の西、即ち都から驪山へ行く途中に位置している。また、白鹿原の由來について、『後漢書』の「志十九・郡國一」の「新豐有二驪山一」の注所引の『三秦記』には

　（新豐）縣西有二白鹿原一。周平王時、白鹿出。

とあり、周の平王の時に白鹿が出現したことに因んで命名されたようである。従って、「白鹿觀」が「白鹿原」の地名に基づいていることは明白で、その昔、「白鹿觀」が「白鹿原（今の陝西省長安縣の東）」に實在していたと考えられる。

この詩は、中宗が白鹿觀に行幸した折、群臣と一緒に詩を詠出し、その御製詩に奉和して詠出したものである。中宗に御製詩があったことは、劉憲や張說の詩題に「奉三和聖製幸二白鹿觀一應制」とあることによってわかる。しかし、中宗の詩は現存していない。

その詠出時期について、『唐詩紀事』巻九の「李適」に

（景龍三年十二月）十五日、幸二白鹿觀一。

とあるので明白である。

その時、賦詠した群臣の作で現存するものは次の如くである。

奉三和聖製幸二白鹿觀一應制　　張說

洞府寒山曲、天遊日旰迴。披レ雲看二石鏡一、拂レ雪上二金臺一。竹徑流驂下、松庭鶴轡來。雙童還獻レ藥、五色耀二仙材一。（上平聲灰韻）（全唐詩巻八十七）

奉三和幸二白鹿觀一應制　　劉憲

玄遊乘二落暉一、仙宇藹二霏微一。石梁縈レ澗轉、珠旆掃レ壇飛。芝童薦二膏液一、松鶴舞二驂騑一。還似三瑤池上、歌二成周馭歸一。（上平聲微韻）（全唐詩巻七十一）

前　同　　武平一

玉府淩二三曜一、金壇駐二六龍一。綵旒懸二倒景一、羽蓋偃二喬松一。玄圃靈芝秀、華池瑞液濃。謬因レ沾二舜渥一、長願二奉レ堯封一。（上平聲冬韻）（全唐詩巻一百二）

前　同　　趙彦昭

雲驂驅二半景一、星蹕坐二中天一。國誕玄宗聖、家尋碧落仙。玉杯鸞薦レ壽、寶算鶴知レ年。一覩二光華旦一、欣承二道德

篇一。　　（下平聲先韻）（全唐詩卷一百三）

幸二白鹿觀一應制　　崔湜

御旗探二紫籙一、仙仗闢二丹丘一。捧レ藥芝童下、焚レ香桂女留。鸞歌無二歲月一、鶴語記二春秋一。臣朔眞何幸、常陪二漢武遊一。　　（下平聲尤韻）（全唐詩卷五十四）

前　同　　蘇頲

碧虛淸吹下、藹藹入二仙宮一。松磴攀レ雲絕、花源接レ澗空。受レ符邀二羽使一、傳レ訣注二香童一。詎似二閒居日一、徒聞レ有二順風一。　　（上平聲東韻）（全唐詩卷七十三）

前　同　　徐彥伯

鳳輿乘二八景一、龜籙向二三仙一。日月移二平地一、雲霞綴二小天一。金童擎二紫藥一、玉女獻二靑蓮一。花洞留二宸賞一、還旗繞二夕煙一。　　（下平聲先韻）（全唐詩卷七十六）

前　同　　李乂

制レ蹕乘二驪阜一、迴レ輿指二鳳京一。南山四皓謁、西嶽兩童迎。雲幄臨二懸圃一、霞杯薦二赤城一。神明近二茲地一、何必往二蓬瀛一。　　（下平聲庚韻）（全唐詩卷九十二）

前　同　　沈佺期

紫鳳眞人府、斑龍太上家。天流芝蓋下、山轉桂旗斜。聖藻垂二寒露一、仙杯落二晚霞一。唯應レ問二王母一、桃作二幾時花一。　　（下平聲麻韻）（全唐詩卷九十六）

景龍四年（七一〇）正月七日の作

人日侍宴大明宮恩賜綵縷人勝　應制（人日《じんじつ》　大明宮に侍宴《じえん》し、綵縷《さいる》の人勝《じんしょう》を恩賜《おんし》す　應制）

鳳城景色已含韶　鳳城《ほうじょう》の景色は已《すで》に韶《しょう》を含み、
人日風光倍覺饒　人日の風光　倍〻《ますます》饒《ゆた》かなるを覺《おぼ》ゆ。
桂吐半輪迎此夜　桂は半輪《はんりん》を吐《は》きて此の夜を迎え、
蓂開七葉應今朝　蓂《めい》は七葉を開きて今朝に應《こた》ふ。
魚猜水凍行猶澁　魚は水の凍《こお》るを猜《おそ》れ行くこと猶澁《なおしぶ》り、
鶯喜春熙弄欲嬌　鶯は春の熙《かがやき》を喜び弄《たわむ》れて嬌《なまめか》しくならんと欲す。
愧奉登高搖彩翰　登高を奉《うけたまわ》り彩翰《さいかん》を搖《うご》かさんことを愧《は》ぢ、
欣逢御氣上丹霄　御氣に逢ひて丹霄《たんしょう》に上らんことを欣《よろこ》ぶ。（下平聲蕭韻）

徐氏は景龍四年正月の作とする。

「人日」については、「奉㆘和人日清暉閣宴㆓群臣㆒遇㆖雪應制」を參看。大明宮は唐の宮殿の名で、『舊唐書』卷三十八の「地理一」の「關內道・京師」に

京師西有㆓大明・興慶二宮㆒、謂㆓之三內㆒。[88] 有㆓東西兩市㆒。（中略）東內曰㆓大明宮㆒、在㆓西內之東北㆒。高宗龍朔二年置。正門曰㆓丹鳳㆒、正殿曰㆓含元㆒、含元之後曰㆓宣政㆒。宣政左右有㆓中書門下二省・弘文史二館㆒。

とある。

この詩は、中宗が人日（正月七日）に大明宮で宴會を開催し、群臣に綵縷の首飾を賜った時に詠出したものである。その詠出時期については、『唐詩紀事』卷九の「李適」に

（景龍四年正月）七日、重宴㆓大明殿㆒、賜㆓綵鏤人勝㆒、又㆓觀打毬㆒。

とあるので明白である。また、これに據れば、人日の宴後、ポロを觀戰したと傳える。
この時、賦詠した群臣の作で現存するものは次の如くである。

奉下和人日重宴二大明宮一恩中賜綵縷人勝上應制　崔日用

新年宴樂坐二東朝一、鐘鼓鏗鍠大樂調。金屋瑤筐開二寶勝一、花箋綵筆頌二春椒一。曲池苔色冰前液、上苑梅香雪裏嬌。宸極此時飛二聖藻一、微臣竊抃預聞レ韶。（下平聲蕭韻）（全唐詩卷四十六）

人日重宴二大明宮一恩二賜綵縷人勝一應制　蘇頲

疏二龍磴道一切二昭回一、建二鳳旗門一繞二帝臺一。七葉仙蓂依レ月吐、千株御柳拂レ煙開。初年競貼宜二春勝一、長命先浮獻二壽杯一。是日皇靈知二竊幸一、羣心就捧大明來。（上平聲灰韻）（全唐詩卷七十三）

前同　李乂

詰レ旦行春上苑中、憑レ高卻下大明宮。千年執レ象寰瀛泰、七日爲レ人慶賞隆。鐵鳳曾騫搖二瑞雪一、銅烏細轉入二祥風一。此時朝野歡無レ算、此歲雲天樂未レ窮。（上平聲東韻）（全唐詩卷九十二）

前同　沈佺期

拂レ旦鷄鳴仙衞陳、憑レ高龍首帝城春。千官黼帳杯前壽、百福香匳勝裏人。山鳥初來猶怯レ囀、林花未レ發已偸レ新。天文正應韶光轉、設レ報懸知用二此辰一。（上平聲眞韻）（全唐詩卷九十六）

前同　鄭愔

瓊殿含レ光映二早輪一、玉鑾嚴レ蹕望二初晨一。池開二凍水一仙宮麗、樹發二寒花一禁苑新。佳氣裴回籠二細網一、殘霙淅瀝染二輕塵一。良時荷澤皆迎レ勝、窮谷晞レ陽猶未レ春。（上平聲眞韻）（全唐詩卷一百六）

奉下和人日宴二大明宮一恩中賜綵縷人勝上應制　韋元旦

鸞鳳旌旗拂レ曉陳、魚龍角觝大明辰。青韶既肇人爲レ日、綺勝所成日作レ人。聖藻淩レ雲裁レ柏賦、仙歌促レ宴摘レ梅春。垂旒一慶宜レ年酒、朝野倶歡薦レ壽新。（上平聲眞韻）（全唐詩卷六十九）

前　同　　馬懷素

日宇千門平旦開、天容萬象列二昭回一。三陽候レ節金爲レ勝、百福迎レ祥玉作レ杯。就二暖風一光偏著レ柳、辭二寒雪一影半藏レ梅。何幸得下參二詞賦一職上。自憐終乏二馬卿才一。（上平聲灰韻）（全唐詩卷九十三）

人日宴二大明宮一恩二賜綵縷人勝一　應制　　李適

朱城待レ鳳韶年至、碧殿疏レ龍淑氣來。寶帳金屛人已帖、圖花學鳥勝初裁。林香近接宜二春苑一、山翠遙添獻二壽杯一向レ夕憑レ高風景麗、天文垂レ耀象二昭回一。（上平聲灰韻）（全唐詩卷七十）

人日侍二讌大明宮一應制　　趙彥昭

寶契無レ爲屬二聖人一、琱輿出レ幸玩二芳辰一。平樓半入二南山霧一、飛閣旁臨二東墅春一。夾路穠花千樹發、垂軒弱柳萬條新。處處風光今日好、年年願レ奉二屬車塵一。（上平聲眞韻）（全唐詩卷一百三）

以上のほかに、『全唐詩』に收錄されていないが、『文苑英華』卷一百七十二の「詩二十二」の「應制五・歲時」に收錄するものがある。

人日重宴二大明宮一恩二賜綵縷人勝一　應制　　閻朝隱

勾芒人面乘二兩龍一、道是春神衛二九重一。綵勝年年逢二七日一、酴醾歲歲蒲二千鍾一。宮梅閒レ雪祥光偏、城柳含レ烟瑞氣濃。醉二倒君前一情未レ盡、願因二歌舞一自爲レ容。（上平聲冬韻）

前　同　　劉憲

禁苑韶年此日歸、東郊道上轉二青旂一。柳色梅芳何處所、風前雪裏覓二芳菲一。開レ冰池內魚新躍、剪レ綵花閒鶯始飛。

欲レ識二君王遊幸氣一、爲觀二天藻一競二春暉一。（上平聲微韻）

右の劉憲の詩は、『全唐詩』巻七十一に「奉和立春內出綵樹應制」と題して收録されているが、その詩題の注に「一作人日大明宮應制」とある。

景龍四年（七一〇）正月八日の作

立春日侍宴內殿出剪綵花　應制　（立春の日　內殿に侍宴し　剪綵花《せんさいか》を出す　應制）

早聞年欲至　早《つと》に聞く年《とし》至らんと欲し、
剪綵學芳辰　剪綵《せんさい》　芳辰に學ぶと。
綴綠奇能似　綠を綴《つづ》り奇にして能く似《に》て、
裁紅巧逼眞　紅を裁《た》ち巧にして眞に逼《せま》る。
花從篋裏發　花は篋裏《きょうり》より發《ひら》き、
葉向手中春　葉は手中に向ひて春《うご》く。
不與時光競　時光と競《きそ》はずして、
何名天上人　何ぞ天上人に名いはんや。（上平聲眞韻）

徐氏は景龍四年正月の作とする。

內殿は奥向きの宮殿。綵花については、『事物紀原』巻八の「歳時風俗部第四十二」の「綵花」に

實録曰、晉惠帝令三宮人插二五色通草花一。漢王符潛夫論、已譏二花采之費一。晉新野君傳、家以レ剪レ花爲レ業、染レ絹爲二芙蓉一、捻レ蠟爲二菱藕一、剪レ梅若レ生之事。按レ此則是花朵起二於漢一、剪レ綵起二於晉一矣。歳時記則亡。今新花、

謝靈運所レ制、疑二綵花一也。唐中宗景龍中、立春日出二剪綵花一。又四年正月八日、立春、令三侍臣迎レ春內出二綵花一、人賜二一枝一。董勛問禮曰、人日造二花勝一相遺、不レ言二立春一。則立春之賜レ花、自二唐中宗一始也。

とある。

この時は、中宗が立春の日に内殿で宴會を催し、その席上、近臣に綵花を賜った。そこに同席していた時に詠出したものである。

その詠出時期については、『唐詩紀事』巻九の「李適」に

(景龍四年正月) 八日立春、賜二綵花一。

とあるので明白である。

この時、賦詠した群臣の作で現存するものは次の如くである。

奉下和聖製立春日侍二宴內殿一出中翦綵花上應制　上官昭容

密葉因レ裁吐、新花逐レ翦舒。攀レ條雖レ不レ謬、摘レ蕊詎知レ虛。春至由來發、秋還未レ肯レ疏。借問桃將レ李、相亂欲二何如一。　(上平聲魚韻)(全唐詩巻五)

前　同　劉憲

上林宮館好、春光獨早知。剪レ花疑二始發一、刻レ燕似二新窺一。色濃輕雪點、香淺嫩風吹。此日叨二陪侍一、恩榮得二數枝一。　(上平聲支韻)(全唐詩巻七十一)

前　同　趙彥昭

剪レ綵迎二初候一、攀レ條故寫レ眞。花隨レ紅意發、葉就レ綠情新。嫩色驚銜レ燕、輕香誤採レ人。應下爲二熏風一拂、能令中芳樹春上。　(上平聲眞韻)(全唐詩巻一百三)

奉和立春日侍㆓宴內㆒出㆓翦綵花㆒應制　　宋之問

金閣妝㆓新杏㆒、瓊筵弄㆓綺梅㆒。人間都未㆑識、天上忽先開。蝶繞㆓香絲㆒住、蜂憐㆓豔粉㆒迴。今年春色早、應㆘為㆓剪刀㆒催㆖。（上平聲灰韻）（全唐詩卷五十二）

立春日侍㆓宴內㆒出㆓剪綵花㆒應制　　蘇頲

曉入㆓宜春苑㆒、穠芳吐㆓禁中㆒。剪刀因裂㆑素、妝粉爲開㆑紅。彩異驚㆓流雪㆒、香饒點㆓便風㆒。裁成識㆓天意㆒、萬物與㆑花同。（上平聲東韻）（全唐詩卷七十三）

立春日內出㆓綵花㆒應制　　沈佺期

合殿春應㆑早、開㆑箱綵預知。花迎㆓宸翰㆒發、葉待㆓御筵㆒披。梅訝香全少、桃驚色頓移。輕㆑生承㆓剪拂㆒、長伴㆓萬年枝㆒。（上平聲支韻）（全唐詩卷九十六）

景龍四年（七一〇）二月二十一日の作

侍宴桃花園詠桃花　應制（桃花園《とうかえん》に侍宴し　桃花を詠ず　應制）

歳去無言忽顦顇　　歳《とし》去れば言無く忽《たちま》ち顦顇《しょうすい》す、
時來含笑吐氛氳　　時來れば笑を含み氛氳《ふんうん》を吐《は》く。
不能擁路迷仙客　　路を擁《ふさ》ぎて仙客を迷はす能《あた》はず、
故欲開蹊待聖君　　故《ゆえ》に蹊《こみち》を開きて聖君を待たんと欲す。（上平聲文韻）

徐氏は景龍四年二月の作とする。

桃花園の所在は明確にされていないが、桃の樹がたくさんある苑であることは容易に想像できる。『長安志』巻六の

「宮室四」に

禁苑在二宮城之北一。東西二十七里・南北三十三里。（中略）苑中宮亭凡二十四所、（中略）桃園亭、去二宮城一四里。

とある。卽ち、西京（長安）にある三苑のうち、禁苑に二十四の宮亭があり、その一つに桃園亭がある。桃園亭の位置は、西京宮城の眞北に西苑があり、その眞北の禁苑の中にある。清の徐松（一七八一～一八四八）は『唐兩京城坊考』卷一の「三苑」の中で

舊紀、景龍四年、宴二桃花園一。疑卽此園。

といい、桃園亭のある桃園を桃花園ではないかという。

この詩は、朔方節度使として北方に赴いていた張亶が歸京したので、中宗が勞をねぎらって、桃花園に一席を設けた時、陪席して詠出したものである。『唐詩紀事』卷九の「李適」に

（景龍四年二月）二十一日、張仁亶至レ自二朔方一、宴二于桃花園一、賦二七言詩一。明日、宴二承慶殿一。李嶠桃花園詞因號二桃花行一。

とあり、詩宴の開宴理由を始め、開催日や更には作詩の際の形式までも記述しているが、當日の有樣をより詳細に記述したものに『景龍文館記』[89]があり、そこには

（景龍）四年春、上宴二於桃花園一。群臣畢從、學士李嶠等各獻二桃花詩一。上令二宮女歌一レ之。辭既淸婉、歌仍妙絕。獻レ詩者舞蹈稱二萬歲一。上勅二太常一簡二二十篇一入二樂府一、號曰二桃花行一。

と傳え、獻詩の樣子が生き生きと描寫されている。また、『唐詩紀事』卷十の「李嶠」には

張亶自二朔方一入レ朝、中宗於二西苑一迎レ之、從臣宴二于桃花園一。云云

とあり、中宗は張亶を西苑に迎え、桃花園で群臣に宴を賜わったことが記載されている。ここには續けて、李嶠のほ

か趙彦伯と一従臣（徐彦伯）の詩が掲載されている。『景龍文館記』[90]に據ると、二十篇が選定されて樂府に入ったとあるので、當時は二十篇以上の獻詩があったことになる。そのうち、現存するものは次の四首である。

侍二宴桃花園一詠二桃花一應制　　蘇頲

桃花灼灼有二光輝一、無數成レ蹊點更飛。爲下見二芳林一含レ笑待、遂同溫レ樹不上レ言レ歸。
（上平聲微韻）（全唐詩巻七十四）

前同　　李乂

綺萼成レ蹊遍籞レ芳、紅英撲レ地滿レ筵香。莫下將二秋宴一傳中王母上。來比春華奉二聖皇一。
（上平聲陽韻）（全唐詩巻九十二）

前同　　趙彦昭

紅萼競燃二春苑一曙、粉茸新吐二御筵一開。長年願レ奉二西王母一、近侍慚レ無二東朔才一。
（上平聲灰韻）（全唐詩巻一百三）

侍二宴桃花園一　　徐彦伯

源水叢花無數開、丹跗紅萼間二青梅一。從レ今結子三千歳、預喜仙遊復摘來。
（上平聲灰韻）（全唐詩巻七十六）

景龍四年（七一〇）四月一日の作

侍宴長寧公主東莊　應制（長寧公主の東莊に侍宴す　應制）

別業臨青甸　　別業《べつぎょう》青甸《せいでん》に臨み、
鳴鑾降紫霄　　鳴鑾《めいらん》紫霄《ししょう》に降る。

長筵鵷鷺集　長筵《ちようえん》に鵷鷺《えんろ》集《つど》ひ、
仙管鳳皇調　仙管《せんかん》に鳳皇調《しら》ぶ。
樹接南山近　樹は南山に接して近く、
煙含北渚遙　煙は北渚《ほくしよ》に含みて遙《はる》かなり。
承恩咸已酔　恩を承《たまわ》りて咸《みなすで》已に酔《よ》ひ、
戀賞未還鑣　戀賞《れんしよう》して未だ鑣《くつわ》を還《かえ》さず。（下平聲蕭韻）

徐氏は景龍四年四月の作とする。

長寧公主については、『新唐書』巻八十三の「長寧公主傳」に詳しいが、簡約されている文が『唐詩紀事』巻一の「中宗」に記載されているので引用する。

長寧公主、韋庶人所レ生、下二嫁楊愼交一。（中略）造二第東都一、府財幾竭。又取二西京高士廉第・左金吾衛廢營一合爲レ宅、作二三重樓一、築レ山浚レ池。帝及后數臨幸、置酒賦レ詩。群臣屬和。故李嶠長寧公主東莊侍宴詩其末云、
承レ恩咸已酔　戀賞未レ還レ鑣。

これによると、長寧公主の東莊は府財が盡きるほどの大邸宅で、敷地内には山や池も造られていたようである。『全唐詩』巻五十八に收録する李嶠のこの詩の題下に、「紀事云」として右文の「群臣屬和」までを引用し、「群臣」を「嶠等」に代えて、「嶠等屬和。卽東莊也。」と注している。この詩の詠出時期について、『唐詩紀事』巻九の「李適」に

（景龍四年）四月一日、幸二長寧公主莊一。

とあるので明白である。

この詩は、中宗が長寧公主の東莊へ行幸した折、陪席して詠出したものである。

この時、賦詠した群臣の作で現存するものは次の如くである。

侍㆓宴長寧公主東莊㆒應制　崔湜

沁園東郭外、鸞賀一遊盤。水榭宜㆑時陟、山樓向㆑晩看。席臨㆓天女㆒貴、杯接㆓近臣㆒歡。聖藻懸㆓宸象㆒、微臣竊仰觀。（上平聲寒韻）（全唐詩卷五十四）

前　同　李適

鳳樓紆㆓睿幸㆒、龍舸暢㆓宸襟㆒。歌舞平陽第、園亭沁水林。山花添㆓聖酒㆒、澗竹繞㆓熏琴㆒。願奉㆓瑤池駕㆒、千春侍㆓德音㆒。（下平聲侵韻）（全唐詩卷七十）

前　同　李乂

紫禁乘㆑宵動、青門訪㆑水嬉。貴遊鱣序集、仙女鳳樓期。合㆑宴簪紳滿、承㆑恩雨露滋。北辰還捧㆑日、東館幸逢㆑時。（上平聲支韻）（全唐詩卷九十二）

前　同　鄭愔

公門襲㆑漢環、主第稱㆓秦玉㆒。池架祥㆓鱣序㆒、山吹鳴㆓鳳曲㆒。拂㆑席蘿薜垂、迴㆑舟芰荷觸。平陽妙舞處、日暮清歌續。（入聲沃韻）（全唐詩卷一百六）

侍㆓宴長寧公主東莊㆒　劉憲

公主林亭地、清晨降㆓玉輿㆒。畫橋飛渡㆑水、仙閣涌臨㆑虛。晴新看㆓蛺蝶㆒、夏早摘㆓芙蕖㆒。文酒娛遊盛、忻叨侍從餘。（上平聲魚韻）（全唐詩卷七十一）

以上の如く、景龍年間以降は、中宗が修文館の構成員（大學士、學士、直學士）や近臣を伴って各地を遊幸し、詩宴を開催している。李嶠は修文館の中心的存在であったから、ほとんど中宗に隨行し、多くの奉和應制詩を賦詠している。

その奉和應制詩も、中宗が崩御された景龍四年六月以降は賦詠されることがなかったようである。

尙、李嶠の詩は以上の詩のほかに多數の詩を詠出しているが、詠出時期が不明の爲登載しなかった。

第三章　結　語

李嶠の屬する李氏は宰相を十七名も輩出した名門で、李嶠は李氏の中の東祖に屬する。東祖からは李嶠のほかに後裔の李絳と李珏の計三名が宰相となっている。李嶠は貞觀十九年（六四五）に生誕し、開元二年（七一四）に沒している。二十歳で進士に及第し、安定尉の縣尉を皮切りに地方役人生活が始まり、二十五歳で入朝し、監察御史・侍御史・給事中を經て潤州司馬として朝廷を出される。しかし、五十歳頃歸朝している。五十三歳で麟臺少監となり、その後一階級低い鳳閣舍人となる。翌年、一氣に同鳳閣鸞臺平章事となり、聖曆元年（六九八）に鸞臺侍郎に轉じ、麟臺監に昇格し、宰相となる。その後、鸞臺侍郎・鳳閣鸞臺平章事を罷めて成均祭酒となる。その後、檢校文昌左丞・東都留守となり、翌年、鳳閣鸞臺平章事・知納言となる。その翌年、內史に遷り、再び成均祭酒・地官（戶部）尚書となる。その後、鳳閣鸞臺三品を罷め、地官尚書となる。中宗が復位し、通州刺史に貶流された。しかし、數ヶ月で再び中央に返り咲き吏部侍郎を拜し開國縣男に封ぜられ、尋いで開國縣公に封ぜられる。翌年（七〇六）、吏部尚書のまま、同中書門下三品となり、三度目の宰相となる。その七ヶ月後に中書令となる。景龍三年（七〇九）、行兵部尚書・同中書門下三品を兼務。唐隆元年（七一〇）、李旦が皇帝に卽位。景雲元年（七一〇）七月、懷州刺史に貶流さる。先天二年（七一三）、李嶠は韋后に「相王（睿宗）の諸子を京師より追放すべきである」と進言した上表文が發見され、玄宗の侍臣の中に「李嶠を誅殺すべきである」と進言するものが出た。時に中書令張說が仲介し、子息の暢が虔州刺史として赴任する際に同行することを許された。朝廷も老臣李嶠の處分に苦勞し、父李嶠の罪はその子暢に及び、暢も中央から地方に轉出され、それに便乗するかたちで、嶠を地方に放出させる策を取ったと考えられる。開元二年（七一四）、七十歳。この年、滁州別駕となる。その後、廬州別駕となって卒去する。

李嶠の生涯を通覽すると、晩年以外は一見、順調な政治生活を送ったようにみえるが、入朝してまもなく、武則天が執政し、李嶠に狄仁傑の取り調べを命ぜられたが、武則天が任命した取調官の張德裕や劉憲らと意が合わず、卽ち武則天の意に沿わず、地方に出されたり、成均祭酒の時、武則天が白司馬坂に大像を建立しようとしたので諫言したが容れられず、地方へ貶竄させられたりしている。

李嶠の場合、手腕を發揮したのは文學の分野においてである。李嶠は官吏時代から文章を書くことが多く、現存するものだけでも表九十四、制四十四、書六、疏四、碑文四、册文二、狀一、啓一、序一、賦一の計百五十八篇がある。中でも敕命の傳達文「制」や上奏文に類する「表」「書」「疏」などが多い。李嶠の名を廣めたのは詩である。その詩の評價を得たのは記錄上、證聖元年（六九五）、武則天の甥である武三思が音頭をとって武后の功德を記す銅柱を建立し、完成を祝して朝士が詩を獻上した。その時の詩「奉和天樞成宴夷夏群寮應制」である。中宗が復位してから、修文館の構成員（大學士、學士、直學士）や近臣を伴って各地を遊幸し、詩宴を開催している。李嶠は修文館の中心的存在であったから、ほとんど中宗に隨行し、多くの奉和應制詩を賦詠している。その奉和應制詩も、中宗が崩御された景龍四年六月以降は詠出されることがなかったようである。

李嶠の場合は自身が詠出した詩のみに目を向けられるが、協同作業で行なう大事業にも貢獻している。それは天下の文人を總動員して編纂した『三敎珠英』一千三百巻である。そこでは文學士として活躍した。また、劉知幾、吳兢、徐堅、崔融、魏知古、徐彥伯、朱敬則などと『唐史』の編纂に參畫し、修書使（編集最高責任者）として腕を振るった。

一緒に働いた崔融や杜審言、蘇味道とは「文章四友」と言われ、彼らが沒した晚年には「文章宿老」として生涯を終えた。

注

第一章　李嶠

（1）『登科記考』（清・徐松撰）卷二十七、附考「進士科」にもみえるが、『登科記考』は『舊唐書』に據る。

（2）『唐尙書省郎官石柱題名考』（清・趙鉞撰）卷五の「封中」にもみえるが、『唐尙書省郎官石柱題名考』は『新唐書』の「宰相世系表」に據る。

（3）『太平廣記』卷二百四十九所載の『大唐傳載』は、「妻」を「鄴」に作り、「竝」を「倂」に作る。

（4）『新唐書』卷七十二上、宰相世系二上に「趙郡李氏定著六房。其一曰二南祖一、二曰二東祖一、三曰二西祖一、四曰二遼東一、五曰二江夏一、六曰二漢中一。」とある。

（5）『唐尙書省郎官石柱題名考』卷五「封中」にみえるが、『新唐書』の「宰相世系表」を引用したもの。

（6）例えば、『中國文學家辭典』（四川人民出版社、一九八三年發行）、『中國文藝辭典』（上海書店、一九八五年發行）、『中國古代文學詞典・第一卷』（廣西人民出版社、一九八六年發行）、『簡明中國古典文學辭典』（江西敎育出版社、一九八六年發行）、『中國文學辭典・古代卷』（三秦出版社、一九八九年發行）がある。

（7）例えば、『中國文學史大事年表』（黃山書社、一九八七年發行）、『中國文化史年表』（上海辭書出版社、一九九〇年發行）、『疑年錄集成』（北京圖書館出版、二〇〇二年發行）所收錢保塘『歷代名人生卒錄』（錢氏淸風室刋、一九三六年）がある。

（8）例えば、王運熙・顧易王主編『中國文學批評史・上』（上海古籍出版社、一九七九年發行）、羅根澤著『中國文學批評史・二』

（上海古籍出版社、一九八四年）、『中國文學史』（江西教育出版社、一九八九年發行）、『唐代文學史・上』（人民文學出版社、一九九五年發行）がある。これまでに文學史は多くあるが、李嶠を取り擧げて記述するものは少ない。縱しんば、李嶠の名前が記載されていても、生沒年まで記述しているものは希である。

（9）これは近藤杢氏の『支那學藝大辭彙』（立命館出版部、昭和十一年發行）を戰後、近藤春雄氏が校訂し、書名を『中國學藝大辭典』（東京元元社、昭和三十四年發行）と變え、それを更に校訂・補正したものである。

（10）『目加田誠著作集』第六卷に收む。

（11）『聞一多全集四』（大安、一九六七年發行）の「詩選與校箋」に收錄する。

（12）『ビブリア』第一輯（昭和二十四年一月）所載。近年、『神田喜一郎全集Ⅱ』（同朋舍、昭和五十八年十一月發行）に收錄する。

（13）『舊唐書』卷六「則天皇后紀」は薛元超の沒年を「光宅元年十二月」とする。

（14）この說話は節錄の形で、『芝田錄』、『鼠璞』（袁張相術）、『五色線』卷下（李嶠帳）、『詩律武庫後集』卷六（伏犀貫枕）、『人倫大統賦』卷下などに採錄されている。

（15）『舊唐書』卷一百九十一「袁天綱傳」及び『太平廣記』卷七十六所載『感定錄』の「袁天綱」にみえる。

（16）宋本『六臣注文選』卷二十六（廣文書局印行　影印）に據る。

（17）『唐尙書省郎官石柱題名考』卷五「封中」及び『登科記考』卷二十七附考「進士科」はこれを採錄する。

（18）『登科記考』卷二十七附考「制科」はこれを採錄する。

（19）唐の杜佑の『通典』卷十五「選擧三」に「科第秀才與二明經一同爲二四等一、進士與二明法一同爲二二等一。然秀才之科久廢、而明經雖レ有二甲乙丙丁四科一、進士有二甲乙二科一。自二武德一以來、明經唯有二丁第一、進士唯乙科而已」とある。

（20）陳熙晉著『駱臨海集箋注』の「附錄」に收錄する。

（21）『唐尙書省郎官石柱題名考』卷五「封中」はこれを採錄する。

（22）『新唐書』卷四「則天皇后紀」はこの期日を「五月庚申」とする。

（23）『全唐文』卷二百四十三所載。

(24)『藝文類聚』巻八十八「木部上、松」所載の應劭の『漢官儀』に「秦始皇上封㆓泰山㆒、逢㆓疾風暴雨㆒、頼得㆓松樹㆒、因復㆓其道㆒、封爲㆓大夫松㆒」とある。

(25)『棠陰比事補編』（明・海虞呉訥輯）に「李嶠列杠」の項目を設けて引用する。

(26)『容齋隨筆』（宋・洪邁著）の「四筆巻十六」の「李嶠楊再思」にも見える。

(27)『新唐書』巻一百二十三「李嶠傳」は「文冊大號令、多㆓主爲㆑之」とある。

(28)『太平廣記』巻二百四十「諂佞二」に同文を採録するが、「鐵三百三十餘萬」を「一百三十餘萬斤」に作り、「錢兩萬七千貫」を「錢二百七千貫」に作る。これは恐らく誤寫であろう。

(29)詩の本文は第二章、第二節　詩人としての李嶠　を參看。

(30)『全唐文』巻二百四十六所載。

(31)『全唐文』巻二百四十七所載。

(32)『思復堂文集』巻九所載。

(33)この内容の節録が『賦話』（清・李調元撰）「巻九」に見える。

(34)『全唐文』巻七百十二所載。

(35)『新唐書』巻四「則天皇后紀」により補足する。

(36)姚元崇の姓名について、『舊唐書』巻六、『新唐書』巻四「則天皇后紀」竝びに『資治通鑑』巻二百六「則天皇后紀中之下」は「姚元崇」に作る。「元崇」が本名であったが、開元以後は年號の名を避けて「崇」と改名した。張説（字、道濟。六六七～七三〇）の「故開府儀同三司上柱國贈揚州刺史大都督梁國公姚文貞公神道碑」（『全唐文』巻二百三十所載）には「公諱崇。字元之。姚姓」と作っているように、「崇」を諱名にも用いられている。

(37)編纂者については、『唐會要』巻三十六「修撰」及び『玉海』巻五十四の「蓺文・總集文章」に二十六名全員の氏名が見える。

(38)唐長孺等編『汪籛隋唐史論稿』（中國社會科學出版社、一九八一年）所載。

(39)杜曉勤著『初盛唐詩歌的文化闡釋』（東方出版社、一九九七年）所載。

(40)『舊唐書』の「本傳」は「功德無窮」に作り、その前文に「……順㆓諸佛慈悲之心㆒」を用いているが、同様の記事が元の高僧念常（號、梅尾）の『佛祖歷代通載』巻十二にも見える。
(41)『舊唐書』巻九十四「盧藏用傳」にも同旨の記事がある。
(42)『新唐書』巻八十七及び『舊唐書』巻五十六「蕭銑傳」に見える。
(43)『新唐書』巻十二上「宰相世系表二上」に見える。
(44)『新唐書』巻一百九「楊再思傳」にも同意の文あり。
(45)『資治通鑑考異』巻二百八「中宗紀」には『御史臺記』『朝野僉載』『實錄』『唐曆統紀』等を引用して、「ここは『朝野僉載』に從う」とする。事件の經過については『御史臺記』が詳しい。『新唐書』巻二百九「姚紹之傳」にもほぼ同旨の記事が見える。
(46)兩唐書の記事はもと『御史臺記』（『通鑑考異』巻二百八所引）にあったものからの引用であろう。
(47)清・趙紹祖撰『新舊唐書互證』巻十三は『新唐書』の「李嶠傳」の「手詔詰讓。嶠惶恐、復視㆑事」を引き、『舊唐書』との相異を指摘する。
(48)『新唐書』巻一百二十二「魏元忠傳」にも見える。
(49)この記事は『資治通鑑』巻二百九「中宗紀」の注にも見えるが、大學士等の人員については、上官昭容が中宗に勸めたことになっている。
(50)この說話は『全唐詩話』巻一「李行言」に引用されている。
(51)『雲南叢書』本に據る。
(52)高田眞治著『詩經上』（漢詩大系本）や石川忠久著『詩經中』（新釋漢文大系本）はこの『詩經原始』說を採用する。
(53)詩は『文苑英華』巻三百二十竝びに『全唐詩』巻七十六に「送㆔特進李嶠入㆓都祔廟㆒」と題して收錄する。
(54)百衲本『舊唐書』は「十九」を「十」に作る。標點本『舊唐書』巻八十八「校勘記」に、「十九、各本原作㆓十人㆒。本巻「史臣曰」明言㆓「預謀者十有九人」㆒、補㆓「九」字㆒」とある。これに據って「十九」とする。
(55)『宋高僧傳』巻三「釋滿月傳」及び『釋氏稽古略』（明・覺岸編）巻三にもみえる。『釋氏稽古略』では「唐隆元年」を「睿宗景雲元年」に作り、「二十部」を「二十部凡八十八巻」に作る。尚、「大學士李嶠」を「學士李嶠」に作るは錯誤か。また、『宋高僧傳』の「義淨傳」は「睿宗永隆元年」に作るが、「永」を「唐」に作るべきである。

(56)『舊唐書』巻七「睿宗紀」は「丙寅」を「戊辰」に作る。

(57)この制詔は『欽定全唐文』巻二十に「斥李嶠制」と題して収録する。

(58)この記事は『舊唐書』巻八十八及び『新唐書』巻一百二十五「蘇瓌傳」にみえるものであるが、兩唐書とも年月日を記載していない。

(59)『舊唐書』の「本傳」には記載がない。『新唐書』の「本傳」に據った。尚、『藝苑卮言』巻八は「年八十八」に作るが誤りである。

(60)『全唐詩』巻八百六十九にも収録する。

第二章 文壇における李嶠

(1)『滄浪詩話』(宋・嚴羽著)に始まり、『唐詩品彙』(明・高棅編撰)に至って定着する。

(2)「皇符」は載初元年(六九〇)四月に上奏されたもので、『册府元龜』巻四百八十二に「李嶠則天朝爲二侍御史一。雍州人唐同泰獻二洛水瑞石一。嶠上二皇符一篇一以美二其事一。有識者多譏レ之」とある。また、この時の詳細が『全唐文』巻二百四十三所載の「爲二百寮一賀二瑞石一表」にみえる。

(3)明の張岱の『夜航船』巻八の「文學」や『郡齋讀書志』巻四上の「李嶠集一巻」の解説文もこれを引用する。

(4)『册府元龜』巻五百五十「詞臣部・恩奬」の「蘇頲」の項にもみえる。

(5)『新唐書』巻一百二十五「蘇瓌傳」や『大唐新語』巻六にもみえる。

(6)『大唐新語』巻六にもみえる。

(7)『新唐書』巻二百一「文藝上、駱賓王傳」や『大唐新語』巻八の「文章」にもみえる。『太平廣記』巻一百九十六「張說」にみえる同文は『大唐新語』から採録する。

（8）清の李調元の『賦話』巻九は後半部を載せる。

（9）宋の祝穆の『事文類聚』別集巻四の「儒學部」に「願讀祕書」と題して、この説話を載せる。

（10）『唐詩談叢』（明・胡震亨撰）巻四はここまでを引用する。

（11）『宋高僧傳』巻一にもみえるように、當時、李嶠は修文館の大學士であったから、「大」字を補充する。

（12）明の胡震亨は『唐詩談叢』巻四や『唐音癸籤』巻二十八の中で唐人に限って引用している。

（13）嚴密にいうと、大足元年十月に「長安」と改元しているので、長安元年とするべきである。

（14）同様の記事が『舊唐書』巻一百二「徐堅傳」にみえる。

（15）『全唐文』巻二百四十七に「論巡察風俗疏」と題して収録する。『舊唐書』巻九十四の「本傳」には「巡按天下、嶠上疏陳其得失」として登載する。

（16）『全唐文』巻二百四十七に「諫建白馬坂大像疏」と題して収録する。

（17）『大唐新語』に詩題は無い。『唐詩二十六家』『唐百家詩（百七十一巻、百八十六巻）』『唐人小集』（以上の三本を以後「集本」と呼稱する）『李趙公集』『全唐詩』に據って補足する。

（18）『李趙公集』『全唐詩』は「迹」に作る。

（19）集本は「銘」に作る。

（20）集本は「弇」に作り、『全唐詩』は「崦」に作る。

（21）集本、『太平廣記』、『李趙公集』『全唐詩』は「庸」に作る。

（22）集本、『李趙公集』『全唐詩』は「方」に作る。

（23）集本、『李趙公集』、『全唐詩』は「頌」に作る。

（24）「灼灼」を集本、『李趙公集』は「的的」に作る。

（25）『太平廣記』は「烟」に作る。

(26) 集本、『李趙公集』は「刼」に作る。
(27) 集本、『李趙公集』、『全唐詩』は「帝」に作る。
(28) 『李趙公集』、『全唐集』は「宸」に作る。集本は欠字。
(29) 集本、『李趙公集』、『全唐詩』は「歌」に作る。
(30) 集本、『李趙公集』、『全唐詩』は「掩」に作る。
(31) 『太平廣記』は「忻」に作る。
(32) 集本、『李趙公集』、『全唐詩』は「覩」に作る。
(33) 集本、『李趙公集』は「山川滿目淚沾衣富貴榮華能幾時」に作る。
(34) ここまでの説話は『明皇雜錄』（唐・鄭處誨撰）や『大唐傳載』（撰者未詳）にも登載する。
(35) 徐定祥は「論李嶠及其詩歌」（『中國古代・近代文學研究』一九九三・四所收）の中で「李嶠歷仕高宗、武后、中宗、睿宗、玄宗五朝、多以朝廷宰輔和御用文人的身份、參與軍國大事、扈從帝王宴游……」という。また、張浩遜は『唐詩分類研究』（江蘇教育出版社、一九九九・十）の第八章、第一節の「初唐咏物詩以駱賓王爲代表」の中で「論說初唐的咏物詩、不能不提及生活在武周至唐中宗時期的御用文人李嶠……」という。（○印は筆者）
(36) 作品を成立順に記載したものに徐定祥著『李嶠詩注』がある。しかし、筆者と製作年の想定に相違するものがあるので、この節を設けた。
(37) 『藝文類聚』巻七十六「內典上、內典」に收錄する。
(38) 陳熙晉著『駱臨海集箋注』の「附錄」に收錄する。
(39) 『徐氏詩注』はこの詩を「歸途中の作」とする。
(40) 『後漢書』巻九「孝獻帝紀第九」に「建安十三年、秋七月、曹操南征㆓劉表㆒。八月丁未、光祿勳郗慮爲㆓御史大夫㆒。壬子、曹操殺㆓大・中大夫孔融㆒、夷㆓其族㆒。是月、劉表卒。少子琮立。琮以㆓荊州㆒降㆑操。冬十月癸未朔、日有㆑食㆑之。曹操以㆓舟師㆒伐㆓孫權㆒。權將周瑜敗㆓之於烏林赤壁㆒」とあり、劉琮が荊州（江陵）で曹操に投降したことを指す。

(41)『漢書』巻六「武帝紀第六」に「元鼎五年、秋、鼃・蝦蟆鬭。遣三伏波將軍路博德出二桂陽一、下二湟水一。樓船將軍楊僕出二豫章一、下二湞水一。歸義越侯嚴爲二戈船將軍一、出二零陵一、下二離水一。甲爲二下瀨將軍一、下二蒼梧一。注云、臣瓚曰、伍子胥書有二下瀨船一」とある。「下瀨」は漢の將軍の名號。「下瀨之師」は水軍を指す。

(42)『吳越春秋』巻九「勾踐陰謀外傳第九」に「越王勾踐十三年、越有二處女一。出二於南林一。國人稱レ善、願王請レ之、立可レ見。越王乃使二使聘一レ之、問以二劍戟之術一。處女將三北見二於王一、道逢二一翁一、自稱曰二袁公一。問二於處女一。吾聞、子善レ劍、願一見レ之。女曰、妾不二敢有一レ所レ隱、惟公試レ之。於レ是、袁公卽杖二箖於竹一、竹枝上頡橋、末墮レ地、女卽捷レ末、袁公則飛上レ樹、變爲二白猿一、遂別去、見二越王一」とある。

(43)『漢書』巻六十四「終軍傳三十四下」に「遣レ軍使二南越一、說二其王一、欲レ令三入レ朝比二內諸侯一。軍自請。願受二長纓一、必羈二南越王一而致二之闕下一。軍遂往說二越王一」や『後漢書』巻八十「禰衡傳第七十」に「終軍欲下以二長纓一牽中致勁越上」とある。

(44)『漢書』巻四十「張良傳第十」にほぼ同一の文有り。

(45)『十三經注疏』（藝文印書館、中華民國五十四年六月）本に據る。

(46)百川學海本（叢書集成新編所收及び海王村古籍叢刊本）に據る。『說郛』（宛委山堂）弓一百四、『說郛』（商務印書館）巻八十七、『增訂漢魏叢書』、『五朝小說大觀』の諸本も同じ。

(47)(45)と同じ。

(48)底本は「蹝」を「蹤」に作る。誤り。

(49)『新唐書』巻四「則天皇后紀」の「天授元年、九月」の條に同意の文がみえる。

(50)『全唐文』巻二百十三所收。（一九八五年五月出版、中華書局）

(51)『全唐詩』は『唐新語』に作る。『大唐新語』の誤り。

(52)第一句目の韻を踏み落している。

(53)借月山房彙鈔（叢書集成新編所收）本に據る。

(54)『全唐詩』巻四十六の狄仁傑の「奉和聖製夏日遊二石淙山一」の詩題に引く注はこの碑文である。

(55)『全唐詩』は「吳」に作るが、活字本、黃本、徐本、英華本によって改む。
(56)『舊唐書』巻九十一「崔玄暐傳」もほぼ同文を記載する。
(57)『舊唐書』巻一百九十上、文苑上「杜審言傳」にもほぼ同文を記載する。
(58)『全唐詩』巻九十六に收錄する。
(59)周紹良主編『唐代墓志匯編上』（上海古籍出版社、一九九二年出版）所收。
(60)『新唐書』巻二百二、文藝中「李邕傳」もほぼ同文を記載する。
(61)『唐會要』は「安定」に作るが、『新唐書』巻八十三「諸帝公主傳」に據って訂正する。
(62)『全唐詩』巻一百三は作者を趙彥昭とし、注に「一作崔日用詩」に作る。『文苑英華』巻一百七十六「應制九、送公主」は作者を崔日用に作る。
(63)『新唐書』巻二百六と『舊唐書』巻一百八十三の外戚「武三思傳」。
(64)『全唐文』巻二百四十一に收錄する。
(65)經訓堂叢書（叢書集成新編所收）本に據る。
(66)この詩は『全唐詩』巻五に收錄する上官昭容の詩と同じである。
(67)奥雅堂叢書（叢書集成新編所收）本に據る。
(68)前出劉憲の詩と同じ。『唐詩紀事』巻九の蕭至忠の作品にこの詩は見えず、劉憲の作品に見えるので、この詩は劉憲の詩である。
(69)徐松撰、李健超增訂『增訂唐兩京城坊考』（一九九六年、三秦出版社）
(70)『寶顏堂訂正荆楚歲時記』（叢書集成新編所收）本にも見える。
(71)宛委山堂本『說郛』に據る。
(72)『歷代高僧傳』（上海書店出版、一九八九年十月刊行）所收本に據る。
(73)『宋高僧傳』巻二十四「玄奘傳」に同詩を記載する。

(74) 『文苑英華』巻一百七十六は作者を「蘇頲」に作る。
(75) 『全唐詩』巻九十二は作者を「韋嗣立」に作る。
(76) 『文苑英華』巻一百七十六は作者を「宋邕」に作るが、「李邕」の誤りである。
(77) 『文苑英華』巻一百七十六は作者を「沈佺期」に作る。
(78) 『全唐詩』巻一百三は作者を「趙彦昭」に作るが、『文苑英華』巻一百七十六は「韋嗣立」の作として収録する。
(79) 『全唐詩』巻六十一は「太平公主」に作る。
(80) 『文苑英華』巻一百七十六は「侍宴安樂公主莊應制」に作る。
(81) 以上は『新唐書』巻八十三「諸帝公主、安樂公主傳」に據る。
(82) 以上は『舊唐書』巻五十一「后妃上、中宗韋庶人傳」に據る。
(83) 『文苑英華』巻一百六十九は「作新」を「祚遙」に作る。今これに從う。
(84) 『唐詩紀事』巻一の「中宗」にほぼ同じ記事を記載する。
(85) 清乾隆調元輯刋本『函海』（叢書集成新編所收）本に據る。
(86) 『文苑英華』巻一百七十は「奉和登驪山高頂寓目應制」に作る。尙、群臣の詩題も同じ。
(87) 『文苑英華』巻一百七十及び『全唐詩』巻二は「登驪山高頂寓目」に作る。尙、『文苑英華』はこの作者を「唐太宗」に作るが「中宗」の誤りである。
(88) 校點本『舊唐書』の校勘記には「據二本巻文義一、〝京師〟二字疑當レ在二下文「有東西兩市」上一、大明宮在二西内之東北一、興慶宮在二東内之南隆慶坊一。此二宮既以二西内一定位、〝西〟疑爲二〝東〟字之誤一」という。
(89) 宛委山堂本『説郛』に據る。『太平御覽』巻九百六十七「果部四、桃」所載の『景龍文館記』も同じ。
(90) 寶顔堂祕笈本『珍珠船』（叢書集成新編所收）巻三にこれを踏襲して「李嶠等作二桃花詩一。帝令下擇二二十篇一入中樂府上。謂二之桃花行一」という。

第二部　書誌篇

はじめに

『李嶠雜詠詩』は『李嶠百詠』『李嶠百二十詠』などと名稱を變えて通行している。その『李嶠雜詠詩』には詩の本文のみを登載する無注本と、詩に注を付する有注本とがある。そこで、先に無注本の傳本を調査し、その後で有注本を調査する。

第一章 無注本

『李嶠雜詠詩』は、元來、中國から傳來したものであるが、歳月を經るうちに、中國では散佚してしまい、日本にのみ傳存することになった所謂「佚書」である。日本に傳存する諸本は日本で刊行されたもので、中國で刊行されたものは現存しない。古いものは全て寫本で、江戸時代になってから、印刷物が活潑に刊行され始めて、版本が出回るようになった。從って、現在、中國で發刊されているもの（一本を除いて全てが叢書所收本）は、日本から中國に渡ったものを原本として刊行されたものばかりである。

本來なら、中國の傳本から論ずべきであるが、以上のような事情から、日本における諸本から論述することにする。

第一節　日本における寫本

第一項　御物本（平安時代寫）

1　東山文庫本

これは嵯峨天皇（七八六〜八四一）の筆に成るという所謂宸翰本で、我國に現存する『李嶠雜詠詩』の最古の寫本である。

現存する詩は、乾象部の「日」詩から坤儀部の「洛」詩までの詩と、芳草部の「蘭」詩の計二十一首である。そのうち、乾象部の「日」詩から坤儀部の「洛」詩までの二十首は、京都の東山文庫に保存され、芳草部の「蘭」詩の一首は京都の陽明文庫の手鑑に貼りこまれている。

東山文庫に現藏する『李嶠雜詠詩』は周知の如く、近衛家に傳えられていたもので、明治十一年に皇室に獻上されたといわれている。(1)直接、手に取って調査することはできないが、現在、影印本などによってその全貌を知ることができる。東山文庫本で最も原本の雰圍氣を留めているのは、明治の末年に發行された『書苑』の影印本で、原色を以て復元されている。『書苑』には四回に分けて掲載されており、第一回は第三號（明治四十四年十二月）、第二回は第四號（同四十五年二月）、第三回は第六號（同年四月）、第四回は第九號（同年七月）に載す。『書苑』のほかには、『書跡名品叢刊』(二玄社)や『日本名筆全集』第一期巻一(書藝文化院)や『書道藝術』巻十三(中央公論社、昭和五十一年八月刊)や『書道基本名品集』行書篇巻十(雄山閣、昭和六十年五月刊)などに収められている。

古寫本の寸法は、『書跡名品叢刊』によると、「縦二十六・一cm、横二百三十五cm」『日本名筆全集』によると「縦八寸六分五厘(二十六・二cm)、全長七尺七寸六分(二百三十八・三cm)の巻子本である」という。使用された料紙について、大口周魚氏は、御物藤三娘樂毅論・同王羲之尺牘・弘法大師座右銘等に使用された唐の白麻紙である(2)といい、『陽明文庫名寶圖録』の解説には「麻紙で縦の漉き目が顯著なところから縦簾紙といわれる」とある。

文字について、堀江知彦氏が「書風はまことに奇峭遒勁、すこぶる精彩に富む名筆である。筆者を嵯峨天皇と傳えるが確證はない。しかし、空海が天皇に獻じた書蹟の中に歐陽詢があったというからには、詢を學ばれたであろうことは想像に難くないし、光定戒牒のある部分にはそれを裏づけるような筆致が見えるから、この傳えを無碍に退けることもどうかと思う。また、これを歐陽詢の執筆と見る説もある。これが詢の書といわれる史事帖などに酷似するからであろう。だが、詢は貞觀十五年(六四一)に沒した。李嶠は一説に開元二年(七一四)に年七十で沒したともいわれるから、それに從うなら、李嶠は詢の沒後に生まれたことになるので、歐陽詢説は問題にならない。とすれば、歐法をよくした何びとかの筆蹟がたまたまわが國に渡ってきたとも考えられる。いずれにしても、天皇のご執筆か、舶載品か、今にわかに決定するのは困難という外はあるまい(3)」といい、飯島春敬氏は「所傳のように嵯峨天皇とするには、直筆である光定戒牒とも同筆とはいえない。殊に痛いばかりに嚴しい用筆法は、日本人の性向からすると極めて異質的であるから、中國より將來されたものであろう(4)」と解説しておられる。孰れにしても、名筆であることに間違いなく、然るべき評價を受けている。

2　陽明文庫本

これは斷簡であるから陽明文庫本というには相應しくないが、便宜上、このように呼ぶ。この斷簡は手鑑に貼りこまれているもので、詩一首が記載されている。その詩は芳草部の第一番目に位置する「蘭」詩である。この斷簡は前の東山文庫のものと同一種であることはよく知られている。斷簡の寸法は、縦二十六・一cm、横十三・一cm[5]とか、縦二十六・一cm、横十三cm[6]ともいわれる。

第二項　建治本

建治本には田中氏所藏の田中本と、その轉寫本である陽明文庫本がある。

1　田中本

この寫本は田中教忠翁の藏書で、嫡孫の田中穰氏が所藏しており、現在、重要文化財の指定を受け、文化廳の所轄になっている。

本書は鎌倉中期の建治三年（一二七七）の書寫による巻子本で、上下二巻から成っている。上巻は幅三十・三cm、全長八・七八m、紙數十七紙。下巻は幅三十・三cm、全長九・四四m、紙數十九紙。表紙は紺表紙（新補したもの）、外題なし。見返りは藍地、料紙は楮紙（裏打）である。內題は上下巻にあり、上巻の首題は「李嶠雜《ママ》詠百廿首上」、尾題は「李嶠雜百詠上」。下巻の首題は「李嶠雜詠百廿首下」、尾題は「百詠巻下」と記載されている。詩の本文は上下二段書で、一紙十九行。墨假名、返點、連續符、朱聲點が施されている。上下二段には不規則ではあるが、墨界がある。圖示すると

次の如くである。（測定値は平均値）

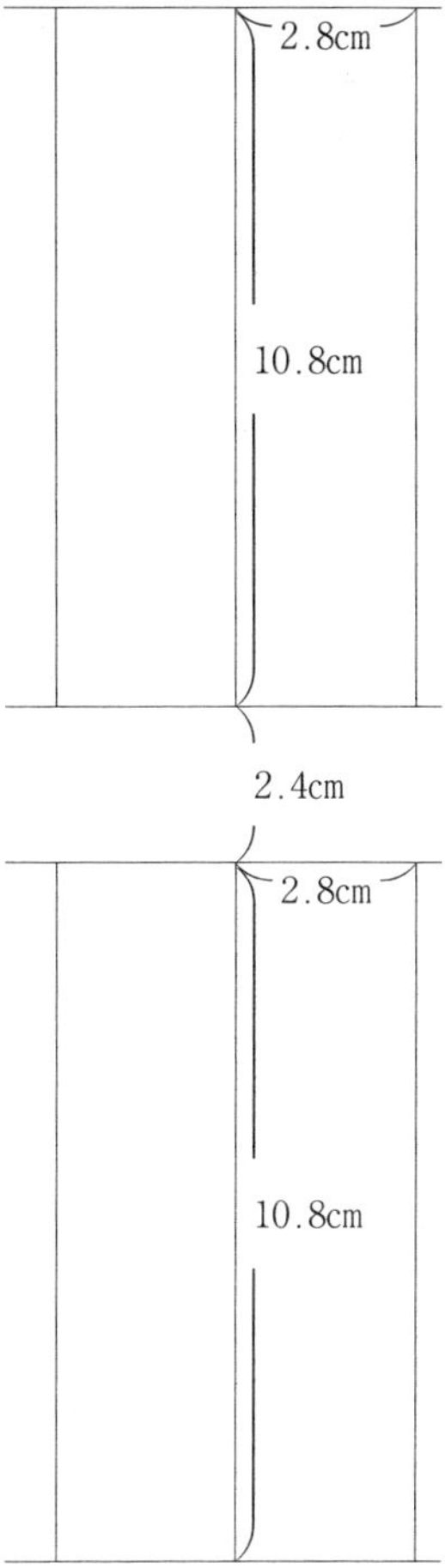

下巻末には張庭芳の注序が附記されている。『日本國寶全集』（六十二集）によると「巻末に序文を記載するのは古い形式である」と説明する。『佚存叢書本』にも同じ張庭芳の注序が巻首にあるが、林述齋の手によって巻首に移置されたものであろう。更に、その後に、本文と同筆の本奥書が次のように記載されている。

　書本云

　　建久八年十二月廾六日文章生菅在判

　奉授　鳥羽院之本也　相傳散木在宗在判

（別筆）延文三年戊戌八月十二日文主御坊丸儲之

　建治三年七月十九日書寫畢

この識語から大矢透・山田孝雄両氏は建治本の書寫人を在宗と認めたが、[7] このことについて、神田喜一郎氏は奥書の疑問點を指摘した後「『建久八年云云』の一行と、『奉授　鳥羽院之本也。云云』の一行とは、いづれも舊い奥書をそのまま寫したのであって、そこに見える在宗はこの建治本を書寫した人ではない。つまり元來、建久八年に菅家の某が書写した本があって、その本は嘗て後鳥羽天皇に進講するのに用ひられた。在宗はそのことを特に記して記念とした。さういふ本を、建治三年に何人かが新たに寫した」との見解を示された。(8)正に正鵠を得た論である。

この建治本は上下巻の巻首に目録を配置している。その目録の書式は御物本や佚存叢書本と異なっている。建治本の前半部を紹介すると

乾《ママ》象《ママ》部十首　日月星風雲　煙露霧雨雪
坤儀部十首　山石原野田　道海江河路
芳草部十首　蘭菊竹藤萱　萍菱苽《ママ》茅荷
嘉樹部十首　松桂槐柳桐　桃李梨梅橘
靈禽部十首　鳳鶴烏鵲鳫《ママ》　鳧鶯雀雉鸞
祥獸《ママ》部十首　龍麟象《ママ》馬牛　豹熊鹿羊兎《ママ》

となっている。下巻の巻首には残り半分の「居所・服玩・文物・武器・音樂・玉帛」の部立と詩篇が配置されているが、前半の部立に付いていた「部」字がない。御物本の場合、前半部の二十一首以外全て欠落しているが、幸い目録が巻首に配置されていたので、その全容を知ることができる。その目録をみると、上段に「乾象・芳草・靈禽・居處・文物・音樂」の部立と詩題、下段に「坤儀・嘉樹・祥獸・服玩・武器・玉帛」の部立と詩題が配置されており、いずれにも部立には「部」字が付いていない。

建治本の目録にみえる詩題と古寫本の御物本の詩題とを校比しようと思うが、御物本の乾象と坤儀の詩題に消滅部分が多いので、芳草以下の詩題で校比してみる。建治本は御物本の靈禽の「鷹」を「鳫」に、「雉・鶉・雀」を「雀・雉・鸞」に、居處の「處」を「所」に、文物の「書・賦」を「賦・書」に、音樂の「箏・琵琶」を「琵琶・箏」に作っ

ている。これらは單純な誤寫及び轉倒による異同である。これらの異同を確認するために、詩題と詩篇との照合を行なえばよいのであるが、御物本は芳草部の「菊」以下の詩がないのでできない。しかし、建治本の詩題と詩篇との配置が合致しているので、御物本の方が誤寫したものと考えられる。このように詩題と詩篇との誤寫は後世にも多くあり、例えば、佚存叢書本では、武器部の目錄で「箭・弓」となっているのに、詩篇では「弓・箭」の順に記載されている。

次に詩の本文の校比を行なうことにする。

イ　御物本との校合

まず、先行する御物本との校合から始めるが、ここでは異同のある詩句のみを掲載する。

建治本	御物本
(月)長賦西園詩	清夜幸同嬉
(星)天子入西秦	○○出○○
(雲)氳氳殊未歇	亭亭○○○
(〃)炯熅万年樹	氳氳○○○
(〃)從龍起蒼闕	○○○員○
(煙)瑞氣淩丹閣	○○○○闕
(露)朝晞八月風	○晞○○○
(〃)長奉未央宮	○○○○言
(霧)儻入非熊繇	○○○○繇

建治本	御物本
(雪)瑞雪驚千里	雨○○○○
(〃)地疑明月夜	□○○○○
(〃)臨歌扇影飄	○紈○○○
(山)峯出半天雲	○上○○○
(石)入宋星初落	○○○○賈
(〃)儻曰待補槭	○○持○○
(〃)寧復想支機	○須○○○
(野)鶉飛楚塞空	○鶉○○○
(〃)獨有傅巖中	○在○○○

建治本	御物本
（〃）菖葉布龍鱗	昌○○○○
（道）劒閣抵臨卭	○○啓○○
（〃）紫微三千里	○撥○○○
（江）瀨似黃牛去	湍○○○○

右の相異の大部分は文字の類似による誤寫かと思われるが、「月」の詩句が完全に異なることを考慮すると、御物本とは別系統の本である。

ロ　佚存叢書本との校合

次に佚存叢書本との異同を検討してみよう。

建治本	佚存叢書本
（雲）從龍起蒼闕	○○○金○
（煙）松篁暗晚暉	○○晴○○
（露）葳蕤泫竹藂	○蕤○○○
（〃）朝晞八月風	○晞○○○
（霧）黛入非熊䌛	○○○○繇
（山）仙嶺欝氤氳	○○○氤○
（野）鵶飛楚塞空	鴉○○○○
（〃）獨有傅巖中	○在○○○
（原）王粲銷憂日	○○○夏○
（藤）花分竹葉盃	○浮○○○
（茅）殷湯祭雨旋	○陽○○○
（松）鶴栖君子樹	○○○○榭
（〃）多節幸君知	勁○○○○
（槐）花落鳳庭隈	○○○廷○
（柳）楊柳正氤氳	○○○氤○
（桐）孤秀嶧陽峯	○○○○岑
（橘）願随湘水曲	○○潮○○
（烏）迢遰繞風竿	○□○○○
（鵲）遶樹覺星稀	遠○○○○
（皃）颷沓睢陽渓	○○○○涘

建治本	佚存叢書本
（鷺）遷喬若可冀	○○苦○○
（雉）幸君看飲啄	○○○○啄
（鸞）羌池沭時雨	羗○○○○
（〃）莫驚留瓜去	○○○不○
（龍）騰雲出鼎湖	○○○鼎湖
（麟）漢趾應祥開	○時○○○
（象）睢揚作貢初	○陽○○○
（豹）來藴太公謀	○蘊○○○
（〃）若今逢霧雨	○○○○露
（熊）莫言舒紫褥	○○○○褥
（鹿）秦原闢帝折	○○○○圻
（池）花搖丹鳳色	○○仙○○
（舟）連墻万里廻	○檣○○○
（車）光乘奉王言	先○○○○
（床）瑇瑁千金起	○瑁○○○
（席）重筵揖戴公	○毶○○○
（鏡）明鏡掩塵埃	○○拂○○
（酒）陳筵幾獻酬	○○○○酬
（檄）由來敷木聲	○○激○○

建治本	佚存叢書本
（〃）迢遰入燕營	○逓○○○
（〃）毛義捧書去	○○奉○○
（紙）妙迹蔡侯施	○跡○○○
（〃）芳名伯古馳	○○古伯○
（〃）莫驚反覆字	○○○○手
（硯）王充作論年	○充○○○
（〃）君苗徒見埶	○○○○藝
（劍）我有昆五釼	○○○吾劔
（旌）求賢鬧闕中	○○市肆○
（〃）懸旆閬車玫	○○○○攻
（戈）曉霜含白刄	○○白含○
（鐘）金簴有餘淸	○○○○聲
（〃）誰憐被裼者	○○○褐○
（玉）芳折晴虹媚	○圻○○○
（銀）靈山有玠璽	○○○玲○
（素）誰賞故人機	綾紈寫月輝
（〃）綾紈寫月輝	誰賞故人機
（布）潔績創儀皇	○○○羲○

以上の校異は全く字體の異なるものに限定して列擧した。とことわるのは、建治本には異體字や俗字で書寫された文

字が多く、更に、書寫した人の筆癖や誤寫、例えば、佇→停、儻→儻、席→蓆、辟→碎、朔→玥、兎→兔・兔→寃、象→豙、于・干→亍・亍、薦→蓴、杯→坏、復→澓、瓜→苽、封→尌、策→筞、昆→毘、旅→旅、匣→匣、粲→粲、色→色、などがあり、これらを含めると枚擧に遑がないからである。しかし、それらを除いても、以上のような多數にのぼる。但し、「素」詩の六句と八句の入れ替り以外、掲載した異同のある文字の中には、近似によって生じた誤寫による文字もあり、これらを除くと大幅に少なくなり、目錄の部立及び詩題の排列などを勘案すると、全く別系統のものではないように思われる。

2　陽明文庫本

この寫本は陽明文庫所藏の一册で、江戸時代に田中氏所藏の建治本を筆寫した轉寫本である。

表紙は白地で、薄綠色の唐草模樣が一面に描かれ、左上に「李嶠雜詠《ママ》百二十首」と墨書されている。その裏面の中央には「陽明藏」の藏書印がある。次に、白紙一枚を置いて目錄がある。袋綴（調査時に綴絲が⅔切れていた）匡郭無し、無界。紙高、縱二十八・八㎝、横二十一㎝。每半葉八行、每行十六字。乾象の「日」詩から坤儀の「原」詩までの欄外に、本文の校異を示す文字が記されている。尙、祥獸の前に「雀、脫落」として詩を附記しているが、本篇に詩があるので蛇足。

目錄の體裁は上下卷に分けて記載し、上下卷共に各部立の次に詩題十個が縱一列に記載されている。この記載の仕方は御物本とは異なり、佚存叢書本と同じであるが、佚存叢書本が上下卷の目錄を併合して上卷首に記載しているところが異なる。そして、佚存叢書本は目錄の前に張庭芳の序文を配置しているのに對して、陽明文庫本は卷末に配しているところが異なる。

以上の如くみてくると、陽明文庫本の目錄・序文の配置は正に田中本と合致する。ただし、嚴密に調査すると、田中本と異なるところは、目錄の詩題の記述の仕方が、各部立の下に五題が雙行で記されている點と、識語の記載の仕方が異なっている點である。陽明文庫本の奥書は

本云
建久八年十二月廿六日
文章生菅在判
奉授　鳥羽院之本也
相博《ママ》參議在宗在判
建治七月十九日書寫畢
延文三年戊戌八月十二日
文主御坊丸儲之

となっている。これを田中本と校合すると、田中本の識語中、別筆で記載されていた「延文三年云云」の記事が、「建治云云」の後に清書されていることである。これは轉寫の際、筆寫した者が時代順に整理し直したのであろう。次に異なる點は、「建治」の年數が欠落していることである。三つ目は、文字の異同である。「相傳」の「傳」を「博」と誤寫し、「散木」を「參議」と記している。しかし、これらの小異は、識語全體からみると、内容に大差はない。

また、兩書ともに張庭芳の序文を下卷末に配置し、古い形式を保っているが、文字に異同がある。田中本の「楚雞」「緻密」を陽明文庫本は「禁雞」「密緻」に作っている。孰れが是であるかといえば、兩書にみえる「楚雞」「禁雞」の下句に、「周鼠」の語を配して、對語にして作文しているので、「楚雞」の方がよい。また、「緻密」「密緻」について

も、正確さという點からみると、「緻密」の方がよい。これらは文字の近似による誤寫や語の轉倒による過失で、大差はない。

次に目錄について調査すると、目錄は兩書共、上下卷の卷首に記載されている。その記載の仕方は、田中本が部立の下に詩題を五ずつ雙行小字で書寫されているのに對して、陽明文庫本は部立の下に十個の詩題を縱一列に記載している。文字の異同は少なく、部立に關して、田中本が「居所」と作っているのに對して、陽明文庫本は「居處」に作っているぐらいである。このほか、正體字と異體字（俗字を含む）の相違はあっても、同字として通用しているので、その限りでない。

イ　田中本との校合

田中本	陽明本
（露）葳蕤浤竹藂	○蕤浤○○
（〃）朝晞八月風	○晞○○○
（霧）儻入非熊繇	○○○○繇
（野）鵶飛楚塞空	鵶○○○○
（柳）楊柳正氲氳	○○○氤○
（烏）迢遰繞風竿	○逓○○○
（晃）颱沓睢陽溪	○○○○渓
（鷲）莫驚留瓜去	○○○不○
（龍）騰雲出鄠㴭	○○○鼎湖

田中本	陽明本
（象）睢揚作貢初	○陽○○○
（熊）莫言舒紫褥	○○○○褥
（鹿）秦原闢帝折	○○○○圻
（舟）連墻万里廻	○牆○○○
（床）瑇瑁千金起	○瑁○○○
（簾）初日映秦樓	月○○○○
（酒）陳筵幾獻酬	○○○酬○
（檄）迢遰入燕營	逓○○○○
（紙）妙迹蔡侯施	跡○○○○

田中本	陽明本
（硯）王苑作論年	充○○○○
（剱）我有毘五鈞	○毘吾劔○

田中本	陽明本
（弓）宛轉琱韃際	○○韃○○

以上の校異をみると、兩書の文字が非常に近似しており、轉寫本である陽明文庫本の文字の方が寧ろ正確で理に適っている場合が多い。これは陽明文庫本を書寫した人が、田中本の不合理な文字を訂正しながら書寫したとも考えられる。從って、異同が生じたことも首肯できる。しかし、田中本の書寫ミスである「伯古」（紙詩）をそのまま書寫したり、「霞」（紙詩）や「槼」（硯紙）や「槎」（露詩）などの通用文字や俗字を原形のまま書寫しているところをみると、改訂することなく忠實に轉寫しているとも考えられる。そうなると、田中本とは別の某本を書寫した可能性もある。別本といっても、田中本とさほどかけ離れたものでないことは、奥書の類似などによっても理解できよう。

ロ　佚存叢書本との校合

曩に田中本と佚存叢書本との校合を試みたが、多くの異同をみたので、陽明文庫本と佚存叢書本との校合も試みておこう。

張庭芳の序文について、陽明文庫本は下巻の巻末に、佚存叢書本は上巻の巻首にそれぞれ異なる形式で記載されているが、兩書の序文に「禁鶏」や「密緻」の語を使用しているところをみると、佚存叢書本は陽明文庫本系統の本から轉寫したとも考えられる。

次に目錄についてみると、陽明文庫本は上下巻の巻首にあるが、佚存叢書本は上巻の巻首に上下巻の目錄を併記している。兩書の異同は、陽明文庫本の下巻の部立に「部」字が付いていないことを除くと全てにおいて合致している。

詩の本文について兩書を校合すると、

陽明本	佚存叢書本
(雲)從龍起蒼闕	○○○金○
(煙)松篁暗晩暉	○○晴○○
(原)王粲銷憂日	○○○夏○
(藤)花分竹葉盃	○浮○○○
(茅)殷湯祭雨旋	○陽○○○
(槐)花落鳳庭隈	○○○廷○
(鵠)遠逸覺星稀	○樹○○○
(麟)漢趾應祥開	○時○○○
(豹)若今逢霧雨	○○○○露
(席)重筵揖戴公	○餝○○○
(扇)花輕不隔名	○○○○面

陽明本	佚存叢書本
(經)黃金徒滿籯	○○○○籯
(檄)由來敷木聲	○○激○○
(〃)毛義捧書去	○○奉○○
(紙)妙跡蔡侯施	○○○○施
(〃)芳名伯古馳	○○古伯○
(硯)君苗徒見埶	○○○○藝
(弓)宛轉琱鞬際	○○○鞬○
(旌)求賢閙關中	○○市肆○
(戈)曉霜含白刃	○○白含○
(素)綾紈寫月輝	誰賞故人機
(〃)誰賞故人機	綾紈寫月輝

以上の校異をみると、「素」詩の六句と八句の入れ替わり、「紙」詩の「古伯」の文字の轉倒、及び個々の文字の異同をみると、決して同一系統本からの轉寫とは思われない。

八　小　結

詩の本文の異同を考えると、兩書は同一系統本とは思われないが、前の序文や目錄の校合を考慮すると、一概に別系統とは斷言できない。特に、目錄において、坤儀部の「路」、芳草部の「菰」などは、詩の本文中では「洛」、「瓜」

と記載していたり、武器部の目錄では「箭・弓」と記載されているのに、詩の本文では順番が逆になって詩が配置されていたりすることが兩書に共通していることなどは、單なる偶然とは考えられない。林述齋（一七六八～一八四一）が『李嶠百詠』の跋文の中で

予所レ覽數本而唯此本最係二古膾一。其爲二唐時藍本一不レ容レ疑焉。故挍而傳レ之。……

と記述しているが、ここにいう「此本」が建治本を指していったものであるならば、それは陽明文庫本系統の建治本であろう。詩の本文に異同が多いのは、跋文にいう「挍而傳レ之」ところから來ているのかもしれない。従って、異同の文字は他の傳本の文字である可能性が高い。

第三項　成簣堂文庫本

この寫本は成簣堂文庫に所藏されているもので、鎌倉時代の舊寫本といわれている。明治の文豪德富蘆花の兄で、評論家の德富蘇峯翁（一八六三～一九五七）が苦心の末、入手したものらしい。(9)

本書は箸箱式の木箱に納っており、蓋に「李嶠雜詠百卄種《ママ》（一卷）」と墨書した短册が貼られている。（これらは後世の作と思われる）本體は卷子本で、上卷のみの殘卷である。軸は木製。帶は薄紫の組紐。褾は間隔の狹い漉目入りの茶色で、少し厚手の紙。題簽は褾の上半部に「李嶠雜《ママ》詠百卄首」と墨書している。本紙には罫が引かれており、界內縱二十八cm、横二・五cm。紙高三十三cm。

卷首に張庭芳の序文があり、次いで上下二段に目錄が記載されている。下卷を欠いているので、奥書の存否は不明であるが、上卷の卷末に「〔百卄〕（欠損）詠上　慈慟」とあり、「慈慟」の二字がみえる。これは多分、書寫した人名で、後述の異同をみればわかるが、誤字が多いところなどから、修業僧などの名前であろう。

序文が巻首に配置されているのは、後世の佚存叢書本と同じであるが、本書と佚存叢書本との間には文字に異同が多い。そこで、時代的に最も近いと思われる田中本（建治本）との校合を試みよう。

成簣堂本	建治本	佚存叢書本
李嶠雜詠百廿首	李嶠雜詠百廿首	李嶠雜詠百二十首序
旐迊芳注幷序	張庭芳註序	張庭芳撰
所跂慕	所跂慕	所企慕
楚鶏	楚鶏	禁鶏
乘金	兼金	兼金

成簣堂本	建治本	佚存叢書本
致嘔	致哂	致哂
緻密	緻密	密緻
弧懸	弧懸	孤懸
高擅	高標	高標

この校合をみる限り、本書は佚存叢書より田中本（建治本）に近似している。また、同じ田中本でも陽明文庫本は佚存叢書本に近く、本書とは異なる。

本書の序文は十一行目の「摘句」の後、十四文字を欠いている。本書の序文が毎行十四字から成っていることを勘案すると、丁度、一行分を見落としたことになる。従って、本書の書写人が看た原本は、本書の體裁と同一の本であったことがわかる。

目録が上下二段に分けて記載されているところは御物本と近似している。ただ、本書と御物本の詩題には多少異同があるようである。校合してみると、

	御物本	成簣堂本
（坤儀）	洛	谷
（芳草）	苽	伱

	御物本	成簣堂本
喜樹		喜樹
（靈禽）	鷹 鳧 雉	鳫 鳥 雉

	御物本	成簣堂本
(文物)	硯	研

	御物本	成簣堂本
(音樂)	箏　琶琵《ママ》	琵　箏

となる。以上をみると、文字が似ているための誤寫・誤字による異同が大半であるが、兩書の決定的な相異は音樂部の「箏」と「琵琶」との入れ替りにある。しかし、御物本にみえる書寫上の特徴も持っている。例えば、文字面では「乹象」「鷰」「兔」「槗」「釼」など、詩題の配列では「雉燕雀」「詩書賦」「箭弓弩」などがある。

詩の本文の記述形式は次のようになっている。

百廿詠上
乹象《ママ》十首
日
日出扶桑路　遙昇《ママ》若木枝
雲間五色滿　霞際九光披
……　……

これは御物本や陽明文庫本（建治本）とは異なり、田中本（建治本）に近いが、田中本には部立の「乾象」に「部」字があり、部立の前の「百廿詠上」がないなどの違いがある。

イ　成簣堂本と田中本との校合

そこで、成簣堂本と近い關係にあると思われる田中本との校合を試みる。尚、成簣堂本は全體の半分にあたる「祥獸」までしかないので、そこまでを校合する。また、成簣堂本には「石」詩の第五句以下から「原」詩の第四句までを欠いているので、この部分も校合の對象外とする。

成簣堂本	田中本
(雲)亭々殊未歇	氲氳〇〇〇
(野)獨在傳巖中	〇有〇〇〇
(道)玉關鹿似雪	〇開〇〇〇
(海)會當添霧露	〇〇湪〇〇
(江)湍似黃牛去	瀨〇〇〇〇
(藤)色映蒲桃架	〇〇〇萄〇
(〃)花浮竹葉盃	〇分〇〇〇
(萍)還冀就王丹	〇〇〇〇舟
(菱)鉅野韶光媚	〇〇昭〇〇
(爪)終期奉絺絺	〇〇〇〇紘
(茅)鵙嘣綺楹前	鵶〇〇〇〇
(松)欝々高巖表	〇〇〇山〇
(〃)勁節幸君知	多〇〇〇〇
(桂)未植銀宮裏	〇殖〇〇〇
(槐)何當赤墀路	〇〇〇〇下
(柳)夜月熌龍影	〇星浮〇〇
(桐)秋月弄珪陰	〇葉〇〇〇
(〃)遂遭朝露侵	〇逢〇〇〇
(桃)隱士顏應變	〇〇〇〇改

成簣堂本	田中本
(李)潘岳閑居假	〇〇〇〇暇
(梅)院樹斂寒光	院〇〇〇〇
(橘)方顯陸生言	〇曉〇〇〇
(烏)白首何年變	〇〇〇〇改
(皃)颷沓睢陽涘	〇〇〇〇溪
(鸎)嫣韻落梅風	韵嫣〇〇〇
(雉)幸君看飲啄	〇〇〇〇喙
(燕)蹉跎沐時雨	差池〇〇〇
(〃)雙飛翠幕中	〇〇〇幞〇
(〃)莫驚留不去	〇〇〇爪〇
(雀)朝遊連水傍	〇〇漣〇〇
(〃)願齊鴻鵠志	〇〇〇鶴〇
(龍)騰雲出鄠湖	〇〇〇鄠餬
(〃)希逢聖人用	〇〇〇〇步
(象)睢陽作貢初	〇楊〇〇〇
(馬)何暇唐成公	〇假〇〇〇
(牛)燕陳早橫功	〇陣〇〇〇
(豹)來蘊大公謀	〇薀〇〇〇
(熊)乘春別舘前	垂〇〇〇〇

成簣堂本	田中本
(〃)興師七歩旋	○帥○○○
(〃)莫言舒紫褥	○○○○褥

成簣堂本	田中本
(鹿)秦原闢帝圻	○○○○折

以上をみると、類似する文字の誤寫・誤字などによる異同もあるが、「雲」「野」「藤」「松」「槐」「柳」「桐」「桃」「橘」「烏」「龍」などの詩句にみえる異同文字は別字であり、兩書は同一本ではない。しかし、先行する『李嶠雜詠詩』の中では最も近似しているといわねばならない。

第四項　斯道文庫本

慶應義塾大學附屬研究所斯道文庫には二本の寫本が所藏されている。二本の寫本の書風が異なるので、二本は別人の手に成るものである。

1　鎌倉末南北朝本

本書は後世製造の桐箱に收納されている。桐箱は縱二十九cm、横五cm、深さ四・九cmで、蓋の前方の前面部分が欠けている。蓋の側面の中央に紐止めの金具があり、金具から長さ二十六・五cm、幅〇・八cmの綠色の平らかな紐が付いている。箱底には五cm×三cmの紙が貼られており、そこには次の如くある。

八ノ貳百六四

橘逸勢眞蹟

市　闤闠開三市

壱軸

ここにいうように、本書が橘逸勢（?～八四二）の眞蹟であれば、平安前期のものといえるが、『斯道文庫貴重書蒐選』の「圖録解題」によると、「鎌倉末南北朝」の寫本としているように、橘逸勢の眞筆ではない。體裁は「圖録解題」の言を借りると、「後補梨地龍紋錦繍絹表紙に見返は香色地に金銀砂子切箔散し。紙幅二十六・七糎、長さ約四十糎の斐紙五紙を貼合せて巻子に仕立てている。界高九・五糎、界幅二・八糎の烏絲欄が上下二段になされ、上下段の間隔は二・四糎」と記し、更に「書入は、朱筆のヲコト點（星點）・校合、墨筆のヲコト點・返點・送假名・縱點・附訓・音訓合符・聲點・清濁點・校合がみられる。墨筆は明らかに一手ではないが、それぞれほぼ同時期のものと推測されるものの、なお正確には分別しがたい。假名字體は、爪（ス）・ツ（ツ）・呆（ホ）・ア（ミ）等古い形を殘存する。ヲコト點は、その點法が紀傳と判斷されるものである」と記している。しかし、右文の「墨筆は明らかに一手ではないが、それぞれほぼ同時期のものと推測されるものの、なお正確には分別しがたい」との分析には納得し難い。殘念なことに、斯道文庫側から「一手でない」という判斷の根據が示されていない。ただ、「圖録解題」の中で「佚存叢書本に比するに、巻下居處十首の「床」・「席」の第二句までと、玉帛十首の「錦」の第三句から「布」まで」と指摘するように、本書は一連のものではない。その中斷されている「席」詩は八句あり、一見、律詩の體をなしているが、前述の如く、一・二句は「席」詩で、三句から八句までは「錦」詩で構成されている。そして、「錦」詩の三句以降の詩句に「羅」「綾」「素」「布」の四首が連記されている。ところが、この四首の詩題には次のように音訓が記載されている。

羅《ラ》ウスモノ、綾《レウ》アヤ、素シロシ、布ヌノ

確かに、「錦」詩以前の詩題にはこのような音訓が付記されていない。従って、これが主因で「一手でない」との判斷が下されたと考えられる。しかし、筆跡からみると、本書は一人の手に成るものである。そこで、「羅」「綾」「素」「布」の筆跡と、その四首以前の筆跡を校合してみる。

以上の校合は「錦」「羅」「綾」「素」「布」詩にみえる文字と同じ文字を「席」詩以前の詩から採取して比較したものである。文字をみる限り、本書は一人の手に成るものであることは明白である。

次に先行する鎌倉建治本との校合を試みることにするが、他書との相違を出すために佚存叢書本を擧げておく。尚、両書の成立が近いこともあって、異體字なども擧げることにし、校異のある詩句だけを掲載する。

	鎌倉末南北朝本	田中本	佚存叢書本
	市		
(1)	長槐尧目陰	○○○○○	○○兎○○
(2)	誰肯挂秦金	○○掛○○	○○掛○○
	井		
(3)	銅臺賞魏君	○○○○○	○○賞○○
(4)	蜀都霄映火	○○○○○	○○宵○○
(5)	還叶五星文	○○○○○	○協○○○
	宅		
(6)	寂々蓬蒿径	○○○○○	○寂○○徑
(7)	喧々湫隘廬	○○○○○	○喧○○○
(8)	將軍辭苐初	○○○○○	○○○第○
(9)	誰憐玄草處	○○草玄○	○○草玄○
	池		
(10)	烟虚習池静	炟○○○○	煙○○○○
(11)	花搖仙鳳色	○○丹○○	○○○○○
	樓		
(12)	井榦起高臺	○○○○○	○幹○○○
(13)	舞随綠珠去	○○○○○	○隨○○○
(14)	簫將弄玉來	○将○○○	○○○○○

	鎌倉末南北朝本	田中本	佚存叢書本
	橋		
(15)	爲鵲填應滿	○○○○○	烏○○○○
(16)	形似鴈初飛	○○鳫○○	○○雁○○
(17)	能圖半月暉	○○○○輝	○○○○輝
	舟		
(18)	連牆万里廻	○○○○○	○檣萬○○
	車		
(19)	蒲輪開四門	○○碎○○	○○辟○○
(20)	五神趨雪路	○○趍○○	○○趍○○
(21)	光乘奉王言	○○○○○	先○○○○
	床		
(22)	疇昔薦君王	○○○○○	○○薦○○
(23)	璹琩千金起	○○○○○	○瑁○○○
(24)	珊瑚七寶裝	○○○○装	○○○○○
(25)	桂莚含栢馥	○筵○○○	○筵○○○
(26)	長羕秋月光	○○○○○	○承○○○
	席		席
(27)	避坐羕宣父	○○秉○○	○坐承○○
(28)	重莚揖戴公	○筵楫○○	○毿○○○

鎌倉末南北朝本	田中本	佚存叢書本
錦		
(29) 雲浮山石曉	○○仙○○	○○仙○○
(30) 霞滿蜀紅春	○○○江○	○○○江○
(31) 光生綰墨眞	花輕○○○	花輕○○○
羅		
(32) 妙舞随裙動	○○○○○	○○隨○○
(33) 蓮花依帳發	○○○○菝	○○○○癹
(34) 雲薄衣初卷	○○○○巻	○○○○○
(35) 若珎三代服	○○○○○	○珍○○○
綾		
(36) 金縷通秦國	○○○○○	○縷○○○
(37) 色帶氷綾影	○○○○○	○帯冰○○
(38) 煙霧出氳氳	○○○○○	○○○氛○

鎌倉末南北朝本	田中本	佚存叢書本
素		
(39) 纖胥洛浦妃	○○○○○	○腰○○○
(40) 鴈足上林飛	鳫○○○○	雁○○○○
(41) 砧杵調風響	○○○○○	碪○○○○
(42) 綾紈寫月輝	誰賞故人機	○○○○○
(43) 誰賞故人機	綾紈寫月輝	○○○○○
布		
(44) 潔績創犠皇	○○○儀○	○○○羲○
(45) 緇冠表素王	○冠○○○	○○○○○
(46) 瀑泉非掛鶴	曝○飛○○	曝○飛○靏
(47) 佇因春斗粟	○囘○○○	○○春○○
(48) 來穆棣華芳	○○採花○	○○採花○

以上の校異の(2)(8)(16)(25)(38)(39)(40)(41)（同字）(6)(13)(32)(36)(37)（略字）(3)(4)(15)(26)(27)(33)(35)（俗字）(5)(10)(22)（古字）(7)（おどり字）は異體字であり、田中本との異同を擧げると、「宅」詩の「玄草」と「草玄」、「池」詩の「仙」と「丹」、「橋」詩の「暉」と「輝」、「車」詩の「開」と「碎」、「素」詩の「綾紈寫月輝」と「誰賞故人機」、「誰賞故人機」と「綾紈寫月輝」、「布」詩の「犠」と「儀」、「瀑」と「曝」、「非」と「飛」、「棣華」と「採花」がある。このうち、「宅」詩の「玄草」と「草玄」は單純な文字の轉倒による相違のようにみえるが、音韻の觀點からいうと、「草玄處」の平仄が「●○●」となり、

この詩句が第三部、第一章、第二節第二項、2の1の子類特殊形式の口型となるが、「玄草處」となると、平仄が「○●●」となり、この詩句が基本形2を形成し、この詩句が律詩に適うことになる。また、對偶の方面からも、第八句の「獨對一牀書」に對して、「誰憐草玄處」より「誰憐玄草處」の方がよりよい對句になり、相應しい。（必ずしも對句にする必要はないが）次に「池」詩の「仙」と「丹」であるが、ここは「仙鳳」の方が相應しい。「丹鳳」が天子の宮殿の義で問題はないが、詩題が「池」であるので「仙鳳」の方がよりよい。「仙鳳」は田中本を始め諸本にみえる「城」詩の「仙人鳳」（第五句）と同義である。仙人と鳳の關係は『列仙傳』にみえる「秦穆公の時、鳳鳴を作す蕭史が穆公の女弄玉を妻として、弄玉に簫を教えた。時に鳳が飛來して、弄玉はこれに乘って昇去した」という故事があるように、以後、傳誦されることになる。仙人は神仙の人の意で、古代においては天子を俗人と區別して神仙に喩えることがあり、そのことから、「仙」が天子に關係するものに冠せられることが多い。一方、「鳳」は鳳凰で、鳳凰の名を付したものに鳳池や鳳凰池がある。これは禁苑中にある池の名で、傍に中書省があるので、轉じて、中書省を指すように、「鳳」と「池」の關係は深い。從って、本書の「仙鳳」の方がよい。「橋」詩の「暉」と「輝」は同義語であるから、孰れかが誤寫した可能性が高い。「車」詩の「開」と「辟」は、「辟」は「闢」の誤寫で、「闢」と同義語である。「開」と「辟」は兩方とも「ひらく」の意があるので孰れでもよいが、平仄からいうと、「開」が○で、「辟」は●であるから、この句にとっては「辟」の方がよい。「素」詩の「綾紈寫月輝」と「誰賓故人機」との位置關係は六句目に「綾紈寫月輝」、八句目に「誰賓故人機」が配置されるのがよい。なぜなら、六句目と八句目の位置が異なると、平仄が諧わず、律詩の體をなさなくなる。從って、田中本より本書の方が正しい。「布」詩の「犧」と「儀」は、「儀」字が存在しない文字であるから、「犧」の牛偏を忄偏と見間違えて書寫したものである。田中本より本書の方が正しい。「瀑」と「曝」は、意味上から「瀑泉」の方がよい。「曝泉」では意味が成立しない。「非」と「飛」は、同音であるので、音からくる誤寫である。また、三句と四句が對句であることを考えると、四句目の三字目が「有」であるから「飛」とは合わない。一方、「非」を有無の「無」と同意の「ない」と解すると、「非」の方がよい。從って、田中本より本書の方がよい。「棣華」と「採花」は、「採花」では意をなさないので、「棣華」の方がよい。「棣華」は「常棣之華」の略で、兄弟をいい、『史記』巻一百十八「淮南衡山列傳」に「孝文十二年、民有レ作レ歌。歌二淮南厲王一曰、一尺布、尙可レ縫。一斗粟、尙可レ舂。兄弟不レ能二相容一」とあるのに據る。從って、田中本より本書の方がよい。

按ずるに、本書と田中本に相違はあるものの、兩書は酷似している。兩書はほぼ同時代の寫本であるが、本書の方が正確に書寫されている。

2　南北朝本

本書は後世製造の黑塗の木箱に收納されている。木箱は縱三十六cm、横六cm、深さ六cmで、蓋の中央の左に幅一・五cm、長さ十五・六cm、右に長さ十六・二cmの平かな紐があり、紐は群青色で、中央に黑線が一本伸びている。

本書の體裁は『圖錄解題』の言を借りると「後補の藍色地金泥雲型草花紋樣艷出表紙に布目金紙の見返。紙幅二七・三糎。料紙は斐紙。界高一〇・三糎、界幅二・六糎の烏絲欄が上下二段になされ、上下段の間隔は二・九糎」と記し、更に「尾題は「百二十詠上」とある。書入は、朱筆による返點・縱點・音訓合符・聲點、また墨筆による附訓・校合が施されている。墨筆は本文同筆で、朱筆も本文筆寫と同じ頃に加えられたものであろう。紙背には、内典の聞書が滿紙書寫されているが、實はこの聞書の紙背を用いて百二十詠を書寫したものである。その聞書の首題に次の如くあって、疏第二聞書第八 文和五年二月三日東寺春季談義學頭大慈院内講師都督僧都 文和五年卽ち延文元年（一三五六）の講義を筆錄したものであることがわかる。この筆錄もまた、講義の時と同時期の書寫に係るものと推察され、從って百二十詠本文も、これに近い時代に書寫されたものと考えられる」と記している。

本書は殘葉を裏打補修する時に誤って貼付した爲に錯簡が生じている。完全な詩は「野」「田」「道」「海」「江」「河」「洛」「蘭」「菊」「竹」「藤」「萱」「萍」「槐」「柳」「桐」「桃」「李」「松」「橘」「鳳」「烏」「鳧」「鷺」「雉」「鶯」「麟」「象」「馬」「牛」「豹」「熊」「鹿」「兎」の三十四首と、分離している詩句を接合すると一首を爲している「桂」「鴈」「羊」の三首で、合計三十七首である。このほかに、「原」の頷・頸・尾聯の六句、「菱」の首聯の二句、「梅」の頷・頸・尾聯の六句、「鶴」の首・頷・頸聯の六句、「雀」の首聯の四句、「龍」の頷・頸・尾聯の六句の計六首の殘句である。前の完全な詩と合せると四十三首となる[10]。これらの詩には配置に混亂がみられる。例えば、芳草部には「瓜」「茅」「荷」がなく、「菱」の首聯の後に「槐」が誤置されており、嘉樹部の「李」の後に「梨」がなく、「松」が誤置されている。靈禽部の「鶯」の後に「龍」がなく、「麟」が後置されている。祥獸部の「羊」の首・頷・頸聯の後に「鵲」の尾聯が誤置され、その後に「鴈」の首聯が誤置され、その後に「羊」の尾聯が誤置されている。

次に田中本（建治本）との校合を試みる。

南北朝本	田中本	佚存叢書本
原		
(1) 莓々鬮晉田	○○開○○	○○開○○
田		
(2) 杏花開鳳軨	○○○○軨	○○○○畛
(3) 瑞麦両岐秀	○○兩○○	○○兩○○
道		
(4) 釼閣桎臨却	劔○梠○卬	○○抵○卭

南北朝本	田中本	佚存叢書本
海		
(5) 今日中欋士	○○○衢○	○○○衢○
江		
(6) 習坎疏丹谿	○○○○鮭	○○○○壑
(7) 湍似黄牛去	瀨○○○○	瀨○○○○
洛		
(8) 九洛韶兗娟	○○韶○○	○○韶光媚

	南北朝本	田中本	佚存叢書本
(9)	三川物候新	○○物○○	○○物○○
(10)	日映玉鶏津	○○○雞○	○○○雞○
(11)	練宮佇來臻	緑字○○○	綠字○○○
	菊		
(12)	香泛野人盃	○○○○坏	○○○○杯
(13)	靃靡潭寒側	○○寒潭○	○○寒潭○
	竹		
(14)	葉掃東南日	○拂○○○	○拂○○○
	藤		
(15)	色映蒱桃架	○映蒲萄○	○映蒲萄○
(16)	金提不相識	○堤○○○	○堤○○○
(17)	王国幾年開	玉潤○○○	玉潤○○○
	萱		
(18)	忘憂自結蘐	○○○○蕠	○○○○蕠
	萍		
(19)	頻随旅客遊	○○撲○○	○隨旅○○
(20)	旡能甜似蜜	既○○○○	旣○○○○
	菱		
(21)	鉅野韶尣娟	鉅○昭光○	鉅○昭光娟
	槐		

	南北朝本	田中本	佚存叢書本
(22)	列士懐忠平	烈○○○至	烈○○○至
	柳		
(23)	含炬惣翠氳	○煙○○○	○煙總總氛
	桐		
(24)	秋葉弄龍隂	○○○珪○	○○○珪○
(25)	遂逢霜露侵	○○○○候	○○○○○
	桃		
(26)	獨有成蹊處	獨○○蹊○	○○○○蹊
(27)	紅桃發井旁	○桃○○傍	○桃發○傍
(28)	㔾露似啼粧	裛○○○○	裛○○○○
	松		
(29)	欝〻高巖表	○○○山○	鬱鬱○山○
(30)	森〻幽澗溗	○○○○垂	森森○○垂
(31)	鸖棲君子樹	鶴栖○○○	鶴栖○○榭
(32)	□年蓋影披	千○○○○	千○○○○
	桂		
(33)	未植銀宮裏	○殖○○○	○殖○○○
	梅		
(34)	舞袖廻春侄	○○○○徑	○袖○○徑
(35)	若能長止湯	○○○○渴	○○○○渴

	南北朝本	田中本	佚存叢書本
	橘		
⑶⑹	萬里盤根植	万○○○○	○○○○○
⑶⑺	方顯陸生言	○晩○○○	○曉○○○
⑶⑻	金衣逐風飜	○○逐吹翻	○○逐吹翻
	鶴		
⑶⑼	黄鶴遠聯翩	○○逺○○	○鸖○○○
⑷⑽	翺翔一萬里	○○○万○	○○○○○
	鳬		
⑷⑴	浮遊漢諸隅	○○○渚隈	○○○渚隈
⑷⑵	王高曳舃來	○○曵○○	○喬○○○
⑷⑶	何當歸大液	○○○太○	○○○太○
	鸎		
⑷⑷	郡鶯亂曉空	群鸎○○○	群鶯亂○○
⑷⑸	嫣韻落梅風	韻嫣○○○	韻嫣○○○
	雉		
⑷⑹	白雉振朝声	○○○○聲	○○○○聲
⑷⑺	童子懷仁生	○○○○至	○○○○至
⑷⑻	幸君看飲啄	○○○○喙	幸○○○○
	鸞		
⑷⑼	天女伺辰生	○○○○至	○○○○至

	南北朝本	田中本	佚存叢書本
⑸⑽	差池沐時雨	○池○○○	羗池○○○
⑸⑴	颻颺舞春風	飄○○○○	飄○○○○
⑸⑵	雙飛翠幕中	○○○幙○	○○翠幙○
⑸⑶	莫驚留不去	○○○爪○	○○○○○
⑸⑷	獨冀識吴宮	佰巽○○○	○冀○○○
	龍		
⑸⑸	希逢聖人用	○○○○歩	○○○○歩
	麟		
⑸⑹	寄音中鍾呂	○○○鐘○	○○○鐘○
	象		
⑸⑺	睢陽作貢礿	○揚○○初	○○○○初
⑸⑻	萬推方渲夢	万○○演○	○○○演○
	牛		
⑸⑼	商哥礿入相	○歌初○○	商歌初○○
	豹		
⑹⑽	鼷文闡大猷	鼯○○○○	鼯○闡○○
⑹⑴	来蘊大公謀	○○太○○	來蘊太○○
⑹⑵	長隠商山幽	○○南○○	○○隱南○
	熊		
⑹⑶	導路冝陽右	○洛○○○	○洛宜○○

	南北朝本	田中本	佚存叢書本
(64)	乗春別舘前	乗○○○○	○○○○○
(65)	照儀逹漢日	昭○洼○○	昭○匡○○
(66)	興帍七步迹 鹿	○○○○旋	○師○○旋

	南北朝本	田中本	佚存叢書本
(67)	秦原闢帝畿 兎	○○○○折	○○○○圻
(68)	平岡兎不稀	○崗○○○	○○○○○
(69)	形遂桂條飛	○逐○○○	○逐○○○

右の校合のうち、(36)(40)(68)（正字）(47)(49)(59)（古字）は對象外、(10)(31)(51)(52)(56)（同字）(12)(23)(29)（俗字）(46)(58)（略字）(22)（通用字）は異體字であるから誤字とはいえないので對象外とする。(2)(3)(6)(8)(9)(16)(18)(19)(20)(21)(25)(26)(34)(35)(38)(39)(41)(42)(43)(44)(48)(50)(54)(57)(61)(62)(64)(66)(69)は字形の近似による誤寫と見做し、文字の異同の對象外とする。(5)は「行」構えの右の「亍」が欠落したものと見做し對象外とする。(32)は欠字であるから對象外とする。(13)(45)は文字の轉倒による異同であるからこれも對象外とする。殘りの(1)(4)(7)(11)(14)(15)(17)(24)(27)(28)(29)(30)(33)(37)(53)(55)(60)(63)(65)(67)に異同の文字が認められる。これは三百二十六句中の二十句で、全體の六%に相當する。この數は決して少ないとはいえない。

按ずるに、本書には誤寫が多いうえ、文字に異同が多いので、田中本とは別系統といえるが、兩書は近い關係にあると考えられる。

第五項　國會圖書館本

本書は南北朝時代の寫本といわれ、國會圖書館に所藏されている。冊子型の一冊本。今、下巻のみを存している。後世の作と思われる黑帙に入っており、帙の紐はワイン色。題簽に「百廿詠下」と記載されている。表紙には下打の跡があり、色は汚れて薄黑くなっている。表題は左上に「百詠下」と墨書され、右下には「青木印」の印簽がある。

紙面には押線（隱線）による罫線があり、縦十六・八㎝、横十二・六㎝、界格二・一㎝。詩の本文は上下二段書で、毎半葉六行、毎行十字。墨假名、返點、連續符、朱聲點が施されている。また、一部分に文字の校異や反切がみえる。巻末に次のような奥書がある。

康永貳年暮秋下旬第四之日饋於泉州

府中淨滿寺傍僧坊書寫之交

（別筆）應永十二年三月廿五日晝昏書上田庄內

この奥書によって、康永二年（一三四三）の書寫であることがわかる。また、別筆の識語によって、應永十二年（一四〇五）に再度書寫されたことがわかる。從って、この本が室町時代初期までは確實に存在していたことになる。

本書は下巻のみであるから、その巻末に序文がないということは、多分、上巻に記載されていたのであろう。また、下巻に目錄がないことは、下巻の目錄も上巻の目錄と一緒に、上巻の巻首に記載されていたと考えられる。

詩の本文の記述形式は次の通りである。

百廿詠下

居處十首

城

四塞稱天府　三河建洛都

非雲滿城闕　白日麗墻隅

……　……

この形式は成簣堂本と全く同一である。ただ、成簣堂本は下巻を欠き、本書が上巻を欠いているので、兩書を校比することができないのが残念である。しかし、兩書の上下巻首の書き出しの合致や、成簣堂本の目錄の詩題の配列の特徴と本書の詩の本文の詩の配列の一致から、本書が成簣堂本を書寫したか、または、兩書が先行する同じ本を書寫したとも考えられる。例えば、成簣堂本の目錄の音樂部の詩題に「琴瑟琵筆鐘」とあり、この中の「琵」は「琵琶」の省略と考えられるが、本書も同様の書き方をしている等がその證左である。

イ　國會圖書館本と田中本との校合

ここで成簣堂本を田中本で校合したように、田中本で本書を校合しておこう。尙、本書には「樓」の七句以下、「橋」「舟」「車」「牀」と「席」の第二句までを欠いているので、校異は對象から除く。

國會本	田中本
(城) 非雲滿城闕	飛○○○○
(池) 鏡潭明月暉	○○○○輝
(〃) 花搖仙鳳色	○○丹○○
(帷) 黄石動兵書	○○遺○○
(鏡) 明鏡拂塵埃	○○掩○○
(〃) 玉彩疑氷徹	○○○○澈
(〃) 金暉似月開	○輝○日○
(〃) 自有監人才	○○鑒○○
(扇) 花輕不滿面	○○○隔○
(史) 終冀作賢臣	○○○良○

國會本	田中本
(賦) 乍有淩雲氣	○○陵○○
(紙) 芳名古伯馳	○○伯古○
(筆) 何當遇良吏	○○○○史
(硯) 王充作論季	○○○○年
(〃) 君苗徒見藝	○○○○埶
(釼) 我有昆吾釼	○○昆五○
(〃) 紫氣每千星	○○早○○
(旌) 求賢鬧肆中	○○○開○
(戈) 殷辛泛杵秀《ママ》	○○○○年
(〃) 横陣彗雲遏《ママ》	○○慧《ママ》○○

國會本	田中本
（皷）堯秊《ママ》韻士聲	○年○○○
（〃）莫忻黃雀至	○俽《ママ》○○○
（鐘）金廣《ママ》有餘淸	○簴○○○
（笙）純孝卽南陔《ママ》	○○○○陔
（珠）粲爛金璵側	○○○琪○
（銀）兗揚浮月兗	○浮滿○○
（錢）姬秊《ママ》九府流	姚年○○○
（錦）雲浮山石曉	○○仙○○

國會本	田中本
（〃）光輕綰墨寘	花○○○○
（〃）若聞朱大守	○逢○太○
（羅）秋月覽惟明	○○鑒○○
（綾）色帶氷淩影	○○○綾○
（素）綾紈寫月輝	誰賞故人機
（〃）誰賞故人機	綾紈寫月輝
（布）潔績創犧皇	○○○犠《ママ》○
（〃）來穆棣花芳	○○採○○

以上の校異をみると、成簣堂と同じように誤寫による異同が多いが、「城」「池」「帷」「扇」「史」「釼」「銀」「錦」「布」などの詩にみえる異同は同一本でないことを感じさせる。しかし、亙（釼詩）、廇（旗詩）、㐌・㢘（銀詩）などの文字を踏襲しているところに、兩書の共通性を見出すことができる。

案ずるに、先に掲げた共通する特徴から、この國會圖書館本と成簣堂本とは同一系統の寫本であると考えられる。

第六項　內閣文庫本

國立公文書館（舊內閣文庫）には三本の『李嶠雜詠詩』を所藏している。內二本は寫本で、殘る一本は木活字の寬政版本（『佚存叢書』所收）である。ここでは、二本の寫本について調査する。

1　慶長寫本

この本には識語がないので、何時、誰の手によって書寫されたか不明であるが、『內閣文庫漢籍分類目錄』によると、「慶長寫」と記錄されている。これに從って、この寫本を「慶長寫本」と呼ぶことにする。

上下二冊、表紙の色は濃紺、左上の題簽に「李嶠百詠　上 共二冊」とある。下卷の題簽は「李嶠百詠　下 終」となっている。袋綴で、紙面には罫線が引かれ、四周單邊、有界、界高二十三・二cm、界幅二・〇〜二・三cm、毎半葉八行、毎行十字、墨筆の返り點、朱筆のヲコト點、部分的に墨筆の聲點がある。序文・目錄ともに無し。上卷の卷首に「百廿詠」と表題が墨書され、卷末は「百詠上」となっている。下卷の卷首に表題が無く、卷末に「百詠下」とある。

詩の本文の書式が成簣堂本や國會圖書館本と同じであるから校合してみる必要がある。但し、前述の通り、成簣堂本は前半部、國會圖書館本は後半部しかないので、その範圍內において文字の異同を調査してみる。尚、校合の對象として慶長寫本のほかに、佚存叢書本を底本として使用する。

イ　慶長寫本と成簣堂本と佚存叢書本との校合

佚存叢書本	成簣堂本	慶長寫本
(煙) 空濛上翠微	涳○○○○	○○○○○
(霧) 玲瓏素月明	○○○○○	朎朧○○○
(山) 峨峨上翠氛	○○○○○	○○吐○○
(石) 巖花鏡裏發	○○○○○	○○鐃○○
(野) 誰言板築士	○○坂○○	○云○○○
(田) 菖葉布龍鱗	昌○○○鱗	○○○○○
(〃) 瑞麥兩岐秀	○○雨○○	○○○○○

佚存叢書本	成簣堂本	慶長寫本
(道) 劔閣抵臨卭	○○○○○	○○啓○○
(〃) 玉關塵似雪	○○鹿○○	○○○○○
(海) 習坎疏丹壑	○○○○谿	○○○○○
(〃) 珠含明月輝	○○○○○	○○○○暉
(洛) 花明珠鳳浦	○○○○○	○○丹○○
(〃) 玄龜方錫瑞	○○○○○	○○○賜○
(蘭) 雪麗楚王琴	○儷○○○	○○○○○

佚存叢書本	成簣堂本	慶長寫本
(菊)香泛野人杯	○○○○坏	○○○○○
(〃)霾靡寒潭側	○○○○○	○○○浦○
(竹)高幹楚江濆	○簳○○○	○幹○○○
(〃)蕭條含曙氛	○○○○○	○○○曙氣
(〃)葉拂東南日	○○○○○	○掃○○○
(藤)色映蒲萄架	○○○桃○	○○○排○
(〃)花浮竹葉盃	○○○○○	○○○○杯
(萱)葉舒春夏綠	○○○○○	○○○憂○
(菱)鉅野昭光媚	○○○○○	○○韶○○
(荷)日落蓋陰移	○○○○○	○○○影○
(松)鬱々高山表	○○○巖○	○○○○○
(〃)鶴栖君子樹	○○○○樹	○○○○○
(桂)未殖銀宮裏	○○○○○	○植○○○
(槐)烈士懷忠至	○○○○○	○○○○到
(柳)夜星浮龍影	○月熡○○	○○煥○○
(〃)春池寫鳳文	○○鳫○○	○○○○○
(桐)孤秀嶧陽岑	○○○○峯	○○○○○
(〃)秋葉弄珪陰	○月○○○	○○○○○
(〃)遂逢霜露侵	○遭朝○○	○○○○○
(〃)不因將入爨	○○○○○	○○逢○爨

佚存叢書本	成簣堂本	慶長寫本
(李)潘岳閑居暇	○○○○假	○○○○○
(〃)蝶來芳徑馥	○○○任○	○○○○○
(梨)傳芳瀚海中	○○澣○○	○○瀚○○
(梅)院樹歛寒光	阝宛○○○○	○○收○○
(〃)若能長止渇	○○○○○	○○○○湯
(〃)何暇泛瓊漿	○假○○○	○○○○○
(橘)玉蘤含霜動	○○○○○	○○○霧○
(烏)白首何年改	○○○○變	○○○○○
(鵲)嘉逐行人至	○○○○○	喜○○○到
(〃)朝夕奉光暉	○○○○輝	○○生○○
(凫)何當歸太液	○○○大○	○○○○○
(鶯)吟分折柳吹	○○○○○	唫○○○○
(〃)韻嬌落梅風	嬌韻○○○	○○○○○
(〃)寫囀清歌裏	鴈○○○○	○○○○○
(〃)遷喬苦可冀	○○○○○	○○若○○
(雀)朝遊纏水傍	○○○○○	○○漣○○
(雉)陳寶若雞鳴	○○○○○	陣○○○○
(〃)童子懷仁至	○○○○○	○○○○到
(燕)天女伺辰至	○○○○○	○○○○到
(〃)羌池沐時雨	蹉跎○○○	○○○○○

佚存叢書本	成簣堂本	慶長寫本
(〃) 飆颸舞春風	○○○○○	○飅○○○
(麟) 漢時應祥開	○趾○○○	○○○○○
(〃) 魯郊西狩廻	○○○○○	○○○○回
(〃) 畫象臨仙閣	○○○○○	○像○○○
(象) 雎陽作貢初	○○○○○	○楊○○○
(〃) 萬推方演夢	○○○○○	○椎○○○
(〃) 執燧奔吳域	○○○○○	○○○○城
(馬) 明月承鞍上	○○隶○○	○○兼○○
(牛) 商歌初入相	○○○○○	商○○○○

佚存叢書本	成簣堂本	慶長寫本
(〃) 燕陣早横功	○○○○○	○陣○○○
(豹) 車法肇隆周	○○○○○	○○○際○
(〃) 來蘊太公謀	○○大○○	○○○○○
(〃) 委質超羊鞹	○○○○○	○○○○韕
(〃) 飛名列虎侯	○○○○候	○○○○○
(〃) 若今逢霧露	○○○○雨	○○○○○
(〃) 長隱南山幽	○○○○○	○○商○○
(熊) 大傅翊周年	太○○○○	○○○○○
(羊) 仙人擁石去	○○○○○	○○叱○○

以上をみると、成簣堂本と慶長寫本との間で、字句に異同のある詩句が七十三詩句あるが、字體の類似による誤字・誤寫と思われるものが大半で、文字に異同のある詩句は、「雲」詩の金と蒼、「山」詩の上と叱、「道」詩の抵と啓、「洛」詩の珠と丹、「荷」詩の陰と影、「松」詩の巖と山、「桐」詩の月と葉、遭朝と逢霜、將と逢、「梅」詩の歛と收、「烏」詩の孌と改、「鵲」詩の奉と生、「燕」詩の蹉跎と羌池、「麟」詩の趾と時、「豹」詩の雨と露、「羊」詩の擁と叱の十五詩句ぐらいである。これは前巻の全詩句二百四十句の六・三％に過ぎないので、成簣堂本と慶長寫本とは同系統の本に違いない。しかし、全く異なる文字があるということは、慶長寫本が成簣堂本を直に轉寫した可能性は低い。それでは、何故、異同が生じたのか、その原因を考えてみると、成簣堂本または同系統の本を後人が轉寫していくうちに誤字・誤寫が生じたり、書寫人が主觀によって文字を判斷し、改訂してきたことによると思われる。これらを轉寫して慶長寫本が出現したと考えられる。

ロ　慶長寫本と國會圖書館本と佚存叢書本との校合

佚存叢書本	國會本	慶長寫本
(城)飛雲滿城闕	非○○○○	霏○○○○
(門)誰知金馬路	○○○○○	○○○烏○
(市)細柳龍鱗照	○○○○○	○○○○映
(宅)將軍辭第初	○○○○○	○○○茅○
(池)鏡潭明月輝	○○○○暉	○潬○○耀
(席)蘭氣襲回風	○○○廻○	○○○○○
(帷)久閉先生戶	○○○○○	○開○○○
(〃)黃石遺兵書	○○動○○	○○○○○
(簾)戶外水精浮	○○○○○	○○○○流
(屛)威紆屈膝廻	○○○○○	○○○○回
(被)桂友尋東閣	○○○○閤	○○○○○
(〃)桃李同歡密	○○○○○	○○○勸蜜
(鏡)金輝似日開	○暉○月○	○暉○○○
(扇)蒲葵實曉清	○○○○○	蒱○○○○
(〃)花輕不隔面	○○○滿○	○○○○○
(〃)羅薄誰障聲	○○○○○	○○○○色
(燭)浮香匝綺茵	○○迊○○	○○○○○
(〃)特用擧賢人	○攀○○○	○○○○○
(酒)屢陪河朔遊	長○○○○	○○○○○

佚存叢書本	國會本	慶長寫本
(史)談玄方亹亹	○○○○○	○諧○亹亹
(〃)終冀作良臣	○○○賢○	○○○○○
(詩)機上錦文迴	○○○○廻	○○○○回
(〃)祖德信悠哉	○○○○○	○○○悊○
(賦)乍有陵雲氣	○○淩○○	○○凌○○
(〃)時聞擲地聲	○○○○○	○○○○色
(書)臨池鳥跡舒	○○○迹○	○○○○○
(〃)垂霧春花滿	○○○○○	○露○○○
(檄)由來激木聲	○○敷○○	○○○○色
(〃)張儀韜璧征	○○○○○	○○○玉○
(紙)妙跡蔡侯施	○迹○○○	○○○○○
(〃)廉方合軌儀	○○○○○	廣○○○○
(筆)鸚鵡摛文至	○○○○○	○○○○到
(墨)含滋綬更深	○○○○○	○○緩○○
(〃)素絲光易染	○○○○○	○○○○漆
(劒)我有昆吾劒	○○○○釰	○○○○○
(〃)匣中霜雪明	匣○○○○	○○○○○
(刀)列辟鳴鑾至	○○○○○	○○○○到
(〃)帶環疑寫月	○○○○○	○鐶○○○

佚存叢書本	國會本	慶長寫本
(〃)輒擬定三邊	○○○○○	輙○○○○
(弓)虚引怯猿聲	○○○○○	○○○○色
(箭)斷蛟雲夢澤	○○○○○	○蚊○○○
(弩)挺質本軒皇	挺○○○○	○○○○○
(〃)玉彩耀星芒	○○○○○	○輝○○○
(旌)求賢市肆中	○○鬧○○	○○○○○
(〃)擁旄分彩雉	○○○○○	○旄○○○
(〃)方知美周政	○○○○○	○○羨○○
(旗)虹輝接曙雲	○耀○○○	○○○○○
(戈)富父春喉日	○○○○○	○○○唯○
(〃)夕儐金門側	○○○○○	○償○○○
(鼓)堯年韻土聲	○○○○○	○○○○色
(彈)俠客遠相望	○○○○○	狹○○○○
(〃)來此傍垂楊	○○○○○	○○○○揚
(〃)珠流似月光	○○○○○	○成○○○
(〃)莫欣黃雀至	○忻○○○	○○○○到
(琴)鳴琴寶匣開	○○○匣○	○○○○○
(〃)風前中散至	○○○○○	○○○○到
(瑟)蓁臺舞鳳驚	○○○○○	蓁○○○○
(琵琶)裁規勢漸團	○○○○圓	○○○○闕

佚存叢書本	國會本	慶長寫本
(〃)半月分絃出	○○○○○	○○○弦○
(〃)將軍曾入賞	○○○○○	○○○賞○
(箏)蒙恬芳軌設	○怗○○○	○○○○○
(〃)秦聲復悽切	○○○○○	○○○○功
(鐘)既接南鄰磬	鐘樓○○○	○○○隣○
(〃)長樂驚宵聲	○○○○○	○○○○色
(〃)秋至含霜動	○○○○○	○到○○○
(〃)欲知恆待扣	○○○○○	豈○○○○
(〃)金簴有餘聲	○虡○○清	○簴○○色
(簫)王褒賦雅音	○褒○○○	○○○○○
(〃)搜索動猿吟	○○○○○	○○○○唫
(〃)長吟入夜清	○○○○○	○唫○○○
(笙)聲隨舞鳳哀	○○○○○	色○○○○
(歌)郢中吟白雪	○○○○○	○○唫○○
(〃)聲嬌子夜新	○○○○○	嚮○○○○
(舞)廻鸞應雅聲	迴○○○○	回○○○○
(〃)誰賞素腰輕	○○○○○	○嘗○○○
(珠)粲爛金琪側	○○○琠○	○○○○○
(玉)芳圻晴虹媚	○折○○○	方折暗○○
(金)擲地響孫聲	○○○○○	○○○○色

佚存叢書本	國會本	慶長寫本
(〃)含風振鐸鳴	○○○○○	○○○驛○
(銀)光浮滿月光	○揚浮○○	○○○○○
(〃)靈山有玲甕	○○○○○	○○○○○
(錢)漢日五銖建	○○○錢○	○○○珍○
(〃)姚年九府流	姫○○○○	○○○○○
(錦)漢使巾車送	○○○○遠	○○○○促
(〃)雲浮仙石曉	○○山○○	○○○○○
(〃)色美廻文妾	○○○○○	○○回○○
(〃)花輕綰墨賔	○○○○○	○驚○○○
(〃)若逢朱太守	○聞○○○	○○○○○

佚存叢書本	國會本	慶長寫本
(羅)秋月鑒帷明	○○覽○○	○○○○○
(綾)色帶冰綾影	○○○淩○	○○○菱○
(〃)何當畫秦女	○○○○○	○○晝○○
(〃)煙霧出氛氳	○○○○○	○○○氳○
(素)魚腸遠方至	○○○○○	○膓○○到
(布)曝泉飛掛鸖	○○○○○	曝○○○○
(〃)浣火有炎光	○○○○○	院○○○○
(〃)孫被登三相	猻○○○○	○○○○○
(〃)佇因春斗粟	○○○○○	○曰○年○
(〃)來穆採花芳	○○棣○○	○○棣○○

以上をみると、異同のある詩句が九十八句あるが、字體の類似による誤寫・誤字を除外すると、「城」詩の非と霏、「池」詩の暉と耀、「帷」詩の動と遺、「扇」詩の滿と隔、聲と色、「史」詩の玄と諧、賢と良、「賦」詩の聲と色、「檄」詩の壁と玉、「弓」詩の聲と色、「鼓」詩の聲と色、「鐘」詩の鐘樓と既接、聲と色、欲と豈、淸と色、「笙」詩の聲と色、「金」詩の聲と色、「銀」詩の揚浮と浮滿、「錦」詩の輕と驚、聞と逢の二十句となる。このうち、「城」詩の霏を雨と非に、「檄」詩の璧を辟と玉に見間違える誤謬、また、特に多い聲と色の異同であるが、聲字を声字に作っていた場合は色字と誤り易い點などを考慮して除外すると、十句になる。これは、下卷の詩句全體の四・一％に過ぎない。これを文字數で換算すると、微少なること限りない。これについても、先の成簣堂本と同様のことがいえる。ただ、「箭」と「弓」、「鐘」と「簫」の詩の位置が入れ替っている點は、單なる誤寫なのか、それとも舊來通りなのかが問題となる。

「箭・弓」の倒置に關していえば、國會圖書館本を除く舊鈔本は詩の本文を「弓・箭」の順に置いているので、慶長本と同じであるが、目錄は諸本全て「箭弓」の順に記載しているので、國會圖書館本はこれに倣ったのかもしれない。また、「鐘・簫」の位置について、舊鈔本の建治本などは國會圖書館本と同じく「鐘・簫」となっているところを勘案すると、慶長寫本の誤寫かもしれない。

最後に慶長寫本の特徵は「聲」字を「色」字、「至」字を「到」字、「吟」字を「唫」字、「廻」字を「回」字に書き換えている點にある。

總合的な見地から、慶長寫本は國會圖書館本系統の一つといえよう。

2　江戸寫本

この本は寫本で、巻首に林家の藏書印、また、巻末に「昌平坂學問所」の印があるので、大學頭林氏の舊藏書を昌平坂學問所に移管していたのではないかと考えられる。しかし、識語がないので、何時、誰れが書寫したのか不明である。『內閣文庫漢籍分類目錄』によると、「江戸寫本」としか記録されていないので、これに従って「江戸寫本」と呼ぶことにする。

上下巻の一冊本で、現在は帙（後世の作）に入れて保存されている。帙の題簽には「百廿詠　寫本」と墨書されている。本書の表紙は油色のような茶色、左上に直に「李嶠百甘《ママ》詠　上下　全」と墨書されている。袋綴、紙面の下半部の處に四周單邊の罫線がある。他に類をみない特異な書式である。無界、邊高十二・四cm、邊幅十五・二cm、（紙高二十六・三cm、紙幅十九・〇cm）每半葉八行、每行十字、墨筆の返り點、送りがな、連續符、朱筆の句點、校字（一部邊外に有り）が施されている。序文・目錄がない。上巻の巻首に「百廿詠」と表記し、巻末には「百詠上」と記し、下巻の巻首には書名がなく、巻末に「百詠下」と記載されている。この表記の仕方は前の慶長寫本と全く同じである。そこで、兩書を校比してみた結果、異體字や誤字による異同はあったものの、決定的な文字の異同はなかった。從って、この「江戸寫本」は「慶長寫本」の轉寫本であるとみて差支えない。

イ　江戸寫本の校字

この寫本には校字が記載されているので、この校字が何本に據ったものなのかを調査する。但し、校字がほぼ全詩に施されているので、ここでは特に校字の多い詩を選擇して校合する。尚、校字を知る上で、『全唐詩』所收の雜詠詩（全唐詩本と呼稱する）を掲載する。

佚存叢書本	江戸寫本	校字	全唐詩本
(日)朝夕奉堯曦	○○○○○	○○○光○	○○○光○
(月)桂生三五夕	○○○○○	○滿○○○	○滿○○○
(〃)蓂開二八時	○○○○○	○分○○○	○○○○○
(〃)分暉度鵲鏡	○○○○○	清○飛○鑑	清輝飛○鑑
(〃)流影入蛾眉	○○○○○	新○學○○	新○學○○
(〃)願陪北堂宴	○○○○○	○言從愛客	○言從愛客
(〃)長賦西園詩	○○○○○	清夜幸同嬉	清夜幸同嬉
(風)落日正沈沈	○○○○○	○○生蘋末	○○生蘋末
(〃)微風生北林	○○○○○	搖揚徧遠○	搖揚徧遠○
(〃)月影臨秋扇	○○○○○	○動○○○	○動○○○

佚存叢書本	江戸寫本	校字	全唐詩本
(〃)松聲入夜琴	○○○○○	○清○○○	○清○○○
(雲)氛氳殊未歇	亭ゝ○○○	○○○○○	郁郁祕書臺
(〃)會入大風歌	若○○○○	○○○○○	飛感高歌發
(〃)從龍起金闕	○○赴○○	○○○圓○	威加四海廻
(霧)曹公之夢澤	○○○○○	○○迷楚○	○○迷楚○
(〃)別有丹山霧	○○○○○	涿野妖氛靜	涿鹿妖氛靜
(〃)玲瓏素月明	朎朧○○○	丹山霽色○	丹山霽色○
(〃)類烟霏稍重	○○○○○	○○飛○○	○○飛○○
(〃)從風暗九霄	○○○○○	○○下○○	同雲○○○
(山)仙嶺鬱氤氳	○○○氛○	地鎭標神秀	地鎭標神秀

佚存叢書本	江戸寫本	校字	全唐詩本
(〃)峨峨上翠氛	○○吐○○	○○○○○	○○○○○
(〃)新花錦繡文	○○○○○	○○綺○紋	○○綺○紋
(〃)已開封禪處	○○○○○	○○○○所	○○○○所
(野)鳳去秦郊逈	○○○○○	○出○○○	○出○○○
(〃)草暗平原綠	○○○○○	○○少○○	○○少○○
(〃)花明春徑紅	○○○○○	○○入蜀○	○○入蜀○
(〃)獨在傳巖中	○○○○○	猶處○○○	猶處○○○
(菊)靃靡寒潭側	○○○浦○	○○○○○	○○○○○
(〃)毛茸曉岸隈	○○○○○	丰○○○○	丰○○○○
(〃)今日黃花晚	○○○○○	黃花今日○	黃花今日○
(竹)蕭條含曙氛	○○○○氣	嬋娟○○○	嬋娟○○○
(〃)枝捎西北雲	○梢○○○	○○○○○	○○○○○
(萱)葉舒春夏綠	○○○○○	黃英開養性	黃英開養性
(〃)花吐淺深紅	○○○○○	綠葉正依籠	綠葉正依籠
(萍)三清蟻正浮	○○○○○	○春○○○	○春○○○
(〃)紫葉映波流	○○○○○	○蔕帶○○	○蒂帶○○
(〃)頻隨旅客遊	○○○○○	常○○○○	常○○○○
(〃)還冀就王舟	○○○○○	○遶楚○○	○遶楚○○
(柳)楊柳正氤氳	○○○氳○	○○鬱○○	○○鬱○○
(〃)含煙總翠氛	○○○○○	金堤○○○	金堤○○○

佚存叢書本	江戸寫本	校字	全唐詩本
(〃)檐前花似雪	○○○○○	庭○○○○	庭○○類○
(桐)春花雜鳳影	○○雜○○	○光○○○	○光○○○
(〃)秋葉弄珪陰	○○○○○	○月○○○	○月○圭○
(〃)忽被夜風激	○○○○○	高映龍門廻	高映龍門廻
(〃)遂逢霜露侵	○○○○○	雙依玉井深	雙依玉井深
(〃)不因將入爨	○○逢○爨	○○○○○	○○○○○
(桃)紅桃發井傍	○○○○○	襛華○○○	穠華○○○
(〃)含風如笑臉	○○○○○	山○凝○○	山○凝○○
(〃)裛露似啼粧	裛○○○○	朝○泫○○	朝○泫○○
(〃)隱士顏應改	○○○○變	○○○○○	○○○○○
(梨)鳳文疎蜀郡	○○○○○	○○○象○	○○○象○
(〃)春暮條應紫	○○○○○	色對瑤池○	色對瑤池○
(〃)秋來葉早紅	○○○○○	甘依大谷○	甘依大谷○
(〃)若今逢漢主	○○○○○	○令○○○	○令○○○
(梅)院樹斂寒光	○○妝○○	大庾○○○	大庾○○○
(〃)梅花獨早芳	○○○○○	南枝○○○	南枝○○○
(〃)舞袖廻春徑	○○回○○	粧面回青鏡	粧面回青鏡
(〃)若能長止渴	○○○○○	○○遙○○	○○遙○○
(鶯)芳樹雜花紅	○○雜○○	○○○○○	○○○○○
(〃)吟分折柳吹	唫○○○○	聲○○楊○	聲○○楊○

佚存叢書本	江戸寫本	校字	全唐詩本
(〃)寫囀清歌裏	○○○○○	○○○紘○	○○○弦○
(〃)含啼妙管中	○○○○○	遷喬暗木○	遷喬暗木○
(〃)遷喬苦可冀	○○若○○	友生若○○	友生若○○
(象)睢陽作貢初	○楊○○○	維揚○○○	維揚○○○
(〃)萬推方演夢	○椎○○○	○○○○楚	○○○○○
(〃)執燧奔吳域	○○○○弑	○○○○戰	○○○○戰
(城)飛雲滿城闕	霏○○○○	○○靄層○	○○靄層○
(〃)白日麗墻隅	○○○○○	○○○南○	○○○南○
(〃)邊徼拒匈奴	○○○○○	○○捍○○	○○捍○○
(門)赫赫彤闈敞	○○○圍○	奕奕○圍下	奕奕○闈下
(〃)閶闔九重開	閭○○○○	○○○○○	○○○○○
(〃)疎廣遺榮去	○○○策○	○○○○○	○○○○○
(〃)于公待封來	亍○○○○	○○○駟○	○○○駟○
(〃)誰知金馬路	○○○烏○	詎○○○側	詎○○○側
(樓)落星臨畫閣	○○○○○	漢宮井榦○	漢宮井幹起
(橋)色疑虹始見	○○○○○	勢○○○○	勢○○○○
(〃)巧作七星影	○○○○○	妙應○○制	妙應○○制
(〃)能圖半月輝	○○○○暉	高分○○暉	高分○○○
(〃)卽今滄海晏	○○○○○	秦王空搆石	秦王空搆石
(〃)無復白雲威	○○○○○	仙島遠難依	仙島遠難依

佚存叢書本	江戸寫本	校字	全唐詩本
(舟)相烏風處轉	○○○○○	○○○際○	○○○際○
(〃)方今同傳說	○○因○○	何當○○○	何當○○○
(〃)飛幟巨川隈	○○○○○	特展○○材	特展○○材
(簾)曉風清竹殿	○○○○○	清○時入燕	清○時入燕
(〃)初日映秦樓	○○○○○	紫殿幾含秋	紫殿幾含秋
(〃)曖曖籠珠網	○○○○○	○○○靈閣	○○○鈴閣
(〃)窻中月影入	○○○○○	○○翡翠動	○○翡翠動
(〃)戶外水精浮	○○○○流	○○○○○	○○○○○
(〃)長從飛燕遊	○○○○○	○迎○○○	○迎○○○
(被)桃李同歡密	○○○○○	光逸偸眠穩	光逸偸眠穩
(〃)塵泥別恨長	○○○○○	王章泣○○	王章泣○○
(〃)花蕚幾含芳	○○○○○	棣○○○○	棣○○○○
(扇)蒲葵實曉清	○○○○○	○○價不輕	○○價不輕
(〃)花輕不隔面	○○○○○	○芳○滿○	○芳○滿○
(〃)逐暑含風轉	○○○○○	禦熱○○細	禦熱○○細
(〃)還取同心契	○○○○○	同心如可贈	同心如可贈
(〃)特表合歡情	○○○○○	持○○○○	持○○○○
(燭)四序玉調辰	○○○○○	○○○○晨	○○○○晨
(〃)吐翠依羅幌	○○○○○	浮炷○○○	浮炷○○○
(〃)浮香匝綺茵	○○○○○	吹○○○○	吹○○○○

佚存叢書本	江戸寫本	校字	全唐詩本
(〃)特用學賢人	○○○○○	持○○○○	持○○○○
(酒)屢陪河朔遊	○○○○○	長○○○○	長○○○○
(〃)高臥出圓丘	○○○○○	雲雨○○○	雲雨○○○
(史)班圖地理新	○固○○○	○○○○○	○○○○○
(〃)談玄方亹〻	○諧○○○	善談○○○	善談○○○
(〃)文質乃彬彬	○○○○○	靑簡見○○	靑簡見○○
(〃)方朔初還漢	○○○○○	○○○聞○	○○○聞○
(賦)平樂正飛纓	○○○○○	樂歡○○○	樂歡○○○
(〃)乍有陵雲氣	○○凌○○	○○凌○勢	○○凌○勢
(〃)造端恆體物	○○○○○	○○長○○	○○長○○
(檄)毛義奉書去	○○捧○○	○○持○○	○○持○○
(〃)張儀韜璧征	○○○玉○	○○○○行	○○○○行
(〃)頭風雖覺愈	○○○○○	曹○○○○	曹○○○○
(〃)陳草未知名	○○○○○	○○始○○	○○始○○
(墨)含滋綬更深	○○緩○○	○○○○○	○○○○○
(〃)素絲光易染	○○○○漆	悲○○○○	悲○○○○
(〃)皂疊映逾沈	○○○○○	疊素彩還○	疊素彩還○
(刀)割錦紅鮮裏	○○○鱗○	入夢華梁上	入夢華梁上
(〃)含毫彩筆前	○○○○○	○鋒○○○	○鋒○○○
(〃)輒擬定三邊	○○○○○	特○○○○	特○○○○

佚存叢書本	江戸寫本	校字	全唐詩本
(箭)漢郊初飮羽	○○○○○	○甸○收○	○甸○收○
(〃)夏列三成軌	○○○○○	○○○○範	○○○○範
(弩)挺質本軒皇	○○○○○	○○○○黃	○○○○皇
(〃)銅牙流曉液	○○○○○	機張驚雉雊	機張驚雉雊
(〃)高鴈行應盡	○○○○○	○鳥○○○	○鳥○○○
(〃)玄猿坐見傷	○○○○○	淸○○○○	淸○○○○
(旌)告善櫻臺側	○○○○○	○○康莊○	○○康莊○
(〃)擁旄分彩雉	○○○○○	○麾○○○	○麾○○○
(〃)方知美周政	○○羨○○	○○○○○	○○○○○
(〃)懸旆閶車攻	○○○○○	抗○賦○○	抗○賦○○
(彈)俠客遠相望	狹○○○○	狹○持蘇合	○○持蘇合
(〃)共持蘇合彈	○○○○○	避丸深可誚	避丸深可誚
(〃)來此傍垂楊	○○○○揚	求炙遂難忘	求炙遂難忘
(〃)金落疑星影	○○○○○	○迸○○落	○迸○○落
(〃)莫欣黃雀至	○○○○到	誰知少孺子	誰知少孺子
(〃)須憚微軀傷	○○○○○	將此見吳王	將此見吳王
(琴)名士竹林隈	○○○○○	隱○○○○	○○○○○
(〃)鳴琴寶匣開	○○○○○	英聲○○○	○○○○○
(〃)風前中散至	○○○○到	○○線綺弄	○○○○○
(〃)月下步兵來	○○○○○	○○白雲○	○○○○○

佚存叢書本	江戸寫本	校字	全唐詩本
(瑟) 蒼祇初制法	○○○○○	伏羲○製○	伏羲○製○
(〃) 流水潛魚聽	○○○○○	○○嘉○躍	○○嘉○躍
(〃) 嘉賔歡未極	○○○○○	○○飲○○	○○飲○○
(〃) 君子娛樂幷	○○○○○	○○○倶○	○○○倶○
(琵琶) 裁規勢漸團	○○○○闕	朱絲聞岱谷	朱絲聞岱谷
(〃) 將軍曾入賞	○○○○○	○○○制曲	○○○制曲
(〃) 司馬屢飛歡	○○○○○	○○○陪觀	○○○陪觀
(〃) 唯有胡中曲	○○○○○	本是○○樂	本是○○樂
(箏) 遊楚清音列	○○○○○	○○妙彈開	○○妙彈開
(〃) 形通天地規	○○○○○	新曲帳中發	新曲帳中發
(〃) 絃寫陰陽節	○○○○○	清音指下來	清音指下來
(〃) 鄭音既寥亮	○○○○○	鈿裝模六律	鈿裝模六律
(〃) 秦聲復悽切	○○○○○	柱列配三才	柱列配三才
(〃) 君聽陌上桑	○○○○○	莫○西秦奏	莫○西秦奏《ママ》
(〃) 爲辨羅敷潔	○○○○○	箏箏有剩哀	箏箏有剩哀
(珠) 粲爛金琪側	○○○○○	○○○輿○	燦○○輿○
(〃) 合浦夜光開	○○○○○	○○○○廻	○○○○回
(〃) 誰憐被褐者	○○○○○	甘泉宮起罷	甘泉宮起罷

佚存叢書本	江戸寫本	校字	全唐詩本
(〃) 懷寶自多才	○○○○○	花媚望風臺	花媚望風臺
(錦) 漢使巾車送	○○○○促	○○○○遠	○○○○遠
(〃) 河陽步障新	○○○○○	○○○○陳	○○○○陳
(〃) 色美廻文妾	○○回○○	春機迴廻文	機迴○○巧
(〃) 花輕綰墨賔	○驚○○○	巧紳蒹《ママ》束髮	紳兼束髮新
(〃) 若逢朱太守	○○○○○	○○楚王貴	○○楚王貴
(〃) 不作夜遊人	○○○○○	○○○行○	○○○行○
(綾) 爲衾值漢君	○○○○○	○裘指○○	○裘指魏○
(〃) 色帶冰綾影	○○○菱○	馬眼○陵○	馬眼○凌○
(〃) 光含霜雪文	○○○○○	竹根雪霰○	竹根雪霰○
(〃) 煙霧出氛氳	○○○氲○	○際坐氤○	○際坐氤○
(素) 礁杵調風響	○○○○○	妙奪鮫綃色	□□□□女
(〃) 綾紈寫月輝	○○○○○	光騰月扇○	光騰月扇○
(〃) 非君下山路	○○○○○	○○○路去	○○○路去
(布) 潔績創羲皇	○○○犧○	御○○犧黃	御○○○黃
(〃) 曝泉飛掛鶴	曝《ママ》○非○○	瀑飛臨碧海	瀑飛臨碧海
(〃) 浣火有炎光	○○○○○	火浣擅○方	火浣擅○方
(〃) 來穆採花芳	○○隸○○	○曉隸○○	○曉隸○○

以上の校合により、江戸寫本が佚存叢書本と近く、また、江戸寫本に記入されている校字が全唐詩本とほとんど一

致することが判明した。しかし、江戸寫本の校字と全唐詩本とにおいてまだ文字に異同がみられる。その異同の文字を有する雜詠詩本が見當らないので、江戸寫本の校字を雜詠詩を收錄する『李嶠集』（明・朱警編、明末刊本）によって校比を試みることにする。但し、右表で江戸寫本の校字と全唐詩本と合致しない校字を有する詩句についてのみ校合する。

ロ　江戸寫本の校字と李嶠集本

江戸寫本	校字	全唐詩本	李嶠集本
(月) 蓂開二八時	○分○○○	○○○○○	○分○○○
(〃) 分暉度鵲鏡	淸○飛○鑑	淸輝飛○鑑	淸輝飛○鑑
(雲) 亭亭殊未歇	氛氳○○○	郁郁秘書臺	郁郁□書臺
(〃) 若入大風歌	會○○○○	飛感高歌發	飛感高歌發
(〃) 從龍赴金闕	○○○圓○	威加四海廻	威加四海廻
(霧) 別有丹山霧	涿野妖氛靜	涿鹿妖氛靜	涿野妖氛靜
(雪) 從風暗九霄	○○下○○	同雲○○○	同雲○○○
(萍) 紫葉映波流	○蔕帶○○	○蔕帶○○	○蔕帶○○
(柳) 檐前花似雪	庭○○○○	庭○○類○	庭○○類○
(桐) 秋葉弄珪陰	○月○○○	○月○圭○	○月○圭○
(鶯) 写囀淸歌裏	○○○絃○	○○○弦○	翔集春臺側
(象) 萬椎方演夢	○推○○楚	○推○○○	○推○○楚
(樓) 落星臨畫閣	漢宮井榦《ママ》○	漢宮井幹起	漢宮井幹起

江戸寫本	校字	全唐詩本	李嶠集本
(橋) 能圖半月暉	高分○○○	高分○○輝	高分○○輝
(簾) 曖曖籠珠網	○○○靈閣	○○○鈴閣	○○○靈閣
(賦) 平樂正飛纓	樂歡○○○	樂觀○○○	樂觀○○○
(琴) 名士竹林隈	隱○○○○	○○○○○	隱○○○○
(〃) 鳴琴寶匣開	英聲○○○	○○○○○	英聲○○○
(〃) 風前中散到	○○線《ママ》綺弄	○○○○○	○○綠綺弄
(〃) 月下步兵來	○○白雲○	○○○○○	○○白雲○
(珠) 粲爛金琪側	○○○輿○	燦○○輿○	燦○○輿○
(〃) 合浦夜光開	○○○○廻	○○○○回	○○○○廻
(錦) 色美回文妾	春機迴廻文	機迴○○巧	春機迴廻文
(〃) 花驚綰墨賓	巧紳兼束髮	紳兼束髮新	巧紳兼束髮
(綾) 爲袞値漢君	○裘指○○	○裘指魏○	○裘指魏○
(〃) 色帶冰菱影	馬眼○陵○	馬眼○凌○	馬眼○陵○

江戸寫本	校字	全唐詩本	李嶠集本
（素）礁杵調風響	妙奪鮫綃色	□□□□女	妙奪鮫綃色

江戸寫本	校字	全唐詩本	李嶠集本
（布）潔績創犧皇	御○○○黄	御○○羲黄	御○○羲黄

以上の校合によって、全唐詩本と合致しなかった異同の文字も、大半は李嶠集本と合致したが、それでもなお不一致の文字がある。これは寧ろ當然のことかもしれない。何故なら、全唐詩本と李嶠集本の二本だけで校合したとは考えられないからである。例えば、「雲」詩の校字は全唐詩本や李嶠集本とは全く異なっている。これは我國の傳本（舊鈔本）にみえる文字であるからである。更に、既に後人の手によって校訂された雜詠詩本によって校合したのかもしれない。また、校訂者の誤謬もあろう。例えば、「樓」詩である。この詩については「落星臨畫閣」の詩句にしか校字が記入されていないが、その校字から判斷して全唐詩本か李嶠集本である。この二本によって校合すると

江戸寫本	校字	全唐詩本	李嶠集本
（樓）百尺重城際	○○○○○	○○○○○	○○○○○
（〃）千尋大道隈	○○○○○	○○○○○	○○○○○
（〃）落星臨畫閣	漢宮井榦《ママ》○	漢宮井幹起	漢宮井幹起
（〃）井幹起高臺	○○○○○	吳國落星開	吳國落星開

江戸寫本	校字	全唐詩本	李嶠集本
（〃）舞随綠珠去	○○○○○	笛怨○○○	笛怨○○○
（〃）簫將弄玉來	○○○○○	○隨○○○	○隨○○○
（〃）銷憂乘暇日	○○○○○	○○聊○○	○○聊假○
（〃）誰識仲宣才	○○○○○	○○○○○	○○○○○

となる。「樓」詩以外の詩が全唐詩本や李嶠集本によって校合されているのに、この「樓」詩だけを全唐詩本や李嶠集本以外の傳本で校合したとも考えられないので、この「樓」詩は校合し忘れたのであろう。

ハ　江戸寫本の欄外にみえる校合詩

校合の一つである欄上に記載された詩について調査してみる。

欄上の詩	全唐詩本	李嶠集本
(雲)英英大梁國	○○○○○	○○○○○
郁郁秘書臺	○○○○○	○○□○○
碧落從龍起	○○○○○	○○○○○
青山觸石來	○○○○○	○○○○○
官名光邃古	○○○○○	○○○○○
蓋影耿輕埃	○○○○○	○○○○○
飛感高歌發	○○○○○	○○○○○
威加四海廻	○○○○○	○○○○○

欄上の詩	全唐詩本	李嶠集本
(池)綵棹浮太液	○櫂○○○	○○○○○
清觴醉習家	○○○○○	○○○○○
詩情對明月	○○○○○	○○○○○
雲曲拂流霞	○○○○○	○○○○○
煙散龍形淨	○○○○○	○○○○○
波含鳳影斜	○○○○○	○○○○○
安仁動秋興	○○○○○	○○○○○
魚鳥思空賒	○○○○○	○○○○○

欄外に記載されているこの二首は、江戸寫本の詩と全く異なる詩である。従って、詩全部を記載しているのである。詳細にみると、右表の「雲」詩の李嶠集本に一字欠けている個所があるが、欄外に記入されている詩にはその欠字が記載されている。これによると、全唐詩本を轉寫したとも考えられるが、もう一首の「池」詩の「棹」字が、全唐詩本では通用字の「櫂」字になって、李嶠集本では「棹」字になっていることを勘案すると、一概に、全唐詩本だけに據って校勘したともいえない。

按ずるに、江戸寫本の校勘は主として全唐詩本と李嶠集本を併用して行ない、校勘者の判斷によって我國の舊鈔本も使用したと考えられる。

第七項 その他の寫本

以上の寫本のほかに、成立年代不明の寫本がある。それらを整理すると次の如くである。

1　陽明文庫本

陽明文庫には建治本の轉寫本以外に二本の寫本を所藏している。二本とも識語がないので、假に甲本、乙本と呼ぶことにする。

イ　甲　本

本書は上下二冊、表紙は濃紺色、左上の題簽に「唐李嶠雑《ママ》詠　上」とある。下巻の題簽は「下」字以下が破損している。表紙の裏面に「陽明藏」の押印がある。紙高二十九・七㎝、紙幅二十・八㎝。罫線なし。毎半葉八行、毎行十字（上下二段に分れ、各段五字）、墨筆の返り點、連續符、朱筆のヲコト點が施されている。目録、序文ともになし。上巻の巻首に「百廿詠」、巻末には「百詠上」とあり、下巻の巻首に題目がなく、巻末に「百詠下」とある。これは前項の內閣文庫本と同じであり、特に慶長寫本とは書式、書體、異體字、俗字、返り點、連續符、ヲコト點など全てにおいて一致する。ただ、題簽のみが異なる。慶長寫本は「李嶠百詠」であり、甲本は「唐李嶠雜詠」となっている。但し、慶長寫本の題簽は本文の墨跡とは別筆なので、後人の手に成ったものであろう。従って、本書は內閣文庫本を轉寫したものである。このほかに、轉寫本であると斷定できる證左に次のものがある。それは下巻にみえる「詩」詩の書き込みである。慶長寫本は第五・第六句を書き落したとみえて、第三・第四句と第七・第八句の中間にある罫線の上に、小字で五句と六句を記入してある。これを承けて陽明文庫の甲本も、慶長寫本ほどの小字ではないが、慶長寫本と同様に插入した形で記載されている。これは、甲本が慶長寫本を忠實に模寫しようとした表れである。更に、甲本が慶長寫本の轉寫本である證據を擧げるならば、下巻にみえる「旌」「旗」兩詩の詩題の表記である。慶長寫本が誤って「⿰弓眞」

「彊」と書寫している。甲本も同樣に「彊」「彊」と模寫しているが、前の「彊」の上に小文字で「旌」と訂正している。もし、逆に、慶長寫本が甲本を模寫したとするならば、慶長寫本は訂正文字に從って「旌」「籏」と記載したであろう。なぜなら、明らかな誤りを放置するはずがないからである。以上の觀點から、甲本は慶長寫本の轉寫本であると判斷したのである。

ロ　乙　本

本書は一卷本である。薄茶色の表紙の左上に「李嶠雜詠」と墨筆で直書している。罫線なし。紙高二十六・七㎝、紙幅十七・九㎝、每半葉七行、每行十五字。目錄・序文ともになし。校異字が異同のある詩句や文字の下に記入されている。表紙の裏面には「陽明藏」の押印がある。卷首に「李嶠雜詠」とあり、續けて「日」詩から順に記載されている。その配列は全唐詩本と同じである。そこで、全唐詩本と校合してみると、少量の誤字（叢を聚に作る）と「風」詩の第三句目の「帶花」の二字、「墨」詩の第七句目の「學」字、「箏」詩の末句の「箏」字を書き落している以外は全唐詩本と一致する。このほか、全唐詩本にみえる詩で、「原第五句缺二字」「河第八句缺」「檄第二句缺一字」「戈第八句缺一字」「簫下四句缺」「素首句缺四字、第三句缺二字」は詩題の表記は勿論のこと、詩の本文も注記の指示通り、全唐詩と同樣に空欄のままであり、また、「鐘一作宋之問詩」や「笛一作宋之問詩」などのように詩人が別人であることを示す注記とか、異句・異字を示す校異字などがある。但し、「市」詩の末句の「秦〔金〕（巾）」とか、「桂」詩の初句の「未〔殖〕（値）」などのように訂正文字のある場合は訂正文字を採用している。

以上の觀點から乙本は全唐詩本の轉寫本であるといえる。

本書は能筆家によって書寫されていることは一目瞭然である。陽明文庫關係者の能筆家といえば、近衛家第二十一代家熙（一六六七～一七三六）が有名である。おそらく、この本は予樂院家熙の手によって書寫されたものであろう。『全唐詩』が淸の康凞四十六年（一七〇七）に編纂されているから、予樂院が四十一才から七十才までの閒に書寫されたものである。因みに、先に紹介した陽明文庫の建治本の轉寫本、甲本の二本とは筆跡を異にしている。

2　松平文庫本

本書は島原圖書館の松平文庫に所藏されている。松平文庫とは寛文九年（一六六九）松平忠房が累代の忠節と精勵格勤により島原城主に封ぜられてから、明治維新で島原城が崩されるまでの閒に蒐集した藏書一萬餘册をいう。初代忠房公は教學に熱心で、伊藤榮治（伊勢の人）を聘して日本紀・源氏物語などの國學を講ぜしめ、家臣にも聽講させるなど藩校の基礎を築いた。また、多數の和漢書を蒐集して「尙舍源忠房文庫」を創設して、家臣に開放した。第七代忠憑は忠房公の遺志を繼いで、寛政五年（一七九三）藩校稽古館（九州二十八校の一つ）を開設するに當り、江戸藩邸の學者川北溫山（名、重熹。字、儀卿。一七九四～一八五三）を招いて教授となし、これらの藏書を教科書として藩學の基礎を樹立した。(11)

本書『百詠詩集』の卷末に「尙舍源忠房」と「文庫」の押印があることから、これが松平忠房公の舊藏書であることがわかる。現存本は零本、蟲食あり。表紙は稍厚目で蠟のような灰色、左上の題簽に「百詠詩集」とある。現存本は後人の手に成ったものである。

袋綴、紙高二十九・〇cm、紙幅二十・三cm、每半葉八行、每行十字、墨筆で送りがな・ルビ・連續符・聲點が施されている。卷末に「百詠集」と記す。現存する詩は順に、玉帛十首（珠玉金銀錢錦羅綾素布）、服玩六首（床席帷簾屛被）、文物四首（紙筆硯墨）、武器十首（釼刀箭弓弩旌旗戈皷彈）、音樂十首（琴瑟琵琶箏鐘簫笛笙歌舞）の四十首である。本來、五十首あるべきであるが、服玩四首（鏡扇燭酒）と文物六首（經史詩賦書檄）が欠落している。

本書の特異は詩の配列順序である。他の傳本と校比すると

佚存叢書本	全唐詩本	松平文庫本
巻下　服玩部	文物部	玉帛部
文物部	武器部	服玩部
武器部	音樂部	文物部
音樂部	玉帛部	武器部
玉帛部	服玩部	音樂部

となり、佚存叢書本系統にも全唐詩本系統にも屬さない。孰れにも屬さないということは新系統とも解せるが、他にみえないので、この場合は書寫時における見誤りから生じた混亂とみるべきであろう。

松平文庫本	佚存叢書本	
（布）潔積《ママ》創攙皇	（布）〇績〇〇〇	（車）天子馭金根
緇冠表素王	〇〇〇〇〇	蒲輪辟四門
曝泉霏掛鶴	〇〇飛〇〇	五神趁雪路
浣火有炎光	〇〇〇〇〇	雙轍似雷奔
丹鳳栖金轄	孫被登三相	〇〇〇〇〇
非熊載寶軒	劉衣闢四方	〇〇〇〇〇
無階忝虛左	佇因春斗粟	〇〇〇〇〇
先乘奉王言	來穆採花芳	〇〇〇〇〇

松平文庫本	佚存叢書本	
（舞）妙妓遊金谷	（舞）〇〇〇〇〇	（布）潔績創攙皇
佳人滿石城	〇〇〇〇〇	緇冠表素王
霞衣席上轉	〇〇〇〇〇	曝皇飛掛鶴
花袖雪前明	〇〇〇〇〇	浣火有炎光
孫被登三相	儀鳳諧清曲	〇〇〇〇〇
劉衣闢四方	廻鸞應雅聲	〇〇〇〇〇
佇因春斗粟	非君一顧重	〇〇〇〇〇
來穆棣花芳	誰賞素腰輕	〇〇採〇〇

本書の「布」詩の後半四句は、佚存叢書本（同諸本）の「車」詩の後半四句が誤置され、また、「舞」詩の後半四句は、佚存叢書本の「布」詩の後半四句が誤置されたものである。本書の「布」と「舞」の兩詩は孰れも原本の見誤りから

生じた誤謬である。このほかに、「紙」詩に「鏡」の詩題を誤記するという誤りもある。此の如き状況から、詩の配列の混亂も想像できるのである。

次に本書が何系統の本によって書寫されたのかを調査することにする。書式は成簣堂文庫本や國會圖書館本と同一である。殊に武器十首の詩題の書體が「釼刀箭弓弩弪《マ》弿《マ》戈皷彈」となっており、國會圖書館本と合致するが諸本と異なる。そこで、佚存叢書本を底本に兩書を校合してみる。

佚存叢書本	國會圖書館本	松平文庫本	全唐詩本
帷			
(1)黄石遺兵書	○○動（遺イ）○○	○○○○○	○○受○○
簾			
(2)曖曖籠珠網	○○○○○	○○○○細	○○○鈴閣
紙			
(3)妙跡蔡侯施	○迹○○○	妙迹○○○	○○○○○
筆			
(4)霜輝簡上發	○○○○○	○暉○○○	○○○○○
硯			
(5)君苗徒見藝	○○○○○	○○○○埶（藝イ）	○○○○爇
(6)誰識士衡篇	○○○○○	○詠（識）○○○	○詠○○○
墨			
(7)上黨作松心	○○○○○	○○結○○	○○結○○
(8)皂疊映逾沈	○○○○○	○○○愈○	疊素彩還○

佚存叢書本	國會圖書館本	松平文庫本	全唐詩本
釼			
(9)紫氣旱干星	○○每○○	○○○○○	○○夜○○
刀			
(10)帶環疑寫月	○鐶○○○	○○○○○	○○○○○
(11)割錦紅鮮裏	○○○鱗○	○○○○○	入夢華梁上
旌			
(12)輒擬定三邊	輙○○○○	特（輙イ）○○○○	特○○○○
(13)求賢市肆中	○○鬧○○	○○開○○	○○○○○
(14)擁旄分彩雉	○○○○○	○旌○○○	○麾○○○
(15)方知美周政	○○美○○	○○弄○○	○○○○○
(16)懸旆閲車攻	○○○○○	烝○○○○	抗○賦○○
旗			
(17)虹輝接曙雲	○耀○○○	○○○曙○	○○○○○
(18)風翻鳥獸文	○○○○○	○飜○○○	○○○隼○

佚存叢書本	國會圖書館本	松平文庫本	全唐詩本
戈			
⒆願隨龍影度	○○○○渡	○○○○○	○○○○○
彈			
⒇珠流似月光	○○○○○	○成○○○	○沈○○○
㉑莫欣黃雀至	○忻○○○	○俽○○○	誰知少孺子
琴			
㉒梁岷舊作臺	○○○依○	○○宸○○	○○○○○
琵琶			
㉓裁規勢漸團	○○○○圓	栽○○○圓	朱絲聞岱谷
㉔半月分絃出	○○○○○	○○○弦○	○○○弦○
㉕蓑花拂面安	叢○○○○	○○○○○	叢○○○○
箏			
㉖絃寫陰陽節	○○○○○	弦○○○○	清音指下來

佚存叢書本	國會圖書館本	松平文庫本	全唐詩本
㉗鄭音既寥亮	○○○○○	○○○○高	鈿裝模六律
鐘			
㉘君聽陌上桑	○○○○○	○詛○○○	莫○西秦奏
㉙既接南鄰磬	鐘○○○○	○○○○○	○○○○○
㉚春歸應律鳴	○○○○○	○成○○○	○○○○○
簫			
㉛靈鶴時來致	○○○○○	○○○○臻	□□□□□
㉜爲聽楊柳曲	○○○○○	○○○極○	□□□□□
笙			
㉝純孝卽南陔	○○○○垓	○○○○○	○○○○○
歌			
㉞漢帝臨汾水	○○○○○	○○○紛○	○○○○○
㉟梁上繞飛塵	○○○○○	○○澆○○	○○○○○

書式が同じであった國會圖書館本との校合において三十五句の異同をみた。そのうち、⒅は同字で、㉓㉕は文字の近似による誤寫であるから、三十二句に異同字があることになる。この三十二句は三百二十句の一割に相當し、決して少ない數字ではない。從って、本書は圖會圖書館本とは別系統の本といえる。但し、⑵⑶⑷⑸⑹⑺⑽⑾⒀⒁⒂⒄⒆㉑㉒㉔㉖㉗㉛㉝㉞㉟なども文字の近似による誤寫とすると、國會圖書館本系統からの書寫と考えられなくはない。

3　京都大學本

本書は京都大學文學部の藏書であるが、現在は京都大學人文科學研究所内の東洋學文獻センターに所藏されている。手作りの原稿用紙にペンで書寫されている。識語がないので成立年・書寫人が不明、ペン字であるから古寫本ではない。體裁は袋綴の一册本、白口、白魚尾、四周單邊、匡郭內縱十九・五cm、横十二・八cm、有界、界格一・二cm、毎半葉十行、毎行二十字、朱筆の讀點が施されている。本文の文字には某本による校字が雙行で書かれている。そのほか、欄上には『咏物詩選』『文苑英華』『詩紀』『全唐詩』及び某本による校字も記載されている。從って、本書は校本である。巻首には張庭芳の序文と目錄がある。目錄の頭にある題目には「李嶠雜詠百廿首」と記載され、詩の頭には「李嶠雜詠集」と記載されている。この書式は延寶版本と同じである。本書の特異な點は巻末に『事文類聚』(宋・祝穆撰)から抽出した李嶠の「咏蝶」詩を掲載していることである。

次に本文の檢討に移る。本書の特異な點は京都大學本(以後、京大本と呼ぶ)の「雲」詩や「池」詩に、佚存叢書本系の諸本にはみえない別本の詩を記載していることである。これらの詩が全唐詩本にみえる詩であるところから、京大本は全唐詩本を底本にしたことが予想できる。そこで全唐詩本との關係を調査するために、兩書を校比してみる。(俗字は省く) 參考までに延寶本も掲載しておく。

全唐詩本	京大本	延寶本
(月) 清輝飛鵲鑑	○暉○○○	○暉○○○
(雲) 英英大梁國	盈々○○○	○○○○○
(石) 入宋星初隕	○○○○落	○○○○落

全唐詩本	京大本	延寶本
(原) □□横周甸	膴々○○○	膴々○○○
(〃) 莓苔闕晉田	○莓○○○	○莓○○○
(野) 鳳出秦郊迥	○去○○○	○去○○○

全唐詩本	京大本	延寶本
（〃）誰言版築士	○○板○○	○○板○○
（〃）杏花開鳳軫	○○○○眕	○○○○眕
（〃）菖葉布龍鱗	○藥○○○	○藥○○○
（海）會因添霧露	○當○○○	○當○○○
（河）□□□□□	還沐上皇風	還沐上皇風
（竹）葉掃東南日	○拂○○○	○拂○○○
（萍）紫蔕帶波流	○葉○○○	○葉○○○
（〃）常隨旅客遊	頻○○○○	頻○○○○
（〃）還遶楚王舟	○冀就○○	○冀就○○
（荷）楚服但同披	○○且○○	○○且○○
（桂）未〔殖〕銀宮裏	○植○○○	○殖○○○
（槐）烈士懷忠觸	○○○○至	○○○○至
（柳）列宿分龍影	○○浮○○	○○浮○○
（桃）朝露泫啼妝	○○泣○○	裛○侶○○
（梨）鳳文疏象郡	○○○蜀○	○○○蜀○
（烏）迢遞繞風竿	○灉○○○	○灉○○○
（鵲）朝夕動光輝	○○○○暉	○○○○暉
（鳧）翎集動成雷	翔○○○○	翔○○○○
（鶯）嬌韻落梅風	韵嬌○○○	韵嬌○○○
（雀）暮宿江城裏	○○空○○	○○空○○

全唐詩本	京大本	延寶本
（燕）相賀雕闌側	○○○楹○	○○○楹○
（麟）若驚能吐哺	莫○○○○	莫○○○○
（牛）燕陣早横功	○陳○○○	○陳○○○
（豹）若令逢雨露	○○○霧雨	○今○霧多
（兎）梁園映雪輝	○○○○暉	○○○○暉
（門）詎知金馬側	○○○○路	○○○○路
（井）杞國旦生雲	○○且○○	○○且○○
（橋）妙應七星制	○倣○○○	○倣○○○
（車）雙轂似雷奔	○轍○○○	○轍○○○
（牀）珊瑚七寶妝	○○○○裝	○○○○裝
（〃）蘭席拂沈香	○籍○○○	○籍○○○
（屛）洞徹琉璃蔽	○○瑠○○	○○瑠○○
（〃）神仙倒景來	遊○○○○	遊○○○○
（燭）吹香匝綺茵	浮○○○○	浮○○○○
（酒）孔坐治良儔	○座○○○	○座○○○
（檄）由來□木聲	○○敷○○	○○敷○○
（〃）迢遞入燕營	○遰○○○	○遰○○○
（〃）曹風雖覺愈	頭○○○○	頭○○○○
（紙）妙跡蔡侯施	玅迹○○○	玅迹○○○
（硯）光隨錦文發	○○○○散	○○○○散

全唐詩本	京大本	延寶本
(〃) 開池小學前	○氷○○○	○氷○○○
(〃) 誰詠士衡篇	○識○○○	○識○○○
(弓) 桃文稱辟惡	○○○避○	○○○避○
(〃) 宛轉彫鞬際	○○琱○○	○○琱○○
(箭) 堯沈九日輝	○○○○暉	○○○○暉
(旌) 擁麾分彩雉	○旄○○○	○旄○○○
(戈) 殷辛漂杵年	○○泛○○	○○泛○○
(〃) 落影駐雕鋋	○○○琱○	○○○琱○
(〃) 横□陣雲邊	○□陳○○	○陣彗○○
(瑟) 流水嘉魚躍	○○○○聽	○○○○聽
(箏) 遊楚妙彈開	○○清音列	○○清音列
(〃) 新曲帳中發	形通天地規	
(〃) 清音指下來	絃寫陰陽節	
(〃) 鈿裝模六律	鄭音即寥亮	同上（京大
(〃) 柱列配三才	秦聲復凄切	本と同じ）

全唐詩本	京大本	延寶本
(〃) 莫聽西秦奏	君□陌上桑	
(〃) 箏箏有剩哀	爲辨羅敷潔	
(簫)	靈鶴時來到	
(〃)	仙人幸見尋	
(〃)	爲聽楊柳曲	
(〃)	行役幾傷心	
(舞) 妙伎遊金谷	○妓○○○	○妓○○○
(羅) 妙舞隨裙動	玅○○○○	玅○○○○
(〃) 行歌入扇清	嬌○○○○	嬌○○○○
(綾) 竹根雪霰文	○○霜雪○	○○霜雪○
(〃) 煙際坐氤氳	○○○氛○	○○○氛○
(素) □□□□女	濯手天津○	濯手天津○
(〃) □□遠方望	魚腸○○至	魚腸○○至
(布) 來曉棣華芳	○○棣○○	○○棣○○

以上は異同のある文字を有する詩句のみを掲載した。前述したように、京大本が全唐詩本を底本としているが、兩書には以上の如く多くの文字に異同がある。異同のある文字を下欄に掲載した延寶版本と比較すると、「雲」「桂」「桃」「豹」「戈」「綾」の六ヶ所を除いて全て一致する。これは京大本の筆者が延寶版本の文字を採取して訂正した結果であろう。更に、全唐詩本には欠字欠句があるのに京大本には補塡されている。その補塡されている文字を調査すると、

延寶版本に據っていることも明確である。

畢竟、京大本は全唐詩本を底本とし、延寶版本によって詩の文字を選擇しながら訂正補塡したものである。また、書寫人は目錄を延寶版本から採用したので、詩を延寶版本の目錄に從って配列し直している。

次に詩句に插入されている雙行小字の校字について調査してみる。校字が記載されている個所は全部で三百二十八ヶ所である。煩雜を避ける爲に一句（五字）以上の校字がある詩句についてのみ校合する。

佚存叢書本	京大本	延寶本
(月) 願陪北堂宴	一本作願陪北堂宴	○○○○○
(〃) 長賦西園詩	一本作長賦西園詩	○○○○○
(風) 落日正沈沈	一本作落日正沈沈	○○○○○
(〃) 微風生北林	一本作微風生北林	○○○○○
(雲) 大梁白雲起	一本作大梁白雲起	○○○○○
(〃) 氛氳殊未歇	氛氳殊未歇	○○○○○
(〃) 錦文觸石來	錦文觸石來	○○○○○
(〃) 蓋影凌天發	盖影凌天發	○○○○○
(〃) 烟熅萬年樹	烱熅萬年樹	○○○○○
(〃) 掩映三秋月	掩映三秋月	○○○○○
(〃) 會入大風歌	會入大風歌	○○○○○
(〃) 從龍起金闕	從龍赴蒼・闕	○○○蒼・○
(霧) 別有丹山霧	一本作別有丹山霧	○○○○○
(〃) 玲瓏素月明	一本作玲瓏素月明	○○○○○

佚存叢書本	京大本	延寶本
(山) 仙嶺鬱氤氳	一本作仙嶺欝氤氳	○○○○○
(野) 花明春徑紅	一本作花明春径紅	○○○○○
(萱) 葉舒春夏綠	一本作葉舒春夏緑	○○○○○
(〃) 花吐淺深紅	一本作花吐淺深紅	○○○○○
(桐) 忽被夜風激	一本作忽被夜風激	○○○○○
(〃) 遂逢霜露侵	一本作遂逢霜露侵	○○○○○
(梨) 春暮條應紫	一本作春莫・條應紫	○○○○○
(〃) 秋來葉早紅	一本作秋來葉早紅	○○○○○
(梅) 舞袖廻春徑	一本作舞袖廻春径	○○○○○
(鶯) 含啼妙管中	一本作含啼玅・管中	○○玅・○○
(馬) 天馬來從東	一本作天馬来從東	○○○○○
(池) 日落天泉暮	一本作日落天泉莫・	○○○○莫・
(〃) 煙虛習池靜	烟虛習池靜	○○○○○
(〃) 鏡潭明月輝	鏡潭明月輝	○○○○○

佚存叢書本	京大本	延寶本
(〃)錦磧流霞景	錦磧流霞景	○○○○○
(〃)花搖仙鳳色	花揺丹・鳳色	○○丹・○○
(〃)雲浮濯龍影	雲浮溜・龍影	○○溜・○○
(〃)欲識江湖心	欲識江湖心	○○○○○
(〃)秋來賦潘省	秋來賦潘省	○○○○○
(樓)落星臨畫閣	一本作落星臨画閣	○○○○○
(〃)井幹起高臺	一本作井幹起高臺	○韓・○○○
(橋)即今滄海晏	一本作即今滄海晏	○○○○○
(〃)無復白雲威	一本作無復白雲威	○○○○○
(舟)飛檝巨川隈	一本作飛揖巨川隈	○○○○○
(簾)曉風清竹殿	一本作曉風清竹殿	○○○○○
(〃)初日映秦樓	一本作初日映秦樓	○○○○○
(〃)窗中月影入	一本作窗中月影入	○○○○○
(屛)誰辨作銘才	一本作誰辨做・銘才	○○做・○○
(被)桃李同歡密	一本作桃李同歡密	○○○○○
(扇)蒲葵實曉清	一本作蒲葵實曉清	○○○○○
(〃)還取同心契	一本作還取同心契	○○○○○
(賦)平樂正飛纓	一本作平樂正飛纓	○○○○○

佚存叢書本	京大本	延寶本
(墨)皀疊映逾沈	一本作皀疊映逾沈	○○○○○
(刀)割錦紅鮮裏	一本作割錦紅鮮裏	○○○○○
(弩)銅牙流曉液	一本作銅牙流曉液	○○○○○
(彈)俠客遠相望	一本作俠客遠相望	○○○○○
(〃)共持蘓合彈	一本作共持蘇合彈	○○○○○
(〃)來此傍垂楊	一本作來此傍垂楊	○○○○○
(〃)莫欣黃雀至	一本作莫欣黃雀至	○○○○○
(〃)須憚微軀傷	一本作須憚微軀傷	○○○○○
(珠)形隨舞鳳來	一本作形望・舞鳳來	○望・○○○
(〃)誰憐被褐者	一本作誰憐被褐者	○○○○○
(〃)懷寶自多才	一本作懷寶自多才	○○○○○
(錦)花輕綰墨寘	一本作花軽綰墨寘	○○○○○
(〃)若逢朱太守	一本作若逢朱太守	○○○○○
(綾)爲衾値漢君	一本作爲衾値漢君	○○○○○
(素)綾紈寫月輝	一本作誰賞故人機	誰賞故人機
(〃)誰賞故人機	一本作綾紈寫月輝	綾紈寫月輝
(布)潔績創羲皇	一本作潔績創犧皇	○○○犧○
(〃)曝泉飛掛鶴	一本作瀑・泉飛掛隺	○○○○○

以上の校合により、詩に記入している校字が延寶版本であることが判明した。また、上欄の佚存叢書本とも非常に近

い關係にあることがわかる。一見、佚存叢書本による校字と見間違えるほどである。しかし、校字の傍に付した黑丸印（・）の文字が延寶版本と合致するが、佚存叢書本と異なることで區別することができる。但し、校合の中で「樓」詩の「韓」字と「布」詩の「曝」字とが延寶版本の校字に採用されなかったのは意が通じなかった爲であろうと考えられる。

第二節　日本における刊本（和刻本）

『李嶠雜詠詩』に關する限り、江戸時代を遡る刊本をみない。江戸時代に入って印刷が活潑に營爲され始め、漢籍の出版も盛んになり、その一環として『李嶠雜詠』が刊行された。『江戸時代書林出版書籍目錄集成』（慶應義塾大學附屬研究所斯道文庫編、井上書房出版、一九六二年）によると、(1)、『新增書籍目錄』（延寶二年、毛利文八刊）に「季《ママ》嶠雜詠集二」(2)、『古今書籍題林』（貞享二年版）の「詩竝連句」に「季《ママ》嶠雜詠集二」、これは延寶二年刊の『書籍目錄』に據ったもの。(3)、『廣益書籍目錄』（元祿五年刊）三之巻の「詩集竝聯句」に「季《ママ》嶠雜詠集二」(4)、『書籍目錄大全』（元祿九年、河内屋喜兵衛刊）巻二に「季《ママ》嶠雜詠集二」(5)、『新版增補書籍目錄』（元祿十二年、京都・永田調兵衛等二名刊）の「詩集竝聯句」に『季《ママ》嶠雜詠集二』(6)、『增益書籍目錄大全』（元祿九年刊正德五年修、丸尾源兵衛刊）の巻二に『季《ママ》嶠雜詠集』等がある。但し、これらの出版目錄の刊行年に卽『李嶠雜詠集』が刊行されたとは限らない。その理由の一つに、諸書籍目錄にみえる『李嶠雜詠集』の「李」字が、全て「季」字に誤っていることである。これは先行する目錄をそのまま轉寫したことから起った誤謬であろう。また、ここに擧げた書籍目錄が、目錄の全てではないから、目錄にみえる年次以外の年に出版されたものもある。

現在、管見することができるものに、延寶三年刊本、寶曆十一年刊本、寛政十一年刊本の三種がある。このうち、寛政十一年刊本は林衡によって『佚存叢書』に収められ、内外で廣く利用されることになる重要な刊本であるから、先ず、『佚存叢書』所收本（以後、「佚存叢書本」と呼ぶ）から調査する。

第一項　佚存叢書本（和刻本）

『佚存叢書』は江戸後期の儒學者林衡（號、述齋、一七六八～一八四一）によって編輯されたものである。編輯の動機について、

余嘗讀㆓唐宋以還之書㆒、乃識㆘載籍之佚㆓於彼㆒者不㆖レ爲レ尠也。因念㆘其獨存㆓於我㆒者㆖而我或致。遂佚則天地間無レ復㆓其書㆒矣。不㆓已可㆒レ惜乎。

と序文に述べている。

この叢書は寛政十一年（一七九九）から文化七年（一八一〇）に亙って、一帙十册を六回に分けて刊行されたもので、十六種、百十卷、六十册の構成から成っている。

編者林述齋は名を衡といい、字を叔紞、または德詮、公鑑ともいう。述齋は號で、このほか、蕉陰・蕉軒・天瀑などの別號をもつ。美濃・岩村藩主松平乘蘊の第三子として出生。大鹽鼇渚・服部仲山・澁井太室などに師事し、廣く經史を涉獵し、和漢の學に通じた。寛政五年（一七九三）、二十六才の時に林家七世大學頭錦峯が沒し、嗣なきを承けて大學頭となり、林家を中興し、學制改革を行ない、昌平坂學問所を確立し、官撰による編纂書を多く出版した。天保十二年七月十四日歿、享年七十四才。

『李嶠雜詠集』は寛政十一年（一七九九）に刊行された『佚存叢書』の第一帙に収められている。『佚存叢書』は日本

での刊行が最初であるが、その後、中國においても出版されることになる。従って、今後、諸本との校比を行なう上での底本として使用する。

林述齋は『李嶠雜詠』を『佚存叢書』に收容した動機について

以故諸家傳本不レ一而足。在二彼中一則其詩雖レ散二見諸類書各門一、而單行本後世蓋軼矣。及三康熙中編二全唐詩一、而雜詠亦存二乎其中一。然佚二數句一者甚多。豈拾二掇諸書所レ載以裒録者歟。（中略）予所レ覽數本、而唯此本最係二古膽一。其爲二唐時藍本一不レ容レ疑焉。故挍而傳レ之。

と述べている。

この『佚存叢書本』には、巻首に唐の天寶六年（七四七）に記述された張庭芳（生沒年不詳）の序文を登載している。これによると、「研レ章摘レ句、輒因レ註述」とあるように、『李嶠雜詠』に注釋が記載されていたことがわかる。しかし、佚存叢書本には注釋が記載されていない。多分、これは述齋が使用した底本に記載されていた序文をそのまま轉載したためで、底本とした書物に注釋がなかったものと思われる。述齋が生誕した翌年に亡くなった儒學者・青木敦書（字、厚甫。一六九八～一七六九）が、寶暦十二年（一七六二）に著わした『昆陽漫録』の「百詠」の中で、

源平盛衰記ニ小兒ノ百詠ヲ讀トアルハ唐ノ李嶠カ雜詠百首ノ事ニテ註モアリテ今ノ庭訓ノ如クハヤリシナリイマハ好事ノモノ李嶠雜詠百廿首張庭芳カ註ノ序ノミヲ傳フ其文左ノ如シ。（松浦資料館本）

と述べ、序文を掲載している。

按ずるに、當時、『李嶠雜詠』は張庭芳の序文を有する無注本が、一般に通行していたのであろう。

本書は國立公文書館（内閣文庫）、京都大學人文科學研究所、刈谷圖書館、愛媛大學附屬圖書館などに所藏されている。

この本は朱色の表紙で、左上の題簽に「兩京新記　李嶠雜詠　爵」とある。題簽によってわかるように二書で一

冊、『李嶠雜詠』は後半部に當る。和綴の大版で袋綴、毎半葉十行、毎行二十字、木活字、小黑口、魚尾は上に一つ。中縫に「百二十詠卷上（下）」とある。四周單邊、有界、界格一・四㎝、匡郭內、縱二十一・五㎝、横十三・七㎝。卷首に天寶六年（七四七）の張庭芳の序文、卷末に寛政十一年（一七九九）の述齋の跋文を有している。序文の次に「李嶠雜詠百二十首上」の目錄があり、續いて下卷の目錄がある。下卷の目錄の終りに「李嶠雜詠百二十首下目錄終」とあるが、上卷には終りの語句がない。そして詩篇へと續く。上卷は「乾象部十首」に始まり、目錄と文字に異同はないが、下卷に移ると「居處十首」と表記され、以下「部」字が欠落している。これも使用した原本のままかもしれない。

第二項　延寶本

この本は住吉大社御文庫に所藏するもので、管見を述べれば孤本である。

表紙の色は濃紺で無地、左上の題簽に「李嶠雜詠集上（下）」とあり、二冊本である。和綴の大版で袋綴、白口、四周單邊、無界、匡郭內、縱十七・五㎝、横十一・八㎝。毎半葉八行、毎行十三字。墨書で返り點、送りがな、連續符が施してある。

この本には序文はないが、二冊共、目錄が詩篇の二葉目後半と三葉目前半に亙ってある。これは印刷工程のミスとも考えられるが、この本が奉納書籍（「住吉宮御文庫奉納書籍不許賣買」の印有り）であることを考慮すると、意圖的に製作されたのかもしれない。

この本は下卷末の奥書に

延寶第三乙卯歳孟秋日開板　林正五郎

とあるので德川四代將軍家綱の延寶三年（一六七五）七月、林正五郎によって出版されたものである。現存する版本では最古のものである。これは延寶三年、毛利文八によって發刊された『新增書籍目錄』にみえる「李嶠雜詠集二」と同じものであろう。

第三項　寶曆本

この本は東北大學圖書館、大阪府立圖書館、龍谷大學圖書館に所藏する。今、狩野亨吉氏の舊藏書で東北大學圖書館に收藏する本によって調査する。

この本は上・下卷で一冊。表紙には、中央に太字の楷書で「唐李嶠詠物詩」と題され、右には「石川太一再訂」、左には「浪華府　文金書堂」[12]とあり、これらの文字が四周雙邊で圍まれている。匡郭內、縱十二・三cm、橫八・七cm。每半葉八行、每行二十字。返り點・送りがな・連續符がある。奧書はないが、序文の「寶曆辛己春二月望後一日」の日付から、寶曆十一年（一七六一）の刊本であることがわかる。出版元は大坂心齋橋北街唐物橫町の河內屋太助である。

現在、詩篇の「布」の後半四句と「舟」「車」「牀」「席」「帷」「簾」「屛」「被」「鑑」「扇」の全句と「燭」の詩題が欠落している。また、廓上に校字が付されており、この校異は石川貞によって行なわれたものである。石川貞（一七三七～一七七八）は伊勢の人。字は太乙、號は金谷という。この本に序文を書いている南宮大湫に師事し、博學治聞であったという。京都で開塾していた時、膳所藩に召されて教授となったが、病のため退き、次いで延岡藩に仕官して記室となるが、直言が禍して隱居。安永七年（一七七八）十一月二十九日歿、享年四十二才であった。（三重先賢傳）師の南宮大湫（一七二八～一七七八）に遅れること八ヶ月のことである。數多い著作の中に『李巨山詠物詩解一卷（校）』があるという。この本と異なるか。

表紙の「石川太一再訂」の經緯について、南宮氏は序文で次のように述べている。

余苦㆔舊本多㆓脱誤㆒。乃使㆔石川太一挍㆑之。爾後棄㆓擲廢篚中㆒殆㆔四年矣。客歳、石川生自㆓長崎㆒還、偶及㆓所㆑挍
　此冊之事㆒。於㆑是復再挍、遂將㆓梓而傳㆒焉。

これによると、南宮氏が石川太一に『李嶠雑詠』を校合させたが、石川が途中で長崎に行き中断してしまった。しかし、歸還後に、再び校合することになった。表紙に「再訂」と記した理由が詳細に語られている。また、表紙の書肆「文金書堂」は河内屋太助の屋號とも考えられる。

この本の特徴は石川太一の師南宮大湫の序文「巨山咏物詩序」を付帯していることである。

南宮大湫は尾張の人。名は岳、字は喬卿、號を大湫・積翠樓・煙波釣叟という。姓を井上と名乗っていたが、のち南宮氏と改めた。中西淡淵に師事した。仕官するを嫌い、江戸にいた同門の細井平洲の勧めで、江戸に出て開塾した。彼が折衷的態度をとったのは師淡淵の影響であるという。多くの著作を残し、安永七年（一七七八）三月三日歿、享年五十一才であった。

本書の目錄は前項の二版本の目錄と異なっている。卽ち、前の二版本に記載されていた部立がなく、詩題を上巻に五十八題、下巻に六十二題を羅列しているだけである。この羅列の順序は後述する『全唐詩』所收の雜詠詩の順序と同じである。寶曆本竝びに部立をもたない『全唐詩』所收の雜詠詩の詩題を前項の版本に倣って部立を想定して照合すると次の如くになる。

延寶本	寶曆本	全唐詩本
巻上		
乾象部	○○○	○○○
坤儀部	○○○	○○○

延寶本	寶曆本	全唐詩本
芳草部	居處部（舟車欠）	居處部（舟車欠）
嘉樹部	文物部	文物部
靈禽部	武器部	武器部

延寶本	寶曆本	全唐詩本
文物部	芳草部	芳草部
武器部	嘉樹部	嘉樹部
音樂部	靈禽部	靈禽部
玉帛部	祥獸部	祥獸部
祥獸部	音樂部	音樂部
巻下		
居處部	玉帛部（舟車欠）	玉帛部（舟車欠）
服玩部	○○○	○○○

右表をみて思うことは、何故、寶曆本の目錄や詩の配列が日本に傳存する延寶本などの目錄や詩の配列と異なり、中國に傳存する『全唐詩本』などの詩の配列に變更したのであろうかということである。

案ずるに、石川貞が『全唐詩』の配列が唐代の藍本の配列であると信じて、我國に傳存する『李嶠雜詠』を『全唐詩』の目錄によって配列し直したためであろう。表題の「唐李嶠詠物詩」の「唐」には、單に李嶠が唐代の人であるというだけの表示ではなく、我國に傳存する『李嶠詠物詩』と異なり、中國に傳存する『李嶠詠物詩』であることの強意が含まれていると思われる。

次に廓上にみえる校字について検討してみよう。

佚存叢書本	寶曆本	寶曆校字	全唐詩本
巻上			
（月）流影入蛾眉	新○學○○	學一作入	新○學一作入○○
（星）豐城寶氣新	○○○劔○	劔一作氣	○○○劍一作氣○
（風）若至蘭臺下	○○○○○	一作蘭臺宮殿峻	○○○○○一作蘭臺宮殿峻
（雲）從龍起金闕	威加四海廻	四海作海內是	威加四海回

佚存叢書本	寶曆本	寶曆校字	全唐詩本
(雲)從風暗九霄	○○下○○	從風下作同雲暗	同雲暗一作從風下○○
(〃)地疑明月夜	○○○○○	一作龍沙飛正遠	○○○○○一作龍沙飛正遠
(〃)山似白雲朝	○○○○○	一作玉馬地還銷	○○○○○一作玉馬地還銷
(〃)今日海神朝	○○○○○	朝或作遙	○○○○○
(山)仙嶺鬱氤氳	地鎮標神秀	一作山嶺鬱氤氳	地鎮標神秀一作山嶺鬱氤氳
(〃)已開封禪處	○○○○所	所一作禮	○○○○所
(石)入宋星初落	○○○○○	初本作已非	○○○○隕
(野)鳳去秦郊逈	○出○○廻	廻一作舞	○出○○○
(田)嘉禾九穗新	○○同穎○	禾一作木非	○○同穎○
(海)萬里大鵬飛	○○○○○	萬里一作九萬、大一作天	○○一作九萬○○○
(〃)方遂衆川歸	○逐○○○	方一作万	○逐○○○
(江)月蒲練光開	○○○花○	花一作光	○○○花○
(〃)瀨似黃牛去	湍○○○○	去一作者	湍○○○○
(河)若披蘭葉檢	且○○○○	且一作若	○○○○○
(城)飛雲滿城闕	○○靄層○	闕一作閣	○○靄層○
(書)洛字九疇初	○範○○○	範一作字	○範一作字○○○
(〃)請君看入木	○○○○○	木一作石是	○○○○○
(墨)含滋綬更深	○○○○○	更一作已	○○○○○
(弩)玉彩耀星芒	○○○○○	玉一作王	○○○○○

(旗)誰知懷勇志	○○○○○	志作氣	○○○○○
(瑟)償入丘之戸	倘○○○○	丘先聖諱讀其避之可	倘○○○○
(箏)爲辨羅敷潔	箏箏有剩哀	箏〻釋名曰箏施絕高箏〻然	箏箏有剩哀箏箏釋名曰箏施絕弦高箏箏然
(鐘)長樂驚宵聲	○○○○○	驚一作徹	○○警一作徹○○
(笛)羌笛寫龍聲	○○○○○	龍一作餘	○○○○一作餘○
巻下			
(玉)映廡先過魏	○石○○○	先一作光○	○石○○○
(錢)何曾筋欲收	○會箸○○	會一作曾是	○○○○○
(萱)履步尋芳草	屣○○○○	草一作日	屣一作履○○○○一作日
(〃)含貞北堂下	還依○○○	還依一作含貞	還依一作含貞○○○
(松)勁節幸君知	○○○○○	勁一作多	○一作多○○○○
(桂)未殖銀宮裏	○値○○○	銀一作蟾	○〔殖〕〔値〕○一作蟾○○
(梅)雪含朝暝色	○○○○○	朝暝一作紫花	○○○○一作紫花○
(〃)風引去來香	○○○○○	去來一作上春	○○○○○
(皃)李陵賦詩罷	○○○○○	李陵賦一作降將貽	○○○一作降將貽○○

以上、寶暦本の校字を有する三十七詩句のうち、一句を除いて全てが『全唐詩』所收の雜詠詩の詩句と同じであり、校字の部分も十四句が同じであることを勘案すると、『全唐詩』所收の雜詠詩、または全唐詩系の傳本を底本とした可

能性が大である。その證左を校字のない詩句で示すことにしよう。

佚存・延寶本	寶暦本	全唐詩本
（雲）大梁白雲起	英英大梁國	英英大梁國
氛氳殊未歇	郁郁祕書臺	郁郁秘書臺
錦文觸石來	碧落從龍起	碧落從龍起
蓋影凌天發	青山觸石來	青山觸石來

佚存・延寶本	寶暦本	全唐詩本
烟熅萬年樹	官名光邃古	官名光邃古
掩映三秋月	蓋影耿輕埃	蓋影耿輕埃
會入大風歌	飛感高歌發	飛感高歌發
從龍起金闕	威加四海廻	威加四海回

これによって明白であろう。

さて、この寶暦本には三十一ヶ條の校異が記載されているが、果たして、石川貞が用いた「一本」とは如何なる雑詠詩なのであろうか。殘念ながら、捜訪した傳本と合致するものがない。ただ、この一本と、寶暦本より五年遅れて著述された戸崎淡園の『李嶠詠物詩解』に使用されている校勘の「一本」とが往々合致していることを勘案すると、兩書の「一本」は同一本で通行していたと考えられる。しかし、これは假説の域を出ない最後に、寶暦版にはもう一本體裁を異にする傳本がある。それは靜嘉堂文庫・刈谷圖書館・米澤圖書館に所藏するものである。

今、刈谷圖書館所藏の本を調査すると、この本は舊刈谷藩の醫者で、漢學・國學・和歌に通じ、勤皇の志士であった村上忠順翁（一八一二〜一八八四）の舊藏書である。本書は前述の寶暦版（紙高二十一・三㎝）を小型（紙高十六・〇㎝）にしたものであるが、内容の印刷規格は前述の寶暦版と同一である。表紙の題簽に「補正初學指南抄」とあり、『文章雋語』『職原記事』の二書とを合せて一册と爲し、雜詠詩は最後に收録されている。合本の題目には「詠物詩　上下二巻唐李嶠先生著」とある。前述の寶暦本と異なるところは、序文・目録・發行者の識語がないことである。

稀少本になりつつある寶曆本であるが、昭和五十年二月、汲古書院から刊行された『和刻本漢詩集成　唐詩1』に収錄されたことによって容易にみることができる。內容的には序文・目錄を有しており、前述の寶曆本と同じであるが、稍縮少（匡郭內、縦九・三cm、横六・五cm）されている。便利なところは、巻首に長澤規矩也氏の「解題」が付されていることである。長澤氏はその中で「廣告によって發行者を知りうる。或は初印本は他肆の刊行かも知れぬが、未見」と解說して「大坂吉文字屋市兵衞刊本」と記されている。東北大學圖書館本などの河內屋太助と異なっているところをみると、他肆による刊本がほかに存在していたことも考えられると同時に、雜詠詩の流行を知ることもできる。ただ、「解題」の中で「この本の題簽は『巨山咏物詩』らしい」と述べているが、これは序文の「巨山咏物詩序」から想定されたものであろう。

第四項　和李嶠百二十詠本

李嶠の雜詠詩を單行の詩集として傳えるものは以上の通りであるが、その雜詠詩を單行の詩集以外の形で傳えるものがある。それが『和李嶠百二十詠』である。本書は雜詠詩の各詩の後に日本人が唱和した詩を竝記しているものである。便宜上、本書を「和李嶠本」と呼稱する。

この本は國立公文書館に收藏されている版本である。和綴の一册本。表紙の表面は相當破損しているが、左上に「和李嶠百二十詠」の題簽がある。右上には右半分が欠けている「昌平坂學問所」の角印が押されている。體裁は四周雙邊、縦二十八・一cm、横十七・四cm、每葉七行、每行十七字。上下に魚尾があり、中に落丁數が記されている。落丁は序文・跋・目錄を徐いて六十九丁ある。本書は始めに

正德壬辰陽月

朝倉景暉拜書

と記した識語のある序文があり、次いで

正徳改元辛卯夏六月三日

東睿公辨脩禮揮毫於守玄堂

と記した識語を有する序文がある。この東睿公辨脩禮が本書の編輯者で、朝倉景暉の序文によると、東睿大王卽ち公辨法親王（後西院第十六の皇子、輪王寺門跡の第三世）が近侍の同志や僧侶に命じて作らせたとあり、公辨法親王の自序には

予修業之暇、毎レ會二同志一、時事賦詠。近者約二賡唐李嶠百二十詠一、鬮レ之各和、四會就レ緒、遂淨書請二點竄於洛陽伊藤生東涯一。詩固無二可レ觀者一。批評之精、可三以爲二詞壇之淸範一矣。

とあり、百二十詠の唱和詩を京都の伊藤東涯（字、原藏。一六七〇～一七三六）に添削を依頼している。本書の奥書に東涯の跋がある。東睿公辨脩禮の序文の後に

正徳二年壬辰秋、朝請大夫少府監藤原朝臣保孝家令謹書

とある。これによると、東睿公が編纂したものを、翌年、藤原保孝（生没年不詳）が書寫し、それを版本にしている。

識語に續いて「李嶠百二十詠目錄」がある。目錄の詩題の配列は全唐詩本と同じである。詩題は毎行五題ずつ、二十四行に亙っているが、一百十九首しかない。欠落している詩題は「霧」であるが、本文には詩が登載されている。目錄に續いて「和李嶠百二十詠」の初題があり、尾題は「和百二十詠尾」となっている。雜詠詩と唱和詩との配置關係は朝倉景暉が序文で紹介しているように、李嶠の雜詠詩を唱和詩の前に配している。唱和に應じた者は、脩禮を筆頭に、時亨・子碩・智燈・彗海・元龍・慈泉・一英・兼方・慈航・好古・景暉・秀英・便隨・眞圓の十五人である。

順不同であるが、一人一首の十五首で一巡しており、各人八首ずつ詠出している。百二十詠の唱和詩の前半と後半の始めは脩禮が賦詠している。十五人の唱和詩は雜詠詩と同じく五言律詩で、雜詠詩が押韻している韻字をそのまま順序どおりに用いて賦詠する次韻の作法で詠出している。

本書は東涯の跋で完結するのであるが、跋の後の余白に李嶠詩とは關係ない僧元皓の「淀河舟中作」の五言律詩が墨筆されている。

1　和李嶠本と『文苑英華』注中所引の雜詠詩と全唐詩本との校合

唱和詩の前に配置された一百二十首の雜詠詩は、目錄の配列から全唐詩系統本のように思えるが、朝倉景暉は序文の中で、次韻の對象になった詩は『唐李嶠單題百二十咏』であるといい、また、公辨法親王が批評を請うた伊藤東涯も跋文の中で

唐李嶠題詠百二十首、云云　各因㆓題命之詩㆒、題各一字、文苑英華注中所引單題詩在是也。

といっている。即ち、東涯は『文苑英華』注に引く單題詩と『唐李嶠單題詠百二十首』が同じものであると言明している。そこで『文苑英華』注中所引の單題詩を復元して本書の雜詠詩と校合し、更に全唐詩との校合も試みる。

文苑英華注所引詩	和李嶠本	全唐詩本
(月) 桂滿三五夕	○○○○○	○○○○○
蓂分二分時	○○○八○	○開○八○
清輝飛鵲鑑	○○○○○	○○○○○
新影學蛾眉	○○○○○	○○○○○
皎潔臨踈牖	○○○○○	○○○○○
朎朧鑒薄帷	玲瓏○○○	玲瓏○○○
願言從愛客	○○○○○	○○○○○
清夜幸同嬉	○○○○○	○○○○○

文苑英華注所引詩	和李嶠本	全唐詩本
（雲）英英大梁國	○○○○○	○○○○○
郁郁秘書臺	○○○○○	○○○○○
碧落從龍起	○○○○○	○○○○○
青山觸石來	○○○○○	○○○○○
官名光邃古	○○○○○	○○○○○
蓋影耿輕埃	○○○○○	○○○○○
飛感高歌發	○○○○○	○○○○○
威加四海廻	○○○○○	○○○○○
（霧）曹公迷夢澤	○○○楚○	○○○楚○
漢帝出平城	○○○○○	○○○○○
涿野妖氛靜	○○○○○	○鹿○○○
丹山曆色明	○○霽○○	○○霽○○
類烟飛稍重	○○○○○	○○○○○
方雨散還輕	○○○○○	○○○○○
倘入非熊繇	○○○○○	○○○○兆
寧思玄豹情	○○○○○	○○○○○
（山）地鎭標神秀	○○標○○	○○標○○
峩峩上翠氛	○○○○○	○○○○○
泉飛一道帶	○○○○○	○○○○○
峯出半天雲	○○○○○	○○○○○

文苑英華注所引詩	和李嶠本	全唐詩本
古壁丹青色	○○○○○	○○○○○
新花錦綉文	○○綺繡紋	○○綺繡紋
已開封禪所	○○○○○	○○○○○
希謁聖明君	○○○○○	○○○○○
（桐）孤秀嶧陽岑	○○○○○	○○○○○
萋萋出衆林	亭亭○○○	亭亭○○○
春花雜鳳影	○光○○○	○光○○○
秋月弄珪陰	○○○圭○	○○○圭○
高映龍門逈	○○○○○	○○○○迥
雙依玉井深	○○○○○	○○○○○
不因將入爨	○○○○○	○○○○○
誰爲作鳴琴	○○○○○	○謂○○○
（李）潘岳閑居日	○○○○○	○○閒○○
王戎戲陌辰	○○○○○	○○戯○○
蝶遊芳徑馥	○○○○○	○游○○○
鶯囀弱枝新	○○○○○	○○○○○
葉暗青房晚	○○○○○	○○○○○
花明玉井春	○○○○○	○○○○○
方知有靈幹	○○○○○	○○○○○
特用表眞人	○○○○○	○○○○○

文苑英華注所引詩	和李嶠本	全唐詩本
(萱)屣步尋芳日	○○○○草	○○○○草
忘憂自結叢	○○○○○	○○○○○
黄英開養性	○○○○○	○○○○○
綠葉正依籠	○○○○○	○○○○○
色湛仙人露	○○○○○	○○○○○
香傳少女風	○○○○○	○○○○○
還依北堂下	○○○○○	○○○○○
曹植動文雄	○○○○○	○○○○○
(萍)二月虹初見	○○○○○	○○○○○
三春蟻正浮	○○○○○	○○○○○
青蘋含吹轉	○○○○○	○○○○○
紫葉帶波流	○蔕○○○	○蔕○○○
屢逐明神薦	○○○○○	○○○○○
恆随旅客遊	常○○○○	常○○○○
既能甜似蜜	○○○○○	○○○○○
還繞楚王舟	○遶○○○	○遶○○○
(茅)楚甸供王日	○○○○○	○○○○○
衡陽入貢年	○○○○○	○○○○○
麕苞青野外	○包○○○	○包○○○
鴟嘯綺楹前	○○○○○	○○○○○

文苑英華注所引詩	和李嶠本	全唐詩本
堯帝成茨罷	○○○○○	○○○○○
殷湯祭雨旋	○○○○○	○○○○○
方期大君錫	○○○○○	○○○○○
不懼小巫捐	○○○○○	○○○○○
(鳳)有鳥居丹穴	○○○○○	○○○○○
其名曰鳳凰	○○○○皇	○○○○皇
九苞應靈瑞	○○○○○	○○○○○
五色成文章	○○○○○	○○○○○
屢向秦樓側	○○○○○	○○○○○
頻過洛水陽	○○○○○	○○○○○
鳴岐今日見	○○○○○	○○○○○
阿閣佇來翔	○○○○○	○○○○○
(鶴)黄鶴遠聯翩	○○○○○	○○○○○
從鸞下紫煙	○○○○○	○○○○○
翱翔一萬里	○○○○○	○○○○○
來去幾千年	○○○○○	○○○○○
已憇青田側	○○○○○	○○○○○
時遊丹禁前	○○○○○	○○○○○
莫言空驚露	○○○警○	○○○警○
猶冀一聞天	○○○○○	○○○○○

文苑英華注所引詩	和李嶠本	全唐詩本
（鳬）颯沓睢陽涘	○○○○○	○○○○○
浮遊漢渚隈	○○○水○	○游○水○
錢飛出井見	○○○○○	○○○○○
鶴引入琴哀	○○○○○	○○○○○

文苑英華注所引詩	和李嶠本	全唐詩本
降將貽詩罷	李陵賦○○	李陵賦○○
王喬曳鳥來	○○○○○	○○○○○
何當歸太液	○○○○○	○○○○○
翔集動成雷	○○○○○	翺○○○○

ここに掲載した詩は『文苑英華』所錄の雜詠詩全三十八首のうち、異字や校異の「一作某」の中で二字以上の校異文字を有する詩である。

さて、『文苑英華』注所引の單題詩と和李嶠本の雜詠詩とを校合した結果、「霧」詩の「夢」と「楚」・「膂」と「霽」、「山」詩の「錦綉文」と「綺繡紋」、「桐」詩の「萋萋」と「亭亭」・「花」と「光」、「萱」詩の「日」と「草」、「萍」詩の「恆」と「常」、「鳬」詩の「渚」と「水」・「降將貽」と「李陵賦」などの異同をみると、一概に、東涯がいうように和李嶠本の雜詠詩が單題詩であるとは斷言できない。寧ろ、和李嶠本は『文苑英華』注所引の雜詠詩より、全唐詩本と合致するところが多い。

2　和李嶠本と全唐詩本と李趙公集本との校合

前記で和李嶠本と全唐詩本とが近似していることを述べた。ここでは、校合にこの兩本のほかに、全唐詩本の藍本と考えられる『李趙公集』所錄の雜詠詩（以後、李趙公集本と呼稱する）を加えて校合することにする。尚、和李嶠本と全唐詩本との閒で異同のある詩句のみを取り擧げて掲載する。

和李嶠本	全唐詩本	李趙公集本
(月)蓂分二八時	〇開〇〇〇	〇〇〇〇〇
(風)向竹似□吟	〇〇〇龍〇	〇〇〇龍〇
(霧)涿野妖氛靜	〇鹿〇〇〇	〇〇〇〇〇
(〃)倘入非熊繇	〇〇〇〇兆	〇〇〇〇〇
(雨)神女向臺廻	〇〇〇〇回	〇〇〇〇〇
(雪)從風下九霄	同雲暗〇〇	〇〇〇〇〇
(原)長在鶺鴒篇	〇〇脊令〇	〇〇〇〇〇
(道)堯罇更可逢	〇尊〇〇〇	〇〇〇〇〇
(江)靈潮萬里廻	〇〇〇〇回	〇〇〇〇〇
(井)□國且生雲	杞〇〇〇〇	杞〇旦〇〇
(池)綵棹浮太液	〇櫂〇〇〇	〇〇〇〇〇
(史)馬記大官設	〇〇天〇〇	〇〇天〇〇
(詩)機上綿紋廻	〇〇〇〇回	〇〇〇〇〇
(彈)珠成似月光	〇沈〇〇〇	〇〇〇〇〇
(琴)隱士竹林隈	名〇〇〇〇	〇〇〇〇〇
(〃)英聲寶匣開	鳴琴〇〇〇	〇〇〇〇〇
(〃)風前綠綺弄	〇〇中散至	〇〇〇〇〇
(〃)月下白雲來	〇〇歩兵〇	〇〇〇〇〇
(鐘)金□有餘清	〇簴〇〇〇	〇簴〇〇〇
(舞)花袖雪前明	〇岫〇〇〇	〇岫〇〇〇

和李嶠本	全唐詩本	李趙公集本
(〃)廻鸞應雅聲	回〇〇〇〇	〇〇〇〇〇
(珠)合浦夜光廻	〇〇〇〇回	〇〇〇〇〇
(錦)機廻廻文巧	〇〇回〇〇	〇〇〇〇〇
(舟)征棹三江暮	〇櫂〇〇〇	〇〇〇〇〇
(〃)連檣萬里廻	〇〇〇〇回	〇〇〇〇〇
(牀)珊瑚七寶粧	〇〇〇〇妝	〇〇〇〇〇
(〃)長承秋月光	〇乘〇〇〇	〇〇〇〇〇
(席)避坐承宣父	〇席〇〇〇	〇〇〇〇〇
(簾)曖曖籠靈閣	〇〇〇鈴〇	〇〇〇〇〇
(〃)牕中翡翠動	窗〇〇〇〇	〇〇〇〇〇
(屛)威紆屈膝廻	〇〇〇〇回	〇〇〇〇〇
(鑑)玉彩疑氷澈	〇〇〇〇徹	〇〇〇〇徹
(菱)香引棹歌風	〇〇櫂〇〇	〇〇〇〇〇
(桂)未値銀宮裏	〇〔殖〕〇〇〇	〇〇〇〇〇
(柳)樓際葉□雲	〇〇〇如〇	〇〇〇如〇
(桃)朝露泫啼粧	〇〇〇〇妝	〇〇〇〇〇
(李)潘岳閑居日	〇〇閒〇〇	〇〇〇〇〇
(梨)花影麗□豐	〇〇〇新〇	〇〇〇新〇
(梅)粧面廻青鏡	妝〇回〇〇	〇〇〇〇〇
(橘)千株布葉繁	〇秋〇〇〇	〇〇〇〇〇

和李嶠本	全唐詩本	李趙公集本
(鵲) 儻遊明鏡裏	倘○○○○	○○○○○
(雁) 候鴈發衡陽	歸○○○○	○○○○○
(鳧) 翔集動成雷	翺○○○○	○○○○○
(龍) 勝雲出鼎湖	升○○○○	○○○○○

和李嶠本	全唐詩本	李趙公集本
(麟) 魯郊西狩廻	○○○○回	○○○○○
(象) 萬推方演楚	○○○○夢	○○○○○
(牛) 先過紫樹中	○○梓○○	○○○○○
(熊) 導洛宜陽古	○○○○右	○○○○○

右表をみると、和李嶠本の雜詠詩が全唐詩本より李趙公集本に酷似していることは歴然としている。ただ、酷似しているといい、同一であると斷言できないのは、和李嶠本では、「井」詩の「旦」が「且」、「史」詩の「天」が「大」、「舞」詩の「岫」が「袖」、「鑑」詩の「徹」が「澈」となっているからである。しかし、これらの文字の字形が酷似していることは一目瞭然であるから、多分、誤寫したものと考えられる。もう一つの疑問は和李嶠本の欠字である。現存する『李趙公集』は楷書であるから、文字の判讀に困難さはない。となると、もう一本の『李趙公集』が存在していたとも考えられる。

案ずるに、和李嶠本は全唐詩本を底本にしたのではなく、李趙公集本を底本にしたものである。

第三節　中國における寫本

第一項　南京圖書館本

この本は、捜訪した中で中國における唯一の寫本である。現在、南京圖書館に收藏する舊抄本（南京圖書館本と呼ぶ）

で、もと銭塘の丁氏（名、丙。字、松生。生沒年不詳）の八千巻樓藏書に收められていたものである。南京圖書館に收藏されるに至った經過は、丁氏が經商に失敗して巨萬の欠損を生じて危機に瀕していた時、政府がその肩代りをした。時に端方が總督をしていた兩江（江蘇・浙江）に圖書館創設の計畫があった。そこで、政府は丁氏に代償として七萬五千元で八千巻樓藏書を買い取り、金陵（今の南京）の江南圖書館（南京圖書館）に移したのである。

本書は一册本で寫本。表紙が濃紺、袋綴。匡郭・界ともに無し。中縫に「百二十詠巻上（下）」とある。毎半葉十行、毎行二十字。外觀は次の通りである。

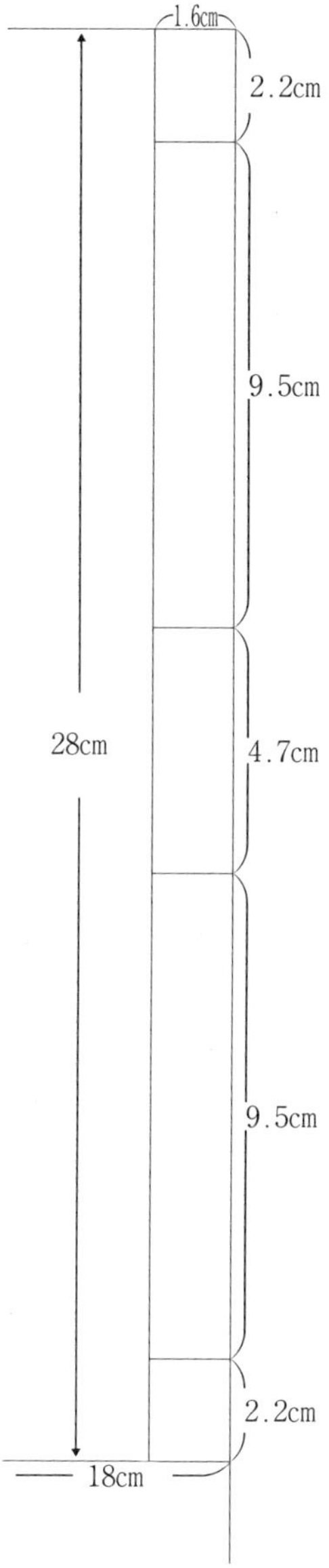

內表紙の右上に墨書で「集」とあり、右下（下から6.5㎝、左から10.7㎝）に朱印で「八千巻樓珍藏善本」と捺されている。中紙の裏には墨書で次のような解説が記載されている。

故中書令鄭國公李嶠襍詠二巻　舊抄本

西域辛文房唐才子傳李嶠集五十卷、襍詠詩十二卷、單題詩一百二十首、張方爲レ註傳二於世一。此卽單題詩也。上卷乾象・坤儀・芳草・嘉樹・靈禽・祥獸、下卷居處・服玩・文物・武器・音樂・玉帛凡十二部、毎部十首。張註已佚。前惟巨唐天寶六載、登仕郎守信安郡博士張庭芳撰耳。此書傳レ自二東瀛一、嘉慶閒傳寫者也。

これによると、本書は清の嘉慶年間（一七九六〜一八一九）に傳寫されたものであるという。大體、佚存叢書が刊行されていた時期に相當する。

次に張庭芳の序文がある。右上に「江蘇第一圖書館善本書目印○」があり、右下には「八千卷樓所藏」の印、その下に「渤海郡印」がある。

次いで、上下卷の目錄があり、詩篇へと續く。

張庭芳の序文を檢すると、書き出しが

故中書令鄭國公李嶠雜詠百二十首序。

登仕郎守信安郡博士張庭芳撰。

となっている。（○印は筆者）これは建治本の「……百二十首。……張庭芳註序」とは異なっており、佚存叢書本の序文と一致する。佚存叢書本とはこれ以外に、語句の「禁鷄」「密緻」の文字も一致し、行數や毎行の字數までも合致しているのである。そのほか、目錄や詩篇についてもいえるのである。

案ずるに、この寫本は寛政十一年に刊行された佚存叢書本を書寫したものである。

第四節　中國における刊本

第一項　佚存叢書本

1　寛政版影印本

本書は民國十三年（一九二四）に上海商務印書館（涵芬樓）が寛政十一年刊行の和刻本佚存叢書を寫眞複製して出版した影印本である。從って、和刻本寛政版本とほとんど同じであるが、異なっている點は縮少されていることである。その規格は匡郭縱十三・三cm、横八・四cm、界格〇・八cmである。更に、表題に「李嶠雜咏」と隷書體の大文字で表記されていることである。東京大學東洋文化研究所、東北大學圖書館等に所藏されている。

2　光緒重刊本

本書は上海の黃氏が、清の光緒八年（一八八三）の木活字印本によって出版した重刊本で、大阪府立圖書館（朝日新聞文庫）に所藏されている。

本書の表紙は薄紙で薄茶色、右中央に墨筆で「李嶠雜詠」と「文館詞林」が行書で竝記されている。その右には「朝日新聞社寄贈」の縱長の朱印があり、その下に「大阪府立圖書館　昭和四十四年五月廿一日」の横書二段組みで楕圓形の朱のゴム印がある。更にその左斜め下に二行による「朝日新聞社圖書之印」の紫色のスタンプ印がある。

本書の裝丁は袋綴で、次のような寸法である。

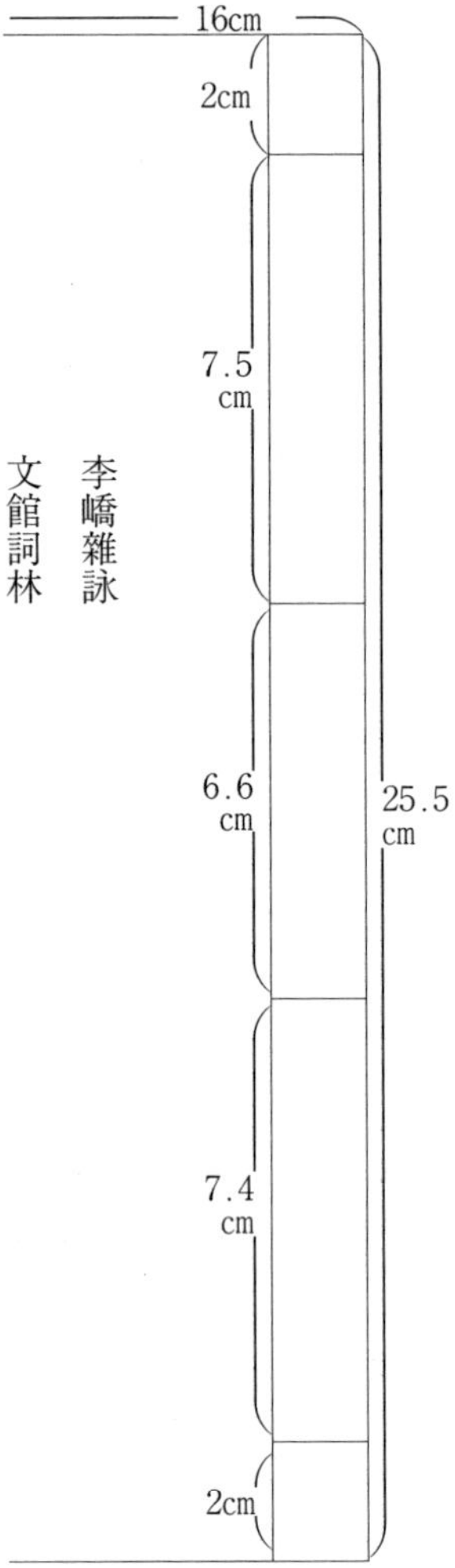

表紙の次に序文が無く、白紙一枚を挾んで目錄がある。その目錄は次の如くである。

李嶠雜詠百二十首上目錄

乾象部十首

日月星風雲煙露霧雨雪

坤儀部十首

山石原野田道海江河路

（以下省略）

右の「李嶠雜詠百二十首上目錄」と「坤儀部十首」の閒で、「乾象」「日」以上に「大阪府立圖書館藏書之印」の正方形の藏書印がある。

次に本文がある。まず、書名の「李嶠雜詠」があり、改行して「乾象十首」の部立があり、改行して「日」の詩題があり、改行して詩が二行一杯に記載されている。

本書の體裁は、四周單邊、郭內縱十九・〇㎝、横十三・二㎝。有界、界格一・三㎝。毎半葉十行、毎行二十字。上に一つ魚尾、中縫に「百二十詠巻上」とある。前半の終りに「百二十詠巻上」とあり、次葉から後半が始まる。まず、前半と同じく「李嶠雜詠百二十首下目錄」とあり、改行して「居處部十首」があり、改行して「城門市井宅池樓橋舟車」があり、以下、目錄が續いて、「李嶠雜詠百二十首下目錄終」で終わる。次葉から後半の詩が始まる。まず、書名の「李嶠雜詠」があり、改行して「居處十首」があり、改行して「城」の詩題があり、改行して詩の本文が二行一杯に記載されている。その最後に「百二十詠巻下」があり、次葉に、天瀑（林述齋）の「李嶠百詠跋」がある。

第二項　藝海珠塵本

『藝海珠塵』（叢書名）の中に収藏されている『李嶠雜詠』を、「藝海珠塵本」と呼ぶことにする。『藝海珠塵』は清の嘉慶年間（一七九六〜一八二〇）南匯の吳省蘭（乾隆十三年の進士）が輯刊したものである。內容は經學・小學・地理・掌故・筆記・小說・天文・歷史・數學・詩文等、歷代の古籍から清人の著述までを収めている。その一百六十五種を八集に分け、「木集」に『李嶠雜詠』を収めている。藝海珠塵本は現在影印・排印を合せて四種類ある。それらを調査することにする。

1　嘉慶版本、吳省蘭輯刊本、吳氏聽彝堂刊本

本書は東京大學東洋文化研究所、京都大學人文科學研究所、東北大學圖書館等に所藏されている。本書は吳氏の聽彝堂刊本で、嘉興の陳光鑾の校釋が施されている。

表題は「雜詠百二十首」と記され、上下二巻に分けられている。張庭芳の序が詩に續いて巻末に付されている。規

格は袋綴、毎半葉十行、毎行二十一字、校異は小字雙行。上に魚尾一つ、中縫に「雜詠卷上（下）」、左右雙邊、無界、匡郭内、縦十五・三cm、横十一・三cm。

本書の特色は「中華本」と稱する書物による校字が施されていることにある。この中華本が如何なる種類の書籍であるかを解明するために、校合を試みる必要がある。ここでは中華本の校字がある詩句について調査する。

佚存叢書本	藝海珠塵本	注記中華本	全唐詩本
(日)日出扶桑路	○○○○○	旦○○○○	旦○○○○
(月)桂生三五夕	○○○○○	○滿○○○	○滿○○○
(〃)分暉度鵲鏡	○○○○○	清○○○○	清輝飛○鑑
(〃)流影入蛾眉	○○○○○	新○學○○	新○學○○
(〃)願陪北堂宴	○○○○○	○言從愛客	○言從愛客
(〃)長賦西園詩	○○○○○	清夜幸同嬉	清夜幸同嬉
(星)豐城寶氣新	○○○○○	○○○劒○	○○○劍○
(風)落日正沈沈	○○○○○	○○生蘋末	○○生蘋末
(〃)微風生北林	○○○○○	搖揚徧遠林	搖揚徧遠林
(〃)月影臨秋扇	○○○○○	○動○○○	○動○○○
(〃)松聲入夜琴	○○○○○	○清○○○	○清○○○
(雲)大梁白雲起	○○○○○	英英大梁國	上記中華
(〃)氤氳殊未歇	○○○○○	郁郁祕書臺	
(〃)錦文觸石來	○○○○○	碧落從龍起	
(〃)蓋影凌天發	○○○○○	青山觸石來	

佚存叢書本	藝海珠塵本	注記中華本	全唐詩本
(〃)烟熅萬年樹	○○○○○	官名光邃古	本と同じ
(〃)掩映三秋月	○○○○○	蓋影映輕埃	
(〃)會入大風歌	○○○○○	飛感高歌發	
(〃)從龍起全闕	○○○○○	威加四海囬	
(煙)松篁晴晩暉	○○○○○	○○暗○○	○○暗○○
(霧)曹公之夢澤	○○○○○	○○迷○○	○○迷楚○
(〃)別有丹山霧	○○○○○	涿鹿妖氛靜	涿鹿妖氛靜
(〃)玲瓏素月明	○○○○○	丹山霽色○	丹山霽色○
(雨)神女向山廻	○○○○○	○○○臺迴	○○○臺回
(雪)從風暗九霄	○○○○○	○雲○○○	同雲○○○
(山)仙嶺鬱氤氳	○○○○○	地鎭標靈秀	地鎭標靈秀
(石)入宋星初落	○○○○○	○○○○隕	○○○○隕
(原)王粲銷夏日	○○○○○	○○○憂○	○○○憂○
(野)鳳去秦郊逈	○○○○○	○出○○○	○出○○○
(〃)花明春徑紅	○○○○○	○○入蜀○	○○入蜀○

佚存叢書本	藝海珠塵本	注記中華本	全唐詩本
(〃)獨在傳巖中	○○○○○	猶處○○○	猶處○○○
(田)張衡作賦晨	○○○○○	○○○○辰	○○○○辰
(道)銅馳分鞏洛	○○○○○	○駝○○○	○駝○○○
(〃)今日中衢士	○○○○○	○○○○上	○○○○上
(海)會當添霧露	○○○○○	○因○○○	○因○○○
(〃)方遂衆川歸	○○○○○	○逐○○○	○逐○○○
(江)英靈已傑士	○○○○○	○○○○出	○○○○出
(河)河出崑崙中	○○○○○	源○○○○	源○○○○
(蘭)高臺晚吹吟	○○○○○	○○遠○○	○○遠○○
(〃)汾河應擢秀	河汾○○○	河汾○○○	河汾○○○
(菊)芼茸曉岸隈	○○○○○	丰○○○○	丰○○○○
(〃)今日黃花晚	○○○○○	黃花今日○	黃花今日○
(竹)蕭條含曙氛	○○○○○	嬋嬋○翠○	嬋娟○○○
(〃)葉拂東南日	○○○○○	○埽○○○	○掃○○○
(藤)花浮竹葉盃	○○○○○	○分○○○	○分○○杯
(〃)金堤不相識	○○○○○	○○○見○	○○○見○
(〃)玉潤幾年開	○○○○○	○○○重○	○○○重○
(萍)三清蟻正浮	○○○○○	○○蟻○○	○春蟻○○
(〃)紫葉映波流	○○○○○	○蒂○○○	○蒂帯○○
(〃)還冀就王舟	○○○○○	復繞楚○○	○遶楚○○

佚存叢書本	藝海珠塵本	注記中華本	全唐詩本
(槐)烈士懷忠至	○○○○○	○○○○觸	○○○○觸
(〃)鴻儒訪道來	○○○○○	○○○業○	○○○業○
(柳)楊柳正氤氳	○○○○○	○○鬱○○	○○鬱○○
(〃)含煙總翠氛	○○○○○	金隄○○○	金堤○○○
(〃)夜星浮龍影	○○○○○	列宿分○○	列宿分○○
(〃)春池寫鳳文	○○○○○	芳○○○○	芳○○○○
(桐)忽被夜風激	○○○○○	高映龍門迴	高映龍門迴
(〃)遂逢霜露侵	○○○○○	雙依玉井深	雙依玉井深
(桃)紅桃發井傍	○○○○○	襛華○○○	穠華○○○
(李)鶯囀合枝新	○○○○○	○○弱○○	○○弱○○
(梨)春暮條應紫	○○○○○	色對瑤池○	色對瑤池○
(〃)秋來葉早紅	○○○○○	甘依大谷○	甘依大谷○
(〃)若今逢漢主	○○○○○	○令○○○	○令○○○
(鶯)韻嬌落梅風	○○○○○	嬌韻○○○	嬌韻○○○
(雀)願齊鴻鶴志	○○○○○	○○○鵠至	○○○鵠至
(燕)莫驚留不去	○○○○○	○○○爪○	勿○○爪○
(麟)寄音中鐘呂	○○○○○	奇○○○○	○○○鍾○
(象)睢陽作貢初	○○○○○	維楊○○○	維楊○○○
(牛)不降五丁士	○○○○○	○用○○○	○用○○○
(豹)若今逢霧露	○○○○○	○令○○○	○令○雨○

佚存叢書本	藝海珠塵本	注記中華本	全唐詩本
(熊) 昭儀匡漢日	○○○○○	○○忠○○	○○忠○○
(鹿) 涿野開中冀	○○○○○	鹿聞○○○	鹿聞○○○
(城) 邊徼拒匈奴	○○○○○	○○捍○○	○○捍○○
(門) 于公待封來	○○○○○	○○○駟○	○○○駟○
(〃) 誰知金馬路	○○○○○	○○○○惻	詎○○○側
(宅) 孟母卜隣罷	○○○○○	○○遷○○	○○遷○○
(池) 日落天泉暮	○○○○○	綵櫂浮太液	中華本と同じ
(〃) 煙虛習池靜	○○○○○	清觴醉習家	
(〃) 鏡潭明月輝	○○○○○	詩情對明月	
(〃) 錦磧流霞景	○○○○○	雲曲拂流霞	
(〃) 花搖仙鳳色	○○○○○	煙散龍形淨	
(〃) 雲浮濯龍影	○○○○○	波含鳳影斜	
(〃) 欲識江湖心	○○○○○	安仁動秋興	
(〃) 秋來賦藩省	○○○○○	魚鳥思空賒	
(樓) 落星臨畫閣	○○○○○	漢宮井幹起	漢宮井幹起
(〃) 井幹起高臺	○○○○○	吳國落星開	吳國落星開
(〃) 舞隨綠珠去	○○○○○	笛怨○○○	笛怨○○○
(〃) 簫將弄玉來	○○○○○	○隨○○○	○隨○○○
(橋) 巧作七星影	○○○○○	妙應○○制	妙應○○制
(〃) 能圖半月輝	○○○○○	高分○○○	高分○○○

佚存叢書本	藝海珠塵本	注記中華本	全唐詩本
(〃) 卽今滄海晏	○○○○宴	秦王空構石	秦王空構石
(〃) 無復白雲威	○○○○○	仙島遠難依	仙島遠難依
(舟) 飛檝巨川隈	○○○○○	特展○○材	特展○○材
(車) 蒲輪辟四門	○○○○○	○○闢○○	○○闢○○
(〃) 五神趍雪路	○○○○○	○○○○至	○○趨○至
(〃) 先乘奉王言	○○○○○	珠○○○○	珠○○○○
(簾) 曉風清竹殿	○○○○○	清○時人燕	清○時入燕
(〃) 初日映秦樓	○○○○○	紫殿幾含秋	紫殿幾含秋
(〃) 曖曖籠珠網	○○○○○	○○○鈴閣	○○○鈴閣
(〃) 窻中月影入	○○○○○	○○翡翠動	○○翡翠動
(〃) 長從飛燕遊	○○○○○	○迎○○○	○迎○○○
(屛) 脩身行竭節	○○○○○	○○秉○○	○○秉○○
(〃) 誰辨作銘才	○○○○○	○○識○○	○○識○○
(被) 桃李同歡密	○○○○○	王逸倫眠穩	光逸倫眠穩
(〃) 塵泥別恨長	○○○○○	王章泣○○	王章泣○○
(〃) 花蕚幾含芳	○○○○○	棣○○○○	棣○○○○
(鏡) 明鏡拂塵埃	○○○○○	○○掩○○	○鑑掩○○
(〃) 含情朗魏臺	○○○○○	○○照○○	○○照○○
(〃) 月中烏鵲至	○○○○○	日○○○○	日○○○○
(〃) 金輝似日開	○○○○○	○○○月○	○○○月○

佚存叢書本	藝海珠塵本	注記中華本	全唐詩本
(扇)蒲葵實曉淸	○○○○○	○○價不輕	○○價不輕
(〃)花輕不隔面	○○○○○	○芳○滿○	○芳○滿○
(〃)羅薄誰障聲	○○○○○	○○詎○○	○○詎○○
(〃)逐暑含風轉	○○○○○	禦熱○○細	禦熱○○細
(〃)還取同心契	○○○○○	同心如可贈	同心如可贈
(燭)四序玉調辰	○○○○○	○○○○晨	○○○○晨
(〃)吐翠依羅幌	○○○○○	○炷○○○	浮炷○○○
(〃)浮香匝綺茵	○○○○○	吹○○○○	吹○○○○
(〃)特用擧賢人	○○○○○	持○○○○	持○○○○
(酒)高臥出圓丘	○○○○○	雲雨○○○	雲雨○○□
(書)洛字九疇初	○○○○○	○範○○○	○範○○○
(〃)垂霧春花滿	○○○○○	○露○光○	○露○光○
(檄)張儀韜壁征	○○○○○	○○韞壁行	○○韞壁行
(紙)芳名古伯馳	○○○○○	○○左○○	○○左○○
(硯)光隨錦文散	○○○○○	○○○○發	○○○○發
(〃)開冰小學前	○○○○○	○池○○○	○池○○○
(〃)君苗徒見藝	○○○○○	○○○○爇	○○○○爇
(墨)上黨作松心	○○○○○	○○結○○	○○結○○
(〃)皂疊映逾沈	○○○○○	疊素彩還○	疊素彩還○
(劍)來趍天子庭	○○○○○	○趨○夫○	求趨夫○○

佚存叢書本	藝海珠塵本	注記中華本	全唐詩本
(〃)紫氣早干星	○○○○○	○○夜○○	○○夜○○
(〃)鍔上蓮花動	○○○○○	○○芙蓉○	○○芙蓉○
(刀)割錦紅鮮裏	○○○○○	入夢華梁上	入夢華梁上
(〃)含毫彩筆前	○○○○○	○○鋒○○	○○鋒○○
(箭)漢郊初飲羽	○○○○○	○甸○收○	○甸○收○
(〃)希爲識忌歸	○○○忘○	○○○忘○	○○○忘○
(旌)告善樓臺側	○○○○○	○○康莊○	○○康莊○
(〃)懸旆閬車攻	○○○○○	抗○賦○○	抗○賦○○
(旗)風翻鳥獸文	○○○○○	○○○隼○	○○○隼○
(戈)殷辛泛杵年	○○○○○	○○漂○○	○○漂○○
(〃)夕儐金門側	○○○○○	○擯○○○	○擯○○○
(鼓)禮也冀相成	○○○○○	○曰○○○	○曰○○○
(彈)俠客遠相望	○○○○○	○○持蘇合	○○持蘇合
(〃)共持蘸合彈	○○○○○	避丸深可誚	避丸深可誚
(〃)來此傍垂楊	○○○○○	求炙遂難忌	求炙遂難忘
(〃)金落疑星影	○○○○○	○迸○○落	○迸○○落
(〃)莫欣黃雀至	○○○○○	誰知少孺子	誰知少孺子
(〃)須憚微軀傷	○○○○○	將此諫吳王	將此見吳王
(瑟)君子娛樂幷	○○○○○	○○樂俱○	○○○俱○
(琵琶)裁規勢漸團	○○○○○	朱絲閒岱谷	朱絲閒岱谷

佚存叢書本	藝海珠塵本	注記中華本	全唐詩本
(箏) 遊楚清音列	○○○○○	○○妙彈開	○○妙彈開
(〃) 形通天地規	○○○○○	新曲帳中發	中華本と同じ
(〃) 紘寫陰陽節	○○○○○	清音指下來	
(〃) 鄭音既寥亮	○○○○○	鈿裝模六律	
(〃) 秦聲復悽切	○○○○○	桂列配三清	
(〃) 君聽陌上桑	○○○○○	莫□西秦奏	
(〃) 爲辨羅敷潔	○○○○○	箏箏有剩哀	
(鐘) 長樂驚宵聲	○○○○○	○○警○○	○○警○○
(笙) 歡娛自北里	○○○○○	○○分○○	○○分○○
(珠) 粲爛金琪側	○○○○○	○○○輿○	燦○○輿○
(〃) 合浦夜光開	○○○○○	○○○○回	○○○○回
(〃) 誰憐被褐者	○○○○○	甘泉宮起罷	甘泉宮起罷
(〃) 懷寶自多才	○○○○○	花媚望風臺	花媚望風臺
(玉) 洛京連勝友	○○○○○	○○陪○○	○陽陪○○
(〃) 芳圻晴虹媚	○○○○○	方水○○○	方水○○○

佚存叢書本	藝海珠塵本	注記中華本	全唐詩本
(金) 擲地響孫聲	○○○○○	○○警○○	○○警○○
(錢) 姚年九府流	○○○○○	姬○○○○	姬○○○○
(錦) 漢使巾車送	○○○○○	○○○○遠	○○○○遠
(〃) 河陽步障新	○○○○○	○○○○陳	○○○○陳
(〃) 若逢朱太守	○○○○○	○○楚王貴	○○楚王貴
(〃) 不作夜遊人	○○○○○	○○○行○	○○○行○
(綾) 爲衾値漢君	○○○○○	○袤指魏○	○袤指魏○
(〃) 色帶冰綾影	○○○○○	馬眼○凌○	馬眼○○○
(〃) 光含霜雪文	○○○○○	竹根雪霰○	竹根雪霰○
(素) 礎杵調風響	○○○○○	妙奪鮫綃色	妙奪鮫綃色
(〃) 綾紈寫月輝	○○○○○	光騰月扇輝	光騰月扇輝
(〃) 非君下山路	○○○○○	○○○路去	○○○路去
(布) 曝泉飛掛鶴	○○○○○	○飛臨碧海	○飛臨碧海
(〃) 浣火有炎光	○○○○○	火浣擅○方	火浣擅○方
(〃) 來穆採花芳	○○○○○	○曉棣華○	○曉棣華○

以上の校合によって明白になったことは、文字が近似しているために生じる若干の刻字誤謬を除いては、藝海珠塵本と佚存叢書本は同一系統の本であるといえる。更に、兩書の成立年代から推察すると、藝海珠塵本は佚存叢書本を轉載したものである。兩書の相違といえば、藝海珠塵本には目録がないこと。詩が始まる前の表題が、佚存叢書本では「李嶠雜詠」となっているが、藝海珠塵本では「雜詠百二十首」となっていることである。これは佚存叢書本の目録の

表題が「李嶠雜詠百二十首」となっているので、藝海珠塵本が目錄の表題を用いたのであろう。更に、佚存叢書本には見えないが、藝海珠塵本には表題に續いて、作者名があり、更に「上卷」とある。下卷に目を轉ずると、作者名に續いて「下卷六十首」とあり、同一本においても統一されていない。また、佚存叢書本の卷末にあった天瀑の跋文が藝海珠塵本では省略されており、その卷末には佚存叢書本の卷首にあった張庭芳の序文が轉載されていることなどが擧げられる。天瀑の跋文が省略された原因として、跋文が日本人のものであり、中國で刊行するには不適切であると考えたからであろう。

　最後に、藝海珠塵本に記載されている校字について、右表の如く、決定的な誤謬とはいえないがその一部を除いてほぼ『全唐詩』に收錄する李嶠詩と一致する。このことから中華本は全唐詩本といえる。中華本の校字にみえる

　中本一作晛晥度花紅、鬬鬬亂曉空、乍離幽谷日、先轉上林風、翔集春臺側、低昂錦帳中、聲詩辨搏黍、此興思無窮（鶯詩）

は一見、別の雜詠詩に據って擧げているようにみえるが、この詩も全唐詩本の校異としてみえるものである。この詩については、孰れ後章で述べることになる。

2　嘉慶影印本

　本書は民國五十七年（一九六八）上海藝文印書館が『百部叢書集成初編』を刊行した際、嘉慶版本の『藝海珠塵』を縮小影印したものである。從って、內容は前記嘉慶版本と同じである。形體は匡郭內、縱十四cm、横十・二cmに縮小されている。中國文學を有する大學にはほとんど設置されているようである。

3　民國排印本

本書は民國二十四年（一九三五）から二十七年（一九三八）にかけて上海商務印書局が刊行した『叢書集成初編』の排印本である。『李嶠雜詠』は『謝宣城詩集』や『陰常侍詩集』と一緒に一冊にまとめられている。その表題は左から横に「雜詠百二十首」と書かれており、前記の藝海珠塵本の表題と同じである。表題の裏面には「本館叢書集成初編所選藝海珠塵及佚存叢書皆收有此書、藝海本有校注、故據以排印、竝錄佚存本跋語於後」という解説がある。これによると、『叢書集成初編』に收納する藝海珠塵及び佚存叢書にはこのスタイルの雜詠集を收めている。藝海珠塵本には校注があるので活字化し、卷末には佚存叢書本の跋文を收錄した、という。本文をみるまでもなく、本書の底本は藝海珠塵本である。

本書が1、2と異なる點は、平裝の排印本であること、詩に校點が施されていること、韻字の横に◎印が付けられていることなどが擧げられる。また、本の形態も紙高が十七・四cm、紙幅が十一・五cmと小型化され、每半葉十五行、每行四十字となっている。

4　縮小民國排印本

本書は一九八五年、台灣の新文豐出版公司から刋行された『叢書集成新編』所收の「雜詠詩」である。內容は3の排印本を解體し、縮小編集し直したものである。

以上の藝海珠塵本は『百部叢書集成』の普及以來、容易に披見することができるようになった。2以下の書誌的な考察はあまり意味がないかもしれないが參考までに書き添えておいた。

第三項　正覺樓叢刻本

『正覺樓叢刻』は清・光緒年間（一八七五～一九〇八）に崇文書局より刊行されたものである。ここに收める『李嶠雜詠』を「正覺樓叢刻本」と呼ぶことにする。東京大學東洋文化研究所、京都大學人文科學研究所、東洋文庫等に所藏されている。

本書は上下二巻から成り、表題は「李嶠雜詠」と中央に隷書の大文字で書かれている。次いで張庭芳の序文があり、下巻末に天瀑の「李嶠百詠跋」が付されている。體裁は袋綴で、毎半葉九行、毎行十八字。上に一つ魚尾があり、中逢に「巻上（下）」とある。左右雙邊、有界、界格〇・七cm、匡郭內、縦十・六cm、横七・三cm。

張庭芳の序文は佚存叢書本にある序文と同じで、目錄の表題といい、部立・詩題に至るまで全く佚存叢書本と同じである。詩の本文も刻字に多少の違いはあるが內容は全く同じである。

案ずるに、この正覺樓叢刻本の序文や跋文の位置竝びに目錄や詩の本文が佚存叢書本と盡く合致することは、佚存叢書本からの轉載なること疑う余地はない。

第五節　單行本以外の「雜詠詩」所載本

李嶠の雜詠詩は單行本の『李嶠雜詠詩』にのみ收錄されているのではなく、總集や別集や類書にも收錄されている。『李嶠雜詠詩』の單行本以外で雜詠詩を多く收錄しているのは別集である。その別集には『李嶠集』と『李趙公集』がある。總集には『全唐詩』を始め、主なものに、『唐詩紀』、『唐詩類苑』、『唐詩韻匯』、『唐音統籤』などがある。類書には『文苑英華』、『事文類聚』、『詩淵』、『佩文齋詠物詩選』などがある。そこで、まず『李嶠集』から調査する。

第一項　李嶠集本

『李嶠集』は主に明代の人によって編纂された別集に收集されている。その規模について、『舊唐書』巻四十七の「經籍志下」に「李嶠集三十巻」、『新唐書』巻六十の「藝文志四」に「李嶠集五十巻」、『郡齋讀書志』（宋・晁公武著）巻四上に「李嶠集一巻」、『唐才子傳』（元・辛文房撰）巻一に「今集五十巻」、『文獻通考』（元・馬端臨撰）巻二百三十一の「經籍」五十八に「李嶠集一巻」、『國史經籍志』（明・焦竑輯）巻五の「別集」に「李嶠集五十巻」、『唐音癸籤』（明・胡震亨著）巻三十の「集録一」に「李嶠五十巻」、『世善堂藏書目録』（明・陳第著）巻下の「集類」に「李巨山集一巻」、『善本書室藏書志簡目』（廣文編譯所撰）巻二十四の「集部三」に「李嶠集三巻」とあり、巻數がまちまちで定まっていない。そこで、この不定巻數について検討してみよう。

『郡齋讀書志』と『文獻通考』と『世善堂藏書目録』にみえる「一巻」は、南宋の藏書家・目録者の晁公武（字、子止。生没年不詳）はその著『郡齋讀書志』の中で、「李嶠集一巻」について、「集本六十巻、未レ見。今所レ録一百二十詠而已」と解説しているのを考慮すると、この「李嶠集一巻」は「詠物詩集」のことであることがわかる。『文獻通考』の「李嶠集一巻」の解説は晁氏の言をそのまま引用しているので、これも「詠物詩集」である。從って『世善堂藏書目録』の「李巨山集一巻」も詩集である可能性が大である。また、江戸の寶暦十一年（一七六一）に石川太一の校訂によって刊行された李嶠の「詠物詩」は、その書名に『李巨山咏物詩』とあり、「李嶠」を「李巨山」と表記していることを勘案すると、『世善堂藏書目録』の「李巨山集一巻」は「詠物詩集」である。

次に、『善本書室藏書志簡目』にみえる「李嶠集三巻」についてであるが、「李嶠集三巻」の表題の下に「唐李嶠撰明活字本」の八字がある。「雜詠詩」には明刊本が現存していないことと、『李嶠集』の最古のものが明刊本であり、現存する多くのものが上中下の三卷から成っている三卷本であることを考慮すると、『李嶠集三卷』は現存する三卷本である。

次に、『唐才子傳』（元・辛文房撰）や『國史經籍志』にみえる「五十卷」本は『新唐書』に據ったもので現存しない。最後に、『郡齋讀書志』の解說にみえる「集本六十卷」についてであるが、孫猛が校證して「讀書志所㆑據不㆑詳」と結論付けているように、何に依據したか不明である。[13]

さて、現存する『李嶠集』は主に明代の人の手に成る叢書に收納されている。唐代の文人や詩人の集本は多數あるが、『李嶠集』を收納する叢書は少ない。その主なものに、『唐人集』（明・欠名輯）や『唐百家詩』（明・朱警輯）や『唐詩二十六家』（明・黃貫曾輯）がある。

現存する『李嶠集』は上中下卷の三卷から成っており、前に賦、後に詩を配置している。內容は賦一篇、五言古詩八首、七言古詩三首、五言律詩一百四十五首、五言排律十六首、七言律詩二首、五言絕句二首、七言絕句三首の計一百八十首を收錄している。雜詠詩は五言律詩一百四十五首の中に含まれており、その雜詠詩を有する『李嶠集』は現在五本ある。その五本の『李嶠集』を紹介すると次の如くである。

1　唐人集（一名、唐人小集）本

この叢書は台灣の國立中央圖書館に所藏されていたが、現在は國立故宮博物院に移管されている。日本では京都大學人文科學研究所に、米國國會圖書館が國立北平圖書館所藏の本書を撮影したフィルムを寫眞に撮ったものと靜嘉堂文庫にある。[14]

故宮博物院に保存されている唐人集本『李嶠集』三巻は、函式の木匣に入っている。體裁は、表紙は紺色の厚紙（これは後人の手に成ったもの）。裝訂は線裝。版式は每半葉九行、每行十七字。匡郭内は縱十八・八㎝、横十二・四㎝。左右雙邊。界格一・四㎝。小黑口、單黑魚尾。魚尾の下に集名・卷・頁がある。

王重民氏の『中國善本書提要』によると、北京圖書館にも收藏されているとある。『提要』の集部の總集類には『明活字本唐人小集』と記載され、『唐人小集』に收納する書名の目録の『李嶠集』には「《李嶠集》三卷（卷内有〝少泉蔡氏珍藏〟、〝求善價而沽諸〟等印記。）」という。先に紹介した台灣故宮博物院の唐人集本『李嶠集』にも「少泉蔡氏珍藏」、「求善價而沽諸」の印記があり、更に、「國立北平圖書館所藏」の印記もあるので、北京圖書館所藏の『明活字本唐人小集』は台灣故宮博物院の『唐人集』と同一のものである。

現存する『唐人集』は二十五名の家集を收め、全五十八卷である。編纂者は詳らかでない。刊行年についても、國立中央圖書館の唐人集本『李嶠集』の整理牌記には「明九行活字本」と記し、王氏も『中國善本書提要』の中で「明活字印本」とだけしか記載しておらず、刊行年が不詳である。從來、藏書家は明代の正德年閒（一五〇六～一五二一）に銅活字で印刷されたものを、〝明活字本〟と稱しているので、これも明の正德年閒の刋行といえるが、王氏は『中國善本書提要』の解説で、「『李嶠集』の紙の色がほかのものと異なっているので、同時に印刷されたものではない」[15]といい、正德年閒のものではないという。

編排は上卷に賦・五言古詩・七言古詩を、中卷に五言律詩（詠物詩八十首）を、下卷に五言律詩（詠物詩四十首）、五言排律、七言律詩、五言絶句、七言絶句を配している。詠物詩は中卷に八十首、下卷に四十首を收録するが、詩句の脱落や脱字が多いのが惜しまれる。

2　唐百家詩（一名、百家唐詩）本

『唐百家詩』は明の朱警の編纂によるもので、一百七十一巻本と一百七十六巻本と一百八十四巻本とがある。『唐百家詩』は唐代の詩人百名の詩集や家集の中の賦と詩のみを拔萃したものを收録したものである。

規模は太宗を含む初唐の詩人二十一名、盛唐の詩人十名、中唐の詩人二十七名、晩唐の詩人四十二名（この中には五代の邵謁・李健勛・王周・伍喬が入っている）である。右の詩人數をみると、盛唐の詩人が特に少ない。その上、盛唐では王維・李白・高適・杜甫・岑參、中唐では劉長卿・孟郊・柳宗元・韓愈・元稹・韋應物・劉禹錫・白居易、晩唐では杜牧・李商隱・溫庭筠などの有名な詩人が選拔されていないのが特徵である。また、本書には明の徐獻忠（字、伯臣。一四八三〜一五五九）が撰述した『唐詩品』が附されており、『李嶠集』は前から十七番目に配置されている。

イ　一百七十一巻附唐詩品一巻本（三十二冊）

この叢書は、日本では國立公文書館（舊內閣文庫）・京都大學人文科學研究所[16]、中國では北京圖書館・北京大學圖書館・上海圖書館及び台灣の國立中央圖書館に收藏されている。

この版本は明代の朱警が編纂したもので、明の嘉靖年間（一五二二〜一五六六）刋本である。版式は每半葉十行、每行十八字。匡郭內は縱十七・五㎝、横十二・五㎝。四周單邊。界格一・一㎝、白口、單黑魚尾。魚尾の下に集名・巻・頁がある。印刷が粗惡で、後半の多くは文字を判讀することが不可能である。舊內閣文庫本の巻內に「昌平坂學問所」、「日本政府圖書」、「書籍館印」「淺草文庫」の印記があり、台灣本の巻內には「國立中央圖書館所藏」、「蒼巖山人書屋記」の印記がある。

詠物詩は中巻に七十五首、下巻に四十首、計一百十五首を收錄しているので、五首脱落していることになる。しかし、內容を檢討してみると、「田」詩の四句目の下二字以下がなく、すぐ後に門目の異なる「箭・彈・弩・旗・旌・戈・皷・弓」及び「琴・瑟」の十首が混入し、本來あるべき「道・海・江・河・洛」及び「蘭・菊・竹・藤」と「萱」の八句目の上一字を含む十首が脱落しているので、數の上では十首脱落ということになり、五首脱落の數と合わない。これは混入した十首のうち、「戈・皷・弓・琴・瑟」の五首が然るべき個所に記載されているので、重複した形となっていたからである。

ロ　一百七十六巻本（四十八册）

この叢書は台灣の故宮博物院に所藏されている。本書はもと觀海堂（楊守敬）の藏書であった。明の嘉靖十九年（一五四〇）秋、華亭（今の江蘇省松江縣）で刋行された唐家詩の一つである。

裝訂は線裝。版式は每半葉十行、每行十八字。匡郭內は縱十七・五cm、橫十二・六cm。四周單邊。界格一・一cm。白口、單黑魚尾。魚尾の下に集名・卷・頁あり。

『李嶠集』三卷は二册に亙っており、上・中兩卷と下卷に分れている。詠物詩は中卷に八十首、下卷に三十首、計一百十首收錄されているが、十首足りない。それは下卷の「刀」詩の次に送別詩を中心とする五言律詩が十首（最後の一首は詩題のみ）混入しているので、その個所の詠物詩が十首（箭・彈・弩・旗・旌・戈・鼓・弓・琴・瑟）が脱落しているからである。そのほかの詩句の脱落・脱字は前書と同じである。

ハ　一百八十四巻附唐詩品一巻本（三十二册）

この叢書は明鈔本である。現在、台灣の故宮博物院・國立中央圖書館・中央研究院歴史語言研究所及び日本の京都大學人文科學研究所に所藏されている。京都大學人文科學研究所の本書は、當所の『漢籍目錄』によると、米國の國會圖書館が北平圖書館所藏の明鈔本を撮影したフィルムを使用して再撮影したものであるという。これが首肯されれば、北平（北京）圖書館に明鈔本が所藏されていることになる。王氏の『中國善本書提要』によると、北京圖書館に明鈔本の『唐百家詩一百八十四巻』が所藏されていると記載されているので、これがその明鈔本であることになる。その上、京都大學人文科學研究所のフィルム版『李嶠集』の上巻の冒頭に「京師圖書館收藏之印」の印記があるので間違いない。ところが、この印記を有する版本が台灣の故宮博物院にもある。故宮博物院の版本と京都大學人文科學研究所のフィルム版本とを對照してみると、全く同一のものであることが判明したので、北京圖書館の版本が台灣の故宮博物院に移轉したということがいえる。

台灣の故宮博物院本によってその體裁を調査してみると、裝訂は線裝。版式は每半葉十行、每行十八字。匡郭內は縱十九・八cm、横十四・四cm。四周雙邊。藍格、界格は一・三～一・五cm。上下藍口で魚尾まで一色。墨筆書寫。用紙は厚目。

詠物詩は上中下卷の中卷に八十首、下卷に三十首、計一百十首收錄しているので、十首脱落していることになる。詩の配列をみると、「田」詩の第四句目の下三字の後に「箭・彈・弩・旗・旌・戈・鼓・弓」と「琴・瑟」の十首が混入し、「道・海・江・河・洛」及び「蘭・菊・竹・藤」と「萱」の八句目の第一字までが脱落しており、下卷の「刀」詩の後に、本來あるべき「箭」から「瑟」までのところに送別詩を中心とする五言律詩が十首（最後の一首は詩題のみ）が混入している。これは前記ロの嘉靖十九年刋本と同じであるから、この明鈔本は嘉靖十九年刋本をそのまま轉載したものである。

3　唐詩二十六家本（十二册）

この叢書は、日本では國立公文書館、中國では北京大學圖書館・北京師範大學圖書館・浙江圖書館及び台灣の國立中央圖書館に収藏されている。これは明代の黄貫曾（生沒年不詳）によって編輯されたものである。本書の目錄の末尾の刋記に「嘉靖甲寅首春江夏黄氏刻于浮玉山房」（原文雙行）とあるので、明の嘉靖三十三年（一五五四）正月、江夏（今の湖北省武漢地方）の黄氏が浮玉山房で刻字したことがわかる。また、目錄の末尾の「姑蘇吳時用書黄周賢金賢刻」（原文雙行）や『李嶠集』の卷中の末尾の「吳時用書黄周賢金賢刋」などの刋記によって、今の江蘇省吳縣の吳時用が書寫したこと、浮玉山房で刻字した黄氏が黄周賢・黄金賢の二人であったことが判明した。

『李嶠集』は『唐二十六家』の最初に配置され、第一册目に収錄されている。台灣本には卷上の第一頁の右上欄に「國立中央圖書館所藏」の印記がある。裝訂は四針眼の線裝本。版式は每半葉十行、每行十九字。匡郭内は縱十八・八㎝、横十四・五㎝。左右雙邊。界格一・四㎝。白口、單黑魚尾。魚尾の下に集名・卷・頁がある。

詠物詩は卷中に八十首、卷下に四十首、計一百二十首を収錄する。『唐百家詩』本と較べてみると、詩句の脫落や脫字はあるが、詩の混入や脫落がない。ただ、印刷に不鮮明なところがかなりある。

4　唐五十家詩集本

この叢書は日本に現存しない。中國では北京圖書館・天一閣・杭州大學圖書館に所藏されている。但し、一九八二年に上海古籍出版社が、この集本の善本を選擇して影印出版したものがある。尙、淸の光緒二十一年（一八九五）に江標（生沒年不詳）が編輯した『唐人五十家小集』とは別種である。

『唐五十家集』はその名の通り、唐代の詩人五十名の詩集や家集から、賦と詩を抜萃して收錄編輯したものであるが、その收錄詩集は太宗を始めとする初唐・玄宗を含む盛唐及び中唐の詩人のもので、晩唐の詩人のものは含まれていない。刋行年について、徐鵬（生沒年不詳）氏は影印本の「前言」の中で「此五十種唐人詩集爲銅活字印本、因無印行者姓氏及印書牌記等有關材料。故歴來各藏書家多以明活字本著錄、而不詳其印行年代、甚至竟有認其爲宋時印本者」といい、銅活字本の場合は、出版者や出版に關する標示がないので、藏書家も刋行年代を明示しないのが普通であることを說き、「從五十家唐人詩集的規模・內容・編排形式等各方面加以考察、這部大型叢書的產生年代似不應早於弘治以前、而可能印行於稍後的正德年間」という。徐氏はこの叢書の制作年代を弘治（一四八八）以前とすべきではなく、やや後の正德年間（一五〇六〜一五二一）ではないかと推論する。

本書の『李嶠集』は五十家中、前から八番目に配置されている。徐氏の調査によると、版式は「錢黑口、單魚尾。魚尾下爲集名・卷・頁。左右雙邊。每半葉九行、行十七字」[17]であるという。編排及び詩句の脫落・脫字は前記『唐人集』と同じである。

5　單行刋本

『李嶠集』には「叢書」に收納されている『李嶠集』以外に、九行本の『李嶠集』が二本ある。

イ　明九行活字本

この版本は台灣の國立中央圖書館に所藏されている。

體裁は紺の布地の帙に入り、簽題に「明板李嶠集」とある。裝訂は四針眼、二本の合せ絲で綴じる線裝の二册本である。表紙は黄土色、表紙を薄厚紙で裏打ちしている。表紙の內側に副葉一枚。紙は黄褐色で少し厚目。版式は每半葉九行、每行十七字。匡郭內の縱は十九cm、橫十三cm。左右雙邊。界格一・三cm。小黑口、單魚尾。魚尾の下に集名・卷・頁がある。卷內に「國立中央圖書館所藏」、「陳留郡人」などの印記があり、卷上の冒頭の右欄にも二印あるが解讀不能。

この版本は『唐人集』『唐五十家詩集』と同じ版式であり、且つ、「明活字本」であることを勘案すると、明の正德年間の刋本である。

詠物詩は卷中に七十六首、卷下に四十首、計一百十六首を收錄するが、冒頭の「日・月・星・風」の四首が脱落している。また、諸版本と同樣、詩句に欠落や脱字があるが、「唐百家詩」のように他詩の混入もなく、印刷も良好である。

ロ　明仿宋刋九行本

この版本は台灣の國立中央圖書館に收藏されている。

體裁は木匣の變形である夾板（縱二十七・五cm、橫十七・四cm）によって保存されている。夾板の材料は楠木を使用。夾板の上板の裏に「李嶠集　二册　明活字本」と墨書されている。裝訂は線裝の二册本。上册は四針眼。表紙は紺色の厚紙。副葉は白紙三枚。版式は每半葉十行、每行十八字。匡郭內は縱十七・六cm、橫十二・六cm。四周單邊。界格一・一cm。白口、單黑魚尾。魚尾の下に集名・卷・頁がある。下册は上册と同じであるが、副葉の白紙二枚の數が異なる。卷內に「鞠霜樓」「愁齋祕符」「許氏鞠霜樓藏書」「愁齋」「許直」「許」「家在小瀛洲北舍」の印記がある。

詠物詩は卷中に八十首、卷下に三十首、計一百十首を收錄しているが、十首が脱落している。また、卷中の「田」

詩の第四句目の下二字がなく、すぐ後に門目の異なる「箭・彈・弩・旗・旌・戈・鼓・弓」及び「琴・瑟」の十首が混入し、本來あるべき「道・海・江・河・洛」及び「蘭・菊・竹・藤」と「萱」の第八句目の第一字が脱落している。この版本も他の版本同様、詩句の脱落や脱字がある。

第二項　李趙公集本

『李趙公集』は明の張燮（生没年不詳。萬暦の擧人）の編纂によるもので、上中下の三册から成る十六巻本の寫本である。この寫本は宮內廳書陵部に收藏されている。

裝訂は四針眼の線裝で、上中下の三册本である。表紙は縱三十一・二㎝、横十六・七㎝。表紙の左上に「李趙公集上」の簽題がある。版式は毎半葉九行、毎行十八字。匡郭內は縱十九・七㎝、横十三・七㎝。四周雙邊。界線無。白口、單魚尾である。表紙の次に目錄があり、その冒頭の上部の右に「祕閣圖書之章」の角印（大）、左に「宮內省圖書印」の角印（小）がある。

本書は諸家の目錄には著錄されていないが、內閣文庫所藏『御書籍目錄』の「集部一」にみえる「李嶠集　十六巻寫本　三册　唐李嶠撰明張燮編」と合致する。本書の構成は

巻一　賦一首、五言古詩八首、七言古詩四首、五言律詩十四首（附三十九首）
巻二　五言律詩七十四首（附一首）
巻三　五言律詩六十二首、七言律詩三首（附八首）
巻四　五言排律二十首（附十八首）、五言絶句二首、七言絶句四首（附八首）
巻五　制四十二編

巻六　表十七編
巻七　表十三編
巻八　表十八編
巻九　表十二編
巻一〇　表十一編
巻一一　表十三編
巻一二　表十一編
巻一三　疏二、狀一、書四
巻一四　序一、碑一
巻一五　碑一
巻一六　碑二、哀策文一
附　錄　傳二、文一、詩一

となっており、『李嶠集』とは全く異なっている。雜詠詩は巻二の後半と巻三の前半に收錄されている。

第三項　唐詩紀本

『李嶠集』以外で『李嶠集』と同じ內容を有しているものに『唐詩紀』がある。

本書は、中國では北京大學圖書館、南京大學圖書館に、日本では東京大學東洋文化研究所、京都大學人文科學研究所に所藏されている。このほかに、一九八九年に北京の中國書店から『初盛唐詩紀』と題して出版された複製本がある。

『唐詩紀』一百七十巻の內容について『四庫全書總目』巻一百九十二の「集部　總集類存目二」に

明呉琯編、琯漳浦人。隆慶辛未進士。嘗校二刋馮惟訥古詩紀一、因準二其例一輯二此書一。甫成二初唐盛唐詩一、卽先二刋行一。故止二一百七十巻一、非二完書一也。其始事者爲二黄清甫一、同時纂輯者爲二陸弼・謝陛・兪體初・兪策・諸人一、具見二於序例一。而巻首題二滁陽方一元彙編一、未レ喩二其故一。大抵雜二出衆手一、非二一家之書一矣。

と解說し、編纂者に疑問をなげかけている。確かに、京都大學人文科學研究所所藏本や北京大學圖書館本や南京大學圖書館本には編纂者を「明　方一元輯」と記載し、東京大學東洋文化研究所所藏本には「明　呉琯輯」と記載し、また、複製本には「黄德水・呉琯彙編」と記載し、編者が明確でない。ただ、『初盛唐詩紀』の巻首にある明の李維楨（生沒年不詳）の「序文」に

始黄清父輯二初唐詩十六巻一。無二何病卒一。鄣郡呉孟白以爲未レ盡二一代之業一。乃同二陸無從・兪公臨・謝少廉諸君一、倣二馮汝言詩紀一、紀二全唐詩一。

とあり、『唐詩紀』は始め黄清父（生沒年不詳）が輯集した『初唐詩』十六巻に、呉琯（生沒年不詳）が陸弼（字、無從。生沒年不詳）・兪安期（字、公臨。生沒年不詳）・謝陛（字、少廉。生沒年不詳）等と一緒に、馮惟訥（字、汝言。?～一五七二）の『古詩紀』に倣い、校讐して編纂したという。これによると、『唐詩紀』の編纂者は黄氏と呉氏ということになる。また、李氏の「序文」によって、東京大學東洋文化研究所所藏本や複製本にみえる表題が『初盛唐詩紀』と表記した理由が理解できる。諸本の巻數は一百七十巻・目錄三十四巻であるが、複製本は異なる。

複製本の體裁は紺色の四合套入り。表紙は紺色で、左上に「初盛唐詩紀」の簽題がある。二十四册。裝訂は四針眼の線裝本。版式は每半葉九行、每行十九字。匡郭內は縱二十・四cm、横十三cm。四周雙邊。界格は一・四cm。白口、上

の白口に書名がある。單黑魚尾。魚尾の下に卷數・頁がある。

複製本は一百六十八卷（目錄二十八卷、初唐紀六十卷、盛唐紀八十卷）。雜詠詩は卷二十六と卷二十七に收録されている。

第四項　唐音統籤本

本書は豐富な唐五代の詩歌を網羅した總集で、明の胡震亨（字、孝轅。一五六九～約一六四五）の編輯によるものである。本書の成立について、震亨の子の胡夏客が『李杜詩通』の識語の中で「先大夫孝轅府君搜集唐音、結習自少。至乙丑歲（天啓五年、一六二五）始克發凡定例、撰『統籤』一千卷。閱十年、書成」という。これによると、崇禎八年（一六三五）の完成ということになる。書名の由來については、楊鼐の『戊籤』序によると、「唐開元閒列經、史、子、集爲甲、乙、丙、丁四科、科各置牙籤、殊以色、倣其意而彙全唐三百年詩」といい、經、史、子、集を甲、乙、丙、丁に置き換え、十干を以て構成している。そして、それぞれに象牙のふだを置き、色を着けて探し出しやすいようにしたという。始めの甲籤が七卷、乙籤が七十九卷、丙籤が一百二十五卷、丁籤が三百四十一卷、戊籤が二百六十五卷、己籤が五十四卷、庚籤が五十五卷、辛籤が六十七卷、壬籤が七卷、癸籤が三十三卷の計一千三十三卷である。甲籤には帝王詩、乙籤・丙籤・丁籤・戊籤には初、盛、中、晩（含五代）、己籤には五唐雜詩、庚籤には僧・道・婦女・外夷詩、辛籤には樂曲・謠諺・諧謔・酒令・章咒・偈頌諸辭、壬籤には神仙鬼怪詩、癸籤には評彙・樂通・詁箋・談叢・集録・體凡・法微を包括する七部分を收録している。

『唐音統籤』の「出版說明」によると、版式は「原書共分一百册、版框高二百毫米、寬二百九十六毫米、半葉十行、行十九字、白口、黑魚尾」とある。

尙、校合に用いる『唐音統籤』は二〇〇三年四月に上海古籍出版社から刊行された北京故宮博物院圖書館藏抄補本の影印本を使用する。

第五項　全唐詩本

『全唐詩』は唐代の詩を通覧するのに最も廣く利用されている總集である。始めに帝王后妃、次に樂府辭章、そして、歴朝の作者を大約時代を追って排列している。これは淸の康熙四十六年（一七〇七）、彭定求（字、勤止。一六四五～一七一九）等による敕撰集である。一名を『御定全唐詩』という。これに收錄されている詩は四萬八千九百餘首、作者は二千二百餘人の多きに至り、目錄は十二卷、全九百卷の大著である。

『全唐詩』は李嶠の詩を卷五十七に十四首、卷五十八に四十四首、卷五十九に五十八首、卷六十に六十二首、卷六十一に三十二首、計二百十首を收錄している。雜詠詩は卷五十九と卷六十に收錄されている。

『全唐詩』は洋裝本として多く通行し、入手し易い現狀にある。例えば、中華書局出版の二十五冊本（一九六〇年四月、第一版）、中文出版社出版の八冊本（一九七〇年七月、初版）、台灣の文史哲出版社出版の十二冊本（一九七八年十二月、初版）などがある。

第六節　李嶠集本・唐詩紀本・李趙公集本・唐音統籤本・全唐詩本の校比

第一項　詩の配列

雜詠詩の一百二十首を收錄する『李嶠集』『唐詩紀』『李趙公集』『唐音統籤』『全唐詩』の詩の配列を校合すると次

の如くである。

佚存叢書本	唐詩二十六家本	明九行活字本 唐五十家集本 唐百家詩　唐人 小集本 百七十六巻刊本	唐百家詩七 十一巻刊本	明仿宋刊九行本 唐百家詩八十四 巻鈔本	唐詩紀本	李趙公集本	唐音統籤本	全唐詩本
日	○	○	○	○	○	○	○	○
月	○	○	○	○	○	○	○	○
星	○	○	○	○	○	○	○	○
風	○	○	○	○	○	○	○	○
雲	○	○	○	○	○	○	○	○
煙	○	○	○	○	○	○	○	○
露	○	○	○	○	○	○	○	○
霧	○	○	○	○	○	○	○	○
雨	○	○	○	○	○	○	○	○
雪	○	○	○	○	○	○	○	○
山	○	○	○	○	○	○	○	○
石	○	○	○	○	○	○	○	○
原	○	○	○	○	○	○	○	○
野	○	○	○	○	○	○	○	○
田	○	○	○	○	○	○	○	○
道	○	○	箭	箭	○	○	○	○

李 桃 桐 柳 槐 桂 松 荷 芳 瓜 菱 萍 萱 藤 竹 菊 蘭 洛 河 江 海

○ ○ ○ ○ ○ ○ ○ 瓜 菱 萍 荷 茅 ○ ○ ○ ○ ○ ○ ○ ○ ○

○ ○ ○ ○ ○ ○ ○ 瓜 菱 萍 荷 茅 ○ ○ ○ ○ ○ ○ ○ ○ ○

○ ○ ○ ○ ○ ○ ○ 瓜 菱 萍 荷 茅 瑟 琴 弓 鼓 戈 旌 旗 弩 彈

○ ○ ○ ○ ○ ○ ○ 瓜 菱 萍 荷 茅 瑟 琴 弓 鼓 戈 旌 旗 弩 彈

硯 筆 紙 檄 書 賦 詩 史 經 橋 樓 池 宅 井 市 門 城 ○ ○ ○ ○

硯 筆 紙 檄 書 賦 詩 史 經 橋 樓 池 宅 井 市 門 城 ○ ○ ○ ○

硯 筆 紙 檄 書 賦 詩 史 經 橋 樓 池 宅 井 市 門 城 ○ ○ ○ ○

硯 筆 紙 檄 書 賦 詩 史 經 橋 樓 池 宅 井 市 門 城 ○ ○ ○ ○

佚存叢書本	梨	梅	橘	鳳	鶴	烏	鵲	鴈	鳧	鶯	雀	雉	燕	龍	麟	象	馬
唐詩二十六家本	○	○	○	○	○	○	○	○	○	○	雉	燕	雀	○	○	○	○
明九行活字本 唐五十家集本 唐百家詩 唐人小集本 百七十六巻刊本	○	○	○	○	○	鳥	○	○	○	○	雉	燕	雀	○	○	○	○
唐百家詩七十一巻刊本	○	○	○	○	○	鳥	○	○	○	○	雉	燕	雀	○	○	○	○
明仿宋刊九行本 唐百家詩八十四巻鈔本	○	○	○	○	○	鳥	○	○	○	○	雉	燕	雀	○	○	○	○
唐詩紀本	墨	劒	刀	箭	彈	弩	旗	旌	戈	鼓	弓	琴	瑟	琵琶	箏	鐘	簫
李趙公集本	墨	劒	刀	箭	彈	弩	旗	旌	戈	鼓	弓	琴	瑟	琵琶	箏	鐘	簫
唐音統籤本	墨	劒	刀	箭	彈	弩	旗	旌	戈	鼓	弓	琴	瑟	琵琶	箏	鍾	簫
全唐詩本	墨	劒	刀	箭	彈	弩	旗	旌	戈	鼓	弓	琴	瑟	琵琶	箏	鐘	簫

屛	簾	帷	席	牀	車	舟	橋	樓	池	宅	井	市	門	城	兎	羊	鹿	熊	豹	牛
○	○	○	○	○	○	○	○	○	○	○	○	○	○	○	○	○	○	○	○	○
○	○	○	○	○	○	○	○	○	○	○	○	○	○	○	○	○	○	○	○	○
○	○	○	○	○	○	○	○	○	○	○	○	○	○	○	○	○	○	○	○	○
○	○	○	○	○	○	○	○	○	○	○	○	○	○	○	○	○	○	○	○	○
○	○	○	○	○	○	○	布	素	綾	羅	錦	錢	銀	金	玉	珠	舞	歌	笙	笛
○	○	○	○	○	○	○	布	素	綾	羅	錦	錢	銀	金	玉	珠	舞	歌	笙	笛
○	○	○	○	○	○	○	布	素	綾	羅	錦	錢	銀	金	玉	珠	舞	歌	笙	笛
○	○	○	○	○	○	○	布	素	綾	羅	錦	錢	銀	金	玉	珠	舞	歌	笙	笛

佚存叢書本	被	鏡	扇	燭	酒	經	史	詩	賦	書	檄	紙	筆	硯	墨	劒	刀
唐詩二十六家本	○	鑑	○	○	○	○	○	○	○	○	○	○	○	○	○	○	○
明九行活字本唐五十家集本唐百家詩唐人小集本百七十六卷刊本	○	鑑	○	○	○	○	○	○	○	○	○	○	○	○	○	○	○
唐百家詩七十一卷刊本	○	鑑	○	○	○	○	○	○	○	○	○	○	○	○	○	○	○
明仿宋刊九行本唐百家詩八十四卷鈔本	○	鑑	○	○	○	○	○	○	○	○	○	○	○	○	○	○	○
唐詩紀本	○	鑑	○	○	○	蘭	菊	竹	藤	萱	茅	荷	萍	菱	瓜	松	桂
李趙公集本	○	鑑	○	○	○	蘭	菊	竹	藤	萱	茅	荷	萍	菱	瓜	松	桂
唐音統籤本	○	鑑	○	○	○	蘭	菊	竹	藤	萱	茅	荷	萍	菱	瓜	松	桂
全唐詩本	○	鑑	○	○	○	蘭	菊	竹	藤	萱	茅	荷	萍	菱	瓜	松	桂

金	玉	珠	舞	歌	笙	笛	簫	鐘	箏	琵琶	瑟	琴	彈	皷	戈	旗	旌	弩	箭	弓
○	○	○	○	○	○	○	○	○	○	○	○	○	弓	○	○	旌	旗	○	彈	箭
○	○	○	○	○	○	○	○	鍾	○	○	○	○	弓	○	○	旌	旗	○	彈	箭
○	○	○	○	○	○	○	○	鍾	○	○	○	○	弓	○	○	旌	旗	○	彈	箭
○	○	○	○	○	○	○	○	鍾	○	○	←――七言律詩十首混入――→									
象	麟	龍	雀	燕	雉	鶯	鳧	鴈	鵲	烏	鶴	鳳	橘			李	桃	桐	柳	槐
象	麟	龍	雀	燕	雉	鶯	鳧	鴈	鵲	烏	鶴	鳳	橘			李	桃	桐	柳	槐
象	麟	龍	雀	燕	雉	鶯	鳧	鴈	鵲	烏	鶴	鳳	橘			李	桃	桐	柳	槐
象	麟	龍	雀	燕	雉	鶯	鳧	鴈	鵲	烏	鶴	鳳	橘			李	桃	桐	柳	槐

佚存叢書本	唐詩二十六家本	明九行活字本 唐五十家集本 唐百家詩唐人 小集本 百七十六巻刊本	唐百家詩七十一巻刊本	明仿宋刊九行本 唐百家詩八十四 巻鈔本	唐詩紀本	李趙公集本	唐音統籤本	全唐詩本
銀	○	○	○	○	馬	馬	馬	馬
銭	○	○	○	○	牛	牛	牛	牛
錦	○	○	○	○	豹	豹	豹	豹
羅	○	○	○	○	熊	熊	熊	熊
綾	○	○	○	○	鹿	鹿	鹿	鹿
素	○	○	○	○	羊	羊	羊	羊
布	○	○	○	○	兎	兎	兎	兎

右表から、次の二系統に大別することができる。

1　李嶠集本系統
2　全唐詩本系統(18)

1　李嶠集本系統

李嶠集本系統には唐詩二十六家本・唐人小集本・唐百家詩百七十一巻本・同百七十六巻本・同百八十四巻本・唐五十家集本・明九行活字本・明仿宋刊九行本がある。更に、唐詩二十六家本・唐人小集本・唐五十家集本・唐百家詩百七十六巻本・明九行活字本と唐百家詩百七十一巻本・同百八十四巻本・明仿宋刊九行本とに區別できなくもないが、差異の對象となる個所が、製本段階における過失と認められるので、細分化しないことにした。差異を有する諸本を整理すると次の如くである。

イ　唐百家詩百七十一巻本

詩の配列をみると、坤儀部の「田」の四句目の下二字から「道」「海」「江」「河」「洛」、芳草部の「蘭」「菊」「竹」「藤」と「萱」の八句目の上一字までが脱落し、その脱落した處に武器部の「箭」「彈」「弩」「旗」「旌」「戈」「皷」「弓」と音樂部の「琴」「瑟」の十首が混入している。混入した十首は後半の然るべき處に記載されているので重複した形になっている。従って、この混入は意圖的に企畫されたものではなく、製本の段階で發生した過失である。このほかに、詩の配列の順序が日本の古寫本や佚存叢書本などと多少異なっている處がある。佚存叢書本系統の芳草部の「萍・菱・瓜・茅・荷」が百七十一巻本では「茅・荷・萍・菱・瓜」に、靈禽部の「雀・雉・燕」が「雉・燕・雀」に、武器部の「弓・箭・弩・旌・旗・戈・皷・彈」が「箭・彈・弩・旗・旌・戈・皷・弓」に入れ替っている。しかし、これらの異同を除く大部分が日本の古寫本や佚存叢書本などと合致することを勘案すると、詩の配列に關しては基本的に日本の古寫本・佚存叢書本系に屬する。

ロ　唐百家詩百八十四巻本

詩の配列において、武器部の「箭・彈・弩・旗・旌・戈・鼓・弓」と音樂部の「琴・瑟」の十首が百七十一巻本と同様、坤儀部の「田」の四句目の下二字から混入したままで、巻下にある武器部の「劒・刀」の後には混入した十首がないこと。そして、混入した武器部八首と音樂部二首の處には雜詠詩と全く關係のない送別類の七言律詩十首が混入していることなどを勘案すると、百七十一巻本同様、製本の段階で犯した過失を移入したと考えられる。

ハ　唐詩二十六家本

唐詩二十六家本には唐百家詩百七十一巻本や同百八十四巻本にあった脱落や混入はない。詩の配列は基本的に日本の古寫本や佚存叢書本と同じであるが、芳草部の「萍・菱・瓜・芳・荷」が「茅・荷・萍・菱・瓜」となっており、靈禽部の「雀・雉・燕」が「雉・燕・雀」、武器部の「弓・箭・弩・旌・旗・戈・皷・彈」が「箭・彈・弩・旗・旌・戈・皷・弓」となっており、唐百家詩百七十一巻本・同百八十四巻本と同じである。

ニ　唐人小集本

唐人小集は一點の異同を除いて唐詩二十六家と同じである。その一點とは、詩題の「鍾」を唐詩二十六家本は「鐘」としている點である。『字彙』（明・梅膺祚撰）の「辨似」に「鍾酒器、鐘鐘磬」とあり、元來、二字は別字で、鍾は酒器、鐘は樂器の鐘と磬の義であったが、『說文通訓定聲』（清・朱駿聲撰）に「鐘、周禮有㆓鍾氏㆒。考工梟氏作㆑鍾、皆以㆑鍾爲㆑之」とあり、『集韻』（宋、丁度・司馬光等奉敕撰）に「鐘、通作㆑鍾」とあるように、鍾と鐘の二字は通用し使用されていたようである。これが首肯されれば、唐詩二十六家本と全く同じである。

2　全唐詩本系統

全唐詩本系統には唐詩紀本・李趙公集本・唐音統籤本・全唐詩本が屬する。詩の配列に關する限り、前記四本は一致する。ところが、この四本には欠句や欠字が多い。その個所は、「原」の第五句の第一・第二字目と第六句の第三字目（唐音統籤のみ）、「河」の第八句目と第七句の第五字目（唐音統籤のみ）、「檄」の第二句の第三字目、「戈」の第八句の第二字目、「簫」の下四句、「素」の首句の第一・第二・第三・第四字目と第三句の第一・第二字目である。

李嶠集本との校合では、乾象部の「日」から坤儀部の「田」までの十五首と、居處部の「舟」から服玩部の「酒」までの十二首の計二十七首が1の李嶠集本と合致するが、その他は悉く異なっている。詩の配列をみる限り、別系統の本である。

以上を整理すると、唐百家詩百七十一巻本と同百八十四巻本は共に坤儀部の「田」の後半から芳草部の「萱」の大部分までが脱落し、脱落した個所に武器部の「箭」から音樂部の「瑟」までの十首が混入していることや、更に、唐百家詩百八十四巻本では武器部にあるべき「箭」から「彈」と、音樂部にあるべき「琴」「瑟」の計十首の個所に七言律詩の送別詩十首が混入している點は、前述の如く、製本段階での過失であることを考慮すると、イロハニの諸本は詩の配列において一致している。

一方、唐詩紀本・李趙公集本・唐音統籤本・全唐詩本は前の李嶠集本とは全く異なる詩の配列を有する本であることが判明した。

ここに詩の配列から二種類の系統があることが確認できた。

第二項　本文の校合

前項において詩の配列を考察したが、その結果、詩の配列に二系統あることがわかった。

次に本文の異同を調査し、検討することにするが、調査する前に底本を決める必要がある。本來なら、これらの諸本の中で最古と思われる唐百家詩百七十一巻本（一五四〇年刊）にすべきであろうが、この本には製本上の過失によって脱落している詩があるため、これに近い唐詩二十六家本（一五五四年刊）を使用する。校勘にあたって、同類の諸本があるので、唐人小集が唐百家詩百七十六巻本、唐五十家集本、明九行活字本を兼ね、唐百家詩百八十四巻本が明仿宋刊九行本を兼ね、唐詩紀本が李趙公集を兼ね、全唐詩本が唐音統籤本を兼ねることとする。

尙、次の表に擧げる詩句は諸本の本文に異同のあるものである。

唐詩二十六家本		唐人小集本	唐百家詩百七十一巻本	同百八十四巻本	唐詩紀本	全唐詩本
(1)日	朝夕奉光曦	○○○○○	○○○○○	○○□□□	○○○○○	○○○○○
(2)月	蓂分二八時	○○○○○	○○○○○	○○○○○	○○○○○	○開○○○
(3)星	豐城寶氣新	○○○○○	○○○○○	○○○○○	○○○劒○	○○○劍○
(4)風	搖颺徧遠林	○○○○○	○○○○○	○○○○○	○揚○○○	○揚○○○
(5)〃	帶花迎鳳舞	○○○○○	○○○○○	○○○○○	○○疑○○	○○疑○○
(6)〃	向竹似龍吟	○○○○○	○○○○○	白○○○○	○○○○○	○○○○○
(7)〃	蘭臺宮殿峻	○○○○○	○○○○○	○○○○○	若至蘭臺下	若至蘭臺下
(8)雲	郁郁□書臺	○○○○○	○○○○○	○○○○○	○○秘○○	○○○○○
(9)煙	松篁暗晩暉	○○○○○	○□○○○	○□○○○	○○○○○	○○○○○
(10)霧	涿野妖氛靜	○○○○○	○○○○○	○○○○○	○○○○○	○鹿○○○
(11)〃	類煙方稍重	○○○○○	○○○○○	○○○○○	○○飛○○	○○飛○○
(12)〃	方雨散還輕	○○○○○	○○○遠○	○○○遠○	○○○○○	○○○○○
(13)〃	倘入非熊繇	○○○○○	○○○○○	○○○○○	○○○○○	○○○○兆
(14)雨	神女向日廻	○○○○○	○○○○○	○○○○○	○○○臺○	○○○臺○
(15)〃	九土信康哉	○○○○○	○七○○○	○○○○○	○○○○○	○○○○○

(16)	雪	瑞雪驚千里	○○○○○	○○○○○	○○○○○	○○警○○	○○○○○
(17)	〃	彤雲暗九霄	同○○○○	同○○○○	同○○○○	○○下○○	同○○○○
(18)	〃	龍沙飛正遠	○○○○○	○○○○○	○○○○○	地疑明月夜	地疑明月夜
(19)	〃	玉馬地還銷	○○○○○	○○○○○	○○○○○	山似白雲朝	山似白雲朝
(20)	〃	逐舞花先動	○○○○○	○○○○○	○○○○○	○○○光○	○○○光○
(21)	石	倘因特補極	○○○○○	○○持○○	○○持○○	○○持○○	○○持○○
(22)	〃	寧復想支機	○○○○○	○○○○○	○○○○○	○○羨○○	○○○○○
(23)	原	分隰逈阡眠	○○○○○	○○○旰○	○○○旰○	○○○○○	○○○○○
(24)	〃	長在鶴鴒篇	○○○○○	○○鶺○○	○○鶺○○	○○○○○	○○○○○
(25)	野	誰言板築士	○○○○○	○○○○○	○○○○○	○○版○○	○○版○○
(26)	田	杏花開鳳昣	○○○○○	○○○○○	○○○○○	○○○○軫	○○○○軫
(27)	〃	菖葉布龍鱗	○○○○○	欠	欠	○○○○○	○○○○麟
(28)	〃	瑞陌兩岐秀	○○○○○	欠	欠	○麥○○○	○麥○○○
(29)	〃	寧知帝皇力	○○○○○	欠	欠	○○○王○	○○○王○
(30)	道	劍閣抵臨邛	○○○○○	欠	欠	○○○○○	○○低○○
(31)	〃	堯鐏更可逢	○○○○○	欠	欠	○○○○○	○尊○○○
(32)	海	三山巨鼇湧	○○○○○	欠	欠	○○○鰲○	○○○鰲○
(33)	〃	九萬大鵬飛	○○○○○	欠	欠	萬里○○○	萬里○○○
(34)	〃	樓寫青雲色	○○○○○	欠	欠	○○春○○	○○春○○
(35)	〃	方遂衆川歸	○○○○○	欠	欠	○逐○○○	○逐○○○
(36)	江	靈朝萬里廻	○○○○○	欠	欠	○潮○○○	○潮○○○

唐詩二十六家本		唐人小集本	唐百家詩百七十一巻本	同百八十四巻本	唐詩紀本	全唐詩本
(37) 〃	濤如白馬來	○○○○○	欠	欠	○從○○○	○從○○○
(38) 河	河出崑崙中	○○○○○	欠	欠	源○○○○	源○○○○
(39) 洛	緑字仲來臻	○○○○○	欠	欠	○○○○○	○○重○○
(40) 蘭	汾河應擢秀	○○○○○	欠	欠	河汾○○○	河汾○○○
(41) 竹	葉掃東西日	○○○南○	欠	欠	○○○南○	○○○南○
(42) 萱	屣步尋芳日	○○○○○	欠	欠	○○○○草	○○○○草
(43) 〃	色湛先人露	○○○○○	欠	欠	○○仙○○	○○○仙○
(44) 茅	鷗嘯綺楹前	○○○○○	○○○○○	○○○○○	鵾○○○○	鵾○○○○
(45) 菱	千里望難窮	十○○○○	十○○○○	○○○○○	○○○○○	○○○○○
(46) 松	多節幸君知	○○○○○	○○○○○	○○○○○	勁○○○○	勁○○○○
(47) 桂	未植銀宮裏	○○○○○	○○○○○	○○○○○	○値○○○	○殖○○○
(48) 柳	庭前花類雪	□○○○○	亭○○○○	亭○○○○	○○○○○	○○○○○
(49) 〃	短簫何以奏	○○○○○	知○○○○	知○○○○	○○○○○	○○○○○
(50) 桐	萋萋出衆林	○○○○○	○○○○○	○○○○○	亭亭○○○	亭亭○○○
(51) 〃	誰爲作鳴琴	○○○○○	○○○○○	○○○○○	○○○○○	○謂○○○
(52) 李	時用表眞人	○○○○○	○○○員○	○○○員○	特○○○○	特○○○○
(53) 梅	雪含紫花色	○○○○○	○○○○○	○○○○○	○○朝暝○	○○朝暝○
(54) 〃	風引上春香	○○○○○	○○○○○	○○○○○	○○去來○	○○去來○
(55) 〃	何假泛瓊漿	○○○○○	○○○○○	○○○○○	○暇○○○	○暇○○○

(56)	橘	千株布葉繁	○○○○○	○○○○○	○○○○○	○○○○○	○秋○○○
(57)	烏	日落朝飛急	○○○○○	○○○○○	○○○○○	○路○○○	○路○○○
(58)	〃	迢遰遶風竿	○○○○○	○○○○○	○○○○○	○○繞○○	○○繞○○
(59)	〃	青禽此夜彈	○○○○○	○○○○○	○○○○○	○琴○○○	○琴○○○
(60)	雁	候鴈發衡陽	○○○○○	○○○○○	○○○○○	歸○○○○	歸○○○○
(61)	鳧	錢飛入井見	○○○○○	○○○○○	○○○○○	○○出○○	○○出○○
(62)	〃	降將貽詩罷	○○○○○	○○○○○	○○○○○	李陵賦○○	李陵賦○○
(63)	〃	王喬曳舄來	○○○○○	○○○○○	玉○○○○	○○○○○	○○○○○
(64)	〃	翔集動成雷	○○○○○	○○○○○	○○○○○	○○○○○	翱○○○○
(65)	鶯	睍睆度花紅	○○○○○	○○○○○	○○○○○	○○芳樹雜	○○芳樹雜
(66)	〃	關關亂曉空	○○○○○	開開○○○	開開○○○	群鶯○○○	群鶯○○○
(67)	〃	乍離幽谷口	○○○○○	○○○○○	○○○○○	聲分折楊吹	聲分折楊吹
(68)	〃	先轉上林風	○○○○○	○○○○○	○○○○○	嬌韻落梅□	嬌韻落梅□
(69)	〃	翔集春臺側	○○○○○	○○○○○	○○○○○	寫囀清絃裏	寫囀清絃裏
(70)	〃	低昂錦帳中	○○○○○	○○○○○	○○○○○	遷喬暗木中	遷喬暗木中
(71)	〃	聲詩辨博忝	○○○○○	○○○○秀	○○○○秀	友生若可冀	友生若可冀
(72)	〃	比興思無窮	○○○○○	○○○○○	此○○○○	幽谷響還通	幽谷響還通
(73)	燕	天女同辰至	○○○○○	○○○○○	○○○○○	○○伺○○	○○伺○○
(74)	〃	雙飛翠幕中	○○○○○	○○○暮○	○○○暮○	○○○○○	○○○○○
(75)	〃	忽驚留瓜去	○○○○○	○○○○○	○○○○○	匆○○○○	匆○○○○
(76)	雀	暮宿江城裏	○○○○○	○○○○○	○○○○○	○○空○○	○○○○○

唐詩二十六家本	唐人小集本	唐百家詩百七十一卷本	同百八十四卷本	唐詩紀本	全唐詩本
(77)〃　願齊鴻鵠志	○○○○○	○○○○○	○○○○○	○○○○至	○○○○至
(78)龍　東洛薦河圖	○○○○○	○○○○○	○落○○○	○○○○○	○○○○○
(79)〃　帶火移星陸	○○○○○	○人○○○	○人○○○	○○○○○	○○○○○
(80)〃　騰雲出鼎湖	勝○○○○	勝○○○○	勝○○○○	勝○○○○	勝○○○○
(81)麟　爲覩鳳凰來	○○○○○	○○○○○	○○○○○	○待○○○	○待○○○
(82)象　萬推方演楚	○○○○○	○○○○○	○○○○○	○○○○○	○○○○夢
(83)牛　高歌初入相	○○○○○	○○○○○	○○○○○	齊○○○○	齊○○○○
(84)〃　先過梓樹中	○○○○○	○○○○○	○○○○○	○○紫○○	○○○○○
(85)〃　在吳頻喘月	○○○○○	○○須○○	○○須○○	○○○○○	○○○○○
(86)〃　奔夢屢驚風	○○○○○	○蓑○○○	○蓑○○○	○○○○○	○○○○○
(87)豹　來蘊太公誅	○○○○○	○○○○○	○○○○○	○○○○○	○○○○○
(88)熊　導洛宜陽古	○○○○○	○○○○○	○○○○○	○○○○○	○○○○○
(89)〃　太傅翊周年	○○○○○	○○○○○	○○○○○	○○○○○	○○○○○
(90)〃　列射三侯滿	○○○○○	○○候○○	○○候○○	○○○○○	○○○○○
(91)羊　絕飲懲澆浴	○○○○○	○○○○○	○○○○○	○○○○俗	○○○○俗
(92)城　三河建浴都	○○○○○	○○○○○	○○○○○	○○○洛○	○○○洛○
(93)〃　群驚御史烏	○○○○○	○○○○○	○○○○鳥	○○○○○	○○○○○
(94)〃　邊檄悍匈奴	○○○○○	○○○○○	○○○○○	○徼捍○○	○徼捍○○
(95)市　闤闠門三市	○○○○○	○○○○○	○○○○○	○○開○○	○○開○○

(96)	〃	詎肯掛秦巾	○○○○○	○○○○○	○○○○○	○○○○金	○○挂○〔金〕(巾)
(97)	井	杞國旦生雲	○○○○○	○○日○○	○○日○○	○○○○○	○○○○○
(98)	宅	寂寂蓬蒿徑	○○○○○	○○○○○	○○○○○	○○○○○	○寞○○○
(99)	〃	喧喧湫溢廬	○○○○○	○○○鑑○	○○○鑑○	○○○隘○	○○○隘○
(100)	〃	屢逢長者轍	○○○○輙	○○○○○	○○○○輙	○○○○○	○○○○○
(101)	樓	銷憂聊假日	○○○○○	○○○○○	○○○○○	○○聊暇○	○○聊暇○
(102)	車	無階忝虛古	○○○○○	○○○○○	○○○○○	○○○○左	○○○○左
(103)	牀	玳瑁千金起	○瑁○○○	○○○○○	○瑁○○○	○瑁○○○	○○○○○
(104)	〃	長承秋月光	○○○○○	○○○○○	○○○○○	○○○○○	○乘○○○
(105)	席	避坐承宣父	○○○○○	○○○○○	○○○○○	○○○○○	○席○○○
(106)	帷	高褰太守車	○○○○○	可○○○○	可○○○○	○○○○○	○○○○○
(107)	簾	曖曖籠靈閣	○○○○○	○○○○○	○○○○○	○○○○○	○○○鈴○
(108)	〃	戶外水晶浮	○○○○○	○○○精○	○○○精○	○○○精○	○○○精○
(109)	被	象筵分錦繡	○○○○○	○○夕○○	○○夕○○	○○○綿○	○○○○○
(110)	鏡	玉彩疑冰澈	○○○○○	○○○○○	○○○○○	○○○○徹	○○○○徹
(111)	扇	欝熱含風細	○○○○○	○勢○○○	○勢○○○	○○○○○	○○○○○
(112)	燭	三星花入夜	○○○○○	○新○○○	○新○○○	○○○○○	○○○○○
(113)	〃	浮炷依羅幌	○○○○○	○○○○昆	○○○○昆	○○○○○	○○○○○
(114)	〃	特用舉賢人	○○○○○	○○○○○	○○○○○	持○○○○	持○○○○
(115)	酒	會從玄石飲	○○○○○	○○○○○	命○○○○	○○○○○	○○○○○
(116)	〃	雲雨出圓丘	○○○○○	○四字脫落	○四字脫落	○○○○○	○○○○○

	唐詩二十六家本	唐人小集本	唐百家詩百七十一卷本	同百八十四卷本	唐詩紀本	全唐詩本
(117) 史	班圖地理新	○○○○○	○○○○○	○○○○○	○○○○○	○○○里○
(118) 書	洛字九疇初	○○○○○	○○○○○	○○○○○	○範○○○	○範○○○
(119) 檄	張儀韞璧行	○○○○○	○○○○○	○○○壁○	○○○○○	○○○○○
(120) 紙	芳名古伯馳	○○○○○	○○○○○	○○○○○	○○○○○	○○左○○
(121) 墨	遶畫繩初落	○○蠅○○	○○蠅○○	○○蠅○○	○○蠅○○	○○蠅○○
(122) 〃	疊素彩還沈	○○○○○	○○釋○○	○○釋○○	○○○○○	○○○○○
(123) 劍	紫氣夜干星	○○○○○	○○○千○	○○○千○	○○○○○	○○○○○
(124) 〃	畫地取雄名	○○○○○	○○○○○	○○○○○	○○○椎○	○○○○○
(125) 箭	夏列三成範	○○○○○	○○○○○	○○○城○	○○○○○	○○○○○
(126) 〃	堯沈九日輝	○○○○○	○城○○○	○城○○○	○○○○○	○○○○○
(127) 彈	珠成似月光	○○○○○	○○○○○	○○○○○	○○○○○	○沈○○○
(128) 〃	將此諫吳王	○○○○○	○○○○○	○○○○○	○○見○○	○○見○○
(129) 弩	挺質本軒黃	○○○○○	○○○○○	○○○○○	○○○○○	○○○○皇
(130) 戈	曉霜含白刃	○○○○○	○○○曰○	○○○曰○	○○○○○	○○○○○
(131) 〃	落影雕琱鋋	○○○○○	○○○○○	○○○○○	○○○○○	○○○○鏇
(132) 琴	隱士竹林隈	○○○○○	○○○○○	○○○○○	○○○○○	名○○○○
(133) 〃	英聲寶匣開	○○○○○	○○○○○	○○○○○	○○○○○	鳴琴○○○
(134) 〃	風前綠綺弄	○○○○○	○○○○○	○○○○○	○○○○○	○○中散至
(135) 〃	月下白雲來	○○○○○	○○○○○	○○○○○	○○○○○	○○歩兵○

(136)	〃	梁崏舊作臺	○○○○○	○○○○○	○○○○○	○岷○○○	○岷○○○
(137)	琵琶	半月分絃出	○○○○○	○○○○○	○○○○○	○○○○○	○○○弦○
(138)	箏	莫聽□秦奏	○○○○○	○○○○○	○○○○○	○○西○○	○○西○○
(139)	鐘	旣接南陵磬	○○○○○	○○○○○	○○○○○	○○○隣○	○○○隣○
(140)	〃	金簴有餘淸	○○○○○	○○○○○	○○○○○	○籅○○○	○○○○○
(141)	簫	王褒賦雅音	○○○○○	○○○○○	○○○○○	○裒○○○	○裒○○○
(142)	笛	羗笛寫餘聲	○○○○○	○○○○○	○○○○○	○○○龍○	○○○龍○
(143)	笙	孤篠汶陽隈	○○○○○	○○汝○○	○○汝○○	○○○○○	○○○○○
(144)	舞	妙伎遊金谷	○○○○○	○○○○○	○妓○○○	○○○○○	○○○○○
(145)	〃	花袖雪前明	○○○○○	○○○○○	○○○○○	○岫○○○	○岫○○○
(146)	珠	合浦夜光廻	○○○○○	○○○元○	○○○元○	○○○○○	○○○○○
(147)	〃	彩逐靈虵轉	○○○○○	○○○○○	○○○○○	○○○蛇○	○○○蛇○
(148)	玉	映□先過魏	○○○○○	○石○○○	○石○○○	○石○○○	○石○○○
(149)	〃	常山瑞馬斯	○○○○新	○○○○新	○○○○新	○○○○新	○○○○新
(150)	〃	南楚標前貢	○○○○○	○○○○○	○○○○○	○海○○○	○○○○○
(151)	〃	含風振鐸鳴	○○○○○	○鳳○○○	○鳳○○○	○○○○○	○○○○○
(152)	錢	趙□囊初乏	○○○○○	○○○○○	○○○○○	○壹○○○	○壹○○○
(153)	〃	何曾著欲收	○○○○○	○○○○○	○○○○○	○○箸○○	○○箸○○
(154)	〃	玉井與來求	○○冀○○	○○冀○○	○○冀○○	○○冀○○	○○冀○○
(155)	錦	河陽步陣陳	○○○○○	○○○○○	○○○○○	○○○障○	○○○障○
(156)	綾	煙際坐□□	○○○○○	○○○○○	○○○○○	○○○氤氳	○○○氤氳

唐詩二十六家本	唐人小集本	唐百家詩百七十一巻本	同百八十四巻本	唐詩紀本	全唐詩本
(157)素　妙奪鮫綃色	○○○□○	○○○□○	○○○□○	○○○○○	○○○○○

（上欄の番號は便宜的に付したものである）

右表を整理すると、(3)(4)(5)(7)(8)(11)(14)(18)(19)(20)(25)(26)(28)(29)(32)(33)(34)(35)(36)(37)(38)(40)(41)(42)(43)(44)(46)(47)(50)(54)(55)(57)(58)(59)(60)(61)(62)(65)(67)(68)(69)(70)(73)(75)(77)(81)(83)(87)(89)(91)(92)(94)(95)(101)(102)(110)(114)(118)(128)(136)(138)(139)(141)(142)(145)(147)(152)(153)(155)(156)の詩句の異同に據って、唐詩二十六家本・唐人小集本・唐百家詩百七十一巻本・同百八十四巻本の李嶠集本と唐詩紀本・全唐詩本の二系統に大別できる。これを數字でみると、一五七句中、實に過半數に近い七十句に異同がみえ、前者と後者の相違を明確に物語っている。更に、李嶠集本の詩句の校異をみると、(1)（欠字）(12)（「還」の誤植）(21)(23)(24)（「鶺」の誤植）(27)〜(43)（詩句脱落）(45)(48)(49)（「短」の誤植）(52)(66)（「關關」の誤植）(71)（「忝」の誤植）(74)(79)（「火」の誤植）(85)(86)（「夢」の誤植）(90)（「侯」の誤植）(97)（「旦」の誤植）(99)(100)（「轍」の誤植）(106)(109)(111)（「熱」の誤植）(112)(113)(116)（欠落）(122)(123)(130)（「白」の誤植）(143)(146)（「光」の誤植）(151)（「風」の誤植）などの詩句の異同に據って、唐詩二十六家本・唐人小集本と唐百家詩百七十一巻本・同百八十四巻本に分別することができる。但し、(17)(41)(48)(80)(108)(121)(149)(154)(157)にみえるように唐詩二十六家本と唐人小集本とは全く同じというわけではない。唐百家詩本の場合も、(1)(6)（「白」は「向」の誤植）(15)（「七」は「土」の左下半分が欠けたもの）(63)（「玉」は「王」に通じるが、誤植か）(72)（「此」は「比」の誤植）(78)（「落」は「洛」の誤植）(93)（「鳥」は「烏」の誤植）(115)（「命」は原本が不明瞭であったことによる誤字）(119)（「壁」は「璧」の誤字）などに異同がみえるが、（　）に説明した如く、そのほとんどが百八十四巻本の誤謬である。しかし、(125)(126)(144)にみえる相違のうち、(125)(126)の「城」は「成」の誤り、(144)の「妓」は「伎」の誤りであると首肯されれば、百七十一巻本と百八十四巻本は同一ということになる。

一方、唐詩紀本と全唐詩本が近似の關係にあることは前述したが、(2)(10)(13)(16)(17)(22)(27)(30)(31)(39)(51)(56)(64)(68)(69)(76)(80)(82)(84)(88)(96)

(98)(103)(104)(105)(107)(109)(117)(120)(124)(127)(129)(131)(132)(133)(134)(135)(137)(140)(150)などの詩句に異同がみえるように同一本でないことがわかる。

以上を總括すると、この六本は二つに大別できる。その一は唐詩二十六家本・唐人小集本・唐百家詩百七十一巻本・同百八十四巻本の四本で、更に、このグループは唐詩二十六家本・唐人小集本と唐百家詩本に區分することができる。しかし、唐百家詩の百七十一巻本と百八十四巻本は同一であるが、唐詩二十六家本と唐人小集本とは大異はないが同一本ではない。その二は、唐詩紀本と全唐詩本である。この二本も近似しているが同一本ではない。

第三項　小　結

第一項の詩の配列において、1李嶠集本系統と2全唐詩本系統の二系統あることが認められ、第二項の本文の校合においても、1李嶠集本系統と2全唐詩本系統の二系統あることが認められた。第一項と第二項から李嶠集本・唐詩紀本・全唐詩本には、1李嶠集本系統と2全唐詩本系統の二系統あることが判明した。しかし、嚴密にいえば、1李嶠集本系統でも唐詩二十六家本・唐人小集本と唐百家詩百七十一巻本・同百八十四巻本とは同一本であるが、唐詩二十六家本と唐人小集とは酷似しているが同一本とは言い難い。一方、2全唐詩本系統の唐詩紀本と全唐詩本は近似しているが同一本ではないことが判明した。

また、詩の配列において、唐百家詩百七十一巻本と同百八十四巻本に製本段階における過失が無ければ、李嶠集本系統は佚存叢書本の詩の配列に近く、2全唐詩本系統とは全く異にしている。

第七節　佚存叢書本の詩と李嶠集本・唐詩紀本・全唐詩本系統の詩との校比

前節において李嶠集本・唐詩紀本・全唐詩本との相違を確認することができた。これらの諸本は主に中國において傳播してきたものであり、日本に傳存する雜詠詩とは甚だしく内容を異にしている。そこで、ここでは佚存叢書本の詩と李嶠集本・唐詩紀本・全唐詩本の詩とを比較檢討してみる。

尙、便宜上、日本における雜詠詩の代表を佚存叢書本とし、李嶠集は唐人小集と唐百家詩百七十一卷本を使用する。

本來ならば、ここで詩の配列の項目を立ててから始めるべきであるが、前節の第一項において佚存叢書本の詩の配列を基底とした圖表竝びに校合の結果があるので、ここでは省略する。從って、佚存叢書本の詩と李嶠集本・唐詩紀本・全唐詩本の詩との校合を中心に述べることにする。

佚存叢書本の詩と李嶠集本・唐詩紀本・全唐詩本の詩との相違は次の詩の異同をみれば一目瞭然である。

詩題＼諸本	佚存叢書本	唐人小集本	唐百家詩本	唐詩紀本	全唐詩本
池	寂寂蓬蒿徑 喧喧湫隘廬 屢逢長者轍 時引故人車 孟母卜隣罷	綵棹浮太液 清觴醉習家 詩情對明月 雲曲拂流霞 烟散龍形淨	上	上	上

佚存叢書本	將軍辞第初　誰憐草玄處　獨對一牀書
唐人小集本	波含鳳影斜　安仁動秋興　魚鳥思空賒
唐百家詩本	同
唐詩紀本	同
全唐詩本	同

これは「池」詩であるが、佚存叢書本と李嶠集本・唐詩紀本・全唐詩本とが全面的に異なっている例で、百二十首中、唯一のものである。

次に異同が多いのは「鶯」詩である。

諸本＼詩題	鶯
佚存叢書本	芳樹雜花紅　群鶯亂曉空　吟分折柳吹　韻嬌落梅風　寫囀清歌裏　含啼妙管中　遷喬苦可冀　幽谷響還通
唐人小集本	晛睆度○○　關關○○○　乍離幽谷日　先轉上林○　翔集春臺側　低昂錦帳○　聲詩辨博黍　比興思無窮
唐百家詩本	晛睆度○○　關關○○○　乍離幽谷日　先轉上林○　翔集春臺側　低昂錦帳○　聲詩辨博黍　比興思無窮
唐詩紀本	○○○○○　○○○○○　聲○○揚○　嬌韻○○□　○○○絃○　遷喬暗木○　友生若○○　○○○○○
全唐詩本	○○○○○　○○○○○　聲○○揚○　嬌韻○○○　○○○弦○　遷喬暗木○　友生若○○　○○○○○

この詩の場合、佚存叢書本と李嶠集本と唐詩紀本・全唐詩本とが各々異なっている例である。このように詩の本文の異同を検討[19]していくと、佚存叢書本と李嶠集本・唐詩紀本・全唐詩本とが合致するのは「星」詩の一首のみである。但し、唐詩紀本・全唐詩本の「桂」詩は佚存叢書本と合致する。このように諸本が合致する詩が少ないので、右表の

ような校異表を作成することは紙面を繁雑にしかねない。従って、詩の本文の異同を数字化して表示してみよう。左表の数字は佚存叢書本と李嶠集本・唐詩紀本・全唐詩本の各詩における異同文字の数である。

詩題＼諸本	唐人小集本	唐百家詩本	唐詩紀本	全唐詩本
日	3	3	3	3
月	17	17	17	17
星	0	0	0	0
風	15	15	9	9
雲	20（欠字1）	20（欠字1）	20	20
煙	4	6（欠字1）	5	5
露	4	4	4	4
霧	13	14	13	13
雨	1	1	1	1
雪	14	14	3	3
山	8	8	8	8
石	2	1	2	1
原	5（欠字1）	7（欠字1）	5（欠字1）	5（欠字1）
野	6	6	7	8
田	4	欠	3	4
道	2	欠	2	3

詩題＼諸本	唐人小集本	唐百家詩本	唐詩紀本	全唐詩本
海	5	欠	4	4
江	4	欠	4	4
河	7（欠字1）	欠	7（欠字5）	7（欠字5）
洛	3	欠	3	3
蘭	3	欠	3	3
菊	5	欠	5	5
竹	3	欠	3	3
藤	5	欠	5	4
萱	16	欠	14	14
萍	7	7	7	7
菱	2	3	2	2
瓜	2	2	2	2
茅	5	5	5	5
荷	3	3	3	3
松	3	3	3	3
桂	1	1	1	0

詩題＼諸本	唐人小集本	唐百家詩本	唐詩紀本	全唐詩本
槐	2	2	2	2
柳	9（欠字1）	10	9	9
桐	15	15	13	14
桃	6	6	6	6
李	5	6	4	5
梨	10	10	10	10
梅	14	14	9	9
橘	3	3	3	3
鳳	4	4	4	4
鶴	2	2	2	2
烏	4	4	1	1
鵲	4	4	4	4
鴈	3	3	1	1
鳧	5	6	1	2
鶯	33	33	13（欠字1）	12
雀	4	4	4	4
雉	1	1	1	1
燕	8	9	7	7
龍	2	3	2	2

詩題＼諸本	唐人小集本	唐百家詩本	唐詩紀本	全唐詩本
麟	6	6	8	8
象	4	4	4	3
馬	4	4	4	4
牛	3	4	4	3
豹	5	5	5	5
熊	5	6	4	3
鹿	4	4	4	4
羊	3	3	3	3
兎	3	3	3	3
城	6	6	4	4
門	6	6	6	6
市	5	5	3	4
井	1	2	1	1
宅	3	4	2	2
池	40	40	40	40
樓	15	15	14	14
橋	16	16	16	16
舟	7	6	6	6
車	4	4	3	3

詩題＼諸本	唐人小集本	唐百家詩本	唐詩紀本	全唐詩本
牀	5	4	5	6
席	1	1	1	2
帷	1	2	1	2
簾	15	15	15	15
屏	6	6	5	5
被	9	10	10	9
鏡	5	5	4	5
扇	14	14	14	14
燭	6	8	7	7
酒	3	6（欠字4）	3	3
經	1	1	1	1
史	6	6	6	7
詩	5	5	5	5
賦	5	5	5	5
書	2	2	3	3
檄	7（欠字1）	7（欠字1）	7（欠字1）	7（欠字1）
紙	2	2	2	2
筆	1	1	1	1
硯	5	5	5	5

詩題＼諸本	唐人小集本	唐百家詩本	唐詩紀本	全唐詩本
墨	7	7	7	7
劔	5	6	6	6
刀	10	10	9	9
弓	5	5	5	5
箭	5	5	5	5
弩	8	8	8	7
旌	5	5	5	5
旗	4	4	4	4
戈	7（欠字1）	7（欠字1）	7（欠字1）	8（欠字1）
皷	2	2	2	2
彈	26	26	26	26
琴	10	10	9	1
瑟	32	31	31	31
琵琶	13	13	13	14
筆	32（欠字1）	32（欠字1）	32	32
鐘	5	5	4	4
簫	22（欠字20）	22（欠字20）	22（欠字20）	22（欠字20）
笛	2	2	1	1
笙	1	2	1	1

詩題＼諸本	唐人小集本	唐百家詩本	唐詩紀本	全唐詩本
歌	2	2	2	2
舞	1	1	2	2
珠	13	14	14	14
玉	5（欠字1）	5	5	5
金	2	3	3	2
銀	4	4	4	4

詩題＼諸本	唐人小集本	唐百家詩本	唐詩紀本	全唐詩本
錢	3	3	2	2
錦	16	17	15	15
羅	2	2	2	2
綾	15（欠字2）	15（欠字2）	14	13
素	19（欠字7）	19（欠字7）	19（欠字7）	19（欠字7）
布	15	15	15	15

右表は佚存叢書本の本文を基底とした諸本との異同文字數である。但し、諸本に「3」とある場合、諸本が佚存叢書本の本文と異同のある文字が三字あることを意味するが、異同の三文字は四本とも全て同一文字とは限らない。このことは前節において證明濟みである。

以上の結果、前述した「星」詩以外、全ての詩において異同が認められる。また、諸本において異同のある文字數も異なっている。そこで、比較的異同文字の少ないものを擧げると、

異同文字〇字――「星」

〃　〃一字――「雨」「石」（唐人小集本・全唐詩本は2）、「桂」（全唐詩のみ0）、「雉」「井」（唐百家詩本のみ2）、「席」（全唐詩本のみ2）、「帷」（唐百家詩本・全唐詩本は2）、「經」「筆」「笛」（李嶠集本系は2）、「笙」（唐百家詩本のみ2）、「舞」（全唐詩本系は2）。

〃　〃二字――「菱」（唐百家詩本のみ3）、「瓜」「槐」「鶴」「龍」（唐百家詩本のみ3）、「書」（全唐詩本系は3）、「紙」（全唐詩本系のみ3）、「鼓」「歌」「金」（唐百家詩本・唐詩紀本は3）、「錢」「羅」。

〃　〃　三字――「日」「洛」「蘭」「竹」「荷」「松」「橘」「羊」「兔」。

このほか、同一詩において、各本間で異同文字数に較差があるものがある。例えば、「烏」（全唐詩本系が1字であるのに對して李嶠集本系が4字）、「鴈」（全唐詩本系が1字であるのに對して李嶠集本系が3字）、「晃」（全唐詩本系が1～2字であるのに對して李嶠集本系が5～6字）、更に較差が大きいものでは、「雪」（全唐詩本系が3字であるのに對して李嶠集本系が14字）、「琴」（全唐詩本が1字であるのに對して李嶠集本系及び唐詩紀が9字）である。

一方、異同文字が多い詩を擧げると

異同文字四十字――「池」、

〃　〃　三十三字――「鶯」（全唐詩本系12字）、

〃　〃　三十二字――「筆」、

〃　〃　三十一字――「瑟」（唐人小集のみ32字）、

〃　〃　二十六字――「彈」、

〃　〃　二十字――「雲」。

などがある。

次は右表を異同文字の數量を中心にまとめた異同文字別詩數表である。

詩中の異字數＼諸本	唐人小集本	唐百家詩本	唐詩紀本	全唐詩本
0	1	1	1	2
1	10	8	13	11
2	14	12	14	14
3	14	11	16	19
4	14	14	16	14
5	21	12	15	15
6	8	14	6	6
7	6	5	8	8
8	3	3	3	4
9	2	1	5	5
10	3	5	2	1
11				
12				1
13	3	1	4	2
14	3	5	5	6
15	6	6	3	3
16	3	1	1	1
17	1	2	1	1
18				
19	1	1	1	1
20	1	1	1	1
21				
22	1	1	1	1
23				
24				
25				
26	1	1	1	1
27				
28				
29				
30				
31		1	1	1
32				
33				
34				
35				
36				
37				
38				
39				
40	1	1	1	1
欠		11		

右表によると、一字から四十字まで全搬に亙って異同文字を有する詩があることがわかる。中でも、一字から七字までの異同文字を有する詩が特に多く、異同文字が多くなるに従って、異同文字を有する詩が少なくなってきていることが認められる。

以上の調査により、佚存叢書本の詩が李嶠集・唐詩紀本・全唐詩本などの詩とは非常に異なっていることが判明した。

第八節　總集にみえる「雜詠詩」

李嶠の雜詠詩は單行本以外に總集の中に多く採錄されている。總集が明代に多く編纂されたことと相俟って、「雜詠詩」は明代に編纂された總集に多く收錄されている。ここではその主要なものを取り擧げて、それらの總集が如何なる雜詠詩の傳本に據ったものかを調査檢討してみよう。

第一項　唐詩類苑

『唐詩類苑』は明の張之象（一五〇七～一五八七）の撰集で、明の萬曆二十九年（一六〇二）に刋行された。收容詩人は總數で一千四百七十二人、重複詩を含めると二萬八千二百四十五首を收錄している。それらを詩題に應じて三十六部門に分け、全部で二百卷である。

『唐詩類苑』には「田」詩を除く一百十九首の雜詠詩が收錄されている。（以後、これを「唐詩類苑本」と呼ぶ）『唐詩類苑』の「引用諸書」の中に『李巨山集』とあるので、『李嶠集』から採錄したことがわかるが、『李嶠集』には數本の傳本があるので、調査する必要がある。時間的に、『唐詩類苑』が引用可能な『李嶠集』としては、『明九行活字本』や『唐百家詩本』や『唐詩二十六家本』を擧げることができる。ここでは、『唐詩二十六家本』を以て校合を行なうことにする。また、前記三本の『李嶠集』以外に内容を異にする『李趙公集』がある。『李趙公集』の刋行年月は不詳であるが、編者が明の張燮であるから併せて校合する。

校合に際し、全詩句の校異表は煩雜になるので、異同のある詩句についてのみ掲載することにする。

尙、校合に用いる『唐詩類苑』は國立公文書館所藏の明の萬曆二十九年刊本を使用した。この本は、平成三年、汲古書院から影印本で刊行されている。

1　『唐詩類苑』所錄の雜詠詩と唐詩二十六家本・李趙公集本との校比

詩題	唐詩類苑本	唐詩二十六家本	李趙公集本
(1) 星	豐城寶劍新	○○○氣○	○○○○○
(2) 雲	郁郁秘書臺	○○□○○	○○○○○
(3) 霧	類煙飛稍重	○○方○○	○○○○○
(4) 雨	神女向臺廻	○○○日○	○○○○○
(5) 雪	逐舞花光動	○○○先○	○○○○○
(6) 石	倘因持補極	○○特○○	○○○○○
(7) 海	三山巨鰲湧	○○○鼇○	○○○○○
(8) 〃	萬里大鵬飛	九萬○○○	○○○○○
(9) 〃	樓寫春雲色	○○青○○	○○○○○
(10) 江	靈潮萬里廻	○朝○○○	○○○○○
(11) 洛	綠字佇來臻	○○仲○○	○○仲○○
(12) 蘭	虛室重拓尋	○○○招○	○○○招○
(13) 〃	雪灑楚王琴	○儷○○○	○儷○○○
(14) 菊	香汎野人杯	○泛○○○	○泛○○○
(15) 竹	高幹楚江濵	○○○○濆	○○○○濆

詩題	唐詩類苑本	唐詩二十六家本	李趙公集本
(16) 〃	枝捎西北雲	○梢○○○	○梢○○○
(17) 藤	舒苗長石苔	○○○○臺	○○○○臺
(18) 〃	金堤不見識	○隄○○○	○隄○○○
(19) 萱	色湛仙人露	○○先○○	○○○○○
(20) 茅	鷗笑綺楹前	○嘯○○○	○嘯○○○
(21) 〃	堯舜成茨罷	○帝○○○	○帝○○○
(22) 菱	潭花發鏡中	○○○鑑○	○○○○○
(23) 桂	滿目自然秋	花滿○○○	花滿○○○
(24) 李	潘岳閒居日	○嶽閑○○	○○閑○○
(25) 梅	雪含朝暝色	○○紫花○	○○○○○
(26) 〃	風引去來香	○○上春○	○○○○○
(27) 鶴	從鸞下紫烟	○○○○煙	○○○○煙
(28) 烏	青琴此夜彈	○禽○○○	○○○○○
(29) 鳧	錢飛出井見	○○入○○	○○○○○
(30) 鳧	李陵賦詩罷	降將貽○○	○○○○○

詩題	唐詩類苑本	唐詩二十六家本	李趙公集本
(31)燕	天女伺辰至	○○同○○	○○○○○
(32)龍	銜燭輝幽都	○耀○○○	○耀○○○
(33)〃	含草擬鳳雛	○章○○○	○章○○○
(34)牛	齊歌初入相	高○○○○	○○○○○
(35)豹	來蘊太公籌	○○○○誅	○○○○○
(36)市	詎肯挂秦巾	○○掛○○	○○掛○○
(37)池	煙散龍形淨	烟○○○○	○○○○○
(38)樓	漢宮井榦起	○○○幹○	○○○榦○
(39)〃	銷憂聊暇日	○○○假○	○○○○○
(40)車	滿輪闢四門	蒲○○○○	蒲○○○○
(41)〃	無階忝虛左	○○○○古	○○○○○
(42)牀	桂筵含柏馥	○○○栢○	○○○○○
(43)帷	高褰太守襦	○○○○車	○○○○車
(44)簾	牕中翡翠動	窓○○○○	牕○○○○
(45)〃	戶外水精浮	○○○晶○	○○○○○
(46)燭	持用擧賢人	特○○○○	○○○○○
(47)書	洛範九疇初	○字○○○	○○○○○
(48)墨	遶畫蠅初落	○○繩○○	○○○○○
(49)刀	帶環疑鴈月	○○○寫○	○○○寫○

詩題	唐詩類苑本	唐詩二十六家本	李趙公集本
(50)戈	横闕陣雲邊	○□○○○	○□○○○
(51)瑟	伏羲初製法	○○初○○	○○初○○
(52)箏	莫聽西秦奏	○○□○○	○○○○○
(53)鐘	長樂徹宵聲	○○警○○	○○警○○
(54)舞	妙伎遊金谷	妙○○○○	○○○○○
(55)玉	映石先過魏	○□○○○	○○○○○
(56)〃	常山瑞馬新	○○○○斯	○○○○○
(57)〃	不遇楚王珍	○○○○珎	○○○○○
(58)金	含風振譯鳴	○○○鐸○	○○○鐸○
(59)錢	趙臺囊初乏	○□○○○	○○○○○
(60)〃	何曾箸欲收	○○著○○	○○○○○
(61)〃	玉井冀來求	○○與○○	○○○○○
(62)錦	河陽步障陳	○○○陣○	○○○○○
(63)〃	雲浮仙日出	○○○石日	○○○石日
(64)〃	機迥廻紋巧	○○○文○	○○○文○
(65)〃	苦逢楚王貴	若○○○○	若○○○○
(66)綾	煙際坐氤氳	○○○□□	○○○○○
(67)布	御績創羲皇	○○○○黄	○○○○黄

（詩題の上欄の番號は便宜上付けたものである）

以上の校合によって、唐詩類苑本と唐詩二十六家本との閒には大差はないが、小異のあることがわかる。その小異をみると、⑸⑹⑺⑼⑽⑾⑿⒀⒁⒂⒃⒅⒆㉒㉔㉗㉛㉜㉝㊱㊲㊳㊴㊵㊶㊷㊹㊻㊽㊾53 56 57 58 60 62 64 65の詩句にみえる異同は、文字の近似による誤字誤植や俗字・古字などの異體字によるものであり、これらの異同は許容される範圍である。他の詩句には明白な異同がある。このことは他に異本が存在していたということになるが、現存する李嶠集本はない。次に、異同のある詩句を李趙公集本によって校合すると、⒄⒇㉑㉓㊸63 67の詩句以外の⑴⑶⑷⑻㉕㉖㉘㉙㉚㉞㉟㊹㊺㊼51 54 61の詩句が李趙公集本と合致する。また、⑵52 55 59 66の唐詩二十六家本の詩句には空欄があるので、唐詩類苑本が唐詩二十六家本から引用したものであるとすると、唐詩類苑本も空欄になっていたはずであるが、唐詩類苑本には空欄がない。この空欄を李趙公集本によって補塡すると、唐詩類苑本と合致する。ただ、㊿の詩句の李趙公集本が同じ空欄になっているにも拘らず、唐詩類苑本には「闕」が入っている。しかし、その文字をよく觀察すると、他の字體と異なっており、後から補塡したことがわかる。最後に、殘る⒄の「苔」、⒇の「笑」、㉑の「舜」、㉓の「滿目」、㊸の「繻」、63の「仙日」は唐詩二十六家本や李趙公集を始めとする全ての諸本が有する文字とも合わない。その上、詩意とも合わない。唐詩類苑本のこれらの文字は明らかに誤字である。ただ、67の「皇」は、中國に傳わる諸本は「黃」に作っているが、我國に傳存する『李嶠雜詠詩』は皆「皇」に作っている。これは詩意からも「皇」字の方が正しい。

2　小結

以上のことを勘案すると、唐詩二十六家本や李趙公集本とは異なった傳本、卽ち、唐詩類苑本に用いた傳本が存在していたか、唐詩二十六家本を底本にして、李趙公集本系統の傳本で補訂したかの孰れかである。もし前者の『唐詩類苑』所載の『雜詠詩』が存在していたのであれば、傳本が多く存在する中で、一冊も目にしないのは奇異である。

従って、ここでは後者の見解を結論とする。

第二項　唐詩品彙

『唐詩品彙』は明の高棅（一三五〇～一四二三）の編撰で、明の洪武二十六年（一三九三）に完成した。内容は唐の作家六百二十名、詩五千七百六十九首を品別に集めたものである。また、唐を初・盛・中・晩の四期に分けたのはこの書に始まる。『唐詩品彙』巻五十八、「五言律詩巻三」に「海」「城」「雪」の三首の雑詠詩を収録している。この詩が如何なる系統の雑詠詩に據ったものかを調査してみる。

1　『唐詩品彙』所録の雑詠詩と『文苑英華』・『事文類聚』所録の雑詠詩との校比

『唐詩品彙』の成立が明の初期であるから、どの李嶠集所録の雑詠詩よりも古い雑詠詩が収録されていることになる。『唐詩品彙』所録の雑詠詩が如何なる系統の雑詠詩から採録されたかを知るには、『唐詩品彙』より以前に存在した雑詠詩を見付け出さなければならないが、現存する李嶠集にないとなると、考えられるのが、『唐詩品彙』より以前に成立した類書所録の雑詠詩ということになる。これに該當する類書に宋の『文苑英華』や宋・元代の『事文類聚』がある。しかし、兩類書に『唐詩品彙』所録の「城」詩がないので、この兩類書から採録されたものでないことは明白である。

但し、『唐詩品彙』所録の詩の基になった雑詠詩があったはずであるから、『唐詩品彙』所録の「海」や「雪」の詩と兩類書所録の「海」・「雪」の詩を校合することによって、『唐詩品彙』と兩類書に所録する雑詠詩の關係をみてみよう。

尙、異同のある詩句のみを掲げる。

類書／詩題		唐詩品彙	文苑英華	事文類聚
（雪）		從風下九霄	○○○○○	○○降○○
（〃）		臨歌扇影飄	○○○○○	○紈○○搖
（海）		三山巨鼇湧	○○○鰲○	
（〃）		樓寫靑山色	○○春雲○	（無）
（〃）		會因添霧露	○同○○○	

右表によって、『唐詩品彙』所錄の雜詠詩と兩類書所錄の雜詠詩とに異同のあることがわかった。從って、『唐詩品彙』所錄の雜詠詩は兩類書所錄の雜詠詩の原本と異なり、どの雜詠詩とも合致しないことが判明した。

2　『唐詩品彙』所錄の雜詠詩と佚存叢書本・李趙公集本・李嶠集本との校比

『唐詩品彙』所錄の詩が、如何なる雜詠詩から採錄したかは不明であるが、後世の成立による雜詠詩收錄の諸本との關係をみておこう。

諸本／詩題	唐詩品彙	佚存叢書本	李趙公集本	李嶠集本
（海）	習坎疏丹壑	○○○○○	○○○○○	○○○○○
	朝宗合紫微	○○○○○	○○○○○	○○○○○
	三山巨鼇湧	○○○○踊	○○○鰲○	○○○○○

諸本／詩題	唐詩品彙	佚存叢書本	李趙公集本	李嶠集本
	萬里大鵬飛	○○○○○	○○○○○	九萬○○○
	樓寫靑山色	○○春雲○	○○春雲○	○○○雲○
	珠含明月輝	○○○○○	○○○○○	○○○○○

詩題＼諸本	唐詩品彙	佚存叢書本	李趙公集本	李嶠集本
（城）	會因添霧露	○當○○○	○○○○○	○○○○○
	方逐衆川歸	○遂○○○	○○○○○	○○○○○
	四塞稱天府	○○○○○	○○○○○	○○○○○
	三河建洛都	○○○○○	○○○○○	○○○浴○
	飛雲靄層闕	○○滿城○	○○○○○	○○藹○○
	白日麗南隅	○○○墻○	○○○○○	○○○○○
	獨下仙人鳳	○○○○○	○○○○○	○○○○○
	群鷩御史烏	○○○○○	○○○○○	○○○○○
	何辭一萬里	○○○○○	○○○○○	○○○○○

詩題＼諸本	唐詩品彙	佚存叢書本	李趙公集本	李嶠集本
（雪）	邊徼捍匈奴	○○拒○○	○○○○○	○檄悍○○
	瑞雪驚千里	○○○○○	○○警○○	○○○○○
	從風下九霄	○○暗○○	○○○○○	彫雲暗○○
	地疑明月夜	○○○○○	○○○○○	龍沙飛正遠
	山似白雲朝	○○○○○	○○○○○	玉馬地還銷
	逐舞花光動	○○○○散	○○○○○	○○○先○
	臨歌扇影飄	○○○○○	○○○○○	○○○○○
	大周天闕路	○○○○○	○○○○○	○○○○○
	今日海神朝	○○○○○	○○○○○	○○○○○

右の校合により、『唐詩品彙』所錄の雜詠詩は文字の近似による誤謬などを許容しても、李嶠集本との校合において、「海」詩の第四・五や「城」詩の第二・三・八句や「雪」詩の二・三・四句に異同があり、佚存叢書本との校合において、「海」詩の第三・五・七・八句や「城」詩の第三・四・八句や「雪」詩の第二・五句などに異同があることが分る。李趙公集本との校合において、「海」詩の第三・五や「雪」詩の第一句以外に大差がない。

3　小　結

以上の結果、『唐詩品彙』所錄の雜詠詩と李趙公集本とが類似しており、同系統のテキストではないかと考えられる。孰れが先の成立かということになると、『唐詩品彙』は明の洪武二十六年（一三九三）の成立で、『李趙公集』は明の張燮（生沒年不詳）の編纂であるが、張燮の生存期間が不詳であるので明言できない。しかし、彼が萬曆（一五七三～一六一五）の擧人であることを勘案すると、『唐詩品彙』の方が早い成立である。このことが首肯されれば、『李趙公集』が採錄に用いた雜詠詩は、『唐詩品彙』が用いた雜詠詩と同系統のテキストであるといえる。ただ、兩書にみえる小異を考えると、已に兩書または孰れかのテキストに改竄があったということになる。

第三項　唐詩名花集

『唐詩四種（一名、唐詩艷逸品）』は「名媛集」「香奩集」「觀妓集」「名花集」の四卷から成り、『唐詩名花集』はその一篇である。この書は五言絶句、七言絶句、五言律詩、七言律詩、五言排律、雜體に分類し、花を詠じた詩を集めたもので、總べて三百八首ある。編者は楊肇祉（生沒年不詳）である。江戶時代の儒者伊藤長胤（一六七〇～一七三六）は和刻本『唐詩名花集』の序文で、「楊氏不詳其人。恐明季之人也」といい、明末の人であろうという。その成立年次について、『中國文學大辭典』（一九九七年七月、上海辭書出版社）に「按此書原題《唐詩四種》、萬曆門揚氏所編……」とあるように、明末の萬曆年間の成立と考えられる。この書の中に、雜詠詩の「梅」「桃」「李」「萱」「梨」「菱」の六首が收錄されている。この六首が如何なる系統に屬するテキストから採錄したものであるかを檢討してみる。

尙、校合に用いる『唐詩名花集』は明の天啓元年（一六二一）刊行の朱墨套印本唐詩豔逸品に收められた四篇中の一篇を使用する。

1　『唐詩名花集』所錄の雜詠詩と佚存叢書本・唐詩類苑本・李嶠集本との校比

『唐詩名花集』には「引用書目」を掲載しており、その中で、雜詠詩を收録しているものを擧げると、『唐百家詩』

『文苑英華』『事文類聚』『唐詩類苑』『唐詩品彙』がある。これらの中で、『唐詩名花集』所錄の雜詠詩六首を全て有しているのは『唐百家詩』と『唐詩類苑』である。そこで、唐詩類苑本、李嶠集本、佚存叢書本とで校合する。

詩題＼總集	唐詩名花集本	唐詩類苑本	李嶠集本	佚存叢書本
（梅）	大庾歛寒光	○○○○○	○○○○○	院樹○○○
	南枝獨早芳	○○○○○	○○○○○	梅花○○○
	雪含朝暝色	○○○○○	○○紫花○	○○○○○
	風引去來香	○○○○○	○○上春○	○○○○○
	舞袖迴青徑	粧面○青鏡	粧面○○鏡	○○○春○
	歌塵起畫梁	○○○○○	○○○○○	○○○○○
	若能遙指渴	○○○止○	○○○止○	○○長止○
	何假泛瓊漿	○○汎○○	○○○○○	○暇○○○
（桃）	獨有成蹊處	○○○○○	○○○○○	○○○○○
	紅桃荚井傍	穠華○○旁	穠華○○旁	○○○○○
	含風如笑臉	山○凝○○	山○凝○○	○○○○○
	裛露似啼粧	朝○泫○○	朝○泫○○	○○○○○
	隱士顏應改	○○○○○	○○○○○	○○○○○
	仙人路漸長	○○○○○	○○○○○	○○○○○
	還欣上林苑	○○○○○	○○○○○	○○○○○
	千歲奉君王	○○○○○	○○○○○	○○○○○
（李）	潘岳閒居暇	○○○○日	○嶽閑○日	○○閑○○

詩題＼總集	唐詩名花集本	唐詩類苑本	李嶠集本	佚存叢書本
（萱）	王戎戲陌辰	○○○○○	○○○○○	○○○○晨
	蝶遊芳徑馥	○○○○○	○○○○○	○來○○○
	鶯囀令枝新	○○弱○○	○○弱○○	○○○○○
	葉暗青房晩	○○○○○	○○○○○	○○○○○
	花明玉井春	○○○○○	○○○○○	○○○○○
	方知有靈幹	○○○○榦	○○○○○	○○○○○
	持用表眞人	時○○○○	時○○○○	特○○○○
	屣步尋芳草	○○○○日	○○○○日	履○○○○
	忘憂自結叢	亡○○○○	○○○○○	○○○○○
	葉舒春夏綠	黃英開養性	黃英開養性	○○○○○
	花吐淺深紅	綠葉正依籠	綠葉正依籠	○○○○○
	色湛仙人露	○○○○○	○○先○○	○○○○○
	香傳少女風	○○○○○	○○○○○	○○○○○
	含貞北堂下	還依○○○	還依○○○	○○○○○
（梨）	曺植動文雄	○○○○○	○○○○○	○○○○○
	檀美玄光側	擅○○○○	擅○○○○	擅○○○○
	傳芳瀚海中	○○○○○	○○○○○	○○○○○

詩題＼總集	唐詩名花集本	唐詩類苑本	李嶠集本	佚存叢書本
（菱）	鳳文疎象郡	○○○○○	○○○○○	○○○蜀○
	花影麗新豊	○○○○○	○○○○○	○○○○○
	春暮條應紫	色對瑤池○	色對瑤池○	○○○○○
	秋來葉早紅	甘衣大谷○	甘依大谷○	○○○○○
	若能逢漢王	○令○○○	○令○○主	○今○○主
	還冀識張公	○○○○○	○○○○○	○○○○○
	鉅野韶光暮	○○○○○	○○○○○	○○昭○媚

詩題＼總集	唐詩名花集本	唐詩類苑本	李嶠集本	佚存叢書本
	東平春溜通	○○○○○	○○○○○	○○○○○
	影搖江浦月	○○○○○	○○○○○	○○○○○
	香引棹歌風	○○○○○	○○○○○	○○○○○
	日色翻池上	○○○○○	○○○○○	○○○○○
	潭花潠鏡中	○○○○○	○○○鑑○	○○○○○
	五湖多賞樂	○○○○○	○○○○○	○○○○○
	千里望難窮	○○○○○	○○○○○	○○○○○

右表をみると、『唐詩名花集』と合致する諸本はなく、部分的に、「柳」詩、「萱」詩（「屣」と「履」が字形の近似による誤植を許容した場合）が佚存叢書本と一致し、「菱」詩が唐詩類苑本と一致するぐらいである。殊に、唐詩類苑本と李嶠集本の「梅」詩の第五句、「桃」詩の二・三・四句、「萱」詩の三・四句、「梨」詩の五・六句に著しい相違がある。

2　小結

『唐詩名花集』と唐詩類苑本・李嶠集本とは詩句の相違による大差があるのに比して、佚存叢書本とは單字の相違による小異であることと、一致する雑詠詩が唐詩類苑本や李嶠集本に較べて多いことなどを勘案すると、『唐詩名花集』に使用した雑詠詩の底本は、總集本や李嶠集本系統のものではなく、改竄された佚存叢書本系統の雑詠詩である可能性が高い。

第四項　唐詩所

『唐詩所』は明の臧懋循（一五五〇～一六二〇）の編輯で、萬曆三十四年（一六〇六）の刊行である。内容は初・盛唐の詩を古樂府、樂府系、三言四言の古詩、五言古詩、七言古詩、雜體古詩、風體騷體古詩、五言律詩、七言律詩、五言排律、七言排律、五言絕句、七言絕句、闕文の十四門に分ちて收錄している。自序に

　姑以㆓初盛㆒爲㆓前集㆒、尋以㆓中晩㆒爲㆓后集㆒、以㆓中晩之可㆑抑者㆒爲㆓別集㆒。

といい、初盛唐の詩を前集とし、中晩唐の詩を後集とし、中晩の重要な詩を別集とするというが、後集と別集は未完成である。『唐詩所』は總て四十七卷である。李嶠の雜詠詩は卷三十一に「煙」を除く九首と卷三十二に「簫」を除く一百九首の計一百十八首が收錄されている。

尙、校合に用いる『唐詩所』は『四庫全書存目叢書』（齊魯書社出版、一九九七年七月）所收の北京大學圖書館藏の明・萬曆刻本を使用する。

1　『唐詩所』所錄の雜詠詩と初唐紀本・李趙公集本・全唐詩本との校比

『唐詩所』所錄の雜詠詩（唐詩所本と呼稱する）には異本との校異を示す注記がある。例えば、「月」詩の四句目の「學」に「一作入」、「星」詩の二句目の「劍」に「一作氣」、「風」詩の七句目の「若至蘭臺下」に「一作蘭臺宮殿峻」、「雪」詩の二句目の「從風下」に「一作同雲暗」、三・四句目の「地疑明月夜、山似白雲朝」に「一作龍沙飛正遠、玉馬地還銷」等である。この異同詩句を調査すると、『李嶠集』の雜詠詩であることが判明した。從って、李嶠集本系統の雜詠詩との異同は以上の如くわかっているので、校合の對象から除くことにする。そこで、校合の對象を初唐紀本、李趙

公集本、全唐詩本とする。また、校異の掲載については、詩數が多いので異同のある詩句のみを掲げることにする。

（詩の序列は佚存叢書本の配列に拠る）

唐詩所本	初唐紀本	李趙公集本	全唐詩本
（日）朝夕奉堯曦	○○○光○	○○○光○	○○○光○
（月）蓂分二八時	○○○○○	○○○○○	○開○○○
（〃）皎潔臨疎牖	○○○○○	○○○○○	○○○疏○
（星）豐城寶劔新	○○○○○	○○○○○	○○○劍○
（霧）涿野妖氛靜	○○○○○	○○○○○	○鹿○○○
（〃）倘入非熊繇	○○○○○	○○○○○	○○○○兆
（雨）神女向臺廻	○○○○○	○○○○○	○○○○回
（雪）從風下九霄	○○○○○	○○○○○	同雲暗○○
（石）寧復羨支機	○○○○○	○○○○○	○○想○○
（原）長在鶺鴒篇	○○○○○	○○○○○	○○脊令○
（野）鳳出秦郊逈	○○○○迴	○○○○迴	○○○○迴
（道）劍閣抵臨卭	劔○○○○	劔○○○○	○○低○○
（〃）堯鐏更可逢	○○○○○	○○○○○	○尊○○○
（海）習坎疏丹壑	○○疏○○	○○○○○	○○蹠○○
（江）靈潮萬里廻	○○○○○	○○○○○	○○○○回
（江）濤如白馬來	○○○○○	○○○○○	○從○○○
（洛）綠字佇來臻	○○仲○○	○○仲○○	○○重○○

唐詩所本	初唐紀本	李趙公集本	全唐詩本
（藤）金隄不見識	○○○○○	○○○○○	○堤○○○
（菱）香引棹歌風	○○○○○	○○○○○	○○櫂○○
（松）鶴棲君子樹	○○○○樹	○○○○樹	○○○○○
（桂）未植銀宮裏	○値○○○	○値○○○	○（殖）（値）○○○
（槐）疎幹擬三台	○○○○○	○○○○○	疏○○○○
（桐）春光襍鳳影	○○○○○	○○○○○	○○雜○○
（〃）雙依月井深	○○○○○	○○玉○○	○○玉○○
（〃）誰爲作鳴琴	○○○○○	○○○○○	○謂○○○
（桃）朝露泫啼粧	○○○○○	○○○○○	○○○○妝
（李）潘岳閒居日	○○○○○	○○閑○○	○○○○○
（梨）鳳文踈象郡	○○○○○	○○○○○	○○疏○○
（梅）粧面廻青鏡	○○○○○	○○○○○	妝○回○○
（〃）何假泛瑷漿	○暇○○○	○暇○○○	○暇○○○
（鶴）從鸞下紫烟	○○○○煙	○○○○○	○○○○煙
（烏）淸琴此夜彈	靑○○○○	靑○○○○	靑○○○○
（鵲）繞樹覺星稀	○樹○○○	○○○○○	○樹○○○
（〃）黛遊明鏡裏	○○○○○	○○○○○	倘○○○○

唐詩所本	初唐紀本	李趙公集本	全唐詩本
(雁)候鴈發衡陽	○○○○○	○○○○○	歸雁○○○
(鳧)翔集動成雷	○○○○○	○○○○○	翶○○○○
(鶯)芳樹襍花紅	○○○○○	○○○○○	○樹雜○○
(〃)寫囀清絃裏	○○○○○	○○○○○	○○○弦○
(雀)暮宿空城裏	○○○○○	○○○○○	○○江○○
(龍)勝雲出鼎湖	○○○○○	○○○○○	升○○○○
(麟)魯郊西狩廻	○○○○○	○○○○○	○○○○回
(象)萬推方演楚	○○○○○	○○○○○	○○○○夢
(牛)先過梓樹中	○○○○○	○○紫○○	○○○樹○
(熊)導洛宜陽右	○○○○古	○○○○○	○○○○○
(城)邊徼捍匈奴	○○○○○	邉○○○○	○○○○○
(市)詎肯掛秦金	○○○○巾	○○○○○	○○○○○
(井)含風李樹薰	○○○樹○	○○○○○	○○○○○
(宅)寂寂蓬蒿徑	○○○○○	○○○○○	○寞○○○
(池)綵棹浮太液	○○○○○	○○○○○	○櫂○○○
(樓)漢宮井榦起	○○○○○	○○○榦○	○○○幹○
(橋)妙應七星制	○○○○○	玅○○○○	○○○○○
(〃)秦王空搆石	○○○○○	○○○構○	○○○構○
(舟)征棹三江暮	○○○○○	○○○○○	○櫂○○○
(〃)連檣萬里廻	○○○○○	○○○○○	○○○○回

唐詩所本	初唐紀本	李趙公集本	全唐詩本
(車)五神趨雪至	○○○○○	○○趍○○	○○○○○
(牀)珊瑚七寶粧	○○○○○	○○○○○	○○○○妝
(〃)長承秋月光	○○○○○	○○○○○	○乘○○○
(帷)錦逐鳳凰舒	○○○○○	○○○○○	○○○皇○
(簾)曖曖籠靈閣	○○○○○	○○○○○	○○○鈴○
(〃)窗中翡翠動	○○○○○	牕○○○○	○○○○○
(屏)威紆屈膝廻	○○○○○	○○○○○	○○○○回
(鏡)花裏鳳凰來	○○○○○	○○○○○	○○○皇○
(〃)玉彩疑氷澈	○○○○○	○○○○徹	○○○冰徹
(經)誰知懷逸辯	○○○逸○	○○○逸○	○○○逸○
(詩)機上錦紋廻	○○○○○	○○○○○	○○○○回
(紙)芳名古伯馳	○○○○○	○○○○○	○左○○○
(硯)王克作論年	○充○○○	○充○○○	○充○○○
(劍)我有昆吾劔	○○○○○	○○○○○	○○○○劍
(弓)桃文稱辟惡	○○○辟○	○○○○○	○○○○○
(弩)挺質本軒黃	○○○○○	○○○○○	○○○○皇
(〃)遙彎落鴈影	○○○○○	○○○○○	○○○雁○
(旌)持節曳丹虹	○○○丹○	○○○丹○	○○○丹○
(〃)抗旆賦車攻	○○○○○	○○○○○	○旆○○○
(戈)殷辛漂杵年	○辛○○○	○○○○○	○○○○○

唐詩所本	初唐紀本	李趙公集本	全唐詩本
(彈)佳游滿帝鄉	○○○○○	○遊○○○	○遊○○○
(〃)珠成似月光	○○○○○	○○○○○	○沈○○○
(琴)隱士竹林隈	○○○○○	○○○○○	名○○○○
(〃)英聲寶匣開	○○○○○	○○○○○	鳴琴○○○
(〃)風前綠綺弄	○○○○○	○○○○○	○○中散至
(〃)月下白雲來	○○○○○	○○○○○	○○步兵○
(瑟)君子娯俱幷	○○○○○	○○○○併	○○○○○
(琶)半月分絃出	○○○○○	○○○○○	○○○弦○
(箏)游楚妙彈開	○○○○○	○○○○○	遊○○○○

唐詩所本	初唐紀本	李趙公集本	全唐詩本
(鐘)旣接南隣磬	○○○○○	○○○○○	○○○鄰○
(笛)坐憶舊鄰情	○○○○○	○○○○○	○○○隣○
(珠)合浦夜光廻	○○○○○	○○○○○	○○○○回
(錢)漢日五銖建	○○○○○	○○○○建	○○○○○
(錦)機迴廻文巧	○○○○○	○迴廻○○	○○回○○
(綾)馬眼氷陵影	○○○○○	○○○○○	○○冰凌○
(素)鴈足上林飛	○○○○○	○○○○○	雁○○○○
(〃)妙奪鮫綃色	○○○○○	玅○○○○	○○○○○

以上の如く、初唐紀本・李趙公集本・全唐詩本と唐詩所本とは近似の關係にあるので、校異の對象文字は異體字も掲載することにした。その結果、全唐詩本以外の初唐紀本、李趙公集本が唐詩所本と酷似していることがわかる。

さて、異同の文字をみると、初唐紀本の「迥」は「逈」(唐詩所本)の本字、「劒」は「劍」の俗字、「䟽」は「疏」の譌字、「樹」は「樹」の古字、「煙」は「烟」の略字、「逸」は「逸」(唐詩所本)の正字、「充」は「克」(唐詩所本)の正字、「辟」は「辟」(唐詩所本)と同字、「辛」は「辛」(唐詩所本)と同字で、これらが異同文字でないとすると、異同文字は「日」詩の「堯」と「光」、「洛」詩の「佇」と「仲」、「桂」詩の「植」と「値」、「梅」詩の「假」と「暇」、「烏」詩の「清」と「青」、「熊」詩の「右」と「古」、「市」詩の「金」と「巾」である。このうち、「巾」と「青」以外は文字の字形が近似していることによる誤寫誤植とも考えられ、また、「巾」と「青」はそれぞれ同音による音通とも考えられなくはない。以上のことが首肯されれば、兩書は同一本によるものといえる。假に、これが認められなくても、異同文字は全部で七字、これは全體の〇・一五％に止まり、唐詩所本は初唐紀本を踏襲したといっても過言ではない。

一方、李趙公集本は初唐紀本と酷似していることは一目瞭然である。異同文字は初唐紀本にみえるほかに、「邉」は「邊」の略字、「斡」は「榦」の誤寫、「玅」は「妙」と同字、「趋」は「趨」の略字、「牕」は「窗」と同字、「倂」は「幷」と同字、「游」は「遊」と同字、「建」は「建」の誤寫、「迴」は「廻」の誤寫など異字とはいえない文字がある。以上の異體字のほかに、「桐」詩の「玉」、「李」詩の「閑」、「牛」詩の「紫」、「橋」詩の「構」、「鑑」詩の「徹」がある。これらの文字も、「閑」は「閒」と通用し、「構」も「搆」と通用し、「徹」は「澈」と字形の近似による誤寫、その上、「紫」は「梓」と同音であることを考慮すると、明白な異同は「桐」詩の「玉」である。

案ずるに、『李趙公集』の成立は不詳であるが、著者張爕が萬暦の擧人であるから、成立は明末である。となると、唐詩所本と李趙公集本は同時期の成立と考えられるので、兩書の藍本は同一ともいえる。

第五項　唐詩鏡

『唐詩鏡』は明の陸時雍（字、仲昭。生沒年不詳）の撰集によるもので、全五十四卷。內容は初唐八卷、盛唐二十卷、中唐二十卷、晚唐六卷に分ち、各時期の代表的な詩人の詩を輯めている。本書はもと陸時雍が編纂した『古詩鏡』三十六卷と合刊し、『古唐詩鏡』と稱した。詩人の名の下には小傳及び評語が附されている。本書の成立年代は不詳とされているが、陸時雍が明の崇貞癸酉（一六二三）の貢生であったから、清初の成立と考えられる。

李嶠の雜詠詩は本書の卷四に「石」「道」「琵琶」「鐘」「笛」「桂」の六首が收錄されている。尚、『唐詩鏡』所錄の雜詠詩を唐詩鏡本と呼稱する。

1　『唐詩鏡』所錄の雜詠詩と初唐紀本・李趙公集本・李嶠集本・文苑英華本との校比

唐詩鏡本が淸初の成立と考えられるので、その成立以前の雜詠詩を有する李嶠集を以て校合する。但し、ここでは前記以外に、宋代の成立である『文苑英華』所錄の雜詠詩（以後、文苑英華本と呼稱する）も校合の對象とする。

唐詩鏡本	唐詩二十六家本	初唐紀本	李趙公集本	文苑英華本
（石）宗子維城固	○○○○○	○○○○○	○○○○○	○○○○○
將軍飮羽威	○○○○○	○○○○○	○○○○○	○○○○○
巖花鑑裏發	○○○○○	○○○○○	○○○○癸	○○鏡○○
雲葉錦中飛	○○○○○	○○○○○	○○○○○	○○○○○
入宋星初隕	○○○○○	○○○○○	○○○○○	○○○○○
過湘鷰早歸	○○○○○	○○○○○	○○○○○	○○○○○
倘因持補極	○○特○○	○○○○○	○○○○○	儻○○○○
寧復羨支機	○○想○○	○○○○○	○○○○○	○○○○○
（道）銅駝分鞏洛	○○○○○	○○○○○	○○○○○	○○○○○
劔閣抵臨邛	○○○○卭	○○○○卭	○○○○卭	（無）
紫徽三千里	○○○○○	○○○○○	○○○○○	
青樓十二重	○○○○○	○○○○○	○○○○○	
玉闕塵似雪	○闗○○○	○闗○○○	○闗○○○	
金穴馬如龍	○○○○○	○○○○○	○○○○○	
今日中衢上	○○○○○	○○○○○	○○○○○	

唐詩鏡本	唐詩二十六家本	初唐紀本	李趙公集本	文苑英華本
堯鐏更可逢	○○○○○	○○○○○	○○○○○	
（琶）朱絲聞岱谷	○緜○○○	○緜○○○	○緜○○○	
鑠質本多端	○○○○○	○○○○○	○○○○○	
半月分弦出	○○○絃○	○○○絃○	○○○絃○	
叢花拂面安	○○○○○	○○○○○	○○○○○	（無）
將軍曾制曲	○○○○○	○○○○○	○○○○○	
司馬屢陪觀	○○○○○	○○○○○	○○○○○	
本是胡中樂	○○○○○	○○○○○	○○○○○	
希君馬上彈	○○○○○	○○○○○	○○○○○	
（鐘）既接南鄰磬	○○○陵○	○○○隣○	○○○隣○	○○○○○
還隨北里笙	○○○○○	○○○○○	○○○○○	○同○○○
平陵通曙響	○○○○○	○○○○○	○○○○○	○○○○○
長樂警霄聲	○○○○○	○○○○○	○○○○○	○○徹○○
秋至含霜動	○○○○○	○○○○○	○○○○○	○○○○○
春歸應律鳴	○○○○○	○○○○○	○○○○○	○○○○○
豈惟常待扣	欲知○○○	欲知○○○	欲知○○○	○○恆○○
金簴有餘清	○○○○○	○○○○○	○○○○○	○○○○○
（笛）羌笛寫龍聲	羗○○○○	○○○○○	○○○○○	羗○○○○
長吟入夜清	○○○○○	○○○○○	○○○○○	○○○○○

闗山孤月下	關○○○○	關○○○○	關○○○○	關○○○○
來向隴頭鳴	○○○○○	○○○○○	○○○○○	○○○○○
逐吹梅花落	○○○○○	○○○○○	○○○○○	○○○○○
含春柳色驚	○○○○○	○○○○○	○○○○○	○○○○○
行觀向子賦	○○○○○	○○○○○	○○○○○	○○○○○
坐憶舊鄰情	○○○隣○	○○○隣○	○○○隣○	○○○○○
（桂）未植蟾宮裏	○○銀○○	○値銀○○	○値銀○○	○○銀○○
寧移玉殿幽	○○○○○	○○○○○	○○○○○	○○○○○
枝生無限月	○○○○○	○○○○○	○○○○○	○○○○○
花滿自然秋	○○○○○	○○○○○	○○○○○	○○○○○
俠客條爲馬	○○○○○	○○○○○	○○○○○	○○○○○
仙人葉作舟	○○○○○	○○○○○	○○○○○	○○○○○
願君期道術	○○○○○	○○○○○	○○○○○	○○○○○
攀折可淹留	○○○○○	○○○○○	○○○○○	○○○○○

右表をみると、異體字による異同が大半を占め、異同文字をみると、李嶠集本三本のうち、唐詩二十六家本が唐詩鏡本と最も異なる文字を有する異本である。その上、初唐紀本・李趙公集本の二本とも異なっている。また、初唐紀本と李趙公集本との間には異同はないが、唐詩鏡本との間には異同がある。

さて、唐詩鏡本と李嶠集本との顯著な相違は、「鐘」詩の「豈惟」と「欲知」、「桂」詩の「蟾」と「銀」である。このことに據って、唐詩鏡本と初唐紀本・李趙公集本とが別系統の本であることが分る。ところで、現存する雜詠詩の「鐘」詩に「豈惟」の語を有する詩はないが、唯一、『文苑英華』に收錄する雜詠詩にみえる。だからといって、唐詩鏡本が文苑英華本と同一の藍本に據ったとはいえない。なぜなら、文苑英華本は唐詩鏡本の「鐘」詩の「常」を「恆」に作り、また、「隨」を「同」に、「警」を「徹」に作って異なっているからである。唐詩鏡本と李嶠集本との異同文字である「蟾」について、全唐詩本の「桂」詩の「銀」の注に「一作蟾」とあるので、唐詩鏡本にみえる「蟾」を有する雜詠詩が、『全唐詩』成立當時までは存在していたようである。殘念乍ら、現存する雜詠詩に「蟾」を有する雜詠詩をみない。

第六項　唐詩韻匯

『唐詩韻匯』は明の施端敎（字、匪莪。一六〇三～一六七四）の編輯によるもので、清の康熙二十年（一六八一）の刋行である。本書は唐代の詩人四百名の近體詩を五・七言律詩、排律、絶句の各體に分け、各體を押韻の韻字ごとに排列したもので、統べて三十卷である。

本書に收錄されている雜詠詩は多い。その詩題を擧げると次の如くである。排列は佚存叢書本に倣う。

乾象部　日星風雲煙露霧雨雪（9）
坤儀部　山石野道海江洛（7）
芳草部　蘭菊竹藤萱萍菱荷（8）
嘉樹部　松桂桐槐柳桃李梨梅橘（10）
靈禽部　鳳雁雀雉燕（5）
祥獸部　龍麟象牛豹鹿羊兔（8）
居処部　城井宅樓橋舟車（7）

服玩部　牀席帷簾屛被鏡扇燭酒（10）
文物部　經史賦檄紙筆硯墨（8）
武器部　劍箭弓弩旌旗鼓彈（8）
音樂部　琴瑟琵琶箏鐘笛笙歌舞（9）
玉帛部　珠玉金錢錦羅綾布（8）

以上、計九十七首である。尙、本書卷四の「上平、支」に李嶠の詩として「猿」詩が收錄されているが、この詩は如何なる諸本にも見えない詩であるから除外した。因みに、この「猿」詩は杜甫の詩である。[20]

右記の如く、本書に採錄されている雜詠詩は各部でその數が異なっている。嘉樹部と服玩部の兩部が十首全てを採錄し、乾象部と音樂部の兩部が九首を採錄し、最も少ないのが靈禽部の五首である。殘りの各部は七～八首を採錄している。

尙、校合に用いる『唐詩韻匯』は二〇〇〇年十月に海南出版社から刊行された『故宮珍本叢刊』（故宮博物院編）所收の影印本を使用する。

1　『唐詩韻匯』所錄の雜詠詩と初唐紀本・李嶠集本・李趙公集本との校比

校合するに當り、全詩句を掲載すると煩雜になるので、異同のある詩句のみを擧げる。李嶠集本には唐詩二十六家本を用い、『唐詩韻匯』所錄の詩を唐詩韻匯本と呼稱する。

	唐詩韻匯本	初唐紀本	唐詩二十六家本	李趙公集本
(1)	(日) 霞際九江披	○○○光○	○○○光○	○○○光○
(2)	(星) 豐城寶劒新	○○○○○	○○○氣○	○○○○○
(3)	〃 天子入函秦	○○○西○	○○○西○	○○○○○
(4)	〃 未作三台轉	○○○○輔	○○○○輔	○○○○○
(5)	〃 今宵潁川曲	○○潁○○	○○潁○○	○○○○○
(6)	(風) 搖颺偏遠林	搖揚偏○○	○○偏○○	○揚偏○○
(7)	〃 帶花迎鳳舞	○○疑○○	○○○○○	○○疑○○
(8)	〃 月動□秋扇	○○臨○○	○○臨○○	○○臨○○
(9)	〃 蘭臺宮殿峻	若至蘭臺下	○○○○○	若至蘭臺下
(10)	(雲) 官名兊邃古	○○光○○	○○光○○	○○光○○
(11)	(煙) 逈浮雙闕路	迴○○○○	○○○○○	迴○○○○
(12)	(露) 滴瀝明花苑	滴○○○○	○○○○○	○○○○○
(13)	(霧) 類煙飛稍重	○○○○○	○○方○○	○○○○○
(14)	〃 倘入非熊館	儻○○○繇	○○○○繇	○○○○繇
(15)	(雨) 神女向臺廻	○○○○○	○○○日○	○○○○○
(16)	(雪) 瑞雪驚千里	○○○○○	○○○○○	○○警○○
(17)	〃 從風下九霄	○○○○○	彤雲暗○○	○○○○○
(18)	〃 龍沙飛正遠	地疑明月夜	○○○○○	地疑明月夜
(19)	〃 玉馬地還銷	山似白雲朝	○○○○○	山似白雲朝
(20)	〃 逐舞花光動	○○○○○	○○○先○	○○○○○

	唐詩韻匯本	初唐紀本	唐詩二十六家本	李趙公集本
(21)	(山) 新花綺綉紋	○○○繡○	○○○繡○	○○○繡○
(22)	(石) 倘因持補極	○○○○○	○○特○○	○○○○○
(23)	〃 寧復想支機	○○羨○○	○○○○○	○○羨○○
(24)	(野) 鳳出秦郊廻	○○○○迥	○○○○○	○○○○○
(25)	〃 誰言板築士	○○版○○	○○○○○	○○版○○
(26)	(道) 劍閣抵臨邛	劒○○○○	○○○○○	劒○○○○
(27)	〃 堯樽更可逢	○鐏○○○	○鐏○○○	○鐏○○○
(28)	(海) 三山巨鼇湧	○○○鰲○	○○○○○	○○○鰲○
(29)	(江) 月滿練花開	○浦○○○	○浦○○○	○浦○○○
(30)	〃 濤如白馬來	○從○○○	○○○○○	○從○○○
(31)	(洛) 九洛韶兊媚	○○○光○	○○○光○	○○○光○
(32)	〃 綠字佇來臻	○○仲○○	○○仲○○	○○仲○○
(33)	(蘭) 雪灑楚王琴	○儷○○○	○○○○○	○儷○○○
(34)	〃 高臺吹遠吟	○○遠吹○	○○遠吹○	○○遠吹○
(35)	(菊) 榮舒落媛浦	○○洛○○	○○○○○	○○○○○
(36)	〃 香汎野人杯	○泛○○○	○泛○○○	○泛○○○
(37)	(竹) 高幹楚江濱	○○○○濆	○榦○○濆	○○○○濆
(38)	〃 葉埽東南日	○掃○○○	○掃○西○	○掃○○○
(39)	(藤) 舒苗長石苔	○○○○臺	○○○○臺	○○○○臺
(40)	〃 色映葡萄架	○蒲○○○	○○○○○	○○○○○

	唐詩韻匯本	初唐紀本	唐詩二十六家本	李趙公集本
(41)	〃 金堤不見識	○隄○○○	○隄○○○	○隄○○○
(42)	(萱) 屣步尋芳日	○○○○草	○○○○○	○○○○草
(43)	〃 亾憂自結叢	忘○○○○	○○○○○	忘○○○○
(44)	(菱) 潭花發鏡中	○○發○○	○○○鑑○	○○○○○
(45)	〃 千里望難竆	○○○○窮	○○○○○	○○○○窮
(46)	(桂) 未植銀宮裏	○値○○○	○○○○○	○値○○○
(47)	〃 僊人葉作舟	仙○○○○	仙○○○○	仙○○○○
(48)	(桐) 萋萋出衆林	亭亭○○○	○○○○○	亭亭○○○
(49)	〃 春兊雜鳳影	○光襍○○	○光襍○○	○光襍○○
(50)	〃 高映龍門逈	○○○○迥	○○○○○	○○○○廻
(51)	(槐) 疎榦擬三台	○幹○○○	○○○○○	○幹○○○
(52)	(桃) 穠花發井旁	○華○○○	○○○○○	○華○○傍
(53)	〃 朝露泫啼妝	○○○○粧	○○○○粧	○○○○粧
(54)	〃 僊人路漸長	仙○○○○	仙○○○○	仙○○○○
(55)	〃 □歲奉君王	千○○○○	千○○○○	千○○○○
(56)	(李) 潘岳閒居日	○○閑○○	○嶽閑○○	○○閑○○
(57)	〃 方知有靈榦	○○○○幹	○○○○幹	○○○○幹
(58)	〃 時用表眞人	特○○○○	○○○○○	特○○○○
(59)	(梅) 大庾斂寒光	○○歛○○	○○○○○	○○○○○
(60)	〃 雪含朝暝色	○○○○○	○○紫花○	○○○○○

	唐詩韻匯本	初唐紀本	唐詩二十六家本	李趙公集本
(61)	〃 風引去來香	○○○○○	○○上春○	○○○○○
(62)	〃 妝面迴青鏡	粧○○○○	○○○○○	粧○○○○
(63)	〃 何假汎瓊漿	○暇泛○○	○○泛○○	○暇泛○○
(64)	(橘) 千枝布葉繁	○株○○○	○株○○○	○株○○○
(65)	(鳳) 其名曰鳳凰	○○○○皇	○○○○○	○○○○皇
(66)	〃 阿閣停來翔	○○佇○○	○○佇○○	○○佇○○
(67)	(雁) 春輝滿朔方	○暉○○○	○○○○○	○暉○○○
(68)	〃 候雁發衡陽	○鴈○○○	○○○○○	○鴈○○○
(69)	〃 相隨入故鄉	○○○帝○	○○○帝○	○○○帝○
(70)	(雀) 暮宿江城裏	○○空○○	○○○○○	○○○○○
(71)	〃 願齊鴻鵠志	○○○○至	○○○○○	○○○○○
(72)	〃 希逐鳳凰翔	○○○皇○	○○○○○	○○○皇○
(73)	(燕) 天女伺辰至	○○○○○	○○同○○	○○○○○
(74)	〃 頡頏舞春風	○頏○○○	○頏○○○	○頏○○○
(75)	〃 忽驚留爪去	勿○○○○	○○○○○	勿○○○○
(76)	(龍) 銜燭輝幽都	○○耀○○	啣○耀○○	○○耀○○
(77)	〃 含草擬鳳雛	○章○○○	○章○○○	○章○○○
(78)	(麟) 奇音中鐘呂	○○○鍾○	○○○鍾○	○○○鍾○
(79)	〃 畫像臨僊閣	○○○仙○	○○○仙○	○○○仙○
(80)	〃 爲覩鳳凰來	○待○○○	○○○○○	○侍○○皇

	唐詩韻匯本	初唐紀本	唐詩二十六家本	李趙公集本
(81)	(象) 千葉奉高車	○○○○居	○○○○居	○○○○居
(82)	(牛) 齊歌初入相	○○○○○	高○○○○	○○○○○
(83)	〃 先過梓樹中	○○紫樹○	○○○○○	○○紫○○
(84)	(鹿) 先生折角時	○王○○○	○○○○○	○○○○○
(85)	(羊) 絶飲黴澆浴	○○○○俗	○○○○○	○○○○俗
(86)	〃 僊人擁石去	仙○○○○	仙○○○○	仙○○○○
(87)	(城) 三河建洛都	○○○○○	○○○浴○	○○○○○
(88)	〃 獨下僊人鳳	○○仙○○	○○仙○○	○○仙○○
(89)	〃 邊徼捍□□	○○○匈奴	○檄悍匈奴	○○○匈奴
(90)	(井) 玉甃譚僊客	○○談仙○	○○談仙○	○○談仙○
(91)	(宅) 喧喧湫溢廬	○○○○○	○○○○○	○○○隘○
(92)	(橋) 妙應七星至	○○○○制	○○○○制	玅○○○制
(93)	〃 秦王空搆石	○○○○○	○○○○○	○○○構○
(94)	(舟) 僊人弄月來	仙○○○○	仙○○○○	仙○○○○
(95)	(車) 五神趨雲至	○○○○○	○○○○○	○○趋雪○
(96)	(林) 玳瑁千金起	○○○○○	○○○○○	○瑁○○○
(97)	〃 册瑚七寶妝	珊○○○粧	珊○○○粧	珊○○○粧
(98)	〃 桂筵含栢馥	○○○柏○	○○○○○	○○○柏○
(99)	〃 願奉羅帷□	○○○○夜	○○○○夜	○○○○夜
(100)	〃 □承秋月灮	長○○○光	長○○○光	長○○○光

	唐詩韻匯本	初唐紀本	唐詩二十六家本	李趙公集本
(101)	(帷) 高褰太守襦	○○○○車	○○○○車	○○○○車
(102)	〃 清凬入幌初	○風○○○	○風○○○	○風○○○
(103)	(簾) 窻中翡翠動	牕○○○○	○○○○○	牕○○○○
(104)	(屛) 威紆屈膝回	○○○○廻	○○○○廻	○○○○廻
(105)	〃 修身兼竭飾	脩○○○節	○○○○節	脩○○○節
(106)	(被) 象筵分錦繡	○○○○○	○○○○○	○○○○綿
(107)	(鏡) 玉彩疑氷徹	○○○○澈	○○○○○	○○○○○
(108)	(扇) 臨風帶月明	○秋○○○	○秋○○○	○秋○○○
(109)	(燭) 兔月清灮隱	○○○光○	○○○光○	○○○光○
(110)	(經) 誰知懷逸辨	○○○○辯	○○○○辯	○○○○辯
(111)	〃 重席冠羣英	○○冠○○	○○冠○○	○○冠○○
(112)	(史) 馬計天官設	○記○○○	○記○○○	○記○○○
(113)	〃 善譚方亹亹	○談○○○	○談○○○	○談○○○
(114)	(檄) 迢逓入燕營	○遞○○○	○逓○○○	○遞○○○
(115)	(筆) 霜揮簡上發	○輝○○○	○輝○○○	○輝○○○
(116)	(墨) 悲絲炎易染	○○光○○	○○光○○	○○光○○
(117)	(劍) 我有昆吾劒	○○○○○	○○○○劍	○○○○○
(118)	〃 求趨天子楹	○○○○庭	○○○○庭	○○夫○庭
(119)	(箭) 灮帶落星飛	光○○○○	光○○○○	光○○○○
(120)	(鼓) 舜日諧鼗響	○○○鼗○	○○○鼗○	○○○鼗○

	唐詩韻匯本	初唐紀本	唐詩二十六家本	李趙公集本
(121)	〃 僊鶴排門起	仙〇〇〇〇	仙〇〇〇〇	仙〇〇〇〇
(122)	(彈) 佳游滿帝鄉	〇〇〇〇〇	〇〇〇〇〇	〇遊〇〇〇
(123)	〃 珠成似月灮	〇〇〇〇光	〇〇〇〇光	〇〇〇〇光
(124)	(琴) 凬前綠綺弄	風〇〇〇〇	風〇〇〇〇	風〇〇〇〇
(125)	〃 梁崏舊作臺	〇〇〇〇〇	〇〇〇〇〇	〇岷〇〇〇
(126)	(瑟) 君子娯俱拚	〇〇〇〇〇	〇〇〇〇〇	〇〇〇〇併
(127)	(箏) 游楚妙彈開	〇〇〇〇〇	〇〇〇〇〇	〇〇玅〇〇
(128)	〃 筝筝有剩哀	〇箏〇〇〇	〇箏〇〇〇	〇箏〇〇〇
(129)	(鐘) 既接南陵磬	〇〇〇鄰〇	〇〇〇〇〇	〇〇〇〇隣
(130)	〃 長樂徹宵聲	〇〇警〇〇	〇〇警〇〇	〇〇警〇〇
(131)	〃 欲知長待扣	〇〇常〇〇	〇〇常〇〇	〇〇常〇〇
(132)	〃 金簴有餘情	〇〇〇〇清	〇〇〇〇〇	〇〇〇〇清
(133)	(笛) 羌笛寫餘聲	〇〇〇龍〇	羗〇〇〇〇	〇〇〇〇龍
(134)	〃 坐憶舊憐情	〇〇〇隣〇	〇〇〇隣〇	〇〇〇隣〇

	唐詩韻匯本	初唐紀本	唐詩二十六家本	李趙公集本
(135)	(舞) 妙伎遊金谷	〇〇〇〇〇	玅〇〇〇〇	〇〇〇〇〇
(136)	〃 花袖雪前明	〇岫〇〇〇	〇〇〇〇〇	〇岫〇〇〇
(137)	〃 非君一傾重	〇〇〇顧〇	〇〇〇顧〇	〇〇〇顧〇
(138)	(珠) 合浦夜灮迴	〇〇〇光〇	〇〇〇光〇	〇〇〇光〇
(139)	〃 花媚望凬臺	〇〇〇風〇	〇〇〇風〇	〇〇〇風〇
(140)	(金) 南楚標前貢	〇〇〇〇〇	〇〇〇〇〇	〇海〇〇〇
(141)	(錢) 漢口五銖建	〇日〇〇〇	〇日〇〇〇	〇日〇〇〇
(142)	(錦) 河陽步障陳	〇〇〇〇〇	〇〇〇陣〇	〇〇〇〇〇
(143)	〃 雲浮仙日出	〇〇〇石日	〇〇〇石日	〇〇〇石日
(144)	〃 機廻迴文巧	〇迴〇〇〇	〇〇〇〇〇	〇迴〇〇〇
(145)	(布) 御績創羲皇	〇〇〇〇黄	〇〇〇〇黄	〇〇〇〇黄
(146)	〃 緇冠表素王	〇冠〇〇〇	〇冠〇〇〇	錙冠〇〇〇
(147)	〃 來曉棣花芳	〇〇〇華〇	〇〇〇華〇	〇〇〇華〇

右表の唐詩韻匯本と諸本との異同をみると、古字（(3)(102)(124)(139)）、本字（(10)(31)(38)(45)(49)(52)(100)(109)(119)(123)(138)）、略字（(5)(14)(95)）、俗字（(11)(26)(47)(54)(79)(86)(88)(90)(94)(105)(114)(117)(121)(133)(147)）、同字（(21)(41)(49)(51)(53)(57)(62)(68)(97)(103)(104)(120)(122)(127)(135)(144)）、通用字（(36)(63)(78)）、同義字（(67)(76)）、譌字（(44)(50)(74)(111)(146)）などの異體字を除くと、全七百七十六句のうち、八十八句に異同文字を有する。これは全體の十一・二％に相當する。このうち、(4)(6)(12)(16)(20)(22)(24)(32)(33)(35)(37)(40)(59)(73)(84)(85)(87)(93)(95)(96)(98)(107)(110)(128)(142)の二十五句が有する文字は字形の近似による誤字で、これを許容すると、異體字と合せて八十四句となり、異同文字を有する句は六十三句となる。これは全

詩句七百七十六の八・一%に相當し、多い數ではない。

次に、殘りの異同文字を有する六十三句で、唐詩韻匯本と同じ句を有する句數を擧げると、初唐紀本が十二句、唐詩二十六家本が二十八句、李趙公集本が九句あり、唐詩二十六家本が斷突に多い。このことは唐詩韻匯本に最も近いということになる。このことを明確に裏付ける詩句が⑼⒅⒆である。この詩句によって、唐詩韻匯本と唐詩二十六家本が合致していて、初唐紀本・李趙公集本とは合致しないことが分る。がしかし、唐詩韻匯本の藍本が唐詩二十六家本であるとはいえない。それは⒄(60)(61)の詩句では、唐詩韻匯本が初唐紀本・李趙公集本と合致し、唐詩二十六家本と合致しないからである。

2　小　結

⑼⒅⒆と⒄(60)(61)の詩句が正反對の立場を示しているが、⑼⒅⒆は詩句全部が異なっているのに對して、⒄(60)(61)の詩句においては語句の異同であることを考慮すると、唐詩韻匯本の著者が⑼⒅⒆により、唐詩二十六家本を底本とし、⒄(60)(61)により、他の雜詠詩を參考にして書寫したと考えられる。

第七項　全唐詩録

『全唐詩録』は清の徐倬（一六二四〜一七一三）の撰集で、康熙四十五年（一七〇六）の刋行である。本書は明の胡震亨の『唐音統籤』に倣い、唐の太宗から無名氏に至るまでの詩人の詩を古體・近體の二體に分けて收録し、總て一百巻である。全唐詩より一年早い完成である。本書は康熙四十五年、皇帝が南巡した折、徐倬が進呈したものである。皇帝がその書に序文を書き、帑金を賜って刋行したので、一名、『御定全唐詩録』ともいう。本書に、雜詠詩の「風」「露」

「雪」「道」「江」「樓」「琴」「笛」「舟」「帷」「菱」「桂」「柳」「桃」「鳳」「鶴」「馬」（巻三）の十七首が収錄されている。徐倬はこの十七首を収錄した理由を「馬」詩の後に

巨山詠物詩至㆓百有二十首㆒、取㆑財弘㆑富、用事精切、微嫌有㆓堆垛之病㆒。止采㆓十七首㆒、具㆓生動之趣者㆒。

と記述している。即ち、豐富な題材や詳細且つ適切な故事の引用を稱贊されているが、故事を多用し過ぎた弊害を嫌い、力強く生き生きとして躍動的な十七首を採錄したという。この十七首の雜詠詩が如何なる系統に屬するテキストから採錄したものであるかを検討してみる。

1　『全唐詩錄』所錄の雜詠詩と初唐紀本・唐詩二十六家本・李趙公集本との校比

『全唐詩錄』は清の康熙四十五年の刊行であるから、それ以前に刊行された雜詠詩によって校合する。李嶠集には唐詩二十六家本を用いることにする。校合に用いる三本は類似の關係にあるので異體字も掲載し、異同のある詩句のみを擧げる。

全唐詩錄本	初唐紀本	唐詩二十六家本	李趙公集本
(1)(風)　搖揚徧遠林	○○○○○	○颺○○○	○○○○○
(2)〃　帶花疑鳳舞	○○○○○	○○迎○○	○○○○○
(3)〃　蘭臺宮殿峻	若至蘭臺下	○○○○○	若至蘭臺下
(4)(露)　滴瀝明花苑	○○○○○	滴○○○○	○○○○○
(5)(雪)　從風下九霄	○○○○○	彫雲暗○○	○○○○○
(6)〃　地疑明月夜	○○○○○	龍沙飛正遠	○○○○○
(7)〃　山似白雲朝	○○○○○	玉馬地還銷	○○○○○

全唐詩錄本	初唐紀本	唐詩二十六家本	李趙公集本
(8)〃　逐舞花光動	○○○○○	○○○先○	○○○○○
(9)(道)　劍閣抵臨邛	劔○○○○	○○○○○	劔○○○○
(10)〃　堯樽更可逢	○鐏○○○	○鐏○○○	○鐏○○○
(11)(江)　靈潮萬里迴	○○○○廻	○朝○○○	○○○○○
(12)〃　濤從白馬來	○○○○○	○如○○○	○○○○○
(13)(樓)　漢宮井榦起	○○○○○	○○○幹○	○○○○○
(14)〃　銷憂聊暇日	○○○○○	○○○假○	○○○○○

	全唐詩録本	初唐紀本	唐詩二十六家本	李趙公集本
(15)(琴)	梁岷舊作臺	○○○○○	○岷○○○	○○○○○
(16)(笛)	羌笛寫龍聲	○○○○○	羗○○餘○	○○○○○
(17)(舟)	連檣萬里迴	○○○○廻	○○○○廻	○○○○○
(18)(菱)	潭花發鏡中	○○○○○	○○○鑑○	○○○○○
(19)(桂)	未値銀宮裏	○○○○○	○植○○○	○○○○○
(20)(柳)	楊柳鬱氤氳	○○○○○	○柳○○○	○○○○○

	全唐詩録本	初唐紀本	唐詩二十六家本	李趙公集本
(21)〃	庭前花類雪	○○○○○	○○○類○	○○○○○
(22)(桃)	穠華發井傍	○○○○○	○○○○旁	○○○○○
(23)〃	朝露泫啼妝	○○○○粧	○○○○粧	○○○○粧
(24)(鳳)	其名曰鳳皇	○○○○○	○○○○凰	○○○○○
(25)(馬)	嘶驚御史驄	○○○○○	○○○○騘	○○○○○
(26)〃	紫燕迵追風	○○○○○	○鸞逈○○	○○○○○

右の校合によると、唐詩二十六家本は(5)(6)(7)の「雪」詩に『全唐詩録』所録の雑詠詩と異なる詩句を有しており、そのほかにも、(8)(12)(16)などに異字を有しているので、李嶠集本系統のテキストからの採録ではあり得ない。しかし、初唐紀本・李趙公集本にも「風」詩に(3)の異なった詩句を有している。その點では、唐詩二十六家本と初唐紀本・李趙公集本とは同じであるが、初唐紀本・李趙公集本にみえる異同の(9)は俗字、(11)(17)(23)は同字で、異字は(10)のみである。(10)の「鐏」は「樽」の本字である「鐏」の譌字である。このようにみてくると、『全唐詩録』所録の詩は初唐紀本か李趙公集本系統のテキストからの採録である。

2　小　結

以上により、『全唐詩録』所録の雑詠詩は初唐紀本か李趙公集本系統のテキストから採録されたことは明白である。ただ、「風」詩の第七句の「若至蘭臺下」は李趙公集本や初唐紀本が傳播するうちに、佚存叢書本系統のテキストが有する「若至蘭臺下」が李嶠集本系統のテキストが有する「蘭臺宮殿峻」に改竄された可能性がある。

第九節　類書にみえる「雜詠詩」

李嶠の雜詠詩は諸書に採録されている。雜詠詩は森羅萬象を詠じた詩であるからその性格上、雜詠詩を採録するほとんどが、萬物の項目を有する類書である。そこで、雜詠詩を採録している類書と、類書に採録されている雜詩が如何なる系統に屬する『雜詠詩』であるかを檢討してみる。

尙、各類書所載の雜詠詩を檢討するにあたり、『雜詠詩』全ての傳本を校合することは繁雜になるので、李嶠集本系統は唐詩二十六家本、全唐詩本系統は全唐詩本、佚存叢書本系統は佚存叢書本を各系統の代表として使用する。但し、微妙な問題點が生じた場合は、その都度、他本を用いて校比する。

第一項　文苑英華

『文苑英華』は宋・太宗の時、李昉・徐鉉・宋白・李至・李穆等が敕命を受けて編纂した奉敕撰である。成立年月は太平興國七年（九八二）九月に作業を始めて、雍熙三年（九八六）十二月に完成した。內容は『文選』に倣い、梁・陳・隋・唐・五代の作家約二千二百人、作品約二萬篇を收錄している。

この『文苑英華』には雜詠詩の日・月（卷一百五十一）、星（卷一百五十二）、雨（卷一百五十三）、雪（卷一百五十四）、風・雲・露・霧・煙（卷一百五十六）、山（卷一百五十九）、石（卷一百六十一）、海（卷一百六十二）、琴・笛・鍾（卷二百一十二）、歌（卷二百一十三）、松・桂・桐・槐（卷三百二十四）、竹（卷三百二十五）、橘・桃・李・梨・梅・菱・瓜・藤（卷三百二十六）、萱・萍・茅（卷三百二十七）、鳳・鶴・烏・鵲・鴈・鷺（卷三百二十八）、雉・鳧・燕・雀（卷三百二十九）の四十三首が収録されている。

『文苑英華』所録の雜詠詩は中國における最古の李嶠『雜詠詩』である。從って、『文苑英華』所録の雜詠詩が如何なる系統の『雜詠詩』から採録したのか檢討の仕様もない。しかし、日本には『文苑英華』所録の雜詠詩より先行するものに宸翰本がある。但し、宸翰本は乾象部十首と坤儀部十首と芳草部の「蘭」一首の計二十一首しか現存しないので、宸翰本と最も近い佚存叢書本をそれに代え、校合の對象とする。他の校合本（李嶠集本、全唐詩本）は『文苑英華』所録の雜詠詩より後出のものであるが、『文苑英華』所録の雜詠詩以後の變遷をみるうえで、必要なことであると考えられるので校合の對象とする。

尚、校合に用いる『文苑英華』のテキストは、一九六六年、中華書局出版の影印本を使用する。

1　『文苑英華』所録の雜詠詩と佚存叢書本・李嶠集本・全唐詩本との校比

文苑英華本	佚存叢書本	唐詩二十六家本	全唐詩本
(1)(日) 遙升若木枝	○昇○○○	○○○○○	○○○○○
(2)〃 朝夕奉堯曦	○○○○○	○○○光○	○○○光○
(3)(月) 桂生三五夕	○○○○○	○滿○○○	○滿○○○
(4)〃 蓂開二分時	○○○八○	○分○八○	○○○八○
(5)〃 分輝度鵲鏡	○暉○○○	清○飛○鑑	清○飛○鑑
(6)〃 流彩入蛾眉	○影○○○	新影學○○	新影學○○
(7)〃 皎潔凌踈牖	○○臨○○	○○臨○○	○○臨○○
(8)〃 朦朧鑒薄帷	玲瓏○○○	玲瓏○○○	玲瓏○○○
(9)〃 願陪北堂宴	○○○○○	○言從愛客	○言從愛客
(10)〃 長賦西園詩	○○○○○	清夜幸同嬉	清夜幸同嬉
(11)(星) 豐城寶劍新	○○○氣○	○○○氣○	○○○○○
(12)(雨) 神女向山廻	○○○○○	○○○日○	○○○臺○
(13)〃 圓文來上開	○○○○○	○○○○○	○○水○○
(14)(雪) 從風下九霄	○○暗○○	彫雲暗○○	同雲暗○○
(15)〃 地疑明月夜	○○○○○	龍沙飛正遠	○○○○○
(16)〃 山似白雲朝	○○○○○	玉馬地還銷	○○○○○

	文苑英華本	佚存叢書本	唐詩二十六家本	全唐詩本
(17)〃	逐舞花光動	○○○○散	○○○先○	○○○○○
(18)(風)	落日正沉沉	○○○○○	○○生蘋末	○○生蘋末
(19)〃	微風生北林	○○○○○	搖颺徧遠○	搖揚徧遠○
(20)〃	帶花疑鳳舞	○○○○○	○○迎○○	○○○○○
(21)〃	月動臨秋扇	○影○○○	○○○○○	○○○○○
(22)〃	松清入夜琴	○聲○○○	○○○○○	○○○○○
(23)〃	若至蘭臺下	○○○○○	蘭臺宮殿峻	○○○○○
(24)(雲)	大梁白雲起	○○○○○	英英大梁國	英英大梁國
(25)〃	氛氳殊未歇	○○○○○	郁郁□書臺	郁郁祕書臺
(26)〃	錦文觸石來	○○○○○	碧落從龍起	碧落從龍起
(27)〃	蓋影淩天發	○○○○○	青山觸石來	青山觸石來
(28)〃	烟熅萬年樹	○○○○○	官名光邃古	官名光邃古
(29)〃	掩映三秋月	○○○○○	蓋影耿輕埃	蓋影耿輕埃
(30)〃	會入大風歌	○○○○○	飛感高歌發	飛感高歌發
(31)〃	從龍赴員闕	○○○金○	威加四海迴	威加四海回
(32)(露)	玉垂丹棘上	○○○○下	○○○○○	○○○○○
(33)〃	朝零七月風	○晞八○○	○○○○○	○○○○○
(34)(霧)	曹公之夢澤	○○○○○	○○迷楚○	○○迷楚○
(35)〃	別有丹山霧	○○○○○	涿野妖氛静	涿鹿妖氛静
(36)〃	朦朧映水明	玲瓏素月○	丹山霽色○	丹山霽色○

	文苑英華本	佚存叢書本	唐詩二十六家本	全唐詩本
(37)〃	類烟霏稍重	○○○○○	○○方○○	○○飛○○
(38)〃	倘入非熊繇	○○○○○	○○○○○	○○○○兆
(39)(煙)	瑞氣淩霄閣	○○○丹○	○○○青○	○○○青○
(40)〃	桑柘凝寒色	○○○○○	○○迎○○	○○迎○○
(41)〃	松篁暗晚暉	○○晴○○	○○○○○	○○○○○
(42)〃	時接彩鸞飛	○○白雪○	○○○○○	○○○○○
(43)(山)	山嶺鬱氛氳	○○○氤○	地鎮標神秀	地鎮標神秀
(44)〃	新花錦綉文	○○○○○	○○綺○紋	○○綺○紋
(45)〃	已開封禪禮	○○○○處	○○○○所	○○○○所
(46)(石)	巖花鏡裏發	○○○○○	○○鑑○○	○○鑑○○
(47)〃	入宋星初隕	○○○○落	○○○○○	○○○○○
(48)〃	儻因持補極	○○○○○	○○特○○	○○○○○
(49)〃	寧復羨支機	○○想○○	○○想○○	○○想○○
(50)(海)	三山巨鰲湧	○○○○踊	○○○○○	○○○○○
(51)〃	萬里大鵬飛	○○○○○	九萬○○○	○○○○○
(52)〃	會同添霧露	○當○○○	○因○○○	○因○○○
(53)(琴)	隱士竹林隈	名○○○○	○○○○○	名○○○○
(54)〃	英聲寶匣開	鳴琴○○○	○○○○○	鳴琴○○○
(55)〃	風前綠綺弄	○○中散至	○○○○○	○○中散至
(56)〃	月下白雲來	○○歩兵○	○○○○○	○○歩兵○

	文苑英華本	佚存叢書本	唐詩二十六家本	全唐詩本
(57) 〃	淮海多爲寶	○○曾○室	○○○○室	○○○○室
(58) 〃	梁岷舊作臺	○○○○○	○岷○○○	○○○○○
(59) (笛)	羗笛寫龍聲	○○○○○	○○○餘○	○○○○○
(60) 〃	坐憶舊鄰情	○○鄰人○	○○○○○	○○○○○
(61) (鐘)	既接南鄰磬	○○○○○	○○○陵○	○○○○○
(62) 〃	還同北里笙	○隨○○○	○隨○○○	○隨○○○
(63) 〃	長樂徹宵聲	○○驚○○	○○警○○	○○警○○
(64) 〃	豈惟恆待扣	欲知○○○	欲知常○○	欲知常○○
(65) 〃	金簴有餘清	○○○○聲	○○○○○	○○○○○
(66) (歌)	響發行雲駐	歌○○○○	○○○○○	○○○○○
(67) 〃	聲隨子夜新	○嬌○○○	○○○○○	○○○○○
(68) (松)	鬱鬱高巖表	○○○山○	○○○○○	○○○○○
(69) 〃	森森幽澗垂	○○○○○	○○○○陲	○○○○陲
(70) 〃	鶴棲君子樹	○○○○榭	○○○○○	○○○○○
(71) 〃	歲寒知不及	○○終○改	○○終○改	○○終○改
(72) 〃	勁節幸君知	○○○○○	多○○○○	○○○○○
(73) (桂)	未植銀宮裏	○殖○○○	○○○○○	○〔殖〕○○○
(74) (桐)	亭亭出衆林	○○○○○	萋萋○○○	○○○○○
(75) 〃	春花雜鳳影	○○○○○	○光○○○	○光○○○
(76) 〃	秋月弄珪陰	○葉○○○	○○○圭○	○○○圭○

	文苑英華本	佚存叢書本	唐詩二十六家本	全唐詩本
(77) 〃	忽披夜風激	○○○○○	高映龍門迥	高映龍門迥
(78) 〃	遂逢霜雪侵	○○○○○	雙依玉井深	雙依玉井深
(79) 〃	誰爲作鳴琴	○○○○○	○○○○○	○謂○○○
(80) (槐)	花落鳳庭隈	○○○廷○	○○○○○	○○○○○
(81) 〃	烈士懷忠觸	○○○○至	○○○○○	○○○○○
(82) 〃	鴻儒訪業來	○○○道○	○○○○○	○○○○○
(83) (竹)	高幹楚江濆	○榦○○○	○○○○○	○榦○○○
(84) 〃	蕭條含翠氛	○○○曙○	嬋娟○曙○	嬋娟○曙○
(85) 〃	青節動龍紋	○○○○文	○○○○文	○○○○文
(86) 〃	葉拂東南日	○○○○○	○掃○西○	○掃○○○
(87) 〃	枝梢西北雲	○捎○○○	○○○○○	○捎○○○
(88) (橘)	方重陸生言	○曉○○○	○○○○○	○○○○○
(89) 〃	願辭湘水曲	○隨潮○○	○○○○○	○○○○○
(90) (桃)	紅桃發井傍	○○○○○	穠華○○旁	穠華○○○
(91) 〃	含風如笑臉	○○○○○	山○凝○○	山○凝○○
(92) 〃	裛露似啼粧	○○○○○	朝○泫○○	朝○泫○妝
(93) (李)	潘岳閑居暇	○○○○○	○○○○日	○○閒○日
(94) 〃	王戎戲陌辰	○○○○晨	○○○○○	○○○○○
(95) 〃	蝶遊芳徑馥	○來○○○	○○○○○	○○○○○
(96) 〃	鶯囀令枝新	○○○○○	○○弱○○	○○弱○○

	文苑英華本	佚存叢書本	唐詩二十六家本	全唐詩本
(97) 〃	方知有靈翰	○○○○幹	○○○○幹	○○○○幹
(98) 〃	持用表眞人	特○○○○	時○○○○	特○○○○
(99)(梨)	傳芳澣海中	○○瀚○○	○○○○○	○○瀚○○
(100) 〃	鳳文疎象郡	○○○蜀○	○○○○○	○○○○○
(101) 〃	春暮條應紫	○○○○○	色對瑤池○	色對瑤池○
(102) 〃	秋來葉早紅	○○○○○	甘依大谷○	甘依大谷○
(103) 〃	若令逢漢主	○今○○○	○○○○○	○○○○○
(104)(梅)	大庾斂寒光	院樹歛○○	○○歛○○	○○歛○○
(105) 〃	南枝獨早芳	梅花○○○	○○○○○	○○○○○
(106) 〃	雪含朝瞑色	○○○暝○	○○紫花○	○○○○○
(107) 〃	風引去來香	○○○○○	○○上春○	○○○○○
(108) 〃	舞袖迴青徑	○○廻春○	粧面廻○鏡	妝面回○鏡
(109) 〃	若能遙止渴	○○長○○	○○○○○	○○○○○
(110) 〃	何假泛瓊漿	○暇○○○	○○○○○	○暇○○○
(111)(菱)	鉅野韶光暮	○○昭○媚	○○○○○	○○○○○
(112) 〃	潭花發鏡中	○○○○○	○○○鑑○	○○○○○
(113)(瓜)	六子方呈瑞	○字○○○	○○○○○	○○○○○
(114)(藤)	野苗長石臺	紓○○○○	紓○○○○	紓○○○○
(115) 〃	花分竹葉杯	○浮○○○	○○○○○	○○○○○
(116) 〃	玉潤幾重開	○○○年○	○○○○○	○○○○○

	文苑英華本	佚存叢書本	唐詩二十六家本	全唐詩本
(117)(萱)	履步尋芳草	○○○○○	屣○○○日	屣○○○○
(118) 〃	葉舒春夏綠	○○○○○	黄英開養性	黄英開養性
(119) 〃	花吐淺深空	○○○○紅	綠葉正依籠	綠葉正依籠
(120) 〃	含貞北堂下	○○○○○	還依○○○	還依○○○
(121)(萍)	三清蟻正浮	○○○○○	○春○○○	○春○○○
(122) 〃	紫葉帶波流	○○映○○	○蔕○○○	○蔕○○○
(123) 〃	恆隨旅客遊	頻○○○○	常○○○○	常○○○○
(124) 〃	還復繞王舟	○冀就○○	○遶楚○○	○遶楚○○
(125)(茅)	楚甸供王日	○國○○○	○○○○○	○○○○○
(126) 〃	麕苞青野外	○麞○○○	○包○○○	○包○○○
(127) 〃	鵙嘯綺楹前	○鴉○○○	鷗○○○○	○○○○○
(128) 〃	殷湯祭雨旋	○陽○○○	○○○○○	○○○○○
(129)(鳳)	有鳥居丹穴	○○自○○	○○○○○	○○○○○
(130) 〃	九苞應靈瑞	○包○○○	○○○○○	○○○○○
(131) 〃	頻過洛水陽	○○○○傍	○○○○○	○○○○○
(132) 〃	鳴岐今日見	○○○已○	○○○○○	○○○○○
(133)(鶴)	時遊丹禁前	來○紫○○	○○○○○	○○○○○
(134) 〃	莫言空驚露	○○○警○	○○○警○	○○○警○
(135)(烏)	日路朝飛急	○○○○○	○落○○○	○○○○○
(136) 〃	聯翩依日樹	○○○月○	○○○月○	○○○月○

	文苑英華本	佚存叢書本	唐詩二十六家本	全唐詩本
(137) 〃	迢遞繞風竿	○○○○○	○○○遶○	○○○○○
(138) 〃	清琴此夜彈	○○○○○	青禽○○○	青○○○○
(139) (鵲)	繞樹覺星稀	遠○○○○	○○○○○	○○○○○
(140) 〃	喜逐行人至	嘉○○○○	○○○○○	○○○○○
(141) 〃	儻遊明鏡裏	○○○○○	○○○鑑○	○○○○○
(142) 〃	朝夕動光輝	○○奉○暉	○○○○○	○○○○○
(143) (鴈)	春暉滿朔方	○○○○○	○輝○○○	○○○○○
(144) 〃	歸鴈發衡陽	○○○○○	候○○○○	○○○○○
(145) 〃	寄語能鳴侶	○○○○伴	○○○○○	○○○○○
(146) (鶯)	芳樹雜花紅	○○○○○	睍睆度○○	○○○○○
(147) 〃	群鶯亂曉空	○○○○○	闊闊○○○	○○○○○
(148) 〃	聲分折楊吹	吟○○柳○	乍離幽谷日	○○○○○
(149) 〃	嬌韻落梅風	韻嬌○○○	先轉上林○	○○○○○
(150) 〃	寫囀清絃裏	○○○歌○	翔集春臺側	○○○弦○
(151) 〃	遷喬暗木中	含啼妙管○	低昂錦帳○	○○○○○
(152) 〃	友生若何冀	遷喬苦可○	聲詩辨博忝	○○○可○
(153) 〃	幽谷響還通	○○○○○	比興思無窮	○○○○○

	文苑英華本	佚存叢書本	唐詩二十六家本	全唐詩本
(154) (雉)	冀君看飲啄	幸○○○○	○○○○○	○○○○○
(155) (鳧)	浮遊漢渚隈	○○○○○	○○○水○	○○○水○
(156) 〃	錢飛出井見	○○○○○	○○入○○	○○○○○
(157) 〃	李陵賦詩罷	○○○○○	降將貽○○	○○○○○
(158) 〃	翔集動成雷	○○○○○	○○○○○	翶○○○○
(159) (燕)	天女伺辰至	○○○○○	○○同○○	○○○○○
(160) 〃	玄依澹碧空	○衣○○○	○衣○○○	○衣○○○
(161) 〃	差池沐時雨	羗○○○○	○○○○○	○○○○○
(162) 〃	頡頑舞春風	飆颺○○○	○○○○○	○頏○○○
(163) 〃	相賀雕楹側	○○彫○○	○○○欄○	○○○闌○
(164) 〃	勿驚留瓜去	莫○○不○	忽○○○○	○○○○○
(165) (雀)	大厦初成日	○○將○○	○○○○○	○○○○○
(166) 〃	嘉賓集否梁	○○○杏○	○○○杏○	○○○杏○
(167) 〃	暮宿空城裏	○○○○○	○○江○○	○○江○○
(168) 〃	朝遊連水傍	○○縺○○	○○○○○	○○○○○
(169) 〃	願齊鴻鵠志	○○○鶴○	○○○○○	○○○○○

以上、一百六十九句の『文苑英華』所録の詩と李嶠集本・全唐詩本との異同を數字で示すと次の如くである。

雜詠詩收錄本＼一句における異同文字	一字	二字	三字	四字	五字	無
佚存叢書本	77句	20句	2句	3句	0句	67句
唐詩二十六家本	53句	17句	9句	6句	24句	60句
全唐詩本	51句	11句	8句	5句	16句	78句

右表によると、佚存叢書本は一・二字の異同文字を有する句が壓倒的に多く、三字以上の異同文字を有する詩句が少ない。このことは、『文苑英華』所錄の詩が佚存叢書本と大きく改變されていないことの證明である。唐詩二十六家本は佚存叢書本より一字の異同文字の句數が少なくなっているが、一句全部が異なっている詩句が二十四句あり、最も多い。逆に、『文苑英華』所錄の詩と一致している句が少ない。このことは改變が多くなされていることを物語っている。全唐詩本は唐詩二十六家本とほぼ同じ傾向を示している。ただ、異同のない句を一番多く有していることは、『文苑英華』所錄の詩に近い傳本を繼承しているといえる。また、(5)(6)(9)(10)(14)(19)(24)(25)(26)(27)(28)(29)(30)(31)(35)(36)(43)(77)(78)(84)(101)(102)(108)(118)(119)の詩句にみえるように、唐詩二十六家本と全唐詩本が一致しているが、『文苑英華』所錄の詩とは全く異なっている。これとは逆に、上記番號の詩句において、佚存叢書本と『文苑英華』所錄の詩が一致している。

次に觀點を變えて、八句一體の詩でみると、『文苑英華』所錄の雜詠詩と全ての詩が合致する雜詠詩の傳本がないことは前述の通りである。しかし、全ての詩が合致していないわけではない。傳本によっては合致している詩もある。これを整理すると次の如くである。尙、○印は詩が合致するもの。△印は詩の一字が不一致。×印は詩に異句を有するもの。

文苑英華本	佚存叢書本	唐詩二十六家本	全唐詩本
日	○	△	△
月		×	×
星	△	△	○
雨	○	○	
雪		×	
風		×	×
雲	△	×	×
露		○	○
霧		×	×
煙			
山		×	×
石			
海			△
琴			×
笛	×	△	○
鍾			
歌		○	○
松			
桂	△	○	△
桐	△	×	×

文苑英華本	佚存叢書本	唐詩二十六家本	全唐詩本
槐		○	○
竹			
橘		○	○
桃	○		
李			
梨		×	×
梅		×	×
菱		△	○
瓜	△	○	○
藤		△	△
萱	△	×	×
萍			
茅		△	○
鳳		○	○
鶴		△	△
烏	△		
鵲		△	○
鴈	△		○
鷺	×	×	△
雉	△	○	○

文苑英華本	晃	燕
佚存叢書本	○	
唐詩二十六家本		
全唐詩本		

文苑英華本	雀
佚存叢書本	
唐詩二十六家本	
全唐詩本	

右表によると、『文苑英華』所録の詩と合致するものは、佚存叢書本では四首、唐詩二十六家本では九首、全唐詩本では十三首しかない。更に一字不一致の詩を許容して、合致する詩に入れて積算すると、佚存叢書本は十四首、唐詩二十六家本は十七首、全唐詩本は十九首となり、差が少なくなる。これによると、『文苑英華』所録の詩は全唐詩本が一番近いということになるが、一方、『文苑英華』所録の詩と全く異なる詩句を有する傳本となると、佚存叢書本は二首、唐詩二十六家本は十一首、全唐詩本は十首となり、『文苑英華』所録の詩と最も異なるのが唐詩二十六家本と全唐詩本で、その差異の少ないのが佚存叢書本となり、前記とは逆になっている。

2 小結

以上を勘案すると、『文苑英華』所録の詩と合致する詩を多く有するのも、合致しない詩を多く有するのも、唐詩二十六家本や全唐詩本などの中國に傳存するものであり、合致する詩や異なった詩句を多く有しないのが、日本に傳存する佚存叢書本ということになる。畢竟、『文苑英華』所録の詩と現存する諸本とが合致しないということは、『文苑英華』に用いた『雑詠詩』が已に改竄されていたか、『文苑英華』所録の雑詠詩を始め、校合に用いた諸本が漸次改竄されていたのかの孰れかである。諸本の校合から後者の可能性が大である。

最後に、佚存叢書本は最古の寫本である嵯峨天皇（七八六～八四三）の宸筆本と近似しているので、佚存叢書本に近い『文苑英華』所録の『雑詠詩』は『李嶠雑詠詩』の原詩に近いということになる。

3　『文苑英華』所載の校注

『文苑英華』所録の詩には「一作某」、「集作某」、「類詩作某」、「單題詩作某」などの校注がある。校注に使用された『雜詠詩』が如何なる傳本に據ったものであるかを検討する。

イ　一作某

校注に據って「月」詩を復元すると、「桂滿三五夕　蓂分二八時　清輝飛鵲鑑　新影學蛾眉　皎潔臨疎牖　眕朧鑒薄帷　願言從愛客　清夜幸同嬉」となる。このように、「月」の詩には全句に校注がある。そして、詩の末尾に「一作皆單題詩」の注があるので、この詩が「單題詩」に據って校合されたことがわかる。第六句の「眕朧」を諸本は誤って「玲瓏」に作る以外は唐詩二十六家本や全唐詩本と一致する。

「雪」詩を復元すると、第二句から第五句までは「同雲暗九霄　龍沙風正遠　玉馬地還鎖　逐舞花光動」となる。これは唐詩二十六家本（但し、「同雲」を「彤雲」に作る）と同じで、全唐詩本や佚存叢書本とは異なる。

「霧」詩を復元すると、第一句が「曹公迷夢澤」となり、佚存叢書本や唐詩二十六家本や全唐詩本と合致しない。第五句は「類烟飛稍重」となり、全唐詩本とは合致するが、唐詩二十六家本や佚存叢書本とは合致しない。唯一、靜嘉堂本のみ合致する。

「琴」詩を復元すると、第一・第二句が「名士竹林隈　鳴琴寶匣開」となり、佚存叢書本・全唐詩本と合致するが、唐詩二十六家本とは合致しない。第三・第四句は「風前中散至　月下步兵來」となり、佚存叢書本・全唐詩本とは合致するが、唐詩二十六家本とは合致しない。

「萱」詩を復元すると、第一句は「屣步尋芳日」となり、唐詩二十六家本とは合致するが、佚存叢書本・全唐詩本とは合致しない。第三・第四句は「黃英開養性　綠葉正依籠」となり、唐詩二十六家本・全唐詩本と合致するが、佚存叢書本とは合致しない。第七句は「還依北堂下」となり、唐詩二十六家本・全唐詩本と合致するが、佚存叢書本とは合致しない。

「鳳」詩を復元すると、第七句は「鳴岐今已見」となり、佚存叢書本と合致するが、唐詩二十六家本・全唐詩本とは合致しない。

「鵲」詩を復元すると、第八句は「朝夕發光輝」となり、合致するものがない。

「鴈」詩を復元すると、第七句が「寄語能鳴伴」となり、佚存叢書本と合致するが、唐詩二十六家本・全唐詩本とは合致しない。

「鷺」詩を復元すると、第三句は「聲分折楊柳」となり、佚存叢書本・唐詩二十六家本は合致しないが、全唐詩本とは合致する。

以上の調査の結果、「一作某」の「一」を單行本とした場合、佚存叢書本でも、唐詩二十六家本でも、全唐詩本でもないということになる。しかし、前項でもわかるように、唐詩二十六家本や全唐詩本以外に現存する傳本がないことを勘案すると、『文苑英華』所錄の『雜詠詩』が已に改竄されていたか、多少を問わず、唐詩二十六家本や全唐詩本も已に改竄されていたとしか考えられない。

ロ　集作某

校注に據って「星」詩を復元すると、第二句は「豐城寶氣新」となり、佚存叢書本・唐詩二十六家本が合致する。

「風」詩を復元すると、第一・第二句は「落日生蘋末　搖風徧遠林」となり、第七句は「蘭臺宮殿峻」となり、孰れも唐詩二十六家本と合致するが、佚存叢書本・全唐詩本とは合致しない。

「竹」詩を復元すると、第二句は「嬋娟含暑氛」となり、孰れの本とも合致しない。第五句は「葉掃東南日」となり、全唐詩本と合致する。但し、唐詩二十六家本は「東南」を「東西」に作っているが、次句に「西北」とあり、「西」字が重複することになる。作詩上、文字の重複は忌避されるので、「東西日」は「東南日」の誤りであろう。その證據に、他の李嶠集本は皆「東南日」に作っている。このことが首肯されれば、唐詩二十六家本と合致する。

「桃」詩を復元すると、第二句は「穠華發井傍」となり、第三・第四句は「山風凝笑臉　朝露似啼粧」となる。これは佚存叢書本と合致しないが、唐詩二十六家本・全唐詩本と合致する。

「梅」詩を復元すると、第三句が「雪含紫花色」となり、佚存叢書本・全唐詩本とは合致しないが、唐詩二十六家本と合致する。第四句は「風引上林香」となり、全ての『雜詠詩』と合致しない。しかし、唐詩二十六家本が「風引上春香」に作っているので、「上林香」は新資料か。

「鸎」詩を復元すると、「睍睍度花紅　開關亂曉空　乍離幽谷日　先囀上林風　翔集春壺側　低昂錦帳中　聲詩辨搏黍　此興思無窮」となる。これは全句が異なっている。復元詩の第二句の「開」は「關」、第五句の「壺」は「臺」の誤りであろう。この復元詩は唐詩二十六家本と合致し、佚存叢書本・全唐詩本と合致しない。

「雀」詩を復元すると、第五句は「暮宿江城裏」となり、唐詩二十六家本・全唐詩本と合致する。但し、全唐詩本系統の李趙公集本とは合致しない。

以上を勘案すると、校注による復元詩と合致するのは唐詩二十六家本である。従って、「集作某」の「集」は『唐詩二十六家』などに収納する『李嶠集』である。

ハ　類詩作某

校注に據って「松」詩を復元すると、第七句は「歳寒終不改」となり、佚存叢書本・唐詩二十六家本・全唐詩本の全てが合致する。

「鵲」詩を復元すると、第七・第八句が「儻敎明鏡裏　朝夕有光曦」となる。この兩句は孰れの『雜詠詩』とも合致しない。しかし、これによって、李嶠集本系統や全唐詩本系統や佚存叢書本系統以外に『雜詠詩』が存在していたことが判明した。ただ、校注にみえるこの「類詩」が如何なる書籍なのか判然としないが、『文苑英華』巻一百八十六「省試七」に獨孤良器（生沒年不詳）の「沈珠於淵」詩が記載されており、その詩題の「淵」字に「唐諱類詩作泉」と注記されているので、『雜詠詩』にみえる「類詩」は、この『唐諱類詩』の略語ではないかと考える。『唐諱類詩』は不明。

ニ　單題詩作某

校注に據って「雲」詩を復元すると、「英英大梁國　郁郁祕書臺　碧落從龍起　青山觸石來　官名光邃古　蓋影耿輕埃　飛感高歌發　威加四海廻」となり、「鸎」詩と同樣、『文苑英華』所錄の詩と全く異なる。この復元詩は唐詩二十六家本・全唐詩本と合致する。

「鍾」詩を復元すると、第四句は「長樂驚宵聲」となり、佚存叢書本と合致する。但し、合致しない唐詩二十六家本・全唐詩本は、「驚」を「警」に作っている。この兩字は字形が近似しているので、一概に異字とは斷定できない。從って、合致しないともいえない。

「桐」詩を復元すると、第二句は「萋萋出衆林」となり、第五・第六句は「高映龍門迥　雙依玉井深」となり、唐詩二十六家本と合致するが、佚存叢書本・全唐詩本とは合致しない。

「李」詩を復元すると、第一句が「潘岳閑居日」となり、唐詩二十六家本と合致する。第四句は「鶯囀弱枝新」となり、唐詩二十六家本・全唐詩本と合致する。第八句は「持用表眞人」となる。これは『文苑英華』所録の詩と同じになるので、校注の誤りである。假に、校注が「特」であれば、佚存叢書本と合致し、「時」であれば、唐詩二十六家本と合致する。

「梅」詩を復元すると、第四句は「風引上春香」となり、唐詩二十六家本と合致するが、佚存叢書本・全唐詩本とは合致しない。

「萍」詩を復元すると、第二句は「三春蟻正浮」となり、第八句は「還繞楚王舟」となり、唐詩二十六家本・全唐詩本と合致し、佚存叢書本とは合致しない。

「茅」詩には作者李嶠の下の注に「見單題詩」とあるので、それを掲載すると「楚甸供王日　衡陽入貢年　麏苞靑野外　鴟嘯綺楹前　堯帝成茨罷　殷湯祭雨旋　方期大君錫　不懼小巫捐」となる。これを佚存叢書本と校合すると、「甸」を「國」、「麏」を「麐」、「鴟」を「鵄」に作り、唐詩二十六家本と校合すると、「苞」を「包」、「鴟」を「鶹」に作り、全唐詩本と校合すると、「苞」を「包」に作っている。全てに合致するものはないが、全唐詩本と唐詩二十六家本が近い。

「鳳」詩にも「見單題詩」と注があるので、それを掲載すると「有鳥居丹穴　其名曰鳳凰　九苞應靈瑞　五色成文章　屢向秦樓側　頻過洛水陽　鳴岐今日見　阿閣佇來翔」となる。これを佚存叢書本と校合すると、「居」を「自」、「苞」を「包」、「陽」を「傍」、「日」を「已」に作り、合致しない。唐詩二十六家本と校合すると全て合致し、全唐詩本とも合致する。

「鶴」詩にも「見單題詩」と注があるので、それを掲載すると、「黃鶴遠聯翩　從鸞下紫煙　翱翔一萬里　來去幾千年　已憇青田側　時遊丹禁前　莫言空驚露　猶冀一聞天」となる。これを佚存叢書本と校合すると、「時」を「來」、「丹」を「紫」、「驚」を「警」に作り、合致しない。唐詩二十家本と校合すると、「驚」を「警」に作る。全唐詩本と校合すると、「驚」を「警」に作る。これによると、唐詩二十六家本と全唐詩本が單題詩に近い。

「鴈」詩を復元すると、第二句は「候鴈發衡陽」となり、唐詩二十六家本と合致する。しかし、第一句の「春暉滿朔方」を唐詩二十六家本は「春輝滿朔方」に作り、「暉」と「輝」が合致しない。これに關しては、佚存叢書本と全唐詩本が合致する。

「鳧」詩を復元すると、第五句は「降將貽詩罷」となり、唐詩二十六家本のみ合致する。

「燕」詩を復元すると、第七句は「忽驚留瓜去」となり、唐詩二十六家本のみ合致する。しかし、唐詩二十六家本は單題詩の「伺」を「同」、「依」を「衣」、「楹」を「欄」に作っている。從って、完全な合致とはいえない。

以上を勘案すると、單題詩の多くは唐詩二十六家本と合致し、近い關係にあるので、唐詩二十六家本と包括する李嶠集本系統から發生した『雜詠詩』である。但し、この『雜詠詩』にも改竄の手が加わっていると考えられる。

第二項　事文類聚

『事文類聚』は前集六十卷・後集五十卷・續集二十八卷・別集三十二卷・新集三十六卷・外集十五卷・遺集十五卷から成っている。このうち、前集・後集・續集・別集は宋・祝穆（生沒年不詳）の撰集、新集・外集は元・富大用（生沒年不詳）の撰集、遺集は元・祝淵（生沒年不詳）の選集になるものである。本書は『藝文類聚』や『初學記』に倣って、古今の紀事や詩文を捜集したものである。

本書には「星」「風」「雲」「霧」（前集巻三）、「露」「對雪」[21]（前集巻四）「雨」（前集巻五）、「桂」（後集巻二十八）、「皃」（後集巻四十七）、「銭」（續集巻二十六）の十首を収録している。

尚、校合に用いる『事文類聚』のテキストは、一九八二年、中文出版社から刋行された明の萬暦甲辰（一五八四年）金谿唐富春精校補遺重刻本の影印本を使用する。

1　『事文類聚』所録の雜詠詩と佚存叢書本・李嶠集本・全唐詩本との校比

雜詠詩を収録する『事文類聚』の前集・後集・續集は宋・祝穆の撰であるから、古い雜詠詩を保有している。從って、古い雜詠詩を有する佚存叢書本を校合の對象とする。李嶠集本には唐詩二十六家集本を用い、後世の『雜詠詩』の代表として全唐詩本を使用する。

尚、掲載する詩句は異同のあるもののみとする。

事文類聚	佚存叢書本	唐詩二十六家集本	全唐詩本
(1)星　蜀郡靈槎輔	○○○○轉	○○○○轉	○○○○轉
(2)〃　豐城寶劍新	○○○氣○	○○○氣○	○○○○○
(3)風　落日生蘋末	○○正沈沈	○○○○○	○○○○○
(4)〃　搖颺徧遠林	微風生北林	○○○○○	○揚○○○
(5)〃　帶花疑鳳舞	○○○○○	○○迎○○	○○○○○
(6)〃　月動臨秋扇	○影○○○	○○○○○	○○○○○
(7)〃　松清入夜琴	○聲○○○	○○○○○	○○○○○
(8)〃　蘭臺宮殿峻	若至蘭臺下	○○○○○	若至蘭臺下

事文類聚	佚存叢書本	唐詩二十六家集本	全唐詩本
(9)雲　英英大梁國	大梁白雲起	○○○○○	○○○○○
(10)〃　郁郁必《ママ》書臺	氛氳殊未歇	○○□○○	○○祕○○
(11)〃　碧落從龍起	錦文觸石來	○○○○○	○○○○○
(12)〃　青山觸石來	蓋影淩天發	○○○○○	○○○○○
(13)〃　官名光邃古	烟熅萬年樹	○○○○○	○○○○○
(14)〃　盖影耿塵埃	掩映三秋月	○○○輕○	○○○輕○
(15)〃　飛感高歌發	會入大風歌	○○○○○	○○○○○
(16)〃　威加四海囬	從龍起金闕	○○○○廻	○○○○○

事文類聚		佚存叢書本	唐詩二十六家集本	全唐詩本
(17) 霧	曹公迷夢澤	〇〇之〇〇	〇〇〇楚〇	〇〇〇楚〇
(18) 〃	涿野妖氛靜	別有丹山霧	〇〇〇〇〇	〇鹿〇〇〇
(19) 〃	丹山霽色明	玲瓏素月明	〇〇〇〇〇	〇〇〇〇〇
(20) 〃	類煙飛稍重	〇〇霏〇〇	〇〇方〇〇	〇〇〇〇〇
(21) 〃	儻入非熊繇	〇〇〇〇〇	〇〇〇〇〇	〇〇〇〇兆
(22) 露	葳蕤泣竹叢	〇〇〇〇〇	〇〇泫〇〇	〇〇泫〇〇
(23) 〃	玉垂丹棘上	〇〇〇〇下	〇〇〇〇〇	〇〇〇〇〇
(24) 〃	朝零七月風	〇晞八〇〇	〇〇〇〇〇	〇〇〇〇〇
(25) 〃	願凝仙掌面	〇〇〇〇內	〇〇〇〇內	〇〇〇〇內
(26) 雪	對雪	雪	雪	雪
(27) 〃	從風降《ママ》九霄	〇〇暗〇〇	彫雲暗〇〇	同雲暗〇〇
(28) 〃	地疑明月夜	〇〇〇〇〇	龍沙飛正遠	〇〇〇〇〇
(29) 〃	山似白雲朝	〇〇〇〇〇	玉馬地還銷	〇〇〇〇〇
(30) 〃	逐舞花光動	〇〇〇〇散	〇〇〇先〇	〇〇〇〇〇

事文類聚		佚存叢書本	唐詩二十六家集本	全唐詩本
(31) 〃	臨紈扇影搖	〇歌〇〇飄	〇歌〇〇飄	〇歌〇〇飄
(32) 〃	今日海神潮	〇〇〇〇朝	〇〇〇〇朝	〇〇〇〇朝
(33) 雨	神女向山田	〇〇〇〇廻	〇〇〇日廻	〇〇〇臺〇
(34) 〃	圓紋水上開	〇文〇〇〇	〇文〇〇〇	〇文〇〇〇
(35) 桂	未植銀宮裏	〇殖〇〇〇	〇〇〇〇〇	〇〔殖〕〇〇〇
(36) 皃	浮遊漢渚隈	〇〇〇〇〇	〇〇〇水〇	〇〇〇水〇
(37) 〃	錢飛出井見	〇〇〇〇〇	〇〇〇入〇	〇〇〇〇〇
(38) 〃	李陵賦詩罷	〇〇〇〇〇	降將貽〇〇	〇〇〇〇〇
(39) 〃	王嶠曳舄來	〇喬〇〇〇	〇喬〇〇〇	〇喬〇〇〇
(40) 〃	翔集動成雷	〇〇〇〇〇	〇〇〇〇〇	翱〇〇〇〇
(41) 錢	姬年九府流	姚〇〇〇〇	〇〇〇〇〇	〇〇〇〇〇
(42) 〃	趙壹囊初定	〇〇〇〇乏	〇□〇〇乏	〇〇〇〇乏
(43) 〃	何曾箸欲收	〇〇筯〇〇	〇〇著〇〇	〇〇〇〇〇
(44) 〃	玉井冀來求	〇〇〇〇〇	〇〇與〇〇	〇〇〇〇〇

右の校合において、佚存叢書本は「風」詩、「雲」詩、「霧」詩に異詩や異句を有しているので、『事文類聚』所録の雜詠詩とは異なる。唐詩二十六家本は(27)(28)(29)(38)に異句・異語を有しているので、『事文類聚』所録の雜詠詩と異なる。また、全唐詩本は(8)(27)によって、『事文類聚』所録の雜詠詩とも異なることがわかる。従って、『事文類聚』所録の雜詠詩は現存する『雜詠詩』と合致しないことになる。右の三本の中では唐詩二十六家本と全唐詩本が『事文類聚』所録の雜詠詩に近い。この二本のうち、唐詩二十六家本は、(8)にみえるように、『事文類聚』所録の詩と同じ詩句を有する

が、全唐詩本は異なった詩句を有している。⑵⑼は逆の場合で、『事文類聚』所録の雑詠詩と同じ詩句を有するのが全唐詩本であり、異なった詩を有するのが唐詩二十六家本である。ここが、唐詩二十六家本と全唐詩本との異なるところであると同時に、改竄されている證左でもある。そこで、『李嶠雑詠詩』の最古の寫本である嵯峨天皇の宸筆本と⑻⑵⑼の諸句を校比すると、宸筆本と合致する。これは『事文類聚』所録の「風」詩の⑻が改竄され、⑵⑼が古い詩句（原詩に近い詩句）を有していることを意味する。また、⑵⑺の「従風」や⑶⑴の「臨紈」などの詩語も宸筆本にみえる詩語で、原詩に近いものと考えられる。但し、⑵⑹の詩題や⑶⑼の「嶠」は誤りであるから、一概に、『事文類聚』所録の雑詠詩を信用することができない。

2 小結

『事文類聚』所録の雑詠詩は「雲」詩などのように、已に改竄された『雑詠詩』から引用しているので、原詩のみを登載しているとはいえないが、『事文類聚』には『李嶠雑詠詩』の原詩に近いと思われる詩句や詩語を有しているので、『雑詠詩』の變遷過程を知る上で貴重な資料である。

第三項　詩　淵

『詩淵』は明初の洪武年閒（一三六八〜一三九八）に編纂された詩歌の類書である。しかし、この類書は未完成で、一部の稿本が北京圖書館の善本室に收藏されている。その稿が一九八五年に書目文獻出版社から影印本として刊行された。その末卷（卷六）の奥書に「據北京圖書館藏明稿本影印。原書版框高二百十六毫米、寬二百四十五毫米」と體裁が記載されている。殘念ながら、編纂者名がない。

本書には、『雜詠詩』の「松」「桂」「桐」「槐」「桃」「李」「梨」「橘」「瓜」「萱」「藤」「萍」「琴」「笛」「石」「鳳」「鶴」「鷺」「雀」「烏」「鵲」「凫」の二十二首が收錄されている。その多くは、嘉樹部、芳草部、靈禽部である。現存する雜詠詩から推測すると、本書が完成していたならば、相當數の雜詠詩が採錄されていた可能性が大である。

尙、校合に用いる『詩淵』のテキストは、一九八五年、書目文獻出版社から刋行された影印本を使用する。

1　『詩淵』所錄の雜詠詩と佚存叢書本・李嶠集本・全唐詩本との校比

『詩淵』は明初の成立で、雜詠詩としては古い方に屬するから、古い雜詠詩を有する佚存叢書を校合の對象とする。李嶠集本には唐詩二十六家本を用い、後世との關係から全唐詩本を使用する。

詩淵		佚存叢書本	唐詩二十六家本	全唐詩本
(1)松	鬱々高巖表	○○○山○	○○○○○	○○○○○
(2)〃	森々幽澗垂	○○○○○	○○○○陲	○○○○陲
(3)〃	鶴棲君子樹	○○○○榭	○○○○○	○○○○○
(4)〃	歳寒知不及	○○終○改	○○終○改	○○終○改
(5)〃	勁節幸君知	○○○○○	多○○○○	○○○○○
(6)桂	未植銀宮裏	○殖○○○	○○○○○	○殖○○○
(7)桐	孤秀嶧陰岑	○○○陽○	○○○陽○	○○○陽○
(8)〃	亭々出衆林	○○○○○	萋萋○○○	○○○○○
(9)〃	春花雜鳳影	○○○○○	○光○○○	○光○○○
(10)〃	秋月弄蛙陰	○葉○珪○	○○○圭○	○○○圭○

詩淵		佚存叢書本	唐詩二十六家本	全唐詩本
(11)〃	忽被夜風激	○○○○○	高映龍門逈	高映龍門迥
(12)〃	遂逢霜雪侵	○○○露○	雙依玉井深	雙依玉井深
(13)槐	花落鳳庭隈	○○○廷○	○○○○○	○○○○○
(14)〃	烈士懷忠觸	○○○○至	○○○○○	○○○○○
(15)〃	鴻儒訪葉《ママ》來	○○○道○	○○○業○	○○○業○
(16)桃	紅桃發井傍	○○○○○	穠華○○旁	穠華○○○
(17)〃	含風如笑臉	○○○○○	山○凝○○	山○凝○○
(18)〃	裛露似啼粧	○○○○○	朝○泫○○	朝○泫○妝
(19)李	賦得李	李	李	李
(20)〃	潘岳閑居暇	○○○○○	○嶽○○日	○○閒○日

詩淵		佚存叢書本	唐詩二十六家本	全唐詩本
(21) 〃	王戎戲陌辰	○○○○晨	○○○○○	○○○○○
(22) 〃	蝶遊芳徑馥	○來○○○	○○○○○	○○○○○
(23) 〃	鶯囀令枝新	○○○○○	○○弱○○	○○弱○○
(24) 〃	持用表眞人	特○○○○	時○○○○	特○○○○
(25) 梨	鳳文踈象郡	○○○蜀○	○○○○○	○○○○○
(26) 〃	春暮條應紫	○○○○○	色對瑤池○	色對瑤池○
(27) 〃	秋來葉早紅	○○○○○	甘依大谷○	甘依大谷○
(28) 〃	若令逢漢主	○今○○○	○○○○○	○○○○○
(29) 橘	方重陸生言	○曉○○○	○○○○○	○○○○○
(30) 〃	玉蘤行香動	○○含霜○	○○含霜○	○○含霜○
(31) 〃	願辭相水曲	○隨潮○○	○○湘○○	○○湘○○
(32) 瓜	六子方呈瑞	○字○○○	○○○○○	○○○○○
(33) 〃	終期奉絺紘	○○○○綌	○朝○○綌	○朝○○綌
(34) 萱	萱草	萱	萱	萱
(35) 〃	履步尋芳草	○○○○○	屣○○○日	屣○○○○
(36) 〃	葉舒春夏綠	○○○○○	黄英開養性	黄英開養性
(37) 〃	花吐淺深紅	○○○○○	綠葉正依籠	綠葉正依籠
(38) 〃	色湛仙人露	○○○○○	○○先○○	○○○○○
(39) 〃	含貞北堂下	○○○○○	還依○○○	還依○○○
(40) 〃	曹植□文雄	○○動○○	○○動○○	○○動○○

詩淵		佚存叢書本	唐詩二十六家本	全唐詩本
(41) 藤	色映葡萄架	○○蒲○○	○○蒲○○	○○蒲○○
(42) 〃	花分竹葉杯	○浮○○盃	○○○○○	○○○○○
(43) 〃	金隄不見識	○堤○相○	○○○○○	○堤○○○
(44) 〃	玉潤幾重開	○○○年○	○○○○○	○○○○○
(45) 萍	三清蟻正浮	○○○○○	○春○○○	○春○○○
(46) 〃	紫葉帶波流	○○映○○	○蔕○○○	○蒂○○○
(47) 〃	恆隨旅客遊	頻○○○○	常○○○○	常○○○○
(48) 〃	還復遶王舟	○冀就○○	○遶楚○○	○遶楚○○
(49) 琴	隱士竹林隈	名○○○○	○○○○○	名○○○○
(50) 〃	英聲寶匣開	鳴琴○○○	○○○○○	鳴琴○○○
(51) 〃	風前綠綺弄	○○中散至	○○○○○	○○中散至
(52) 〃	月下白雲來	○○步兵○	○○○○○	○○步兵○
(53) 〃	淮海多爲寶	○○曾○室	○○○○室	○○○○室
(54) 〃	梁岷舊作臺	○○○○○	○呡○○○	○○○○○
(55) 笛	羌笛寫龍聲	○○○○○	○○○餘○	○○○○○
(56) 〃	坐憶舊鄰情	○○鄰人○	○○○○○	○○○○○
(57) 石	巖花鏡裏發	○○○○○	○○鑑○○	○○鑑○○
(58) 〃	入宋星初隕	○○○○落	○○○○○	○○○○○
(59) 〃	儻因持補極	○○○○○	○○特○○	○○○○○
(60) 〃	寧復羡支機	○○想○○	○○想○○	○○想○○

	詩淵	佚存叢書本	唐詩二十六家本	全唐詩本
(61) 鳳	有鳥居丹穴	○○自○○	○○○○○	○○○○○
(62) 〃	九包應靈瑞	○○○○○	○苞○○○	○苞○○○
(63) 〃	頻過洛水陽	○○○○傍	○○○○○	○○○○○
(64) 〃	鳴岐今日見	○○○己○	○○○○○	○○○○○
(65) 鶴	時遊丹禁前	來○紫○○	○○○○○	○○○○○
(66) 鷺	芳樹雜花紅	○○○○○	晛晥度○○	○○○○○
(67) 〃	群鷺亂曉空	○○○○○	闗闗○○○	○○○○○
(68) 〃	聲分折楊吹	吟○○柳○	乍離幽谷日	○○○○○
(69) 〃	嬌韻落梅風	韻嬌○○○	先轉上林○	○○○○○
(70) 〃	寫囀清絃裏	○○○歌○	翔集春臺側	○○○弦○
(71) 〃	遷喬暗木中	含啼妙管○	低昂錦帳○	○○○○○
(72) 〃	友生若何冀	遷喬苦可○	聲詩辨博黍	○○○○○
(73) 〃	幽谷響還通	○○○○○	比興思無窮	○○○○○
(74) 雀	大厦初成日	○○將○○	○○○○○	○○○○○

	詩淵	佚存叢書本	唐詩二十六家本	全唐詩本
(75) 〃	銜書表周瑞	○○○○○	啣○○○○	○○○○○
(76) 〃	暮宿空城裏	○○○○○	○○江○○	○○江○○
(77) 〃	朝遊漣水傍	○○縺○○	○○○○○	○○○○○
(78) 〃	願齊鴻鵠志	○○○鶴○	○○○○○	○○○○○
(79) 烏	日路朝飛急	○○○○○	○落○○○	○○○○○
(80) 〃	迢遞繞風竿	○○○○○	○○遶○○	○○○○○
(81) 〃	清琴此夜彈	○○○○○	靑禽○○○	靑○○○○
(82) 鵲	朝夕動光輝	○○奉○暉	○○○○○	○○○○○
(83) 鳧	驚鳧	鳧	鳧	鳧
(84) 〃	浮遊漢渚隈	○○○○○	○○○水○	○○○水○
(85) 〃	錢飛出井見	○○○○○	○○入○○	○○○○○
(86) 〃	李陵賦詩罷	○○○○○	降將貽○○	○○○○○
(87) 〃	翔集動成雷	○○○○○	○○○○○	翺○○○○

右の校合を通覧すると、(2)(4)(7)(9)(11)(12)(15)(17)(23)(26)(27)(30)(31)(33)(35)(36)(37)(39)(40)(41)(45)(47)(48)(53)(57)(60)(62)(76)(84)の詩句は、唐詩二十六家本と全唐詩本とが合致し、このうち、(4)(30)(40)(41)(60)の詩句が佚存叢書本とも合致する。即ち、殘りの二十四句が佚存叢書本と合致しないことになる。

一方、唐詩二十六家本と全唐詩本が(11)(12)(26)(27)(36)(37)の詩句を有することによって、『詩淵』所錄の雜詠詩とは異なることがわかる。更に、『詩淵』所錄の雜詠詩と合致する詩句の數を擧げると、佚存叢書本が三十四句、唐詩二十六家本が二十九句、全唐詩本が四十句ある。異句を有する全唐詩本が最も多いということは、全唐詩本が改竄された『詩淵』所録の雑詠詩に據ったものと考えられる。また、『詩淵』所録の雑詠詩が原詩に近い佚存叢書本に近いことは右表の通りであるが、部分的に改竄されている詩句を記載している。例えば、⑴の「高巖」、⑺の「嶧陰」、⑽「蛙陰」、⑿の「霜雪」、⒂「葉」（業の誤字？）、㉛の「相水」などの詩語は詩句の典據からみて誤りである。更に、⒆㉞㊦の詩題が明白なる誤りであることを考慮すると、原詩とは程遠く、信憑性が薄い。

2　小　結

『詩淵』所録の雑詠詩は孰れの『李嶠雑詠詩』とも合致しない。本書は既に改竄された『雑詠詩』から採録したものである。

第四項　古儷府

『古儷府』は明の王志慶（字、與游。生没年不詳）の編輯で全十二巻。康熙四十九年（一七一〇）以前の作か。本書は『文苑英華』から採摭し、分類編輯したもので、天文・地理・歳時・帝王・宮掖・儲宮・帝戚・人・職官・禮・樂・道術・文學・武功・居處・恩賚・物類の十七門に分けている。體例は『藝文類聚』に倣い、全篇を載せたり、節録したり、他の類書から割裂し、いたずらに古語・古字を因襲踏用しているので、現存する字句も同じでない。

本書には『雑詠詩』の「日」「月」「風」「雨」「石」「海」「笛」「松」「桐」「李」「桃」「竹」「橘」「梨」「梅」「菱」「瓜」「鳳」「燕」の十九首が収録されている。

尚、校合に用いる『古儷府』のテキストは一九九二年、上海古籍出版社から刊行された四庫類書叢刊所收の影印本を使用する。

1　『古儷府』所錄の雜詠詩と文苑英華本・佚存叢書本・李趙公集本との校比

『古儷府』には『文苑英華』から採錄したことを謳っているので、『古儷府』所錄の雜詠詩は『文苑英華』所錄の雜詠詩と同じである。しかし、兩書所錄の雜詠詩を校合すると、文字に異同があることがわかった。そこで、異同文字を有する詩句について檢討してみる。

	古儷府	文苑英華本	佚存叢書本	李趙公集本
松	鬱鬱高巖遠	○○○○袁	○○○○表	○○○○表
李	潘岳閒居暇	○○閑○○	○○閑○○	○○閑○○
〃	鶯囀弱枝新	○○令○○	○○合○○	○○○○○
梅	何暇泛瓊漿	○假○○○	○○○○○	○○○○○
瓜	終期奉絺綌	○○○○紘	○○○○○	○○○○○

以上の校合は『古儷府』『文苑英華』兩書所錄の雜詠詩にみえる文字の異同を示したもので、對佚存叢書本、對李趙公集本の校合ではない。右表の佚存叢書本・李趙公集本は『古儷府』所錄の雜詠詩と『文苑英華』所錄の雜詠詩との異同文字に對するもので、參考までに掲載したものである。

さて、『古儷府』所錄の雜詠詩十九首七百六十字のうち、五文字の異同文字を除く九十九・三％にあたる七百五十五字が、『文苑英華』所錄の雜詠詩と合致することをみても、『文苑英華』から採錄したことは明白である。その證左に、『古儷府』所錄の「梨」詩の「春暮條應紫　秋來葉早紅」の下に「集作色對瑤池紫、甘依大谷紅」の校注があるが、同じ校注が『文苑英華』にも記載されているので、『古儷府』は『文苑英華』をそのまま轉載したことがわかる。従って、『古儷府』は『文苑英華』から轉載したものである。但し、文字に異同があるので、『文苑英華』と異なるようにみえる。ただ、「李」詩の「閒」は『文苑英華』の「閑」と通用し、「梅」詩の「暇」も『文苑英華』の「假」と通用し、「瓜」詩の「紿」は『文苑英華』の「絃」の本字であるから、以上の三字については問題はないが、「李」詩の「弱」と『文苑英華』の「令」、「松」詩の「遠」と『文苑英華』の「袁」との整合性がみえない。強いていえば、『文苑英華』の「李」詩の「令」に記載している「一作弱」の校注を誤って採録したとも考えられ、『古儷府』所録の「遠」は『文苑英華』所録の「袁」に「辶」（シンニョウ）を付けて、音通及び意味上から「遠」にしたとも考えられる。

第五項　佩文齋詠物詩選

『佩文齋詠物詩選』は清の康熙帝の敕撰で、康熙四十五年（一七〇六）に完成した。この『佩文齋詠物詩選』（以後、『詠物詩選』と呼ぶ）は古代から明代までの詠物詩を五百三十六に分類したもので、統べて四百八十六巻、収録する詩は一萬四千六百九十首である。

本書には「月」「山」「原」「野」「田」「道」「河」「城」「市」「宅」「樓」「詩」「賦」「檄」「劍」「戈」「弓」「箏」「簫」「素」「被」「竹」「茅」「梨」「龍」「馬」の二十六首を除く九十四首の雜詠詩が收録されている。そこで、本書に收録する詩が如何なる系統に屬するものから採録されたかを檢討する。

尚、校合に用いる『詠物詩選』は、一九七〇年、廣文書局から刋行された清の康熙四十五年（一七〇六）刋本の影印本を使用する。

1　『詠物詩選』所錄の雜詠詩と李趙公集本・唐詩類苑本との校比

第八節第一項で、中國において『雜詠詩』には李嶠本・李趙公集本・唐詩類苑本の三系統あることが判明した。こ

ここでは、この三種の『雜詠詩』の校合を試みようと思うが、李嶠集本には明らかに『詠物詩選』に收錄する詩と異なる詩（「鷲」詩）を採錄しているので、李嶠集本を校合の對象から除外する。從って、殘りの『詠物詩選』所錄の雜詠詩、李趙公集本、唐詩類苑本の三本によって校合する。但し、全詩全句を掲載すると煩雜になるので、異同文字を有する詩句のみを擧げることにする。

	詠物詩選	李趙公集本	唐詩類苑本
(1) 日	日出扶桑路	旦○○○○	○○○○○
(2) 〃	終日奉光曦	朝夕○○○	○○○○○
(3) 風	搖揚徧遠林	○○○○○	○颺偏○○
(4) 〃	帶花疑鳳舞	○○○○○	○○迎○○
(5) 〃	蘭臺宮殿峻	若至蘭臺下	○○○○○
(6) 霧	儻入非態繇	倘○○○○	倘○○○○
(7) 〃	寧思元豹情	○○玄○○	○○玄○○
(8) 雪	瑞雪驚千里	○○警○○	○○○○○
(9) 〃	從風下九霄	○○○○○	同雲暗○○
(10) 〃	地疑明月夜	○○○○○	龍沙飛正遠
(11) 〃	山似白雲朝	○○○○○	玉馬地還銷
(12) 石	巖花鏡裏發	○○鑑○○	○○鑑○○
(13) 〃	寧復羨支機	○○○○○	○○想○○
(14) 海	三山巨鼇湧	○○○鰲○	○○○鰲○
(15) 江	濤從白馬來	○○○○○	○如○○○

	詠物詩選	李趙公集本	唐詩類苑本
(16) 洛	綠字佇來臻	○○仲○○	○○○○○
(17) 門	疏廣遺榮去	○○○○○	疎○○○○
(18) 橋	秦皇空構石	○王○○○	○王○○○
(19) 車	蒲輪闢四門	○○○○○	滿○○○○
(20) 刀	惟良佩犢旋	○○○○○	○○珮○○
(21) 〃	藏鋒彩筆前	含○○○○	含○○○○
(22) 彈	將此諫吳王	○○見○○	○○○○○
(23) 弩	挺質本軒皇	○○○○黄	○○○○黄
(24) 〃	中威震遠方	○○振○○	○○振○○
(25) 珠	彩逐靈蚫轉	○○○蛇○	○○○蛇○
(26) 〃	甘泉宮起罷	苷○○○○	○○○○○
(27) 金	南楚標前貢	○海○○○	○○○○○
(28) 〃	含風振鐸鳴	○○○○○	○○○譯○
(29) 銀	色帶明河色	○○長○○	○○長○○
(30) 錦	雲浮仙石日	○○○○○	○○○日出

	詠物詩選	李趙公集本	唐詩類苑本
(31)綾	馬眼氷凌影	○○○陵○	○○○陵○
(32)布	御績創義皇	○○○○黄	○○○○○
(33)〃	緇冠表素王	錙○○○○	○○○○○
(34)屛	脩身兼竭節	○○○○○	修○○○○
(35)帷	高褰太守車	○○○○○	○○○○繻
(36)鐘	長樂警宵聲	○○○○○	○○徹○○
(37)笙	聲隨舞鳳哀	○○○○哀	○○○○哀
(38)笛	羌笛寫龍聲	○○○○○	○○○○餘
(39)〃	坐憶舊鄰情	○○○隣○	○○○憐○
(40)琴	梁岷舊作臺	○○○○○	○岷○○○
(41)琵琶	將軍曾製曲	○○○制○	○○○制○
(42)〃	本是邊頭樂	○○胡中○	○○○○○
(43)牀	珊瑚七寶裝	○○○○粧	○○○○粧
(44)〃	願奉羅幃夜	○○○帷○	○○○帷○
(45)酒	會從元石飮	○○玄○○	○○玄○○
(46)松	森森幽磵陲	○○○澗○	○○○澗○
(47)桐	亭亭出衆林	○○○○○○	萋萋○○○
(48)梅	大庾斂寒光	○○歛○○	○○歛○○
(49)〃	何假泛瓊漿	○暇○○○	○○汎○○
(50)李	潘岳閒居日	○○閑○○	○○○○○

	詠物詩選	李趙公集本	唐詩類苑本
(51)〃	方知有靈榦	○○○○幹	○○○○幹
(52)橘	萬里盤根直	○○○○植	○○○○植
(53)桂	未植銀宮裏	○値○○○	○○○○○
(54)〃	花滿自然秋	○○○○○	滿目○○○
(55)藤	舒苗長石臺	○○○○○	○○○○苔
(56)〃	金堤不見識	○隄○○○	○○○○○
(57)蘭	虛室重招尋	○○○○○	○○○拓○
(58)〃	雪灑楚王琴	○儷○○○	○○○○○
(59)萱	屣步尋芳日	○○○○草	○○○○○
(60)〃	忘憂自結叢	○○○○○	亡○○○○
(61)菊	香汎野人盃	○泛○○杯	○○○○杯
(62)麟	奇音中鍾呂	○○○○○	○○○鐘○
(63)〃	爲覩鳳凰來	○待○○○	○○○○○
(64)熊	導洛宜陽右	○○○○○	○○○○古
(65)〃	太傅翼周年	○○翊○○	○○翊○○
(66)牛	先過紫樹中	○○○○○	○○梓○○
(67)鹿	秦原闢帝基	○○○○畿	○○○○畿
(68)〃	柰花栽舊苑	○○開○○	○○開○○
(69)〃	苹葉藹前詩	萍○○○○	萍○○○○
(70)兎	惟當感純孝	唯○○○○	唯○○○○

	詠物詩選	李趙公集本	唐詩類苑本
(71)鳳	其名曰鳳凰	○○○○皇	○○○○○
(72)雁	春暉滿朔方	○○○○○	○輝○○○
(73)〃	侯雁發衡陽	○鴈○○○	○鴈○○○
(74)〃	相隨入帝鄉	○○○○○	○○○故○
(75)雉	陳寶若雞鳴	○○○○○	○○○鷄○
(76)烏	日路朝飛急	○○○○○	○落○○○
(77)〃	迢遞繞風竿	○○○○○	○○遶○○
(78)鵲	甘從石印飛	卄○○○○	○○○○○
(79)〃	倘遊明鏡裏	儻○○○○	○○○鑑○
(80)鶯	芳樹雜花紅	○○襍○○	○○○○○
(81)〃	嬌韻落梅風	○○○○□	○○○○○
(82)燕	元衣澹碧空	玄○○○○	玄○○○○
(83)〃	相賀雕闌側	○○○欄○	○○○欄○
(84)〃	忽驚留爪去	匆○○○○	○○○○○
(85)雀	願齊鴻鵠志	○○○○至	○○○○○
(86)〃	希逐鳳凰翔	○○○皇○	○○○○○

以上の校合における(6)(8)(12)(14)(16)(17)(25)(26)(28)(34)(39)(41)(44)(46)(48)(50)(51)(53)(56)(57)(58)(60)(62)(64)(69)(70)(71)(72)(73)(75)(77)(78)(79)(80)(83)(84)(86)の詩句の異同文字は、文字の類似による誤寫や異體字や通用文字などに起因するものである。そこで、他の詩句を考察すると、『詠物詩選』所録の雜詠詩に近いのは李趙公集本であるといえる。しかし、(5)の異句を有することによって李趙公集本と斷定し難く、唐詩類苑本の場合も(9)(10)(11)(47)(54)の異句や詩語を有することによって唐詩類苑本と斷定し難い。以上のことを考慮すると、『詠物詩選』所録の雜詠詩は、李趙公集本や唐詩類苑本や李嶠集本から適宜詩句や詩語を採取して構成していったと考えられるが、(2)の「終日」、(7)の「元豹」の「元」、(21)の「藏鋒」の「藏」、(46)の「幽磵」の「磵」、(52)の「直」、(65)の「翼」、(67)の「帝基」の「基」、(70)の「惟」、(82)の「元衣」の「元」、(83)の「雕闌」の「闌」などが日本、中國の『雜詠詩』にみえない文字であることから、單に、李趙公集本・唐詩類苑本・李嶠集本だけから採録したともいえない。(2)(21)(46)(65)(67)(70)の『詠物詩選』所録の詩句にみえる文字は、傳存する雜詠詩の文字と同義語であるから意味に違いはないし、(52)(83)はそれぞれ〝木〟偏が脱落したものであり、(7)(82)の「元」は「玄」の置き換えである。但し、

全詩にみえる「玄」を「元」に置き換えているわけではない。

2 小結

以上のことを勘案すると、『詠物詩選』所錄の雜詠詩は、李趙公集本系統の詩を底本として、適宜、李嶠集本や唐詩類苑本などから詩句や詩語を採取し、雜詠詩の意を變えることなく、同義語などを用いて改竄した可能性が高い。

第六項　淵鑑類函

『淵鑑類函』は清の康熙帝（一六五四〜一七二二）が學士張英（一六三七〜一七〇八）らに命じて作らせた敕撰の類書である。その成立は康熙四十八年（一七〇九）である。體例は明・兪安期（字、公臨。生沒年不詳）の『唐類函』に基づき、天部より草木蟲豸部に至るまで、凡そ四十五部門から成り、統べて四百五十卷である。

『淵鑑類函』には「煙」「雨」「原」「野」「田」「道」「城」「市」「池」「樓」「橋」「史」「詩」「書」「檄」「硯」「劍」「刀」「彈」「鼓」「琵琶」「歌」「舞」「錦」「羅」「綾」「素」「布」「牀」「席」「帷」「簾」「屛」「鑑」「酒」「荷」「萍」「菱」の三十八首を除く八十二首が採錄されている。この八十二首が如何なる系統の雜詠詩に據ったものであるかを檢討してみる。

尙、校合に用いる『淵鑑類函』は一九七八年、新興書局から刊行された清・康熙四十九年（一七一〇）刻本の影印本を使用する。

1 『淵鑑類函』所錄の雜詠詩と佚存叢書本・李趙公集本・李嶠集本との校比

『淵鑑類函』は清初の作であるから、明代の『雜詠詩』から採錄した可能性が高い。しかし、『淵鑑類函』所錄の「月」詩には、日本に傳存する『雜詠詩』の詩を登載しているので、佚存叢書本を校合の對象とした。李嶠集本には唐詩二十六家本をもって代える。

	淵鑑類函	佚存叢書本	李趙公集本	李嶠集本
日	朝夕奉堯曦	○○○○○	○○○光○	○○○光○
月	桂生三五夕	○○○○○	○滿○○○	○滿○○○
〃	蓂開二八時	○○○○○	○○○○○	○分○○○
〃	分輝度鵲鑑	○暉○○鏡	清○飛○○	清○飛○○
〃	流彩入蛾眉	○影○○○	新影學○○	新影學○○
〃	皎潔臨疎牖	○○○○○	○○○疎○	○○○○○
〃	朦朧鑒薄帷	玲瓏○○○	玲瓏○○○	玲瓏○○○
〃	願陪北堂宴	○○○○○	○言從愛客	○言從愛客
〃	長賦西園詩	○○○○○	清夜幸同嬉	清夜幸同嬉
星	豐城寶劍新	○○○氣○	○○○氣○	○○○氣○
風	落日生蘋末	○○正沈沈	○○○○○	○○○○○
〃	搖颺徧遠林	微風生北林	○揚○○○	○○○○○
〃	月動臨秋扇	○影○○○	○○○○○	○○○○○
〃	松清入夜琴	○聲○○○	○○○○○	○○○○○
〃	蘭臺宮殿峻	若至蘭臺下	○○○○○	○○○○○
雲	英英大梁國	大梁白雲起	○○○○○	○○○○○

	淵鑑類函	佚存叢書本	李趙公集本	李嶠集本
〃	郁郁祕書臺	氛氳殊未歇	○○○○○	○○□○○
〃	碧落從龍起	錦文觸石來	○○○○○	○○○○○
〃	青山觸石來	蓋影凌天發	○○○○○	○○○○○
〃	官名光邃古	烟熅萬年樹	○○○○○	○○○○○
〃	蓋影耿輕埃	掩映三秋月	○○○○○	○○○○○
〃	飛感高歌發	會入大風歌	○○○○○	○○○○○
〃	威加四海回	從龍起金闕	○○○○廻	○○○○廻
露	玉垂丹棘上	○○○○下	○○○○○	○○○○○
〃	朝零七月風	○○八○○	○○○○○	○○○○○
霧	曹公迷楚澤	○○之夢○	○○○○○	○○○○○
〃	涿野妖氛靜	別有丹山露	○○○○○	○○○○○
〃	丹山霽色明	玲瓏素月○	○○○○○	○○○○○
〃	類煙飛稍重	○烟霏○○	○○○○○	○○方○○
〃	倘入非熊兆	儻○○○繇	○○○○繇	○○○○繇
〃	寧思元豹情	○○玄○○	○○○○○	○○○○○
雪	瑞雪驚千里	○○○○○	○○警○○	○○○○○

	淵鑑類函	佚存叢書本	李趙公集本	李嶠集本
〃	同雲暗九霄	從風〇〇〇	〇〇下〇〇	彫〇〇〇〇
〃	龍沙飛正遠	地疑明月夜	地疑明月夜	〇〇〇〇〇
〃	玉馬地還銷	山似白雲朝	山似白雲朝	〇〇〇〇〇
〃	逐舞花光動	〇〇〇〇散	〇〇〇〇〇	〇〇〇先〇
山	山嶺鬱氛氳	仙〇〇氤〇	地鎮標神秀	地鎮標神秀
〃	石壁丹青色	古〇〇〇〇	古〇〇〇〇	古〇〇〇〇
〃	新花錦繡文	〇〇〇〇〇	〇〇綺〇紋	〇〇綺〇紋
〃	已開封禪所	〇〇〇〇處	〇〇〇〇〇	〇〇〇〇〇
石	巖花鏡裏發	〇〇〇〇〇	〇〇鑑〇〇	〇〇鑑〇〇
〃	入宋星初隕	〇〇〇〇落	〇〇〇〇〇	〇〇〇〇〇
〃	儻因持補極	〇〇〇〇〇	倘〇〇〇〇	倘〇特〇〇
〃	寧復羨支機	〇〇想〇〇	〇〇〇〇〇	〇〇想〇〇
海	三山巨鼇湧	〇〇〇〇踊	〇〇〇鰲〇	〇〇〇〇〇
〃	九萬大鵬飛	萬里〇〇〇	萬里〇〇〇	〇〇〇〇〇
江	月浦練花開	〇〇〇光〇	〇〇〇〇〇	〇〇〇〇〇
〃	湍似黃牛去	瀨〇〇〇〇	〇〇〇〇〇	〇〇〇〇〇
〃	濤如白馬來	〇〇〇〇〇	〇從〇〇〇	〇〇〇〇〇
河	源出崑崙中	河〇〇〇〇	〇〇〇〇〇	〇〇〇〇〇
〃	桃花來馬頰	〇〇生〇〇	〇〇〇〇〇	〇〇〇〇〇
〃	漢使敢云功	還沐上皇風	□	□

	淵鑑類函	佚存叢書本	李趙公集本	李嶠集本
洛	神龜方錫瑞	玄〇〇〇〇	〇〇〇〇〇	〇〇〇〇〇
〃	綠字佇來臻	〇〇〇〇〇	〇〇仲〇〇	〇〇仲〇〇
門	奕奕彤闈下	赫赫〇〇敞	〇〇〇〇〇	〇〇〇〇〇
〃	踈廣遺榮去	〇〇〇〇〇	疏〇〇〇〇	〇〇〇〇〇
〃	于公待駟來	〇〇〇封〇	〇〇〇〇〇	〇〇〇〇〇
〃	詎知金馬側	誰〇〇〇路	〇〇〇〇〇	〇〇〇〇〇
井	還聚五星文	〇協〇〇〇	〇〇〇〇〇	〇〇〇〇〇
宅	寂寂蓬蒿徑	〇〇〇〇〇	〇寞〇〇〇	〇〇〇〇〇
〃	孟母遷鄰罷	〇〇卜隣〇	〇〇〇〇〇	〇〇〇〇〇
〃	惟憐草元處	誰〇〇玄〇	誰〇〇玄〇	誰〇〇玄〇
經	誰知懷逸辨	〇〇〇〇〇	〇〇〇〇辯	〇〇〇〇辯
賦	樂觀正飛纓	平樂〇〇〇	〇〇〇〇〇	〇〇〇〇〇
〃	乍有凌雲勢	〇〇〇〇氣	〇〇〇〇〇	〇〇〇〇〇
〃	造端長體物	〇〇恆〇〇	〇〇〇〇〇	〇〇〇〇〇
紙	芳名左伯馳	〇〇古〇〇	〇〇古〇〇	〇〇古〇〇
〃	莫驚反掌字	〇〇〇覆手	〇〇〇〇〇	〇〇〇〇〇
筆	錦字夢中開	〇色〇〇〇	〇〇〇〇〇	〇〇〇〇〇
墨	遶畫蠅初落	繞〇〇〇〇	〇〇〇〇〇	〇〇繩〇〇
〃	悲絲光易染	素〇〇〇〇	〇〇〇〇〇	〇〇〇〇〇
箭	漢甸初收羽	〇郊〇飲〇	〇〇〇〇〇	〇〇〇〇〇

	淵鑑類函	佚存叢書本	李趙公集本	李嶠集本
〃	夏列三成範	○○○○軌	○○○○○	○○○○○
〃	堯沈九日輝	○○○○暉	○○○○○	○○○○○
弩	挺質本軒黃	○○○○皇	○○○○○	○○○○○
〃	機張驚雉雊	銅牙流曉液	○○○○○	○○○○○
〃	高鳥行應盡	○鴈○○○	○○○○○	○○○○○
〃	清猿坐見傷	玄○○○○	○○○○○	○○○○○
旗	舒卷引三車	○○列○○	○○○○○	○○○○○
旗	日薄蛟龍影	○○蕩○○	○○○○○	○○○○○
〃	風翻鳥隼文	○○○獸○	○○○○○	○○○○○
〃	蟠地幾繽紛	盤○○○○	○○○○○	○○○○○
旌	告善康莊側	○○棲臺○	○○○○○	○○○○○
〃	擁麾分彩雉	○旄○○○	○○○○○	○○○○○
〃	抗旆賦車攻	懸○閬○○	○○○○○	○○○○○
戈	殷辛漂杵年	○○泛○○	○○○○○	○○○○○
〃	曉霜含白刃	○○白含○	○○○○○	○○○○○
〃	落影駐雕鋋	○○○琱鋋	○○○○○	○○○○○
〃	夕擯金門側	○儐○○○	○○○○○	○擯○○○
戈	横闕陣雲邊	○○彗○○	○□○○○	○□○○○
琴	隱士竹林隈	名○○○○	○○○○○	○○○○○
〃	長聲寶匣開	鳴琴○○○	英○○○○	英○○○○

	淵鑑類函	佚存叢書本	李趙公集本	李嶠集本
〃	風前綠綺弄	○○中散至	○○○○○	○○○○○
〃	月下白雲來	○○步兵○	○○○○○	○○○○○
〃	淮海多爲室	○○曾○○	○○○○○	○○○○○
瑟	伏羲初製法	蒼祇○制○	○○○○○	○○○○○
〃	流水嘉魚躍	○○潛○聽	○○○○○	○○○○○
〃	君子娛俱幷	○○○樂○	○○○○○	○○○○○
〃	倘入丘之戶	儻○○○○	○○○○○	○○○○○
箏	遊楚妙彈開	○○清音列	○○妙○○	○○○○○
〃	新曲帳中發	形通天地規	○○○○○	○○○○○
〃	清音指下來	絃寫陰陽節	○○○○○	○○○○○
〃	鈿裝模六律	鄭音旣寥亮	○○○○○	○○○○○
〃	桂列配三才	秦聲復悽切	○○○○○	○○○○○
〃	莫聽西秦奏	君○陌上桑	○○○○○	○○□○○
〃	箏箏有剩哀	爲辨羅敷潔	○○○○○	○○○○○
鐘	長樂徹宵聲	○○驚○○	○○警○○	○○警○○
〃	欲知常待扣	○○恆○○	○○○○○	○○○○○
〃	金簴有餘清	○○○○聲	○○○○○	○○○○○
簫	搜索動人心	○○○猿吟	○○○○○	○○○○○
〃		靈鶴時來致		
〃		仙人幸見尋		

	淵鑑類函	佚存叢書本	李趙公集本	李嶠集本
〃		爲聽楊柳曲		
〃		行役幾傷心		
笛	羌笛寫餘聲	○○○龍○	○○○龍○	○○○○○
〃	坐憶舊鄰情	○○鄰人○	○○○隣○	○○○隣○
笙	歡娛分北里	○○自○○	○○○○○	○○○○○
珠	粲爛金輿側	○○○琪○	○○○○○	○○○○○
〃	合浦夜光迴	○○○○開	○○○○○	○○○○○
珠	甘泉宮起罷	誰憐被褐者	○○○○○	○○○○○
〃	花媚望風臺	懷寶自多才	○○○○○	○○○○○
玉	映日先過魏	○廡○○○	○石○○○	○□○○○
〃	洛陽陪勝友	○京連○○	○○○○○	○○○○○
〃	方水晴虹媚	芳圻○○○	○○○○○	○○○○○
金	南楚標前貢	○○○○○	○海○○○	○○○○○
〃	祭天封漢嶺	○○○○氏	○○○○○	○○○○○
〃	擲地警孫聲	○○響○○	○○○○○	○○○○○
銀	桐井共安牀	○○舊○○	○○○○○	○○○○○
〃	仙闕薦君王	○○○明○	○○○○○	○○○○○
錢	姬年九府流	姚○○○○	○○○○○	○○○○○
〃	何曾箸欲收	○○筯○○	○○○○○	○○著○○
舟	征櫂三江暮	○棹○○○	○棹○○○	○棹○○○

	淵鑑類函	佚存叢書本	李趙公集本	李嶠集本
〃	連檣萬里迴	○○○○廻	○○○○廻	○○○○○
〃	相烏風際轉	○○○處○	○○○○○	○○○○○
〃	何當同傳說	方今○○○	○○○○○	○○○○○
〃	特展巨川材	飛檝○○隈	○○○○○	○○○○○
車	滿輪闢四門	蒲○辟○○	蒲○○○○	蒲○○○○
〃	五神趨雪至	○○趍○路	○○○○○	○○○○○
〃	雙轂似雷奔	○轍○○○	○○○○○	○○○○○
車	丹鳳栖金轄	○○○○○	○○棲○○	○○棲○○
〃	珠乘奉王言	先○○○○	○○○○○	○○○○○
被	光逸偸眠穩	桃李同歡密	○○○○○	○○○○○
〃	王章泣恨長	塵泥別○○	○○○○○	○○○○○
〃	棣蕚幾含芳	花○○○○	○○○○○	○○○○○
扇	蒲葵價不輕	○○實曉清	○○○○○	○○○○○
〃	花芳不滿面	○輕○隔○	○○○○○	○○○○○
〃	羅薄詎障聲	○○誰○○	○○○○○	○○○○○
〃	禦熱含風細	逐暑○○轉	○○○○○	○○○○○
〃	同心如可贈	還取同心契	○○○○○	○○○○○
燭	四序玉調辰	○○○○○	○○○○晨	○○○○晨
〃	浮炷衣羅幌	吐翠依○○	○○依○○	○○依○○
〃	吹香匝綺茵	浮○○○○	○○○○○	○○○○○

	淵鑑類函	佚存叢書本	李趙公集本	李嶠集本
〃	若逢燕國相	○○○相國	○○○○○	○○○○○
蘭	雪洒楚王琴	○麗○○○	○儷○○○	○儷○○○
〃	高臺遠吹吟	○○晩○○	○○○○○	○○○○○
〃	河汾應擢秀	汾河○○○	○○○○○	○○○○○
菊	香汎野人杯	○泛○○○	○○○○○	○泛○○○
〃	丰茸曉岸隈	芼○○○○	○○○○○	○○○○○
〃	黄花今日晩	今日黄花○	○○○○○	○○○○○
竹	嬋娟含曙氛	蕭條○○○	○○○○○	○○○○○
藤	花分竹葉杯	○浮○○盃	○○○○○	○○○○○
〃	金隄不見識	○堤○○○	○○○○○	○○○○○
〃	玉潤幾重開	○○○年○	○○○○○	○○○○○
萱	履歩尋芳日	○○○○草	屣○○○草	屣○○○○
〃	黄英開養性	葉舒春夏綠	○○○○○	○○○○○
〃	綠葉正依籠	花吐淺深紅	○○○○○	○○○○○
〃	還依北堂下	含貞○○○	○○○○○	○○○○○
茅	楚甸供王日	○國○○○	○○○○○	○○○○○
〃	麏包青野外	麕苞○○○	○○○○○	○○○○○
〃	鵈嘯綺楹前	鵄○○○○	○○○○○	鴟○○○○
〃	殷湯祭雨旋	○陽○○○	○○○○○	○○○○○
松	鬱鬱高山表	○○○巖○	○○○巖○	○○○巖○

	淵鑑類函	佚存叢書本	李趙公集本	李嶠集本
〃	森森幽澗垂	○○○○○	○○○○陲	○○○○陲
〃	鶴棲君子樹	○栖○○○	○○○○○	○○○○○
〃	歳寒知不改	○○終○○	○○終○○	○○終○○
桂	未植銀宮裏	○殖○○○	○値○○○	○○○○○
槐	花落鳳庭隈	○○○廷○	○○○○○	○○○○○
〃	烈士懷忠觸	○○○○至	○○○○○	○○○○○
〃	鴻儒訪業來	○○○道○	○○○○○	○○○○○
柳	楊柳鬱氤氳	○○正○○	○○○○○	○○○○○
〃	金堤總翠氛	含煙○○○	○○○○○	○○○○○
〃	庭前花類雪	檐○○似○	○○○○○	○○○○○
〃	列宿分龍影	夜星浮○○	○○○○○	○○○○○
〃	芳池寫鳳文	春○○○○	○○○○○	○○○○○
桐	春光雜鳳影	○○○○○	○○襍○○	○○襍○○
〃	秋月弄圭陰	○葉○珪○	○○○○○	○○○○○
〃	高映龍門迴	忽被夜風激	○○○○○	○○○○迥
〃	雙依玉井深	遂逢霜露侵	○○○○○	○○○○○
桃	穠華發井傍	紅桃○○○	○○○○○	○○○○旁
〃	山風迎笑臉	含○如○○	○○凝○○	○○凝○○
〃	朝露泫啼妝	裛○似○粧	○○○○粧	○○○○粧
李	潘岳閒居日	○○閑○暇	○○閑○○	○嶽閑○○

	淵鑑類函	佚存叢書本	李趙公集本	李嶠集本
〃	王戎獻酒辰	○○戲陌晨	○○戲陌○	○○戲陌○
〃	蝶遊芳徑馥	○來○○○	○○○○○	○○○○○
〃	鶯囀弱枝新	○○合○○	○○○○○	○○○○○
梨	擅美元光側	○○玄○○	○○玄○○	○○玄○○
〃	鳳文疎象郡	○○○蜀○	○○○○○	○○○○○
〃	色對瑤池紫	春暮條應○	○○○○○	○○○○○
〃	甘依大谷紅	秋來葉早○	○○○○○	○○○○○
梨	若令逢漢王	○今○○○	○○○○主	○○○○主
梅	大庾斂寒光	院樹歛○○	○○歛○○	○○歛○○
〃	南枝獨早芳	梅花○○○	○○○○○	○○○○○
〃	妝面迴青鏡	舞袖○春徑	粧○○○○	粧○○○○
〃	若能遙止渴	○○長○○	○○○○○	○○○○○
〃	何暇乞瓊漿	○○泛○○	○○泛○○	○假泛○○
橘	方重陸生言	○曉○○○	○○○○○	○○○○○
〃	願辭湘水曲	○隨潮○○	○○○○○	○○○○○
鳳	有鳥居丹穴	○○自○○	○○○○○	○○○○○
〃	九苞應靈瑞	○包○○○	○○○○○	○○○○○
〃	頻過洛水陽	○○○○傍	○○○○○	○○○○○
鶴	時遊丹禁前	來○紫○○	○○○○○	○○○○○
烏	青琴此夜彈	清○○○○	○○○○○	○禽○○○

	淵鑑類函	佚存叢書本	李趙公集本	李嶠集本
鵲	繞樹覺星稀	遠○○○○	○○○○○	○○○○○
〃	儻游明鏡裏	○遊○○○	○遊○○○	○遊○鑑○
雁	春輝滿朔方	○暉○○○	○暉○○○	○○○○○
〃	候鴈發衡陽	歸○○○○	○○○○○	○○○○○
〃	寄語能鳴侶	○○○○伴	○○○○○	○○○○○
〃	相隨入故鄉	○○○帝○	○○○帝○	○○○帝○
鳧	浮游漢水隈	○遊○渚○	○○○○○	○遊○○○
〃	翔集動春雷	○○○成○	○○○成○	○○○成○
鶯	聲分折楊吹	吟○○○○	○○○○○	○○○○○
〃	嬌韻落梅風	韻嬌○○○	○○○○○	○○○○○
〃	寫囀清絃裏	○○○歌○	○○○○○	○○○○○
〃	遷喬暗木中	含啼妙管中	○○○○○	○○○○○
〃	友生若可冀	遷喬苦○○	○○○○○	○○○○○
燕	烏衣澹碧空	玄○○○○	玄○○○○	玄○○○○
〃	差池沐時雨	羌○○○○	○○○○○	○○○○○
〃	頡頏舞春風	飄颺○○○	○○○○○	○○○○○
〃	勿驚留爪去	莫○○不○	○○○○○	忽○○○○
雀	大廈初成日	○○將○○	○○○○○	○○○○○
〃	朝遊漣水旁	○○○○傍	○○○○傍	○○○○傍
〃	願齊鴻鵠志	○○○鶴○	○○○○至	○○○○○

	淵鑑類函	佚存叢書本	李趙公集本	李嶠集本
〃	希逐鳳皇翔	○○○凰○	○○○○○	○○○鳳○
龍	銜燭輝幽都	○○耀○○	○○耀○○	○○耀○○
〃	騰雲出鼑湖	○○○鼎○	勝○○○○	○○○○○
〃	庭闕正晨趨	○○奉○○	○○○○○	○○○○○
麟	漢祀應祥開	○時○○○	○○○○○	○○○○○
〃	魯郊西狩迴	○○○○廻	○○○○廻	○○○○廻
〃	奇音中鐘呂	○○○○○	○○○鍾○	○○○鍾○
〃	畫像臨仙閣	○象○○○	○○○○○	○○○○○
〃	若驚能吐哺	莫○今○○	○○○○○	○○○○○
〃	爲得鳳皇來	○覩○凰○	○待○○○	○覩○鳳○
象	維揚作貢初	睢陽○○○	○○○○○	○○○○○
〃	萬推方演楚	○○○○夢	○○○○○	○○○○○
〃	千葉奉高車	○○○○居	○○○○居	○○○○居
馬	天馬本來東	○○來從○	○○○○○	○○○○○
〃	紫燕迴追風	○○逈○○	○○○○○	○○逈○○
〃	何假唐成公	○暇○○○	○○○○○	○○○○○
牛	齊歌初入相	商○○○○	○○○○○	高○○○○
〃	先過梓樹中	○○○○○	○○紫○○	○○○○○
〃	奔夢屢驚風	○楚○○○	○○○○○	○○○○○

	淵鑑類函	佚存叢書本	李趙公集本	李嶠集本
〃	不用五丁士	○降○○○	○○○○○	○○○○○
豹	車法肇宗周	○○○隆○	○○○○○	○○○○○
〃	鼷文闡大猷	鼮○○○○	○○○○○	○○○○○
〃	來蘊太公籌	○○○○謀	○○○○○	○○○○誅
〃	委質超羊鞟	○○○○鞹	○○○○○	○○○○○
〃	若令逢雨露	○今○霧○	○○○○○	○○○○○
熊	昭儀忠漢日	○○匡○○	○○○○○	○○○○○
〃	太傅翊周年	大○○○○	○○○○○	○○○○○
〃	猶異飲清泉	○冀○○○	○○○○○	○○○○○
鹿	涿野聞中冀	○鹿開○○	○鹿開○○	○鹿開○○
〃	秦原闢帝畿	○○○○圻	○○○○○	○○○○○
〃	苹葉靄前詩	萍○吐○○	萍○藹○○	萍○藹○○
〃	抗首別心期	○手○○○	○○○○○	○○○○○
羊	絕飲懲澆俗	跪○○○○	○○○○○	○○○○浴
〃	晨氈映雪開	○毛○○○	○○○○○	○○○○○
兔	上蔡應初擊	○○鷹○○	○○○○○	○○○○○
〃	平岡遠不稀	○○兔○○	○○○○○	○○○○○
〃	梁園映雪輝	○○○○暉	○○○○○	○○○○○
〃	惟當感仁孝	唯○○純○	唯○○純○	唯○○純○

以上の校合において、李趙公集本の場合、文字の類似や音通などによる譌字を許容範圍に入れても、「日」「月」「星」「霧」「雪」「山」「海」「河」「戈」「琴」「笛」「松」「桃」「李」「梅」「象」「牛」「雁」「鳧」「鹿」「兎」などに『淵鑑類函』所錄の雜詠詩と相違がある。李嶠集本の場合も、李趙公集本での譌字を許容範圍に入れても、「日」「月」「星」「雲」「霧」「雪」「山」「石」「河」「戈」「琴」「箏」「玉」「松」「桃」「李」「梅」「烏」「鶯」「鳧」「麟」「象」「牛」「豹」「鹿」「兎」などに『淵鑑類函』所錄の雜詠詩と相違がある。佚存叢書本の場合も、前二本と同じ譌字を許容範圍に入れても、「日」以外の全詩に亙って異句・異字を有しており、殊に、「雲」と「箏」の詩は全く異なる詩を有している。「簫」詩に至っては、『淵鑑類函』所錄の雜詠詩は後半分の四句を欠落しているが、佚存叢書本には全句を掲載しており、その相違が甚しい。從って、『淵鑑類函』所錄の雜詠詩の出處については佚存叢書本から採錄はあり得ない。唯、「月」詩については他の二本の詩と異なり、佚存叢書本の雜詠詩を有している。これは『淵鑑類函』が引用した『雜詠詩』が、佚存叢書本系統によって改竄されている證左である。また、李趙公集本と李嶠集本の二本は近似しているが、『淵鑑類函』所錄の「雪」詩においては、李嶠集本が同じ詩を有しているが、李趙公集本は異なる。「鶯」詩においては、李嶠集本は異詩を有していて異なるが、李趙公集本が有する詩とは合致している。

2 小結

以上を勘案すると、『淵鑑類函』所錄の雜詠詩が佚存叢書本・李趙公集本・李嶠集本の孰れとも合致しないということは、既に改竄に改竄を重ねられた『雜詠詩』から採錄したものである。

第七項　詳註分類歴代詠物詩選

『詳註分類歴代詠物詩選』は清の兪琰（生沒年不詳）の撰輯で、乾隆三十八年（一七七三）に完成したものである。本書は巻一の天部から巻八の昆蟲部までと付録を合せて一千三百七十五首を収録している。このうち、李嶠の雑詠詩は「日」「風」「雨」「露」（巻一）「城」「市」「道」「橋」「山」（巻二）「門」「樓」「宅」（巻三）「經」「紙」「筆」「弓」「箭」「弩」「彈」「刀」「劍」「戈」「旌」「旗」（巻四）「歌」「舞」「鐘」「鼓」「箏」「車」「舟」「帷」「簾」「扇」「牀」「席」（巻五）「玉」「珠」「金」「銀」「綾」「羅」「布」「被」「李」「桃」「菱」（巻六）「桂」「桐」（巻七）「鳳」「鶴」「雉」「烏」「雀」「麟」「豹」「牛」「羊」（巻八）の五十八首である。五十八首のうち、「風」詩は五言絶句であるから、他の雑詠詩と異なる。従って、これを除外すると、計五十七首となる。この五十七首の雑詠詩が如何なる系統のテキストから採録したものであるかを検討してみる。

尚、校合に用いるテキストは一九六八年、廣文書局から刋行された易縉雲・孫奮揚の合註本の『詳註分類歴代詠物詩選』を使用する。

1　『詳註分類歴代詠物詩選』所録の雑詠詩と唐音統籤本・李趙公集本・李嶠集本との校比

ここでは『詳註分類歴代詠物詩選』（以後、『歴代詠物』と呼ぶ）との校比であるから、類似の先行作品である『佩文齋詠物詩選』との校合も考えたが、『佩文齋詠物詩選』に収録されていない詩が『歴代詠物』に収録されているので、『佩文齋詠物詩選』の雑詠詩の影響はないと判斷し、『佩文齋詠物詩選』を校合から除外した。また、佚存叢書本の「橋」「山」「樓」「弩」「彈」「刀」「箏」「簾」「扇」「珠」「綾」「布」「被」「桐」などの詩が『歴代詠物』所録の雑詠詩と異なる詩句や詩語を有しているので、佚存叢書本を校合から外した。その代りに、『歴代詠物』に近似している唐音統籤本を校合の對象とする。李嶠集本には唐詩二十六家本を使用する。

尚、異同のある詩句のみを掲載する。

	歴代詠物	唐音統籤本	李趙公集本	李嶠集本
(1) 日	南郊赤羽遲	○○○○馳	○○○○馳	○○○○馳
(2) 雨	神女向臺廻	○○○○○	○○○○○	○○日○○
(3) 〃	圓紋水上開	○文○○○	○文○○○	○文○○○
(4) 露	葳蕤泣竹叢	○○泫○○	○○泫○○	○○泫○○
(5) 城	三河建洛都	○○○○○	○○○○○	○○○浴○
(6) 〃	飛雲藹層闕	○○○○○	○○靄○○	○○○○○
(7) 〃	獨下仙人鶴	○○○○鳳	○○○○鳳	○○○○鳳
(8) 〃	邊徼捍匈奴	○○○○○	○○○○○	○檄悍○○
(9) 市	闤闠開三市	○○○○○	○○○○○	○○門○○
(10) 〃	詎肯挂秦金	○○掛○巾	○○掛○○	○○掛○巾
(11) 道	劍閣抵臨邛	劒○○○○	劒○○○○	○○○○○
(12) 〃	金埒馬如龍	○穴○○○	○穴○○○	○穴○○○
(13) 〃	金日中衢上	今○○○○	今○○○○	今○○○○
(14) 〃	堯樽更可逢	○鐏○○○	○鐏○○○	○鐏○○○
(15) 橋	形似雁初飛	○○鴈○○	○○鴈○○	○○鴈○○
(16) 〃	妙應七星制	○○○○○	玅○○○○	○○○○○
(17) 〃	秦王空搆石	○○○○○	○○構○○	○○○○○
(18) 門	疏廣遺榮去	○○○○○	○○○○○	疎○○○○

	歴代詠物	唐音統籤本	李趙公集本	李嶠集本
(19) 樓	漢宮井幹起	○○○榦○	○○○榦○	○○○○○
(20) 〃	消憂聊假日	銷○○暇○	銷○○暇○	銷○○○○
(21) 宅	誰憐草元處	○○○玄○	○○○玄○	○○○玄○
(22) 經	魯堂大義明	鄒○○○○	鄒○○○○	鄒○○○○
(23) 〃	誰知懷逸辨	○○○○辯	○○○○辯	○○○○辯
(24) 紙	芳名左伯馳	○○古○○	○○古○○	○○古○○
(25) 〃	莫驚反覆字	○○○掌○	○○○掌○	○○○掌○
(26) 〃	當取葛洪規	○○○○○	○○○○○	○○○○䂓
(27) 筆	藻彩夢中開	錦字○○○	錦字○○○	錦字○○○
(28) 〃	宛轉彫鞬際	○○雕○○	○○雕○○	○○雕○○
(29) 弓	遥彎落雁影	○○○鴈○	○○○鴈○	○○○鴈○
(30) 彈	佳遊滿帝鄉	○游○○○	○○○○○	○游○○○
(31) 〃	珠成似有光	○○○月○	○○○月○	○○○月○
(32) 〃	將此見吳王	○○○○○	○○○○○	○○諫○○
(33) 刀	惟良佩犢旋	○○○○○	○○○○○	○○珮○○
(34) 〃	帶環疑照月	○○○寫○	○○○寫○	○○○寫○
(35) 〃	引鑑似凾泉	○○○含○	○○○含○	○○○含○
(36) 〃	莫驚開百錬	○○○○練	○○○○○	○○○○○

		歴代詠物	唐音統籤本	李趙公集本	李嶠集本
(37)	劍	我有昆吾劍	〇〇〇〇劔	〇〇〇〇劔	〇〇〇〇〇
(38)	〃	求趨天子庭	〇〇夫〇〇	〇〇〇〇〇	〇〇夫〇〇
(39)	戈	富父摏喉日	〇〇春〇〇	〇〇春〇〇	〇〇春〇〇
(40)	〃	落景駐雕鋋	〇影〇琱〇	〇影〇〇〇	〇影〇〇〇
(41)	〃	夕擯金門側	〇儐〇〇〇	〇擯〇〇〇	〇擯〇〇〇
(42)	〃	横闕陣雲邊	〇□〇〇〇	〇□〇〇〇	〇□〇〇〇
(43)	旗	蟠地幾繽紛	〇〇〇〇〇	〇〇〇繽〇	〇〇〇繽〇
(44)	歌	周郎去洛濵	〇仙〇〇〇	〇仙〇〇〇	〇仙〇〇〇
(45)	〃	響遏行雲住	〇發〇〇駐	〇發〇〇駐	〇發〇〇駐
(46)	舞	妙妓遊金谷	〇伎〇〇〇	〇伎〇〇〇	妙伎〇〇〇
(47)	〃	花袖雪前明	〇〇〇〇〇	〇岫〇〇〇	〇〇〇〇〇
(48)	〃	回鸞應雅聲	廻〇〇〇〇	廻〇〇〇〇	廻〇〇〇〇
(49)	鐘	既接南鄰磬	〇〇〇隣〇	〇〇〇隣〇	〇〇〇陵〇
(50)	〃	長樂徹霄聲	〇〇警宵〇	〇〇警宵〇	〇〇警宵〇
(51)	〃	欲知長待扣	〇〇常〇〇	〇〇常〇〇	〇〇常〇〇
(52)	鼓	舜日諧鼓響	〇〇〇鼗〇	〇〇〇鼗〇	〇〇〇鼗〇
(53)	〃	禮曰冀相成	〇〇〇〇〇	〇〇〇〇〇	〇日〇〇〇
(54)	箏	豫州芳宴設	蒙恬〇軌〇	蒙恬〇軌〇	蒙恬〇軌〇
(55)	〃	游楚妙彈開	〇〇〇〇〇	〇〇妙〇〇	遊〇〇〇〇
(56)	〃	清音指下來	〇〇〇上〇	〇〇〇〇〇	〇〇〇〇〇

		歴代詠物	唐音統籤本	李趙公集本	李嶠集本
(57)	〃	莫聽西秦奏	〇〇〇〇〇	〇〇〇〇〇	〇〇□〇〇
(58)	車	五神趨電至	〇〇〇雪〇	〇〇趋雪〇	〇〇〇雪〇
(59)	〃	無階忝虚左	〇〇〇〇〇	〇〇〇〇〇	〇〇〇〇古
(60)	帷	高褰太守襦	〇〇〇〇車	〇〇〇〇車	〇〇〇〇車
(61)	簾	窗中翡翠動	牕〇〇〇〇	牕〇〇〇〇	窓〇〇〇〇
(62)	〃	戸外水晶浮	〇〇〇精〇	〇〇〇精〇	〇〇〇〇〇
(63)	扇	禦熱含風細	〇〇寒〇〇	〇〇〇〇〇	〇〇〇〇〇
(64)	〃	持表合歡情	〇〇〇〇〇	〇〇〇〇〇	特〇〇〇〇
(65)	牀	傳說有象牀	〇聞〇〇〇	〇聞〇〇〇	〇聞〇〇〇
(66)	〃	玳瑁千金重	〇〇〇〇起	〇〇〇〇起	〇〇〇〇起
(67)	〃	桂筵含素栢	〇〇〇栢馥	〇〇〇栢馥	〇〇〇栢馥
(68)	玉	映石先過魏	〇〇〇〇〇	〇〇〇〇〇	〇□〇〇〇
(69)	〃	常山瑞馬新	〇〇〇〇〇	〇〇〇〇〇	〇〇〇〇斯
(70)	〃	不遇楚王珍	〇〇〇〇〇	〇〇〇〇〇	〇〇〇〇珎
(71)	珠	瓌瓏玉殿隈	〇〇〇〇〇	玲〇〇〇〇	玲〇〇〇〇
(72)	〃	昆池明月滿	〇〇〇〇〇	〇〇〇〇〇	〇〇朙〇〇
(73)	金	南楚標前貢	〇〇〇〇〇	〇海〇〇〇	〇〇摽〇〇
(74)	銀	桐井共安床	〇〇〇〇牀	〇〇〇〇牀	〇〇〇〇牀
(75)	綾	為裘措魏名	〇〇指〇君	〇〇指〇君	〇〇指〇君
(76)	〃	馬眼冰淩影	〇〇〇陵〇	〇〇〇陵〇	〇〇氷陵〇

	歴代詠物	唐音統籤本	李趙公集本	李嶠集本
(77) 〃	烟際坐氤氳	○○○○○	煙○○○○	煙○○□□
(78) 羅	雲薄衣初捲	○○○○○	○○○○○	○○○初○
(79) 布	御績剏羲皇	○○創○黄	○○創○黄	○○創○黄
(80) 〃	緇冠表素王	○○○○○	錙○○○○	○○○○○
(81) 〃	火浣擅炎荒	○○○○方	○○○○方	○○○○方
(82) 〃	未曉棣華芳	○○○○○	来○○○○	来○○○○
(83) 被	象筵分錦繡	○○○○○	○○○綿○	○○○○○
(84) 〃	萼棣幾含芳	棣萼○○○	棣萼○○○	棣萼○○○
(85) 李	潘岳閒居日	○○閑○○	○○閑○○	○嶽閑○○
(86) 〃	方知有靈榦	○○○○幹	○○○○幹	○○○○幹
(87) 〃	時用表真人	特○○○○	特○○○○	○○○○○
(88) 桃	穠花發井旁	○華○○傍	○華○○傍	○華○○○
(89) 〃	朝露泣啼粧	○○泫○○	○○泫○○	○○泫○○
(90) 菱	潭花發鏡中	○○○○○	○○○○○	○○○鑑○
(91) 桂	未植銀宮裏	○値○○○	○値○○○	○○○○○
(92) 桐	萋萋出衆林	亭亭○○○	亭亭○○○	○○○○○
(93) 〃	春光雜鳳影	○○襍○○	○○襍○○	○○襍○○
(94) 〃	高映龍門迥	○○○○迴	○○○○廻	○○○○○
(95) 鳳	棲跡依丹穴	有鳥居○○	有鳥居○○	有鳥居○○
(96) 〃	尊為百鳥王	其名曰鳳凰	其名曰鳳凰	其名曰鳳凰

	歴代詠物	唐音統籤本	李趙公集本	李嶠集本
(97) 〃	九苞昭聖瑞	○○應靈○	○○應靈○	○○應靈○
(98) 〃	五色備文章	○○成○○	○○成○○	○○成○○
(99) 〃	屢向秦臺側	○○○樓○	○○○樓○	○○○樓○
(100) 〃	頻過雒水陽	○○洛○○	○○洛○○	○○洛○○
(101) 鶴	從鸞下紫烟	○○○○煙	○○○○煙	○○○○煙
(102) 雉	白雉振朝飛	○○○○聲	○○○○聲	○○○○聲
(103) 〃	聲來表太平	飛○○○○	飛○○○○	飛○○○○
(104) 〃	陳寶若雞鳴	○○○○○	○○○○○	○○○鷄○
(105) 烏	日落歸飛急	○路朝○○	○路朝○○	○○朝○○
(106) 〃	連翩依月樹	聯○○○○	聯○○○○	聯○○○○
(107) 〃	迢遞繞風竿	○逓○○○	○○○○○	○逓遶○○
(108) 〃	清琴比夜彈	青○○○○	青○○○○	青禽○○○
(109) 〃	靈臺如可托	○○○○託	○○○○○	○○○○託
(110) 雀	嘉賓集杏梁	○賔○○○	○賔○○○	○賔○○○
(111) 〃	銜書表周瑞	○○○○○	○○○○○	啣○○○○
(112) 〃	暮宿空城裏	○○○○○	○○○○○	○○江○○
(113) 〃	朝遊漣水旁	○○○○傍	○○○○傍	○○○○傍
(114) 〃	願齊鴻鵠志	○○○○至	○○○○至	○○○○○
(115) 〃	希逐鳳凰翔	○○○皇○	○○○皇○	○○○○○
(116) 麟	奇音中鐘呂	○○○鍾○	○○○鍾○	○○○鍾○

	歴代詠物	唐音統籤本	李趙公集本	李嶠集本
(117) 〃	為待鳳凰來	○○○○○	○○○皇○	○覩○○誅
(118) 豹	來蘊太公籌	○○○○○	○○○○○	○○○○○
(119) 牛	齊歌初入相	商○○○○	○○○○○	高○○○○

	歴代詠物	唐音統籤本	李趙公集本	李嶠集本
(120) 〃	先過梓樹中	○○○○○	○○紫○○	○○○○○
(121) 〃	奔夢累驚風	○○屢○○	○○屢○○	○○屢○○
(122) 羊	絕飲徼澆俗	○○○○○	○○○○○	○○○○浴

右の校合をみると、唐音統籤本、李趙公集本、李嶠集本は『歴代詠物』所録の雑詠詩を通してみる限り、大差がないようにみえる。そこで、詳細に『歴代詠物』所録の雑詠詩と三本の雑詠詩とを検討してみる。唐音統籤本の場合、『歴代詠物』所録の雑詠詩と合致するものが十五首、李趙公集本では十四首、李嶠集本では九首、更に、異體字を異字とみなさない場合、合致する詩は唐音統籤本では十九首、李趙公集本では十八首、李嶠集本では十六首となる。合致する詩数においては、三本に差がない。次に、詩語からの異同をみると、『歴代詠物』所録の雑詠詩には明瞭な誤字がある。例えば、(1)(4)(7)(13)(20)(21)(27)(31)(35)(54)(58)(60)(65)(95)(96)(97)などである。これらの詩句にみえる異同の詩語は、新種の雑詠詩ではなく、誤字や改竄によるものである。また、(54)(95)(96)(97)の詩句には、従來みえなかった詩句や詩語がみえる。これらの詩句や詩語は音韻上、不諧ではなく、従來の詩句の不諧を訂正したためによって生じた改竄の詩句や詩語である。この信憑性に乏しい『歴代詠物』所録の雑詠詩が、如何なる『雑詠詩』に據ったものであるかを詩語から調査する。

○印は『歴代詠物』と合致するもの。

	歴代詠物	唐音統籤本	李趙公集本	李嶠集本
(2)	臺	○	○	
(5)	洛都	○	○	
(6)	藹	○		○

	歴代詠物	唐音統籤本	李趙公集本	李嶠集本
(8)	徼捍	○	○	
(9)	開	○	○	
(10)	秦金		○	

	歴代詠物	唐音統籤本	李趙公集本	李嶠集本
(17)	搆	○		○
(20)	假	○	○	
(30)	遊		○	

	歴代詠物	唐音統籤本	李趙公集本	李嶠集本
(32)	見	○	○	
(33)	佩	○	○	
(36)	錬	○	○	

	(38)	(47)	(53)	(55)	(57)	(59)	(62)	(63)
歴代詠物	天	袖	曰	游	西	左	水晶	含
唐音統籤本		○	○	○	○	○		
李趙公集本	○		○	○	○	○		○
李嶠集本		○			□		○	○

	(68)	(69)	(71)	(73)	(73)	(80)	(83)	(87)
歴代詠物	石	新	瓌瓏	南楚	標	緇冠	錦繡	時
唐音統籤本	○	○	○	○	○	○	○	
李趙公集本	○	○						
李嶠集本	□					○	○	○

	(88)	(90)	(91)	(92)	(105)	(108)	(111)	(112)
歴代詠物	旁	鏡	植	萋萋	落	青禽	銜	空城
唐音統籤本		○				○	○	○
李趙公集本		○				○	○	○
李嶠集本	○		○	○	○			

	(114)	(115)	(117)	(117)	(118)	(119)	(120)	(120)
歴代詠物	志	鳳凰	鳳凰	待	籌	齊	梓樹	俗
唐音統籤本			○	○	○		○	○
李趙公集本				○	○	○		○
李嶠集本	○	○	○				○	

以上からいえることは、四十四詩句のうち、『歴代詠物』所録の雑詠詩と合致するものは、唐音統籤本の場合、三十一句。李趙公集本の場合、二十六句。李嶠集本の場合、十六句で、百分率に換算すると、唐音統籤本は七十・六%、李趙公集本は五十九・一%、李嶠集本は三十六・四%で、『歴代詠物』所録の雑詠詩と最も近似しているのは唐音統籤本ということになる。

2　小　結

結果として、『歴代詠物』所録の雑詠詩が、唐音統籤本・李趙公集本・李嶠集本の三本と一致しなかったが、唐音統籤本が最も近いということを勘案すると、『歴代詠物』所録の雑詠詩は既に改竄された唐音統籤本系統のテキストを底本に、他の雑詠詩から適宜採録したものと考えられる。そして、それは「鳳」詩をみてもわかるように、これまでの傳本にない詩句・詩語が突如出現しているところからも、採錄者が適宜改竄していることは明白である。

第八項　結　語

中國の類書に李嶠の雜詠詩が多く收錄されている。宋代初期の『文苑英華』には雜詠詩が四十三首收錄されている。その雜詠詩は佚存叢書本に近似しており、佚存叢書本に近いということは嵯峨天皇の宸筆本に近いということになり、敢えていうと雜詠詩の原詩に近いということになる。同じ宋代の『事文類聚』には雜詠詩が十首しか收錄していない。しかし、その中には雜詠詩の原詩に近い詩句や詩語を保有している。明代初期に着手された未完の類書『詩淵』には二十二首の雜詠詩が收錄されている。その雜詠詩は孰れの雜詠詩とも合致しない。恐らくは既に改竄された雜詠詩から採錄したからであろう。明代に編輯された『古儷府』には十九首の雜詠詩が收錄されている。この十九首は『文苑英華』から採錄したと思われる。清代に編纂された『佩文齋詠物選』には九十四首の雜詠詩が收錄されている。その詩は多く李趙公集系統の詩と一致するが、李嶠集本や唐詩類苑本などと合致するものが多く、これも改竄された雜詠詩からの採錄に拠るものである。同じく清代に成立した『淵鑑類函』には八十二首の雜詠詩が收錄されている。本書の雜詠詩は佚存叢書本・李趙公集本・李嶠集本とも合致しない。これも改竄された雜詠詩からの採錄と考えられる。清代に撰輯された『詳註分類歷代詠物詩選』には五十八首の雜詠詩が收錄されている。合致する雜詠詩はないが、傳本にない詩句や詩語があり、改竄された『唐音統籤』本（明・胡震亨撰）と近い關係にある。

以上、類書に收錄する雜詠詩は現存する如何なる雜詠詩とも合致しない。これは恐らく既に改竄された雜詠詩から採錄したことに拠る現象である。

第二章　有注本『雜詠詩』の諸本

有注本とは李嶠の『雜詠詩』の本文に注釋が施された詩注本をいう。詩注本は既に中國では亡佚し、我が國にのみ傳存している。但し、中國には敦煌から出土した詩注本の殘片があったが、この殘片も現在、中國國内にはない。

現存する詩注本は全部で六本ある。このうち、完本は四本で、殘りの二本は欠本である。四本の完本は慶應義塾大學圖書館（以後、慶應大詩注本と呼ぶ）と天理大學圖書館（以後、天理大詩注本と呼ぶ）と關西大學圖書館（以後、關西大詩注本と呼ぶ）と靜嘉堂文庫（以後、靜嘉堂詩注本と呼ぶ）に收藏されている。また、二本の欠本は尊經閣文庫（以後、尊經閣詩注本と呼ぶ）と陽明文庫（以後、陽明詩注本と呼ぶ）に收藏されている。以上六本のうち、著者名が明確なのは靜嘉堂本だけであるが、他の五本とは全く異質のものである。先に紹介した敦煌出土の殘片は、英國圖書館東方圖書部に所藏するスタイン（Stain）の資料（以後、スタイン本と呼ぶ）とフランス國立圖書館東方寫本部に所藏するペリオ（Pelliot）の資料（以後、ペリオ本と呼ぶ）である。敦煌出土以外ではロシア科學院東方學研究所に所藏するオルデンベルグの資料（オルデンベルグ本と呼ぶ）がある。

次に、これらの傳本について調査し、内容の部分は新たに節目を設けて後述する。ここで、第一章の無注本と同様、詩の本文を對象に調査檢討する。

第一節　日本における傳本

第一項　慶應大詩注本

本書は慶應義塾大學の圖書館に貴重本として收藏されているものである。

本書は上下二巻より成る寫本で、合綴された一册本である。時代的にも古く、貴重な完本である。濃紺の帙（後人の作）に入っており、本書は袋綴で、表紙も本紙も蟲食いが進んでいる。表紙の左上には破損した題簽の下半分が残っており、それには「□□□□□詠　乾」と記されている。

體裁は紙面、縦二十四・五cm、横十七・五cm、手製の罫線で四周單邊、縦十七・五cm、横十三・九cm。有界、界格一・七cm。毎半葉八行、毎行十九字。注は小字雙行、毎行十九字。

上卷の初題は「百二十詠詩注上」、上卷の尾題は「百二十詠詩注上終」とあり、また、最終行に「右丁數四十二丁」と數量が記入されているが、後人の筆に成るものである。下卷の初題は「百二十詠詩註下」、下卷の尾題には「百二十詠詩注下終」とある。上卷末と同様、「右丁數四十二丁」と記入されている。全卷に墨筆で訓點が施されており、また、朱筆で句點・朱引が加えられ、欄外に反切や諸書からの引用文が記入されている。

初題の次に張芳庭の序文があり、續けて目錄が七行、二段に分けて記載されている。目錄の終りには「目錄終」とある。それに續けて本文がある。目錄の形式は御物本や建治本と同じで、古い形體を保っている。しかし、制作や書寫年代を示す識語がないのは殘念である。

第二項　天理大詩注本

本書は天理大學圖書館に收藏されている轉寫本で、上下二卷から成る一册本である。表紙の左上に「一百二十詠詩註上下」と墨書されている。表紙の裏には購入日と思われる「天理圖書館　昭和廿三年三月五日」の文字を有する楕圓形のゴム印がある。

體裁は四周雙邊。有界、界格一・三㎝。匡郭內、縱十七・五㎝、横十三・〇㎝。每半葉十行、每行二十字。注は小字雙行で每行二十字。上に魚尾があり、背に「迎陽館」の印刷文字がある。また、初題の上の欄外には「天理圖書館藏」の角印がある。

初題に續いて、張庭芳の序文が記載されているが、その序文には他本との校異と簡單な解說が本文の横に小文字で記入されている。その序文の文末には次のような識語がある。

一日觀昆陽漫錄々中有斯序文一校加朱字丁

文久紀元小春中旬　　　朝散大夫任長

この識語の筆跡は序文の筆跡とは別筆である。この識語により、序文に施された校異は、江戶時代の蘭學者青木昆陽（字、厚甫。一六九八～一七六九）の『昆陽漫錄』に記載されている張庭芳の序文によって校合されたもので、文久紀元小春中旬（一八六一年十月中旬）朝散大夫任長(1)（生沒年不詳）によって記入されたものである。

次にみえる目錄は無注本の御物本や建治本とほぼ同じ內容であるが、御物本や建治本が二段組であるのに對して、本書では横一列に記載されているところが異なる。注は每行小文字雙行で記されている。また、欄外に後世の人の手に成る注記がある。本書は一册本で、上下卷から成っている。上卷の始めには「一百二十詠詩註上」の初題があるが、巻末には尾題がない。また、下巻の始めには「同詠詩下　登仕郎守信安郡　博士張庭芳　註」の初題がある。巻末には「百二十詠　終」の尾題がある。以上の內題をみる限り、統一性があるとはいえない。そして、巻末の尾題「百二十詠終」の後に次のような奥書がある。

　旹延德第二上章閹茂沽洗下浣書之

　　右依仁融竪者之嚴命令謄書者也以無點之本加愚推之筆點之条後見被改正者多幸々々　　松林

この奥書によって、延德第二上章閹茂の沽洗下浣（一四九〇年三月下浣）に書寫された寫本を松林（生沒年不詳）というものが、仁融（生沒年不詳）の命によって書寫したものであることがわかる。

　天理圖書館に收藏されている寫本は、延德年閒のものではないが、延德本系統の傳本であることに閒違いない。ただ、殘念なことに、詩注には後世の人の添加插入(2)がある。

　詩の本文は慶應大詩注本と基本的には同系統に屬するものであるが、兩書には直接的な關連性はない。その證左となる本文の校合は後節において實施する。

第三項　關西大詩注本

　本書は關西大學圖書館の內藤文庫に收藏されている墨筆による轉寫本(3)である。

　本書は近年に製作されたと思われる青い布張りの縱二十七・〇㎝、横二十・〇㎝の帙に入っている。本書の表紙は本紙に用いている紙を三枚重ねたもので、表も裏も同じ用紙であり、上下二巻から成る袋綴の一冊本である。表紙の左に「唐李嶠單提詩百二十首」と墨筆で表題が記されている。體裁は縱二十七・〇㎝、横十九・五㎝の無罫本である。初題の「一百二十詠詩注上」に續いて

故中書令鄭國公李嶠雜詠百二十首

登仕郎守信安郡博士張庭芳註并序

と注釋者名が續く。次に序文が續く。序文は半葉十行、每行二十二字、隨處に欠字がある。次に目錄がある。目錄には十二の門目があり、一門目につき、十個の詩題が記載されている。十二門目と詩題は縱一行に書いている。これは天理大詩注本と同じ形體である。

本文は用紙の上から三・五cmのところから書き始め、下から一・五cmのところで終っている。本文と注文が一行に記載されているが、注文は小文字になっている。本文と注文の本紙の體裁は每半葉十二行、每行二十九字である。本文の横には朱筆で校異が記されている。この校異は、本文の頭初の上欄外に朱筆で「朱書全唐詩所載以下皆同シ」と記入してあるので、朱字は全唐詩本との校異文字であることがわかる。

上卷には尾題がなく、下卷の初題には「李嶠百二十詠注下」とあり、尾題には「百二十詠下終」とある。その尾題の後に

旹延德第二上章閹茂沽洗下浣書之

右依仁融豎者之嚴命令謄書也以無點之本愚推之筆點之条後見被改正者多

幸々　　　　松林

右嘉永二年寫本田中敎忠所藏寫手粗惡魯魚頗多姑從原本他日若得觀善本則加

校訂也

とある。この後に、改丁して『百詠』關係の資料を個條書に引用している。そして、末尾に

壬子二月念一夕於燈下　香宮　稿

という識語がある。この「香宮」は神田喜一郎氏（一八九七～一九八四）の號であるから、この識語は一九七二年二月に神田喜一郎氏が書いたものである。

本書の「嘉永二年（一八四九）」以前の奧書が、天理大詩注本の奧書と一致することを勘案すると、本書は天理大詩注本を書寫したもので、兩書は同一本である。

第四項　尊經閣詩注本

本書は財團法人尊經閣文庫に收藏されている轉寫本である。當初、上下の二卷の二册本であったが、現在は上卷のみしか存在していない。

體裁は表紙の右上に「讃耀　僞書」と墨書され、「李嶠百二十詠詩注」に關する表題がみえない。しかし、次の本紙に「李嶠百二十詠詩注上」の初題があり、續いて、張庭芳の序文がある。序文の次が「目錄」である。この目錄は御物文・建治本と同じ二段組の古い形體を保有している。末尾に「目錄終」とある。本紙は手製の罫線で、四周單邊、縱十九・〇cm、横十五・三cm、每葉八行、每行二十字。注は小文字雙行で每行二十字である。上欄には筆者の注解が記入されている。本文の始めには初題はないが、上卷末には「百二十詠註上終」とある。本文と注には訓點が墨書されている。

次に詩の本文と注文の書寫の字體からくる問題點を述べておこう。それは「坤儀十首」の第一の「山」詩の注の筆

跡が途中から變っていることである。これは一人の手で書寫されたものではないことを意味し、先行する原本があって、それを書寫したものであることを物語っている。また、書寫人は詩に明るい人とは思われない節がある。その例證を二・三擧げると、「坤儀部」の「石」詩において、八句目の最後に詩注と思われる「織女以石支機」の六字を詩の本文と同じ大きさに扱っている。この雜詠詩は全て五言律詩であるから、一句が五言でなければならない。從って、この六字は本文でなく、詩注である。また、「芳草部」の「瓜」詩の頸聯の上句の「六子方呈瑞」の「方」字が句末にあり、更に、「六子方呈瑞」と「方」の間に詩注が插入して詩句を分斷している。本書は五言乃至は十言の後に注が施されているので、四言の後に注が入ることはない。このように無理に詩句の五文字を分斷したために、詩注も無理に分斷した形になっているので、意が通じない。同じ例が「嘉樹部」の「李」詩の頸聯の下句「花明玉井春」にもみえる。ここでは、二字目の「明」字が句末にきて、更に、「花玉井春」と「明」の間に詩注が插入された形となって、詩注が分斷されており、意が通じない。また、同部の「梅」詩の尾聯の上句「若能長止渴」の「若」が句末にきて、その間に詩注があるので、意が通じない。最後に、詩注の分斷はないが、「坤儀部」の「海」詩の尾聯の「會當添霧露　方遂衆川歸」の上句の「霧」が下句の「川」と「歸」の間に插入され、「會當添露方　遂衆川霧歸」となって、意義不明となっている詩句もある。

これら以外において、詩の本文も詩注も基本的に慶應大詩注本と合致し、俗字や略字の異體字の使用までも一致していることを勘案すると、兩書は傳寫において、直接的な關係があったことも考えられるし、關係がない場合でも、兩書が同一の先行する傳本乃至は原本を書寫した可能性が大である。

第五項　陽明詩注本

本書は京都の陽明文庫に収藏されている轉寫本である。現存する轉寫本は、嘉樹十首、靈禽十首、祥獸十首の計三十首を留める一冊本である。詩數は全體の四分の一に相當する。形體は袋綴で、本紙は蟲食いが進んでいる。體裁は無罫線本で、縦十九・九cm、横十二・〇cm。毎葉五行、毎行十五字。注は小文字雙行で毎行二十字。表紙には「註百詠」と左上に墨書されており、表紙の裏には「嘉樹・靈禽・祥獸」の三部の目録が記載されている。次丁に、初題「註百詠上之下」とあり、その下に行書體で「大方菴常住也」と記されている。續いて本文がある。三部最後の「祥獸」の末尾には「註百詠上之下」の尾題があり、上巻末であることを示している。その下に「實雋」の名前がみえる。この實雋（生沒年不詳）が書寫した可能性が大きい。

「祥獸」の目録は「豹・鹿・熊・羊・兎」となって、諸本と異なるが、詩の本文の順序が「豹・熊・鹿・羊・兎」の順になっているので、諸本と一致する。また、「祥獸」の最後の「兎」の末句と尾題「註百詠」との余白に、『事文類聚』から『博物志』『典略』『韓子』の章句を引用して附加し、同じく「馬」詩の末句に、『事文類聚』から引用して附加している。その筆跡は本文の筆跡と異なっているので、後人の手に成ることは明白である。このほかにも、校異らしき文字が處々に見える。

第六項　靜嘉堂詩注本

本書は靜嘉堂文庫に収藏されている寫本である。上・中・下の三巻より成る完本であるが、上記五本とは注記が全く異なるものである。表題も『李嶠詠物詩解』となっており、他の『百二十詠詩注』と異質のものである。

體裁は袋綴で、縦十二・二cm、横八・七cm。毎葉八行、毎行二十字。詩注は小文字雙行である。詩の本文には訓點が施されているが、注は句讀點のみである。表紙の次に內表紙があり、その左に「李嶠詠物詩解　全」と墨書による表題がある。次丁に「明和三季戊春二月」に記した「唐李嶠詠物詩解叙《ママ》」と題する序文があり、序文の題字の下に「常陽　埼　允明識」の署名と角印が二個押されている。次丁に「李嶠詠物詩目次」がある。「目次」は「巻之上」「巻之中」「巻之下」にそれぞれ四十詩題ずつ記載されている。「目次畢」の次に初題の「李嶠詠物詩解巻上」があり、その下に「靜嘉堂藏書」の縦長の角印が押されている。次の行に「常陽　淡園　埼允明　集觧」と署名があって、本文へと續く。上巻末尾には「詠物詩解巻上終」の尾題があり、中・下巻もこれに倣っている。

本書の注には「延寶版本某作某」と版本名を明記して、文字の異同が記されている。また、「雲」詩の終りにみえる「延寶版本所載與諸版大異」の注によって、校合の際には「延寶版本」以外の諸本も參考にしていることが窺える。

本書は『百二十詠』の有注本ではあるが、前述した通り、慶應大詩注本、天理大詩注本、關西大詩注本、尊經閣詩注本とは全く異質の注釋本である。

(1)　著者について

「埼允明」は「戸崎允明」のことである。氏名を三文字にしているのは、中國の人名に三字が多いのに倣ってのことで、特に彼が信奉した荻生徂徠（一六六六～一七二八）が全て中國風に改稱し、自らを「物徂徠」と名乘ったことから影響を受けて、「埼允明」と表記したのである。尙、中國的人名の使用は、荻生徂徠が初めてではなく、遠く平安時代から行われていた[4]ことである。

さて、事典類[5]によると、戸崎允明（一七二四～一八〇六）は江戸中期の儒者で、常陽（今の茨城縣）の人である。名を允明、初名を計という。字は哲夫・子明。通稱は五郎太夫・淨巖、號を淡園という。年十八にして歩兵隊に列し、累進して寛政中に上大夫を拝した。官は守山藩儒で、致仕後は淨巖と稱して專ら著述に專念する。彼は儒學を平野金華に師事し、經學は終始、荻生徂徠の說を信奉した。著書は經學・歴史・諸子に亙り、五十册ほどである。詩に關連するものを擧げると、『近體樂府苑』『詩經考』『絶句鮮弁書三巻』『續樂府一五巻』『大東古今詩雋七巻』『唐詩選箋注七巻』『唐詩選箋注餘言二巻』『唐聯彙材一巻』『淡園詩文集』『律詩豫樟』『李嶠詠物詩解三巻』などがある。

(2) 目次について

目次には部立がなく、次のように配分されている。

巻上—日月星風雲烟露霧雨雪山石原野田道海江河洛城門市井宅池樓橋經史詩賦書檄(34)

巻中—紙筆硯墨劔刀箭彈弩旗旌戈鼓弓琴瑟琵琶箏鐘簫笛笙歌舞珠玉金銀錢錦羅綾素布舟車牀席帷簾屛被鑑扇燭酒(46)

巻下—蘭菊竹藤萱茅荷萍菱瓜松桂槐柳桐桃李梅橘鳳鶴烏鵲雁鳬鶯雉燕雀龍麟象馬牛豹熊鹿羊兎(40)

この配分の仕方は分類別ではなく、分量別である。因みに、上巻は二十三丁（序文・目錄を含む）、中巻は二十八丁、下巻は二十五丁で、三巻の量のバランスをとっている。詩題の配列順序は、従來の有注本の配列順序と大幅に異なっており、本書は全唐詩本の配列と同じである。

第二節　日本以外の有注本

日本以外で注を有する雜詠詩は敦煌周邊から出土したものだけである。敦煌から出土した資料の多くは佛典に關するものが大半で、文學關係のものが少ない。數少ない文學の中でも、李白・王昌齡・孟浩然・李昂・丘爲・白居易・劉希夷・李邕・高適・東皐子など唐詩に關するものが多い。しかし、全體からみると少量である。殘念乍ら、これらの資料は皆殘巻や破片である。この稀少な資料に交じって出土したものに「李嶠雜詠詩」が三片ある。其一はイギリスのスタイン（Mark Aurel Stein, 1750~1821）が敦煌から持ち歸ったものである。其二はフランスのペリオ（Paul Pelliot,

1878～1945）がスタインと同じく敦煌から持ち歸ったものである。二點とも殘片であるが、資料的價値が高く、貴重な資料である。其三はロシアのオルデンベルグ（С.Ф.Ольденбург, 1863～1934）が黑城（カラホト）から持ち歸ったものである。

第一項　スタイン本

スタインは三回に亙って中央アジアを探險している。第一回目の探險は一九〇〇年～一九〇一年で、新疆の天山から進行し、主に和闐（ホータン）と尼雅（ニヤ）方面へ。第二回目の探險は一九〇六年～一九〇八年で、和闐と尼雅を除いた地方、卽ち樓蘭（ローラン）や敦煌方面へ。第三回目の探險は一九一三年～一九一六年で、再び和闐・尼雅・樓蘭・敦煌に入り、黑城（カラホト）・吐魯番（トルファン）方面へ。(6)「李嶠雜詠詩」は、彼が第二回目の探險時に、敦煌の寺院を管理していた王圓籙という道士から、藏經洞に三・四萬卷の古寫本があることを聞き、その約三分の一を購入して持ち歸ったといわれる。その時、購入したものの中に入っていたものである。

本書はＳ五五五（ＳはSteinの略號）と呼ばれているもので、イギリスの英國圖書館に保存されている寫本の殘片である。以前は通稱 OMPB'BL 卽ち英國博物館東洋圖書と寫本部（Department of Oriental Manuscripts and Printed Books, The British Library）に收藏されていたが、一九七三年に英國圖書館東洋部と大英博物館が分立したため、現在は英國圖書館に收藏されている。尙、我が國の東洋文庫と京都大學人文科學研究所が、英國圖書館と通稱 IOLR 卽ちインド事務部圖書館（India Office Library and Records）に收藏する敦煌寫本の大部分をマイクロフィルムによって所藏している。また、最近、黃永武氏が敦煌寫膾の影印版『敦煌寶藏』（新文豐出版公司、中華民國七〇年九月）を出版し、その第一輯（一冊～一〇冊）の中にも收められている。

S五五五の書寫部分は縦三十二cm、横三十cm（余白部分を含めると四十六cm）、紙質は網目の纖維入りの黄土色の紙。朱點あり。詩題は朱筆。全部で十七行、文字は不揃いであるが、毎行二十九字～三十字。詩には二句ごとに小文字雙行の注が記載されている。

現存する詩句は玉帛部の部分で、計五十一句。内譯は次の如くである。

銀━三句（頸聯の下句と尾聯）
錢━八句（全）
錦━八句（頸聯の上句に一字脱落）
羅━八句（頸聯の上句の第五字目と下句の第一、第二字目が不明。また、尾聯の上句の第五字目が不明）
綾━八句（首聯の下句の第二字目と尾聯の下句の第五字目が不明）
素━八句（首聯の上句の第三・第四字目が不明）
布━八句（含聯の下句の第一字目が不明）

「布」詩は日本に傳存する雜詠詩（佚存叢書本）では最終部に當り、全唐詩系統のものでは中間部に相當する。このスタイン本は「布」詩の後が白紙狀態になっているので、この「布」詩で終っていると考えられる。從って、日本に傳存している雜詠詩に近い。しかし、詩句の内容には大きな異同がある。

第二項　ペリオ本

本書はフランスのペリオが一九〇六年～一九〇九年にかけて庫車（クシャ）・敦煌を探險調査した時に收集して持ち歸ったものである。

本書はＰ三七三八（Ｐは Pelliot の略號）と呼ばれているもので、フランス國立圖書館東洋寫本部（La Section Orientale du Département des Manuscrits de la Bibliothèque Nationale）に收藏されている。本書もスタインと同様、東洋文庫・京都大學人文科學研究所にマイクロフィルムによって收められている。

Ｐ三七三八の書寫部分は縱、三十二・七五㎝、横、上邊十一・三㎝、下邊十・四㎝である。[7] 詩題は朱筆。全部で六行、文字は不揃いであるが、毎行二十九字～三十字。詩には二句ごとに小文字雙行の注が記載されている。ペリオ本はスタイン本に較べると數量的には少なく、現存する詩は祥獸部の一部と靈禽部の十一部で、計十八句である。內譯は次の如くである。

羊―二句（尾聯のみ）
兔―八句（全）
鳳―六句（頷聯の下句の第二字目が欠落。頸聯の上句の第五字目と下句の五文字が不鮮明。尾聯が脫落）
鶴―二句（首聯のみ）

本書の特徴は、祥獸部の「兔」詩の次に靈禽部の「鳳」詩が配列されていることである。日本に傳存する諸本は祥獸部の「兔」詩が上卷の終りで、下卷の始めが居處部の「城」詩から始まっており、また、日本に傳存する諸本と配列を異にする全唐詩本系統の諸本は「兔」詩が最終に配置されているので、このペリオ本は孰れにも屬さないことになる。

第三項　オルデンベルグ本

ロシアのオルデンベルグは三回に亙って中央アジアを探險している。第一回目は一九〇九年～一九一〇年で、吐魯

番・庫車方面へ。第二回目は一九一四年～一九一五年で、黒城方面へ。第三回目は一九二〇年で、新疆方面へ。(8)

本書は第二回目に探険した黒城で収集したものである。これは現在、Дх一〇二九八V（Дхは敦煌のロシア語譯の略號、Vは Verso の略號）と呼ばれているもので、ロシア科學院東方學研究所に收藏されているものである。近年、俄羅斯科學院東方學研究所聖彼得堡分所・俄羅斯科學出版社東方文學部・上海古籍出版社が刊行した『俄藏敦煌文獻①』（上海古籍出版社・俄羅斯科學出版社東方文學部出版、一九九二年十二月刊）に收錄されている。

本書は正方形に近い、縦十六・七cm、横十七・五cmの殘片である。紙は稍厚目で彈力性がある紙質である。色は明るめの褐色である。

現存する詩は次の如くである。

硯―一句（頸聯の下句で、第五字目不明）
墨―四句（首聯と頸聯）
紙―四句（首聯と頷聯の上句の第一・第二字と頸聯と尾聯）
酒―六句（首聯の上句と下句の第一・第二・第三字と頷聯と尾聯の上句の第三・第四・第五字と下句）
扇―二句（首聯の上句と下句の第五字目を除く四字）
以上、五詩に亙る十七句の詩句のみである。

本書の特徵は詩の配列にある。その配列は、文物部の「硯」「墨」「紙」、服玩部の「酒」「扇」の順に竝んでいる。一方、日本傳來の『雜詠詩』や全唐詩系の諸本の配列をみると、文物部の詩は「紙」「筆」「硯」「墨」、服玩部の詩は「扇」「燭」「酒」の順に竝んでいる。從って、本書の配列は「硯」「墨」以外は前後不順で、その上、多くの詩が脱落していることになる。また、本書の部立をみると、日本傳來の『雜詠詩』の部立の配列が「服玩」「文物」の順になっているのに對して、全唐詩系の諸本は部立を立てていないが、詩の順序を追って、『雜詠詩』の門目にあわせて部立を立てると、「文物」「武器」「音樂」「玉帛」「服玩」の順になる。本書の部立は「文物」が前で、「服玩」が後にあるので、全唐詩系の諸本と合うが、全唐詩系の諸本には「文物」と「服玩」との閒には「武器」「音樂」「玉帛」の三十首の詩があるので、本書とは合致しない。

案ずるに、本書の配列は如何なる『雜詠詩』や『李嶠集』とも合致しない。以上のことを考慮すると、本書は任意に書寫したもので、書寫の練習のために書いたものかもしれない。

第三節　天理大詩注本・關西大詩注本・慶應大詩注本・尊經閣詩注本の校比

ここでは、天理大詩注本と關西大詩注本と慶應大詩注本と尊經閣詩注本の四本の關係を解明するために調査を行なうが、靜嘉堂詩注本は先の四本と內容を異にするので除外する。また、調査が全體に及ぶので、「序文」「目錄」「本文」の三段階に分けて檢討する。

尙、便宜上、佚存叢書本を底本とし、校異については異同のある個所のみを掲載する。

第一項　序文の校合

佚存叢書本	天理大詩注本	關西大詩注本	慶應大詩注本	尊經閣詩注本
(1)李嶠雜詠百二十首序。	○○雜○○○○○(序)	○○○○○○○○(序)	○○○○○○○○(序)	○○○○○○○○(序)

(2)博士張庭芳撰。	○○○○○註并序	○○○○○註并序	○○○○○詠并序	○○○○○註并序
(3)嘗覽尊德。叙能	○○○○○○	○○○○○○	○○○悳○○	○○○○○○
(4)竊所企。慕	○○跋○	○○跋○	○○跂○	○○跂○
(5)然夫禁。鷄。雖謬	○○楚○○○	○○楚○○○	○○楚雞○○	○○楚雞○○
(6)豈獨盧。胡致哂	○○○○○○	○○○○○○	○○嚧○○○	○○〈噣〉嚧○○○
(7)鄭國李。公。百二十詠	○○〈公〉○〈嶠〉○○○○○	○○〈公〉○〈嶠〉○○○○○	○○〈公〉○〈嶠〉○○○○○	○○〈公〉○〈嶠〉○○○○○
(8)密。緻。掩於延年	緻密○○○○	緻密○○○○	緻密○○○○	緻密○○○○
(9)特。茂霜松	○○○枀	○○○○	恃○○○	○○○○
(10)孤。懸皓月	狐○○○	○○○(月)	○○○○	○○○○
(11)高標凜。凜。	○○懍懍	○○○○	○○○○	○○○○
(12)萬。象。含其朗耀	万○○○○○	万像○○○○	万○○○○○	万○○○○○
(13)味夫。純粹	○○○○	○○○○	○(夫)○○	○○○○
(14)故燕公刺異詞曰。	○○○○○○○	○○○○○○○	○○○○○○○〈夫〉	○○○○○○○
(15)信。而有徵	侯○○○	侯○○○	○○○○	○○○○
(16)思鬱。文繁	○欝○○	○欝○○	○欝○○	○欝○○
(17)庶有補於。琢磨	○○○○○○	○○○○○○	○○○(於)○○	○○○(於)○○
(18)俾無至於疑。滯	○○○○凝○	○○○○凝○	○○○○凝○	○○○○凝○
(19)于時巨。唐天寶六載。	○○○○○○○年	○○○○○○○年	○○叵○○○○年	○○○○○○○年
(20)龍集強圉之所述也。	○○○○○○○○	○○○○○○○○	竜○○○○○○芒	竜○○○○○○○

( ) は欠字、〈 〉は衍字。（以下同じ）

右表の校合による四本の異同をみると、(1)雜と雜、(2)註と詠、(4)跂と跋、(6)盧と嚧、(8)密と蜜、(9)特と恃、(10)孤と狐、

(15)信と侯、(19)巨と曰、(20)也と乜は字形の近似による誤謬。(5)鷄と雞、(11)凛凛と懍懍は通用字。(9)柰と松は同字。(3)悳は徳の俗字。[9] 殘りの異同文字は欠字か衍字である。

一方、四本にみえる共通點は(1)「序」字がない。(2)「撰」を「註幷序」に作る。(4)「企」を「跂」に作る。(5)「禁」を「楚」に作る。(7)「鄭國李公」を「鄭國公李嶠」に作る。(8)「密緻」を「緻密」に作る。(12)「萬」を「万」に作る。(16)「鬱」を「欝」に作る。(18)「疑」を「凝」に作る。(19)「載」を「年」に作る。

以上を勘案すると、四本には決定的な差異はないが、詳細にみると、(1)(4)(5)(6)(8)(10)(11)(15)(17)(20)の異同から、(イ)天理大詩注本と關西大詩注本、(ロ)慶應大詩注本と尊經閣詩注本とがそれぞれ酷似しているが、(イ)と(ロ)との間には欠字や衍字や異體字の使用に多少の差異があり、區別することができる。

第二項　目錄の校合

天理大詩注本・慶應大詩注本・尊經閣詩注本の目錄は二段組になっているが、關西大詩注本は縦一列になっている。この關西大詩注本は詩注が他書と異なり、雙行とせず、一列で書かれているので、目錄も一列にして書寫したものと考えられる。尚、二段組の構成は古寫本系統と同じである。

佚存叢書本	天理大詩注本	關西大詩注本	慶應大詩注本	尊經閣詩注本
(1)李嶠雜詠百二十首上目錄	無	無	無	無
(2)乾象部。十首	○○(部)○○	○○(部)○○	○○(部)○○	○○(部)○○
(3)煙。露霧雨雪。	○○○○○	炟○○○○	烟○○○彐	○○○○○
(4)道海江。河。路。	○○○○洛	○○○○洛	○○河江洛	○○河江洛

(5)萍菱菰◦茅荷	○○瓜○○	○○瓜○○	○○瓜○○	○○瓜○○
(6)靈禽◦部◦	○○(部)○○	○○(部)○	旲含(部)○○	○○(部)○○
(7)鳳鶴烏鵲鴈◦	○○○○鷹	○○○○鷹	几○○○厂	○○○○厂
(8)鳧鶯◦雀◦雉◦燕◦	○鸎雉鷰隺	○鸎雉鷰隺	○○雉燕雀	○○雉燕雀
(9)李嶠雜詠百二十首下目錄	無	無	無	無
(10)居處部◦十首	○○○○○	○○(部)○○	○処(部)○○	○○○○○
(11)池樓橋舟◦車	○○○舟○	○○○○○	○○○○○	○○○○○
(12)被鏡◦扇燭◦酒	○○○○○	○○○○○	○○○蚑○	○鐃○蚑○
(13)檄紙筆硯墨◦	○○○○○	○○○○○	○○○○○	○○○○黒
(14)旌旗戈鼓彈	○○○鼓○	○○○鼓○	○○○○○	○○○○○
(15)琴瑟琵琶箏鐘	○○(琵)○○○	○○(琵)○○○	○○(琵)○○○	○○(琵)○○○
(16)簫笛笙歌舞	○○○○○	○○○○○	策笙笛舞歌	○笙笛舞歌
(17)李嶠雜詠百二十首下目錄	無	無	(李嶠雜詠百二十首下)	(李嶠雜詠百二十首下)

（注）佚存叢書本の目錄の詩題は十題一列であるが、便宜上、五題を一列とした。（　）印の文字は無し。

右表の校合において、四本の共通點を整理すると、⑴の「目錄」（上・下）の表示がない。⑵の門目に「部」字がない。（以下、上巻の終りまでない）⑻の詩題の順序が佚存叢書本と異なるが、一致している點が擧げられる。尙、佚存叢書本の⑷「路」と⑸「菰」の詩題は本文中では他の四本と同じく「洛」と「瓜」になっている。

次に異同のある點を整理すると、慶應大詩注本の⑶烟（煙）・彐（雪）、⑹旲（靈）、⑺几（鳳）・厂（鴈）、⑽処（處）、⑿蚑（蠋）や關西大詩注本の⑶烱（煙）や天理大詩注本の⑾舟（舟）などの略字や俗字や古字と、天理大詩注本の⑺鷹《ママ》（鴈）、⑻鸎（鶯）・隺（雀）や慶應大詩注本の⑹含（禽）・⒃策（簫）、や尊經閣詩注本の⑿鐃（鏡）、⒀黒（墨）などの誤寫による僞字を正字に置き換えると、四本には差異がない。但し、慶應大詩注本と尊經閣詩注本の(4)「河江洛」の配列、(7)厂、(8)燕、(12)蚨、(14)皷などの字體や最後の「目錄終」の有無などを勘案すると、(イ)天理大詩注本・關西大詩注本と(ロ)慶應大詩注本・尊經閣詩注本とに多少の差異がある。

第三項　詩句の校合

詩句は序文や目錄と異なり、量が多いので、校異の掲載の煩雜を避けるために、俗字や古字や略字やその他の異體字などによる異同は省略し、異字のみを掲載することにする。

尙、尊經閣詩注本は上卷だけしか保有していないので、校合は尊經閣詩注本が保有する詩までとする。

	佚存叢書本	天理大詩注本	關西大詩注本	慶應大詩注本	尊經閣詩注本
(1)日	傾心比葵藿	□○○○○	小○○○○	○○○○○	○○○○○
(2)月	蕒開二八時	萱○○○○	萱○○○○	○○○○○	○○○○○
(3)〃	玲瓏鑒薄帷	肹朧○○○	○○○○○	肹朧○○○	肹朧○○○
(4)星	今宵潁川曲	○○頴○○	○○頴○○	○○○○○	令霄○○○
(5)雲	從龍起金闕	○○○蒼○	○○○蒼○	○○○蒼○	○○○蒼○
(6)露	葳蕤泫竹藂	○○○○○	○○○○○	○薤○○羕	○薤○○羕
(7)霧	玲瓏素月明	肹朧○○○	○○○○○	肹朧○○○	肹朧○○○
(8)〃	儻入非熊繇	○○○○○	○○○○○	○○○○繇	○○○○○
(9)山	峨峨上翠氛	○○吐○○	○○吐○○	○○吐○○	○○翠氲吐
(10)石	巖花鏡裏發	○○○○○	○○○○○	○○○○○	○○鐘○○

上表を整理すると、(5)(11)(13)(15)(19)(23)(26)(27)(29)(36)(38)(39)(40)(41)(43)(46)(50)(61)(62)(63)(64)(68)(69)(71)(72)(76)(86)の詩句は、四本が底本（佚存叢書本）と異なる字句を有し、更にその四本が共通の字句を有しているので、同系統の詩句であることがわかる。

次に異同のある字句についてみると、(1)小（心）、(2)萱（蕒）、(3)肹朧（玲瓏）、(4)頴（潁、誤り）・令霄（今宵）、(6)薤（蕤）・羕・叢（藂）、(7)肹朧（玲瓏）、(8)繇（繇）、(10)鐘（鏡）、(12)儻（儻）、(14)闕（闕）、(16)鹿（塵）、(22)線（練）、(25)條（候）、

⑾	〃	入宋星初落	○○○○賈	○○○○賈	○○○○賈	○○○○賈
⑿	〃	儻因持補極	○○○○○	○○○○○	償○○○○	○○○○○
⒀	原	王粲銷夏日	○○○憂○	○○○憂○	○○○憂○	○○○憂○
⒁	〃	莓莓開晉田	○○闢○○	○○闕○○	○○闢○○	○○闢○○
⒂	道	銅馳分鞏洛	○駝○○○	○駝○○○	○駝○○○	○駝○○○
⒃	〃	玉關塵似雪	○○鹿○○	○○鹿○○	○○○○○	○○○○○
⒄	〃	堯樽更可逢	○○○○○	○○○○○	○鐏○○○	○鐏○○○
⒅	海	三山巨鼇踊	○○○○○	○○○○○	○○○○躍	○○○○躍
⒆	〃	珠含明月輝	○○○○暉	○○○○暉	○○○○暉	○○○○暉
⒇	〃	會當添霧露	○○○○○	○○○○○	○○○○○	○○○露方
(21)	〃	方遂衆川歸	○○○○○	○○○○○	○○○○○	逐衆川霧皈
(22)	江	月浦練光開	○○線○○	○○○○○	○○○○○	浦練光開月
(23)	〃	瀨似黃牛去	湍○○○○	湍○○○○	湍○○○○	湍○○○○
(24)	〃	英靈已傑士	○○○○出	○○○○出	○○○○○	○○○○○
(25)	洛	三川物候新	○○○○○	○○○○○	○○○條○	○○○○○
(26)	〃	花明珠鳳浦	○○丹○○	○○丹○○	○○丹○○	○○丹○○
(27)	蘭	雪麗楚王琴	○儷○○○	○儷○○○	○儷○○○	○儷○○○
(28)	竹	高簳楚江濆	○簳○○○	○簳○○○	○○○○○	○○○○○
(29)	〃	蕭條含曙氛	○○○曙○	○○○曙○	○○○曙○	○○○曙○
(30)	〃	葉拂東南日	○○○○○	○○○○○	○○○○○	○掃○○○
(31)	藤	玉潤幾年開	○○○重○	○○○重○	○○○○○	○○○○○

(28)簳（簳）、(30)掃（拂）、(33)結（結）、(34)今（含）、(35)蟻（蟻）、(44)隅（隈）、(47)侶（侶）、(48)青（春）、(49)青（春）・雜（雜）、(56)䡛（幹）、(57)檀（擅）、(58)澇（瀚）、(60)仮（泛）、(66)陳（陣）、(67)沓（沓）、(70)若（苦）、(73)废（廈）、(74)喞（喻）、(82)商（商）、(83)鬆（鬆）、(84)大（太）、(85)候（侯）、(88)太（大）などは（　）内の本文の文字と字形が近似しており、それからくる誤寫による僞字である。從って、異字とは言い難い。

次に尊經閣詩注本の(9)(20)(21)(22)(37)(50)(55)の詩句をみると、語順に變動がある。これは書寫人が詩に明るくないために發生した基礎的な誤りである。例えば、(9)「嵯峨翠氲吐」の場合、この句が首聯の下句であるから「吐」が脚韻となる。しかし、以下の脚韻をみると、頷聯は「雲」、頸聯は「文」、尾聯は「君」となっており、上平聲十二文の韻字を用いているので、「吐」（上聲七麌）では合わない。從って、

	佚存叢書本	天理大詩注本	關西大詩注本	慶應大詩注本	尊經閣詩注本
(32)萱	履歩尋芳草	歩屧○○○	歩屧○○○	屧○○○○	屧○○○○
(33)〃	忘憂自結蘂	○○○結○	○○○○○	○○○○○	○○○○○
(34)〃	含貞北堂下	○○○○○	○○○○○	○○○○○	今○○○○
(35)萍	三清蟣正浮	○○○○○	○○○○○	○○○○○	○○蟻○○
(36)菱	鉅野昭光媚	○○韶○○	○○韶○○	○○韶○○	○○韶○○
(37)瓜	六字方呈瑞	○子○○○	○子○○○	○子○○○	○子呈瑞方
(38)〃	終期奉絺綌	○○○○紘	○○○○紘	○○○○紘	○○○○紘
(39)茅	鼙苞青野外	麏○○○○	麏○○○○	麏○○○○	麏○○○○
(40)〃	鵄嘯綺楹前	鴟○○○○	鴟○○○○	鴟○○○○	鴟○○○○
(41)〃	殷陽祭雨旋	○湯○○○	○湯○○○	○湯○○○	○湯○○○
(42)松	森森幽澗垂	○○○○○	○○○○陲	○○○○陲	○○○○陲
(43)桂	未殖銀宮裏	○植○○○	○植○○○	○植○○○	○植○○○
(44)槐	花落鳳廷隈	○○○庭○	○○○○○	○○○庭○	○○○庭○
(45)〃	烈士懷忠至	列○○○○	列○○○○	○○○○○	○○○○○
(46)〃	何當赤墀下	○○○○路	○○○○路	○○○○路	○○○○路
(47)柳	擔前花似雪	○○○侶○	○○○○○	○○○○○	○○○○○
(48)〃	春池寫鳳文	○○○○○	○○○○○	○○○○○	青○○○○
(49)桐	春花雑鳳影	○○○○○	○○○○○	○○○○○	青○雜○○
(50)〃	遂逢霜露侵	○遭朝○○	○遭朝○○	○遭朝○○	○遭朝○○
(51)桃	獨有成蹊處	○○○○○	○○○○○	○○○○○	○○○溪○

原本は他の三本と同様に「嵯峨吐翠氲」となっていたはずである。(22)「浦練光開月」の場合、この詩句は「江」詩の頷聯の下句であるから押韻しなければならない。この詩の脚韻は、首聯が「廻」、頸聯が「來」、尾聯が「才」の上平聲十灰の韻字である。しかし、尊經閣詩注本では「月」（入聲六月）となっており、諧っていない。従って、他本と同じく、「開」字ならば諧うので、原本は「月浦練光開」となっていたはずである。(55)「花玉井春明」の場合、この詩句は頸聯の下句であるから脚韻が「明」となる。しかし、他の脚韻が「晨」「新」「人」の上平聲十一眞であるから「明」（下平聲八庚）では諧わない。この詩句も他本と同様「花明玉井春」となっていたはずである。(20)(21)「會當添露方遂衆川霧皈」の場合、この詩句は「海」詩の尾聯に當るが、他本に比すと、上句の四字目の「霧」字が脱落して、その字が下句の

(52)	〃	含風如笑臉	〇〇〇〇〇	〇〇〇〇〇	〇〇咲〇〇	〇〇〇〇〇
(53)	李	潘岳閑居暇	〇〇〇〇〇	〇〇〇〇〇	〇〇閒〇〇	〇〇〇〇〇
(54)	〃	王戎戯陌晨	〇〇〇〇辰	〇〇〇〇辰	〇〇〇〇〇	〇〇〇〇〇
(55)	〃	花明玉井春	〇〇〇〇〇	〇〇〇〇〇	〇〇〇〇〇	〇玉井春明
(56)	〃	方知有靈幹	〇〇〇〇榦	〇〇〇〇榦	〇〇〇〇〇	〇〇〇〇〇
(57)	梨	擅美玄光側	檀〇〇〇〇	檀〇〇〇〇	〇〇〇〇〇	〇〇〇〇〇
(58)	〃	傳芳瀚海中	〇〇澣〇〇	〇〇澣〇〇	〇〇〇〇〇	〇〇〇〇〇
(59)	梅	若能長止渇	〇〇〇〇〇	〇〇〇〇〇	〇〇〇〇〇	能長止渇若
(60)	〃	何暇泛瓊漿	〇假〇〇〇	〇假〇〇〇	〇〇〇〇〇	〇〇仡〇〇
(61)	橘	方曉陸生言	〇顒〇〇〇	〇顒〇〇〇	〇顒〇〇〇	〇顒〇〇〇
(62)	〃	願隨潮水曲	〇〇湘〇〇	〇〇湘〇〇	〇〇湘〇〇	〇〇湘〇〇
(63)	烏	迢逓繞風竿	〇遰〇〇〇	〇遰〇〇〇	〇遰〇〇〇	〇遰〇〇〇
(64)	鵲	遠樹覺星稀	遶〇〇〇〇	遶〇〇〇〇	遶〇〇〇〇	遶〇〇〇〇
(65)	〃	朝夕奉光暉	〇〇生〇輝	〇〇生〇輝	〇〇〇〇輝	〇〇〇〇輝
(66)	鴈	排雲結陣行	〇〇陳〇〇	〇〇〇〇〇	〇〇〇〇〇	〇〇〇〇〇
(67)	鳧	颯沓睢陽涘	〇〇〇〇〇	〇〇〇〇〇	〇沓〇〇〇	〇沓〇〇〇
(68)	〃	何當歸太液	〇〇〇大〇	〇〇〇大〇	〇〇〇大〇	〇〇〇大〇
(69)	鶯	芳樹雜花紅	〇〇雑〇〇	〇〇雑〇〇	〇〇雑〇〇	〇〇雑〇〇
(70)	〃	遷喬苦可冀	〇〇若〇〇	〇〇若〇〇	〇〇〇〇〇	〇〇〇〇〇
(71)	燕	羌池沐時雨	蹉跎〇〇〇	蹉跎〇〇〇	蹉跎〇〇〇	蹉跎〇〇〇
(72)	〃	莫驚留不去	〇〇〇爪〇	〇〇〇爪〇	〇〇〇爪〇	〇〇〇爪〇

四字目に混入していることになる。従って、下句の脚韻は變動していないので、他の脚韻と諧っているが、このままでは上句が「會當添露」の四言、下句が「方逐衆川霧歸」の六言となって、詩の體裁をなしていない。また、「會當添露方」「遂衆川霧歸」となり、意味が通らない。そこで、「霧」字を下句の四字目から取り出して、上句の四字目に戻すと、他本と同じになり、韻字も諧うのである。これは書寫の段階での誤謬である。(37)の場合、この詩句は「瓜」詩の頸聯の上句に當るが、尊經閣詩注本では、「六子呈瑞」の四言で一旦切れて、すぐその下に雙行の注が記入され、殘りの「方」字の下にも雙行注が記入されている。これらの注は獨立したものではなく、適當に途中で切斷されているものである。従って、注も意味が通っていない。(59)の場合、この詩句は「梅」詩の尾聯の上句であるが、(37)と同

	佚存叢書本	天理大詩注本	關西大詩注本	慶應大詩注本	尊經閣詩注本
(73)雀	大厦將成日	○厦○○○	○○○○○	○○○○○	○○○○○
(74)〃	銜書表周瑞	○○○○○	○○○○○	啣○○○○	啣○○○○
(75)〃	朝遊縺水傍	○○連○○	○○○○○	○○○○○	○○○○○
(76)〃	顒齊鴻鶴志	○○○鵠○	○○○鵠○	○○○鵠○	○○○鵠○
(77)龍	銜燭耀幽都	○○○○○	○○○○○	○○○○○	衜○○○○
(78)〃	希逢聖人歩	○○○○○	○○○○○	○○○○用	○○○○用
(79)象	睢陽作貢初	○楊○○○	○楊○○○	維楊○○○	維楊○○○
(80)〃	執燧奔吳域	○○○○城	○○○○○	○○○○○	○○○○○
(81)馬	何暇唐成公	○假○○○	○假○○○	○○○○○	○○○○○
(82)牛	商歌初入相	○○○○○	○○○○○	商○○○○	商○○○○
(83)豹	鼉文闡大猷	鼷○○○○	鼷○○○○	鼷○○○○	鼷○○○○
(84)〃	來蘊太公謀	○○大○○	○○大○○	○○○○○	○○○○○
(85)〃	飛名列虎侯	○○○○候	○○○○○	○○○○○	○○○○○
(86)〃	若今逢霧露	○○○○雨	○○○○雨	○○○○雨	○○○○雨
(87)〃	長隱南山幽	○○○○○	○○□□□	○○○○○	○○○○○
(88)熊	大傅翊周年	太○○○○	太○○○○	○○○○○	○○○○○
(89)〃	列射三侯滿	○○○○○	○○○○○	○○○候○	○○○○○
(90)羊	仙人擁石去	○○○○○	○○○○○	○○叱○○	○○叱○○

様に「若」字と「能長止渇」の四言とに分断されたものである。それぞれに注が記入されているが、當然のことながら、本文も注も意味が通らない。このような調子であるから、この表には掲げていないが、「石」詩の尾聯の下句の後に、詩句の如く「織女以石支機」の六字が記載されているのである。當然のことながら、この句は他の三本にはない。これは詩句の注にあったものを間違って詩の本文にしてしまったのである。天理大詩注本・關西大詩注本・慶應大詩注本には注の一部として記載されている。まさに基礎的な誤りである。

以上のほかに異同のある字句を有する詩句は(17)(18)(32)(51)(53)(65)(79)である。このうち、(32)は慶應大詩注本と尊經閣詩注本の「屧」は「屣」の誤寫で、天理大詩注本と關西大詩注本の「歩屣」は「屣歩」の轉倒誤寫である。(17)の「樽」と「鐏」、(51)の「蹊」と「溪」、(53)の「門」と「閈」、(60)(81)の「假」と「暇」、(65)の「暉」と「輝」、(79)の「睢」と「維」

はそれぞれ字形が近似しているので誤寫されたとも考えられるが、同屬韻の文字であるから、互いに通用されていた可能性がある。また、⒅の「踊」と「躍」は同屬韻の文字ではないが、同意の文字であるから通用されていたとも考えられる。しかし、字形が近似しているので誤寫されたとも考えられる。

以上の異同は誤寫などによる誤りと考えられるが、殘りの異同については誤寫の原因がみあたらない。それを整理すると次の如くである。

	天理大詩注本	關西大詩注本	慶應大詩注本	尊經閣詩注本
江	英靈已傑出	○○○○○	○○○○士	○○○○士
藤	玉潤幾重開	○○○○○	○○○年○	○○○年○
鵲	朝夕生光輝	○○○○○	○○奉○○	○○奉○○
龍	希逢聖人歩	○○○○○	○○○○用	○○○○用
羊	仙人擁石去	○○○○○	○○叱○○	○○叱○○

右表からいえることは、A天理大詩注本と關西大詩注本、B慶應大詩注本と尊經閣詩注本とがそれぞれ同じ文字を使用しており、ＡＢの兩者に差異のあることは一目瞭然である。尙、詩句の校合においては省略したが、略字や古字や俗字などの異體字の使用にも顯著な差がある。

第四項　結　語

以上、「序文」「目錄」「詩句」の校合において、A天理大詩注本と關西大詩注本、B慶應大詩注本と尊經閣詩注本との間には多少の差異はあるものの、この四本の有注本は同一系統のものであると言える。

第四節　陽明詩注本・天理大詩注本・慶應大詩注本の校比

ここでは陽明詩注本を中心に調査する。陽明詩注本については、第二章第一節第五項で解説したように全體の四分の一しか現存していないので、該當する部分についてのみ他本と校合する。尚、前項において天理大詩注本と關西大詩注本とが同系で、慶應大詩注本と尊經閣詩注本とが同系であることが判明したので、陽明詩注本との校合には天理大詩注本と慶應大詩注本とを使用する。

第一項　目錄の校合

陽明詩注本は他本と異なって一册ごとに目錄が記載されていたらしく、現存する傳本では、表紙の裏面に嘉樹十首・靈禽十首・祥獸十首の計三十首の詩題が記載されている。

ここで、現存する三十首の詩題について校合するが、異同のある個所のみを掲載する。尚、五首の詩題を一組として校合する。

	佚存叢書本	天理大詩注本	慶應大詩注本	陽明詩注本
(1)	靈禽部十首	○○(部)○○	灵含(部)○○	○○(部)○○
(2)	鳳鶴烏鵲鴈	○○○○鷹	八○○○厂	○○爲○鳫
(3)	鳧鶯雀雉燕	○鸎雉鸗雀	○○雉燕雀	○鸎雉鸗雀
(4)	豹熊鹿羊兎	○○○○○	○○○○○	○鹿熊○○

(　)印は欠字

右表の⑴⿱彐天と⑵八・厂は略字、⑵爲・鳫は俗字などの異體字と⑶鷽・鸒は同字、また、⑶萑は誤寫であることを除くと、殘る異同は⑷鹿熊の轉倒のみである。しかし、本文では他書同様に熊鹿の順に記載されているので、これも問題はない。從って、陽明詩注本は天理大詩注本・慶應大詩注本二本と差異がない。

第二項　詩句の校合

陽明詩注本の詩句は天理大詩注本や慶應大詩注本の詩句と多少異同をみせているので、前項同様、佚存叢書本を底本に用い、三本の共通性や異同を明確にする。尚、底本と異なる文字のみを掲載する。

	佚存叢書本	天理大詩注本	慶應大詩注本	陽明詩注本
⑴	鶴栖君子樹	〇〇〇〇樹	〇〇〇〇樹	〇〇〇〇樹
⑵	未殖銀宮裏	〇植〇〇〇	〇植〇〇〇	〇植〇〇〇
⑶	花落鳳廷隈	〇〇〇庭〇	〇〇〇庭〇	〇〇〇庭〇
⑷	烈士懷忠至	列〇〇〇〇	〇〇〇〇〇	列〇〇〇〇
⑸	何當赤墀下	〇〇〇〇路	〇〇〇〇路	〇〇〇〇路
⑹	夜星浮龍影	〇〇〇〇〇	〇〇〇〇〇	〇〇煥〇〇
⑺	春花雜鳳影	〇〇〇〇〇	〇〇〇〇〇	〇〇雜〇〇
⑻	秋葉弄珪陰	〇〇〇〇〇	〇〇〇〇〇	〇月〇〇〇
⑼	遂逢霜露侵	〇遭朝〇〇	〇遭朝〇〇	〇〇〇〇〇
⑽	含風如笑臉	〇〇〇〇〇	〇〇〇〇〇	〇〇〇〇瞼
⑾	隱士顏應改	〇〇〇〇〇	〇〇〇〇〇	〇〇〇〇變
⑿	潘岳閑居暇	〇〇〇〇〇	〇〇閒〇〇	〇〇〇〇假㊁
⒀	擅美玄光側	檀〇〇〇〇	〇〇〇〇〇	檀〇〇〇〇
⒁	院樹斂寒光	〇〇〇〇〇	〇〇〇〇〇	〇〇斂〇〇
⒂	雪含朝暝色	〇〇〇〇〇	〇〇〇〇〇	〇〇〇瞑〇
⒃	何暇泛瓊漿	〇假〇〇〇	〇〇〇〇〇	〇假〇〇〇
⒄	願隨潮水曲	〇〇湘〇〇	〇〇湘〇〇	〇〇湘〇〇
⒅	長茂上林園	〇〇〇〇〇	〇〇〇〇〇	〇〇生〇〇
⒆	迢遰繞風竿	〇遰〇〇〇	〇遰〇〇〇	〇遰〇(上)〇〇
⒇	白首何年改	〇〇〇〇〇	〇〇〇〇〇	〇〇〇〇變
(21)	遠樹覺星稀	逶〇〇〇〇	逶〇〇〇〇	逶〇〇〇〇(改)
(22)	朝夕奉光暉	〇〇生〇輝	〇〇〇〇輝	〇〇〇〇輝

	佚存叢書本	天理大詩注本	慶應大詩注本	陽明詩注本
(23)	何當歸太液	○○○大○	○○○大○	○○○（生）○○
(24)	芳樹雜花紅	○○雑○○	○○雑○○	○○雑○○
(25)	韻嬌落梅風	○○○○○	○○○○○	嬌韻○○○
(26)	遷喬苦可冀	○○若○○	○○○○○	○○若○○
(27)	羌池沐時雨	蹉跎○○○	蹉跎○○○	漾○○○○
(28)	莫驚留不去	○○○爪○	○○○爪○	○○○○○
(29)	大廈將成日	○廈○○○	○○○○○	○○○○○
(30)	銜書表周瑞	○○○○○	喞○○○○	○○○○○
(31)	朝游纏水傍	○○連○○	○○○○○	○○漣○○
(32)	願齊鴻鶴志	○○○鵠○	○○○鵠○	○○○鵠○
(33)	希逢聖人步	○○○○○	○○○○用	○○○○（歩）用
(34)	寄音中鐘呂	○○○○○	○○○○○	竒○○○○

	佚存叢書本	天理大詩注本	慶應大詩注本	陽明詩注本
(35)	睢陽作貢初	○楊○○○	維楊○○○	○○○○○
(36)	執燧奔吳域	○○○○城	○○○○○	○○（楊イ）○○○
(37)	何暇唐成公	○假○○○	○○○○○	○假○○○
(38)	商歌初入相	○○○○○	商○○○○	○○○○○
(39)	鼉文闌大猷	鼷○○○○	鼷○○○○	鼷（鼉）○○○○
(40)	來蘊太公謀	○○大○○	○○○○○	○○○○○
(41)	飛名列虎侯	○○○○候	○○○○○	○○○○○
(42)	若今逢霧露	○○○○雨	○○○○雨	○○○○雨
(43)	大傅翊周年	太○○○○	○○○○○	太○○○○
(44)	列射三侯滿	○○○○○	○○○候○	○○○○○
(45)	方懷丈夫志	○○○○○	○○○○○	○○大○○
(46)	仙人擁石去	○○○○○	○○叱○○	○○○○○

（　）内の字は校異。

右表の(1)(2)(3)(5)(17)(19)(21)(24)(32)(39)(42)は三本とも同じ文字を使用しているので異同がない。また、(4)列（烈）、(7)雜（雑）、(10)瞼（瞼）、(12)閒（閑）・假（暇）、(13)檀（擅）、(14)斂（歛）、(15)瞑（暝）、(16)(37)假（暇）、(23)大（太）、(26)若（苦）、(28)爪（不）、(29)廈（夏）、(30)喞（啣）、(34)竒（寄）、(36)城（域）、(38)商（啇）、(41)(44)候（侯）、(43)太（大）、(45)大（丈）などは（　）の中の文字と字形が近似していることや同意文字であるための誤寫であり、異字とは認め難い。殘りの(6)(8)(9)(11)(18)(20)(22)(25)(27)(31)(33)(35)(46)に異同がみられる。

第三項　陽明詩注本の校異文字について

陽明詩注本には後世の人によって加えられた校異文字がある。第二項からその該當の詩句を採り出して整理すると次の如くである。

	天理大詩注本	慶應大詩注本	陽明詩注本	諸本
桃	隱士顏應改	○○○○○	○○○○變(改)	改—建治本（田中・陽明）延寶本・全唐詩本
橘	長茂上林園	○○○○○	○○生(上)○○	上—建治本（田中・陽明）成簣堂本・內閣本（慶・江戶）陽明（甲）延寶本・全唐詩本
烏	白首何年改	○○○○○	○○○○變(改)	改—建治本（田中・陽明）內閣本（慶・江戶）陽明本（甲）延寶本・全唐詩本
鵲	朝夕生光輝	○○奉○○	○○奉(生)○○	生—內閣本（慶・江戶）陽明本（甲）
龍	希逢聖人步	○○○○用	○○○○用(步)	步—建治本（田中・陽明）全唐詩本
象	睢楊作貢初	維楊○○○	○陽(楊)○○○	楊—建治本（田中・陽明）內閣本（慶・江戶）陽明本（甲）延寶本

校異文字は本文の左に小文字（（　）印はない）で書かれている。この校異文字をみると、天理大詩注本系統のテキストに據って書き加えられていることがわかる。但し、校合に用いられた本は有注本の天理大詩注本だけとは限らない。本文だけの校合なら、右表の諸本欄に掲載した無注本も校異文字と同じ文字を留めているからである。

また、右表以外の詩句にも校異文字を有しているものがある。

	陽明詩注本	天理大詩注本	諸本
槐	何當赤墀路(下イ)	○○○○○	下—建治本（田中・陽明）延寶本・全唐詩本・佚存叢書本・京大本
桐	秋月弄珪陰(挂龍イ)	○葉○○○	挂龍—無

	陽明詩注本	天理大詩注本	諸本
燕	相駕（賀イ）雕楹側	○賀○○○	賀―全諸本
雀	願齊鴻鵠（鶴イ）志	○○○○○	鶴―建治本（田中・陽明）延寶本・佚存叢書本
麟	漢（趾イ）時應祥開	○○○○○	趾―建治本（田中・陽明）成簣堂本・延寶本
豹	鼷文闡大猷	○○○○○	鼴―建治本（田中・陽明）延寶本・佚存叢書本
〃	長隱南（商イ）山幽	○○○○○	商―內閣本（慶應）陽明本（甲）內閣本（江戸）

右表をみると、天理大詩注本には陽明詩注本の校異文字に該當する文字がない。換言すれば、陽明詩注本は天理大詩注本以外の傳本を用いて校合したことがわかる。從って、何如なる傳本を使用したかは有注本だけではわからないので、無注本も校比の對象とする必要がある。校合した結果、右表の下段の諸本欄に掲載している該當文字と所載文獻がそれである。ところが、校異文字の全てに該當する文字を有する傳本が見當らない。殊に、「桐」詩の「挂龍」に關しては類書類などにみえる李嶠の『雜詠詩』にも該當するものがない。この校異文字が何本に據ったものか、知る術もないので、孰れの文字が良いかを內容から檢討してみる。

陽明詩注本の「秋月弄珪陰」（桐）の注の一句に「或本珪作龍字」とあるので、「龍」字を有する傳本があったことは確實である。陽明文庫本の注に從って「珪」字を「龍」字に置き換えると、「弄龍陰」となる。一方、本文の左にみえる校異文字が「挂龍」となっているので、「挂龍陰」となっている『雜詠詩』があったと考えられる。孰れにしても、この「龍」字は對句である前句「春花雜鳳影」を意識してのことであるから、この句の檢討から始めることにする。

「春花雜鳳影」の「鳳」については、『莊子』巻六の「秋水第十七」に

鵷鶵發二於南海一而飛二於北海一、非二梧桐一不レ止、非二練實一不レ食、非二醴泉一不レ飲。

とあり、陸徳明の『音義』で「李云、鵷鶵、鸑鳳之屬也」という。また、『詩經』巻十七の「大雅・巻阿」に

　鳳皇鳴矣、于㆓彼高岡㆒。梧桐生矣、于㆓彼朝陽㆒。

とあり、箋注に「鳳皇之性、非㆓梧桐㆒不レ棲、非㆓竹實㆒不レ食」とあるように、鳳は桐の木だけにやってくる習性があるのである。だから、鳳の姿があるということは、そこに桐の木があるということにもなる。更に桐花と鳳との關係について、李徳裕（字、文饒。七八七〜八五〇）の「畫㆓桐花鳳㆒扇賦幷序」に

　毎レ至㆓暮春㆒、有㆓靈禽五色㆒、小㆓於元鳥㆒。來集㆓桐花㆒、以飲㆓朝露㆒。

とあり、桐花鳳という靈鳥が出現したということからも、鳳と桐花とが密接に關連していることがわかる。従って、前句は「鳳」字によって桐を暗示しているのである。このように前句は鳳（動物）で桐（植物）を暗示する表現方法を用いている。

次に後句「秋月弄珪陰」を檢討すると、「秋月」と「春花」、「珪陰」と「鳳影」が對語である。この場合、前句の「鳳」の對語として、本文の「珪」より「龍」の方が遙かに優っている。用例を引くまでもなく、「龍鳳」「鳳龍」は常に熟語として使用される。一方、「龍」と「桐」との關係において、漢の枚乘（字、叔。？〜前一四〇）の「七發」（『文選』巻八所收）に

　龍門之桐、高百尺而无レ枝。龍門山多レ桐而嶮峻也。

とあるように、「龍」と「桐」とは關係がある。しかし、詩語として「弄龍陰」や「挂龍陰」をみた場合、意が通じない。

一方、「弄珪」の場合、「珪」字には『史記』巻三十九の「晉世家第九」に

　成王與㆓叔虞㆒戲、削㆓桐葉㆒爲レ珪以與㆓叔虞㆒曰、以レ此封レ若。

とあり、周の成王が桐葉で珪（諸侯を封ずる信印）の形を作り、弟の虞に『汝を封じよう』と戯れた說話[10]がみえ、その故事に基づいて桐を暗示しているのである。このように、「珪」字の方が詩句の內容に整合性がある。

以上の結果、對句上は「龍」字の方が良いが、詩句に整合性がないので「珪」字の方が良いということになる。

案ずるに、「龍」字に改變したのは、單に「鳳」字の對語として相應しいと考えたからであろう。

第五節　四種の詩注本

曩に「雜詠詩」の本文異同について調査したが、ここでは詩注の異同を調査檢討し、その注釋者を特定しようと試みるものである。雜詠詩の詩注に關する研究も近年漸次進んでいるので、先ずは詩注に關する先行論文等を紹介しておこう。

現存する雜詠詩注本（詩注本と呼稱する）には注釋者が明記されており、そこには唐代の張庭芳（生沒年不詳）の名がみえる。しかし、尊經閣詩注本以外の慶應大詩注本・天理大詩注本の詩題の注文には、詩注が完成した天寶六年（七四七）には存在し得ない『事林廣記』（宋・陳元靚撰）や『日本記』のような當時中國にあり得ない日本の書籍を引用していることを考慮すると、後人の手が加わっていることを否定することはできない。但し、尊經閣詩注本にはそのような書名及び引用文が無いので、三詩注本のうち舊態を留めているのは尊經閣詩注本ということになる。尙、尊經閣詩注本は元來、上下二卷本であったと思われるが、現在は上卷しか存在していないので、同系統と思われる慶應大詩注本を基底にして論述する。

雜詠詩注研究の嚆矢である神田喜一郎氏は「『李嶠百詠』雜考[11]」の中で「張庭芳の注が果して信用すべきものである

か否かは、いろいろ問題がある」といい、「あれこれ考へあはすといまの張庭芳の注はわたくしはやはり信用すべきものので、ただその中には後人の攙入が段段多くつけ加へられて、遂に延徳本のやうな形のものとなったのであろうと思ふ。(中略)その注の中には、屢々「一本何に作る」と言って、別本との異同を示してゐる所がある。それらも問題であって、要するに、いまの張庭芳の注といふものには、いろんな夾雜物が加ってゐるのである」といい、「一本作某」の別本に疑念を懷いている。また、「『李嶠百詠』には舊本と今本との二つの系統があり、その舊本にはまた李嶠の原本の系統のものと張庭芳の注本の系統のものとが二つあるのではなかろうかとの推測を試みた。しかるにこの推測は敦煌本の出現によって、當然取消さねばならないことになった。一體、敦煌本の注を張庭芳の注と視るかどうかは問題であるが、しかし、古來の著錄による限り、『李嶠百詠』には張庭芳、もしくは張方と傳へられる注本の存するだけである。張庭芳と張方とは、いづれが正しいかは別として、おなじ人に相違ないと思ふ」といい、詩注の著者である張庭芳以外で名の擧っている張方との關係に言及し、張庭芳と張方は同一人物であると結論する。

次に、池田利夫氏は「百詠和歌と李嶠百詠」(12)の中で、神田氏の結論に對して「張方注と張庭芳注の相異について、神田氏は、張方は張庭芳の誤りで、どうも辛文房はその注本を實際に見ていなかったらしく、元代までその書が傳った證據はないとされている。張方は果して張庭芳の誤りと考えて良いであろうか。太田晶二郎氏は、私に次のような資料を提示されて、張方注と張庭芳注という別人の注が嘗て併存し、それが混同もしくは混入することによって現在に及んでいるのではないか、という氏の推論の一端を示唆された」と述べ、太田晶二郎氏の教示により、張方と張庭芳は別人であると結論する。

これらを更に進展させたのが、山崎誠氏の「「李嶠百詠」雜考　續貂」(13)である。氏はその中で「文獻學的考察は、ほぼ神田喜一郎博士の御高論『「李嶠百詠」雜考』に盡くされており、近時には池田利夫氏の犀利な高論考もある」と紹介した後、李嶠雜詠注の諸本を網羅し、李嶠百詠注の諸本を四系統に分け「このうち、比較的近似した內容を持つA天理本とF慶應大本の本文を検討するに、兩本は親子又は兄弟關係にあった祖本からの流とは考定されない異文を相互に持ち、各々別系の祖本を想定せざるを得ない」といい、「天理本と慶應大本とは究極的には、祖を同じくするものと想われるが、この二系の本と甚だ趣を異にしているのが、陽明本と敦煌本である」という。そして、敦煌本と慶應大詩注本と陽明詩注本を比較検討し「敦煌本百詠注は慶應大本・陽明本に比べ、書寫年代が最も古く、張庭芳序文の「天寶六載（七四七年）」に最も近い。敦煌本百詠注の簡略な注の形態を張庭芳注の原初形態と見做すか、或はこれを刪節したものと見做すか議論の分かれる所である。若し前者とすれば、慶應大本・陽明本は甚だ增益と改竄を被っていることになろう」という。次に國書に引用されている百詠及び百詠注に言及し、「⑴幼學書としての性格上、注文の增廣・改竄は西土に於ても、本邦に於ても相當自由に行なわれ、部分的には張庭芳の原注の俤を留めぬ程の異本化が進行したであろう。⑵李嶠百詠の注釋は張庭芳注の一種に止まらず、二種以上の百詠注が存在したかも知れぬこと（それら諸注が取合せられ混成本と成った段階で、巻首尾に張庭芳序を備えていれば、この混成本もまた張庭芳注と僞稱されるであろう）」と推考されている。就中、『幼學指南鈔』所引百詠注については慶應大系の本文に據っていることをいい、「所謂張庭芳注は單一のテキストではなく、相當內容を異にする異本群を想定せざるを得ない。同じ幼學書の千字文李暹注の特異な異本のありようを思量すれば（上野本注千字文が最も原注の姿を留め、敦煌本・纂圖附音本は辛うじて源を一にしていることを認め得る程に異本化が進行している）、百詠注の場合も同樣の異本化の道筋を推定することができる。蓋し、百詠張庭芳注の原形は敦煌本にも偲ばれる簡略なもので、杜撰な所、不備な所も存したと考えられる。幼學書として流布するうちに多くの增益が繰り返され、異本を生み出され、それら異本が相互に交涉し合った結果、現存の慶應大本・陽明本兩系の如く、全く別系統と見紛うばかりの異本化が現象しているのであろう（慶應大本は諸說を總覽する方向、陽明本は讀み物として注文を充實する方向で各々成長を遂げたものであろうか）。」と結論付けている。尚、山崎氏の論文の中で、「慶應大本の注に云う「詠鏡曰、飛魏宮知本性也」について、「詠鏡」詩は何人の作か未詳である」というが、[14]管見を述べれば、これは隋・李巨仁の「賦得鏡詩」の冒頭の句の「魏宮知㆓本性㆒、秦樓識㆓舊名㆒」から引用したものである。慶應大詩注本の詩句の「飛」字は衍字である。

　次に胡志昂は「「李嶠雜詠注」考」[15]の中でスタイン・ペリオの敦煌本雜詠詩注を用いて検討している。そして「現存諸注本のこうした增益・成長の過程には、敦煌本と別系統の唐注本が混入された可能性はあろうか。前見したとおり、敦煌本と諸注本の異同を比較分析した限り、結論はやはり否定の方向に傾かざるをえない」といい、更に「敦煌本と諸注本との相違は詠題注の有無及び單句施注か雙句施注かにある」という。詠題注については「後人の竄入したものと考えて差し支えない。この點陽明本に題注のないものも數首あり、古態を留めたものと考えられる」と先學の指摘を支持する。施注の形式については諸注本や敦煌本の實例を紹介した後、「これら施注形式の異同と、前に考察した詩注內容の異同とを合わせて考えれば、諸注本には多くの增益と竄入と改變とを蒙ったにかかわらず、その共通の原注は敦煌本と同系であると考えてよいであろう。すなわち敦煌本は張庭芳注の舊態を留めたのである」と山崎氏所說の見解で締め括る。また、「張庭芳という人物は、『宋史藝文志』に「張庭芳注哀江南賦一卷」が記されている外、その事跡はまるでわからない。李嶠雜詩の張庭芳注と張方注とが同じものであれば、或いは「張方」はその本名で、字を「張庭芳」というのかもしれない。（中略）所謂張方注と張庭芳注とは同一書物と考えるよりほかないのである」と、神田氏の見解に戻ってしまうのである。更なる一篇の「日本現存『一百二十詠詩註』考」[16]の中では、張庭芳の原型を探り、現存附註本の實體と異本の生ずる理由について考察している。そして、「現存附注本に混在した明刊本の本文にあてはまる詩注は、元來單題詩に付けられた張芳注[17]であったと考えて差し支えないであろう」との見解は筆者も常々考えていたことである。最後に、「現存附註本に存する異同の狀況について、百詠傳本の系統と關連して考察し到達した結論は、張庭芳註本は元來日本古傳の第一類本と異なる系統の詩文をもったこと、現存附註本は張庭芳注のほか漢學者の自家註その他も多く含む一種の混註本であること、という二點である」と結論を述べている。

以上、先賢の研究成果をみる限り、注釋者は張庭芳と張方の名がみえるのみである。そして、異質の詩注本は張庭芳の進化に伴う產物として取り扱っている。また、詩注にみえる「一本」も張庭芳の詩注本と見做して論考されている。果たしてそうであろうか。このことについて異論があるので、それを檢證し、論述してみる。

第一項　現存する詩注本

李嶠の「雜詠詩」には注釋を施した詩注本がある。現在、日本には慶應義塾大學圖書館本（以後、慶應大詩注本と呼稱する）、天理大學圖書館本（以後、天理大詩注本と呼稱する）、關西大學圖書館本（以後、關西大詩注本と呼稱する）、靜嘉堂文庫本（以後、靜嘉堂詩注本と呼稱する）の四本と尊經閣文庫（以後、尊經閣詩注本と呼稱する）、陽明文庫本（以後、陽明詩注本と呼稱する）の二本の欠本がある。(18) 六本のうち、慶應大詩注本（室町寫本）と天理大詩注本（幕末轉寫本）、尊經閣詩注本（室町末寫本）、關西大詩注本（昭和改變轉寫本）には序文があり、そこに注釋者である張庭芳の名が記載されている。このうち、慶應大詩注本、天理大詩注本、尊經閣詩注本の詩注は同系統に屬する詩注本であると考えられる。關西大詩注本だけは、他の詩注本にみえる「一本曰」や「一本云」の語句や詩注の一部が除去され、更に詩注の前後の入替えなどが行なわれている。從って、張庭芳注の原形を保っていない。また、完本の一つである靜嘉堂詩注本は前記三本と本文や詩注が異なり、その上、注釋者が日本の江戶時代の戶崎允明（一七二四〜一八〇六）であるから、前記の古寫本系統とは異質の詩注本である。このほか、敦煌・黑城出土の詩注斷片が計三片あるが、斷片であるから作者は不明である。敦煌出土の一片はスタイン本で、その二片はペリオ本である。以上は先賢によって已に紹介されている。第三片は黒城（カラホト）出土のオルデンバーグ本である。この三片は四首～七首を部分的にしか殘存していない。詳細は第二章、第二節に讓る。

第二項　張庭芳注の信憑性

古寫本の詩注本に張庭芳の注が存在したことは、慶應大詩注本・天理大詩注本・尊經閣詩注本・關西大詩注本の序文により明白であるが、この四本の詩注が眞に張庭芳の注であるか否かを檢討する必要がある。

そこで、四本の詩注本以外で張庭芳の注を引用している書籍から張庭芳注を檢討してみる。張庭芳注を引用しているものに『幼學指南鈔』がある。現存する『幼學指南鈔』は各地に點在しているが、平安末期から鎌倉初期の寫本であるから、平安時代に編纂されたものである。編者未詳の類書である。『幼學指南鈔』は類書であるから、多數の書籍を引用している。その中に李嶠の「雜詠詩」の詩句と「張庭芳曰」と「注曰」と明記した注が引用されている。ここでは「張庭芳曰」の注のみを採用する。そこで『幼學指南鈔』所引の張庭芳注と慶應大詩注本所引の張庭芳注とを對比してみよう。

幼學指南鈔所引詩注	慶應大本詩注
(1)鶴栖君子樹（松） 張庭芳曰、千年鶴栖松樹（巻二十七、木部、木）	鶴栖君子樹（松） 千年鶴栖於松樹。君子樹葉似松。曹爽曾種之於中庭也。
(2)千年盖影披（松） 張庭芳曰、松樹千歳枝偃如盖也（巻二十七、木部、松）	千歳盖影披（松） 松樹千年枝偃如盖。

(3)風拂大夫枝（松） 張庭芳曰、史記曰、秦始皇封太山逢風雨、乃隠松樹後、遂封五松為五大夫樹（巻二十七、木部、松）	風拂大夫枝（松） 史記曰、秦始皇封大山、逢風雨、乃隠松樹後、遂封五松為大夫樹也。
(4)鴻儒訪道来（槐） 張庭芳曰、槐市學名也。諸儒講論於槐下也。一本三輔黄圖曰、太學列槐数百行、諸生朔望會此、各持郷郡所出物賣之、及經傳相論議於槐下、号槐市（巻二十七、木部、槐）	鴻儒訪道来（槐） 槐市學名也。諸儒講論槐下。一本、三輔黄圖曰、大學列槐数百行、諸生朔望會此、各将郷郡所出物賣之、及經傳論議於槐下、號槐市也。 （○印は筆者）

右の對照表をみると、(2)(3)(4)の兩書所載の詩注が張庭芳注と同一であることは一目瞭然である。(1)は『幼學指南鈔』の張庭芳注は慶應大詩注本に代表される張庭芳注の冒頭部分を引用したものである。それは詩句が鶴栖と松に焦點を絞っているために「千年鶴栖於松樹」までしか採取しなかったのである。慶應大詩注本の張庭芳注はその後に「君子樹葉似松」とあるので、ここまで採取すればよいのにと考えがちであるが、『幼學指南鈔』の編者は張庭芳注の「君子樹」を松とは別の樹と理解して採錄しなかったのであろう。從って(1)も張庭芳注と見做すことができる。更に、(4)に記載する張庭芳注をみると、兩書の文中に「一本」の語句がみえ、『幼學指南鈔』の編者が慶應大本系統の詩注本を使用して著述したことがわかる。(19)

以上を勘案すると、慶應大本系統の詩注は張庭芳注であることに間違いないといえる。從って先賢が慶應大詩注本の詩注が混在本であるというのは當らない。

第三項　古寫本系統の詩注所引の「一本」について

詩注に「一本」を有する古寫本には慶應大詩注本と天理大詩注本と尊經閣詩注本と陽明詩注本の四本がある。四本のうち、陽明詩注本を除く三本は同系統であるから、ここでは慶應大詩注本と陽明詩注本の二本を調査對象とする。

1　慶應大詩注本所載の「一本」注

慶應大詩注本所載の「一本」は坤儀部「道」詩から出現する。これは「道」詩以前の乾象部十首と坤儀部「山」「石」「原」「野」「田」の五首にはないことを意味する。嚴密にいえば、以上のほかに、植物部「芳」「梅」や服玩部「被」「鏡」「扇」や音樂部「琴」「簫」「歌」「舞」や玉帛部「珠」の十首にもみえない。このうち、服玩部「被」「鏡」「扇」の三首には「一本」の語はみえない[20]が、「扇」の注に「以上三詠註、此一本註耳。今上本註零落不遇耳（以上の三詠註は、此れ一本註のみ。今、上本註は零落して遇はざるのみ）[21]」とあるので、本注に「一本」の指示語がなくても、詩注そのものが「一本」注であることがわかる。また、音樂部「琴」と「簫」にも「一本」注はないが、「琴」「簫」以外の詩に「一本」注があるので、「琴」「簫」に「一本」注がないというより、底本注と同じであるから省略したとも考えられる。このほかに音樂部「歌」「舞」と玉帛部「珠」の三首にも「一本」注がないが、この三首は連記されているので「琴」「簫」の二首とは異なり、「一本」注が欠落した可能性がある。

ところで、前出の先行論文の多くはこの「一本」を張庭芳注と見做して考察しているが、果たして「一本」注が張庭芳注であろうか。後で陽明詩注本との關係を論述するので、慶應大詩注本と陽明詩注本にみえる「松」詩から數詩を調査對象とする。尚、全句を對照することは煩瑣となるので、「一本」注を有する句のみを擧げる。

慶應大詩注本張庭芳注	慶應大詩注本所引一本注
(1)鶴栖君子樹（松） 千年鶴栖於松樹、君子樹葉似松。曹爽曽種之於中庭也。	神異記曰、栄陽郡南有石室。石后有孤松、千丈双鶴栖其上、晨必接翅、夕輙偶影。廣志曰、君子樹似樫松也。
(2)千歳蓋影披（松） 松樹千年枝偃如蓋。	玄中記曰、松脂沒地、千季為茯苓。抱朴子曰、天淩偃蓋之松也。
(3)勁節幸君知（松） 山濤問和嶠曰、千丈松雖磊落多節、致於大家有棟梁之用也。	范雲詠松詩云、凌風知勁節。孫卿子曰、歳寒無以松栢凋也。
(4)寧移玉殿幽（桂） 金屋玉殿皆以貴名也。	銀宮玉殿皆仙聖所居、漢有佳宮殿也。
(5)花滿自然秋（桂） 言桂花發於秋。	桂秋冬有花。
(6)仙人葉作舟（桂） 楚詞云、吾沛兮乘桂舟也。言有桂葉舟也。黄帝見乃為舟也。	王子年拾遺録曰、仙人乘桂葉舟也。
(7)葉生馳道側（槐） 馳道、御道也。	左思呉都賦曰、馳道平如砥、樹以青槐。
(8)花落鳳庭隈（槐） 有鳳闕故曰鳳庭也。	周成王時、鳳遊於庭。庾信槐樹賦曰、開花建始也。殿落實睢陽之園、將雛集鳳也。

⑼烈士懐忠至（槐） 趙遁驟諫晉炅公、公患之、使鉏麑往殺之。見遁朝服假寢麑歎曰、不怠恭敬民之主也。殺民之主、不忠、違君之命、不信。不如死、遂觸槐而死。	左傳曰、晉靈公使鉏麑殺趙遁。且往見恭儉麑、自觸槐而死也。
⑽鴻儒訪道来（槐） 槐市、學名也。諸儒講論槐下。	三輔黄圖曰、大學列槐数百行、諸生朔望會此、各将郷郡所出物、賣之、及經傳論議於槐下、号槐市也。
⑾何當赤墀路（槐） 赤墀、丹墀也。謂天子階墀也。	魏文帝槐賦曰、殿中槐盛暑之時、余遊其下也。

以上、「松」「桂」「槐」三首にみえる張庭芳の注と一本注を對比してみたが、この二本の注は全く異質の注であることは歴然としている。ここには三首の注を擧げておいたが以下の諸詩も皆同じである。從って、一本注が張庭芳の注でないことは明々白々である。

2　慶應大詩注本所載の二種の「一本」注

慶應大詩注本の詩注には、詩句に「一本」注が二個記載されているものがある。それは居處部の「門」詩以後にみえる。この二本の「一本」注と張庭芳注の關係を明確にするために、先ず對比してみよう。尙、詩注の前の一本を「前者一本注」と呼び、後の一本を「後者一本注」と呼ぶ。

張庭芳注	前者一本注	後者一本注
(1)踈廣遺栄去、于公待封來（門） 踈廣為大傅、謝皈。群公設祖道出東都門也。	漢書、踈廣及姪受為太子傅、解印綬、掛長安東門、西皈故郷也。東海于公修門、公曰、吾有陰德、門令高大容駟馬車後至于定國為廷尉也。	漢書、于定國為廷尉。理涅平乃造宅曰、其門令容車、為吾子孫必封也。漢書曰、于公為獄吏有陰德修其門曰、容駟馬高、蓋吾子孫必有封、果至、于定國為廷尉也。前漢于定國、字曼倩、父于公其門壊、父老共治之。公曰、可高大其門閭令容駟馬高車、我治獄多陰德、子孫必有㒵者至、定國為丞相、子永為御史大夫也。
(2)巧作七星影、能圖半月暉（橋）	花陽國志曰、蜀守李求造七橋、上應七星也。蜀都城西南、有市橋。長老傳曰、李求造橋、上応七星也。	橋似半月也。
(3)相烏風處轉、畫鷁浪前門（舟） 檣柱上有相風銅烏鵲、時俗謂五兩也。	船上風竿有相風烏、舟頭畫作鷁烏。	鷁、水鳥也。故畫於舟也。
(4)羽客乗霞至、仙人弄月來（舟） 仙人有霞舟、有玉舟也。	仙人有紫霞舟、有青霞舟。	王子年拾遺錄曰、仙人乗桂舟、以弄月波、即蓬萊仙人也。

(5)天子駮金根、蒲輪闢四門（車）
天子法駕金根車也。

(6)五神趁雪路、双轍似雷奔（車）

(7)無階忝虚左、光乘奉王言（車）

車名也。又太平御覧曰、秦始皇爲金天子孫、故以金根之名、名玩好之具。因車名金根車也。根本也。漢武帝以安車蒲輪徴魯中公、闢四門、言徴四方之賢人也。

事已見雲詩註。周武王伐紂時、大雪五丈大夫乘車馬、至門使尚父器粥進五車。左太冲蜀都賦曰、車馬雷奔轟々圓々若風流如雨散漫数有里閈也。

史記曰、魏公子無忌使迎朱亥、自御車過市、虚左而得。魏公子無忌聞贏賢、自御車虚左以迎之。魏王曰、寡人有寶、照前後車十二乘也。

漢書曰、以蒲輪迎枚乘、以蒲裹輪取其安穩也。四門、四方門也。廣闢名賢人也。

司馬相如長門賦曰、雷殷殷而響起兮聲象君車之音也。

惠王与齊威王會、魏王曰、寡人有徑寸珠、照車前後十二乘。齊威王曰、吾賢臣為国之宝。吾臣有檀子者。守南城則趙人不敢為冠、東取泗水土、一諸侯、皆来朝。吾臣有盼子者。使守高唐則趙人不敢東渡、漁於河。吾吏有黔夫者、使守徐州則燕人祭北門。趙人祭西門、徒而從者七千餘家。治臣有種首者、使治盜賊則道不拾遺、將以照

		千里。豈持十二乘哉。惠王慙不快而去也。
(8)玳瑁千金起、珊瑚七宝装（床）	漢武帝作象牙床。与李夫人以玳瑁金銀起装也。漢武帝內傳以珊瑚為床也。	漢武帝內傳曰、西王母爲珊瑚床、著栢梁臺上。又作七寶床於桂宮中也。
(9)桂筵含栢馥、蘭籍拂沈香（床） 桂筵、桂席也。東宮故事曰、堂有素栢扃床也。	桂廣含栢床而香。楚詞曰、蕙有芬芳兮蘭籍也。	蘭為席沈香為床也。

「一本」注を二個有する詩注は「門」「橋」「舟」「車」「床」詩以外に「席」「帷」「簾」「屛」「酒」「史」「書」「紙」「筆」「硯」「箭」「弓」「旗」「戈」「鼓」「彈」「瑟」「琵琶」「羅」「布」などがある。ここに取り擧げた「門」「橋」「舟」「車」「床」の詩注をみると、(1)は張庭芳注は上句の注のみ。前者一本注は上句と下句の注、後者一本注は下句の注のみ。(2)は張庭芳注がなく、前者一本注は上句の注のみ、後者一本注は下句の注のみ。(3)は張庭芳注は上句の注のみ。前者一本注は上句・下句の注、後者一本注は下句の注のみ。(4)は三種の注が類似している。(5)は張庭芳注は上句の注で短文、前者一本注は上句・下句の注、後者一本注は上句の注である。但し、前者一本注は『太平御覽』を引用している。これは日本人による竄入であろう。(6)は張庭芳注がなく、前者一本注は上句・下句の注、後者一本注は下句の注のみ。(7)は張庭芳注がなく、前者一本注と後者一本注は類似の內容を持つが、引用文の長さは後者一本注は前者一本注の倍である。(8)は張庭芳注はない。前者一本注と後者一本注は類似する。(9)は張庭芳注は上句の注のみ、前者一本注は上句・下句の注、後者一本注は下句の注のみ。

以上三種の注をみると、(4)のように類似の注を見受けることができるものの、(4)を含めて全てが同一詩注でないことは一目瞭然である。これによって、張庭芳の注以外に二種の詩注が存在していたことは明白である。

3　陽明詩注本注

日本の古寫本系統には四本の詩注本があるが、その中で稍異質なものが陽明詩注本である。陽明詩注本にも本注のほかに「一本」注がある。陽明詩注本の詩については第二部、第二章、第四節で本文校比を行なっているので參照されたい。結論から言えば、他の三本と大差がない。殘念乍ら、陽明詩注本には嘉樹部十首と靈禽部十首と祥獸部十首の計三十首しか殘存していない。しかし、詩注に關していえば、他の三本と異なる注が引用されており、興味深い詩注である。このほかに他本も有する一本注もある。これらの詩注がこの陽明詩注本を解き明かす重要な資料となることが考えられる。陽明詩注本單獨の調査では他の諸本との違いがわからないので、他の三本の代表として慶應大詩注本で校比する。尚、陽明詩注本に嘉樹部と靈禽部と祥獸部の三十首しかないので、校比の對象である慶應大詩注本もこの三十首に限定して行なう。

慶應大詩注本	陽明詩注本所載注	陽明詩注本所引一本注
(1)鶴栖君子樹（松） 千年鶴栖於松樹。君子樹葉似松、曹爽曾種之於中庭也。 一本、神異記曰、栄陽郡南有石室。室后有孤松千丈。双鶴栖其上、晨必接翅、夕輒偶影。廣志曰、君子樹似檉松也。	千年鶴栖於松樹。君子樹葉似松、曹爽曽種之於中庭也。	一本、神異記曰、築陽郡南有石室。室後有孤松千丈。常有雙鶴栖其上、晨必接羽。并影傳云、昔夫妻倶隱此室、年既數百化成

(2)勁節幸君知（松）
山濤問和嶠曰、千丈松虫亙落多節、致於大厦有棟梁之用也。
一本、范雲詠松詩云、凌風知勁節。孫卿子曰、歳寒无以松栢凋也。
(3)仙人葉作舟（桂）
楚詞云、吾师兮乗桂舟也。言有桂葉舟也。黄帝見乃為舟也。
一本、王子年拾遺録曰、仙人乗桂葉舟也。
(4)鴻儒訪道来（槐）
槐市、学名也。諸儒講論槐下。
一本、三輔黄圖曰、大学列槐数百行諸生朔望會此。各将郷郡所出物賣之、及經傳論議於槐下、号槐市也。
(5)隠士顏應變（桃）
神仙傳曰、高丘公服桃騰仙也。
一本、列仙傳曰、魯女生、餌麻經八十余

山濤同和嶠曰、千丈松雖磊落多節、致之大厦有棟梁之用也。
楚辞曰、沛吾号乗桂舟也。言有桂葉舟也。
槐市、學名也。諸儒論於下也。
神仙傳曰、高丘公服桃騰仙也。

白鵠。一者為人所害、餘隻猶存也。廣志曰、君子樹似櫻桃也。
一本、范雲詠松詩曰、凌風知勁節之也。
一本、王子年拾遺録曰、仙人乗桂葉舟也。
一本、三輔黄圖曰、大學列槐如百行諸生朔望會此。各本部所出物賣之、及經傳相論議於槐下、故号槐市也。
一本、列傳仙曰、魯女、絶穀華山餌麻經八

季色如桃花。

(6)還欣上林苑、千歳奉君主（桃）

漢武帝內傳曰、武帝得西王母桃、食之美。帝収核欲種之上林中。王母曰、此桃三千年始就実。

(7)花明玉井春（李）

古詩曰、桃生露井上、李樹生桃傍、言花明井忽春也。

一本、神仙傳曰、五原蔡誕云、吾上天。

古詩曰、桃生露井上、李樹生桃旁。言花明井亦春也。

十余年、色如桃花也。

一本、漢武帝得西王母桃、食之、欲種之上林苑中。王母曰、此夜二千年始實也。上林、天子苑也。漢武內傳曰、西王母以七月七日、降帝宮、命侍女索桃。須臾盛王盤七枚。大如鴨卵、形圓、色青、以呈王母。王母以四枚与帝、自食三枚、帝食之美。留其桃、将種之上林苑中。王母曰、此桃三千年一花發、三千年一結子。非此所生、忽於米馬窓中、見東方朔曰、此小兒已經三度、偸此桃也。

一本、神仙傳云、蔡誕云、吾上天至。又崑

又至崑崙山有玉李。明光而堅以玉水浣
之、乃飡之也。
(8)特用表真人（李）
老子母於李樹下生白陽。生而能言。指
李樹曰、為此我姓也。
一本、玄元皇生於李樹下也。
(9)傳芳瀚海中（梨）
廣志曰、洛陽北芒山大谷張公夏梨。海
內唯一樹也。
一本、瀚海出美梨也。
(10)鳳文踈蜀郡（梨）
蜀地有鳳梨也。
一本、蜀郡出鳳文梨也。
(11)何假泛瓊漿（梅）
一本、離騷花酌既陳有瓊漿。言熟梅為
漿乃以止渴。
(12)千株布葉繁（橘）
史記曰、江陵千株橘、其人与千戸侯等是

老子字伯陽。母於李樹下生伯陽、生能言。
損李樹曰、此為我姓也。孝子經序曰、老者
上世之真人也。
廣志曰、洛陽北芒山谷張公夏梨。海內唯
有一樹也。
蜀地有鳳梨也。
史記曰、江陵千樹橘、其人千戸侯等是也。

崙山有玉李。明光而鑒以玉水流之。乃食
之也。
一本、玄元星於李樹下也。
一本、瀚海出美梨也。
一本、象郡出鳳文梨。西京新豊出好梨也。
一本、離騷曰、華酌既陳有瓊漿以梅泛瓊漿。
未詳也。

也。又李衡於江陵種千株橘、臨終謂其子曰、吾令千戶奴種橘、成年別收絹一疋、号之千頭木奴也。

⒀九包應靈瑞（鳳）
九包者一曰皈僉、二曰合度、三曰耳聰、四曰屈申、五曰色形、六曰首冠、七曰距鉤、八曰音激揚、九曰腹有戶也。
一本、天老曰、鳳形麟前、鹿后虵頸、魚尾鴛鴦細膺文龜背龍膺鸞頷、雞喙、是九包也。

⒁屢向秦樓側（鳳）
秦穆公女、名弄玉。為起鳳楼、与簫史居。毎吹簫有鳳凰集、又周時鳳鳴于岐山。

又李衡於江陵種千株橘。臨終謂其子曰、吾令十戶奴種橘、成年別收絹一疋、号之千頭木奴也。

九包者一曰包命、二曰命度、三曰耳聰、四曰屈申、五曰色彩、六曰冠距、七曰距鉤、八曰音激、九曰腹文、腹有文。

列仙傳曰、簫史秦穆公時、善吹簫、能致孔雀白鵠。穆公女字弄玉。好之。乃以女妻之。爲造樓、棲之遂教弄玉、作鳳鳴。居數

一本、李衡於武陵龍陽州上、種千株之甘橘也。

一本、天老曰鳳形麟前、鹿後虵頸、魚尾、鴛鴦細文、龜背龍膺、鸞頷雞喙、是九包也。五采出東方君子之国、翱翔四海之外、過崑崙濯羽𦵔水、暮宿丹穴、見則天下太平。山《ママ》海《ママ》曰、飲食自歌自舞、見則天下太安寧。漢時鳳凰數出爲靈瑞也。是或本也。

(15) 來遊紫禁前（鶴）
衛懿公好鶴、与以大夫禄也。
一本鮑明遠舞鶴賦曰、唳清響於丹墀。

(16) 日路朝飛急（烏）
日中有三足烏。陽精也。
一本、淮南子曰、日中有踆烏。踆踏也。

(17) 愁隨織女歸（鵲）
風俗記曰、七月七日、烏鵲塡河成橋、織女渡之。

十年、吹簫作鳳聲、鳳凰來飛、止其樓。一朝夫婦共逐鳳凰去為作、鳳女雍宮之也。

春秋閔公傳云、衛懿公好鶴、與以大夫禄。祿有乘軒者注云、鶴衣以錦繡也。

日中有三足烏。陽精也。

淮南子曰、乹鵲去來、七月七日烏鵲塡河成橋、織女渡。

一本、天老曰、鳳形麟前、鹿後蛇頸、魚尾鴛鴦、細文龜背、燕頷、雞喙是九包也。五采暮宿丹穴、見則天下太平也。

一本、鮑明遠舞鶴賦曰、淚清響於丹墀。紫禁丹墀、同天子之所遊息之處也。

一本、淮南子日中有踆烏。踆、蹲之也。

一本、風俗記曰、七月七日鵲毛塡河爲橋、与織女過也。或主本乹作干也。鏡中鑄鵲形亦名鵲鏡也。

(18) 排雲結陣行（鴈）
言厂群飛有行列似陳雲。

(19) 何當歸太液（皃）
一本、漢武帝造大液池、在建章宮北。班固西都賦曰、皃鷺鴻厂翱翔。朝發河海、夕宿江漢。往来雲集、霧散沉浮。

(20) 白雉振朝声、飛来表太平（雉）
周武王時、越裳国貢白雉。故言表太平也。
左太仲蜀都賦曰、白雉朝雊也。
一本、瑞應圖曰、白雉見則太平。

漢武帝造太液池。在建章宮北。班固西都賦曰、皃鷺鴻鴈沉浮、往来。

周武王時、越嘗貢白雉。故言表太平也。
蜀都賦曰、白雉朝雊。

一本、言鴈飛有行列似陣。又鴈群飛似陣行。言鴈飛為烈似軍陣行烈也。駱詠鴈曰、陣照通宵月、書封幾夜霜。此注兼下句朝夕苦風霜之也。

一本、木玄虚海賦曰、皃雛離碇、鸖子淋滲。注曰、太液池其聞布滿充積之也。

一本、瑞應圖曰、白雉見則天下太平。
一本、史記曰、秦穆公獵得雌雄。失雄者乃立祠於陳倉坂、其夜來聲若雄。又似鷄鳴、号陳宝鳴鷄。

(21)猶冀識呉宮（鷰）
呉宮人留爪。記其更来。又云、今年巣此、剪其爪、后必至也。
一本、呉地記曰、燕留爪於舘娃宮。后天火焼宮也。
(22)喜賓集杏梁（雀）
崔豹古今注曰、雀名喜賓。言接人家、如賓客。古詩曰、芦家蘭室杏為梁。
一本、司馬長卿長門賦曰、刻木蘭以為欀、号餝文杏以為梁。
(23)希逐鳳凰翔（雀）
諸葛恪荅費禕曰、爰桓梧相以待鳳凰何燕雀自称來翔也。
一本、韓詩外傳曰、夫鳳凰初起也。遙千里。籓籬之之雀、起然自知不及遠賓矣。
(24)街燭耀幽都（龍）
北方有幽山。日月照光不及。有龍銜燭

呉宮人留爪。記其決來。又云、今年巣此、剪其爪。後必至也。
崔豹古今注曰、崔一名嘉賔。古詩曰、盧家蘭室杏為梁。
費禕使呉至群臣皆不起、猶食孫權輟食樓朝曰、鳳凰來翔、麒麟吐哺、驢騾無知、是伏食如故。諸葛恪荅、爰桓梧桐以待鳳凰、何燕雀自稱来翔也。
北方幽都、日月光不及。有龍、街燭昭出入

一本、呉地記云、燕留爪於舘娃宮、後天火焼宮也。楊雄方言曰、呉有舘娃宮之也。
一本、司馬長卿長門賦曰、刻木蘭以欀、号餝文杏以為梁之也。
一本、韓詩外傳曰、夫鳳凰之初起也。遥々千里。潘離之雀、超然自知不及遠。

照、出入乃為晦明也。
一本、山海經曰、鐘山之神名燭龍。視爲
春瞑爲夜。幽都北方也。鐘山崑崙山也。
(25)東洛薦河圖（龍）
舜幸洛。有黄竜。從水出薦圖、鱗甲成
字也。舜令左右写之。
一本、河圖曰、黄帝游洛、至翠嫣之泉。
魚尾龍圖蘭葉朱文授之也。
(26)奇音中鐘呂（麟）
上雍獲麟。終軍曰、音中鐘呂、号中規矩。
一本、詩曰、麟音中鐘呂。王者至仁則至
也。
(27)畫象臨仙閣（麟）
漢圖功臣廾八将象於麒麟閣也。
(28)藏書入帝臺（麟）
藏天下秘書於麟閣中也。
一本、漢有麟臺、収秘書処也。
(29)執燧奔吴域（象）

為晦明也。
舜幸洛。有青龍。水出薦圖、鱗甲成字。
上獲麟。終軍曰、音中鐘呂、步中規矩也。
漢圖功臣二十八将象於麒麟中也。
藏天下祕書於麟閣之中也。

一本、山海經曰、鍾山之神名龍燭。視爲之
晝瞑為之夜。幽都北方。鍾山崑崙山之也。
一本、河圖曰、黄帝遊洛、至翠嫣之泉。龍
圖蘭葉米文授之也。
一本、詩義曰、麟音中鐘呂。王者至仁則至
也。
一本、漢時畫功臣象於麒麟閣。
一本、漢有麟臺、收秘書処之也。

吳代楚。楚執燧於象、奔吳軍敗也。
一本、左傳曰、楚与吳戰。楚執燧象、与走吳軍也。

(30)嘶驚御史驄（馬）
後漢書曰、桓典字公雅。為御史。性正直常乘驄馬、人語曰、行人且止避驄馬御史也。

(31)商歌初入相（牛）
甯戚至斉飲牛、夜扣角歌。齊桓公知其賢、夆以為相。史記曰、寧戚候斉桓公出扣牛角歌曰、南山粲々、白石爛々、中有鯉魚。長尺有半、生不逢于堯与舜禪、短布短衣纔至静長夜漫々、何時旦。桓公夆以為相。商山亦名南山焉。

左思傳曰、吳伐楚。楚執燧志於象、奔吳軍敗也。

後漢書、御史桓典字公雅。乘驄馬好執法京都朝廷語曰、行々直止、避驄馬御史之也。

史記曰、齊桓公夜出迎賓、寧戚飼牛車下、扣牛角而商歌曰、南山研、白石爛、生不逢堯与舜短布短單衣、蛮至静、從昏飼牛至夜半、長夜漫々、何時旦公君与語悦之以為相之也。

一本、左傳曰、楚与吳戰。針執燧象与奔吳軍敗。

一本、桓典為御史。常乘驄馬。言馬行疾逐日因号曰逐日。

一本、甯戚至齊食牛、夜扣角為商歌。齊桓公知其賢、擧以為相。左傳、樂毅為燕將伐

(32)來蘊太公謀（豹）
太公兵書有豹韜龍韜也。
一本、太公作韜鈐豹略。蘊積也。
(33)莫言舒紫褥（能）
拾遺録曰、周穆王時、紫熊於仲虚也。仲虚所名也。有人曰、有熊席无熊而褥也。
李公意當鋪紫褥於熊席上耳。

太公兵書有豹韜龍韜也。

王子年拾遺録曰、周穆王時、紫熊文褥也。

齊、攻入臨淄、盡取齊財宝輸之燕。齊臣田単保於即墨、燕兵圍之単。乃牧城中、得千餘頭牛、爲絳僧衣、盡以五彩龍文、束兵刃於其角、束葦於尾、灌脂焼其端、鑿城作數十穴。夜縦牛壯士五千人随其後、牛尾熱怒而奔燕軍、燕軍夜大驚、尾上炬火光明炫燿、燕軍視之、皆龍文所觸、皆死傷五千、図衝牧撃之。燕軍大敗、殺其将騎劫。追亡逐北所亡。七十餘城皆復。乃迎襄至於莒、入臨淄而聽故也。

一本、太公作陸泊。今豹略、蘊積之也。

一本、雜記有熊席无熊褥、以李公意、意當鋪褥於熊席上耳。

(34)道士乗仙日（鹿）

仙人韓衆乗鹿也。劉根初学道到花陰、見一人乗白鹿従十餘玉女、根頓首乞一言。神人曰、尓聞有韓衆否。根答曰、実聞有之。神人曰、我是也。

一本、列仙傳曰、衞叔卿在中山。漢武帝時、有人駕白鹿、至殿前曰、我衞叔卿也。乃失之。帝使梁伯往中山、求得其児。名度世、其往花山見共人石上博戯也。

(35)先生折角時（鹿）

五廉先生、字元宗。能談説朱雲折之、故時人語曰、五鹿岳岳、朱雲折之。或語曰、五鹿岳岳朱雲折其角。

(36)方懐大夫志、抗手別心期（鹿）

子商遊趙、与平原君客鄒文季節、相善文

仙人乗鹿也。劉根初学道到華陰、見一人乗白鹿、従十餘玉女、根頓首乞一言、神人乃住曰、尓聞有之。神人曰、即我是也。

漢書、五鹿充名宗為傅博士用權常世能談説而朱雲有口辯。莫有能折者、曽抗首請論難。速折五鹿君、五鹿君不能答。諸儒為之曰、五鹿嶽嶽、朱雲折其角也。

孔藂子曰、子高遊趙。平原君客有鄒文節者。

一本、列仙傳曰、衞疑卿中山人也。服雲母得仙。漢武帝時、有人、駕白鹿、至殿前曰、我衞疑卿也。乃失之、帝使梁伯往中山、求得其兒。名度世、共往華山見、共人石上博戯之也。

一本、五鹿先生充宗、能談説朱雲論折之。故時人語云、五鹿嶽嶽朱雲折角也。

別節流涕。子商抗手曰、亦子為大夫、豈
如鹿聚乎。

一本、孔叢曰、子商遊于趙、平原君客有
鄒文季節。昔友相善、及還魯、文与節相
送三宿流涕。子商曰、始吾謂此二子大夫、
乃今如婦人也。商抗手曰、余有四方之士、
豈謂鹿聚而常群聚也。

(37)莫言鴻漸力、長牧上林隈（羊）
公孫卜式皆有鴻漸之力。卜式為中郎。
布衣牧羊上林中也。

一本、漢書賛曰、公孫弘・卜式・倪寛皆
以鴻漸之翼、困於燕雀、遠迹羊豕之閒、
卜式牧□上林中、漢武帝見羊肥、即使問
之、荅曰、先除悪群者、理人亦然、乃拝

與高相友善。及將還魯諸故人訣既畢。文
節相送三宿。臨別文節流涕交頤。子高徒
抗手而已。其從問曰、先生与彼有戀乎。
子高曰、始吾謂此二子大夫。乃今知婦人也。
人生有四方之志。豈鹿啄而常群聚哉。

漢書賛曰、公孫弘・卜式・兒寛皆以鴻漸之
翼。因於燕雀、遠趍羊豕之閒。卜式牧羊
上林中。漢武帝曰、肥問之、荅曰、先除悪
郡者、理人亦然、乃拝緱氏令也。

一本、子高遊趙、与平原君客鄢文節相友善。
臨別、文節流涕、子高且抗手曰、二子為大
夫。豈如鹿群聚乎。

一本、公孫弘・卜式皆有鴻漸之力。卜式為
中郎、布衣牧羊上林中。

侯代令也。		
(38)上蔡鷹初擊（兎） 李斯上蔡人。爲秦丞相、被刑、乃顧其子曰、吾欲与牽黃犬、上蔡東門、逐狡兎、豈可得哉。	李斯上蔡人也。為秦丞相被刑。乃顧謂其子曰、吾欲与若復牽黃犬、倶出上蔡東門逐狡兎。豈可得乎。	一本、李斯臨刑、顧其子曰、思与汝倶臂鷹出上蔡東門逐狡兎、不可得也。

以上、陽明詩注本の詩注と慶應大詩注本の詩注との對比を整理すると次の如くである。

1、兩詩本注（一本注を除く）の對比

(1)同一注と考えられるもの（誤字・脱字を含む）　(1)(2)(3)(4)(5)(7)(8)(9)(10)(12)(13)(15)(16)(20)(21)(22)(23)(24)(25)(26)(27)(28)(29)(30)(32)(34)(38)

(2)一方に注が無いもの

イ陽明詩注本に無いもの　(6)(18)

ロ慶應大詩注本に無いもの　(19)

(3)兩注に無いもの　(11)

(4)注の異なるもの

イ出典名が異なるもの　(14)(17)

ロ出典名が同じで、引用文が異なるもの　(31)(33)

ハ慶應大詩注本注と陽明詩注本「一本」注が同じであるもの　(35)(36)(37)

2、兩詩注所引の「一本」注の對比

(1)同一注と考えられるもの（誤字・脱字を含む）　(1)(2)(3)(4)(5)(7)(8)(9)(10)(13)(15)(16)(20)(21)(22)(23)(24)(25)(26)(28)(29)(32)(34)

(2)一方に注が無いもの

イ陽明詩注本に無いもの　(6)

ロ慶應大詩注本に無いもの　(12)(14)(17)(18)(27)(30)(31)(33)(35)(38)

(3)兩方に注が無いもの　(11)

(4)注が異なるもの　(19)(36)(37)

右の慶應大詩注本の注及び一本注と陽明詩注本の注及び一本注を見る限り、兩詩注は合致するところが多く、慶應大詩注本と陽明詩注本が近似の關係にあることは一目瞭然である。しかし、兩詩注には相違點もある。それを検討してみよう。

(6)—慶應大詩注本の注には『漢武帝內傳』の引用文があるが、陽明詩注本に注はない。

(8)—慶應大詩注本及び陽明詩注本には老子の出生の注があるが、陽明詩注本の注にはその後に「老子經序」を引用する。

(14)—慶應大詩注本は出典名なしの簫史と弄玉の說話を記載するが、陽明詩注本の注には『列仙傳』の出典名と簫史と弄玉の說話を引用する。引用文は慶應大詩注本の注の倍以上ある。

⒄―慶應大詩注本の注は『風俗記』を引用するが、陽明詩注本の注は『淮南子』を引用する。
⒅―慶應大詩注本の注には短文の解説を記載するが、陽明詩注本に注はない。
⒆―慶應大詩注本に注はないが、陽明詩注本には注がある。
㉓―慶應大詩注本の注は陽明詩注本の注の後半部を採錄する。
㉙―慶應大詩注本の注と陽明詩注本の注は同類の注であるが、陽明詩注本の注には『左氏傳』の出典名を記載する。
㉛―慶應大詩注本と陽明詩注本の注は同類であるが、陽明詩注本の注には『史記』の出典名を記載する。
㉝―慶應大詩注本と陽明詩注本の注は共に『王子年拾遺錄』の出典名と引用文を記載するが、慶應大詩注本の注の後半は『拾遺錄』でない章句を引用する。
㉟―慶應大詩注本と陽明詩注本の注は同類であるが、陽明詩注本の注には出典名『漢書』を引用する。
㊱―慶應大詩注本と陽明詩注本の注は同類であるが、陽明詩注本の注には『孔藂子』の出典名を記載する。陽明詩注本の注は慶應大詩注本の注の倍以上ある。
㊲―慶應大詩注本と陽明詩注本の注は同類であるが、陽明詩注本の注には出典名「漢書賛」を記載する。陽明詩注本の注は慶應大詩注本の注の倍以上ある。

以上が主な異同の內容であるが、ここにはいくつかの特色がみえる。その一つが⑻⒁⒄㉙㉛㉟㊱㊲にみえるように慶應大詩注本の注は出典を記載しないが、陽明詩注本の注は出典名を記載しているものが多いことである。これによると、慶應大詩注本の注卽ち張庭芳の注は出典名を記載しないというよりは、典據となる原典をそのまま引用するのではなく、原典の內容を記載していたのではないかと想像させる。これに沿って、張庭芳の注を乾象部の始めからみていくと、「日」「月」の兩詩には皆出典名が記載されている。「星」詩になると、「〇〇曰」の「曰」字が欠落し、且つ出典名を記載しない詩句が八句中、三句ある。次の「風」詩では八句中、三句に出典名が無い。「雲」詩では八句中、二句に出典名が無い。「烟」詩では八句中、二句に出典名が無い。「露」詩では八句中、一句に出典名が無い。「霧」詩では八句中、二句に出典名が無い。「雨」詩では八句中、三句に出典名が無い。「雪」詩では八句中、五句に出典名が無い。以上が乾象部であるが、更に調査していくと、「道」詩では八句中、六句に出典名が無く、「海」詩では八句中、五句に出典名が無い。以上が張庭芳注の一部であるが、以下も同様である。これは取りも直さず、張庭芳が原典をみながら典據を書いたのではなく、記憶に據って書いたものではないかと考えられる。このことは後世に出現した典據を明記する注釋書よりも古い形態を保持しているように思える。當然のことながら、全ての詩句に敢えて出典名を記載しなかったとは考えていない。現存する詩注をみると、寧ろ基本的な典據には積極的に記載した跡がみえる。しかし、出典名の中には後世に成立した出典名付きの詩注を張庭芳の注と決め付けて書寫した者もいたであろうことは想像に難くない。從って、現存の張庭芳注に出典名が明記されたり、されなかったりしているのもその要因の一つではないかと推測する。

次に⑭㊱㊲のように陽明詩注本の注に出典名が記載されている引用文が、出典名を明記していない慶應大詩注本の注より長いのは、出典名を明記していない注があると、後世の注釋者はその出典を捜求して明確にし、その注釋を前進させるのが目的の一つであるとする。このことが首肯されるならば、捜求した出典を正確に引用するであろうから、當然その注が長くなるのである。このことからも、陽明詩注本の注が慶應大詩注本の注より後に成立したものであるということができる。

また、陽明詩注本の注が慶應大詩注本の注卽ち張庭芳の注より後世に作られたことは、既出の陽明詩注本の注のほかに貴重な資料となる書籍を引用している注からも知ることができる。それは「桂」詩の「俠客條爲ㇾ馬」の詩句に付

する

古詩、俠客控二絶景一。天寶集、王昭君詞云、琴悲桂條上、留怨柳花前。桂條馬名也。彼言二御者之乘一、此言二遊俠之乘一也。如淳曰、同二是非一曰レ俠之也。

や「桐」詩の「春花雜鳳影」の詩句に付する

翰苑曰、桐木花如二白毳一。鳳凰非二梧桐一不レ棲。故言レ雜二鳳影一也。

や「桐」詩の「不レ因將レ入レ爨、誰爲作二鳴琴一」の詩句に付する

籯金集、剡桐曰、朽𣘺成レ燋、抱二宮商於竈裏一。注曰、後漢蔡邕字伯皆、陳留人也。善二音律一。呉人有二燒レ桐以爨者一。邕從レ外來、聞二竈中有レ桐炮聲一、甚美音。卽取爲レ琴。其尾猶燋、故號二燒尾琴一也。此詠鄭公之興也。凡每レ句皆寄レ意不二徒然一也。

や「鷺」詩の「含啼妙管中」の詩句に付する

天寶文苑集曰、谷裏鷺和二弄玉簫一。

である。これらについて、山崎氏は『翰苑』『天寶集』『籯金集』の成立時期を述べた後に「この他、陽明本には慶應大本に引證されない五十余の典籍からの引用がみられるが、概ね張庭芳原注にあったと見做して不都合でない」[22]と歸結する。この見解には些か疑いを挾まざるを得ない。張庭芳の詩注が天寶六年（七四七）に成立したことは序文によって明白である。陽明詩注本の注に引用する『天寶集』『天寶文苑集』が如何なる書籍であるか不詳であるが、詩注所引の『天寶文苑集』や『天寶集』に詩句を採録しているので、詩集である可能性が高い。平安時代の寛平年間（八八九～八九八）の編纂といわれる藤原佐世の『日本國見在書目録』の「惣集家」に

天寶集三

天寶集九

とあるので、この詩集は總集類である。また、平安末期の藤原通憲（一一〇六〜一一五九）の藏書目録であるといわれる『通憲入道藏書目録』に

天寶文苑集六局朽《ママ》損

とあるので、『天寶集』や『天寶文苑集』が我が國に傳來していたことも事實である。平安期の目録の表記をみると、『天寶集』と『天寶文苑集』とは別物かもしれない。ところで、書名に冠せられている「天寶」に注目すると、『天寶集』や『天寶文苑集』の書名をみると、誰しも先ず天寶時代に活躍した文人や詩人の作品を收録した總集を想像する。ところが、『天寶集』所録の「王昭君詞」は初唐の上官儀（約六〇八〜六六五）の詩であり、『天寶文苑集』所録の詩句は韋嗣立（六五四〜七一九）の「奉三和初春幸二太平公主南莊一應制」と題する七言律詩の第六句目の詩句である。從って、これらの詩人は天寶期ではなく、初唐期に屬する詩人達である。このように『天寶集』『天寶文苑集』所録の詩が天寶期の詩人ではなく、初唐の詩人の作品を收録した總集であるとすると、書名の「天寶」をどのように解釋すればよいのか判斷に苦しむ。考えられることは、唐初からの詩を天寶期に編纂したという意であろうか。

また、『翰苑』は日本に早く渡來した類書で、『日本見在書目録』（雜家）に撰者を張楚金と記す。張楚金（生沒年不詳）は『唐書』卷一百九十一「張道源傳」に

族孫楚金有二至行一、與二兄越石一皆擧二進士一。州欲三獨薦二楚金一、固辭、請俱罷。都督李勣歎曰、士求二才行一者也。既能讓、何嫌二皆取一乎。乃竝薦レ之。累進二刑部侍郎一。儀鳳初、彗見二東井一。上疏陳二得失一。高宗欽納、賜二物二百段一。武后時、歷二秋官尙書一、爵南陽侯。

とある。右文にみえる彗星の出現が儀鳳初（六七六）とあるので高宗在位の時、更に秋官尙書の職に就いたのが武后の

時とあるから、張楚金は高宗・武后期の時、卽ち初唐期の人物といえる。

最後に、『籠金集』であるが、山崎氏は「籠金集は『籯金』の訛であれば、李若立撰の通俗類書を指すであろう。（敦煌類書殘巻に『略出籯金』『籯金』が殘ること『敦煌古籍敍錄』に見ゆ）[23]」と推論されている。「籠金」が「籯金」の訛である可能性は大であると思われるが、『籯金』は類書であるから引用されることは極めて低い。そこで、籠金集を檢討してみる。籠金集に引かれる作品は「刺桐」と題するもので、一見、章句にみえるが、賦か歌辭のようなものであろう。題の「刺桐」は桐の一種で、はりぎりとか海桐といわれるものである。詩題にも用いられている。章句の後にある注が、「桐」詩の「不ㇾ因將ㇾ入ㇾ爨、誰爲作㆓鳴琴㆒」の注に相當する。末尾の「此詠鄭公之興也」以下は雜詠詩を校合・筆寫している者の評語である。敦煌出土の籯金と雜詠詩注所引の籠金集とでは表記の仕方が全く異なっているので、この『籠金集』は敦煌出土の籯金ではない。籯金でも詩集の籯金ならどうであろうか。清の顧櫰三撰の『補五代史藝文志』の「詩文集類」に

和凝、演綸・游藝・孝悌・紅藥・籯金・香奩六集共一百巻。

とある。これによると、和凝に「演綸集」「游集」「孝悌集」「紅藥集」「籯金集」「香奩集」の六集があり、合計一百巻であるという。この六集のうち「籯金集」が「籠金集」である可能性がある。「籯金集」の著者和凝は『五代史』巻一百二十七「周書第十八・和凝傳」に

字、成績。汶陽須昌人也。[24]（中略）年十七、擧㆓明經㆒。至㆓京師㆒、忽夢人以㆓五色筆一束㆒以與ㇾ之謂曰、子有㆓如ㇾ此才㆒、何不ㇾ擧㆓進士㆒。自ㇾ是才思敏贍。十九登㆓進士第㆒。（中略）天成中、入拜㆓殿中侍御史㆒、歷㆓禮部刑部員外郎㆒、改㆓主客員外郎・知制誥㆒。尋召入㆓翰林㆒充㆓學士㆒、轉㆓主客郎中㆒充ㇾ職、兼權㆓知貢擧貢院㆒。（中略）明宗益加ㇾ器重、遷㆓中書舍人・工部侍郎㆒、皆充㆓學士㆒。晉有㆓天下㆒、拜㆓端明殿學士兼判度支㆒。轉㆓戶部侍郎㆒、會廢㆓端明之

職㆒、復入㆓翰林㆒、充㆓承旨㆒。晉祖每㆑召、問以㆓時事㆒。五年、拜㆓中書侍郎・平章事㆒。六年秋、晉高祖將㆑幸㆓鄴都㆒時、襄州安從進反狀已彰。（中略）少帝嗣㆑位、加㆓右僕射㆒、開運初、罷㆑相、守㆓本官㆒未㆑幾、轉㆓左僕射㆒。漢興、授㆓太子太保㆒。國初、遷㆓太子太傅㆒。顯德二年、秋、以㆓背疽㆒、卒㆓于其第㆒。年五十八。

とあるから、和凝は乾寧五年（八九八）に生れ、顯德二年（九五五）に卒したことになる。この時期は唐末から五代末に相當する。和凝の傳記は和凝が政治の中樞に入っていたが、學士の職を守り、晩年は太子の補導役に就いている。このことは和凝の文學に對する造詣の深さを物語っている。その一端として宋の江少虞の『皇朝類苑』(25)卷第三十九「詩歌賦詠・香奩集」に

和魯公有㆓豔詩一編㆒、名㆓香奩集㆒。凝後貴、乃嫁㆓其名㆒爲㆓韓偓㆒。今世傳韓偓香奩集乃凝所㆑爲也。凝生平著述、分爲㆓演綸・遊藝・孝悌・無疑・香奩・籯金六集㆒。自爲㆓遊藝集序㆒云、予有㆓香奩・籯金二集㆒、不㆑行㆓于世㆒。凝在㆓政府㆒、避㆓議論㆒、諱㆓其名㆒。又欲㆘後人知㆓故於遊藝集序㆒實㆖之。此凝之意也。

とある。これによると、現行の『香奩集』は韓偓の作でなく、和凝の作品であったということになる。また、「遊藝集序」に據ると、『香奩集』と『籯金集』は世間に通行していないとあるが、『香奩集』が現に韓偓の名で通行しているということは、「遊藝集序」にいう「不㆑行㆓于世㆒」というのは自分（和凝）の名で通行していないと解すべきである。『籯金集』が『籠金集』の誤寫であるとすると、『籠金集（籯金集）』は五代の時に編纂されたもので、和凝以外の名で通行していた可能性が高い。この『籠金集（籯金集）』を採錄している陽明詩注本は五代以降、宋代の筆寫ということになる。以上によって、『天寶集』『天寶文苑集』が天寶以後の撰集であることを考慮すると、陽明詩注本は張庭芳の作どころか、二百年も後の人の作ということになる。

以上を勘案すると、陽明詩注本は張庭芳が注した天寶六年以降の成立で、張庭芳の注を基に別注を増補した詩注本

といえる。

4　陽明詩注本所載の一本注

「一本」注は慶應大詩注本の詩注と陽明詩注本の詩注の中にみえる。先に擧げた對比表の中から兩詩注所載の一本注の異なるところを中心に整理すると次の如くである。

(1)―慶應大詩注本と陽明詩注本は共に『神異經』を引用するが、陽明詩注本には『神異經』と『廣志』の間は『拼影《ママ》傅』を引用する。この『拼影傅』の內容と詩句の內容とが合わない。後人の手による插入である。

(2)―慶應大詩注本と陽明詩注本は共に范雲の「詠松」を引用するが、慶應大詩注本には『孫卿子』の一句を記載する。この『孫卿子』の內容は「勁節幸君知」の前句の「歲寒終不改」の注の竄入である。

(6)―慶應大詩注本には一本注はないが、陽明詩注本の一本注には慶應大詩注本の注と同じ『漢武內傳』を引用する。陽明詩注本の注は慶應大詩注本の注より長い。

(10)―慶應大詩注本の一本注には「蜀郡」として記載しているが、陽明詩注本の一本注は「象郡」として記載している。これは陽明詩注本が象郡に作るテキストに沿って作られた注であることを意味する。また、陽明詩注本の一本注にはこのほかに「西京新豐出好梨也」の說明文が付加されている。これは「鳳文踈蜀郡」の次句の「花影麗新豐」の注と考えられる。これによって、この一本注の詩注本は二句を一注で書いていると思われる。

(12)―慶應大詩注本には一本注が無いが、陽明詩注本には有る。

(13)―慶應大詩注本の一本注と陽明詩注本の一本注は共に「天老曰云云」を引用するが、陽明詩注本の一本注にはこのほかに「或本」の注を付加する。これに據って一本注のほかにもう一本あったことがわかる。

⒁―慶應大詩注本には一本注は無いが、陽明詩注本の一本注は⒀の「或本」の注を重複して記載する。

⒂―慶應大詩注本の一本注と陽明詩注本の一本注は共に鮑明遠の詩を引用するが、陽明詩注本は語釋を記入する。

⒄―慶應大詩注本には一本注は無く、陽明詩注本には有る。陽明詩注本は『風俗記』を引用した後、「或主本乾作干也」の校異を記載する。これは一本注がもう一本あることを意味する。本來はここで終るべきであるが、更に「鏡中鑄㆓鵲形㆒亦名㆓鵲鏡㆒也」の注文が續く。この注文は「雜詠詩」の次句「倘遊明鏡裏」の注であると考えられる。

⒅―慶應大詩注本には一本注は無いが、陽明詩注本には慶應大詩注本の注と同類の注があり、それに續けて「駱詠鳫」の詩を引用する。

⒆―慶應大詩注本の一本注には漢武帝の宮殿造營に關する記事と班固の「西都賦」を引用するが、陽明詩注本の一本注は木虚の「海賦」を引用する。

⒇―慶應大詩注本の一本注と陽明詩注本の一本注は共に『瑞應圖』を引用するが、陽明詩注本はそれに續けて『史記』を引用する。しかし、これは「雉」詩の四句目の「陳寶若雞鳴」の注であると考えられる。

㉑―慶應大詩注本の一本注と陽明詩注本の一本注は共に『吳地記』を引用するが、陽明詩注本は更に楊雄の『方言』を引用する。

㉗―慶應大詩注本には一本注はないが、陽明詩注本にはある。

㉚―慶應大詩注本には一本注はないが、陽明詩注本にはある。

㉛―慶應大詩注本には一本注はないが、陽明詩注本には慶應大詩注本の注と陽明詩注本の注に類似する長文の注がある。

㉝―慶應大詩注本には一本注はないが、陽明詩注本には『西京雜記』を引用する。

(35)―慶應大詩注本には一本注はないが、陽明詩注本にはある。陽明詩注本の一本注は慶應大詩注本と陽明詩注本の本注の二ヶ所に類似する短文である。この一本注は慶應大詩注の本注と類似する。

(36)―慶應大詩注本の一本注は『孔叢子』を引用するが、陽明詩注本の一本注には出典名なしの引用文がある。この引用文は慶應大詩注本の注と酷似している。

(37)―慶應大詩注本の一本注には「漢書贊」を引用するが、陽明詩注本の一本注には出典名なしの「漢書贊」と同類の文を短く引用する。この引用文と慶應大詩注本の本注と同じである。

(38)―慶應大詩注本には一本注はないが、陽明詩注本にはある。陽明詩注本の一本注は慶應大詩注本の本注や陽明詩本の本注と類似する。

以上、慶應大詩注本の一本注と陽明詩注本の一本注の對比を整理すると次のことがいえる。

(1)(2)(3)(4)(5)(7)(8)(9)(10)(11)(13)(15)(16)(20)(21)(22)(23)(24)(25)(26)(28)(29)(32)(34)は兩本の一本注が合致し、(6)(17)(18)(27)(31)は陽明詩注本の一本注の一部が慶應大詩注本の本注と同じ、(12)は慶應大詩注本の本注の後半と陽明詩注本が同じ、(14)は陽明詩注本の一本注が同本(13)注の竄入であり、(33)は慶應大詩注本の本注の後半が陽明詩注本の一本注と同じ、(35)(36)(37)(38)は陽明詩注本の一本注と慶應大詩注本の本注と酷似することを考慮すると、合致しないものが全體の約五％に當る(19)と(30)の注である。從って、この二句の注は書寫人による增補としか考えられない。

以上を勘案すると

1、慶應大詩注本の注卽ち張庭芳注が先行し、その後に陽明詩注本の注が成立した。

2、慶應大詩注本が用いた一本注と陽明詩注本が用いた一本注は同種の詩注本である。

3、陽明詩注本の一本注にみえる「或本」「或主本」の語句からもう一種の詩注本が考えられる。

といえる。

第四項　存在していた詩注

これまでに詩注には張庭芳注のほかに二種の一本注のあることを論證してきた。先賢達は二種の一本注を張庭芳注と考えていたようである。しかし、二種の一本注に注釋者の名があったと思わせる詩注がある。現在判明している詩注は張庭芳注のほかに、趙琮注と張方注である。ここではこれらについて検討してみる。

1　張庭芳注

雜詠詩注の作者として判明しているのは張庭芳である。その詩注は後人の手によって、張庭芳以外の詩注が混入しているので、張庭芳の注を明確に分別することは困難であるが、近づけることは可能である。張庭芳注の舊態を殘す慶應大詩注本の序文の冒頭に

　百二十詠詩注上
　　故中書令鄭國公李嶠雜詠一百二十首
　　登仕郎守信安郡博士　張庭芳　詠幷序

とあることにより、注釋者が張庭芳であることがわかる。尚、張庭芳の下の「詠」は尊經閣詩注本にみえるように「註」の誤寫であり、また、李嶠の官職名である「鄭國公」は「趙國公」の誤寫ではないかと思われる。『舊唐書』卷九十四「李嶠傳」に

　（神龍）三年、又加㆓修文館大學士㆒、監㆓修國史㆒、封㆓趙國公㆒。

とあり、『新唐書』卷一百二十三「李嶠傳」に

（神龍）三年、加二脩文館大學士一、封二趙國公一、以二特進一同中書門下三品。

とあり、李嶠六十二歳の時に趙國公となっているが、鄭國公に封ぜられた記錄はない。從來、「李嶠雜詠詩注」を書寫する際、鄭國公をそのまま踏襲されてきたが、明代の張燮が『李嶠集』を編纂するに當り、鄭國公を改訂し、『李趙公集』と題して刊行している。

さて、注者張庭芳に關しては傳記的な記述が一字もない。ただ『新唐書』卷六十「藝文志四」に

張庭芳注庾信哀江南賦一卷。

とあり、ほぼこれを踏襲する形で、『宋史』卷二百八「藝文志七」に

張庭芳注哀江南賦一卷。

とあるだけである。北周の庾信（五一三〜五八一）の「哀江南賦」は梁の滅亡を哀しんで作ったもので、三千四百二十二字（序文を含む）の長文の賦である。この賦に注を施したのが張庭芳である。この賦注は現存しない。このほかに、張庭芳の名が平安末期に編述された『幼學指南鈔』（類書）に「張庭芳曰」として記載されている。この『幼學指南鈔』の張庭芳曰の注が慶應大詩注本、尊經閣詩注本、天理大詩注本の注と合致するので、これらの詩注本は張庭芳の手に成る詩注本であることは明白である。張庭芳が如何なる人物か不詳であるが、その生存時期は詩注本の序文が天寶六年（七四七）に書かれているので、七〇〇年〜七七〇年位と類推できる。もしかすると、張庭芳は雜詠詩の作者李嶠の晩年に、一時的ではあるが生存時期を共有していたかもしれない。

2　趙琮注

『雑詠詩』に趙琮注があったことを指摘したのは阿部隆一氏である。それを紹介したのは池田利夫氏である。池田氏は「百詠和歌と李嶠百詠」[26]の中で「慶應義塾大學圖書館藏の嘉元四年（一三〇六）寫の性靈集略注[27]（釋眞弁撰）の中に百詠の鏡の詩と注がある」とその所在を記している。阿部氏『慶應義塾圖書館藏　和漢書善本解題』[28]の「性靈集略注」の解題で「有名な佚書の一たる李嶠詩も引き、また注云の箇所も存し、李嶠鏡詩を引いては趙琮注云と。[29]この趙琮注として引く文は現存の張庭芳注[30]（五五番參照）に見當らず一致しない」という。山崎誠氏もこれを承けて雜詠注の逸文と慶應大詩注本の注文を擧げて紹介している。[31]その『性靈集略注』巻二所引の詩注は次の如くである。

臺鏡者、李嶠鏡詩曰、含情朗魏臺、註云、魏建女殿[32]前有二方鏡一。高五尺廣二尺。在二庭中一、人向レ之寫二人形心府一云々。趙琮註云、魏文帝有二銀鏡臺一。

右文にみえる「趙琮註云、魏文帝有銀鏡臺」がそれである。この注には出典が記されていないので確認のしようもないが、「銀鏡臺」については管見の及ぶ限り、『北堂書鈔』巻一百三十六「鏡臺六十六」の「鏡銀臺」に

魏武上雜物疏云、鏡臺出二魏宮一。中有二純銀參帶鏡臺一枚、貴人公主純銀鏡臺四枚一。

とみえるのみである。これによると、銀の鏡臺は魏の武帝の時にあったことがわかる。しかし、詩注では魏の文帝が保有していたとある。これは魏の武帝が持っていた銀の鏡臺を文帝が受け継いで持っていたと解することができる。また、魏の武帝と文帝とを錯覺したとも考えられる。孰れにしても『北堂書鈔』にいう「魏宮から出た」ものである。この記憶が「魏文帝有銀鏡臺」と爲ったのではあるまいか。それだと出典名がないのもわかる。

次に趙琮注を有する詩注について檢討してみよう。

『性靈集略注』に記されている詩句「含情朗魏臺」は服玩部の「鏡」詩の第二句目である。この句に付いている注は慶應大詩注本卽ち張庭芳注とは異なっている。張庭芳注には

異苑曰、山雞愛二其毛一、照レ水卽舞。魏武帝陶方獻二山雞一。公子蒼舒令下抵二大鏡一置中其前上。山雞鑒レ形而舞不レ止、除レ之則止。詠レ鏡曰、飛二魏宮一知二本性一也。

とある。『性靈集略注』の注は魏宮の庭に大きな鏡があって人の心腑を寫すという。慶應大詩注本の張庭芳注は魏の武帝の時、山雞が大きな鏡に映っている自分の姿をみて舞い止まらなかったという『異苑』を引用している。この二本の注は明らかに異なり、別注である。これによれば、「鏡」詩だけで、張庭芳注と趙琮注と注釋者不明の注の三本があることになる。これに先んじて、山崎氏は「性靈集略注に引載される百詠注注文も、他ならぬ張庭芳注で、慶應大本・天理本は偶然爛脱に因ってこの注文を失って了ったものと考定される」[33]というが、果たして爛脱に因るものであろうか。

『性靈集略注』以外で張琮注を有するものに、天長七年（八三〇）頃成立した空海の『祕藏寶鑰』に注を施した『祕藏寶鑰鈔』[34]三巻にみえる注がある。『祕藏寶鑰鈔』は平安末期の漢學者藤原敦光（一〇六二～一一四四）が著わしたもので、『祕藏寶鑰勘文』『祕藏寶鑰敦光鈔』『寶鑰敦光鈔』『祕藏寶鑰藤原敦光注』の別名を持つ注釋書である。『祕藏寶鑰鈔』には多數の書物が引用されている。その中の一つに『李嶠百詠』がある。それは『祕藏寶鑰鈔』巻上の「行雲回雪卽死尸之想」の注の一つで

百詠云、神女向レ山廻梁尚書玉均特曰、雨點散圓文、風生。楚荘王遊二高臺觀一夢。神女曰、浪起、妾在二巫出之陽一。朝爲二行雨一、暮爲二行雲一。趙琮泫《ママ》、神女賦曰、妾爲二巫山之女一、朝行雲、暮行雨也。蓋李公之幽致也。（△印は筆者）

とある。「百詠云」は乾象部「雨」詩の第四句「神女向山廻」とその注である。これによって藤原敦光は詩注本を參照していたことがわかる。引用した詩注に誤寫があるので、まず、それを正しておこう。「玉均特」は「王筠詩」の誤寫、「風生」の下に「起斜浪」の三字を欠く。尙、王筠の詩の題は「北寺寅上人房望二遠岫一翫二前池一詩」である。「風生」までの王筠詩は「神女向レ山廻」の注としては適當ではない。では何故この中途半端な注がここにあるのかを考えると、

「神女向レ山廻」の後に續く「斜影風前合、圓文水上開」の張庭芳注に

　　梁尙書王均詩曰、雨點散二圓文一、風生起二斜浪一也。

とあるので、この注が間違って竄入したものである。

　王筠の詩に續く「楚莊王」以下の注は慶應大詩注本・尊經閣詩注本・天理大詩注本にもみえるので、慶應大詩注本によって校合すると、「莊王」を慶應大詩注本は「襄王」に作り、「高臺」を慶應大詩注本は「高唐」に作る。「浪起」は竄入。この二字は王筠の詩の一部で、前の注の「風生」に續くものであるが、改竄されて「浪起」の二字に短縮されている。「行雨」を慶應大詩注本は「行雲」に作り、「行雲」を慶應大詩注本は「行雨」に作る。以上の「楚莊王」から「行雲」までの注は『文選』卷十九「賦・情」に收錄する宋玉の「高唐賦」の

　　昔者楚襄王與二宋玉一遊二於雲夢之臺一、望二高唐之觀一、其上獨有二雲氣一。崒兮直上、忽兮改レ容。須臾之閒、變化無レ窮。王問レ玉曰、此何氣也。玉對曰、所謂朝雲者也。王曰、何謂二朝雲一。玉曰、昔者先王嘗遊二高唐一、怠而晝寢。夢見二一婦人一曰、妾巫山之女也。爲二高唐之客一。聞君遊二高唐一、願薦二枕席一。王因幸レ之。去而辭曰、妾在二巫山之陽、高丘之阻一。旦爲二朝雲一、暮爲二行雨一。朝朝暮暮、陽臺之下。旦朝視レ之如レ言。故爲立レ廟、號曰二朝雲一。

の要約である。『文選』と校合すると、「莊王」は「襄王」の誤り、「高臺」は「高唐」の誤り、「行雨」は「朝雲」の誤り、「行雲」は「行雨」の誤りである。これは慶應大詩注本・尊經閣詩注本・天理大詩注本と同じである。

　問題はこれに續く注である。始めにみえる「趙珠洼」は「趙琮注」の誤寫である。その根據は『祕藏寶鑰鈔』に引用するもう一ヶ所の「李嶠百詠」注に「趙珠注」という表記があるからである。また、趙珠という人物は文獻にみえず、趙琮は存在した形跡があるから、趙珠の「珠」は趙琮の「琮」を誤寫した可能性が高い。そして、「洼」も「注」の誤寫である。以上のことから趙琮注と判定した。その趙琮注所引の「神女賦曰、妾爲二巫山之女一。朝行雲、暮行雨」

は「神女賦」にはみえない。この賦は寧ろ「神女賦」と同じ作者の「高唐賦」の

夢見㆓一婦人㆒曰、妾巫山之女也。（中略）旦爲㆓朝雲㆒、暮爲㆓行雨㆒。

と合致するので、「神女賦」は誤りで、「高唐賦」とすべきである。『文選』では「高唐賦」の後に「神女賦」があるので、「高唐賦」と「神女賦」と錯覺したのではないかと考えられる。この趙琮注は慶應大詩注本・尊經閣詩注本・天理大詩注本にはみえない。つまり、『祕藏寶鑰鈔』所引の「神女向山廻」の雙行注は二種の注から構成されている。一方、慶應大詩注本・尊經閣詩注本・天理大詩注本は「高唐賦」にみえる「楚莊（襄）王」以下の一種のみである。換言すれば、『祕藏寶鑰鈔』所引の「百詠注」は張庭芳注と趙琮注から成っている。

次にもう一ヶ所「李嶠百詠」を引用している個所がある。それは「神女向山廻」の注と同じ個所に引用されているもので、

百詠云、逐㆑僊花光動舞有㆑七。盤回雪曲。言雪下以㆑如㆑舞。趙琮注、趙飛燕能舞。宛如㆓流風之回㆒㆑雪之。

とある。この百詠の「逐僊花光動」は乾象部「雪」詩の第五句目の詩句とその注である。この詩注も二種の詩注本から採錄したものである。第一種の注は「舞有㆑七」から「以㆑如㆑舞」までで、この注は慶應大詩注本等の注と合致するから張庭芳注である。もう一種の注は「趙琮注」以下で、これは趙琮注である。

以上を整理すると、『祕藏寶鑰鈔』所引の「李嶠百詠」には慶應大詩注本等の注卽ち張庭芳注と趙琮注の二種の注が記載されており、これによって前記「神女向山廻」の詩注と同じ詩注であることが判明した。

次に趙琮なる人物について檢詩してみよう。趙琮という名の人物は大勢いるが、正僎の「弘治庚戌治河記」(35)では知府として、葉盛の『水東日記』(36)巻三十四では指揮僉事として、徐溥の「眞定重修廟學記」(37)では饒陽知縣として、『陝西通志』(38)巻十五では正德時の知縣として氏名だけがみえる。これらの者は皆地方役人である。また、『盛京通志』(39)巻四十

九「選擧三」、『江西通志』[40]巻五十三「選擧五」、『浙江通志』[41]巻一百四十「選擧十八」、『陝西通志』[42]巻五十三「名宦四」、『四川通志』[43]巻三十五「選擧」二名、『雲南通志』[44]巻二十上、『江南通志』[45]巻一百三十四「選擧志、擧人十」、『畿輔通志』[46]巻六十三「進士」と巻六十六、『湖廣通志』[47]巻三十六「選擧志」、『山東通志』[48]巻十五之三「選擧三」の二名、『河南通志』[49]巻四十七「選擧四」、『甘肅通志』[50]巻三十三「選擧」、『八旗通志』[51]巻一百八「選擧志七」、同巻一百十「選擧志九」にみえる趙琮は全て明・清代の科擧に合格した者で、これも氏名だけである。文人では『明史』巻九十六「藝文一」にみえる『葩經約說十巻』の著者趙琮がいる。以上の趙琮は明・清代の人物で、「趙琮注」を所錄している『祕藏寶鑰鈔』の成立より後の人であるから「雜詠詩注」の著者である趙琮ではない。

以上のほかに、氏名だけでなく傳記に關する記事を有する資料もある。その一つが「唐故居士天水趙府君墓誌銘幷序」[52]である。その誌文は次の如くである。

唐故居天水趙府君墓誌銘幷序　　將仕郎前試左武衛兵曹參軍申昕述

府君姓趙氏、裔天水人也。別業易州來水縣、須因先父遷□□仕流二浪海隅一、從レ軍地遠、徙居二青州一、兩世迄レ今、凡二百年矣。先妣夫人太原王氏生レ公、是季子也。府君生居二□北海之郡一、志好二雲門山水一、南北貿賈、利有レ攸レ往、廣涉二大川一、博學二古墳一、與二朋友一交、言行敦美、信義彰聞、輕二金玉一、立レ善外著、孝行二六親一。府君諱琮、字光、婚夫人太原王氏、有二男三人一。長曰二審巖一、次曰二審裕一、季曰二審文一。女一人、初笄之年、適二夫陰氏一。孟男年居二弱冠之秋一、居然老成、□□大□合國風之堅操徒行古□立信溫尙、可レ謂二父訓有レ知、流嗣二千載一矣。夫人王氏、令淑賢□居□淚血、在二苦塊之內一、殞二哽蘭干一、骨□□□□譽聞年□□□□導著府君遇二軍情變亂一、不以交道仇□、生涯亦不レ遭二毀爇一、錢穀湛然、上下無レ虞。叢食安貼。乙未歲季夏月五日、遇二疾青州之私第一、下二於人世一。丙申年七月三日命レ知者卜得レ吉夕、殯二於益都縣南五里建德雲門山東崗原禮一。慮二山河一更改、

松筠彫萃、遂紀二年代一、乃爲二銘說一。銘曰、

天水之君、蘊レ志難レ羣、□行雙美、立性松筠。卓然孤立、在世推□、生好二東皐之利一、滅亡迴返二高墳一。有二子賢行一、傳代光□、女從二他氏一、五德猶存、白楊千載、滋二茂兒孫一。落日烏啼、猿叫二荒村一、却□思遺念、□棺血淚□。生涯終不レ改、兒女永無レ依。□□生平事、留レ蹤萬存。嗣レ流孤壠下、恩愛向レ誰論。

右誌にみえる「從レ軍地遠、徙居二青州一」や「南北貿賈、利有レ攸レ往、廣涉二大川一、博學二古墳一」や「府君遇軍情變亂」からは文人の姿はみえず、寧ろ商人としての行爲がみえる。段松苓は「唐趙琮墓誌銘」[53]において、この墓誌銘を所藏する李南澗先生の言を引用して

南澗亦云、趙琮一賈人耳。

といい、この趙琮は商人であると斷言している。また、誌文にみえる趙琮の沒年である「乙未」について

一、太宗貞觀九年、一、武氏證聖元年、一、玄宗天寶十四年、一、憲宗元和十年、一、僖宗乾符二年（中略）其憲僖之乙未歟。

といい、五つの年歲が考えられるとし、就中、憲宗の元和十年（八一五）か僖宗の乾符二年（八七五）であると推論している。これが首肯されれば、この趙琮は趙琮注を記載する『祕藏寶鑰鈔』の成立以前の人物であるから、年代的には雜詠詩の注釋者として相當する。しかし、この趙琮が商人である可能性が高いので、墓誌銘の趙琮は詩注の趙琮ではない。

もう一つは『太平廣記』卷一百八十二にみえる「趙琮」である。その內容は次の如くである。

趙琮妻父爲二鍾陵大將一。琮以久隨レ計不レ第。窮悴甚。妻族益相薄。雖二妻父母一不レ能レ不レ然也。一日、軍中高會。州郡謂二之春設一者。大將家相率列レ棚以觀レ之。其妻雖レ貧、不レ能レ無レ往。然所レ服故弊、衆以レ帷隔二絕之一。設方

酣、廉使忽馳レ吏呼レ将、將驚且懼。既至、廉使臨レ軒、手持二一書一笑曰、趙琮得レ非二君子壻一乎。曰、然。乃告レ之。適報至、已乃第矣。卽授二所レ持書一。乃牓也。將遽以レ牓奔歸、呼曰、趙郎及第矣。妻之族卽撤二去帷障一、相與同レ席、競以二簪服一而慶遺焉。出二玉泉子一。

この説話には趙琮の妻及びその一族を通しての趙琮がみえるが、科擧の合否にのみ焦點を絞った説話となっているので、捜求の趙琮か否かは判斷し難い。ただ、この説話の出所が『玉泉子』である。『玉泉子』は『四庫全書總目』巻一百四十「子部、小説家類二」に

不レ著二撰人名氏一、所レ記皆唐代雜事、亦多採二他小説一爲レ之。

とあり、『玉泉子』の内容は唐代の雜事を記しているので、この趙琮は唐の何時頃の人かは不明であるが、唐代の人ということになる。その意味では注釋者の趙琮である可能性は高い。ただし、『太平廣記』の趙琮は科擧に合格するほどの人物であり、妻の一族のことを考えると、そのまま官吏になったと思われる。従って商人の趙琮とも別人である。

以上を勘案すると、資料にみえる二名の趙琮は詩注の趙琮ではない。がしかし、『太平廣記』の趙琮にはまだ詩注の著者としての可能性はある。それは科擧に合格した秀才であるから、その知識・學識を以てすれば詩注を作ることが困難な作業とは思われないからである。孰れにせよ趙琮注の著者趙琮を特定することはできない。

３　張方注

張方注の一片が太田晶二郎氏によって見出されたことは周知の通りである。それは宋の朱翌（一〇九七～一一六七）の『猗覺寮雜記』[54]上巻にみえる

紅梅詩云、南枝向レ暖北枝寒。李嶠云、大庾天寒少、南枝獨早芳、張方注云、大庾嶺上梅、南枝落、北枝開。

である。ここに張方注という詩注の一片がみえる。この張方注は雜詠詩「梅」首聯に付されたものである。張方注の存在は南宋の晁公武が紹興二十一年（一一五一）頃著わした『郡齋讀書志』[55]卷上四に

> 李嶠集一卷
>
> 右唐李嶠巨山也。贊皇人。擢進士第、制策甲科、爲監察御史。武后時、同鳳閣鸞臺平章事。嶠富才思、前與王勃・楊炯、中與崔融・蘇味道齊名、晩諸人沒、爲文章宿老、學者取法。集本六十卷、未見。今所録一百二十詠而已。或題曰單題詩、有張方注。

とあり、南宋の初期には存在していたことが確認できる。その後、元の辛文房（生沒年不詳）の『唐才子傳』[56]卷一「李嶠」に

> （略）嶠前與王勃・楊炯接踵、後與崔融・蘇味道齊名、及諸人沒、爲文章宿老、學者取法焉。集五十卷、雜詠詩十二卷、[57]單題詩一百二十首、張方爲註、傳於世。

とある。省略部分には當事者の略傳が記載されている。この書式は『郡齋讀書志』と近似しているので、『郡齋讀書志』の記事を模倣したとも考えられる。『唐才子傳』の『李嶠集』の卷數が『郡齋讀書志』と異なっているので、調査したとも言えるが、當時、張方注の詩注本が存在していたか否かは明言できない。ともあれ、『猗覺寮雜記』や『郡齋讀書志』に據って張方注が存在していたことは明白な事實である。如何せん現存しない。

ここで張方注とそれを付する詩句について檢討しておこう。張方注は

> 大庾嶺上梅、南枝落、北枝開。

というものである。しかし、この注は張方の創作ではない。なぜなら、白居易（七七二〜八四六）が撰集した『白氏六帖事類集』卷三十「梅十、南枝」の

大庾嶺上梅、南枝落、北枝開。

と一致しているからである。このことは張方が『白氏六帖事類集』から引用したことを意味する。一方、逆の場合卽ち白氏が張方注から引用したとも考えられなくもない。しかし、これは考え難い。何故なら『白氏六帖事類集』は類書であるからである。類書は種々の書籍から收集し、事項や語句を分類編集し、事物の掌故事實や文章詞藻を檢索するための書物である。だから、そこに採取する書籍は堅實な古典が中心となる。従って、白居易が同時代の注釋書の詩注から一文を採取して「類書」に入れたとは考え難いからである。このことが首肯されるならば、張方注は『白氏六帖事類集』成立以後の詩注となる。

次に張方注を有する詩句について檢討してみよう。

張方注を有する詩句は「梅」詩の首聯に相當する「大庾天寒光、南枝獨早芳」である。相當するというのはこれまで使用してきた詩注本の詩句と異同があるからである。現存する詩注本の詩句は「院樹斂寒光、梅花獨早芳」となっている。張方注の「大庾嶺上梅、南枝落、花枝開」の「大庾」は今の江西省大庾縣の南にある梅の名所で有名な處であり、注の「南枝」も下句の「南枝」と合致するので、「院樹斂寒光、梅花獨早芳」の詩句より「大庾天寒光、南枝獨早芳」の詩句の方が相應しい詩注であることは一目瞭然である。

最後に張方の人物について檢討してみよう。

張方については早くから異なる見解が出ていた。これを分別すると二說になる。(1)張方と張庭芳の同一人物說。最初に說いたのは神田喜一郎氏で「張方と張庭芳とは、おそらく同一人であろう。張庭芳といひ、張方といひ、その事蹟は何等知る所がないが、『宋史』藝文志に『張庭芳注哀江南賦一巻』といふ書が著錄せられてをり、張庭芳は別に北周の庾信の名篇『哀江南賦』の注を書いてゐることがわかる。それから推測すると、『郡齋讀書志』に張方とあるのは、張庭芳を誤ったのであって、『唐才子傳』はその『郡齋讀書志』の誤を踏襲したのであろうと思ふ[58]」といい、胡志昂氏は「張庭芳という人物は、『宋史』藝文志に「張庭芳注哀江南賦一巻」が記されている外、その事跡はまるでわからない。李嶠雜詩の張庭芳注と張方注とが同じものであれば、或いは「張方」はその本名で、字を「庭芳」というのかも知れない。（中略）現存資料による限り、所謂張方注と張庭芳注とは同一書物と考えるよりほかないのである[59]」といい、張方と張庭芳は同一人物であることをいう。中國では孫猛も『郡齋讀書志校證[60]』巻第十七の中で「李嶠集一巻」の「有張方注」の注記で「按「張方」乃「張庭芳」之誤、庭芳注㆓雜詠㆒。今有㆓日本佚存叢書刋本㆒、書首有㆓庭芳序㆒」といい、張方は張庭芳の誤りであるという。⑵張方と張庭芳の別人說。池田利夫氏は「張方注と張庭芳注の相異について、神田氏は、張方は張庭芳の誤りで、どうも辛文房はその注本を實際に見ていなかったらしく、元代までその書が傳った證據はないとされている。張方は果して張庭芳の誤りと考えて良いであろうか。太田晶二郎氏は、私に次のような資料を提示されて、張方注と張庭芳注という別人の注が嘗て併存し、それが混同もしくは混入することによって現在に及んでいるのではないか、という氏の推論の一端を示唆された。その資料とは、知不足齋叢書第三集所收、猗覺寮雜記上巻の次の記載である。（中略）ただ張方注と張庭芳注とは別物であり、從って張方と張庭芳は別人であることだけは確かである[61]」という。この結論には太田晶二郎氏の示唆のあったことを述べる。これを踏襲して山崎誠氏は詩注本を通して「百詠注が張庭芳注一本のみで他に注釋が行われていなかったとは斷定できない。それのみか、李嶠百詠注の張庭芳注とは別の注本が存在したことを積極的に證する資料も存在するのである。晁公武の「郡齋讀書志」（巻十七）に、李嶠集一巻（略）集本六十巻未見、今所錄一百二十詠而已、或題曰單題詩、有張方注、と見える「張方注」が卽ちそれである。張方は張庭芳の舛誤と從來見做されたが、太田晶二郎先生は宋の朱翌の「猗覺寮雜記」中から、他ならぬ張方注の佚文を鉤沈された[62]」と述べ、『猗覺寮雜記』の本文を引用し、張方注の存在したことを證している。卽ち張方と張庭芳は別人であるという。(1)と(2)を較べると、(2)の別人説の方が自然で無理がない。では何故(1)の同一人説が出たのかを考えると、それは我が國における『雜詠詩注』の傳本に明記されていた注釋者が張庭芳のみであったので、詩注は張庭芳注が一本だけという固定觀念が生じ、それに囚われ過ぎたためであろう。從って、『郡齋讀書志』や『猗覺寮雜記』の張方注も張庭芳注の誤寫であるとして張方注を認識し得なかったのである。

以上のほかに、張方の名を稱する者は多くいるが、張方といえば『新唐書』卷五十八「藝文二、雜傳記類」にみえる

張方楚國先賢傳十二卷

の張方を想い出すが、この張方は晉代の人であるから雜詠詩の注釋者ではあり得ない。また、『宋史』卷二百五「藝文四、農家類」に

張方夏時志別錄一卷　又夏時考異一卷。

とあるが、この張方は宋以前の人であろうが何時頃の人か不詳である。ただ、彼の農家關係の作品からみて、詩注の作者張方ではあるまい。これらのほかに履歷・足跡を記載したものもある。『四川通志』卷七上「選擧、進士」にみえる張方は

提點刑獄治レ事、嘉定循二行州縣一平二滯獄一、劾二貪史一。又開二新渠一以殺二三江怒濤一。自レ是舟行無レ患。

という者である。この張方は南宋の政治家で、詩の注釋者である可能性は極めて低い。また、『四川通志』卷九上「選擧」にみえる張方は

字義立、資陽人。慶元間進士。歷二簡州敎授一、知果眉二州、提點利夔成都路刑獄兼四川制置使、參議官以二母老一辭歸。廉明剛介、見レ義必爲。又爲レ文戒レ後、生好二尙之一、偏務二高忘本之病一。其言足レ箴二叔季膏肓一。有二烹泉遺

稿一百巻[63]一。

という者である。この張方は南宋の政治家であるが文人色の強い人物である。がしかし、この人が張方注の張方ならば、彼の作品に『烹泉遺稿』があるくらいであるので詩注の書名があってもおかしくはない。このほか、宋の李心傳の『建炎以來朝野雜記』乙集巻十に

張方　普州州學教授

とあるが、他の記事がないので、詩を注釋したか否かは不明である。更には墓誌を有する張方もいる。その墓誌銘は次の如くである。

故右軍衞沙州龍勒府果毅都尉上柱國張公墓誌銘幷序

公諱方、字玄逸。貝郡清河人也。漢侯敍睦、已暉二映於清河一。韓相列昭、重分二榮於白水一。簪纓閒出、仁勇挺生、文場雄命之才、武略傑二運籌之妙一。結レ勝千里、必酬二明主之恩一。譽美三端、縣二識暗投之報一。（中略）以二開元四年十二月十日一。終二於私第一。嗣子玢、攀號摧絕、悶擗再蘇、雨淚盈レ胸、空懷永往、風樹之感、泣血何追。以二開元五年歲次丁巳正月壬寅朔二十五日景寅一、葬二於河南府河南縣梓澤鄉之原禮一也。云云

右に擧げた墓誌銘は五百五十字（含欠字四字）からなる銘文の冒頭部分である。中略の個所には曾祖父の通や祖父の貴や父の威や夫人薛氏の經歷が記載されている。その後に續けて張方が開元四年十二月に私邸で逝去し、開元五年正月に河南の梓澤鄉の元禮に埋葬されたとある。誌文によると、張方は名門の出で、文武に秀れた人物であったことがわかる。この誌文の全文を掲載しなかったのは、この張方が詩の注釋者の張方でないと思われたからである。その根據は開元五年（七一七）に張方が亡くなっている事實があるからである。張方の死亡が開元五年ならば、それ以前に張方注が成立していなければならない。現存する詩注の最古は慶應大詩注本などの張庭芳の詩注本である。その序文によ

ると詩注は天寶六年（七四七）に完成しているので、張庭芳注より三十年以上前に張方注が成立していたことになる。ところが、張方注が書面上に現われるのは『郡齋讀書志』（一一五一年頃成立）以降である。張方注より後年に成立した張庭芳注が記録されずにそれより三十年以上前の張方注が記録されていることに違和感を覚える。『郡齋讀書志』は詩注本の全てを記載しているわけではないので成立順序は關係ないかもしれないが、張庭芳注が日本に渡來しているのならば、その前に張方注が渡來していても不思議ではない。換言すると、張庭芳注が先に存在していて、その後に張方注が出現したとなると、矛盾は解消し、宋代以降の『郡齋讀書志』や『猗覺寮雜記』に張方注が記録されていることも納得できる。從って、張方は張庭芳より後世の人といえるので、この墓誌銘の主は詩の注釋者である張方ではない。

畢竟、張方注の張方が如何なる人物かを特定することはできない。

第五項　詩注の成立過程

前項において詩注の作者に張庭芳、趙琮、張方がいることを紹介したが、「ロ　趙琮注」の中で紹介した『性靈集略注』所引の趙琮注の前に

魏建始殿前有二方鏡一。高五尺廣二尺、在二庭中一、人向レ之寫二人形心府一云云

と注釋者が記載されていない注がある。この注は慶應大詩注本の張庭芳注とも異なっているので、その所在が明白でなかった。しかし、同じ内容の注が實際に存在していた形跡を證する資料があった。それは『百詠和歌』の「鏡」詩にみえる[64]

含情朗魏臺　魏文帝の殿の前におほきなる鏡あり。にはとりかたちをうつしてまふといへり。又云、たかさ五尺

ひろさ三尺の鏡なり。人これにむかへば、心府あらはれてかくるる所なしといへり。又云、秦始皇の時照膽鏡あり。方四尺九寸　五臓をてらすといへり。

である。ここには三種の注の約文が記載されている。その二つ目の約文の

又云、たかさ五尺ひろさ三尺の鏡なり。人これにむかへば、心府あらはれてかくるる所なしといへり。

がそれに相當する。この注を假に某氏注と呼ぶことにする。從って、この某氏注を含めて現存する詩注は最低四種の詩注があったことになる。この四種の注がどのような過程でできたかを檢討してみよう。

一

李嶠が雜詠詩を詠出した時期は不明であるが、胡志昂氏もいうように、[65]「雪」詩の尾聯「大周天闕路、今日海神朝」の「大周」が武則天の國號であるから、垂拱元年（六八五）から長安四年（七〇四）までの間に詠出したと考えられる。その後、雜詠詩關係で出現したのが、張庭芳の『一百二十詠詩註』である。序文によると、この詩注は天寶六年（七四七）の成立であるから李嶠の死後三十五年を經過してからのことである。この事實關係から最初の雜詠詩注は張庭芳の注であることは歪めない。その張庭芳注も長い時間を經ることによって後世の人の改竄・竄入が加えられている。張庭芳注を有する詩注本に慶應大詩注本と天理大詩注本と尊經閣詩注本の三本がある。その中で尊經閣詩注本は前半のみである。慶應大詩注本と尊經閣詩注本は酷似しており、同系統の詩注本であることは間違いない。ただ、神田氏が言うように天理大詩注本には「天寶六年に書かれたものとしては到底あり得べからざる『事林廣記』の如き、後世の書を引用してゐるし、殊に『日本記』の如きを引用してゐるのに至っては、實に言語道斷といはねばならぬ。その他、全册を通じて見てゆくと、『太平御覽』を引用してゐる所もある」[66]これを承けて阿部氏は「本館本を神田氏の引用

された箇所と比較すると、第一に氏が問題とされた「事林廣記」「日本紀」の引用は此には見當らない。卽ちそれ等は後世の竄入であることが判明する、また字句に少しの相違を見る。從って本館本は延德本とは別本を祖本とすることが斷定できる。但し、冒頭の箇所では所掲本は、宋末に成立した事林廣記の引用はないが、その他の箇所には、日本紀を引くことはないが、事林廣記や太平御覽の抄錄を見受け、天寶の成立とするには依然として問題は殘る（尊經閣本亦同じ）[67]」という。以上を整理すると、慶應大詩注本、尊經閣詩注本、天理大詩注本は後人の手が加わっている。その中で張庭芳注の祖本は慶應大詩注本と尊經閣詩注本ということになるが、尊經閣詩注本は前半のみであるから、慶應大詩注本を祖本とする。以後、慶應大詩注本によって述べることにする。

慶應大詩注本に後人の竄入があることは神田・阿部兩氏によって指摘されているが、竄入・改竄は神田・阿部兩氏の指摘個所に止まらない。それは詩句や注にも及んでいる。例えば、慶應大詩注本の「雲」詩の第八句は

　從竜起蒼闕

（注）易曰、雲從㆑竜。曹植詩曰、蒼闕出㆓浮雲㆒也。

に作っている。この詩句を最古の御物本は

　從龍起㆓員闕㆒

に作っている。これによって當初は「蒼闕」ではなく「員闕」であったことがわかる。これが改竄の第一。次にその注の

　曹植詩曰、蒼闕出㆓浮雲㆒也。

も疑わしいことになる。慶應大詩注本や尊經閣詩注本には「蒼闕」の側に「大家也」と小字の書き込みがあり、これによって他の本も皆「蒼闕」に作っていたことがわかる。しかし、天理大詩注本は

曹植詩曰、圓闕出二浮雲一。

に作っている。これが本來の詩注である。その意味ではこの天理大詩注本が古體の注を保存していたことになる。それにも拘らず、天理大詩注本の詩句は「從龍起蒼闕」に作っている。それは先程の書き込みにあったように諸本が皆「蒼闕」に作っているので、天理大詩注本の筆者も「蒼闕」に作ってしまったのであろう。ここで天理大詩注本の「員闕出浮雲」の注の信憑性を確認すると、この注は曹植の「又贈二丁儀王粲一」の詩句である。『文選』巻二十四は天理大詩注本と同じく「員闕出浮雲」に作るが、『曹子建集』巻五は「員闕浮出雲」に作っている。孰れにせよ慶應大詩注本や尊經閣詩注本は注まで改竄されている。これが改竄の第二。詩句に至っては、慶應大詩注本を初めとする古寫本は「從龍起蒼闕」に作り、佚存叢書本は「從龍起金闕」に改竄されている。ただ、文淵閣四庫全書本『全唐詩』のみ「從龍赴圓闕」に作っている。

以上のほかに、詩注から『李嶠集』（集本と呼稱する）『全唐詩』（李趙公集を含む）などの詩句が改竄されている形跡がある。それを紹介しよう。

(イ)　文暉度鵲鏡　（月）

（注）神異記曰、昔有二夫婦一。將レ別打レ鏡破、方執二一片一以爲レ信、其妻与レ人私通。其片鏡化爲二飛鵲一、至二夫前一。夫乃知レ之、後人鑄レ鏡因爲レ鵲。安二背上一也。

この詩句を集本、全唐詩本は

清輝飛鵲鑑

に作っている。この句の「飛鵲」は詩注の「其片鏡化爲二飛鵲一」の「飛鵲」を利用して改竄したものである。（○印は筆者）

(ロ)　流影入蛾眉（月）

（注）鮑明遠翫レ月詩曰、娟娟似二蛾眉一。

この詩句は「月」詩の頷聯の上句である。この詩句と注は共に「蛾眉」に作るが、御物本は

流影入二娥眉一

に作っている。そこで、詩注にみえる出典を検討してみると、出典を有する『鮑氏集』巻七「翫二月城西門解中一」は

未レ映二東北墀一、娟娟似二娥眉一。娥眉蔽二珠櫳一、玉鉤隔二瑣窗一。（○印は筆者）

と作り、御物本と同じ「娥眉」に作っている。ところが、慶應大詩注本や古寫本は「蛾眉」に作っている。これは同じ出典を有する『文選』巻三十「翫二月城西門解中一」にみえる

未レ映二東北墀一、娟娟以二蛾眉一

を詩注に引用した詩注本を觀たことに據ると考えられる。因みに『文選』の諸本は「蛾眉」に作っている。

(ハ)　願陪二北堂宴一、長賦二西園詩一（月）

（注）魏曹植詩、公子敬二愛客一、終レ宴不レ知レ疲。又曰、清夜遊二西園一、明月澄二清影一。

この詩句は「月」詩の尾聯の七・八句である。慶應大詩注本を初め古寫本は皆これに作る。これを御物本は

願陪二北堂宴一、清夜幸同嬉。

に作っている。これによって下句の「清夜幸同嬉」が「長賦西園詩」に改竄されていることになる。古體の詩句「清夜幸同嬉」の「清夜」は注の「清夜遊西園」の「清夜」と關連している。改竄された「長賦西園詩」の「西園」は「清夜遊西園」の「西園」を利用したものである。そして、上句の「北堂宴」に對して「西園詩」を對應させたものである。一方、集本、全唐詩本は

　願言從二愛客一、清夜幸同嬉。

に作っている。上句の「從愛客」は注の「公子敬愛客」の「敬愛客」を利用して改竄したものである。現在通行している「願陪北堂宴、長賦西園詩」は『樂府詩集』卷三十九に收錄されている。江總の「今日相樂」にみえる

　願以北堂宴、長奉南山日。[68]（○印は筆者）

に據って改竄されたと考えられる。尙、詩注の曹植詩は『曹子建集』卷五「公宴」に

　公子敬二愛客一、終レ宴不レ知レ疲。清夜遊二西園一、飛蓋相追隨。明月澄清影、列宿正參差。云云

とある。

(ニ)　時接二白雲飛一（煙）

　（注）江文通詩曰、晝二成秦玉女一、乘レ鸞向二烟霧一。

この詩句は「煙」詩の第八句目である。この詩句と注とは符合していないように思える。ところが、この注に符合する詩句を持つものがある。その詩句は

　時接彩鸞飛

である。この詩句を有するのは集本や全唐詩本である。この詩句の「鸞」と注の「鸞」が符合するので、江文通の詩注が元來の詩注であれば、集本・全唐詩本の詩句はこの詩注に合せて改竄したといえる。尙、江文通の詩は『江文通文集』卷四「班婕妤詠レ扇」[69]にみえる

　晝二作秦王女一、乘レ鸞向二煙霧一。

である。『文選』卷三十一「雜體詩三十首」の「班婕妤」も同じである。

(ホ)　朝晞八月風（露）

（注）月令曰、秋涼風至則白露降也。

この詩句は「露」詩の六句目である。慶應大詩注本と尊經閣詩注本の注は右注と同じであるが、天理大詩注本の注は

月令曰、孟秋涼風至則白露降。

に作っている。詩注の出典である『禮記』巻五「月令第六」に

孟秋之月（中略）涼風至白露降。

とあり、詩注は「月令」と合うが特に天理大詩注本と合致する。しかし、「月令」にいう「孟秋」は七月であるから詩句の「八月」とは符合しない。そこで、慶應大詩注本の注の筆者は「孟秋涼風至」を「秋涼風至」と表記したのであろう。しかし、表記でごまかしても「涼風至則白露降」は孟秋であることに違いない。一方、集本、全唐詩本はこの詩句を

朝晞七月風

に作っている。これは詩注の「月令」にいうところの氣候に應じて改作したものであろう。では詩注本が渡來以前から「八月」になっていたのであろうか。文人の重鎮である李嶠が孟秋と仲秋を間違うはずがない。そこで考えられることは、慶應大詩注本の「八月」は渡來した時は「七月」であったが、日本の書寫人が「乀月」を「入月」と見誤って誤寫したのが始まりではないかと推量する。

(ヘ)　曹公之㆓夢澤㆒（霧）

（注）英雄記曰、曹操赤壁行時、至㆓雲夢澤㆒、逢㆓大霧㆒、迷失㆑道也。

この詩句は「霧」詩の第一句目である。この詩句を集本、全唐詩本は

曹公迷㆓楚澤㆒

に作っている。「楚澤」は楚國の沼澤の意で、慶應大詩注本の「夢澤」は詩注にみえる「雲夢澤」である。『爾雅』卷中「釋地第九」の「九州」に

楚有二雲夢一。

とあるから、楚澤と雲夢とは同じ地名である。次に、慶應大詩注本は皆「之」に作るが、集本、全唐詩本「迷」に作っている。これは詩注の「迷失道」の「迷」を用いて改竄されたものである。

(ト)　萬里大鵬飛（海）

（注）南花眞經曰、北溟海中有二大魚一。名鯤、化爲レ鳥曰レ鵬。六日摶扶搖而上向レ海、一翥九萬里也。（○印は筆者）

この詩句は「海」詩の第四句目である。この詩句の「萬里」を集本、全唐詩本は「九萬」に作っている。これは注にみえる「一翥九萬里也」の「九萬」を用いて改竄したものである。

(チ)　玄龜方錫瑞（洛）

（注）堯沈二璧於洛一。有レ龜負二文背甲一。赤綠字上二于壇一也。一本、錫賜也。孔安國曰、天与レ禹洛出レ書。神龜負レ文而出列二於背一。是綠字也。（○印は筆者）

この詩句は「洛」詩の第七句目である。この詩句の「玄龜」を集本、全唐詩本は「神龜」に作っている。これは一本注にみえる「神龜」を用いて改竄したものである。但し、この詩注本のように幾本かの注を集結した詩注本か、一本注が單行していた時の詩注本で改竄されたかは不明である。

以上を整理すると

(1) 集本、全唐詩の詩句が張庭芳注の語句を用いて改竄されたもの―(イ)(ニ)(ヘ)(ト)。

(2) 『文選』の語句を用いて慶應大詩注本の詩句や注が改竄されたもの―(ロ)。

(3)江總の詩の詩句を用いて慶應大詩注本の詩句を改竄したもの――(ハ)。
(4)見誤りの誤寫による改變――(ホ)。
(5)一本注の語句を用いて慶應大詩注本を改竄したもの――(チ)。

となる。この調査は最古の御物本に收錄されている乾象部十首と芳草部の「蘭」詩の十一首に限定したものであるから他の改竄は推して量るべしである。

これによって、張庭芳注本が特に集本や全唐詩本の雜詠詩に多大な影響を及ぼしていることが判明した。

二

次に出現したのが某氏注であると推測する。その根據は『性靈集略注』卷二所引の「鏡」詩の「含情朗魏臺」の注には先ず某氏注が記載され、續けて趙琮注が記載されていることによる。卽ち、某氏注＋趙琮注の順で記載されているのである。現存の詩注本をみると、注は先ず張庭芳注が記され、次に一本注が記載されている。この場合、張庭芳の注には名前を冠していない。それは張庭芳の注釋本であるから一いち注に名前を冠していないのである。この論理でいくと、『性靈集略注』所引の注は某氏注と呼稱しているように、注釋者の名前がないということはこの注は張庭芳注ということになるが、某氏注は現存の張庭芳注にない。このことは取りも直さず、某氏注は張庭芳注でないことを意味する。從って、この某氏の注は張庭芳注であるという主張と異なる。この某氏注を引用している資料がある。それは前述した『百詠和歌注』の「鏡」詩の「含情朗魏臺」にみえる注である。この注には注釋者名のない詩注が三種引用されている。最初の注が

魏文帝の殿の前におほきなる鏡あり。山どりかたちをうつしてまふといへり。

であり、次の注が

又云　たかさ五尺ひろさ三尺の鏡なり。人これにむかへば心府あらはれてかくるる所なしといへり。

であり、最後の注が

又云　秦始皇の時　照膽鏡あり。方四尺九寸　五臓をてらすといへり。

である。最初の注は『異苑』を出典とする山雞寫形の説話で、張庭芳注と合致する。次の注が『性靈集略注』所引の某氏注と同じ心府寫鏡の説話である。最後の注は『西京雜記』を出典とする照膽鏡説話である。『百詠和歌注』は雜詠詩の注をそのまま要約して和文で書いたものである。從って、これを漢文式に復元すると、最初の注が張庭芳注、次の注が一本注、最後の注も一本注となる。この一本注を『百詠和歌注』では「又云」で表記している。從って、『百詠和歌注』は張庭芳注十一本注（某氏注）十一本注から構成されている。一方、『性靈集略注』の注が某氏注＋趙琮注で構成されていることを考慮すると、某氏注の前の注は張庭芳注となり、某氏注の後の注は趙琮注となるはずであるが、『百詠和歌注』の構成では最後の注が趙琮注とは考え難い。なぜなら、『百詠和歌注』の最後の注は五臓を照し出した照膽鏡についての説話である。その出典である『西京雜記』巻三には

有二方鏡一。廣四尺高五尺九寸、表裏有レ明。人直來照レ之。影則倒見、以レ手捫レ心而來、則見二腸胃五臓一、歴然無レ硋。人有レ疾。病在レ内則掩レ之而照レ之、則知二病之所一レ在。又　女子有二邪心一則膽張心動。秦始皇常以照二宮人一、膽張心動者則殺レ之。

とある。この説話では方鏡は人を照らしたり、五臓を照らしたり、又　人を照らすと膽がふくれ、心を動かし亂すとあり、「照らす」ことに主眼が置かれている。これは照膽鏡と符合する。山雞が自分の姿を鏡に寫して舞ったり、鏡が人の心を寫したり、五臓を照らしたりするという説話を注としている詩句は「含情朗魏臺」となっている。しかし、

この詩句には注にあるような「照らす」意がみえない。ではなぜ『百詠和歌注』のような詩注が出現したのかを考えてみると、この詩注は集本や全唐詩本の詩句「含情照魏臺」の注であったからである。だから、詩句と注とが符合しないのである。そのために整合性のない注となったのである。前項「ハ　張方注」で張方注は慶應大詩注本や古寫本の注ではなく、集本や全唐詩本の詩句の注であることを述べた。因って、『百詠和歌注』の最後の注が「含情照魏臺」の詩句の注であるならば、この注を張方注と見做すことができる。前項「ハ　張方注」でも述べたように、張方注は宋代の詩注であるから他の詩注より成立が遲い。だから、『百詠和歌注』の構成は張庭芳注＋某氏注＋張方注となる。一方、『性靈集略注』の構成が某氏注＋趙琮注であるから、兩書を勘案すると、詩注の出現は張庭芳注＋某氏注＋趙琮注＋張方注の順となる。

某氏注が僅かな斷片の資料しかないので斷言はできないが、明白なことは張庭芳注と異なった注であるということである。このことから推察すると、張庭芳注以外の典據を補充するために作成されたものと考えられる。また、一句のみの資料しかないので推測になるが、某氏注を有する詩句が張庭芳注の詩句と變化がないということは、張庭芳注が用いたテキストに據って注釋されたと考えられる。

三

右文で示した如く、次の出現は趙琮注である。趙琮が何時頃の人か未詳であるので、この詩注の成立も特定し難いが、趙琮注が『祕藏寶鑰鈔』に引用されているので『祕藏寶鑰鈔』の完成より以前に趙琮注が傳來していたことになる。『祕藏寶鑰鈔』の成立年代は不明であるが著者藤原敦光は天養元年（一一四四）に死亡しているので、趙琮注はこの年より以前に傳來していたことは間違いない。趙琮注を有するもう一つの資料『性靈集略注』は釋眞弁の撰集である。

『慶應義塾圖書館藏　和漢書善本解題』に據ると「奥書によれば、本書は貞應二年（一二二三）十輪院の眞弁が何人かに口傳を受けた所を基として撰述したものと見なすべきであろう。眞弁は野山八傑の一人と稱された鎌倉前期の代表的な高野山の學僧で、十輪院に住し、正元元年高野山の檢校となり、在職三年、弘長元年（一二六一）寂す」という。これに據ると、『性靈集略注』は鎌倉中期の一二二三年に成立している。『祕藏寶鑰鈔』より後になるので、一一四四年以前に趙琮注が成立したことに變わりない。一一四四年より相當早い時期に趙琮注が成立していたと思われるが、特定のしようがない。假りに唐代末の成立とすると、張庭芳注が成立して約一五〇年を經過しているので新詩注が出現しても不思議ではない。では何の目的で成作されたのであろうか。現存する詩注を調査してみると、「道」詩以降にみられる一本注には出典名を明記しているものが多い。この一本注が趙琮注であると斷定し難いが、このように出典名を明記した詩注を作ることを目指したものと推測する。慶應大詩注本は「雨」詩には一本注がなく、「鏡」詩にも一本注が欠落しているので趙琮注か否か確認しようがない。『祕藏寶鑰鈔』所引の詩注には出典名を明記しているが、「雪」詩の詩注には出典名が記載されていない。『性靈集略注』所引の詩注も出典名が記載されていない。

以上を勘案すると、この趙琮注も出典名の少ない張庭芳注に近い時期のものであるのかもしれない。

四

趙琮注が張庭芳注に近い時期の詩注だとすると、下限を一一四四年というのはあまりにも遲過ぎる。その上、一一五一年頃成立と考えられる『郡齋讀書志』に雜詠詩に張方注があることを指摘しているので、これが本當ならば、趙琮注と張方注が同時期に存在していたことになる。同時期に存在していたならば、『郡齋讀書志』に張方注のみが記載されているのは事實と異なる。しかし、『郡齋讀書志』を信用すれば、一一五〇年代に張庭芳注・某氏注・趙琮注が散佚し、張方注のみが通行していることになる。張方注が一一五〇年以前に存在していたとなると、趙琮注は相當前に存在していたことになる。

ここで、何故張方が雜詠詩に注釋を施すことになったのかを檢討してみる。それを『猗覺寮雜記』にみえる張方注から考察する。『猗覺寮雜記』所引の雜詠詩は

　李嶠云、大庾天寒少、南枝獨早芳。張方注云、大庾嶺上梅、南枝落、北枝開。

である。前項「ハ　張方注」でも述べたが、この詩句は「梅」詩の首聯の一・二句である。ところが、慶應大詩注本や古寫本はこの詩句を

　院樹歛二寒光一、梅花獨早芳

に作っている。その上、注は

　言梅花臘月中雪開。故言歛レ寒早芳也。

に作っている。出典のないこの注は張庭芳の注である。このように張方注とその注を有する詩句が慶應大詩注本や古寫本と大きく異なっている。『猗覺寮雜記』にみえる詩句は集本や全唐詩本の詩句と一致するので、張方注は集本や全唐詩本に施された詩注である。日本に傳來した詩注本の詩句と集本や全唐詩本との詩句とは大幅に異なるので、異なっている詩句や詩注は新注といえる。この新注が張方最大の功績である。

さて、張方が注釋書を作ろうとした動機は從來の詩注の存在は知っていたが、集本にみえる詩や詩句が傳存している詩注本の詩や詩句と異なっていたので、それに新注を施し、補塡するつもりであったと考えられる。

第六節　結　語

國內に現存する古寫本には御物本（陽明文庫本、東山文庫本）、建治本（田中本、陽明文庫本）、成簣堂文庫本、斯道文庫本（鎌倉末南北朝本、南北朝本）、國會圖書館本、內閣文庫本（慶長本、江戶本）、その他（陽明文庫本（甲本、乙本）、松平文庫本、京都大學本）がある。有注本には慶應大詩注本、天理大詩注本、關西大詩注本、尊經閣詩注本、陽明詩注本、靜嘉堂詩注本がある。國內に現存する刋本には佚存叢書本、延寶本、寶暦本、和李嶠百二十詠本がある。中國にも寫本があったが、日本の佚存叢書本の寫しである。中國における刋本には佚存叢書本、藝海珠塵本（嘉慶版本、嘉慶影印本、民國排印本、縮少民國排印本）、正覺樓叢書本がある。雜詠詩はこのほかに李嶠集（唐人集、唐百家詩、唐詩二十六家、唐五十家詩集、單行刋（明九行活字、明倣宋刋九行）、李趙公集、唐詩紀、唐音統籤、全唐詩）の中に収錄されている。次に總集の唐詩類苑、唐詩品彙、唐詩名花集、唐詩所、唐詩鏡、唐詩韻匯、全唐詩錄に収錄されている。更に類書の文苑英華、事文類聚、詩淵、古儷府、佩文齋詠物詩選、淵鑑類函、歷代詠物詩選に収錄されている。以上のうち李嶠集は製本段階の過失で詩題が脫落したり、他の詩が混入したりしているが、詩の配列は基本的には日本の古寫本や佚存叢書本とほぼ合致する。唐人小集本は李嶠集本の唐詩二十六家本と合致する。次に全唐詩本をみると李嶠集本とは別系統本である。佚存叢書本とも異なる。次に總集にみえる雜詠詩であるが、唐詩類苑の雜詠詩は唐詩二十六家本を底本にして、李趙公集本で補訂された可能性がある。唐詩品彙の雜詠詩は李趙公集の雜詠詩と同系統本である。唐詩名花集の雜詠詩は佚存叢書本の雜詠詩である可能性が高い。唐詩所の雜詠詩は初唐紀本・李趙公集本と酷似しているので、兩書の藍本と同一本からの採錄である可能性が高い。唐詩鏡の雜詠詩に合致する雜詠詩が見當らないが、初唐紀本が最も近い。

唐詩韻匯の雜詠詩は唐詩二十家本を底本とした可能性が高い。全唐詩錄の雜詠詩は初唐紀本か李趙公集本から採錄されたものか。雜詠詩は總集のほか類書にもみえる。文苑英華の雜詠詩は唐詩二十六家本を包括する李嶠集本系統から採錄した雜詠詩である。この雜詠詩にも改竄の手が加わっている。事文類聚の雜詠詩は已に改竄された雜詠詩から引用している。『李嶠雜詠詩』の原詩に近い詩句や詩語を有している。詩淵の雜詠詩は孰れの李嶠雜詠詩とも合致しない。本書は既に改竄された雜詠詩から採錄したものである。古儷府の雜詠詩は文苑英華所錄の雜詠詩と同じ藍本と考えられる。佩文齋詠物詩選の雜詠詩は李趙公集本の詩を底本として李嶠集本や唐詩類苑本などから詩句や詩語を採取して雜詠詩の意を變えることなく同義語を用いて改竄した可能性が高い。淵鑑類函の雜詠詩は佚存叢書本、李趙公集本、李嶠集本の孰れとも合致しないということは既に改竄を重ねられた雜詠詩からの採錄したものである。歷代詠物詩選の雜詠詩は唐音統籤本に引く雜詠詩を底本とし、他の雜詠詩から採錄したものである。

注

第一章　無注本

（1）『書跡名品叢刊』所收『嵯峨天皇　橘逸勢集』（二玄社、一九八二年十月發行）所錄「傳嵯峨天皇筆　李嶠百詠斷簡」の解說。
（2）『書苑』第二號の解說。
（3）（1）に同じ。
（4）『日本名筆全集』第一期卷一の研究篇。
（5）『書跡名品叢刊』。

(6)『陽明文庫名寶圖錄』。
(7)『日本國寶全集』六十二集の解説で、大矢氏は「本書は下巻の奥書によれば、菅家相傳の本にして、嘗て唐橋在宗が後鳥羽天皇に傳授し奉った本であるから、その傳來に於ても興味あることである」といい、山田氏は『書苑』(第七號)の「李嶠詩集百二十詠」と題する論文の中で「在宗は蓋し菅原在宗なるべく、この人は弘安三年六月二日に八十二歳にて卒したること、尊卑分脈に見えたれば、建治三年の書寫は、卽、在宗の奥書なるべきか。在宗は建治三年に七十九歳なり」という。
(8)「李嶠百詠雜考」(『ビブリア』第一輯)及び『神田喜一郎全集Ⅱ』の「續東洋學説林」所收に見ゆ。
(9)蓋の裏に「大正乙卯六月念一蘇峯學人於田中伯入札會苦心慘談之餘獲焉」と記した覺書が添付されている。
(10)『陽明文庫名寶圖錄』の解説は四十四首とする。尙、「鴈」を「鷹」とするは誤寫である。
(11)『松平文庫目錄』の序文を參考。
(12)龍谷大學本は「江戸書肆　春秋堂」と記す。
(13)孫猛著『郡齋讀書志校證』(上海古籍出版社、一九九〇年十月刊)八百三十八頁。
(14)『京都大學人文科學研究所漢籍目錄(上)』の「唐人小集殘五十八卷」の出所に「闕名輯　昭和三十四年本所用米國國會圖書館攝國立北平圖書館藏明活字印本膠片景照　國立北平圖書館善本縮影書之一」とある。
(15)『中國善本書提要』の集部、總集類に「『李嶠集』紙色與他種不同、蓋因非同時所印」と記す。
(16)『京都大學人文科學研究所漢籍目錄(上)』に「昭和四十三年本所用東京內閣文庫藏嘉靖十九年自序刋本景照」とある。
(17)『唐五十家詩集』の「前言」にある。
(18)Bに屬する諸本は『全唐詩』より古いものばかりであるが、利用の便を考慮して「全唐詩本系統」とした。
(19)唐詩紀本は「殖」を「値」に作るが、「殖」の誤寫であろう。
(20)『全唐詩』卷二百三十一にみえる。
(21)「對雪」の詩は『雜詠詩』の「雪」詩と合致するので、詩題を誤寫したものである。

第二章　有注本『雜詠詩』の諸本

(1) 大名の從五位下の無役のものをいう。
(2) 例えば、「日」詩の詩題の注に『事林廣記』や『日本紀』を引用する。
(3) 新美寬編鈴木隆一補『本邦殘存典籍による輯佚資料集成』にみえる「內藤湖南博士藏舊鈔轉寫本」がこれか。また、山崎誠氏は「『李嶠百詠』雜考　續貂」の中で「現在存否不明ながら、內藤湖南博士の恭仁山莊に、古鈔轉寫本が藏されていたようである」と述べている。
(4) 島田忠臣は田達音、小野岑守は野相公と稱した。
(5) 近藤春雄著『日本漢文學大事典』（明治書院、昭和六十年三月刊）。
(6) 陳祚龍著『敦煌學津雜志』（文津出版社、中華民國八十年十二月刊）の「法國的敦煌吐魯番學敎研之回顧與前瞻」參看。
(7) 實際に手に取って看ることが許されなかったので、紙質など不明。計測も許されなかったが、眼前で係員に代行して計量してもらった。
(8) 旣出。『敦煌學津雜志』。
(9) 段玉裁著『說文解字注』第十篇下に「悳、俗字叚レ德爲レ之」とある。
(10) 『呂氏春秋』巻十八「重言」や『說苑』巻一「君道」にもみえる。
(11) 『ビブリア』第一輯及び『神田喜一郎全集Ⅱ』に所收。
(12) 『鶴見女子大學紀要』第七號、昭和四十四年十二月。『日中比較文學の基礎研究』（笠間書院、昭和四十九年一月刊）所收。
(13) 「國語國文」第五十二巻第七號―五八七號―（昭和五十八年七月發行）所收。
(14) 張庭芳注の表記卽ち一句一注の原則からみて、この「詠鏡」は後人の竄入である。
(15) 「橄欖」第二號（早稻田大學中文宋詩研究班、一九八九年九月發行）所收。
(16) 「和漢比較文學」第六號（和漢比較文學會、平成二年十月刊）所收。

(17)「張芳注」は「張方注」の誤植であろう。

(18) これらの詩注本の詳細については第二章、有注本に既出。

(19) 山崎氏も「『李嶠百詠』雜考　續貂」の中で指摘するが、「張庭芳注」以外の「注」も含めてのことである。

(20)「被」「鏡」「扇」の三首には「一本」注はあり得ないはずであるが、「被」詩七・八句の注に「一本」注がみえる。これがもう一本の注本であるとすると、ここには二本の注本があることになり、張庭芳注文の文意に反する。従って、この「一本」は三詠註の一本注の中に引かれている「一本」であろうと思われる。山崎氏は「屛までの注は底本の注に別本の注を「一本」として取合せていることが推定され、「被」以下の三詠に就ては、偶底本に爛脱があって二本の取合せがなされなかったことが推測される」という。

(21) この注は張庭芳の注ではなく、注を校合筆寫している者の注釋である。従って、この意味は「被・鏡・扇の三首には底本注が脱落して無いので、校合できず、殘り一本だけの注を記載した」と解すべきであろう。

(22) 既出。「『李嶠百詠』雜考　續貂」。

(23) 前注（22）に同じ。

(24)『新五代史』巻五十六「雜傳第四十四」は「鄆州」に作る。

(25) 中文出版社、一九七七年十一月出版。

(26) 既出。『日中比較文學の基礎研究　翻譯說話とその典據』所錄。

(27) 完本として古いのは醍醐寺本（貞應二年〈一二二三〉寫本）がある。

(28) 慶應義塾大學圖書館發行、昭和三十三年十一月刊。

(29) 原本は「李」を「季」に誤る。

(30) 原文は「趙」に誤る。

(31) 既出。「『李嶠百詠』雜考　續貂」。

(32)「女」は「始」の誤り。

(33) 既出。「『李嶠百詠』雜考　續貂」。
(34) 『眞言宗全書』第十一（高野町眞言宗全書刊行會、昭和八年刊）所收本。
(35) 『北河紀』卷三（四庫全書所收）。
(36) 四庫全書所收。
(37) 『謙齋文錄』卷二（四庫全書所收）。
(38) 四庫全書所收。
(39) 前同。
(40) 前同。
(41) 前同。
(42) 前同。
(43) 前同。
(44) 前同。
(45) 前同。
(46) 前同。
(47) 前同。
(48) 前同。
(49) 前同。
(50) 前同。
(51) 前同。
(52) 黃本驥「古誌石華」二十三（『唐代墓誌彙編』下所收）。
(53) 段松苓編『益都金石記』卷二（四庫全書所收）。

(54)『知不足齋叢書本』（『叢書集成新編』所收）本に據る。
(55)『文淵閣四庫全書』所收本に據る。
(56)『佚存叢書』本（『叢書集成新編』所收）に據る。
(57)原書は「題」を「提」に作る。改む。
(58)既出。「『李嶠百詠』雜考」。
(59)「李嶠雜詠注」考――敦煌本殘簡を中心に――（「橄欖」Vol.2〈早稻田大學中國文學研究會宋詩研究班、一九八九年九月〉所收）。
(60)孫猛校證『郡齋讀書志校證』（上海古籍出版社、一九八三年十月刊）。
(61)既出。「百詠和歌と李嶠百詠」。
(62)既出。「『李嶠百詠』雜考　續貂」。
(63)『蜀中廣記』卷四十二、『宋元學案』卷七十二、『宋史翼』卷二十二にほぼ同文有り。
(64)原文は「情」を「淸」に作る。雜詠詩に據って改む。
(65)「日本現存『一百二十詠詩註』考」（『和漢比較文學』第六號）。
(66)既出。「『李嶠百詠』雜考」。
(67)『慶應義塾圖書館　和漢書善本解題』。
(68)『古詩紀』卷一百十四、『古樂苑』卷二十一、『漢魏六朝一百三家集』卷一百五などにもみえる。
(69)原文は「好」を「妤」に作る。『文選』に據って改む。

第三部　雑詠詩篇

第一章 詠物詩について

李嶠の雜詠詩が詠物詩であることは周知のとおりである。そこで、詠物詩について觸れておく必要があろう。詠物詩については、網祐次氏の名著『中國中世文學研究――南齊永明時代を中心として――』（新樹社・昭和三十五年六月發行）や廖國棟氏の『魏晉詠物賦研究』（文史哲出版社・中華民國七十九年十月三版發行）に詳細な研究がある。從って、これを參考にして詠物詩の概觀を述べておこう。

詠物詩の〝詠物〟については、『國語』卷十七の「楚語上第一七」に霍

若是而不レ從、動而不レ悛、則文詠レ物以行レ之、求二賢良一以翼レ之。（〇印は筆者）とある。〝詠物〟の語句の書籍にみえる初見と思われるが、この場合の〝詠物〟は韋昭の注に文、文詞也。詠、風也。謂下以二文詞一風二託事物一、以動中行之上。とあるように「物事にかこつけて教え示す」[1]の意で、詩體としての詠物ではない。詩體としてみえるのは、梁の鍾嶸（四六八～五一八）の『詩品』卷下の「下品」に、齊の朝請である許瑤（生沒年不詳）の詩を評して

許長二於短句詠物一。

という。許瑤に傳記がないので、文學活動やその特色は判然としないが、許瑤の詩が、『玉臺新詠集』卷十に三首殘されている。そのうち、詠物詩と思われるものに「詠柟榴枕」がある。その詩とは

端木生二河側一、因レ病遂成レ研。朝將二雲髻一別、夜與二娥眉一連。

である。これは枏榴の木で作った枕を詠じたもので、詩形は五言四句で、まさに『詩品』のいう「短句詠物」ということができる。これは詩體としての「詠物」の語の初見であるが、當時、事物を吟詠するという詩體が廣く存在していた證據でもある。

さて、詠物詩の定義については、清の兪琰（生沒年不詳）は『歴代詠物詩選』の序の中で

詩也者、發二於志一而實感二於物一者也。詩感二於物一、而其體レ物者不レ可二以不一レ工。狀レ物者不レ可二以不一レ切。於レ是有二詠物一體一、以窮二物之情一、盡二物之態一、而詩學之要、莫レ先二於詠一レ物矣。古之詠物者、其見二於經一則灼灼寫二桃華之鮮一、依依極二楊柳之貌一、杲杲爲二出レ日之容一、瀌瀌擬二雨雪之狀一、此詠物之祖也。而其體猶未レ全、至二六朝一而始以二一物一命レ題。唐人繼レ之、著作益工。兩宋元明承レ之、篇什愈廣。故詠物一體、三百篇導二其源一、六朝備二其製一、唐人擅二其美一、兩宋元明沿二其傳一。

という。即ち、『詩經』の昔から詠物詩らしきものはあったが、六朝時代になって「一物」を題として詠出した詩が、定義に即した詩として定着する。ここにいう「一物」は、『詩經』にみえる草木鳥獸の類をいうが、草木鳥獸以外の事物については判然としない。そこで、六朝時代の「物」の範疇について概括しておこう。梁の劉勰（字、彥和、?〜五二〇）の『文心雕龍』巻二の「詮賦第八」[2]に

至二於草區禽族・庶品雜類一、則觸レ興致レ情、因レ變取レ會。擬二諸形容一、則言務二纖密一、象二其物宜一、則理貴二側附一。斯又小制之區畛、奇巧之機要也。

という。ここでは草木鳥獸のほかに種々の器物を擧げている。『文心彫龍』の「詮賦」は賦の詮議であり、詩とは形式を異にするが、詠物という點では詩と同じである。また、蕭統（字、德施。五〇一〜五三一）は『文選』の「序」の中で

若其紀㆓一事㆒、詠㆓一物㆒、風雲草木之興、魚蟲禽獸之流、推而廣㆑之、不㆑可㆓勝載㆒矣。

という。ここにいう「紀㆓一事㆒、詠㆓一物㆒、風雲草木之興、魚蟲禽獸之流」について、清の張杓（生沒年不詳）の『梁昭明太子文選序注』[3]の中で、羅日章（生沒年不詳）は

紀事如㆓潘岳籍田・西征・射雉、班彪北征諸賦㆒。詠物如㆓王褒洞簫、馬融長笛、嵇康之琴、潘岳之笙諸賦㆒。風雲如㆓宋玉・江逌・王凝之風賦、其後王融・謝脁・沈約擬風賦、荀況・成公綏・楊乂雲賦、陸機白雲・浮雲二賦㆒。草木如㆓鍾會・孫楚菊花賦、魏文帝・曹植・摯虞槐賦、陸機桑賦、魏文帝・王粲柳賦、徐幹・潘岳橘賦㆒。魚蟲禽獸如㆓摯虞觀魚賦、蔡邕・孫楚・傅奕蟬賦、成公綏螳螂賦、禰衡鸚鵡賦、顏延之赭白馬、張華鷦鷯、鮑照舞鶴諸賦㆒。

といい、風雲草木や魚蟲鳥獸を具體的に作品名を通して指摘しているが、このうち、『文選』に収録されている詠物賦は、王褒の「洞簫」、馬融の「長笛」、嵇康の「琴」、潘岳の「笙」、宋玉の「風」、禰衡の「鸚鵡」、顏延之の「赭白馬」、張華の「鷦鷯」、鮑照の「舞鶴」の諸賦である。しかし、『文選』には、このほかに、謝惠連の「雪」、謝莊の「月」、賈誼の「鵩鳥」の諸賦を収録しているが、羅日章氏はなぜこの三賦を記載しなかったのであろうか。案ずるに、「鵩鳥賦」は見落しであろうが、「風賦」が記載されているのに、「雪賦」と「月賦」が記載されていないのは、『文選』の序に「風雲草木之興」とあって、「雪・月」の記載がなかったからであろう。だが、『文選』の序には「風・雲」の天象を記載し、更に、「詠㆓一物㆒」とあるから、當然、「雪・月」を天象の一物として記載してもよいはずである。現に、『文選』は巻十三の「物色」では、宋玉の「風賦」、潘岳の「秋興賦」と一緒に謝惠連の「雪賦」と謝莊の「月賦」が一緒に収録されているにも拘らず記載していないということは、羅氏は『文選』の「物色」を物と解釋しなかったたからであろう。「風賦」は『文選』の序に「風雲草木之興」とあるから記載したままである。『文選』の「物色」の概念について、網祐次氏は「物色とは、四時に於ける外界の景物のことであろうが、文選に實際收むる所は風　秋興　雪

月の賦である。かかる採録の傾向から推すと、右の天象をば、物色と爲し、若しくは、物色の主要なるものと爲したのであろうか。而して、宮殿　鳥獸　樂器を、物色とは區別したことは、言ふを俟たぬ。故に、物色は物の一部分である」(4)という。網祐次氏は潘岳の「秋興賦」を天象とし、物と見做しているが、廖國棟（生沒年不詳）氏は「雖レ有下非レ屬二詠物賦一者上（如三秋興賦一屬二歳時一、非レ物也）(5)」といい、秋興を詠物と見做していない。清の陳元龍（字、廣陵。一六五二～一七三六）が康熙帝の敕命により編纂した『御定歴代賦彙』には、潘岳の「秋興賦」を天象ではなく、歳時の項目に編入している。秋興が物色であることは明確であるが、李嶠の詠物詩をみてもわかるように、唐以後は〝歳時〟を詠物の範疇に入れていない。

第一節　雜詠詩の詩題と題材

李嶠の雜詠詩の特色の一つに詩題がある。宋の晁公武の『郡齋讀書志』巻十七に「今所レ錄一百二十詠而已、或題曰二單題詩一云云」(6)というように、雜詠詩の詩題が全て單題であることとである。雜詠詩は百二十の單題を十二の門目に大別し、一門目につき十の單題を配分している。その内容は次の如くである。

乾象部―日　月　星　風　雲　煙　露　霧　雨　雪
坤儀部―山　石　原　野　田　道　海　江　河　洛(7)
芳草部―蘭　菊　竹　藤　萱　萍　菱　瓜(8)　芳　荷
嘉樹部―松　桂　槐　柳　桐　桃　李　梨　梅　橘
靈禽部―鳳　鶴　烏　鵲　鳫　鳧　鶯　雀　雉　燕(9)

祥獸部―龍　麟　象　馬　牛　豹　熊　鹿　羊　兎
居處部―城　門　市　井　宅　池　樓　橋　舟　車
服玩部―床　席　帷　簾　屏　被　鏡　扇　燭　酒
文物部―經　史　詩　賦　書　檄　紙　筆　硯　墨
武器部―劍　刀　箭　弓　弩　旌　旗　戈　鼓　彈
音樂部―琴　瑟　琵琶(10)　箏　鐘(11)　簫　笛　笙　歌　舞
玉帛部―珠　玉　金　銀　錢　錦　羅　綾　素　布（佚存叢書本による）

第一項　單題同詩の先行詩題

右の如き多數の詩題を一字の單題（琵琶のみ二字）で統一したものは、先にも後にも李嶠の雜詠詩だけであるが、詩題に單題を用いたのは李嶠が始めてではない。右の詩題の中から、李嶠より以前に同題で詠出した單題詩及び詩人を、『文選』『玉臺新詠』『藝文類聚』『初學記』『古詩紀』『古詩類苑』『樂府詩集』『佩文齋詠物詩選』『古文苑』『文苑英華』『太平御覽』『北堂書鈔』『唐詩紀事』『全唐詩』や「敦煌文書」から求め、列擧すると次の如くである。

〈乾象〉

日―魏劉楨（藝文類聚卷一。佩文齋詠物詩選　日類）、晉張載（藝文類聚卷一、二首。佩文齋詠物詩選　日類）、晉傅玄（藝文類聚卷一。佩文齋詠物詩選　日類）、梁李鏡遠（藝文類聚卷一。初學記卷一。文苑英華卷百五十一、古詩紀卷百三）、梁劉孝綽（藝文類聚卷一、初學記卷一、文苑英華卷百五十一、佩文齋詠物詩選　日類、古詩紀卷九十七、題作詠日應令）、北周康孟（初學記卷一、文苑英華卷百五十一、佩文齋詠物詩選　日類、古詩紀卷百二十二、題作詠日應趙王敎）、唐董思恭（初學記卷一。文苑英

華卷百五十一。佩文齋詠物詩選　日類。全唐詩卷六十三。唐詩紀事卷三）

月―晉陸機（藝文類聚卷一）、梁沈約（玉臺新詠卷五。藝文類聚卷一。初學記卷一。文選卷三十、題作應王中丞思遠詠月。文苑英華卷百五十一。太平御覽卷四、題作詠月。古詩紀卷八十三）、唐董思恭（初學記卷一。文苑英華卷百五十一。佩文齋詠物詩選　月類。全唐詩卷六十三。唐詩紀事卷三）

星―晉傅玄（藝文類聚卷一）、唐董思恭（初學記卷一。文苑英華卷百五十一。佩文齋詠物詩選　星類。全唐詩卷六十三。唐詩紀事卷三）

風―齊謝朓（古詩類苑卷二。佩文齋詠物詩選　風類。古詩紀卷六十九）、梁簡文帝（玉臺新詠卷七。[12]藝文類聚卷一。文苑英華卷百五十六。佩文齋詠物詩選　風類。古詩紀卷七十八）、梁元帝（藝文類聚卷一。初學記卷一。文苑英華卷百五十六、作者作沈約。佩文齋詠物詩選　風類。古詩紀卷八十一）、梁沈約（文苑英華卷百五十六）、梁劉孝綽（藝文類聚卷一。文苑英華卷百五十六。佩文齋詠物詩選　風類。古詩紀卷九十七）、梁王臺卿（藝文類聚卷一。文苑英華卷百五十六。古詩紀卷百三）、梁何遜（藝文類聚卷一。初學記卷一。文苑英華卷百五十六）、梁庾肩吾（藝文類聚卷一。文苑英華卷百五十六。佩文齋詠物詩選　風類。古詩紀卷九十）、陳祖孫登（藝文類聚卷一。初學記卷一。文苑英華卷百五十六。佩文齋詠物詩選　風類。古詩紀卷百十六）、隋阮卓（初學記卷一、題作賦得風。文苑英華卷百五十六。古詩紀卷百十六）、唐太宗（初學記卷一。文苑英華卷百五十六。佩文齋詠物詩選　風類。全唐詩卷一）、唐虞世南（初學記卷一、全唐詩卷三十六、題作奉和詠風應魏王教。文苑英華卷百五十六）、唐王勃（初學記卷一。文苑英華卷百五十六。佩文齋詠物詩選　風類。全唐詩卷五十五）、唐董思恭（初學記卷一。文苑英華卷百五十六。佩文齋詠物詩選　風類。全唐詩卷六十三。唐詩紀事卷三）

雲―魏劉楨（藝文類聚卷一）、晉傅玄（藝文類聚卷一）、梁簡文帝（藝文類聚卷一。佩文齋詠物詩選　雲類。古詩紀卷七十九）、梁吳均（藝文類聚卷一。佩文齋詠物詩選　雲類。文苑英華卷百五十六。古詩紀卷九十二。二首）、梁王臺卿（樂府詩集卷八十六。古詩紀卷百三)。唐于季子(初學記卷一。文苑英華卷百五十六。佩文齋詠物詩選　雲類。全唐詩卷八十。唐詩紀事卷七)、唐董思恭(初學記卷一。文苑英華卷百五十六。全唐詩卷六十三。唐詩紀事卷三)

煙—梁簡文帝(藝文類聚卷八十。初學記卷二十五、古詩紀卷七十九)

露—晉傅咸(古詩類苑卷三)、梁顧烜(初學記卷二。文苑英華卷百五十六、作者作顧愷。佩文齋詠物詩選　露類。古詩紀卷百四)、唐駱賓王(初學記卷二。佩文齋詠物詩選　露類。全唐詩卷七十八、題作秋露)、唐董思恭(文苑英華卷百五十六。佩文齋詠物詩選　露類。全唐詩卷六十三)

霧—梁元帝(藝文類聚卷二。初學記卷二。佩文齋詠物詩選　霧類、二首。古詩紀卷八十一)、梁沈趍(初學記卷二、佩文齋詠物詩選　霧類、題作賦得霧。文苑英華卷百五十六。古詩紀卷百一)、北周王褒(藝文類聚卷二。古詩紀卷百十三、題作詠霧應詔)、唐董思恭(初學記卷二。文苑英華卷百五十六。佩文齋詠物詩選　霧類。全唐詩卷六十三。唐詩紀事卷三)、唐蘇味道(初學記卷二。文苑英華卷百五十六。佩文齋詠物詩選　霧類。全唐詩卷六十五。唐詩紀事卷六)

雨—晉傅玄(藝文類聚卷二。古詩紀卷三十二、題作苦雨。北堂書鈔卷百五十・引一韻、卷百五十一・引一句)、魏阮瑀(古詩類苑卷二)、唐太宗(初學記卷二。文苑英華卷百五十三。佩文齋詠物詩選　雨類。全唐詩卷一)

雪—劉宋鮑照(藝文類聚卷二。初學記卷二。題作斆劉公幹詩)、劉宋任予(北堂書鈔卷百五十六)、劉宋何承嘉(北堂書鈔卷百五十四)、劉宋范泰(北堂書鈔卷百五十二)、梁簡文帝(二首。藝文類聚卷二。佩文齋詠物詩選　雪類。古詩紀卷七十九)、梁沈約(初學記卷二、佩文齋詠物詩選　雪類、古詩紀卷八十三、題作詠雪應令)、梁裴子野(玉臺新詠卷八。(13)藝文類聚卷二。初學記卷二。文苑英華卷百五十四。佩文齋詠物詩選　雪類。古詩紀卷九十二)、梁吳均(二首、藝文類聚卷一・卷二。初學記卷二、一首。文苑英華卷百五十四)、梁何遜(藝文類聚卷二。初學記卷二。文苑英華卷百五十四。佩文齋詠物詩選　雪類。題作和司馬博士詠雪。古詩紀卷九十四)、陳徐陵(藝文類聚卷二。文苑英華卷百五十四。佩文齋詠物詩選　雪類。古詩紀卷百十)、陳張正見(歲華紀麗卷四。初學記卷二。文苑英華卷百七十九、古詩紀卷百十三、題作應衡陽王敎詠雪。佩文齋詠物詩選　雪類。題作詠雪應衡陽王敎）、唐太宗（文苑英華卷百七十三。佩文齋詠物詩選　雪類。全唐詩卷一）、唐上官儀（初學記卷二。佩文齋詠物詩選　雪類。全唐詩卷四十。唐詩紀事卷六）、唐董思恭（初學記卷二。文苑英華卷百五十四。全唐詩卷六十三。唐詩紀事卷三）、唐駱賓王（文苑英華卷百五十四。佩文齋詠物詩選　雪類。全唐詩卷七十八）

〈坤儀〉

山―晉王凝之妻謝氏（藝文類聚卷七）、梁庾肩吾（初學記卷五、題作賦得山。文苑英華卷百五十九。古詩紀卷九十）、陳釋惠標（三首、初學記卷五。文苑英華卷百五十九。佩文齋詠物詩選　山總類。古詩紀卷百十七）、隋李德林（初學記卷五。文苑英華卷百五十九）、隋劉斌（初學記卷五。佩文齋詠物詩選　山總類。古詩紀卷百三十六）

石―陳陰鏗（藝文類聚卷六。初學記卷五。佩文齋詠物詩選　石類。文苑英華卷百六十一。古詩紀卷百九）、隋崔仲方（初學記卷五。文苑英華卷百六十一。佩文齋詠物詩選　石類。題作奉和周趙王詠石。古詩紀卷百三十四）、隋虞茂（初學記卷五。文苑英華卷百六十一、佩文齋詠物詩選　石類、古詩紀卷百三十四、題作賦得詠石）、唐蘇味道（初學記卷五。文苑英華卷百六十一。佩文齋詠物詩選　石類。全唐詩卷六十五）

海―唐宋之問（文苑英華卷百六十二。唐詩紀事卷十一）

江―晉傅玄（古詩類苑卷十三）

〈芳草〉

蘭―後漢酈炎（藝文類聚卷八十一）、梁宣帝（初學記卷二十七。文苑英華卷三百二十七。古詩紀卷八十一）

菊―晉袁山松（藝文類聚卷八十一。古詩紀卷四十二）、唐陳叔達（初學記卷二十七。全唐詩卷三十）

竹―齊謝朓（藝文類聚卷八十九。古詩紀卷六十九）、梁元帝（藝文類聚卷八十九。初學記卷二十八。文苑英華卷三百二十五。古詩紀卷八十、題作賦得竹）、北齊蕭放（初學記卷二十八。文苑英華卷三百二十五。古詩紀九十八）、唐太宗（初學記卷二十八、題作賦得竹。全唐詩卷一、作賦得臨池竹。唐詩紀事卷一）、梁沈約（合璧事類別集卷五十四）

藤—梁簡文帝（藝文類聚卷八十二。古詩紀卷七十九）

萱—隋陽休之（初學記卷二十七、文苑英華卷三百二十七、古詩紀卷百二十、題作萱草）

萍—魏何晏（古詩類苑卷百二十三）、晉司馬彪（藝文類聚卷八十二。太平御覽卷九百九十七、引二韻。合璧事類別集卷五十六、引二韻。古詩紀卷三十三）、南齊劉繪（初學記卷二十七。文苑英華卷三百二十七、作者作吳均。古詩紀卷七十二）

瓜[14]—魏阮籍（藝文類聚卷八十七、初學記卷二十八、引二韻。初學記卷二十八、引二韻。太平御覽卷九百七十八、引二韻。文選卷二十三。古詩紀卷二十九）。

荷—晉張華（藝文類聚卷八十二）、梁江洪（藝文類聚卷八十二。古詩紀卷百一）、北周庾信（古詩類苑卷百二十二。古詩紀卷百二十八、題作賦得荷）

〈嘉樹〉

松—晉袁宏（古詩類苑卷百二十五）、晉傅玄（古詩類苑卷百二十五）、晉謝道韞（藝文類聚卷八十八。古詩紀卷四十七。皆題作擬嵇中散詠松）、隋李德林（初學記卷二十八。文苑英華卷三百二十四。古詩紀卷百三十一。皆題作詠松樹）

桂—梁范雲（藝文類聚卷八十九。古詩類苑卷百二十二。佩文齋詠物詩選　桂花類。古詩紀卷八十七。皆題作詠桂樹）、梁庾肩吾（藝文類聚卷八十九。古詩類苑卷百二十二。佩文齋詠物詩選　桂花類。古詩紀卷九十。皆題作詠桂樹）

槐—魏繁欽（初學記卷二十八。古詩紀卷十七。皆題作槐樹）

柳—梁簡文帝（藝文類聚卷八十九。古詩紀卷七十九）、梁沈約（玉臺新詠卷五。[15]藝文類聚卷八十九、古詩紀卷八十四、題作翫庭柳）、

梁吳均（文苑英華卷三百二十三。古詩紀卷九十二）、陳祖孫登（藝文類聚卷八十九。古詩紀卷百十六）

桐—齊王融（佩文齋詠物詩選　梧桐類。古詩紀卷六十七、古文苑卷九、題作詠梧桐）、隋魏彥深（初學記卷二十八。古詩紀卷百三十三）、隋陸季覽（文苑英華卷三百二十四。古詩紀卷百三十七）

桃—梁沈約（玉臺新詠卷五。古詩紀卷八十四）、唐太宗（初學記卷二十八。文苑英華卷三百二十一。全唐詩卷一）

李—梁沈約（藝文類聚卷八十六。初學記卷二十八、題作詠麥李。[16]文苑英華卷三百二十六。古詩紀卷八十四）、隋江總（藝文類聚卷八十六。佩文齋詠物詩選　李花類。古詩紀卷百十五）、唐太宗（初學記卷二十八、二首、一題作賦得李、一題作探得李。佩文齋詠物詩選　李花類、文苑英華卷三百二十六、全唐詩卷一、但唐詩紀事卷三作董思恭詩、皆題作賦得李）

梅—梁元帝（藝文類聚卷八十六。古詩紀卷八十一）

梨—梁沈約（初學記卷二十八。文苑英華卷三百二十六。古詩紀卷八十四。皆題作應詔詠梨）、梁宣帝（初學記卷二十八、題作大梨。古詩類苑卷一百二十四。文苑英華卷三百二十六）

橘—齊虞羲（藝文類聚卷八十六。古詩紀卷百一）、梁簡文帝（藝文類聚卷八十六。古詩紀卷七十九）、梁徐擒（藝文類聚卷八十六。古詩紀卷九十九）

〈靈禽〉

鳳—魏劉楨（藝文類聚卷九十。[17]初學記卷三十、題作鳳皇。文選卷二十三、題作贈從弟其三）、晉棗據（古詩類苑卷百二十六）

鶴—魏曹植（古詩類苑卷百二十六）、梁沈約（玉臺新詠卷五）[18]、梁江洪（藝文類聚卷九十。古詩紀卷百一）、梁吳均（藝文類聚卷九十。初學記卷三十。文苑英華卷三百二十八、題作主人池前鶴）、陳陰鏗（初學記卷三十。古詩紀卷百九）

烏—唐李義府（佩文齋詠物詩選　烏類。全唐詩卷三十五。Stein 555、題作侍宴詠烏）

鵲—梁武陵王（古詩類苑卷百二十六）、梁蕭紀（初學記卷三十。文苑英華卷三百二十七。古詩紀卷八十一）、隋李孝貞（太平御覽卷

九百二十一引北齊書）

鴈—梁簡文帝（藝文類聚卷九十一、題作賦得隴坻鴈初飛。文苑英華卷三百二十八）、北周王褒（藝文類聚卷九十一。文苑英華卷三百二十七。古詩紀卷百二十三）、北周庾信（藝文類聚卷九十一。古詩紀卷百二十八）

燕—晉王升之（北堂書鈔卷百五十四春篇）、梁吳筠（藝文類聚卷九十二。文苑英華卷三百三十九）、梁庾肩吾（藝文類聚卷九十二、古詩紀卷九十、題作和晉安王詠鷰。文苑英華卷三百二十九）

雀—梁沈趨（藝文類聚卷九十二。文苑英華卷三百二十九。古詩紀卷百一）、隋李孝貞（古詩類苑卷百二十六。佩文齋詠物詩選　雀類。樂府詩集卷六十八、題作鳴雁行）

〈祥獸〉

馬—晉劉恢（古詩類苑卷百二十七）、陳劉刪（藝文類聚卷九十三、文苑英華卷三百三十、古詩紀卷百十六、題作賦得馬）、隋楊師道（初學記卷二十九。文苑英華卷三百三十）

〈居處〉

井—梁范雲（藝文類聚卷九。初學記卷七、題作賦得詠井。古詩紀八十七）、唐蘇味道（初學記卷七。佩文齋詠物詩選　井類。全唐詩卷六十五）

橋—梁簡文帝（藝文類聚卷九、佩文齋詠物詩選　橋類、古詩紀卷七十九、題作賦得橋）、唐張文琮（藝文類聚卷九、佩文齋詠物詩選　橋類。全唐詩卷三十九）

〈服玩〉

床—梁宣帝（初學記卷二十五、古詩紀卷八十一、題作牀）

席—吳張純（藝文類聚卷六十九、初學記卷十七、卷二十五、太平御覽卷三百八十五、古詩紀卷二十、題作賦席）、齊謝朓（玉臺新詠卷四。藝文類聚卷六十九。初學記卷二十五。古詩紀卷七十一)、梁柳惲(玉臺新詠卷五。藝文類聚卷六十九。初學記卷二十五。古詩紀卷八十九)

簾—齊虞炎(初學記卷二十五。古詩紀卷七十二)、唐太宗(初學記卷二十五、佩文齋詠物詩選　簾幕類。全唐詩卷一、題作賦簾)

屛—北周庾信(藝文類聚卷六十九、五首。初學記卷二十五、二首、題作屛風)、隋蕭愨(初學記卷二十五、題作屛風)

鏡—梁簡文帝(藝文類聚卷七十。初學記卷二十五。古詩紀卷七十九。佩文齋詠物詩選　鏡類)、梁高爽(玉臺新詠卷五。藝文類聚卷七十。古詩紀卷百一)、梁何遜(藝文類聚卷七十)、梁朱超(藝文類聚卷七十、作者作朱超道。古詩紀卷百三)、梁王孝禮(藝文類聚卷七十。古詩紀卷百四)、北周庾信(藝文類聚卷七十。初學記卷二十五。佩文齋詠物詩選　鏡類。古詩紀卷百二十七)、隋李巨仁(初學記卷二十五、佩文齋詠物詩選　鏡類、題作賦得鏡)、隋孔範(初學記卷二十五、古詩紀卷百十六、題作和陳主詠鏡)、唐駱賓王(佩文齋詠物詩選　鏡類。全唐詩卷七十九)

扇—漢班婕妤(文選卷二十七。樂府詩集卷四十二、題作怨歌行。玉臺新詠卷一。藝文類聚卷四十一・卷六十九、題作怨詩。古詩紀卷十二)、齊丘巨源(古詩類苑卷百十六)、梁何遜(藝文類聚卷六十九。初學記卷二十五。古詩紀卷九十四。佩文齋詠物詩選　扇類、題作與虞記室諸人詠扇)

燭—齊謝朓(玉臺新詠卷四。藝文類聚卷八十。古詩紀卷七十一)、梁武帝(玉臺新詠卷十。古詩紀卷七十五)、唐太宗(初學記卷二十五。佩文齋詠物詩選　燈燭類。全唐詩卷一、二首)

〈文物〉

史—漢班固(古詩類苑卷四十九)、魏王粲(文選卷二十一。古詩類苑卷四十九。古詩紀卷十五)、魏阮瑀(二首、藝文類聚卷五十五、無題。古詩類苑卷四十九。古詩紀卷十七)、晉張協(文選卷二十一。藝文類聚卷五十五。古詩紀卷二十九。Pelliot 2537、略出籯金)、晉曹毗(古詩類苑卷四十九)、晉左思(文選卷二十一。藝文類聚卷五十五。初學記卷十八。古詩類苑卷四十九、八首。古詩紀巻二十九）、晉袁宏（二首、藝文類聚巻五十五。古詩紀巻三十二）、宋鮑照（文選巻二十一。藝文類聚巻五十五。古詩紀巻五十一）

詩―晉張亢（北堂書鈔百四、作者作張抗）

書―後漢蔡邕（初學記巻二十一）

紙―梁宣帝（初學記巻二十一。佩文齋詠物詩選　紙類。古詩紀巻八十一）

筆―梁武帝（玉臺新詠巻十。佩文齋詠物詩選　筆類。古詩紀巻七十五）、梁徐摛（藝文類聚巻五十八引三韻。初學記巻二十一。佩文齋詠物詩選　筆類。古詩紀巻九十九）

硯―唐楊師道（初學記巻二十一。佩文齋詠物詩選　硯類。全唐詩巻三十四。唐詩紀事巻四）

〈武器〉

劍―魏文帝（佩文齋詠物詩選　劍類）、宋鮑昭（藝文類聚巻六十）

弓―梁宣帝（初學記巻二十三。太平御覽巻三百四十七。古詩紀巻八十一）、唐太宗（初學記二十三。全唐詩巻一。唐詩紀事巻三、作者作董思恭）、唐楊師道（唐詩紀事巻四。初學記巻二十二、佩文齋詠物詩選　弓類、全唐詩巻三十四、題作奉和詠弓）

弩―呉朱異（初學記巻十七。太平御覽巻三百八十五。古詩紀巻三十）

〈音樂〉

琴―齊謝朓（初學記巻十六。古詩紀巻七十一）、梁到溉（初學記巻十六。文苑英華巻二百十二。古詩紀巻百二、題作秋夜詠琴）、陳江總（藝文類聚巻四十四、古詩紀巻百十五、題作賦詠待琴。初學記巻十六。文苑英華巻二百十二。題賦得詠琴）、隋楊希道（初學記巻十六。佩文齋詠物詩選　琴類）、唐劉允濟（初學記巻十六。文苑英華巻二百十二。全唐詩巻六十二。唐詩紀事巻十）

琵琶―齊王融（玉臺新詠巻四、作者作元長王氏。藝文類聚巻四十四。初學記巻十六。佩文齋詠物詩選　琵琶類。古文苑巻九、作者作王融。古詩紀卷六十七）、梁徐勉（初學記卷十六。佩文齋詠物詩選　琵琶類。古詩紀卷九十九）、唐太宗（初學記卷十六。文苑英華卷二百十二。全唐詩卷一）、唐董思恭（全唐詩卷六十三。唐詩紀事卷三）

箏―梁沈約（藝文類聚卷四十四。初學記卷十六。佩文齋詠物詩選　箏類。文苑英華卷二百十二。古詩紀卷八十四）、梁王臺卿（藝文類聚卷四十四。初學記卷十六。佩文齋詠物詩選　箏類。文苑英華卷二百十二。古詩紀卷百三）

簫―梁劉孝儀（藝文類聚卷四十四。初學記卷十六。佩文齋詠物詩選　簫類。文苑英華卷二百十二、注云作者作劉孝綽。古詩紀卷九十七）

笙―梁陸罩（藝文類聚卷四十四。初學記卷十六、作者作陸罕。佩文齋詠物詩選　笙類。文苑英華卷二百十二。古詩紀卷百）、梁沈約（初學記卷十六。佩文齋詠物詩選　笙類。文苑英華卷二百十二。古詩紀卷八十四）、唐楊師道（初學記卷十六、作者作楊希道。佩文齋詠物詩選　笙類。文苑英華卷二十二。全唐詩卷三十四。唐詩紀事卷四）

笛―梁武帝（玉臺新詠卷十。佩文齋詠物詩選　笛類。古詩紀卷七十五）、隋姚察（初學記卷十六、佩文齋詠物詩選　笛類、題作賦得笛。古詩紀卷百三十一。文苑英華卷二百十二）、隋劉孝孫（初學記卷十六。佩文齋詠物詩選　笛類。文苑英華卷二百十二。全唐詩卷三十三。唐詩紀事卷四）

舞―梁武帝（玉臺新詠卷十。古詩紀卷七十五）、梁簡文帝（玉臺新詠卷七。[19]藝文類聚卷四十三、三首。初學記卷十五、三首。文苑英華卷二百十三。古詩紀卷七十八）、梁劉遵（玉臺新詠卷八。[20]藝文類聚卷四十三、初學記卷十五、文苑英華卷二百十三、題作應令詠舞。古詩紀卷九十八）、梁王訓（藝文類聚卷四十三。初學記卷十五。古詩紀卷九十六、題作應令詠舞。文苑英華卷二百十三、題作詠舞應令）、梁楊皦（玉臺新詠卷六。藝文類聚卷四十三。初學記卷十五。文苑英華卷二百十三、題作詠舞應令。古詩紀卷百四）、梁何遜（玉臺新詠卷五。初學記卷十五。藝文類聚卷四十二、題作詠妓。古詩紀卷九十四）、梁庾肩吾（藝文類聚卷四十三。初學記卷十五。古詩紀卷九十）、梁王暕（初學記卷十五。古詩類苑卷四十六。古詩紀卷九十六）、梁劉孝儀（藝文類聚卷四十三、二首、題作和舞。初學記巻十五、題作和詠舞。古詩紀巻九十七）、梁殷藝（初學記巻十五。古詩紀巻百）、梁何敬容（初學記巻十五。古詩紀巻百）、陳徐陵（玉臺新詠巻八、題作奉和詠舞。藝文類聚巻四十三。初學記巻十五。文苑英華巻二百十三、題作詠舞應令。古詩紀巻百十）、北周庾信（玉臺新詠巻八、題作和詠舞。藝文類聚巻四十三。初學記巻十五。古詩紀巻百二十六。文苑英華巻二百十三、題作詠舞應令）、唐虞世南（初學記巻十五。全唐詩巻三十六。唐詩紀事巻四）、唐楊師道（初學記巻十五、作者作楊希道。全唐詩巻三十四。唐詩紀事巻四）、唐蕭德言（初學記巻十五。全唐詩巻三十八。唐詩紀事巻五）

歌—梁元帝（初學記巻十五。古詩紀巻八十一）

〈玉帛〉

金—晉棗據（初學記巻二十七）

右の詩題を抽出するにあたり、「詠—」を單題とするのは、李嶠の單題詩を多くの資料が「詠—」と記載しているからである。また、「奉和詠—」「詠—應令」「詠—應趙王教」「賦得—」なども單題の詩題として許容した。それは「奉和・應令・應教・賦得」などは、その詩を詠出した時の状況や形態や條件を表わしたもので、形式的に付帯しているものと判斷したからである。例えば、「奉和詠—」は貴人の詩に和して「詠—」の詩を詠出したことを表わし、「詠—應令」は太子や諸王の命を奉じて「詠—」の詩を詠出したことを表わし、「和謀詠—」は謀氏が詠出した詩に唱和したもので、謀氏に「詠—」という單題詩が存在していたことを裏付けるものであるからである。

第二項　李嶠の創作詩題

前項に列擧した詩題は現存する詩題の中から李嶠の詩と同題で、李嶠より以前（同時期の作も含む）に存在した先行詩題である。觀點を變えると、列擧した詩題を除いた詩題が李嶠の創作詩題ということになる。その詩題を列擧すると次の如くである。

坤儀―原　野　田　道　河　洛
芳草―菱　茅
靈禽―鳧　鶯　雉
祥獸―龍　麟　象　牛　豹　熊　鹿　羊　兎
居處―城　門　市　宅　池　樓　舟　車
服玩―帷　被　酒
文物―經　賦　檄　墨
武器―刀　箭　旌　旗　戈　鼓　彈
音樂―瑟　鐘
玉帛―珠　玉　銀　錢　錦　羅　綾　素　布

右の詩題をみると、李嶠の創作による詩題が五十三題の多きに至り、殊に、祥獸・居處・武器・玉帛に屬する詩題については、先行する單題が少ないことがわかる。中でも、原　野　道　被　戈　鼓　彈　綾　素の詩題は勿論のことであるが、これらを題材にして詠出した詠物詩さえ管見の及ぶ限り見ないのである。

第三項　雜詠詩以外の單題詩の詩題

李嶠が詠出した雜詠詩の詩題について、その先行詩題と創作詩題について述べてきたが、李嶠が詠出した單題詩の詩題以外で、李嶠より以前に存在していた單題の詩題についてみておこう。雜詠詩以外の單題の詩題には次のようなものがある。これを『藝文類聚』の分類に従って列擧してみよう。

〈天部〉

霜―梁張率（初學記巻二、文苑英華巻百五十六）、唐蘇味道（初學記巻二、文苑英華巻百五十六）

虹―唐董思恭（藝文類聚巻二、初學記巻二、文苑英華巻百五十六）、唐蘇味道（藝文類聚巻二、文苑英華巻百五十八、佩文齋詠物詩選　虹霓類）

〈歳時部〉

春―宋鮑照（古詩類苑巻四）、齊王儉（初學記巻三）、梁沈約（玉臺新詠巻五、藝文類聚巻三）、梁呉筠（藝文類聚巻三）、北周庾信（藝文類聚巻三、初學記巻三）、隋江總（初學記巻三）

夏―梁徐摛（初學記巻三）、梁徐怦（初學記巻三）

秋―晉江逌（古詩類苑巻四）、劉宋謝惠連（初學記巻三）、梁簡文帝（藝文類聚巻三）、梁鮑泉（初學記巻三）、隋陽休之（初學記巻三）

冬―晉曹毗（藝文類聚巻三、初學記巻三）、劉宋謝靈運(21)（藝文類聚巻三）、劉宋謝惠連（初學記巻三）、劉宋鮑照（初學記巻三）、梁簡文帝（初學記巻三）

〈水部〉

水―陳祖孫登（藝文類聚巻八、初學記巻六(22)、文苑英華巻百六十三）、陳釋慧標（初學記巻六、文苑英華巻百六十三）(23)、唐張文琮（初學記巻六）

冰―梁沈君攸（初學記巻七、題作詠冰應敎）

〈人部〉

眼—梁劉孝綽（藝文類聚卷十七）

老—晉張載（藝文類聚卷十八）、晉陸機（藝文類聚卷十八）、魏阮瑀（古詩類苑卷八十九）、劉宋范泰（藝文類聚卷十八）、梁孔燾（藝文類聚卷十八）

怨—晉傅玄（藝文類聚卷四十一）、晉翔風（古詩類苑卷九十八）、漢王昭君（古詩類苑卷九十八）、魏阮瑀（古詩類苑卷九十七）、梁簡文帝（玉臺新詠卷七、樂府詩集卷四十）、梁劉孝威（古詩類苑卷九十七）、陳張正見（古詩類苑卷九十七）

愁—劉宋王徽（藝文類聚卷三十五）

貧—晉江逌（古詩類苑卷八十九）、梁朱异（古詩類苑卷八十九）、梁朱超（藝文類聚卷三十五）

懷—晉阮籍（藝文類聚卷二十六、十九首。初學記卷一・卷二・卷三、各有一首）、梁吳筠（藝文類聚卷二十六、二首）

哀—晉潘岳（藝文類聚卷三十四）

佹—周荀卿（古詩類苑卷六十七）

〈禮部〉

宴—梁武帝（藝文類聚卷五十九）、北周高琳（古詩類苑卷五十二）、晉傅玄（古詩類苑卷五十七）

〈樂部〉

鞞—梁蕭琛（古詩類苑卷四十八、題作詠鞞應詔）

篪—梁沈約（玉臺新詠卷五、古文苑卷九）

妓—梁何遜（藝文類聚卷四十二）、隋陳子良（初學記卷十五。文苑英華卷二百十三）、隋王勣（初學記卷十五。文苑英華卷二百十三）

〈武部〉

矟—晉傅玄（古詩類苑卷五十二）

〈服飾部〉

帳―梁沈約（藝文類聚卷六十九）

幔―齊王融（玉臺新詠卷四、作者作元長王氏。藝文類聚卷六十九。初學記卷二十五）、齊謝脁（古文苑卷九）

履―後梁宣帝（初學記卷二十六）、陳後主（古詩類苑卷百十八）

案―陳後主（古詩類苑卷百十七）

〈靈異部〉

仙―晉成公綏（藝文類聚卷七十八）、晉盧諶（古詩類苑卷百四）

夢―梁武帝（藝文類聚卷七十六）

〈讖數部〉

讖―梁釋寶誌（古詩類苑卷百二十、四首）、北齊陸法和（古詩類苑卷百二十、二首）

〈火部〉

火―齊王融（玉臺新詠卷十、作者作王元長）

燈―齊謝脁（玉臺新詠卷四。藝文類聚卷八十。初學記卷二十五）、梁吳筠（藝文類聚卷八十）、梁范靖妻沈氏（玉臺新詠卷五、作者作范靖婦。藝文類聚卷八十、初學記卷二十五）

灰―隋岑德潤（藝文類聚卷八十）

煙―梁簡文帝（藝文類聚卷八十、初學記卷二十五）

〈藥香草部〉

蕙―漢繁欽（藝文類聚卷八十一）

〈草部〉

蒲―齊謝朓（藝文類聚卷八十二）

菰―梁沈約（藝文類聚卷八十二）

蓍―梁范筠（藝文類聚卷八十二）

〈菓部〉

甘―梁徐陵（藝文類聚卷八十六、初學記卷二十八、文苑英華卷三百二十六、題作詠甘子）

柹―梁庾仲容（藝文類聚卷八十六）

柰―晉張載（古詩類苑卷百二十四）、梁褚澐（藝文類聚卷八十六、初學記卷二十八、作者作褚雲。文苑英華卷三百二十六）

棗―晉趙整（初學記卷二十八）、梁簡文帝（藝文類聚卷八十七、題作賦詠棗。初學記卷二十八。文苑英華卷三百二十六。佩文齋詠物詩選　棗類）

栗―梁陸玢（初學記卷二十八、文苑英華卷三百二十六、皆題作賦得雜言詠栗）

〈木部〉

樹―北周庾信（藝文類聚卷八十八。文苑英華卷三百二十六）

桱―梁簡文帝（藝文類聚卷八十九）

柏―北齊魏收庭（初學記卷二十八）

杉―梁江淹（古詩類苑卷百二十四）

〈鳥部〉

鷹―隋煬帝（初學記卷三十。文苑英華卷三百二十七）

鶯—唐駱賓王（佩文齋詠物詩選　鶯類）

〈獸部〉

犬—魏張儼（初學記卷十七。太平御覽卷三百八十五）

〈鱗介部〉

魚—隋岑德潤（初學記卷三十。文苑英華卷三百三十）、唐李百藥（初學記卷三十）

龜—北齊趙宗儒（藝文類聚卷九十六。初學記卷三十。文苑英華卷三百三十）

〈蟲豸部〉

蟬—梁褚澐（藝文類聚卷九十七、題作賦得蟬詩。初學記卷三十、作者作褚雲、題作賦得詠蟬詩。文苑英華卷三百三十）、陳劉刪（藝文類聚卷九十七。初學記卷三十[24]）、唐虞世南（初學記卷三十[25]）

蝶—梁簡文帝（初學記卷三十）

螢—梁簡文帝（藝文類聚卷九十七。初學記卷三十[26]。文苑英華卷三百二十九）、梁沈旋（文苑英華卷三百二十九）、唐虞世南（初學記卷三十。佩文齋詠物詩選　螢類）、唐李百藥（初學記卷三十）、隋于季子（文苑英華卷三百二十九）、隋李嘉運（文苑英華卷三百二十九）

蜂—梁簡文帝（藝文類聚卷九十七）

〈祥瑞部〉

穀—魏曹植（古詩類苑卷百二十一）

禾—魏曹植（古詩類苑卷百二十一）

鵲——魏曹植（古詩類苑巻百二十一）
鳩——魏曹植（古詩類苑巻百二十一）

以上のほかに、『藝文類聚』には、各項目に作者のみの無題詩が採録されている。これは詩題と項目とが同一であるから、詩題を省略したとも考えられるが、この項では採録しなかった。

項目を詩題とした場合の單題詩を擧げると、嘯・別・姑（人部）、樽（雜器部）、神（靈異部）、草・蓬（藥香草）、木（木部）、鸞（鳥部）、狗（獸部）などがある。

第四項　單題詩以外の題材

これまでは詩題を中心に述べてきたが、次に題材を中心に考察してみよう。

詠物詩ほど詩題と題材が密着しているものはない。詠物詩の中でも、李嶠の雜詠詩は詩題が卽題材でもある。その李嶠の詠物詩の題材は上は天から下は地に至るまで廣範圍に亙っているが、前述の詩題の如く、李嶠以前卽ち六朝時代の詠物詩の題材で、李嶠が詠物の對象としなかった題材がある。例えば、

〈草部〉
宜男草——梁元帝（藝文類聚巻八十一）
鹿葱——梁沈約（藝文類聚巻八十一）
芙蓉——晉陸雲（文選巻十六「別賦」所引の李善注。太平御覽巻七百七。北堂書鈔巻百三十四、作者作陸機。太平御覽巻七百八。北堂書鈔巻百三十二）、梁簡文帝（藝文類聚巻八十二）、梁沈約（藝文類聚巻八十二）、隋辛德源（文苑英華巻三百二十二。樂府詩集巻七十七、題作芙蓉花）

芙蕖——晉陸倕（藝文類聚卷八十二）

薔薇——齊謝朓（古詩紀卷七十一）、梁簡文帝（藝文類聚卷八十一。又藝文類聚卷八十一、題作賦得詠薔薇）、梁柳惲（藝文類聚卷八十一。玉臺新詠卷五、作者作江洪）、梁鮑泉（藝文類聚卷八十一）、梁江洪（玉臺新詠卷五。藝文類聚卷八十一、作者作柳惲）

百合——梁宣帝（藝文類聚卷八十一）

兔絲——齊謝朓（藝文類聚卷八十一）

女蘿——齊王融（藝文類聚卷八十一）

杜若——梁沈約（藝文類聚卷八十一）

石蓮——梁劉孝儀（玉臺新詠卷十）

愼火——梁范筠（藝文類聚卷八十一）

〈木部〉

石榴——梁元帝（藝文類聚卷八十六。初學記卷二十八、題作賦得詠石榴）、隋魏彥深（初學記卷二十八。佩文齋詠物詩選　榴花類）、隋孔紹（初學記卷二十八。佩文齋詠物詩選　石榴類）

山榴——梁沈約（藝文類聚卷八十六）

茘支——梁劉霽（藝文類聚卷八十七）

益智——梁劉孝勝（藝文類聚卷八十七）

芭蕉——梁沈約（藝文類聚卷八十七）

梧桐——梁沈約（藝文類聚卷八十八）

合歡——晉楊方（藝文類聚卷八十九）

麥李―梁沈約（初學記卷二十八）
櫻桃―唐太宗（初學記卷二十八、題作賦得櫻桃春爲韻、宋本作詠櫻桃）
〈鳥部〉
反舌―梁沈約（藝文類聚卷九十二、題作侍宴詠反舌）、梁劉孝綽（藝文類聚卷九十二）
鸂鶒―齊謝朓（藝文類聚卷九十二）
鸚鵡―唐李義府（初學記卷三十）
啄木―晉左芬（藝文類聚卷九十二、作排諧集左氏）
〈器物部〉
胡牀―梁庾肩吾（藝文類聚卷七十、題作賦得詠胡床。初學記卷二十五、題作詠胡牀應敎）
香爐（鑪）―古詩（藝文類聚卷七十。初學記卷二十五）
鏡臺―齊謝朓（藝文類聚卷八十、初學記卷二十五）
〈文物部〉
連珠―漢楊雄（藝文類聚卷五十七）、魏文帝（藝文類聚卷五十七）、梁武帝（藝文類聚卷五十七）、梁宣帝（藝文類聚卷五十七）、梁
沈約（藝文類聚卷五十七）、梁吳筠（藝文類聚卷五十七）
筆格―梁簡文帝（藝文類聚卷五十八。初學記卷二十一）
書秩―梁昭明太子（藝文類聚卷五十五）
讀書―劉宋謝惠連（藝文類聚卷五十五）
〈經典〉

孝經―晉傅咸（藝文類聚卷五十五。初學記卷二十一）
論語―晉傅咸（藝文類聚卷五十五。初學記卷二十一）
毛詩―晉傅咸（藝文類聚卷五十五。初學記卷二十一）
周易―晉傅咸（藝文類聚卷五十五。初學記卷二十一）
左傳―晉傅咸（初學記卷二十一）
尚書―唐太宗（初學記卷二十一）
禮記―唐李百藥（初學記卷二十一）

（史傳）

荆軻―宋陶潛（藝文類聚卷五十五）、陳周弘直（藝文類聚卷五十五、題作賦得荆軻）、陳楊縉（藝文類聚卷五十五、題作賦得荆軻）
魯連―陳阮卓（藝文類聚卷五十五、題作賦詠得魯連）
韓信―陳張正見（藝文類聚卷五十五、題作賦得韓信）
蘇武―陳劉刪（藝文類聚卷五十五、題作賦得蘇武）
司馬相如―陳祖孫登（藝文類聚卷五十五、題作賦得司馬相如）
馬援―隋王由禮（藝文類聚卷五十五、題作賦得馬援）
司馬彪續漢志―唐太宗（初學記卷二十一）

これらの題材はそのまま詩題にもなるが、李嶠が詠物詩に題材として採用しなかったのは、一字の單題として相應しくないからである。

第五項　結　語

李嶠の雜詠詩の詩題の對象は全てが物質で、百二十題の多きに至る。そして、その中の六十七題の詩題が先人達によって既に詠出され、使用されていることが判明した。觀點を變えると、殘りの五十三題が李嶠の創作詩題とも言える。殊に、祥獸・居處・武器に關する詩題には先行詩題が無く、その點では詠物詩が新局面を拓いたとも言える。但し、これらを題材にした複數文字の詩題はあるので、これは一文字の單題に關してのみのことである。

また、雜詠詩以外の現存する單題をみても六十題程度しかなく、その中、物質以外のものを除くと、五十題に滿たない。このことは、李嶠が單題として、詩題になり得る題材をことごとく詩題としていったことになる。假に、百二十題という限定がなければ、雜詠詩以外の題材も詩題として詠出したに違いない。その上、一文字という單題の規制がなければ、第四項にみえる題材やこれ以外の題材をも詩題として、多くの詠物詩を詠出したと考えられる。

第二節　雜詠詩の音韻

明代に編纂された『李嶠集』は百二十首の詠物詩を五言律詩として分類し收錄している。このことは明代においては詠物詩を五言律詩であると規定していたことになる。明・徐師曾（一五一七〜一五八〇）は『文體明辯』(27)巻十四「近體律詩上」で

唐興、沈佺期宋之問之流、研練精切、穩二順聲勢一、號爲二律詩一。其後、寖盛、雖レ不レ及二古詩之高遠一、然對偶音律亦文章之不レ可レ缺者。故今採下梁陳以下訖二于晚唐一諸家律詩之工者上而以二五七言一列レ之。中間又以レ類從使二學者取レ

法焉。

と律詩を定義づけている。この考え方は元稹（七七九～八三一）が「唐故工部員外郎杜君墓係銘幷序」[28]の中でいう思想を受け継いだものである。その墓誌銘で

唐興、官學大振、歷世之文、能者互出而又沈宋之流、研練精切、穩㆓順聲勢㆒、謂㆑之爲㆓律詩㆒。由㆑是而後、文變之體極㆑焉。

といい、沈佺期（?～七一三?）・宋之問（六五六～七一二）に至って律詩が確立されたとする。李嶠の生存がこの時期に當るので、當然、律詩という近體詩の息吹を浴びていたに違いない。

近體詩である律詩の特徴は、古體詩にない平仄や對句や詩篇の字數などに嚴格な規律があることである。本文に異同の多い詠物詩をこれらの規律に沿って調査することは、單に詠物詩を分類・分析することに止まらず、詩篇・詩句の眞贋を決定する規準ともなる。その結果如何によっては、近體詩の旗手としての位置付けとその評價を得ることにもなる。

尙、本文の校勘テキストとして、大差のある『李嶠集』本（以後『集本』と簡稱する）と『佚存叢書』本（以後『佚存本』と簡稱する）の二本を調査對象とする。

第一項　韻　字

押韻は近體詩・古體詩に拘らず、守らなければならない大原則で、殊に近體詩においては韻を踏み落とすことは忌むべきこととされている。五言律詩の押韻は二・四・六・八句の四韻である。因みに、七言律詩の場合は一・四・六・八句のほかに、首句（第一句目）にも押韻する。

1　押韻の韻字

雑詠詩の押韻の韻字を『佚存本』によって調査してみる。

百二十首九百六十句の押韻字四百八十の韻字を使用頻度別に整理すると次の通りである。

頻度數	押韻字
18回	來
12回	開
10回	中　風　隈
9回	才　新　聲
8回	飛
7回	明
6回	雲　人　情　前　年　文　名
5回	王　廻　歸　君　通
4回	暉　琴　宮　空　光　初　成　鳴
3回	威　陰　哀　吟　驚　輝　輕　紅　公　枝　秦　臣　城　清　旋　長　披　浮　氛　芳　傍　遊
2回	安　機　金　規　稀　鄉　言　香　哉　時　書　舟　春　翔　詩　車　舒　晨　心　尋　叢　彈　馳　朝　微　平　篇
1回	邊　幽　流　梁　林　方　衣　帷　移　圍　烏　氳　園　煙　茵　瀛　英　纓　影　營　圓　鶯　音　凰　瓜　花　嘉　寒　竿　家　歡　陔　曦　襟　窮　墟　居　期　丘　虛　儀　求　圻　軍　軒　捐　迴　歇　月　闕　景　潔　卭　行　湖　功　侯　薰　鉤　虹　攻　溝　隅　胥　辰　重　津　臻　垂　秋　賒　深　粧　漿　傷　章　祥　收　牀　酬　侵　栽　材　笙　塵　趨　雛

生星鋋征靜省節切霜驄裝田池知沈珍端台天都圖堂庭奴杯盃發
繁眉飄貧濱妃賓紛逢豐翻奔彬芒抃謀眠鳴門雄陽猷餘楊雷鱗龍
留廬臨列樓

次に『集本』（唐二十六家本）を調査するが『集本』には欠句・欠字があるので、四百七十六の押韻字について調査する。それを使用頻度別に整理すると次の通りである。

頻度數	押韻字
20回	來
13回	開
10回	中
9回	才風隈
8回	廻新聲飛
6回	雲王輝人前臺年名明
5回	歸君情文鳴
4回	哀琴宮輕空初成通披
3回	陰光公驚秦書城清旋長浮氛方芳遊
2回	安威吟機規窮稀鄉言香行紅哉材枝時辰舟賒秋深粧春翔臣車泉 叢心彈馳微杯篇平邊幽陽林流梁舒
1回	埃衣帷移依茵圍氳烏園煙籯英纓營圓凰鴦音陔瓜花嘉寒竿家霞 觀嬉襟暉金曦墟居期巾丘虛儀畿隅軍捐軒求湖功侯薰鉤虹攻溝 邛栽臣霄銷重津臻漿尋章祥收詩斜牀晨酬斯傷笙塵陲雛趨霜驄

頻度數	押韻字
	星 生 鋋 台 端 朝 池 知 沈 珍 陳 庭 天 田 誅 圖 堂 都 繁 妃 眉 飄 貧 彬 濱 奴 紛 拼 奔 傍 翻 逢 旁 忘 芒 豊 眠 紋 門 猷 雄 餘 雷 龍 籠 留 鱗 臨 廬

右の韻字のうち、「劍」詩の前半の「庭・星」の二韻は下平聲九靑、後半の「明・名」の二韻は下平聲八庚で前半と後半が異なっているが、ここでは原詩のまま取扱うことにする。この件については後述することにする。

以上、兩書の押韻の韻字をみると、元々、同根から生じた詩であるにも拘らず、以上のような異同が生じている。しかし、多く使用されている韻字は、兩書共に平凡で平易な韻字であることがわかる。平凡で平易な韻字で作られた詩と平凡で平易な詩であることは、何ら關係がないことは周知の通りである。例えば、人々に愛唱されている詩をみても、多くは平凡で平易な韻字が多いことからもわかる。その愛唱されている詩が唐の李白や杜甫や白樂天などの大詩人の詩であることを勘案すると、李嶠の韻字の用い方が唐代の韻字の用い方、換言すれば、作詩上における慣習の先驅を爲しているといえる。

2　押韻字の比較

佚存本と集本の韻字を比較すると、韻字の使用回數の違いのほかに、用いられている韻字に異同がある。佚存本に用いて集本にない韻字、集本に用いて佚存本にない韻字を擧げると次の通りである。

佚存本──影　歡　圻　景　潔　闕　歇　月　侵　垂　征　靜　省　切　節　鋋　裝　盃　發　賔　謀　楊　列　樓

集　本──埃　依　霞　觀　嬉　銷　臣　陲　鋋　誅　陳　旁　忘　紋　籠

兩書における大きな相違は、佚存本に「潔　闕　歇　月　切　節　發」などの仄韻字が多くあることである。また、佚存本の「鋋（上聲二十四迴）」と集本の「鋋（下平聲一先）」とは共に「戈」詩の第四句目の韻字であるが、他の韻字の「年・前・邊」が下平聲一先の韻であることを考慮すると、佚存本の「鋋」は「鋋」を誤寫したものである。兩書の殘りの韻字をみても異同のあることは一目瞭然であり、このことは雜詠詩が傳播する間に、誤寫による異句・異詩があったことの證左である。

3　通韻による韻字

前述の如く、律詩の押韻は一韻到底が原則であるが、雜詠詩に一韻到底でない詩が一首ある。それは前述した「劍」詩である。佚存本、集本共も四韻のうち、前半の「庭・星」の韻字は下平聲九青で、後半の「明・名」の韻字は下平聲八庚である。この「九青」と「八庚」の關係について、宋の吳棫（一一〇〇？～一一五四）は『韻補』（『叢書集成新編』所收）第二「下平聲」の中で

十二庚、古通眞。（略）十五青、古通眞。

といい、十二庚と十五青は上平聲十七眞に通用するという。これは庚韻と青韻とが通用することを意味する。李嶠の雜詠詩を除く他の詩を調べても、通韻、轉韻の詩はみえないが、この「劍」詩の韻字が、佚存本、集本共に同じであるということは、李嶠が通韻を用いて作詩していたことになる。

4　韻字の分類

右の押韻の韻字を現在規準となっている「平水韻」によって分類し、その使用頻度を調べることにするが、集本には欠句があるので、佚存本とバランスをとるため補塡して整理すると次の如くである。

平仄	四聲	韻	佚存本	集本
平聲	上平	十灰	18	20
〃	下平	八庚	14	14
〃	上平	一東	12	12
〃	下平	七陽	11	11
〃	上平	十一陽	9	9
〃	上平	五微	8	8
〃	下平	一先	6	7
〃	上平	四支	6	6
〃	上平	十二文	6	6
〃	下平	十一尤	6	6
〃	下平	十二侵	6	6
〃	上平	六魚	4	4
〃	上平	七虞	2	2
〃	上平	十三元	2	2
〃	上平	十四寒	2	2
〃	下平	六麻	1	2
〃	上平	二冬	1	1
〃	下平	二蕭	1	1
上聲		廿三梗	1	
去聲		六月	1	
		九屑	1	
計			118	119

上表で、佚存本に二韻足りないのは、「鹿」と「劍」の兩詩の韻が各々不揃いであるからである。卽ち、「劍」詩の前半の韻と後半の韻が異なるからである。(前述)「鹿」詩の韻字は「圻・詩・時・期」で、そのうち、「圻」は上平聲五微の韻に屬し、「詩・時・期」は上平聲四支の韻に屬し、韻が異なるからである。尚、「戈」詩の韻字は「年・鋌・前・邉」で、このうち、「年・前・邉」は下平聲一先、「鋌」は上聲二十四迥で異なるが、近體詩では上聲の韻を用いないこと、又、集本では「鋌」が字形の近似している韻字「鋋」に作っていることを勘案すると、恐らく、「鋋」(下平聲一先)の誤寫であろう。從って、「戈」詩の場合は除外した。集本に一韻足りないのは、「劍」詩の不揃いによる。

　さて、一般に押韻の韻字は百六韻に屬している。百六韻の各韻に屬している韻字の數は同一でなく、韻字を多く所有する韻もあれば、韻字の所有が少ない韻もある。韻字を多く所有する韻、換言すれば作詩の際、使用することの多い韻を寛韻といい、韻字の少ない韻、卽ち、作詩に使用することの少ない韻を窄韻、又は險韻という。

　右の韻を王力氏の分類(29)に從って整理すると、

寛韻—庚2 東3 陽4 眞5 先7 支7 尤7 虞13

中韻—灰1 侵7 魚12 元13 寒13 麻16 冬17 蕭17

窄韻—微6 文7 (右上の數字は使用頻度の高い順番を示す)

となる。これをみると、作詩をする場合、大部分の韻が押韻をするのに比較的容易な寛韻・中韻を使用していることがわかる。しかし、少數ではあるが押韻するのに困難を伴う窄韻である「微・文」を用いたものもある。窄韻について、王力氏は

象微文刪三韵、字數虽少、却是非常的合用、所以詩人很喜歡用它們。(30)

（微・文・刪の三韻は、字數が少ないけれども、非常に役に立つので、詩人は大變喜んで用いた。）

という。例にもれず、李嶠も好んで使用したと考えられる。

佚存本には前記のほかに、上聲の「梗」と去聲の「月・屑」の韻がある。上聲・去聲は仄韻で、近體の律詩では仄韻を用いるのは稀である。

5　仄韻の韻字

佚存本と集本の押韻の韻字で、最も異なる點は佚存本に仄韻の韻字が用いられていることである。その韻字とは、「雲」詩の「歇・發・月・闕」と「池」詩の「靜・景・影・省」と「箏」詩の「列・節・切・潔」である。仄韻の韻字を用いて作った詩を仄韻詩というが、兒島獻吉郎氏（一八六六〜一九三一）は

押韻法は律絶共に平韻に限り、而して一韻到底を常式と爲せども、古詩は一韻到底以外に轉韻を許し、而して平韻仄韻を兩用すること。(31)

という。鹽谷溫氏（一八七八〜一九六二）は

五言絕句には仄韻を用ふる例が少からずありますが、律詩にはありませぬ。(32)

といい、近體の律詩には仄韻詩がないと斷言する。しかし、明の梁橋（生沒年不詳）は唐の僧靈一の「西霞山夜坐」の

詩を擧げ、

五言律仄韻、唐人作者最少。(33)

（五言律詩の仄韻、唐代の作者が最も少ない）

といい、我國の江戸時代前期の儒者貝原益軒（一六三〇〜一七一四）もその著『初學詩法』(34)の中で梁橋の言を引用し、五言律詩に仄韻詩があることを認めた上で、唐詩には非常に少ないと分析する。更に、王力氏は『漢語詩律學』上の中で、具體的に盛唐の劉長卿の「浮石瀨」（「湘中紀行十首」の一）と中唐の劉禹錫の「蒙池」（「海陽十咏」の一）を擧げ、

十首之中、有五首是平韻五律、其余五首自應認爲仄韵五律。平仄亦合于律詩。(35)

（十首の中、五首は平韻の五言律詩、殘りの五首は仄韻の五言律詩と認めるべきである。平仄もまた律詩に合致する）

といい、劉長卿や劉禹錫の仄韻詩には平仄までも合致しているものがあるという。また、兒島獻吉郎氏は杜甫の「屏跡」、王維の「故南夫人樊氏挽詞」、僧靈一の「西霞山夜坐」を擧げて、

律詩にして仄韻を用ふるも、又一槩に古詩として排斥すべからざるなり。(36)

という。元來、律詩には仄韻の押韻はなく、まして、律詩の仄韻詩には平仄の規律はなかった。ところが律詩が完成するに伴って、仄韻の律詩が形成されていったようである。しかし、律詩が近體詩である所以《ゆえん》は押韻に仄韻の韻字を用いないところにあるので、嚴密には律詩の仄韻詩としてではなく、五言八句の仄韻詩として言及する方が適切であろう。

6　仄韻詩

仄韻詩の實態を調査するために、隋末から初唐の前期卽ち李嶠沒の直後までの詩人二百六十六名を中心に、盛唐・

中唐・晩唐を代表する詩人十四名の五言八句の仄韻詩を調べてみた。初唐前期までの詩人二百六十六名のうち、仄韻詩を賦詠した詩人は二十六名、そのうち二首以上を有する詩人は六名である。これらの詩人とその仄韻詩は次の通りである。

詩人名	五言八句	仄韻詩	該當詩
〈初唐〉			
歐陽詢	一	一	道矢
楊師道	五	一	侍宴賦得起坐彈鳴琴二首（其一）一作楊希道詩
上官儀	九	三	早春桂林殿應詔、奉和潁川公秋夜、謝都督挽歌
令狐德棻	一	一	冬日宴于庶子宅各賦一字得趣
杜正倫	一	一	冬日宴于庶子宅各賦一字得節
封行高	一	一	冬日宴于庶子宅各賦一字得色
胡元範	三	一	奉和太子納妃太平公主出降三首（其二）
韋承慶	三	一	折楊柳
張柬之	一	一	大堤曲
喬知之	五	一	長信宮中樹
陳子昂	五一	二	感遇詩三十八首（其七）、酬暉上人夏日林泉
李適	八	一	餞許州宋司馬赴任
韋元旦	三	一	奉和九日幸臨渭亭登高應制得目字
宋之問	一〇三	五	芳樹、送趙六貞固、題張老松樹、見南山夕陽召監師不至、長安路
薛稷	五	一	九日幸臨渭亭登高應制得曆字

詩人名	五言八句	仄韻詩	該當詩
鄭愔	一六	一	侍宴長寧公主東莊應制
沈佺期	七七	六	芳樹、長安道、臨高臺、別侍御嚴凝、送喬隋州侃、枉繫二首（其二）
徐彥伯	一一	一	題東山子李適碑陰二首（其二）
李乂	二二	一	故趙王屬贈黃門侍郎上官公挽詞
馬懷素	五	二	九日幸臨渭亭登高應制得酒字、餞許州宋司馬赴任
蘇頲	三一	二	餞唐州高使君赴任、曉濟膠川南入密界
張說	一二七	一三	凱和、奉和聖製溫湯對雪應制、四月十二日詔宴寧王亭子賦得好字、藥園宴武輅沙將軍賦得洛字、修書院學士奉敕宴梁王宅賦得樹字、寄姚司馬、代書答姜七崔九、巡邊在河北作、灉湖山寺、和尹懋秋夜遊灉湖、冬日見牧牛人擔青草歸、詠瓢
趙冬曦	七	一	陪張燕公登南樓
張九齡	九五	五	雜詩五首（其二）、感遇十二首（其一・五・九）、南郊太尉酌獻武舞作凱安之樂
鄭南金	一	一	奉和九日幸臨渭亭登高應制得日字
李咸	一	一	奉和九日幸臨渭亭登高應制得直字
〈盛唐〉			
王維	一三六	一〇	從軍行、酬黎居士淅川作、齊州送祖三、一作河上送趙仙舟、又作漢上別趙仙舟、資聖寺送廿二、別弟縉後登青龍寺望藍田山、李一作石處士山居、新晴野一作晚望、冬夜書懷、歎白髮、別弟妹二首（其二）
王昌齡	三二	七	變行路難、塞下曲四首（其一）、越女樂府詩集作採蓮曲、送任五之桂林、留別武陵袁丞、送劉昚虛歸取宏詞解、烏棲曲
劉長卿	二一七	八	湘中紀行十首（秋雲嶺、花石潭、石圍峯一作石菌山、浮石瀨、横龍渡）、雜詠八首上禮部李侍郎（寒

			釭、寄李侍郎、晩泊湘江懷故人）
孟浩然	一五三	九	大堤行寄萬七、秋宵月下有懷、適越留別譙縣張主簿申屠少府、送從弟邕下第後尋會稽、江上別流人、宿業師一作來公山房期一作待丁大不至、耶溪泛舟、同張明府清鏡歎、清明即事
李白	二二三	三五	古風（其三十三、三十八、四十四、四十九、五十一）少年子、清溪行一作宣州清溪、歷陽壯士勤將軍名思齊歌、贈韋侍御黃裳二首（其二）、寄上吳王三首（其三）、送友人遊梅湖、送崔十二遊天竺寺、金鄉送韋八之西京、江行寄遠、金陵白揚十字巷、姑孰十詠（姑孰溪、丹陽湖、謝公宅、陵歊臺、桓公井、慈姥竹、望夫山、靈墟山）嘲王歷陽不肯飲酒、春滯沅湘有懷山中、憶秋浦、桃花舊遊時竄夜郎、感遇四首（其三・四）覽鏡書懷、南軒松、詠槿、題元丹丘山居、寄遠十一首（其五）、題舒州司空山瀑布
杜甫	六三九	一〇	望嶽、得舍弟消息、立秋後題、遣興五首（其一・二・四）遣興五首（其二・三・五）、白馬
李賀	四五	一〇	勉愛行二首、送小季之廬山、感諷五首（其四）、追和何謝銅雀妓、難忘曲、客遊、題趙生壁、房中思、題歸夢、嘲雪、高平縣東私路
孟郊	一〇八	一二	征婦怨（其二）、空城雀、和丁助教塞上吟、古怨別、衰松、將見故人、寓言、感懷（其一）、暮秋感思（其一）、聞砧、結交、春夜憶蕭子眞
〈中唐〉			
白居易	四四二	三〇	初入太行路、秋池二首、禁中寓一作偶、直夢遊仙寺、出山吟、齊物二首、郭虛舟相訪、初出城留別、宿藍溪對月一作宿藍橋題月、過紫霞蘭若、初見白髮、曉別、司馬廳獨宿、西樓夜一作月、東樓曉、送客回晩興、江上送客、秋思、自詠五首（其二・四・五）和順之琴者、感舊寫眞、酬集賢劉郎中對月見寄兼懷元浙東、安穩眠、寄情、懶放二首呈劉夢得吳方之、開襟
劉禹錫	二一六	一三	團扇歌、順陽歌、莫猺歌、望衡山、重至衡陽柳儀曹、月夜憶樂天兼寄微之、一作月夜寄微之、憶樂天、海陽十詠（雲英潭、裴溪、飛練瀑、蒙池、月窟）、七月二首（其二）、爲郎分司寄上都同舍

詩人名	五言八句	仄韻詩	該當詩
元稹	二一九	三一	遣興十首（其一・二・三・九）、東西道、楊子華畫三首（其三）、月臨花（臨檎花）、遣春十首（其四・七・八・九・十）、表夏十首（其三・五・六・七・九）、解秋十首（其六・七）、遣病十首（其三・四・五・七・九・十）、郵竹、高荷、長慶曆、曹十九舞綠鈿、閨曉、薔薇架（清永驛）
〈晩唐〉			
杜牧	一一三	五	獨酌、惜春、題安州浮雲寺樓寄湖州張郎中、贈宣州元處士、村行
李商隱	一四八	○	

右表にみえる初唐の仄韻詩の特徴は、盛・中・晩唐の仄韻詩が個人の心情を一人で詠出したものが大部分であるのに對して、奉和詩を含む侍宴應制や群公の詩宴・送別の詩宴などの集團の場での賦詠が多いことである。この傾向は仄韻詩に限ったことではないが、仄韻詩に顯著である。それは集團の場において詩を賦詠する場合、種々の條件を付加することが多いことによる。殊に、六朝時代から初唐までにおける集團の場で賦詠された詩には、押韻の韻字や詩句の中に使用する文字を指定したりするなどの制限を設けたものが多い。

そこで、仄韻の韻字を用いて賦詠された詩を検討すると、詩人が好んで積極的に仄韻を用いて賦詠したのではないと思われる詩がある。例えば、「冬日宴于庶子宅各賦一字」の一連の詩がそれである。この一連の詩宴詩は初唐の學者于志寧（五八八～六六五）の館で開催された宴會の席で詠出されたものである[37]。詠出した時期は確定できないが、兩唐書に據ると、于志寧は太子左庶子を二度拜命しており、最初は貞觀三年（六二九）、四十二歳の時で[38]、二度目は貞觀十七年[39]（六四三）、五十六歳の時である。從って、確實にいえることは四十二歳以後であるが、詩宴を主催するにはそれ相應の地位と名譽がなければ群公を招聘できないであろうから、五十六歳以後卽ち貞觀十七年以後の時期と考えるのが穩當であろう。

さて、于志寧の館に集まった群公は詩を詠ずることになるのであるが、現存する詩の題に「〇〇〇〇〇〇〇各賦一字得〇」と記載されているので、賦詠する際に予め各自に韻字を指定していたようである。とはいえ、最初から韻字が判明しているのではなく、韻字は伏せられており、宴會の場などで伏せられた韻字が各自に配當されて決定されていたようである。

于志寧宅での指定された韻字を『全唐詩』によって紹介すると、岑文本は「平」字、許敬宗は「歸」字、封行高は「色」字、劉孝孫は「鮮」字、令狐德棻は「趣」字、杜正倫は「節」字である。このうち、「色」「趣」「節」が仄韻であるから、封行高・令狐德棻・杜正倫が賦詠した詩は仄韻詩ということになる。この仄聲の韻字は指示に從ったまでで、詩人の意志によるものではない。又、景龍三年九月九日に、中宗が開催した宴會で賦詠された一連の詩がある。その時、臣下が詠出した詩が「奉和九日幸臨渭亭登高應制」及び「九日幸臨渭亭登高應制」と題して現存する。この時にも韻字が指定されており、『全唐詩』によってその韻字を紹介すると、楊廉は「亭」字、虛懷愼は「還」字、韋嗣立は「深」字、李咸は「直」字、趙彥伯は「花」字、韋安石は「枝」字、宋之問は「歡」字、于經野は「樽」字、鄭南金は「日」字、蘇頲は「時」字、竇希玠は「明」字、蘇瓌は「暉」字、陸景初は「臣」字、李迥秀は「風」字、韋元旦は「月」字、閻朝隱は「筵」字、蕭至忠は「余」字、馬懷素は「酒」字、薛稷は「曆」字、盧藏用は「開」字である。このうち、「直」「日」「月」「酒」「曆」の五韻は仄韻であるから、李咸・鄭南金・韋元旦・馬懷素・薛稷が詠出した詩は仄韻詩ということになる。これも指示に從って詠出したもので、詩人の意志によって仄韻を用いたものではない。

以上、初唐の仄韻詩四十三首、二十五名のうち、韻字の制限を受けて詠出された詩八首、七名を除くと、仄韻を驅使して詠出したものは三十五首、十八名となる。この数字は初唐の詩篇や書籍などが佚亡している現状を考慮しても、決して多くはない。

次に、唐代における初唐の仄韻詩を別の角度から考察することにする。

五言八句（含律詩）を三十首以上所有する初唐の詩人と盛・中・晩唐の詩人の五言八句における仄韻詩の所有率を示すと次の如くである。

初唐	陳子昂	三・九％
	宋之問	四・八％
	沈佺期	七・八％
盛唐	蘇　頲	六・五％
	張九齡	五・二％
	張　說	一〇・二％
	孟浩然	五・九％
	王昌齡	二一・二％
	王　維	七・四％
	李　白	一六・一％
	杜　甫	一・六％
	劉長卿	三・七％
	孟　郊	一一・一％

中唐　李　賀　二二・二％
　　　元　稹　一四・二％
　　　劉禹錫　六・〇％
　　　白居易　六・八％
晩唐　杜　牧　四・〇％
　　　李商隱　〇％

以上によると、仄韻詩の所有率が極端に少ない杜甫・劉長卿・李商隱を除いて、盛唐や中唐の一部の詩人に仄韻詩が多い。この傾向から、初唐の詩人達は律詩や絶句などの近體詩確立への文藝思潮の流れを受け、その詩格の攝取に努め、近體詩に反する仄韻詩を詠出することを控えるようになった。しかし、仄韻詩が部分的に存在しているのは、前朝からの古詩の仄韻使用の慣習がそのまま繼續されていたことによるともいえよう。ところが、盛唐になると逆に仄韻詩が多くなっている。その要因を推察するに、盛唐の詩人達は詩格を十分認識した上で詩を詠出しているにも拘らず、仄韻を用いて賦詠をするというのは、平韻の詩だけでは韻字が制限されているので、もっと自由に表現したいという欲望から仄韻を用いたのであろう。

しかし、この時期の仄韻詩には古體詩という詩形から抜け出したものもある。それは前述した如く、劉長卿や劉禹錫や僧靈一には仄韻の五言律詩があるといわれているように、平韻の律詩に物足りなくなって、仄韻による律詩の詩格を樹立させようとする動きがあったのではないかと推量する。王力氏は仄韻の近體詩の平仄について

　近體詩用仄韵、本非正例。偶然用仄韵時、只把毎聯的對句改爲a式或b式（不用AB）就是了。依盛唐人的規矩、在五律仄韵詩里、各聯出句的末字須平仄相間。[40]

（近體詩に仄韻を用いるのは、正例ではない。しかし、偶然に仄韻を用いた時、毎聯の對句を仄仄平平仄か平平平仄仄に改めている。盛唐の詩人の規律に依れば、五律の仄韻詩には各聯の上句の末字は平聲と仄聲とを交互に配置しなければならない）

といい、仄韻詩にも平仄の規則があることを論述している。そこで、李嶠の前後の詩人の仄韻詩を調査してみると、次の如くである。

詩人	仄韻詩數	平仄交互詩數	平仄交互詩所有率	使用本
〈初唐〉				
歐陽詢	1			全唐詩本
楊師道	1	1		〃
上官儀	3	2	六十七％	〃
令孤德棻	1			〃
封行高	1			〃
杜正倫	1	1		〃
胡元範	1	1		〃
韋承慶	1			〃
張東之	1	1		〃
喬知之	1	1		〃
陳子昂	1			〃
李適	1			〃

詩人	仄韻詩數	平仄交互詩數	平仄交互詩所有率	使用本
韋之旦	1	1		〃
宋之問	5	2	四十％	〃
薛稷	1			〃
鄭愔	1	1		〃
沈佺期	6	2	三十三％	〃
徐彦伯	1	1		〃
李乂	1			〃
馬懷素	1	1		〃
李嶠	3	3	百％	佚存叢書本
〈盛唐〉				
蘇頲	1	1		全唐詩本
張説	13	11	八十五％	〃
王維	10	4	四十％	〃

詩人	仄韻詩數	平仄交互詩數	平仄交互詩所有率	使用本
王昌齡	5	2	四十%	〃
劉長卿	8	6	七十五%	〃
孟浩然	9	7	七十八%	〃
李白	34	7	二十一%	〃

詩人	仄韻詩數	平仄交互詩數	平仄交互詩所有率	使用本
杜甫	10	3	三十%	〃
孟郊	12	2	十七%	〃
李賀	10	2	二十%	〃

右表をみてもわかるように、仄韻詩を賦詠する詩人は少なく、初唐の詩人に限定すれば、李嶠を除いて二十名程度である。その中、二首以上の仄韻詩を有する詩人はわずかに三名で、他は一首のみの所有である。仄韻詩を所有する二十名のうち、平仄交互詩を有する詩人が十二名で、これは仄韻詩所有者の五十五%に相當する。また、仄韻詩を複數所有する初盛唐の詩人で、平仄交互詩を半分以上有する詩人は、上官儀（六十七%）、張説（八十五%）、劉長卿（七十五%）、孟浩然（七十八%）の四名である。四名という數字は多いとはいえないが、四名の平仄交互詩の占有率が高く、仄韻の律詩化が局部的に進んでいたことを表わしている。

中唐になると、また、律詩の詩格が見直されて仄韻詩が少なくなり、晩唐に至ると、李商隱のように全く仄韻詩を詠出しない詩人も出現してくるようになる。

そこで、李嶠の場合を考えると、集本には仄韻詩はみえないが、佚存本には前述した如く、仄韻詩が三首ある。この點を取れば、三首の仄韻詩は平仄交互詩の仄韻律詩であり、仄韻の律詩化への貢獻では先驅的な働きをしていたといっても過言ではあるまい。

7 首句押韻

律詩の押韻の仕方は前述した如く、五言律詩は二・四・六・八句の偶數句に、七言律詩は二・四・六・八句の偶數句のほかに、首句（第一句）にも押韻することが原則である。しかし、兒島獻吉郎氏[41]や王力氏[42]らが指摘するように、五言律詩にも首句に押韻するものがある。李嶠の雜詠詩を調査すると、首句に押韻している詩は次の如くである。尚、佚存本と集本とでは本文に異同があるので、對比させ乍ら列記する。

	佚存本	集本
河	河出崑崙中（上平聲一東）	源○○○○
	長波接漢空（〃〃）	○○○○○
蘭	虚室重招尋（下平聲十二侵）	○○○○○
	忘言契斷金（〃〃）	○○○○○
竹	高幹楚江濆（上平聲十二文）	○簳○○○
	蕭條含曙氛（〃〃）	嬋娟○○○
荷	新溜滿澄陂（上平聲四支）	○○○○○
	圓荷影若規（〃〃）	○○○○○
柳	楊柳正氤氳（上平聲十二支）	○○鬱○○
	含煙總翠氛（〃〃）	金堤○○○
桐	孤秀嶧陽岑（下平聲十二侵）	○○○○○
	亭亭出衆林（〃〃）	萋萋○○○
梅	院樹歛寒光（下平聲七陽）	大庾○○○

	佚存本	集本
	梅花獨早芳（〃〃）	南枝○○○
鶴	黄鶴遠聯翩（下平聲一先）	○○○○○
	從鸞下紫煙（〃〃）	○○○○○
鴈	春暉滿朔方（下平聲七陽）	○輝○○○
	歸鴈發衡陽（〃〃）	侯○○○○
鶯	芳樹雜花紅（上平聲一東）	睍睆度○○
	群鶯亂曉空（〃〃）	關關○○○
雉	白雉振朝聲（下平聲八庚）	○○○○○
	飛來表太平（〃〃）	○○○○○
龍	銜燭耀幽都（上平聲七虞）	啣○○○○
	含章擬鳳雛（〃〃）	○○○○○
麟	漢時應祥開（上平聲十○灰）	○祀○○○
	魯郊西狩廻（〃〃）	○○○○○

	佚存本	集本
馬	天馬來從東（上平聲一東）	○○本來○
	嘶驚御史驄（〃〃）	○○○○○
豹	車法肇隆周（下平聲十一尤）	○○○宗○
	鼯文闡大猷（〃〃）	鼷○○○○
車	天子馭金根（上平聲一三元）	○○○○○
	蒲輪辟四門（〃〃）	○○闢○○
牀	傳聞有象牀（下平聲七陽）	○○○○○
	疇昔薦君王（〃〃）	○○獻○○
鏡	明鏡掩塵埃（上平聲十○灰）	○鑑○○○
	含情朗魏臺（〃〃）	○○照○○
扇	翟羽舊傳名（下平聲八庚）	○○○○○
	蒲葵實曉清（〃〃）	○○價不輕
酒	孔坐洽良儔（下平聲十一尤）	○○○○○
	陳筵幾獻酬（〃〃）	○○○○○
檄	羽檄本宣明（下平聲八庚）	○○○○○
	由來激木聲（〃〃）	○○□○○
紙	妙跡蔡侯施（上平聲四支）	妙○○○○
	芳名古伯馳（〃〃）	○○○○○
弩	挺質本軒皇（下平聲七陽）	○○○○黃
	申威振遠方（〃〃）	○○○○○
琴	名士竹林隈（上平聲十仄）	隱○○○○
	鳴琴寶匣開（〃〃）	英聲○○○
笛	羌笛寫龍聲（下平聲八庚）	○○○餘○
	長吟入夜清（〃〃）	○○○○○
布	潔績創羲皇（下平聲七陽）	御○○○黃
	緇冠表素王（〃〃）	○○○○○

以上の如く、両本とも首句押韻の詩は二十六首で、そのうち、仄起式の詩が二十四首、平起式は「雁」と「牀」の二首である。佚存本では集本の二十六首のほかに

	佚存本	集本
風	落日正沈沈（下平聲十二侵）	○○生蘋末・
	微風生北林（〃〃）	搖颺徧遠○

	佚存本	集本
山	仙嶺鬱氤氳（上平聲十二支）	地鎮標神秀・
	嵯峨上翠氛（〃〃）	○○○○○

佚存本	集本
彈　俠客遠相望（下平聲七陽）	○○持蘇合・
佳遊滿帝鄉（〃　〃）	○○○○○

佚存本	集本
琵琶　裁規勢漸團（上平聲十四寒）	朱絲閒岱谷・
鑠質本多端（〃　〃）	○○○○○

（・印は仄聲）

右の四首を加えた三十首がある。右の詩數は佚存本の詠物詩においては二十五%を占め、集本においても二十二%を占めている。佚存本では實に四首に一首が首句押韻詩ということになる。この數値は決して少なくないが、詩格の觀點からみると、首句押韻は正格ではなく變（偏）格である。しかし、變格は規則違反を意味するものではない。

そこで、この變格が李嶠の詠物詩だけにみえる現象なのか、また、いつ頃から出現したものなのか、その傾向をみるために、隋末唐初から李嶠沒年前後までの詩人二百六十六名の全詩を調査してみることにする。

調査の結果、二百六十六名のうち、五言律詩を含む五言八句の詩を詠出している詩人は百六十名で、その詩數は一千八十五首である。その百六十名のうち、首句押韻詩を詠出している詩人は六十七名、その詩數は百八十三首である。その詳細は次の如くである。

尚、詩は便宜上、『全唐詩』本を使用したが、『全唐詩』を補足する資料として、王重民輯錄の『補全唐詩』、孫望輯錄の『全唐詩補逸』、陳尚君輯錄の『全唐詩續拾』を使用した。

詩人名	所有詩數	五言八句（五律）	首句押韻	該當詩
袁朗	四	二	一	秋夜獨坐　一作邢邵詩
庾抱	五	三	一	驄馬

陳子良	一三	六	一	新成安樂宮一作新宮詞
劉孝孫	七	四	一	詠笛
謝偃	四	三	一	踏歌詞（其一）
王績	五六	七	一	詠妓一作王勣詩
褚亮	一二（除二樂章）	五	一	臨高（一作江）臺
李百藥	二六	一一	二	火鳳詞（其二）、寄楊公
張文琮	六	五	一	和楊舍人詠中書省花樹
竇威	一	一	一	出塞曲
陸一作凌敬	四	一	一	巫山高
鄭世翼	五	二	一	巫山高
杜之松	一	一	一	和衛尉寺柳
蕭翼	一	一	一	答辨才操得招字
王勃	一一一	三五	四	詠風、散關晨度、餞韋兵曹、杜少府之任蜀州
駱賓王	一三〇	七〇	六	出石門、至分水戍、望鄉夕泛、夏日遊山家同夏少府、詠美人在天津橋、稱心寺
盧照鄰	九五（除九樂章）	三三	七	紫騮馬、酬楊比部員外暮宿琴堂朝躋書閣率、爾見贈之作一作王維詩、劉生、芳樹、折楊柳、春晚山莊率題二首（其二）、江中望月
楊烱	三三	一四	六	從軍行、驄馬、出塞、梅花落、紫騮馬、送豐城王少府
陳子昂	一三〇	五一	三	春夜別友人（其一）、晦日重宴高氏林亭、上元夜效小庾體
喬知之	一八	五	二	銅雀妓、侍宴應制得分字
韓仲宣	四	三	一	上元夜效小庾體

詩人名	所有詩數	五言八句（五律）	首句押韻	該當詩
長孫正隱	二	二	二	上元夜效小庾體、晦日宴高氏林亭
高紹	一	一	一	晦日宴高氏林亭
陳嘉言	三	三	一	上元夜效小庾體
胡元範	三	三	一	奉和太子納妃太平公主出降
裴守眞	三	三	一	奉和太子納妃太平公主出降
張易之	四	二	一	泛舟侍宴應制
劉友賢	一	一	一	晦日宴高氏林亭
張昌宗	三	一	一	太平公主山亭侍宴
喬備	四	四	一	雜詩
劉希夷	三八	六	二	入塞、晩春
蘇味道	一六	九	二	初春行宮侍一作曲宴應制得天字、單于川對雨（其二）
郭震	二三	三	一	塞上
王無競	九	三	二	鳳臺曲、巫山一作宋之問詩
崔融	二〇	一〇	二	詠寶劍、吳仲好風景
杜審言	四三	二八	四	蓬萊三殿侍宴奉敕詠終南山應制、和韋承慶過義陽公主山池（其三）、和晉陵陸丞早春遊望一作韋應物詩、送高郎中北使
董思恭	二〇	一四	一	昭君怨（其二）
宗楚客	六	三	一	正月晦日侍宴滻水應制得長字
蘇瓌	二	一	一	奉和九日幸臨渭亭登高應制得暉字

鄭愔	二九	一六	三	奉和幸望春宮送朔方大總管張仁亶、折揚柳、秋閨
宋之問	二〇六	一〇三	二三	奉使嵩山途經緱嶺、夏日仙蕚亭應制、奉和聖製閏九月九日登莊嚴總持二寺閣、江南曲、登禪定寺閣一作登持總持寺閣、陸渾山莊、春日宴宋主簿山亭得寒字、江亭晩望、秋晩遊普耀寺、送田道士使蜀投龍、送許州宋司馬赴任、送永昌蕭贊府、送李侍御餞湖州薛司馬、留別之望舍弟、漢江宴別、渡吳江別王長史、泛鏡湖南溪、藥、詠笛、花落一作沈佺期詩、題云梅花落。內題賦得巫山雨一作沈佺期詩、題云巫山高、望月有懷一作康庭芝詩、一作沈佺期。
李適	一八	八	一	遊禁苑幸臨渭亭遇雪應制
唐遠悊	一	一	一	奉和送金城公主適西蕃應制
劉憲	二六	一〇	二	奉和聖製登驪山高頂寓目應制、奉和幸白鹿觀應制
閻朝隱	一五	四	二	奉和九日幸臨渭亭登高應制得筵字、侍從途中口號應制
趙彦昭	二一	一〇	一	奉和聖製登驪山高頂寓目應制
趙彦伯	三	一	一	奉和幸渭亭登高應制得花字
徐彦伯	三四	一一	三	採蓮曲、閨怨、餞唐州高使君赴任
崔湜	四三	一六	二	奉和登驪山高頂寓目應制、唐都尉山池
沈佺期	一五七	七七	一六	晦日滻水應制、幸梨園亭觀打毬應制、九日臨渭亭侍宴應制得長字、歲夜安樂公主滿月侍宴、安樂公主移入新宅、仙蕚亭初成侍宴應制、驄馬、巫山高（其二）、七夕、和洛州康士曹庭芝望月有懷一作康庭芝詩、一作宋之問詩、梅花落一作宋之問詩、紫騮馬、李舍人山園送龐邵、洛州蕭司兵謁兄還赴洛成禮、咸陽覽古、秦州薛都督挽詞
武平一	一五	五	二	奉和登驪山高頂寓目應制、幸梨園觀打毬應制
李乂	四三	二二	七	奉和登驪山高頂寓目應制、奉和春日遊苑喜雨應制、陪幸臨渭亭遇雪應制、閏九月九日幸總持寺登浮圖應制、次蘇州、餞唐州高使君赴任、高安公主挽歌（其二）

詩人名	所有詩數	五言八句（五律）	首句押韻	該當詩
韋嗣立	八	三	三	奉和九日幸臨渭亭登高應制得深字、奉和張岳州王潭州別詩二首
姚崇	六	四	一	夜渡江
楊廉	二	一	一	奉和九日幸臨渭亭登高應制得亭字
蘇頲	九九	三一	一一	游禁苑幸臨渭亭遇雪應制、奉和送金城公主適西蕃應制、奉和聖製登驪山高頂寓目應制、武（擔）山寺、錢潞州陸長史再守汾州、送吏部李侍郎東歸得歸字、送光祿姚卿還都、送常侍舒公歸覲、興州出行、曉發方騫驛、經三泉路作
徐堅	九	二	一	奉和送金城公主適蕃應制
張說	三五四	一二七	一〇	奉和聖製觀拔河俗戲應制、奉和聖製野次喜雪應制、奉和聖製溫泉言志應制、道家四首奉敕撰、岳州宴別潭州王熊二首（其一）、和伊懋秋夜遊灉湖、與趙冬曦尹懋均登南樓、岳州贈廣平公宋大夫、右丞相蘇公挽詩二首（其二）、贈工部尚書馮公挽詩三首（其三）
張均	七	六	二	和尹懋登南樓、和尹懋秋夜遊灉湖二首（其二）
趙冬曦	一九	七	三	和尹懋秋夜遊灉湖二首（其二）答張燕公翻著葛中見呈之作、奉答燕公
尹懋	四	三	一	秋夜陪張丞相趙侍御游灉湖二首（其二）
張九齡	二一八	九五	一七	雜詩五首（其一）、感遇一二首（其八）、奉和聖製初出洛城、天津橋東旬宴得歌字韻、和崔黃門寓直後聽蟬之作、三月三日登龍山、和王司馬折梅寄京邑昆弟、和黃門盧侍御詠竹、在洪州答綦母學士、晨出郡舍林下、江上使風呈裴宣州耀卿、將至岳陽有懷趙二、耒陽溪夜行、赴使瀧峽、湞陽峽、初發曲江溪中、故刑部李尚書荊谷山集會
盧僎	一四	四	一	送蘇八給事出牧徐州用芳韻
鄭遂初	一	一	一	別離怨

楊齊悊	一	一	一	秋夜讌徐四山亭
李元紘	三	二	二	緑墀怨、相思怨
胡皓	一三	五	一	夜行黄花川

右表を首句押韻詩數別に整理すると、

首句押韻詩數	1	2	3	4	5	6	7	10	11	16	17	23
詩人數	38	13	5	2	0	2	2	1	1	1	1	1

となる。

總じていうと、現存する詩を多く所有する詩人ほど首句押韻詩を多く所有するが、五言八句における首句押韻詩の占有率が高いとは限らない。例えば、首句押韻詩を一首のみ所有する詩人が半數以上で壓倒的に多いが、このうち、首句押韻詩が唯一の現存詩である詩人が八名もいる。この八名に關していえば、首句押韻詩の占有率は一〇〇%ということになる。また、首句押韻詩の所有が三首までの詩人五十六名のうちで、五言八句（含律詩）を十二首以上所有するのは陳子昂（五十一首）、鄭愔（十六首）、崔湜（十六首）の三名で、他の詩人五十三名は十一首以下の詩人達である。從って、五言八句（含律詩）の詩を所有する數の少ない詩人の方が占有率が高いということになる。

次に首句押韻詩を四首以上所有する詩人の五言八句に占める割合を三期に分けて示すことができる。

第一期は、李嶠が活躍する以前の所謂〝初唐四傑〟といわれる詩人達である。

王勃　十一・四%　駱賓王　八・六%　盧照鄰　二十一・二%　楊烱　四十二・九%

彼らの詩は集團の場での作ではなく、個人で詠出したものが主である。

第二期は、李嶠が活躍した時代と同時期の詩人達で、近體詩確立に貢獻した人達である。

杜審言　十四・三％　宋之問　二十二・三％　沈佺期　二十・八％　李乂　三十一・八％

杜審言や沈佺期の詩は侍宴應制詩や唱和詩などにみえるように集團の場での作が多い。宋之問にも一部集團の場での作もあるが、多くは個人で詠出した作である。

第三期は、李嶠の活躍が衰退し始めた頃から沒後間もない頃までの詩人達である。

蘇頲　三十五・五％　張說　七・九％　趙冬曦　四十二・九％　張九齡　十七・九％

この期の詩人達の詩も侍宴應制詩や唱和詩が中心で、集團の場における作である。このことは首句押韻詩が公認されていたともいえる。

一方、五言律詩の首句押韻について、明代の詩論家謝榛（一四九五〜一五七五）は杜甫や許渾の詩句を擧げて

五言律首句用韻、宜突然而起、勢不可遏(43)

（五言律詩の首句に韻を用ふるものは、宜《ほとん》ど突然として起り、勢は遏《と》むべからず）

と述べているが、これに關しても既に杜甫や許渾の詩を擧げるまでもなく、楊炯の「驄馬鐵連錢」（驄馬）・「窗外一株梅」（梅花落）や宋之問の「高嶺逼星河」（夏日仙萼亭應制）・「薄暮曲江頭」（秋晚遊普耀寺）などにみえるように既に初唐の詩人の作に數多くみることができる。但し、單なる五言八句の首句押韻は前表にみえるが如く、初唐以前から行なわれている。

以上のことを勘案すると、李嶠が活躍する以前から五言八句の首句に押韻する慣習が始まっているので、雜詠詩に三十首（集本二十六）の首句押韻詩があっても不自然ではない。寧ろ、前述した律詩を含む五言八句の首句押韻詩を四首以上所有する詩人十二名の首句押韻詩の占有率の平均が約二十三％で、李嶠の雜詠詩の首句押韻詩の占有率が約二十五％（集本二十二％）であることを考慮すると、李嶠は五律の首句押韻を積極的に推進していった詩人といえる。

第二項　平仄の配置

平仄は漢字の發音上の區別で、平聲・上聲・去聲・入聲の四聲に大別され、更に平らかで變化のない平聲と發音に變化のある上聲・去聲・入聲を合せた仄聲に二分される。このように變化する性質を活用して作られたのが詩である。詩には平仄を配置する規則や制約があり、近體詩では特にこの規格が嚴格である。この規格は初唐の晩期に確立するのであるが、李嶠はちょうどこの時期に位置している。そこで、李嶠の雜詠詩の平仄について論じようと思うが、初唐の五言律詩の平仄については、高島俊男氏が「初唐期における五言律詩の形成」(44)や「律詩の子類特殊形式について」(45)の中で詳細に論究されているので、その成果と方法を踏まえて論述することにする。

近體詩の嚴守すべき規則や制約について、高島氏は

> 一つの句がリズミカルな流れをつくりながらしかも單調平板におちいらぬように、そして一つの聯を形づくる二つの句が調子を變えて立體的な構成をなすように、さらに、そうした聯がいくつか集ってできている一篇の詩が、全體として、すぐれた古典的建築物のような、起伏に富んだ、左右相稱をなす構成美を完成するように、くふうされ整備されたものであり、したがって、その完成にはすべての部分があずかっているのであって、あずかりかたの重要性に差違があるとしても、全く無視し得る部分などはないのである。(46)

とその合理性を説いている。これをより具體的に説明するために、例として雜詠詩の冒頭の「日」詩を擧げる。尙、○を平聲、●を仄聲とする。

日

日出扶桑路　●●○○●

遙昇若木枝　○○●●○
雲間五色滿　○○●●●
霞際九光披　○●●○○
東陸蒼龍駕　○●○○●
南郊赤羽馳　○○●●○
傾心比葵藿　○○●○●
朝夕奉堯曦　○●●○○

一句が五字から構成されているのを五言詩というが、リズムの觀點からいうと、大きく上の二字と下の三字に區切ることができ、更に下の三字を二字・一字と區切ることができるので、二字・二字・一字の三つの部分から成り立っていることになる。右の詩の五句目を例にとると、東陸・蒼龍・駕の部分からなる。リズムの上からいうと、陸・龍・駕が小休止にあたり、重要な節目となる。

重要な節目の第二字、第四字、第五字のうち、先ず、第五字の平仄關係をみると、古代より詩は偶數句に押韻し、押韻の韻字には平聲の字を用いるのが原則である。五言詩の場合、各聯の後句の第五字目がそれに當る。右詩を例にとれば、各聯の後句の枝・披・馳・曦（上平聲四支）がそれで平聲の字である。從って、前句の第五字は作詩の規則上、後句とは逆に仄聲を用いなければならない。右詩に例をとると、各聯の前句の路・滿・駕・藿がそれで仄聲の字である。但し、首句に押韻した場合は、首句の第五字は平聲の字となる。

次に第二字と第四字の平仄關係であるが、五言詩の作詩上の原則として、各句の第二字に仄聲の字を置くと、第四字に平聲の字を置き、反對に第二字に平聲の字を置くと、第四字に仄聲の字を置くことになっている。右詩で第七句の「傾心比葵藿」（○○●○●）の特殊形式を除外すれば、ほかの詩句は全て原則通りである。特殊形式については後述する。高島氏の調査によると、第二字・第四字の節目で平仄を入替えるという法則は

隋から唐初にかけてのころに嚴格に守られるべきものとしてすでに確立していた[47]。

という。第二字は單にリズムの節目の字というだけではなく、近體の律詩においては、特に首句の第二字は格式を決定する重要な文字でもある。第二字が仄聲で始まるのを仄起式といい、これを正格とし、平聲で始まるのを平起式といい、これを變（偏）格とする。雑詠詩を調査すると、百二十首のうち、仄起式の詩は百六首で、平起式は「雲・霧・道・鵲・鴈・牛・牀・簾・墨・弓・瑟・琵琶・箏・笙」の十四首である。このうち、四首が樂器の詩に集中しているのが特徴的である。平起式の詩が全體（百二十首）の約十二％しか占めていないということは、この時期において、正格である仄起式が主流であることを物語っている。

1　基本形と派生形

さて、仄起式、平起式を問わず、五言律詩の第一句から第八句までの句の平仄を調査すると、句の形は基本的に

●●○○●……1
○○○●●……2
●●●○○……3
○○●●○……4

の四種類である。高島氏はこの基本形に對してあり得るすべての派生形を

1の派生形

○●○○●……1の1
●●●○●……1の2
○●●○●……1の3

2の派生形
●○○●●……2の1
○○●●●……2の2
●○●●●……2の3

3の派生形
○●●○○……3の1
●●○○○……3の2
○●○○○……3の3

4の派生形
●○●●○……4の1
○○○●○……4の2
●○○●○……4の3

と整理している。(48) 作詩上、平聲の字を仄聲の字が挟んだり、仄聲の字を平聲の字が挟んだりすることを避け、平聲や仄聲の字を二字、三字と續けるのが基本である。但し、平聲の字が仄聲の字を挟むことにはさほど注意を拂わないが、仄聲の字が平聲の字を挟むことは極力避けることになっているので、1の2、1の3、2の3、4の1は特異な句ということになる。中でも4の1は〝孤平〟と呼ばれ、律詩では最も忌避することになっている。また、3の2と3の3は後半に平聲の字が三つ連續しているが、これも〝平三連〟とか〝三平調〟と呼ばれ、近體詩が確立されて以降は孤平に次いで忌避することになっている。

そこで、雑詠詩百二十首九百六十句の平仄配置を調査して、右の基本形及び派生形に分類すると次の如くである。

句形	佚存本句數	集本の句數
1	一四三	一三九
1の1	五四	五六
1の2	七	五
1の3	三	二
2	五八	六二
2の1	九八	九三
2の2	三五	三三
2の3	三	三
3	七七	八六
3の1	一六〇	一五九
3の2	六	四
3の3	一〇	六
4	二〇四	二〇四
4の1	七	一一
4の2	二三	二一
4の3	五	一
計	八九二	七八五

佚存本の句數の合計が八百九十二句、集本の句數が七百八十五句で、それぞれ九百六十句に滿たないのは、佚存本に特殊形式が六十八句あり、集本に特殊形式が五十九句ある上に、欠字・欠句（一句に四字以上欠字がある場合）が十六句あるからである。

以上をみると、兩書とも、忌避すべき1の2、1の3、2の3、4の1の特異句と、3の2、3の3の平三連は他に較べて少ないのは、近體詩の影響を受けていることは言を俟たない。また、本來、仄脚の句（1、2の基本形とその派生形）と平脚の句（3、4の基本形とその派生形）との句數が同數になるはずなのに、平脚の句が仄脚の句より多いのは首句に押韻したり、特殊形式の句が前句に多いことに據る。

2　特殊形式

ここで特殊形式について言及しておこう。王力氏は平仄上の特殊形式を子類特殊形式（平平仄平仄）と丑類特殊形式（仄仄平仄仄）の二種類を擧げている。[49] 高島氏は王氏の特殊形式を踏襲しながらも、更に、第一字の轉換が容易であることを考慮し、王氏の子類特殊形式に「●○●○●」を、丑類特殊形式に「○●○●●」を加え、子類特殊形式は2の派生形とし、丑類特殊形式は1の派生形であるとみなしている。[50] そこで、雜詠詩の特殊形式を調査すると次の如く整理できる。尚、集本には欠字や欠句が多いので、ここでは佚存本を使用する。

(1)　子類特殊形式

イ型（○○●○●　○●●○○）

傾心比葵藿　朝夕奉堯曦　（日）尾聯
今宵潁川曲　誰識聚賢人　（星）尾聯
還當紫霄上　時接白雲飛　（煙）尾聯
方知急難響　長在鶺鴒篇　（原）尾聯
含貞北堂下　曹植動文雄　（萱）尾聯
方期大君錫　不懼小巫捐　（茅）尾聯

何當赤墀下　疎幹擬三台　（槐）尾聯
還欣上林苑　千歳奉君王　（桃）尾聯
希逢聖人歩　庭闕奉晨趨　（龍）尾聯
唯當感純孝　郛郭引兵威　（兎）尾聯
光隨錦文散　形帶石巖圓　（硯）頷聯
方知美周政　懸旆閲車攻　（旌）尾聯
靈山有珍甓　仙闕薦明王　（銀）尾聯
何當畫秦女　煙霧出氛氳　（綾）尾聯

ロ型（○○●○●　●●●○○）

寧知帝王力　擊壤自安貧　（田）尾聯
三山巨鼇踊　萬里大鵬飛　（海）頷聯
英浮漢家酒　雪麗楚王琴　（蘭）頷聯
金堤不相識　玉潤幾年開　（藤）尾聯
龍蹄遠珠履　女臂動金花　（瓜）頷聯
終期奉絺綌　諷帝佇非賒　（瓜）尾聯
方知有靈幹　特用表眞人　（李）尾聯
危巢畏風急　遠樹覺星稀　（鵲）頷聯
銜書表周瑞　入幕應王祥　（雀）頷聯

方懐丈夫志　抗手別心期　（鹿）尾聯
飛雲滿城闕　白日麗墻隅　（城）頷聯
誰憐草玄處　獨對一牀書　（宅）尾聯
何當遇良史　左右振奇才　（筆）尾聯
天龍帶泉寶　地馬列金溝　（錢）頷聯

ハ型（○○●○●　○○●○○）
羌池沐時雨　飄颻舞春風　（燕）頷聯
無階忝虚左　先乘奉王言　（車）尾聯

ニ型（○○●○●　○●○○○）
方知決勝策　黄石遺兵書　（帷）尾聯

ホ型（●●●○○　○○●○●）
會入大風歌　從龍起金闕　（雲）尾聯

ヘ型（●●○○●　○○●○●）
日落天泉暮　煙虚習池靜　（池）首聯

ト型（●●○○○　○○●○●）
欲識江湖心　秋來賦潘省　（池）尾聯

チ型（●○●○●　○○●●○）
李陵賦詩罷　王喬曳舄來　（鳬）頸聯

不降五丁士　如何九折通　（牛）尾聯

リ型（●○●○●　○●●○○）

徃還倦南北　朝夕苦風霜　（鴈）頸聯

寄音中鐘呂　成角喩英才　（麟）頷聯

ヌ型（●○●○●　●●○○○）

九包應靈瑞　五色成文章　（鳳）頷聯

ル型（●○●○●　○●○○○）

得隨穆天子　何暇唐成公　（馬）尾聯

ヲ型（●○●○●　○○○●●）

大梁白雲起　氛氳殊未歇　（雲）首聯

ワ型（●○●○●　○○●○●）

鄭音既寥亮　秦聲復悽切　（箏）頸聯

(2)　丑類特殊形式

イ型（●●○●●　○○●●○）

左思裁賦日　王充作論年　（硯）首聯

ロ型（○●○●●　○○○●○）

青紫方拾芥　黄金徒滿籯　（經）頸聯

雑詠詩には右の四十四句の特殊形式があり、そのうち、子類特殊形式が四十二句、丑類特殊形式が二句である。その子類特殊形式には「○○●○●」と「●○●○●」の二句形がある。このうち、「●○●○●」の句形は聯の前句にあるが、「○○●○●」の句形には聯の後句にあるものが三聯ある。次に「○○●○●」の特殊形式の句形の後句を調査すると、「○●●○○」と「●●●○○」と「○○●○○」と「○●○○○」の四句形がある。四句形の始めの聯をイ型、次の聯をロ型、次の聯をハ型、最後の聯をニ型とする。イ型は特殊形式の句形と3の1句形との組合せで、十四聯ある。そのうち、十三聯が尾聯に屬し、壓倒的に多い。ロ型は特殊形式の句形と3の3句形との組合せで、十四聯ある。そのうち、頷聯と尾聯が七聯ずつある。ハ型は特殊形式の句形と拗句との組合せで、頷聯と尾聯の二聯である。ニ型は特殊形式の句形と3の3句形との組合せで、尾聯の一聯である。以上は、特殊形式の句形が前句にある場合であるが、ホ・ヘ・トの三型は後句にあるものである。次に「●○●○●」の特殊句形の後句を調査すると、「○○●●○」と「○●●○○」と「●●○○○」と「○●○○○」と「○○○●●」と「○○●○●」の六句形がある。これらと特殊形式の句形との組合せをチ型、リ型、ヌ型、ル型、ヲ型、ワ型とする。チ型は特殊形式の句形と4句形の組合せで、二聯ある。一聯は頸聯で、一聯は尾聯である。リ型は特殊形式の句形と1の3句形の組合せで二聯ある。一聯は頷聯で、一聯は頸聯である。ヌ型は特殊形式の句形と3の2句形との組合せで一聯（頷聯）ある。ル型は特殊形式の句形と3の3句形との組合せで一聯（尾聯）ある。ヲ型は特殊形式の句形と2句形との組合せで一聯（首聯）ある。ワ型は特殊形式の句形と特殊句形との組合せで一聯（頸聯）ある。

丑類特殊形式には「●●○●●」と「○●○●●」の二句形がある。二句形とも聯の前句にある。先ず、「●●○●●」の特殊形式の句形の後句を調査すると、「○○●●○」の句形しかない。これをイ型とする。イ型は特殊形式の句形と4句形の組合せで一聯（首聯）ある。次に「○●○●●」の特殊形式の句形の後句を調査すると、「○○○●○」

の句形しかない。これをロ型とする。ロ型は特殊形式の句形と4の2句形の組合せで一聯（頸聯）しかない。

以上の傾向をみると、子類特殊形式はイ型の十四聯、ロ型の十四聯が最も多く、兩聯で約六十七％を占めている。その他はハ型、チ型、リ型の二聯で、ニ型、ホ型、ヘ型、ト型、ヌ型、ル型、ヲ型、ワ型は一聯である。これをみると、イ型、ロ型以外は偶然の產物といえなくもない。次に子類特殊形式の後句についてみると、3の基本形と3の派生形から成っているものが大部分である。丑類特殊形式は數が少ないので傾向をみることができないが、後句に關しては4の基本形と4の派生形から成っているといえる。王力氏は子類特殊形式の特徵について

這種特殊形式多用于尾聯的出句、這也是詩人的一種風尙。(51)

（この種の特殊形式の多くは尾聯の前句に用い、これもまた詩人の一種の好尙である。）

と指摘している。王氏の說は子類特殊形式のイ型と符號するが、他の型とは符合しない。唯、ロ型をみる限り、李嶠の時代には頷聯にこの形式を用いることが許容されていたとも考えられる。王氏の言に從っていえば、ハ型以降の特殊形式は偶然の產物というべきであろう。丑類特殊形式は用例が少ないので一概にはいえないが、イ型をみると、王氏が

丑類特式很少用于尾聯、這和子類的情形恰恰相反。詩人最喜歡把它放在首句。(52)

（丑類特殊形式は尾聯に用いることは大變少ない。これは子類特殊形式の狀況とちょうど反對である。詩人はそれを首句に置くことを最も喜んだ。）

と指摘するのと符合する。從って、ロ型は偶然の產物かもしれない。

3 律聯

雑詠詩の特殊形式の調査を終えたところで、詩句の基本形と派生形に戻すことにする。前述の詩句の、1～4までの基本形と派生形を〝律句〟[53]と呼ぶことにする。即ち、第二字と第四字の平仄が異なる句である。これ以外の句を〝拗句〟[54]と呼ぶ。但し、特殊形式の中に第二字と第四字の平仄が同じであるものがあるが、前述の如く、特殊形式の子類特殊形式は2の派生形で、丑類特殊形式は1の派生形であるから、〝拗句〟には含まない。この規定に沿って雑詠詩の九百六十句を調査すると、拗句は「高臺晩吹吟（○○●○○）」〈蘭〉、「夜星浮龍影（●○○○●）」〈柳〉、「雪含朝暝色（●○○○●）」〈梅〉、「金衣逐吹翻（○○●○○）」〈橘〉、「不分荊山抵（●○○○●）」〈鵲〉、「韻嬌落梅風（●○●○○）」〈鶯〉、「飄颻舞春風（○○●○○）」〈燕〉、「來蘊太公謀（○○●○○）」〈豹〉、「井幹起高臺（●○●○○）」〈樓〉、「先乘奉王言（○●○○）」〈車〉、「含毫彩筆前（○●●●○）」〈刀〉、「君子娛樂弁（○●○●○）」〈瑟〉、「君聽陌上桑（○●●●○）」〈箏〉、「芳圻晴虹媚（○○○○●）」〈玉〉の十四句ある。これは全體の約一・五％に當る。換言すれば、九十八・五％が律句である。この數字は律句の高い完成度を示している。しかし、律句の完成度は必ずしも律詩の完成度を意味しない。それは律句の中の仄脚の句（前句）と平脚の句（後句）が一對（但し、首句押韻詩の場合は前句に平脚の句が配置されるので、首聯は平脚の句が竝ぶことになる）となって聯を作り、その聯が四聯集まって律詩を構成する。その際の聯は單に仄脚の句と平脚の句を任意に並べればよいというものではなく、前句の第二字が仄聲、第四字が平聲ならば、後句の第二字が平聲、第四字が仄聲とならなければならない。このように配置されている聯を〝律聯〟[55]といい、これ以外の聯を〝拗聯〟[56]という。更に、前聯の後句の第二字、第四字の平仄が、後聯の前句の第二字、第四字の平仄と合致するように配置しなければならないからである。一般にこれを〝粘〟しているといい、合致していないものを〝失粘〟という。先の律聯だけで構成されている詩を「律聯詩」[57]といい、更に粘している詩が一般に近體詩と呼ばれているものである。
高島氏は前記の詩句の1の基本形と派生形をa、2の基本形と派生形をb、3の基本形と派生形をA、4の基本形と派生形をBとし、律聯詩の律聯の組合せを擧げると、次の八通りしかないという。[58]

イ型　aBaBaBおよびbAbAbA。
ロ型　aBaBbAおよびbAbAaB。
ハ型　aBaBbAおよびbAbAaB。
ニ型　aBbAbAおよびbAaBaB。
ホ型　aBaBbAaBおよびbAbAaBbA。
ヘ型　aBbAaBおよびbAaBbA。
ト型　aBbAbAaBおよびbAaBaBbA。
チ型　aBbAaBbAおよびbAaBbAaB。

右のイ型からチ型までが近體詩の範疇に入るが、チ型が所謂近體の五言律詩である。そこで、雜詠詩の律聯の配置を調査すると次の如くである。

(1)　aBbAaBbAに屬するもの

日　星　煙　露　雨　雪　石　原　野　田　海　江　洛　藤　萱　萍　菱　瓜　茅　松　桂　槐　桃　李　鳳　雀
熊　鹿　羊　兔　城　門　市　井　宅　橋　舟　席　帷　屛　被　燭　經　史　詩　賦　書　筆　硯　劍　旌　旗
鼓　彈　鐘　簫　歌　舞　珠　金　銀　錢　錦　羅　綾　素　（六十六）

この型の代表的な詩を擧げてみよう。

洛

九洛韶光媚　●●○○●
三川物候新　○○●●○
花明珠鳳浦　○○○●●
日映玉雞津　●●●○○
元禮期仙客　○●○○●
陳王覩麗人　○○●●○
玄龜方錫瑞　○○○●●
綠字佇來臻　●●●○○　（上平聲十一眞韻）

第五句の第一字の「元」（平聲）のところに仄聲の字があると、各句とも基本形で構成される詩となる。そうなると、前句と後句の平仄が相反し、各聯の後句と前句が粘することになる。

(2)　ABbAaBbAに屬するもの

風　山　河　竹　桐　鶴　雉　龍　麟　馬　鏡　酒　檄　紙　弩　琴　笛　布（十八）

この型の代表的な詩を擧げてみよう。

風

落日正沈沈　●●●○○

微風生北林　○○●●○
帶花疑鳳舞　●○○●●
向竹似龍吟　●●●○○
月影臨秋扇　●●○○●
松聲入夜琴　○○●●○
若至蘭臺下　●●○○●
還拂楚王襟　○●●○○　（下平聲十二侵）

第三句の第一字の「帶」が仄聲の字で、第八句の第一字の「還」が平聲の字である以外は各句とも基本形で構成されている。但し、第一句は本來1の基本形（●●○○●）か、またはその派形になるべきところであるが、第一句に押韻しているので、第三字と第五字が拗している。中井竹山（一七三〇～一八〇四）は

以二首句押一レ韻爲レ變。與二七言一反。世所二共知一、其爲二熟用一固也。(59)

といい、七言詩の第一句に押韻するのはよく知られるところであるが、五言詩の場合の第一句押韻は變格であるという。

(3)　bAaBbAaBに屬するもの

霧　道　墨　弓　筌　（五）

この型の代表的な詩を擧げてみよう。

墨

長安分石炭　○○○●●
上黨作松心　●●●○○
繞畫蠅初落　●●○○●
含滋綬更深　○○●●○
素絲光易染　●○○●●
皀疊映逾沉　●●●○○
別有張芝學　●●○○●
書池幸見臨　○○●●○　（下平聲十二侵）

この詩は偏格で、第五句の第一字の「素」が仄聲である以外は、全て基本形から構成されている。

(4)　BAaBbAaBに屬するもの

鴈　牀　琵琶　（三）

この型の代表的な詩を擧げてみよう。

琵琶
裁規勢漸團　○○●●○
鑠質本多端　●●●○○
半月分絃出　●●○○●
蔆花拂面安　○○●●○

將軍曾入賞　○○○●●
司馬屢飛歡　●●●○○
唯有胡中曲　●●○○●
希君馬上彈　○○●●○　（上平聲十四寒韻）

この詩は偏格であるが、全て基本形から構成されている。この詩は仄起式、平起式を問わず、百二十首中基本形だけによる貴重な詩である。

(5)　ABBAaBbAに屬するもの

荷

新溜滿澄陂　○●●○○
圓荷影若規　○○●●○
風來香氣遠　○○○●●
日落蓋陰移　●●●○○
魚戲排細葉　●●○○●
龜浮見綠池　○○●●○
魏朝難接影　●○○●●
楚服且同枝　●●●○○　（上平聲四支韻）

第一句の第一字の「新」が平聲で、第三句の第三字の「香」が平聲で、第七句の第一字の「魏」が仄聲であるため、基本形を成していないが、それ以外は各句とも基本形で構成されている。但し、この詩は(2)と同じく首句押韻詩であるから、第三字と第五字が拗している。

(6)　拗聯を有するもの

問題のある拗聯の個所のみを擧げることにする。

イ、bBbAaBbAに屬するもの

「月」「象」「箭」の詩がこの型に該當する。

月

桂生三五夕　●○○●●
蓂開二八時　○○●●○

この聯は「月」詩の首聯である。この詩は平起式の詩形であるが、頷聯、頸聯、尾聯をみると仄起式の詩形である。本來なら、前句の第二字に仄聲の字を配すべきであるが、平聲の「生」を配したために、同句の第四字に仄聲の「五」を配している。このために、後句の第二字の「開」(平聲)と前句の「生」とが平仄を同じくし、同句の第四字の「八」(仄聲)と前句の「五」とが平仄を同じくし、律聯を爲していない。

象

鬱林開郡畢　●○○●●
睢陽作貢初　○○●●○

この聯は「象」詩の首聯である。この詩も前詩の「月」と同じ形態であるから、前句の「林」(平聲)と後句の「陽」

（平聲）が平仄を同じくし、前句の「郡」（仄聲）と後句の「貢」（仄聲）が平仄を同じくし、律聯を為していない。

箭

漢郊初飮羽　●○○●●
燕城忽解圍　○○●●○

この聯は「箭」詩の首聯である。この詩も前二詩と同じ形態であるから、前句の「郊」（平聲）と後句の「城」（平聲）とが平仄を同じくし、前句の「飮」（仄聲）と後句の「解」（仄聲）とが平仄を同じくし、律聯を爲していない。

ロ、abBabaAbに屬するもの

「池」の詩がこの型に該當する。

日落天泉暮　●●○○●
煙虛習池靜　○○●○●
鏡潭明月輝　●○○●○
錦磧流霞景　●●○○●
花搖仙鳳色　○○○●●
雲浮濯龍影　○●●○●
欲識江湖心　●●○○○
秋來賦潘省　○○●○●　（上聲二十三梗韻）

この詩の詩句を單獨でみると、それぞれが1の基本形が二句、2の基本形が一句、1の派生形が一句、3の派生形が一句、4の派生形が一句、子類特殊形式が二句から構成されており、不都合がないように思えるが、律聯の觀點からみると、全く關連性を持たない拗聯となっている。これは、この詩が仄韻詩であるからである。從って、首聯、頷聯、頸聯、尾聯の全聯が拗聯となっている。

ハ、bbBabaAbに屬するもの

「雲」の詩がこの型に該當する。

大梁白雲起　●○●○●
氛氳殊未歇　○○○●●
錦文觸石來　●○●●○
蓋影凌天發　●●○○●
烟熅萬年樹　○○●○●
掩映三秋月　●●○○●
會入大風歌　●●●○○
從龍起金闕　○○●○●　（入聲六月韻）

この詩も前の「池」詩と同樣、詩句を單獨でみると、1の基本形が二句、2の基本形が一句、3の基本形が一句、4の派生形が一句、子類特殊形式が三句から構成されており、律詩の形態をとっているが、律聯の觀點からみると、全く關連性を持たない拗聯となっている。この詩も仄韻詩であるから、首聯、頷聯、頸聯、尾聯の全聯が拗聯となっている。

因みに、集本や全唐詩本には全く異なる「池」「雲」詩が收錄されている。「池」詩は下平聲六麻韻の詩で、「雲」詩は上平聲十灰韻の詩である。孰れも特殊形式の詩句を有するものの、律詩の體を爲している。

ニ、aBbAaBaAに屬するもの

「菊」の詩がこの型に該當する。

今日黃花晩　○●○○●

無復白衣來　○●●○○

この聯は「菊」の詩の尾聯である。この詩は仄起式の詩形であるから、この聯の前句の第二字の「日」（仄聲）と第四字の「花」（平聲）が拗している。從って、前句の「日」は後句の第二字の「復」（仄聲）と、また、前句の「花」は後句の「衣」（平聲）と平仄を同じくし、律聯を爲していない。因みに、集本や全唐詩本は前句を「黃花今日晩」（○○○●●）に作っている。この場合、2の形でbとなるから、後句と律聯を爲し、所謂、近體の五律となる。恐らくは、傳播する間に、「今日」と「黃花」が轉倒して誤記された可能性が高い。

ホ、aBbAbBbAに屬するもの

「皃」の詩がこの型に該當する。

李陵賦詩罷　●○●○●

王喬曳舄來　○○●●○

この聯は「皃」の詩の頸聯である。前句は2の派生形の一種の子類特殊形式である。この詩は仄起式の詩形であるから、この聯の前句の第二字の「陵」（平聲）が拗している。從って、この「陵」が後句の「喬」（平聲）と平仄を同じくし、律聯を爲していない。また、この聯の前の頷聯の後句の第二字の「引」（仄聲）と粘していない。

ヘ、bAaBbAbBに屬するもの

「牛」の詩がこの型に該當する。

不降五丁士　●○●○●
如何九折通　○○●●○

この聯は「牛」の詩の尾聯である。前句は2の派生形の一種の子類特殊形式である。この詩は平起式の詩形であるから、この聯の前句の第二字の「降」（平聲）が拗している。従って、この「降」が後句の「何」（平聲）と平仄を同じくし、律聯を爲していない。また、この聯の前の頸聯の後句の第二字の「楚」（仄聲）と粘していない。

ト、bAABbAaBに屬するもの

「簾」の詩がこの型に該當する。

曖曖籠珠綱　●●○○○
纖纖上玉鉤　○○●●○

この聯は「簾」の詩の頷聯である。この聯の前句は仄脚の句となるべきところであるが、第五字の「綱」が平聲であるため、後句の第五字の「鉤」（平聲）と平仄を同じくし、律聯を爲していない。

チ、ABbAaBaAに屬するもの

「扇」の詩がこの型に該當する。

還取同心契　○●○○●
特表合歡情　●●●○○

この聯は「扇」の詩の尾聯である。この詩は仄起式の詩形であるから、この聯の前句の第二字の「取」（仄聲）と第四字の「心」（平聲）が拗している。従って、前句の「取」は後句の第二字の「表」（仄聲）と、また、前句の「心」は後句の「歡」（平聲）と平仄を同じくし、律聯を爲していない。

リ、aBbaaBbAに屬するもの

「戈」の詩がこの型に該當する。

曉霜白含刃　●○●○●

落影駐琱鋋　●●●○●

この聯は「戈」の詩の頷聯である。この聯の前句は子類特殊形式であるが、2の派生形とみなすことができるのでbとする。後句に平脚の句が配置されなければならないのに、第五字の「鋋」が仄聲となっているので、前句の「刃」（仄聲）と平仄を同じくし、律聯を爲していない。また、後の頸聯の前句の第五字の「側」（仄聲）と粘していない。因みに、集本と全唐詩本は前句を「曉霜含白刃（●○○●●）に作り、後句を「落影駐雕鋋」（●●●○○）に作っている。この場合、前句が2の1の形でbとなり、後句が3の形でAとなり、所謂近體の五律となる。ここで、集本や全唐詩本の後句の第五字の「鋋」（平聲）に注目すると、佚存本の「鋋」（仄聲）は字形が近似しているので、「鋋」の誤寫誤植による誤謬であることが考えられる。それは脚韻によっても確認することができる。卽ち、佚存本の「戈」詩の脚韻が「年」（先）、「鋋」（迥）、「前」（先）、「邊」（先）となっており、その中で、「鋋」が上聲の二十四迥で他の韻字と諧わない。一方、「鋋」にすると、この字は下平聲の一先で他の韻字と諧うからである。その場合、3の形でAとなり、近體の五律となる。

(7)　拗句のある聯を有するもの

關連のある個所のみを擧げることにする。尙、「拗」は拗句をいう。

イ、拗BbAaBbAに屬するもの

「鵲」の詩がこの型に該當する。拗句を有する聯は次の首聯である。

不分荊山抵　●○○○●
甘從石印飛　○○●●○

この聯の前句が拗句である。そのことにより、前句の第二字の「分」（平聲）と後句の第二字の「從」（平聲）とが平仄を同じくし、律聯を爲していない。また、後句の第四字の「印」（仄聲）と後の頷聯の前句の第四字の「風」（平聲）とが粘していない。

ロ、ＡＢ拗ＡａＢｂＡに屬するもの

「梅」の詩がこの型に該當する。拗句を有する聯は次の頷聯である。

雪含朝暝色　●○○○●
風引去來香　○●●○○

この聯の前句が拗句である。そのことにより、前句の第四字の「暝」（平聲）と後句の第四字の「來」（平聲）とが平仄を同じくし、律聯を爲していない。また、前句の第四字の「暝」（平聲）と前の首聯の後句の第四字の「早」（仄聲）とが粘してない。

ハ、ＡＢｂ拗ａＢｂＡに屬するもの

この型に該當するものは、「鶯」と「豹」の詩である。

ａ、「鶯」の詩

拗句を有する聯は次の頷聯である。

吟分折柳吹　○○●●●

韻嬌落梅風　●○●○○

この聯の後句が拗句である。そのことにより、この聯の前句の第二字の「分」（平聲）と後句の第二字の「嬌」（平聲）とが平仄を同じくし、律聯を爲していない。また、後句の第二字の「嬌」と後の頸聯の前句の第二字の「囀」（仄聲）と粘していない。

b、「豹」の詩

拗句を有する聯は次の頷聯である。

還將君子變　○○○●●
來蘊太公謀　○○●○○

この聯の前句の第二字の「將」（平聲）と後句の第二字の「蘊」（平聲）とが平仄を同じくし、律聯を爲していない。また、後句の第二字の「蘊」と後の頸聯の前句の第二字の「質」（仄聲）と粘していない。

ニ、aBb拗aBbAに屬するもの

「燕」の詩がこの型に該當する。拗句を有する聯は頷聯である。

羌池沐時雨　○○●○●
飄颺舞春風　○○●○○

この聯の前句は子類特殊形式であるが、2の派生形とみなすことができるのでbとする。後句が拗句である。そのことにより、前句の第二字の「池」（平聲）や第四字の「時」（平聲）と後句の第二字の「颺」（平聲）や第四字の「春」（平聲）との平仄が同じで、律聯を爲していない。因みに、後句を文苑英華本、集本、全唐詩本は「頡頏舞春風」（●○●○○）に作っているが、これも拗句である。また、後句の「颺」と後の頸聯の前句の第二字の「賀」（仄聲）とが粘していない。

ホ、ＡＢｂＡ拗ＢｂＡに屬するもの

「柳」の詩がこの型に該當する。拗句を有する聯は次の頸聯である。

夜星浮龍影　●○○○●

春池寫鳳文　○○●●○

この聯の前句が拗句である。そのことにより、前句の第二字の「星」（平聲）と後句の第二字の「池」（平聲）との平仄が諧わないので、律聯を爲していない。また、前句の「星」と前の頷聯の後句の第二字の「際」（仄聲）とが粘していない。因みに、集本と全唐詩本の前句は「列宿分龍影」（●●○○●）に作っている。この場合、この句が1の基本形でａと爲り、後句と律聯を爲すことになり、近體の律詩となる。

ヘ、ａＢｂＡ拗ＢｂＡに屬するもの

「玉」の詩がこの型に該當する。拗句を有する聯は次の頸聯である。

芳圻晴虹媚　○○○○●

常山瑞馬新　○○●●○

この聯の前句が拗句である。そのことにより、前句の第二字の「圻」（平聲）と後句の第二字の「山」（平聲）とが平仄を同じくし、律聯を爲していない。また、前句の「圻」と前の頷聯の後句の第二字の「趙」（仄聲）とが粘していない。因みに、集本と全唐詩本は前句を「方水晴虹媚」（○●○○●）に作っている。この場合、前句は1の派生形でａと爲り、後句と律聯を爲し、近體の律詩となる。

ト、ＡＢｂＡａ拗ｂＡに屬するもの

「蘭」の詩がこの型に該當する。拗句を有する聯は次の頸聯である。

廣殿輕香發　●●○○●
高臺晩吹吟　○○●○○

この聯の後句が拗句である。そのことにより、後句の第四字の「吹」（平聲）と前句の第四字の「香」（平聲）との平仄が諧わないので、律聯を爲していない。また、後句の「吹」と後の尾聯の前句の第四字の「擢」（仄聲）とが粘していない。

チ、aBbAa拗bAに屬するもの

「橘」の詩がこの型に該當する。拗句を有する聯は次の頸聯である。

玉藹含霜動　●●○○●
金衣逐吹翻　○○●○○

この聯の後句が拗句である。そのことにより、前句の第四字の「霜」（平聲）と後句の第四字の「吹」とが平仄を同じくし、律聯を爲していない。また、後句の「吹」と後の尾聯の第四字の「水」（仄聲）とが粘していない。

リ、aBbAa拗bAに屬するもの

「刀」の詩がこの型に該當する。拗句を有する聯は次の頸聯である。

割錦紅鮮裏　●●○○●
含毫彩筆前　○●●●○

この聯の後句が拗句である。そのことにより、前句の第二字の「錦」（仄聲）と後句の第二字の「毫」（仄聲）とが平仄を同じくし、律聯を爲していない。また、後句の「毫」と後の尾聯の前句の第二字の「鷲」（平聲）とが粘していない。

因みに、集本と全唐詩本は後句を「含鋒彩筆前」（○○●●○）に作っている。この場合、後句は4の基本形でBと爲り、前句と律聯を爲し、近體の五律となる。

ヌ、bAaBb拗aBに屬するもの

「瑟」の詩がこの型に該當する。拗句を有する聯は次の頸聯である。

嘉賓歡未極　○○○●●
君子娯樂并　○●○●○

この聯の後句が拗句である。そのことにより、前句の第四字の「未」（仄聲）と後句の第四字の「樂」（仄聲）とが平仄を同じくし、律聯を爲していない。また、後句の「樂」と後の尾聯の前句の第四字の「之」（平聲）とが粘していない。

ル、aBbAa拗bAに屬するもの

「門」の詩がこの型に該當する。拗句を有する聯は次の頸聯である。

疎廣遺榮去　○●○○●
于公待封來　○○●○○

この聯の後句が拗句である。そのことにより、前句の第四字の「榮」（平聲）と後句の第四字の「封」（平聲）とが平仄を同じくし、律聯を爲していない。また、後句の「封」と後の尾聯の前句の第四字の「馬」（仄聲）とが粘していない。

ヲ、ABbAaBb拗に屬するもの

「車」の詩がこの型に該當する。拗句を有する聯は次の尾聯である。

無階忝虛左　○○●○●
先乘奉王言　○○●○○

この聯の前句は子類特殊形式であるから、2の派生形とみなすことができる。拗句は後句である。そのことにより、前句の第二字の「階」（平聲）や第四字の「虛」（平聲）と後句の第二字の「乘」（平聲）や第四字の「王」（平聲）とが平仄を同じくし、律聯を爲していない。

(8) 拗句と拗聯を併用するもの

關連のある個所のみを擧げることにする。尚、「拗」は拗句をいう。

イ、aBb拗bBbAに屬するもの

「樓」の詩がこの型に該當する。拗句を有する聯は次の頷聯である。

落星臨畫閣　●○○●●

井幹起高臺　●○●○○

この聯の後句が拗句である。後句は更に孤平の禁を犯している。そのことにより、前句の第二字の「星」（平聲）と後句の第二字の「幹」（平聲）とが平仄を同じくし、律聯を爲していない。また、この詩の拗聯は次の頸聯である。

舞隨綠珠去　●○●○●

簫將弄玉來　○○●●○

この聯の前句が子類特殊形式であるから、bとみなすことができる。そのことにより、前句の第二字の「隨」（平聲）と後句の第二字の「將」（平聲）とが平仄を同じくし、律聯を爲していない。また、後句の「將」と後の尾聯の前句の第二字の「憂」（平聲）とが粘していない。

ロ、bBbAaBb拗に屬するもの

「箭」の詩がこの型に該當する。拗句を有する聯は次の尾聯である。

斷蛟雲夢澤　●○○●●
希爲識忌歸　○●●●○

この聯の後句が拗句である。そのことにより、前句の第四字の「夢」（仄聲）と後句の第四字の「忌」（仄聲）とが平仄を同じくし、律聯を爲していない。因みに、集本と全唐詩本は後句を「希爲識忘歸」（○●●○○）に作っている。この場合、この句は3の派生形でAとなり、前句と律聯を爲す。律聯を爲している句と佚存本の句の違いは、「忘」と「忌」の違いによる。この兩字は字形が酷似しているため、傳播する際の誤寫誤植によって生じた誤謬であろう。この詩の拗聯は次の首聯である。

漢郊初飲羽　●○○●●
燕城忽解圍　○○●●○

この聯の前句が2の派生形でbとなり、第二字の「郊」（平聲）や第四字の「飲」（仄聲）と後句の第二字の「城」（平聲）や第四字の「解」（仄聲）とが平仄を同じくし、律聯を爲していない。

ハ、baBabb拗aに屬するもの

「箏」の詩がこの型に該當する。拗句を有する聯は次の尾聯である。

君聽陌上桑　○●●●○
爲辨羅敷潔　○●○●●

この聯の前句が拗句である。後句は丑類特殊形式であるから、1の派生形とみなすことができるのでaとする。そのことにより、前句の第二字の「聽」（仄聲）と後句の第二字の「辨」（仄聲）、前句の第四字の「上」（仄聲）と後句の第四字の「敷」（仄聲）とが平仄を同じくし、律聯を爲していない。また、この詩の拗聯は次の頸聯である。

鄭音既寥亮　●○●○●
秦聲復悽切　○○●○●

この聯の前句は子類特殊形式であるからbとみなし、後句も子類特殊形式であるから、前句と同じく2の派生形とみなし、bとなる。そのことにより、前句の第二字の「音」（平聲）と後句の第二字の「聲」（平聲）、前句の第四字の「寥」（平聲）と後句の第四字の「悽」（平聲）とが平仄を同じくし、律聯を爲していない。

以上を整理すると、律句・律聯の配置を考察することによって、詠物詩における近體詩及び非近體詩の別を明確にすることができる。調査の結果を示すと次の如くである。

近體詩	五律詩	非近體詩	備考
二十七	六十六	二十七	仄韻詩は非近體詩に含む
九十三			

右表の數字に據ると、七十八%が近體詩に屬し、近體詩のうち七十一%が五言律詩であるが、非近體詩が二十三%もあるということは、近體詩の文藝思潮を感じつつも、近體詩の作法を會得しきれなかったともいえる。但し、拗句・拗聯の所でも言及したが、誤寫誤植が多くあること、また、參考までに、集本の九十六%を占める詩が近體詩に屬し、近體詩のうち、七十一%が五言律詩であることを考慮すると、同一人の手に成ったものにこれだけの差違を生じていることは、兩本ともに後人の手が入っているといわざるを得ないので、數値をそのまま信用することができない。

第三節　雜詠詩の對句

對句とは對偶表現を用いる二句一聯をいう。律詩を制作する上で欠くことのできないものであり、また、詩の巧拙に拘わる主要な要素でもある。

對偶による表現は古典の文章に早くからみえ、梁の劉勰（?～四七三）はその著『文心雕龍』巻七の「麗辭」第三十五の中で

唐虞之世、辭未ㇾ極ㇾ文。而皐陶贊文、罪疑惟輕、功疑惟重。益陳ㇾ謨云、滿招ㇾ損、謙受ㇾ益。豈營二麗辭一、率然對耳。易之文繫聖人之妙思也。序二乾四德一(60)則八句相銜、龍虎類感則字字相儷。乾坤易簡則宛轉相承、日月往來則隔ㇾ行懸合。雖二句字或殊一而偶意一也。云云

（堯・舜の時代には文辭が充分に修飾されていなかったが、『尙書』大禹謨の「罪疑惟輕、功疑惟重」や「滿招ㇾ損、謙受ㇾ益」は對偶にしようとしてできたものでなく、徐々に對句になっていったものである。『易』の「文言傳」や「繫辭傳」は聖人孔子の神祕思想の表出で、「乾」の卦の元・亨・利・貞の四德の德を述べたところは句と句が對應しており、（略）日月の描寫は行を隔てて對偶している。字句の用法には場合によって異なるが、對偶の意は同一である。）

と述べているように、『尙書』の「大禹謨」や『周易』の乾の卦の「文言傳」・「繫辭傳上・下」に既にみえている。(61)當然のことであるが、詩歌にも對偶表現が導入されており、『帝王世紀』に引用する「擊壤歌」(62)に

日出而作　日出でて作り、
日入而息　日入りて息《やす》む。

鑿井而飲　井を鑿《うが》ちて飲み、
耕田而食　田を耕《たがや》して食す。

とあり、晉の束晳（二六一？～三〇〇？）の「補亡詩」(63)に

馨爾夕膳　爾《そ》の夕膳《せきぜん》を馨《かんば》しくし、
絜爾晨飡　爾《そ》の晨飡《しんそん》を絜《きよ》くせん。

とあり、枚擧に遑がない。詩の對遇の定義や種類などについては、兒島獻吉郎氏(64)・古田敬一氏(65)・松浦友久氏(66)や蔣紹愚氏(67)・王力氏(68)の著作に詳論があるのでこれに讓るとして、修辭法の一つであった對偶が、唐代に入って近體詩の律詩が完成すると、對偶が必須條件として義務付けられることになる。義務付けられた條件は、五言・七言の律詩の第三句と第四句、第五句と第六句を對偶にするということである。換言すれば、頷聯と頸聯を對句にしなければならないということである。

詠物詩の對句は頷聯・頸聯だけにとどまらず、首聯（第一句と第二句）や尾聯（第七句と第八句）も對句をなし、四聯が全て對句を爲しているものもある。これを〝全句對〟という。明の梁橋は李嶠の五言律詩「奉㆓和七夕兩儀殿㆒應制」詩を擧げて

此詩起句對。中二聯對。結句亦對。八句四聯、唐初多用㆓此體㆒。云云(69)
（此の詩は起聯、頷聯、頸聯、尾聯の四聯が全て對句で構成されている。初唐期の人々に多く使用された表現法である）

といい、全句對は初唐の傾向であることを説く。李嶠の雜詠詩は梁氏の言と合致する。詠物詩の場合、全句對でない詩の方が少ない。そこで、對句を爲していない聯を擧げると

翟羽舊傳名　蒲葵實曉清（扇・首聯）

がある。この一首を除くと百十九首が全句對を爲し、全詩の九十九％を占める。右の一首が單に全句對でない詩が一首あるという例證であるばかりでなく、この詩においても頷聯・頸聯・尾聯の三聯が對句で、首聯のみが對句でない詩の例證でもある。

次に、對句をなしている聯をみると、百二十首・四百八十聯のうち、四百七十九聯が對句をなしており、これは實に九十九・八％に當る。四聯中、三聯以上が對句をなすことについて、王力氏は『漢語詩律學』(上)第一章　近體詩第十三節近體詩的對仗の中で

三個聯以上的對仗就該叫做〝富的對仗〟。有一種富的對仗是最常見的、差不多和普通的對仗一樣常見、云云。

（三聯以上の對仗は〝豊富な對仗〟と呼ぶべきである。豊富な對仗は最もよく見るもので、ほとんど普通の對仗と同じように見かける。云云。）

という。このように對句が多いのは、六朝以來の對句の傳統を受け繼いでいることと、律詩の頷聯・頸聯を對句にしなければならないという規定とが相俟ってなした技とはいえ、雜詠詩の全聯に占める對句は意識的に作られたものであることは歷然としており、特筆すべきことである。

第一項　對句の種類

雜詠詩は多數の對句を有するが、その對句の在り方が一樣ではない。そこで、このことに言及する前に先ず對句の種類について述べておく必要があろう。

詩の對偶の種類については、古來から多くの論述がある。兒島獻吉郎(70)・羅根澤(71)兩氏にこれを概括したものがあるので、これを踏まえて述べることにする。對偶の種類を論述した早期のものに劉勰の『文心雕龍』がある。劉氏はその

中で「言對・事對・反對・正對」の四對を唱える。(72) 唐代になると、上官儀（六〇八～六六五）は「正名對・同類對・連珠對・雙聲對・疊韻對・雙擬對」の六對と「的名對・異類對・雙聲對・疊韻對・聯綿對・雙擬對・回文對・隔句對」の八對を唱え、(73) 元兢（生沒年不詳）は「平對・奇對・同對・字對・聲對・側對」の六對を唱え、(74) 崔融（六五三～七〇六）は「切側對、雙聲對、疊韻側對」の三對を唱え、(75) 皎然（生沒年不詳）は「鄰近對、交絡對、當句對、含境對、背體對、偏對、雙虛實對、假對」の八對を唱えた。(76) また、我が國にも中國から傳來した詩論書に基づいて編纂された著書がある。その一つ、平安中期の成立と考えられる『作文大體』には「色對、數對、聲對」などの八對を擧げ、(77) 鎌倉末期の成立と考えられる『拾芥抄』には「色對、數對、聲對」などの八對と「的名對、異類對、雙擬對、聯綿對、隔句對、當句對、互成對」の七對を擧げ、(78) 同じく鎌倉末期の成立と考えられる『二中歷』には「平・奇・同・異・字・聲・正・側」の八對を擧げている。(79) しかし、最も多くの對句の種類を掲載するのは、我が國最大最古の詩論書で、平安初期の高僧空海（七七四～八三五）の手に成る『文鏡祕府論』である。『文鏡祕府論』には元兢や崔融や皎然等の諸家の說から二十九種の對偶法を擧げている。それは次の如くである。

一曰的名對　二曰隔句對　三曰雙擬對　四曰聯綿對　五曰互成對　六曰異類對　七曰賦體對　八曰雙聲對　九曰疊韻對　十曰迴文對　十一曰意對

右十一種古人同出斯對

十二曰平對　十三曰奇對　十四曰同對　十五曰字對　十六曰聲對　十七曰側對

右六種對出元兢髓腦

十八曰隣近對　十九曰交絡對　廿曰當句對　廿一曰含境對　廿二曰背體對　廿三曰偏對　廿四曰雙虛實對　廿五曰假對

右八種對出皎公詩議

廿六曰切側對　廿七曰雙聲側對　廿八曰疊韻側對

右三種出崔氏唐朝新定詩格

廿九曰捴不對　（東巻）

『文鏡祕府論』の二十九種の對偶法の配列は諸家の說を順に羅列したに過ぎず、整合性はない。(80) 近年、蔣紹愚氏は『唐語語言研究』(81) の中で次の如く分類する。

1、以對仗的精确程度而論

(1)、的名對　(2)、同類對(82)　(3)、異類對　(4)、奇對

2、以對仗的位置而論

(1)、當句對　(2)、隔句對　(3)、續句對　(4)、交絡對　(5)、雙擬對　(6)、流水對

3、字對而詞不對

(1)、借叉(83)　(2)、借音(84)　(3)、借專名作通名　(4)、偏對

4、特殊的對仗

(1)、雙聲對　(2)、疊韻對　(3)、聯綿對　(4)、回文對

これによって、初唐の詩人が用いた對偶の種類が一段と鮮明になったが、この傳統的な對偶の分類から移行して、現代文法の語法に據って分類したのが、翻譯家・言語學者・教育者・詩人としての王力（一九〇〇〜一九八六）である。王氏は對偶に明確な限界がないとしながらも、次の十一類・二十八種に分類する。(85)

第一類　1、天文門　2、時令門

第二類　1、地理門　2、宮室門
第三類　1、器物門　2、衣飾門　3、飲食門
第四類　1、文具門　2、文學門
第五類　1、草木花果門　2、鳥獸蟲魚門
第六類　1、形體門　2、人事門
第七類　1、人倫門　2、代名對
第八類　1、方位對　2、數目對　3、顏色對　4、干支對
第九類　1、人名對　2、地名對
第十類　1、同義連用字　2、反義連用字　3、連綿字　4、重疊字
第十一類　1、副詞　2、連介詞　3、助詞

右の分類を王氏は更に次のように整理し說明する(86)

1、名詞　2、形容詞　3、數詞（數目字）　4、顏色詞　5、方位詞　6、動詞　7、副詞　8、虛詞　9、代詞

同類的詞相爲對仗。我們應該特別注意四點。(a)數目自成一類、〝孤〞〝半〞等字也算是數目。(b)顏色自成一類。(c)方位自成一類、主要是〝東〞〝西〞〝南〞〝北〞等字。這三類詞很少跟別的詞相對。(d)不及物動詞常常跟形容詞相對。連綿字只能跟連綿字相對。連綿字當中又再分爲名詞連綿字（鴛鴦、鸚鵡等）、形容詞連綿字（委迤、磅礴等）、動詞連綿字（躊躇、踴躍等）。不同詞性的連綿字一般還是不能相對。

專名只能與專名相對、最好是人名對人名、地名對地名。名詞還可以細分爲以下的一些小類、

1、天文　2、時令　3、地理　4、宮室　5、服飾　6、器用　7、植物　8、動物　9、人倫　10、人事　11、

形體

王氏の分類方法は畫期的である。畫期的なのは分類方法だけにとどまらない。それは對偶作成上の技巧を分類(87)して、

　第一類是工對、例如、以天文對天文、以人倫對人倫、等等。第二類是鄰對、例如、以天文對時令、以器物對衣服、等等。第三類是寬對、就是以名詞對名詞、以動詞對動詞（甚或對形容詞）、等等。

といい、工對、鄰對、寬對の三種類に分類したところにある。

　この技巧の分類の方法は原則として前記二十八種の分類項目の組合せにある。この方法に據って雜詠詩の技巧を分析してみようと思うが、その前に特殊な對偶の一種である流水對や、蔣氏のいう特殊な對仗(88)の「雙聲對」、「疊韻對」、王氏が注意に値するという特殊な對仗(89)の「數目對」、「顏色對」、「方位對」、更に十一類・二十八種に分類した十一類について述べておく必要があろう。

1 流水對

　對句の多くは各々獨立した內容の上句と下句の二句の品詞や言語の組合せによる工對・鄰對・寬對の三對に集約できるが、中には上句と下句の二句で一つの內容を表現する特殊な對句がある。それが流水對(90)である。

江戸時代の津阪東陽（一七五六～一八二五）は『夜航詩話(91)』巻六の中で

　聯中有㆓兩句一連流走直下者㆒、謂㆓之流水對㆒。

　（聯中に兩句一連流走直下するもの有り、之を流水對と謂ふ）

と定義している。このほかに、句を隔てて對仗する「隔句對」や一句の中で對仗する「當句對」などの對句もあるが、李嶠の雜詠詩にはみえないので言及しない。そこで、雜詠詩の中にみえる流水對を抽出してみる。

(1)	日出扶桑路	遙昇若木枝	日	首聯
(2)	傾心比葵藿	朝夕奉堯曦	〃	尾聯
(3)	願陪北堂宴	長賦西園詩	月	尾聯
(4)	未作三台輔	寧爲五老臣	星	頸聯
(5)	今宵潁川曲	誰識聚賢人	〃	尾聯
(6)	若至蘭臺下	還拂楚王襟	風	尾聯
(7)	大梁白雲起	氛氳殊未歇	雲	首聯
(8)	會入大風歌	從龍起金闕	〃	尾聯
(9)	瑞氣凌丹閣	空濛上翠微	煙	首聯
(10)	還當紫霄上	時接白雲飛	〃	尾聯
(11)	願凝仙掌內	長奉未央宮	露	尾聯
(12)	儻入飛熊繇	寧思玄豹情	霧	尾聯
(13)	十旬無破塊	九土信康哉	雨	尾聯
(14)	瑞雪驚千里	從風暗九霄	雪	首聯
(15)	大周天闕路	今日海神朝	〃	尾聯
(16)	仙嶺鬱氤氳	峨峨上翠氛	山	首聯
(17)	已開封禪處	希謁聖明君	〃	尾聯
(18)	儻因持補極	寧復想支機	石	尾聯

⒆	方知急難響	長在鶺鴒篇	原	尾聯
⒇	誰言板築士	獨在傅巖中	野	尾聯
(21)	寧知帝王力	擊壤自安貧	田	尾聯
(22)	今日中衢士	堯樽更可逢	道	尾聯
(23)	會當添霧露	方逐衆川歸	海	尾聯
(24)	河出崑崙中	長波接漢空	河	首聯
(25)	若披蘭葉檢	還沐上皇風	〃	尾聯
(26)	虚室重招尋	忘言契斷金	蘭	首聯
(27)	今日黄花晚	無復白衣來	菊	尾聯
(28)	高幹楚江濆	蕭條含曙氛	竹	首聯
(29)	誰知湘水上	流涙獨思君	〃	尾聯
(30)	金堤不相識	玉潤幾年開	藤	尾聯
(31)	履步尋芳草	忘憂自結蘐	萱	首聯
(32)	含貞北堂下	曹植動文雄	〃	尾聯
(33)	既能甜似蜜	還冀就王舟	萍	尾聯
(34)	五湖多賞樂	千里望難窮	菱	尾聯
(35)	欲識東陵味	青門五色瓜	瓜	首聯
(36)	終期奉絺綌	謁帝佇非賒	瓜	尾聯

(37)	方期大君錫	不懼小巫捐	茅	尾聯
(38)	未殖銀宮裏	寧移玉殿幽	桂	首聯
(39)	願君期道術	攀折可淹留	〃	尾聯
(40)	何當赤墀下	疎幹擬三台	槐	尾聯
(41)	楊柳正氤氳	含煙總翠氛	柳	首聯
(42)	短簫何以奏	攀折爲思君	〃	尾聯
(43)	孤秀嶧陽岑	亭亭出衆林	桐	首聯
(44)	不因將入爨	誰爲作鳴琴	〃	尾聯
(45)	還欣上林苑	千歲奉君王	桃	尾聯
(46)	方知有靈幹	特用表眞人	李	尾聯
(47)	若今逢漢王	還冀識張公	梨	尾聯
(48)	若能長止渴	何暇泛瓊漿	梅	尾聯
(49)	願隨潮水曲	長茂上林園	橘	尾聯
(50)	有鳥自丹穴	其名曰鳳凰	鳳	首聯
(51)	鳴岐今已見	阿閣佇來翔	〃	尾聯
(52)	黃鶴遠聯翩	從鸞下紫煙	鶴	首聯
(53)	莫言空警露	猶冀一聞天	〃	尾聯
(54)	靈臺如可託	千里向長安	烏	尾聯

(55)	不分荊山抵	甘從石印飛	鵲	首聯
(56)	儻遊明鏡裏	朝夕奉光暉	〃	尾聯
(57)	寄語能鳴伴	相隨入帝鄉	鴈	尾聯
(58)	何當歸太液	翔集動成雷	鳧	尾聯
(59)	遷喬若可冀	幽谷響還通	鶯	尾聯
(60)	大廈將成日	嘉賓集杏梁	雀	首聯
(61)	白雉振朝聲	飛來表太平	雉	尾聯
(62)	幸君看飲啄	耿介獨含情	〃	尾聯
(63)	莫驚留不去	猶冀識吳宮	燕	尾聯
(64)	希逢聖人步	庭闕奉晨趨	龍	尾聯
(65)	莫驚今吐哺	爲覩鳳凰來	麟	尾聯
(66)	得隨穆天子	何暇唐成公	馬	尾聯
(67)	欲向桃林下	先過梓樹中	牛	頷聯
(68)	不降五丁士	如何九折通	〃	尾聯
(69)	若今逢霧露	長隱南山幽	豹	尾聯
(70)	方懷丈夫志	抗手別心期	鹿	尾聯
(71)	莫言鴻漸力	長牧上林隈	羊	尾聯
(72)	唯當感純孝	郛郭引兵威	兎	尾聯

(73) 何辭一萬里　邊徼拒匈奴　城　尾聯
(74) 誰知金馬路　方朔有奇才　門　尾聯
(75) 徒知觀衞玉　誰肯掛秦金　市　尾聯
(76) 已開千里國　還協五星文　井　尾聯
(77) 誰憐草玄處　獨對一牀書　宅　尾聯
(78) 欲識江湖心　秋來賦潘省　池　尾聯
(79) 卽今滄海晏　無復白雲威　橋　尾聯
(80) 方今同傅說　飛檝巨川隈　舟　尾聯
(81) 無階忝虛左　先乘奉王言　車　尾聯
(82) 傳聞有象牀　疇昔薦君王　牀　首聯
(83) 願奉羅帷夜　長承秋月光　〃　尾聯
(84) 佇將文綺色　舒卷帝王宮　席　尾聯
(85) 方知決勝策　黃石遺兵書　帷　尾聯
(86) 巧作盤龍勢　長從飛燕遊　簾　尾聯
(87) 明鏡拂塵埃　含情朗魏臺　鏡　首聯
(88) 方知樂彥輔　自有鑒人才　〃　尾聯
(89) 還取同心契　特表合歡情　扇　尾聯
(90) 若逢燕相國　特用擧賢人　燭　尾聯

(91)	會從玄石飲	高臥出圓丘	酒	尾聯
(92)	誰知懷逸辨	重席挫群英	經	尾聯
(93)	正辭堪載筆	終冀作良臣	史	尾聯
(94)	緇衣行擅美	祖德信悠哉	詩	尾聯
(95)	造端恆體物	無復大夫名	賦	尾聯
(96)	請君看入木	一寸信非虛	書	尾聯
(97)	羽檄本宣明	由來激木聲	檄	首聯
(98)	頭風雖覺愈	陳草未知名	〃	尾聯
(99)	莫驚反覆手	當取葛洪規	紙	尾聯
(100)	何當遇良史	左右振奇才	筆	尾聯
(101)	君苗徒見爇	誰識士衡篇	硯	尾聯
(102)	別有張芝學	書池幸見臨	墨	尾聯
(103)	我有昆吾劍	來趨天子庭	劍	首聯
(104)	倚天持報國	畫地取雄名	〃	尾聯
(105)	莫驚開百練	輒擬定三邊	刃	尾聯
(106)	宛轉琱鞬際	還如半月明	弓	頷聯
(107)	徒切烏號思	攀龍遂不成	〃	尾聯
(108)	斷蛟雲夢澤	希爲識忌歸	箭	尾聯

(109)	挺質本軒皇	中威振遠方	〃	首聯
(110)	蘇秦六百步	持此說韓王	弩	首聯
(111)	方知美周政	懸旆閱車攻	旌	尾聯
(112)	誰知懷勇志	盤地幾繽紛	旗	尾聯
(113)	願隨龍影度	横陣彗雲邊	戈	尾聯
(114)	樂云行已奏	禮也冀相成	鼓	尾聯
(115)	共持蘇合彈	來此傍垂楊	彈	頷聯
(116)	莫欣黃雀至	須憚微軀傷	〃	尾聯
(117)	子期如可聽	山水響餘哀	琴	尾聯
(118)	儻入丘之戶	應知由也情	瑟	尾聯
(119)	唯有胡中曲	希君馬上彈	琵琶	尾聯
(120)	君聽陌上桑	爲辨羅敷潔	箏	尾聯
(121)	既接南鄰磬	還隨北里笙	鐘	首聯
(122)	欲知恆待扣	金簴有餘聲	〃	尾聯
(123)	爲聽楊柳曲	行役幾傷心	簫	尾聯
(124)	關山孤月下	來向隴頭鳴	笛	頷聯
(125)	行觀向子賦	坐憶鄰人情	〃	尾聯
(126)	今日虞音奏	蹌蹌鳥獸來	笙	尾聯

(127) 願君聽扣角　當自識賢臣　歌　尾聯
(128) 非君一顧重　誰賞素腰輕　舞　尾聯
(129) 誰憐被褐者　懷寶自多才　珠　尾聯
(130) 徒爲卞和識　不遇楚王珍　玉　尾聯
(131) 方同楊伯起　獨有四知名　金　尾聯
(132) 靈山有玲甕　仙闕薦明王　銀　尾聯
(133) 若逢朱太守　不作夜遊人　錦　尾聯
(134) 若珍三代服　同擅綺紈名　羅　尾聯
(135) 何當畫素女　煙霧出氛氳　綾　尾聯
(136) 非君下山路　誰賞故人機　素　尾聯
(137) 佇因春斗粟　來穆採花芳　布　尾聯

右の百三十七聯の流水對は全聯四百八十の二十九%を占め、また、百三十七聯のうち、百八聯が尾聯で、流水對の聯の七十九%、次に多い首聯が二十四聯で、十八%であるから、尾聯の多さに驚く。更に、首聯が流水對の場合、尾聯も流水對であることが多く、二十四首聯中、「蘭」「雀」以外の二十二聯は皆、首聯と尾聯が流水對である。流水對が多い原因を推測するに、一度に多くの詩を賦詠する場合、一句一意の句を二句詠ずるより、二句一意の方が手っ取り早いということになる。だからといって、近體詩の重要な條件である平仄を無視していないことは前節の平仄の調査からも明白である。

ところで、百三十七聯の流水對の表現手法を検討すると、ある現象がみえる。それは聯の上句に轉換するための言辭を多く用いていることである。江戸時代の漢詩人祇園南海（一六七七～一七五一）はその著『詩訣』(92)の中で、李嶠の雜詠詩について「第七句ノ轉スル所ニ用ル字極リアリ」といい、左にその字を擧げる。

還《テ》欣《ブ》　願《クハ》言《ニ》　更《ニ》知《ル》　莫《レ》レ言《フ》　儻《シ》逢　冀《クハ》居　何《カ》當《ニ》　寄《ス》レ語《ヲ》　勿《レ》レ謂《フ》　若《シ》能《ク》　不レ用《ヒ》　若《シ》令

唯《ミ》當《ニ》　方《ニ》思《フ》　誰《カ》知《ン》　安《ゾ》能《ク》　誰《カ》憐《ム》　可《シ》レ憐《ム》　詎《ゾ》知《ン》　因《テ》思《フ》　寧《ゾ》知《ン》　豈《ニ》知《ン》　獨有《リ》　別《ニ》有《リ》

更《ニ》看《ル》　請看《ヨ》

これに沿って雜詠詩の流水對の上句の轉換語(93)を整理すると次の如くである。尙、語句の下の數字は前記流水對聯の番號である。

願陪(3)　願凝(11)　願君(39)(127)　願奉(83)　願隨(49)(113)

還當(10)　還欣(45)　還取(89)

儻入(12)(118)　儻因(18)　儻遊(56)

方知(19)(46)(82)(85)(111)　方今(80)　方懷(70)　方同(131)　方期(37)

誰言(20)　誰憐(77)(129)　誰知(29)(74)(92)(112)

寧知(21)

若披(25)　若至(6)　若能(48)　若今(47)(69)　若逢(90)(133)　若珍(134)

何當(40)(58)(100)(135)　何辭(73)

不因(44)　不分(55)

唯當(72)　唯有(119)

莫言(53)(71)　莫驚(63)(99)(105)　莫欣(116)

寄語(57)
請君(96)
別有(102)
徒知(75)　徒切(107)　徒爲(130)
已開(17)(76)
佇將(84)　佇因(137)
幸君(62)
非君(128)(136)
會當(23)　會入(8)　會從(91)
既能(33)　既接(121)
終期(36)
希逢(64)

以上、五十三の轉換語のうち、南海が指摘しているものと重複するものは九語に過ぎない。この相違は南海が使用したテキストが全唐詩本や集本系統のものであることに據る。更には、南海が指摘する轉換語は雜詠詩における第七句目のみの轉換語であるのに對して、ここでは流水對のみにおける轉換語であるとの違いに據る。

また、南海は前述に續けて、「若七句目ノ上ニ如レ此置テハ、平仄叶ヒカタキカ、又ハ下ノ語短ク、三字二ツヽキ難キ時ハ、上二字ハ形アル字ニテ、下三字右ノ如クナル」(94)といい、

子期如シ可ハレ聽ク　同心如シ可ハレ贈ル　短簫何ヲ以テ奏シ　、、雖モレ如トレ此ク　、、既ニ如シレ此ノ　、、誰又識ン

を擧げている。これに倣って流水對の上句を整理すると次の如くである。

短簫何以奏(42)
靈臺如可託(54)
遷喬若可冀(59)
頭風雖覺愈(98)
子期如可聽(117)　（・印は筆者）

以上のことは、祇園南海は李嶠の雜詠詩全句の第七句目における用字について述べたものであるが、これは流水對の轉換の用字と重複する。その轉換の用字を用いた流水對が全體（百三十七聯）の約半數（五十四％）を占めていること。また、轉換の用字を用いた流水對七十四聯のうち、九十七％にあたる七十二聯が尾聯であること。そして、轉換の用字のうち、「方知」「誰知」「何當」「莫驚」の轉換語を用いて賦詠している句がそれぞれ四句ずつの多きに達していることは特筆すべきことである。

2　雙聲對

雙聲對とは二字雙聲の熟語を用いて作った對句をいう。雙聲は二字の熟語の上と下の漢字の始めの子音が同じであるものをいう。空海は『文鏡祕府論』東巻の「雙聲對」において

詩曰　秋露香佳菊　春風馥麗蘭
釋曰、佳菊雙聲。係二之上語之尾一。麗蘭疊韻(95)。陳二諸下句之末一。云云

といい、このほかに

颸颮　皎潔、冉弱　陸離、奇琴　精酒、妍月　好花、素雪　丹燈、翻蜂　度蝶、黄槐　綠柳、意憶　心思、　對德

會賢、見君　接子、

などを擧げて雙聲對と名づけている。[96] 雜詠詩から抽出すると

皎潔臨踈牖　玲瓏鑒薄帷　月　頸聯

羌池沐時雨　飄颺舞春風　燕　頷聯

參差横鳳翼　搜索動猿吟　簫　頷聯　（・印は筆者）

などがある。多くはないが首尾聯にはない。

3　疊韻對

二字同韻の熟語を用いて作った對句をいう。疊韻とは二字の熟語の上と下の漢字の韻が同じであるものをいう。宋の胡仔（生沒年不詳）は『苕溪漁隱叢話前集』巻第二[97]の「國風漢魏六朝下」の中で

雙聲者、同音而不同韻也。疊韻者、同音而又同韻也。

（雙聲は音を同じくするも韻を同じくせざるなり。疊韻は音を同じくし又韻を同じくするなり）

と定義し、

侏儒　童蒙　崆峒　巃嵷　螳螂　滴瀝

を擧げている。疊韻語について、空海は『文鏡祕府論』東巻の中で、初唐の上官儀（六〇八?～六六五）の『筆札華梁』の疊韻語を引用して

徘徊　窈窕　春戀　彷徨　放帳　心襟　逍遙　意氣　優遊　陵勝　放曠　虛無　獲酌　思惟　須臾

を擧げている。兒島氏はこれら以外の疊韻語を擧げている。(98) そこで、雜詠詩の疊韻對を抽出すると

滴瀝明花苑　葳蕤泫竹藂　露　首聯
帶川遙綺錯　分隰迥阡眠　原　頷聯
颯沓睢陽涘　浮遊漢渚隈　鳧　首聯
燦爛金琪側　玲瓏玉殿隈　珠　首聯　（・印は筆者）

などがある。この對仗は少ないが尾聯には用いられていない。將氏はこの疊韻對と2の雙聲對とを「特殊的對仗」(99)と位置づけている。

4　重字對

重字對は疊字對・重疊對とも呼ばれ、重(疊)字の熟語を用いて作った對句をいう。重字とは同じ單字を重ねたものをいう。宋の嚴羽（生沒年不詳）は『滄浪詩話』(100)の「詩評」の中で

十九首、靑靑河畔草　鬱鬱園中柳。盈盈樓上女　皎皎當窗牖。娥娥紅粉粧　纖纖出素手。一連六句、皆用疊字。

といい、各句の第一字・第二字の「靑靑　鬱鬱、盈盈　皎皎、娥娥　纖纖」を疊(重)字とする。空海は『文鏡祕府論』天卷の中で

重字韻者、詩云、望レ野草靑々、臨レ河水活々。斜峯纜二行舟一、曲浦浮二積沫一。此爲レ善也。

といい、第一句と第二句の「靑々　活々」が重字對であると指摘する。(101) 雜詠詩の中から重字對を抽出すると次の如くである。

膴膴橫周甸　莓莓開晉田　原　頸聯

鬱鬱高山表　森森幽澗垂　松　首聯
赫赫彤闈敞　煌煌紫禁隈　門　首聯
寂寂蓬蒿徑　喧喧湫隘廬　宅　首聯
曖曖籠珠網　纖纖上玉鈎　簾　頷聯
談玄方亹亹　文質乃彬彬　史　頷聯　（・印は筆者）

重字對は尾聯を除く全般に亙っている。また、重字が各聯の第一字と第二字に集中しているのが特徴である。

5　數對

數對は數目對とも呼ばれ、數字を用いて作った對句をいう。我が國平安中期の藤原宗忠（一〇六二～一一四一）の編著といわれる『作文大體』(102)の「第六字對」に

數對者、上句用二三千一、下句用二一萬一之類等、是也。

（數對は上句に「三千」の語を用い、下句に「一萬」の語を配置する對句である）

という。雜詠詩から數對を抽出すると次の如くである。

(1)　雲開五色滿　霞際九光披　日　頷聯
(2)　桂生三五夕　蓂開二八時　月　首聯
(3)　未作三台輔　寧爲五老臣　星　頸聯
(4)　煙熅萬年樹　掩映三秋月　雲　頸聯
(5)　迥浮雙闕路　遙拂九仙衣　煙　頷聯

(6)　夜警千·年鶴　朝晞八·月風　露　頸聯

(7)　十·旬無破塊　九·土信康哉　雨　尾聯

(8)　瑞雪驚千·里　從風暗九·霄　雪　首聯

(9)　泉飛一·道帶　峯出半·天雲　山　頷聯

(10)　瑞麥兩·岐秀　嘉禾九·穗新　田　頸聯

(11)　紫徼三·千·里　青樓十·二·重　道　頷聯

(12)　三·山巨鼇踊　萬·里大鵬飛　海　頷聯

(13)　日夕三·江望　靈潮萬·里廻　江　首聯

(14)　德水千·年變　榮光五·色通　河　頸聯

(15)　九·洛韶光媚　三·川物候新　洛　首聯

(16)　玉律三·秋暮　金精九·日開　菊　首聯

(17)　二·月虹初見　三·清蟻正浮　萍　首聯

(18)　五·湖多賞樂　千·里望難窮　菱　尾聯

(19)　六·字方呈瑞　三·仙實可嘉　瓜　頸聯

(20)　百·尺條陰合　千·年蓋影披　松　頸聯

(21)　萬·里盤根植　千·株布葉繁　橘　首聯

(22)　九·苞應靈瑞　五·色成文章　鳳　頷聯

(23)　翺翔一·萬·里　來去幾·千·年　鶴　頷聯

㉔	六牙行致遠	千葉奉高居	象	尾聯
㉕	不降五丁士	如何九折通	牛	尾聯
㉖	列射三侯滿	興師七步旋	熊	頸聯
㉗	四塞稱天府	三河建洛都	城	首聯
㉘	獨下仙人鳳	群驚御史烏	〃	頸聯
㉙	阿房萬戸列	閶闔九重開	門	頷聯
㉚	闤闠開三市	旗亭起百尋	市	首聯
㉛	已開千里國	還協五星文	井	尾聯
㉜	百尺重城際	千尋大道隈	樓	首聯
㉝	巧作七星影	能圖半月輝	橋	頸聯
㉞	征棹三江暮	連檣萬里迴	舟	首聯
㉟	五神趨雪路	雙轍似雷奔	車	頷聯
㊱	瑇瑁千金起	珊瑚七寶裝	牀	頷聯
㊲	三星花入夜	四序玉調辰	燭	頷聯
㊳	五千道德闡	三百禮儀成	經	頷聯
㊴	天子三章傳	陳王七步才	詩	頸聯
㊵	河圖八卦出	洛字九疇初	書	頷聯
㊶	莫驚開百練	輒擬定三邊	刀	尾聯

(42)　夏列三成軌　堯沈九日暉　箭　頸聯
(43)　縱横齊八陣　舒卷列三軍　旗　頷聯
(44)　漢日五銖建　姚年九府流　錢　首聯
(45)　孫被登三相　劉衣鬪四方　布　頸聯　（・印は筆者）

數對は全部で四十五聯、全聯四百八十聯の九・四%を占めている。この數字を初唐の四傑の一人で、算博士[103]と呼ばれた駱賓王（?～六八四）の五律（五言八句の詩を含む）の七十首における數對と比較してみると、七十首（二百八十聯）のうち、數對は十九聯[104]で、全聯の六・八%であるから、數字を用いることを得意とし、算博士の異名をとる駱賓王の數對より多いことは特筆するに値しよう。

數對の多くは聯の上下句に數字を單數で用いているが、數字を重ねて熟語として用いている對偶もある。しかし、それは(2)の「三五　二八」、(11)の「三千　十二」、(23)の「一萬　幾千」、(38)の「五千　三百」の四聯のみである。そして、その數字を配置している位置は第三字と第四字にあるものが三聯、第一字と第二字に配置しているものが一聯となっている。また、殘りの數字を單數で用いている四十一聯について調査すると次の如くである。

五言句	第一字	第二字	第三字	第四字	第五字
聯數	十五	○	二十一	五	○

右表をみると、數字を有する二字熟語は上の字に數字を用いているので、數字が句中の第一字目・第三字目・第四字目に位置することが多くなっている。第二字目に數字が配置されないのは、第二字に配置すると、數字を有する熟語が第二字と第三字に亙ることになるからである。卽ち、五律を作る場合、各句は基本的に上の二字と下の三字に分けて作るし、作られている。從って、第二字と第三字に熟語を配置することは通常あり得ないのである。また、第五字

に配置しないのは、五律には第六字がないので、二字熟語が配置不可能であることによる。

以上のことから、數對の數字は前半に多いといえる。事實、(28)の「獨―郡」以外は全て單數を上に冠する二字熟語である。

次に數對が首・頷・頸・尾の四聯のうちでどこに多く用いられているかを検討してみる。

數對を聯ごとに整理すると次の如くである。

律詩	首聯	頷聯	頸聯	尾聯
聯數	十二	十四	十二	六

右表をみると、首聯・頷聯・頸聯はほぼ同數で均等になっている。ただ、尾聯の六聯をみると、全てが流水對である。といっても、流水對の項で述べたように、流水對が尾聯に集中していることを考えると當然のことかもしれないが、尾聯が詩を統べ、數字などを用いて對偶にするところでないことを勘案すると、特異といってもよい。

次に句中にみえる數字を検討してみよう。句中に用いられている數字を頻度別に整理すると次の如くである。

平仄	數字	頻度數
○	三	21
○	千	13
●	九	13
●	五	10
●	萬	5
●	百	5
●	七	4
●	八	4
●	四	3
●	二	3
●	一	2
●	六	2
●	半	2
○	雙	2
●	十	2
●	獨	1
●	群	1
●	幾	1
●	兩	1

右表の數字をみると、平聲の「三」「千」が頻度數の上位を占めていることがわかる。この要因は表をみてもわかるように、數字の多くが仄聲で、平聲の數字が少なく、作詩をする場合、數字を使用するのに制限されるので、平聲の「三」「千」に集中するからであると考えられる。尚、「雙」(平聲)と「二」が同義であるのに、併用しているのは「二」が仄聲であるから、「二」の位置に平聲を使用したい場合に、同義の「雙」を使用したためであろう。

次に四十五聯の上句と下句に用いられている數字の組合せをみてみると、各々異なっているが、その中で次の組合せが二聯以上ある。

三—四　三星花入夜　四序玉調辰　燭　頷聯
　　　　孫被登三相　劉衣闢四方　布　頸聯
三—九　玉律三秋暮　金精九日開　菊　首聯
　　　　夏列三成軌　堯沈九日暉　箭　頸聯
三—萬　三山巨鼇踊　萬里大鵬飛　海　頷聯
　　　　日夕三江望　靈潮萬里廻　江　首聯
　　　　征棹三江暮　連檣萬里廻　舟　首聯
三—七　列射三侯滿　興師七步旋　熊　頸聯
　　　　天子三章傳　陳王七步才　詩　頸聯
五—九　雲開五色滿　霞際九光披　日　頷聯
　　　　不降五丁士　如何九折通　牛　尾聯
　　　　漢日五銖建　姚年九府流　錢　首聯
百—千　百尺條陰合　千年蓋影披　松　頸聯
　　　　百尺重城際　千尋大道隈　樓　首聯
千—五　德水千年變　榮光五色通　河　頸聯
　　　　已開千里國　還協五星文　井　尾聯

（・印は筆者）

右の數字の組合せには上句と下句の數字の轉倒の組合せは含んでいない。右の用例で目につくのは、「三—九」の組合せの下句の「九—日」と「三—七」の組合せの下句の「七步」と「百—千」の組合せの上句の「百尺」の語句が二聯とも同じところに配置されていること。更に、顯著な例が「三—萬」の組合せの三聯のうち、二聯が上句に「三江」、下句に「萬里」を同じ個所に配置されていることである。このような現象は詩を量產する場合にできあがるのかもしれない。

また、以上の數對の數字をみると、「百—千」「萬—千」「萬—九」などのように數の大きい數字の對比はみえるが、數の小さい數字の對比は「一—半」のみで少ない。特に數の大きい數字と小さい數字の對比、例えば、「浮雲一別後　流水十年間（韋應物　淮上喜㆑會㆓梁州故人㆒）」、「星河秋一雁　砧杵夜千家」（韓翃　酬㆓程近秋夜卽事見㆑贈）にみえるような數字の大小の組合せによる表現がない。これは最小の數字である「一」をほとんど使用していないことによるが、大小の數字を對比させる技術を有していなかったことによるものであると考える。

6　色對

色對とは色彩語（色彩を表現した文字）を用いて對仗をなす對句をいう。『作文大體』の「第六字對」に

色對者上句用㆓丹靑㆒。下句用㆓黑白㆒之類等是也。

（色對とは上句に「丹靑」の語を用いると下句に「黑白」の語を配置する對句をいう）

と定義する。そこで、雜詠詩から色對を抽出すると次の如くである。

(1)　東陸蒼龍駕　南郊赤羽馳　　日　頸聯

(2)　瑞氣凌丹闕　空濛上翠微　　煙　首聯

(3)　還當紫・霄上　時接白・雲飛　〃　尾聯
(4)　玉垂丹・棘下　珠湛綠・荷中　露　頷聯
(5)　別有丹・山霧　玲瓏素・月明　霧　頷聯
(6)　草暗平原綠・　花明春徑紅・　野　頸聯
(7)　紫・徼三千里　青・棲十二重　道　頷聯
(8)　玉・關塵似雪　金・穴馬如龍　〃　頸聯
(9)　習坎疏丹・壑　朝宗合紫・微　海　首聯
(10)　瀨似黃・牛去　濤如白・馬來　江　頸聯
(11)　玉・律三秋暮　金・精九日開　菊　首聯
(12)　白・花搖鳳影　青・節動龍文　竹　頷聯
(13)　金・堤不相識　玉・潤幾年開　藤　尾聯
(14)　葉舒春夏綠・　花吐淺深紅・　萱　頷聯
(15)　青・蘋含吹轉　紫・葉映波流　萍　頷聯
(16)　魚戲排緗・葉　龜浮見綠・池　荷　頸聯
(17)　未殖銀・宮裏　寧移玉・殿幽　桂　首聯
(18)　葉暗青・房晚　花明玉・井春　李　頸聯
(19)　春暮條應紫・　秋來葉早紅・　梨　頸聯
(20)　玉・蘤含霜動　金・衣逐吹翻　橘　頸聯

(21) 已憇青田側　來遊紫禁前　鶴　頸聯
(22) 白首何年改　清琴此夜彈　烏　頸聯
(23) 蒼龍遙逐日　紫燕迥追風　馬　頷聯
(24) 莫言舒紫褥　猶冀飲清泉　熊　尾聯
(25) 赫赫彤闈敞　煌煌紫禁隈　門　首聯
(26) 徒知觀衞玉　誰肯掛秦金　市　尾聯
(27) 即今滄海晏　無復白雲威　橋　尾聯
(28) 舞拂丹霞上　歌淸白雲中　席　頸聯
(29) 玉彩疑冰徹　金輝似日開　鏡　頸聯
(30) 青紫方拾芥　黃金徒滿籯　經　頸聯
(31) 素絲光易染　皂疊映逾沈　墨　頸聯
(32) 白虹時切玉　紫氣早干星　劒　頷聯
(33) 夕儐金門側　朝提玉塞前　戈　頸聯
(34) 蒼祇初制法　素女昔傳名　瑟　首聯
(35) 燦爛金琪側　玲瓏玉殿隈　珠　首聯

（・印は筆者）

以上三十五聯あるが、その中には(7)(11)の數對や(1)(28)(32)の方位對と複合して作詩されているものもある。この三十五聯は全聯の七％を占める。また、七十二字の色彩語は總字數（四千八百字）に對して一・五％にあたり、六十七字に一字の割合で使用されている。この數字を、色彩語を多用することで有名な中唐の李賀（七九〇〜八一六）と比較してみる。[105]

現存する李賀の詩は百八十三首で[106]、そのうち、雜詠詩と同じ五言八句（律詩を含む）の詩は四十首である。四十首（百六十聯）の中で色對は八聯で[107]、全聯の五％にあたる。從って、色彩語を含む聯は李賀の詩より李嶠の方が多い。また、字數でみると、李賀の詩の色彩語十六は總字數（一千六百字）に對して一％にあたり、百字に一字の割合で色彩語が使用されているので、李嶠の方が多く使用していることになる。五言八句（律詩を含む）に關しては、李嶠が色彩語を多用しており、特筆すべきであろう。

右の三十五聯にみえる色彩語について、(16)の上句の〝緗〟はあさぎ色。(25)の上句の〝彤〟はあか色。(22)の下句の〝清〟と、(24)の上句の〝清〟は、〝青〟と同音であるところから、〝青〟と同意に用いてあお色とする。これを『文鏡祕府論』では「聲對」[108]とする。また、(17)の下句の〝玉〟は上句の〝銀〟と、(18)の下句の〝玉〟は上句の〝青〟と、(8)(11)(20)(26)(29)の上句の〝玉〟は下句の〝金〟と、(13)(32)の下句の〝玉〟は上句の〝金〟と、それぞれ對をなしているから、〝玉〟をしろ色の色彩語とみなす[109]。

色對の多くは數對と同じく聯の上下句に單字で用いているが、色彩語を重ねて用いている對偶が一聯ある。それは(30)の「青紫―黃金」である。色彩語を重ねて用いているその熟語の配置は第一字目と第二字目である。

次に色彩語を詩句の何字目に用いているかを、(23)以外の聯について調査すると次の如くである。尙、聯における對句は上句と下句が同じであるから、一方の詩句における色彩語の配置のみを示しておく。

五言句	第一字	第二字	第三字	第四字	第五字
詩句數	十二	○	十三	四	四

右表をみると、數對と異なるのは第五字目に色彩語を用いていることである。第五字目に色彩語を有している聯をみると、(6)(14)「○○○○綠　○○○○紅」、(19)「○○○○紫　○○○○紅」となっている。この三聯の共通點は五句目に

「紅」字を用いていることである。この三聯と色彩語を重複して使用している聯を除く三十聯の色彩語をみると、詩句を構成する節目の第一字目と第三字目に色彩語を冠する二字熟語が配置されている。これは基本的に數對と同じ配置である。

次に色對が首・頷・頸・尾の四聯のうちで、どの聯に多く使用されているかを調査すると次の如くである。

	聯數
首聯	七
頷聯	八
頸聯	十五
尾聯	五

右表によると、尾聯の五聯はともに流水對である。これは尾聯が詩を統べる聯であることなどによるもので、數對と同じ現象である。

次に使用されている色彩語を整理し、色彩語の分析に據って李嶠の性格に迫ってみようと思う。使用されている色彩語を頻度別に整理すると次の如くである。

色彩語	頻度數
紫	10
玉	10
金	9
白	7
青	6
丹	5
綠	4
蒼	3
紅	3
素	3
清	2
黄	2
彤	1
赤	1
銀	1
緗	1
翠	1
碧	1
滄	1
皁	1

これらの色彩語を主要な色に大別すると

青系（青・蒼・清・滄）――12
紫系（紫）――10
綠系（綠・碧・翠）――6
黄系（黄・金・緗）――12
赤系（赤・紅・丹・彤）――10

白系（白・玉・銀・素）――21

となる。これを色の三屬性の一つである色相（色あい）によって色の暖寒をみると、一般に色の暖寒は次の順になると[110]いう。

赤↓橙↓黄↓綠↓紫↓黑↓青

右の色のうち、赤・橙・黄が暖色で、綠・青が寒色ということになる。これに先に大別した色をあてはめると、あお系、むらさき系、みどり系、しろ系が寒色で[111]、あか系、きいろ系が暖色となるので、寒色が暖色の倍となる。色彩によって人の心理や性格を判斷する色彩心理學の觀點から考察すると、大山正氏は「暖色、寒色といわれるように色は溫度感覺に影響するし、「暖かさ」、「冷たさ」で象徵される感情の問題とも關連する」[112]といい、「暖色は、危い、さわがしい、はでな、嬉しい、不安定な、といった興奮的な感情を伴い、寒色は、安全な、静かな、地味な、悲しい、といった平靜な沈潛した感情を伴うことがわかる」[113]という。これを更に個々の色彩から人の性格を判斷すると、李嶠は青（含蒼・清）や紫という色彩語を多く用いている。野村順一氏は、青を好む人について「不屈であるが、わるくいうと獨善的である。いつも自分の考えは正しいと思っている。ときには自分の目的や根據をごまかす。……また、感性にすぐれて自制心がある。必ずしも率先者ではないが、言葉、行動、服裝にひどく氣を使う。他方、自己弁護とか自己正當化にずばぬけた才能があり、この才能はひとりよがりに通じるものである。……他人は誰でも自分と同樣に、正しくまじめな生活をしていると思いたがる。がまん強いうえ根氣もあるので、彼らはたいていのことは立派にやってのけるし、すぐれた人材である。いつも自分の仕事に良心的に專念する」[114]、紫を好む人について「天賦の直觀力を持つ。ときに、はにかみ屋でおくびょう、世を忍んでいることもある。逆に、指導的立場にあって威嚴と高貴に滿ちている人がいる。が、高度な感性がわざわいして他人を信用することができない。仕事はいつも固い信念を持って最後までやり抜く。……文化的志向があり、壓倒的に藝術家に多い。他方、氣どり屋とかキザなタイプもいる。一般的に感性が優れる。うぬぼれは隱せない。洗練された藝術を好み、人生をゆうゆうと樂しむことを心得ている。世間の下劣、俗惡な局面を愼重に避けて通る[115]」と分析する。また、雜詠詩におけるもう一つの特色は金という色を多く用いていることである。金色について、野村氏は「金色は富の色である。金色を好む人びとは金のように至高の理想を抱き、おおらかな人德の持主、他人に對して強力な保護者となってくれる。いつも花形、大立て者をめざし、それ以外は眼中にない。威嚴と浪費を好み、破滅の原因はいつも途方もない夢である。夢が打ち砕かれると、それまでの外向的性格は一變して内向に轉じ、自分を必要以上に責め立ててしまう。金色を好む人の中には世間では氣まぐれとみる人もいるが、高い識見と誇りを持つ。氣持ちがほぐれると指導者としての力を發揮し、トップを自覺し、未來の夢を描くこともでき、みんなの期待にこたえるのである[116]」と分析する。

このような色彩による性格判斷が絶對的なものでないことはいうまでもないが、李嶠の生涯を振り返ってみると、この性格判斷は必ずしも誤っていないと思うし、寧ろ、記載にない李嶠の一面を彷彿とさせてくれる。

次に三十四聯の上句と下句に用いられている色彩語の組合せをみると、中に色彩語の組合せが同じ聯がある。二聯以上のものを擧げると次の如くである。尙、色彩語が上下轉倒しているものも含む。

金↕玉　金堤不相識　玉潤幾年開　藤　尾聯
　　　夕儐金門側　朝提玉塞前　戈　頸聯
　　　粲爛金琪側　玲瓏玉殿隈　珠　首聯
　　　玉關塵似雪　金穴馬如龍　道　頸聯
　　　玉律三秋暮　金精九日開　菊　首聯

玉・藹含霜動　金・衣逐吹翻　橘　頸聯
玉・彩疑冰徹　金・輝似日開　鏡　頸聯
徒知觀衞玉・　誰肯掛秦金・　市　尾聯　（・印は筆者）

以上のほかに上下句の一方が同系色による聯もある。

あか↕綠　玉垂丹・棘下　珠湛綠・荷中　露　頷聯
草暗平原綠・　花明春徑紅・　野　頸聯
葉舒春秋綠・　花吐淺深紅・　萱　頷聯
あか↕紫　習坎踈丹・壑　朝宗合紫・微　海　首聯
春暮條應紫・　秋來葉早紅・　梨　頸聯
赫赫彤・闈敞　煌煌紫・禁隈　門　首聯
丹↕しろ　別有丹・山霧　玲瓏素・月明　霧　頷聯
舞拂丹・霞上　歌淸白・雪中　席　頸聯
あお↕紫　青・蘋含吹轉　紫・葉映波流　萍　頷聯
蒼・龍遙逐日　紫・燕逈追風　馬　頷聯
已憩青・田側　來遊紫・禁前　鶴　頸聯
紫・徼三千里　青・樓十二重　道　頷聯
莫言舒紫・褥　猶冀飲淸・泉　熊　尾聯　（・印は筆者）

右の色彩語の組合せで特筆すべきは「金↕玉」の組合せが最も多く、「あお↕紫」が次に多いことである。これは前述の色彩語の頻度數の多い順と比例している。

7 方位對

方位對とは方角・方向及び位置を示す語を用いて作った對句をいう。この對句の名稱は近年になって使用し始めたと思われる。兒島獻吉郎氏も色對や數對を對偶の種類に取り擧げているが、方位對は取り擧げていない。嘗て、『文鏡祕府論』（東卷）の「論對」は「東西　南北」の對語を「雲霧　星月」などと一緒に第十四の「同對」に屬させ、『作文大體』は「東西　南北」の對語を「水火　人物」などと一緒に第四の「異對」に屬させている。このようにその所屬が一定していないということは、方角・方向を示す語を特に意識して對偶の種類の對象としていなかった證左である。管見の及ぶ限り、方角や方向を方位對として對句の對象としたのは王力氏[117]であろう。そこで、雜詠詩から方位對を抽出すると次の如くである。

	詩句		詩題	聯
(1)	東陸蒼龍駕	南郊赤羽馳	日	頸聯
(2)	願陪北堂宴	長賦西園詩	月	尾聯
(3)	將軍臨北塞	天子入西秦	星	頷聯
(4)	西北雲膚起	東南雨足來	雨	首聯
(5)	斜影風前合	圓文水上開	〃	頸聯
(6)	巖花鏡裏發	雲葉錦中飛	石	頷聯
(7)	葉拂東南日	枝捎西北雲	竹	頸聯
(8)	鼙苞青野外	鴉嘯綺楹前	茅	頷聯

	詩句		詩題	聯
(9)	日色翻池上	潭花發鏡中	菱	頸聯
(10)	擅美玄光側	傳芳瀚海中	梨	首聯
(11)	已憩青田側	來遊紫禁前	鶴	頸聯
(12)	寫囀清歌裏	含啼妙管中	鶯	頸聯
(13)	暮宿空城裏	朝遊纏水傍	雀	頸聯
(14)	相賀彫楹側	雙飛翠幕中	燕	頸聯
(15)	西秦飲渭水	東洛薦河圖	龍	頷聯
(16)	明月承鞍上	浮雲落蓋中	馬	頸聯

	詩句		詩題	聯
(17)	欲向桃林下・	先過梓樹中・	牛	頷聯
(18)	導洛宜陽右・	乘春別館前・	熊	首聯
(19)	舞拂丹霞上・	歌淸白雪中・	席	頸聯
(20)	窻中・月影入	戶外・水精浮	簾	頸聯
(21)	錦中・雲母列	霞上・織成開	屛	頷聯
(22)	桂友尋東・閣	蘭交聚北・堂	被	首聯
(23)	月中・烏鵲至	花裏・鳳凰來	鏡	頷聯
(24)	扇中・紈素裂	機上・錦文迴	詩	頷聯
(25)	霜輝簡上・發	錦色夢中・開	筆	頷聯
(26)	積潤脩毫裏・	開冰小學前・	硯	頸聯
(27)	鍔上・蓮花動	匣中・霜雪明	劍	頸聯

	詩句		詩題	聯
(28)	割錦紅鮮裏・	含毫彩筆前・	刀	頸聯
(29)	告善樓臺側・	求賢市肆中・	旌	首聯
(30)	夕儐金門側・	朝提玉塞前・	戈	頸聯
(31)	風前・中散至	月下・步兵來	琴	頷聯
(32)	唯有胡中・曲	希君馬上・彈	琵琶	尾聯
(33)	既接南・鄰磬	還隨北・里笙	鐘	首聯
(34)	歡娛自北・里	純孝即南・陔	笙	頸聯
(35)	霞衣席上・轉	花袖雪前・明	舞	頷聯
(36)	郢中・吟白雪	梁上・繞飛塵	歌	頷聯
(37)	南・楚摽前貢	西・秦識舊城	金	首聯

（・印は筆者）

方位對は以上の三十七聯で、全聯（四百八十聯）の七・七％を占める。この數字は決して低くない。數對や色對と同樣、方位對にも方位語を二字重ねて熟語とし、對偶をなしている聯がある。それは4の「西北―東南」と5の「東南―西北」の二聯である。この二聯にみえる方位語をみると、熟語は「西北」と「東南」のみである。例證は少ないが特異である。以上の二聯を除く三十五聯・七十詩句の方位語の位置を調査すると次の如くである。

	第一字	第二字	第三字	第四字	第五字
聯數	三	七	二	八	十五
句數	六	十四	四	十六	三十

右表をみると、方位語が第五字目に集中し、第一字目と第三字目に位置する方位語が少ない。しかし、數對や色對が第二字目に數字や色彩語が配置されていないような顯著な特徵はみえない。その要因を考えると、數字や色彩語が熟語を構成する場合、熟語の第一字目に數字や色彩語を冠する形で造られている。[118]ところが、方位語を用いて造られた熟語をみると、大別して二つの傾向に分けられる。一は東西南北などの方角を示す語を用いて構成された熟語、例えば

東洛　東閣　東陸　西秦　南陵　南陔　南楚　南郊　北塞　北堂　北里

などの熟語は方角を示す語を上（第一字目）に冠している。二は上下・前後・左右・中（裏）外などの位置を示す語を用いて構成された熟語、例えば

水上　池上　指下　風前　楹前　日中　帳中　花裏　戸外

などの熟語は位置を示す語を下（第二字目）に配している。

次に方角及び位置を示す語の詩句における位置を整理すると次の如くである。（方角の重複語を除く）

	第一字	第二字	第三字	第四字	第五字
方角	六	○	四	六	○
位置	○	十四	○	十	三十

右表をみると、方角を示す語を用いた熟語の場合は、第二字目と第五字目には方角を示す語が配置されておらず、一方、位置を示す語を用いた熟語の場合には、第一字目と第三字目に位置を示す語が配置されていない。しかし、方角と位置を方位という語で包括した場合、前出の表の如く、第一字目から第五字目までの全てに配置されているということになる。

次に方位對が首・頷・頸・尾の四聯のうち、どの聯に多く用いられているのかを調査すると、次の如くである。

	首聯	頷聯	頸聯	尾聯
聯數	八	十一	十六	二

右表において明白なことは、方位對が尾聯に少ないことである。これは色對と同じ理由で、尾聯に流水對が多いことによる。この現象は數對や色對よりも顯著である。

次に方位對の句中にみえる方位語を分析してみる。まず句中に使用されている方位語を頻度數の高い順に整理すると次の如くである。

平仄	方位語	頻度數
○	中	17
●	上	11
○	前	9
●	北	7
○	西	6
○	南	6
●	裏	6
●	側	5
○	東	5
●	外	2
●	下	2
●	右	1
○	傍	1

右表をみると、位置を示す「中」字が群を抜いて多いのが一目瞭然で、特筆すべきである。その要因の一つに、「中」(上平聲一東)を脚韻として用いられ易いことが擧げられる。方位對三十七聯のうち、方位語が脚韻となっているのが十五聯ある。十五聯のうち八聯が「中」字の韻字による押韻である。卽ち、三十七の脚韻のうち、八字が「中」字の脚韻である。これは方位對三十七韻字全體の二十一・六％にあたり、方位語の五字に一字が「中」字の脚韻ということ

になる。一方、聯の上句の第五字目には方位語が十五字用いられているが、そのうち、「側」字が五字用いられていることも特筆すべきことである。

次に方位語を用いた熟語の使用頻度について調査すると、同じ語句を何度か使用しているものがある。方位對の詩句の中で二度以上使用しているものを擧げると、

西秦（三回）　西北　東南　北里　北堂　風前　錦中

がある。このほかに、「鏡裏」と「鏡中」が各々一語ずつあるが、本來は孰れかの一語を二度使用してよいところである。しかし、何故か二語に分けて用いている。それを考えると、それは詩式の平仄による。その二語を有する聯の平仄を示すと次の如くである。

○○●●●　○●●○○
巖花鏡裏發　雲葉錦中飛　（石・頷聯）
●●○○●　○○●●○
日色翻池上　潭花發鏡中　（菱・頸聯）

詩句の「鏡裏」の「裏」が仄聲で、「鏡中」の「中」が平聲であり、兩詩とも仄起式であることを考慮すると、「石」詩の方は、上句の第四字は仄聲でなければならない。從って、ここに「裏」字が諧っており、「中」字では諧わないので「裏」字を使用し、「菱」詩の方は、下句の第五字が平聲でなければならない。從って、「中」字がそれに諧い、「裏」字では諧わないので「中」字を使用したのである。

8　小　結

以上の對句を整理すると次の如くである。

對　句	聯　數
流水對	133
雙聲對	3
疊韻對	4
重字對	6
數　對	45
色　對	35
方位對	37
合　計	263

殘りの二百十七聯における對偶については後項で述べることにする。ここでは雜詠詩にみえる特殊な對句や特色のある對句のみを取り擧げて考察してみた。これらの對偶についてはその項目ごとにおいて述べたので省略するが、雜詠詩における對句の中で、流水對が壓倒的に多く最大の特色をなしている。

これらの對句を全體からみると、四百八十聯のうち、二百六十三聯ある。この數字は全聯の五十四・八％に相當し、半數以上を占め、多いということがいえる。

第二項　對句の技巧

前述したように王氏は對偶を十一類・二十八門に分類している。[119] そこには分類の基準となるべき文字も指示している。例えば、天文は第一類、㈹天文門

例字　天　空　日　月　風　雨　霜　雪　霰　雷　電　虹　霓　霄　雲　霞　靄　氣　烟　星　斗　嵐　陽　照
　　暉　曛　露　霧　烽　火　陰　飆

時令は㈺時令門

例字　年　歳　月　日　時　刻　世　節　春　夏　秋　冬　晨　夕　朝　晚　午　宵　晝　夜　伏　腊　寒　暑

晴　晦　朔　昏　曉　閏

文具は第四類、㈲文具門

例字　筆　墨　硯　紙　箋　印　鈴　籤　筒　籌　簽　書　劍　琴　瑟　絃　簫　笛　棋　卷　軸　幅　幃　箭

策　册　翰　毫

などとある。この分類を內容、修辭上から更に、1　工對、2　鄰對、3　寛對、の三對に分類している。

工對とは天文と天文、時令と時令、文具と文具などのように同類の語句によって構成された對句をいう。一般にいう同類對である。

鄰對とは異類や近似の語句によって構成された對句をいい、次の二十種類の分類を指示している。一般にいう異類對である。

1　天文と時令、2　天文と地理、3　地理と宮室、4　宮室と器物、5　器物と衣飾、6　器物と文具、7　衣飾と飲食、8　文具と文學、9　草木花木と鳥獸蟲魚、10　形體と人事、11人倫と代名詞、12　疑問代名詞及び「自」「相」などと副詞、13　方位と數目、14　數目と色彩、15　人名と地名、16　同義と異議、17　同義と連綿、18　異義と連綿、19　副詞と接續詞、20　接續詞と助詞。

寛對とはただ同じ品詞で構成された對句をいう。

作詩の技巧からいうと、工對が一番困難で、鄰對がその次、寛對が比較的容易であるということになる。この分類方法に從って、雜詠詩を分析しようと思うが、特殊對である流水對や雙聲對や疊韻對や重字對を對象外とする。また、工對の範疇からいうと、色彩對・數字對及び方位對は工對に相當するので、工對から除外する。

1 工對

雑詠詩にみえる工對を抽出すると次の如くである。

	(詩句)		(詩題)	(聯)
(1)	日出扶桑路	遙昇若木枝	日	首聯
(2)	分暉度鵲鏡	流影入蛾眉	月	頷聯
(3)	蜀郡靈槎轉	豐城寶氣新	星	首聯
(4)	落日正沈沈	微風生北林	風	首聯
(5)	帶花疑鳳舞	向竹似龍吟	〃	頷聯
(6)	桑柘凝寒色	松篁晴晩暉	煙	頸聯
(7)	滴瀝明花苑	葳蕤泫竹藂	露	首聯
(8)	曹公之夢澤	漢帝出平城	霧	首聯
(9)	類烟霏稍重	方雨散還輕	〃	頸聯
(10)	儻入非熊繇	寧思玄豹情	〃	尾聯
(11)	靈童出海見	神女向山廻	雨	頷聯
(12)	地疑明月夜	山似白雲朝	雪	頷聯
(13)	逐舞花光散	臨歌扇影飄	〃	頸聯
(14)	宗子維城固	將軍飲羽威	石	首聯

(15) 入宋·星初落　過湘·燕早歸　〃　頸聯
(16) 王·粲·銷夏日·　江·淹·起恨年·　原　首聯
(17) 帶川·遙綺錯　分隰·迥阡眠　〃　頷聯
(18) 鳳·去秦·郊迥　鶉·飛楚·塞空　野　首聯
(19) 蒼·梧·雲·影去　涿·鹿·霧·光通　〃　頷聯
(20) 貢·禹·懷書日·　張·衡·作賦晨·　田　首聯
(21) 杏·花·開鳳·昣　菖·葉·布龍·鱗　〃　頷聯
(22) 銅·馳·分鞏·洛·　劍·閣·抵臨·邛·　道　首聯
(23) 樓寫春雲·色　珠含明月·輝　海　頸聯
(24) 霞津·錦浪動　月浦·練光開　江　頷聯
(25) 桃·花生馬·頰　竹·箭入龍·宮　河　頷聯
(26) 花明珠·鳳·浦·　日映玉·雞·津·　洛　頷聯
(27) 元·禮·期仙·客·　陳·王·覩麗·人·　〃　頸聯
(28) 英浮漢·家·酒　雪麗楚·王·琴　蘭　頷聯
(29) 廣·殿·輕香發　高·臺·晚吹吟　〃　頸聯
(30) 桀舒洛·媛·浦　香泛野·人·杯　菊　頷聯
(31) 靃靡寒潭·側　芼茸曉岸·隈　〃　頸聯
(32) 吐葉·依松磴　舒苗·長石臺　藤　首聯

(33)	神・農・嘗藥罷	質・子・寄書來	〃	頷聯
(34)	色映蒲・萄・架	花浮竹・葉・盃	〃	頸聯
(35)	色湛仙・人・露・	香傳少・女・風・	萱	頸聯
(36)	鉅・野・昭光媚	東・平・春溜通	菱	首聯
(37)	影搖江浦月・	香引棹歌風・	〃	頷聯
(38)	龍・蹄・遠珠履	女・臂・動金花	瓜	頷聯
(39)	楚・國・供王日・	衡・陽・入貢年・	茅	首聯
(40)	堯・帝・成茨罷	殷・陽・祭雨旋	〃	頸聯
(41)	方期大・君・錫	不懼小・巫・捐	〃	尾聯
(42)	風・來香氣遠	日・落蓋陰移	荷	頷聯
(43)	魏・朝難接影	楚・服且同枝	〃	尾聯
(44)	鶴棲君・子・樹	風拂大・夫・枝	松	頷聯
(45)	俠・客・條・爲馬	仙・人・葉・作舟	桂	頸聯
(46)	葉・生馳道側	花・落鳳廷隈	槐	頷聯
(47)	烈・士・懷忠至	鴻・儒・訪道來	〃	頸聯
(48)	檐・前花・似雪・	樓・際葉・如雲・	柳	頷聯
(49)	夜星浮龍・影	春池寫鳳・文	〃	頸聯
(50)	春・花・雜鳳影	秋・葉・弄珪陰	桐	頷聯

(51)	忽被夜風激	遂逢霜露侵	〃	頸聯
(52)	含風如笑臉	裛露似啼粧	桃	頷聯
(53)	隱士顏應改	仙人路漸長	〃	頸聯
(51)	潘岳閑居暇	王戎戲陌晨	李	首聯
(52)	蝶來芳徑馥	鶯囀合枝新	〃	頷聯
(53)	鳳文疎蜀郡	花影麗新豐	梨	頷聯
(54)	雪含朝暝色	風引去來香	梅	頷聯
(55)	舞袖廻春徑	歌塵起畫梁	〃	頸聯
(56)	既榮潘子賦	方曉陸生言	橘	頷聯
(57)	願隨潮水曲	長茂上林園	〃	尾聯
(58)	屢向秦樓側	頻過洛水傍	鳳	頸聯
(59)	日路朝飛急	霜臺夕影寒	烏	首聯
(60)	聯翩依月樹	迢遞繞風竿	〃	頷聯
(61)	危巣畏風急	遠樹覺星稀	鵲	頷聯
(62)	嘉逐行人至	愁隨織女歸	〃	頸聯
(63)	春暉滿朔方	歸鴈發衡陽	鴈	首聯
(64)	望月驚弦影	排雲結陣行	〃	頷聯
(65)	颯沓睢陽涘	浮遊漢渚隈	鳧	首聯

(66) 李・陵・賦詩罷	王・喬・曳舄來	〃	頸聯
(67) 吟分折柳・吹	韻嬌落梅・風	鶯	頷聯
(68) 願齊鴻・鶴・志	希逐鳳・凰・翔	雀	尾聯
(69) 楚・郊疑鳳・出	陳・寶若雞・鳴	雉	頷聯
(70) 童・子・懷仁至	中・郎・作賦成	〃	頸聯
(71) 羌池沐時雨・	飄颻舞春風・	燕	頷聯
(72) 帶火・移星陸	騰雲・出鼎湖	龍	頸聯
(73) 漢・時應祥開	魯・郊西狩廻	麟	首聯
(74) 晝象臨仙・閣・	藏書入帝・臺・	〃	頸聯
(75) 鬱・林・開郡畢	睢・陽・作貢初	象	首聯
(76) 萬・推・方演夢	惠・子・正焚書	〃	頷聯
(77) 執燧奔吳・域・	量舟入魏・墟・	〃	頸聯
(78) 商・歌初入相	燕・陣早横功	牛	首聯
(79) 在吳・頻喘月・	奔楚・屢驚風・	〃	頸聯
(80) 還將君・子・變	來蘊太・公・謀	豹	頷聯
(81) 委質超羊・鞹・	飛名列虎・侯・	〃	頸聯
(82) 昭・儀・匡漢・日・	太・傅・翊周・年・	熊	頷聯
(83) 涿・野・開中冀	秦・原・闢帝圻	鹿	首聯

(84)	柰花開舊苑	萍葉吐前詩	〃	頷聯
(85)	道士乘仙日	先生折角時	〃	頸聯
(86)	仙人擁石去	童子馭車來	羊	頷聯
(87)	夜玉含星動	晨毛映雪開	〃	頸聯
(88)	上蔡鷹初擊	平岡兔不稀	兔	首聯
(89)	目隨槐葉長	形逐桂條飛	〃	頷聯
(90)	漢月澄秋色	梁園映雪暉	〃	頸聯
(91)	飛雲滿城闕	白日麗墻隅	城	頷聯
(92)	疏廣遺榮去	于公待詔來	門	頸聯
(93)	漸離初擊筑	司馬正彈琴	市	頷聯
(94)	細柳龍鱗照	長槐兔目陰	〃	頸聯
(95)	玉甃談仙客	銅臺賞魏君	井	首聯
(96)	蜀都宵映火	杞國旦生雲	〃	頷聯
(97)	向日蓮花淨	含風李樹薰	〃	頸聯
(98)	屢逢長者轍	時引故人車	宅	頷聯
(99)	孟母卜隣罷	將軍辭第初	〃	頸聯
(100)	日落天泉暮	煙虛習池静	池	首聯
(101)	鏡潭明月輝	錦磧流霞景	〃	頷聯

(102)	花・搖仙鳳・色	雲浮濯龍・影	〃	頸聯
(103)	落・星・臨畫・閣・	井・幹・起高・臺・	樓	頷聯
(104)	舞隨綠・珠・去	簫將弄・玉・來	〃	頸聯
(105)	色・疑虹始見	形・似鴈初飛	橋	頷聯
(106)	相烏・風處轉	畫鷁・浪前開	舟	頷聯
(107)	羽客乘霞・至	仙人弄月・來	〃	頸聯
(108)	丹鳳・栖金轄	非熊・載寶軒	車	頸聯
(109)	桂・筵含栢馥	蘭・籍拂沈香	牀	頸聯
(110)	避坐承宣・父・	重趨揖戴・公・	席	首聯
(111)	桂・香浮半月・	蘭・氣襲回風・	〃	頷聯
(112)	久・閉・先・生・戶	高・褰・太・守・車	帷	首聯
(113)	羅・將翡・翠・合	錦・逐鳳・凰・舒	〃	頷聯
(114)	明月・彈琴夜	清風・入幌初	〃	頸聯
(115)	曉風・清竹殿・	初日・映秦樓・	簾	首聯
(116)	象筵・分錦繡	羅薦・合鴛鴦	被	頷聯
(117)	桃李同歡・密	塵泥別恨・長	〃	頸聯
(118)	孔・懷・欣共寢	花・萼・幾含芳	〃	尾聯
(119)	逐暑含風・轉	臨秋帶月・明	扇	頸聯

(120)	兔·月清光隱	龍·盤畫燭新	燭	首聯
(121)	吐翠依羅·幌	浮香匝綺·茵	〃	頸聯
(122)	孔·坐洽良儔	陳·筵幾獻酬	酒	首聯
(123)	臨風·竹·葉滿	湛月·桂·香浮	〃	頷聯
(124)	每接高·陽·宴	屢陪河·朔·遊	〃	頸聯
(125)	漢·室鴻儒盛	鄒·堂大義明	經	首聯
(126)	馬·記天官設	班·圖地理新	史	首聯
(127)	方·朔·初還漢·	荊·軻·昔向秦·	〃	頸聯
(128)	都·尉·雙鳬·遠	梁·王·駟馬·來	詩	首聯
(129)	布義孫·卿·子·	登高楚·屈·平·	賦	首聯
(130)	銅·臺·初下筆	平·樂·正飛纓	〃	頷聯
(131)	削簡龍·文見	臨池鳥·跡舒	書	首聯
(132)	垂露·春花滿	崩雲·骨氣餘	〃	頸聯
(133)	聯翩通漢·國	迢遞入燕·營	檄	頷聯
(134)	毛·義·奉書去	張·儀·韜璧征	〃	頸聯
(135)	妙跡蔡·侯·施	芳名古·伯·馳	紙	首聯
(136)	雲飛錦·綺落	花發縹·紅披	〃	頷聯
(137)	握管·門庭側	含毫·山水隈	筆	首聯

(138)　鸚鵡摛文至　麒麟絶句來　〃　頸聯

(139)　左思裁賦日　王充作論年　硯　首聯

(140)　長安分石炭　上黨作松心　墨　首聯

(141)　素絲蠅初落　含滋綬更深　〃　頷聯

(142)　列辟鳴鑾至　惟良佩犢旋　刀　首聯

(143)　桃文稱避惡　桑質表初生　弓　首聯

(144)　空弯落鴈影　虚引怯猿聲　〃　頸聯

(145)　漢郊初飲羽　燕城忽解圍　箭　首聯

(146)　影隨流水急　光帶落星飛　〃　頷聯

(147)　高鴈行應盡　玄猿坐見傷　弩　頸聯

(148)　擁旄分彩雉　持節曳丹虹　旌　頷聯

(149)　影麗天山雪　光搖朔塞風　〃　頸聯

(150)　桂影承宵月　虹輝接曙雲　旗　首聯

(151)　日蕩蛟龍影　風翻鳥獸文　〃　頸聯

(152)　富父舂喉日　殷辛泛杵年　戈　首聯

(153)　曉霜白含刃　落影駐琱鋌　〃　頷聯

(154)　舜日諧鼗響　堯年韻土聲　鼓　首聯

(155)　向樓疑吹擊　震谷似雷驚　〃　頷聯

(156) 仙鶴・排門起　靈龜・帶水鳴　〃　頸聯
(157) 金落疑星・影・　珠流似月・光・　彈　頸聯
(158) 淮・海・魯爲室・　梁・岷・舊作臺・　琴　頸聯
(159) 流水潛魚・聽　藂臺舞鳳・驚　瑟　頷聯
(160) 嘉・賓・歡未極　君・子・樂相拚　〃　頸聯
(161) 蒙・恬・芳軌設　遊・楚・清音列　箏　首聯
(162) 鄭・音・既寥亮　秦・聲・復悽切　〃　頸聯
(163) 平・陵・通曙・響・　長・樂・驚宵・聲・　鐘　頷聯
(164) 秋・至含霜動　春・歸應律鳴　〃　頸聯
(165) 虞・舜・調清管　王・褒・賦雅音　簫　首聯
(166) 參差橫鳳・翼　搜索動猿・吟　〃　頷聯
(167) 逐吹梅・花落　含春柳・色驚　笛　頸聯
(168) 懸匏曲・沃・上　孤篠汶・陽・隈　笙　首聯
(169) 形寫歌・鸞・翼　聲隨舞・鳳・哀　〃　頷聯
(170) 漢・帝臨汾・水・　周・仙去洛・濱・　歌　首聯
(171) 歌・發行雲駐　聲・嬌子夜新　〃　頸聯
(172) 妙妓遊金・谷・　佳人滿石・城・　舞　首聯
(173) 儀鳳・諧清曲　廻鸞・應雅聲　〃　頸聯

(174)	昆・池・明月滿	合・浦・夜光開	珠	頷聯
(175)	彩逐靈虵・轉	形隨舞鳳・來	〃	頸聯
(176)	映廡先過魏・	連城欲向秦・	玉	首聯
(177)	洛・京・連勝友	燕・趙・類佳人	〃	頷聯
(178)	向日・披沙淨	含風・振鐸鳴	金	頸聯
(179)	思婦屏・輝掩	遊人燭・影長	銀	首聯
(180)	玉壷新下箭・	桐井舊安牀・	〃	頷聯
(181)	天龍・帶泉寶	地馬・列金溝	錢	頷聯
(182)	趙・壹・嚢初乏	何・曾・筯欲收	〃	頸聯
(183)	雲・浮仙石・曉	霞・滿蜀江・春	錦	頷聯
(184)	妙舞・隨裙動	嬌歌・入扇清	羅	首聯
(185)	蓮花依帳・發	秋月鑑帷・明	〃	頷聯
(186)	金縷・通秦・國	爲衾・値漢・君	綾	首聯
(187)	落花遙寫霧・	飛鶴近圖雲・	〃	頷聯
(188)	濯手・天・津・女・	纖腰・洛・浦・妃・	素	首聯
(189)	魚・腸・遠方至	鴈・足・上林飛	〃	頷聯
(190)	碪杵調風・響	綾紈寫月・輝	〃	頸聯
(191)	潔績創羲・皇・	緇冠表素・王・	布	首聯

（・印は筆者）

2 鄰對

雜詠詩にみえる鄰對を抽出すると次の如くである。

(1) 皎潔臨疎牖・玲瓏鑑薄帷・　月　頸聯
(2) 月影臨秋扇・松聲入夜琴・　風　頸聯
(3) 錦文觸石來・蓋影凌天發・　雲　頷聯
(4) 屢逐明神薦・頻隨旅客遊・　萍　頸聯
(5) 暮律移寒火・春宮長舊栽　槐　首聯
(6) 往還倦南北・朝夕若風霜・　鴈　頸聯
(7) 芳樹雜花紅・群鶯亂曉空　鶯　首聯
(8) 山水含春動・神仙倒景來・　屛　頸聯
(9) 乍有陵雲氣・時聞擲地聲　賦　頸聯
(10) 帶環疑寫月・引鏡似含泉・　刀　頷聯
(11) 銅牙流曉液・玉彩耀星芒　弩　頷聯
(12) 祭天封漢氏・擲地響孫聲　金　頷聯
(13) 色帶長河色・光浮滿月光　銀　頸聯
(14) 靈山有玲甕・仙闕薦明王　〃　尾聯
(15) 色帶冰綾影・光含霜雪文　綾　頸聯

⒃　曝泉飛掛鶴　浣火有炎光　布　頷〃　（・印は筆者）

右⒀の「色〇〇〇色　光〇〇〇光」のように、第一字と第五字に同一文字を用いて表現する方法は雙擬對の變格といえる。雙擬對について、『文鏡祕府論』東巻の「論對」に

雙擬對者一句之中所レ論。假令第一字是秋、第三字亦是秋。二秋擬二第二字一。下句亦然如レ此之類、名爲二雙擬對一。
詩曰、夏暑夏不レ衰、秋陰秋未レ歸。炎至炎難レ却、冷消冷易レ追。

雙擬對は上句と下句の一句中において同一文字を疊用した對句をいう。即ち、上句の第一字に秋字を置けば、第三字にも秋字を置き、下句も上句と同様に第一字と第三字に秋と異なる同一文字を置くのである。例えば、夏暑夏不レ衰、秋陰秋未レ歸。炎至炎難レ却、冷消冷易レ追のように作る。（〇印は筆者）

と解説する。(120)

3　寛　對

雜詠詩にみえる寛對を抽出すると次の如くである。

(1)　古壁丹青色　新花錦繡文　山　頸聯
(2)　方知有靈幹　特用表眞人　李　尾聯
(3)　錢飛出井見　鶴引入琴哀　鼂　頷聯
(4)　銜書表周瑞　入幕應王祥　雀　頷聯
(5)　銜燭耀幽都　含章擬鳳雛　龍　首聯
(6)　寄音中鐘呂　成角喩英才　麟　頷聯

(7)　車法肇隆周　黼文闡大猷　豹　首聯
(8)　跪飲懲澆俗　行驅夢逸材　羊　首聯
(9)　烏鵲塡應滿　黃公去不歸　橋　首聯
(10)　天子馭金根　蒲輪辟四門　車　首聯
(11)　舒卷隨幽顯　廉方合軌儀　紙　頸聯
(12)　光隨錦文散　形帶石巖圓　硯　頷聯
(13)　半月分絃出　藂花拂面安　琵琶　頷聯
(14)　將軍曾入賞　司馬屢飛歡　〃　頸聯
(15)　靈鶴時來致　仙人幸見尋　簫　頸聯
(16)　芳圻晴虹媚　常山瑞馬新　玉　頸聯
(17)　漢使巾車送　河陽步障新　錦　首聯
(18)　色美廻文妾　花輕絹墨賓　〃　頸聯
(19)　雲薄衣初卷　蟬飛翼轉輕　羅　頸聯

4　最　工

以上の三對仗の中で工對が技巧的に一番よいとされるが、王氏は『漢語詩律學』第一章、第十五節「對仗的講究和避忌」の中で更に工對より一段と巧妙な對偶として「最工」を設けている。その最工の定義を

有些同門類的詞、在文章里常常被用爲對稱者、如〝歌舞〞、〝聲色〞、〝心迹〞、〝老病〞、等等、如果用爲對仗、就被

認爲最工。

（わずかではあるが同部門の語句が、文章の中でいつも對稱として使用されているもの、例えば、〝歌舞〟〝聲音〟〝心迹〟〝老病〟などのような言葉が、もし對仗として使用されていれば、最工として認められる。）

といい、また、

有些詞、雖不同門、甚至于不同類、但因常被用爲對稱、如〝詩酒〟、〝金玉〟、〝金石〟、〝人地〟、〝人物〟、〝兵馬〟、等等、如果用爲對仗、也被認爲最工。

（少ない言葉であるが、同部門でないばかりか、甚だしきに至っては同類でなくても、ただ常に對稱として使用されている、〝詩酒〟〝金玉〟〝金石〟〝人地〟〝人物〟〝兵馬〟のような言葉が、もし對仗として使用されていれば、最工として認められる。）

という。これに從って、最工の聯を雑詠詩から抽出すると次の如くである。（・印は筆者）

a、同類によるもの

(1)　影搖江浦月・　香引棹歌風・　菱　頷聯
(2)　聯翩依月・樹　迢遞繞風・竿　烏　頷聯
(3)　在吳頻喘月・　奔楚屢驚風・　牛　頸聯
(4)　桂香浮半月・　蘭氣襲回風・　席　頷聯
(5)　明月・彈琴夜　淸風・入幌初　帷　頸聯
(6)　逐暑含風・轉　臨秋帶月・明　扇　頸聯
(7)　臨風・竹葉滿　湛月・桂香浮　酒　頷聯
(8)　風・前中散至　月・下步兵來　琴　頷聯

(9) 逐舞・花光散　臨歌・扇影飄　雪　頸聯
(10) 舞・拂丹霞上　歌・清白雪中　席　頸聯
(11) 形寫歌・鸞翼　聲隨舞・鳳哀　笙　頷聯
(12) 妙舞・隨裙動　嬌歌・入扇清　羅　首聯
(13) 桂・筵含栢馥　蘭・籍拂沈香　牀　頸聯
(14) 桂・香浮半月　蘭・氣襲回風　席　頷聯
(15) 桂・友尋東閣　蘭・交聚北堂　被　首聯
(16) 西・北雲膚起　東・南雨足來　雨　首聯
(17) 葉拂東・南日　枝捎西・北雲　竹　頸聯
(18) 西・秦飲渭水　東・洛薦河圖　龍　頷聯
(19) 西北・雲膚起　東南・雨足來　雨　首聯
(20) 既接南・鄰磬　還隨北・里笙　鐘　首聯
(21) 歡娛自北・里　純孝卽南・陔　笙　頸聯
(22) 春・花雜鳳影　秋・葉弄珪陰　桐　頷聯
(23) 秋・至含霜動　春・歸應律鳴　鐘　頸聯
(24) 日路朝・飛急　霜臺夕・影寒　烏　首聯
(25) 夕・儐金門側　朝・提玉塞前　戈　頸聯
(26) 雲・間五色滿　霞・際九光披　日　頷聯

(27) 雲・浮仙石曉　霞・滿蜀江春　錦　頷聯
(28) 蒼梧雲・影去　涿鹿霧・光通　野　頷聯
(29) 落花遙寫霧・　飛鶴近圖雲・　綾　頷聯
(30) 昭儀匡漢・日　太傅翊周・年　熊　頷聯
(31) 漢・帝臨汾水　周・仙去洛濱　歌　首聯
(32) 玉・垂丹棘下　珠・湛綠荷中　露　頷聯
(33) 舞隨綠珠・去　簫將弄玉・來(121)　樓　頸聯
(34) 瑞・麥兩岐秀　嘉・禾九穗新　田　頸聯
(35) 六字方呈瑞・　三仙實可嘉・　瓜　頸聯
(36) 影麗天山雪・　光搖朔塞風・　旌　頸聯
(37) 羌池沐時雨・　飆颺舞春風・　燕　頷聯
(38) 西北雲・膚起　東南雨・足來　雨　首聯
(39) 形寫歌鸞・翼　聲隨舞鳳・哀　笙　頷聯
(40) 儀鳳・諧淸曲　廻鸞・應雅聲　舞　頸聯
(41) 瀨似黃牛・去　濤如白馬・來　江　頸聯
(42) 舜・日諧鼗響　堯・年韻土聲　鼓　首聯
(43) 銜書表周瑞・　入幕應王祥・(122)　雀　頷聯

b、異類によるもの

(44) 玉・關塵似雪　金・穴馬如龍　道　頸聯
(45) 玉・律三秋暮　金・精九日開　菊　首聯
(46) 玉・蘤含霜動　金・衣逐吹翻　橘　頸聯
(47) 玉・彩疑冰徹　金・輝似日開　鏡　頸聯
(48) 夕僨金・門側　朝提玉・塞前　戈　頸聯
(49) 粲爛金・琪側　玲瓏玉・殿隈　珠　首聯
(50) 馬記天・官設　班圖地・理新　史　首聯
(51) 倚天・持報國　畫地・取雄名　劍　尾聯
(52) 祭天・封漢氏　擲地・響孫聲　金　頷聯
(53) 天・龍帶泉寶　地・馬列金溝　錢　頷聯
(54) 帶花疑鳳・舞　向竹似龍・吟　風　頷聯
(55) 杏花開鳳・昣　菖葉布龍・鱗　田　頷聯
(56) 白花搖鳳・影　青節動龍・文　竹　頷聯
(57) 夜星浮龍・影　春池寫鳳・文　柳　頸聯
(58) 花搖仙鳳・色　雲浮濯龍・影　池　頸聯
(59) 相烏風・處轉　畫鷁浪・前開　舟　頷聯
(60) 色帶冰・綾影　光含霜・雪文　綾　頸聯
(61) 魚・腸遠方至　雁・足上林飛　素　頷聯

(62)　妙妓遊金谷　佳人滿石城　　舞　首聯
(63)　形寫歌鸞翼　聲隨舞鳳哀　　笙　頷聯

最工の聯は全部で六十三聯あるが、この中には一聯で最工の條件を重複して有している聯が幾つかある。それは、(4)と(14)、(11)と(39)と(63)、(16)と(19)と(38)、(25)と(48)である。これらをそれぞれ一聯と見做せば、五十七聯ということになる。

さて、最工の對偶を構成する文字を整理すると

文字構成	聯數
風　月	9
金　玉	6
龍　鳳	5
天　地	4
歌　舞	4
桂　蘭	3
東　西	3
南　北	3
朝　夕	2
春　秋	2
雲　霞	2
雲　霧	2
雲　雨	2
周　漢	2
玉　珠	2
瑞　嘉	2
鳳　鸞	2

（二聯以上のもの）

となる。〝風月〟の對偶が九聯と最も多く、〝金玉〟〝龍鳳〟〝天地〟〝歌舞〟と續く。

文字の配置の傾向をみると、〝桂蘭〟の場合、桂を上句の第一字に、蘭を下句の第一字に配置する。〝金玉〟の場合、玉が上句に、金が下句に配置されているときは、それぞれの文字が上句下句の第一字に配置され、金が上句、玉が下句に配置されているときは、それぞれの文字が上句下句の第三字に配置されている。〝天地〟の場合、天が上句に、地が下句に配置されているのが特徴である。

5　小　結

流水對や雙聲對や疊韻對や重字對を除いた對句を工・鄰・寬及び最工の四對に分類した結果を分析しようと思うが、工對の範疇には最工のほかに前項の數對・色對・方位對を含むことにする。但し、ここでは工對と數對・色對・方位

對が重複しない形で整理すると次の如くである。

對偶の分類		聯　　數	
最　工			63
工　對	工　對	191	308
	數　對	45	
	色　對	35	
	方位對	37	
鄰　對			16
寛　對			19
合　計			343

右表の最工には工對・數對・色對・方位對などと重複しているものがあるので合計數には含まない。數對・色對・方位對を含む工對が三百八聯で、雜詠詩全四百八十聯の六十四％を占めている。これは對句作成の技術が相當高度なものであることを物語っている。この工對に鄰對・寛對を加えると、この雜詠詩は實に七十一％の對偶を用いて作詩されていることになる。更に、流水對百三十六聯を加えると四百四十四聯となり、全四百八十聯の九十三％が對句で構成されていることになる。これも雜詠詩の特徴である。

第四節　雜詠詩にみえる典故

典故とは詩や文章に使用されている語句や文章などのもとになった故實や故事をいう。淸の趙翼（一七二七～一八一

四）は『甌北詩話』[123]巻十、「査初白詩」の中で

語雜二詼諧一皆典故。

（文句に詼諧が混合するものも典故である）

といい、俳典ともいうべき詼諧を俗諺や裨史と共に典故の概念に含めている。このような典故を詩文に引用することを「用事」または「事類」という。事類について、梁の劉勰（?～四七三）は『文心雕龍』第八巻、「事類第三十八」の中で

事類者、蓋文章之外、据レ事以類レ義、援レ古以證レ今者也。

（事類は、蓋し文章の外、事に据りて以て義を類し、古を援きて以て今を證する者なり）

といい、詩文の中に故事・故實を用いて物事の道理や自己の感情・意見を述べ、昔の物事の道理・人情を引用して、今の事理・人情も同じであることを證明しようとするものであるという。一方、梁の鍾嶸（四六九～五一八）は『詩品』[124]の「詩品中・序」で

夫屬詞比事、乃爲二通談一。若乃經國文符、應レ資二博古一。撰德駁奏、宜レ窮二往烈一。至三於吟二詠情性一、亦何貴二於用事一。

（夫れ屬詞比事は、乃ち通談と爲す。若し乃ち經國の文符は、應に博古に資るべし。撰德駁奏は、宜しく往烈を窮むべし。情性を吟詠するに至りては、亦何ぞ用事を貴ばん。）

といい、「詩は情性を吟詠する」[125]ものであるから、典故の引用には反對であるという。しかし、鍾嶸の主張とは逆に文學の趨勢としては、多くの詩人や文人は好んで典故を引用し、自己の思想や情感を述べていった。

典故の引用が流行していった外的要因の一つに、六朝以來、文人や詩人が詩文などの作品を通して、學識や博識を

競い合ったことが擧げられる。内的要因としては、明の胡應麟（一五五一～一六〇二）が『詩藪』[126]内編巻四の中で

詩自二模レ景述レ情外、則有二用事一而已。用事非二正體一、然景物有レ限、格調易レ窮、一律千篇、祇供二厭飫一。欲レ觀二人筆力材詣一、全在二阿堵中一。（近體上・五言）

（詩は景を模して情を述ぶるより外、則ち用事有るのみ。用事は正體に非ず、然るに景物に限有り、格調は窮まり易く、一律千篇にして、祇に厭飫に供す。人の筆力・材詣を觀んと欲せば、全く阿堵の中に在り）

といい、詩の表現方法には詩經の時代から寄物陳思という方法はあるが、このほかには用事があるだけである。用事は詩に用いなければならないということはないが、寄物陳思の對稱となる景物には限界があり、詩の體裁や調子に行き詰まり、飽きてくるので用事が必要となる。又、詩人の技巧や才能を知ろうとすれば用事をみればよい、という。

また、胡氏は用事の工巧の流れについて、前同書で

起二於太沖詠史一。唐初王・楊・沈・宋　漸入二精嚴一。（近體上・五言）

（太沖の詠史より起く。唐初の王・楊・沈・宋　漸く精嚴に入る）

といい、西晉の左思（生沒年不詳）の「詠史」に始まり、唐初の王勃（六四八～六七六）、楊烱（六三四？～六八三）、沈佺期（？～七一三）、宋之問（？～七一二）に至って、精巧で周密なものとなった、という。唐初になって精密になったということは、多くの詩人や文人の研鑽があったからである。近年の范文瀾は『中國通史簡編』（人民出版社、一九四九年九月）第三編第七章で

唐前期……有些士人博見強記、使用事類表現惊人的手富。

といい、唐前期の何人かの讀書人は博覧強記で、典故を用いた表現は驚くべき量である、といっている。李嶠はこの時期の人で、范氏のいう博覧強記の一人であるといえる。それは後述する引用典故をみれば納得できよう。

李嶠の雜詠詩における典故の引用は非常に多いので、その典據を便宜上、人物と典籍に區分して整理してみた。

第一項　詩句にみえる人名表記

李嶠の雜詠詩には多くの故事が用いられ、その故事は歴史上の人物に拘るものが大半である。その人物が、詩句にどのように表現されているかを考察してみる。

雜詠詩にみえる人物を中心とした故事の表現には、詩句に直接人名を用いたものと、詩句に人名を用いないで、その人物の官職や行狀や功績や逸話などを要約した語彙を用いたものがある。

人名を用いて表現した詩句は七十九句で、その表記の仕方はまちまちである。その表記の仕方を分析すると次の如くである。

1、姓名で記したもの

神農嘗藥罷（藤）〈太古〉
方今同傅說（舟）〈殷〉
王喬曳舃來（鳧）〈西周〉
徒爲卞和識（玉）〈春秋〉
遊楚淸音列（箏）〈〃〉
簫將弄玉來（樓）〈〃〉
登高楚屈平（賦）〈戰國〉
荊軻昔向秦（史）〈〃〉

蘇。秦。六百步（弩）〈〃〉
張。儀。韜壁征（檄）〈〃〉
蒙。恬。芳軌設（筝）〈秦〉
于。公。待封來（門）〈漢〉
王。褒。賦雅音（簫）〈〃〉
貢。禹。懷書日（田）〈〃〉
疎。廣。遺榮去（門）〈〃〉
張。衡。作賦晨（田）〈〃〉
李。陵。賦詩罷（皃）〈〃〉
王。充。作論年（硯）〈後漢〉
芳名右。(127)　。伯馳（紙）〈〃〉
別有張。芝。學（墨）〈〃〉
趙。壹。囊初乏（錢）〈〃〉
毛。義。奉書去（檄）〈〃〉
王。粲。銷夏日（原）〈魏〉
曹。植。動文雄（萱）〈〃〉
入幕應王。祥。（雀）〈晉〉
王。戎。戲陌晨（李）〈〃〉

何曾筋欲收（錢）〈〃〉
當取葛洪規（紙）〈〃〉
左思裁賦日（硯）〈〃〉
潘岳閑居暇（李）〈〃〉
萬推方演夢（象）〈〃〉
舞隨綠珠去（樓）〈〃〉
江淹起恨年（原）〈梁〉

以上は二字の姓名であるが、「堯」「舜」「禹」のように一字のものもある。

朝夕奉堯曦（日）〈太古〉
堯樽更可逢（道）〈〃〉
堯帝成茨罷（茅）〈〃〉
堯年韻土聲（鼓）〈〃〉
堯沈九日暉（箭）〈〃〉
舜日諧鼗響（鼓）〈〃〉

2、姓のみで記したもの

富父春喉日（戈）〈春秋・富父終甥〉
司馬正彈琴（市）〈漢・司馬相如〉

3、名のみで記したもの

子期如可聽（琴）〈春秋・鍾子期〉
漸離初擊筑（市）〈戰國・高漸離〉
昭儀匡漢日（熊）〈漢・馮昭儀〉
方朔有奇才（門）〈〃・東方朔〉
方朔初還漢（史）〈〃・　〃　〉
君苗徒見藝（硯）〈晉・崔君苗〉

4、字《あざな》で記したもの（字の上に姓を記したものも含む）

元禮期仙客（洛）〈漢・李膺〉
方同楊伯起（金）〈後漢・楊震〉
誰識仲宣才（樓）〈魏・王粲〉
方知樂彦輔（鏡）〈晉・樂廣〉
誰識士衡篇（硯）〈〃・陸機〉

5、王朝名を冠して記したもの

虞舜調清管（簫）〈太古〉
殷陽[128]　祭雨旋（茅）〈殷〉
殷辛泛杵年（戈）〈〃・紂王〉

6、姓と故事の語句とを組合せて記したもの

劉衣闢四方（布）〈漢・劉邦〉

孫被登三相（〃）〈〃・公孫弘〉
馬記天官設（史）〈〃・司馬遷〉
班圖地理新（〃）〈後漢・班固〉

7、尊稱で記したもの

(1)「子」（美稱）を用いたもの

布義孫卿子（賦）〈戰國・荀況〉
惠子正焚書（象）〈〃・惠施〉
旣榮潘子賦（橘）〈晉・潘岳〉
行觀向子賦（笛）〈〃・向秀〉

(2)「公」を用いたもの

黄公去不歸（橋）〈秦・黄石公〉
重趁揖戴公（席）〈後漢・戴凭〉
曹公之夢澤（霧）〈魏・曹操〉
還冀識張公（梨）〈劉宋・張敷〉

(3)その他の尊稱を用いたもの

挺質本軒皇（弩）〈太古・黄帝〉
潔績創羲皇（布）〈〃・伏羲〉
避坐承宣父（席）〈春秋・孔子〉

8、敬稱で記したもの

緇冠表素王（布）〈春秋・孔子〉
久閉先生戶（帷）〈漢・孫敬〉
妙跡蔡侯施（紙）〈後漢・蔡倫〉
方曉陸生言（橘）〈呉・陸績〉

9、略稱で記したもの

黄石遺兵書（帷）〈秦・黄石公〉
誰識卿雲才（江）〈漢・司馬相如・揚雄〉

10、その他の表記

孟母卜隣罷（宅）〈戰國・孟子の母〉
得隨穆天子（馬）〈西周・周穆王〉
若逢朱太守（錦）〈漢・朱買臣〉　（以上の○印は筆者）

第二項　稱號や官職での表記

第一項は姓・名・字の全部及び一部分と通稱を用いて表記したものであるが、このほかに人名ではないが、帝王・諸王・諸侯・官職などの名稱を用いて表記したものがある。詩の内容から氏名の明白なものは次の如くである。

1、帝王名で記したもの

寧知帝王力（田）〈太古・堯〉

天子入西秦（星）〈漢・高祖〉
漢帝出平城（霧）〈〃・〃〉
漢帝臨汾水（歌）〈〃・武帝〉
祭天封漢氏（金）〈〃・〃〉
若今逢漢主（梨）〈劉宋・文帝〉

2、諸王・諸侯名で記したもの

不遇楚王珍（玉）〈春秋・楚文王〉
何暇唐成公（馬）〈〃・唐成公〉
還拂楚王襟（風）〈戰國・楚襄王〉
持此說韓王（弩）〈〃・韓宣王〉
梁王駟馬來（詩）〈漢・孝王武〉
銅臺賞魏君（井）〈魏・曹操〉
陳王覩麗人（洛）〈〃・曹植〉
陳王七步才（詩）〈〃・〃〉

3、官職名で記したもの

大傅翊周年（熊）〈春秋・呂尚〉
將軍飲羽威（石）〈漢・李廣〉
將軍辭第初（宅）〈〃・霍去病〉

將軍曾入賞（琵琶）〈晉・謝尙〉
都尉雙鳧遠（詩）〈漢・李陵〉
司馬屢飛歡（琵琶）〈晉・桓溫〉
中郎作賦成（雉）〈〃・潘岳〉　（以上の○印は筆者）

次に「第二項、稱號や官職での表記」を除いた七十九句について分析してみよう。

人名を有する七十九句は全體（九百六十句）の八・二％を占める。この數字は大きいとはいえないが、少ない數字ではない。

そこで、七十九句にみえる人名で二回以上表われたものを先ず頻度別に整理すると次の如くである。

人名	頻度
堯	5
潘岳	3
伏羲	2
舜	2
孔子	2
東方朔	2
黃石公	2
司馬相如	2

右表によると、頻度數が高いのは、晉の潘岳を除くと、漢以前の人物である。

次に七十九句にみえる人物の時代別人數と時代別延人數を圖表にすると次の如くである。

時代	人數		延人數	
太古	4		9	
殷	3		3	
西周	2	15	2	17
春秋	5		7	
戰國	8		8	
秦	2		3	
前漢	15	24	17	26
後漢	9		9	
魏	3		4	
吳	1		1	
晉	14		14	
劉宋	1		1	
梁	1		1	
合計	68		79	

右表の西周と東周（春秋・戰國）を「周」とし、前漢と後漢を「漢」としてその傾向をみると、人物が漢代、周代、晉代、太古の順で多い。中でも上記の四王朝が突出している。

次に詩句における人名の配置構成を考察してみる。尙、人名の二字表記が一番多いので後に讓る。堯・舜などの一字表記は六句あり、そのうち、五句が第一字目に配置され、殘りの一句は第四字目に配置されている。楊伯起・欒彥輔・孫卿子・穆天子・朱太守の三字表記は五句あり、その全てが三・四・五字目に亙って配置されている。久閉先生の四字表記は一句で、一・二・三・四字に亙って配置されている。

さて、最も多い二字表記の句は六十七句ある。先ず、人名を第一字と第二字に配した詩句が四十五句、第三字と第四字に配した詩句が十四句、第四字と第五字に配した詩句が八句ある。第一字と第二字に配した詩句が六十七句全體の六十七％を占め、壓倒的に多い。また、第二字と第三字に配置している詩句が無いのは、詩句の構成に係わる問題で、五言詩の場合、固有名詞が第二字と第三字に配されることがないからである。このことに關しては、平仄と關係があるので、前述の「平仄」の項を參看されたい。

第三項　人物の故事

雜詠詩には典故に基づいた詩句が少なからずある。そこで、前述の七十九句を含めた全詩句について、人物の故事を中心に調査した結果、三百二十句に故事（含典據）を見出すことができた。三百二十句は雜詠詩九百六十句の三三・三％を占める。この數字は三句に一句は人物の故事を用いて詠出したことになる。その三百二十句は二百三十二名の人物の故事で構成されている。

三百二十句にみえる故事を整理しようと思うが、全句の故事を一つ一つ掲載すると繁雜になるので、一人物が二つ以上の故事を有する場合は、一括して故事・典據を整理して掲載する。その際、時代別に整理し、まず、項目となる人名、次に詩句、そして、故事の概要、典據の順で記述するが、典據が諸書に亙っている場合は、經書、史書、諸子の順で採錄して掲載する。但し、故事に異同がある場合は竝記することにした。故事・典據については、典據を調査し、頻度數の多い順に列擧する。調査した典據が注釋本にある場合は、その所在を次の略號を用いて、原文の下に指示しておいた。理—天理大詩注本、陽—陽明詩注本、徐—徐定祥注本、崎—戸崎允明注本。

太古

黄帝

(1)騰雲出鼎湖（龍）

(2)徒切烏號思　攀龍遂不成（弓）

黄帝が鼎を完成させたので、あごひげを垂らした龍が迎えに來た。黄帝は龍に騎って昇天した。殘りの者は必死になって龍のあごひげにつかまったが、ひげが抜け墮ちたので一緒に昇天できなかった。その時、黄帝の弓も一緒に墮ちた。百姓達は黄帝の弓と龍のひげを抱いて號泣したという故事に基づく。『史記』卷二十八「封禪書第六」に次の如くある。

黄帝采二首山銅一、鑄二鼎於荆山下一。鼎既成、有レ龍垂二胡顊一下迎二黄帝一。黄帝上騎。群臣後宮從レ上者七十餘人、龍乃上去。餘小臣不レ得レ上、乃悉持二龍顊一、龍顊拔墮、墮二黄帝之弓一。百姓仰二望黄帝既上一レ天。乃抱二其弓與二胡顊一號。故後世因名二其處一曰二鼎湖一、其弓曰二烏號一。〈徐、理、崎、陽（異文）〉

(3)涿野霧光通（野）

黄帝が蚩尤と涿鹿の野で戰った。その時、蚩尤が大霧を起こし、兵士達を迷わせたという故事に基づく。『太平御覽』[129]卷十五「天部十五・霧」に引用する晉・虞喜の『志林』に次の如くある。

黄帝與二蚩尤一戰二於涿鹿之野一。蚩尤作二大霧一。彌三日、軍人皆惑。黄帝乃令二風后法斗機作二指南車一、以別二四方一。遂擒二蚩尤一。〈徐〉

同樣の記事が晉・崔豹の『古今注』[130]卷上「輿服第一」にみえる。

(4)涿野開中冀（鹿）

この句の故事は(3)と同じであるが、「中冀（現河北省）」に視點を置くと、『太平御覽』卷五十五に引用する晉・皇甫謐の『帝王世紀』に次の如くある。

炎帝殺二蚩尤於中冀一。名二其地一曰二絶轡之野一。

『帝王世紀』の「炎帝」は、『史記』卷一「五帝本紀第一」に

黄帝乃徵二師諸侯一、與二蚩尤一戰二於涿鹿之野一、遂禽殺二蚩尤一。〈陽〉

とあり、更に、注の「索隱」に

皇甫謐云、黃帝使㆔應龍殺㆓蚩尤于凶黎之谷㆒。或曰、黃帝斬㆓蚩尤于中冀㆒、因名㆓其地㆒曰㆓絶轡之野㆒。〈崎〉

とある。

(5)若披蘭葉檢（河）

黃帝が翠嫣の川で、白圖・蘭葉の朱文を得た故事に基づく。『藝文類聚』卷十一に引用する『河圖挺佐輔』に次の如くある。

黃帝脩㆑德立㆑義、天下大治。乃召㆓天老㆒而問焉。余夢見㆘兩龍挺㆓白圖㆒、以授㆗余於河之都㆖。天老曰、河出㆓龍圖㆒、雒出㆓龜書㆒。紀㆓帝錄㆒、列㆓聖人之姓號㆒、興謀治㆓太平㆒。然後鳳皇處㆑之。今鳳凰以下三百六十日矣。天其受㆓帝圖㆒乎。黃帝乃祓齋七日、至㆓於翠嫣之川㆒、大鱸魚折㆑溜而至、乃與㆓天老㆒迎㆑之。五色畢具。魚汎㆓白圖・蘭葉朱文㆒、以授㆓黃帝㆒。名曰㆓錄圖㆒。[131]〈徐（出典明記せず）〉（—線は筆者）

(6)挺質本軒皇（弩）

黃帝が弩を造った故事に基づく。蜀・譙周の『古史考』[132]に次の如くある。

黃帝作㆑弩。

堯

(1)寧知帝王力、擊壤自安貧（田）

堯の時、老人が道端で鼓腹擊壤して唱っていた故事に基づく。『帝王世紀』[133]に次の如くある。

有㆔八十老人、擊㆓壤于道㆒。觀者歎曰、大哉帝之德也。老人曰、吾日出而作、日入而息。鑿㆑井而飲、耕㆑田而食。

帝何力二於我一哉。[134]〈徐（「古歌名」とする）・理〉

(2)堯年韻土聲（鼓）

堯の時代に土鼓が鳴り響いた故事。『禮記』巻九「明堂位第十四」に次の如くある。

土鼓・蕢桴・葦籥、伊耆氏之樂也。鄭氏注曰、伊耆氏、古天子、有二天下一之號。

とある。伊耆氏については諸説あるが、唐・陸德明の『經典釋文』巻十二「禮記・郊特牲第十一」の中で

伊耆、古天子號也。或云、卽帝堯是也。

という。詩句の「堯年」と合致する。

(3)堯帝成茨罷（茅）

堯が天子になった時、質朴節儉を實行した故事に基づく。『墨子閒詁』[135]巻一「三辯」に次の如くある。

子墨子曰、昔者堯舜有二茅茨者一。

堯の節儉については、一般に「茅茨不レ翦」の語句によって知られている。この語句は『韓非子』巻十九、「五蠹」に

堯之王二天下一也、有二茅茨不レ翦、采椽不レ斲。

とある。また、『太平御覽』巻九百九十六、「百卉部三・茅」所引『尹文子』に

堯爲二天子一、衣不レ重レ帛、食不レ兼レ味、土階三尺、茅茨不レ翦。

とある。また、『淮南子』巻九「主術訓」にも

於レ是堯乃身服二節儉之行一而明二相愛之仁一、以レ和二輯之一。是故茅茨不レ翦、采椽不レ斲。

とある。

(4)堯沈九日暉（箭）

堯の時、空に十個の太陽が昇り、民が苦しんでいたので、羿に命じて射落させたところ九個を落した故事に基づく。『淮南子』巻八「本經訓」に次の如くある。

逮レ至二堯之時一、十日幷出、焦二禾稼一、殺二草木一、而民無レ所レ食。猰貐鑿齒、九嬰大風、封豨修蛇、皆爲二民害一。堯乃使三羿誅二鑿齒於疇華之野一、殺二九嬰於凶水之上一、繳二大風於青丘之澤一、上射二十日一而下殺二猰貐一、斷二脩蛇於洞庭一、禽二封豨於桑林一。云々〈徐・崎〉

高誘注に「十日竝出、羿射去レ九」とある。『楚辭』巻三「天問」の「羿焉彃レ日、烏焉解レ羽」に注して、王逸は『淮南子』を引き、

堯時、十日竝出、草木焦枯。堯命レ羿仰射二十日一、中二其九日一。

という。

織女

(1)寧復想支機（石）
(2)雲浮仙石曉（錦）

(1)(2)とも、織女が支機石（織機の支えに用いた石）を用いたという故事に基づく。『太平御覽』巻八「天部・漢」所引の劉宋・劉義慶の『集林』に次の如くある。

昔有三一人尋二河源一。見二婦人浣レ紗以問一レ之。曰此天河也。乃與二一石一而歸。問二嚴君平一。君平云、此織女支機石也。〈徐・崎（出典、博物志に作る）〉

また、『太平御覽』巻五十一「地部十六・石上」や『事類賦注』巻七「地部二」所載の「或以支二大漢之機一」に引用す

る『荊楚歳時記』にも

張騫尋㆓河源㆒、得㆓一石㆒示㆓東方朔㆒。朔曰、是天上織女支機石。

とある。

(3)愁随織女帰（鵲）

(4)烏鵲塡應滿（橋）

この二句は、牽牛・織女は夫婦であるが、銀河を隔てており、一年に一度しか逢瀬が許されなかった。逢瀬の際、烏鵲が橋を作ったという故事に基づく。唐・韓鄂の『歳華紀麗』巻三「七夕」所引の應劭の『風俗通』に次の如くある。

織女七夕當㆑渡㆑河、使㆓鵲爲㆒㆑橋。〈徐〉

また、『白氏六帖事類集』巻二十九「鵲十四」の「塡河」所引の『淮南子』[136]に

烏鵲塡㆑河成㆑橋、渡㆓織女㆒。[137][138][139]〈理・陽・崎〉

とある。

伏羲

(1)蒼祇初制法（瑟）

「蒼祇」は「庖犧」の誤り。庖犧（伏犧）が瑟を創製した故事に基づく。『太平御覧』巻五百七十六「樂部十四・瑟」所引の『世本』に次の如くある。

庖羲氏作㆑瑟。

(2)潔績創羲皇（布）

伏羲が布を創製した故事に基づく。『白氏六帖事類集』巻二「布第七十四」に次の如くある。

羲皇造レ布。

神農

神農嘗薬罷（藤）

神農氏が多くの草を嘗味して製藥の方法を創めた故事に基づく。『史記』卷一「三皇紀」に

神農氏於レ是作二蜡祭一、以二赫鞭一鞭二草木一。始嘗二百草一、始有二醫薬一。

とある。しかし、この記事は唐・司馬貞による『補史記』の記事であるから、先行記事は『淮南子』巻十九「脩務訓第十九」の

古者、民茹レ草飲レ水、采二樹木之實一、食二蠃蛖之肉一。時多二疾病毒傷之害一。於レ是神農乃始教三民播二種五穀一、相二土地宜、燥濕肥墝高下一。嘗二百草之滋味、水泉之甘苦一、令二民知レ所二避就一、當二此之時一、一日而遇二七十毒一。

といえる。

女媧

黛因持補極（石）

女媧氏が五色の石を錬って天を補い、鼇の足を斷って四極を補った故事に基づく。『淮南子』巻六「覽冥訓」に次の如くある。

往古之時、四極廢、九州裂、天不二兼覆一、地不二周載一。火爁炎而不レ滅。水浩洋而不レ息。猛獸食二顓民一、鷙鳥

攫二老弱一。於レ是女媧錬二五色石一以補二蒼天一、斷二鼇足一以立二四極一、云云〈徐・崎〉

また、『列子』巻五「湯問」にも簡潔な記述がある。

昔者女媧氏練二五色石一、以補二其闕一、斷二鼇之足一、以立二四極一。

力牧

行驅夢逸材（羊）

黄帝が臣下の力牧を将軍にした故事に基づく。『史記』巻一「五帝本紀」の注の「正義」所引の『帝王世紀』に次の如くある。

黄帝夢下大風吹二天下之塵垢一皆去上。又夢下人執二千鈞之弩一、驅中羊萬群上。帝寤而歎曰、風爲二號令一、執レ政者也。垢去レ土、后在也。天下豈有二姓風名后者一哉。夫千鈞之弩、異レ力者也。驅二羊數萬群一、能牧レ民爲レ善者也。天下豈有二姓力名牧者一哉。於レ是依二二占一而求レ之、得二風后於海隅一、登以爲レ相。得二力牧於大澤一、進以爲レ將。〈徐・理・陽〉

舜

虞舜調清管（簫）

舜が樂曲の「簫韶」を作り、教化を實施した故事に基づく。『尚書』巻二「益稷第五」に次の如くある。

簫韶九成、鳳凰來儀。〈理〉

この章句は『風俗通義』巻六に引用する。

舜二妃

誰知湘水上、流涙獨思君（竹）

舜の二妃が舜の死を哀痛し、流した涙が竹に落ちて斑竹となった故事に基づく。『藝文類聚』巻八十九「木部下・竹」所載の『博物志』に

洞庭之山、帝之二女啼、以レ涕揮レ竹、竹盡班。今下雋有二班皮竹一。[140]〈徐〉

とある。また、『太平御覽』巻九百六十二「竹部一・竹上」所載の『述異記』に

湘水去レ岸三十許里有二相思宮・望帝臺一。舜南巡不レ返、歿二葬於蒼梧之野一。堯之二女娥・女英追レ之、不レ及二相思一。慟哭涙下沾レ竹、竹丈悉爲レ之班班然。〈徐（書名のみ）〉

とある。

素女

素女昔傳名（瑟）

素女は傳説中の女神であるが、瑟を彈くのがうまかったという故事に基づく。『史記』巻二十八「封禪書第六」に次の如くある。

太帝使三素女鼓二五十弦瑟一。悲、帝禁不レ止、故破二其瑟一爲二二十五弦一。〈徐〉

この章句は『風俗通義』巻六「瑟」にもみえる。

殷

湯王

[141]殷陽祭雨旋（茅）

殷王朝の湯は旱を救うために自身を犠牲にした故事に基づく。『藝文類聚』巻八十三「草部下・茅」所載の『尸子』に次の如くある。

殷湯救レ旱、素車白馬、身嬰白茅、以レ身爲レ牲。〈徐〉

湯の時代に旱のあったことは、『淮南子』巻九「主術訓」に

湯之時、七年旱。以レ身禱二於桑林之際一、而四海之雲湊、千里之雨至。〈崎〉

とある。

傅說

誰言板築士、獨在傅巖中（野）

殷の高宗が夢に聖人を得たので、在野に求めさせたところ、傅巖に隠れて道を修築していた傅說を得た故事に基づく。『史記』巻三「殷本紀」に次の如くある。

武丁夜夢得二聖人一、名曰レ說。以二夢所レ見視二群臣百吏一、皆非也。於レ是迺使三百工營二求之野一、得二說於傅險中一。是時說爲二胥靡一、築二於傅險一。見二於武丁一、武丁曰是也。〈徐（書名のみ）・崎〉

蒼頡

臨池鳥跡舒（書）

この詩句は「臨池」と「鳥跡」の二件から構成されている。二件のうち、「鳥跡」は、蒼頡が鳥の足跡をみて文字を作ることを思いついた故事に基づく。この說話は許愼の『說文解字』卷十五上「敍」に

古者、庖犧氏之王二天下一也、仰則觀二象於天一、俯則觀二法於地一、視三鳥獸之文與二地之宜一。（中略）黃帝之史蒼頡、見二鳥獸蹏迒之迹一、知三分理之可二相別異一也。初造二書契一、百工以乂、萬品以察。

とある。『晉書』卷三十六「衞瓘傳第六」所引の『四體書勢』に

昔在黃帝、創レ制造レ物。有二沮誦・倉頡者一。始作二書契一、以代二結繩一、蓋覩二鳥跡一以興レ思也。〈徐〉

とあり、また、蔡邕の『篆勢』を引用して

鳥遺レ跡、皇頡循。聖作レ則、制二斯文一。

とある。「臨池」は後漢の張芝の項を參看。

西周

武王

(1)今日海神朝（雪）

(2)五神趨雪路（車）

周の武王が紂を伐った時、大雪が降った。五大夫が馬車に乘って門に至った故事に基づく。『太平御覽』卷十二所載の『金匱』に次の如くある。

武王伐レ紂、都二洛邑一。陰寒、雨レ雪十餘日、深丈餘、甲子平旦、不レ知何五大夫乘二馬車一從二兩騎一止二門外一。使三

太師尚父謝二五大夫一。（中略）尚父問二武王一曰、客可レ見矣。五車兩騎、四海之神與二河伯雨師一耳。王曰、不レ知レ有レ名乎。曰、南海神曰二祝融一、東海曰二勾芒一、北海曰二玄冥一、西海曰二蓐收一。河伯雨師使下謁者於二殿下門內一引中祝融五神上、皆驚相視而歎。〈徐・崎〉

(3)興師七歩旋（熊）

周の武王が紂に對して天の罰を行おうとし、師に誓った故事に基づく。『尚書』巻六「牧誓第四」に次の如くある。

今予發、惟恭行二天之罰一。今日之事、不レ愆二于六歩七歩一、乃止齊焉。夫子勖哉、不レ愆二于四伐五伐六伐七伐一、乃止齊焉。勖哉夫子。尚桓桓如レ虎如レ貔、如レ熊如レ羆。于二商郊一、弗レ迓克奔、以役二西土一。〈徐・理・崎〉

文王

(1)儻入非熊繇（霧）

(2)非熊載寶軒（車）

文王が獵に出る際、占をしたところ、占の通り、立派な輔佐役を得た故事に基づく。『六韜』巻一「文韜・文師」に次の如くある。

文王將レ田、史編布レ卜曰、田二於渭陽一、將二大得一焉。非レ龍非レ彲、非レ虎非レ羆。兆得二公侯一。天遺二汝師一、以レ之佐二昌施及三王一。

また、『史記』巻三十二、「齊太公世家第二」に

西伯將レ出レ獵、卜レ之、曰所レ獲非レ龍非レ彲、非レ虎非レ羆、所レ獲霸王之輔。於レ是周西伯獵、果遇二太公於渭之陽一。與語大說、曰、自二吾先君太公一曰、當下有二聖人適レ周、周以興上。子眞是邪、吾太公望レ子久矣。故號レ之曰、太公

望。載與倶歸、立爲レ師。〈徐・理・（出典無）・崎〉

とある。

太公望

大傅翊周年（熊）

殷の紂王を滅ぼし、周王朝の建國に盡力した故事に基づく。このことは『史記』巻三十二「齊太公世家第二」にみえるが、前述の「周文王」の項目に引用したので省略する。『史記』のほかに、『賈誼書』巻六「禮」に

昔周文王使三太公望傅二太子發一。〈陽〉

とある。

成王

秋葉弄珪陰（桐）

成王が叔虞と戯れて、桐葉を削って珪を作り、叔虞に與えて唐に封じた故事に基づく。『史記』巻三十九「晉世家第九」に次の如くある。

成王與二叔虞一戲、削二桐葉一爲レ珪以與二叔虞一曰、以レ此封レ若。史佚因請レ擇レ日立二叔虞一。成王曰、吾與レ之戲耳。史佚曰、天子無二戲言一。言則史書レ之、禮成レ之、樂歌レ之。於レ是遂封二叔虞於唐一。〈徐・理（出典無）・陽〉

『史記』の基となったと考えられるものに、『呂氏春秋』巻十八「審應覽第六重言」がある。その說話は次の如くである。

成王與二唐叔虞一燕居、援二梧葉一以爲レ珪而授二唐叔虞一曰、余以レ此封レ女。叔虞喜、以告二周公一。周公以請曰、天子其封レ虞邪。成王曰、余一人與レ虞戲也。周公對曰、臣聞レ之、天子無二戲言一。天子言、則史書レ之、工誦レ之、士稱レ之。於レ是遂封二叔虞于晉一。〈崎〉(142)

穆天子

(1)得隨穆天子（馬）

周の穆王が八駿に乗って遠遊し、西王母に遭った故事に基づく。『列子』巻三「周穆王第三」に

王大悅、不レ恤二國事一、不レ樂二臣妾一、肆レ意遠游。命駕二八駿之乘一、右二服蔔騮一、而左二綠耳一、右二驂赤驥一、而左二白灤一。主レ車、則造父爲レ御、离圅爲レ右。次車之乘、右二服渠黃一、而左二踰輪一、左二驂盜驪一、而右二山子一。（中略）別日升二崑崙之丘一、以觀二黃帝之宮一、而封レ之之以詒二後世一。遂賓二于西王母一、觴二于瑤池之上一。西王母爲レ王謠、王和レ之。云云

とある。また、穆王の八駿については『拾遺記』巻三「周穆王」に

副以二瑤華之輪十乘一、隨二王之後一以載二其書一也。王馭二八龍之駿一。〈徐（出典のみ）〉

とあり、『穆天子傳』巻四に

天子命駕二八駿之乘・赤驥之駟一、造父爲レ御、南征翔行、逕絕二翟道一、升二于太行一、南濟二于河一。馳驅千里、遂入二于宗周一。〈徐（出典のみ）・理(143)・陽(144)〉

とあり、同書巻一に

天子之駿、赤驥・盜驪・白義・踰輪・山子・渠黃・華騮・綠耳。

とあり、『博物志』巻四に

周穆王八駿、赤驥・飛黄・白蟻・華騮・騄耳・騧騟・渠黄・盜驪。〈崎〉

とある。

(2)天子三章傳（詩）

周の穆王が四言詩を作り、首句の〝黄竹〟を用いて篇名とし、三章を詠じた故事に基づく。『穆天子傳』巻五に次の如くある。

天子乃休、日中大寒、北風雨レ雪、有二凍人一。天子作二詩三章一以哀レ民。曰我徂二黄竹一、口員閟寒、帝收二九行一、嗟我公侯、百辟冢卿、皇二我萬民一、旦夕勿レ忘。云云[145]〈徐・理・崎〉

(3)我有昆吾劔（劔）

周の穆王が西戎を征服した折、西戎が穆王に昆吾の劔を獻上した故事に基づく。『列子』巻五「湯問第五」に次の如くある。

周穆王大征二西戎一、西戎獻二錕鋙之劔・火浣之布一。其劔長尺有咫、練鋼赤刃、用レ之切レ玉、如レ切レ泥焉。〈徐・理〉

また、『拾遺記』巻十「昆吾山」に

昆吾山、其下多二赤金一。色如レ火。昔黄帝伐二蚩尤一陳二兵於此地一。掘深百丈、猶未レ及レ泉。惟見火光如レ星。地中多レ丹。鍊レ石爲レ銅。銅色青而利。泉色赤。山草木皆劔利。土亦鋼而精。至二越王句踐一使下工人以二白馬白牛一祠中昆吾之神上。採レ金鑄レ之以成二八劔之精一。一名揜日。以レ之指レ日則光晝暗。金陰也。陰盛則陽滅。一名斷水。以レ之劃レ水、開卽不レ合。三名轉魄。以レ之指レ月、蟾兎爲レ之倒轉。四名懸翦。飛鳥遊過、觸二其刃一如二斬截一焉。五名驚鯢。以レ之泛レ海、鯨鯢爲レ之深入。六曰滅魂。挾レ之夜行、不レ逢二魑魅一。七名卻邪。有二妖魅者見レ之則伏一。

八名眞剛。以レ切レ玉斷レ金、如レ削二土木一矣。以應二八方之氣一鑄レ之也。〈崎〉

とある。

東周（春秋）

楚昭王

(1)既能甜似蜜、還冀就王舟（萍）

楚の昭王が江を渡ろうとした時、一斗枡ほどの大きな萍の實を獲た故事に基づく。『孔子家語』巻三「致思第八」に次の如くある。

楚王渡レ江。江中有レ物、大如レ斗。圓而亦、直觸二王舟一、舟人取レ之。王大怪レ之、遍問二群臣一、莫二之能識一。王使下使聘二于魯一、問中於孔子上。子曰、此所謂萍實者也。可二剖而食一レ之。吉祥也。唯覇者爲二能獲一焉。使者反、王遂食レ之、大美。久レ之、使來以告二魯大夫一。大夫因二子游一問曰、夫子何以知二其然一乎。曰、吾昔之レ鄭過二乎陳之野一、聞二童謠一曰、楚王渡レ江得二萍實一。大如レ斗、赤如レ日。剖而食レ之、甜如レ蜜。此是楚王之應也。〈徐・理・崎〉

(2)執燧奔吳域（象）

春秋時代、吳と楚が戦っていた。楚王は鍼尹固に命じて、燧象（火を尾につけた象）を吳軍に進めた故事に基づく。『左氏傳』巻二十七、「成公四年」に次の如くある。

鍼尹固與レ王同レ舟。王使下執二燧象一以奔中吳師上。〈徐・理・崎・陽〉[146]

杜預注云、燒二火燧一、繫二象尾一、使下赴二吳師一驚中卻之上。

(3)斷蛟雲夢澤、希爲識忘歸（箭）

楚王が忘歸の矢で蛟兕を雲夢澤に射た故事に基づく。この説話は『公孫龍子』[147]の「跡府第一」に

楚王張二繁弱之弓一、載二忘歸之矢一、以射二蛟兕於雲夢之圃一。而喪二其弓一。

とあり、ほぼ同文が『孔叢子』[148]巻四「公孫龍第十二」にみえる。〈徐・崎・理[149]（出典名無）〉

王子晉

(1)來遊紫禁前（鶴）

(2)周仙去洛濱（歌）

王子晉は笙の名手で、伊水洛水の間に遊んでいた時、道士浮丘公と遭って嵩山に登り、三十年後、鶴に乗って山の巓に止まった故事に基づく。この説話は『列仙傳』[150]巻上「王子喬」に

王子喬者周靈王太子晉也。好吹レ笙、作二鳳凰鳴一。遊二伊洛之間一、道士浮丘公接以上二嵩高山一。三十餘年後、求二之於山上一。見二柏良一曰、告二我家一七月七日待二我於緱氏山巓一至。時果乘二白鶴一駐二山頭一、望レ之不レ得。〈徐・理・崎(2)〉

とある。

老子

(1)方知有靈幹、特用表眞人（李）

老子が李樹の下に生れた時、李樹を指さして自分の姓であると言った故事に基づく。この説話は『神仙傳』[151]巻一「老子」に

或云、老子之母適至二李樹下一而生。老子生而能言、指二李樹一曰、以レ此爲二我姓一。〈徐・理・崎〉

とある。

(2)五千道德闡（經）

老子が關所の關令尹喜に書をせがまれた時、道德の意を五千言で著わした故事に基づく。この說話は『史記』卷六十三「老子傳第三」に

老子脩二道德一。其學以二自隱無レ名爲レ務。居レ周久レ之、見二周之衰一、迺遂去。至レ關。關令尹喜曰、子將レ隱矣。彊爲レ我著レ書。於レ是老子迺著二書上下篇一、言二道德之意一五千餘言而去。莫レ知二其所レ終。〈徐・理（出典名無）・崎〉

とある。

寗戚

(1)商歌初入相（牛）

(2)願君聽扣角　當自識賢臣（歌）

衛の寗戚が商賣をしている時、夜、齊の東門外に宿し、牛の角を叩いて歌った。これを聞いた桓公は寗戚の賢を知り、客卿に用いた故事に基づく。この說話は『呂氏春秋』卷十九「離俗覽第七・擧難」に

寗戚欲レ干二齊桓公一、窮困無二以自進一。於レ是爲二商旅一、將二任車一以至レ齊、暮宿二於郭門之外一。桓公郊迎レ客、夜開レ門、辟二任車一、爝火甚盛、從者甚衆。寗戚飯レ牛居二車下一、望二桓公一而悲、擊二牛角一疾歌。桓公聞レ之、撫二其僕之手一曰、異哉、之歌者非二常人一也。命二後車一載レ之。桓公反至。從者以請。桓公賜二之衣冠一、將レ見レ之。〈徐〉

とある。これと同じ說話を有するものに『淮南子』卷十二「道應訓第十二」がある。この說話は『蒙求』卷中の「寗

戚扣角」によって人口に膾炙した。『蒙求』所引の説話は『三齊略記』による。『三齊略記』[152]は次の如くである。

寗戚候二齊桓公出一、扣二牛角一歌曰、南山粲、白石爛、中有二鯉魚一、長尺半。生不レ遭二堯與一レ舜。禪二短布單衣一、纔至骭從昏飯レ牛。至二夜半一、長夜漫漫。何時旦、公召レ之因以爲レ相。[153]〈崎・理・陽〉

以上のほかに、短語ではあるが、『呂氏春秋』巻二十三「直諫」に

使四寗戚母忘三其飯レ牛而居二於車下一。

とあり、『管子』巻十一「小稱第三十二」に

使二寗戚毋レ忘二飯レ牛車下一也。

とあり、『史記』巻八十三「鄒陽傳」に

寧戚飯レ牛車下。

とある。歌唱をテーマにしたものに、『晏子春秋』巻四「問下」に

寧戚歌止レ車而聽レ之。

とあり、『楚辭』巻一「離騷」に

寗戚之謳歌兮齊桓聞以該レ輔。

とあり、『後漢書』巻六十「蔡邕傳五十巻下」に

寧子有二清商之歌一。

とある。また、『晉書』巻五十五「夏侯湛傳」に

寧戚擊レ角。

とある。

董孤

(1)終冀作良臣（史）

(2)何當遇良史（筆）

(1)(2)とも、董孤が春秋時代の晉の靈公の太史で、權勢を畏れず、史實を史實として記錄し、孔子が良史であると稱贊した故事に基づく。この説話は『左氏傳』卷十「宣公二年」に

趙穿攻二靈公於桃園一。宣子未レ出レ山而復。大史書曰、趙盾弑二其君一。以示二於朝一。宣子曰、不レ然。對曰、子爲二正卿一。亡不レ越レ竟、反不レ討レ賊。非レ子而誰。宣子曰、烏呼、我之懷矣。自詒二伊慼一。其我之謂矣。孔子曰、董孤古之良史也。書レ法不レ隱。[154]〈理・崎〉

とあり、『漢書』卷六十二「司馬遷傳贊第三十二」に

然自二劉向・楊雄、博極二群書一、皆稱三遷有二良史之材一。服二其善一序二事理一、辨而不レ華、質而不レ俚。〈徐〉

とある。詩の典據は『左氏傳』である。

虞公

(1)梁上繞飛塵（歌）

(2)歌塵起畫梁（梅）

虞公は歌がうまく、その歌聲は梁の上の塵を振い落した故事に基づく。この説話は『文選』卷三十、陸士衡の「擬東城一何高」詩に

一唱萬夫歎、再唱梁塵飛。〈徐〉

とあり、李善注は『七略』を引いて

漢興、魯人虞公善二雅歌一、發レ聲、盡動二梁上塵一。

という。虞公のほかに歌のうまい者に韓娥がいる。歌を唱うことを仕事にしていた韓娥の歌聲は去った後三日閒梁を繞ったという故事がある。この說話は『列子』巻五「湯問第五」に

昔韓娥東之レ齊。匱レ糧。過二雍門一、鬻レ歌假レ食。既去、而餘音繞二梁欐一、三日不レ絕。〈陽〉

とあるが、これには塵の語がないので典據ではない。

周靈王

莫言舒紫褥（熊）

「舒紫褥」は、周の靈王が昆昭の臺を建てて、紫羆の褥を敷いていた故事に基づく。この說話は『拾遺記』[155]巻三「周靈王」に

二十三年、起二昆昭之臺一。亦名二宣昭一、聚二天下異木神工一。（中略）又、設二狐腋素裘・紫羆文褥一。羆褥是西域所レ獻也。施二於臺上一、坐者皆溫。又有二一人唱一。能使二卽席爲レ炎。乃以レ指彈二席上一、而喧風入レ室、裘褥皆棄二於臺下一。〈徐・理・陽・崎〉

とある。

秦文公

先過梓樹中（牛）

秦の文公が南山の梓の樹を斬ると、梓の樹の中から青牛が出てきて、牛が豊水に入ったという故事に基づく。この説話は『捜神記』巻十八に

> 秦時、武都故道有㆓怒特祠㆒。祠上生㆓梓樹㆒。秦文公二十七年、使㆓人伐㆒㆑之。輒有㆓大風雨㆒。樹創隨合、經㆑日不㆑斷。文公乃益發卒。持㆑斧者至㆓四十人㆒、猶不㆑斷。士疲還息。其一人傷㆑足、不㆑能㆑行。臥㆓樹下㆒、聞㆔鬼語㆓樹神㆒曰、勞㆓乎攻戰㆒。其一人曰、何足㆑爲㆑勞。又曰、秦公將㆓必不㆒㆑休、如㆓之何㆒。答曰、秦公其如㆓予何㆒。又曰、秦若使㆓三百人被髮㆒、以㆓朱絲㆒繞㆑樹、赭衣、灰坌伐㆑汝。汝得㆑不㆑困耶。神寂無㆑言。明日、病人語㆓所㆑聞公㆒。於㆑是令㆓人皆衣㆒㆑赭、隨斫㆑創坌以㆑灰。樹斷。中有㆓一青牛㆒出走。入㆓豐水中㆒。〈徐〉

とあり、『史記』巻五「秦本紀第五」の正義所引の『録異傳』（前蜀・杜光庭撰）に

> 秦文公時、雍南山有㆓大梓樹㆒。文公伐㆑之。輒有㆓大風雨㆒、樹生合不㆑斷。時有㆓一人病㆒。夜往㆓山中㆒、聞㆑有㆔鬼語㆓樹神㆒曰、秦若使㆓人被髮㆒、以㆓朱絲㆒繞㆑樹伐㆑汝、汝得㆑不㆑困耶。樹神無㆑言。明日、病人語㆑聞、公如㆓其言㆒伐㆑樹、斷、中有㆓一青牛㆒出、走入㆓豐水中㆒。其後牛出㆓豐水中㆒、使㆓騎擊㆒㆑之、不㆑勝。有㆓騎墮㆑地復上㆒。髮解、牛畏㆑之。人不㆑出。故置㆓髦頭㆒。漢・魏・晉因㆑之。武都郡立㆓怒特祠㆒、是大梓牛神也。〈理[156]〉

とある。以上のほかに、『後漢書』巻一「光武帝紀下」の章懐太子注所引の魏文帝の『列異傳』に

> 秦文公時、梓樹化爲㆑牛、以騎擊㆑之。騎不㆑勝。或墮㆑地髻解被髮。牛畏㆑之入㆑水。故秦因㆑是置㆓旄頭㆒、騎使㆓先駈㆒。〈陽[157]・崎[158]〉

とある。

孔子

　禮也冀相成（鼓）

孔子の弟子の子夏が孔子に五至を尋ねた故事に基づく。この説話は『孔子家語』巻六「論禮第二十七」に

　子夏待二坐於孔子一曰（中略）子夏曰、敢問何謂二五至一。孔子曰、志之所レ至、詩亦至焉。詩之所レ至、禮亦至焉。禮之所レ至、樂亦至焉。樂之所レ至、哀亦至焉。詩禮相成、哀樂相生。

とある。

鍾子期

　子期如可聽、山水響餘哀（琴）

鍾子期は善く音色を聴き分け、琴の名手伯牙の音色を聴いて、彼の心が理解できたという故事に基づく。この説話は『列子』巻五「湯問」に

　伯牙善鼓レ琴、鍾子期善聽。伯牙鼓レ琴、志在レ登二高山一、鍾子期曰、善哉峩峩兮若二泰山一。志在二流水一。鍾子期曰、善哉洋洋兮若二江河一。伯牙所レ念、鍾子期必得レ之。〈崎〉

とある。また、『呂氏春秋』巻十四「本味」に

　伯牙鼓レ琴、鍾子期聽レ之。方鼓レ琴而志在二太山一、鍾子期曰、善哉乎鼓レ琴巍巍乎若二太山一。少選之閒而志在二流水一、鍾子期又曰、善哉乎鼓レ琴湯湯乎若二流水一。鍾子期死、伯牙破レ琴絶レ絃、終身不二復鼓一レ琴。以爲世無下足二復爲一鼓琴一者上。〈徐・理〉

とある。

富父終甥

富父舂喉日（戈）

翟の國が魯を伐った時、富父終甥がその君長翟喬如を捕え、その喉を戈で突いて殺した故事に基づく。この説話は『史記』巻三十三「魯周公世家第三」に

文公十一年十月甲午、魯敗㆓翟于鹹㆒、獲㆓長翟喬如㆒。富父終甥舂㆓其喉㆒、以㆑戈殺㆑之、埋㆓其首於子駒之門㆒、以命㆓宣伯㆒。〈徐・崎〉

とある。また、ほぼ同文が『左氏傳』巻九「文公十一年」に

冬十月甲午、敗㆓狄于鹹㆒、獲㆓長狄僑如㆒。富父終甥摏㆓其喉㆒、以㆑戈殺㆑之、埋㆓其首於子駒之門㆒、以命㆓宣伯㆒。〈理〉

とある。

養由基

虚引怯猿聲（弓）

養由基が弓を張り、構えただけで、猿は木を抱いて泣いたという故事に基づく。この説話は『淮南子』巻十六「説山訓」に

楚王有㆓白蝯（猨）㆒。王自射㆑之、則搏㆑矢而熙。使㆓養由其（基）射㆑之、始調㆑弓矯㆑矢、未㆑發而猨擁㆑柱號矣。〈理・崎〉

とある。また、『藝文類聚』巻九十五「獸部下・猨」所載『呂氏春秋』に

荊王有神白猨。王自射之、則搏樹而熙、使養由基射之。始調弓矯矢、未發、猨擁樹而號。〈徐〉

とある。これは『淮南子』とほぼ同文であるが、通行本『呂氏春秋』巻二十四「不苟論第四・慱（博）志」に

荊廷嘗有神曰（白）猨。荊之善射者莫之能中。荊王請養由基射之。養由基矯弓操矢而往。未之射而括中之矣。發之則猨應矢而下、則養由基有先中中之者矣。

とあり、『藝文類聚』所載『呂氏春秋』と異なる。ここには「擁樹而號」などの語がない。

鉏麑

烈士懷忠至（槐）

靈王から趙盾を殺害せよと命ぜられた鉏麑が、民の主である趙盾を殺すのは不忠、しかし、命令に背くと不信になる、いっそ死んだ方がましだ、と言って槐の木に頭を叩きつけて死んだという故事に基づく。この說話は『左氏傳』巻十「宣公二年」に

宣子驟諫。公患之、使鉏麑賊之。晨往。寢門闢矣。盛服將朝。尙早。坐而假寐。麑退歎而言曰、不忘[159]恭敬[160]、民之主也。賊民之主、不忠。弃君之命、不信。有一於此、不如死也。觸槐而死。〈徐・理・崎・陽〉

とある。

唐成公

何暇唐成公（馬）

春秋時代、唐の成公が名馬を持っていた故事に基づく。この説話は『左氏傳』巻二十七「定公三年」に

唐成公如レ楚。有二兩肅爽馬一。子常欲レ之、弗レ與。〈徐・理・崎・陽〉

とある。

孔鯉

求趨天子庭（劍）

孔子の子鯉が、家の庭を走って通り過ぎようとした時、孔子が鯉に教訓した故事に基づく。その場合、「天子庭」は「夫子庭」となる。この説話は『論語』巻八「季氏第十六」に

嘗獨立。鯉趨而過レ庭。曰、學レ詩乎。對曰、未也。〈徐〉

とある。詩句に關していえば、孔鯉の故事に基づくと考えられるが、詩題が「劍」であることを考慮すると、必ずしも適當であるとは言えない。

子路

誰知懷勇志、盤地幾繽紛（旗）

子路が孔子と農山に遊んだ折、孔子の問に答えて志を述べた故事に基づく。この説話は『孔子家語』巻二「致思第八」に

（孔子曰）二三子各言二爾志一、吾將レ擇焉。子路進曰、由願得二白羽若レ月、赤羽若一レ日。鍾鼓之音、上震二於天一、旍旗繽紛、下蟠二于地一。由當二一隊一而敵レ之、必也攘二地千里一。搴レ旗執レ聝、唯由能レ之。使二二子者從一レ我焉。夫子

曰、勇哉。〈徐・理（出典名無）・崎〉

とある。

越王允常

鍔上蓮花動（劍）

越王が歐冶に命じて名劍を鑄させた故事に基づく。この說話は『藝文類聚』巻六十「軍器部・劍」所載の『呉越春秋』に

越王允常聘二區治子一作二名劍五枚一。一曰鈍鉤、二曰湛盧、三曰豪曹、或曰盤郢、四曰魚腸、五曰巨闕。秦客薛燭善相レ劍。王取二純鉤一示レ之。薛燭矍然望レ之曰、沉沉如三芙蓉始生二於湖一。觀二其文一、如二列星之行一。觀二其光一、如二水之溢レ塘。觀二其文色一、渙渙如二冰將レ釋、見二日之光一〈徐・理・崎〉[161]

とある。通行本『呉越春秋』巻四、「闔閭內傳第四」には

越王元《ママ》常使三歐治子造二劍五枚一、以示二薛燭一。

とあるが、以下の記事が『藝文類聚』所載の『呉越春秋』と異なり、また、「蓮花」の語がみえない。『呉越春秋』以外では『越絕書』巻十一「越絕外傳記寶劍第十三」に

昔者、越王句踐有二寶劍五一。聞二於天下一。客有二能相レ劍者一、名薛燭。王召而問レ之曰、吾有二寶劍五一、請以示レ之。（中略）其華捽如二芙蓉始出一、觀二其鈲一、爛如二列星之行一、觀二其光一、渾渾如三水之溢二於溏一。觀二其斷一、巖巖如二碩石一、觀二其才一、煥煥如二冰釋一。云云

とある。

游楚

遊楚清音列（箏）

游楚は音樂を樂しんで遊び、琵琶・箏・笛を好んだ故事に基づく。この說話は『藝文類聚』巻四十四「樂部四・琵琶」所載の『三輔決錄』に

游楚表乞二宿衛一、拜二駙馬都尉一。楚不二學問一、性好下游二遨音樂及畜歌一者上、琵琶・箏・笛、每二行來一、將以自隨。

〈徐・崎・理〉

とあり、同樣の記事が『太平御覽』巻五百七十六「樂部十四・箏」所載の『魏略』に

游楚好二音樂一、乃畜二琵琶・箏一、每レ行、將以自隨。

とある。

晏子

喧喧湫隘盧（宅）

晏子が市場に近く、低くて濕氣の多い土地に住んでいた故事に基づく。この說話は『晏子春秋』巻六「內篇雜下・二十一」に

景公欲レ更二晏子之宅一、曰、子之宅近レ市、湫隘囂塵不レ可二以居一。請レ更二諸爽塏者一。晏子辭曰、君之先臣容焉。臣不レ足二㠯嗣レ之。於レ臣侈矣。且小人近レ市。朝夕得レ所レ求、小人之利也。敢煩二里旅一。[162]〈理・崎〉

とある。また、『左氏傳』巻二十「昭公三年」に同文がある。〈徐〉

孫叔敖

莫欣黄雀至、須憚微軀傷（彈）

楚の莊王が晉を征伐しようとしたが、誰も諫めようとしなかった。時に、孫叔敖が蟬・螳螂・黄雀・彈丸の利益と憂患の關係を說いて諫めた故事に基づく。この說話は『韓詩外傳』卷十に

楚莊王將二興レ師伐一レ晉、告二士大夫一曰、敢諫者死無レ赦。孫叔敖曰、臣聞、畏二鞭箠之嚴一而不三敢諫二其父一、非二孝子一也。懼二斧鉞之誅一而不三敢諫二其君一、非二忠臣一也。於レ是遂進諫曰、臣園中有レ楡。其上有レ蟬。蟬方奮レ翼、悲鳴欲レ飲二清露一、不レ知下螳螂之在レ後、曲二其頸一欲中攫而食上レ之也。螳螂方欲レ食レ蟬而不レ知下黄雀在レ後、擧二其頸一欲中啄而食上レ之也。黄雀方欲レ食二螳螂一、不レ知下童挾二彈丸一在レ下、迎而欲上レ彈レ之。童子方欲レ彈二黄雀一、不レ知下前有二深抗一後有上レ窟。此皆言二前之利一而不レ顧二後害一者也。非二獨昆蟲衆庶若一レ此也。人主亦然。君今知下貪二彼之土一而樂、其士卒國不レ怠而晉國以寧、孫叔敖之力上也。

とある。以上のほかに、詩題「彈」と詩句の「黄雀」とが一緒に敍述されているものに『說苑』がある。そこには『韓詩外傳』の「楚莊王」を「吳王」に作り、「荊」を「晉」に作り、諫者「孫叔敖」を「少孺子」に作っている。その『說苑』卷九、「正諫」に

吳王欲レ伐レ荊、告二其左右一曰、敢有二諫者一死。舍人有二少孺子者一。欲レ諫不レ敢、則懷レ操レ彈、於二後園一、露沾二其衣一。如レ是者三旦。吳王曰、子來、何苦沾レ衣如レ此。對曰、園中有レ樹。其上有レ蟬。蟬高居悲鳴飲レ露、不レ知三螳螂在二其後一也。螳螂委レ身曲附欲レ取レ蟬。而不レ知三黄雀在二其傍一也。黄雀延レ頸欲レ啄二螳螂一。而不レ知三彈丸在二其下一也。此三者、皆務欲レ得二其前利一而不レ顧二其後之有一レ患也。吳王曰、善哉。乃罷二其兵一。〈徐・崎〉

とある。『韓詩外傳』も『說苑』も內容が同じであるが、成立年代が早い『韓詩外傳』を典據とする。

東周（戰國）

更羸

(1)望月驚弦影（雁）

(2)空彎落雁影（弓）

更羸は弓の名手で、弦に矢をつがえなくても、雁は弦の音を聽いただけで驚き墜ちたという故事に基づく。この說話は『戰國策校注』卷五「楚策卷第五」に

更羸與二魏王一處二京臺之下一、仰見二飛鳥一。更羸謂二魏王一曰、臣爲レ君引レ弓虛發而下レ鳥。魏王曰、然則射可レ至レ此乎。更羸曰、可。有レ閒、鴈從二東方一來。更羸以二虛發一而下レ之。魏王曰、然則射可レ至レ此乎。更羸曰、此孽也。王曰、先生何以知レ之。對曰、其飛徐而鳴悲。飛徐者、故瘡痛也。鳴悲者、久失レ群也。故瘡未レ息而驚心未レ去也。聞レ弦者音烈而高飛、故瘡隕也。〈徐〉

とある。天理大詩注本、詠物詩解本、陽明詩注本はその出典を『國語』に作るが、通行本『國語』にはみえない。

隨侯

(1)彩逐靈虵轉（珠）

助けた蛇が明珠を銜んで隨侯の救護の恩に報いた故事に基づく。この說話は『搜神記』卷二十「隨侯珠」に

隋縣溠水側有二斷蛇丘一。隋侯出行、見二大蛇被傷中斷一。疑二其靈異一、使二人以レ藥封一レ之。蛇乃能走。因號二其處斷

蛇丘一。歲餘、蛇銜二明珠一以報レ之。珠盈徑寸、純白、而夜有二光明一。如二月之照一、可二以燭レ室。故謂二之隋侯珠一。亦曰二靈蛇珠一。又曰二明月珠一。丘南有二隋季良大夫一也。〈徐・理・崎〉

とある。また、『水經注』巻三十一「涓水」に

水側有二斷蛇丘一。隨侯出而見二大蛇中斷一、因舉而藥レ之。故謂二之斷蛇丘一。後、蛇銜二明珠一、報二德世一、謂二之隨侯珠一、亦曰二靈蛇珠一。丘南有二隨季梁大夫一。〈徐・理・崎〉

とある。そのほか、『淮南子』巻六「覽冥訓」に「隨侯之珠」の語のみみえる。

(2)珠流似月光（彈）

隋侯の珠は白く、夜は月のように照るという故事に基づく。(1)に典據を求めることもできるが、詩題が「彈」であることを考慮すると、この說話は『莊子』巻九「雜篇讓王第二十八」に

今且有二人於此一、以二隨侯之珠一、彈二千仞之雀一。世必笑レ之是何也。則其所レ用者重而所レ要者輕也。〈徐・理〉

とあるのに典據を求めるべきであろう。この章句は『呂氏春秋』巻二「仲春紀第二・貴生」にもみえる。

蘇秦

(1)四塞稱天府（城）

蘇秦が秦の惠王に「秦は四塞の國で天府である」と言った故事に基づく。この說話は『史記』巻六十九「蘇秦傳第九」に

（蘇秦）說二惠王一曰、秦四塞之國、被レ山帶レ渭、東有二關河一、西有二漢中一、南有二巴蜀一、北有二代馬一。此天府也。〈崎〉

とある。これを『戰國策校注』巻三「秦巻第三」は

（蘇秦）說二秦惠王一曰、大王之國、西有二巴・蜀・漢中之利一、北有二胡貉・代馬之用一、南有二巫山・黔中之限一、東有二肴・函之固一。田肥美、民殷富、戰車萬乘、奮擊百萬、沃野千里、蓄積饒多、地勢形便。此所謂天府、天下之雄國也。〈徐〉

という。

(2)蘇秦六百步、持此說韓王（弩）

蘇秦が韓を遊說し、秦に對する策として、曾って韓の軍隊は勁弩（張りの強い石弓）で六百步以上離れたところのものを射ることができるという故事に基づく。この說話は『史記』巻六十九「蘇秦傳第九」に

於レ是說二韓宣王一曰、韓北有二鞏・成皋之固一、西有二宜陽・商阪之塞一、東有二宛・穰・洧水一、南有二陘山一。地方九百餘里、帶甲數十萬、天下之彊弓・勁弩、皆從レ韓出。谿子・少府時力・距來者、皆射二六百步之外一。〈除・崎〉

とある。同文が『戰國策校注』巻八「韓巻第八」にもみえる。〈理〉

魯仲連

(1)迢遞入燕營（檄）

(2)燕城忽解圍（箭）

齊の高士魯仲連（魯連とも稱す）は燕に奪われた齊の城を、齊の田單を助けて城を奪い返した故事に基づく。この說話は『史記』巻八十三「魯仲連傳第二十三」に

燕將攻二下聊城一。聊城人或レ讒二之燕一。燕將懼レ誅、因保二守聊城一、不二敢歸一。齊田單攻二聊城一歲餘、士卒多死而

聊城不レ下。魯連乃爲レ書、約二之矢一以射二城中一、遺二燕將一。（中略）燕將見二魯連書一、泣三日、猶豫不レ能二自決一。欲レ歸レ燕、已有レ隙、恐レ誅、欲レ降レ齊、所三殺二虜於齊一甚衆、恐二已降而後見一レ辱。喟然歎曰、與二人刃一レ我、寧自刃。乃自殺。聊城亂。田單遂屠二聊城一、歸而言二魯連一、欲レ爵レ之。〈理・崎〉

とあり、同樣の記事が『戰國策校注』卷十三「齊第六」にもみえる。〈徐〉

卞和

(1)連城欲向秦（玉）

趙の惠文王が卞和の璧を得たが、秦の昭王が十五城と交換せんことを求めた故事に基づく。この說話は『史記』卷八十一「廉頗藺相如傳第二十一」に

趙惠文王時、得二楚和氏璧一。秦昭王聞レ之、使三人遺二趙王書一。願以二十五城一請レ易レ璧。〈徐・理・崎〉(163)

とある。

(2)徒爲卞和識、不遇楚王珍（玉）

楚の卞和が楚王の厲王と武王に玉璞を獻上したが、二度とも君を欺いたとして兩足を切斷された。最後に文王に獻上し、玉人に磨かせたところ、寶玉を得たという故事に基づく。この說話は『韓非子』卷四「和氏第十三」に

楚人和氏得二玉璞楚山中一、奉而獻二之厲王一。厲王使二玉人相一レ之。玉人曰、石也。王以二和爲レ誑而刖二其左足一。及二厲王薨一、武王卽レ位。和又奉二其璞一而獻二之武王一。武王使二玉人相一レ之。又曰、石也。王又以二和爲レ誑而刖二其右足一。武王薨、文王卽レ位。和乃抱二其璞一而哭二於楚山之下一、三日三夜、泣盡而繼レ之以レ血。王聞レ之、使三人問二其故一。曰、天下之刖者多矣。子奚哭レ之悲也。和曰、吾非レ悲レ刖也、悲三夫寶玉而題レ之以レ石、貞士而名レ之以レ

誑、此吾所㆓以悲㆒也。王乃使㆔玉人理㆓其璞㆒而得㆑寶焉。遂命曰、和氏之璧。〈徐・崎〉

とある。

墨子

　素絲光易染（墨）

墨子がまだ染っていない白の練り絲をみて泣いた故事に基づく。この說話は『淮南子』巻十七「說林訓第十七」[164]に

　楊子見㆓逵路㆒而哭㆑之、爲㆘其可㆓以南㆒可㆗以北㆖。墨子見㆓練絲㆒而泣㆑之。爲㆘其可㆓以黃㆒可㆗以黑㆖。〈徐・理・崎〉

とある。

孟嘗君

　傳聞有象牀、疇昔薦君王（牀）

孟嘗君が楚の國へ行って象牙の牀を獻上した故事に基づく。この說話は『戰國策校注』巻四「齊巻第四」に

　孟嘗君出㆓行國㆒至㆑楚、獻㆓象床㆒。〈徐・理・崎〉

とある。

孟軻

　鄒堂大義明（經）

孟子が聖人の奧旨を究明し、儒學を繼承したという故事に基づく。この說話は『史記』巻七十四「孟子傳」に

孟軻、騶人也。受二業子思之門人一。道既通、游二事齊宣王一、宣王不レ能レ用。適レ梁。梁惠王不レ果レ所レ言。則見以爲迂遠而闊二於事情一。（中略）天下方務二於合從連衡一、以二攻伐一爲レ賢。而孟軻乃述二唐虞三代之德一。是以所レ如者不レ合。退而與二萬章之徒一序二詩書一、述二仲尼之意一、作二孟子七篇一。其後有二騶子之屬一。[165]〈徐・崎〉

とある。

孟母

孟母ト隣罷（宅）

孟母は幼い孟軻の教育を考えて轉居した故事に基づく。この說話は『古列女傳』卷一、「鄒孟軻母」に

鄒孟軻之母也。號二孟母一。其舍近レ墓。孟子之少也、嬉遊爲二墓閒之事一、踴躍築埋。孟母曰、此非四吾所三以居二處子一。乃去。舍二市傍一其嬉戲爲二賈人衒賣之事一。孟母又曰、此非四吾所三以居二處子一也。復徙舍二學宮之傍一。其嬉遊乃設二俎豆一、揖讓進退。孟母曰、眞可三以居二吾子一矣。遂居レ之。及二孟子長一、學二六藝一、卒成二大儒之名一。〈徐・崎〉

とある。

屈原

登高楚屈平（賦）

楚の屈原が高い所に登ってよく賦した故事に基づく。この說話は『漢書』卷三十「藝文志第十・詩賦」に

傳曰、不レ歌而誦謂二之賦一、登レ高能賦可三以爲二大夫一。言感レ物造耑、材知深美、可二與圖レ事、故可二以爲レ列二大

夫㆒也。古者諸侯卿大夫交㆓接鄰國㆒、以㆓微言㆒相感、當㆓揖讓之時㆒、必稱㆑詩以諭㆓其志㆒。蓋以別㆓賢不肖㆒而觀㆓盛衰㆒焉。故孔子曰、不㆑學㆑詩、無㆓以言㆒也。春秋之後、周道寖壞、聘問歌詠不㆑行㆓於列國㆒。學㆑詩之士逸在㆓布衣㆒、而賢人失志之賦作矣。大儒孫卿及楚臣屈原離㆑讒憂㆑國、皆作㆑賦以風。咸有㆓惻隱古詩之義㆒。〈崎〉

とあり、『太平御覽』巻五百八十七「文部三・賦」所載の晉・摯虞の「文章流別論」に

賦者敷陳之稱、古詩之流也。前世爲㆑賦者有㆓孫卿・屈原㆒。尚頗有㆓古之詩義㆒。

とある。

燕昭王

舞拂丹霞上（席）

燕の昭王の席には雲霞・麟鳳の模様があったという故事に基づくか。この說話は『拾遺記』[166]巻四「燕昭王」に

設㆓麟文之席㆒。（中略）麟文者、錯㆓雜寶㆒以飾㆑席也。皆爲㆓雲霞、麟鳳之狀㆒。〈徐〉

とある。

田單

燕陣早横功（牛）

田單が牛の角に刃物を結わえ、尾に脂を注いだ葦を縛り、敵陣に追いたてた故事に基づく。この說話は『史記』巻八十二「田單傳第二十二」に

田單乃收㆓城中㆒得㆓千餘牛㆒、爲㆓絳繒衣㆒、畫以㆓五彩龍文㆒、束㆓兵刃於其角㆒、而灌㆑脂束㆓葦於尾㆒、燒㆓其端㆒。

鑿二城數十穴一、夜縱レ牛。壯士五千人隨二其後一。牛尾熱、怒而奔二燕軍一。燕軍夜大驚。（中略）燕軍大駭敗走。〈徐・理・陽・崎〉[167]

とある。

荀卿

布義孫卿子（賦）

荀子は孔子を宗とし、人間の性は惡であると說き、禮義を以て矯正しなければならないと說き、賦を作った故事に基づく。この說話は『漢書』巻三十「藝文志第十・詩賦」に

傳曰、（中略）大儒孫卿及楚臣屈原離レ讒憂レ國、皆作レ賦以風。咸有二惻隱古詩之義一。〈理・崎〉

とある。

呂不韋

誰肯掛秦金（市）

『呂氏春秋』が完成した時、呂不韋は秦城の咸陽の門に金をかかげ、文字を訂正したものに千金を與えるといった故事に基づく。この說話は『史記』巻八十五「呂不韋傳第二十五」に

呂不韋乃使二其客人人著レ所レ聞、集レ論以爲二八覽・六論・十二紀一。二十餘萬言。以爲備二天地萬物古今之事一、號曰二呂氏春秋一。布二咸陽市門一、懸二千金其上一、延二諸侯游士賓客一。有下能增二損一字一者上予二千金一。〈徐・理〉

とある。これと類似の說話に秦の孝公の說話がある。商鞅に法令を作らせたが、民の信用を得るために、國都の市の

南門に木を建て、この木を移動させた者に金を与えると言い、移動させた者に金を与えた故事。この説話は『史記』巻六十八「商君傳第八」に

秦孝公既用二衞鞅一。鞅欲レ變レ法。（中略）令既具未レ布、恐三民之不二レ信レ己。乃立二三丈之木於國都市南門一募レ民、有下能徙置二北門一者上予二十金一。民怪レ之、莫二敢徙一。復曰、能徙者予二五十金一、有二一人徙一レ之。輒予二五十金一、以明レ不レ欺。卒下レ令。〈崎〉

とある。この詩句の詩題が「市」であることを考えると、呂不韋の説話では「咸陽市門」、孝公の説話では「國都市南門」の「市」の義が問題となる。「市」は普通、「市場」と解することが多いので、呂不韋の説話では「咸陽の市場の門」と解することができ、孝公の説話では「都の市場の南門」と解することができる。しかし、孝公の説話の都の市場の南門に疑問がある。それは國王が材木を移動させるのに、市場内の南門から北門へというのは大金を出すにしてはあまりにも容易すぎること。但し、容易に移動させて、賞金を与え、人民を信用させるためとも考えられる。また、市場に東西南北の門があることもきかない。國王の命ならば、市場の門ではなく、街にある東西南北の門の方が相應しい。從って、孝公の説話の「市」は街の意である。卽ち、都の街の南門である。以上を勘案すると、詩句の典據は呂不韋の説話である。

荊軻

荊軻昔向秦（史）

衞の荊軻は燕の太子丹の心に應じて、秦王嬴政を刺殺するために秦に行くが、失敗して殺された故事に基づく。この説話は『史記』巻八十六「刺客列傳第二十六・荊軻傳」に

荊軻知二太子不一レ忍、乃遂私見二樊於期一曰、（中略）於レ是太子豫求二天下之利匕首一、得二趙人徐夫人匕首一、取二之百金一、使二工以レ藥焠一レ之、以試レ人、血濡レ縷。人無下不二立死一者上。乃裝爲遣二荊卿一。（中略）至二易水之上一、既祖取レ道。高漸離擊レ筑。荊軻和而歌、爲二變徵之聲一。士皆垂レ淚涕泣。又前而爲レ歌曰、風蕭蕭兮易水寒、壯士一去兮不二復還一。復爲二羽聲一忼慨。士皆瞋レ目、髮盡上指レ冠。於レ是荊軻就レ車而去、終已不レ顧。遂至レ秦。持二千金之資幣物一、厚遺二秦王寵臣中庶子蒙嘉一。（中略）秦王聞レ之、大喜、乃朝服設二九賓一、見二燕使者咸陽宮一。荊軻奉二樊於期頭函一、而秦舞陽奉二地圖匣一、以レ次進至レ陛。（中略）因左手把二秦王之袖一、而右手持二匕首一揕レ之。未レ至レ身、秦王驚、自引而起、袖絕。拔レ劍、劍長、操二其室一。時惶急、劍堅。故不レ可二立拔一。荊軻逐二秦王一、秦王環レ柱而走。（中略）左右乃曰、王負レ劍、負レ劍、遂拔以擊二荊軻一、斷二其左股一。荊軻廢、乃引二其匕首一以擿二秦王一、不レ中、中二桐柱一。秦王復擊レ軻。軻被二八創一。（中略）於レ是左右既前殺レ軻。秦王不レ怡者良久。〈徐[168]・崎[169]〉

とある。

燕太子丹

白首何年改（烏）

燕の太子丹が秦に人質として捉えられ、帰國したいと秦王に申し出たが、「烏の頭が白くなり、馬に角が生えたら許可する」といった故事に基づく。この說話は『燕丹子』[170]巻上に

燕太子丹質二於秦一。秦王遇レ之無レ禮。不レ得レ意、欲レ求レ歸。秦王不レ聽。謬言、令二烏白頭・馬生一レ角、乃可レ許耳。〈徐・陽[171]・崎[172]〉

とある。

子高

抗手別心期（鹿）

子高が友人と別れるにあたって、唯、手を振っただけであったという故事に基づく。この說話は『孔叢子』巻四「儒服第十三」に

子高遊レ趙。平原君客有二鄒文李節者一。與二子高一相友善。及レ將レ還レ魯、詣故人訣既畢。文節送レ行三宿、臨レ別文節流レ涕交レ頤、子高徒抗レ手而已。分レ背就レ路。其徒問曰、先生與二彼二子一善。彼有二戀戀之心一。未レ知二後會何期一。悽愴流レ涕。而先生厲レ聲高揖。無乃非二親親之謂一乎。子高曰、始吾謂二二子丈夫一爾。今乃知二其婦人一也。人生則有二四方之志一。豈鹿豕也哉。而常聚乎。[173]〈理・陽・崎〉

とある。

梁惠王

[174]先乘奉王言（車）

梁の惠王が自分の國には、車の前後十二輛を照らす直徑一寸ほどの珠があると自慢した故事に基づく。この說話は『史記』巻四十六「田敬仲完世家第十六」に

魏王問曰、王亦有レ寶乎。威王曰、無レ有。梁王曰、若二寡人國一小也。尙有下徑寸之珠照二車前後各十二乘一者十枚上。奈レ何以二萬乘之國一而無レ寶乎。威王曰、寡人之所二以爲一レ寶與レ王異。吾臣有二檀子者一。使レ守二南城一、則楚人不二敢爲レ寇東取一。泗上十二諸侯皆來朝。吾臣有二盼子者一。使レ守二高唐一、則趙人不三敢東漁二於河一。吾吏有二黔夫者一。

使レ守二徐州一、則燕人祭二北門一。趙人祭二西門一。徙而從者七千餘家。吾臣有二種首者一。使レ備二盜賊一、則道不二拾遺一。
將三以照二千里一。豈特十二乘哉。梁惠王慙、不レ懌而去。[175]〈徐・理・崎〉

とある。

惠施

惠子正焚書（象）

惠子が莊子の書を燒いた故事に基づくか。詩題「象」との關係から『初學記』卷十九「獸部・象第二」所載の『蔣子萬機論』[176]に

莊周婦死而歌曰、通二性命一者以二卑及尊一、死生不レ悼。周不レ可レ論。夫象見二子皮一、無二遠近一必泣。周何忍哉。

とある。この說話を裏付けるものに『莊子』がある。『莊子』卷六「外篇至樂第十八」に

莊子妻死。惠子弔レ之。莊子則方箕踞、鼓レ盆而歌。云云

とある。「歌」以下の記述は『蔣子萬機論』と異なるが、莊子が惠子の尋問に耳を貸さず、妻の死に哀哭しないのを惠子は許さなかった。そこで、惠子は莊子の書を燒いたのではないかと考えられる。

張儀

張儀韜壁征（檄）

張儀が楚に遊說した時、楚の宰相が壁を亡くしたが張儀に嫌疑がかかり、笞打ちの刑にあった故事に基づく。この說話は『史記』卷七十「張儀傳第十」に

張儀已學而游二說諸侯一。嘗從二楚相一飲、已而楚相亡レ璧。門下意二張儀一、曰、儀貧無レ行、必此盜二相君之璧一。共執二張儀一、掠笞數百、不レ服、醳レ之。（中略）張儀既相レ秦、爲二文檄一告二楚相一曰、始吾從レ若飲、我不レ盜二而璧一、若笞レ我。若善守二汝國一、我顧且レ盜二而城一。〈徐・崎〉

とある。また、『藝文類聚』巻五十八「雜文部四・檄」所載の『典略』に

張儀、魏人。常從二楚相一飲。楚相亡レ璧。意二儀盜レ之。掠笞數百、既相レ秦。爲レ檄告二楚相一曰、吾從レ汝飲、不レ盜二汝璧一。善守二汝國一。我且レ盜二汝城一。[177]〈理〉

とある。

高漸離

漸離初擊筑（市）

荊軻が燕市に遊んだ時、高漸離と友情を結び、高漸離が筑を撃ち、荊軻が和して歌った故事に基づく。この說話は『史記』巻八十六「刺客列傳第二十六・荊軻傳」に

荊軻既至レ燕、愛二燕之狗屠及善擊レ筑者高漸離一。荊軻嗜レ酒、日與二狗屠及高漸離一飲二於燕市一。酒酣以往。高漸離擊レ筑、荊軻和而歌二於市中一、相樂也。已而相泣、旁若二無レ人者一。[178]〈徐・理・崎〉

とある。

楚人

楚郊疑鳳出（雉）

楚の國に山雉を鳳凰と僞って楚王に獻上しようとした者がいた。宮中に運ぶ途中、その鳥が死んでしまったが、楚王はその者の心に感じてご下賜を下された故事に基づく。この說話は『尹文子』[179]「大道上」に

楚人擔二山雉一者。路人問二何鳥一也。擔レ雉者欺レ之曰、鳳凰也。路人曰、我聞レ有二鳳凰一、今直見レ之。汝販レ之乎。曰、然則十金。弗レ與、請加レ倍。乃與レ之。將欲レ獻二楚王一。經レ宿而鳥死。路人不レ遑レ惜レ金。惟恨不レ得二以獻二楚王一。國人傳レ之、咸以爲二眞鳳皇一貴、欲二以獻一レ之。遂聞二楚王一、王感二其欲レ獻二於已一、召而厚賜レ之、過二於買レ鳥之金十倍一。〈徐・理・陽・崎〉

とある。

燕相

若逢燕相國、特用擧賢人（燭）

郢人が上書の文に誤って〝擧燭〟と書いてしまった。燕相は〝擧燭〟を賢者を採用せよと解釋した故事に基づく。この說話は『韓非子』巻十一「外儲說左上第三十二」に

郢人有下遺二燕相國書一者上。夜書、火不レ明、因謂二持レ燭者一曰、擧レ燭云。而過書レ擧レ燭。擧レ燭非二書意一也。燕相受レ書而說レ之曰、擧レ燭者、尙レ明也。尙レ明也者、擧レ賢而任レ之。[180]〈徐・理・崎〉

とある。

魏田父

映廡先過魏（玉）

魏の田父が拾った高價な石を隣人が〝怪石〟だと嘘をついた。田父が廡（ひさし）の下で光るその石を捨てると、隣人はこれを盗んで魏王に獻じた故事に基づく。この說話は『尹文子』「大道上」に

魏田父有下耕二於野一者上。得二寶玉徑尺一、弗レ知二其玉一也。以告二鄰人一。鄰人陰欲レ圖レ之、謂レ之曰、怪石也。畜レ之弗レ利二其家一、如レ復レ之。田父雖レ疑猶錄、以歸置二於廡下一。其夜、玉明照二一室一。田父稱二家大怖一、復以告二隣人一曰、此怪之徵、遄棄レ殃可レ銷。於レ是遽而棄二於遠野一。鄰人無レ何盜レ之、以獻二魏王一。魏王召二玉工一相レ之。玉工望レ之、再拜而立敢賀レ王。王得二此天下之寶一、臣未二嘗見一。王問レ價、玉工曰、此無レ價以當レ之。五城之都僅可二一觀一。魏王立賜二獻レ玉者千金一。〈徐・理・崎〉

とある。

魯陽公

落影駐琱鋋（戈）

楚の魯陽公が韓と戰っている時、陽が沈もうとしたので、戈で太陽をさし招いたところ、三舍（三十度）ほど元に戻った故事に基づく。この說話は『淮南子』巻六「覽冥訓」に

魯陽公與レ韓搆レ難。戰酣日暮。援レ戈而撝レ之、日爲レ之反二三舍一。〈徐〉

とある。

秦

簫史

(1)屢向秦樓側（鳳）
(2)獨下仙人鳳（城）
(3)簫將弄玉來（樓）
(4)靈鶴時來致（簫）

(1)〜(4)の基底には、簫の名手で、庭に鶴や孔雀を呼ぶことができる簫史が、秦の穆公の女弄玉を娶り、弄玉に簫の吹き方を教えた。數年たった後、その音が鳳聲に似ていたので、もしやと思っていたら鳳凰が飛來した。そこで、鳳臺を造り、夫婦ともにそこに住んだ故事に基づく。この説話は『列仙傳』[181]巻上「簫史」に

簫史者、秦穆公時人也。善吹レ簫、能致二孔雀・白鶴於庭一。穆公有レ女、字弄玉。好レ之。公遂以レ女妻焉。日敎二弄玉一、作二鳳鳴一。居數年、吹似二鳳聲一、鳳凰來止二其屋一。公爲作二鳳臺一、夫婦止二其上一。不レ下數年。一旦皆隨二鳳凰一飛去。故秦人爲作二鳳女祠於雍宮中一。時有二簫聲一而已。〈徐〉

とある。このほか、略ぼ、同文が『水經注』巻十八「渭水」に

（雍）又有二鳳臺・鳳女祠一。秦穆公時有二簫史者一。善吹レ簫、能致二白鵠・孔雀一。穆公女弄玉好レ之。公爲作二鳳臺一以居レ之。積數十年、一旦隨レ鳳去。云二雍宮世有二簫管之聲一焉。〈徐〉

とある。

秦始皇帝

(1)風拂大夫枝（松）

曾て、秦始皇帝は泰山の松の木を五大夫に封じた故事に基づく。この説話は『史記』巻六「秦始皇本紀第六」に

遂上二泰山一、立レ石、封、祠祀。下、風雨暴至、休二於樹下一。因封二其樹一爲二五大夫一。〈徐・理・陽・崎〉

とある。

(2)阿房萬戸列（門）

始皇帝が造った阿房宮には衆多の建物や門があった故事に基づく。この説話は『史記』巻六「秦始皇本紀第六」に

營二作朝宮渭南上林苑中一。先作二前殿阿房一、東西五百歩、南北五十丈、上可三以坐二萬人一、下可三以建二五丈旗一。周馳爲二閣道一、自二殿下一直抵二南山一。（中略）關中計宮三百、關外四百餘。〈徐・崎〉

とある。

蒙恬

(1)何辭一萬里、邊徼拒匈奴（城）

秦の始皇帝が蒙恬に萬里の長城を築かせ、匈奴を拒んだ故事に基づく。この説話は『史記』巻八十八「蒙恬傳第二十八」に

秦已幷二天下一、乃使下蒙恬將二三十萬衆一北、逐二戎狄一、收中河南上。築二長城一、因二地形一、用制二險塞一、起二臨洮一、至二遼東一、延袤萬餘里。〈徐・崎〉

とある。このほか、『史記』巻六「秦始皇紀第六」と同書巻四十八「陳渉世家第十八」に

（秦始皇帝）使下蒙恬北築二長城一而守中藩籬上。却二匈奴一七百餘里、胡人不二敢南下一而牧レ馬、士不二敢彎弓一而報レ怨。

とある。

(2)蒙恬芳軌設（箏）

蒙恬が箏を造ったという故事に基づく。この説話は『風俗通義』巻六「聲音第六・箏」に

今幷・涼二州、箏形如レ瑟。不レ知三誰所二改作一也。或曰、秦蒙恬所レ造。〈徐[182]・理[183]・崎〉

とある。

邵平

欲識東陵味、青門五色瓜（瓜）

邵平が秦の東陵侯となり、秦が滅んで、瓜を長安の青門の傍に植えた故事に基づく。この説話は『史記』巻五十三「蕭相國世家第二十三」に

召平者、故秦東陵侯。秦破、爲二布衣一、貧、種二瓜於長安城東一。瓜美。故世俗謂二之東陵瓜一、從二召平一以爲レ名也。〈徐〉

とある。しかし、ここには「青門」「五色瓜」の語がみえない。これらの語が本來『史記』にあったと思われる。それは『藝文類聚』巻八十七「菓部下・瓜」に收錄する『史記』には

邵平故秦東陵侯。秦滅後、爲二布衣一、種二瓜長安城東一。種瓜有二五色一、甚美。故世謂二之東陵瓜一。又云二青門瓜一。青門、東陵也。

とあるからである。

趙王（趙武靈王）

叢臺舞鳳鸞（瑟）

趙王が音樂好きであることを知った秦王が瑟の演奏を求め、その求めに應じて叢臺で演奏した故事に基づく。この説話は『史記』卷八十一「廉頗藺相如傳第二十一」に

（趙王）與二秦王一會二澠池一。秦王飲レ酒、曰、寡人竊聞趙王好レ音。請奏レ瑟。趙王鼓レ瑟。秦御史前書曰、某年月日、秦王與二趙王一會飲、令二趙王鼓レ瑟。〈崎〉

とあり、趙王が瑟を鼓するが故に、趙女達も瑟を鼓したらしく、『淵鑑類函』卷一百八十九「樂部六・瑟」に

趙女鼓レ瑟而鳳舞。〈徐・理〉(184)

とある。詩句の「蘩臺」は「叢臺」の誤り。叢臺は趙の武靈王が建てた臺で、『漢書』卷三「高后紀第三」に

趙王宮叢臺災。

とあり、顔師古注に「連聚非レ一。故名二叢臺一。蓋本六國時趙王故臺也。在二邯鄲城中一」とある。『藝文類聚』卷六十二「居處部二・臺」所錄の晉・孫楚の「韓王臺賦」に

顯二妙觀於太清一、薄二邯鄲之叢臺一。

とあるのに據っても、邯鄲にあったことがわかる。叢臺に關しては、『玉臺新詠集』卷五所錄の梁・沈約の「古意」に

挾レ瑟叢臺下、徙倚愛二容光一。

とあり、『藝文類聚』卷八十八「木部上・桑」所錄の梁簡文帝の「採桑」詩に

連珂往二淇上一、接幰至二叢臺一、叢臺可レ憐レ妾、當窗望二飛蝶一。

とある。

李斯

上蔡應初撃（兎）

上蔡の李斯が子供と共に捕えられた時、子供に黄犬をつれて狡兎狩りができるだろうかと語った故事に基づく。この説話は『史記』巻八十七「李斯傳第二十七」に

斯出レ獄、與二其中子一倶執、顧謂二其中子一曰、吾欲下與レ若復牽二黄犬一倶出二上蔡東門一逐中狡兎上、豈可レ得乎。〈徐・理[185]・陽[186]・崎〉

とある。

陳勝

願齊鴻鵠志（雀）

「鴻鵠志」は陳勝が雇われて田畑を耕やしていた時、雇われ者に向って、鴻鵠の志を述べた故事に基づく。この説話は『史記』巻四十八「陳渉世家第二十六」に

陳渉少時、嘗與レ人傭耕、輟レ耕之二壟上一、悵恨久レ之、曰、苟富貴、無二相忘一。庸者笑而應曰、若爲二庸耕一、何富貴也。陳渉太息曰、嗟乎、燕雀安知二鴻鵠之志一哉。〈徐・理[187]・陽[188]・崎〉

とある。尚、底本は「鵠」を「鶴」に作る。

含始

日映玉雞津（洛）

含始が洛池に遊んだ時、玉雞が銜んでいた赤珠を呑んで漢祖劉季を生んだ故事に基づく。この説話は『初學記』巻六

「地部中・洛水第七」所載の『帝王世紀』に

昭靈后名含始、游二於洛池一。有三玉雞啣二赤珠一。刻曰二玉英一。呑レ此者王、含始呑レ之、生二漢祖劉季一。〈徐・崎〉

とある。

安期生

高臥出圓丘（酒）

安期生が神女と圓丘に會し、香酒を飲んだ故事に基づく。この説話は『初學記』巻二十六「器物部・酒第十一」所載の『列仙傳』に

安期生與二神女一會二圓丘一、酣二玄碧之香酒一。〈徐・崎〉

とある。

黄石公

黄公去不歸（橋）

黄石公が下邳の橋のたもとで兵法の書を張良に授けて、二度と現われなかった故事に基づく。この説話は『史記』巻五十五「留侯世家第二十五」に

良嘗閒從容步、游二下邳圯上一。有二一老父一。衣レ褐、至二良所一。直墮二其履圯下一、顧謂レ良曰、孺子下取レ履。良愕然、欲レ毆レ之。爲二其老一彊忍下取レ履。父曰、履レ我。良業爲取レ履、因長跪履レ之。父以レ足受、笑而去。良殊大驚、隨目レ之。父去里所、復還、曰、孺子可レ敎矣。後五日平明、與レ我會レ此。良因怪レ之、跪曰、諾。五日平明、良往。

父已先在。怒曰、與二老人一期、後、何也、去。曰、後五日早會。五日雞鳴、良往。父又先在。復怒曰、後、何也、去。曰、後五日復早來。五日、良夜未レ半往。有レ頃、父亦來。喜曰、當レ如レ是。出二一編書一曰、讀レ此則爲二王者師一矣。後十年興。十三年孺子見レ我。濟北穀城山下黃石卽我矣。遂去、無二他言一、不二復見一。〈徐・崎〉[189]

とある。この說話は『漢書』卷四十「張良傳」〈理〉や『高士傳』[190]卷中「黃石公」などにもみえる。

漢

漢武帝

(1)汾河應擢秀（蘭）

(2)漢帝臨汾水（歌）

(1)(2)は漢武帝が汾陰を巡察し、后土を祠り、群臣と宴飮した折、自ら「秋風辭」を作って歌った故事に基づく。この說話は『文選』卷四十五「辭・秋風辭一首幷序」に

　上行二幸河東一、祠二后土一、顧二視帝京一欣然、中流與二群臣一飮燕。上歡甚、乃自作二秋風辭一曰、秋風起兮白雲飛、草木黃落兮鴈南歸。蘭有レ秀兮菊有レ芳。攜二佳人一兮不レ能レ忘、泛二樓舡一兮濟二汾河一。橫二中流一兮揚二素波一、簫鼓鳴兮發二棹歌一。歡樂極兮哀情多、少壯幾時兮奈レ老何。〈理・崎〉[191]（○印は筆者）

とある。

(3)千歳奉君王（桃）

西王母が三千年に一度結實するという桃を武帝に獻上した故事に基づく。この說話は『漢武帝內傳』[192]に

　命二侍女一更索二桃果一、須臾、以二玉盤一盛二僊桃七顆一。大如二鴨卵一、形圓青色、以呈二王母一。母以二四顆一與レ帝、三

顆自食。桃味甘美、口有二盈味一。帝食輒收二其核一。王母問レ帝。帝曰、欲レ種レ之。母曰、此桃三千年一生レ實。中夏地薄、種レ之不レ生。帝乃止。〈徐・理[193]・陽[194]〉

とある。

(4)漢畤應祥開（麟）

武帝が雍に行幸した折、一角獣（白麟）を得たので祥瑞として「元狩」と改元した故事に基づく。この説話は『史記』巻十二「孝武本紀第十二」に

郊レ雍。獲二一角獸一。若レ麃然。有司曰、陛下肅祇郊祀、上帝報亭、錫二一角獸一。蓋麟云。於レ是以薦二五時一。時加二一牛一以燎。賜二諸侯白金一、以風三符應合二于天地一。〈徐〉

とあり、『漢書』巻六「武帝紀第六」に

元狩元年冬十月、行二幸雍一、祠二五時一。獲二白麟一、作二白麟之歌一。〈理・崎[195]〉

とある。

(5)天馬來從東（馬）

武帝が西域の烏孫馬と大宛の汗血馬を得、皆〝天馬〟と言った故事に基づく。この故事は『史記』巻百二十三「大宛傳第六十三」に

初、天子發二書易一云、神馬當下從二西北一來上。得二烏孫馬一好、名曰二天馬一。及レ得二大宛汗血馬一、益壯。更名二烏孫馬一曰二西極一、名二大宛馬一曰二天馬一云。〈徐〉

とあり、同書巻二十四「樂書第二」に

歌詩曰、天馬來兮從二西極一、經二萬里一兮歸二有德一。

とある。但し、「天馬來從東」の詩句は『文選』巻二十二、魏の阮籍の「詠懐詩十七首其五」の

天馬出二西北一、由來從二東道一。

に據ったものである。

(6)珊瑚七寶裝（牀）

武帝が珊瑚で牀を造った故事に基づく。この故事は『初學記』巻二十五「牀第五」所載の『漢武帝內傳』(196)に

以二珊瑚一爲レ牀、紫錦爲レ帷。安著二柏梁臺上一。〈徐・崎〉

とあり、同書所引の『西京雜記』に

武帝爲二七寶牀一、設二於桂宮一。〈徐・崎〉

とある。

(7)洞徹琉璃敞（屏）

武帝が白琉璃で屏風を造った故事に基づく。この故事は『太平御覽』巻七百一「服用部三・屏風」所載の『漢武舊事』に

帝起二神臺一、其上扉・屏風、悉以二白琉璃一作レ之。光冶二洞澈一也。〈徐〉

とある。これを裏付けるように、『西京雜記』に

趙飛鷰爲二皇后一、其女弟在二昭陽殿一。遺二飛鷰書一曰、今日嘉辰、貿姊懋膺二洪册一。謹襚二三十五條一、以陳二踊躍之心一。金華紫輪帽、（中略）雲母屏風・琉璃屏風。云云

とある。琉璃屏風については武帝のほかに、吳・孫亮がガラス製の屏風を造った故事がある。この故事は『拾遺記』(197)巻八「吳」に

孫亮作二琉璃屛風一、甚薄而瑩澈。毎於二月下淸夜一舒レ之、常與二愛姬四人一、皆振古絕色。一名二朝姝一、二名二麗居一、三名二洛珍一、四名二潔華一。使三四人坐二屛風內一、而外望レ之、如レ無レ隔。

とある。雑詠詩の詩句は武帝・孫亮の孰れにも該當するが、詩句の〝洞徹〟を有する武帝の故事を優先する。

漢高祖

(1)會入大風歌（雲）

高祖が黥布を撃って歸還する途中、沛に立ち寄り、沛宮に父老や子弟を呼んで酒宴を催した。宴の最中、高祖が筑を打ち鳴らし、自ら大風歌を作り、歌った故事に基づく。この說話は『史記』巻八「高祖本紀第八」に

高祖已擊二布軍會甀一、布走。令三別將追レ之。高祖還歸、過レ沛、留。置二酒沛宮一、悉召二故人父老子弟一縱レ酒。發二沛中兒一得二百二十人一、敎二之歌一。酒酣、高祖擊レ筑、自爲二歌詩一曰、大風起兮雲飛揚、威加二海內一兮歸二故鄉一、安得二猛士一兮守二四方一。令三兒皆和二習之一。〈理〉[198]

とある。

(2)劉衣闢四方（布）

劉邦が布衣の身で天下を取った故事に基づく。この說話は『史記』巻八「高祖本紀第八」に

高祖擊レ布時、爲二流矢所一レ中、行道病。病甚、呂后迎二良醫一。醫入見、高祖問レ醫。醫曰、病可レ治。於レ是高祖嫚二罵之一曰、吾以二布衣一提二三尺劍一取二天下一。此非二天命一乎。〈徐・理〉[199]

とある。

(3)天子入西秦（星）

漢の高祖が始めて秦の地に入った故事に基づく。この故事は『漢書』巻一「高帝紀第一上」に

元年冬十月、五星聚二于東井一。沛公至二霸上一。應劭注曰、東井、秦之分野。五星所レ在、其下當レ有三聖人以レ義取二天下一。〈徐〉

とあり、同書巻二十六「天文志第六」に更に詳說して

漢元年十月、五星聚二于東井一、以レ曆推レ之、從二歲星一也。此高皇帝受命之符也。故客謂二張耳一曰、東井秦地、漢王入レ秦、五星從二歲星一聚。當三以レ義取二天下一。〈崎〉

とある。これを『文選』巻二、張衡の「西京賦」は

自二我高祖之始入一也、五緯相汁、以旅二于東井一。〈崎〉

という。

(4)已開千里國（井）

漢の高祖が秦に入った故事に基づく。この故事は『漢書』巻四十「張良傳第十」に

夫關中、左二殽函一、右二隴蜀一。沃野千里。南有二巴蜀之饒一、北有二胡苑之利一。阻二三面一而固守、獨以二一面一東制二諸侯一。諸侯安定、河・渭漕二輓天下一、西給二京師一。諸侯有レ變、順レ流而下、足二以委輸一。此所謂金城千里、天府之國。〈徐・崎〉

とある。

(5)還協五星文（井）

秦が亡び、高祖の受命を予言した故事に基づく。この故事は(3)の『漢書』の「高帝紀上」や「天文志第六」のほかに、『史記』巻八十九「張耳傳第二十九」、『漢書』巻三十二「張耳傳第二」に

甘公曰、漢王之入レ關、五星聚二東井一。東井者、秦分也。先至必霸。楚雖レ彊、後必屬レ漢。

とある。「五星が聚まる」ということについて、『宋書』巻二十五「天文志三」は

五星聚者有レ三。周漢以レ王、齊以レ霸。周將レ伐レ殷、五星聚レ房。齊桓將レ霸、五星聚レ箕。漢高入レ秦、五星聚二東井一。齊則永終侯伯、卒無二無二更紀之事一。是則五星聚、有二不レ易レ行者一矣。

と總括する。

(6)漢帝出平城（霧）

漢高祖が匈奴を討って平城に來たが、匈奴に包圍される。霧に紛れて味方と連絡をとり、辛うじて平城を脱出した故事に基づく。この故事は『漢書』巻一「高帝紀第一下」に

遂至二平城一、爲二匈奴所レ圍。七日、用二陳平祕計一得レ出。〈徐・崎〉[200]

とある。この間の具體的な樣子と霧との關係について、『漢書』巻三十三「韓王信傳第三」に

上遂至二平城一、上二白登一。匈奴騎圍レ上。上乃使三人厚遺二閼氏一。閼氏說二冒頓一曰、今得二漢地一、猶不レ能レ居。且兩主不二相戹一。居七日、胡騎稍引去。天霧。漢使二人往來一、胡不レ覺。護軍中尉陳平言レ上曰、胡者全レ兵、請令下彊弩傅二兩矢一外鄉上、徐行出レ圍。〈徐〉

とある。

(7)匣中霜雪明（劍）

漢高祖が白蛇を斬った劍は、七彩色の珠玉で飾られ、美しい輝やきを放っていた。十二年に一度磨きをかけると、刃は霜雪のようで、その光は人を射たという故事に基づく。この說話は『西京雜記』巻一に

高祖斬二白蛇一劍。劍上有二七采珠・九華玉一、以爲レ飾。雜二廁五色琉璃一爲二劍匣一。劍在二室中一、光景猶レ照二于外一、

與レ挺レ劔不レ殊。十二季一加二磨瑩一、刃上常若二霜雪一、開レ匣拔レ鞘、輒有二風氣一。光彩射レ人。〈徐・理・崎〉

とある。

蘇武

(1)相隨入帝郷（雁）

(2)晨毛映雪開（羊）

(3)影麗天山雪（旌）

(4)雁足上林飛（素）

漢武帝の時、蘇武が使者として匈奴に赴いたが、捉えられた。數々の試練に耐え、屈服することがなかった。その後、匈奴と漢が和親し、漢使が蘇武の釋放を要求したが、匈奴は蘇武が死んだと詭った。その後、武帝が上林苑で狩をした折、射た雁の足に蘇武の帛書があったので、武帝は使者を送り、匈奴の單于を責め、蘇武の釋放を求めた。その結果、蘇武の十九年ぶりの歸京が適った故事に基づく。この說話は『漢書』巻五十四「蘇武傳二十四」に

武帝嘉二其義一、廼遣レ武以二中郎將一使レ持レ節、送二匈奴使レ留在レ漢者一。因厚賂二單于一、答二其善意一。武與二副中郎將張勝及假吏常惠等、募士・斥候・百餘人一倶。既至二匈奴一、置レ幣遺二單于一。（中略）（衞）律知二武終不一レ可レ脅、白二單于一。單于愈益欲レ降レ之。廼幽レ武置二大窖中一、絕不二飮食一。天雨レ雪、武臥齧レ雪、與二旃毛一幷咽レ之。數日不レ死。匈奴以爲レ神。乃徙二武北海上無レ人處一。使レ牧レ羝。羝乳乃得レ歸。別二其官屬常惠等一、各置二他所一。武既至二海上一、廩食不レ至。掘二野鼠去レ中實一而食レ之。杖二漢節一牧レ羊、臥起操持、節旄盡落。（中略）數月、昭帝卽レ位。數年、匈奴與レ漢和親。漢求二武等一。匈奴詭言二武死一。後、漢使復至二田奴一、常惠請二其守者一、與倶得三夜見二漢使一、

具自レ陳レ道。教三使者謂二單于一。言下天子射二上林中一得レ鴈、足有上レ係二帛書一。言三武等在二某澤中一。（中略）武留二匈奴一凡十九歳、始以二彊壯一出、及レ還、須髪盡白。

とある。(3)の句は必ずしも蘇武だけのことではないかもしれないが、李嶠がこのように蘇武の故事を多く用いているので、この句を蘇武の最初の出征か、釋放後の歸京の途中の一場面と解釋した。このように必ずしも『漢書』を典據としないものがあるので、整理すると次の如くである。

(1)〈理[201]・陽・崎[202]〉、(2)〈徐・理[203]・陽[204]・崎[205]〉(3)〈理[206]〉(4)〈徐・理[207]・崎〉

東方朔

(1)誰知金馬路、方朔有奇才（門）

東方朔が金馬門に待詔した故事に基づく。この說話は『史記』巻百二十六「滑稽列傳第六十六」に

武帝時、齊人有二東方生名朔一。（中略）時坐席中、酒酣、據レ地歌曰、陸二沈於俗一、避二世金馬門一。宮殿中可二以避レ世全レ身、何必深山之中、蒿廬之下。金馬門者、宦署門也。門傍有二銅馬一、故謂レ之曰二金馬門一。〈徐・理[208]・崎〉

とある。

(2)方朔初還漢（史）

東方朔が初めて上書した故事に基づく。この說話は『漢書』巻六十五「東方朔傳第三十五」に

朔初來、上書曰、臣朔少失二父母一、長養二兄嫂一。年十三學レ書、三冬文史足レ用。

とある。

(3)金門應入論（錢）

東方朔が俸銭に言及し、金馬門に待詔せられた故事に基づく。この説話は『漢書』巻六十五「東方朔傳第三十五」に

朱儒長三尺餘、奉二一囊粟、錢二百四十一。臣朔長九尺餘、亦奉二一囊粟、錢二百四十一。朱儒飽欲レ死、臣朔飢欲レ死。臣言可レ用、幸異二其禮一。不レ可レ用、罷レ之。無レ令三但索二長安米一。上大笑、因使三待二詔金馬門一、稍得二親近一。〈徐・理〉

とある。

李廣

(1)將軍飲羽威（石）

(2)漢郊初飲羽（箭）

李廣が狩に出て、草むらに虎を射、近づいてよくみるとそれは虎に似た石だった。鏃は石の中に埋もれていた故事に基づく。この説話は『史記』巻百九「李將軍傳第四十九」に

廣家世世受レ射。（中略）武帝立、左右以爲二廣名將一也。（中略）廣居二右北平一。匈奴聞レ之、號曰二漢之飛將軍一。避レ之數歲、不三敢入二右北平一。廣出獵、見二草中石一。以爲レ虎而射レ之、中レ石沒レ鏃。視レ之石也。因復更射レ之、終不レ能二復入一レ石矣。〈徐・理[209]・崎[210]〉

とある。李廣の飲羽については、『論衡』巻八「儒增篇」に

儒者之言、楚熊渠子・養由基・李廣射二寢石一、矢沒二衞飲羽一者、皆增レ之也。

とあるが、『史記』を優先する。

(3)獨有成蹊處（桃）

桃は物を言わないが、その木の下には自然に小道ができるように、李廣は訥言であったが、死んだ時、多くの人達が弔問にやってきた。その眞心が多くの人の心を捉えた故事に基づく。この說話は『史記』巻百九「李將軍傳第四十九」の「贊」に

余睹下李將軍悛悛如二鄙人一、口不上レ能レ道レ辭。及二死之日一、天下知與レ不レ知、皆爲盡哀。彼其忠實心誠信二於士大夫一也。諺曰、桃李不レ言、下自成レ蹊。此言雖レ小、可二以諭一レ大也。〈徐・理・陽・崎〉

とある。

(4)申威振遠方（弩）

匈奴から漢飛將軍と畏れられた李廣が包圍された時、自ら弩を射て突破した故事に基づく。この說話は『漢書』巻五十四「李廣傳第二十四」に

匈奴左賢王將四萬騎圍レ廣、廣軍士皆恐（中略）漢兵死者過レ半、漢矢且盡。廣乃令三持レ滿毋レ發、而廣身自以二大黃一射二其裨將一、殺二數人一。胡虜益解。

とあり、「大黃」について服虔が注して「黃、肩弩也」という。

司馬相如

(1)司馬正彈琴（市）

司馬相如が卓王孫の娘文君の氣を引くために琴を彈いた故事に基づく。この說話は『史記』巻百十七「司馬相如傳五十七」や『漢書』巻五十七上「司馬相如傳第二十七上」に

（臨邛）令既至、卓氏客以レ百數。至二日中一、謁二司馬長卿一。長卿謝二病不上レ能レ往。臨邛令不二敢嘗一レ食、自往迎二相

如一。相如不レ得レ已、彊往一坐盡傾。酒酣、臨邛令前奏レ琴曰、竊聞長卿好レ之。願以自娯。相如辭謝、爲レ鼓一再行。是時卓王孫有二女文君一。新寡、好レ音。故相如繆與レ令相重、而以二琴心一挑レ之。相如之二臨邛一。從二車騎一、雍容閒雅甚都。及下飲二卓氏一弄上レ琴、文君竊從レ戸窺レ之、心悅而好レ之、恐不レ得レ當也。〈理[211]・崎[212]〉

とある。

(2)乍有凌雲氣（賦）

「凌雲氣」については、司馬相如が「大人賦」を奏上した時、天子が大變喜んで言った言葉に基づく。この説話は『史記』巻百十七「司馬相如傳」に

相如既奏二大人之頌一。天子大説、飄飄有二凌雲之氣一。似下游二天地之閒一意上。〈徐・理[213]・崎〉

とある。尚、底本は「凌」を「陵」に作る。

(3)梁岷舊作臺（琴）

司馬相如が琴を彈くために琴臺を造った故事に基づく。この説話は『初學記』巻二十四「臺第六」所載の王褒の『益州記』に

司馬相如宅在二州西笮橋北、百許歩一。李膺云、市橋西二百歩、得二相如舊宅一。今梅安寺南有二琴臺故墟一。

とある。徐注はこの典據を「市」詩の「司馬正彈レ琴」の詩句に採録する。

韓嫣

(1)瑇瑁千金起（牀）

韓嫣が玳瑁で牀を作った故事に基づく。この故事は『西京雜記』巻六に

韓嫣以㆓玳瑁㆒爲㆑牀。〈徐・崎〉

とある。

(2)金落疑星影（彈）

韓嫣が彈のたまを金で造った故事に基づく。この故事は『西京雜記』卷四に

韓焉好㆑彈、常以㆑金爲㆑丸。所㆑失者日有㆓十餘㆒。長安爲㆑之語曰、苦㆓饑寒㆒、逐㆓金丸㆒。京師兒童每㆑聞㆓嫣出彈㆒、輒隨㆑之。望㆓丸之所㆑落輒拾焉。〈徐・理[214]・崎〉

とある。

公孫弘

(1)桂友尋東閣（被）

漢武帝の時、宰相公孫弘が東閣に賢人を招攬した故事に基づく。この説話は『漢書』卷五十八「公孫弘傳第二十八」に

時上方興㆓功業㆒、婁擧㆓賢良㆒。弘自見爲㆓擧首㆒、起㆓徒步㆒。數年至㆓宰相㆒封㆑侯。於㆑是起㆓客館㆒、開㆓東閣㆒以延㆓賢人㆒、與㆓參謀議㆒。〈徐〉

とある。また、『西京雜記』卷四に

平津侯自以㆓布衣㆒爲㆓宰相㆒。乃開㆓東閣㆒營㆓客館㆒、以招㆓天下之士㆒。其一曰㆓欽賢館㆒、以待㆓大賢㆒。次曰㆓翹材館㆒、以待㆓大才㆒。次曰㆓接士館㆒、以待㆓國士㆒。〈理[215]・崎〉

とある。

(2)孫被登三相（布）

公孫弘は三公に列しても、なお、布被（儉素をいう）を使用した故事に基づく。この説話は『史記』巻百二十「平津侯傳第五十二」及び『漢書』巻五十八「公孫弘第二十八」に

汲黯曰、弘位在二三公一、奉祿甚多。然爲二布被一、此詐也。上問レ弘。弘謝曰、有レ之。夫九卿與二臣善者一無レ過レ黯。然今日庭詰レ弘。誠中二弘之病一。夫以二三公一爲二布被一、誠飾レ詐欲二以釣一レ名。〈徐〉

とある。また、『史記』巻三十「平準書第八」に

公孫弘以二漢相一布被、食不レ重レ味、爲二天下先一。〈徐〉

とある。以上のほかに、『西京雜記』巻二に

公孫弘起二家徒歩一爲二丞相一。故人高賀從レ之。弘食以二脱粟飯一、覆以二布被一。賀怨曰、何用故人富貴爲二脱粟布被一、我自有レ之。弘大慙。賀告レ人曰、公孫弘內服二貂蟬一、外以二麻枲一、內廚二五鼎一、外膳二一肴一。豈可三以示二天下一。〈崎〉

とある。このように公孫弘の布被説話は多い。

朱博

(1)霜臺夕影寒（烏）

(2)群鶯御史烏（城）

(1)、(2)は漢の哀帝の時、御史府の官舍の井戸水が涸れ、朝夕烏という鳥が數ヶ月も歸って來なかった。後、大司空の朱博が上奏して大司空の職を廢し、舊《もと》の御史大夫に復した故事に基づく。この説話は『漢書』巻八十三「朱博傳第五

十三」に

是時、御史府吏舍百餘區、井水皆竭。又其府中列二柏樹一、常有三野烏數千棲二宿其上一。晨去暮來、號曰二朝夕烏一。烏去不レ來者數月、長老異レ之。後二歲餘、朱博爲二大司空一、奏言帝王之道不二必相襲一、各繇二時務一。（中略）臣愚以爲大司空官可レ罷、復置二御史大夫一、遵二奉舊制一。臣願盡レ力、以二御史大夫一爲二百僚率一。哀帝從レ之、乃更拜レ博爲二御史大夫一。〈徐[216]・理[217]・陽[218]・崎〉

とある。

李陵

(1)李陵賦詩罷（晁）

(2)都尉雙鳬遠（詩）

騎都尉の李陵が蘇武に「雙鳬俱北飛」の詩を贈った故事に基づく。この說話は『漢書』卷五十四「李陵傳第二十四」に

陵字少卿、少爲二侍中建章監一。善二騎射一、愛レ人、謙讓下レ士、甚得二名譽一。武帝以爲有二廣之風一、使下將二八百騎一、深入中匈奴二千餘里上。過二居延一視二地形一、不レ見レ虜、還。拜爲二騎都尉一。（中略）陵曰、無三面目報二陛下一。遂降。〈徐[219]〉

とある。李陵が蘇武に贈った詩は諸書に收錄されているが、作者・詩題に相違があり、問題を含んでいる。逯欽立（一九一一～一九七三）は『先秦漢魏晉南北朝詩』（漢詩卷十二）の「李陵錄詩二十一首」の當該詩の中で

古文苑四作三蘇武別二李陵一。類聚二十九作三漢蘇武別二李陵一。事文類聚別集二十五。合璧事類續集四十六。廣文選

十。詩紀十。又初學記十八引二翔・鄕二韵一。白帖二十九作二李陵詩一。引二第一句一。御覽四百八十九及九百十九竝作三李陵贈二蘇武一、引二翔・鄕二句一。

という。そして、「李陵錄別詩二十一首」の解題で

曾就二此組詩之題旨・内容・用語・修辭等一、證三明其爲二後漢末年文士之作一。

といい、後漢末の人の作であるという。『藝文類聚』巻二十九「人部十三・別上」所載の詩に

雙凫俱北飛、一凫獨南翔。子當レ留二斯館一、我當レ歸二故鄕一。一別如二秦胡一、會見何詎央。愴恨切中懷、不レ覺二淚霑レ裳。願子長努力、言笑莫二相忘一。[220][221]〈理・陽・崎〉

とある。

蕭何

西秦飲渭水（龍）

高祖の命を受けて蕭何が未央宮を造った時、龍首山を斷ち切って造營した。その山は渭水から樊川まで達していた。昔、ここに黑龍がいて南山から出て渭河の水を飲んだ故事に基づく。この說話は『水經注』巻十九「渭水」に

高祖在二關東一、令三蕭何成二未央宮一。何斬二龍首山一而營レ之。山長六十餘里、頭臨二渭水一、尾達二樊川一。頭高二十丈、尾漸下高五六丈、土色赤而堅云、昔有下黑龍從二南山一出飲中渭水上。其行道因レ山成レ跡。〈徐〉

とある。これと略ぼ同様の記事が『藝文類聚』巻九十六「鱗介部上・龍」所載の『辛氏三秦記』[222]に

龍首山長六十里、頭入二渭水一、尾達二樊川一、頭高二十丈、尾漸下、高五六丈。云丁昔有丙黑龍從二山南一出、飲乙渭水甲。其行道成二土山一。故因以爲レ名。〈理・陽・崎〉

とある。

趙飛燕

(1)羅薦合鴛鴦（被）

趙飛燕が皇后になった時、妹が贈った衣具に鴛鴦被があった故事に基づく。この說話は『西京雜記』巻一に

趙飛鷰爲㆓皇后㆒、其女弟在㆓昭陽殿㆒。遺㆓飛鷰書㆒曰、今日嘉辰、貿姉懋膺洪册謹上㆓襚三十五條㆒、以陳㆓踊躍之心㆒。金華紫輪帽、金蕚紫羅面衣、織成㆓上襦㆒、織成㆓下裳㆒。五色文綬・鴛鴦襦・鴛鴦被云云〈徐〉

とある。

(2)誰賞素腰輕（舞）

飛燕は體重が輕く、手のひらの上で舞うことができたので、成帝から寵愛を受けた故事に基づく。この說話は『西京雜記』巻一に

趙后體輕腰弱、善㆓行步進退㆒、女弟昭儀不㆑能㆑及也。但昭儀弱骨豐肌、尤工㆓笑語㆒。二人並色如㆓紅玉㆒、爲㆓當時第一㆒。[223]〈徐・崎〉

とある。

朱買臣

若逢朱太守、不作夜遊人（錦）

項羽が「巧名を擧げても、故郷に歸らなければ誰も知ってくれる人がいない」と朱買臣に言った故事に基づく。この

説話は『漢書』巻六十四上「朱買臣傳第三十四上」に

上拜二買臣會稽太守一。上謂二買臣一曰、富貴不レ歸二故郷一、如二衣レ繡夜行一。今子何如。買臣頓首辭謝。

とある。この説話は『漢書』巻三十一「項籍傳第一」を始め、諸書に散見する。

張良

方知決勝策、黄石遺兵書（帷）

黄石から兵法の書を授かった張良は、劉邦の爲に陣營で策略を練った故事に基づく。この典據は前出「黄石公」にみえる。

陳平

屢逢長者轍（宅）

陳平は貧乏であったが、家の門には長者の車がたくさん集まった故事に基づく。この説話は『史記』巻五十六「陳丞相世家第二十六」に

陳丞相平者、陽武戸牖郷人也。少時、家貧。好レ讀レ書。有二田三十畝一。獨與二兄伯一居。伯常耕レ田、縱レ平使二游學一。平爲レ人長〔大〕美色。人或謂二陳平一曰、貧何食而肥若レ是。其嫂嫉二平之不一レ視二家生產一曰、亦食二糠覈一耳。有レ叔如レ此、不レ如レ無レ有。伯聞レ之、逐二其婦一而弃レ之。及二平長可一レ娶レ妻、富人莫二肯レ與者一。貧者平亦恥レ之。久レ之、戸牖富人有二張負一。張負女孫五嫁而夫輒死。人莫二敢娶一。平欲レ得レ之。邑中有レ喪。平貧、侍レ喪、以二先往後罷一爲レ助。張負既見二之喪所一、獨視偉レ平。平亦以レ故後去。負隨レ平至二其家一。家乃負郭窮巷、以二獘席一爲レ門。然門

外多有長者車轍。〈徐・理[224]・崎[225]〉

とある。『漢書』巻四十「陳平傳第十」にもみえる。

韋賢

韋賢は學問を以て丞相となり、子の玄成も父の學業を修めて丞相となった。そこで、「子供に籠一杯の黄金を残すよりは、一つの經書を授けるにこしたことはない」という諺ができた故事に基づく。この說話は『漢書』巻七十三「韋賢傳第四十三」に

黄金徒滿籯（經）

賢爲人質朴少欲、篤志於學、兼通禮・尙書、以詩敎授、號稱鄒魯大儒。（中略）本始三年、代蔡義爲丞相、封扶陽侯。食邑七百戶。時賢七十餘、爲相五歲。地節三年、以老病乞骸骨、賜黄金百斤。罷歸、加賜弟一區。丞相致仕自賢始。年八十二薨。謚曰節侯。賢四子。長子方山爲高寢令、早終。次子弘至東海太子。次子舜留魯守墳墓。少子玄成復以明經歷位至丞相。故鄒魯諺曰、遺子黄金滿籯、不如一經。〈徐・理[226]・崎[227]〉

とある。

霍去病

將軍辭第初（宅）

霍去病は匈奴征伐の功績により、帝から邸宅の修理の申し出があったが辞退した故事に基づく。この說話は『史記』

巻百十一「驃騎列傳第五十一」に

　驃騎將軍爲ㇾ人少言不ㇾ泄、有ㇾ氣敢任。天子嘗欲ㇾ敎㆓之孫吳兵法㆒。對曰、顧㆓方略何如㆒耳。不ㇾ至ㇾ學㆓古兵法㆒。天子爲治ㇾ第、令㆓驃騎視㆒ㇾ之。對曰、匈奴未ㇾ滅、無㆓以ㇾ家爲㆒也。由ㇾ此上益重㆓愛之㆒。

とある。『漢書』巻五十五「霍去病傳第二十五」にもみえる。〈徐・理[228]・崎[229]〉

司馬遷

　馬記天官設（史）

司馬遷がその著『史記』に初めて「天官書」を設けた故事に基づく。この説話は『史記』巻百三十「太史公自序第七十」に

　太史公學㆓天官於唐都㆒、受㆓易於楊何㆒、習㆓道論於黃子㆒。（中略）星氣之書、多雜㆓禨祥㆒、不經。推㆓其文㆒、考㆓其應㆒、不ㇾ殊。比集論㆓其行事㆒、驗㆓于軌度㆒以ㇾ次、作㆓天官書㆒第五。〈徐〉

とある。

貢禹

　貢禹懷書日（田）

光祿大夫の貢禹が元帝に上書し、自分の貧困の時を述べ、田百三十畝があったが、それを賣って車馬を買った故事に基づく。この説話は『漢書』巻七十二「貢禹傳第四十二」に

　遷ㇾ禹爲㆓光祿大夫㆒。頃ㇾ之、禹上書曰、臣禹年老貧窮、家訾不ㇾ滿㆓萬錢㆒。妻子穅豆不ㇾ贍、裋褐不ㇾ完。有㆓田百

三十畝一。陛下過意徵レ臣、臣賣二田百畝一以供二車馬一。〈徐・崎〉

とある。

衞青

将軍臨北塞（星）

衞青将軍が四将軍を率いて北方の匈奴に向った故事に基づく。この説話は『漢書』巻六「武帝紀第六」に

元狩四年、春、有三星孛二于東北一。夏、有三長星出二于西北一。大將軍衞青將二四將軍一出二定襄一、將軍去病出レ代、各將二五萬騎一。步兵踵二軍後一數十萬人。青至二幕北一圍二單于一。斬首萬九千級、至二闐顏山一乃還。去病與二左賢王一戰、斬二獲首虜一七萬餘級、封二狼居胥山一乃還。〈徐〉

とある。

揚雄

誰憐草玄處、獨對一牀書（宅）

揚雄が『太玄經』を執筆し、心を安靜に保った故事に基づく。この説話は『漢書』巻八十七下「揚雄傳第五十七下」に

哀帝時、丁傅・董賢用レ事、諸附二離之一者或起レ家至二二千石一。時雄方草二太玄一、有三以自守二泊如一也。〈徐・崎[230]〉

とある。

于定國

于公待封來（門）

于定國は自ら人々に陰德を施したので、子孫が出世するであろうといい、その時のことを考えて村の門を高大に造るように言った故事に基づく。この說話は『漢書』巻七十一「于定國傳第四十一」に

始定國父于公、其閭門壞、父老方共治レ之。于公謂曰、少高二大閭門一、令レ容二駟馬高蓋車一。我治レ獄多二陰德一、未二嘗有一レ所レ冤、子孫必有二興者一。至二定國一爲二丞相一、永爲二御史大夫一、封レ侯傳レ世云。[231]〈徐・崎〉

とある。

劉安（淮南王）

願君期道術　攀折可淹留（桂）

淮南王劉安は道術を好み、多くの方術の士を招いた故事に基づく。この說話は『漢書』巻四十四「淮南王安傳第十四」に

淮南王安爲レ人好レ書、鼓レ琴、不レ喜二弋獵狗馬馳騁一。亦欲下以行二陰德一拊二循百姓一流中名譽上。招二致賓客方術之士一數千人、作二爲內書二十一篇一。外書甚衆、又有二中篇八卷一、言二神仙黃白之術一、亦二十餘萬言。〈崎〉

とある。「期道術」については『搜神記』[232]巻一「淮南八公」に

淮南王安好二道術一、設二廚宰一以候二賓客一。〈徐〉

とあり、「攀折淹留」については、『文選』第三十三「騷下」所載の劉安の「招隱士」に

攀二援桂枝一兮聊淹留。[233][234]〈徐・理・陽〉

とある。

劉長（淮南厲王）

佇因春斗粟（布）

淮南厲王劉長が謀反を起し、その兄漢の文帝劉恆は詔令によって弟の長を輜車に載せて都に送った。長は遂に自殺した。世間ではこの兄弟が仲が悪いことを民謠で諷刺した故事に基づく。この說話は『史記』巻百十八「淮南厲王長傳第五十八」に

孝文十二年、民有レ作レ歌、歌二淮南厲王一曰、一尺布、尙可レ縫、一斗粟、尙可レ舂。兄弟二人不レ能二相容一。〈徐・崎〉

とある。略ぼ同文が『漢書』巻四十四「淮南厲王長傳第十四」にもみえる。〈理〉

李延年

非君一顧重（舞）

李延年が妹（後の孝武李夫人）を武帝に賣り込む時に唱った歌の故事に基づく。この說話は『漢書』巻九十七上「外戚傳第六十七上」に

延年侍レ上起舞[235]、歌曰、北方有二佳人一、絕世而獨立、一顧傾二人城一、再顧傾二人國一。寧不レ知三傾城與二傾國一、佳人難二再得一。〈理・崎〉

とある。

黄香

修身行竭節、誰辨作銘才（屛）

黄香が何敞の所有していた屛風に銘を作った故事に基づく。この說話は『太平御覽』卷七百一「服用部三・屛風」所載の『三輔決錄』に

何敞爲二汝南太守一。和帝南巡過レ郡。有二刻鏤屛風一、爲レ帝設レ之。帝命二侍中黄香一銘レ之曰、古典務レ農、雕鏤傷レ民。忠在二竭節一、義在二脩身一。〈徐・理・崎〉

とある。

衞叔卿

道士乘仙日（鹿）

中山の衞叔卿は雲車や白鹿の車に乘って漢の宮殿に降り、武帝と會った故事に基づく。この說話は『神仙傳』[236]卷二、「衞叔卿」に

衞叔卿者服二雲母一得レ仙。漢武帝天漢二年八月壬辰、老君復遣二衞叔卿一、來見レ帝時、帝閑二居殿上一、忽見下羽衣星冠、乘二雲車一、駕二白鹿一而至上。帝驚問レ爲レ誰。答曰、中山衞叔卿也。帝曰、子若是中山之民、乃朕臣也。可二前共語一。叔卿忽焉不レ知二所在一。〈徐〉

とあり、また、同書卷九「劉根」に

華陰山見三一人乘二白鹿車一。從者十餘人、左右玉女四人、執二采旄之節一。年十五六、余載拜首、求二乞一言一。神人

乃告レ余曰、爾聞下有二韓衆一否上。答曰、實聞レ有レ之。神人曰、我是也。〈理[237]・陽[238]〉

とある。

王褒

王褒賦雅音（簫）

王褒は音律に精通し、「洞簫賦」を作った故事に基づく。この說話は『漢書』卷六十四下「王褒傳」に

上頗作二歌詩一、欲レ興二協律之事一。丞相魏相奏言下知レ音善鼓中雅琴上者渤海趙定・梁國龔德皆召見待レ詔。於レ是益州刺史王襄欲レ宣二風化於衆庶一。聞三王褒有二俊材一、請與相見。使三褒作二中和・樂職・宣布詩一。選好事者令下依二鹿鳴之聲一習而歌上レ之。（中略）其後太子體不安。苦二忽忽善忘不一レ樂。詔使下褒等皆之二太子宮一虞侍中太子上。朝夕誦二讀奇文一。及レ所二自造作一、疾平復、乃歸。太子喜二褒所レ爲甘泉及洞簫頌一、令三後宮貴人左右皆誦二讀之一。〈徐〉

とある。

夏侯勝

青紫方拾芥（經）

夏侯勝は經學に明らかであれば、高位高官を得るのは地上の芥（あくた）を拾うより容易であるといった故事に基づく。

この說話は『漢書』卷七十五「夏侯勝傳第四十五」に

勝每二講授一、常謂二諸生一曰、士病レ不レ明二經術一。經術苟明、其取二青紫一如三俛拾二地芥一耳。學レ經不レ明、不レ如二歸耕一。〈徐・理[239]・崎[240]〉

とある。

漢宣帝

丹鳳栖金轄（車）

漢宣帝が大將軍霍光に與えた車は金で飾られていた。夜になると、車轄の上に鳳凰が飛んできた故事に基づく。この說話は『續齊諧記』[241]に

漢宣帝以㆓皂蓋車一乘㆒、賜㆓大將軍霍光㆒。悉以㆓金鉸㆒具。至㆑夜、車轄上金鳳皇輒亡去、莫㆑知㆑所㆑之。至㆑曉乃還。

とある。この說話は梁・任昉の『述異記』[242]にもみえる。〈徐〉

韓信

高鴈行應盡（弩）

韓信が高祖に捕えられた時、「用があれば使われるが、用がなくなると捨てられる」と言った故事に基づく。この說話は『史記』卷九十二「淮陰侯傳第三十二」に

上令㆓武士縛㆑信、載㆓後車㆒。信曰、果若㆓人言㆒。狡兔死、良狗亨。高鳥盡、良弓藏。敵國破、謀臣亡。天下已定、我固當㆑亨。〈徐〉

とある。類似の說話が『史記』卷四十一「越王句踐世家第十一」に

范蠡遂去、自㆑齊遺㆓大夫種書㆒曰、蜚鳥盡、良弓藏、狡兔死、走狗烹。越王爲㆑人長頸鳥喙、可㆔與共㆓患難㆒、不㆑可㆓與共㆑樂。子何不㆑去、種見㆑書、稱㆑病不㆑朝。〈崎〉

とある。

龔遂

惟良佩犢旋（刀）

龔遂は刀劍を賣って牛を買わせ、農産を勸めた故事に基づく。この說話は『漢書』卷八十九「循吏傳第五十九・龔遂傳」に

遂見下齊俗奢侈、好二末技一、不中田作上、乃躬率以レ儉約、勸三民務二農桑一、令三口種二一樹楡・百本䪥・五十本葱・一畦韭一、家二母彘・五雞。民有下帶二持刀劍一者上、使二賣レ劍買レ牛、賣レ刀買レ犢曰、何爲帶レ牛佩レ犢。〈徐・理・崎〉

とある。

朱雲

先生折角時（鹿）

少府の五鹿充宗は易の學問に精通していたが、朱雲と論争して敗れ、長い角を折られた故事に基づく。この說話は『漢書』卷六十七「朱雲傳第三十七」に

少府五鹿充宗貴幸、爲二梁丘易一。自二宣帝時一、善二梁丘氏說一。元帝好レ之、欲レ考二其異同一、令下充宗與二諸易家一論上。充宗乘レ貴辯口。諸儒莫二能與抗一。皆稱レ疾不二敢會一。有二薦レ雲者一、召入、攝レ齋登レ堂、抗レ首而請、音動二左右一。既論難、連拄二五鹿君一。故諸儒爲レ之語曰、五鹿嶽嶽、朱雲折二其角一。繇レ是爲二博士一。[243]〈徐・理・陽・崎〉[244]

とある。

馮昭儀

昭儀匡漢日（熊）

元帝が虎圏に行幸して獣を闘かわせていた時、熊が檻を攀登って殿に上ろうとした。その時、傅昭儀が熊に立ち向い、手で毆り殺した故事に基づく。この説話は『漢書』巻九十七下「外戚傳第六十七下・馮昭儀傳」に

建昭中、上幸二虎圏一闘レ獸、後宮皆坐。熊佚出レ圏、攀レ檻欲レ上レ殿。左右貴人傅昭儀等皆驚走。馮倢伃直前當レ熊而立、左右格二殺熊一。（中略）尊二倢伃一爲二昭儀一。[245]〈徐・崎〉

とある。略ぼ同文が『古列女傳』巻八にもみえる。〈理・陽〉

申公

蒲輪辟四門（車）

魯の申公が蒲輪の安車で迎えられた故事に基づく。この説話は『漢書』巻六「武帝紀第六」に

遣二使者一、安車蒲輪、束帛加レ璧、徵二魯申公一。

とある。更に詳しく、同書巻八十八「儒林傳第五十八・申公傳」に

於レ是上使三使束帛加レ璧、安車以レ蒲裹レ輪、駕レ駟迎二申公一。弟子二人乘レ軺傳從。[246]〈崎〉

とある。略ぼ同文が『史記』巻百二十一「儒林傳第六十一・申公傳」にもある。

疏廣

疏廣遺榮去（門）

疏廣が太傅となり、兄の子受が少傅となり、朝廷の榮譽を受けたが、疏廣が受に「功名を遂げた上は、潔く身を引く」と言って、兄弟共に骸骨を乞うた。官を辭して歸郷する際に、東門まで送った故事に基づく。この說話は『漢書』を卷七十一「疏廣傳第四十一」に

皇太子年十二、通二論・孝經一。廣謂レ受曰、吾聞知レ足不レ辱、知レ止不レ殆。功遂身退、天之道也。今仕宦（官）至二二千石一、宦成名立、如レ此不レ去。懼有二後悔一。豈如下父子相隨出レ關。歸二老故鄕一、以二壽命一終上。不二亦善一乎。受叩レ頭曰、從二大人議一。卽日父子倶移レ病。滿二三月一賜レ告。廣遂稱レ篤、上疏乞二骸骨一。上以二其年篤老一、皆許レ之。加賜二黃金二十斤一。皇太子贈以二五十斤一。公卿大夫・故人・邑子設二祖道一。供二張東都門外一。送者車數百兩、辭決而去。〈徐・崎〉[247]

張千秋

畫地取雄名（劍）

張千秋は大將軍霍光の尋問に、地に線を引き答えた故事に基づく。この說話は『漢書』卷五十九「張安世傳第二十九」に

初、安世長子千秋與二霍光子禹一倶爲二中郎將一。將レ兵隨二度遼將軍范明友一擊二烏桓一。還、謁二大將軍光一。問二千秋戰鬪方略、山川形勢一。千秋口對二兵事一。畫レ地成レ圖、無レ所二忘失一。光復問レ禹。禹不レ能レ記。曰、皆有二文書一。光由レ是賢二千秋一、以レ禹爲二不材一。歎曰、霍氏世衰、張氏興矣。〈徐〉

とある。

陳遵

陳筵幾獻酬（酒）

陳遵は酒好きで宴會を開催する度に、賓客の車の轄（くらび）を取って井戸の中に投げ捨てて、客を留めた故事に基づく。この說話は『漢書』巻九十二「游俠傳第六十二・陳遵傳」に

遵耆レ酒、毎大飲、賓客滿レ堂。輒關レ門、取二客車轄一。投二井中一。雖レ有レ急、終不レ得レ去。〈理・崎〉[248]

とある。

枚皋

平樂正飛纓（賦）

枚皋は天子に氣に入られ、平樂館で賦を作った故事に基づく。この說話は『漢書』巻五十一「枚皋傳第二十一」に

上得レ之大喜、召入見待詔。皋因賦二殿中一。詔使レ賦二平樂館一、善レ之。拜爲レ郎。使二匈奴一。〈徐・崎〉

とある。

馮嫽

漢使巾車送（錦）

楚主の侍者である馮嫽は嘗って漢節を持ち、烏孫公主のために使者として送っていった故事に基づく。この說話は『漢書』巻九十六下「西域傳第六十六・烏孫國傳」に

初、楚主侍者馮嫽能二史書一、習レ事。嘗持二漢節一爲二公主使一。行二賞賜於城郭一、諸國敬二信之一。號曰二馮夫人一。（中略）宣帝徵二馮夫人一、自問レ狀。遣二謁者竺次・期門甘延壽爲レ副、送二馮夫人一。馮夫人錦車持レ節、詔烏就屠詣二長羅侯赤谷城一、立二元貴靡一爲二大昆彌一、烏就屠爲二小昆彌一。皆賜二印綬一。〈徐〉

とある。

卜式

莫言鴻漸力、長牧上林隈（羊）

卜式は上林の羊を牧養して富や地位を得た故事に基づく。この説話は『漢書』巻五十八「卜式傳第二十八」に

初、式不レ願レ爲レ郎。上曰、吾有レ羊在二上林中一、欲レ令二子牧一レ之。式既爲レ郎、布衣屮蹻而牧レ羊。歳餘、羊肥息。上過二其羊所一、善レ之。式曰、非二獨羊一也。治レ民亦猶レ是矣。以レ時起居、悪者輒去、毋レ令レ敗レ群。上奇二其言一、欲二試使一レ治レ民。拜二式緱氏令一。緱氏便レ之。遷二成皋令・將漕最一。上以二式朴忠一、拜爲二齊王太傅一。轉爲レ相。〈徐・崎〉

とあり、同書巻二十八「公孫弘・卜式・兒寬傳・贊」に

公孫弘・卜式・兒寬皆以二鴻漸之翼一困二於燕爵一。遠二迹羊豕之閒一。非レ遇二其時一。焉能致二此位一乎。〈陽・崎〉

とある。

梁王

梁王駟馬來（詩）

漢武帝が柏梁臺に群臣を召集して詩の聯句を賦詠させた。その時の梁孝武帝の聯句に基づく。この説話は『藝文類聚』巻五十六「雜文部二・詩」に

漢孝武皇帝元封三年作二柏梁臺一。詔二群臣二千石一、有下能爲二七言一者上。乃得二上坐一。皇帝曰、日月星辰和二四時一。梁王曰、驂賀駟馬從レ梁來。[249][250]〈徐・理・崎〉

とある。『藝文類聚』は題名を記していないが、これは栢梁臺の詩の冒頭部分と序文である。この章句を收録する『古文苑』巻八にはこの章句に注があり、『三輔黄圖』を引く。『三輔黄圖』所引の『三輔舊事』に

香栢爲レ梁也。帝嘗置二酒其上一、詔二群臣一和レ詩、能二七言一者乃得レ上。

とある。これによって、『藝文類聚』及び『古文苑』に引用する章句の事柄が實際にあったことがわかる。

酈食其

毎接高陽宴（酒）

沛公は酈食生を儒生だという理由で會わなかった。その時、酈食生は「儒生でなく、高陽の酒徒である」と言って會った故事に基づく。この説話は『史記』巻九十七「酈食生傳第三十七」に

初、沛公引レ兵過二陳留一。酈生踵二軍門一上レ謁曰、高陽賤民酈食其、竊聞三沛公暴露、將レ兵助レ楚討二不義一。敬勞二從者一、願得三望見、口畫二天下便事一。使者入通。沛公方洗。問二使者一曰何如人也。使者對曰、狀貌類二大儒一。衣二儒衣一、冠二側注一。沛公曰、爲レ我謝レ之、言我方以二天下一爲レ事。未レ暇レ見二儒人一也。使者出謝曰、沛公敬謝二先生一。方以二天下一爲レ事。未レ暇レ見二儒人一也。酈生瞋レ目案レ劍叱二使者一曰、走、復入言二沛公一。吾高陽酒徒也、非二儒人一也。〈徐・崎〉

とある。酈食其說話のほかに山簡に類似の說話がある。それは『晉書』巻四十三「山簡傳」に

簡優游卒歲、唯酒是耽。諸習氏、荊土豪族、有二佳園池一。簡每二出嬉遊一、多之二池上一、置酒輒醉。名レ之曰二高陽池一。

とあるが、ここでは酈食其說話を優先する。

陸賈

嘉逐行人至（鵲）

將軍樊噲と陸賈の問答で、陸賈が人君は命を天より受け、瑞應があると言った故事に基づく。この說話は『西京雜記』巻三に

賈應レ之曰、有レ之。夫目瞤得二酒食一、燈火華得二錢財一。乾鵲噪而行人至、蜘蛛集而百事喜。〈徐・陽・崎〉(251)

とある。

董賢

蟬飛翼轉輕（羅）

董賢が持っていた單衣は蟬の羽根のように輕かった故事に基づく。この說話は『拾遺記』巻六「前漢下」に

董賢以三霧綃單衣、飄若二蟬翼一。〈徐〉

とある。「蟬翼」が羅の名であることは、『白氏六帖事類集』巻二、「羅七三」に

雲羅・鳳文・蟬翼、竝羅名。

とある。

黄初平

仙人擁石去（羊）

黄初平が仙術によって石にされていた羊を蘇らせた故事に基づく。この説話は『初學記』巻二十九「獸部・羊第八」所載の『神仙傳』に

黄初平者、丹溪人也。年十五牧㆑羊。有㆓道士便將㆑至㆓金華山㆒。其兄初起、行索㆓初平㆒、歴㆑年不㆑得。見㆔市中有㆓道士㆒。乃隨求㆑弟。相見語畢、問㆓羊何在㆒。平曰、羊近㆓山東㆒。兄往視、但見㆓白石㆒。平言叱叱羊起。於㆑是白石皆起、成㆓數萬頭羊㆒。〈徐・陽・崎〉

とある。ただ、夷門廣牘本『神仙傳』第一の「皇初平」は長文であるので、『初學記』所載の『神仙傳』を掲載する。

孫博

引鏡似含泉（刀）

孫博が鏡を細く引き伸して刀を造った故事に基づく。この説話は『神仙傳』[252]巻三「孫博」に

孫博者、河東人。（中略）能呑㆓刀劍數十枚㆒、及㆘從㆓壁中㆒出入㆖、如㆑有㆓孔穴㆒也。引㆑鏡爲㆑刀、屈㆑刀爲㆑鏡。〈徐・理・崎〉

とある。

丁令威

來去幾千年（鶴）

丁令威が家を離れて千年後、鶴となって歸ってきた故事に基づく。この説話は『捜神後記』(253)巻一「丁令威」に

丁令威、本遼東人。學二道于靈虛山一。後化レ鶴歸レ遼、集二城門華表柱一時、有二少年擧レ弓欲レ射レ之。鶴乃飛、徘二徊空中一而言曰、有レ鳥有レ鳥丁令威、去レ家千年今始歸。城郭如レ故人民非、何不レ學レ仙冢壘壘。遂高上沖レ天。〈徐・理(254)・陽(255)〉

とある。

僕丞郎

長安分石炭（墨）

尚書令の僕丞郎が石墨（石炭）を賜った故事に基づく。この説話は晁氏の『墨經』(256)所載の漢・蔡質の『漢官儀』(257)に

尚書令僕丞郎、月賜二隃麋大墨一枚・小墨一枚(258)一。

とある。「隃麋」は『漢書』巻二十八上「地理志第八上」に「右扶風、縣二十一、渭城（中略）隃麋云云」とあり、墨の産地である。従って、詩文では隃麋は墨を指す。また、『正字通』「巳集中」に「煤、煙墨。又、石炭曰レ煤」とあり、石炭は墨の意である。

班伯

同擅綺紈名（羅）

班伯は『詩』『尙書』『論語』の義理に通曉していたので、宮中を出て、王氏や許氏の子弟と一緒に行動したが、綺襦紈袴（貴戚の子弟）の中に居ることは本意でなかった故事に基づく。この說話は『漢書』卷百上「敍傳第七十上・班伯傳」に

伯少受二詩於師丹一。大將軍王鳳薦二伯宜レ勸レ學、召二見宴昵殿一。容貌甚麗、誦說有レ法。拜爲二中常侍一。時上方鄕レ學、鄭寬中・張禹朝夕入說二尙書・論語於金華殿中一。詔レ伯受レ焉。旣通二大義一。又講二異同於許商一。遷二奉車都尉一。數年、金華之業絕。出與二王・許子弟一爲レ群、在二於綺襦紈袴之閒一。非二其好一也。

とある。

後漢

戴憑

(1)誰知懷逸辨　重席挫群英（經）

(2)重趨揖戴公（席）

(1)(2)共に、後漢光武帝が群臣に命じ、經義について議論させた。郎中の戴憑は次々と論破し、五十數席を獲得した故事に基づく。この說話は『後漢書』卷七十九上「儒林傳第六十九上・戴憑傳」に

徵試二博士一、拜二郎中一。時詔二公卿一大會二群臣一皆就レ席、憑獨立。光武問二其意一。憑對曰、博士說レ經皆不レ如レ臣。而坐居二臣上一、是以不レ得レ就レ席。（中略）正旦朝賀。百僚畢會。帝令二群臣能說レ經者、更相難詰一。義有レ不レ通、輒奪二其席一、以益二通者一。憑遂重レ坐五十餘席。故京師爲レ語曰、解レ經不レ窮戴侍中。

とある。

張芝

(1)臨池鳥跡舒（書）

(2)別有張芝學　書池幸見臨（墨）

(1)は「臨池」と「鳥跡」の二件から構成されている。(1)の「臨池」と(2)の後漢の書法家張芝が長年池のほとりで文字の練習をしたので、池の水が墨になった故事に基づく。この說話は『後漢書』巻六十五「張奐傳第五十五」に

長子芝、字伯英、最知㆑名。芝及弟昶、字文舒、竝善㆓草書㆒。至㆑今稱㆓傳之㆒。

とあり、李賢注所引の王愔の『文字志』に

芝少持㆓高操㆒（中略）尤好㆓草書㆒。學㆓崔・杜之法㆒、家之衣帛、必書而後練。臨㆑池學㆑書、水爲㆑之黑。下㆑筆則爲㆓楷則㆒、號怱怱不㆑暇㆓草書㆒、爲㆓世所㆑寶。寸紙不㆑遺、韋仲將謂㆓之草聖㆒也。

とある。右文の「家之衣帛」以下が『晉書』巻三十六、「衞瓘傳第六」にもみえる。

馮魴

若珍三代服（羅）

馮魴・柱父子と柱の子の石が侍中となり、青紫羅綺（高位高官をいう）を帶ていた故事に基づく。この說話は『初學記』巻十二「侍中第一」や『太平御覽』巻二百十九「職官部十七・侍中」所載の『東觀漢記』に

馮魴字孝孫、父子兄弟竝帶㆓青紫㆒、三代侍中。

とある。

張堪

瑞麥兩岐秀（田）

聖童と稱された張堪が漁陽太守になった時、内外ともよく治まったので人々が唱った歌に基づく。この説話は『後漢書』卷三十一「張堪傳第二十一」に

（張堪）拜㆓漁陽太守㆒。捕㆓擊姦猾㆒、賞罰必信、吏民皆樂㆑爲㆑用。匈奴嘗以㆓萬騎㆒入㆓漁陽㆒。堪率㆓數千騎㆒奔擊、大破㆑之。郡界以靜。乃於㆓狐奴㆒開㆓稻田八千餘頃㆒。勸㆓民耕種㆒、以致㆓殷富㆒。百姓歌曰、桑無㆓附枝㆒、麥穗兩岐。張君爲㆑政、樂不㆑可㆑支。〈理[259]・崎[260]〉

とある。

李冰

巧作七星影（橋）

李冰が七星の字を配して七橋を造った故事に基づく。この説話は『華陽國志』[261]卷三「蜀志」に

李冰造㆓七橋㆒、上應㆓七星㆒。故世祖謂㆓吳漢㆒曰、安車置在㆓七星閒㆒。〈徐・崎〉

とある。

李忠

象筵分錦繡（被）

「分錦繡」は、李忠が大將軍になった時、世祖から繡被錦被を賜った故事に基づく。この說話は『後漢書』卷二十一「李忠傳第十一」に

忠遂與二任光一同奉二世祖一、以爲二右大將軍一、封二武固侯一。時世祖自解二所レ佩綬一以帶レ忠、因從攻二下屬縣一。至二苦陘一、世祖會二諸將一、問二所レ得財物一。唯忠獨無レ所レ掠。世祖曰、我欲三特賜二李忠一、諸卿得レ無レ望乎。卽以二所レ乘大驪馬及繡被衣物一賜レ之。〈徐〉

とある。「象筵」は象牙の席。立派な席。『玉臺新詠集』卷九、吳均の「行路難」に

君不レ見上林苑中客、冰羅霧縠象牙席。

とある。これは『文苑英華』卷二百、『樂府詩集』卷七十にもみえる。

王喬

王喬曳舃來（鳧）

王喬は神仙の術を心得ていたので、朝廷に參內するのに二羽の鳧となって飛んで行った故事に基づく。この說話は『後漢書』卷八十二上「方術列傳第七十二上・王喬傳」に

顯宗世、爲二葉令一。喬有二神術一。每二月朔望一、常自レ縣詣レ臺朝。帝怪二其來數而不一レ見二車騎一、密令三太史伺二望之一。言其臨レ至、輒有下雙鳧從二東南一飛來上。於レ是候二鳧至一、擧レ羅張レ之、但得二一隻舃一焉。〈徐・理・崎〉[262]

とある。略ぼ同文が『風俗通義』卷二「葉令祠」に

俗說、孝明帝時、尚書郎河東王喬遷爲二葉令一。喬有二神術一。每二月朔一、常詣レ臺朝。帝恠三其數而無二車騎一、密令二太史候望一、言其臨二至時一、常有二雙鳧從一レ南飛來一。因伏伺、見レ鳧擧レ羅。但得二一雙舃一耳。使二尚方識視一四年、

中所レ賜尙書官屬履也。〈陽〉

とある。

劉晨・阮肇

仙人路漸長（桃）

劉晨と阮肇が天台山に入って仙女に會った。留まること半年にして歸ってみると、既に十世を經て世の中が全く變わり果てていた故事に基づく。この說話は劉義慶の『幽明錄』[263]に

（東）漢明帝永平五年、剡縣劉晨・阮肇共入二天台山一、取二谷皮一、迷不レ得レ返。經二十餘日一、糧食乏盡、飢餒殆死。遙望二山上有二一桃樹一。大有二子實一而絕巖邃澗了無二登路一、攀レ葛乃得レ至、噉二數枚一而飢止。體充復下レ山、持レ杯取レ水、欲二盥漱一、見下蕪菁葉從二山眼（腹）一流出上甚鮮。復一杯流出、有二胡麻糝一。相謂曰、此去二人徑一不レ遠。度出二一大谿一。谿邊有二二女子一。姿質妙絕。見二二人持レ杯出一。便笑曰、劉・阮二郎捉二向所レ流杯來一。晨・肇既不レ識二之二女一。（中略）遂住半年、天氣常如二二三月一、晨・肇求レ歸。不已女乃僊主女子有二三十人一。集レ會奏レ樂、其送二劉阮一指二示還路一。既出、親舊零落、邑屋全異。無二復相識一。問得二七世孫一。傳聞上世入レ山、迷不レ得レ歸。

〈徐〉

とある。一方、『太平御覽』卷九百六十七「果部四・桃」所載の陶潛の「桃源記」に

晉太元中、武陵人捕レ魚從レ溪而行、忘二路遠近一、忽逢二桃花林一。夾二兩岸一芳華鮮美。落英繽紛、林盡得レ山。山有二小口一。初極狹、行四五步豁然開朗。邑屋連接、雞犬相聞。男女衣着、悉如二外人一。見二漁父驚一、爲設二酒食一。去先世避二秦難一、率二妻子一、家此遂與レ外隔。問今是何代、不レ知レ有レ漢。不レ論二魏晉一。既出、白二太守一遣二人隨

往尋レ之、迷不二復得一。〈理〉[264]

とある。

班固

班圖地理新（史）

班固が『漢書』に「地理志」を創設したことに基づく。この説話は『漢書』巻百下「敍傳第七十下」に

坤作二墜勢一、高下九則。自二昔黃・唐一、經二略萬國一、燮二定東西一、疆二理南北一。三代損益、降及二秦・漢一、革二剗五等一、制二立郡縣一。略二表山川一、彰二其剖判一。述二地理志第八一。〈徐〉

とある。

魯恭

童子懷仁至（雉）

魯恭が中牟令となり、徳政を行ったので、雛を育てる雉は童兒も捕えなかった故事に基づく。この説話は『後漢書』巻二十五「魯恭傳第十五」に

（魯恭）拜二中牟令一。恭專以二德化一爲レ理、不レ任二刑罰一。（中略）恭隨行二阡陌一、倶坐二桑下一、有二雉過一、止二其傍一。傍有二童兒一、親曰、兒何不レ捕レ之。兒言雉方將レ雛。親瞿然而起、與レ恭訣曰、所二以來一者、欲レ察二君之政迹一耳。今蟲不レ犯レ境、此一異也。化及二鳥獸一、此二異也。豎子有二仁心一、此三異也。久留、徒擾二賢者一耳。還レ府、具以レ狀白レ安。〈陽・崎〉[265]

とある。また、略ぼ、同文が『藝文類聚』巻九十「鳥部上・雉」所載の『東觀漢記』にもみえる。〈徐〉

鄭弘

錦中雲母列（屛）

「雲母列」は、鄭弘が謁見する度に身を屈めて自ら卑しくしたので、天子は謁者との間に雲母の屛風を置いた故事に基づく。この說話は『後漢書』巻三十三「鄭弘傳第二十三」に

代二鄧彪一爲二太尉一。時擧將第五倫爲二司空一、班次在レ下。每二正朔朝見一、弘曲レ躬而自卑。帝問知二其故一、遂聽置二雲母屛風一、分二隔其閒一、由レ此以爲二故事一。

とある。

毛義

毛義奉書去（檄）

毛義は孝行で名が通っており、親の爲に、府檄を持って仕官した故事に基づく。この說話は『後漢書』巻三十九「劉趙淳于江劉周趙列傳第二十九・序」に

廬江毛義少節。家貧以二孝行一稱。南陽人張奉慕二其名一、往候レ之。坐定而府檄適至。以レ義守令。義奉レ檄而入。喜動二顏色一。奉者志尚士也。心賤レ之、自恨レ來。固辭而去。及二義母死一、去レ官行レ服。數辟二公府一爲二縣令一。進退必以レ禮。後擧二賢良一。公車徵[266]。遂[267]不レ至。張奉歎曰、賢者固不レ可レ測。往日之喜、乃爲レ親屈也。斯蓋所謂家貧親老、不レ擇レ官而仕者也。〈徐・理・崎〉

とある。また、『藝文類聚』巻五十八「雜文部四・檄」所載の『東観漢記』に、冒頭から「喜動顔色」までを掲載する。〈理〉

　　顧秦

　唯當感純孝　郛郭引兵威〈兎〉

顧秦の孝行に感じて兎がやって來た。それをみた盜賊はこれを義として村里に入って來なかった故事に基づく。この説話は『孝子傳』[268]に

　顧秦、吳人也。父母亡廬二于塚一次、爲二刧賊所一レ逼。忽有三白兎走入二郛郭一。人使二兵逐一レ兎、兎走赴レ廬。賊亡而走。太守乃表二其門閭一也。〈陽〉

とある。

　　王充

　王充作論年〈硯〉

王充が『論衡』を著わした故事に基づく。この説話は『後漢書』巻四十九「王充傳第三十九」に

　充好二論説一。始若二詭異一、終有二理實一。以爲俗儒守レ文、多失二其眞一。乃閉レ門潛レ思、絶二慶弔之禮一。戸牖牆壁各置二刀筆一、著二論衡八十五篇、二十餘萬言一。釋二物類同異一、正二時俗嫌疑一。

とある。

蔡倫

妙跡蔡侯施（紙）

蔡倫が紙を發明した故事に基づく。この説話は『後漢書』巻七十八「宦者列傳第六十八・蔡倫傳」に

自レ古書契多編以二竹簡一。其用二縑帛一者謂レ之爲レ紙。縑貴而簡重、並不レ便二於人一。倫乃造レ意、用二樹膚・麻頭及敝布・魚網一以爲レ紙。元興元年奏二上之一。帝善二其能一。自レ是莫レ不二從用一焉。故天下咸稱二蔡侯紙一。〈徐・崎〉

とある。

楊震

方同楊伯起　獨有四知名（金）

楊震が地方巡察の際、先導した地方の長官が彼に賄賂を贈ろうとしたが、楊震は天・地・汝・我の四者が知っているからと言って受け取らなかった故事に基づく。この説話は『後漢書』巻五十四「楊震傳第四十四」に

四遷二荊州刺史一、東萊太守。當レ之レ郡、道經二昌邑一、故所レ擧荊州茂才王密爲二昌邑令一、謁見。至レ夜懷二金十斤一以遺レ震。震曰、故人知レ君、君不レ知二故人一、何也。密曰、暮夜無二知者一。震曰、天知、神知、我知、子知。何謂レ無レ知。密愧而出。[269]〈徐・理・崎〉

とある。

張衡

張衡作賦晨（田）

張衡が曾って太史令となったが、志を得ることができず、歸郷を思って「歸田賦」を作った故事に基づく。この說話は『文選』巻十五の張平子の「歸田賦」に

遊二都邑一以永久。無二明略以佐レ時。徒臨レ川以羨レ魚、俟二河清一乎未レ期。感二蔡子之慷慨一、從二唐生一以決レ疑。諒天道之微昧、追二漁父一以同レ嬉。

とあり、同賦の作者解說の李周翰注に

衡遊二京師一、四十不レ仕。順帝時、閹官用レ事、欲レ歸二田里一。故作二是賦一。〈崎〉[270]

とある。

孟嘗

合浦夜光開（珠）

孟嘗が合浦の太守として仁政を敷くと、前任者の悪政を嫌って逃げていた眞珠採りが戻ってきた故事に基づく。この說話は『後漢書』巻七十六「循吏列傳第六十六・孟嘗傳」に

嘗後策二孝廉一、擧二茂才一、拜二徐令一。州郡表二其能一、遷二合浦太守一。郡不レ產二穀實一。而海出二珠寶一。與二交阯一比レ境。常通二商販一、貿二糴糧食一。先時宰守、竝多貪穢、詭レ人採求、不レ知二紀極一。珠遂漸徙二於交阯郡界一。於レ是行旅不レ至、人物無レ資、貧者餓二死於道一。嘗至レ官、革二易前敝一、求二民病利一。曾未レ踰レ歳、去珠復還、百姓皆反二其業一、商貨流通。稱爲二神明一。〈徐・理[271]・崎[272]〉

とある。

李膺

元禮期仙客（洛）

李膺は洛陽で郭太と出會い、凡庸でないと覺り、その後、親友となった。二人が舟で郷里に歸るのをみて、賓客は神仙のようだと言った故事に基づく。この說話は『後漢書』卷六十八「郭太傳第五十八」に

（郭太）游㆓於洛陽㆒、始見㆓河南尹李膺㆒。膺大奇ㆎ之、遂相友善。於ㆎ是名震㆓京師㆒。後歸㆓郷里㆒。衣冠諸儒送至㆓河上㆒、車數千兩。林宗唯與㆓李膺㆒同ㆎ舟而濟。衆賓望ㆎ之、以爲㆓神仙㆒焉。〈徐・理・崎〉[273]

とある。

姜肱

孔懷欣共寢（被）

姜肱が弟の仲海・季行と仲良く、いつも一緒に寝起きした故事に基づく。この句の「孔懷」は『毛詩』卷九「小雅・常棣」に

死喪之威、兄弟孔懷。〈徐・理・崎〉

とあり、兄弟の情愛をいう。從って、「共寢」は兄弟に關する說話ということになる。これを踏まえると、この詩句は姜肱が弟の仲海・季行と仲良く、いつも一緒に寝起きした故事に基づく。この說話は『太平御覽』卷七百七「服用部九・被」所載の『海內先賢傳』に

姜肱字伯淮、事㆓繼母㆒。年少肱兄弟感㆓凱風之孝㆒。同ㆎ被而寢、不ㆎ入ㆎ室、以慰㆓母心㆒也。

とある。

段穎

　震谷似雷驚（鼓）

段穎が都へ還る途中の鉦鼓が雷のように響き、大地を振わした故事に基づく。この説話は『太平御覧』巻三百三十八「兵部六十九・金鼓」所載の『東観漢記』に

　段穎起㆓於徒中㆒、爲㆓幷州刺史㆒、有㆑功。徵還㆓京師㆒。穎乘㆓輕車㆒。介士鼓吹、曲蓋㆓朱旗騎馬㆒。殷天蔽㆑日、錚鏦金鼓、雷振動㆑地。連㆑騎繼㆑跡、彌數十里。〈徐〉

とある。『藝文類聚』巻六十八「儀飾部・鼓吹」所載の『東観漢記』は右文の冒頭から「介士鼓吹曲蓋」までを採録する。

陳寔

　今宵潁川曲　誰識聚賢人（星）

陳寔が甥たちを連れて荀淑父子を訪ねた。その時、徳星が多く現われた故事に基づく。この説話は『異苑』[274]巻四に

　陳仲弓從㆓諸子姪㆒造㆓荀季和父子㆒。於㆑是德星聚。太史奏、五百里內有㆓賢人聚㆒。[275]〈徐・理・崎〉

とあり、『後漢書』巻六十二「陳寔傳第五十二」に

　陳寔字仲弓、潁川許人也。

とある。底本は「潁」を「穎」に作る。誤り。

蔡邕

不因將入爨、誰爲作鳴琴（桐）

蔡邕が桐の焼ける音を聞いて琴を造った故事に基づく。この說話は『後漢書』卷六十下「蔡邕傳第五十下」に

吳人有焼桐以爨者。邕聞火烈之聲、知其良木、因請而裁爲琴。果有美音、而其尾猶焦、故時人名曰焦尾琴焉。[276]〈陽・崎〉

とある。また、略ぼ同文が『搜神記』[277]卷十三に

吳人有焼桐以爨者。邕聞火烈聲曰、此良材也。因請之、削以爲琴。果有美音、而其尾焦、因名焦尾琴。〈徐〉

とある。底本は「爨」を「爂」に作る。誤り。

禰衡

鸚鵡摛文至（筆）

章陵太守の射が宴會を開いた時、鸚鵡を獻ずる者がいた。命によって卽席で「鸚鵡賦」を作った故事に基づく。この說話は『後漢書』卷八十下「文苑傳第七十下・禰衡傳」に

射時大會賓客。人有獻鸚鵡者。射擧卮於衡曰、願先生賦之、以娛嘉賓。禰〔攬〕筆而作。文無加點、辭采甚麗。[278]〈徐・崎〉

とある。

賈琮

高褰太守車（帷）

賈琮が赴任する際、見聞を廣め、善悪を糺察するために車の帷を褰けて巡察した故事に基づく。この説話は『後漢書』巻三十一「賈琮傳第二十一」に

琮爲冀州刺史。舊典、傳車驂駕、垂赤帷裳、迎於州界。及琮之部、升車言曰、刺史當遠視廣聽、糾察美惡。何有反垂帷裳以自掩塞乎。乃命御者褰之。百城聞風、自然竦震。〈徐・理・崎[279]〉

とある。

張顥

甘従石印飛（鵲）

張顥が梁の宰相になった時、街の人が石で山鵲を打ち落した。取ろうとすると一つの丸い石となり、打ち割るとその中から一つの金印が出てきた故事に基づく。この説話は『捜神記』[280]巻九に

常山張顥爲梁州牧。天新雨後、有鳥如山鵲。飛翔入市。忽然墜地。人争取之、化爲圓石。顥椎破之、得一金印。文曰、忠孝侯印。〈徐・理[281]・陽[282]〉

とある。また、略ぼ同文が『博物志』[283]巻八にもみえる。〈崎〉

趙壹

趙壹囊初乏（錢）

趙壹は鬱憤を賦に表わした。それを聞いていた秦客が詩を作った故事に基づく。その詩が『後漢書』巻八十下「文苑列傳七十下・趙壹傳」に

有二秦客者一、乃爲レ詩曰、河清不レ可レ俟、人命不レ可レ延。順風激靡レ草、富貴者稱レ賢。文籍雖レ滿レ腹、不レ如二一囊錢一。伊優北二堂上一、抗髒倚二門邊一。〈徐[284]・理[285]・崎[286]〉

とある。

袁紹

屢陪河朔遊（酒）

袁紹は三伏の暑を避けるのに一日中酒を飲んだ故事に基づく。この説話は『初學記』巻三「夏第二」所載の魏文帝の『典論』に

大駕都許、使二光祿大夫劉松北鎭袁紹軍一。與二紹子弟一日共宴飲、常以二三伏之際一、晝夜酣飲。極レ醉、至二於無レ知、云三以避二一時之暑一。故河朔有二避暑一。〈崎[287]〉

とある。

孔融

孔坐洽良儔（酒）

孔融が失職中でも彼の家には賓客で滿ちあふれた故事に基づく。この説話は『後漢書』巻七十「孔融傳第六十」に

復拜二太中大夫一。性寬容少レ忌。好レ士、喜誘二益後進一。及レ退二閑職一、賓客日盈二其門一。常歎曰、坐上客恆滿。尊

中酒不レ空、吾無レ憂矣。〈理・崎[288]〉

とある。

桓典

斷驚御史驄（馬）

桓典が御史の時、驄馬（青白混毛の馬）に騎り、容赦なく取り締った故事に基づく。この説話は『後漢書』巻三十七「桓典傳第二十七」に

辟二司徒袁隗府一、擧二高第一、拜二侍御史一。是時宦官秉レ權、典執レ政無レ所二回避一。常乘二驄馬一。京師畏憚。爲レ之語曰、行行且止、避二驄馬御史一。〈徐[289]・理・陽[290]・崎〉

とある。

孫鍾

三仙實可嘉（瓜）

孫鍾は瓜の生産を仕事としていた。ある日、三人の客が来て瓜を求めた。鍾が三人に食事を与えると、三人は白鶴となって飛び去った故事に基づく。この説話は『太平御覧』巻九百七十八「菜茹部三・瓜」所載の『幽明録』に

孫鍾、冨春人。堅父也。與レ母居、至孝篤信。種レ瓜爲レ業。有二三少年一。容服妍麗、詣レ鍾乞レ瓜。愛レ樂無レ已。爲設レ食出レ瓜。禮敬殷勤、臨レ去曰、我等司命、感レ郎見接レ之、厚送出レ門。三人曰、山中可レ作レ塚。復言レ欲三連レ世封レ侯爲二數世天子一。鍾曰、數世天子。言訖、悉化成二白鵠一。〈崎[291]〉

とある。また、『太平廣記』巻三百八十九「孫鍾」所載の『祥瑞記』に

孫鍾家㆓於富春㆒。幼失㆑父、事㆑母至孝。遭㆓歳荒㆒。以種㆑瓜自業。忽有㆓三少年詣㆑鍾乞㆑瓜。鍾厚待㆑之。三人謂曰、此山下善、可㆑葬㆑之。當㆑出㆓天子㆒。君下㆑山百許歩。顧見㆑我去、卽可㆑葬處也。鍾去三四十歩、便反顧、見㆘三人成㆓白鶴㆒飛去㆖。〈徐〉

とある。

左伯

芳名古伯馳[292]（紙）

書法家の左伯は紙の質・量を改造した故事に基づく。この説話は張懷瓘の『書斷』[293]に

左伯、字子邑、東萊人。特工㆓八分㆒、名與㆓毛弘等㆒列。小異㆓於邯鄲淳㆒亦擅㆑名。漢末、又甚能作㆑紙。漢興、有㆓紙代㆑簡。至㆓和帝時㆒、蔡倫工爲㆑之而子邑尤行㆓其妙㆒。〈徐〉

とある。

孫敬

久閉先生戶（帷）

孫敬はいつも戶を閉めて讀書していたので閉戶先生と呼ばれた故事に基づく。この説話は『太平御覽』巻百八十四「居處部十二・戶」所載の『楚國先賢傳』に

孫敬入㆑學、閉㆓戶牖㆒、精力過㆑人、太學號曰㆓閉戶先生㆒。

とある。また、『太平御覽』巻六百十一「學部五・勤學」所載の『楚國先賢傳』に

孫敬好レ學、時欲二寤寐一懸レ頭至二屋梁一、以自課。常閉レ戸、號爲二閉戸先生一。

とあり、少しく異なる。このほか、『蒙求』巻上の「孫敬閉戸」所載の『楚國先賢傳』は前記二章とも異なる。

張仲蔚

寂寂蓬蒿徑（宅）

張仲蔚は人の背丈ほども伸びている蓬の中で、門を閉じ、德性を養った故事に基づく。この說話は『高士傳』[294]巻中「張仲蔚」に

張仲蔚者平陵人也。與二同郡魏景卿一倶修二道德一、隱レ身不レ仕。明二天官一、博物善屬レ文、好二詩賦一。常居二窮素一、所レ處蓬蒿沒レ人。閉レ門養レ性、不レ治二榮名一。時人莫レ識。唯劉龔知レ之。〈徐・崎〉

とある。

費長房

青節動龍文（竹）

費長房は仙翁に仙術を學んだが、途中であきらめて歸ろうとした。その時、仙翁が一本の竹の杖を與えた。歸郷後、その竹の杖を池に投げ入れると龍になった故事に基づく。その說話は『後漢書』巻八十二下「方術列傳七十二下・費長房傳」に

長房辭歸、翁與二一竹杖一曰、騎レ此任レ所レ之、則自至矣。既至、可三以レ杖投二葛陂中一也。又爲作二一符一曰、以レ此

主㆓地上鬼神㆒。長房乘㆑杖、須臾來歸。自謂去㆑家適經㆓旬日㆒。而已十餘年矣。卽以㆑杖投㆑陂、顧視則龍也。〈徐・理(295)〉

とある。

魯女生

隱士顏應改（桃）

魯女生は初め穀物を食べていたが、穀物を絶って八十數年を經ても、顔色が桃花のようであった故事に基づく。この説話は『神仙傳』(296)巻十「魯女生」に

魯女生、長樂人。初餌㆓胡麻及朮㆒。絶㆑穀八十餘年、日少壯、色如㆓桃花㆒。日能行三百里、走及㆓麞鹿㆒。

とある。

李融

六子方呈瑞(297)（瓜）

李融（生沒年不詳）は役人や庶民の心を得るような政治をしたので、甘瓜の六つの實が莖を一つにするような祥瑞が屢々現われた故事に基づく。この説話は『太平御覽』巻九百七十八「菜茹部三・瓜」所載の『零陵先賢傳』(298)に

李融字元者、承陽人。固始侯相使㆓其爲㆑政、得㆓吏民心㆒。屢致㆓祥瑞㆒。甘瓜六子共㆑莖。璽書慰勞、遷㆓廣漢太守㆒。〈徐(299)・理(300)・崎(301)〉

とある。

明徳皇后

金穴馬如龍（道）

明徳皇后は衣食に贅を盡し、皇后の家の前の路には車が川の流れのように途絶えることがなく、馬は天翔ける龍のように走っていた故事に基づく。この說話は『北堂書鈔』巻一百三十九「車部・惣載篇一」所載の『東觀漢記』に

明徳后曰、吾萬乘主、身服二大練一、左右無二薫香之飾一。前過二濯龍門上一、見二外家問起居一、車如二流水一、馬如二遊龍一。倉頭衣二綠褠一、領袖正白、顧二視御者一、不レ及レ之。

とある。「金穴」については、『後漢書』巻十上「皇后紀第十上・光武郭皇后」に

況遷二大鴻臚一。帝數幸二其第一、會二公卿諸侯一親家飲燕、賞二賜金錢縑帛一。豐盛莫レ比。京師號二況家一爲二金穴一。〈徐・崎〉[302]

とある。但し、この說話には「馬如レ龍」の趣旨がないので、この詩句の典據としない。

魏

曹植

(1)銅臺初下筆（賦）

銅爵臺が完成した時、曹植が諸子と臺に上り、曹操の命によって賦を作った故事に基づく。この說話は『三國志』巻十九「魏書十九・陳思王植傳」に

時鄴銅爵臺新成、太祖悉將二諸子一登レ臺、使二各爲一レ賦。植援レ筆立成、可レ觀。太祖甚レ之。〈徐・理・崎〉[303]

とある。

(2)銅臺賞魏君（井）

魏の武帝が建てた銅雀臺・金虎臺・冰井臺を三臺と稱した故事に基づく。この說話は『文選』巻六の左思「魏都賦」に「三臺列峙而崢嶸」とあり、その劉良注に

銅爵園西有三臺。中央有銅爵臺、南有金鳳臺、北則冰井臺。

とある。詩題の「井」は「冰井臺」の「井」と符號させたものか。

(3)陳王七歩才（詩）

魏の曹植が文帝に迫られて七歩歩く間に詩を作った故事に基づく。この說話は『世說新語』巻上之下、「文學」に

文帝嘗令東阿王七歩中作詩。不成者、行大法、應聲便爲詩曰、[304]煮豆持作羹、漉菽以爲汁。萁在釜下然、豆在釜中泣。本自同根生、相煎何太急。帝深有慚色。〈徐・理・崎〉

とある。

(4)陳王覩麗人（洛）

曹植が朝廷から歸る途中、洛水で休息した折、神女の事を思って洛神賦を作った故事に基づく。この說話は『文選』巻十九、曹植の「洛神賦」に

容與乎楊林、流眄乎洛川。於是精移神駭、忽焉思散。俯則未察、仰以殊觀。覩一麗人于巖之畔。〈徐・理〉

とある。

曹操

(1)曹公之夢澤（霧）

曹操が戦争に敗れ、雲夢澤に到った折、大霧に遇い、路に迷った故事に基づく。この説話は『太平御覧』巻十五所載の『王粲英雄記』に

曹公赤壁敗、行至㆓雲夢大澤中㆒、遇㆓大霧㆒、迷失㆓道路㆒。〈徐・理・崎〉

とある。

(2)若能長止渇（梅）

曹操が行軍の途中、水を汲む道を見失い、そのために兵士の喉が渇いた。そこで「前方に梅林がある」と言って、兵士の口に唾液を出させて渇きを潤わさせた故事に基づく。この説話は『世説新語』巻下之下「假譎第二十七」に

魏武行役失㆓汲道㆒。軍皆渇。乃令曰、前有㆓大梅林㆒、饒㆑子甘酸。可㆓以解㆑渇。士卒聞㆑之、口皆出㆑水。乘㆑此得㆑及㆓前源㆒。〈徐・理[305]・陽・崎〉

とある。

王粲

(1)銷憂乘暇日、誰識仲宣才（樓）

(2)王粲銷夏日[306]（原）

後漢の獻帝の時、王粲は亂を避けて、荊州の劉表の處に身を寄せていた。その時、江陵の城樓に登り、身の不遇や故郷を思う心情を賦した故事に基づく。この説話は『文選』巻十一、王粲の「登樓賦」に

登二茲樓一以四望兮、聊暇レ日以銷レ憂。覽二斯宇之所レ處兮、實顯敞而寡レ仇。（中略）情眷眷而懷レ歸兮。孰憂思之可レ任。

とある。賦を作るに至った事情について、李善は盛弘之の『荊州記』を引きて「富陽縣城樓、王仲宣登レ之而作レ賦」といい、劉良は『魏志』を引きて「王粲山陽高平人。少而聰惠有二大才一。仕爲二侍中一。時董卓作レ亂。仲宣避二難荊州一、依二劉表一、遂登二江陵城樓一。因懷レ歸而有二此作一。述二其進退危懼之情一也[307]」と言っている。

稽康

風前中散至（琴）

會稽の賀思令は琴を彈くのがうまかった。以前、風の吹く夜、琴を彈いていると、稽康（字、中散）が現われて賞賛した故事に基づく。この說話は呉淑の『事類賦注』（中華書局、一九八九年十二月）卷十一「樂部・琴」所引の『世說新語』に

會稽賀思令善彈レ琴。嘗夜坐二月中一、臨レ風鳴レ弦。忽有二一人一。形貌甚偉、著レ械、有二慘色一、在二中庭一稱レ善。便與交レ語、自云是稽中散。謂レ賀云、卿手下極快、但於二古法一未レ備。因授以二廣陵散一。賀遂傳レ之、于レ今不レ絶。

〈徐〉

とある。

陳琳

頭風難覺愈　陳草未知名（檄）

陳琳は檄文や文書を作り上奏した。曹操がそれを讀むと頭痛が治った故事に基づく。この説話は『三國志』巻二十一「魏書二十一・陳琳傳」所載の『典略』に

琳作二諸書及檄一、草成呈二太祖一。太祖先苦二頭風一。是日疾發、臥讀二琳所レ作、翕然而起曰、此愈二我病一。數加二厚賜一。〈徐・理・崎〉[308]

とある。

鄧哀王沖

量舟入魏墟（象）

曹沖は幼少の頃から聰明で、舟を使って象を測量した故事に基づく。『三國志』巻二十「魏書二十・鄧哀王沖」に

鄧哀王沖字倉舒。少聰二察岐嶷一、生五六歳、智意所レ及、有下若二成人一之智上。時孫權曾致二巨象一、太祖欲レ知二其斤量一、訪二之群下一。咸莫三能出二其理一。沖曰、置二象大船之上一、而刻二其水痕所レ至、稱レ物以載レ之、則校可レ知矣。太祖大悦、卽施行焉。〈徐・理・陽・崎〉[309]

とある。

呉

葛玄

玉井冀來求（銭）

仙となった葛玄が人に銭を渡して井戸の中に投げ入れさせ、その銭に向って呼ぶと次々と銭が井戸の中から飛び出し

てきた故事に基づく。この説話は『捜神記』[310]巻一に

（葛玄）以二數十錢一、使三人散投二井中一。玄以二一器于井上一呼レ之、錢一一飛從レ井出。

とあり、略ぼ、同文が『神仙傳』[311]巻八に

（葛玄）能取二數十錢一、使三人散投二井中一。玄徐徐以二器於上一呼、錢出於レ是一一飛從二井中一出、悉入二器中一。

とある。また、『太平御覽』巻八百三十六所載の『葛仙公別傳』に

取二十錢一、使三人一一投二井中一、公井上以レ器接レ錢、人見下從二井中一一一飛出入中公器中上。投二入刻識之所一レ呼、皆得二是所レ投者一。〈徐〉

とある。

孫堅

杞國旦生雲（井）

孫堅が董卓を討って杞國に入ると、井戸から五色の雲が湧き上った故事に基づく。『白氏六帖事類集』（新興書局、中華民國六十四年五月刊）巻三「井第十一」に

孫堅討二董卓一至二杞國一、井出二五色雲一。

とある。これは『三國志』巻四十六「呉書・孫堅傳」所載の『呉書』にみえる

堅入レ洛、埽二除漢宗廟一、祠以二大牢一。堅軍城南甄官井上、旦有二五色氣一。擧レ軍驚怪、莫レ有二敢汲一。

に據ったものか。

孫權趙夫人

清風入幌初（帷）

孫權が暑かったので帷を擧げさせたのに對して、趙夫人は思慮を窮めんとして帷を下げさせた。すると、清風が入って來た故事に基づく。この説話は『拾遺記』巻八「呉」に

權居二昭陽宮一、倦レ暑。乃褰二紫綃之帷一。夫人曰、此不レ足レ貴也。權使三夫人指二其意思一焉。答曰、妾欲レ窮レ慮盡レ思、能使レ下二綃帷一。而清風自入。視外無レ有下蔽二礙列侍一者上。飄然自涼。若二馭レ風而行一也。〈崎〉

とある。

曹不興

繞畫蠅初落（墨）

曹不興が屏風に誤って筆を落した。孫權がその點をみて、生きた蠅であるといって指で彈いた故事に基づく。この説話は『藝文類聚』巻六十九「服飾部上・屏風」所載の『呉録』に

曹不興善畫二屏風一。誤落レ筆點レ素。因就以作レ蠅。權以爲二生蠅一、擧レ手彈レ之。〈崎〉

とある。右の説話は『北堂書鈔』巻一百三十二「服飾部一・屏風十一」所載の『呉録』にもみえる。

孟宗

蘭交聚北堂（被）

孟宗の母は自分の子供に才能がなく、才德ある人と後々まで交際できるように、友達と一緒に寝ることができる大き

な夜着を作った故事に基づく。この説話は『藝文類聚』巻七十「服飾部下・被」所載の『列女傳』に

江夏孟宗、少遊學、與二同學一共處。母爲作二十二幅被一。其鄰婦怪問レ之。母曰、小兒無二異操一。懼二朋類之不一レ顧。故大二其被一、以下招二貧生一之臥上。庶レ聞二君子之言一耳。〈徐・崎〉

とある。また、『三國志』巻四十八「吳書・孫皓傳」所載の『吳錄』に

仁、字恭武、江夏人也。本名宗。避二皓字一易焉。少從二南陽李肅一學。其母爲作二厚蓐大被一。或問二其故一。母曰、小兒無レ德致レ客、學者多レ貧、故爲二廣被一。庶レ可下復與二氣類一接上也。

とある。

李衡

千株布葉繁（橘）

李衡は新居に千本の橘を植え、子供に殘した故事に基づく。この說話は『三國志』巻四十八「三嗣主傳第三・孫休傳」所載の『襄陽記』に

衡毎欲レ治レ家、妻輒不レ聽。後密遣二客十人於武陵龍陽氾洲上一作レ宅、種二甘橘千株一。臨レ死、敕レ兒曰、汝母惡二我治一レ家、故窮如レ是。然吾州里有二千頭木奴一、不レ責二汝衣食一、歲上二一匹絹一、亦可レ足レ用耳。〈徐[312]・理[313]・陽〉

とある。

蜀

諸葛亮

縦横齊八陣（旗）

諸葛亮が兵法を敷衍して八陣を作った故事に基づく。この說話は『三國志』巻三十五「蜀書・諸葛亮傳第五」に

亮性長二於巧思一、損益連弩、木牛流馬、皆出二其意一。推二演兵法一、作二八陣圖一。咸得二其要一云。〈崎〉

とある。

鄧芝

玄猿坐見傷（弩）

鄧芝が猿の母子を弩で射て、母猿を殺した。すると子猿が母猿から箭を抜いて、傷口を木葉で被ったのをみて、弩を水中に捨てた故事に基づく。この說話は『太平御覽』巻三百四十八「兵部七十九・弩」所載の『華陽國志』に

鄧芝征二涪陵一、見三玄猿抱レ子在二樹上一。引レ弩射レ之、中二猿母一。其子爲下拔レ箭以二木葉一塞上レ瘡。芝乃歎息曰、嘻、吾違二物之性一。其將レ死矣、投二弩水中一。芝後果死。〈徐・理・崎〉[314]

とある。

費褘

莫驚今吐哺、爲覩鳳凰來（麟）

孫權が費褘を接待するに當り、群臣に伏食して立つ必要がないと言った。費褘が到着すると、孫權は食事を止めたが、群臣が立たなかったのを嘲った故事に基づく。この說話は『三國志』巻六十四「吳志・諸葛恪傳第十九」の裴松之注所引の『恪別傳』に

權嘗饗二蜀使費一。先逆敕二群臣一、使至伏レ食勿レ起。禕至、權爲レ輟レ食。而群下不レ起。禕嘲レ之曰、鳳皇來翔、騏驎吐レ哺、驢騾無レ知、伏レ食如レ故。[315][316]〈理・陽〉

とある。

西晉

衞玠

(1)徒知觀衞玉（市）

(2)童子馭車來（羊）

衞玠は少年の時から〝玉人〟と稱され、彼が街を行くと、街の人がこぞってみたという故事に基づく。この說話は『晉書』卷三十六「衞玠傳」に

玠字叔寶。年五歲、風神秀異。祖父瓘曰、此兒有レ異二於衆一。顧二吾年老一、不レ見二其成長一耳。總角乘二羊車一入レ市、見者皆以爲二玉人一。觀レ之者傾レ都。[317][318]〈徐・理・陽・崎〉

とある。

左思

(1)握管門庭側（筆）

(2)左思裁賦日（硯）

左思が「三都賦」を作るのに十年の構想を要した故事に基づく。この說話は『晉書』卷九十二「文苑傳・左思傳第六

十二」に

欲レ賦二三都一、會姝芬入レ宮、移二家京師一。乃詣二著作郎張載一、訪二岷邛之事一。遂構思十年、門庭藩溷皆著二筆紙一、遇レ得二一句一。卽便疏レ之。〈徐[319]・理[320]・崎〉

とある。

張華

(1) 豊城寶氣新（星）

(2) 紫氣早干星（劍）

豊城に埋れていた二本の古劍が光を放って天に到り、紫氣を出現させた。張華が緯象に精通していた雷煥にこれを観させた故事に基づく。この説話は『晉書』巻三十六「張華傳第六」に

初、吳之未レ滅也、斗牛之閒常有二紫氣一。道術者皆以二吳方強盛一、未レ可レ圖。惟華以爲不レ然。及二吳平之後一、紫氣愈明。華聞三豫章人雷煥妙二達緯象一。乃要レ煥宿、屛レ人曰、可下共尋二天文一、知中將來吉凶上。因登レ樓仰觀。煥曰、僕察レ之久矣、惟斗牛之閒、頗有二異氣一。華曰、是何祥也。煥曰、寶劍之精。上徹二於天一耳。華曰、君言得レ之。吾少時有二相者一言、吾年出二六十一、位登二三事一。當下得二寶劍一佩上レ之。斯言豈效與。因問曰、在二何郡一。煥曰、在二豫章豐城一。華曰、欲二屈レ君爲一レ宰、密共尋レ之可乎。煥許レ之。華大喜、卽補レ煥爲二豐城令一。煥到レ縣、掘二獄屋基一。入レ地四丈餘、得二一石函一。光氣非レ常。中有二雙劍一。並刻レ題、一曰龍泉、一曰太阿。其夕、斗牛閒氣不二復見一焉。〈徐・理・崎〉

とある。

潘岳

(1)中郎作賦成（雉）

潘岳が虎賁中郎將に任ぜられている時に「射雉賦」を作った故事に基づく。『文選』巻十三「秋興賦」序に

以㆓太尉掾㆒兼㆓虎賁中郎將㆒。寓㆓直于散騎之省㆒。

とあり、同書巻九に潘岳の「射雉賦」がある。〈徐・理・陽・崎〉

(2)俠客遠相望、佳遊滿帝鄉（彈）

潘岳は美男子で、若い時、弓を小脇にかかえて道に出ると、婦人達が手をつないで取り巻いた故事に基づく。この説話は『世說新語』巻下之上「容止」に

潘岳妙有㆓姿容㆒。好㆓神情㆒。少時、挾㆑彈出㆓洛陽道㆒、婦人遇者、莫㆑不㆓連㆑手共縈㆒㆑之。〈徐〉

とある。

綠珠

(1)妙妓遊金谷（舞）

(2)舞隨綠珠去（樓）

石崇の愛妾綠珠はつやつやとして美しかった。孫秀が綠珠を求めたが、石崇は拒絶した。そのため、石崇が罪せられた。綠珠は樓から飛び降りて死んだ故事に基づく。この説話は『晉書』巻三十三「石崇傳第三」に

崇有㆑妓曰㆓綠珠㆒。美而豔、善吹㆑笛。孫秀使㆓人求㆒㆑之。崇時在㆓金谷別館㆒。方登㆓涼臺㆒、臨㆓清流㆒。婦人侍㆑側。

使者以告。崇盡出二其婢妾數十人一以示レ之。皆蘊二蘭麝一、被二羅縠一。曰在レ所レ擇。使者曰、君侯服御麗則麗矣。然本受レ命指二索綠珠一、不レ識二孰是一。崇勃然曰、綠珠吾所レ愛、不レ可レ得也。使者曰、君侯博レ古通レ今、察レ遠照レ邇。願加二三思一。崇曰、不レ然。使者出而又反、崇竟不レ許。秀怒、及三勸レ倫誅二崇・建一。崇・建亦潛知二其計一、乃與二黄門郎潘岳一陰勸二淮南王允・齊王冏一、以圖二倫秀一。秀覺レ之。遂矯レ詔收二崇及潘岳・歐陽建等一。崇正宴二於樓上一、介士到レ門。崇謂二綠珠一曰、我今爲レ爾得レ罪。綠珠泣曰、當レ效二死於官前一。因自投二于樓下一而死。[321][322]〈徐・理・崎〉

とある。

王祥

入幕應王祥（雀）

王祥の母が雀の焼鳥を食べたいと言った。すると、王祥の張った幕に數十羽の雀が入ってきた故事に基づく。この説話は『晉書』巻三十三「王祥傳第三」に

祥性至孝。（中略）母又思二黄雀炙一。復有三黄雀數十飛入二其幙一。復以供レ母。郷里驚歎、以爲二孝感所レ致焉。〈徐・理・陽・崎〉

とある。略ぼ同文が『藝文類聚』巻九十二「鳥部下・雀」所載の『蕭廣濟孝子傳』に

王祥後母病、欲レ得二黄雀炙一。祥自念卒難レ致。須臾、忽有二數千黄雀一、飛入二其幕一。

とある。

王濟

地馬列金溝（錢）

王濟の性質は豪奢で、廣い土地を購入して馬場を作ったが、周圍の柵は錢で造った故事に基づく。この說話は『晉書』卷四十二「王濟傳第十二」に

性豪侈、麗服玉食。時洛京地甚貴。濟買レ地爲二馬埒一、編レ錢滿レ之。時人謂レ爲二金溝一。〈崎〉

とあり、『世說新語』下卷下「汰侈第三十」に

王武子被レ責、移二第北邙下一。于レ時人多レ地貴。濟好二馬射一、買レ地作レ埒、編レ錢帀レ地竟レ埒。時人號曰二金溝一。

〈理〉

とある。

王戎

王戎戲陌晨（李）

王戎は幼い時から聰明で、子供達が道端の李樹の實を採りに行ったが、王戎は苦い李だと判斷して行かなかった故事に基づく。この說話は『晉書』卷四十三「王戎傳第十三」に

戎幼而穎悟、神彩秀徹。（中略）嘗與二群兒一嬉二於道側一。見二李樹多レ實、等輩競趣レ之。戎獨不レ往。或問二其故一。戎曰、樹在二道邊一而多レ子、必苦李也。取レ之信然。〈徐・理[323]・陽[324]〉

とある。

何曾

何曾筯欲收（錢）

何曾は毎食に贅を盡し、日に一萬錢を費やした。それでも箸を収めて食べるものがないと言った故事に基づく。この說話は『晉書』卷三十三「何曾傳第三」に

性奢豪、務在二華侈一。帷帳車服、窮二極綺麗一。廚膳滋味、過二於王者一。每二燕見一、不レ食二太官所レ設。帝輒命取二其食一、蒸餅上、不三坼作二十字一不レ食。食日萬錢。猶曰無二下レ箸處一。[325]〈徐・理・崎〉

とある。

夏侯湛

洛京連勝友（玉）

夏侯湛は文才だけでなく美貌もよく、潘岳と仲良く、常に行動を一緒にした故事に基づく。この說話は『晉書』卷五十五「夏侯湛傳第二十五」に

湛幼有二盛才一。文章宏富、善構二新詞一。而美二容觀一、與二潘岳一友善。每二行止一同レ輿接レ茵。京都謂二之連璧一。〈徐・理〉

とある。

樂廣

方知樂彥輔　自有鑒人才（鏡）

樂廣（字、樂彥）はくもりのない水鏡のような人であると評された故事に基づく。この說話は『晉書』卷四十三「樂廣傳第十三」に

尙書令衞瓘、朝之耆舊。逮下與二魏正始中諸名士一談論上。見レ廣而奇レ之曰、自二昔諸賢既沒一、常恐二微言將レ絕。而今乃復聞二斯言於君一矣。命二諸子一造焉。曰、此人之水鏡、見レ之瑩然若下披二雲霧一而覩中靑天上也。[326][327]〈徐・理・崎〉

とある。

向秀

行觀向子賦　坐憶鄰人情（笛）

向子期が隣人の笛を聴いて「思舊賦」を作った故事に基づく。この說話は『晉書』卷四十九「向秀傳第十九」に

余與二嵇康・呂安一居止接近。其人竝有二不羈之才一。嵇意遠而疏、呂心曠而放。其後竝以レ事見レ法。嵇博綜二伎藝一、於二絲竹一特妙。臨レ當就レ命、顧二視日影一、索レ琴而彈レ之。逝將二西邁一、經二其舊廬一。于レ時日薄二虞泉一、寒冰凄然。鄰人有二吹レ笛者一。發レ聲寥亮。追二想曩昔游宴之好一、感レ音而歎、故作レ賦曰、云云〈徐・崎〉

とある。

山簡

煙虛習池靜（池）

山簡が荆州刺史であった時、習郁が范蠡に習って作った魚池の習家池でいつも醉飮した故事に基づく。この說話は『晉書』卷四十三「山簡傳第十三」に

簡優游卒レ歳、唯酒是耽。諸習氏、荊土豪族、有二佳園池一。簡毎出二嬉遊一、多之二池上一、置酒輒醉、名レ之曰二高陽池一。

とあり、また、『世説新語』巻下之上「任誕第二十三」所載の『襄陽記』に

漢侍中習郁於二峴山南一、依二范蠡養魚法一作二魚池一。池邊有二高隄一。種二竹及長楸一、芙蓉菱芡覆レ水、是遊燕名處也。山簡毎レ臨二此池一、未三嘗不二大醉而還一。曰、此是我高陽池也。襄陽小兒歌レ之。

とある。

司馬騰

常山瑞馬新（玉）

司馬騰が常山へ行った時、大雪に遭ったが、雪が融けて積らない所を掘ってみると玉馬が出てきた故事に基づく。この説話は『晉書』巻三十七「宗室・新蔡武哀王騰傳第七」に

初、騰發二并州一、次二于眞定一。値二大雪一。平地數尺、營門前方數丈雪融不レ積。騰怪而掘レ之得二玉馬一。高尺許、表二獻之一。〈徐・[328]理・崎〉

とある。また、ほぼ同文が『異苑』[329]巻四に

自二并州一遷鎭レ鄴、行次二眞定一時、久積レ雪而當二其門前方十數歩一、獨液不レ積。騰恠而掘レ之得二玉馬一。高尺許、口齒皆缺。〈徐〉

とある。但し、『藝文類聚』巻八十三「寶玉部・玉」所載の『異苑』に

晉東瀛王騰鎭レ鄴、游二常山一、天時大雪。融液不レ積、掘得二玉馬一。

と略文を載す。

荀勖

花搖仙鳳色（池）

荀勖が尙書令に任命されたが、中書令を解かれたことに不滿を抱いた故事に基づく。この說話は『晉書』卷三十九「荀勖傳第九」に

勖久在二中書一、專管二機事一。及レ失レ之、甚罔罔悵恨。或有二賀レ之者一。勖曰、奪二我鳳凰池一、諸君賀レ我邪。

とある。鳳凰は禁苑中にある池の名。池のほとりに中書省があるので、轉じて中書省、または宰相をいう。

石崇

河陽步障新（錦）

石崇は王愷に對抗して、錦で五十里の步障（道の兩側に張る幕）を作った故事に基づく。この說話は『晉書』卷三十三「石崇傳第三」に

與二貴戚王愷・羊琇之徒一以二奢靡一相尙。愷以レ粭澳レ釜。崇以二蠟代一レ薪。愷作二紫絲布步障四十里一、崇作二錦步障五十里一以敵レ之。〈崎〉

とある。また、『世說新語』卷下之下「汰侈第三十」にも

王君夫以二粭糒一澳レ釜。石季倫用二蠟燭一作レ炊。君夫作二紫絲布步障碧綾裏四十里一、石崇作二錦步障五十里一以敵レ之。〈徐・理〉[330]

とある。

萬推

萬推方演夢（象）

萬推が象の夢をみた張茂に、太守になるが必ず人に殺されると予言した故事に基づく。この說話は『晉書』卷七十八「張茂傳第四十八」に

茂少時、夢得二大象一、以問二占夢萬推一。推曰、君當レ爲二大郡一而不レ善也。問二其故一。推曰、象者大獸。獸者守也。故知當レ得二大郡一。然象以レ齒焚、爲二人所レ害。果如二其言一。

とある。また、『異苑』(331)卷七にも

會稽張茂、字偉康。嘗夢得二大象一以問二萬雅（推）一。推曰、君當下爲二大郡守一而不中能善上レ終。大象者大獸也。取二諸其音一、獸者守也。故爲二大郡一。然象以レ齒焚二其身一。後必爲二人所レ殺。茂永昌中、爲二吳興太守一、値二王敦一問レ鼎。執レ正不レ移。敦遣三沈充殺レ之而取二其郡一。〈徐・理(332)・陽(333)・崎〉

とある。

滿奮

在吳頻喘月（牛）

風を怖がる滿奮が一見風を透しそうな琉璃屛に困惑しているのを武帝が笑ったのに答えた故事に基づく。この說話は『世說新語』卷上之上「言語第二」に

滿奮畏レ風。在二晉武帝坐一。北窻作二琉璃屛一。實密似レ疎、奮有二難色一。帝笑レ之。奮答曰、臣猶二吳牛見レ月而喘一。[334]〈徐・崎〉

とある。また、『風俗通義』[335]に

吳牛望レ月則喘、使之苦二於日一、見レ月怖亦喘。〈徐〉

とある。

陸機

君苗徒見爇　誰識士衡篇（硯）

陸機（字・士衡）は文才豊かな人で、弟の陸雲は兄の文章をみては筆・硯を燒こうとした故事に基づく。この說話は『晉書』巻五十四「陸機傳第二十四」に

機天才秀逸、辭藻宏麗。張華嘗謂レ之曰、人之爲レ文、常恨二才少一。而子更患二其多一。弟雲嘗與レ書曰、君苗見二兄文一、輒欲レ燒二其筆硯一。〈徐・崎〉

とある。

東晉

王羲之

(1)誰肯訪山陰（蘭）

「山陰」は縣名で浙江省に屬す。王羲之と群賢が山陰の蘭亭に集った故事に基づく。この說話は『說郛』（宛委山堂本）

弓七十五所録の王羲之の「蘭亭記」に

永和九年、歳在㆓癸丑㆒。暮春之初、會㆓于會稽山陰之蘭亭㆒。修㆓禊事㆒也。群賢畢至、少長咸集。〈徐〉

とある。

(2)請君看入木（書）

王羲之が祝版に書くと、墨痕が三分染み込んだ故事に基づく。この説話は『書斷』巻二の王羲之に

晉帝時、祭㆓北郊㆒、更㆓祝版㆒、工人削㆑之、筆入㆑木三分。[336]〈徐・理〉

とある。

孫綽

(1)時聞擲地聲（賦）

(2)擲地響孫聲（金）

(1)(2)ともに、孫綽が友人に作った「天台山賦」を地面にたたきつけると金石の音がでると自慢した故事に基づく。この説話は『晉書』巻五十六「孫綽傳」に

嘗作㆓天台山賦㆒。辭致甚工。初成、以示㆓友人范榮期㆒、云、卿試擲㆑地、當㆑作㆓金石聲㆒也。榮期曰、恐此金石非㆑中㆓宮商㆒。然每㆑至㆓佳句㆒、輒云、應㆓是我輩語㆒。[337][338][339]〈徐・理・崎〉

とある。『世説新語』巻上之下「文學」にもみえる。

竇滔妻蘇氏

(1)機上錦文廻（詩）

(2)色美廻文妾（錦）

前秦の秦州刺史竇滔の妻蘇若蘭が錦に廻文詩を織り込んで、放流された夫に贈った故事に基づく。この説話は『晉書』巻九十六「竇滔妻蘇氏」に

竇滔妻蘇氏、始平人也。名蕙、字若蘭。善屬㆑文。滔、苻堅時爲㆓秦州刺史㆒、被㆑徙㆓流沙㆒。蘇氏思㆑之、織㆑錦爲㆓廻文旋圖詩㆒以贈㆑滔。宛轉循環以讀㆑之、詞甚悽惋。凡八百四十字、文多不㆑錄。〈徐・理・崎〉

とある。

王凝之妻謝氏

檐前花似雪（柳）

太傅謝安が雪の降る日、一族を集めて詩宴を催した。その際、妻の謝道韞が降る雪を風に舞う柳絮に譬えた故事に基づく。この説話は『晉書』巻九十六「列女・王凝之妻謝氏六十六」に

嘗内集。俄而雪驟下。安曰、何所㆑似也。安兄子朗曰、散㆓鹽空中㆒差可㆑擬。道韞曰、未㆑若㆓柳絮因㆑風起㆒。安大悅。〈徐・崎[340]〉

とある。また、『世説新語』巻上之上「言語第二」に

謝太傅寒雪日内集、與㆓兒女㆒講㆓論文義㆒。俄而雪驟。公欣然曰、白雪紛紛何所㆑似。兄子胡兒曰、撒㆓鹽空中㆒差可㆑擬。兄女曰、未㆑若㆓柳絮因㆑風起㆒。公大笑樂。卽公大兄無奕女、左將軍王凝之妻也。

とある。『晉書』、『世説新語』にみえる「柳絮」と詩句の「花」との關連については『神農本草經』巻三に

柳華、一名柳絮。

とあるのに據る。

葛洪

莫驚反覆手　當取葛洪規（紙）

葛洪は貧しかったので學習するための紙が十分でなかった。そのために何度も重ね書きをした故事に基づく。この說話は『晉書』巻七十二「葛洪傳第四十二」に

洪少好レ學、家貧、躬自伐レ薪、以貿二紙筆一、夜輒寫書誦習。遂以二儒學一知レ名。

とある。更に詳しい文章が『抱朴子』外篇巻五十「自敍」に

卒於二一家少レ得二全部之書一、益破レ功日伐レ薪賣レ之、以給二紙筆一。就下營二田園一處上、以二柴火一寫レ書。坐レ此之故、不レ得二早涉二藝文一。常乏レ紙、毎レ所レ寫、反覆有レ字。人尠二能讀一レ書也。〈徐・理・崎〉

とある。

桓溫

司馬屢飛觀（琵琶）

桓溫が謝尙の琵琶の演奏をしばしば鑑賞していた。或る人が謝尙になぞらえられることは、名譽なことではないと忠告をすると、謝尙には仙人の風情があると言った故事に基づく。この說話は『世說新語』巻下之上「容止第十四」に

或下以レ方二謝仁祖一不二乃重一者上。桓大司馬曰、諸君莫二輕道一、仁祖企二脚北窻下一彈二琵琶一、故自有二天際眞人想一。

〈徐・崎〉

とある。また、『太平御覧』巻五百八十三「樂部二十一・琵琶」所載の『語林』に

謝鎭西着二紫羅襦一、據二胡床一、在二大市佛圖門樓上一彈二琵琶一、作二大道曲一。

とある。尚、底本は「觀」を「歡」に作る。誤り。

謝安

蒲葵實曉清（扇）

謝安が五萬とある蒲葵扇の中から一つ取ると都の人が競って求め、その價値が數倍になった故事に基づく。この說話は『晉書』巻七十九「謝安傳四十九」に

安少有二盛名一。時多二愛慕一。鄕人有下罷二中宿縣一者上。[341]還詣レ安。安問二其歸資一。答曰、有二蒲葵扇五萬一。安乃取二其中者一捉レ之、京師士庶競市、價增數倍。〈徐・理・崎〉

とある。

謝尙

將軍曾入賞（琵琶）

鎭西將軍謝尙が佛圖門樓上で琵琶を彈き、大道曲を作った故事に基づく。この說話は『太平御覧』巻五百八十三「樂部二十一・琵琶」所載の『語林』に

謝鎭西着二紫羅襦一、據二胡床一、在二大市佛圖門樓上一、彈二琵琶一、作二大道曲一。〈徐

とある。

陶潛

無復白衣來（菊）

陶潛は酒好きで、ある年の重陽節に酒を飲もうと思ったが酒がなく、しかたなく菊を採っていると、太守王弘が白衣人（小役人）に託して酒を送ってくれた故事に基づく。この説話は『藝文類聚』巻四「歳時中・九月九日」所載の劉宋・檀道鸞の『續晉陽秋』に

陶潛嘗九月九日無レ酒。宅邊菊叢中、摘レ菊盈レ把、坐二其側一久。望二見白衣至一。乃王弘送レ酒也。卽便就レ酒、醉而後歸。〈徐・崎〉[342]

とある。『宋書』巻九十三「隱逸・陶潛傳五十三」及び『南史』巻七十五「隱逸上・陶潛傳七十五」には『續晉陽秋』の章句を簡略にして、

嘗九月九日無レ酒。出二宅邊菊叢中一坐久レ之。逢二弘送レ酒至一。卽便就レ酌、醉而後歸。

とあるが、「白衣」の語がみえない。

後趙

石虎

(1)威紆屈膝迴（屛）

石虎が屈膝の屛風を造った故事に基づく。この説話は『太平御覽』巻七百一「服用部三・屛風」所載の『鄴中記』に

石虎作二金銀鈕屈膝屏風一。〈徐・理〉

とある。

(2)宛轉琱韃際（弓）

石虎の女騎が美しく曲った弓を持っていた故事に基づく。この説話は『太平御覧』巻三百四十七「兵部七十八・弓」所載の『鄴中記』に

石虎女騎皆手持二雌黄宛轉角弓一。

とある。

梁

江淹

(1)江淹起恨年（原）

江淹が、昔の人は恨みをこらえて死んでいった慨嘆を「恨賦」を作って述べた故事に基づく。この説話は『文選』巻十六の「恨賦」に

試望二平原一。蔓草縈レ骨、拱木斂レ魂。人生到レ此、天道寧論。於レ是僕本恨レ人、心驚不レ已。直念二古者伏レ恨而死一。云云[343][344]〈徐・理・崎〉

とある。

(2)錦色夢中開（筆）

江淹は若い時に文才があったが、ある日、夢の中に郭璞が現われて筆を返せといわれ、五色の筆を返すと、その後、

美句ができなくなった故事に基づく。この説話は『南史』巻五十九「江淹傳第四十九」に

嘗宿二於治亭一、夢一丈夫自稱二郭璞一。謂レ淹曰、吾有レ筆。在二卿處一多年、可二以見一レ還。淹乃探二懷中一、得二五色筆一一、以授レ之。爾後爲レ詩、絶無二美句一。時人謂二之才盡一。〈徐・崎〉

とある。

北魏

李崇

向樓疑吹擊（鼓）

李崇が兗州刺史の時、強盜が頻發したので、鼓樓を設けて擊退した故事に基づく。この説話は『魏書』巻六十六「李崇傳第五十四」に

以二本將軍一除二兗州刺史一。兗土舊多二劫盜一。崇乃村置二一樓一、樓懸二一鼓一。盜發之處、雙槌亂擊。四面諸村始聞者撾レ鼓一通、次復聞者以レ二爲レ節、次後聞者以レ三爲レ節。各擊二數千槌一。諸村聞レ鼓、皆守二要路一。是以盜發俄頃之間、聲布二百里之內一。其中險要、悉有二伏人一。盜竊始發、便爾擒送。諸州置レ樓懸レ鼓、自レ崇始也。(345)

とある。

北周

柳遐

英靈已傑士（江）

僕射の謝擧が柳遐を江・漢の英靈と褒めた故事に基づく。この說話は『周書』卷四十二「柳遐傳第三十四」及び『北史』卷七十「柳遐傳第五十八」に

謝擧時爲二僕射一。引レ霞與語、甚嘉レ之。顧謂レ人曰、江漢英靈見二於此一矣。〈徐〉

とある。

時代不明

秦青

歌發行雲駐（歌）

秦青は歌がうまく、その歌聲の響きが大空に入ると、行雲が止まった故事に基づく。この說話は『列子』卷五「湯問」に

薛譚學二謳於秦青一。未レ窮二青之技一、自謂盡レ之。遂辭レ歸。秦青弗レ止、餞二於郊衢一、撫レ節悲歌、聲振二林木一、響遏二行雲一。薛譚乃謝求レ反、終身不二敢言一レ歸。〈徐・理〉

とある。また、ほぼ同樣の說話が『博物志』卷五にみえる。〈崎〉

劉玄石

會從玄石飲（酒）

劉玄石は千日間醉いが醒めないという酒を買ったが、醉いの限度を忘れて泥醉した。家人は死んだと思って葬ったが、三年を經て、酒屋の主人の說明によって棺を開けると、死んだはずの玄石が醉いから醒めたところであった故事に基

づく。この說話は『太平御覽』巻八百四十五「飲食部三・酒下」所載の『博物志』に

劉玄石曾於二中山酒家一酤レ酒。酒家與二千日酒一、飲レ之至レ家大醉。其家不レ知、以レ爲レ死葬レ之。後酒家計レ向二千日一、往視レ之、云二已葬一。於レ是開レ棺、醉始醒。俗云、玄石飲レ酒、一醉千日。

とある。右の内容を少し詳述したものが同書巻四百九十七の「人事部一百三十八・酣醉」に『博物志』として記載されている。(346)『博物志』よりやや遅れて編集された『搜神記』(347)にもこの說話が收錄されているが、『博物志』と記述が大きく異なるので次に擧げておく。

狄希、中山人也。能造二千日酒一、飲レ之亦千日醉。時有二州人姓𠫓（玄）名石一。好レ飲レ酒、欲レ飲二於希家一。翊日往求レ之。希曰、我酒發來未レ定。不二敢飲レ君。石曰、縱未レ熟、且與二一盃一。得否。希聞二此語一、不レ免レ飲レ之。旣盃。復索曰、美哉。可二更與レ之。希曰、且歸、別日當レ來。只此一盃、可レ眠二千日一也。石卽別。似レ有二作色一。旋至レ家、已醉死矣。家人不レ知。乃哭而葬レ之。經二三年一、希曰、𠫓（玄）石必應二酒醒一、宜二往問レ之。旣往二石家一。語曰、石在否。家人皆怪レ之曰、𠫓（玄）石亡來、服已闋矣。希驚曰、酒之美矣。而致レ醉眠千日、計レ日今合レ醒矣。乃命二家人一、鑿レ塚破レ棺看レ之。卽見二塚上一汗氣徹レ天。遂命レ發レ塚。方見二張レ目開レ口、引レ聲而言一曰、快哉、醉レ我也。因問レ希曰、你作二何物一也。令二我一盃大醉一。今日方醒。日高幾許矣。墓上人皆笑レ之。被三石酒氣衝二入鼻中一、亦各醉臥三月。世人之異事、可レ不レ錄乎。

呂球

東平春溜通（菱）

東平の呂球が曲阿湖で菱を採る一人の少女をみつけた。球がこれを射ると獺（かわうそ）であった故事に基づく。この

説話は『藝文類聚』巻八十二「草部下・菱」所載の『幽明録』に

東平呂球、豊財美貌。乗レ船至二曲阿湖一。値レ風不レ得レ行。泊二菰際一、見二一少女乗レ船採一レ菱、擧レ體皆衣二荷葉一。因問姑非レ鬼耶。衣レ服何至如レ此。女則有二懼色一。答云、子不レ聞荷衣兮蕙帶、倏而來兮忽而逝乎。然有レ懼レ容。迴舟理レ棹、逡巡而去。球遙射レ之、卽獲二一獺一。向者之船、皆是蘋蘩薀藻之葉。〈徐[348]・理[349]・崎〉

とある。

陶答子妻

(1)寧思玄豹情（霧）

(2)若今逢霧露　長隠南山幽（豹）

南山の豹は自分の毛を守るために、雨や霧が降ると身を潜めて出ない。この例を引きあいに出して、陶大夫の答子の妻が夫に身を遠害より藏すことを勸めた故事に基づく。この説話は『列女傳』巻二「賢明傳」の「陶答子妻」に

答子治レ陶三年、名譽不レ興、家富三倍。其妻數諫不レ用。（中略）妾聞、南山有二玄豹一。霧雨七日而不二下食一者、何也。欲下以澤二其毛一而成中文章上也。故藏而遠害。犬彘不レ擇レ食、以肥二其身一。坐而須レ死耳。〈徐[350]・理・崎〉

とある。

商陵の牧子

鶴引入琴哀（鳧）

商陵の牧子の妻に子供がいなかったので、父兄が別の妻を娶らせようとした。妻がそれを知って悲しんでいたので、

牧子が哀れみ、曲を作った故事に基づく。この説話は『樂府詩集』巻五十八「琴曲歌辭・別鶴操」所載の『古今注』（崔豹著）に

別鶴操、商陵牧子所レ作也。娶レ妻五年而無レ子。父兄將二爲レ之改娶一。妻聞レ之、中夜起倚レ戸而悲嘯。牧子聞レ之、愴然而悲。乃援レ琴而歌。〈徐・陽〉

とある。

右の調査結果を整理すると次の如くである。

太古

黄帝（6）　堯（4）　織女（4）　伏羲（2）　神農　女媧　力牧　舜　舜二妃　素女

殷

湯王　傅說　蒼頡

西周

武王（3）　穆天子（3）　文王（2）　太公望　成王

東周（春秋）

楚昭王（3）　王子晉（2）　老子（2）　寗戚（2）　董孤（2）　虞公（2）　周靈王　秦文公　孔子　鍾子期　富父終甥　養由基　鉏麑　唐成公　孔鯉　子路　越王允常　游楚　晏子　孫叔敖

東周（戰國）

更嬴（2）　隨侯（2）　蘇秦（2）　魯仲連（2）　卞和（2）　墨子　孟嘗君　孟軻　孟母　屈原　燕昭王　田單　荀

卿　呂不韋　荆軻　燕太子丹　子高　梁惠王　惠施　張儀　高漸離　楚人　燕相　魏田父　魯陽公

秦

簫史（4）　秦始皇帝（2）　蒙恬（2）　邵平　趙王　李斯　陳勝　含始　安期生　黃石公

漢

漢武帝（7）　漢高祖（7）　蘇武（4）　李廣（4）　東方朔（3）　司馬相如（3）　韓嫣（2）　公孫弘（2）　朱博（2）

李陵（2）　趙飛燕（2）　蕭何　朱買臣　張良　陳平　韋賢　霍去病　司馬遷　貢禹　衞青　揚雄　于定國　劉安

劉長　李延年　黃香　衞叔卿　王褒　夏侯勝　漢宣帝　韓信　龔遂　朱雲　馮昭儀　申公　疏廣　張千秋　陳遵

枚皋　馮嫽　卜式　梁王　麗食其　陸賈　董賢　黃初平　孫博　丁令威　僕丞郎　班伯

後漢

戴憑（2）　張芝（2）　憑魴　張堪　李冰　李忠　王喬　劉晨・阮肇　班固　魯恭　鄭弘　毛義　顧秦　王充　蔡倫

楊震　張衡　孟嘗　李膺　姜肱　段熲　陳寔　蔡邕　禰衡　賈琮　張顥　趙壹　袁紹　孔融　桓典　孫鍾　左伯

孫敬　張仲蔚　費長房　魯女生　李融　明德皇后

魏

曹植（4）　曹操（2）　王粲（2）　稽康　陳琳　鄧哀王沖

呉

葛玄　孫堅　孫權趙夫人　曹不興　孟宗　李衡

蜀

諸葛亮　鄧芝　費禕

西晉
衞玠（2）　左思（2）　張華（2）　潘岳（2）　綠珠（2）　王祥　王濟　王戎　何曾　夏侯湛　樂廣　向秀　山簡　司馬騰　荀勖　石崇　萬推　滿奮　陸機
東晉
王羲之（2）　孫綽（2）　竇滔妻蘇氏　王凝之妻謝氏　葛洪　桓溫　謝安　謝尙　陶潛
後趙
石虎（2）
梁
江淹（2）
北魏
李崇
北周
柳遐
時代不明
秦青　劉玄石　呂球　陶答子妻（2）　商陵之牧子

以上、二百十三人の故事を用いて、二百九十一句（流水對の場合は二句で一句とみなす）を詠出している。この數字は一人物一句ではなく、一人物に複數の故事があったり、一人物の故事で複數の詩句が詠出されたりしていることを意味している。その一人物の故事によって詠出された複數句以上を有する人物名と詩句數（（　）內に示す）を多い順に擧げると、漢武帝（7）漢高祖（7）黃帝（6）堯（4）織女（4）簫史（4）蘇武（4）李廣（4）曹植（4）武王（3）穆天子（3）楚昭王（3）東方朔（3）司馬相如（3）伏羲（2）文王（2）王子晉（2）老子（2）寧戚（2）董孤（2）虞公（2）更嬴（2）隨侯（2）蘇秦（2）魯仲連（2）卞和（2）秦始皇帝（2）蒙恬（2）韓嫣（2）公孫弘（2）朱博（2）李陵（2）趙飛燕（2）戴憑（2）張芝（2）曹操（2）王粲（2）衞玠（2）左思（2）張華（2）潘岳（2）綠珠（2）王羲之（2）孫綽（2）石虎（2）江淹（2）陶答子妻（2）となる。これをみると、漢の高祖と武帝が群を抜いて多く、次に黃帝へと續く。高祖と武帝の二人は歴史上の人物で、高祖は項羽と覇を競い、漢帝國を創建した天子である。武帝はその漢帝國の版圖を最も擴大させた天子であり、漢の天子の中でも特に著名な兩者である。そこに、種々の故事が生れる要素がある。また、次に多く詠出されている黃帝・堯などの傳説上の聖天子や織女・簫史などのロマンを有する仙界の人物は、詩の內容によっては作詩の素材としては最適である。この後に續く、左思・張華・潘岳・王羲之・孫綽・江淹などの晉以後の人物は政治家や思想家ではなく、文人や藝術家の故事であるのが特徵である。

全體を通覽すると、周代と漢代の人物に關する故事が壓倒的に多いが、これは兩時代の存續期間が長いことによることは言を俟たない。

第四項　典籍を典據とするもの

前項において、人物に係わる故事を典據とした詩句を掲示したが、『雜詠詩』には人物の故事以外の典據によって詠出された詩句も多くある。人物の故事を用いて詠出した句は往々にして詩句全體で表出しているが、典籍による表出の場合は語句などによる局部的なものが多い。從って、語句の場合は語句が短かいため、典籍の至る所にみえることがあるので、出典はもとより、典據としても決め難いことが多い。ここでは、便宜上、經書・緯書・史書・諸子・詩賦の順で整理する。

1　經　書

(1)『周易』を典據とするもの

(イ)從龍起金闕（雲）

この句の「從龍」は『周易』巻一「乾・文言」の

九五曰、……雲從レ龍、風從レ虎、聖人作而萬物覩。〈徐・理・崎〉

に基づく。

(ロ)習坎疏丹壑（海）

この句の「習坎」は『周易』巻三「習坎・象」に

水洊至二習坎一也。

とあり、同書「習坎・象」に

習坎、重險也。水流而不レ盈、行險而不レ失二其信一。〈徐・崎〉

とある。

(ハ)忘言契斷金（蘭）

この句の「斷金」は『周易』巻七「繫辭上第七」の

二人同心、其利斷レ金。同心之言、其臭如レ蘭。〈徐・理・崎〉

に基づく。

(ニ)含章擬鳳雛〔龍〕

この句の「含章」は『周易』巻一「坤・六三」の

含レ章可レ貞。〈徐〉

に基づく。孔穎達の疏に「章、美也。內含二章美之道一」とあり、内に徳を蔵するの意である。

(ホ)還將君子變〔豹〕

この句の「君子變」とは豹變をいい、『周易』巻五「革・上六・象」の

君子豹變。其文蔚也。〈徐・理・陽・崎〉

に基づく。

(2)『尙書』を典據とするもの

(イ)九土信康哉〔雨〕

(ロ)舜日諧鼗響〔鼓〕

(ハ)聲隨舞鳳哀〔笙〕

(ニ)蹌蹌鳥獸來〔笙〕

(イ)(ロ)(ハ)(ニ)は『尙書』巻三「益稷第五」に典據を求めることができる。(イ)は

元首明哉、股肱良哉、庶事康哉。〈崎〉

に基づき、(ロ)(ハ)は

下管鼗鼓、合止柷敔、笙鏞以閒、鳥獸蹌蹌。簫韶九成、鳳皇來儀。夔曰、於、予擊レ石拊レ石、百獸率舞。庶尹允諧。〈徐・理〉

に基づき、(ニ)は(ロ)(ハ)の「笙鏞以閒、鳥獸蹌蹌」に基づく。〈徐・理・崎〉（○印は筆者）

(ホ)朝宗合紫微（海）
(ヘ)高簳楚江濆（竹）
(ト)衡陽入貢年（芳）
(チ)方期大君錫（芳）
(リ)孤秀嶧陽岑（桐）
(ヌ)睢陽作貢初（象）
(ル)導洛宜陽右（熊）
(ヲ)南楚標前貢（金）

(ホ)(ヘ)(ト)(チ)(リ)(ヌ)(ル)(ヲ)は『尚書』巻三「禹貢第一」に典據を求めることができる。(ホ)の「朝宗」は

　江漢朝㆓宗于海㆒。〈徐・崎〉

に基づく。このほかに、『毛詩』巻十一「小雅・沔水」の

　沔彼流水、朝㆓宗于海㆒。〈徐・理〉

も典據の一つに考えられる。(ヘ)は

　淮海惟揚州（中略）篠簜既敷。

に基づくか。孔傳に「篠、竹箭。簜、大竹」とあるが、『漢書』巻二十八「地理志上」に「篠簜既敷」とあり、その師古注に「篠、小竹」とある。一方、『文選』巻四の張衡の「南都賦」に「其竹則鐘籠䈽篾篠簳箛箠」とあり、その李善注に「簳、小竹也」とある。この二注によって、「篠」と「簳」が同一性のものであることが判る。(ト)は

荊及衡陽惟荊州。（中略）包匭菁茅、厥篚玄纁璣組。〈徐・崎〉

を踏まえる。(チ)の「大君錫」は天子が臣下に領土を與えて諸侯とするの意で、「厥貢惟二土五色一」の孔傳に

王者封二五色土一爲レ社、建二諸侯一則各割二其方色土一與レ之使レ立レ社、燾以二黄土一、苴以二白茅一、茅取二其潔一、黄取二王者一覆二四方一。〈徐〉

とあり、これを踏まえる。また、孔穎達は疏の中で、蔡邕の『獨斷』の

天子大社以二五色土一爲レ壇、皇子封爲二王者一、授二之大社之土一、以二所レ封之五色一、苴以二白茅一使二之歸レ國以立レ社、謂二之茅社一。〈徐・崎〉

を引く。(リ)は

嶧陽孤桐。〈徐・理・陽・崎〉

に基づく。(ヌ)の「睢陽」は「維揚」の錯誤か。この句は

淮海惟揚州。（中略）厥貢惟金三品瑤琨篠簜齒革羽毛。〈徐・崎〉

を踏まえる。孔傳に「齒、象牙」とある。また、(ヌ)の句の「作貢」は「禹貢」序に

隨レ山濬レ川、任レ土作レ貢。〈徐〉

とあるのに基づく。(ル)は

導レ洛白二熊耳一。〈徐・理・陽・崎〉

に基づく。「能耳」は能耳山の意で、孔傳に

在二宜陽之西一。

とある。昔は西方を右と稱したので、「宜陽右」といった。(ヲ)は

荆及衡陽惟荆州。（中略）厥貢羽毛齒革、惟金三品。〈徐・理・崎〉

を踏まえる。「荆」は荆山、「衡陽」は衡山の陽《みなみ》。荆州は今の湖南・湖北兩省及び廣西チワン族自治區・貴州・四川・廣東の一部を含有するので、『史記』卷一百二十九「貨殖傳第六十九」にみえる「衡山・九江・江南・豫章・長沙、是南楚也」の「南楚」と合致する。

(ワ)方今同傅説　飛檝巨川隈（舟）

この句は『尙書』卷五「説命上第二十」の

説築㆓傅巖之野㆒、惟肖。爰立作㆑相、置㆓諸其左右㆒。命㆑之曰、朝有納㆑誨、以輔㆓台德㆒。若金、用㆑汝作㆑礪。若濟㆓巨川㆒、用㆑汝作㆓舟楫㆒。若歳大旱、用㆑汝作㆓霖雨㆒。〈徐・理・崎〉

に基づく。

(カ)欲向桃林下（牛）

(ヨ)殷辛泛杵年（戈）

(カ)(ヨ)の兩句は『尙書』卷六「武成第五」に典據を求めることができる。(カ)は

王來㆑自㆑商、至㆓于豐㆒。乃偃㆑武修㆑文、歸㆓馬于華山之陽㆒、放㆓牛于桃林之野㆒、示㆓天下弗㆑服。〈徐・理[351]・陽[352]・崎[353]〉

に基づく。(ヨ)は

甲子昧爽、受率㆓其旅㆒若㆑林、會㆓于牧野㆒。罔㆑有㆑敵㆓于我師㆒、前徒倒㆑戈、攻㆓于後㆒以北。血流漂㆑杵。〈徐・理[354]・崎〉

に基づく。「辛」は殷の最後の王紂の名。

(タ)九洛韶光媚（洛）

(レ)玄龜方錫瑞（洛）

(ソ)洛字九疇初（書）

(タ)の「九洛」は「九疇洛書」で、(ソ)の「洛字」は「洛書」であるから、『尙書』巻七「洪範第六」の

惟十有三祀、王訪二箕子一。（中略）箕子乃言曰、我聞、在昔、鯀陻二洪水一、汨二陳其五行一。帝乃震怒、不レ畀二洪範九疇一、彝倫攸斁。鯀則殛死、禹乃嗣興。天乃錫二禹洪範九疇一、彝倫攸敘。〈徐[355]〉

に基づく。(レ)は「洪範」の孔傳に

天與レ禹、洛出レ書、神龜負レ文而出、列二於背一。有三數至二于九一。禹遂因而第レ之以成二九類一、常道所二以次序一。〈徐[356]・崎[357]〉

とあるのに基づく。

(ツ)河圖八卦出（書）

この句の「河圖」は『周易』巻七「繫辭上」第七に

河出レ圖、洛出レ書。聖人則レ之。〈徐・崎〉

とあり、「八卦」も前書に

易有二大極一。是生二兩儀一。兩儀生二四象一、四象生二八卦一。

とあるが、河圖・八卦の二件が竝記されているものに、『尙書』巻十一「雇命第二十四」の「大玉・夷玉・天球・河圖在二東序一」の孔傳に

伏羲氏王二天下一、龍馬出レ河、遂則二其文一以畫二八卦一、謂二之河圖一。〈理[358]〉

とある。これに據ったものか。

(ネ)帶火移星陸（龍）

この句は『尙書』巻一「堯典第一」に「日永星火、以正仲夏」とあり、その孔傳に

火、蒼龍之中星。[359]〈理・陽〉

とあるのに基づく。

(ナ)儀鳳諧淸曲（舞）

この句は『尙書』巻二「益稷第五」の

蕭韶九成、鳳凰來儀。〈理・崎〉

に基づく。その孔傳に

韶、舜樂名。言簫見細器之備。雄曰鳳、雌曰凰、靈鳥也。儀有容儀。備樂九奏而致鳳凰、則餘鳥獸不侍九而率舞。

に基づく。

(3)『毛詩』を典據とするもの

(イ)花蕚幾含芳（被）

(ロ)來穆採花芳（布）

(ハ)方知悤難響　長在鶺鴒篇（原）

(イ)(ロ)(ハ)は『毛詩』巻九「小雅・棠棣」に典據を求めることができる。(ロ)の「採花」が「棣花」の誤寫であれば、(イ)(ロ)は

常棣之華、鄂不韡韡。凡今之人、莫如兄弟。〈徐・理[360]・崎[361]〉

を踏まえたものか。㈧は

脊令在レ原、兄弟急レ難。〈徐・理・崎〉

に基づく。

㈡忘憂自結藂（萱）

㈭含貞北堂下（萱）

㈡㈭は『毛詩』巻三「衞風・伯兮」の

焉得二諼草一、言樹二之背一。〈徐・崎〉[362]

に基づく。㈡の「忘憂」は『説文解字』巻一下の「萱」を「藼」に作って、「藼、今人忘憂草也」とあり、萱草を忘憂草という。㈭の「背」は「北堂下」の毛傳に「背、北堂也」とある。

㈥萍葉吐前詩（鹿）

㈦嘉賓歡未極（瑟）

㈥㈦は『毛詩』巻九「小雅、鹿鳴」の

呦呦鹿鳴、食二野之苹一。我有二嘉賓一、鼓瑟吹レ笙。〈徐・理・崎〉

に基づく。毛傳に「苹、蓱也」とある。蓱と萍とは同義。

㈨宗子維城固（石）

この句は『毛詩』巻十七「大雅・板」の

懷レ德維寧、宗子維城。〈徐・理・崎〉

に基づく。

(リ)膴膴横周甸（原）

この句は『毛詩』巻十六「大雅・緜」の

周原膴膴、菫荼如レ飴。〈徐・理・崎〉

に基づく。

(ヌ)麞苞青野外（茅）

この句は『毛詩』巻一「召南・野有死麕」の

野有死麕、白茅包之。〈徐・理・崎〉

に基づく。『正字通』に「麕、同レ麇」とあり、『說文』に「麇、麞也。从レ鹿囷省聲、麕、籀文不レ省。『集韻』に「麇、或从レ囷从レ君」とある。従って「麞」と「麕」は同義。

(ル)新溜滿澄陂（荷）

この句は『毛詩』巻七「陳風・澤陂」の

彼澤之陂、有二蒲與一レ荷。

に基づく。この句の「滿二澄陂一」は『藝文類聚』巻二「天部下・雨」所載の陳・陰鏗の「閑居對レ雨詩」に「八川奔二巨壑一、萬頃溢二澄陂一」とある。

(ヲ)猶冀一聞天（鶴）

この句は『毛詩』巻十一「小雅・鶴鳴」の

鶴鳴二于九皐一、聲聞二于天一。〈徐・理・陽・崎〉

に基づく。この句の「聞天」は『初學記』巻三十「鳥部・鶴第二」所載の『相鶴經』に「鶴者、陽鳥也。（中略）體尙潔、故其色白。聲聞㆑天、故頭赤」とあるが、『相鶴經』の「聲聞㆑天」は『毛詩』に據ったものであろう。

(ワ)遷喬若可冀、幽谷響還通（鶯）

この句は『毛詩』巻九「小雅・伐木」の

伐木丁丁、鳥鳴嚶嚶。出㆑自㆓幽谷㆒、遷㆓于喬木㆒。〈徐・理・陽・崎〉

に基づく。

(カ)羌池沐時雨（燕）

この句の「羌池」の「羌」は「差」の誤りであろう。「差池」は『毛詩』巻二「邶風・燕燕」の

燕燕于飛、差㆓池其羽㆒。〈徐・陽・崎〉

に基づく。鄭玄の箋注に「差㆓池其羽㆒謂㆔張㆓舒其尾翼㆒」とある。

(ヨ)鼉文聞大猷（豹）

この句の「大猷」は『毛詩』巻十二「小雅・巧言」の

秩秩大猷、聖人莫㆑之。〈徐〉

に據るか。

(タ)煌煌紫禁隈（門）

この句の「煌煌」は『毛詩』巻七「陳風・東門之楊」に

東門之楊、其葉牂牂。昬以爲㆑期、明星煌煌。〈崎〉

とある。

(レ)三星花入夜（燭）

この句の「三星」は『毛詩』巻六「唐風・綢繆」の

三星在レ天。〈徐〉

に基づく。毛傳に「三星在レ天、可二以嫁取（娶）一矣」とある。

(ソ)緇衣行擅美（詩）

この句の「緇衣」は『毛詩』巻四「鄭風・緇衣」の

緇衣之宜兮、敝予又改爲兮。適子之館兮、還予授子之粲兮。〈徐・理・崎〉

に基づく。

(ツ)方知美周政、懸旆閲車攻（旌）

この句は『毛詩』巻十「小雅・車攻」の詩序の

車攻、宣王復レ古也。宣王能內修二政事一、外攘二夷狄一、復二文武之竟土一。修二車馬一、備二器械一、復會二諸侯於東都一。因二田獵一而選二車徒一焉〈徐・理・崎〉

と本文の

蕭蕭馬鳴、悠悠旆旌。〈徐・崎〉

に基づく。

(ネ)君子娯樂幷（瑟）

この句は『毛詩』巻六「秦風・車鄰」の

既見二君子一、竝坐鼓レ瑟。〈徐・理・崎〉

に基づく。

(4)『禮記』を典據とするもの

(イ)終期奉絺綌（瓜）

(ロ)正辭堪載筆（史）

(イ)(ロ)は『禮記』巻一「曲禮上第一」に典據を求めることができる。(イ)は

爲二天子一削レ瓜者副レ之、巾以レ絺。爲二國君一者華レ之、巾以レ綌。〈徐・理・崎〉

に基づき、(ロ)は

史載レ筆、士載レ言。〈徐・理・崎〉

に基づく。

(ハ)東陸蒼龍駕（日）

(ニ)南郊赤羽馳（日）

(ホ)朝晞八月風（露）

(ヘ)今日黄花晩（菊）

(ト)二月虹初見（萍）

(チ)春暉滿朔方（雁）

(リ)天女伺辰至（燕）

(ヌ)春歸應律鳴（鐘）

(ハ)(ニ)(ホ)(ヘ)(ト)(チ)(リ)(ヌ)は『禮記』巻五、「月令第六」に典據を求めることができる。(ハ)の「蒼龍駕」は「孟春之月・仲春之月・季春之月」にみえる

　天子居（中略）乗二鸞路一、駕二倉龍一、載二青旂一云云

に基づく。(ニ)の「南郊」は

　立夏之日、天子親帥二三公九卿大夫一、以迎二夏於南郊一。〈徐・崎〉

に基づく。(ホ)の「八月風」は

　孟秋之月（中略）涼風至、白露降、寒蟬鳴云云。〈徐・理・崎〉

に基づく。(ヘ)の「黄花」は

　季秋之月（中略）鞠有二黄華一、豺乃祭レ獸戮レ禽。〈徐〉

に基づく。鄭玄は「鞠」に注して「鞠本又作レ菊」という。(ト)は

　季春之月（中略）桐始華、田鼠化爲レ鴽、虹始見、萍始生。〈徐・理・崎〉

に基づく。(チ)の「朔方」は

　孟春之月（中略）東風解レ凍、蟄蟲始振、魚上レ氷、獺祭レ魚、鴻鴈來。〈徐・崎〉

に據る。鄭玄はこれに注して

　鴈自二南方一來、將北反二其居一

という。(リ)は

　仲春之月、玄鳥至。（中略）仲秋之月、盲風至、鴻鴈來、玄鳥歸。〈陽〉

に基づく。鄭注に「玄鳥、燕也」とある。(リ)句の「天女」について『古今注』巻中「鳥獸第四」に

　鷰一名天女、又名曰二鷙鳥一。〈徐・理・陽・崎〉

とあり、鷰の別名である。(ヌ)は

　仲春之月（中略）其音角、律中二夾鍾一。〈徐・理・崎〉

に基づく。

　(ル)香泛野人杯（菊）

　(ヲ)左右振奇才（筆）

　(ワ)緇冠表素王（布）

(ル)(ヲ)(ワ)は『禮記』巻九「玉藻第十三」に典據を求めることができる。(ル)の「野人杯」については

　凡尊必上二玄酒一、唯君面レ尊。惟饗二野人一皆酒。〈徐〉

とある。(ヲ)の「左右」は左史・右史をいい、

　天子玉藻（中略）動則左史書レ之、言則右史書レ之。〈徐・理・崎〉

に基づく。また、『漢書』巻三十「藝文志第十」に

　古之王者世有二史官一、君擧必書、所下以愼二言行一昭中法武上也。左史記レ言、右史記レ事、事爲二春秋一、言爲二尙書一、帝王靡レ不レ同レ之。〈徐〉

とある。(ワ)の「緇冠」は

　始冠緇布冠。〈徐・理〉

に據るか。「緇布冠」について、『晉書』巻二十五「輿服志十五」に

　緇布冠、蔡邕云、卽委貌冠也。太古冠レ布、齊則緇レ之。緇布冠、始冠之冠也。〈徐〉

という。

　(カ)三百禮儀成（經）

この句は『禮記』巻十六「中庸第三十一」に

禮儀三百、威儀三千

とあり、同書「禮器第十」に

故經禮三百、曲禮三千、其致レ一也。

とある。このほかに、『漢書』巻三十「藝文志第十」に

易曰、有二夫婦父子君臣上下一、禮義有レ所レ錯。而帝王質文、世有二損益一。至レ周曲爲二之防一、事爲二之制一。故曰禮經三百・威儀三千。

とある。ここでは『禮記』を典據とする。

(ヨ)列辟鳴鑾至（刀）

この句が「刀」詩であることを考慮すると、「鑾」は刀に付いている鸞鳥の形をした鈴ということになる。この刀を鸞刀という。『毛詩』巻十三「小雅・信南山」に

執二其鸞刀一、以啓二其毛一、取二其血膋一。

とあり、毛傳に

鸞刀、刀有レ鸞者、言二割中レ節也。

とあり、祭祀の時に用いる。『禮記』巻十四「祭義第二十四」に

祭之日、君牽レ牲、穆答レ君、卿大夫序從。既入二廟門一、麗二于碑一、卿大夫袒而毛レ牛、尚レ耳。鸞刀以刲、取二膟膋一、乃退。〈徐〉

とあり、祭祀の様子を述べている。『禮記』にはこのほか、「禮器第十」に

割刀之用、鸞刀之貴。〈理・崎〉

とある。

(タ)桑質表初生（弓）

この句は『禮記』巻八「内則第十二」に

國君世子生、告二于君一、接以二大牢一。三日、卜レ士負レ之。吉者宿齊、朝服、寢門外詩負レ之、射人以二桑弧・蓬矢六一、射二天地四方一。〈徐〉

とあり、同書巻二十「射義四十七」に

男子生、桑弧蓬矢六、以射二天地四方一。天地四方者、男子之所レ有レ事也。〈理・崎〉

とあるのに基づく。「桑質」については、『風俗通義』巻二「正失第二」に

烏號弓者、柘桑之林[363]、枝條暢茂。

とある。

(5)『左氏傳』[364]を典據とするもの

(イ)入宋星初落（石）

この句は『左氏傳』巻十四「僖公十六年」にみえる

春、隕二石于宋一五、隕星也。〈徐・理・崎〉

に基づく。

(ロ)莓莓開晉田（原）

この句は『左氏傳』巻七「僖公二十八年」にみえる

楚師背酅而舍。晉侯患レ之。聽二輿人之誦一曰、原田每每。舍二其舊一而新是謀。〈徐・理・崎〉

に基づく。杜預の注に「高平曰レ原。喩三晉軍美盛、若二原田之草每每然一」とある。故に「晉田」という。「每每」は「莓莓」と同義。

㈧屢遂明神薦（萍）

この句は『左氏傳』巻三「隱公三年」にみえる

蘋蘩薀藻之菜、筐筥錡釜之器、潢汙行潦之水、可レ薦二於鬼神一、可レ羞二於王公一。〈徐・理〉

に基づく。

㈡楚國供王日（茅）

この句は『左氏傳』巻十二「僖公四年」にみえる。

齊侯以二諸侯之師一侵レ蔡。蔡潰。遂伐レ楚。（中略）管仲對曰（中略）爾貢苞茅不レ入、王祭不レ共。[365]無二以縮一レ酒。寡人是徵。〈徐・理・崎〉

に基づく。

㈭夜星浮龍影（柳）

この句の「龍影」は『全唐詩』巻一の太宗の「賦得臨池竹」に

拂レ牖分二龍影一　臨レ池待二鳳翔一。

とある。ただし、ここでの「龍影」は竹が曲がってぐるぐる回り、龍が躍っているようにみえるの義で、[366]本詩句の「龍影」とは異なる。本詩の「龍影」は柳がゆらゆら揺れて、龍が躍っているようにみえる義であるが、これでは詩句の内容にそぐわない。となると、「龍影」は「龍星」と考えることができる。これが首肯されれば、『左氏傳』巻二「桓

公五年」の「龍見而雩」の服虔注の

　龍、角亢也。謂二四月昏龍星體見一。萬物始盛、待レ雨而大、故雩祭以求レ雨。

に基づくといえる。「龍星」は東方に現われる二十八宿の角亢である。また、詩題の「柳」も二十八宿の「柳」の義と解することができる。「柳」も東方の宿星で、『後漢書』巻三十「朗顗傳二十下」の「今反在二柳三度一」の章懷太子賢の注に

　柳、東方宿也。

とあり、二十八宿の一の柳星とをかけている。

(ヘ)魯郊西狩廻（麟）

この句は『左氏傳』巻五十九「哀公十四年」にみえる

　春、西狩二於大野一。叔孫氏之車子鉏商獲レ麟以爲二不祥一、以賜二虞人一。仲尼觀レ之曰、麟也。然後取レ之。〈徐・崎〉

に基づく。尚、「經文」には

　十有四年春、西狩獲レ麟。小邾射以二句繹一來奔。〈理[367]・陽[368]〉

とある。

(ト)奔楚屢驚風（牛）

この句は『左氏傳』巻五「僖公四年」にみえる

　春、齊侯以二諸侯之師一侵レ蔡。蔡潰。遂伐レ楚。楚子使二與レ師言一曰、君處二北海一、寡人處二南海一。唯是風馬牛不二相及一也。〈理[369]・崎〉

に基づくか。

(チ)柰花開舊苑（鹿）

この句の「舊苑」は『左氏傳』巻二十八「成公十八年」にみえる

　築二鹿囿一。書レ不レ時也。

に據るか。杜預は「築鹿囿」に注して

　築レ墻爲二鹿苑一。

という。

(リ)喧喧湫隘廬（宅）

この句は『左氏傳』巻四十二「昭公三年」にみえる

　初、景公欲レ更二晏子之宅一曰、子之宅近レ市。湫隘囂塵、不レ可二以居一。請更二諸爽塏者一。〈徐・理〉[370]

に基づく。ほぼ同文が『晏子春秋』巻六「内篇雜下第六」にもみえる。〈崎〉

(ヌ)正辭堪載筆（史）

この句の「正辭」は『左氏傳』巻二「桓公六年」にみえる

　祝史正レ辭信也。〈理〉

に基づく。

(ル)桃文稱避惡（弓）

この句は『左氏傳』巻四十二「昭公四年」にみえる

　其出レ之也、桃弧・棘矢・以除二其災一。〈徐・理・崎〉

に基づく。孔穎達の疏に

説文云、弧、木弓也。（中略）服虔云、桃所二以逃一レ凶也。〈徐〉

とある。

(ヲ)求賢市肆中（旌）

この句は『左氏傳』巻四十九「昭公二十年」にみえる

昔我先君之田也。旃以招二大夫一、弓以招二士一、皮冠以招二虞人一。〈徐〉

に基づく。孔穎達の疏に

周禮、孤卿建旃、大夫尊。故麾旃以招レ之也。〈徐〉

とある。

(6)『周禮』を典據とするもの

(イ)飛名列虎侯（豹）

(ロ)列射三侯滿（熊）

(イ)の「虎侯」と(ロ)句は『周禮』巻二「天官冢宰下・司裘」の

王大射、則共二虎侯・熊侯・豹侯一、設二其鵠一。〈徐〉

に基づく。鄭玄注に

侯者、其所レ射也。以二虎熊豹麋之皮一飾二其側一。又、方二制之一以爲レ䨻、謂二之鵠一。著二于侯中一、所謂皮侯。王之大射。虎侯、王所二自射一也。熊侯、諸侯所レ射。豹侯、卿大夫以下所レ射。〈徐・理[371]・陽[372]〉

とある。一方、(ロ)の「三侯」については、『周禮』巻七「夏官司馬上・射人」に

以二射灋一治二射儀一。王以二以二六耦一射二三侯一。

とあり、鄭玄は

　三侯、熊・虎・豹也。

と注す。従って、前記「天官冢宰下・司裘」の「虎侯・熊侯・豹侯」が「三侯」の義となる。

(ハ)暮律移寒火（槐）

この句は『周禮』巻七「夏官司馬第四・司爟」に「掌㆓行㆑火之政令㆒。四時變㆓國火㆒、以救㆓時疾㆒」とあり、その鄭注の

　春取㆓楡柳之火㆒、夏取㆓棗杏之火㆒、季夏取㆓桑柘之火㆒、秋取㆓柞楢之火㆒、冬取㆓槐檀之火㆒。〈徐・理[373]・陽[374]・崎[375]〉

に基づく。

(ニ)踈幹擬三台（槐）

この句は『周禮』巻九「秋官司寇第五・朝士」の

　掌㆓建邦外朝之灋㆒。左九棘、孤卿大夫位焉。群士在㆓其後㆒。右九棘、公侯伯子男位焉。群吏在㆓其後㆒。面三槐、三公位焉。州長衆庶在㆓其後㆒。〈徐・理〉

に基づく。ここにいう「三公」は『後漢書』巻十一「劉玄傳第一」の「夫三公上應㆓台宿㆒、九卿下括㆓河海㆒、故天工人其代㆑之」の李賢注に

　春秋漢含孳曰、三公在㆑天爲㆓三台㆒。

とあり、「三公」は「三台」と同義である。唐・賈公彦（生没年不詳）は『周禮注疏』[376]巻十八「大宗伯」の鄭玄注の「司中、三能三階也」に注して

　星傳云、三台一名天柱。上台司命爲㆓大尉㆒、中台司中爲㆓司徒㆒、下台司祿爲㆓司空㆒。

という。

(ホ)光帶落星飛（箭）

この句は『周禮』巻八「夏官司馬下・司弓矢」の

凡矢・枉矢・絜矢・利二火射一。用二諸守城車戰一。云云鄭玄注云、枉矢者、取二名變星一、飛行有レ光。今之飛矛是也。或謂二之兵矢一。〈徐・崎〉

に基づく。

(ヘ)日蕩蛟龍影、風翻鳥獸文（旗）

この句の「蛟龍影」と「鳥獸文」は『周禮』巻六「春官宗伯下・司常」に

掌二九旗之物名一。各有レ屬以待二國事一。日月爲レ常、交龍爲レ旂、通帛爲レ旜、雜帛爲レ物、熊虎爲レ旗、鳥隼爲レ旟、龜蛇爲レ旐、全羽爲レ旞、析羽爲レ旌。〈理〉

とある。「交龍」の「旂」も「鳥隼」の「旟」もみな「旗」である。

(ト)含風振鐸鳴（金）

この句の「振鐸鳴」は『周禮』巻三「地官司徒第二・鼓人」に

以二金鐸一通レ鼓。鄭玄注云、鐸、大鈴也。振レ之以通レ鼓。司馬職曰、司馬振レ鐸。〈徐・崎〉[377]

とある。

(チ)金簴有餘聲（鐘）

この句は『周禮』巻十二「冬官考工記下・梓人」の

聲大而宏。有レ力而不レ能レ走則於レ任レ重宜。聲大而宏則於レ鍾宜。若レ是者以爲二鍾虡一。〈崎〉[378]

に基づく。

(7)『爾雅』を典據とするもの

(イ)桃花生馬頰（河）

この句の「馬頰」は古の九河の一、馬頰河を指す。『爾雅』巻中「釋水・河曲」に

馬頰、河勢上廣下狹、狀如二馬頰一。〈崎〉

とある。「馬頰」は『尙書』巻三「禹貢」の「九河旣道」の孔傳にもみえる。また、孔穎達の疏にもみえる。〈徐〉

(ロ)河出崑崙中（河）

この句は『爾雅』巻中「釋水・河曲」の

河出二崐崘虛一、色白。所渠幷千七百、一川色黃。〈徐〉

に基づく。このほかに、『史記』巻一百二十三「大宛傳第六十四」に

太史公曰、禹本紀言、河出二崑崙一。崑崙其高二千五百餘里。

とあり、『漢書』巻二十九「溝洫志第九」に

河出二崑崙一、經二中國一注二渤海一。

とある。また、同義のものに同書巻六十一「張騫傳第三十一」に

河所レ出山曰二昆侖一。

とある。ここでは成立年代の古い『爾雅』を典據とする。

(ハ)葉拂東南日（竹）

この句は『爾雅』巻中「釋地第九・九府」の

東南之美者、有二會稽之竹箭一焉。〈徐・理・崎〉

に基づく。

㈡鼯文聞大猷（豹）

「鼯」は「鼮[379]」の誤寫か。この句は『爾雅』卷下「釋獸第十八・鼠屬」に

豹文、鼮鼠。郭璞注曰、鼠文彩如レ豹者。漢武帝時、得二此鼠一。孝廉郎終軍知レ之、賜二絹百匹一。

とある。賜絹については、『藝文類聚』卷九十五「獸部下・鼠」所載の『竇氏家傳』に

竇攸治二爾雅一。擧二孝廉一爲レ郎。世祖與二百寮一大會二靈臺一。得レ鼠。身如二豹文一。焚レ之光澤。世祖異レ之、問二群臣一莫レ知。唯攸對曰、名鼮鼠。詔問、何以知レ之。攸曰、見二爾雅一。詔案視レ書、如二攸言一。賜二帛百疋一。詔二諸侯子弟一、從レ攸受二爾雅一。

とある。更に、『文選』卷三十八の梁・任昉の「爲二蕭揚州一薦レ士表」に

豈直鼮鼠、有二必對之辯一。

とあり、その李善注に右文の說話を摯虞の『三輔決錄』所收の說話として掲載している。

㈭四序玉調辰（燭）

この句は『爾雅』卷中「釋天第八・祥」の

四氣和謂二之玉燭一。〈徐・崎〉

に基づく。句の「四序」は四季の義で、邢昺の疏に

言四時和氣、溫潤明照。故曰二玉燭一。〈徐〉

とある。また、『文苑英華』卷三百五十一の梁・昭明太子統の「七契」に

銅律應レ度、玉燭調和。

とある。

(8)『孝經』を典據とするもの

(イ)避坐承宣父（席）

この句は『孝經』巻一「開宗明義章第一」の

仲尼居、曾子侍。子曰、先王有二至德要道一、以順二天下一。民用和睦、天下無レ怨。女知レ之乎。曾子避レ席曰、參不敏。何足二以知一レ之。〈理・崎〉

に基づく。

(9)『論語』を典據とするもの

(イ)歲寒終不改（松）

この句は『論語』巻五「子罕第九」の

歲寒、然後知二松栢之後一レ彫也。〈徐・理・陽・崎〉

に基づく。

(ロ)朝遊漣水傍（雀）

この句は『論語集解義疏』[380] 巻三「公冶長第五」にみえる

駐冶長在レ獄六十日、卒日、有下雀子緣二獄柵上一相呼、嘖嘖喈喈上。冶長含レ笑、吏啓レ主、冶長笑二雀語一。是似レ解二鳥語一。主敎レ問二冶長一、雀何所レ道而笑レ之。冶長曰、雀鳴嘖嘖喈喈。白蓮水邊有二車翻一。覆二黍粟一、牡牛折レ角、收斂不レ盡。相呼往啄、獄主未レ信、遣二人往看一。果如二其言一。[381][382]〈理・陽・崎〉

に基づく。

(ハ)委質超羊鞹（豹）

この句は『論語』巻六「顔淵第十二」の

子貢曰、（中略）文猶レ質也。質猶レ文也。虎豹之鞹、猶二犬羊之鞹一。〈徐・理・陽・崎〉

に基づく。

(ニ)文質乃彬彬（史）

この句は『論語』巻三「雍也第六」の

質勝レ文則野。文勝レ質則史。文質彬彬、然後君子。〈徐・理・崎〉

に基づく。

(ホ)儻入丘之戸、應知由也情（瑟）

この句は『論語』巻六「先進第十一」の

子曰、由之鼓レ瑟、奚爲於二丘之門一。門人不レ敬二子路一。子曰、由也升レ堂矣、未レ入二於堂一也。〈徐・理・崎〉[383]

に基づく。

(ヘ)樂云行己奏（鼓）

この句は『論語』第九「陽貨第十七」の

子曰、禮云、禮云、玉帛云乎哉。樂云、樂云、鍾鼓云乎哉。〈徐・理・崎〉

に基づく。

(10)『孟子』を典據とするもの

(イ)誰言板築士、獨在傅巖中（野）

この句は『孟子』巻十二「告子章句下」の

傅說擧㆓於版築之閒㆒。云云

に基づく。

(ロ)習坎疏丹壑（海）

この句の「疏丹壑」は『孟子』巻十二「告子章句下」に

孟子曰、子過矣。禹之治水、水之道也。是故禹以㆓四海㆒爲㆑壑。

とある。「丹壑」の語は『藝文類聚』巻六「山部下・太平山」所載の晉・孫綽の「太平山銘」に

上干㆓翠霞㆒、下籠㆓丹壑㆒。〈崎〉

とある。

2　字書

(1)『說文』(384)を典據とするもの

(イ)由來敫木聲（檄）

この句は『說文解字』巻六上「檄」(385)にみえる

二尺書、从㆑木、敫聲。〈徐・理・崎〉

に基づく。

(2)『釋名』を典據とするもの

(イ)色帯冰綾影（綾）

この句の「冰綾」は『釋名』巻四「釋綵帛第十四」に

綾、凌也。其文望レ之如二氷凌之理一。〈崎〉

とある。

(3)『廣雅』を典據とするもの

(イ)色映蒲萄架（藤）

この句は王念孫の『廣雅疏證』巻十上「釋草・藟」所載の陶隱居注の

作二藤生一。樹加二葡萄一、葉如二鬼桃一。

に基づく。

3　緯書

(1)『京房易飛候』を典據とするもの

(イ)雲間五色滿（日）

この句は『藝文類聚』巻一「天部上・雲」所載の『京房易飛候』[386]の

視二西方一常有二大雲一、五色具。其下賢人隱。云云。〈理〉

に基づく。

(ロ)夜玉含星動（羊）

この句は『太平御覧』巻八十七「咎徵部・敍咎徵」所載の『易是類謀』に

太山失二金雞一、西岳亡二玉羊一。鄭玄注曰、西岳亡二玉羊一者、狼星亡、狼在二於未一爲レ羊也。〈理[387]・陽[388]〉

とある。

(ハ)東陸蒼龍駕（日）

この句の「東陸」は『太平御覽』巻十八「時序部三・春上」所載の『易通統圖』に

日春行二東方靑道一曰二東陸一。〈崎〉

とある。

(ニ)阿閣佇來翔（鳳）

この句は『藝文類聚』巻九十九「祥瑞部下・鳳皇」所載の『尙書中候』にみえる

堯卽レ政七十載、鳳皇止レ庭、巢二阿閣一讙レ樹。〈理[389]・陽〉

に基づく。

(ホ)銜書表周瑞（雀）

この句は『太平御覽』巻九百二十二「羽族部九・赤雀」所載の『尙書中候』にみえる

赤雀銜二丹書一、入レ豊止二於昌前一。

に基づく。

(ヘ)爲覩鳳凰來（麟）

この句は『藝文類聚』巻九十八「祥瑞部上・麟」所載の『尙書中候』にみえる

帝軒提像、配永修機。麒麟在レ囿、鸞鳳來儀。〈徐〉

に基づくか。

(ト)榮光五色通（河）

この句は『初學記』巻第六「河第三」所載の『尙書中候』にみえる

榮光出レ河、休氣四塞。休、美也。榮光五采。〈崎〉

に基づく。また、『古微書』[390]の注には「榮光卽五色也」とある。

(チ)玉彩耀星芒（弩）

この句は『藝文類聚』巻六十「軍器部・弩」所載の『尙書帝命驗』に

玉弩發、驚二天下一。

とあり、『古微書』には鄭玄注を引きて

秦野有二枉矢星一、形似レ弩、其星西流、天下見レ之而驚呼。〈徐〉

とあるのに基づく。

(リ)祖德信悠哉（詩）

この句の「祖德」は『藝文類聚』巻五十六「雜文部二・詩」所載の『詩緯含神霧』にみえる

詩者、天地之心、君德之祖、百福之宗、萬物之戶也。〈徐〉

とある。

(ヌ)頻過洛水傍（鳳）

この句は『藝文類聚』巻九十九「祥瑞部下・鳳皇」所載の『春秋合誠圖』にみえる

黃帝遊二玄扈雒水上一、與二大司馬容光等一臨レ觀、鳳皇銜レ圖置二帝前一、帝再拜受レ圖。[391]〈理・崎〉

に基づく。

(ル)日路朝飛急（烏）

この句の「日路」はもと太陽が通る道をいう。従って、『初學記』巻三十「鳥部・烏第五」所載の『春秋元命苞』に

日中有㆓三足烏者㆒。（烏者）陽精、其僂呼也。〈徐・理[392]・陽[393]・崎〉

とあるのに基づく。また、『淮南子』巻七「精神訓」に

日中有㆓蹲烏㆒而月中有㆓蟾蜍㆒。

とあり、後漢・許愼注に「踆猶㆑蹲也」とある。

(ヲ)飛來表太平（雉）

この句は『藝文類聚』巻九十九「祥瑞部下・雉」所載の『春秋感精符』にみえる

王者旁㆓流四表㆒、則白雉見。〈徐・崎〉

に基づく。

(ワ)明月承鞍上（馬）

この句の「明月」は『文選』巻三十五「七下」所載の張協の「七命」の「受精皎月」の李善注所引の『春秋考異記[394]』に

地生㆓月精㆒爲㆑馬。月數十二、故馬十二月而生。〈崎〉

とある。

(カ)錦文觸石來（雲）

この句の「觸石」は『初學記』巻一「天部上・雲第五」所載の『春秋説題辭』にみえる

雲之爲㆑言運也。觸㆑石而起謂㆓之雲㆒。含㆓陽氣㆒起、以㆑精運也。〈徐〉

や『尙書大傳』巻二「夏傳・禹貢」にみえる

五嶽皆觸レ石而出レ雲、扶レ寸而合、不レ崇レ朝而雨二天下一。

やほぼ同文を有する『公羊傳』巻五「僖公三十一年、夏四月」に基づく。〈崎〉

(ヨ)九包應靈瑞（鳳）

この句の「九包」は『初學記』巻三十「鳥部・鳳第二」所載の『論語摘衰聖』に

鳳有二六像・九苞一。（中略）九苞者、一曰口包命、二曰心合度、三曰耳聽達、四曰舌詘伸、五曰彩色光、六曰冠矩州、七曰距鋭鉤、八曰音激揚、九曰腹文戸。〈徐[395]・理[396]・陽[397]・崎〉

とある。

4　史書

(1)『史記』を典據とするもの

(イ)已開封禪處、希謁聖明君（山）

(ロ)德水千年變（河）

(ハ)陳寶若雞鳴（雉）

(イ)(ロ)(ハ)の三句は『史記』巻二十八「封禪書第六」に典據を求めることができる。(イ)の句は

管仲曰、古者封二泰山一禪二梁父一者七十二家、而夷吾所レ記者十有二焉。昔無懷氏封二泰山一禪二云云一。虙羲封二泰山一禪二云云一。神農封二泰山一禪二云云一。炎帝封二泰山一禪二云云一。黃帝封二泰山一禪二亭亭一。顓頊封二泰山一禪二云云一。帝告封二泰山一禪二云云一。堯封二泰山一禪二云云一。舜封二泰山一禪二云云一。禹封二泰山一禪二會稽一。湯封二泰山一禪二云云一。

周成王封二泰山一禪二社首一。皆受レ命然後得二封禪一。

に基づき、(ロ)の句の「德水」は

秦始皇既幷二天下一而帝、或曰、黄帝得二土德一、黄龍地螾見。（中略）今秦變レ周、水德之時。昔秦文公出獵、獲二黑龍一、此其水德之瑞。於レ是秦更二命河一曰二德水一。云云〈徐〉

とある。同義の記事が『史記』巻六「秦始皇紀第六」に

更二名河一曰二德水一。以爲二水德之始一。

とある。(ハ)の句は

作鄜時後九年、文公獲二若石一云、于二陳倉北阪城一祠レ之。其神或歳不レ至、或歳數來。來也常以レ夜、光輝若二流星一。從二東南一來二于祠城一、則若二雄雞一。其聲殷云、野鷄夜雊。以二一牢一祠、命曰二陳寶一。〈徐・理・陽・崎〉

に基づく。

(ニ)誰知金馬路（門）

(ホ)夕儐金門側（戈）

(ニ)の「金馬路」と(ホ)の「金門側」は『史記』巻一百二十六「滑稽・東方朔傳第六十六」に

時坐席中、酒酣、據レ地歌曰、陸二沈於俗一、避二世金馬門一。宮殿中可二以避一レ世全レ身。何必深山之中、蒿廬之下。金馬門者、宦（者）著門也、門傍有二銅馬一、故謂二之曰二金馬門一。[398]〈崎〉

とある。(ニ)の句については『後漢書』巻二十四「馬援傳第十四」にもみえる。〈徐〉

(ヘ)南郊赤羽馳（日）

この句の「赤羽」は『孔子家語』巻二「致思」の

由願得下白羽若レ月、赤羽若レ日、鐘鼓之音、上震二於天一、旌旗繽紛、下蟠中於地上。〈理・崎〉

に基づく。

(ト)會入大風歌（雲）

この句は『史記』巻八「高祖本紀第八」にみえる

漢十二年、高祖還歸、過レ沛、留。置二酒沛宮一、悉召二故人父老子弟一縱レ酒、發二沛中兒一得二百二十人一、敎二之歌一。酒酣、高祖擊レ筑、自爲二歌詩一曰、大風起兮雲飛揚、威加二海內一兮歸二故鄉一、安得二猛士一兮守二四方一。令三兒皆和二習之一。

に基づく。

(チ)樓寫青雲色（海）

この句は『史記』巻二十七「天官書第五」にみえる

海旁蜄氣象二樓臺一、廣野氣成二宮闕一然。雲氣各象三其山川人民所二聚積一。

に基づく。右文は『漢書』巻二十六「天文志第六」にもみえる。〈理・崎〉

(リ)龜浮見綠池（荷）

この句は『史記』巻一百二十八「龜策列傳第六十八」にみえる

余至二江南一、觀二其行事一、問二其長老一、云龜千歲乃遊二蓮葉之上一、著百莖共二一根一。〈徐・理・崎〉

に基づく。李嶠より早く右文を典據として詠出したものに、『藝文類聚』巻九十六「鱗介部上・龜」所載の北齊・趙宗儒[399]の「詠龜詩」に

不レ能二著下伏一　強從二蓮上一游。

とある。

(ヌ)秋葉弄珪陰（桐）

この句は『史記』巻三十九「晉世家第九」の

晉唐叔虞者、周武王子而成王弟。（中略）成王與二叔虞一戲、削二桐葉一爲レ珪以與二叔虞一曰、以レ此封レ若。史佚因請擇レ日立二叔虞。成王曰、吾與レ之戲耳。史佚曰、天子無二戲言一。言則史書レ之、禮成レ之、樂歌レ之。於レ是遂封二叔虞於唐一。〈徐・理・陽〉[400]

の說話に基づく。

(ル)願齊鴻鵠志[401]（雀）

この句は『史記』巻四十八「陳涉世家第十八」にみえる

陳勝者、陽城人也。字涉。吳廣者、陽夏人也。字叔。陳涉少時、嘗與レ人傭耕、輟レ耕之二壟上一、悵恨久之、曰、苟富貴、無二相忘一。庸者笑而應曰、若爲二庸耕一、何富貴也。陳涉太息曰、嗟乎。燕雀安知鴻鵠之志哉。〈徐・理・陽・崎〉[402]

に基づく。

(ヲ)三河建洛都（城）

この句は『史記』巻一百二十九「貨殖列傳第六十九」の

昔唐人都二河東一、殷人都二河內一、周人都二河南一。夫三河在二天下之中一、若二鼎足一、王者所二更居一也。

に基づく。張守節は『正義』で「周自二平王一已下都二洛陽一」という。

(ワ)細柳龍鱗照（市）

この句の「細柳」は地名で、今の陝西省咸陽市の西南、渭河の北岸。『史記』巻五十七「絳侯世家二十七」に

文帝之後六年、匈奴大入レ邊。乃以二宗正劉禮一爲二將軍一、軍二霸上一。祝茲侯徐厲爲二將軍一、軍二棘門一。以二河內守亞夫一爲二將軍一、軍二細柳一、以備レ胡。

とある。『正義』は『括地志』を引いて

細柳倉在二雍州咸陽縣西南二十里一也。

という。『史記』の記事は『漢書』巻四「文帝紀第四」にもみえる。

(カ)井幹起高臺（樓）

この句は『史記』巻十二「孝武紀第十二」にみえる

其北治二大池一、漸臺高二十餘丈、名曰二泰液池一。中有二蓬萊・方丈・瀛洲・壺梁一。象二海中神山龜魚之屬一。其南有二玉堂・璧門・大鳥之屬一。乃立二神明臺・井幹樓一、度五十餘丈、輦道相屬焉。〈徐〉

に基づく。

(ヨ)無階忝虚左（車）

この句の「虚左」は『史記』巻七十七「魏公子傳第十七」にみえる

公子於レ是乃置酒大會二賓客一。坐定、公子從二車騎一、虚左、自迎二夷門侯生一。〈徐・崎〉

に基づく。後世、『文苑英華』巻九百五「碑六十二」の北周・庾信の「周柱國大將軍拓拔儉神道碑」にみえる

信陵虚左[403]　干木分庭

や『文選』巻四十二の魏・呉質の「荅二東阿王一書」にみえる

屢獲二信陵虚左之德一、又無二侯生可レ述之美一。

なども典據と考えられる。

(タ)麒麟絕句來（筆）

この句は『史記』卷四十七「孔子世家第十七」に

及二西狩見一レ麟、曰吾道窮矣。〈徐〉(404)

に基づく。また、『春秋左氏傳』序に

絕二筆於獲麟一之一句者、所レ感而起、固所二以爲一レ終。〈徐・崎〉(405)

とある。

(レ)輒擬定三邊（刀）

この句は『史記』卷二十五「律書第三」にみえる

高祖有二天下一、三邊外畔、大國之王雖レ稱二蕃輔一、臣節未レ盡。〈徐〉(406)

に基づく。「三邊」は匈奴・南越・朝鮮を指す。

(ソ)靈鼉帶水鳴（鼓）

この句の「靈鼉」は『史記』卷八十七「李斯傳第二十七」の

李斯上書曰（中略）建二翠鳳之旗一、樹二靈鼉之鼓一。〈崎〉

に基づく。このほかに、同書卷一百十七「司馬相如傳第五十七」に

撞二千石之鐘一、立二萬石之鉅一、建二翠華之旗一、樹二靈鼉之鼓一。

とある。これと同文が『文選』卷八「畋獵中」所載の司馬長卿の「上林賦」(407)にもみえる。

(ツ)長樂驚宵聲（鐘）

この句の「長樂」は『史記』巻九十二「淮陰侯傳第三十二」に

呂后使二武士縛レ信、斬二之長樂鍾室一。

とある。張守節の『正義』に「長樂鍾室」を

長樂宮懸鍾之室。

という。

(ネ)粲爛金琪側（珠）

この句は『史記』巻四十六「田敬仲完世家第十六」にみえる

威王二十四年（中略）梁王曰、若二寡人國一小也、尙有下徑寸之珠、照二車前後一各十二乘者十枚上。奈何以二萬乘之國一而無レ寶乎。威王曰、寡人之所二以爲レ寶與レ王異一。吾臣有二檀子者一。使レ守二南城一。則楚人不二敢爲レ寇東取一、泗上十二諸侯皆來朝。吾臣有二肦子者一。使レ守二高唐一。則趙人不三敢東漁二於河一。吾吏有二黔夫者一。使レ守二徐州一。則燕人祭二北門一、趙人祭二西門一、徙而從者七千餘家。吾臣有二種首者一。使レ備二盜賊一。則道不レ拾レ遺。將三以照二千里一。豈特十二乘哉。梁惠王慙、不レ懌而去。〈徐〉

に據るか。

(ナ)祭天封漢氏（金）

この句は『史記』巻百十「匈奴傳第五十」にみえる

漢使下驃騎將軍去病將二萬騎一出中隴西上。過二焉支山一千餘里、擊二匈奴一、得二胡首虜萬八千餘級一、破得二休屠王祭レ天金人一。（中略）渾邪王與二休屠王一、恐謀レ降レ漢、漢使二驃騎將軍往迎一レ之。渾邪王殺二休屠王一、幷二將其衆一降レ漢。〈崎〉

これに注して、裴駰は『漢書音義』を引用して

匈奴祭レ天處本在二雲陽甘泉山下一。秦奪二其地一、後徙二之休屠王右地一、故休屠有二祭レ天金人一、象二祭レ天人一也。

という。『史記』の記事は『漢書』巻六十八「金日磾傳第三十八」〈徐〉や同書巻九十四上「匈奴傳第六十四上」にもみえる。

(ラ)仙闕薦明王 (銀)

この句は『史記』巻二十八「封禪書第六」にみえる

自二威・宣・燕昭一、使三人入レ海求二蓬萊・方丈・瀛洲一。此三神山者、其傳在二勃海中一、去レ人不レ遠。患且至、則船風引而去。蓋嘗有二至者一、諸僊人及不死之藥皆在レ焉。其物禽獸盡白、而黄金銀爲二宮闕一。(中略)世主莫レ不レ甘心一焉。及レ至三秦始皇幷二天下一、至二海上一、則方士言レ之、不レ可二勝數一。

に基づく。

(ム)天龍帶泉寶 (錢)

この句の「天龍」は『史記』巻三十「平準書第八」にみえる

造二銀錫一爲二白金一。以爲天用莫レ如レ龍、地用莫レ如レ馬、人用莫レ如レ龜、故白金三品。〈徐・崎〉(408)

に基づく。(○印は筆者)

(2)『漢書』を典據とするもの

(イ)漢時應祥開 (麟)

この句は『漢書』巻六「武帝紀第六」にみえる

元狩元年、冬十月、行二幸雍一祠二五時一、獲二白麟一、作二白麟之歌一。〈理・陽〉(409)(410)

に基づく。

(ロ)鬱林開郡畢（象）

この句は『漢書』巻六「武帝紀第六」にみえる

元鼎六年、春、上便令レ征二西南夷一、平レ之。遂定二越地一、以爲二南海・蒼梧・鬱林・合浦・交阯・九眞・日南・珠厓・儋耳郡一。〈徐〉

に基づく。『太平御覽』巻一百七十二「州郡部十八・嶺南道・象州」所引の唐・李吉甫の『十道志』に

象州象郡、秦屬二桂林郡一、二漢爲二鬱林郡一。

とある。

(ハ)長奉未央宮（露）

この句は『漢書』巻八「宣帝紀第八」にみえる

元康元年、三月、詔曰、乃者鳳皇集二泰山・陳留一、甘露降二未央宮一。云云

に基づく。

(ニ)劒閣抵臨卭（道）

この句の「臨卭」は『漢書』巻二十八「地理志第八上」に

蜀郡、縣十五、成都、繁・廣都・臨卭・青衣云云

とある。

(ホ)桃花生馬頰（河）

この句の「桃花」は『漢書』巻二十九「溝洫志第九」に

杜欽説二大將軍王鳳一、以爲前河決、（中略）來春桃華水盛、必羨溢、有二塡淤反レ壤之害一。〈徐〉

とある。顔師古はこれに注して

月令、仲春之月、始雨水、桃始華。蓋桃方華時、既有二雨水一。川谷冰泮、衆流猥集、波瀾盛長、故謂二之桃華水一耳。〈崎〉

という。

(ヘ)畫象臨仙閣（麟）

この句は『漢書』巻五十四「蘇武傳第二十四」にみえる

甘露三年、單于始入レ朝。上思二股肱之美一、乃圖二畫其人於麒麟閣一、法二其形貌一、署二其官爵姓名一。〈崎〉

に基づく。右文に張晏が注して、

武帝獲二麒麟一時作二此閣一、圖二畫其象於閣一、遂以爲レ名。〈徐〉

という。これによって、「仙閣」は麒麟閣を指すことが明白である。

(ト)乘春別館前（熊）

この句の「別館」は射熊館を指す。『漢書』巻九「元帝紀第九」に

（永光五年）冬、上幸二長楊射熊館一、布二車騎一、大獵。〈崎〉

とあり、また、同書巻八十七下「揚雄傳第五十七下」に

雄從至二射熊館一、還、上二長楊賦一。

とある。

(チ)造端恆體物、無復大夫名（賦）

この兩句は『漢書』巻三十「藝文志第十」にみえる

傳曰、不レ歌而誦謂二之賦一、登レ高能賦可三以爲二大夫一。言感レ物造耑、材知二深美一、可二與圖一レ事、故可三以爲二列大夫一成。〈徐・理〉

に基づく。顔師古は「耑」に注して「耑、古端字也」という。

(リ)羽檄本宣明（檄）

この句の「羽檄」は『漢書』巻一下「高帝紀第一下」に

吾以二羽檄一徵二天下兵一、未レ有二至者一。今計唯獨邯鄲中兵耳。〈徐〉

とあり、その顔師古の注に

檄者、以二木簡一爲レ書。長尺二寸、用二徵召一也。其有レ急事、則加以二鳥羽一插レ之、示二速疾一也。

とある。「高帝紀」の記事は『史記』巻九十三「陳豨傳第三十三」にもみえ、裴駰の『集解』に

以二鳥羽一插二檄書一、謂二之羽檄一。取三其急速若二飛鳥一也。

とある。

(ヌ)姚年九府流（錢）

この句は『漢書』巻二十四下「食貨志第四下」にみえる

凡貨、金錢布帛之用、夏殷以前其詳靡レ記云、太公爲レ周立二九府圜法一。〈崎〉

に基づく。また、『史記』巻一百二十九「貨殖列傳第六十九」に

其後齊中衰、管子修レ之、設二輕重九府一、則桓公以レ霸、九二合諸侯一、一二匡天下一。〈徐〉

とあり、張守節の『正義』に

管子云、輕重謂レ銭也。夫治レ民有二輕重之法一、周有二大府・玉府・內府・外府・泉府・天府・職內・職金・職幣一、皆掌二財幣一之官、故云二九府一也。〈徐〉

とある。

(ル)漢日五銖建（銭）

この句は『漢書』巻六「武帝紀第六」にみえる

元狩五年、（中略）罷二半兩銭一、行二五銖銭一。〈理〉

に基づく。また、『史記』巻三十「平準書第八」に鑄銭の理由を交えて

有司言、三銖銭輕、易二姦詐一。乃更請下諸郡國鑄二五銖銭一、周二郭其下一、令上レ不レ可レ磨二取鋊一焉。〈徐〉

という。

(3)『後漢書』を典據とするもの

(イ)玉壺新下箭（銀）

この句は『後漢書』志第三「律暦下」にみえる

孔壺爲レ漏、浮箭爲レ刻。

に基づく。この句の「下箭」だけをみると、『樂府詩集』巻七十七の陳・江總の「雑曲三首其三」に

鯨燈落花殊未レ盡、虯水銀箭莫二相催一

とある。

(ロ)漢室鴻儒盛（經）

この句は『後漢書』巻四十八「翟輔傳三十八」にみえる

孝文皇帝始置二一經博士一。武帝大合二天下之書一而孝宣論二六經於石渠一。學者滋盛、弟子萬數。[411]

に基づくか。この句の義は歴史的事實の一般論であるから、特定の書物からの影響とは言い難い。

(ハ)天子馭金根（車）

この句は『後漢書』志第二十九「輿服上」にみえる

秦幷二天下一、閱二三代之禮一。或曰殷瑞山車金根之色。漢承二秦制一、御爲二乘輿一、所謂孔子乘二殷之路一者也。劉昭注、殷人以爲二大路一、於レ是始皇作二金根之車一、殷曰二乘根一、秦改曰二金根一。〈徐〉

に基づく。また、『後漢書』とほぼ同じ記事が『古今注』巻上「輿服第一」に

金根車、秦制也。秦幷二天下一、閱二三代之輿服一、謂二殷得瑞山車一。一曰二金根車一。故因作二金根之車一。秦乃增飾而乘レ御焉。漢因而不レ改。〈崎〉

とある。

(ニ)九土信康哉（雨）

この句の「九土」は『後漢書』巻五十九「張衡傳第四十九」に

思二九土之殊風一兮從二蓐收一而遂徂。

とあり、李賢注に「九土、九州也」とある。

(ホ)瑞麥兩岐秀（田）

この句は『後漢書』巻三十一「張堪傳第二十一」にみえる

拜二漁陽太守一、（中略）百姓歌曰、桑無二附枝一、麥穗兩岐。云云〈理・崎〉

に基づく。『太平御覽』巻八百三十八「麥」所引の說話は『東觀漢記』から採取している。

(ヘ)孔懐欣共寝（被）

この句は范曄『後漢書』巻五十三「姜肱傳四十三」の「章懐太子賢注」所引の呉・謝承『後漢書』にみえる

姜感二凱風之孝一、兄弟同レ被而寝、不レ入二房室一、以慰二母心一也。

に基づく。また、『蒙求』下巻に[412]

後漢姜肱字伯淮、與二弟仲海・季江一、竝以二孝友一聞レ名。毎共レ被而寢。

とある。この句の「孔懐」は『毛詩』巻九「小雅・常棣」に

死喪之威、兄弟孔懷。〈徐・理・崎〉

とある。

(4)『東観漢記』を典據とするもの

(イ)嘉禾九穗新（田）

この句は『文選』巻二十、晉・應禎の「晉武帝華林園集詩」にみえる「嘉禾重穎」の李善注所引の『東觀漢記』に

濟陽縣嘉禾生、一莖九穗。

とあるのに基づく。『東観漢記』の説話は『水經注』巻七、『北堂書鈔』巻一などにもみえる。

(5)『魏略』を典據とするもの

(イ)金縷通秦國（綾）

この句は『藝文類聚』巻八十五「布帛部・綾」所載の『魏略』にみえる

大秦國有二金縷繡雜色綾一。云云[413]〈徐・理〉

に基づく。

(6)『晉書』を典據とするもの

(イ)未作三台輔（星）

この句の「三台輔」は『晉書』巻十一「天文志上第一」にみえる

三台六星、兩兩而居、起㆓文昌㆒、列抵㆓太微㆒。一曰天柱、三公之位也。在㆑人曰㆓三公㆒、在㆑天曰㆓三台㆒、主㆓開德宣符㆒也。

に基づく。

(ロ)鶉飛楚塞空（野）

この句は『晉書』巻十一「天文志上」にみえる

自㆓張十七度㆒至㆓軫十一度㆒爲㆓鶉尾㆒。於㆑辰在㆑巳、楚之分野、屬㆓荊州㆒。

に基づく。

(ハ)畫鷁浪前開（舟）

この句は『晉書』巻五十一「束皙傳二十一」に

憑㆓鷁首㆒以涉㆓洪流㆒。

とある。「鷁首」について『淮南子』巻八「本經訓」に

龍舟鷁首。〈徐〉

とあり、その高誘注に

鷁、大鳥也。畫㆓其象㆒著㆓船頭㆒。故曰㆓鷁首㆒。〈崎〉

とある。

(ニ)名士竹林隈（琴）

この句は『晉書』巻四十九「嵆康傳第十九」にみえる

所二與レ神交一者惟陳留阮籍・河內山濤、豫二其流一者河內向秀・沛國劉伶・籍兄子咸・琅邪王戎、遂爲二竹林之游一、世所レ謂竹林七賢也。〈徐〉

や南朝宋・劉義慶の『世說新語』巻下之上「任誕第二十三」にみえる

陳留阮籍・譙國嵆康・河內山濤、三人年皆相比、康年少亞レ之。豫二比契一者、沛國劉伶・陳留阮咸・河內向秀・琅邪王戎。七人常集二于竹林之下一、肆レ意酣暢（暢）。故世謂二竹林七賢一。〈崎〉

に據ったものと考えられるが、著書の成立年だけをみると『世說新語』の方が早い。

(ホ)來穆採花芳（布）

この句の「採花」は「棣花」の誤りか。「棣花」は『毛詩』巻九「小雅・常棣」に

常棣之華、鄂不韡韡、凡今之人、莫レ如二兄弟一。〈徐・崎〉

とあるが、『晉書』巻五十五「張載傳・贊」にみえる

載協飛レ芳　棣華增レ映。

に基づくか。

(ヘ)向日披沙淨（金）

この句の「披沙」は『初學記』巻二十七「寶器部・金第二」所載の『王隱晉書』にみえる

鄱陽樂安出二黄金一。鑿レ土十餘丈、披レ沙之中所レ得者大如レ豆、小如二粟米一。〈崎〉

に基づく。

(7)『宋書』を典據とするもの

(イ)錦文觸石來（雲）

この句の「錦文」は『太平御覽』巻八「天部八・雲」所載の『宋書』にみえる

孝康建元二年、二月乙未、日上有レ雲、如二錦文一、光色潤澤。

に基づく。「觸石」は『春秋說題辭』を參看。

(ロ)希逢聖人步（龍）

この句の「聖人步」の初出は『宋書』巻一「武帝紀上第一」にみえる

劉裕龍行虎步、視瞻不レ凡、恐不レ爲二人下一、宜三蚤爲二其所一。〈徐〉

である。「龍行虎步」とは龍のように進み、虎のように歩く、威儀莊重のあるさまをいい、「聖人の步」に喩える。『陳書』巻一「高祖紀上」にもみえる。

(8)『梁書』を典據とするもの

(イ)綠字佇來臻（洛）

この句は『梁書』巻一「武帝紀上」にみえる

綠文赤字、徵レ河表レ洛。

に基づく。綠文は綠字と同じ。また、「綠字」については『晉書』巻十四「地理志上」に

昔大禹觀二于濁河一而受二綠字一、寰瀛之內可二得而言一也。

とある。

(9)『舊唐書』を典據とするもの

(イ)天龍帶泉寶（錢）

この句の「泉寶」は李嶠が生存中に通行していた貨幣に基づくもので、『舊唐書』巻五「高宗紀下」に

改㆓麟德三年㆒爲㆓乾封元年㆒。（中略）五月庚寅、改㆓鑄乾封泉寶錢㆒。

とあり、また、同書巻四十八「志第二十八・食貨志上」に

至㆓乾封元年封嶽之後㆒、又改㆓造新錢㆒、文曰㆓乾封泉寶㆒、徑一寸、重二銖六分。仍與㆓舊錢㆒竝行、新錢一文當㆓舊錢之十㆒。周年之後、舊錢竝廢。

とある。

(10)『新唐書』を典據とするもの

(イ)鳳文疎蜀郡（梨）

この句の「鳳文」に關連して『新唐書』巻三十九「志二十九・地理三」に

河中府河東郡赤。（中略）土貢、氈、麴扇、龍骨、棗、鳳棲梨。

とあり、「鳳棲梨」の由來について、宋・程大昌の『演繁露』[414]巻九の「鳳棲梨」に北宋・秦再思の編撰による『洛中記異』[415]を引いて

陝州有㆓梨樹㆒。[416]正觀中有㆔鳳止㆓其上㆒。結實香脆、其色赤黃、號㆓鳳棲梨㆒。

とある。

前記(9)(10)の典據を提示した書籍は李嶠より後に成立したものであるが、内容は李嶠が生存した時期のことであるから掲載した。

(11)『楚志』を典據としたもの

(イ)歸鴈發衡陽（雁）

この句は『淵鑑類函』巻四百十九「鳥部二・雁」所載の『楚志』に

　衡州有二回雁峯一。雁至レ此不レ過。遇レ春而回。

とある。「回雁峯」は湖南省衡陽縣の南。衡山七十二峯の首で、峯勢が雁の廻旋するが如くであるから名づけた。

(12)『蜀王本紀』を典據としたもの

(イ)不降五丁士、如何九折通（牛）

この句は『藝文類聚』巻九十四「獸部中・牛」所載の楊雄の『蜀王本紀』にみえる

　秦惠王欲レ伐レ蜀、乃刻二五石牛一、置二金其後一。蜀人見レ之、以爲二牛能大便金一、牛下有レ養レ卒。以爲二此天牛一也。能便レ金。蜀王以爲レ然。卽發二卒千人一、使二五丁力士拖レ牛成一レ道、致二三枚於成都一。秦得二道通一、石牛力也。後遣二丞相張儀等一、隨二石牛道一伐レ蜀。〈徐・理[417]・陽・崎〉

に基づく。

(13)『華陽國志』を典據とするもの

(イ)霞津錦浪動（江）

この句の「霞津」は霞たなびく五津。轉じて蜀をいう。『華陽國志』巻三「蜀志」に

　其大江自二湔堰下一至二犍爲一、有二五津一。始曰二白華津一、二曰二里津一、三曰二江首津一、四曰涉頭津一。……五曰二江南津一。

とある。これを受けてこの句は同書巻三十三「江水注」にみえる

　文翁爲二蜀守一、立二講堂一、作二石室于南城一。永初後、學堂遇レ火、後守更增二二石室一。後州奪二郡學一、移二夷星橋

南岸道東㆒。道西城故錦官也。言、錦工織㆑錦則濯㆓之江流㆒。而錦至㆓鮮明㆒。濯以㆓他江㆒則錦色弱矣。遂命㆑之爲㆓
錦里㆒也。

に基づく。

5　諸　子

(1)『莊子』を典據とするもの

(イ)白花搖鳳影（竹）

(ロ)春花雜鳳影（桐）

(イ)(ロ)の句は『莊子』巻六「秋水第十七」にみえる

夫鵷鶵發㆓於南海㆒而飛㆓於北海㆒。非㆓梧桐㆒不㆑止、非㆓練實㆒不㆑食。非㆓醴泉㆒不㆑飮。〈徐・崎[418]〉

に基づく。『莊子』にいう「鵷鶵」は、陸德明の『音義』に

李云、鵷鶵鸞鳳之屬也。

というように鸞鳳である。詩句の「白花」「春花」は竹の實の義で、『證類本草[419]』巻十三「竹葉」所載の陳承別說に

舊稱㆓竹實㆒、鸞鳳所㆑食、今近道竹閒時見㆑開㆑花。小白如㆓棗花㆒、亦結實如㆓小麥㆒、子無㆓氣味㆒云云。

とある。

(ハ)萬里大鵬飛（海）

この句は『莊子』巻一「逍遙遊第一」にみえる

北冥有㆑魚。其名爲㆑鯤。鵬之大不㆑知㆓其幾千里㆒也。化而爲㆑鳥。其名爲㆑鵬。鵬之背不㆑知㆓其幾千里㆒也。怒而飛、

其翼若二垂レ天之雲一、是鳥也海運則將レ徙二於南冥一。南冥者天池也。齊諧者志レ怪者也。諧之言曰、鵬之徙二於南冥一也、水擊三千里、摶二扶遙一而上者九萬里、去以二六月一息者也。[420][421]〈徐・理・崎〉

に基づく。

㈡虚室重招尋（蘭）

この句の「虚室」は『莊子』巻二「人閒世第四」にみえる

瞻二彼闋者一、虚室生レ白。吉祥止レ止。〈徐〉

に基づく。陸德明の『音義』に

司馬云、室比二喩心一、心能空虚則純白獨生也。

という。「室」と「蘭」との關係については『孔子家語』巻四「六本第十五」に

與二善人一居、如レ入二芝蘭之室一。久而不レ聞二其香一。亦與レ之化矣。〈崎〉

とある。『莊子』の本文は『淮南子』巻二「俶眞訓」にもみえる。

㈭忘言契斷金（蘭）

この句の「忘言」は『莊子』巻九「外物第二十六」にみえる

言者所二以在レ意、得レ意而忘レ言。吾安得二夫忘言之人一而與レ之言哉。〈徐〉

に基づく。「斷金」は〝經書〟の項を參看。

㈬寄語能鳴伴（雁）

この句の「能鳴伴」は『莊子』巻七「山木第二十」にみえる

夫子出二於山一舍二於故人之家一。故人喜命二豎子一殺レ鴈而烹レ之。豎子請曰、其一能鳴、其一不レ能レ鳴。請奚殺。主

人曰、殺二不レ能レ鳴者一。〈理[422]・陽・崎〉

に基づく。

(ト)幸君看飲啄（雉）

この句の「飲啄」は『莊子』巻二「養生主第三」にみえる

澤雉十歩一啄、百歩一飲、不レ蘄レ畜二乎樊中一。〈徐・理・陽・崎[423]〉

に基づく。

(チ)緇冠表素王（布）

この句の「素王」は『莊子』巻五「天道第十三」に

以レ此處レ上、帝王天子之德也。以レ此處レ下、玄聖素王之道也。〈徐〉

とあり、このほかに『淮南子』巻九「主術訓」に

然而勇力不レ聞、伎巧不レ知、專行二孝道一、以成二素王一、事亦鮮矣。

とあり、『說苑』巻五「貴德」に

於レ是退作二春秋一、明二素王之道一、以示二後人一。〈崎〉

とあり、『孔子家語』巻九「本姓解第三十九」に

齊太史子與適レ魯見二孔子一。（中略）遂退而謂二南宮敬叔一曰、（中略）孔子生二於衰周一、先王典籍、錯亂無レ紀、而論二百家之遺記一、考二正其義一、祖二述堯舜一、憲二章文武一。刪レ詩述レ書、定レ禮理レ樂、制二作春秋一、讚二明易道一。垂二訓後嗣一。以爲二法式一。其文德著矣。然凡所二教誨一、束脩已上、三千餘人。或者天將三欲與素二王之一乎。

とあり、非常に多い。

(リ)不懼小巫捐（茅）

この句の「小巫捐」は『藝文類聚』巻八十三「草部下・茅」所載の『莊子』に

小巫見二大巫一、拔レ茅而弃。此其所三以終レ身弗レ如。〈理・崎〉

とある。

(ヌ)危巢畏風急（鵲）

この句は『藝文類聚』巻九十二「鳥部下・鵲」所載の『莊子』の

鵲上二高城一、危而巢二於高枝之嶺一、城壞巢折、凌レ風而起。故君子之居レ世也、得レ時則義行、失レ時則鵲起。〈徐・陽〉

に基づく。『太平御覽』巻九百二十一「羽族部八・鵲」にもみえる。

(ル)目隨槐葉長（兎）

この句は『藝文類聚』巻八十八「木部上・槐」所載の『莊子』[424]の

槐之生也、入二季春一、五日而兎目、十日而鼠耳。〈徐・理・陽・崎〉

に基づく。

(2)『拾遺記』を典據とするもの

(イ)寧爲五老臣[425]（星）

この句は『拾遺記』巻一「虞舜」にみえる

虞舜在位十年、有三五老遊二於國都一。舜以二師道一尊レ之、言則及二造化之始一。舜禪二於禹一、五老去、不レ知レ所レ從。舜乃置二五星之祠一以祭レ之。其夜有二五長星出一、薫風四起、連珠合璧、祥應備焉。〈徐〉

に基づく。また、『藝文類聚』巻一「天部上・星」所載の『論語讖』[426]に

仲尼曰、吾聞堯率二舜等一遊二首山一、観二河渚一、有下五老飛為二流星一、上入上レ昴。〈理・崎〉

とある。

(ロ)徳水千年變（河）

この句の「千年變」は『拾遺記』巻一「高辛」にみえる

有二丹丘一、千年一燒。黄河千年一清。至二聖之君一、以爲二大瑞一。〈徐・崎〉

に基づくか。「徳水」は『史記』にみえる、詩句と同意のものが、李嶠と同時代の駱賓王の『駱賓王文集』巻六の「上司列二太常伯一啓」に

嵩山動二萬歳之聲一、徳水應二千年之色一。

とある。

(ハ)雲葉錦中飛（石）

この句は『拾遺記』巻十「員嶠山」にみえる

東有二雲石一、廣五百里、駮駱如レ錦、扣レ之片片、則蓊然雲出。〈徐〉

に基づく。

(ニ)日落蓋陰移（荷）

この句は『拾遺記』巻六「前漢下」にみえる

昭帝元始元年、穿二淋池一、廣千歩。中植二分枝荷一。一莖四葉、狀如二駢蓋一。日照則葉低二蔭根莖一。〈徐〉

に基づくか。

(ホ)舒巻帝王宮（席）

この句の「舒巻」は『拾遺記』巻十「方丈山」にみえる

有レ草名二濡紆一。葉色如レ紺、莖色如レ漆、細軟可レ縈。海人織以爲二席薦一、卷レ之不レ盈二一手一、舒レ之則列二坐方國之賓一。〈徐〉

に基づく。

(ヘ)仙人葉作舟（桂）

この句は『拾遺記』巻十「岱輿山」にみえる

北有二玉梁一、（中略）梁去二玄流一千餘丈、雲氣生。其下傍有二丹桂・紫桂・白桂一。皆直上百尋、可レ爲二舟航一。謂二之文桂之舟一。〈徐・崎〉

に基づく。右文を有する『拾遺記』の「岱輿山」は海中の仙山で、『列子』巻五「湯問第五」に

革曰、渤海之東、不レ知二幾億萬里一、有二大壑一。（中略）其中有二五山一焉。一曰岱輿。二曰員嶠。三曰方壺。四曰瀛洲。五曰蓬萊。（中略）所レ居之人、皆仙聖之種、一日一夕、飛相往來者、不レ可レ數焉。

とある。

(ト)羽客乘霞至（舟）

この句の「乘霞」は『拾遺記』巻十「方丈山」に

燕昭王二年、海人乘二霞舟一、以二雕壺・數斗膏一、以獻二昭王一。〈徐・崎〉

とある。『拾遺記』の「海人」と本詩の「羽客」とは異なるが、構想はこれに倣うか。

(チ)錦逐鳳凰舒（帷）

この句は『拾遺記』巻九「晉時事」にみえる

石虎於二太極殿前一起レ樓。高四十丈、結レ珠爲レ簾、垂二五色玉珮一。（中略）四廂置二錦幔一、屋柱皆隱起爲二龍鳳百獸之形一。〈徐〉

に基づく。

(リ)白虹時切玉（劒）

この句の「切玉」は『拾遺記』巻十「昆吾山」にみえる

至丁越王句踐使丙工人以二白馬白牛一祠乙昆吾之神甲。採レ金鑄レ之、以成二八劒之精一。一名二揜日一、以レ之指レ日、則光晝暗、金陰也。陰盛則陽滅。二名二斷水一、以レ之劃レ水、開即不レ合。三名二轉魄一、以レ之指レ月、蟾兎爲二之倒轉一。四名二懸翦一、飛鳥遊過、觸二其刃一如二斬截一焉。五名二驚鯢一、以レ之泛レ海、鯨鯢爲以深入。六名二滅魂一、挾レ之夜行、不レ逢二魑魅一。七名二卻邪一、有二妖魅者見レ之則伏一。八名二眞剛一、以切レ玉斷レ金、如レ削二土木一矣。以應二八方之氣一鑄レ之也。

に基づく。

(ヌ)桂香浮半月（席）

この句の「半月」は『初學記』巻二十五「器物部・席第六」所載の『拾遺記』の

蕁乘草、高五尺、葉色紺、莖如レ金、形如二半月之勢一。亦曰二半月草一。无レ花无レ實、其質溫柔、可二以爲レ布爲レ席。[427]〈徐・理・崎〉

に基づく。

(ル)形隨舞鳳來（珠）

この句は『初學記』巻二十七「寶器部・珠第三」所載の『王子年拾遺記』の

黄帝之子名二青陽一。是曰二少昊一。一名摯。有二白雲之瑞一、號爲二白帝一。有下鳳銜二明珠一致中於庭上。少昊乃拾レ珠懷レ之、使レ照二服於天下一。〈崎〉

に基づく。

(3)『西京雜記』を典據とするもの

(イ)還欣上林宛（桃）

この句は『西京雜記』巻一にみえる

初修二上林苑一、群臣遠方各獻二名果・異樹一（中略）桃十、秦桃・榹桃・緗核桃・金城桃・綺葉桃・紫文桃・霜桃・胡桃・櫻桃・含桃。〈徐・崎〉

に基づく。

(ロ)葉暗青房晩（李）

この句の「青房」は『西京雜記』巻一にみえる

初修二上林苑一、群臣遠方各獻二名果・異樹一（中略）李十五、紫李・綠李・朱李・黃李・青綺李・青房李・同心李・車下李・含枝李・金枝李・顏淵李・羌李・燕李・蠻李・侯李。〈徐・崎〉

に基づく。

(ハ)傳芳瀚海中（梨）

(ニ)春暮條應紫（梨）

(ハ)(ニ)の兩句は『西京雜記』巻一にみえる

初修二上林苑一、群臣遠方各獻二名果・異樹一（中略）梨十、紫梨・青梨・芳梨・大谷梨・細葉梨・縹葉梨・金葉梨・(ハ)瀚海梨・東王梨・(ニ)紫條梨。(428)〈徐〉（○印は筆者）

に基づく。(ハ)の「瀚海」は『廣韻』巻四「翰第二十八・瀚」に「瀚海、北海」といい、『史記』巻百十「匈奴列傳第五十」の「臨翰海而還」の『集解』の如淳注に「翰海、北海名」とあるように、「瀚海」は地名であるが、ここでは梨の翰海梨と地名の翰海を掛け、また、詩句の「傳芳」の「芳」も梨の「芳梨」と掛けている。

(ホ)何當歸太液（皃）

この句は『西京雜記』巻一にみえる

太液池邊、皆是彫胡・紫蘀・綠節之類。菰之有レ米者、長安人謂爲二彫胡一。葭蘆之未レ解レ葉者、謂二之紫蘀一。菰之有レ首者、謂二之綠節一。其閒鳧雛・鴈子、布滿充積。〈徐〉

に基づく。「太液」は『史記』巻二十八「封禪書第六」に

其（建章宮）北治二大池一、漸臺、高二十餘丈、命曰二太液池一。

とある。

(ヘ)紫燕迴追風（馬）

この句の「紫燕」は『西京雜記』巻二にみえる

文帝自レ代還、有二良馬九匹一。皆天下之駿馬也。一名浮雲、一名赤電、一名絕群、一名逸驃、一名紫燕、一名綠離驄、一名龍子、一名驎駒、一名絕塵、號爲二九逸一。〈徐・崎〉

の「紫燕」に基づく。「追風」は『古今注』參看。

(ト)梁園映雪暉（兎）

この句は『文選』巻十三の謝恵連の「雪賦」にみえる

歳將レ暮、時既昏、寒風積、愁雲繁。梁王不レ悦、游二於兔園一。乃置二旨酒一、命二賓友一、召二鄒生一延二枚叟一。相如末至、居二客之右一。俄而微霰零、密雪下。(429)〈理・陽・崎〉

に基づいたと考えられるが、「敦煌本」では「梁園隠迹微」となっているので、ここでは兩句に共通する「梁園」について調査すると、『西京雜記』巻二にみえる

梁孝王好二營宮室苑囿之樂一、作二曜華之宮一、築二兔園一。〈徐・陽〉

に基づく。

(チ)玲瓏玉殿隈（珠）

この句は『西京雜記』巻二に

昭陽殿織レ珠爲レ簾。風至則鳴、如二珩珮之聲一。

とある。

(リ)巧作盤龍勢（簾）

この句は『西京雜記』巻二にみえる

漢諸陵寢皆以レ竹爲レ簾。簾皆爲二水紋及龍鳳之像一。〈徐・崎〉

に基づく。

(ヌ)蘭氣襲回風（席）

この句の「回風」は『初學記』巻二十五「器物部・席第六」所載の『西京雜記』の

趙飛燕爲二皇后一、其女弟上遺二雲母屏風・廻風席・七華扇一。〈徐・崎〉

に基づく。

(4)『古今注』を典據とするもの

(イ)花浮竹葉盃（藤）

この句の「竹葉盃」の「竹葉」は竹の葉ではなく、酒の名である。この句は『古今注』巻下「草木第六」に

酒杯藤出二西域一。藤大如レ臂、葉似レ葛、花實如二梧桐一。實花堅皆可二以酌一レ酒。自有二文章一、暎徹可レ愛。實大如レ指、味如二荳蔲一、香美消酒。〈徐・崎〉

とある。右文は『續博物志』巻五にもみえる。

(ロ)嘉賓集杏梁（雀）

この句の「嘉賓」は『古今注』巻中[430]「鳥獸第四」に

雀、一名嘉賓。言下常棲二集人家一、如中賓客上也。

とある。

(ハ)紫燕迴追風（馬）

この句の「追風」は『古今注』巻中「鳥獸第四」に

秦始皇有二七名馬一。一曰二追風一、二曰二白兎一、三曰二躡景一、四曰二犇電一、五曰二飛翮一、六曰二銅爵一、七曰二晨鳬一。

〈徐・崎〉

とあり、馬の名として用いるが、ここでは「風を追ふ」と掛けている。「紫燕」は『西京雑記』の項を參看。

(ニ)車法肇隆周（豹）

この句は『古今注』巻上「輿服第一」にみえる

豹尾車、周制也。所三以象二君子豹變一。尾言レ謙也。〈徐・陽・崎〉

に基づく。

(ホ)翟羽舊傳名（扇）

この句は『古今注』巻上「輿服第一」にみえる

雉尾扇起二於殷世一、高宗有二雊雉之祥一、服章多用二翟羽一。〈徐・理[431]・崎〉

に基づく。

(ヘ)白虹時切玉（劒）

この句の「白虹」は『古今注』巻上「輿服第一」に

呉大帝有二寳刀三・寳劒六一。寳劒六、一曰二白蛇[432]（虹）一、二曰二紫電一、三曰二辟邪一、四曰二流星一、五曰二青冥一、六曰二百里一。〈徐・崎〉

とある。

(ト)莫驚開百錬（刀）

この句の「百錬」は『古今注』巻上「輿服第一」に

呉大帝有二寳刀三一、（中略）一曰二百錬一、二曰二青犢、三曰二漏影一。〈徐・崎〉

とある。

(チ)擁旄分彩雉（旌）

この句の「擁旄」は『古今注』巻上「輿服第一」に

麾、所二以指麾一。武王右執二白旄一以麾。是也。

とある。

(リ)君聽陌上桑　爲辨羅敷潔（箏）

この兩句は『古今注』卷中「音樂第三」にみえる

陌上桑、出㆓秦氏女子㆒。秦氏邯鄲人。有㆓女名羅敷㆒。爲㆓邑人千乘王仁妻㆒。王仁後爲㆓越王家令㆒。羅敷出採㆓桑於陌上㆒。趙王登㆑臺、見而悅㆑之。因飲酒欲㆑奪㆑焉。羅敷乃彈㆑琴、乃作㆓陌上歌㆒以自明焉。

に基づく。

(ヌ)朝晞八月風（露）

この句の「朝晞」は『初學記』卷二「露第五」所載の『古今注』に

言人命如㆓薤上之露㆒易㆑晞、露晞明朝更復落。

とある。

(5)『水經注』を典據とするもの

(イ)劍閣抵臨邛（道）

この句の「劍閣」は『水經注』卷二十「漾水」にみえる

又東南逕㆓小劍戍北㆒、西去㆓大劍㆒三十里。連山絕險、飛閣通衢。故謂㆓之劍閣㆒也。

に基づく。

(ロ)瀨似黃牛去（江）

この句は『水經注』卷三十四「江水」にみえる

江水又東逕㆓黃牛山下㆒、有㆑灘名曰㆓黃牛灘㆒。南岸重嶺疊起、最外高崖間有㆑石。色如㆓人負㆑刀牽㆑牛、人黑牛黃、成就分明、既人跡所レ絶、莫レ得レ究焉。此巖既高、加以二江湍紆迴一、雖三途逕二信宿一、猶三望二見此物一。故行者謠曰、朝發二黃牛一、暮宿二黃牛一。三朝三暮、黃牛如レ故。言二水路紆深迴望如一レ一矣。〈徐・崎〉[433]

に基づく。

(ハ)東洛薦河圖（龍）

この句は『水經注』巻十五「洛水」にみえる

黃帝東巡レ河過レ洛、脩レ壇沈レ璧、受二龍圖于レ河、龜書于一レ洛。〈徐〉

とある。

(ニ)鏡潭明月輝（池）

この句は『水經注』巻三十七「沅水」にみえる

沅水又東歷二臨沅縣西一爲二明月池・白壁灣一。灣狀半月、清潭鏡澈。

に基づく。

(ホ)霞滿蜀江春（錦）

この句の「蜀江」は「錦江」と同義で、『水經注』巻三十三「江水」に

文翁爲二蜀守一、立二講堂一、作二石室于南城一。永初後、學堂遇レ火、後守更增二二石室一。後州奪二郡學一、移二夷星橋南岸道東一、道西城故錦官也。言、錦工織レ錦則濯二之江流一、而錦至鮮明。濯以二他江一則錦色弱矣。

とある。

(6)『廣志』を典據とするもの

(イ)花影麗新豐（梨）

(ロ)還冀識張公（梨）

(イ)の「新豊」と(ロ)の「張公」は『初學記』巻二十八「果木部・梨第七」に

洛陽北邙張公夏梨、海内唯有㆓一樹㆒。有常山眞定山陽鉅野梨・梁國睢陽梨・齊郡臨淄梨・鉅鹿高梨・上黨梈梨、小而甘、新豐箭谷梨・關以西梨、多供㆑御。廣都梨、重六斤、數人分食㆑之。〈徐・理・陽・崎〉

とある[434]。但し、四注釋本は(ロ)の出典とせず。

(ハ)龍蹄遠珠履（瓜）

(ニ)女臂動金花（瓜）

(ハ)の「龍蹄」と(ニ)の「女臂」は『太平御覽』巻九百八十七「菜茹部・瓜」所載の『廣志』に

瓜之所㆑出、以㆓遼東・廬江・燉煌之種㆒爲㆑美。有㆓烏瓜・狸頭瓜・蜜筩瓜・女臂瓜・龍蹄瓜・羊髓瓜㆒。又有㆓魚瓜・犬瓜㆒。如㆑斛。出㆓涼州陽城㆒。〈徐・崎[435]〉

とある。

(ホ)鉅野昭光媚（菱）

この句の「鉅野」は『藝文類聚』巻八十二「草部下・菱」所載の『廣志』[436]に

鉅野大㆓於常陵㆒。淮漢以南、凶年以㆑菱爲㆑蔬猶以㆑橡爲㆑資也。〈徐・理・崎〉

とある。

(7)『淮南子』を典據とするもの

(イ)遙昇若木枝（日）

この句は『淮南子』巻四「墬形訓」に

若木在二建木西一、末有二十日一。其華照二下地一。

とあり、高誘注に

（末）木端也。若木端有二十日一。狀如二蓮華一也。猶レ光也。光照二其下一也。〈理[437]・崎〉

とある。

(ロ)今日中衢士　堯樽更可逢（道）

この句は『淮南子』巻十「繆稱訓」にみえる

聖人之道、猶二中レ衢而致レ尊邪。過者斟酌、多少不レ同。各得二其所レ宜。是故得二一人一、所三以得二百人一也。〈徐・崎〉

に基づく。

(ハ)大厦將成日（雀）

(ニ)相賀彫楹側（燕）

(ハ)(ニ)の兩句は『淮南子』巻十七「說林訓」にみえる

大厦成而燕雀相賀。〈徐・理[438]・陽・崎〉

に基づく。

(ホ)形逐桂條飛（兔）

この句は『太平御覽』巻九百七「獸部十九・兔」所載の『淮南子』にみえる

以二兔之走一、使二大如レ馬則逐レ日追レ風。及二其爲レ馬則不レ走矣。

に基づく。「桂條」は馬名で、『藝文類聚』巻九十三「獸部上・馬」所載の梁・元帝の「答二齊國饟馬一書」に「名重二桂條一、形圖二柳谷一、同書巻三十三「人部十七・遊俠」所載の「周庾信詩」や『庾子山集』巻二の「俠客行」に「俠客重二連鑣一、金鞍被二桂條一」とある。

(ヘ)夜警千年鶴（露）

この句の「千年鶴」は『淮南子』巻十七「說林訓」に

鶴壽千歲、以極二其游一。

とある。このほかに『抱朴子』內篇巻三「對俗」に

千歲之鶴、隨レ時而鳴、能登二于木一。

とある。

(8)『神異經』を典據とするもの

(イ)分暉度鵲鏡（月）

(ロ)儻遊明鏡裏（鵲）

(ハ)月中烏鵲至（鏡）

(イ)(ロ)(ハ)の三句は『太平御覽』巻七百十七「服用部十九・鏡」所載の『神異經』にみえる

昔有二夫婦將レ別。破レ鏡、人執レ半以爲レ信。其妻與レ人通、其鏡化レ鵲飛至二夫前一。其夫乃知レ之、後人因鑄レ鏡爲レ鵲安二背上一。(439)(440)〈徐・理・陽・崎〉

に基づく。

(ニ)靈童出海見（雨）

この句は『太平御覽』巻十「天部十一・雨下」所載の『神異經』にみえる

西海上有レ人焉。乘二白馬一、朱鬣・白衣・素冠。從二十二童子一、馳二馬西海上一如レ飛。名曰二河伯使者一。其所レ至之國、雨水滂沲。〈徐・理〉

に基づく。

(9)『風土記』を典據とするもの

(イ)夜警千年鶴（露）

(ロ)莫言空警露（鶴）

(イ)(ロ)の兩句の『藝文類聚』卷九十「鳥部上・鶴」所載の『風土記』にみえる

鳴鶴戒レ露。此鳥性警、至三八月白露降、流二於草上一、滴滴有レ聲。因卽高鳴相警。移三徙所二宿處一、慮有二變害一也。〈徐・崎〉

に基づく。

(ハ)玉律三秋暮（菊）

この句の「玉律」の「律」は、音階を陰陽に大別し、更にそれぞれ六分して十二律とする。これを一年十二ヶ月に配して時候の變化を察する。『禮記』卷五「月令第六」に「律中二大簇一」とあり、その鄭注に

律、候レ氣之管、以レ銅爲レ之。

とある。これによってこの句は『初學記』卷二十七「寶器部・菊第十二」所載の『風土記』にみえる

九月律中二無射一。俗尚二九日一而用二候レ時之草一也。

に基づく。『風土記』の「候時之草」は菊を指す。

(ニ)色疑虹始見（橋）

この句の「色疑虹」は『初學記』巻七「地部下・橋七」所載の『風土記』にみえる

陽羨縣前有㆓大橋㆒。南北七十二丈、橋中高起、有㆑似㆓虹形㆒。袁君所㆑立。〈徐・崎〉

に基づく。

⑽『論衡』を典據とするもの

日出扶桑路（日）

この句は『論衡』巻十一「説日篇」にみえる

儒者論㆑日、旦出㆓扶桑㆒、暮入㆓細柳㆒。扶桑東方地、細柳西方野也。〈徐〉

に基づく。

(ロ)十旬無破塊（雨）

この句は『論衡』巻十七「是應篇」にみえる

風不㆑鳴㆑條、雨不㆑破㆑塊。五日一風、十日一雨。〈徐・崎〉

に基づく。

(ハ)兎月清光隱（燭）

この句の「兎月」は『論衡』巻十一「説日篇」に

儒者曰、日中有㆓三足烏㆒。月中有㆓兎・蟾蜍㆒。〈徐〉

とある。但し、兎月を月の異名とするのは『論衡』に限らず、『藝文類聚』巻一「天部上・月」所載の『五經通義』[441]に

月中有㆔兎與㆓蟾蜍㆒何。月、陰也。蟾蜍、陽也。而與㆑兎竝明、陰係㆑陽也。

とある。『五經通義』の成立年代が明確でないので、『論衡』を典據としておく。

(ニ)皂疊映逾沈（墨）

この句は『論衡』巻一「累害篇」にみえる

論者既不レ知三累害（所二從生一、又不レ知下被二累害一）[442]者、行賢潔上也。以レ塗搏レ泥、以レ黑（墨）[443]點レ繒、孰有レ知レ之。清受レ塵、白取レ垢、青蠅所レ汙、常在二練素一。

に基づく。

(11)『異苑』を典據とするもの

(イ)舒苗長石臺（藤）

この句は『異苑』[444]巻二にみえる

隋縣永陽有レ山。壁立千仞、巖上有二石室一。古名爲二神農窟一。前有二百藥叢茂一、莫レ不二畢備一。〈崎〉

に基づく。『藝文類聚』巻八十二「草部下・藤」所載の『異苑』には右文に續けて

又別有二異藤一。

とある。

(ロ)質子寄書來（藤）

この句は『異苑』巻五にみえる

晉中朝、有二質子將レ歸レ洛。反路見二一行旅一、寄二其書一云、吾家在二觀亭一、亭廟前石間有レ懸レ藤。卽是也。君至但扣レ藤自有二應者一、及レ歸如レ言、果有二二人一、從二水中一出、取レ書而沒。尋還云、河伯欲レ見レ君、此人亦不レ覺隨去、便覩二屋宇精麗一、飲食鮮香、言語接對、無レ異二世閒一。

に基づく。『藝文類聚』巻八十二「草部下・藤」及び『太平御覽』巻九百九十五「百卉部二・藤」所載の王韶之の『始

興記』に『異苑』の簡略文がある。

(ハ)蘭籍拂沈香（牀）

この句の「沈香」は『太平御覧』巻七百六「服用部八・牀」所載の『異苑』に

沙門支法存有二八尺沈香板床一。刺史王淡息切求不レ與、遂殺而籍焉。後息疾、法存出爲レ祟也。〈崎〉

とある。

⑿『三秦記』を典據とするもの

(イ)峯出半天雲（山）

この句は『太平御覧』巻三十九「地部四・華山」所載の『三秦記』にみえる

華山在二長安東三百里一、不レ知二幾千仭一、如二半天之雲一。〈理〉

に基づく。

(ロ)秦原闢帝圻（鹿）

この句は『藝文類聚』巻九十四「獸部中・狗」所載[445]の『辛氏三秦記』にみえる

有二白鹿原一。周平王時、白鹿出二此原一。〈徐・理・陽〉

に基づく。白鹿原は霸上のこと。『漢書』巻四十五「蒯通傳第十五」に

且秦失二其鹿一、天下共逐レ之。張晏曰、以レ鹿喩二帝位一。

とある。

(ハ)昆池明月滿（珠）

この句は『藝文類聚』巻八十四「寶玉部下・貝」所載の『三秦記』にみえる

昆明池。昔有二人釣レ魚。綸絶而去。遂通二夢於漢武帝一、求去釣。帝明日戲二於池一、見二大魚銜レ索。帝曰、豈夢所レ見耶。取而放レ之、閒三日。池邊得二明珠一雙一。帝曰、豈非二魚之報一耶。〈徐・崎〉

に基づく。

⒀『三輔黃圖』を典據とするもの

(イ)寧移玉殿幽（桂）

この句の「玉殿」は『三輔黃圖』卷四「池沼」に

甘泉宮南有二昆明池一。池中有二靈波殿一。皆以レ桂爲二殿桂一。〈徐〉

とある。

(ロ)鴻儒訪道來（槐）

この句は『藝文類聚』卷八十八「木部上・槐」所載の『三輔黃圖』にみえる

元始四年、起二明堂辟雍一、爲二博士舍三十區一、爲二會市一。但列二槐樹一數百列。諸生朔望會二此市一。各持二其郡所レ出物及經書一、相與買賣。雍雍揖讓、論二議樹下一、侃侃誾誾。〈徐〉

に基づく。

(ハ)長槐兔目陰（市）

この句の「長槐」は前項(ロ)の『藝文類聚』所載の『三輔黃圖』に基づく。「兔目陰」は『莊子』を典據とする「目隨槐葉長」（兔）の典據と同じ。

(ニ)藏書入帝臺（麟）[446]

この句は『三輔黃圖』卷六「閣」にみえる

漢宮殿疏云、天祿麒麟閣、蕭何造、以藏二祕書一、處二賢才一也。

に基づく。「麒麟閣」を「麟臺」ともいう。

⒁『東宮舊事』を典據とするもの

(イ)桂莚含栢馥（牀）

この句の「含栢」は『初學記』卷二十五「器物部・牀五」所載の『東宮舊事』に

皇太子納レ妃。有二素柏局脚牀・八版牀一。[447]〈理〉

とある。

(ロ)霞上織成開（屏）

この句の「織成」は『藝文類聚』卷十六「儲宮部・太子妃」所載の『東宮舊事』に

皇太子妃、給二織成衮帶・白玉佩・四望車・羽葆・前後部鼓吹各一部一。

とある。「織成」は『初學記』卷十「儲宮部・太子妃第四」にもみえるが、同書卷二十五「器物部・屏風第三」に

皇太子納レ妃。梳頭屏風二合四牒、織成地屏風十四牒・銅鐶紐。[448][449]〈徐・崎〉

とある。

(ハ)花發縹紅披（紙）

この句の「縹紅」は『初學記』卷二十一「文部・紙七」所載の『東宮舊事』に

皇太子初拜。給二縹紅紙各一百枚一。〈徐・崎〉

とある。また、『藝文類聚』卷五十八「雜文部四・紙」所載の『渚宮舊事』に

皇太子初拜。給二赤紙・縹紅紙・麻紙・敕紙・法紙各一百一。

とある。但し、出典の『渚宮舊事』は唐・余知古（生沒年不詳）の撰著で、李嶠とほぼ同時期であるので、ここでは晉・張敞の撰著である『東宮舊事』を典據とする。

⒂『鄴中記』を典據とするもの

(イ)日落天泉暮（池）

この句の「天泉」は池の名、天泉池。『初學記』卷四「三月三日第六」所載の『鄴中記』（晉・陸翽）に

華林園中千金堤、作㆓兩銅龍㆒。相向吐㆑土、以注㆓天泉池㆒。通㆓御溝中㆒。三月三日、石季龍及皇后百官臨㆓池會㆒。

とある。

(ロ)遊仙倒景來（屛）

この句は『鄴中記』[450]にみえる

石虎作㆓金銀鈕屈戌屛風㆒。衣以㆓白縑㆒、畫㆓義士・仙人・禽獸之像㆒。〈徐〉

に基づく。「遊仙倒景來」は屛風の中の仙人を描寫したもので、『漢書』卷二十五下「郊祀志第五下」に

及㆑言㆘世有㆓僊人㆒、服㆗食不終之藥㆖、遙興輕擧、登㆑遐倒㆑景。覽㆓觀縣圃㆒、浮㆓遊蓬萊㆒。云云

とある。

(ハ)蓮花依帳發（羅）

この句は『太平御覽』卷六百九十九「服用部一・帳」所載の『鄴中記』にみえる

帳四角安㆓純金銀鑿鏤香爐㆒。以㆓石墨㆒燒㆓集和名香㆒。帳頂上安㆓金蓮花㆒。〈理〉

に基づく。

⒃『世說新語』を典據とするもの

(イ)若能長止渇（梅）

この句は『世説新語』巻下之下「假譎第二十七」にみえる

魏武行役失二汲道一、皆渇。乃令曰、前有二大梅林一、饒レ子、甘酸。可二以解一レ渇。士卒聞レ之、口皆出レ水。乗レ此得レ及二前源一。[451]〈徐・理・陽・崎〉

の説話に基づく。

(ロ)談玄方亹亹（史）

この句は『世説新語』巻上之上「言語第二」にみえる

王〔夷甫〕曰、裴僕射善談二名理一、混混有二雅致一。張茂先論二史漢一、靡靡可レ聴。〈崎〉

に基づく。「靡靡」と「亹亹」は同義。

(ハ)共持蘇合彈（彈）

この句の「蘇合彈」の語は梁・劉孝威の「望栖鳥」に

珠丸蘇合彈〈徐〉

とあるが、詩句の構想が類似するものに、『世説新語』巻下之上「容止第十四」の

藩岳妙有二姿容一、好二神情一。少時、挾レ彈出二洛陽道一、婦人遇者、莫レ不二連レ手共縈レ之。〈徐〉

がある。

(17)『山海經』を典據とするもの

(イ)有鳥自丹穴　其名曰鳳凰（鳳）

(ロ)五色成文章（鳳）

(イ)(ロ)の兩句は『山海經』卷一「南山經第一」にみえる

東五百里曰二丹穴之山一。其上多二金玉一。丹水出レ焉而南流注二于渤海一。有レ鳥焉。其狀如レ雞、五采而文、名曰二鳳皇一。〈徐・理[452]・陽[453]・崎[454]〉

に基づく。

(ハ)秋至含霜動（鐘）

この句は『太平御覽』卷五百七十五「樂部十二・鍾」所載の『山海經』にみえる

豐山者有レ鍾。霜降則鳴。〈徐・理[455]・崎〉

に基づく。

(18)『國語』を典據とするもの

(イ)鳴岐今已見（鳳）

この句は『國語』卷一「周語上第一」にみえる

周之興也、鸑鷟鳴二於岐山一。〈徐・理・陽・崎〉

に基づく。「鸑鷟」の韋昭注に「鸑鳳之別名也」とあり、「岐山」については『尙書』禹貢の「道二岍及岐一」の「蔡傳」に「地志・在二扶風美陽縣西北一、今鳳翔府岐山縣東北十里也」とある。

(ロ)三川物候新（洛）

この句の「三川」については『初學記』卷六「地部中・洛水」所載の『周官』に

豫州其川滎レ洛、與二伊瀍二水一爲二三川一。

とある。但し、三川については諸説がある。

ここでは『國語』巻一「周語第一」にみえる

昔伊洛竭而夏亡、河竭而商亡。今周德若二二代之季一矣。其川源又塞、塞必竭。夫國必依二山川一。〈徐〉

に基づく。

⒆『洞冥記』を典據とするもの

(イ)蒼龍遙逐日（馬）

この句は『太平御覽』巻八百九十七「獸部九・馬五」所載の『洞冥記』にみえる

倐彌國有二馬如レ龍。騰レ虛逐レ日、兩足倚行、或藏二形於空中一、唯聞レ聲耳。〈徐〉

に基づく。

(ロ)仙人弄月來（舟）

この句は『洞冥記』[456]巻三にみえる

帝於二望鵠臺一西起二俯月臺一、臺下穿レ池、廣千尺、登レ臺以眺レ月。影入二池中一、使三仙人乘レ舟弄二月影一。因名二影娥池一。亦曰二眺蟾臺一。[457]〈徐〉

に基づく。

⒇『博物志』を典據とするもの

(イ)蜀郡靈槎轉（星）

この句は『博物志』巻三にみえる

舊說云、天河與レ海通。近世有下人居二海渚一者上。年年八月、有二浮槎一。去來不レ失レ期。人有二奇志一。立二飛閣於査上一、多二齎糧一。乘レ槎而去。十餘日中、猶レ觀二星月日辰一。自後芒芒忽忽、亦不レ覺二晝夜一。去十餘日、奄至二一處一、有二城郭狀一。屋舍甚嚴。遙望二宮中一多二織婦一。見二一丈夫一。牽牛渚次飮レ之。牽牛人乃驚問曰、何由至レ此。此人見說二來意一。幷問二此是何處一、答曰、君還至二蜀郡一、訪二嚴君平一則知レ之。竟不レ上レ岸。因還如レ期。後至レ蜀問二君平一。曰、某年月日有三客星犯二牽牛一。宿計二年月一。正是此人到二天河一時也。〈徐・理〉

に基づく。

(ロ)蜀都宵映火（井）

この句は『博物志』巻九にみえる

臨邛有二火井一所一。從廣五尺、深二三丈。在二縣南百里一。昔時人以二竹木一投以取レ火。諸葛丞相往視レ之後、火轉盛、執レ盆蓋二井上一、煮レ鹽得レ鹽。後人以二家火一投レ之卽滅。訖レ今不二復燃一也。〈徐〉

に基づく。この說話は『異苑』巻四「火井」にもみえる。〈徐・崎〉また、『文選』巻四の左思の「蜀都賦」に

火井沈二熒於幽泉一、高爓飛二煽於天垂一。〈理〉

とあり、劉良注に

蜀郡有二火井一。在二臨邛縣西南一。火井、鹽井也。

とある。

(21)『韓詩外傳』を典據とするもの

(イ)春花雜鳳影（桐）

この句の「鳳影」は既出。「白花搖鳳影」（竹）の典據と同じく『莊子』巻六「秋水第十七」に求めることができるが、字句の上から、『韓詩外傳』巻八にみえる

鳳乃止二帝東國一、集二帝梧桐一、食二帝竹實一、沒レ身不レ去。

に基づくものとする。

(ロ)希逐鳳凰翔（雀）

この句は『韓詩外傳』巻九にみえる

夫鳳凰之初起也、翾翾十歩之雀、喔咿而笑レ之。及三其升二於高一、一詘一信、展而雲間、藩木之雀超然自知レ不レ及レ遠矣。〈徐・陽〉

に基づく。

(22)『愼子』を典據とするもの

(イ)竹箭入龍宮（河）

(ロ)影隨流水急（箭）

(イ)(ロ)の兩句は『白氏六帖事類集』巻二「河第四十」所載の『愼子』にみえる

河下二龍門一、流駃二竹箭一、駟馬追レ之不レ及。[458]〈徐・崎〉

に基づく。

(23)『抱朴子』を典據とするもの

(イ)花明玉井春（李）

この句は『抱朴子』內篇巻二十「祛惑」にみえる

崑崙山（中略）上有二木禾一、高四丈九尺。其穗盈レ車。有二珠玉樹・沙棠・琅玕・碧瑰之樹・玉李・玉瓜・玉桃一。其實形如二世間桃李一。但爲二光明洞徹而堅一、須下以二玉井水一洗上レ之。便軟而可レ食。〈徐・崎〉

に基づく。

(ロ)廻鸞應雅聲（舞）

この句は『藝文類聚』巻九十九「祥瑞部下・鸞」所載の『抱朴子』にみえる

崑崙山圖曰、鸞鳥似レ鳳而白纓、聞レ樂則蹈レ節而舞。至則國安寧。〈理〉[459]

に基づく。

(24)『六韜』を典據とするもの

(イ)來蘊太公謀（豹）

この句の「太公謀」は『六韜』巻五の「豹韜」をいう。『隋書』巻三十四「志第二十九・經籍三」に

太公六韜五巻

とある。

(ロ)佇將文綺色（席）

この句は『藝文類聚』巻六十九「服飾部上・薦席」所載の『六韜』にみえる

桀紂之時、婦女坐以二文綺之席一、衣以二綾紈之衣一。〈徐・理・崎〉[460]

に基づく。

(25)『湘州記』を典據とするもの

(イ)過湘燕早歸（石）

(ロ)羌池沐時雨（燕）

(イ)(ロ)の兩句は『初學記』巻二「天部下・雨一」所載の『湘州記』にみえる

零陵山有二石燕一。過二風雨一卽飛、止還爲レ石。〈崎〉

に基づく。同様の文が同書巻五「地理上・石九」所載の顧凱之の『啓蒙記』に

零陵郡有㆓石燕㆒。得㆓風雨㆒則飛。如㆓眞燕㆒。〈徐〉

とあり、『藝文類聚』巻九十二「鳥部下・燕」所載の『湘中記』には

零陵有㆓石鷰㆒。形似㆑鷰。得㆓雷風㆒則飛。頡頏如㆓眞鷰㆒。

とある。この説話は廣く傳承していたらしく以上のほかに『水經注』巻三十八「湘水」にもある。

(26)『臨海記』を典據とするもの

(イ)仙鶴排門起（鼓）

この句は『初學記』巻十六「鼓第七」所載の『古今樂錄』や『吳錄』に

吳王夫差移㆓於建康之宮㆒。南門有㆓雙鶴㆒。從㆓鼓中㆒而飛、上入㆓雲中㆒。

とある。また、『太平御覽』巻九百十六「羽族部三・鶴」所載の『臨海記』に

古老相傳云、此山昔有㆓晨飛鶴㆒。入㆓會稽雷門鼓中㆒。於㆑是、雷門鼓鳴、洛陽聞㆑之。孫恩時、斫㆓此鼓㆒、見㆓白鶴飛出、高翔入㆑雲。此後、鼓無㆓復遠聲㆒。(461)〈理〉

とある。

(ロ)曝泉飛掛鶴（布）

この句は『太平御覽』巻七十一「地部・瀑布泉」所載の『臨海記』に

郡西北有㆓白鵠山㆒。山有㆓池水懸注㆒。遙望見、如㆔倒㆓挂㆓白鵠㆒。〈理〉

とあるのに基づくか。

(27)『搜神記』を典據とするもの

(イ)浣火有炎光（布）

この句は『太平御覽』巻八百二十「火浣布」所載の『捜神記』にみえる

崑崙之墟有二炎火之山一。山上有二鳥獸草木一。皆生二長於炎火之中一。故有二火浣布一。

に基づく。これに類似する說話が『神異經』『抱朴子』『拾遺記』『十洲記』などにみえる。

(ロ)錢飛出井見（覓）

この句は『捜神記』巻十三にみえる

南方有レ蟲。名蠍蝺。一名蜵蠋。又名二青蚨一。形似レ蟬而稍大。味辛。美可レ食。生レ子必依二草葉一、大如二蠶子一。取二其子一、母卽飛來、不レ以二遠近一。雖三潛取二其子一、母必知レ處、以二母血一塗二錢八十一文一、以二子血一塗二錢八十一文一。每レ市レ物、或先用二母錢一、或先用二子錢一。皆復飛歸、輪轉無レ已。故淮南子術以レ之還レ錢。名曰二青蚨一。

〈崎〉

に基づく。

(28)『南越志』を典據とするもの

(イ)銅牙流曉液（弩）

この句の「銅牙」は弓の名。『藝文類聚』巻六十「軍器部・弩」所載の『南越志』に

龍川(462)嘗有三銅弩牙流二出水一、皆所二銀黃彫鏤一、取レ之者祀而後得。父老云、越王弩營處也。

とある。

(29)『月令章句』を典據とするもの

(イ)銅牙流曉液（弩）

この句の「曉液」はあけがたの露。『北堂書鈔』[463]巻百五十二「天部四・露篇二十・陰液」所載の『月令章句』（蔡邕著）に

露者陰液也。

とある。

(30)『帝王世紀』を典據とするもの

(イ)蓂開二八時（月）

この句は『藝文類聚』巻四「歳時中・月晦」所載の『帝王世紀』にみえる

堯有㆓草夾階而生㆒。毎月朔生㆓一莢㆒、月半則生㆓十五莢㆒。自㆓十六㆒日一莢落。至㆓月晦㆒而盡。月小則餘㆓一莢㆒。厭而不㆑落、以爲㆓瑞草㆒。名爲㆓蓂莢㆒。一名曆莢。〈崎〉

に基づく。また、『白虎通義』巻五「封禪」に

蓂莢、樹名也。月一日生㆓一莢㆒、十五日畢、至㆓十六日㆒去㆑莢。故莢階生似㆓日月㆒也。〈徐〉

とある。

(31)『漢官儀』を典據とするもの

(イ)天子馭金根（車）

この句は『藝文類聚』巻七十一「舟車部・車」所載の『漢官儀』[464]（應劭撰）にみえる

天子法駕、所㆑乘曰㆓金根車㆒。駕㆓六龍㆒、以御㆓天下㆒也。

や『太平御覽』巻七百七十三「車部三・敘車下」所載の『漢官儀』にみえる

天子出㆓祭陵㆒、常乘㆓金根車㆒。春二月、青安車在㆑前。秋八月、白虎在㆑前。

に基づく。

(32)『劉向別錄』を典據とするもの

(イ)霜輝簡上發（筆）

この句の「簡上發」は『北堂書鈔』卷百四「藝文部十・簡五十」所載の『風俗通』に

劉向別錄、殺レ青者、直治レ竹作レ簡書レ之。

とあり、『初學記』卷二十八「果木部・竹第十八」所載の『風俗通』には

劉向別錄曰、殺レ青者、直用二青竹簡一書耳。

とある。

(33)『春秋繁露』を典據とするもの

(イ)跪飲徽澆俗（羊）

この句は『春秋繁露』卷十六「執贄第七十二」にみえる

羔有レ角而不レ任、設備而不レ用、類レ好レ仁者。執レ之不レ鳴、殺レ之不レ諦、類レ死レ義者。羔食二於其母一、必跪而受レ之、類レ知レ禮者。故羊之爲レ言猶祥與。故卿以爲レ贄。

に基づく。

(34)『古列女傳』を典據とするもの

(イ)若今逢霧露　長隱南山幽（豹）

この句は『古列女傳』卷二「賢明傳」にみえる

妾聞、南山有二玄豹一。霧雨七日而不二下食一者、何也。欲下以澤二其毛一而成中文章上也。故藏而遠レ害。犬彘不レ擇レ食。

以肥㆓其身㆒、坐而須㆑死耳。今夫子治㆑陶、家富國貧、君不㆑敬、民不㆑戴。敗亡之徴見矣。願與㆓少子㆒倶脱。姑怒、遂棄㆑之。處期年、荅子之家、果以㆑盗誅。〈徐・理〉[465]

に基づく。

⑶⑸『越絶書』を典據とするもの

(イ)佳人滿石城（舞）

この句は『越絶書』巻二「越絶外傳記呉地傳第三」にみえる

[466]石城者、呉王闔廬所㆑置㆓美人㆒離城也。去㆑縣七十里。

に基づく。

⑶⑹『孔子家語』を典據とするもの

(イ)南郊赤羽馳（日）

この句の「赤羽」は『孔子世語』巻二「致思第八」に

由願得㆘白羽若㆑月、赤羽若㆑日、鍾鼓之音、上震㆓於天㆒、旍旗繽紛、下蟠㆗于地㆖。〈理〉[467]

とある。

⑶⑺『列仙傳』を典據とするもの

(イ)鳳去秦郊迥（野）

この句は『列仙傳』巻上「簫史」にみえる

秦穆公有㆑女、字弄玉。好㆑之。公遂以㆑女妻焉。日敎㆔弄玉作㆓鳳鳴㆒。居數年、吹似㆓鳳聲㆒。鳳凰來、止㆓其屋㆒。公爲作㆓鳳臺㆒、夫婦止㆓其上㆒不㆑下。數年、一旦皆隨㆓鳳凰㆒飛去。故秦人爲作㆓鳳女祠於雍宮中㆒。時有㆓簫聲㆒而已。

に基づく。

(38)『易林』を典據とするもの

(イ)排雲結陣行（雁）

この句の「陣行」は漢・焦延壽の『易林』巻六「復・第二十四・豊」にみえる

九鴈列陳　雌獨不レ群。〈徐〉

に基づくか。

(39)『風俗通義』を典據とするもの

(イ)參差横鳳翼（簫）

この句は『風俗通義』巻六「聲音第六・簫」にみえる

簫韶九成、鳳凰來儀。其形參差、像鳳之翼、十管、長一尺。〈徐〉

に基づく。

(40)『穆天子傳』を典據とするもの

(イ)遊人燭影長（銀）

この句の「燭影」は『穆天子傳』巻一に

天子之珤《ママ》、玉果・璿珠・燭銀・黄金之膏。

とある。郭璞注に

銀有二精光如レ燭。〈徐・崎〉

とある。

(41)『列子』を典據とするもの

(イ)三山巨鼇踊（海）

この句は『列子』巻五「湯問第五」にみえる

渤海之東、不レ知二幾億萬里一、有二大壑一焉。（中略）其中有二五山一焉。一曰岱輿、二曰員嶠、三曰方壺、四曰瀛洲、五曰蓬萊。其山高下周旋三萬里。（中略）所レ居之人、皆仙聖之種、一日一夕、飛相往來者、不レ可レ數焉。而五山之根、无レ所二連箸一、常隨二潮波一、上下往還、不レ得二蹔峙一焉。仙聖毒レ之、訴二之於帝一。帝恐下流二於西極一、失中群聖之居上、乃命二禺彊一、使下巨鼇十五擧レ首而戴レ之、迭爲二三番一、六萬歳一交上焉。〈徐・崎〉

に基づいたと考えられるが、『列子』の五山は『史記』巻六「秦始皇紀第六」には

齊人徐市等上書、言三海中有二三神山一。名二曰蓬萊・方丈・瀛洲一、僊人居レ之。

とあり、同書巻二十八「封禪書第六」にも

自二威・宣・燕昭一、使三人入レ海求二蓬萊・方丈・瀛洲一。此三神山者、其傳在二勃海中一、去レ人不レ遠。〈徐〉

とあるので、「五山」を「三山」と置き換えて訓むことができよう。

(42)『幽明録』を典據とするもの

(イ)長吟入夜清（笛）

この句は『藝文類聚』巻四十四「樂部四・笛」所載の『幽明録』にみえる

永嘉中、太山民巣氏、先爲二相縣令一、居在二晉陵一。家婢採レ薪、忽有下一人追二隨婢一還上レ家。不レ使二人見一、與レ婢宴飮、輒吹レ笛而歌。歌云、閑夜寂已清、長笛亮且鳴。若欲レ知レ我者、姓郭、字長生。

に基づく。

(43)『洛陽記』を典據とするもの

(イ)銅駝[468]分鞏洛（道）

この句の「銅駝」は『太平御覽』巻百九十五「居處部二十三・街」所載の『洛陽記』（華延儁撰）に

兩銅駝在㆓官之南街㆒、東西相對。高九尺、漢時所㆑謂銅駝街。洛陽又有㆓香街㆒。〈徐・崎〉

とある。

(44)『述征記』を典據とするもの

(イ)靈臺如可託　千里向長安（烏）

この句は『藝文類聚』巻一「天部上・風」所載の『述征記』（郭延生撰）にみえる

長安宮南有㆓靈臺㆒、有㆓相風銅烏㆒。或云、此烏遇㆓千里風㆒乃動。〈徐・理[469]・崎〉

に基づく。また、『三輔黃圖』[470]巻五「臺榭」所載の『述征記』には

長安宮南有㆓靈臺㆒。高十五仭、上有㆓渾儀㆒。張衡所㆑制。又有㆓相風銅烏㆒、遇㆑風乃動。

とあるが、詩句の「千里」の表現がないので、『藝文類聚』を典據とした。

(45)『吳地記』を典據とするもの

(イ)莫驚留爪[471]去　猶冀識吳宮（燕）

この句は『全唐詩』巻六十「燕」所載の『吳地記』にみえる

吳宮中剪㆓燕爪㆒留㆑之、以記㆓更來㆒。〈徐〉

に基づく。『白氏六帖』巻九十五「燕四」に

吳宮燕・吳宮人留㆑爪、以記㆓更來㆒。〈理[472]・崎〉

とあるが、出典を明記していない。陽明本に「一本呉地記」として

燕留㆓爪於舘娃宮㆒、後天火燒㆑宮也。

を載す。

(46)『荊州記』を典據とするもの

(イ)淮海曾爲室（琴）

この句は『藝文類聚』巻六十四「居處部四・室」所載の『荊州記』（盛弘之撰）にみえる

始興機山東有㆓兩巖相向㆒、如㆓鴟尾㆒。石室數十所。經㆓過時㆒、聞㆑有㆓金石絲竹之聲㆒。〈崎〉

に基づく。

(47)『永嘉郡記』を典據とするもの

(イ)已甜青田側（鶴）

この句は『藝文類聚』巻九十「鳥部上・白鶴」所載の『永嘉郡記』にみえる

有㆓洙沐溪㆒。野青田九里中、有㆓雙白鵠㆒。年年生㆑子、長大便去。只恆餘父母一雙在耳。精白可㆑愛、多云㆓神仙所㆑養。[473]〈徐・陽・崎〉

に基づく。ほぼ同文が『海錄碎事』巻二十二上「鳥獸草木部・鶴」所載の『永嘉郡記』にみえる。

(48)『襄陽記』を典據とするもの

(イ)含章擬鳳雛（龍）

この句の「鳳雛」は『三國志』巻三十五「蜀書五」の「諸葛亮傳」所載の『襄陽記』に

德操曰、儒生俗士、豈識㆓時勢㆒。識㆓時務㆒者在㆓乎俊傑㆒。此閒自有㆓伏龍・鳳雛㆒。備問㆑爲㆑誰。曰、諸葛孔明・

龐士元也。

とある。龍鳳になぞらえて所レ謂龍章鳳姿をいう。「鳳雛」については『三國志』のほかに『晉書』巻五十四「陸雲傳第二十四」に

雲字士龍、六歳能屬レ文、性清正、有二才理一。（中略）幼時、呉尙書廣陵閔鴻見而奇レ之、曰、此兒若非二龍駒一、當是鳳雛。〈陽〉

とみえ、同書巻四十九「嵇康傳第十九」に

康早孤、有二奇才一、遠邁不レ羣。身長七尺八寸、美二詞氣一、有二鳳儀一。而土二木形骸一、不二自藻飾一。人以爲二龍章鳳姿一、天質自然。

とあり、典據を斷定し難い。

(49)『尸子』を典據とするもの

(イ)芳圻晴虹媚（玉）

この句の「芳圻」は「方折」の誤りか。「方折」は『藝文類聚』(474)巻八(475)「水部上・總載水」所載の『尸子』に

凡水、其方折者有レ玉、其圓折者有レ珠、清水有二黃金一。〈徐・理〉

とある。『淮南子』巻四「墬形訓」にも

水員《ママ》折者有レ珠、方折者有レ玉、清水有二黃金一。〈崎〉

とある。

(50)『蔣子萬機論』を典據とするもの

(イ)成角喩英才（麟）

この句は『太平御覽』巻六百七「學部一・敍學」所載の『蔣子萬機論』にみえる

諺曰、學如二牛毛一、成如二麟角一。言二其少一也。〈徐[476]・理[477]・陽〉

に基づく。

(51)『氾勝之書』を典據とするもの

(イ)杏花開鳳畛（田）

この句の「杏花開」は『文選』巻三十六、王融の「永明九年策二秀才一文」の「將レ使二杏花菖葉、耕穫不レ愆、清甽冷風、述遵無レ廢。」の李善注に引く『氾勝之書』にみえる

杏始華榮、輒耕二輕土弱土一、望二杏花落一、復耕レ之、輒蘭《ママ》レ之。此謂二一耕而五穫一。

に基づく。

(52)『四民月令』を典據とするもの

(イ)開氷小學前（硯）

この句は『藝文類聚』巻五十八「雜文部四・硯」所載の『四民月令』（崔寔撰）にみえる

正月硯凍釋、命二童幼一入二小學篇章一。十一月硯凍、幼童讀二孝經・論語一。〈徐[478]・理・崎〉

に基づく。

(53)『漢武內傳』を典據とするもの

(イ)擅美玄光側（梨）

この句の「玄光」は『藝文類聚』巻八十六「菓部上・梨」所載の『漢武帝內傳』に

太上之藥果有二玄光梨一。〈徐・理・陽・崎〉

とある。

(54)『輅別傳』を典據とするもの

(イ)香傳少女風（萱）

この句の「少女風」は『三國志』巻二十九「魏書・方技傳第二十九・管輅傳」の裴松之注所載の『輅別傳』にみえる

輅言、樹上已有二少女微風一。樹間又有二陰鳥和鳴一。又少男風起、衆鳥和翔、其應至矣。須臾、果有二艮風鳴鳥一。〈徐・崎〉

に基づく。

(55)『琴說』を典據とするもの

(イ)清琴此夜彈（烏）

この句は『樂府詩集』巻六十「琴曲歌辭」の「烏夜啼引」の解題所引の『琴說』（李勉撰）に

烏夜啼者、何晏之女所レ造也。初晏繫レ獄、有三二烏止二於舍上一。女曰、烏有二喜聲一、父必免。遂撰二此操一。〈徐〉

とある。また、『藝文類聚』巻九十二「鳥部下・烏」所載の「城上烏（梁朱超）」詩に

朝飛集二帝城一　猶レ帶二夜啼聲一　近日毛雖レ暖　聞レ弦心尚驚

とある。

(56)『琴操』を典據とするもの

(イ)花落鳳廷隈（槐）

この句の「鳳廷」は『藝文類聚』巻九十九「祥瑞部下・鳳皇」所載の『琴操』（蔡邕撰）に

周成王時、天下大治。鳳皇來舞㆓於庭㆒。

とある。また、『文苑英華』巻百四十三「草木一」所載の「枯樹賦」（庾信）に

開㆑花建始之殿、落㆑實睢陽之園。聲含㆓嶰谷㆒、曲抱㆓雲門㆒。將㆓雛集㆑鳳、比㆑翼巢㆑鴛。〈陽〉

とある。この賦は『古文苑』巻七にもみえる。

(57)『神境記』を典據とするもの

(イ)鶴栖君子樹[479]（松）

この句の「君子樹」は『藝文類聚』巻八十九「木部下・君子」所載の『晉宮閣記』に

華林園中有㆓君子樹三株㆒。〈理〉

とある。また、『太平御覧』巻九百五十七「木部八・君子」所載の『廣志』に

君子樹似㆑檉松。曹爽樹㆓之於庭㆒。〈理・陽〉

とある。しかし、この詩句の詩想は『藝文類聚』巻八十八「木部上・松」所載の『神境記』にみえる

[480]滎陽郡南有㆓石室㆒。室後有㆓孤松千丈㆒、常有㆓雙鶴㆒。晨必接㆑翮、夕輒偶㆑影。傳曰、昔有㆓夫婦二人㆒。倶隱㆓此室㆒。年既數百、化成㆓雙鶴㆒。〈徐〉

に基づくか。

(58)『關中記』を典據とするもの

(イ)平陵通曙響（鐘）

この句の「平陵」は『太平御覧』巻五百七十五「樂部十三」所載の『關中記』（潘岳撰）に

漢昭帝平陵・宣帝杜陵二陵鍾在㆓長安㆒。夏侯征㆑西、欲㆔徙詣㆓洛陽㆒、重不㆑能㆑致。懸在㆓清明門㆒。門裏道南、其

　西者平陵鍾、東者杜陵鍾也。〈徐〉

とある。

(59)『録異記』を典據とするもの

この句は『録異記』[481]（杜光庭撰）巻七「異水」などにみえる

　時有レ見下子胥乘二素車白馬一、在中潮頭之中上。

に基づくか。

(60)『趙飛燕外傳』を典據とするもの

(イ)潭花發鏡中（菱）

この句は『趙飛燕外傳』[482]にみえる

（昭儀）謹奏二上二十六物一以賀、（中略）七出菱花鏡一奩云云〈徐〉

に基づく。

(61)『玉函方』を典據とするもの

(イ)金精九日開（菊）

この句は庾信の「小園賦」の「雲氣蔭二於叢著一、金精養二於秋菊一」の倪璠の注[483]に引く『玉函方』にみえる

　甘菊、九月上寅日採。名曰二金精一。〈徐〉

に基づく。

(62)『玉策記』を典據とするもの

(イ)千年蓋影披（松）

この句は『藝文類聚』巻八十八「木部上・松」所載の『玉策記』にみえる

　千載松柏樹、枝葉上杪不レ長、望如二偃蓋一。[484]〈徐・崎〉

に基づく。

(63)『瑞應圖』を典據とするもの

　(イ)靈山有珍甕[485]（銀）

この句の「珍甕」は『初學記』巻二十七「寶器部・銀第二」所載の『瑞應圖』に

　王者宴不レ及レ醉、刑罰中、人不レ爲レ非、則銀甕出。[486]〈徐・理・崎〉

とある。

(64)『天台山圖』を典據とするもの

　(イ)泉飛一道帶（山）

この句は『文選』巻十一の孫興公の「遊天台山賦」の「瀑布飛流以界レ道」の李善注所引の『天台山圖』にみえる

　瀑布山、天台之西南峯、水從二南巖一懸注、望レ之如レ曳レ布。

に基づく。

(65)『洛陽圖經』を典據とするもの

　(イ)雲浮濯龍影（池）

この句の「濯龍」は『文選』巻三の張衡の「東京賦」に

　濯龍芳林、九谷八溪。

とあり、その李善注所引の『洛陽圖經』に

濯龍、池名。故歌曰、濯龍望如レ海、河橋渡似レ雷。

とある。

⑹『毛詩草木鳥獸蟲魚疏』を典據とするもの

(イ)奇音中鐘呂（麟）

この句の「中鐘呂」は『毛詩草木鳥獸蟲魚疏』（陸機撰）の「麟之趾」に

麟、麕身、牛尾、馬足、黄色、圓蹏一角、角端有レ肉、音中鍾呂、行中規矩。云云〈徐・崎〉

とある。「鐘」と「鐘」は同じ。

(67)『文字志』を典據とするもの

(イ)垂露春花滿（書）

この句の「垂露」は『初學記』巻二十一「文部・文字第三」所載の『文字志』（王愔撰）に

垂露書、如二懸針一而勢不二遒勁一、阿那若二濃露之垂一。故謂二之垂露一。〈徐・崎〉

とある。

(68)『書品』を典據とするもの

(イ)削簡龍文見（書）

この句の「削簡」は『書品』序[487]（庾肩吾撰）に

開篇翫レ古、則千載共レ朝。削簡傳レ今、則萬里對レ面。

とある。「削簡」と同義の「削牘」は『漢書』巻九十二「游俠傳第六十二・原涉」に

涉乃側レ席而坐、削レ牘爲レ疏、具記二衣被棺木一、下至二飯含之物一、分二付諸客一。

とある。

(69)『篆書勢』を典據とするもの

(イ)削簡龍文見（書）

この句の「龍文」は『藝文類聚』巻七十四「巧藝部・書」所載の『篆書勢』（蔡邕撰）に

體有二六篆一。妙巧入レ神、或象二龜文一、或比二龍鱗一。〈理〉

とある。

(70)『歸藏』を典據とするもの

(イ)大梁白雲起（雲）

この句は『藝文類聚』巻一「天部上・雲」所載の『歸藏』にみえる

有下白雲出レ自二蒼梧一入中于大梁上。〈徐・理〉

に基づく。

(71)『眞誥』を典據とするもの

(イ)霞際九光披（日）

この句は『淵鑑類函』巻十一「天部十一・霞」所載の『眞誥』にみえる

萬里洞中朝二玉帝一、九光霞內宿二仙境一。

に基づくか。

(72)『雲笈七籤』を典據とするもの

(イ)春池寫鳳文（柳）

この句の「鳳文」は『雲笈七籤』巻七、「三洞經敎部・鳳文」に

紫鳳赤書經云、此經舊文、藏在二太上六合紫房之內一、有二六頭師子、巨獸來墻、玉童玉女、侍衞鳳文一。

とある。

(73)『妙法蓮華經』を典據とするもの

(イ)六牙行致遠（象）

この句の「六牙」は『妙法蓮華經』[488]の「普賢菩薩勸發品第二十六」に

我爾時乘二六牙白象一、王與二大菩薩衆一倶詣二其所一而自現レ身。〈徐[489]・陽[490]〉

とある。この語は『瑞應本起經』巻上にもみえる。〈徐〉

(74)『大佛頂如來密因修證了義諸菩薩萬行首楞嚴經』を典據とするもの

(イ)千葉奉高居（象）

この句は『首楞嚴經』[491]巻一にみえる

于レ時世尊頂放二百寶無畏光明一、光中生出二千葉寶蓮一、有二佛化身一、結跏趺坐。〈徐〉

に基づく。

6　詩文

(1)左思（晉）

(イ)氛氳殊未歇（雲）

(ロ)仙嶺鬱氤氳　峨峨上翠氛（山）

(ハ)白雉振朝聲（雉）
(ニ)鳳文疎蜀郡（梨）
(ホ)往還倦南北（雁）
(ヘ)雙轂似雷奔（車）
(ト)誰識卿雲才（江）

(イ)(ロ)(ハ)(ニ)(ホ)(ヘ)(ト)の七句は『文選』巻四、左思の「蜀都賦」に典據を求めることができる。(イ)(ロ)の句は

岡巒糾紛、觸レ石吐レ雲。鬱葐蒕以翠微。崫巍巍以峨峨。〈理〉

に基づく。「翠微」は劉良注に「翠微、山氣之輕縹也」とある。(ハ)の句は

白雉朝雊、猩猩夜啼。〈理・陽〉

に基づく。(ニ)の句の「蜀郡」は

紫梨津潤、樼栗罅發〈徐〉

とあることにより、蜀地に佳き梨が産出することがわかる。これに基づく。(ホ)の句は

晨鳧旦至、候鴈銜レ蘆。木落南翔、冰泮北徂[492]〈理・陽〉

に基づく。(ヘ)の句は

車馬雷駭、轟轟闐闐、若三風流雨散漫二乎數百里之閒一。〈理〉

に基づく。(ト)の句は

近則江漢炳靈、世載二其英一。蔚若二相如一、皭若二君平一。王褒暐曄而秀發、揚雄含レ章而挺生。〈理〉

に基づく。

(チ)珠含明月輝（海）
(リ)方逐衆川歸（海）
(ヌ)枝捎西北雲（竹）
(ル)葉生馳道側（槐）
(ヲ)落星臨畫閣（樓）
(ワ)闤闠開三市（市）

(チ)(リ)(ヌ)(ル)(ヲ)(ワ)の六句は『文選』巻四「吳都賦」に典據を求めることができる。(チ)の句は

芒芒黖黖、慌罔奄欻、神化翕忽、函レ幽育レ明、窮レ性極レ形、盈虛自然。蚌蛤珠胎、與レ月虧全。〈理〉

に基づく。(リ)の句は

百川派別、歸レ海而會。〈徐・崎〉

に基づく。(ヌ)の句は

其竹則（中略）捎レ雲無二以踰一、嶰谷弗レ能レ連。

に基づく。(ル)の句は

馳道如レ砥、樹以二青槐一。〈理・陽〉

に基づく。これを裏付けるものとして、『晉書』巻百十三「載記第十三・苻堅上」に

自二永嘉之亂一、庠序無レ聞、及二堅之僭一、頗留二心儒學一。（中略）自二長安一至二于諸州一、皆夾レ路樹二槐柳一、二十里一亭、四十里一驛、旅行者取二給於途一、工商貿二販於道一。百姓歌レ之曰、長安大街、夾樹二楊槐一。下走二朱輪一、上有二鸞栖一。英彥雲集、誨二我萌黎一。〈徐〉

とある。(ヲ)の句の「落星」は「落星樓」を指し、

　數二軍實於桂林之苑一、饗二戎旅乎落星之樓一。〈理〉

とある。劉良注に

　呉有二桂林苑・落星樓一。樓在二建鄴東北十里一。

とある。「臨畫閣」の先行作品は多い。例えば、『玉臺新詠集』巻十所録の梁・庾肩吾の「詠舞曲應令」に

　歌聲臨二畫閣一、舞袖出二芳林一。

とある。(ワ)の句は

　開二市朝一而普納、横二闤闠一而流溢。

に基づく。詩語の「三市」は『周禮』巻四「地官司徒下・司市」に

　大市日昃而市、百族爲レ主。朝市朝時而市、商賈爲レ主。夕市夕時而市、販夫販婦爲レ主。

とあり、大市・朝市・夕市を三市という。『文選』巻十一の魏・何晏の「景福殿賦」に

　頫眺二三市一、孰有誰無。〈徐〉

とあり、李善注に『周禮』を引く。

　(カ)長茂上林園（橘）

　この句は『文選』巻四「三都賦序」にみえる

　然相如賦二上林一、而引二盧橘夏熟一。

に基づく。『文選』巻八「畋獵中」所録の司馬相如の「上林賦」にも

　於レ是乎、盧橘夏熟、黄甘橙榛。〈理・陽〉

とある。

(ヨ)鬱鬱高山表（松）

(タ)百尺條陰合（松）

(レ)既接南鄰磬、還隨北里笙（鐘）

(ソ)歡娯自北里（笙）

(ヨ)(タ)(レ)(ソ)の四首は『文選』巻二十一「詠史詩八首」に典據を求めることができる。(ヨ)(タ)の二首は「詠史詩」其二にみえる

鬱鬱澗底松、離離山上苗、以㆓彼徑寸莖㆒、蔭㆓此百尺條㆒〈徐[493]・理[494]・陽[495]・崎[496]〉

に基づく。また、(タ)の典據として『藝文類聚』巻八十八「木部上・松」所錄の晉・張茂先の「擬古」に

松生㆓壠坂上㆒、百尺下無㆑枝。〈陽〉

とある。(レ)(ソ)の二首は「詠史詩」其四にみえる

南鄰擊㆓鍾磬㆒、北里吹㆓笙竽㆒。〈徐・理・崎〉

に基づく。

(2)宋玉（戰國）

(イ)若至蘭臺下　還拂楚王襟（風）

(ロ)高臺晩吹吟（蘭）

(ハ)青蘋含吹轉（萍）

(イ)(ロ)(ハ)の三句は『文選』巻十三「物色」所載の宋玉の「風賦」に典據を求めることができる。(イ)(ロ)の句は

楚襄王遊二於蘭臺之宮一。宋玉景差侍。有二風颯然而至一。王乃披レ襟而當レ之曰、快哉此風。寡人所下與二庶人一共上者邪。[497]〈徐・理・崎〉

に基づく。(ハ)の句は

夫風生二於地一、起二於青蘋之末一。〈徐・理〉

に基づく。

(ニ)神女向山廻（雨）

この句は『文選』巻十九「賦癸・情」所載の「高唐賦」にみえる

昔者先王嘗游二高唐一、怠而晝寢。夢見二一婦人一。曰、妾巫山之女也。爲二高唐之客一、聞三君游二高唐一。願薦二枕席一。王因幸レ之。去而辭曰、妾在二巫山之陽高丘之岨一、旦爲二朝雲一、暮爲二行雨一。[498]〈徐・理・崎〉

に基づく。

(ホ)流影入蛾眉（月）

(ヘ)何暇泛瓊漿（梅）

(ト)羅將翡翠合（帷）

(ホ)(ヘ)(ト)の三句は『楚辭』巻九や『文選』巻三十三、「騒下」所載の「招魂」に典據を求めることができる。(ホ)の句は『楚辭』巻九「招魂」の

蛾眉曼睩、目騰レ光些

に基づくか。「蛾眉」については『文選』巻三十の劉宋・鮑照の「翫月城西門廨中」詩に

末映二東北墀一、娟娟似二蛾眉一。蛾眉蔽二珠櫳一、玉鉤隔二瑣窻一。

とある。(ヘ)の句の「瓊漿」は『楚辭』巻九「招魂」の

華酌既陳、有二瓊漿一些。[499]〈徐・理〉

とある。また、『藝文類聚』巻二十九「人部十三・別上」所載の梁・王筠の「侍宴餞臨川王北伐應詔詩」に

玉饌駢羅、瓊漿泛溢。

とある。(ト)の句は『楚辭』巻九「招魂」の

翡帷翠幬、飾二高堂一些。〈徐〉

に基づく。

(チ)閶闔九重開　(門)

この句は『楚辭』巻八「九辯章句第八」にみえる

豈不二鬱陶而思一レ君兮、君之門以二九重一。[500]〈崎〉

に基づく。

(リ)郢中吟白雪　(歌)

この句は『文選』巻四十五「對問」所載の「對楚王問」にみえる

客有下歌二於郢中一者上。其始曰二下里巴人一。國中屬而和者數千人。其爲二陽阿薤露一。國中屬而和者數百人。其爲二陽春白雪一。國中屬而和者數十人。引レ商刻レ羽、雜以二流徵一。國中屬而和者不レ過二數人一而已。[501]〈理・崎〉

に基づく。

(ヌ)倚天持報國　(劍)

この句は『古文苑』巻二「大言賦」にみえる

方地爲レ車、圓天爲レ蓋。長劍耿耿倚二天外一。〈徐・理〉

に基づく。

(3)曹植（魏）

(イ)逐舞花光散（雪）

(ロ)榮舒洛媛浦（菊）

(ハ)魏朝難接影（荷）

(ニ)纖腰洛浦妃（素）

(イ)(ロ)(ハ)(ニ)の四句は『文選』巻十九「賦癸・情」所載の魏・曹植の「洛神賦」に典據を求めることができる。

(ロ)榮曜二秋菊一、華茂二春松一。(イ)髣髴兮若二輕雲之蔽一レ月、飄颻兮若二流風之廻一レ雪。遠而望レ之、皎若二太陽升二朝霞一、迫(ハ)而察レ之、灼若三芙蕖[502]出二淥波一。(ニ)穠纖得レ中[503]、脩短合レ度。肩若二削成一、腰如二約素一。（中略）動二朱脣一以徐言。(ハ)陳二交接之大綱一、恨二人神之道殊一。〈徐[504]・理[505]・崎[506]〉

に基づく。（〇印は筆者）

(ホ)萬里盤根植（橘）

この句は『藝文類聚』巻八十六「菓部上・橘」所載の「橘賦」にみえる

有二朱橘之珍樹一、于二鶉火之遐鄕一（中略）播二萬里一而遙植、列二銅爵之園庭一[507]。〈徐・陽〉

に基づく。

(ヘ)傾心比葵藿（日）

この句は『文選』巻三十七「表上」所載の「求レ通二親親一表」にみえる

若㆓葵藿之傾㆒㆑葉、太陽雖㆑不㆓爲㆑之廻㆒㆑光、終向㆑之者誠也。臣竊自比㆓葵藿㆒。〈徐・理〉

に基づく。

(ト)曹植動文雄（萱）

この句は『藝文類聚』巻八十一「藥香草部上・鹿葱」所載の「宜男草頌」にみえる

宜男花頌曰、草號㆓宜男㆒。云云〈理・崎〉

に基づく。『本草綱目』巻十六「草部」に

萱草、釋名、忘憂・療愁・丹棘・慶葱・鹿劍・妓女・宜男。

とある。

(チ)秦聲復悽切（箏）

この句は『樂府詩集』巻三十九「相和歌辭」所載の「野田黄雀行」にみえる

秦箏何慷慨、齊瑟和且柔。

に基づく。

(リ)従龍起金闕（雲）

この句の「起金闕」に相應しい典據を見出しかねるが、宸翰本の「起圓闕」について言えば、『曹子建集』巻五所載の「贈㆓丁儀王粲㆒」にみえる(508)

員闕浮出㆑雲　承露槩㆓泰清㆒。〈理〉

に基づく。

(ヌ)鹿泥別恨長（被）

この句は『曹子建集』巻五や『文選』巻二十三所載の曹植の「七哀詩」に

君行踰㆓十年㆒、孤妾常獨棲。君若㆓清路塵㆒、妾若㆓濁水泥㆒。〈理〉

とある。

(4)簡文帝（梁）

(イ)短簫何以奏、攀折爲思君（柳）

この句は『玉臺新詠集』巻七所載の梁・簡文帝の「和湘東王横吹曲・折楊柳」にみえる

楊柳亂成㆑絲、攀折上春時。葉密鳥飛礙、風輕花落遲。城高短簫發。[509]林空畫角悲。曲中無㆓別意㆒、併爲㆓久思相㆒。

〈徐・理・陽〉[510]（○印は筆者）

に基づく。『樂府詩集』巻二十二「横吹曲辭・折楊柳」は作者を柳惲に作り、末句を「併是爲相思」に作っている。

(ロ)玉蘤含㆑霜動（橘）

この句は『藝文類聚』巻八十六「菓部・橘」所載の「詠橘」に

故條雜㆓新實㆒、金翠共含㆑霜。

とある。この句の「金翠」について、『藝文類聚』巻四十三「樂部三・歌」所載の陸機の「百年歌」に「羅衣綷粲金翠華」とあり、「金翠」が花の色彩に使用されているので、簡文帝の「金翠」を花と葉と解釋することができる。そうであるなら、「玉蘤」は美しい花の意であるから、李嶠の詩句の構想となり得る。

(ハ)錦磧流霞景（池）

この句の「錦磧」は『藝文類聚』巻六十四「齋」所載の「山齋」に

暮流澄㆓錦磧㆒、晨冰照㆓采鸞㆒。

とある。

(ニ)山水含春動（屛）

(ホ)含春柳色驚（笛）

(ニ)(ホ)の兩句は『藝文類聚』卷八十「火部・燈」所載の「列燈賦」にみえる

草含レ春而動レ色、雲飛レ采而輕來。

を斟酌したものか。

(ヘ)玉彩疑氷徹（鏡）

この句は『藝文類聚』卷七十「服飾部下・鏡」所載の「詠鏡詩」にみえる

誰言覽レ鏡稀、如レ冰不レ見レ水。〈徐・理〉

に基づく。

(ト)龍盤畫燭新（燭）

この句の「龍盤」は『藝文類聚』卷八十「火部・燭」所載の「對燭賦」にみえる

搖二同心之明燭一、施二雕金之麗檠一。眠龍傍繞、倒鳳雙安。〈徐〉

に基づく。「對燭賦」は『初學記』卷二十五「器物部・燭第十四」にも收錄するが、「搖」を「拄」に、「檠」を「盤」に作る。また、『藝文類聚』卷八十「火部・燭」所載の周・庾信の「對燭賦」に

鑄鳳銜レ蓮、圖龍泣眠。

とあるが、庾信より簡文帝の方が早いので、簡文帝の方を典據とする。

(チ)玲瓏玉殿隅（珠）

この句は『樂府詩集』卷十七所載の「有所思」にみえる

　寂寞錦筵静、玲瓏玉殿虚。

に基づく。

　(5)庾信（北周）

　(イ)含情朗魏臺（鏡）

　(ロ)花裏鳳凰來（鏡）

(イ)(ロ)の兩句は『庾子山集』卷一「賦」及び『藝文類聚』卷七十「服飾部下・鏡」所載の「鏡賦」にみえる

　[イ]鏡臺銀帶、本出二魏宮一。能横二却月一、巧挂二廻風一。[ロ]龍垂二匣外一、鳳倚二花中一。鏡乃照レ膽照レ心、難レ逢難レ値。〈徐・崎〉[511]（○印は筆者）

に基づく。

　(ハ)地疑明月夜（雪）

この句は『庾子山集』卷五所載の「舟中望月」にみえる

　山明疑レ有レ雪、岸白不レ開レ沙。

に基づく。

　(ニ)色湛仙人露（萱）

この句の「仙人露」は『史記』卷十二「孝武帝紀十二」に

　其後則又作二栢梁・銅柱・承露僊人掌之屬一矣。〈徐〉

とあるが、ここは『庾子山集』卷六所載の「奉梨」にみえる

　擎置二仙人掌一、應レ添二瑞露漿一。

に基づく。

　(ホ)俠客條爲馬（桂）

この句は『庾子山集』巻二「樂府」所載の「俠客行」にみえる

　俠客重二連鑣一、金鞍被二桂條一。〈徐・崎〉

に基づく。『藝文類聚』巻三十三「人部十七」所載の「遊俠」所載の同詩には詩題がない。

　(ヘ)秋來葉早紅（梨）

この句は『庾子山集』巻五所載の「尋周處士弘讓」にみえる

　[512]梨紅大谷晩、桂白小山秋。〈陽〉

に基づくか。

　(ト)相烏風處轉（舟）

この句は『庾子山集』巻七「郊廟歌辭」所載の「周宗廟歌、皇夏還便殿」にみえる

　鼓移二行漏一、風轉二相烏一。

に基づく。

　(チ)明鏡拂塵埃（鏡）

この句は『庾子山集』巻五所載の「鏡」にみえる

　玉匣聊開レ鏡、輕灰暫拭レ塵。[513]〈理〉

に基づく。

(リ)夏列三成軌（箭）

この句は『庾子山集』巻一「賦」や『文苑英華』巻五十八「行幸一」所載の「三月三日華林園馬射賦」にみえる

唐弓九合、冬幹春膠、夏箭三成、青莖赤羽。〈徐〉

に基づく。

(ヌ)鄭音既寥亮（箏）

この句は『庾子山集』巻七所載の「郊廟歌辭・角調曲」に

琴瑟竝御、雅鄭殊レ聲。

とあるのに基づくか。

(6)潘岳（晉）

(イ)懸匏曲沃上（笙）

(ロ)孤篠汶陽隈（笙）

(ハ)形寫歌鸞翼（笙）

(イ)(ロ)(ハ)の三句は『文選』巻十八「音樂下」所載の「笙賦」に典據を求めることができる。(イ)(ロ)の兩句は

河汾之寶、有二(イ)曲沃之懸匏一焉。鄒魯之珍、有二(ロ)汶陽之孤篠一焉。〈徐・理・崎〉

に基づく。（〇印は筆者）(ハ)の句は

基二黄鍾一以擧レ韻、望二儀鳳一以擢レ形。寫二皇翼一以插レ羽、摹二鸞音一以厲レ聲。〈徐・理・崎〉

に基づく。

(ニ)潘岳閑居暇（李）

この句は『文選』巻十六「志下」所載の「閑居賦」に

張公大谷之梨、梁侯烏椑之柿、周文弱枝之棗、房陵朱仲之李〈徐・理・陽・崎〉

とある。（○印は筆者）

(ホ)既棻潘子賦（橘）

この句は『藝文類聚』巻八十六「菓部上・橘」所載の潘岳の「橘賦」序文にみえる

余齋㆓前橘樹㆒、冬夏再熟。聊爲㆑賦云爾。(514)〈徐・理・陽・崎〉

に基づく。

(ヘ)耿介獨含㆑情（雉）

この句は『文選』巻九「畋獵下」所載の「射雉賦」にみえる

厲㆓耿介之專心㆒兮奓㆓雄豔之姱姿㆒。〈徐・理・陽〉

に基づく。

(ト)欲識江湖心、秋來賦潘省（池）

この句は『文選』巻十三「物色」所載の潘岳の「秋興賦」序文にみえる

譬猶㆔池魚籠鳥有㆓江湖山藪之思㆒。於㆑是染㆑翰操㆑紙、慨然而賦。于㆑時秋也。故以㆓秋興㆒命㆑篇。〈理〉

に基づく。

(チ)雲飛錦綺落（紙）

この句の「雲飛」は『文選』巻五十六「誄上」所載の潘岳の「楊荊州誄」に

翰動若㆑飛、紙落如㆑雲。

とある。

(7)謝朓（齊）

(イ)空濛上翠微（煙）

(ロ)方雨散還輕（霧）

(イ)(ロ)の兩句は『文選』巻三十「雜詩下」所載の謝朓の「觀朝雨」に

朔風吹㆓飛雨㆒、蕭條江上來。旣灑㆓百常觀㆒、復集㆓九成臺㆒。空濛如㆓薄霧㆒、散漫似㆓輕埃㆒。〈理[515]〉

とある。（○印は筆者）

(ハ)月浦練光開（江）

(ニ)白日麗墻隅（城）

(ハ)(ニ)の兩句は『文選』巻二十七「行旅下」所載の謝朓の「晩登三山還望京邑」にみえる

白日麗㆓飛甍㆒。參差皆可見。餘霞散成㆑綺、澄江靜如㆑練。〈徐[516]・理[517]・崎〉

に基づく。

(ホ)桑柘凝寒色（煙）

この句は『文選』巻三十「雜詩下」所載の謝朓の「郡內登望」にみえる

切切陰風暮、桑柘起㆓寒烟㆒。〈理[518]・崎[519]〉

に基づく。

(ヘ)魚戯排細葉（荷）

この句は『文選』巻二十二「游覧」所載の謝朓の「游東田」にみえる

魚戯新荷動、鳥散餘花落。〈理〉

に基づく。また、『樂府詩集』巻二十六「相和歌辞」所載の「江南」に

魚戯蓮葉間、魚戯蓮葉東、魚戯蓮葉西、魚戯蓮葉南、魚戯蓮葉北。〈徐・崎〉

とある。

(ト)颯沓睢陽涘（皃）

この句は『藝文類聚』巻八「水部上・海水」所載の謝朓の「和劉西曹望海臺」にみえる

滄波不レ可レ望（中略）颸沓羣皃驚。〈徐〉

に基づく。

(チ)蒼梧雲影去（野）

この句は『文選』巻二十「祖餞」所載の謝朓の「新亭渚別范零陵詩」にみえる

雲去蒼梧野、水還江漢流。

に基づく。

(8)班婕妤（漢）

(イ)月影臨秋扇（風）

(ロ)臨歌扇影飄（雪）

(ハ)臨秋帶月明（扇）

(ニ)特表合歡情（扇）

(ホ)扇中紈素裂（詩）

(イ)(ロ)(ハ)(ニ)(ホ)の五句は『文選』巻二十七「樂府上」所載の班婕妤の「怨歌行」にみえる

新裂二齊紈素一、鮮絜如二霜雪一。裁成二合歡扇一、團團似二明月一。出二入君懷袖一、動搖微風發。常恐秋節至、涼飈奪二炎熱一、弃二捐篋笥中一、恩情中道絶。〈徐・理[520]・崎〉

に基づく。「怨歌行」は『文選』以外に『玉臺新詠集』[521]巻一、『樂府詩集』巻四十二「相和歌辭」にも收録する。

(9)江淹

(イ)從鸞下紫煙（鶴）

(ロ)何當畫秦女、煙霧出氛氳（綾）

(イ)(ロ)の兩句は『文選』巻三十一「雜體詩三十首」所載の「班婕妤詠扇」其三にみえる

紈扇如二團[522]月一、出レ自二機中素一。畫作秦王女、乘レ鸞向二煙霧一。〈徐・理[523]・陽[524]・崎〉

に基づく。班婕妤の詩は『梁江文通文集』巻四や『玉臺新詠集』巻五にも收録されている。『玉臺新詠集』は詩題を「班婕妤扇」に作る。

(ハ)上黨作松心（墨）

この句は『江文通文集』巻二所載の「扇上綵畫賦」にみえる

粉則南陽鉛澤、墨則上黨松心。

に基づく。

(10)魏文帝

(イ)蓋影凌天發（雲）

(ロ)西北雲膚起（雨）

(ハ)浮雲落蓋中（馬）

(イ)(ロ)(ハ)の三句は『文選』巻二十九「雜詩上」所載の曹丕の「雜詩」に典據を求めることができる。

西北有㆓浮雲㆒、亭亭如㆓車蓋㆒。〈徐・理〉

李周翰注曰、亭亭、高貌。車蓋言㆓雲似㆒也。

(ハ)の句の「浮雲」は駿馬の名。『西京雜記』巻二に

文帝自㆑代還。有㆓良馬九匹㆒。皆天下之駿馬也。一名浮雲云云

とある。ここでは假借。

(ニ)細柳龍鱗照（市）

この句の「龍鱗」は『藝文類聚』巻八十九「木部下・楊柳」所載の曹丕の「柳賦」にみえる

上扶疏而孛散、下交錯而龍鱗。

に基づく。ここの「龍鱗」は街の屋根が龍のうろこのように高低に連っている形容。また、『初學記』巻二十八「果木部・柳第十七」所載の陳琳の「柳賦」にも

龍鱗鳳翼、綺錯交施。〈崎〉

とある。

(11)阮籍（魏）

(イ)玲瓏鑒薄帷（月）

(ロ)天馬來從東（馬）

(ハ)明月彈琴夜（帷）

(ニ)月下歩兵來（琴）

(ホ)綾紈寫月輝（素）

(イ)(ロ)(ハ)(ニ)(ホ)の五句は『文選』巻二十三「詠懷」所載の阮籍の「詠懷」詩に典據を求めることができる。(イ)(ハ)(ニ)(ホ)は

夜中不レ能レ寐、起坐彈二鳴琴一。薄帷鑒二明月一、淸風吹二我衿一。〈徐[525]・理[526]・崎[527]〉

に基づく。(ロ)は

天馬出二西北一、由來從二東道一。〈徐〉

に基づく。

(12)屈原（戰國）

(イ)蘭籍拂沈香（牀）

(ロ)湛月桂香浮（酒）

(イ)(ロ)の兩句は『楚辭』巻二「九歌」の「東皇太一」に典據を求めることができる。(イ)の句の「蘭籍」と(ロ)の句は

蕙肴蒸兮蘭籍、奠二桂酒兮椒漿一。〈理〉

に基づく。王逸注に

桂酒、切レ桂置二酒中一也。〈徐・崎〉

とある。『楚辭』にみえる「東皇太一」は『文選』巻三十二「騷上」に收録する。

(ハ)楚服且同枝（荷）

この句は『楚辭』巻一「離騷第一」にみえる

製二芰荷一以爲レ衣兮、集二芙蓉一以爲レ裳。〈徐・理・崎〉

に基づく。「離騷」は『文選』巻三十二にも收録する。

(ニ)銜燭耀幽都（龍）

この句の「銜燭」は『楚辭』巻三「天問第三」にみえる

日安不ㇾ到、燭龍何照。

に基づく。王逸注に

天之西北有二幽冥無日之國一。有二龍銜燭一而照之。〈徐〉

とある。

(13)張衡（後漢）

(イ)會當添霧露（海）

この句は『初學記』巻二「天部下・露第五」所載の張衡の「奏事」にみえる

飛塵增ㇾ山、霧露助[528]ㇾ海。〈崎〉

に基づく。また、『文選』巻十二木華の「海賦」に

薈蔚雲霧、涓流泱瀼、莫ㇾ不二來注一。〈徐〉

とある。

(ロ)三清蟻正浮（萍）

この句は『文選』巻四「京都中」所載の「南都賦」に

酒則九醖甘醴、十旬兼清。醪敷徑ㇾ寸、浮蟻若ㇾ萍。〈理〉

とあり、李善注に

釋名曰、酒有二汎齊一。浮蟻在レ上、汎汎然如二蓱之多一也。〈徐〉

とある。また、劉良注に

酒膏徑寸、布二於酒上一、亦有二浮蟻一如二水萍一。

とあるのに基づく。

(ハ)閶闔九重開（門）

この句の「閶闔」は『文選』巻二張衡の「西京賦」に

正二紫宮於未央一、表二嶢闕於閶闔一。

とあり、薛綜注に

天有二紫微宮一。王者象レ之、紫微宮門、名曰二閶闔一。

とある。

(ニ)花袖雪前明（舞）

この句は『藝文類聚』巻四十三「樂部三・舞」所載の張衡の「舞賦」にみえる

裾似二飛燕一、袖如二廻雪一。〈徐〉

に基づく。

(14)班固（後漢）

(イ)願凝仙掌內（露）

(ロ)菖葉布龍鱗（田）

(ハ)浮遊漢渚隅（鳧）

(イ)(ロ)(ハ)の三句は『文選』巻一、班固の「西都賦」に典據を求めることができる。(イ)の句は

　抗二仙掌一以承レ露、擢二雙立之金莖一。

に基づく。(ロ)の句の「龍鱗」は

　溝塍刻鏤、原隰龍鱗。〈徐・理・崎〉

とある。呂延濟注に

　刻鏤龍鱗、皆地之畦疆相交錯成二文章一。

とある。(ハ)の句は

　鳧鷖鴻鴈、朝發二河海一、夕宿二江漢一。沈浮往來、雲集霧散。〈陽〉

に基づく。

(ニ)橫陣彗雲邊（戈）

この句は『文選』巻一、班固の「東都賦」にみえる

　元戎竟レ野、戈鋋彗レ雲、羽旄掃レ霓、旌旗拂レ天。〈徐・理〉

に基づく。

(15)鮑照（劉宋）

(イ)青樓十二重（道）

この句は『玉臺新詠集』巻四、鮑照の「代京雒篇」[529]にみえる

　鳳樓十二重、四戸八綺窗。

に基づく。しかし、この詩が「道」であることと「青樓」に重點を置くと、『文選』巻二十七「行旅下」や『玉臺新詠

集』巻二や『曹子建集』巻六所載の「美女篇」の

青樓臨二大路一〈徐・崎〉

も考えられる。

(ロ)暮宿空城裏（雀）

この句は『鮑氏集』巻三「代空城雀」にみえる

雀乳四鷇、空城之阿。朝食[530]二野粟一、夕飲二冰[531]河一。〈徐・理・陽・崎〉

に基づく。

(ハ)纖纖上玉鉤（簾）

この句は『文選』巻三十「雜詩下」所載の鮑照の「翫月城西門廨中」にみえる

始出[532]二西南樓一、纖纖如二玉鉤一。未レ映二東北墀一　娟娟似二娥眉一。

に基づく。

(ニ)逐吹梅花落（笛）

この句は『鮑氏集』巻七「梅花落」にみえる

搖二蕩春風一媚二春日一、念二爾零落一逐二寒風一。

に基づく。「梅花落」はもと笛中曲の一つ。『樂府詩集』巻二十四「橫吹曲辭・漢橫吹曲」所載の鮑照の「梅花落」の序文に

梅花落、本笛中曲也。〈徐〉

とある。

(16)何遜（梁）

(イ)蕭條含曙氛（竹）

この句の「蕭條」を「蕭蕭」と同義に解すると、『何水部集』[533]巻二所載の「望廨前水竹答崔錄事詩」にとある。

　蕭蕭藂竹映、澹澹平湖淨。

(ロ)玉關塵似雪（道）

この句の「塵似雪」は『藝文類聚』巻二「天部下・雪」所載の何遜の「詠雪」にみえる

　若逐㆓微風㆒起、誰言非㆓玉塵㆒。

からヒントを得たものか。

(ハ)三星花入夜（燭）

この句の「花入夜」は『何記室集』[534]巻一所載の「看伏郎新婚」[535]にみえる

　何如花燭夜、輕扇掩㆓紅粧㆒。

に基づく。「花入㆑夜」とは、夜、花燭に火をともすことをいい、新婚の夜をいう。

(ニ)欲知恆待扣（鐘）

この句は『何記室集』巻一所載の「七召」にみえる

　響如㆑鐘而待㆑扣、明似㆑鏡以長懸。〈徐〉

に基づく。

(17)唐太宗

(イ)風引去來香（梅）

この句は『全唐詩』巻一所載の太宗の「賦得花庭霧」にみえる

色合輕重霧、香引去來風。〈陽〉

に基づく。

(ロ)金輝似日開（鏡）

この句は『全唐詩』巻一所載の太宗の「執契靜三邊」に

玉彩輝二闕燭一、金華流二日鏡一。

とある。

(ハ)還如半月明（弓）

この句は『全唐詩』巻一所載の太宗の「詠弓」[536]にみえる

上弦明月半、激箭流星遠。〈徐〉

に基づく。

(ニ)半月分絃出（琵琶）

この句は『全唐詩』巻一所載の太宗の「琵琶」[537]にみえる

半月無二雙影一、全花有二四時一。〈徐〉

に基づく。

(18)傅玄（晉）

(イ)初日映秦樓（簾）

この句は『樂府詩集』巻二十八「相和歌辭・相和曲下」所載の傅玄の「豔歌行」にみえる

日出二東南隅一、照二我秦氏樓一。〈理〉

に基づく。

(ロ)形帶石巖圓（硯）

この句は『藝文類聚』巻五十八「雜文部四・硯」所載の傅玄の「硯賦」にみえる

節二方圓一以定レ形、鍛二金鐵一以爲レ池。〈徐〉

に基づく。但し、『初學記』巻二十一「文部・硯第八」所載の傅玄の「硯賦」は

即二方圓一以定レ形、鍛二金鐵一而爲レ池。

に作る。

(ハ)絃寫陰陽節（箏）

この句は『初學記』巻十六「箏第二」所載の傅玄の「箏賦」に

陰沈陽升、柔屈剛興。玄黃之分、推レ故引レ新。迭爲二主賓一、四時之陳。

とある。

(19)梁元帝

(イ)長賦西園詩（月）

この句は『藝文類聚』巻五十「職官部・尹」所載の梁元帝の「去丹陽尹荆州詩」にみえる

終朝陪二北閣一、淸夜待二西園一。

に基づく。このほかに、『文選』巻二十「公讌」所載の曹植の「公讌詩」に

清夜遊㆓西園㆒、飛㆑蓋相追隨。〈理〉

とあるが、雜詠詩の上句が「願陪北堂宴」となっているので、梁元帝の詩を典據とする。

(ロ)含煙總翠氛（柳）

この句の「含煙」は『藝文類聚』卷三十二「人部十六・閨情」所載の梁元帝の「蕩婦秋思賦」に

登㆑樓一望、唯見㆓遠樹含㆑煙。

とある。

(ハ)桂影承宵月（旗）

この句の「桂影」は『藝文類聚』卷七十八「靈異部上・仙道」所載の梁元帝の「和鮑常侍龍川館詩」に

桂影侵㆑簷進、藤枝繞㆑檻長。

とある。

(20)庾肩吾（梁）

(イ)從風暗九霄（雪）

この句の「暗九霄」は『藝文類聚』卷二「天部下・雪」所載の庾肩吾の「詠花雪詩」にみえる

寒光晦㆓八極㆒、同雲暗㆓九天㆒。

に基づく。「九霄」は「九天」に同じ。

(ロ)巖花鏡裏發（石）

この句は『藝文類聚』卷三十六「人部二十、隱逸上」所載の庾肩吾の「尋周處士弘讓詩」に

石鏡菱花發、桐門琴曲愁。[538]〈理〉

とある構想に似る。

(ハ)落花遙寫霧、飛鶴近圖雲（綾）

この一聯は『藝文類聚』巻八十五「布帛部・綾」所載の庾肩吾の「謝武陵王賚白綺綾啓」にみえる

圖雲緝レ鶴、鄴市稀逢。寫霧傳レ花、叢臺罕遇。〈徐〉

に基づく。（○印は筆者）

(21)蔡邕（後漢）

(イ)崩雲骨氣餘（書）

この句の「崩雲」は『白氏六帖事類集』巻九「書二十六」所載の蔡邕の「蔡邕表」に

重似二崩雲一。〈崎〉

とある。

(ロ)逐暑含風轉（扇）

この句は『北堂書鈔』巻百三十四「扇二十四」所載の蔡邕の「圓扇賦」にみえる

動レ角揚レ徽、清風逐レ暑。〈徐〉

に基づく。

(ハ)魚腸遠方至（素）

この句は『文選』巻二十七「樂府上」所載の蔡邕の「飲馬長城窟行」にみえる

客従二遠方一來、遺二我雙鯉魚一。呼レ兒烹二鯉魚一。中有二尺素書一。〈徐[539]・理[540]・崎〉

に基づく。この樂府は『玉臺新詠集』巻一及び『蔡中郎文集』外傳にもみえる。

㉒郭璞（西晉）

(イ)靈潮萬里廻（江）

(ロ)連檣萬里廻（舟）

(イ)(ロ)の兩句は『文選』巻十二所載の郭璞の「江賦」に典據を求めることができる。(イ)の句は

呼二吸萬里一、吐二納靈潮一。〈徐・理・崎〉

に基づく。(ロ)の句は

舳艫相屬、萬里連レ檣。〈徐・理〉

に基づく。

(ハ)百尺重城際（樓）

この句は『藝文類聚』巻六十三「居處部三・樓」所載の郭璞の「登百尺樓賦」にみえる

在二青陽之季月一、登二百尺一以二高觀一。〈徐〉

に基づく。

㉓傅咸（西晉）

(イ)舒卷隨幽顯（紙）

(ロ)廉方合軌儀（紙）

(イ)(ロ)の兩句は『藝文類聚』巻五十八「雜文部・紙」所載の傅咸の「紙賦」に典據を求めることができる。(イ)の句は

攬レ之則舒、舍レ之則卷。可レ屈可レ伸、能幽能顯。〈徐・崎〉

に基づく。（〇印は筆者）(ロ)の句は

厥美可レ珍、廉方有レ則。〈徐・崎〉

に基づく。

(ハ)春暉滿朔方（雁）

この句の「春暉」は『太平御覽』巻九百九十二「藥部九」所載の傅咸の「款冬賦」に

華豔春暉、既麗且姝。

とある。

(24)沈約（梁）

(イ)滴瀝明花苑（露）

この句の「滴瀝」は『藝文類聚』巻八十九「木部上・竹」所載の沈約の「詠簷前竹」に

風動露滴瀝、月照影參差。〈徐〉

とある。

(ロ)平岡兔不稀（兔）

この句は『文選』巻二十二所載の沈約の「宿東園」にみえる

茅棟嘯二愁鴟一、平岡走二寒兔一。〈徐・理〉

に基づく。

(ハ)還取同心契（扇）

この句は『藝文類聚』巻二十九「人部十三・別上」所載の沈約の「送友人別詩」にみえる

方作二異郷人一、贈二子同心扇一。〈理〉

に基づく。

(25)張正見（陳）

(イ)帶花疑鳳舞（風）

この句は『初學記』巻一「風第六」所載の張正見の「風生翠竹裏應教詩」にみえる

翻花疑二鳳下一、颺水似二龍移一。

に基づく。

(ロ)迴浮雙闕路（煙）

この句の「雙闕」は『三國志』魏志十九の「陳思王植傳」所引の「銅爵臺賦」に

建二高門之嵯峨一兮浮二雙闕乎太清一。

とある。

(ハ)臨風竹葉滿（酒）

この句は『文苑英華』巻百九十五「樂府四」所載の張正見の「對酒」にみえる

竹葉三清泛、蒲萄百味開、風移二蘭氣一入。

に基づく。（○印は筆者）

(26)魏彥深（隋）

(イ)葉舒春夏綠（萱）

(ロ)香傳少女風（萱）

(ハ)風來香氣遠（荷）

(イ)(ロ)(ハ)の三句は『初學記』巻二十七「萱第十四」所載の魏彦深の「詠階前萱草詩」に典據を求めることができる。

(イ)(ロ)(ハ)の句は

緑草正含レ芳、霍靡映二前堂一。帶心花欲レ發、依龍葉已長。雲度時無影、風來乍有レ香。

に基づく。（○印は筆者）

(27)枚乘（漢）

(イ)英浮漢家酒（蘭）

(ロ)忽被夜風激（桐）

(イ)(ロ)の兩句は『文選』巻三十四「七上」所載の枚乘の「七發」に典據を求めることができる。(イ)の句は

蘭英之酒、酌以滌レ口。〈徐・崎〉

に基づく。枚乘が漢代の人であるから「漢家酒」といったものか。(ロ)の句は

龍門之桐、高百尺而無レ枝。（中略）其根半死半生。冬則烈風漂霰飛雪之所レ激也。

に基づく。

(ハ)皎潔臨疎牖（月）

この句は『玉臺新詠集』巻一「雜詩九首」所載の枚乘の「雜詩其五」に

盈盈樓上女、皎皎當二窗牖一。

とある。

(28)司馬相如（漢）

(イ)嘉賓集杏梁（雀）

(ロ)蘭氣襲回風（席）

(イ)(ロ)の兩句は『文選』巻十六「哀傷」所載の司馬相如の「長門賦」に典據を求めることができる。(イ)の句は

刻㆓木蘭㆒以爲㆑榱兮、飾㆓文杏㆒以爲㆑梁。〈陽〉

に基づく。(ロ)の句の「蘭氣」は

摶㆓芬若㆒以爲㆑枕兮、席㆓荃蘭㆒而茝香。[541]〈理〉

とあり、李善注に「芬若・荃蘭、香草也」とある。

(29)王褒（漢）

(イ)分隰逈阡眠（原）

この句の「逈阡眠」は『楚辭』巻十五所載の王褒の「九懷・通路」にみえる

遠望兮仟眠、聞㆑雷兮闐闐。

に基づく。

(ロ)搜索動猿吟（簫）

この句は『文選』巻十七「音樂」所載の王褒の「洞簫賦」にみえる

秋蜩不㆑食、抱㆑樸而長吟兮、玄猿悲嘯、搜㆓索乎其閒㆒。〈徐・理・崎〉

に基づく。

(30)馬融（後漢）

(イ)向竹似龍吟（風）

(ロ)羌笛寫龍聲（笛）

(イ)(ロ)の兩句は『文選』巻十八「音樂下」所載の馬融の「長笛賦」にみえる

近世雙笛從レ羌起。羌人伐レ竹未レ及レ已、龍鳴二水中一不レ見レ已。截レ竹吹レ之聲相似。〈徐(542)・理・崎(543)〉

に基づく。

(31)曹操（魏）

(イ)聯翩依月樹（烏）

(ロ)遠樹覺星稀（鵲）

(イ)(ロ)の兩句は『文選』巻二十七「樂府上」所載の曹操の「短歌行」にみえる

月明星稀(544)、烏鵲南飛。繞レ樹三币、何枝可レ依。〈徐・理・陽(545)・崎〉

に基づく。

(32)張華（西晉）

(イ)圓荷影若規（荷）

この句は『藝文類聚』巻八十二「草部下・芙蕖」所載の張華の「荷詩」にみえる

荷(546)生二淥泉中一、碧葉齊如レ規。〈徐〉

に基づく。一方、『鮑氏集』巻四はこの詩を「學劉公幹體五首」と題して收録し、鮑照の作とする。このほかに、『藝文類聚』巻八十二「草部下・芙蕖」所載の閔鴻（後漢）の「芙蓉賦」に

竦二脩幹一以陵レ波、建二淥葉之規圓一。

とある。

(ロ)願隨(547)湘水曲（橘）

この句は『藝文類聚』巻八十六「菓部上・橘」所載の張華の「張華詩」にみえる

橘生㆓湘水側㆒、菲陋人莫㆑傳。〈徐〉

に基づく。この詩も『鮑氏集』巻四「紹古辭七首」に収録し、鮑照の作とする。

(33)范雲（梁）

(イ)瑞雪驚千里（雪）

この句は『文選』巻三十一「雑擬下」所載の范雲の「傚古」にみえる

寒沙四面平、飛雪千里驚。〈理〉

に基づく。「傚古」の句は『楚辭』巻九「招魂」の

増冰峨峨、飛雪千里些㆓。〈崎〉

に據るか。

(ロ)勁節幸君知（松）

この句は『藝文類聚』巻八十八「木部上・木」所載の范雲の「詠寒松」にみえる

淩㆑風知㆓勁節㆒、負㆑霜見㆓直心㆒。〈徐〉

に基づく。

(34)江洪（梁）

(イ)枝生無限月（桂）

この句の「無限月」は『玉臺新詠集』巻十江洪の「秋風」に

庭中無限月、思婦夜鳴㆑砧。〈理・陽〉

とあるが、「（桂）枝生」の構想は、『酉陽雜俎』[548]巻一、「天咫」所載の「舊言」にみえる

月中有レ桂、有二蟾蜍一。故異書言、月桂高五百丈、下有二一人常斫レ之。樹創隨合。人姓吳名剛。西河人。學レ仙有レ過、謫令レ伐レ樹。〈徐〉

などに據る。

(ロ)翱翔一萬里（鶴）

この句は『藝文類聚』巻九十、「鳥部上・鶴」所載の江洪の「和二新浦侯詠レ鶴詩一」にみえる

猶冀凌雲志、萬里共翩翩。

に基づく。「翱翔」と「翩翩」は同意。また、『藝文類聚』巻九十、「鳥部・白鶴」所載の『臨海記』に

古老相傳云、此山昔有二晨飛鵠一。入二會稽雷門鼓中一。於レ是雷門鼓鳴、洛陽聞レ之。孫恩時、斫二此鼓一、見二白鶴飛出、翱翔入レ雲。此後鼓無二復遠レ聲。

とある。但し、白鶴が翱翔する記事は、『太平寰宇記』[549]巻二「江南道十二・湘潭縣」にも「有二白鶴翱翔、黃馬夜遊一」とある。

(35)江總（陳）

(イ)願陪北堂宴（月）

この句は『樂府詩集』巻三十九の江總の「今日樂相樂」にみえる

願以二北堂宴一、長奉南山日。

に基づく。

(ロ)黃鶴遠聯翩（鶴）

この句は『藝文類聚』巻二十九「人部十三・別上」所載の江總の「別二袁昌州一詩」にみえる

黄鵠飛飛遠、青山去去愁。〈陽〉

に基づく。このほかに、『文選』巻二十一「遊仙」所載の何劭の「遊仙詩」に

迢遞陵二峻岳一、連翩御二飛鶴一。

とある。

(36)顔延年（劉宋）

(イ)廣殿輕香發（蘭）

この句は『文選』巻五十八「哀下」所載の顔延年の「宋文皇帝元皇后哀策文」に

蘭殿長陰、椒塗弛レ衞。

とあり、その呂向注に

蘭殿椒塗、后妃所レ居也。言三蘭殿取二其香一也。

とある。

(ロ)飛雲滿城闕（城）

この句は『文選』巻二十七「行旅下」所載の顔延年の「北使洛」にみえる

宮陛多二巣穴一、城闕生二雲煙一。王猷升二八表一、嗟行方二暮年一。陰風振二涼野一、飛雲瞀二窮天一。

に基づく。（○印は筆者）

(37)劉峻（梁）

(イ)朝宗合紫微（海）

この句の「紫微」は『文選』巻五十四「論四」所載の劉峻の「辨命論」に

若謂下驅二貔虎一奮二尺劍一、入二紫微一升中帝道上。

とある。

(ロ)何當赤墀下（槐）

この句の「赤墀下」は『文選』巻五十四「論四」所載の劉孝標の「辨命論」に

時有下在二赤墀之上一、豫中聞斯議上、歸以告レ余。

とある。また、『藝文類聚』巻八十八「木部上・槐」所載の魏文帝の「槐賦」に

文昌殿中槐樹、盛暑之時、余數遊二其下一、美而賦レ之。〈陽〉

とある。「赤墀」は李善注に

禮天子赤墀。

とある。

(38)呉均（梁）

(イ)桂生三五夕（月）

この句は『藝文類聚』巻八十「燈」所載の呉均の「詠燈詩」にみえる

能方三五夜、桂樹月中生。

に基づく。

(ロ)紫葉映波流（萍）

この句は『玉臺新詠集』巻六所載の呉均の「與柳惲相贈答六首」（其一）にみえる

飄颻白花舞、瀾漫紫萍流。

に基づく。

(39)謝恵連（劉宋）

(イ)雪麗楚王琴（蘭）

この句は『文選』巻十三「物色」所載の謝恵連の「雪賦」にみえる

曹風以二麻衣一比レ色、楚謠以二幽蘭一儷レ曲。〈崎〉

に據るか。「幽蘭」については、『古文苑』巻二所載の宋玉の「諷賦」に

楚襄王時、宋玉休歸（中略）更于二蘭房之室一、止二臣其中一。中有二鳴琴一焉。臣援而鼓レ之、爲二幽蘭白雪之曲一。〈徐〉

とある。

(ロ)碪杵調風響（素）

この句は『文選』巻三十「雑詩下」所載の謝恵連の「擣衣」にみえる

櫚高砧響發、楹長杵聲哀。

に基づくか。

(40)駱賓王（唐）

(イ)遂逢霜露侵（桐）

この句は『駱賓王文集』巻第九「雜著」所載の「疇昔篇」にみえる

人事謝二光陰一、俄遭二霜露侵一。

に基づく。

(ロ)來此傍垂楊（彈）

この句の「垂楊」は『駱賓王文集』巻第九「雜著」所載の「帝京篇」に

(550)俠客珠彈垂楊道、倡婦銀鉤采薪路。〈理〉

とある。

(41)漢武帝

(イ)時接白雲飛（煙）

この句の「白雲飛」は『文選』巻四十五「辭」所載の武帝の「秋風辭」に

秋風起兮白雲飛、草木黃落兮鴈南歸。

とある。

(42)李陵（漢）

(イ)李陵賦詩罷（鳬）

この句は『藝文類聚』巻二十九「人部十三・別上」所載の李陵の「李陵贈蘇武別詩」に

雙鳬相背飛、相遠日已長。

とある。李陵の詩は『藝文類聚』のほかに、『古文苑』巻八「詩」にもみえる。

(43)楊雄（漢）

(イ)翔集動成雷（鳬）

この句は『文選』巻八「畋獵中」所載の楊雄の「羽獵賦」にみえる

鳬鷖振鷺、上下砰磕、聲若㆓雷霆㆒。〈陽〉

に基づく。李善注に

　鳥飛㆓上下㆒、翅翼之聲、若㆓雷霆㆒也。

とある。

(44)李尤（後漢）

(イ)金衣逐吹翻（橘）

この句の「金衣」は『藝文類聚』巻五十七「雜文部三・七」所載の李尤の「七款」にみえる

　金衣素裏、班白內充。〈陽・崎〉

に基づく。「七款」[551]は『初學記』巻二十八「果木部・橘第九」にもみえる。

(45)王延壽（後漢）

(イ)向日蓮花淨（井）

この句は『文選』巻十一「宮殿」所載の王延壽の「魯靈光殿賦」にみえる

　圓淵方井、反植㆓荷蕖㆒。〈崎〉

に基づく。張載注に

　爾雅曰、荷、芙蕖。種㆓之於圓淵方井之中㆒。以爲㆓光耀㆒。

とある。

(46)鄭玄（後漢）

(イ)迢遞繞風竿（烏）

この句は『鄭司農集』[552]所載の「相風賦」にみえる

棲㆓神烏于竿首㆒、候㆓風烏之來征㆒。〈理・陽・崎〉

に基づく。

(47)魏明帝（曹叡）

(イ)玄衣澹碧空（燕）

この句の「玄衣」は『藝文類聚』巻九十二「鳥部下・燕」所載の明帝の「短歌行」に

厥貌淑美、玄衣素裳。〈崎〉

とある。

(48)何晏（魏）

(イ)烟熅萬年樹（雲）

この句の「萬年樹」は『文選』巻十一「宮殿」所載の何晏の「景福殿賦」に

綴以㆓萬年㆒、綷以㆓紫榛㆒。

とある。李善注に

晉宮閣銘曰、華林園、萬年樹十四株。

とある。また、呂延濟注に

萬年・紫榛、木名。

とある。

(49)繁欽（魏）

(イ)光隨錦文散（硯）

この句は『初學記』巻二十一「文部四・硯第八」所載の繁欽の「硯讃」にみえる

　方如二地象一、圓似二天常一。班レ彩散レ色、漚二染毫芒一。點二黛文字一、曜二明典章一。〈徐〉

に基づく。『藝文類聚』巻五十八「雜文部四」には

　魏繁欽贊曰、班采散レ色、漚二潤毫芒一云云、

とある。

(50)陳琳（魏）

(イ)紫徼三千里（道）

この句は『玉臺新詠集』巻一所載の陳琳の「飲馬長城窟行」にみえる

　長城何連連、連連三千里。〈徐〉

に基づく。

(51)羊祜（西晉）

(イ)排雲結陣行（雁）

この句の「排雲」は『初學記』巻三十「鳥部・鴈第七」所載の羊祜の「鴈賦」にみえる

　排二雲墟一以頡頏、汰二弱波一以容與。〈崎〉

に基づく。

(52)陸機（西晉）

(イ)含毫山水隈（筆）

この句の「含毫」は『文選』巻十七「論文」所載の陸機の「文賦」にみえる

或操レ觚以率爾、或含レ毫而邈然。〈崎〉

に基づく。

⑸3摯虞（西晉）

(イ)春宮長舊栽（槐）

この句は『藝文類聚』巻八十八「木部上・槐」所載の摯虞の「連理頌」にみえる

東宮正德之內、承華之外。槐樹二枝、連理而生。二幹一心、以蕃二本根一。〈徐・崎〉

に基づく。「春宮」「東宮」はともに太子の居所。五行說では、春は東に當るので同意。

⑸4王沈（西晉）

(イ)虹輝接曙雲（旗）

この句の構想は『初學記』巻二十二「武部・旌旗第一」所載の王沈の「餞行賦」にみえる

曳二招搖之脩旗一、若二蜿虹之垂一レ天。

に據るか。

⑸5袁宏（東晉）

(イ)森森幽澗垂（松）

この句の「森森」は『藝文類聚』巻八十八「木部上・松」所載の袁宏の詩にみえる

森森千丈松、磊砢非二一節一。〈徐〉

に基づく。尙、『世說新語』巻中之上の「賞譽第八上」にみえる

庾子嵩目二和嶠一、森森如二千丈松一、雖三磊砢有二節目一、施二之大厦一、有二棟梁之用一。

は袁宏の詩から攝取したものである。

(56)江逌（東晉）

(イ)玉甃談仙客（井）

この句は『藝文類聚』巻九「水部下・井」所載の江逌の「井賦」にみえる

穿二重壤之十仭一兮搆二玉甃之百節一。（中略）神龍來蟠以育レ鱗、列仙一嗽而雲飛。〈徐〉

に基づく。（○印は筆者）

(57)蘇彦（東晉）

(イ)頻隨旅客遊（萍）

この句は『藝文類聚』巻八十二「草部下・萍」所載の蘇彦の「浮萍賦」にみえる

余嘗汎レ舟遊観、鼓二檝川湖一、覩二浮萍之飄一レ浪。

に基づく。

(58)伏系之（東晉）

(イ)亭亭出衆林（桐）

この句は『藝文類聚』巻八十八「木部上・桐」所載の伏系之の「詠椅桐詩」にみえる

亭亭椅桐、鬱二茲庭圃一。

に基づく。

(59)陶淵明（東晉）

(イ)時引故人車（宅）

この句は『文選』巻三十「雜詩下」所載の陶淵明の「讀山海經」にみえる

　窮巷隔二深轍一、頗廻二故人車一。〈徐・理〉

に基づく。

(60)虞喜（東晉）

(イ)未殖銀宮裏（桂）

この句は『太平御覽』巻四「天部四・月」所載の虞喜の「安天論」にみえる

　俗傳、月中仙人桂樹、今視二其初生一、見下仙人之足漸已成レ形、桂樹後生上焉。

に基づくか。「銀宮」は仙人の居所。

(61)劉繪（齊）

(イ)珠湛綠荷中（露）

この句は『初學記』巻二十五「器物部・香鑪第八」所載の劉繪の「詠博山香鑪詩」にみえる

　風生玉階樹、露湛曲池蓮。

に基づく。

(62)孔稚珪（齊）

(イ)花明珠鳳浦（洛）

この句の「鳳浦」は『文選』巻四十三「書下」所載の孔稚珪の「北山移文」に

　聞二鳳吹於洛浦一、値二新歌於延瀨一。

とあり、李善注所引の『列仙傳』に

王子喬、周宣王太子晉也。好吹レ笙作二鳳鳴一、遊二伊雒之間一。〈崎〉

とある。

(63)梁武帝

(イ)掩映三秋月（雲）

この句は『玉臺新詠集』巻七所載の武帝の「擬青青河邊草[553]」に

月以[554]レ雲掩レ光、葉以[555]レ霜催レ老。

に基づく。この詩は『樂府詩集』巻三十八や『古詩紀』巻七十四にも收録する。

(64)丘遲（梁）

(イ)芳樹雜花紅、群鶯亂曉空（鶯）

この一聯は『文選』巻四十三「書下」所載の丘遲の「與陳伯之書」にみえる

暮春三月、江南草長、雜花生レ樹、群鶯亂飛。〈徐〉

に基づく。「與陳伯之書」の章句は『文選』のほかに、『藝文類聚』巻二十五「人部九・嘲戲」や『梁書』巻二十「陳伯之傳」や『南史』巻六十一「陳伯之傳」にもみえる。

(65)虞羲（梁）

(イ)來向隴頭鳴（笛）

この句は『文選』巻二十一「詠史」所載の虞羲の「詠霍將軍北伐詩」にみえる

胡笳關下思、羌笛隴頭鳴。

に基づく。これを承けて、薛道衡（隋）は「和許給事善心戲場轉韻詩[556]」の中で、歌詠還相續、羌笛隴頭吟。

と詠ず。

(66)周捨（梁）

(イ)松篁晴晩暉（煙）

この句の「松篁」は『文苑英華』巻三百十九「居處九・田家」所載の周捨の「還田舍」に

松篁日月長、蓬麻歳時密。

とある。

(67)陸罩（梁）

(イ)香引棹歌風（菱）

この句は『藝文類聚』巻八十二「草部下・菱」所載の陸罩の「採菱詩」に

轉葉任二香風一、舒レ花影流日。

とある。

(68)徐勉（梁）

(イ)裁規勢漸團（琵琶）

この句の「勢漸團」は『初學記』巻十六「樂部下・琵琶第三」所載の徐勉の「詠琵琶詩」に

含レ花已灼灼、類レ月復團團。

とある。

(69)徐摛（梁）

(イ)積潤脩毫裏（硯）

この句の「積潤」は『藝文類聚』巻五十八「雜文部四・筆」所載の徐摛の「詠筆詩」にみえる

纖端奉二積潤一、弱質散二芳煙一。〈徐・崎〉

に基づく。

(70)王筠（梁）

(イ)斜影風前合、圓文水上開（雨）

この一聯は『文苑英華』巻百六十五「地部七」所載の王筠の「北寺寅上人房望遠岫翫前池」にみえる

雨點散二圓文一、風生起二斜浪一。〈理〉

に基づく。

(71)費昶（梁）

(イ)五湖多賞樂（菱）

この句の「五湖」は『玉臺新詠集』巻六所載の費昶の「採菱」(557)にみえる

妾家五湖口、(558)採レ菱五湖側。〈徐〉

に基づく。『樂府詩集』巻五十一「清商曲辭」にもみえる。

(72)袁昂（梁）

(イ)崩雲骨氣餘（書）

この句の「骨氣」は『太平御覽』巻七百四十八「工藝部五・書中」所載の袁昂の「古今書評」にみえる

蔡邕書、骨氣風遠、爽爽爲レ神。〈徐〉

に基づくか。

(73)王巾（梁）

(イ)曖曖籠珠網（簾）

この句の「珠網」は『文選』巻五十九「碑文下」所載の王簡栖の「頭陁寺碑文」に

夕露爲㆓珠網㆒、朝霞爲㆓丹雘㆒。

とあり、呂延濟注に

珠網、以㆑珠爲㆑網、施㆓於殿屋㆒者。

とある。

(74)煬帝（隋）

(イ)松聲入夜琴（風）

この句は『文苑英華』(559)巻百五十三「星」所載の煬帝の「月夜觀星」にみえる

谷泉驚㆓暗石㆒、松風動㆓夜聲㆒。

に基づく。このほかの典據として、『樂府詩集』巻六十所載の「琴曲歌辭・風入松歌解題」にみえる

琴集曰、風入松、晉嵆康所㆑作也。〈徐・理・崎〉

が考えられる。

(75)盧思道（隋）

(イ)鳴琴寶匣開（琴）

この句の「寶匣」は『廣弘明集』巻三十下所載の盧思道の「從駕經大慈照寺詩」に

大川開二寶匣一、福地下二金繩一。

とある。

(76)王眘（隋）

(イ)雲薄衣初卷（羅）

この句の「雲薄」は『歳時雑詠』[560]巻二十五「七夕」所載の王眘の「七夕」其二にみえる

長裾動二星佩一、輕帳掩二雲羅一。

に基づく。「雲薄」は羅衣が雲のように輕くて薄いの意。また、『文選』巻十九「賦癸・情」所載の曹植の「洛神賦」に

披二羅衣之璀粲一兮珥二瑤碧之華琚一。〈理〉

とある。

(77)王冑（隋）

(イ)歸鴈發衡陽（雁）

この句は『初學記』巻三十「鳥部・鴈第七」所載の王冑の「送周員外充戍嶺表賦得鴈詩」にみえる

旅鴈別二衡陽一、天寒關路長。

に基づく。

(78)李百藥（唐）

(イ)花輕不隔面、羅薄詎障聲（扇）

この一聯は『全唐詩』巻四十三所載の李百藥の「寄楊公」にみえる

面花無レ隔レ笑、歌扇不レ障レ聲。〈崎〉

からの構想か。

(79)楊烱（唐）

(イ)紫徽三千里（道）

この句の「紫徽」は『全唐文』巻百九十四所載の楊烱の「原州百泉縣令李君神道碑」に

累遷二原州百泉縣令一、科通二紫徽一、印負二黃州一。

とある。

(80)盧照鄰（唐）

(イ)長從飛燕遊（簾）

この句は『全唐詩』巻四十一所載の盧照鄰の「長安古意」にみえる

生憎二帳額一繡二孤鸞一、好取二門簾一帖二雙燕一。〈徐〉

に基づく。「長安古意」は『幽憂子集』巻二「七言古詩」に収録する。盧照鄰は李嶠より少し前の人で、ほぼ同時代の人であるから典據の有無を断言することは難しい。

(81)宋之問（唐）

(イ)戸外水精浮（簾）

この句は『宋之問集』[561]巻上所載の宋之問の「明河篇」にみえる

雲母帳前初汎濫、水精簾外轉透迤。〈徐〉

に基づくか。但し、宋之問は李嶠と同時代であるから典據の有無を斷言することは難しい。

(82)古詩十九首

(イ)願奉羅帷夜、長承秋月光（牀）

(ロ)燕趙類佳人（玉）

(ハ)秋月鑒帷明（羅）

(ニ)濯手天津女（素）

(イ)(ロ)(ハ)(ニ)の四句は『文選』巻二十九「雜詩上」所載の「古詩十九首」に典據を求めることができる。(イ)(ハ)の兩句は「古詩十九首」の「其十九」にみえる

明月何皎皎、照㆓我羅牀帷㆒。〈徐〉

に基づく。(ロ)の句は「古詩十九首」の「其十二」にみえる

燕趙多㆓佳人㆒、美者顏如㆑玉。

に基づく。(ニ)の句は「古詩十九首」の「其十」にみえる

迢迢牽牛星、皎皎河漢女。纖纖擢㆓素手㆒、札札弄㆓機杼㆒。〈徐・理〉

に基づく。

(ホ)非君下山路、誰賞故人機（素）

この一聯は『玉臺新詠集』巻一所載の「古詩八首」の「其一」にみえる

上㆑山採㆓蘼蕪㆒、下㆑山逢㆓故夫㆒。長跪問㆓故夫㆒、新人復何如。新人雖㆑言㆑好、未㆑若㆓故人姝㆒。顏色類相似、手爪不㆓相如㆒。新人從㆑門入、故人從㆑閤去。新人工㆑織㆑縑、故人工㆑織㆑素。織㆑縑日一匹、織㆑素五丈餘。將㆑縑來比

レ素、新人不レ如レ故。〈徐・理〉

に基づく。（〇印は筆者）

(ヘ)帯環疑寫月（刀）

この句の「帯環」は『玉臺新詠集』巻十所載の「古絶句四首」の「其一」にみえる

何當二大刀頭一、破鏡飛上レ天。〈理[562]・崎[563]〉

に基づく。

(83)樂府

(イ)龍蹄遠珠履（瓜）

この句は『文選』巻二十七「樂府上」所載の「君子行」にみえる

瓜田不レ納レ履、李下不レ正レ冠。〈崎〉

に據るか。「龍蹄」は『太平御覽』巻九百七十八「菜茹部・瓜」所引の『廣志』に

瓜之所レ出、以二遼東・廬江・燉煌之種一爲レ美。有二烏瓜・狸頭瓜・密筩瓜・女臂瓜・龍蹄瓜・羊髓瓜一。又有二魚瓜・犬瓜一。如レ斛。出二涼州陽城一。〈徐〉

とある。また、『事類賦注』巻二十七「果部二・瓜」にもみえる。

(ロ)紅桃發井傍（桃）

(ハ)含風李樹薫（井）

(ロ)(ハ)の兩句は『樂府詩集』巻二十八「相和歌辭・相和曲下」所載の「雞鳴」にみえる

桃生二露井上一、李樹生二桃傍一。〈徐[564]・理[565]・陽[566]・崎[567]〉

に基づく。

(ニ)闕山孤月下（笛）

この句は『樂府詩集』巻二十三「横吹曲辭・漢横吹曲」所載の「闕山月」の「樂府解題」にいう

闕山月、傷二離別一也。（徐）

に據ったものか。

(ホ)聲嬌子夜新（歌）

この句は『樂府詩集』巻四十五「淸商曲辭・吳聲曲辭」所載の「上聲歌其三」に

初歌二子夜曲一、改レ調促二鳴箏一。

とあるのに據るか。また、同書巻四十四所載の「子夜歌四十二首」の「樂府解題」に

後人更爲二四時行樂之詞一、謂二之子夜四時歌一。又有二大子夜歌・子夜警歌・子夜變歌一。皆曲之變也。〈徐〉

とある。

(ヘ)桐井舊安牀（銀）

この句は『樂府詩集』巻五十四「舞曲歌辭・雜舞」所載の「淮南王篇」にみえる

百尺高樓與レ文連、後園鑿レ井銀作レ牀。〈徐・理[568]・崎[569]〉

に基づくか。「桐井」と「銀牀」との關連では、『藝文類聚』巻四「歳時中・九月九日」所載の庾肩吾の「侍讌九日」に

玉醴吹二花菊一、銀床落二井桐一。

とある。

(ト)妙舞隨裙動（羅）

この句は『樂府詩集』巻四十六「清商曲辭・吳聲歌曲」所載の「讀曲歌八十九首」の「其一」にみえる

花釵芙蓉髻、雙鬢如二浮雲一。春風不レ知レ著、好來動二羅裙一。〈徐〉

に基づくか。（○印は筆者）

以上、調査した五百七十七句の詩句や語句の典據を整理すると次の如くである。尙、典據の書籍や詩人・文人及び作品は頻度數の多い順に列擧する。（　）内の數字は頻度數。

1典據とした「經書」。

尙書（21）、毛詩（20）、禮記（16）、左氏傳（12）、周禮（8）、論語（6）、周易（5）、爾雅（5）、孟子（2）、孝經（1）。

2典據とした「字書」。

釋名（3）、說文（1）。

3典據とした「緯書」。

京房易飛侯（15）。

4典據とした「史書」。

史記（23）、漢書（11）、後漢書（6）、晉書（6）、宋書（2）、東觀漢記、華陽國志、魏略、梁書、舊唐書、新唐書、楚志、蜀王本紀（以上1）。

5典據とした「諸子」。

莊子（11）、拾遺記（11）、西京雜記（10）、古今注（10）、淮南子（6）、水經注（5）、應志（5）、神異經、風土記、論衡（以上4）、三輔黄圖、三秦記、東宮舊事、異苑、鄴中記、世說新語（以上3）、國語、洞冥記、博物志、韓詩外傳、愼子、抱朴子、六韜、湘州記、臨海記、捜神記、風俗通義（以上2）、月令章句、雲笈七籤、永嘉郡記、越絕書、漢武內傳、關中記、王函方、玉策記、琴操、琴說、吳地記、四民月令、尸子、述征記、蔣子萬機論、神境記、瑞應圖、帝王世紀、天台山圖、氾勝之書、趙飛燕外傳、穆天子傳、文字志、幽明錄、劉向別錄、洛陽記、列子、錄異記、洛陽圖經、南越志、毛詩草木鳥獸蟲魚疏、春秋繁露、古列女傳、列仙傳、孔子家語、荊州記、漢官儀、書品、篆書勢、輅別傳、易林、眞誥、襄陽記、歸藏、妙法蓮華經、首楞嚴經（以上1）。

6典據とした詩文。

蜀都賦（7）、吳都賦（6）、怨歌行（5）、詠懷詩（5）、詠史詩、洛神賦、古詩十九首（以上4）、風賦、招魂、笙賦、西都賦、雜詩〈曹丕〉、詠階前萱草詩（以上3）、列燈賦、鏡賦、觀朝雨、晩登三山還望京邑、班婕妤詠扇、東皇太一、江賦、紙賦、七發、長門賦、長笛賦、短歌行、辨命論、雞明（以上2）、高唐賦、大言賦、橘賦、對燭賦、三月三日華林園馬射賦、閑居賦、射雉賦、扇上綵畫賦、柳賦、南都賦、西京賦、舞賦、東都賦、硯賦、箏賦、蕩婦秋思賦、圓扇賦、登百尺樓賦、款冬賦、銅爵臺賦、洞簫賦、雪賦、羽獵賦、魯靈光殿賦、相風賦、景福殿賦、鴈賦、文賦、餞行賦、井賦、浮萍賦、對楚王問、求通親親表、宜男草頌、橘賦序文、秋興賦序文、楊荊州誄、奏事、謝武陵王賚白綺綾啓、蔡邕表、宋文皇帝元皇后哀策文、七款、硯讃、連理頌、安天論、北山移文、與陳伯之書、古今書評、頭陁寺碑文、原州百泉縣令李君神道碑文、九辯、野田黄雀行、贈丁儀王粲、七哀詩、折楊柳、山齋、詠橘、詠鏡詩、有所思、舟中望月、奉梨、俠客行、尋周處士弘讓、皇夏、鏡、角調曲、郡內登望、游東田、和劉西曹望海臺、新亭渚別范零陵詩、離騷、天問、代京雒篇、代空城雀、翫月城西門廨中、梅花落、望廨前水竹答崔錄事、詠雪、七召、賦得花庭霧、執契靜三邊、詠弓、琵琶、豔歌行、去丹陽尹尹荊州詩、和鮑常侍龍川館詩、詠花雪、飲馬長城窟行、詠簷前竹、宿東園、送友人別、風生翠竹裏應敎、對酒、雜詩〈枚乘〉、九懷、荷詩、張華詩、傚古、詠寒松、秋風、和新浦侯詠鶴詩、今日樂相樂、別袁昌州、北使洛、詠燈、與柳惲相贈答、擣衣、疇昔篇、帝京篇、秋風辭、短歌行、飮馬長城窟行〈陳琳〉、無名詩〈袁宏〉、詠椅桐、讀山海經、詠博山香鑪、擬靑靑河邊草、詠霍將軍北伐、還田舍、採菱、詠琵琶、詠筆、北寺寅上人房望遠岫翫前池、月夜觀星、從駕經文慈照寺、七夕、送周員外充戌嶺表賦得鴈、寄楊公、長安古意、明河篇、古詩八首、古絕句四首、君子行、關山月、上聲歌、淮南王篇、讀曲歌八十九首（以上1）。

以上が典據と考えられる詩文であるが、以上の詩文を作者別に整理すると次の如くである。

左思（17）、宋玉、曹植、庾信（以上10）、梁簡文帝、潘岳、謝朓（以上8）、班婕妤、阮籍（以上5）、魏文帝、屈原、張衡、班固、鮑照、何遜、唐太宗（以上4）、江淹、傅玄、梁元帝、庾肩吾、蔡邕、郭璞、傅咸、沈約、張正見、魏彥深、枚乘（以上3）、司馬相如、王褒、馬融、曹操、張華、范雲、江洪、江總、顏延年、劉峻、吳均、謝惠連、駱賓王（以上2）、漢武帝、李陵、楊雄、李尤、王延壽、鄭玄、魏明帝、何晏、繁欽、陳琳、羊祜、陸機、摯虞、王沈、袁宏、江逌、蘇彥、伏系之、陶淵明、虞喜、劉繪、孔稚珪、梁武帝、丘遲、虞羲、周捨、陸罩、徐勉、徐摛、王筠、費昶、袁昂、王巾、煬帝、盧思道、王胷、王冑、李百藥、楊烱、盧照鄰、宋之問（以上1）。

7　小　結

以上の典據を考察すると、「詩文」（222）が最も多く、次いで、「諸子」（156）、「經書」（96）、「史書」（56）、「字書」（2）、「緯書」（1）の順である。

「詩文」についてみると、作品として最も多い典據は、六句一聯にみえる「蜀都賦」である。以下は次の如くである。左思の「吳都賦」（6）、班婕妤の「怨歌行」（5）、阮籍の「詠懷」（5）、左思の「詠史詩」、曹植の「洛神賦」、「古詩十九首」（以上4）、宋玉の「風賦」・「招魂」、潘岳の「笙賦」、魏文帝の「雜詩」、班固の「西都賦」、魏彥深の「詠階前萱草」（以上3）、梁簡文帝の「列燈賦」、庾信の「鏡賦」、謝朓の「觀朝雨」・「晩登三山還望京邑」、江淹の「班婕妤詠扇」、屈原の「九歌」、郭璞の「江賦」、傅咸の「紙賦」、枚乘の「七發」、司馬相如の「長門賦」、馬融の「長笛賦」、曹操の「短歌行」、樂府の「鷄鳴」、劉峻の「辨命論」（以上2）。以上二十七作品についてみると、文（賦）が十三、詩が十四で半々であるが、二十七作品のうち、約七十八％に相當する二十一作品が『文選』所錄の作品であることが特色である。換言すれば、『文選』を李嶠が習得していたともいえる。因みに、詩文を典據とする全百六十八作品のうち、三十三％に相當する五十六作品が『文選』に收錄されている。

また、作者別にみると、特に西晉の左思（17）が群を拔いて多く、その作品が全て『文選』に收錄されている。前述の如く、典據となる作品を多く所有する作者は『文選』に收錄されているが、その中で、庾信（10）と唐太宗（4）は『文選』に收錄されていない。それは兩名が『文選』成立以後の人物であるからである。また、屈原（4）の作品は『文選』成立以前から盛行していた『楚辭』に存在していたからである。そのほかの『文選』にみえない典據となる作品は、李嶠の生誕二十一年前に完成した『藝文類聚』に收錄されているので、これを參照したと考えられる。

「諸子」についてみると、『莊子』『拾遺記』『西京雜記』『古今注』が群を拔いて多い。この四書によって、神話傳說の時代から晉代までの遺事や輿服・都邑・音樂・鳥獸・魚蟲・草木などの名物や寓言を知ることができるので、詠物詩を賦詠するのに參考となる。從って、詠物に緣遠い『管子』『愼子』『尸子』『荀子』『新書』『列子』『呂氏春秋』などの春秋戰國時代の學者の著書を典據とすることが少ない。

「經書」についてみると、政治家や學者が學習する基本圖書である。經書の典據をみると、『尙書』『毛詩』が最も多く、次いで、『禮記』『左氏傳』と續く。これらは經書の中心をなす五經のうちの四書で、このことは基本となるべき圖書を確實に學習していた證明である。

「史書」についてみると、二十五史の第一・第二に位置する『史記』『漢書』が壓倒的に多い。この二書は紀傳體に屬し、特に本紀・世家・列傳には人口に膾炙した豪傑・文人などの重要人物を記載しており、詠物の素材にこと欠かない。

最後に、特筆すべきは「緯書」で、その典據は「易緯」の『京房易飛侯』だけで、その頻度數も15と多いのが特徵である。

以上の典據は筆者の分析によるもので、同じ典據が他の作品にみえたり、見落したり、見解の相違による典據違いも考えられるので、絕對的なものではないことは言うまでもない。しかし、典據が異なっていても、典據の出典名が異なるだけで、典據の數には大幅な變化はないと考える。これだけ多數の典據を保有していることは、『雜詠詩』を繙くと、多くの知識教養を得ることができることになる。これが兒童にとっては有益であるがために、童蒙書とか幼學書と呼ばれる所以である。

第五節　結　語

李嶠の詩の特徵の一つに詩題がある。李嶠の雜詠詩は全部で百二十首あり、各々の詩題が一例を除いて漢字一文字であるところに特色がある。次に百二十首という數である。李嶠以前に百二十首という纏った作品はなく、李嶠雜詠詩が初めてであることに意義がある。では何故百二十首という數字であるのか。李嶠自身は明言していない。もし數にこだわるならば、百首とか百五十首とか二百首の方が切りがよい。なのに何故百二十首なのか。案ずるに、これは切りがよいとかという漠然としたものではない。百二十というのは目標を持って決めた數字であると考える。その目標とは一ヶ月に十首の詩を一年間通して詠出するということである。目標通りに實行すれば一年間で百二十首になる。これで百二十首という中途半端な數字の謎が解ける。では一年間で百二十首という數字は、一年は十二ヶ月、一ヶ月十首というのは、十干と十二支の組合せではないかと考える。十二支（子・丑・寅・卯・辰・巳・午・未・申・酉・戌・亥）を十二ヶ月に配し、十干（甲・乙・丙・丁・戊・己・庚・辛・壬・癸）を一〜十の數字に配する數え方である。中國では十干と十二支を組合せて年や日を表すのに用いている。このようにみると、百二十首という變わった數字に合理性が出てくる。李嶠は十二ヶ月の十二を基準として大枠を作り、それを半分にして上半分に乾象・芳草・靈禽・居處・文物・音樂を配し、下半分に坤儀・嘉樹・祥獸・服玩・武器・玉帛を配した。ここにも李嶠は對偶を用い、「乾象」には「坤儀」、「芳草」には「嘉樹」、「靈禽」には「祥獸」、「居處」には「服玩」、「文物」には「武器」、「音樂」には「玉帛」を配している。これらも特徵の一つである。

次に近作詩の音韻についてである。まず百二十首の押韻をみると、比較的容易な寬韻・中韻が使用されている。漢詩の世界では押韻に平韻を用いる平韻詩が普通である。李嶠の雜詠詩の場合、收錄している本によって詩語や詩句に異同があり、それに伴って押韻も異なっており、仄韻を使用する仄韻詩がある。今、佚存叢書本に従うと仄韻詩が三首ある。仄韻詩は平仄交互詩の仄韻律詩である。仄韻の律詩化が已に始まっていたようである。

次に首句押韻をみてみよう。五言律詩の場合、第一句目の文字は仄韻の文字を用いて韻を踏まないが、李嶠の雜詠詩は全詩百二十首の二十五％が韻を踏む首句押韻詩である。首句押韻詩を作る詩人は少なくないが、李嶠は五律の首句押韻詩を推進していった詩人といえる。これも雜詠詩の特徵である。

次に近體詩か非近體詩であるかを決定付ける平仄について整理しておく。近體詩は平仄の配置によって律句・律聯・拗句・拗聯が生じる。それによって近體詩か非近體語に分けられる。李嶠の雜詠詩を調査したところ、佚存叢書本の七十八％が近體詩であった。となると、殘りの二十三％が非近體詩ということになる。近體詩が確立しつつある文藝思潮の中で作法が會得しきれなかったのかという疑問を持たざるを得ない。それは拗句・拗聯のところで言及したが、雜詠詩には誤寫誤植が多いのでこういう數字になったのである。因に集本で統計を取ると、九十六％が近體詩に屬し、佚存叢書本と差がある。これだけの差は一人で詠出した時に生れたものではなく、兩本ともに後人の手が加わっているといわざるを得ない。

次に對句について整理しておく。流水對や雙聲對や疊韻對や重字對を除いた對句を工對・鄰對・寛對及び最工對の四對に分類して述べると、數對・色對・方位對を含む工對が三百八聯で、雜詠詩全四百八十聯の六十四％を占める。このことによって、對句技術が高度であるといえる。この工對に鄰對・寛對を加えると、實に七十一％の對偶を用いて作詩されていることになる。更に流水對百三十六聯を加えると、四百四十四聯となり、全四百八十聯の九十三％が對句で構成されていることになる。これも雜詠詩の特徴である。

次に典據について整理すると、「詩文」が最も多く、次が「諸子」「經書」「史書」の順である。

詩文では左思の「蜀都賦」が最も多く、次いで左思の「呉都賦」、班婕妤の「怨歌行」、阮籍の「詠懐詩」が續く。作者別でも左思が群を抜いて多い。殊に『文選』に收錄されている作品や作者が多い。『文選』に收錄されていない中では庾信が壓倒的に多い。

諸子では『莊子』『拾遺記』『西京雜記』『古今注』が群を抜いている。

經書では『尙書』『毛詩』が最も多い。

史書では『史記』『漢書』が壓倒的に多い。

特筆すべきは「緯書」で、中でも「易緯」の『京房易飛侯』が突出して多い。斷っておくが、典據は筆者の分析によるもので、絕體的なものでないことは言を俟たない。但し、典據が異なっていてもその出典が異なるだけで、典據數には大幅な變化はないと考える。これだけの典據を有していることは「雜詠詩」を繙くと、多くの知識や教養を得ることができることになる。これが「李嶠雜詠詩」が童蒙書・幼學書と呼ばれる所以である。

第二章　『李嶠雜詠詩』及び詩注の受容史

『李嶠雜詠詩』は平安初期までに傳來していたと思われる。早くから傳來していたので多くの人々に愛されたようである。その要因の一つは雜詠詩はあらゆる文物を賦詠し、その詩句には多くの故事成語がちりばめられているので、知識の寶庫となったからである。中國文化の攝取に傾倒していた日本においては、殊に文學即ち漢詩文を訓み書きすることは搢紳の必須條件であった。その爲にも多くの知識が必要とされた。その知識を手っ取り早く吸收できるものとして『李嶠雜詠詩』が重寶がられた。その爲に人々がこの詩集を書寫したようである。それはまた書道の書寫へと繫がった。多くの傳本があることは書道の手本として廣がっていたことを物語っている。雜詠詩は詩集として傳播しているだけではなく、いろいろな文學作品にも引用されている。如何なる作品に詩や詩注が引用されているのかを辿ってみよう。

この章では、雜詠詩の書名、雜詠詩及び詩注の受容を中心に論述する。ここでは傳本の渡來については對象外とする。傳本については第二部、第一章、第一節・第二節を參照されたい。

尙、傳本の渡來については對象外とするが、現存する最古の宸翰本は最初のものであるから採用する。また、受容の範圍は原文引用を原則とする。從って、雜詠詩と思われる詩句や詩注の變形があっても、雜詠詩の詩句や詩注にその原文がない場合は採用しない。

延暦五年（七八六）**～承和九年**（八四二）

現存する『李嶠雜詠詩』で最古のものは嵯峨天皇が『李嶠雜詠詩』の本文のみを親ら書寫されたと傳えられる所謂宸翰本[1]である。書寫の時期は未詳。この宸翰本は完本でなく、殘卷である。現存する詩は

　日・月・星・風・雲・煙・露・霧・雨・雪・山・石・原・野・田・道・海・江・河・洛・蘭

の二十一首である。

〈考察〉

この二十一首を調査すると、本文は如何なる諸本とも合致しない。最も近いのは佚存叢書本である。その佚存叢書本も既に後人の手が加わっている。諸本との對照は第二部、第一章、第一節、第一項、御物本にあるので、ここでは省略する。

寛平年間（八八九～八九八）

藤原佐世（八四七～八九七）の『日本國見在書目錄[2]』の「別集家」に

　李嶠百廿詠　一。

と書名を留める。

〈考察〉

『日本國見在書目錄』の成立年は未詳である。現在までの研究成果を整理すると、(1)寛平年間説—狩谷掖齋、伴信友、島田重禮、山田孝雄。(2)寛平三年以前奏覽—和田英松。(3)寛平三年頃説—新村出。(4)寛平三年以後—狩野直喜、山岸

德平。孰れも特定できていない。寛平年間説に従う。

延喜十年（九一〇）・**延喜十一年**（九一一）

『本朝文粹』(3) 卷八「詩序一、天象」に

八月十五夜、陪㆓菅師匠望月亭㆒。同賦㆓桂生三五夕㆒。　紀納言

とある。（○印は筆者）

〈考察〉

これは紀長谷雄が八月十五日夜、師である菅原道眞の望月亭に侍り、「桂生三五夕」の題で詩を賦詠した時のもの。詩題「松生三五夕」は『李嶠雜詠詩』（以後『雜詠詩』と呼稱する）の「月」詩の首聯「桂生三五夕　蓂分二八時」から採取したものである。「桂生三五夕」の「生」を唐詩二十六家本を始めとする李嶠集本（以下「集本」と呼稱する）全唐詩本（李趙公集を含む）は「滿」に作っているが、この時期、集本は未傳來、全唐詩は未存在であるから、『本朝文粹』の詩題は國內の古寫本からの採取である。

延喜十六年（九一六）

興福寺藏『因明義斷』(4) の背記に

百詠注云、桃花得㆑風則開如㆓笑臉㆒、裛㆑露似㆓啼粧㆒也。則謂㆑似㆓人啼粧㆒也。

とある。（○印は筆者）

〈考察〉

この百詠注は「桃」詩の頷聯の「含レ風如二笑瞼一、裛レ露似二啼粧一」の張庭芳注の「言桃花向レ風則開如二笑瞼一也。裛レ露則濕如二人之啼粧一」から採取したものである。

天祿元年（九七〇）

源爲憲（?～一〇一一）の『口遊』(5)の序に

竊以左親衞相公　殿下第一小郎小名松雄君年初七歳、天性聰敏、毎レ至二耳聽目視一、莫レ不二習性銘心一。及二今年秋一、以二門下書生一爲レ師、讀二李嶠百廿詠一矣。

とある。これによって『李嶠百廿詠』は兒童の學習對象物となっていることがわかる。（○印は筆者）

寛弘二年（一〇〇五）～寛弘四年（一〇〇七）

花山院の撰集といわれる『拾遺和歌集』(6)巻八の齋宮女御の歌詞書に

松風入夜琴という題よみ侍りける。

とある。（○印は筆者）

〈考察〉

この題は『雜詠詩』の「風」詩の第六句目「松聲入二夜琴一」から採取したものである。「松聲」の「聲」を詩題の「風」に置き換えたものか。國内の古寫本の『雜詠詩』に據ったものであれば、御物本かもしれない。

寛治八年（一〇九四）

藤原宗忠（一〇六二～一一四一）の『中右記』(7)の寛治八年九月六日の條に

又問云、史記之中稱二大史公一、若二大史談一歟、將又司馬遷歟、如何。被レ答云、極祕事也。往年從二師匠一佐レ國、口傳所レ聞也。大史公已非二談幷遷二人一、是云二東方朔一也。司馬遷作二史記一時、多以二東方朔一爲二筆者一也。仍以二東方朔說一、稱二大史公一也者。予答云、尤有レ興。更未レ知レ事也。不レ可二外聞一。但此事若見二何書一哉。將又只口傳歟。返報云、百詠之中、史詩注文已顯然也。此間更萬人不二見付一者、件倭漢事爲レ備後覽、以二藤中納言說一所レ記付也。

とある。（〇印は筆者）

〈考察〉

ここにいう「史詩注」は「史」詩の第五句目「方朔初匡レ漢」とその注である。その注に

東方朔上書曰、臣讀レ書三冬史足レ用也。一本、桓譚新論曰、司馬遷造二史記一成以示二東方朔一。爲平定、因署二其下一。大史公者朔所レ加也。東方朔本姓金、初生二代郡之東方里一。正月一日生、因號二東方朔一。

とある。『中右記』で話題にしている內容は張庭芳注ではなく、慶應大詩注本にみえる一本注の注である。この一本注は第二章、第五節、第四・第五項にみえる某氏注か趙琮注である。

康平五年（一〇六二）～天養元年（一一四四）

空海の著『祕藏寶鑰』に藤原敦光（一〇六二～一一四四）が注釋を施した『祕藏寶鑰鈔』(8)に

(1)百詠云、神女向山廻　梁尙書玉均特曰、雨點散圓文、風生。楚莊王遊二高臺觀一夢。神女曰、浪起。妾在二巫山之陽一。朝爲二行雨一、暮爲二行雲一。趙珠洷神女賦曰、妾爲二巫山之女一。朝行雲、暮行雨是也。蓋李公之幽致也。（卷上）

(2)百詠云、逐僊花光動　舞有七。盤回雪曲。言雪下似レ如レ舞。趙琮注、趙飛燕能舞。宛如二流風之回一レ雪之。（卷上）

とある。

〈考察〉

(1)(2)の注は張庭芳注に趙琮注を加えた詩注本からの採取である。(1)は「雨」詩の第四句目の詩句と注である。この注文は混交している。その訂正は第二部、第二章、第五節、第四項のロに記載している。『祕藏寶鑰鈔』の成立年は未詳であるので、注釋者の生没年を記載しておいた。尚、「百詠」の上の數字は便宜上付けたものである。以後、この仕様を用いる。

元永元年（一一一八）～大治二年（一一二七）

藤原範兼（一一〇七～一一六五）の『和歌童蒙抄』(9)に

(1)琴の音に峯の松風かよふらしいづれのをよりしらべそめけん。
文集詩に、松風入夜琴といふ事を題にて齋宮女御のよめる也。琴に入二松風一之曲の有也。（第六、音樂部）
（〇印は筆者）

(2)天の川とだえもせなんかさゝぎのはしもわたさで唯わたりなん。
後撰集第五にあり。鵲の橋とは、李嶠詩橋篇、烏鵲河可渡といへり。又鵲篇、愁隨二織女一歸と作れり。注を可二引勘一也。（第二）（〇印は筆者）

とある。

〈考察〉

(1)は「風」詩の第六句「松聲入二夜琴一」とその張庭芳注の「琴有二風入レ松曲一也」から採取したものである。「松聲」

については前出『拾遺和歌集』巻八を參看。書名の『文集』は『百詠』の誤りである。

(2)の「橋」詩に「烏鵲河可レ渡」の詩句は孰れの傳本にもみえない。これは「橋」詩の第一句「烏鵲塡應滿」の注か又は改竄された詩句が存在していたのかもしれない。「鵲」詩は第六句目の「愁隨二織女一歸」から採取したものである。

長承三年（一一三四）

藤原顯輔（一〇九〇～一一五五）が催した歌合で、源雅定、藤原顯輔らが詠み、藤原基俊が判じた『中宮亮顯輔家歌合』[10]に

隈もなき月の光のさすからになどかささぎのまたきたつ覽　宮內大輔忠季

……是依二何書文一被レ詠哉。依二分暉度鵲鏡一。詠者全非レ月。本文已爲二百詠文一被レ欺歟。若又依二魏鵲之文一被レ詠者。又已乖二本文之意一。倩二于案文意一、此二文之外無二別奥事一歟（後略）（○印は筆者）

とある。

〈考察〉

この「分暉度鵲鏡」は「月」詩の第三句目で、集本は「清輝飛鵲鑑」に作り、異なっているので、國內の古寫本からの採取である。

保延元年（一一三五）～**天養元年**（一一四四）

藤原清輔（一一〇四～一一七七）の『奥義抄』[11]に

(1)月の桂とよめるは、八桂の心なり。

百詠注云、南州八桂樹有、生二月中一。月滿卽桂生也。同注云、月中玉兎有、月陰之精成レ獸兎にかたどる。（拾遺抄、雜上）

(2)花見つゝ人まつ宵はしろたへの袖かとのぞみあやまたれける。
百詠云、今日黃花晚、無二復白衣來一。これをよめり。陶潛九月九日に酒もなくて、たゞ籬下に菊をつみてをるに、王弘酒を送る、使白衣なりし事也。陶潛は書をこのみ酒をたしなみて菊を愛し、又門に五本柳をうゑて隱居たりしもの也。五柳先生ともいふ。（第一巻）

(3)しら浪に秋の木の葉のうかべるをあまのながせる舟かとぞ見る。船は木の葉の水にうきたるを見て智發してつくり出たるなり。さればかくよめり。又百詠に、仙人は以レ葉爲レ船といふ文あり。いづれを思ひてよみてむ。

(4)さくら花つゆにぬれたるかほみればなきてわかれし人ぞこひしき。
百詠云、裛レ哀露似二啼粧一、花の露にぬれたるは人のなけるかほに、たるなり。（春）

(5)見る人もなくちりぬるおく山の紅葉はよるのにしきなりけり。ことわざに夜のにしきといふことをよめるなり。
百詠注云、買臣昇進のゝち本國にかへらぬはにしきをきて夜行くがごときなりとか。大臣までなれるなり。（古今）

とある。（以上○印は筆者）

〈考察〉

(1)の「百詠注云、南州八桂樹有、生二月中一」は「月」詩の第一句目「桂生三五夕」の張庭芳注の「南中記曰、南州有二八桂樹一、生二月中一也」から採取したものである。また、「同注云、月中玉兎有、月陰之精成レ獸兎」は「兎」詩の第五句目「漢月澄二秋色一」の張庭芳注の「月中有二玉兎一、月陰之精或成レ獸象レ兎也」から採取したものである。

(2)の「百詠云、今日黄花晩、無復白衣來」は「菊」詩の尾聯である。その後に續く「陶潛九月九日に酒もなくて、ただ籬下に菊をつみてをるに、王弘酒を送る。使白衣なりし事也」は尾聯の張庭芳注の「陶渕明九月九日採二菊東籬下一、江州刺史王弘使着二白衣一載レ酒來」に據る。

(3)の「百詠に、仙人は以レ葉爲レ船といふ」は「桂」詩の第六句目の「仙人葉作レ舟」に據る。

(4)の「百詠云、裛哀露似啼粧」は「桃」詩の第四句の「裛レ露似二啼粧一」に據るが、「裛哀」は「裛」の誤りである。

(5)の「百詠注云、買臣昇進の、ち本國にかへらぬはにしきをきて夜行くがごときなり」は「錦」詩の尾聯の「若逢二朱太守一、不レ作二夜遊人一」の一本注の「漢時朱買臣會稽人也。爲二本郡太守一。帝曰、鄕衣二錦繻一還二故鄕一、如衣レ錦夜遊耳。」に據る。

以上のことから藤原清輔は詩注本を手元に置いて記述しているが、(5)の百詠注の一本注の記述から慶應大詩注本の詩注ではなく、天理大詩注本の詩注に據って記述したことが判明した。その根據は一本注の表記による。天理大詩注本は「考察」(5)の表記であるが、慶應大詩注本の表記は「考察」(5)の「帝曰、鄕衣二錦繻一還二故鄕一」の後に「史記項羽滅レ秦、不レ都二關中一、欲レ還レ楚。曰、富貴不レ還二故鄕一、如二錦衣夜遊一耳」とあるからである。假に「史記〜不レ還二故鄕一」までを省略したとしても「如錦衣夜遊耳」の「錦衣」と「衣錦」とでは異なるからである。

康治二年（一一四三）

左大臣藤原頼長（一一二〇〜一一五六）の『台記』[12]巻三の康治二年九月廿九日の條に

……因今發二御覽學一、今日所レ見、及二一千三十卷一、因所レ見之書目六、載レ左。自今而後、十二月晦日、錄二一年所レ學、可三續二載曆奥一。

雑家三百四十二巻

註百詠一巻　保延六年

とある。

〈考察〉

「目録」上で詩注本の書名が記載された嚆矢か。

應保元年（一一六一）

注釋者を釋信阿とも大夫房覺明ともいわれる『和漢朗詠集私註』[13]は、『和漢朗詠集』の漢詩文に注を施した最古の注釋書である。その中に

(1)百詠曰、花明春經紅。（春興）

(2)百詠松詩、百尺枝陰合、千年蓋影披（子日）

(3)百詠雨詩云、東南雨足來、斜影風前合。（雨）

(4)百詠曰、日出扶桑路。（春・柳）

(5)百詠月詩曰、桂生三五夕。（春・柳）

(6)百詠註云、桃李不レ言、下自成レ蹊。蹊道也。（春・落花）

(7)百詠註云、帝堯時、[14]鳳凰巣二阿閣一。（落花）

(8)風[15]詩曰、帶レ花疑二[16]鳳舞一。（落花）

(9)百詠註曰、宜城出二竹葉酒一。（夏・首夏）
(10)百詠[17]註曰、崑崙山有二玉甃一云云。（蟬）
(11)李嶠[18]百詠雪詩云、地疑明月夜。同百詠註、漢武帝時、昆明池魚含二明珠一獻レ帝、其光似二明月一。又云、海中有二大蛤一、號レ蜃。中有二明月珠一。（秋・八月十五夜）
(12)百詠露詩云、玉垂二丹棘下一、珠湛二綠荷中一。（鹿）
(13)同風詩曰、松聲入二夜琴一云云。（鹿）
(14)百詠風詩曰、松聲入二夜琴一。（雜・風）
(15)百詠竹詩註云、帝堯有二二女一。長曰二娥皇一、次曰二女英一。共善二琴瑟一。堯以二二女一娶二帝舜一、令レ見レ內。舜心彌[19]謹。不レ失二夫婦之禮一。舜崩二女哀哭。其涙染レ竹、二女死。葬二湘水一。後人立レ廟祭レ之。（雲）
(16)百詠註曰、慶雲似レ烟。（雲）
(17)百詠松詩曰、鶴栖二君子樹一。註曰、野有二君子樹一。其狀似レ松。（松）
(18)百詠曰、草暗平原綠、花明春徑紅。（草）
(19)百詠註曰、帝堯遊二首陽山一。有二五老遊一、堯欲二召見一レ之。五老忽飛入レ昴。（鶴）
(20)百詠風詩曰、松聲入二夜琴一。（管絃）
(21)百詠鳳[20]詩云、九包成二靈瑞一、五色作二文章一。註云、鳳[21]有二五色文一。一曰レ仁、二曰レ義、三曰レ禮、四曰レ智、五曰レ信。（文詞）
(22)百詠萱詩云、忘レ憂自結レ叢。（酒）
(23)百詠松詩曰、鶴栖二君子樹一。（山）

(24)百詠註云、紫禁者仙人所レ居也。（禁中）
(25)百詠蘭詩曰、裛[22]レ露似二啼粧一。（故宮）
(26)百詠註曰、周穆王征蠻之時、昆吾人獻レ劔、切レ玉如レ泥云云。（刺史）
(27)百詠海詩曰、朝宗合紫微云云。（閑居）
(28)百詠海詩曰、若下因添二涓露一、歸方追中衆川上。（僧）
(29)百詠註曰、雲膚觸二山中一、石雲生二枕上一。（佛事）
(30)百詠荷[23]詩云、魚遊見二綠池一。（夏・蓮）
(31)百詠桂[24]注曰、俠客條爲レ馬、仙人葉作レ舟。（猿）
(32)百詠注曰、千年鶴霜降則飲聲不レ鳴。故曰警也。（秋・月）

とある。（　）内は『和漢朗詠集』の項目。

〈考察〉

(1)の句は「野」詩の第六句「花明春徑紅」から採取する。「經」は「徑」の誤寫である。國內の古寫本は「徑」に作る。集本、全唐詩本、陽明（丙）本、和李嶠本は「花明入蜀紅」に作る。

(2)の句は「松」詩の頸聯の「百尺條陰合、千年蓋影披」から採取する。『和漢朗詠集私注』（以後『私注』と呼稱する）の「枝」は「條」と同意であるから改作したものか。

(3)の句は「雨」詩の第二句「東南雨足來」と第五句「斜影風前合」から採取する。これは意圖的に行なったものか、間違って誤寫したものか不明。

(4)の句は「日」詩の第一句「日出扶桑路」から採取する。文苑英華本、集本、全唐詩本、陽明（丙）本、和李嶠本は

「日」を「日一」に作る。

(5)の句は「月」詩の第一句「桂生三五夕」から採取する。文苑英華本、集本、全唐詩本、陽明(丙)本、和李嶠本は「生」を「滿」に作る。

(6)の注は「桃」詩の第一句「獨有成蹊處」の張庭芳注の「史記曰、桃李不レ言、下自成レ蹊、々道也」から採取する。

(7)の注は「鳳」詩の第八句「阿閣佇來翔」の注である。張庭芳注は「堯郎レ政、鳳凰巣二于阿閣一也」に作る。「堯郎政」が『私注』と異なる。一方、一本注に「韓詩外傳曰、黄帝時、鳳集於阿閣也」と作る。「黄帝時」が『私注』の「帝堯時」と表記上同じであるから、『私注』は一本注を模して作ったものか。

(8)の句は「風」詩の第三句「帶レ花疑二鳳舞一」から採取する。集本は「疑」を「迎」に作る。

(9)の注は「藤」詩の第六句「花浮竹葉盃」の張庭芳注の「宜城有二竹葉酒一。浮レ蟻飄レ脂。野有二藤花酒一。故云二竹葉一也」から採取する。張庭芳注は「出」を「有」に作る。

(10)の注は「井」詩の第一句「玉甃談仙客」の注か。しかし、張庭芳注、一本注にもみえない。もしかすると、某氏注や趙琮注かもしれない。

(11)の句は「雪」詩の第三句「地疑明月夜」から採取する。但し、張庭芳注には『私注』にみえる「同百詠註」の注がないので、某氏注か趙琮注の孰れかであろう。

(12)の句は「露」詩の頷聯である。英華本、集本、全唐詩本、陽明(丙)本、和李嶠本は「下」を「上」に作っている。

(13)の句は「風」詩の第六句「松聲入二夜琴一」から採取する。集本、全唐詩本、陽明(丙)本、淺草本、和李嶠本は「聲」を「清」に作る。

(14)　(13)と同じ。

⒂の注は「竹」詩の尾聯「誰知湘水上、流レ涙獨思レ君」であるが張庭芳注とは異なる。張庭芳注及び一本注は「舜死二蒼梧一、二妃娥皇・女英不レ從。泣染レ竹成レ斑也。一本曰、湘夫人舜妃也。舜崩二於蒼梧一、二妃奔哀。湘夫人涙染二斑竹一。皆二妃溺レ水死。故號二湘夫人一也」に作る。

⒃の注は「烟」詩の第一句「瑞氣凌二丹闕一」の注と思われる。張庭芳注は「晉書天文志曰[25]、慶雲若二烟起一、非レ烟非レ霧、郁々紛々、卽瑞氣」に作る。右注の「慶雲若烟起」の「慶雲若レ烟」か。

⒄の句と注は「松」詩の第三句「鶴栖君子樹」とその注である。張庭芳注は「千年鶴栖二於松樹一。君子樹葉似レ松。曹爽曾種二之於中庭一也。一本神異記曰、滎陽郡南有二石室一。室后有二孤松一。千丈。雙鶴栖二其上一、晨必接レ翅、夕輙偶レ影。廣志曰、君子樹似二檉松一也」に作る。『私注』所引の注とは異なる。

⒅の句は「野」の頸聯である。集本、全唐詩本、陽明（丙）本、和李嶠本は上句の「平」を「少」に作り、「春徑」を「入蜀」に作る。

⒆の注は「星」詩の第六句「寧爲五老臣」の注である。但し、張庭芳注とは異なる。張庭芳注は「論語讖曰、舜登二首陽山一觀レ河、見二五老人一。五老人飛爲レ星、上入レ昴也」に作る。『私注』所引の注は某氏注か趙琮注の孰れかである。

⒇の句は「風」詩の第六句「松聲入二夜琴一」から採取する。⒀と同じ。

㉑の句と注は「鳳」詩の頷聯「九包應靈瑞、五色成文章」から採取したものである。『私注』所引の句は「應」を「成」に作り、「成」を「作」に作り、通行本と異なる。注も張庭芳注と異なる。張庭芳注は「九包者一曰皈命、二曰合度、三曰耳聰、四曰屈申、五曰色形、六曰首冠、七曰距鈎、八曰音激揚、九曰腹有レ文也」に作る。『私注』所引注は某氏注か趙琮注である。

(22)の句は「萱」詩の第二句「忘レ憂自結レ叢」から採取する。

(23)の句は「松」詩の第三句「鶴栖二君子樹一」から採取する。(17)を參看。

(24)の注は「門」詩を第二句「煌煌紫禁隈」の注である。張庭芳注と異なる。張庭芳注は「紫禁宮門也。一本天子所レ居、象二天上紫微宮一、其門曰二禁門一。故曰二紫微一也」に作る。『私注』所引注は某氏注か趙琮注である。

(25)の句は「桃」詩の第四句「裹レ露似二啼粧一」から採取する。従って、詩題の「蘭」は誤りである。

(26)の注は「劍」詩の第一句「我有二昆劍一」の注である。張庭芳注と異なる。張庭芳注は「冲虛眞經云、周穆王征二犬戎一。犬戎獻二昆吾劍及赤刀一。切レ玉如レ切レ泥。西海中多二積石一、名二昆吾一也。昆吾鐵石堅固也」に作る。『私注』所引注は某氏注か趙琮注である。

(27)の句は「海」詩の第二句「朝宗合二紫微一」から採取する。

(28)の句は「海」詩の尾聯「會當下添二霧露一、方遂二衆川一歸上」を改變した詩句である。現存する傳本にはみえない。

(29)の注は「雲」詩の第三句の「錦文觸石來」の注であろう。張庭芳注は「左思蜀都賦曰、觸レ石吐レ氣、鬱氳氳。雲色似二錦文一、亦似二錦石一」に作るので、張庭芳注と異なる。これも某氏注か趙琮注である。

(30)の句は「荷」詩の第六句「龜浮見二綠池一」の改變である。

(31)の句は「桂」詩の頸聯「俠客條爲レ馬、仙人葉作レ舟」から採取する。従って、『私注』の「百詠桂注」は誤りである。

(32)の注は「鶴」詩の第七句「莫レ言空警レ露」の注である。張庭芳注と異なる。張庭芳注は「風俗通曰、千年鶴見三露墮二于草葉上一則鳴舞焉」に作る。

以上により『私注』が底本に用いた詩注本は張庭芳注の詩注本ではなく、某氏注本か趙琮注本を使用した可能性が高い。

應保二年（一一六二）

菅原爲長（一一五六～一二四六）の「逆修功德願文[26]」に

弟子四歲之春、在二祖母之懷中一兮誦二李嶠百詠一。九歲之夏、出二慈父之膝下一兮謁二李部三品一。是入二學道一之權輿。

とある。

〈考察〉

菅原爲長（一一五六～一二四六）は『文鳳鈔』の編輯に攜わった漢學者で、土御門天皇の侍讀となって以來、順德・後堀河・四條・後嵯峨の師となる。爲長四才（一一六二）の時、『李嶠百詠』を誦し、九才で藤原永範（一一〇二～一一八〇）に入門し、神童と稱された。

承安二年（一一七二）

信救（生沒年不詳）の『新樂府略意[27]』に

(1)擊[28]壤老農父者

百詠注曰、帝堯之時有二擊レ[29]壤之老父一。或人語レ父云、天下無レ事老父擊壤。老父曰、日出興、日入寢、堀レ井而飮、擊[30]レ壤而食、何帝之力乎。（巻上）

(2)嘉禾生二九穗一、瑞麥秀二兩岐一者。張[31]庭芳百詠注、可レ見レ之。（巻下）

(3)玉甃者、百詠注曰、崑崙山有二九井一、以レ玉爲レ甃。（巻下）

(4)百詠注云、周穆王幸二西夷一。昆吾人獻二利劔一。斬レ玉如レ泥。（巻下）

とある。

〈考察〉

『新樂府略意』は信救（覺明）が『白氏文集』巻三・四に注を加えたものである。このほかに名古屋大須の寶生院藏の『新樂府注』（正嘉元年〈一二五七〉寫）及び『新樂府略意第七』（寛喜二年〈一二三〇〉寫）があるが異なる。

(1)の注は「田」詩の尾聯「寧知帝王力、擊壤自安貧」の注である。張庭芳注は「帝王世記曰、堯時八十老人擊二土塊於路一。觀者歎曰、大哉堯爲レ君。老人曰、吾鑿レ井飲、耕レ田而食。帝何力於レ我哉」に作る。『新樂府注』所引の注は張庭芳注と異なる。この注は某氏注か趙琮注である。

(2)の句は「田」詩の頸聯「端麥兩岐秀、嘉禾九穗新」から採取する。但し、『新樂府注』は詩句が轉倒している。それに續く「張庭芳百詠注、可レ見レ之」によって、手元の注は張庭芳の注でないことがわかる。張庭芳注は上句を「後漢張堪爲二太守一。人歌曰、麥種兩岐」に作り、下句は「九穀皆合レ穗。言二太平一也。九穀黍稷・稻秫・麻・大豆・小豆・大麥・小麥九種」に作る。

(3)の注は「井」詩の第一句「玉甃談仙客」の注である。張庭芳注は「周易云、有二井甃一。甃蓋修レ井塼也。有レ出二玉井一。故通言二玉甃一。列仙傳曰、蘇耽啓レ母曰、有レ賓來會。大受レ性當レ仙。令二招レ耽悉去一。恨違二供養一。今年多レ厲二此井水一。可二飲得レ無二患恙一、過二於供養一也」に作る。『新樂府注』所引の注とは異なる。

(4)の注は「劔」詩の第一句「我有昆吾劔」の注である。張庭芳注とは異なる。張庭芳注は「沖虛眞經云、周穆王征二犬戒一。犬戒獻二昆吾劔及赤刀一。切レ玉如レ切レ泥。西海中多二積石一、名二昆吾一也。昆吾鐵石堅固也」に作る。

以上により『新樂府注』所引の注は張庭芳注以外の詩注卽ち某氏注か趙琮注である。

治承元年（一一七七）

藤原教長（一一〇九～？）の『古今集註』に

久方ノ月ノ桂モ秋ハナヲ紅スレハヤチリマサルヲム（略）百詠云、桂生三五夕ト云モ此心也。

とある。（〇印は筆者）

〈考察〉

『古今集註』(32)は藤原教長が講じ、守覚法親王が受講したといわれる注釋書である。『古今集註』にみえる百詠の詩句は「月」詩の第一句「桂生三五夕」から採取したものである。「延喜十年・同十一年」の『本朝文粋』に詳しい。

平安末期

編者未詳の『幼學指南鈔』(33)に

(1)李嶠百詠詩曰、金精九日開。注曰、古詩曰、岸菊叢新金、金精即菊也。其花黄、故曰金菊九月九日盛開也。一本、秋西方・金。菊是金精。九月九日花開泛酒。（巻二十七、草部、菊）

(2)李嶠百詠竹詩曰、枝梢西北雲。注曰、嶰谷有崐崘、出好竹。崐崘在西北。（巻二十七、草部、竹）

(3)李嶠百詠松詩曰、鶴栖君子樹。張逵芳曰、千年鶴栖松樹。（巻二十七、木部、木）

(4)李嶠百詠松詩曰、(34)千年盖影披。張逵芳曰、松樹千歳枝偃如盖也。（巻二十七、木部、松）

(5)李嶠百詠松詩曰、風拂大夫枝。張逵芳曰、史記曰、秦始皇封太山逢風雨、乃隱松樹後、遂封五松爲五大夫樹。（巻二十七、木部、松）

⑹李嶠百詠槐詩曰、鴻儒訪道來。張逵芳曰、槐市學名也。諸儒講論於槐下也。一本、三輔黃圖曰、太學列槐數百行、諸生朔望會此、各持鄉郡所出物賣之。及經傳相論議於槐下、號槐市。（巻二十七、木部、槐）

とある。

〈考察〉

築島裕氏が『幼學指南鈔』の解説で「楊守敬の『日本訪書志』に「幼學指南鈔三十巻」と紹介している。『幼學指南鈔』は残簡を含めて合計二十三巻が知られている。殘りの七巻、即ち、巻第六・十・十一・廿・廿一・廿六・廿九が未發見である」[35]という。今回は筆者が収集した巻二・五・十六・十九・廿二・廿七の六巻にみえる李嶠雜詠詩[36]から採録した。

⑴の句と注は「菊」詩の第二句「金精九日開」と張庭芳注から採取する。

⑵の句と注は「竹」詩の第六句「枝梢西北雲」と一本注である。この注の張庭芳注は「古詩曰、日出㆓東南隅㆒、西北有㆓浮雲㆒、以㆑便而言㆑之」に作り、『幼學指南鈔』所引の注と異なる。一方、詩注本には「一本注」を記載して「左思吳都賦說㆑竹曰、捎雲無㆓以踰㆒、嶰谷不㆑能㆑聯。嶰谷在㆓崑崙㆒、出㆓好竹㆒。崑崙在㆓西北㆒」とある。「一本注」の前半が『幼學指南鈔』所引の注にないが、この注が「一本注」から採取したのに間違いない。

⑶の句と注は「松」詩の第三句「鶴栖君子樹」から採取する。注は張庭芳注の「千年鶴栖㆓於松樹㆒。君子樹葉似㆑松。曹爽曾種㆓之於中庭㆒也」から採取する。但し、冒頭の一句のみ。

⑷の句と注は「松」詩の第六句「千年蓋影披」から採取する。張庭芳注は「松樹千年、枝偃如盖」に作る。張庭芳注からの採取である。

⑸の句と注は「松」詩の第四句「風拂大夫枝」から採取する。張庭芳注は「史記曰、秦始皇封㆓大山㆒逢㆓風雨㆒、乃

隱二松樹一。後遂封二五松一爲二大夫樹一也」に作る。これによって張庭芳注から採取したことがわかる。ただ、『幼學指南鈔』所引の注の最後尾の「爲二五大夫樹」を慶應大詩注本は「爲二大夫樹一」に作り、天理大詩注本は「爲二五大夫樹一」に作っているので、張庭芳注は慶應大詩注本からではなく、天理大詩注本系からの引用であることが判明した。

(6)の句と注は「槐」詩の第六句「鴻儒訪道來」から採取する。張庭芳注を有する慶應大詩注本は「槐市學名也。諸儒講二論槐下一。一本、三輔黃圖曰、大學列二槐數百行一。諸生朔望會レ此。各將二鄉郡所レ出物一賣レ之。及經傳論二議於槐下一。號槐市也」に作る。『幼學指南鈔』所引の注と文字に異同がある。『幼學指南鈔』所引の注の「各持鄉郡所出物」を慶應大詩注本は「各將鄉郡所出物」に作り、天理大詩注本は「各持鄉所物」に作っていることを考慮すると、兩書とも『幼學指南鈔』所引注と合致しない。孰れが利用されたテキストか判斷し難い。

平安末期

編者未詳の『三教指歸註』に

　李嶠百詠曰、雲童出海見。注、神異經曰、海上有人。從十二童子、馳水上、雨滂沱。（卷第五）

とある。

〈考察〉

この詩句は「雨」詩の第三句「靈童出レ海見」から採取する。『三教指歸註』所引の注の「雲童」を諸本は「靈童」に作る。これは「靈」を「雲」に誤寫したのであろう。張庭芳注は「神異經曰、西海上有レ人。乘二白馬朱鬣一、白衣玄冠、從二十二童子一、馳二水上流一、及レ之處雨降也。」に作る。『三教指歸註』所引の注と少しく異なる。

この『三教指歸註』の出典名の表記の仕方が、『幼學指南鈔』の表記と同じであるので、平安末期の成立と見做す。

平安末期

覺明（生沒年不詳、平安時代末期）の『三教指歸註』巻下にみえる

　堯義者堯也。の注に

　百詠ニ堯ノ徳日ノ光ノ如シト云事アリ。義ハ日ノヒカリナリ。

とある。（○印は筆者）

〈考察〉

『三教指歸注』の成立年は不明である。傳本は澤山あるが最古の寫本は天理圖書館の『三教指歸注』である。この書は上巻を欠いているが、建保六年（一二一八）に忠尊が書寫した寫本があるので、本書の成立はその前であると考えられるから平安末期とした。覺明が平安末期の人であるのと符號する。

『三教指歸注』所引の注は「日」詩の第八句「朝夕奉堯曦」の注から採取したものである。張庭芳の注は「曦、日光也」に作る。『三教指歸註』所引の注の「堯ノ徳日ノ光ノ如シ」がないので、張庭芳注ではない。また、諸本の「堯曦」を『三教指歸注』所引の注は「堯義」に作っている。以上を勘案すると、この注は張庭芳注以外の詩注本に據る。

建久五年（一一九四）

顯昭（一一三〇～一二〇九）の「顯昭陳狀」(37)に

　顯昭陳申云、そかきくは黃菊と存て仕けり。

　文選曰、陶潛九月九日、無レ酒立二菊籬前一。大保王弘令二白衣使一賜レ酒云云。今日黃(38)花晩、無二復白衣來一。云云。

今按、文選には、黄菊ともいはねとも、百詠文に黄花と侍れば、其定に詠して侍也。（秋下）

とある。（〇印は筆者）

〈考察〉

「顯昭陳狀」は「六百番陳狀」ともいう。「今日黄花晩、無二復白衣來一」は「菊」詩の尾聯である。集本、全唐詩本、陽名（丙）本、和李嶠本は「黄花今日晩」に作るので、國內古寫本から採取したものである。

建久九年（一一九八）

上覺（一一四七～一二二六）の『和歌色葉』(39)に

(1)月の柱とは八桂の心也。

百詠注云、南州に八桂樹有り。生二月中一に。月滿は卽桂生也。月の中に玉兎あり。月陰之精成レ獸兎にかたどると云云。てしがなは萬葉にいふがごとし。

(2)さくら花露にぬれたる顔みればなきてわかれし人ぞ戀しき

百詠云、裛(40)レ露似二啼粧一云云。花の露にぬれたるは人の泣く顔に似たり。長恨歌云、玉顏寂寞涙瀾汗、梨花一枝春帶レ雨云云。の花の雨にぬれたるを、人のなける顔にたとふるや。

とある。

〈考察〉

『和歌色葉』は『和歌色葉集』ともいう。顯昭が校閲し、後鳥羽院に獻上された。

(1)の注は「月」詩の第一句「桂生三五夕」の張庭芳注「南中記曰、南州有二八桂樹一。生二月中一也」から採取したもの。それに、「兔」詩第五句「漢月澄秋色」の張庭芳注「月中有二玉兔一。月陰之精也。或成レ獸象レ兔也」を加えたものである。

(2)の句は「桃」詩の第四句「褭レ露似二啼粧一」から採取したものである。「花の露にぬれたるは人の泣く顔に似たり」は第四句の張庭芳注「褭レ露則濕如二人之啼粧一」を和譯したものである。

元久元年（一二〇四）

源光行（一一六三～一二四四）の『百詠和歌』には雜詠詩が二百六十九句が採録されている。二百六十九句及び諸本との校合については、第二部、第一章、第二節、第四項に掲載しているのでここでは省略する。

『蒙求和歌』『樂府和歌』と竝んで三部作である『百詠和歌』は『蒙求和歌』を元久元年七月に書き終えた後、その冬、病を押して完成させたことが序文にみえる。(41) 作者源光行が十才頃から親しんでいた『李嶠雜詠詩』(42)の張庭芳注を基底に他の詩注を用い、雜詠詩の各詩から一句乃至一聯を採り、一詩題について二首、計二百三十七首の和歌を詠んだ句題和歌集である。『百詠和歌』には詩句の後に詩注を記載しているが、この詩注は原文ではなく、詩注を要約した和文である。

鎌倉初期

菅原爲長（一一五八～一二四六）の編輯による『文鳳抄』(43)に

(1)葵ハ向日テ自傾葉蔽其根ス以之ヲ百詠日詩傾レ心比二葵藿一ブルト作レリ。（巻一、天象部、日）

(2)百詠ノ雲ノ詩ニ蓋《ノ》影陵《テ》レ天《ヲ》發《ス》錦《ノ》文觸テ石來（巻一、天象部、雲）

(3)百詠ノ雨ノ詩、圓文水上《ハ》開《ニクト云》。雨落ツレハ水上圓《ナル》文《アリ》。密雨如二散《ヌルカ》絲《ノ》一。（巻一、天象部、雨）

(4)山似白雲、庭如明月。

百詠ノ雪ノ詩ニ地疑明月夜山似白雲朝タリ（巻一、天象部、雪）

(5)竹徑泉飛　李嶠百詠《ニ》泉飛一道帶。（巻七、寶貨部、襟帶）[44]

(6)鶉飛　李嶠百詠詩鶉飛楚塞空。鶉尾ノ里ハ楚ノ分野ナリ。（巻三、地儀部、郊園）

(7)秦郊《ニ》鳳去　百詠　鳳去秦郊迥《ナリ》（巻三、地儀部、巻四、居處部）

(8)老鶴栖　李嶠百詠曰、鶴栖二君子樹一。[45]張庭芳曰、千年鶴棲二君子樹一。（巻八、草木部、松）

(9)桃花　百詠、紅桃發井傍。（巻四、居處部、桃花）

(10)天馬來　李嶠《ガ》百詠《ニ》天馬來從東。（巻九、方角部、東）

(11)李嶠カ百詠ノ笛ノ詩ニ、逐風梅花落ツ合レ春柳色驚《ク》。注ニ笛ノ中ニ落梅ノ曲折楊ノ曲アリ。（巻六、音樂部「析柳落梅」の條）

とある。

〈考察〉

『文鳳抄』は作詩作文のための參考書で鎌倉初期に成立。眞福寺・尊經閣文庫などに寫本があるが完本はない。

(1)の句は「日」詩の第七句「傾心比葵藿」から採取する。諸本同じ。

(2)の句は「雲」詩の頷聯「錦文觸石來、蓋影凌天發」から採取したと思われるが、上句と下句が轉倒している。下句の「凌」を「陵」に作っているのは誤寫である。

(3)の句は「雨」詩の第六句「圓文水上開」から採取する。諸本同じ。末尾の「密雨如散絲」は『文選』巻二十九所

録の張協「雜詩十首・其三」の「騰雲似㆓涌煙㆒、密雨如㆓散絲㆒」から引用したものである。（〇印は筆者）

(4)の句は「雪」詩の頷聯「地疑明月夜、山似白雲朝」から採取する。集本、全唐詩本、陽明（丙）本、和李嶠本は「龍沙飛正遠、玉馬地還銷」に作っているので、この句は國內の古寫本から採錄する。

(5)の句は「山」詩の第三句「泉飛一道帶」から採取する。諸本同じ。

(6)の句は「野」詩の第二句「鶉飛楚塞空」から採取する。諸本同じ。また、「鶉尾里楚分野」は張庭芳注の「荆國圖曰、廣楚當㆓翼軫㆒。翼軫在㆑巳爲㆓鶉尾㆒。楚之分野」の末尾か。尙、詩注の部分で、天理大詩注本は張庭芳注の末尾を「翼軫在㆑巳爲㆓鶉尾分野㆒也」に作っているので、『文鳳抄』所引の注は慶應大詩注本系に據る。

(7)の句は「野」詩の第一句「鳳去秦郊迥」から採取する。集本、全唐詩本、陽明（丙）本、和李嶠本は「去」を「出」に作るので、國內の古寫本から採錄する。

(8)の句は「松」詩の第三句「鶴栖㆓君子樹㆒」から採取する。諸本同じ。『文鳳抄』所引の張庭芳注は「千年鶴棲㆓君子樹㆒」であるが、慶應大詩注本、尊經閣詩注本は「千年鶴栖㆓於松樹㆒。君子樹葉似㆑松」に作り、天理大詩注本も「晉宮閣記曰、華林園中有㆓君子樹三株㆒、似㆑松也」に續いて、慶應大詩注本、尊經閣詩注本の注があり、三本は同じである。卽ち『文鳳抄』所引注と異なっているのである。これは天理大詩注本の『晉宮閣記』にみえる「君子樹、似㆑松」から三本の注の「松樹」を「君子樹」に置え換えた注かもしれない。

(9)の句は「桃」詩の第二句「紅桃發井傍」から採取する。集本、全唐詩本、陽明（丙）本、和李嶠本は「穠華發井旁」に作るので、『文鳳抄』は國內の古寫本から採錄する。

(10)の句は「馬」詩の第一句「天馬來㆑從㆑東」から採取する。集本、全唐詩本、陽明（丙）本、和李嶠本は「天馬本來東」に作るので、國內の古寫本から採錄する。

⑾の句は「笛」詩の頸聯「逐㆑吹梅花落、含㆑春柳色驚」から採取する。『文鳳抄』は「吹」を「風」に作り、「含」を「合」に作る。諸本は皆「風」を「吹」に作り、「合」を「含」に作っているので、「風」は「吹」の意から「風」になり、「合」は「含」の誤寫である。詩注は張庭芳注の「笛中有㆓落梅曲㆒、有㆓折楊柳曲㆒也」から採録する。尚、天理大詩注本は「笛中有㆓落梅曲・折楊柳曲㆒也」に作る。

以上により、『文鳳抄』所引の雜詠詩は國内の古寫本に據り、注は張庭芳注と合致したことで、張庭芳の詩注本を底本としたものである。

鎌倉中期

中世の歌學者で著者未詳の『色葉和難集』[46]に

(1)百詠玉詩云、徒爲㆓卞和識㆒　不㆑遇㆓楚王珍㆒云云（巻二、一、ちのなみだ）

(2)百詠云、玉垂丹棘上。注云、欲㆑忘㆓人之憂㆒則贈以㆓丹棘㆒。々々一名忘憂草。使㆓人忘㆑草。又瀛州有㆓忘憂草花㆒、名㆓長樂㆒。卽萱草也云云。（巻三、一、忘草）

(3)百詠云、雁足上林飛。注云、漢使至㆓匈奴㆒説、漢帝射㆓上林雁㆒、得㆓蘇武書㆒云云。（巻四、一、雁の玉草）

(4)奥義抄中云、百詠云、南州八桂樹あり、生㆓月中㆒、月滿卽桂生ず。同注云、月中玉兎あり、月陰之精成㆑獸兎。又折㆓桂枝㆒。（巻五、一、つきのかつら）

(5)百詠云、仙人木の葉をふねとすといふ事あり、詩にも一葉のふねなど作れり。百詠云、使客條爲㆑馬、仙人葉作舟。
（巻七、一、このはのふね）

とある。

〈考察〉

成立年未詳のこの書は『色葉和難』『色葉和難抄』『色葉和歌難集』『假名寄和歌』の別稱をもつ。

(1)の句は「玉」詩の尾聯「徒爲二卞和識一　不レ遇二楚王珍一」から採取する。諸本同じ。

(2)の句は「露」詩の第三句「玉垂丹棘下」から採取する。但し、集本、全唐詩本、陽明（丙）本、和李嶠本は「玉垂丹棘上」に作っているので、中國傳播の雜詠詩を底本にしている雜詠詩から採錄したものである。注については、張庭芳注は「漢書曰、伍被諫二淮南王一曰、臣見二宮中一生二荊棘一、露霑レ裳也」に作る。『色葉和難集』所引の注とは全く異なる。そこで、『色葉和難集』所引の注を檢討すると、この注は二件から成っている。前注は現存する張庭芳注にはみえず、崔豹の『古今注』巻下「問答釋義第八」に「欲レ忘二人之憂一、則贈以二丹棘一。丹棘一名忘憂草。使三人忘二其憂一也」とみえる。しかし、『古今注』から直接引用したとは考え難い。何故なら、雜詠詩の詩注は皆各種の詩注本から引用しているからである。從って、この『古今注』も孰れかの雜詠詩注から採錄したと考えられる。後注の「瀛州云云」は「萱」詩の第二句「忘憂自結レ叢」の張庭芳注「瀛州有二忘憂草花一。名二長樂一。卽萱草也」と合致する。そうであるなら、この注は「忘憂自結レ叢」の注ということになるが、『色葉和難集』に「忘憂自結レ叢」の詩句がみえない。ということは、關係ある二個所の注を一詩句に接合した注と考えられる。

(3)の句は「素」詩の第四句「雁足上林飛」から採取する。諸本同じ。張庭芳注が「漢使至匈好說曰、漢帝上林射レ雁得二蘇武書一」に作っているので、注は張庭芳注（○印は筆者）と微妙に異なる。

(4)は『奧義抄』の中でいう「百詠」であるが「南州八桂樹あり、生二月中一」は「月」詩の「桂生三五夕」の張庭芳の注である。しかし、「月滿卽桂生ず」は張庭芳注ではない。更に「同注云、月中玉兔あり、月陰之精成レ獸兔」は「兔」詩の「漢月澄秋色」の張庭芳の注である。しかし、「又折二桂枝一」は「兔」詩の張庭芳の注ではない。これは關連する二つの詩注を接合したものである。

(5)の句は「桂」詩の頸聯「俠客條爲㆑馬、仙人葉作㆑舟」から採取する。上句の「使客」は「俠客」の誤寫である。

承久元年（一二一九）**～建長四年**（一二五二）

延慶本『平家物語』に

抑當寺爲㆑體、望㆑東則號㆓石松山㆒一ノ靈山峙テリ。鶴栖㆓君子樹㆒、囀㆓吾君之德㆒、風拂㆓大夫枝㆒、顯㆓政代之惠㆒。

（巻五、維盛粉河へ詣給事）（○印は筆者）

とある。

〈考察〉

『平家物語』は作者、成立年未詳である。成立時期について諸說あるが、山下明宏氏が紹介する「菅茶山の『菅茶山翁のすさび』は、物語の巻五「物怪之沙汰」で、村上源氏雅賴に仕える青侍の見た夢に春日大明神が登場し、藤原將軍の實現を予告し、皇族將軍には言及しないことから藤原賴經・賴嗣の將軍時代（承久元年～建長四年〈一二五二〉）の成立とする小野太郎の說がある」に從っておく。

『平家物語』の詩句は「松」詩の頷聯「鶴栖㆓君子樹㆒、風拂㆓大夫枝㆒」から採取する。諸本同じ。

貞應二年（一二二三）**以前**

著者未詳の『性靈集略注』[47]に

臺鏡者、李嶠鏡詩曰、含情朗魏臺。注云、魏建[48]始殿前有㆓方鏡㆒。高五尺廣二尺、在㆓庭中㆒、人向㆑之寫㆓人形心府一云云、趙琮註云、魏文帝有二銀鏡臺一。

とある。（○印は筆者）

〈考察〉

『性靈集略注』は空海（弘法大師）の詩文集で、弟子の眞濟僧正が編集した『性靈集』に注を施したものである。『略注』は注釋者、成立年未詳である。最古の寫本が貞應二年であるから成立年を貞應二年以前としておいた。

『略注』の「含情朗魏臺」は「鏡」詩の第二句「含情朗魏臺」から採取する。集本、全唐詩本、陽明（丙）本、和李嶠本は「朗」を「照」に作っている。詳しくは第二部、第二章、第五節、第四項、ロ、趙琮注に記す。

文永十一年（一二七四）～弘安四年（一二八一）

釋良胤（大圓、一二一二～一二九一）の『塵袋』(49)に

(1)李嶠詩注《ニ》云帝出《テ》二翠嫣之渕一有《テ》二大鱸魚一　衍《サカノボテ》レ流而至《リ》則授レ畐。（第五、人倫、攝籙）

(2)萍ハウキクサト思《フニ》李嶠詩《ニハ》　アマキコト蜜《ニ》タリト云《フ》如何。

アマシト云フハ楚ノ照王《ノ》舟《ニ》ツキタリシ萍實《ノ》事也其《レハ》アカク大ナルモノ、水《ニ》ウキテフ子ニツキタリケル《ヲ》孔子《ニ》タツ子申《シ》ケルニ孔子萍實ソトノ玉《ヒ》ケルニコソ、サテハ、サルモノニコソトシリケレ、ヨノツ子ノウキクサニ、カヽルミノアルコトハ、ナシ、アカクテ、日《ニ》ニタリケレバ、ソレヨリ日《ノ》、異名《ヲモ》、萍實トハ云《フニコソ》　一度ノ不思議ハナニカト云《フニ》ヲヨハス、ソレカ氣味《ノ》アマキナリケリ、コワラヘノウタニ、ウタヒシヲキヽ、ヲキテ、シリタリト孔子ノ玉《ヒ》ケルモ、イトアヤシ。（上、第三、草、萍）

〈考察〉

(1)の注は「河」詩の尾聯「若披二蘭葉檢一、還沐二上皇風一」の張庭芳注の「黃帝至二翠嬀之淵一有二大鱸魚一。折レ流而至則授レ圖。天老跪而迎レ之蘭葉、以授二黃帝一也」から採錄する。但し、張庭芳注の後半が欠けていたり、「至」を「出」に作ったり、「折」を「衍」に作ったりして文字に異同があるので、張庭芳注と酷似した注を有している他の詩注本からの採取かもしれない。(50)

(2)の「萍ハウキクサト思《フニ》李嶠詩《ニハ》アマキコト蜜《ニ》ニタリト云如何《フ》」は「萍」詩の第七句「卽能甜似レ蜜」から採取する。「アマシト云フハ」以下は注文である。張庭芳注には「楚昭王渡レ江。有レ物。大如レ斗。圓而赤。觸二王舟一。問二孔子一。孔子曰萍實也。覇者獲レ之。其大如レ斗。赤如レ日。割而食、甜如レ蜜也。文宣王曰、童謠曰、楚王渡レ江得二萍實一。大如レ斗、赤如レ日。割而食レ之、甜如レ蜜也」とある。張庭芳注は出典を『孔子家語』としているが、『說苑』卷十八「辯物」にも見える。但し、「雜詠詩注」の「文宣王」は『孔子家語』『說苑』にみえる語ではないので後人の改鼠である。『塵袋』の文をみるに、これは張庭芳の注の說話に對して良胤が抱いた疑問を投げ掛けた文である。

建治年間（一二七五～一二七八）

僧侶良季（一二五一～?）が編集した『王澤不竭鈔』に

賦物　賦一字名賦　或賦二一字百詠詩者賦也　五言七言任作者意矣。

雲

大梁白雲起　氛氳殊未歇

錦文觸石來　盖影凌天發

氤氳萬年樹　掩暎三秋月

會入大風歌　從龍趁蒼闕

とある。（○印は筆者）

〈考察〉

『王澤不竭鈔』は作文指導書で、當時模範とされた平安時代の作品から考え出された指南書である。『王澤不竭鈔』所引の雜詠詩には文字の異同が多い。これを御物本と校合すると、第二句目「氛氳」を「亭亭」に作り、第三句目「綿」を「錦」に作り、第四句目「盖」を「葢」に作り、第八句目「趁蒼」を「起員」に作る。このうち、明確な異同は第二句目と第八句目の「蒼」と「員」である。他は文字の近似による誤寫である。但し、二句目の「亭亭」と八句目の「員」は御物本だけにみえる異同で古寫本とは別である。集本や全唐詩本などは國內の古寫本とは全く異質の詩を掲載している。『王澤不竭鈔』所引の詩は詩注本を含む古寫本と概ね合致する。

弘安十年（一二八八）

編者未詳の『弘安十年古今集歌注』(51)に

(1)久方ノ月ノ桂モ秋ハナヲ紅葉ヌレバヤテリマサルラン。月ノ桂トハ月天子ノ宮殿ノ、其庭ニ桂アリ。秋ハ、此カツラ紅葉シテ赤クナル故ニ、月ノ光ハマサルト云ヘリ。其ノ心ヲ、百詠ニ、桂生三五夕ト書リ。意ハ月ノ桂ノ紅葉スルヲ云也。

(2)我ガ宿ハ雪フリシキリ道モナシフミワケテ問フ人シナケレバ　　道（遍）昭　　百詠云、雪對地《ハ》疑二明日夜《ノカト》一、〔山《ハ》〕似二白雪《ノ》朝《ニ》一。（資料篇）

(3)雪フレバ冬ゴモリセル草モ木モ春ニシラレ又花ゾサキケル　　紀貫之

百詠云、瑞雲驚二千里一《ヲ》従レ風《ニ》晴二九宵一《ノ》遂レ舞《ノ》花光散《ヌ》深レ歌扇影飄云云。上ノ詩ハ此詩ノ中ノ二句也。（資料篇）

(4)桂木ノ方見ト云事ハ（略）百詠ノ桂ノ題ニ云、未植二銀宮寒一《ニ》寧《ムシロウツサンヤ》移レ玉殿幽《ノホトリニ》一。大國ニ有ケル人、死テ後、其ノ墓ヨリ桂木生タルヲ其子常ニ見レ之親ノ方見《カタミ》ト思テ歎ケル事也。（資料篇）

とある。（(1)～(4)までの〇印は筆者）

〈考察〉

(1)にみえる百詠の句は「月」詩の第一句「桂生三五夕」から採取する。集本、陽明（丙）本、和李嶠本は「桂滿三五夕」に作る。

(2)にみえる百詠の句は「雪」詩の頷聯「地疑明月夜、山似白雪朝」から採取する。(2)の「明日」は「明月」の誤寫である。集本、全唐詩本、陽明（丙）本、和李嶠本は「龍沙飛正遠、玉馬地還銷」に作る。

(3)にみえる百詠の句は「雪」詩の首聯「瑞雪驚千里、從風暗九霄」と頸聯「逐舞花光散、臨歌扇影飄」から採取するが、(3)の「深歌」の語を有する傳本はみえない。「臨歌」の誤寫か。

(4)にみえる百詠の句は「桂」詩の首聯「未殖銀宮裏、寧移玉殿幽」から採取する。(4)の「寒」は「裏」の誤寫であろう。また、「植」は陽明（乙・丙）本、松平本・和李嶠本以外の雜詠詩が有する。『弘安十年古今集歌注』所引の「雜詠詩」は詩注本からの採録ではない。

正應四年（一二九一）

慧明（一七三一～一七九五）等が編纂した『鏡尚和尚語錄一(52)』に

正應四年八月

祈レ晴上レ堂。衲僧家、向レ上一竅纔通、如二杲日東昇、陰霾銷爍一。無二幽不レ燭、無二暗不レ明。直得二草木叢林一、咸皆煦嫗。咸得二透（秀）實一、盡大地人、悉皆有レ賴。且道、因甚見レ得。良久云、雲開五色滿、霞際九光披。

とある。（○印は筆者）

〈考察〉

『鏡尚和尚語錄』は相州巨福山建長禪寺住職鏡尚覺圓の語錄である。鏡尚覺圓は中國人で、南宋の淳祐四年（一二四四）に生れ、嘉元四年（一三〇六）に入寂している。日本へは弘安二年（一二七九）に來朝する。五山文學の一員として數えられている。

『鏡尚和尚語錄』にみえる詩句は「日」詩の頷聯「雲開五色滿、霞際九光披」からの採取である。この詩句は全傳本、諸本同じであるから出所を特定できない。

正安三年（一三〇一）～元亨二年（一三二二）

作者未詳の『源平盛衰記』[53]に

(1)又小兒共ノヨム百詠ト云小文ニ鴨集テ動スレハ雷ヲナスト云事アリ。去共其文ヲ讀タル人モ有ケンニ思出ササリケル口惜サヨトテ爪彈ヲゾシケル。（卷第二十三、實盛京上リ附平家逃上る事）

(2)異本ニ云、八ハ大納言有房卿ノ北方也。繪書、花結、諸道ニ達シ給ヘリ。心ニ哀ミ深シテ人ニ情ヲ重クセリ。女房ナレ共、聯句作文モ竝ナク、手跡サヘ嚴シテ、畫圖ノ障子ニ百詠ノ心ヲ繪ニ書セ給テ、ヤガテ一筆ニ色紙形ノ銘ヲモ書セ給タリケレハ、院モ希代ノ女房ナリトソ仰ケル。（卷第二、清盛女子達）

とある。（○印は筆者）

〈考察〉

『源平盛衰記』は作者、成立年共に未詳で諸説がある。ここでは成立年の遅い渡邊貞麿の正安三年から元亨二年の間の成立説を採る。

(1)の百詠の小文とは「鼂」詩の第八句「翔集動成㆑雷」から採取したものである。雑詠詩の「翔」を全唐詩本のみ「翱」に作る。

(2)は「百詠」の書名のみ。

鎌倉末期（一三一二～一三三七）

著者未詳の『古今集註』に

久方ノ月ノ桂モ秋ハナヲ紅スレハハヤチリマサルヲム（中略）百詠云、桂生三五夕ト云モ此心也。（○印は筆者）

とある。

〈考察〉

この『古今集註』は六巻本で、『毘沙門堂本古今集註』ともいわれる。本書に引用する『三人翁傳』『阿古根口傳』『玉傳』は鎌倉末期成立の祕傳書であるから鎌倉末期頃の成立であろう。

『古今集註』所引の百詠詩句は「月」詩の第一句「桂生三五夕」から採取する。この句を集本、全唐詩本、陽明（丙）本、和李嶠本は「桂滿三五夕」に作っているので、『古今集註』は古寫本の雑詠詩を使用している。

鎌倉末期（一三三三以前）

著者未詳の『古今祕註抄』[54]に

ひさかたの月のかつらもあきはなをもみちすれはやてりまさるらん。つきのかつらとは百詠注云南州に八桂□あり月のなかに置たり又月のなかに玉兎あり月は陰の精なりけたものにはうさきにかたとると云々、又月の滿するはすなはちかつらの生ずるなとともいへり。

とある。

〈考察〉

『古今祕註抄』所引の百詠注は張庭芳注の「南中記曰、南州有㆓八桂樹㆒、生㆓月中㆒也」と「兎」詩の張庭芳注「月中有㆓玉兎㆒、月陰之精或成㆑獸象㆑兎也」から採取したものである。前出『奧義抄』を參照。

鎌倉末期（一三三三以前）

大和橘寺の學僧法空の『上宮太子拾遺記』[55]に

(1)松異名事

樂天百詠詩云、鶴栖㆓君子樹㆒。々々々松也。（第一）（○印は筆者）

(2)或又不㆑可㆑貪㆓男女美人一旦容色等㆒事

百詠注云、桃花得㆑風則開如㆓笑瞼㆒[56]、裹㆑露似㆓啼粧㆒也。則濕[57]似㆓人啼粧㆒也。（第一）

(3)南无佛事

百詠注、桃李不㆑言、下自成㆑路云云。（第一）

(4)鳳凰事

百詠注、堯皇時、鳳皇來巣二阿閣一。（第三）

(5)天文地理事

李嶠史詩云、馬記天宮設司馬遷修二史記一、八書有二天官書一。（第四）

とある。

〈考察〉

『上宮太子拾遺記』の著者法空は生没年不詳であるが、正和三年（一三一四）に「聖徳太子平氏傳雑勘文」を書いているので、この年までは生存していたことになる。

(1)の句は「松」詩の第三句「鶴栖君子樹」から採取する。尚、百詠詩に冠した「樂天」は「李嶠」の誤りである。

(2)の百詠注は「桃」詩の頷聯「含レ風如二笑瞼一、裛レ露似二啼粧一」の張庭芳注「桃花向レ風則開如二笑瞼一也。裛レ露則濕如二人之啼粧一」から採取する。しかし、『上宮太子拾遺記』所引の詩注「桃花得」の「得」が現存詩注は「向」に作っているので、別注本の張庭芳注から採取したのかもしれない。

(3)の百詠注は「桃」詩の第一句「獨有二成レ蹊處一」の張庭芳注「史記曰、桃李不レ言、下自成レ蹊。蹊道也」から採取する。

(4)の百詠注は「鳳」詩の第八句「阿閣佇來翔」の張庭芳注「堯即レ政。鳳凰巣二于阿閣一也」から採取したと思われるが、文字に異同がみられ、『和漢朗詠集私註』所引の百詠註「帝堯時、鳳凰巣二阿閣一」とも異なる。

(5)の句と注は「史」詩の第一句「馬記天官設」と張庭芳注「司馬遷修二史記一、八書有二天官書一也」から採取する。

『上宮太子拾遺記』は張庭芳注本に依據していると思われるが、(2)(3)(4)に多少の文字の異同がみられるので、もしかすると、張庭芳注を基底にした詩注本からの採録かもしれない。

貞治元年（一三六二）**頃**

南北朝時代の歌人・和學者四辻善成（一三二六〜一四〇二）が著わした『河海抄』[58]に

　まつかせもいともてはやす　松風入夜琴　百詠。

とある。（○印は筆者）

〈考察〉

『河海抄』二十卷は二代將軍足利義詮の命により撰した『源氏物語』の注釋書である。『河海抄』所引の詩句は「風」詩の第六句「松聲入㆓夜琴㆒」から採取する。集本、全唐詩本、陽明（丙）本、和李嶠本は「風」を「淸」に作り、尊經閣詩注本のみ「聲」に作る。「風」に作る傳本はみない。『拾遺和歌集』の項を參看。

貞治二年（一三六三）

著者未詳の『平家勘文錄』[59]に

　其後ハ大唐國ニハ在々所ニ披露有ト承ル縱者我朝ニハ蒙求百詠樂府等如クニ人々是ヲ珍敷ス。

とある。

〈考察〉

『平家勘文錄』の「奧書」の信憑性が問われているものの、ここでは貞治二年の奧書を記載するものに従っておく。本書は『平家物語』に關する祕傳書で四部から成る。『平家勘文錄』には百詠の書名のみを記載する。

文安三年（一四四六）

洛東観勝寺の學僧行譽が著わした『壒囊鈔』(60)に

　百詠ノ注ニ云、宜城ヨリ出《ス》二竹酒《ヲ》一ト云々。（第六、三十七酒ヲ竹葉ト云事ハ如何）

とある。

〈考察〉

『壒囊鈔』は前住大圓の『塵袋』を意識し、書名の「壒囊」を始め、内容も模倣して作る。『壒囊鈔』所引の百詠注は「酒」詩の第三句「臨風竹葉滿」の注である。張庭芳注は「宜城出二竹葉酒一也」に作っている。「竹葉酒」と「竹酒」とは異なるが、「壒囊鈔」の項目に「酒ヲ竹葉ト云事」とあるので、『壒囊鈔』所引の注の「竹酒」は「竹葉酒」の「葉」を書き落したものと考えられるので、張庭芳注からの採取とする。

文安三年（一四四六）**秋**

室町時代の詩歌合の『文安詩歌合』(61)に

　題

　野外秋望　仙家見菊　松聲入琴

とある。（○印は筆者）

〈考察〉

『文安詩歌合』は西園寺公名・中院通淳らが詠じ、一條兼良が判者。『文安詩歌合』の題の「松聲入琴」は『雜詠詩』「風」詩の第一句「松聲入夜琴」から採取したものである。

文安五年（一四四八）

法隆寺の僧訓海の『太子傳玉林抄』(62)に

(1)樂天百詠詩　鶴栖《ハム》君子樹《ニ》云々潘安仁《カ》西征賦云勁松年寒《ハノ》彫《ニシ》忠臣國《ハノ》厄《ニ》□論語云歳寒然後知松栢之後彫《ニシホムヿヲ》　何晏云大寒之後衆木皆死《カル》然後《チ》知松栢少彫傷《スコシシホミイタムヿヲ》義。（巻三）

(2)李嶠史詩云、馬記天官設　司馬遷修史記、八書有天官志班圖(63)地理新　班固修漢書十志有地理志是漢史也。（巻第十一）

とある。

〈考察〉

『太子傳玉林抄』は『聖徳太子傳暦』の訓詁的な注釋書である。文體は漢文と漢字假名混り文とが混在する。多數の先行文獻を集成しているのが特徴である。

(1)の句と注は「松」詩の第三句「鶴栖君子樹」とその注と思われるが、張庭芳注には「潘安仁西征賦」以下の注がない。ただ陽明本詩注には「論語子曰歳寒然後知松栢之後彫也言大寒之歳衆木皆死栢小彫平歳衆木有不死者故須歳寒而後別也云云」とあり、『太子傳玉林抄』所引の詩注とは異なるので、張庭芳注や陽明詩注本とは異質の詩注本から採取したものと考えられる。(1)の「百詠」に冠せられた「樂天」は「李嶠」の誤りである。

(2)の句と注は「史」詩の首聯「馬記天官設、班圖地理新」とその注卽ち張庭芳注から採取したものである。但し、下句の「班圖」を「斑志」に作っているのは誤寫と考えられる。「班圖」の「圖」を古寫本の國會本、內閣（慶）本、陽明（甲）本、內閣（江戸）本、慶應大詩注本、天理大詩注本は「固」に作っている。

永正九年（一五一二）

豐原統秋（一四五〇～一五二四）の中世の總合的な樂書『體源鈔』(64)に

(1)百詠ニ云ク、名士竹林ノ隅ニ鳴琴寶匣開タリ、風前中《ニ》散至リ月ノ下ニ歩兵《ホヘイ》來ル、淮海《ニ》曾シテ室ヲ爲《ナス》　梁岷舊《センニモトヨリ》臺《ヲ》作《ス》　子期如聽《クベクハ》　山水餘哀ヲ響カサン。（八、琴）

(2)百詠ニ云ク、蒼祇初テ法ヲ制ス素女昔シ名ヲ傳フ流水ニ潛魚ヲ聽叢臺ニ舞鳳驚ク。（八、雅瑟者）

(3)百詠ニ曰ク、鐘磬旣ニ南隣ノ磬ニ接シテ還天北里ノ笙ニ隨フ平陵ニ曙ノ響ヲ通テ長樂ニ宵之聲ヲ警ス、秋至霜ヲ含テ動ク春歸テ律ニ應シテ鳴ル豈ニ知ンヤ恆ニ待扣《タカンヿヲ》　金篦ニ余清有《ルヿヲ》。（八、鍾者）

(4)百詠ニ云ク、虞舜清管ヲ調フ王褒雅音ヲ賦ス參差トシテ鳳翼ヲ横搜索　猿吟ヲ動ス靈鶴時ニ來致ル仙人幸ニ尋ラレタリ楊柳曲ヲ聽シカタメニ役ニ行ス幾心ヲ傷シム。（八、簫者）

(5)百詠ニ云ク。羗笛龍ノ聲ヲ寫セリ長吟夜ニ入テ淸シ關山孤月ノ下來テ向㆓隴頭㆒鳴ル吹ヲ遂《ヲフ》テ梅花落ツ春ヲ含テ柳色驚ク行向子カ賦ヲ觀ス坐舊人ノ情ヲ憶。（五）

(6)百詠ニ云、懸匏ハ曲沃ノ上《ホトリ》、孤篠ハ汶陽ノ隈《クマ》、形ハ歌鸞ノ翼ヲ寫シ、聲舞鳳ノ哀ニ隨〔陁〕フ、歡娯ハ北里ヨリ純孝ハ南院ニ卽《ツク》、今日虞音《グイン》奏テ蹌々《ト》メ鳥獸來。（四、答笙事）

とある。

〈考察〉

『體源鈔』は舞樂、管絃、神樂、催馬樂、今様などの樂道を說き、中國の樂家や樂曲について述べている。單に雅樂研究にとどまらず、文學や文化史の研究の資料として價値がある。

(1)の百詠は「琴」詩から採取する。集本、李趙公集本、李巨山詠物詩本は「隱士竹林隈、英聲寶匣開、風前綠綺弄、月下白雲來、淮海多爲室、梁岷舊作臺、子期如可聽、山水響餘哀」に作るので『體源鈔』所引の詩は國內の古寫本に據る。但、『體源鈔』の六句目の「臺作」は「作臺」の誤りで、七句目「如聽」は「如可聽」の誤りである。

(2)の百詠は「瑟」詩の前半四句から採取する。集本、全唐詩本、李巨山集は「伏羲初製法、素女昔傳名、流水嘉魚躍、叢臺舞鳳驚」に作るので『體源鈔』所引の詩は國內の古寫本に據る。

(3)の百詠は「鐘」詩から採取する。この詩には衍字がある。それは一句目の上の「鐘磬」と二句目の「天」である。また、『體源鈔』所引の詩の「警」「豈」を諸本は「驚」「欲」に作っている。「警」「豈」の二字を有する傳本は內閣文庫本、淺草文庫舊本（江戶寫）、陽明（甲）本、慶應大詩注本であるから、これらの孰れかに據ったものである。

(4)の百詠は「簫」詩から採取する。集本、全唐詩本は後半四句が欠落しているので、國內の古寫本に據る。そのうち、五句目の第五字の「致」を天理本、延寶本、京大本は「到」に作り、松平本は「臻」に作っているのでこの四本を除外する。更に四句目の第五字の「吟」と同義語である「唫」に作っている內閣（慶應寫）本、陽明（甲）本、內閣（江戶寫）本を除外すると、殘る建治（田中、陽明）本、國會本、慶應大詩注本に限定することができる。殊に、八句目の第二字の「役」を『體源鈔』と同じ「役」に作っている建治（田中）本か國會本の二本に特定することができる。

(5)の百詠は「笛」詩から採取する。集本は一句目の第四字の「龍」を「餘」に作っているので除外すると、全唐詩本と國內の古寫本に據る。(4)で建治本か國會本から採取したことを檢證したのでそれを活用すると、(5)も建治本に依據したと思われるが、八句目の第三字の「鄰」を『體源鈔』は「舊」に作っているのが異なる。「舊」に作っているのは集本や全唐詩本である。但し、この場合、一文字の違いではなく、「鄰人」を「舊鄰」に作っているのである。そこで、詩意を考えて、「鄰人」より「舊人」の方が相應しいので改竄したとも考えられる。

(6)の百詠は「笙」詩から採取する。集本、全唐詩本は五句目の第三字「自」を「分」に作っているので、除外すると、國內の古寫本に據る。しかし、六句目の第五字「院」を全ての傳本が「陔」に作っているので、「陔」を「院」に誤寫したと考えられる。

畢竟、『體源鈔』所引の雜詠詩は一種類のみの雜詠詩から引用したのではなく、建治（田中）本か國會本を基底にし、內閣文庫本、淺草本、陽明本、慶應大詩注本の中の幾本かを參考にして記述したと考えられる。

天文三年（一五三四）～慶長十五年（一六一〇）

細川幽齋（一五三四～一六一〇）の『聞書全集』[65]に

後京極殿の詩歌合　花添二山氣色一　定家卿

玉簾おなじみどりにたをやめの染むる衣にかおる春風

此歌難義の歌なり。一義云、百詠に、古壁丹青色　新花錦繡紋　是山の詩なり。此心を御詠せらる、とは、此歌三の句に山の心有りとみるべし。下三句には花の心有りとみえたり。猶口傳。如レ此注に有レ之。此體とかく大事の物と見えたり。未練の人ゆめ〳〵不レ可レ詠と聞書に。

とある。

〈考察〉

『聞書全集』の成立年が未詳であるので、著者細川幽齋の生沒年を充てることにした。『聞書全集』は一名『幽齋翁聞書』といい、寛文五年（一六六五）に刊行されている。

本書に引用する百詠は「山」詩の頸聯「古壁丹青色　新花錦繡文」から採取する。この詩句と『聞書全集』とには文字に異同がある。それはこの詩句の下句の第五字「文」を『聞書全集』は「紋」に作っている。ところが國內の古寫本は全て「文」に作り異なる。ただ、集本、全唐詩本は「紋」に作っている。これによって、『聞書全集』所引の雑詠詩は集本、全唐詩本に據ったと考えられるが、その集本、全唐詩本は同下句の第三字「錦」を「綺」に作っており、『聞書全集』所引の文字と異なっている。これを考えるに、幽齋は第五字目の「文」を集本によって「紋」に改竄された雑詠詩を使用したと考えられる。

元龜四年（一五七三）以前

室町末期の成立と考えられる『連集良材』(66)に

(1)葵ハ日ヲオソル丶花也葉ヲ日ノメクル方ニカクスト也。百詠ノ詩ニ葵ノ日カゲニカタブクガ如ク我モ君ニ頭ヲ傾テ朝夕仕ヘント云詩アリ俊成ノ歌ニ

葵草日かけになひく心あれは天照神も哀かくらん云云

(2)百詠萍ノ詩ニ云、頻ニ隨フ二旅客遊ブニ一、蘋水ニ隨テ東西スルヲ旅人ニタトフル也。古今大伴黒主三河掾ニ成テ下ル時小町ヲサソフ詞ニ縣ミニハヱ出タタジヤト云ヤリケレバ

佗ぬれば身を浮草のねを絶てさそふ水あらはいなんとそ思ふ

とある。（(1)〜(2)の〇印は筆者）

〈考察〉

『連集良材』は著者・成立年共に未詳の學書で、一條兼良の『歌林良材集』に倣ったものである。

(1)の百詠は「日」詩の尾聯「傾心比葵藿、朝夕奉堯曦」から採取する。但し、『連集良材』は原文を引用したものではなく、要約したものであるから底本を特定することができない。

⑵の百詠は「萍」詩の第六句「頻隨旅客遊」から採取する。集本、全唐詩本、英華本、陽明（丙）本、和李嶠本は一字目「頻」を「常」に作っているので、國內の古寫本から採錄したものである。

畢竟、『連集良材』所引の雜詠詩は⑵と同じ結果である。

慶長三年（一五九八）

この年の六月十九日に成立した中院通勝（一五五六～一六一〇）の『岷江入楚』(67)に

李嶠布詩云、曝泉非柱鶴、浣火有炎光。（第十七）

とある。

〈考察〉

『岷江入楚』は『源氏物語』の注釋である。三條西家の說を中核として中世までの源氏學の集大成を試みたものである。

『岷江入楚』所引の「布」詩は頷聯「曝泉飛掛鶴、浣火有炎光」から採取する。但し、頷聯の上句を集本、李趙公本は「瀑飛臨碧海」に作り、更に、上句の第三字「非」を「飛」に作っている傳本がある。それが建治（田中・陽明）本、延寶本、松平本である。これらを除いた內閣（慶應・江戶寫）本、國會本、陽明（甲）本、慶應大詩注本、天理大詩注本が「非」に作っている。また、「桂」は傳本にみえないので誤寫であろう。『岷江入楚』所引の雜詠詩はこの中の內閣本を除く孰かである。

寛永元年（一六二四）**以前**

著者・成立年未詳の『因縁抄』(68)に

扶桑國ト者、『百詠』下ニ、「日ハ出二扶桑嶋一、遙登二若木枝一」云云。心ハ東海一萬里過、扶桑多シ。海上見、日出事、此桑原出如。東字分見、日中木故ニ、東方、扶桑號也云云。（一、日本異名事）

とある。（○印は筆者）

〈考察〉

『因縁抄』は著者・成立年共に未詳であるから、大津西教寺所蔵の寫本が寛永元年と最も古いので、成立を寛永元年以前とした。

百詠として引用する詩句は「日」詩の首聯「日出扶桑路、遙昇若木枝」から採取する。『因縁抄』所引の詩句で上句の「嶋」、下句の「登」は傳本にみえない。著者の意改に據るものか。また、「心ハ東海一萬里過」以下が詩注であれば、張庭芳注以外の注である。

明暦三年（一六五七）

眞言の僧侶運敞（一六一四～一六九三）が撰集した『三教指歸註刪補』(69)に

或眄二雲童娘一懈レ心服レ思

李嶠百詠曰、雲童出海見。注、神異經曰、海上有レ人。從二十二童子一馳二水上一雨滂沱。今按、神異經中無レ云二姝好之狀一。

とある。（○印は筆者）

〈考察〉

『三教指歸註刪補』は空海の「三教指歸」の注釋である。本書の成立についてはその序で「先藤吏部敦光及成安卿各撰二注解一。後覺明采二輯二家一合爲二一部一。雖二集而大成一、尙未レ爲二詳悉一焉。且又行本蠹損、漫漶書誤絡繹」という。『三教指歸註』所引の百詠は「雨」詩の三句目「靈童出レ海見」と「神異經曰、西海上有レ人。乘二白馬朱鬣一、白衣玄冠。從二十二童子一、馳二水上一、流及之處、雨降也」の注から採取する。しかし、詩句と注に異同がみえる。詩句「靈童」は他の傳本にみえないので、「雲」は「靈」と文字が酷似しているので誤寫したと考えられる。また、注も張庭芳注と部分的に異なっている。『三教指歸註』の注は張庭芳注を簡約しているとも考えられるが、末尾の「馳二水上一雨滂沱」が大變異なっている。この注は張庭芳注ではなく、他の詩注と考えられる。前出『三教指歸註』を參照。

延寶五年（一六七七）

『歌林良材集』の續編としての下河邊長流（一六二七～一六八六）の『續歌林良材集』[70]に

　みしか夜の深行まゝに高砂の嶺の松風ふくかとそきく

　右高山の心なり且又百詠風詩に松聲入二夜琴一と作れる心をもそへたり。

とある。（〇印は筆者）

〈考察〉

『續歌林良材集』は成立年未詳であるが、延寶五年に刊行されているのでこの年を成立年としておいた。本書は一條兼良の『歌林良材集』の中の第五「由緒ある歌」の項を充實させたものである。ここに引用する百詠は「風」詩の六句目「松聲入二夜琴一」から採取する。集本、全唐詩本等は「松淸入二夜琴一」に作っているので、國內の古寫本から採錄する。

貞享三年（一六八六）

漢學者人見壹齊（卜幽軒、一五九九〜一六七〇）の『東見記』(71)に

三井寺ノ謠ニ桂ハミノル三五ノクレ、李嶠一夜百詠ノ月ノ詩ニ云、桂生三五夕、蓂開二八時云々とみえたり。

とある。（○印は筆者）

〈考察〉

百詠の「月」詩は首聯「桂生三五夕、蓂開二八時」から採取する。英華本、集本、全唐詩本、陽明（丙）本、和李嶠本は「桂滿三五夕」に作るので、『東見記』所引の詩は國內の古寫本から採錄する。

正德元年（一七一一）

東叡山寬永寺の座主、輪王寺宮公辨法親王（號脩禮、一六六九〜一七一六）が僧俗十四名を召集して、『百詠』の詩一つ一つに和詩を作らせた。それが『和李嶠百二十詠』である。ここに用いられた『百詠』は集本、全唐詩本、陽明（丙）本などと同じ系統本である。

〈考察〉

和詩を詠出した人は脩禮（公辨法親王）を始め、時亨、子碩、智燈、慧海、元龍、慈泉、一英、兼方、慈航、好古、景暉、秀英、便隨、眞圓の十四名である。第二部、第一章、第二節、第四項　和李嶠百二十詠本を參照。

寶曆十三年（一七六三）

儒者青木昆陽（一六九八〜一七六九）の『昆陽漫錄』(72)に

好事のもの李嶠雜詠百廿首、張庭芳が注の序のみを傳ふ

故中書令鄭國公李嶠雜詠百二十首

登仕郎守信安郡博士張庭芳註竝序

とある。

〈考察〉

『昆陽漫錄』は隨筆で六卷あるが、第一卷は元文五年（一七四〇）に成立している。本書は昆陽が見聞した諸外國の事柄や生活に密着した經濟や博物や和漢の文獻を中心に記述したものである。

昆陽が引用した書名及び著者名は現存する三本の詩注本と同じである。但し、慶應大詩注本のみ末尾の「張庭芳註」を「張庭芳　詠」に誤寫する。

寶曆十三年（一七六三）

漢詩人祇園南海（名、瑜、一六七六〜一七五一）の『詩學逢原』(73)に

李嶠ガ一夜百首、皆此習ヲ用タリ。其鳳ノ詩ニ、丹山有㆓仙鶴㆒、其名曰㆓鳳皇㆒ト作リ。海ノ詩ニ、三山巨鰲湧、萬里大鵬飛ト作ル。（中略）此類ノ詩ハ、豪放雄渾ニ作リ出シ、彼面白キ小刀細工ノ字ハ嫌フベシ。右唐人應制ノ作、幷李嶠ガ百咏ノ内、右ノ如キ題ノ詩、子美ガ錦江ノ詩、白帝城中ノ詩、王維ガ觀獵ノ詩等の諸作、皆此格ナリ。

（巻之下、豪句雄句幷敏捷）

がある。

〈考察〉

『詩學逢原』は詩學に關する論述で、詩語と常語との相違を述べることに始まり、詩には境と趣との二途があって千變萬化していろいろな働きをすることを假名文で記している。

『詩學逢原』所引の「鳳」詩は首聯「有ㇾ鳥自二丹穴一、其名曰二鳳凰一」から採取したと思われるが、本書は第一句「丹山有二仙鶴一」に作っている。これは南海の創作かもしれない。何故なら、「丹山有二仙鶴一」の詩句はどこにもなく、更に、鳳の詩を詠じているのに「仙鶴」とは矛盾するからである。

「海」詩は頷聯「三山巨鼇踊、萬里大鵬飛」から採取する。本書の「踊」を「湧」に作るものに、集本、全唐詩本、英華本、陽明（丙）本、和李嶠本がある。このうち、集本が「萬里」を「九萬」に作るので、これを除外した全唐詩本などから採取したものである。

明和九年（一七七二）

俳人犬井貞恕（一六二〇〜一七〇二）の『謠曲拾葉抄』(74)に

　李嶠一夜百詠ノ月ノ詩ニ云々。

とある。

〈考察〉

『謠曲拾葉抄』は謠曲一百一番に注釋を施したものである。貞恕が二十數年を費して一往の成稿をみたらしいが、その後、弟子の忍鎧が四十年を費して完成させた。寛保元年（一七四一）の序があるが、明和九年の刊行である。貞恕の注は不明であるが、忍鎧が多數の文獻を驅使して完成させたらしい。

李嶠の百詠については詩題のみである。

安永五年（一七七六）刊

漢學者中井竹山（名、積善。字、子慶。一七三〇～一八〇四）の『詩律兆』(75)に

五言律詩上

(1)鳳　九苞應靈瑞　五色成文章

(2)綾　馬眼冰陵影　竹根雪霰文

(3)江　英靈已傑出　誰識卿雲才

(4)馬　得隨穆天子　何假唐成公（巻一）

五言律詩中

(5)瑟　嘉賓飲未極　君子娯俱幷（巻二）

とある。

〈考察〉

『詩律兆』は漢詩作法書で、唐宋明の詩集から例句を採り、近體詩の重要な音律や平仄を研究したものである。

(1)の詩句は「鳳」詩の頷聯「九包應靈瑞　五色成文章」から採取する。本書上句の「九苞」の「苞」を、國內の古寫本、詩注本は「包」に作り、集本、全唐詩本は「苞」に作る。

(2)の詩句は「綾」詩の頸聯「色帶冰綾影、光含霜雪文」から採取したはずであるが、詩句に異同がある。本書上句の「馬眼」と「陵」を、國內の古寫本と詩注本は「色帶」と「淩」や「菱」に作り、集本、全唐詩本は「馬眼氷陵影」に作る。下句「竹根雪霰文」を國內古寫本と詩注本は「光含霜霰文」に作り、集本、全唐詩文は「竹根雪霰文」に作

る。

(3)の詩句は「江」詩の尾聯「英靈已傑士、誰識卿雲才」から採取する。本書上句の「出」を國內の古寫本、詩注本は「士」に作り、集本、全唐詩本は「出」に作る。

(4)の詩句は「馬」詩の尾聯「得隨穆天子、何暇唐成公」から採取する。本書下句の「假」を國內の建治（田中）本を除く古寫本と慶應大本と尊經閣本を除く詩注本は「暇」に作り、建治（田中）本と天理大詩注本と集本、全唐詩本は「假」に作る。

(5)の詩句は「瑟」詩の頸聯「嘉賓歡未レ極、君子娛樂幷」から採取する。本書上句の「歓」を國內古寫本と詩注本は「歡」に作り、集本、全唐詩本は「歓」に作る。

以上を勘案すると、中井の引用した雜詠詩は集本か全唐詩本である。

天明七年（一七八七）刋

祇園南海（名、瑜）の『南海詩訣』(76)に

(1)日出扶桑路　遙升若木枝　雲閒五色滿　霞際九光披　東陸蒼龍駕　南郊赤羽馳　傾心比葵藿　朝夕奉堯曦（日）
(2)桂滿三五夕　蓂分二八時　清輝飛鵲鑑　新影學蛾眉　皎潔臨疎牖　玲瓏鑿薄帷　願言從愛客　清夜幸同嬉（月）
(3)曹公迷楚澤　漢帝出平城　涿野妖氛靜　丹山霽色明　類煙飛稍重　方雨散還輕　倘入非熊繇　寧思玄豹情（霧）
(4)久閉先生戶　高褰太守車　羅將翡翠合　錦逐鳳皇舒　明月彈琴夜　清風入幌初　方知決勝策　黃石受兵書（帷）
(5)潘岳閒居日　王戎戲陌辰　蝶遊芳徑馥　鶯囀弱枝新　葉暗靑房晚　花明玉井春　方知有靈幹　特用表眞人（李）

とある。

いる。

〈考察〉

『南海詩訣』は詩の構造及び字句體格にそれぞれ雅俗の別のあることを述べ、且つ古風・近體の異同について説いている。

(1)は「日」詩である。英華本、集本、全唐詩本、陽明（丙）本、和李嶠本は「日」を「旦」に作り、「光」を「堯」に作る。一方、國內の古寫本は「升」を「昇」に作る。

(2)は「月」詩である。「月」詩には文字の異同が多く、その上、詩句の異同もある。國內の古寫本は「淸輝飛鵲鑑」を「分暉度鵲鏡」に作り、「新影學蛾眉」を「流影入蛾眉」に作り、「願言從愛客」を「願陪北堂宴」に作り、「淸夜幸同嬉」を「長賦西園詩」に作っている。また、一句目の「滿」を「生」に作り、二句目の「分」を「開」に作っている。一方、集本、全唐詩本、陽明（丙）本、和李嶠本は二句目の「分」を「開」に作るのみである。

(3)は「霧」詩である。この詩にも詩句や文字の異同が多い。國內の古寫本は「涿野妖氛靜」を「別有丹山霧」に作り、「丹山霽色明」を「朎朧素月明」に作る。また、一句目の「迷楚」を「入夢」に作り、五句目の「飛」を「霏」に作っている。一方、集本、全唐詩本、陽明（丙）本、和李嶠本は一句目の「迷楚」を「入夢」に作り、三句目の「野」を「鹿」に作り、七句目の「繇」を「兆」に作るのみである。

(4)は「帷」詩である。この詩は文字の異同が少ない。國內の古寫本は四句目の「皇」を「鳳」に作り、八句目の「受」を「遺」に作る。一方、集本、全唐詩本、陽明（丙）本、和李嶠本には異同が無い。

(5)は「李」詩である。文字の異同は前半にある。國內の古寫本は一句目の「日」を「暇」に作り、二句目の「辰」を「晨」に作り、三句目の「遊」を「來」に作り、四句目の「弱」を「合」に作っている。一方、集本、全唐詩本、陽明（丙）本、和李嶠本には異同が無い。

以上を勘案すると、(4)の「帷」詩と(5)の「李」詩は集本、全唐詩本、陽明（丙）本、和李嶠本と合致するので、『詩訣』所引の詩は全唐詩本、集本からの採取である。殘りの(2)の「月」詩は一字、(1)の「日」詩は二字、(3)の「霧」詩は三字の異同であるし、(4)(5)が集本、全唐詩本から採取したものであることを考慮すると、(2)(1)(3)も集本、全唐詩本から採取したものである。尙、(2)(1)(3)の集本、全唐詩本の文字の異同は國內の古寫本等で改竄された全唐詩本や集本の雜詠詩からの採取と考えられる。

文化九年（一八一二）～文政十三年（一八三〇）刊

漢詩人館柳灣（一七六二～一八四四）の『佩文齋詠物詩選』(77)に

(1)　星

蜀郡靈槎轉　豐城寶劍新　將軍臨㆓北塞㆒　天子入㆓西秦㆒　未㆑作㆓三台輔㆒　寧爲㆓五老臣㆒　今宵潁川曲
誰識聚㆓賢人㆒（星類）

(2)　風

落日生㆓蘋末㆒　搖揚徧㆓遠林㆒　帶㆑花疑㆓鳳舞㆒　向㆑竹似㆓龍吟㆒　月動臨㆓秋扇㆒　松淸入㆓夜琴㆒　蘭臺宮殿峻
還拂楚王襟（風類）

(3)　雲

英英大梁國　郁郁祕書臺　碧落從㆑龍起　青山觸㆑石來　官名光㆓邃古㆒　蓋影耿㆓輕埃㆒　飛感㆓高歌㆒發
威加四海廻（雲類）

(4)　霧

曹公迷二楚澤一　漢帝出二平城一　涿野妖氛静　丹山霄色明　類レ煙飛稍重　方レ雨散還輕　儻入二非熊繇一
寧思玄豹情（霧類）

(5)　石

宗子維城固　將軍飲羽威　巖花鏡裏發　雲葉錦中飛　入レ宋星初隕　過レ湘燕早歸　倘因二持補レ極
寧復羨二文機一（石類）

(6)　江

日夕三江望　靈潮萬里迴　霞津錦浪動　月浦練花開　湍似二黄牛去一　濤從二白馬一來　英靈已傑出　誰識卿雲才
（江類）

(7)　刀

列辟鳴レ鑾至　惟良佩レ犢旋　帶環疑レ冩レ月　引鑑似レ含レ泉　入レ夢華梁上　藏レ鋒彩筆前　莫レ驚開二百錬一
特擬レ定二三邉一（刀類）

(8)　金

南楚標二前貢一　西秦識二舊城一　祭レ天封二漢嶺一　擲レ地警二孫聲一　向レ日披レ沙淨　含レ風振レ鐸鳴　方同楊伯起
獨有二四知名一（金類附銀）

(9)　銀

思婦屏輝掩　遊人燭影長　玉壺初下レ箭　桐井共安レ牀　色帶二明河色一　光浮二滿月光一　靈山有二珍甕一
仙闕薦二君王一（金類附銀）

(10)　錦

漢使巾車遠　河陽歩障陳　雲浮仙石日　霞滿蜀江春　機迴廻文巧　紳兼束髮新　若逢二楚王貴一　不レ作二夜行人一
（錦類）

(11)　羅

妙舞隨レ裙動　行歌入レ扇清　蓮花依レ帳發　秋月鑒レ帷明　雲薄衣初捲　蟬飛翼轉輕　若珍二三代服一
同擅二綺紈名一（布帛類）

(12)　布

御績創二羲皇一　緇冠表二素王一　瀑飛臨二碧海一　火浣擅二炎方一　孫被登二三相一　劉衣闡二四方一　佇因レ春二斗粟一
來曉二棣華芳一（布帛類）

(13)　煙

瑞氣凌二青閣一　空濛上二翠微一　廻浮雙闕路　遙拂九仙衣　桑柘迎二寒色一　松篁暗二晩暉一　還當下紫霄上
時接二彩鸞一飛上（煙類）

(14)　帷

久閉先生戶　高褰太守車　羅將二翡翠一合　錦逐二鳳凰一舒　明月彈レ琴夜　清風入レ幌初　方知決レ勝策
黃石受二兵書一（簾幕類）

(15)　菱

鉅野韶光暮　東平春溜通　影搖二江浦月一　香引二棹歌風一　日色翻二池上一　潭花發二鏡中一　五湖多二賞樂一
千里望難レ窮（菱芡類）

(16)　桐

孤秀嶧陽岑　亭亭出二衆林一　春光雜二鳳影一　秋月弄二圭陰一　高映二龍門一迥　雙依二玉井一深　不レ因將レ入レ爨
誰爲作二鳴琴一（梧桐類）

(17)　桃

獨有二成レ蹊處一　穠華發二井旁一　山風凝二笑臉一　朝露泫二啼粧一　隱士顏應レ改　仙人路漸長　還欣上林苑
千歳奉二君王一（桃花類）

(18)　梅

大庾歛二寒光一　南枝獨早芳　雪含朝暝色　風引去來香　粧面迴二青鏡一　歌塵起二畫梁一　若能遙止レ渇
何假泛二瓊漿一（梅花類）

(19)　李

潘岳閒居日　王戎戲レ陌辰　蝶遊芳徑馥　鶯囀弱枝新　葉暗青房晚　花明玉井春　方知有二靈榦一　時用表二眞人一
（李花類）

(20)　橘

萬里盤根直　千株布葉繁　既榮二潘子賦一　方重二陸生言一　玉蘤含レ霜動　金衣逐レ吹翻　願辭二湘水曲一
長茂二上林園一（橘類）

(21)　麟

漢祀應レ祥開　魯郊西狩迴　奇レ音中二鍾呂一　成レ角喻二英才一　畫像臨二仙閣一　藏書入二帝臺一　若驚二能吐一レ哺
爲レ覩二鳳凰來一（麟類）

(22)　牛

齊歌初入レ相　燕陣早横レ功　欲下向二秖林一下上　先過二紫樹中一　在レ呉頻喘レ月　奔レ夢屢驚レ風　不レ用二五丁士一
如何九折通（牛類）

(23)　鶴

黄鶴遠聯翩　從レ鸞下二紫煙一　翺翔一萬里　來去幾千年　已憩二青田側一　時遊二丹禁前一　莫レ言空警レ露
猶冀一聞レ天

(24)　雁

春暉滿二朔方一　候雁發二衡陽一　望レ月驚二弦影一　排レ雲結二陣行一　往還倦二南北一　朝夕苦二風霜一　寄二語能鳴侶一
相隨入二帝郷一（鴈類）

(25)　烏

日路朝飛急　霜臺夕影寒　聯翩依二月樹一　迢遞繞二風竿一　白首何年改　青琴此夜彈　靈臺如何レ託
千里向二長安一（烏類）

とある。

〈考察〉

清・康熙帝の敕撰により四十五年（一七〇六）に成った『佩文齋詠物詩選』と同名の『佩文齋詠物詩選』正續四巻は、一編を文化九年（一八一二）、二編を文政十三年（一八三〇）に萬笈堂から刋行された。内容は康熙四十五年の刋行本の三分の一を抄錄する。その中に、『雜詠詩』の星・風・雲・霧・石・江・刀・金・銀・錦・羅・布・煙・帷・菱・桐・桃・梅・李・橘・麟・牛・鶴・雁・烏の二十五首を收錄している。

(1)　國内本[78]は二句目の「劍」を「氣」に作る。集本、全唐詩本は『佩文齋詠物詩選』（以後、館佩本と呼稱する）本所録の『雜詠詩』と合致する。

(2)　國内本は一句目の「生蘋末」を「正沈沈」に作り、二句目の「搖揚徧遠林」を「微風生北林」に作り、五句目の「動」を「影」に作り、六句目の「淸」を「聲」に作り、七句目の「蘭臺宮殿峻」を「若至蘭臺下」に作る。集本は一句目の「揚」を「颺」に作り、三句目の「疑」を「迎」に作る。全唐詩本は館佩本所録の『雜詠詩』と合致する。

(3)　國内本は「大梁白雲起　氛氳殊未歇　錦文觸石來　蓋影凌天發　烟熅萬年樹　掩映三秋日　會入大風歌　從龍起蒼闕」に作る。一方、全唐詩本は館佩本所録の『雜詠詩』と合致する。集本は全唐詩本と同じであるが、二句目の「祕」が欠落している。

(4)　國内本は一句目の「迷楚」を「之夢」に作り、三句目の「涿野妖氛靜」を「別有丹山霧」に作り、四句目の「丹山霽色明」を「玲瓏素月明」に作り、五句目の「飛」を「霏」に作る。一方、全唐詩本は七句目の「緜」を「兆」に作る。集本は館佩本所録の『雜詠詩』と合致する。

(5)　國内本は八句目の「羨」を「想」に作る。一方、集本、全唐詩本は「想」に作る。ただ、全唐詩本に包容している『李趙公集』のみ「羨」に作る。

(6)　國内本は四句目の「花」を「光」に作り、六句目の「從」を「如」に作り、七句目の「出」を「士」に作る。一方、集本は二句目の「潮」を「朝」に作り、六句目の「從」を「如」に作る。全唐詩本は館佩本所録の『雜詠詩』と合致する。

(7)　國内本は一句目の「鸞」を「鑾」に作り、五句目の「入夢華梁上」を「割錦紅鮮裏」に作り、六句目の「藏鋒」を「含毫」に作り、七句目の「錬」を「練」に作り、八句目の「特」を「輒」に作る。一方、集本は二句目の「佩」を「珮」に作り、六句目の「藏」を「含」に作る。全唐詩本は六句目の「藏」を「含」に作る。「藏」に作る傳本は現存しない。

(8)　國內本は三句目の「嶺」を「氏」に作り、四句目の「警」を「響」に作る。一方、集本、全唐詩本は館佩本所錄の『雜詠詩』と合致する。

(9)　國內本は三句目の「初」を「新」に作り、四句目の「共」を「舊」に作り、五句目の「明」を「長」に作り、七句目の「珍」を「玲」に作り、八句目の「君」を「明」に作る。一方、集本と全唐詩本は五句目の「明」を「長」に作る。

(10)　國內本は一句目の「遠」を「送」に作り、二句目の「陳」を「新」に作り、三句目の「日」を「曉」に作り、五句目の「機迥」を「色美」に作り、六句目の「紳兼束髮新」を「花輕綰墨賓」に作り、七句目の「楚王貴」を「朱太守」に作り、八句目の「行」を「遊」に作る。一方、集本、全唐詩本は館佩本所錄の『雜詠詩』と合致する。

(11)　國內本は二句目の「歌」を「嬌」に作り、五句目の「捲」を「卷」に作る。一方、集本、全唐詩本は館佩本所錄の『雜詠詩』と合致する。

(12)　國內本は一句目の「御」を「潔」に作り、三句目の「瀑飛臨碧海」を「曝泉飛掛鶴」に作る。四句目の「火浣擅炎方」を「浣火有炎光」に作り、六句目の「闈」を「闢」に作り、八句目の「曉棣」を「穆採」に作る。一方、集本、全唐詩本は一句目の「皇」を「黃」に作る。

(13)　國內本は一句目の「青」を「丹」に作り、三句目の「廻」を「逈」に作り、五句目の「迎」を「凝」に作り、六句目の「暗」を「睹」に作り、八句目の「彩鸞」を「白雲」に作る。一方、集本は三句目の「廻」を「逈」に作る。全唐詩本は三句目の「廻」を「迴」に作る。

(14)　國內本は八句目の「受」を「遺」に作る。一方、集本、全唐詩本は館佩本所錄の『雜詠詩』と合致する。

⒂　國内本は一句目の「韶」を「昭」に、「暮」を「媚」に作る。一方、集本、全唐詩本は館佩本所錄の『雜詠詩』と合致する。殊に六句目の「鏡」を集本は「鑑」に作り、全唐詩本は「鏡」に作るので、全唐詩本に據る。

⒃　國内本は三句目の「光」を「花」に作り、四句目の「月」を「葉」に作り、「圭」を「珪」に作り、五・六句の「高映龍門迥　雙依玉井深」を「忽被夜風激　遂逢霜露侵」に作る。一方、集本は二句目の「亭亭」を「萋萋」に作る。全唐詩本は館佩本所錄の『雜詠詩』と合致する。

⒄　國内本は二句目の「穠華」を「紅桃」に作り、「旁」を「傍」に作り、三句目の「山風凝」を「含風如」に作り、四句目の「朝露泫」を「裛露似」に作る。一方、集本は館佩本所錄の『雜詠詩』と合致する。集本は一句目の「旁」を「傍」に作り、四句目の「粧」を「妝」に作る。

⒅　國内本は一・二句の「大庾斂寒光　南枝獨早芳」を「院樹斂寒光　梅花獨早芳」に作り、五句目の「粧面廻靑鏡」を「舞袖廻春徑」に作り、七句目の「遙」を「長」に作る。一方、集本は三句目の「朝暝臣」を「紫花色」に作り、四句目の「去來」を「上春」に作る。全唐詩本は五句目の「粧面廻」を「妝面回」に作り、八句目の「假」を「暇」に作る。

⒆　國内本は一句目の「閒居日」を「閑居暇」に作り、二句目の「辰」を「晨」に作り、三句目の「遊」を「來」に作り、四句目の「弱」を「合」に作り、八句目の「時」を「特」に作る。一方、集本は館佩本所錄の『雜詠詩』と合致する。全唐詩本は八句目の「時」を「特」に作る。

⒇　國内本は一句目の「直」を「植」に作り、四句目の「重」を「曉」に作り、七句目の「辭湘」を「隨潮」に作る。一方、集本、全唐詩本は一句目の「直」を「植」に作る。更に、全唐詩本は二句目の「株」を「秋」に作る。但し、一句目の「直」は「植」の木偏が脱落したものであるから、集本と館佩本所錄の『雜詠詩』とは合致するといえ

る。

(21) 國内本は一句目の「祀」を「時」に作り、七句目の「若」を「莫」に作り、「能」を「今」に作る。一方、集本は館佩本所録の『雜詠詩』と合致する。全唐詩本は八句目の「覩」を「待」に作る。

(22) 國内本は一句目の「齊」を「商」に作り、四句目の「紫」を「梓」に作り、六句目の「夢」を「楚」に作り、七句目の「用」を「降」に作る。一方、集本は一句目の「齊」を「高」に作り、四句目の「紫」を「梓」に作る。全唐詩本は四句目の「紫」を「梓」に作る。

(23) 國内本は六句目の「時」を「來」に作り、「丹」を「紫」に作る。一方、集本、全唐詩本は館佩本所録の『雜詠詩』と合致する。

(24) 國内本は七句目の「侶」を「伴」に作る。一方、集本は一句目の「暉」を「輝」に作る。全唐詩本は二句目の「候」を「歸」に作る。

(25) 國内本は六句目の「青」を「清」に作る。一方、集本は一句目の「路」を「落」に作り、四句目の「繞」を「遶」に作り、六句目の「琴」を「禽」に作る。全唐詩本は館佩本所録の『雜詠詩』と合致する。

以上を勘案すると、(1)(2)(3)(4)(5)(6)(8)(10)(11)(14)(15)(16)(17)(19)(20)(21)(23)(25)は集本か全唐詩本が館佩本所録の『雜詠詩』と合致する。これ以外の館佩本所録の詩も國内本より集本、全唐詩本の方に近似しているので、集本や全唐詩本から採取したことは間違いない。

天保七年（一八三六）刊

漢學者津阪東陽（名、孝綽。一七五七〜一八二五）の『夜航詩話』(79)巻之四に李嶠咏レ雪頸聯、地疑二明月夜一、山似二白雲朝一。落句、大周天闕路、今日海神朝。

とある。

〈考察〉

『夜航詩話』には一貫したテーマはなく、典故の用法、韻法、句法、字法など詩學の諸般に亙って漢文で記している。文化十三年（一八一六）の自序がある。

『夜航詩話』所錄の『雜詠詩』は「雪」詩の頷聯(80)と尾聯である。集本は頷聯を「龍沙飛正遠　玉馬地還鎖」に作り、國內本、全唐詩本等の傳本は『夜航詩話』所錄の詩句と同じに作っている。尾聯は國內本、集本、全唐詩本全てが『夜航詩話』所錄の詩句と同じである。從って、『夜航詩話』所錄の『雜詠詩』は國內本、全唐詩本からの採取である。

結　語

畢竟、『李嶠雜詠詩』が平安時代に存在していたことは『日本國見在書目錄』の記錄によって明白である。その『雜詠詩』は張庭芳の注を有する詩注本であったと考えられる。それは『雜詠詩』傳來の早い時期の興福寺の僧侶によって書寫されたと思われる『因明義斷』の背記の百詠注がそれを裏付けている。その後の『雜詠詩』の出現も詩注本が多い。平安時代の『和漢朗詠集私注』『新樂府注』『幼學指南鈔』『三教指歸註』『文鳳抄』『色葉和難集』『性靈集略注』、鎌倉時代の『上宮太子拾遺記』、室町時代の『太子傳玉林抄』に顯著である。江戶時代以前の日本文學に引用されている『雜詠詩』は詩注本を含む國內の古寫本であったが、江戶時代に入って中國から傳來した全唐詩の李嶠の雜詠詩が日本の文學作品に引用されたり、底本に使用されることになる。その嚆矢と思われるものが、正德元年（一七一一）に成立した『和李嶠百二十詠』である。これ以後、日本文學に引用されている『雜詠詩』は全唐詩本が主流となる。その要因は全唐詩本が入手し易く、且つ閲覽し易くなったためである。

以上調査した傳本が如何なる本に依據したのかを整理すると次の如くである。

1、書名のみ

日本國見在書目錄、口遊、逆修功德願文、平家勘文錄、昆陽漫錄、謠曲捨葉抄

2、古寫本に據ったもの

本朝文粹、中宮亮顯輔家歌合、古今集註、顯昭陳狀、平家物語、源平盛衰記、文安詩歌合、連集良材、續歌林良材集、東見記、王澤不竭鈔、弘安十年古今集歌注、體源鈔

3、張庭芳注本に據ったもの

因明義斷、和歌童蒙抄、奧義抄、和歌色葉、文鳳抄、上宮太子拾遺記、壒囊鈔、古今祕註抄

4、張庭芳注に趙琮注を付加した詩注本

祕藏寶鑰鈔

5、張庭芳注に某氏注を付加した詩注本

色葉和難集

6、趙琮注に據ったもの

性靈集略注

7、某氏注に趙琮注を付加した詩注本

中右記、新樂府略意、幼學指南鈔、太子傳玉杯抄

8、陽明詩注本

台記

9、張庭芳注に某氏注・趙琮注を付加した詩注本

和漢朗詠私注

10、張庭芳注に酷似本

三教指歸註、塵袋

11、張庭芳注以外の詩注本

三教指歸註刪補、三教指歸註（覺明撰）

12、本文のみなら建治本、延寶本、松平本、詩注本なら慶應大詩注本、天理大詩注本に據ったもの

岷江入楚

13、古寫本の改竄本に據ったもの

因緣抄

14、不明なもの

拾遺和歌集、百詠和歌、鏡尙和尙語錄

15、中國系（集本、全唐詩本）に據ったもの

和李嶠百二十詠、詩學逢原、詩律兆、南海詩訣、佩文齋詠物詩

16、古寫本と全唐詩本に據ったもの

夜航詩話

以上の如く依據が多岐に亙ったのは詩注本の資料が少ないことに依る。殊に張方注、趙琮注、某氏注の資料が壓倒的に少ないことに依る。資料が少ないのに無理に結論を求めるところに難がある。

注

第一章　詠物詩について

(1) 學津討原（叢書集成新編所收）に據る。
(2) 四部叢刊本は「庶」を「鹿」に作るが、戸田浩曉氏の「文心彫龍校勘」（『支那學研究』第七册上〈昭和二十六年〉所收）に據ると、「〈黄本校・庶元作鹿、曹改〉汪本・嘉靖本・京本作鹿」とある。ここでは「庶」に従う。
(3) 『學海堂初集』巻七所收。
(4) 『中國中世文學研究』下篇、第三章、二永明詩人の詠物詩。
(5) 『魏晉詠物賦研究』第一章、第一節「詠物賦之義界」。
(6) 『唐才子傳』巻一の「李嶠」の項に「單提詩一百二十首」とあるのは、『郡齋讀書志』を踏襲したものか。
(7) 底本及び建治本などの舊鈔本の目録は「路」に作るも、本文の詩題は「洛」に作る。内容的にも「洛」の方が適う。
(8) 底本の目録は「菰」に作り、本文の詩題は「瓜」に作る。建治本などの舊鈔本は目録も本文の詩題も「苽」に作る。
(9) 「雀雉鸞」を全唐詩本や李嶠集本などの中國傳本は「雉燕雀」に作る。
(10) 「琵琶」を御物本の目録は「琶琵」に作るが、誤寫である。天理大詩注本は「琵」に作る。これは他の單題に倣ったと考えられる。
(11) 「鐘」を中國傳本の唐百家詩（一百七十一巻、一百八十六巻）本、唐人小集本は「鍾」に作る。

(12) 四部叢刊本には記載なし。『玉臺新詠箋註』（清呉兆宜原注、清程琰刪補、乾隆三十九年、稻香樓刊本）に收錄。
(13) 前同。
(14) この「瓜」は前後の詩題から考えて、「菰」ではないかと思う。その場合、『藝文類聚』巻八十二に梁の沈約の詩を收錄する。
(15) (12) に同じ。
(16) 『嚴陸校宋本』（『初學記』所收）は「詠李」に作る。
(17) 『藝文類聚』巻九十には詩題を記載していないが、諸本の詩題によって掲載する。
(18) (12) に同じ。
(19) 四部叢刊には一首あるが、『玉臺新詠箋註』には二首を收錄する。
(20) (12) に同じ。
(21) 馮校本は謝惠連に作る。
(22) 逯欽立は『先秦漢魏晉南北朝詩』（陳詩巻十）の中で「宋本初學記作釋惠標」と注記する。
(23) 『文苑英華』巻一百六十三にもう一首あるが、『初學記』巻六は「祖孫登蓮調詩」に作る。
(24) 『嚴陸校宋本』に據る。
(25) 前同。
(26) 前同。
(27) 中文出版社、一九八八年二月再版。
(28) 『元氏長慶集』巻五十六「墓誌」所收。
(29) 『王力文集』第十四巻、第一章、第四節、近體詩的用韵。
(30) 前同。
(31) 『支那文學概論』第三篇、第二十九章詩の三體。
(32) 『支那文學概論』第四章、第三節、第一項（三）押韻法。

(33)『氷川詩式』巻四「五言律仄韻」（和刻本漢籍隨筆集17、汲古書院、昭和五十二年十月發行所收）

(34)『日本詩話叢書』第參巻所收。

(35) 第一章、第四節近體詩的用韻。

(36)『支那文學考』第二篇韻文考「第十九章　近體　上」

(37)『全唐詩』巻三十三「于志寧」に「冬日宴二群公於宅一各賦二一字一得レ杯」がある。

(38)『舊唐書』巻七十八「于志寧傳」に「貞觀三年、太宗特令レ預レ宴、卽加授二散騎常侍一　行二太子左庶子一。」とあり、『唐書』巻一百四「于志寧傳」に「貞觀三年、爲二中書侍郎一。（中略）帝悟、特詔預レ宴、因加二散騎常侍・太子左庶子・黎陽縣公一」とある。

(39)『舊唐書』巻七十八「于志寧傳」に「及三高宗爲二皇太子一、復授二志寧太子左庶子一、未レ幾遷二侍中一」とあり、『唐書』巻一百四「于志寧傳」に「晉王爲二皇太子一、復拜二左庶子一、遷二侍中一、加二光祿大夫一、進封二燕國公一、監二脩國史一」とある。この事件は『唐書』巻二「太宗紀」によると「貞觀十七年、四月乙酉、廢二皇太子一爲二庶人一、漢王元昌、侯君集等伏レ誅。丙戌、立二晉王治一爲二皇太子一、大赦」とあるので、貞觀十七年のことであることがわかる。

(40)『王力文集』第十四巻「漢語詩律學㊤」、第一章、第六節平仄的格式。

(41)『支那文學考』第二篇韻文考第十九章近體上。

(42)『王力文集』第十四巻「漢語詩律學上」、第一章、第五節首句用韻問題。

(43)『四溟詩話』巻二（『歴代詩話續編下』所收）

(44)『日本中國學會報』第二十五集（日本中國學會發行、一九七三年十月）

(45)『東方學』第四十輯（東方學會發行、昭和四十五年九月）

(46)「律詩の「子類特殊形式」について」（『東方學』第四十輯所收）

(47)「初唐期における五言律詩の形成」（『日本中國學會報』第二十五集所收）

(48) 前同。

(49)『漢語詩律學(上)』第一章、第九節平仄的特殊形式（『王力文集』第十四卷所收）

(50)(46)に同じ。

(51)(49)と同じ。

(52)(49)と同じ。

(53)高島氏が呼稱す。

(54)前同。

(55)前同。

(56)前同。

(57)前同。

(58)(47)と同じ。

(59)『詩律兆』卷一、五言律詩上、變調。

(60)養素堂板の黄叔琳輯注本は「八」を「句」に作る。

(61)空海は『文鏡祕府論』卷三、東卷の「論對」の中で「元氏云、易曰水流レ濕、火就レ燥、雲從レ龍、風從レ虎。書曰滿招レ損、謙受レ益。此皆聖作切對之例也」といい、『周易』「乾」の「文言傳」と『尙書』「大禹謨」から文を引用して説明している。『文鏡祕府論』にいう「元氏云」の元氏は元兢（唐）であろう。元兢の著作は現存しないので確認の仕樣がないが、『文鏡祕府論』にみえる『元兢髓腦』ではないかと考える。

(62)『藝文類聚』卷十一の「帝王部一、帝堯陶唐氏」や『太平御覽』卷五百六の「高士傳」、同卷五百七十二の「樂部十、歌三」、同卷七百五十五の「工藝部十二、擊壤」や『樂府詩集』卷八十三の「歌辭」に收錄する。

(63)『文選』卷十九「詩甲」に收錄する。『初學記』卷十七「孝第四」にも收錄する。

(64)『支那文學考』第二篇韻文考第二十一章の「對偶法」

(65)『中國文學における對句と對句論』第二章「對句の分類」及び第三章「對句評論」

(66)『中國詩歌原論』六、詩と對句の「中國古典詩における對偶の諸相」の㈥「對句」
(67)『唐詩語言研究』第一章、唐詩的格律、第四節　近體詩的用韻和對仗。
(68)『漢語詩律學』(上)第一章、近體詩、第十三節　近體詩的對仗、第十四節　對仗的種類、第十五節　對仗的講究和避忌（『王力文集』十四巻所收）及び『詩詞格律』第二章、詩律、第四節　律詩的對仗（『王力文集』十五巻所收）
(69)『氷川詩式』巻一「五言律詩」に收む。
(70)『支那文學考』（第二篇韻文考）二六六頁～二六七頁。
(71)『中國文學批評史』第四篇、隋唐文學批評史第一章、詩的對偶及作法(上)、第二章、詩的對偶及作法(下)
(72)「麗辭之體、凡有二四對一。言對爲レ易、事對爲レ難、反對爲レ優、正對爲レ劣」（麗辭三十五）
(73)『詩人玉屑』巻七の「屬對」に『詩苑類格』（宋・李淑撰）に收めたものを記載する。
(74)『文鏡祕府論』東巻（三巻）の「二十九種對」の中に十二―十七までを「右六種對出元兢髓腦」として記載する。
(75)右書「二十九種對」の二十六―二十八に「右三種出崔氏唐朝新定詩格」として記載する。
(76)右書「二十九種對」の十八―二十五に「右八種對出皎公詩議」として記載する。
(77)『作文大體』（群書類從第九輯所收）の「第六字對」に「凡詩有二八對一。其中常可レ用者。色對、數對、聲對是也」とある。
(78)『拾芥抄』上（『大東急記念文庫善本叢刊中古中世篇類書Ⅱ』汲古書院、平成十六年三月所收）に「凡詩有二八對一。所レ謂色對、數對、聲對等也。或云、的名對、異類對、雙擬對、聯綿對、隔句對、ミミ《ママ》、互（原文作牙）成對、謂二之七對一。」とある。
(79)『二中歷』第十二（改定史籍集覽第廿三冊、臨川書店刊、昭和五十九年四月所收）に「八對謂二平奇同異字聲正側一。一曰、平對。二曰、奇對。三曰、同對。四曰、異對。五曰、字對。六曰、聲對。七曰、正對。八曰、側對」とある。この八對は『文鏡祕府論』にみえる元兢の『詩髓腦』に「異對」と「正對」を加えたものである。
(80)羅列的、非整合的な傾向については、既出『中國詩歌原論』の「中國古典詩における對偶の諸相」の「對句」に詳論がある。
(81)『唐詩語言研究』第一章　唐詩的格律、第四節　近體詩的用韻和對仗。
(82)『文鏡祕府論』にいう「同類對」や「鄰近體」に相當する。

(83)『文鏡祕府論』にいう「字對」に相當する。
(84)『文鏡祕府論』にいう「聲對」に相當する。
(85)『漢語詩律學』第一章、第十四節「對仗的種類」（『王力文集』十四卷所收）
(86)「詩詞格律」第二章、第四節「律詩的對仗」（『王力文集』十五卷所收）
(87)『漢語詩律學』(上)第一章、第十五節「對仗的講究和避忌」（『王力文集』十四卷所收）
(88)『唐詩語言研究』第一章、第四節「近體詩的對仗」。蔣氏はこのほかに「聯綿對」と「回文對」を擧げている。
(89)『詩詞格律概要』（『王力文集』十五卷所收）卷上第四章、第一節「今體詩的對仗」。松浦氏は『中國詩歌原論』の「中國古典詩における對偶の諸相」の「對句」の中で、數對、方位對、色對は「〝的名對〟の側として位置づけるのが妥當だと言えるであろう」という。
(90)『流水對』については、兒島氏『支那文學考』第二篇韻文考第二十一章對偶法。張思緒著『詩法概述』第二章、第三節「詩的對仗」。蔣紹愚著『唐詩語言研究』第一章、第四節「近體詩的對仗」などに先賢の說を擧げて說明している。
(91)『日本詩話叢書』第貳卷所收。
(92)前同書第壹卷所收。
(93)ここにいう〝轉換語〟とは南海のいう「句ノ轉ズル所ニ用ル字」のことである。
(94)『詩訣』（『日本詩話叢書』第壹卷所收）
(95)蔣氏は『唐詩語言研究』第一章、第四節「近體詩的對仗」の「雙聲」の中で、「麗蘭、疊韵（按、疑爲雙聲之誤）」といい、疊韻は雙聲の誤りであると指摘する。
(96)兒島氏は『支那文學考』第二十一章「對偶法」の中でもこれを引用する。
(97)『叢書集成新編』七十八册所收。
(98)(96)に同じ。
(99)『唐詩語言研究』第一章、第四節「特殊的對仗」。蔣氏はこのほかに〝聯綿對〟〝回文對四小類〟を擧げるが、雜詠詩にはこの對偶はみえない。

(100) 『歴代詩話』下（中華書局、一九八一年四月所收）

(101) 三浦梅園は『詩轍』巻四（『日本詩話叢書』第六巻所收）の中で指摘する。

(102) 『支那文學考』第二十一章「對偶法」に引用する。

(103) 算博士は詩文に多くの數字を使用する者を譏っていう。張鷟の『朝野僉載』巻六に「賓王好以レ數對。如二秦地重關一百二、漢家離宮三十六一、號爲二算博士一」とある。この記事は『全唐詩話』巻一や『氷川詩式』巻十にも引用されている。

(104) 駱賓王の五言八句詩の數對。（七十首、二百八十聯）

詩句		聯	詩題
1 素服三川化	鳥裘十上還	頸	途中有懷
2 萬行流別淚	九折切驚魂	頷	送費六還蜀
3 還愁三徑晚	獨對一清尊	尾	右同
4 締賞三清滿	承歡六義通	頷	初秋登王司馬樓宴同字
5 千里風雲契	一朝心賞同	首	初秋於竇六郎宅宴
6 二三物外友	一百杖頭錢	首	冬日宴
7 願言遊泗水	支離去二漳	首	送宋五之問得涼字
8 一丘余枕石	三越爾懷鉛	首	送劉少府遊越州
9 千里年光靜	四望春雲生	首	賦得春雲處處生
10 九秋行已暮	一枝聊暫安	首	秋蟬
11 擢秀三秋晚	開芳十步中	首	秋菊
12 丘陵一起恨	言笑幾時懽	頷	樂大夫挽詞五首其一
13 百年三萬日	一別幾千秋	頷	同其二
14 九原如可作	千載與誰歸	尾	同其三
15 一旦先朝菌	千秋掩夜臺	首	同其四
16 華表迎千歲	幽扃送百年	頸	同其五
17 百齡嗟倏忽	一旦向山阿	首	丹陽刺史挽詞三首其一
18 城郭三千歲	丘陵幾萬年	頸	同其二
19 短歌三獻曲	長夜九泉臺	首	同其三

（・印は筆者）

聯名	聯數
首聯	10
頷聯	4
頸聯	3
尾聯	2
計	19

數字	頻度
一	9
二	2
三	9
四	2
五	0
六	1
七	0
八	0
九	4
十	2
百	4
千	7
萬	3
幾	3

駱賓王の數對は首聯に集中しており、その使用している數字は「一」「三」「千」が他の數字をはるかに上回っている。

(105) 荒井健氏はその論文「李賀の詩――特にその色彩について――」(『中國文學報』第三册)の中で「李賀の詩のなかの色彩語數は、總字數に對して三・三パーセントにあたる。王維では一・五パーセント、韓愈では〇・八パーセント。李賀の場合は三〇字に一字、王維・韓愈ではそれぞれ六七字及び一二五字に一字の割合で、色彩語が使われていることになる」という。

(106) 『全唐詩』(中華書局、一九六〇年)と『全唐詩外編』(中華書局、一九八二年)とに據る。

(107) 李賀の五言八句(含律詩)全四十首(百六十聯)のうち色對は次の八聯である。

詩句	聯	詩題
1 天上分金・鏡　人間望玉・鉤	頸	七夕
2 雲生朱・絡暗　石斷紫・錢斜	頷	過華清宮
3 玉・椀盛殘露　銀・燈點舊紗	頸	同
4 白・景歸西山　碧・華上迢迢	首	古悠々行
5 銅鏡立青・鸞　燕脂拂紫・綿	首	謝秀戈有妾縞練改從於人秀才引留之不得生感憶座人製詩嘲謝賀復繼四首其二
6 吳苑曉蒼蒼・　宮衣水濺黃・	首	追賦畫江潭苑四首其一
7 旗溼金・鈴重　霜乾玉・鐙空	頸	同
8 露重金・泥冷　盃闌玉・樹斜	頸	答賦

(・印は筆者)

(108) 『文鏡祕府論』巻三(東巻)の「論對」にみえる。

(109) 王氏は『漢語詩律學』上、第一章、第十四節「對仗的種類」第八類の「顏色對」の中で色彩語として「金(黃)、玉(白)、銀(白)」を擧げている。

(110) 松岡武著『色彩とパーソナリティ』(金子書房、一九九一年八月刊)頁九。

(111) 金子隆芳著『色彩の心理學』(岩波書店、一九九四年十月刊)一百七十一頁の中で「白は寒色で黒は暖色といわれる。(中略)夏は白装束になるのも白が寒色だからであろう」という。

(112) 大山正著『色彩心理學入門』(中央公論社、一九九四年一月)一百九十七頁。

(113) 右書二百頁。

(114) 野村順一著『色の祕密』(文藝春秋、一九九〇年四月) 一百十五頁～一百十六頁。
(115) 右書一百二十頁～一百二十一頁。
(116) 右書一百二十八頁～一百二十九頁。
(117) 『漢語詩律學』(上)、第一章、第十四節　對仗的種類。(『王力文集』十四卷所收)
(118) 數字を用いた熟語の場合、五色、九光、千年、七月など。色彩語の場合、青山、白馬、丹鳳など。
(119) (117) に同じ。
(120) 兒島氏の『支那文學考』第二十一章　對偶法に詳しい。
(121) 「綠珠」と「弄玉」は人名であるが、ここでは「珠」と「玉」を借りて借對とする。
(122) 下句の「王祥」の「祥」は人名であるが、ここでは「祥瑞」の「祥」を借りて借對としている。
(123) 『和刻本漢籍隨筆集』第二十集所收。(汲古書院、昭和五十三年三月刊)
(124) 『學津討原』(清嘉慶張海鵬輯刊本) 所收。
(125) 宋・魏慶之の『詩人玉屑』卷七「用事」にも收錄する。
(126) 上海古籍出版社 (原中華上編版)、一九五八年十月刊。
(127) 「古」は「左」の誤り。
(128) 「陽」は「湯」の誤り。
(129) 四部叢刊本に據る。
(130) 『顧氏文房小說』(『叢書集成新編』所收)『古今注』(『四部叢刊』所收) 略同文あり
(131) 『初學記』卷六「河第三」は出典を「河圖」として、ほぼ同文を載す。
(132) 『藝文類聚』卷六十「軍器部、弩」及び『太平御覽』卷三百四十八「兵部七十九、弩」に收錄する。
(133) 『指海』(清道光銭熙祚校刊) 本に據る。
(134) 「治要作㆔帝力何有㆓於我㆒哉」の注あり。

(135)『漢文大系』(冨山房刊、昭和五十年)

(136)通行本『淮南子』(含四部叢刊本)にはみえない。

(137)陽明詩注本は『淮南子』を出典とするが、「乾鵲去來、七月七日、烏鵲塡レ河成レ橋、織女渡」と記す。

(138)天理大詩注本は出典を『風俗通』とする。

(139)陽明詩注本は『淮南子』以外に「一本」として「風俗記曰、七月七日、鵲毛塡レ河爲レ橋、與二織女一過也」と記す。

(140)この說話は『太平御覽』巻九百六十三、『初學記』巻二十八にもみえる。

(141)「陽」を諸書全て「湯」に作る。

(142)『李嶠詠物詩解』の注と多少異なる。

(143)天理大詩注本、陽明詩注本は『穆天子傳』を引くが、その說話は「穆天子傳曰、周穆王以二八駿馬、赤驥、黃渠、驊騮、騄駬一、天子遊二瑤池一、見二西王母一曰、行二萬里一也」を收錄する。

(144)前同。

(145)『藝文類聚』巻五十六所引『穆天子傳』

(146)陽明詩注本は「左思傳《ママ》曰、呉伐レ楚、々執レ燧志二於象一、奔二呉軍一敗也。一本左傳曰、楚與レ呉戰レ鉞。執二燧象一、與奔二呉軍一敗」と記載する。

(147)『子彙』(叢書集成新編所收)本に據る。

(148)徐注本には「繁弱之弓」がない。

(149)天理大詩注本は「一本、楚王載三繁弱之弓與二忘皈之矢一、射二兕於雲夢一也」に作る。

(150)『琳琅祕室叢書』(『叢書集成新編』所收)本に據る。

(151)『增訂漢魏叢書』(金谿王氏刻八十六種)本に據る。

(152)應安頃刊五山版『蒙求』(『蒙求古註集成』上巻所收)

(153)『三齊略記』を引くも節錄で異なる。

(154) 天理大詩注本は「董孤古之良史也」のみ。
(155) 『増訂漢魏叢書』本に據る。
(156) 天理大詩注本の『史記』は「秦文公代（伐二）南山梓樹一、中有二青牛一、出走入二豊水一」のみ。
(157) 陽明詩注本は『列女傳』を典據とする。
(158) 詩解本は『列異經』を典據とする。
(159) 天理大詩注本は出典名なし。
(160) 陽明詩注本は『史記』を典據とする。
(161) 『越絶書』を典據にする。
(162) 出典名なし。『晏子春秋』の節録か。
(163) 出典名なし。
(164) 出典名なし。『淮南子』の節録か。
(165) 書名のみ。
(166) 『古今逸史』（『叢書集成新編』所收）本に據る。
(167) 典據を『左傳』にするが、『史記』の誤り。
(168) 出典名のみ。
(169) 前同。
(170) 『平津館叢書』（『叢書集成新編』所收）本に據る。
(171) 出典を『史記』に作るが、『史記』になし。
(172) 出典名と本文の「燕太子」を兼用したものか。
(173) 出典名なし。
(174) 「先」を「光」に作るべし。

(175) 注はないが、「一本」として『史記』を採録する。
(176) 『蔣子萬機論』は『太平御覽』巻八百九十「獸部二、象」や『事類賦注』巻二十「獸部一、象」などにみえる。
(177) 出典名なし。
(178) 前同。
(179) 『湖海樓叢書』(『叢書集成新編』所收) 本に據る。『太平御覽』巻九百十七「羽族部四、雉」にほぼ同文あり。
(180) 『韓非子』とほぼ同文の「燕書曰、夜晝火不レ明。相曰、擧レ燭者高レ明也。擧レ賢任レ國以理也」を引く。
(181) 『琳琅祕室叢書』(『叢書集成新編』所收) 本に據る。
(182) 天理大詩注本は「風俗通云、箏五絃、今涼州箏形如レ琴。不レ知二誰改一也。或曰蒙恬所レ造也」に作る。
(183) 詩解本は「風俗通、或曰蒙恬所レ造」とのみ記す。
(184) 出典名なし。
(185) 前同。
(186) 前同。
(187) 最後の一句のみを記す。
(188) 前同。
(189) 出典名なし。
(190) 『古今逸史』(『叢書集成新編』所收) 本に據る。
(191) 出典名なし。
(192) 『增訂漢魏叢書』本に據る。同文が『五朝小說大觀』(魏晉小說傳奇家)、『說郛』(宛委山堂本) 弓一百十一などにみえる。守山閣叢書本『漢武內傳』には校注があり、末尾に「校勘記」が附されている。
(193) 內容が少し異なる。
(194) 前同。

(195)　前同。
(196)　既出『漢武內傳』は「以㆓珊瑚㆒爲㆑軸、紫錦爲㆑嚢、安著㆓柏梁臺上㆒」に作る。
(197)　(166)に同じ。
(198)　出典名なし。注は「大風起兮雲飛揚」のみを記す。
(199)　出典名なし。
(200)　出典名なし。注は「漢高祖困平城之圍。大霧三日」と記す。
(201)　獨自の注を持たないが、「一本注」を擧げる。
(202)　出典名なし。
(203)　前同。
(204)　前同。
(205)　前同。
(206)　前同。
(207)　前同。
(208)　出典名なし。注は「東方朔字曼倩、待㆓詔金馬門㆒」のみを記す。
(209)　「箭」の出典名なし。
(210)　「石」の出典名なし。「箭」の典據なし。注は「李廣軍」のみ。
(211)　典據を『漢書』とするが、その注は『漢書』と異なる。
(212)　出典名なし。
(213)　前同。
(214)　前同。
(215)　注は『西京雜記』と異なる。

(216) (1)(2)共に出典名なし。
(217) (1)の注のみ。原本に(2)を欠く。
(218) (1)(2)共に出典名なし。
(219) 「李陵與二蘇武一詩」の冒頭の二句を引用する。
(220) (1)は前同。(2)は『漢書』を引用する。
(221) (1)に「李陵與二蘇武一詩」の四句のみを引用する。
(222) 『太平御覽』巻四十四「地部九、龍首山」にも收録する。
(223) 出典名なし。
(224) 注は『漢書』を引用する。
(225) 出典名を省く。
(226) 典據を示さず。
(227) 典據を略す。
(228) 出典名なし。
(229) 出典名を省く。
(230) 前同。
(231) 前同。
(232) 『祕册彙函』(『叢書集成新編』所收)本に據る。
(233) 典據を『漢書』として引用する。
(234) 前同。
(235) 出典名なし。
(236) 『夷門廣牘』(『叢書集成新編』所收)本に據る。

(237) 出典名なし。
(238) 前同。
(239) 前同。
(240) 出典名を省く。
(241) 『古今逸史』（『叢書集成新編』所收）本に據る。
(242) 『增訂漢魏叢書』本に據る。
(243) 出典名なし。注は「五鹿岳々、朱雲折其角」のみ。
(244) 出典名なし。
(245) 出典名を省く。
(246) 前同。
(247) 前同。
(248) 前同。
(249) 出典名なし。
(250) 節錄。
(251) 注は「乾鵲噪而行人至」のみ。
(252) 『夷門廣牘』（『叢書集成新編』所收）本に據る。
(253) 『祕册彙函』（『叢書集成新編』所收）本に據る。
(254) 出典名を『神仙傳』に作る。
(255) 前同。
(256) 『夷門廣牘』（『叢書集成新編』所收）本に據る。
(257) 『初學記』巻二十一「文部、墨第九」は『漢官儀』を『漢書』に作り、また、別項では「漢官」に作る。孰れも誤りである。

また、諸本は『漢官儀』に作るが、『漢官典儀』の誤りである。
(258)『北堂書鈔』巻一百四「藝文部十、墨四十八」所載『漢官儀』は「尙書令僕賜節糜大墨一枚」に作る。
(259)出典名を省く。注は節録で「後漢張堪爲漁陽太守。人歌曰、麥穗兩岐秀」と記す。
(260)出典名を省く。
(261)『函海』（『叢書集成新編』所收）本に據る。『太平御覽』巻七十三所載『華陽國志』も同じ。
(262)出典名を省く。
(263)『琳琅祕室叢書』（『叢書集成新編』所收）本に據る。
(264)出典名は同じであるが、內容を異にする。
(265)出典名を省く。
(266)出典名なし。
(267)出典名を省く。
(268)陽明注本『百二十詠詩注』にみえる。『孝子傳』には作者が多數いるが、この注の作者は未詳。
(269)出典名を『漢書』とするは誤りか。『後漢書』の本文とも稍異なる。
(270)出典名なし。
(271)出典名なし。類似の說話あるも『後漢書』と異なる。
(272)出典名を省く。
(273)前同。
(274)『學津討原』（『叢書集成新編』所收）本に據る。
(275)出典名なし。
(276)陽明詩注本所錄の佚書『籯金集』の注文に收錄する。
(277)『祕册彙函』（『叢書集成新編』所收）本に據る。

(278) 出典名なし。
(279) 前同。
(280) (277) と同じ。
(281) 出典名なし。
(282) 前同。
(283) 『指海』(『叢書集成新編』所收) 本に據る。
(284) 五・六句のみを記す。
(285) 出典名を省く。詩は五・六句のみ。
(286) 前同。
(287) 出典名を『典略』に作る。
(288) 出典名を省く。
(289) 節錄。
(290) 出典名を省く。
(291) 出典名を『幽冥錄』に作る。
(292) 「古」は「左」の誤り。
(293) 『百川學海』(『叢書集成新編』所收) 本に據る。
(294) 『古今逸史』(『叢書集成新編』所收) 本に據る。
(295) 出典名なし。注は一部分を掲載する。
(296) 『增訂漢魏叢書』本に據る。
(297) 「子」を原文は「字」に作る。諸本により「子」に改む。
(298) 『太平御覽』は「先」を「仙」に作る。誤り。『五朝小說大觀』も「先」に作る。

(299) 出典名なし。注は部分的。
(300) 出典名を『東陵先賢傳』に作る。
(301) 出典名なし。注は部分的。
(302) 出典名を省く。
(303) 出典名なし。
(304) 前同。
(305) 前同。
(306) 「夏」字は「憂」字の誤寫。
(307) 『六臣註文選』に據る。
(308) 出典名なし。
(309) 前同。
(310) (277) に同じ。
(311) (252) に同じ。
(312) 出典名なし。
(313) 前同。
(314) 「鄧芝」を「劉文」に作る。
(315) 出典名なし。
(316) 前同。
(317) 出典名なし。注は「衞玠乘㆓白羊㆒入㆓於洛陽市㆒。觀者咸謂㆓之玉人㆒也」と記す。
(318) 注は(2)のみに付す。但し、その注には「衞玠烈傳曰、玠群伍之中、實有㆓梁人望㆒。髫齓時、乘㆓白羊㆒［入㆓］於洛陽市㆒、觀者咸曰、誰家璧人也。晉書」とある。

(319) 注は(2)のみに付す。
(320) (1)(2)共に出典名なし。
(321) 注は(2)のみに付す。
(322) 前同。
(323) 出典名なし。
(324) 前同。
(325) 出典名なし。注は節録。
(326) 前同。
(327) 出典名を省く。
(328) 出典名を省く。
(329) (274)に同じ。
(330) 出典名なし。注は要點のみ採錄。
(331) (274)に同じ。
(332) 出典名なし。
(333) 出典名を『冀苑志』に作る。これは『異苑』の誤り。
(334) 注は最後の一文のみ。
(335) 風俗通義の逸文。『事類賦』巻一「天部、月」、『太平御覽』巻四「天部四、月」、『事文類聚』前集巻二「天道部、月」に收錄する。
(336) 出典名なし。
(337) 注は(2)にはあるが、(1)にはなし。
(338) 注は(1)にはあるが、出典名なし。(2)にはなし。

(339) 注は⑴にはあるが、⑵になし。
(340) 出典名なし。
(341) 出典名を省く。
(342) 出典名なし。
(343) 注は冒頭の二句のみ。
(344) 前同。
(345) 『北史』巻四十三「李崇傳第三十一」にもみえる。
(346) 『太平御覽』巻四百九十七に收録する説話は『增訂漢魏叢書』巻十に收録する説話とほぼ同じで、やや詳述したものが、『太平廣記』巻二百三十三「酒」の「千日酒」に「出博物志」として收録されている。
(347) (351) に同じ。
(348) 注は節録。
(349) 注は『幽明録』の前半と「遙射㆑之、卽獲㆓一獺㆒」とを接續したもの。
(350) 注は節録。
(351) 注は「書曰、武王放㆓牛桃林之下㆒也」に作る。
(352) (351) に同じ。
(353) 上欄に㈲の詩句と注を記載する。
(354) 出典名なし。
(355) ㈹の注にみえる。
(356) 『周易』巻七「繫辭上」に「河出㆑圖、洛出㆑書、聖人則㆑之」とある。
(357) ㈷の注にみえる。
(358) 出典名なし。

(359) 典據を『尙書傳』とする。
(360) (イ)の注のみ。
(361) (ロ)の注のみ。
(362) (ホ)の注のみ。
(363) 『藝文類聚』巻六十「軍器部、弓」所引『風俗通』は「柘桑之林」を「柘桑之枝」に作る。
(364) 『重栞宋本左傳注疏本』（藝文印書館印行、民國五十四年六月）に據る。
(365) 『經典釋文』は「本又作レ供」に作る。
(366) 吳云・冀宇共著『唐太宗集』（陝西省新華書店發行、一九三六年九月）の校注。
(367) 出典名なし。
(368) 前同。
(369) 前同。
(370) 前同。
(371) 出典名なし。注も節錄。
(372) 前同。
(373) 出典名を『周書月令』に作る。注は「冬取槐檀之火」の一文のみ。
(374) 前同。
(375) 典據を『馬融論語註』とする。
(376) 既出。『十三經注疏』（藝文印書館）本に據る。
(377) 出典を「地官封人」に作るが、「地官鼓人」の誤りである。
(378) 出典名なし。
(379) 『藝文類聚』巻九十五「鼠」所錄の『爾雅』は「豹文鼮鼠」に作る。

(380)『知不足齋叢書』（『叢書集成新編』所收）本に據る。
(381)出典名を『論語疏』に作る。
(382)前同。
(383)出典名なし。
(384)「敫」を佚存叢書本は「激」に作る。「激」では詩句の意が通じないので、諸本に従って「敫」に改訂する。
(385)注を「說文曰、檄者二尺也。漢木敷聲於木邊敷字」に作る。意味不明。
(386)出典名を『京房易若候』に作る。誤寫。注も「視㆓西方㆒、火雲五色。其青潤蔽㆑日、可㆑擧㆓賢良㆒也」に作る。
(387)出典名を『易類』に作る。
(388)出典名を『易類謀』に作る。
(389)出典名なし。
(390)『墨海全壺』（『叢書集成新編』所收）本に據る。
(391)出典名なし。注も部分的に省略する。
(392)出典名なし。
(393)前同。
(394)『春秋考異記』は『春秋考異郵』の誤り。
(395)出典名なし。初學記本と異同あり。
(396)前同。
(397)出典名を『卓氏藻林』に作る。
(398)注は㈡のみ。
(399)『初學記』巻三十と『古詩紀』巻一百は「趙宗儒」を「趙儒宗」に作る。『文苑英華』巻三百三十には作者名なし。
(400)出典名なし。注も部分的に省略する。

(401) 佚存叢書本は「鵠」を「鶴」に作る。ここは通行の「鵠」に改訂する。
(402) 注は『史記』の最後の一句のみ。
(403) 原本は「左」を「右」に作る。
(404) 出典名のみ。
(405) 前同。
(406) 前同。
(407) 「上林賦」は「萬石之鉅」の「鉅」を「虡」に作る。
(408) 出典名なし。
(409) 注は節錄。
(410) 出典名なし。
(411) 『困學紀聞』巻八「經說」に詳論がある。
(412) 眞福寺寶生院古鈔本、應安頃刋五山版本、國會圖書館藏大永五年書寫本、龜田鵬齋校「舊注蒙求」刋本、細合方朋校「韓本蒙求」刋本、林述齋校「古本蒙求」刋本（以上、『蒙求古註集成』所收）も同じ。
(413) 『太平御覽』巻八百十六から採錄する。
(414) 『學津討原』（『叢書集成新編』所收）本に據る。
(415) 『洛中記異』は『洛中記異錄』の誤り。
(416) 「正觀」は「貞觀」の誤り。
(417) 出典名なし。注も多少異なる。
(418) (イ)は『莊子』「秋水」を典據とせず。
(419) 四部叢刋本に據る。
(420) 注が稍異なる。

(421) 注は節録。
(422) 出典名を省く。
(423) 出典名なし。
(424) 前同。
(425) (166) に同じ。
(426) 『論語讖』は『論語比考讖』である。
(427) 注は節録。
(428) 注は(ハ)のみに付す。
(429) 「雪賦」の「游㆓於兎園㆒」の句を注とする。
(430) 『顧氏文房小說』(『叢書集成新編』所收)本に據る。
(431) 注は「雉尾扇起㆓於高祖㆒也」に作る。
(432) 四部叢刊本には「古今注校記二」があり、校勘されている。
(433) 出典名を『古詩所』に作る。
(434) 『太平御覽』巻九百六十九「果部六、梨」所載の『廣志』は同文を記す。
(435) 注は(ニ)のみに付す。
(436) 注は「鉅野大㆓於常菱㆒也」に作る。
(437) 注は「若木末有㆓十日㆒、一在㆑上、九在㆑下」に作る。
(438) (ハ)の注は「大廈、巨屋」のみ。
(439) (ハ)は『神異經』を典據とせず。
(440) 注に「月詩詩已出」とあるので、天理大詩注本から推測して典據とした。
(441) 『初學記』巻一「天部上、月第三」所載の『五經通義』は「蟾蜍」を「蟾蠩」に作り、「陰係陽」を「陰係於陽」に作る。

(442)『初學記』巻二一「文部、墨第九」所載の『論衡』に據る。
(443)前同。
(444)(274)に同じ。
(445)出典名なし。注は「秦有二白鹿原一」のみ。
(446)『經訓堂叢書』(『叢書集成新編』所收)本に據る。
(447)注は「後當有素栢扃床也」のみ。
(448)『太平御覽』巻七百一所載の『東宮舊事』を引用する。
(449)詩解本は「十四牒」を「十二牒」に作る。
(450)『聚珍版叢書』(『叢書集成新編』所收)本に據る。
(451)出典名なし。
(452)出典名なし。『山海經』を(ロ)の典據とせず。
(453)『山海經』を(ロ)の典據とせず。
(454)前同。
(455)出典名なし。注は「霜降則鐘鳴。言自然相感也」に作る。
(456)『古今逸史』(『叢書集成新編』所收)本に據る。
(457)『古今圖書集成』「乾象四十二」所載の『洞冥記』から採取する。
(458)(ロ)の典據を『淮南子』巻十五「兵略」は「水激則悍、矢激則遠」に作る。
(459)注は『抱朴子』の文を略す。
(460)出典名なし。注は『六韜』の原文と異なる。
(461)出典名なし。
(462)『藝文類聚』は「嘗」を「當」に作る。意改。

(463) 校宋刻本『北堂書鈔』（新興書局出版、民國六十年五月刊）に據る。
(464) 『藝文類聚』は「官」字を脱す。今補塡す。
(465) 出典名なし。注は節錄。
(466) 『越絶書』は「石」を「古」に作る。意改。
(467) 注は「赤羽若レ日」のみ。
(468) 佚存叢書本は「馳」を「駞」に作る。今改訂す。
(469) 出典名なし。注に異同あり。
(470) (446)に同じ。
(471) 佚存叢書本は「爪」を「不」に作る。諸本は「爪」に作る。従う。
(472) 出典名なし。
(473) 『初學記』巻三十所載の『永嘉郡記』を引用する。
(474) 『太平御覽』巻八百五所載の『尸子』を引用する。
(475) 注は「凡水方折者必有二美玉一也」のみ。
(476) 出典を『孔子家語』とする。
(477) 出典名を「語」とする。『家語』の誤りか。
(478) 出典名なし。
(479) 佚存叢書本は「樹」を「榭」に作るは誤り。諸本に據り改む。
(480) 佚存叢書本は「營」を「熒」に作る。誤り。意改。
(481) 『祕册彙函』（『叢書集成新編』所收）本に據る。
(482) 『顧氏文房小説』（『叢書集成新編』所收）本に據る。
(483) 『庾子山集注』（中華書局發行、一九八〇年十月刊）

(484)『初學記』巻二十八所載の『玉策記』を引用する。
(485)佚存叢書本は「珍」を「玲」に作る。意改。
(486)『瑞應圖』は「銀甕者刑法中、人不㆑悲則出」のみ。
(487)『增訂漢魏叢書』本に據る。
(488)『大正新脩大藏經』第九巻、法華經部（全）に収む。（大正新脩大藏經刊行會、昭和三十五年八月再刊）
(489)出典名のみ。
(490)注は「釋迦牟尼佛語・普賢菩薩、若人誦㆓此經㆒、我乘㆓六牙白象㆒詣㆓其所㆒」のみ。
(491)『大正新脩大藏經』第十九巻、密教部二に収む。
(492)『文選』は「北」を「叱」に作る。意改。
(493)(タ)の典據として引用する。
(494)(ヨ)の典據として引用する。
(495)前同。
(496)(タ)の典據として引用する。出典名を「古詩」に作る。
(497)注を略す。
(498)出典名なし。注は節録。
(499)出典名を『離騒』に作る。誤り。
(500)注を「天之門兮九重」に作る。
(501)出典名の「對問」を「答問」に作る。誤り。
(502)『曹子建集』巻三「洛神賦」は「芙蕖」を「芙蓉」に作る。
(503)前書巻三「洛神賦」は「得中」を「得衷」に作る。
(504)(イ)を除いた三句の典據とする。

(505) (ロ)と(ニ)の典據とする。
(506) (イ)と(ニ)の典據とする。
(507) 『曹子建集』巻四「植橘賦」は「園庭」を「園廷」に作る。
(508) 「浮出雲」は「出浮雲」の誤りであろう。
(509) 注は「城高短簫發」のみ。
(510) 詩題なし。
(511) (ロ)の典據のみ。
(512) 『庾子山集』は「梨」を「黎」に作るが、『藝文類聚』巻三十六や『文苑英華』巻二百三十は「黎」を「梨」に作る。下句を考慮すると、「梨」の方がよい。また、『藝文類聚』は作者を「庾肩吾」に作る。
(513) 詩題なし。
(514) 出典名のみ。
(515) (イ)に出典名なし。
(516) (ハ)の典據のみ。(ニ)は一本注に據る。
(517) (ハ)の典據のみ。
(518) 詩題なし。
(519) 前同。
(520) (ニ)の典據としない。
(521) 『玉臺新詠集』は詩題を「怨詩」に作り、序文を付す。
(522) 『江文通文集』は「圓」を「圜」に作り、『玉臺新詠集』は「圓」を「團」に作る。
(523) (イ)の典據とせず。(ロ)の詩題なし。
(524) (ロ)の詩注なし。

(525) (ロ)(ハ)の典據とする。

(526) (イ)(ロ)の典據とする。

(527) 前同。

(528) 『太平御覽』巻十二「天部十二、露」所載の「奏事」は「助」を「增」に作る。

(529) 『鮑氏集』巻三は「代陳思王京洛篇」に作り、『樂府詩集』巻三十九は「煌煌京洛行」に作る。

(530) 『藝文類聚』巻九十二「鳥部下、鷰」所載「空城雀操」及び『樂府詩集』巻六十八「空城雀」は「食」を「拾」に作る。

(531) 『藝文類聚』は「冰」を「清」に作る。

(532) 『文選』巻三十、『玉臺新詠集』巻四、『鮑氏集』巻七は「出」を「見」に作る。

(533) 『漢魏六朝一百三家集』所收本。

(534) 前同。

(535) 『玉臺新詠集』巻五は「看二新婦一」に作り、『藝文類聚』巻四十、『初學記』巻十四は「看二新婚一詩」に作る。

(536) 『唐詩紀事』巻三は作者を「董思恭」に作る。

(537) 前同。

(538) 詩題なし。また、「石鏡」を「石裡」に作る。

(539) 出典名を「古詩」に作る。

(540) 前同。

(541) 注は「一本」にみえる。

(542) (イ)の典據とせず。

(543) 前同。

(544) 『樂府詩集』巻三十「相和歌辭」は「希」を「稀」に作る。

(545) (ロ)の典據とせず。

(546)『鮑氏集』は「綠」を「淥」に作る。
(547)佚存叢書本は「潮」に作るが、諸本や意義により「湘」に改む。
(548)『學津討原』（『叢書集成新編』所收）本に據る。
(549)『太平寰宇記』（文海出版社、民國八十二年二月刊）
(550)『駱賓王文集』は「俠」を「狹」に作る。
(551)『初學記』は「款」を「歎」に作る。
(552)『雅兩堂叢書』（『叢書集成新編』所收）本に據る。
(553)『樂府詩集』は詩題を「靑靑河畔草」に作り、『古詩紀』は「擬靑靑河畔草」に作る。
(554)『玉臺新詠集』は「以」を「似」に作る。今、『古詩紀』に據る。
(555)前同。
(556)『初學記』巻十五「樂部上、雜樂第二」所錄。
(557)『樂府詩集』は詩題を「採菱曲」に作る。
(558)『樂府詩集』は「採」を「采」に作る。
(559)『初學記』巻一は「松風」を「風松」に作る。
(560)『欽定四庫全書』本に據る。
(561)『四部叢刊續編』所收本に據る。
(562)出典名を「古詩」に作る。
(563)出典名を「古樂府」に作る。
(564)典據を『宋書』巻二十一「樂志三」の古詞「鷄鳴高樹巓」とする。
(565)出典名を「古詩」に作る。
(566)(ロ)の典據とし、出典名を「古詩」に作る。

(567) (ロ)の出典名を「古歌詞」とし、(ハ)の出典名を「古詩」とする。
(568) 出典名を「古詩」に作る。
(569) 出典名を「古舞歌詩」に作る。

第二章　『李嶠雜詠詩』及び詩注の受容史

(1) 「嵯峨天皇宸翰唐李嶠詩殘卷」（平凡社、昭和七年十月發行）及び『和漢名法帖選集』第二巻所收。
(2) 『日本書目大成1』（汲古書院、昭和五十四年三月發行）所收。
(3) 『本朝文粹註釋』（冨山房、昭和五十年五月發行）に據る。
(4) 山田孝雄「李嶠詩集百二十詠」（「書苑」八號）
(5) 『續群書類從』巻九百三十所收。
(6) 『新日本古典文學大系7』（岩波書店、一九九〇年一月發行）所收。
(7) 『史料大成』（内外書籍株式會社、一九三四年發行）所收。
(8) 『眞言宗全書』第十一所收（眞言宗全書刊行會、昭和八年刊）所收。
(9) 『日本歌學大系』別巻一（風間書房、一九五九年刊）所收。
(10) 『群書類從』第十二輯第一百八十四所收。
(11) 『日本歌學大系』別巻五所收。
(12) 『增補史料大成』（增補史料大成刊行會、臨川書店、一九六五年九月刊）
(13) 『和漢朗詠集私注』（新典社、昭和五十七年四月初版）
(14) 原本は「鳳」を「鳳」に作る。改む。

(15) 原本は「風」を「鳳」に誤る。改む。
(16) 原本は「鳳」を「鳳」に作る。改む。
(17) 原本は「詠」を「記」に作る。改む。
(18) 原本は「嶠」を「喬」に作る。改む。
(19) 原本は「彌」を「旅」に作る。意改。
(20) 原本は「鳳」を「鳳」に作る。改む。
(21) 前同。
(22) 原本は「裹」を「褁」に作る。改む。
(23) 原本は「荷」を「蓮」に作る。改む。
(24) 原本は「桂」を「柱」に作る。改む。
(25) 原本は「志」を「詩」に作る。改む。
(26) 『本朝文集』巻六十六（『國史大系』所收）収録。
(27) 太田次男氏の「白氏新樂府二種の翻印」（斯道文庫論集第五輯所收）に據る。
(28) 原本は「壤」を「壞」に作る。改む。
(29) 前同。
(30) 前同。
(31) 原本は「張」を「能」に作る。改む。
(32) 複刻版『未刊國文古註釋大系』第四（清文堂、一九六九年）所收。
(33) 台灣故宮博物院所藏本
(34) 原本は「詠松」を脱落す。今補充す。
(35) 『大東急記念文庫善本叢刊中古中世篇第十二巻類書Ⅰ』（汲古書院、平成十七年八月發行）の「解説」。

(36) 台灣故宮博物院本の實寫版に據る。
(37) 『群書類從』卷二百二十七所收。
(38) 原本は「花」を「菊」に作る。意改。
(39) 『日本歌學大系』第參卷所收。
(40) 原本は「裏」を「衰」に作る。改む。
(41) 內閣文庫藏『百詠和歌』（江戸寫本）に據る。
(42) 「豹」「舞」「珠」の三詩は一句のみである。
(43) 『文鳳抄』（大東文化大學東洋研究所、一九八一年）
(44) 原本は「貨」を「化」に作る。改む。
(45) 原本は「樹」を「棲」に作る。改む。
(46) 『日本歌學大系』別卷二所收。
(47) 慶應大學圖書館所藏寫本。
(48) 原本は「始」を「女」に作る。改む。
(49) 『日本古典全集』（日本古典集刊行會、一九三六年三月）所收。
(50) 慶應大詩注本は「流」を「滔」に作る。改む。
(51) 『中世古今集注釋書解題二』資料篇『弘安十年古今集歌注』（赤尾照文堂、一九七三年四月）
(52) 『五山文學新集』第六卷（東京大學出版會、一九七二年三月發行）所收。
(53) 『校註日本文學大系』十五・十六（國民圖書、一九二六年四月刊）
(54) 『未刊國文古註釋大系』第四所收。
(55) 『大日本佛教全書』第七十一卷、史傳部（鈴木學術財團、一九七二年）所收。
(56) 原本は「如笑驗」を「如笑、驗」に作る。改む。

(57) 原本は「濕」を「涅」に作る。改む。
(58) 『國文注釋全書』第三卷（すみや書房、一九〇七年十二月）所收。
(59) 『續群書類從』十九輯下所收。
(60) 『覆刻日本古典全集』（現代思潮社、一九七七年十一月）所收。
(61) 『群書類從』第十三輯卷二百二十五所收。
(62) 『日本思想家史傳全集』一所收。
(63) 原本は「班圖」を「斑志」に作る。改む。
(64) 『覆刻日本古典全書』所收。
(65) 『日本歌學大系』第六卷所收。
(66) 『續々群書類從』第十五輯所收。
(67) 『國文注釋全書』第三、第十四卷所收。
(68) 『古典文庫』第四百九十五册（東京古典文庫、一九八八年一月）所收。
(69) 『眞言宗全書』第四十所收。
(70) 『續々群書類從』第十五輯所收。
(71) 東北大學附屬圖書館所藏狩野文庫マイクロ版集成　VOL AEB—015。
(72) 『日本隨筆大成』新版—期二十（吉川弘文館、一九七六年七月）
(73) 『日本詩話叢書』第貳卷（文會堂書店、大正九年五月發行）所收。
(74) 『國文註釋全書』第六卷（すみや書房、一九六八）
(75) 『日本詩話叢書』第拾卷所收。
(76) 『日本詩話叢書』第壹卷所收。
(77) 架藏本。

（78）建治（田中・陽明）本、成簣堂本、國會本、內閣文庫本、陽明文庫本、延寶刊本等を指す。しかし、館佩本との校比においては集本、全唐詩本に較べて必要性が薄いので、一括して國內本と稱す。
（79）『日本詩話叢書』第貳巻所收。
（80）『夜航詩話』は頷聯を頸聯に誤る。

尙、原則として四部叢刊所收の書籍には所在を指示しない。

引用書目

壒嚢鈔	覆刻日本古典全集本
晏子春秋	四部叢刊本
異苑	學津討原本
一百二十詠詩注	天理大學圖書館所藏
尹文子	四部叢刊本
因縁抄	古典文庫所收本
因明義斷	書苑所引
韻補	連筠簃叢書本
色の秘密	野村順一著
色葉和難集	日本歌學大系本
上宮太子拾遺記	大日本佛教全書本
雲笈七籤	四部叢刊本
雲南通志	四庫全書本
淮南子	四部叢刊本
永嘉郡記	藝文類聚所引
易是類謀	太平御覽所引
易通統圖	太平御覽所引
益州記	宛委山堂說郛本
益都金石記	四庫全書本
越絕書	四部叢刊本
淵鑑類函	新興書局
演繁露	學津討原本
燕丹子	平津館叢書本
王隱晉書	黄氏逸書考本
王澤不竭鈔	內閣文庫所藏
王粲英雄記	增訂漢魏叢書本
王子年拾遺錄	古今逸史本
王力文集	山東教育出版社
奧義抄	日本歌學大系別卷本
甌北詩話	和刻本漢籍隨筆集本
御書籍目錄	內閣文庫所藏
河海抄	國文注釋全書本
何記室集	漢魏六朝一百三家集本
何水部	漢魏六朝一百三家集本
河圖挺佐輔	古微書本
河南通志	四庫全書本

華陽國志	函海本
樂府詩集	四部叢刊本
海內十洲記	古今逸史本
海內先賢傳	太平御覽所引
海錄碎事	新興書局
輅別傳	三國志裴松之注所引
葛仙公別傳	太平御覽所引
括地志	岱南閣叢書本
甘肅通志	四庫全書本
感定錄	太平廣記所引
漢官儀	平津館叢書本
漢語詩律學	王力文集所收本
漢書	百衲本二十四史所收
漢書音義	拜經堂叢書本
漢武舊事	太平御覽所引
漢武帝內傳	守山閣叢書本
管子	四部叢刊本
翰苑	遼海叢書本
翰苑	吉川弘文館
韓詩外傳	四部叢刊本
韓非子	四部叢刊本

關中記	宛委山堂說郛本
猗覺寮雜記	知不足齋叢書本
畿輔通志	四庫全書本
歸藏	藝文類聚所引
聞書全集	日本歌學大系本
魏晉詠物賦研究	文史哲出版社
魏書	百衲本二十四史所收
魏略	太平御覽所引
御定歷代賦彙	中文出版社
玉海	中文出版社
玉函方	庾信集倪璠注所引
玉策記	藝文類聚所引
玉泉子	稗海本
玉臺新詠集	四部叢刊本
舊唐書	百衲本二十四史所收
鏡尙和尙語錄	五山文學新集本
鄴中記	聚珍版叢書本
金匱	太平御覽所引
金石文字記	借月山房彙鈔本
琴說	樂府詩集解題所引
琴操	平津館叢書本

孔叢子　四部叢刊本
口遊　續群書類從本
君鑑錄　畿輔叢書本
郡齋讀書志　台灣商務印館本
京房易飛侯　古微書本
桂林風土記　學海類編本
荊州記　宛委山堂説郛本・麓山精舍叢書本
荊楚歳時記　寶顔堂祕笈本
經典釋本　四部叢刊本
景龍文館記　宛委山堂説郛本
藝苑巵言　歴代詩話續編本
慶應義塾圖書館　和漢書善本解題　文祥堂
月令章句　北堂書鈔所引
建炎以來朝野雜記　聚珍版叢書本
謙齋文錄　四庫全書本
元氏長慶集　四部叢刊本
元和郡縣圖志　畿輔叢書本
源平盛衰記　校注日本文學大系本
古今樂錄　初學記所引
古今注　四部叢刊三編本
古今集註　複刻版未刊國文古註釋大系本

古今集註　京都大學所藏
古今祕註抄　未刊國文古註釋大系本
古史考　平津館叢書本
古詩類苑　汲古書院
古誌石華　唐代墓誌彙編所收
古微書　墨海全壺本
古文苑　四部叢刊本
古儷府　四庫類書叢刊所收影印本
古列女傳　四部叢刊本
湖玄通志　四庫全書本
五經通義　藝文類聚所收
吳越春秋　四部叢刊本
吳書（三國志）　百衲本二十四史所收
吳地記　全唐詩注所引
吳錄　藝文類聚所引
後漢書　百衲本二十四史所收
語林　太平御覽所引
公孫龍子　子彙本
孔子家語　四部叢刊本
弘安十年古今集歌注　中世古今集注釋書資料篇
江西通志　四庫全書本

江南通志	四庫全書本
江文通文集	四部叢刊本
孝子傳	陽明注本百二十詠詩注所引
皇朝類苑	中文出版社
高士傳	古今逸史本
廣雅疏證	畿輔叢書本
廣弘明集	四部叢刊本
廣志	太平御覽所引
廣州記	後漢書李賢注所引
國語	四部叢刊本
明史	百衲本二十四史所收
昆陽漫錄	日本隨筆大成本
歲華紀麗	和刻本類書集成本
歲時雜詠	四庫全書本
作文大體	群書類從本
册府元龜	中華書局
三教指歸注	天理圖書館所藏
三教指歸註刪補	眞言宗全書本
魏書（三國志）	百衲本二十四史所收
辛氏三秦記	二酉堂叢書本
三齊略記	蒙求所引
三輔舊事	二酉堂叢書本
三輔決錄	二酉堂叢書本
三輔黃圖	平津館叢書本
山東通志	四庫全書本
尸子	四部叢刊本
支那文學考	兒島獻吉郎著
支那文學概論	兒島獻吉郎著
支那文學概論	鹽谷溫著
四庫全書總目	中華書局
四川通志	四庫全書本
四體書勢	晉書所引
四民月令	藝文類聚所引
四溟詩話	歷代詩話續編本
史記	百衲本二十四史所收
志林	太平御覽所引
始興記	嶺南遺書本
思復堂文集	紹興先正遺書所收本
斯道文庫貴重書蒐選	井上書房
詩緯含神霧	藝文類聚所引
詩淵	書目文獻出版社
詩學逢原	日本詩話叢書本

詩經	漢詩大系本
詩經	新釋漢文大系本
詩經原始	雲南叢書所收本
詩訣	日本詩話叢書本
詩詞格律概要	王力文集所收本
資治通鑑	四部叢刊本
資治通鑑考異	四部叢刊本
詩人玉屑	上海古籍出版社
詩藪	上海古籍出版社
詩轍	日本詩話叢書本
詩品	學津討原本
詩法概述	上海古籍出版社
詩律兆	日本詩話叢書本
二中歴	改定史籍集覧本
事物紀原	惜陰軒叢書本
事文類聚	中文出版社
事類賦注	中華書局
爾雅	四部叢刊本
色彩心理學入門	大山正著
色彩とパーソナリティ	松岡武著
色彩の心理學	金子隆芳著
七略	文選所引
釋氏稽古略	四庫全書本
釋名	四部叢刊本
周禮注疏	十三經注疏本
首楞嚴經	大正新脩大藏經本
周官	初學記所引
拾遺和歌集	新日本古典文學大系本
拾芥抄	善本叢刊中古中世篇類書Ⅱ所收
集韻	四庫全書本
集古錄目	商務印書館說郛本
集林	太平御覽所引
述異記	增訂漢魏叢書本
述征記	藝文類聚所引
春秋感精符	古微書本
春秋公羊傳	四部叢刊本
春秋元命包	古微書本
春秋合誠圖	宛委山堂說郛本
春秋考異記（郵）	古微書本
春秋穀梁傳	四部叢刊本
春秋左氏傳	四部叢刊本
春秋說題辭	古微書本

春秋繁露	四部叢刊本
荀子	四部叢刊本
初學記	鼎文書局
初學詩法	日本詩話叢書本
渚宮舊事	平津館叢書本
書斷	百川學海本
書道基本名品集	雄山閣
書道藝術	中央公論社
書品序	增訂漢魏叢書本
尙書	四部叢刊本
尙書大傳	四部叢刊本
尙書中候	古微書本
尙書帝命驗	古微書本
性靈集略注	慶應義塾圖書館所藏
湘州記	麓山精舍叢書本
焦氏易林	學津討原本
苕溪漁隱叢話前集	海山仙館叢書本
祥瑞記	太平廣記所引
詳註分類歷代詠物詩選	廣文書局
蔣子萬機論	初學記・太平御覽・事類賦注所引
證類本草	四部叢刊本

蕭廣濟孝子傳	黄氏逸書考本
襄陽記	三國志・世說新語所引
續齊諧記	古今逸史本
蜀王本紀	藝文類聚所引
晉宮閣記	藝文類聚所引
眞誥	學津討原本
愼子	守山閣叢書本
神異經	漢魏叢書本
神境記	宛委山堂說郛本
神仙傳	漢魏叢書本
新樂府略意	斯道文庫論集
新舊唐書互證	史學叢書本
新書	四部叢刊本
新唐書	百衲本二十四史所收
水經注	四部叢刊本
水東日記	紀錄彙編本
隋書	百衲本二十四史所收
瑞應圖	初學記所引
世說新語	四部叢刊本
世本	太平御覽所引
正字通	國際文化出版公司

西京雜記　四部叢刊本
陝西通志　四庫全書本
浙江通志　四庫全書本
盛京通志　四庫全書本
說苑　四部叢刊本
說文解字　四部叢刊本
山海經　四部叢刊本
先秦漢魏晉南北朝詩　中華書局
戰國策校注　四部叢刊本
全唐詩　中華書局
全唐詩話　歷代詩話叢書本
全唐詩外編　中華書局
全唐詩錄　四庫文學總集選刊本
全唐文　中華書局
楚國先賢傳　太平御覽所引
楚志　淵鑑類函所引
楚辭　四部叢刊本
宋高僧傳　中華書局
宋之問集　四部叢刊本
宋史　百衲本二十四史所收
宋書　百衲本二十四史所收
搜神記　祕册彙函本
搜神後記　祕册彙函本
相鶴經　夷門廣牘本
曹子建集　四部叢刊本
莊子　四部叢刊本
滄浪詩話　歷代詩話本
續歌林良材集　續々群書類從本
續晉陽秋　藝文類聚所引
續博物志　古今逸史本
太子傳玉林抄　日本思想家史傳全集所收
大清統一志　四部叢刊二編本
太平寰宇記　文海出版社
太平御覽　台灣商務印書館本
太平廣記　中文出版社
大唐新語　稗海本
大唐傳載　守山閣叢書本
體源鈔　覆刻日本古典全書本
台記　增補史料大成本
譚賓錄　舊小說本
中右記　史料大成本
中國詩歌原論　松浦友久著

中國中世文學研究	網祐次著
中國文學批評史	羅根澤著
中國文學編年錄	劉德重編
中宮亮顯輔家歌合	群書類從本
註百詠	陽明文庫所藏轉寫本
長安志	經訓堂叢書本
朝野僉載	陳眉公祕笈本
趙飛燕外傳	顧氏文房小說本
塵袋	日本古典全集本
珍珠船	寶顏堂祕笈本
陳書	百衲本二十四史所收
通典	中華書局
通俗編	函海本
帝王世紀	指海本
鄭司農集	雅雨堂叢書本
天台山圖	文選李善注所引
天寶文苑集	註百詠所引
典略	三國志所引
典論	初學記所引
篆書勢	藝文類聚所引
東觀漢記	聚珍版叢書本
東宮舊事	宛委山堂說郛本
東見記	東北大學附屬圖書館所藏
唐音癸籤	上海古籍出版社
唐音統籤	上海古籍出版社
唐會要	中文出版社
唐語林	守山閣叢書本
唐才子傳	佚存叢書本
唐刺史考全編	安徽大學出版社
唐詩韻匯	故宮珍本叢刊本
初盛唐詩紀	中國書店
唐詩紀事	四部叢刊本
唐詩鏡	四唐全書本
唐詩語言研究	中州古籍出版社
唐詩所	四庫全書存目叢書本
唐詩大系	聞一多全集所收本
唐詩談叢	學海類編本
唐詩類苑	汲古書院
唐詩品彙	上海古籍出版社
唐尙書省郎官石柱題名考	中文出版社
唐人年壽研究	文津出版社
唐代詩史	目加田誠著

唐代詩人——その傳記　小川環樹編
唐兩京城坊考　三秦出版社
桃源記　太平御覽所引
登科記考　中文出版社
棠陰比事補編　學海類編本
竇氏家傳　藝文類聚所引
洞冥記　古今逸史本
獨斷　抱經堂叢書本
南越志　藝文類聚所引
南海詩訣　日本詩話叢書本
南史　百衲本二十四史所收
南方草木狀　百川學海本
日本國見在書目錄　日本書目大成本
廿二史考異　歷代地理志彙編所收
佩文齋詠物詩選（館柳灣撰）　架藏本
佩文齋詠物詩選　廣文書局
白氏六帖事類集　新興書局
博物志　指海本
八旗通志　四庫全書本
氾勝之書　文選李善注所引
氷川詩式　和刻本漢籍隨筆集本

祕藏寶鑰鈔　眞言宗全書本
百詠和歌　國立公文書館所藏
百二十詠詩注　慶應義塾圖書館所藏
白虎通義　四部叢刊本
岷江入楚　國文注釋全書本
賦話　函海本
風俗通義　四部叢刊本
風土記　宛委山堂說郛本
佛祖歷代通載　四庫全書本
文安詩歌合　群書類從本
文苑英華　中華書局
文鏡祕府論　蘭臺書局
文獻通考　四庫全書本
文章流別論　太平御覽所引
文心雕龍　四部叢書本
文體明辯　中文出版社
文鳳鈔　大東文化大學東洋研究所刊
平家勘文錄　續群書類從本
平家物語　日本古典文學大系本
方言　四部叢刊本
抱朴子　四部叢刊本

鮑氏集	四部叢刊本
北河紀	四庫全書本
北史	百衲本二十四史所收
北堂書鈔	新興書局
墨經	夷門廣牘本
墨子閒詁	漢文大系本
穆天子傳	四部叢刊本
本事詩	顧氏文房小說本
本草綱目	新華書店
本朝文粹	冨山房
明皇雜錄	守山閣叢書本
通憲入道藏書目錄	日本書目大成本
妙法蓮華經	大正新脩大藏經本
明史	百衲本二十四史所收
夢占逸旨	藝海珠塵本
文字志	初學記所引
毛詩	四部叢刊本
毛詩草木鳥獸蟲魚疏	四部叢刊本
孟子	四部叢刊本
蒙求	蒙求古註集成本
六臣注文選	四部叢刊本
問禮俗	黃氏逸書考本
夜航船	浙江古籍出版社
夜航詩話	日本詩話叢書本
庾子山集	四部叢刊本
幽憂子集	四部叢刊本
幽明錄	琳琅祕室叢書本
幼學指南鈔	台灣故宮博物院所藏
容齋隨筆	四部叢刊續編本
謠曲拾葉抄	國文註釋全集本
禮記	四部叢刊本
洛中紀異錄	宛委山堂說郛本
洛陽記	太平御覽所引
洛陽圖經	文選李善注所引
駱賓王文集	四部叢刊本
蘭亭記	宛委山堂說郛本
李嶠詩注	唐詩小集所收
六韜	四部叢刊本
呂氏春秋	四部叢刊本
略出籯金	東洋文庫所藏
梁元帝纂要	初學記所引
兩京新記	奧雅堂叢書本

臨海記	太平御覽所引
零陵先賢傳	太平御覽所引
歷代詠物詩選	廣文書局
歷代名人年里碑傳綜表	華世出版社
列異傳	後漢書章懷太子注所引
列子	四部叢刊本
列女傳	藝文類聚所引
列仙傳	琳琅祕室叢書本
連集良材	續々群書類從本
籠金集	註百詠（陽明文庫本）所引
錄異記	祕册彙函本
論語	四部叢刊本
論語集解義疏	知不足齋叢書本
論語讖	藝文類聚所引
論語摘衰聖	初學記所引
論衡	四部叢刊本
和歌色葉	日本歌學大系本
和歌童蒙抄	日本歌學大系別卷本
和漢朗詠集私註	新典社
李嶠集	
明九行活字本	台灣國立中央圖書館所藏
明仿宋刊九行本	台灣國立中央圖書館所藏
唐人集本	台灣故宮博物院所藏
唐詩二十六家本	國立公文書館所藏
唐五十家詩集本	上海古籍出版社
唐百家一百七十一卷本	台灣國立中央圖書館所藏
唐百家一百七十六卷本	台灣故宮博物院所藏
唐百家一百八十卷本	台灣國立中央圖書館所藏
李趙公集	國立公文書館所藏
李嶠雜詠	
御物本	和漢名法帖選集所收
建治本	田中氏所藏（國立歷史民俗博物館所藏）
成簣堂本	成簣堂文庫所藏
鎌倉末南北朝本	慶應義塾大學斯道文庫所藏
南北朝本	慶應義塾大學斯道文庫所藏
國會圖書館本	圖會圖書館所藏
慶長寫本	國立公文書館所藏
江戶寫本	國立公文書館所藏
陽明甲本	陽明文庫所藏
陽明乙本	陽明文庫所藏
京大本	京都大學東洋學文獻センター所藏
佚存叢書本	國立公文書館所藏

延寶本　住吉大社御文庫所藏
寶曆本　東北大學圖書館所藏
和李嶠本　國立公文書館所藏
南京本　南京圖書館所藏
佚存寬政版本　東北大學圖書館所藏
佚存光緒刊本　大阪府立圖書館所藏
藝海珠塵本
　嘉慶版本　東京大學東洋文化研究所所藏
　嘉慶影印本　東京大學東洋文化研究所所藏
　民國排印本　叢書集成初篇所收
　縮小民國排印本　叢書集成新編所收
正覺樓叢刻本　東京大學東洋文化研究所所藏
松平本　島原市松平文庫所藏
スタイン本　英國圖書館所藏
ペリオ本　佛國國立圖書館所藏
オルデンベルグ本　ロシアアカデミー東方學研究所所藏
李嶠詠物詩解　静嘉堂文庫所藏

參考文獻

池田　利夫「百詠和歌と李嶠百詠」『日中比較文學の基礎研究』笠間書院　昭和四十九年十二月發行。

柿村　重松「嵯峨天皇宸筆詩集考」「書苑」第四號。

「嵯峨天皇宸筆詩集考補訂」「書苑」第五號。

神田喜一郎「李嶠百詠雜考」「ビブリア」第一號。

胡　志昂『日藏古抄李嶠詠物詩注』上海古籍出版社　一九九八年八月發行。

栃尾　武『百詠和歌注』汲古書院　一九七九年四月發行。

「李嶠百廿詠注」「成城文藝」九十四號。

「李嶠百廿詠注解　坤儀十首」「成城文藝」一百五十三號。

柳瀬喜代志『李嶠百二十詠索引』東方書店　一九九一年三月發行。

山崎　誠「李嶠百詠　續貂」『中世學問史の基底と展開』和泉書院　一九九三年二月發行。

山田　孝雄「百詠と國文學」「風雅報」第拾參號・第拾四號・第拾六號・第貳拾號。

「李嶠詩集百二十詠」「書苑」第六號〜第八號。

あとがき

李嶠の雜詠詩（百詠詩・百二十詠詩）に手を染めたのは三十年以前かと思う。當時、大東文化大學東洋研究所の日中比較文學研究班からお誘いの話があり、仲間に入れて頂いた。この研究班は敦煌出土の類書と日本文學との關係を研究する班で敦煌の類書の讀解を行なっていた。固より、敦煌類書は寫眞版のコピーであったから不鮮明な個所が多かったので、その寫眞版の原典を察るべく個人でイギリスの大英博物館まで足を伸ばすこともあった。研究班には各分野の先生がおられ接觸する機會が多くなり、中國學以外の世界が視野に入って來た。そのうち、身近な國內にまだ充分研究されていない資料があることを知り、日本文學に影響を與えたものと思われる李嶠の雜詠詩に着手した。しかし、この書物は文字の異同が多いことがわかり、先ず、國內外の雜詠詩を收集することから始めた。先人が指摘した以外の雜詠詩も發見できた。

この雜詠詩の研究は國文學者が手掛けたこともあって、中國文學に立脚した研究書がないことに氣付き、中國文學の立場で研究をしようと考えた。しかし、雜詠詩が童蒙書と言われるだけあって、詩の內容の關係資料が多く、解明すればするほど膨大となり資料に潰されることになった。最近の電子化を利用すると、これ以上に資料が増え、手におえなくなるのでこれまでの時間を考え、早目に整理して學位論文として提出し、刊行したものである。そのため深い研究ができなかった。當然、不備な個所があろうと思われるが、これで終了したわけではなく、次の段階の準備に入っているので、その一段階と考えて欲しい。

今回の成果について、大いなる不安があるのは、この成果の一部でも世間に發表して批判を仰ぐことがなかったことである。この研究を獨斷で進めたことを反省し、次回への糧としていきたいと考えている。具體的なことはともかく、諸先生方から支援して戴き今日に至っている。支援戴いた故次田香澄、故萩谷朴先生、故藏中進先生、遠藤光正先生、及び圖書の參看を許可して戴いた宮内廳書陵部、國立公文書館（舊內閣文庫）、國立國會圖書館、尊經閣文庫、國立歴史民俗博物館、靜嘉堂文庫、成簣堂文庫、陽明文庫、東山文庫、慶應義塾圖書館、慶應義塾大學斯道文庫、松平文庫、京都大學文獻センター（舊人文科學研究所）、東京大學東洋文化研究所、住吉神社、田中穰氏等に御禮を申し上げたい。

終りになったが、汲古書院の社長石坂叡志氏、三井久人氏、柴田聡子氏には大變お手數をおかけした。ここに付してお禮を申し上げる。

この刊行物は獨立行政法人日本學術振興會より平成二十三年度科學研究費助成事業（科學研究費補助金〈研究成果公開促進費〉）の交付を受けたものである。

著者紹介

福田　俊昭（ふくだ　としあき）

現職　大東文化大學 教授
　　　大東文化大學 博士（中國學）

専攻　中國文學・和漢比較文學

著書　『朝野僉載の本文研究―付・『耳目記』考―』（大東文化大學東洋研究所刊　平成13年３月20日）
『敦煌類書の研究』（大東文化大學東洋研究所刊　平成15年２月20日）

李《り》嶠《きょう》と雜詠詩の研究

平成二十四年二月二十九日　發行

著　者　福田俊昭
發行者　石坂叡志
整版印刷　中台整版
　　　　　日本フィニッシュ
　　　　　モリモト印刷

發行所　汲古書院
〒102-0072 東京都千代田區飯田橋二―五―四
電　話〇三（三二六五）九七六四
FAX〇三（三二二二）一八四五

ISBN978-4-7629-2976-2　C3098

索　　引

人名索引

書名索引

た行

な行

作品索引

※作品の索引は作品の題を訓讀ではなく、最初の漢字の音讀で引けるようにした。